für Zilla und Oscar
und ______

vorwort siehe seite

Vorwort siehe Seite 981

noch mehr Bilder und Reportagen

Indexe

Inhalt

Bilder und Reportagen 12
Tausend Dinge 342
Kaufen mit Küng 411
Enzyklopädie des Alltags 561
Noch mehr Bilder und Reportagen 610
Index 981

one, two,

z
S
z u
5(
E
D
se
di
di
ai
Sc
A
w
s
C
(

112

one, two, check, check

all the
BEST
CLEMENS

...okay, langsam könnte das langsam ~~anfangen~~ ... losgehen

okay
aber sicher los.
dann legen wir mal langsam

Charly Fantasia strampelt während der Tagesschau auf dem Hometrainer. Seine Frau Erika leistet ihm Gesellschaft.

EIN KLEINER OSTERSPAZIERGANG

Text Max Küng Bilder Raffael Waldner

Raus aus dem Haus und einfach in den Frühling hinaus losmarschieren, drei Tage lang, von Zürich nach Basel. Max Küng hat es getan, und, zwischen Staunen und Befremden schwankend, sein Land neu entdeckt.

Erster Tag

«Was für ein Tag zum Verreisen», rief der Nachbar. Er hatte die Post in der Hand, die er aus dem Briefkasten geholt hatte. Ich verliess eben das Haus, und man sah mir an, dass ich etwas vorhatte: feste Schuhe montiert, einen Rucksack auf dem Rücken, gute Laune im Gesicht. Prüfend blickte ich in das blasse Blau über mir. Und ja, er hatte Recht. Es versprach ein sonniger Tag zu werden, die Vögel im Pärklein zwitscherten wie besoffen. Es war langsam Zeit geworden, dass der Frühling kam.

«Wohin geht es?»

«Nach Basel?»

«Zu Fuss?»

«Ja.»

«Warum?»

«Darum.»

«Wie lange?»

«Vier Tage wohl.»

«Mit dem Zelt?»

«Nein. Hotels. Gasthöfe. Mal sehen. Was so am Weg liegt.»

Er wünschte mir alles Gute, und dann ging ich los. Zürich. Badenerstrasse. Und wohin führt die Badenerstrasse? Genau: nach Baden. Erstes Etappenziel. Distanz: gute 25 Kilometer. Ich wollte schnell vorankommen, also gab ich dem direkten Weg den Vorzug gegenüber dem wohl etwas idyllischeren, aber krummen Pfad der Limmat lang; vorerst. Geradewegs ging es auf dem Trottoir aus der Stadt hinaus. Die Hausnummern stiegen und stiegen. Ein Tearoom namens Siesta lud zum Verweilen ein. Vorbei an den Lichtmasten des Fussballstadions, wo der Klub spielt, dessen Anhänger zu jenem Zeitpunkt glaubten, er könne noch Schweizer Meister werden.

Schönes gab es kaum zu sehen, ausser man wäre auf der Suche nach einem Gebrauchtwagen gewesen. Von denen gab es an der Strasse massig, frisch aufpoliert priesen sie sich an. Schön war vorerst bloss der Klang der Namen der Querstrassen. Schneeglögggliweg. Cyclamenweg. Campanellaweg. Als wäre man im botanischen Garten. Das Tram hatte eine Einsicht, brach seine Flucht aus der Stadt ab, machte eine Schlaufe und kehrte zurück. Die Badenerstrasse aber, sie kannte keine Gnade. Und die Hausnummern stiegen weiter. 721, 723, 725. Das Benzin wurde billiger, das Gewerbe seltsamer. Bei Hausnummer Achthundertirgendwas gab es einen Laden für Gartenzwerge. Und ein Schild an einem Haus gab Auskunft, dass dort ein «Fettimport» domiliziert war. Dann endlich änderte die Strasse ihren Namen, aber nur für eine Weile.

Zügig ging es durch Dietikon. Ich sah ein Musikhaus namens Biedermann. Dort bot man Unterricht in Ukulele. Im Showroom einer Autogarage sass ein Rentnerpaar an einem kleinen Tischlein bei Mineralwasser aus der Pet-Flasche, und ein Mann mit sich über den Bauch biegender roter Krawatte redete auf sie ein. Auf dem Tischlein lagen Prospekte. Es roch nach schwerer Entscheidung. Nach Dietikon rechterhand zwischen zwei frisch umbrochenen mit pickenden Krähen dekorierten Ackerflächen lag ein grosser, abschüssiger Kiesplatz, eng voll gestellt mit Autos aus zweiter Hand. Oder dritter Hand. Oder vierter Hand. Über dem Platz lag etwas wie Trauer: all die Stunden, die Menschen in diesen Autos zugebracht hatten. Dutzende von Leben.

Kurz vor der Kantonsgrenze zum Aargau, ich konnte den Stein am Strassenrand schon sehen, kreuzte mich ein Mann mit einem Appenzellerhund. Er hatte Verrücktheit in den Augen, aber er grüsste freundlich. Auf einem Hochhaus stand bunt und gross: SHOPPY Am Strassenrand, zerfressen von den Abgasen, ragte ein übermannsgrosses Kreuz aus Stein mit einer kaum mehr lesbaren eingehämmerten Jahreszahl, 1864 wohl, geschützt von Nadelgewächs. Daneben stand eine Verbotstafel, dazwischen lag ein verrosteter Topf eines Auspuffs. Das Benzin wurde schon wieder einen Rappen billiger. Dann war ich, es war gerade Mittagszeit, in Spreitenbach, wo ich bei einem McDonald's Pause machte. Die Leute sassen draussen und genossen das schöne Wetter. Ich setzte mich mit einem Big Mac an einen Metalltisch. Der Big Mac schmeckte sehr gut, so gut, wie mir bisher noch kein Big Mac geschmeckt hatte. Am Nebentisch sassen vier Männer mit breit gestreiften Hemden, Krawatten und Frisuren, die nach wöchentlichem Besuch beim Coiffeur aussahen. Aus einem Lautsprecher schepperte Musik, man hörte sie kaum. Dann sprachen die Männer über Juventus Turin. Ein Kind fing an zu schreien. Die Spatzen flogen davon. Ich putzte mir die Sosse aus dem Mundwinkel, schulterte meinen Rucksack und stellte fest, dass es nun plötzlich nach Poulet roch. Schnell war ich in Killwangen, ein Ort, den ich immer mochte, des Namens wegen wenigstens. Ich beschloss, nun genug auf der harten Strasse gegangen zu sein und fortan dem Fussweg der Limmat lang zu folgen, also bog ich bei der Kläranlage hinter dem Bahnhof auf ihn ein. Ich hatte noch keine hundert Schritte getan, da rannten mir zwei Rottweiler entgegen, die lange Leine schleifend hinter ihnen, dann kam eine Joggerin um die Kurve, der Kopf war rot, als hätte sie ihn in kochendes Wasser getaucht. Sie trug Kopfhörer und einen fertigen Gesichtsausdruck. Die maulkorblosen Rottweiler zeigten kein Interesse

Nur nicht nachdenken, einfach immer weitergehen – der Spaziergänger am Rheinufer bei Rheinfelden

Kurz vor dem Ende, kurz vor Schweizerhalle, der Spaziergänger tankt an einer Tankstelle Schokolade.

an mir, rannten einfach weiter, und auch ich ging weiter und freute mich bald am harmlosen Blick zweier kopflos schwimmender Schwäne in der Limmat.

Bei Neuenhof stürmten Schafe auf ein Auto zu, das an den Fluss fuhr. Aber das Auto, ein Opel Kombi, es hatte kein Futter geladen, sondern einen Anhänger hinten dran, darauf ein Motorboot. Ein Mann stieg aus. Ich grüsste und fragte, ob er Hilfe brauche, denn ich dachte, das Zuwasserlassen eines Bootes sei sicher keine einfache Sache. Er verneinte. Ich versuchte, mit ihm ins Gespräch zu kommen, aber er schwieg. Ein Zug brauste über uns heran, und ich ging weiter, und er liess sein Boot zu Wasser. Später sah ich ein Kohlmeisenpaar. Auch sie waren nicht gesprächig, machten aber einen freundlicheren Eindruck als der Mann mit dem Boot.

Nach fünf Stunden war ich in Baden. Eingangs des Städtchens kam ich am Haus eines Vorgesetzten vorbei. Ich klingelte, aber niemand war zu Hause. Also ging ich weiter, vorbei an der Villa des Industriekapitäns Boveri, wo im Park explosionsgleich unter einem Baum die Krokusse blühten, weiss und violett. Nur kurz informierte ich mich an einer Informationstafel, dass die Villa Boveri eines der ersten Privathäuser der Schweiz mit Schwimmbad gewesen war. Und ich dachte, dass der Herr Boveri schon Recht hatte, als er sagte: «Der berufstätige Mensch wird dann seine Fähigkeiten voll entfalten können, wenn er sich wohl fühlt. An seinem Arbeitsplatz, wo seine Mitarbeit geschätzt wird. In einem Unternehmen, das sich auch ausserhalb des Betriebes um das Wohl seiner Mitarbeiterinnen und Mitarbeiter kümmert.» Ich schrieb Boveris Zeilen auf einen Zettel und warf ihn in den Briefkasten meines Chefs.

Ich war so gut vorangekommen, dass ich darüber nachdachte, einfach weiterzumarschieren. Dann kam ich an einem Bad vorbei, das sich als das Thermalbad mit dem mineralienreichsten Wasser der Schweiz anpries, an einem Becken unter freiem Himmel, in dem Menschen standen und aussahen, als täte das ihnen gut. Also beschloss ich, dass ich, wenn ich denn schon einmal in Baden sei, baden ging. Ausserdem hatte ich den Eindruck, dass die Menschen in Baden freundlich waren. Als ich mich nach dem Weg erkundigte etwa. Als ich auf der Post ein Telefonbuch verlangte, um mir die Nummern der Hotels herauszuschreiben.

Ich bezahlte 16 Franken für den Eintritt. Für 5 Franken mietete ich mir eine Badehose. Nochmals 5 Franken musste ich als Depot hinterlegen. Obwohl: Diese Hose hätte keiner gestohlen. Eine abgeschossene grüne Speedo aus dem letzten Jahrhundert. Dann stand ich im 36,1 Grad warmen Wasser im Becken draussen. Alle sechzig Sekunden erklang ein elektronischer Gong. Man solle, so ein Schild, bei jedem Gong bitte die Massagedüse im Becken wechseln. Aber ich war fast alleine im Becken, nur ein Rentnerpaar stand in der Ecke und redete stumm. Ich hörte bloss das Rauschen des Wassers und das Ächzen von schweren Baumaschinen, die in Ennetbaden ihr Werk im Dreck verrichteten. Ich schloss die Augen und trieb im warmen Wasser. Zwölfmal ging der Gong. Dann öffnete ich die Augen wieder und ging langsam aus dem Becken. Als ich an den zwei Alten vorbeikam, schnappte ich Wörter auf. «Madeira ... schweineteuer, aber wunderschön ... Reid's Palace.»

Später sass ich im prächtig mit Pflanzen geschmückten fünfgeschossigen Atrium des nahen Hotels Blume, in dem abzusteigen man mir empfohlen hatte. Ein Vogel zwitscherte, irgendwo, unsichtbar, ein Brunnen plätscherte, Engel machten ihre Spässe auf einer Wandmalerei unter dem gläsernen Dach. Ein erstaunliches Haus, das Hotel Blume, kein Ort des Jetzt. Ich ass gut, ich schlief gut, doch bevor ich einschlief, lief im Fernsehen noch «Wer wird Millionär?». «Ich nicht», sagte ich. Kurz bevor der Schlaf mich in sein tiefes Dunkel zog, kam noch ein Gedanke: «Ich werde doch Millionär. Millionär der Schritte.»

Zweiter Tag

Schon in der Nacht hatte es zu regnen begonnen, und am Morgen hörte ich es hart auf das Dach prasseln, noch bevor ich die Augen aufgemacht hatte. Meine Glieder waren steif, und auf dem Weg ins Bad merkte ich, dass ich mir tatsächlich eine Blase eingefangen hatte, unter dem kleinen Zeh am rechten Fuss.

Ich fuhr mit dem ältesten Schindler Lift der ganzen Welt hinunter und blickte ein letztes Mal zu den Engeln hoch, dann ging ich hinaus in den Regen und über den Fluss, und bald war ich wieder auf dem Trottoir und ging geradeaus. Eine Unzahl von Regenwürmern war auch unterwegs. Als es plötzlich gar heftig regnete, stellte ich mich unter das Dach eines Bushäuschens. Eine Frau sah mich mitleidig an. Sie war wohl Mitte fünfzig, und an ihrer Seite stand ein Einkaufskorb, leer.

Sie sagte das Unvermeidliche: «Heute regnets nur einmal.»

Ich nickte, pflichtete ihr bei. Sie schaute mich ein bisschen komisch an. Ein Mann mit Rucksack und Schuhen, die eindeutig Marschabsicht signalisierten, bei diesem Wetter.

«Ist doch besser, den Bus zu nehmen, bei dem Regen.»

«Nein», sagte ich, «ich stehe hier bloss eine Weile.»

Sie dachte, ich machte einen Scherz.

«Wohin wollen Sie?»

«Nach Basel.» Um ihr die Angst zu nehmen, log ich. Ich sagte: «Ich habe eine Wette verloren.»

Sie lachte, war sich aber nicht so sicher, wie ernst es mir war.

Dann kam der Bus. Die Frau nahm ihren Korb und stieg schnell ein. Der Busfahrer liess die Türe offen und schaute fragend heraus aus seinem trockenen Gefährt. Ich gab ihm ein Zeichen, dass ich nicht einsteigen wolle, blieb einfach stehen. Der Chauffeur schüttelte den Kopf, betätigte den Hebel, zischend schloss sich die Türe.

Bei Stilli ging ich über die Aare, in der nun die Limmat floss, über einen Acker, durch das Weinbaudorf Villigen, hinauf durch die Rebberge. Weiter ging es in den Wald, aus dem wie Rauchsäulen die Nebelschwaden stiegen, und über allem lag ein feines Rauschen, ein Scheppern eher. Es kam aus einer hoch über mir auf Stelzen ragenden Röhrenkonstruktion. Die Holcim befördert darin kilometerweit den in Stücke gesprengten nahen Berg Gabenchopf in ihr Werk an der Aare, um aus dem Berg Zement zu machen, 750 000 Tonnen im Jahr. Dann verschwand ich im Wald, südlich von Mandach, dem Dorf mit dem Moor im Wappen. Ich verschwand im Wald, sah niemanden, fast, bloss einen Reiter, der begleitet von zwei Dalmatinern auf seinem Pferd daherkam. Was für ein vorzügliches Fortbewegungsmittel, so ein Pferd, dachte ich. Und ich dachte: Mir wäre auch ein Dalmatiner recht. Ich machte eine kurze Rast, verlief mich, fand zurück auf den Weg, hörte dann und wann einen Vogel und ärgerte mich, damals im Biologieunterricht bei Lehrer Vögeli nicht besser aufgepasst gehabt zu haben, ging und ging, der Regen hörte nie auf, es war kalt, die nasse Hose klebte an den Beinen. Ich wechselte vom Kartenblatt 215 auf 214, Bürersteig, Oberegg, Dimmis, Marchwald, Wettacher, Moos, trat einmal versehentlich fast auf eine warzige Kröte, kam an einem Grenzstein vorbei mit einem Bären drauf, einem Relikt aus einer Zeit, als ein Teil des Aargaus den Bernern gehörte, ich ging und ging und ging, und fünf Stunden später kam ich wieder aus dem Wald. Die Strasse wurde fest. Und vor mir lag ein Tal, geschwungene Hügel, kleine Dörfer klebten gemütlich an den Hängen unterhalb des Waldes.

Und dann hörte ich sie: Die Autobahn. Die A3. Ein stetes Rauschen. Dann sah ich sie. Ich kannte sie gut. Wie oft fuhr ich auf ihr hin und her? Erst letzte Woche doch, als ich zum Zahnarzt musste. Das Letzte, was mich noch fest an Basel bindet: der Zahnarzt. Es ging dem Hang entlang, ich sah einen Golfplatz. Unter einem dünnen Dach standen zwei Gestalten. Sie übten den Abschlag, droschen die weissen Bälle in den nassen Hang ob dem Dorf Hornussen. Man sah schnell, dass es keine Profis waren. Früher gab es Schiessstände und Feldschützen, heute Driving Ranges und Gölfler. Dann ging es hinunter nach Frick, durch ein Neubauquartier, vorbei an eingemotteten Grills auf Sitzplätzen, Katzenkletterbäumen hinter Fenstern, schön gestutzten Hecken, noch leeren Swimmingpools, Wintergärten, Doppelgaragen, über eine Fussgängerbrücke über die Autobahn.

In Frick ging ich ins erstbeste Wirtshaus. Es lag an der Hauptstrasse, hiess Rebstock, und das Zimmer kostete 98 Franken. Es lag über der Gaststube und roch nach Rauch, hatte einen Fernseher, gestreifte Bettwäsche, ein Loch im Laken. Nebenan befand sich ein Saal, in dem die Fahne des Männerchors Frick hing. Die Füsse taten nun ernsthaft weh. Ich fragte nach der Dorf-Apotheke und dort die junge Verkäuferin, ob sie sich mit Blasen auskenne. Ja, versicherte sie, natürlich kenne sie sich mit Blasen aus. Dann sagte sie, dass man die Blasen nach neusten Erkenntnissen der Medizin nicht mehr aufsteche. Früher habe man sie bekanntlich aufgestochen und das Wundwasser herausgedrückt, heute aber nicht mehr. Also ging ich in die Migros nebenan und kaufte Nadeln. Auf meinem Zimmer stach ich die Blase auf. Es spritzte.

Zum Nachtessen ging ich in die Wirtsstube. Sie war recht einfach. Auf dem Tisch stand eine Menage, einer Sonne gleich in der Mitte das Aromatdöslein, die Planeten: bunte Ostereier. Am Nebentisch sassen zwei Kerle, Mitte dreissig. Der eine trug Halbglatze, das Resthaar zu einem dünnen Zopf zusammengebunden und ein langärmliges Shirt mit dem verschwurbelten Schriftzug einer Heavy Metal Band, von der ich noch nie gehört hatte. Den anderen sah ich nur von hinten. Ich studierte die Karte, bestellte Cordon bleu. Jedes 19. Cordon bleu, so stand es geschrieben, berge einen Schatz, ein Goldvreneli. Die beiden Männer redeten ziemlich laut. Ich tat, als lese ich den «Blick» und hörte zu. Der eine Mann war interessiert an der Schwester des anderen, aber sie habe ihm kürzlich offenbart, dass sie auf Schwarze stehe. Sie sei doch so schön und habe das doch nicht nötig, verdammi. So ein Seich, sagte der andere. Der eine ging auf die Toilette und kam nach einer Weile zurück, worauf der andere sagte: «Das war ein ganz schön langes Telefonat.»

Sie redeten über Frauen. Sie waren hart in ihrem Urteil. An einem anderen Tisch sassen vier alte Frauen. Die redeten über Männer. Über Bube und König. Eine Jassrunde. Sie tranken alle Tee. «Gestochen!», rief eine. Die beiden Kerle tranken aus Humpen grosse Biere, bestellten nochmals zwei. Der eine sagte: «Komm, wir gehen ficken.» Der andere: «Kein Geld im Sack.» Dann sagten sie eine Weile nichts, bis der eine sagte: «Sag etwas.» Der andere: «Ich weiss nichts.» Der eine schaute in meine Richtung. Ich starrte in den «Blick».

Als ich das Cordon bleu anschnitt, war etwas Hartes im flüssigen Käse zwischen Schinken und Schnitzel. Ein Goldvreneli, dachte ich. Juhui! Aber es war nur ein Einräppler.

Ich schlief schlecht in dieser Nacht.

Dritter Tag

Nur wenige Minuten nach dem Sonnenaufgang brach ich auf, verliess den Rebstock, und schon ging ich auf dem Rücken eines Hügels hoch, und als ich mich umdrehte, sah ich den blattlos braun bewaldeten Frickerberg, der mit seinen akkuraten Linien aussah, als käme er frisch vom Coiffeur. Und ich dachte: Er sieht aus wie ein gigantischer Truffes-Cake vom Sprüngli. Noch weiter stieg wattig dick und weiss die Wolke eines Atomkraftwerks in die Atmosphäre. Der Himmel war blau, die Vögel bereits in Hochform. Ich ging vorbei an Bauernhöfen, die mit ihren Futtersilos wie Trutzburgen wirkten, vorbei an Äckern, die nach dem Regen aussahen wie bewegte, braune Meere. In einem Wald setzte der Gesang einer Motorsäge ein. Dann noch eine. Bald ging es wieder hinunter in ein Dorf, dann wieder hinauf auf eine flache Höhe, und dort stand ein Kampfjet.

Der De Havilland DH-112, besser bekannt als Venom, einst in den Diensten der Schweizer Armee zwecks Landesverteidigung, kam 1998 nach Schupfart, um den Flughafen zu dekorieren. Er kam aber nicht geflogen, sondern auf dem Landweg. Ich setzte mich in das Flughafenrestaurant Airpick und bestellte ein Rivella. Nach einer Weile fragte ich die beiden Männer am Nebentisch, ob sie zufälligerweise nach Basel flögen. Sie lachten. Es waren keine Piloten, bloss Ausflügler. Kein Flugzeug startete. Keines landete. Die Segelflugzeuge waren in Anhänger verpackt. Und dann ging ich schon weiter, das Wetter war wunderbar, der Windsack hing schlaff herunter.

Ich kam gut voran auf dem Fricktaler Höhenweg, und als ich in Zeiningen ankam, schlug die Uhr gerade zwölf. Es war Samstag, die Kinder versammelten sich in leuchtend blauen Fussballdresses auf dem Sportplatz, Staubsaugerrüssel wurden in Kofferräume von blitzenden Autos gesteckt, auf der Strasse grüsste man sich, eine Piratenflagge hing an einer Baumhütte am Waldrand, und der Weg wurde wieder steiler, hinauf auf den Sunnenberg, 632 Meter über Meer. Ich hätte auch im Tal bleiben und im

Schatten des Sunnenbergs gehen, dem Waldrand entlangschleichen und eine Stunde Marschzeit sparen können, aber ich wollte hoch auf den Berg. Und das hatte seinen Grund.

Es ging durch einen lichten Eichenwald. Die grauen Bäume sahen aus wie Dinosaurierbeine. Früher, als gedacht, stand er plötzlich da, oben, wo der Sturm den Berg rasiert hatte. Ein gemauerter grauer, sich gegen oben leicht verjüngender Aussichtsturm.

Ich stieg die metallbesetzten Holzstufen hinauf, zählte sie nicht, und oben war mir ein bisschen schwindlig. Ins Holz des Fensterrahmens stand ungelenk geritzt «Forever Andy Hug». Unter mir lag das Dorf Maisprach, das Dorf, in dem ich aufgewachsen war, in dem ich achtzehn Jahre lebte, bis es mir zu eng wurde und ich in die Stadt zog, nach Basel, bis mir diese auch zu eng wurde, nach wiederum achtzehn Jahren, und die Reise weiterging nach Zürich. Zu eng wie ein Pullover, der immer der Lieblingspullover war, bis man eines Tages feststellte, dass er einem eigentlich nicht mehr passt und ihn weggibt, schweren Herzens zwar, aber dann doch, ohne danach Verlust zu spüren. Maisprach mit seinen sanften Hügeln. Aber was heisst da sanft: Ich sah nun, dass die Strassen nicht nur in meiner Erinnerung verdammt steil waren, die Strassen, die ich als Kind mit dem Velo hochächzte und die später das teilfrisierte Pony-Töffli stottern liessen.

Maisprach: eine Art Sonderdeponie der Erinnerungen. Da auf dem Pausenhof: Rangeleien, Panini-Bildchen-Tauscherei, Spiele mit Eishockeyschläger und Tennisball. Die ersten achtzehn Jahre lagen dort im Tal. Aus der Distanz betrachtet, waren sie gar nicht so schlimm.

Nach einer kurzen Rast ging es steil den Wald hinab, vorbei an mit Liebesschwüren tätowierten Bäumen, ich rutschte aus, ich schlug hin, ich ging weiter. Über den Magdner Galgen, hinunter Richtung Rheinfelden, wo der Wald mehr und mehr zum erweiterten Wohnraum der Stadtbevölkerung wird. Hinweistafeln für einen von einer Krankenkasse finanzierten Fitnessparcours. Die Waldwege waren ausgeschildert, trugen Namen, obwohl es nur Waldwege waren. Neue Welt Weg. Hinterer Serbenweg. Steppbergweg. Und dann wieder das Rauschen der Autobahn, und langsam kam ich zurück in die Welt, als wachte ich nach einer Hypnose auf, ging hinaus aus dem Wald, durch ein Einfamilienhausquartier am Rande der Stadt Rheinfelden, ein Schloss im Blick, das kein Schloss war, sondern bloss das Gemäuer einer landesweit bekannten Brauerei, die heute einem Konzern aus dem Ausland gehört. Es roch süsslich. Eigentlich hatte ich vor, hier zu nächtigen, in Rheinfelden. Aber ich beschloss spontan, weiterzumarschieren, den Spaziergang in drei Tagen zu Ende zu bringen, ging an den angeschwollenen Rhein, der mächtig zog, und dort dem Pfad entlang, der wie eine grosse Welle hinaufführte und hinab, hinauf und hinab am Ufer des Flusses, nordwestlich meinem Ziel entgegen.

In Kaiseraugst studierte ich den Fahrplan des Schiffes, das zwischen Rheinfelden und Basel verkehrt. Ein Mann trat heran. An seiner Seite ein schwarzer Pudel. Ob ich auf das Schiff warte, fragte er, weil: Da könne ich lange warten. Der Kursverkehr lag noch im Winterschlaf. Nein, nein, sagte ich, zu Fuss sei ich unterwegs. Der Mann hatte ein freundliches Lächeln und unter seinen Arm geklemmt einen Knirps. Wir kamen ins Gespräch, und bald gingen wir zusammen gemächlich rheinabwärts. Er stellte sich als Paul vor, 72 Jahre alt, der Pudel hiess Golo von Eschenholz. Es sei gar nicht so einfach gewesen, einen anständigen Hundenamen zu finden, der mit einem G beginne. Golo jagte auf ufernahe Enten zu, die ohne grosse Hast davonschwammen, der Erpel liess ein müdes «Quack» heraus. Paul, pensionierter Tiefbauingenieur, vierzig Jahre Eigner eines Gipserunternehmens, redete davon, wie alles schlimmer wurde. Die Umwelt. Die Wirtschaft. Die Situation. Alles halt.

Paul lud mich ein zu einem Bier. Er erzählte von seiner Tochter, der er gerne etwas vererben würde, von seiner verstorbenen Frau, vom Militärdienst und davon, dass er auch einmal hatte wandern wollen, von hier aus nach Santiago de Compostela, aber er habe nun vier Bypässe drin. Er tippte mit dem Finger auf die Brust. Und zwischen hier und dort, da läge ja doch der eine oder andere Berg. Also spaziere er am Rhein, am liebsten hier, so lange das Freibad beim Campingplatz noch nicht in Betrieb sei, denn dann würden die Eintritt nehmen und der schöne Wegabschnitt sei abgesperrt mit einem Gatter aus Eisen. Er erzählte von China, von seiner Reise dorthin, von den vergifteten Flüssen, vom chlorigen Geschmack des Essens, dann von Ospel und wie der sich wohl fühle, einer, der vierhundertmal mehr verdiene als ein normaler Mensch.

Das Bier war getrunken und bezahlt. Ich verabschiedete mich von Paul, wir gaben uns die Hand, und ich lehnte sein Angebot ab, mich nach Basel zu fahren. Paul stieg mit Golo in seinen Citroën Kombi und fuhr davon. Nach wenigen Metern hielt er, stieg aus, ging zum Kofferraumdeckel und prüfte, ob er auch wirklich verschlossen war.

Ich hatte Mühe, wieder in die Gänge zu kommen. Bis der Apparat wieder warm war, die Gelenke geschmiert, ging es eine Weile. Zum Glück hatte ich den Leki-Teleskop-Wanderstock bei mir. Ich stützte mich darauf wie ein alter Knacker. Bald musste ich vom Rheinufer weg herauf auf die Strasse, denn der Wasserstand war doch bedenklich hoch an manchen Stellen. Als Nichtschwimmer wollte ich nicht auf einer Wanderung ersaufen. Das wäre doch zu blöd gewesen. Also humpelte ich ein Stück neben der Strasse her, zog aus einem Automaten an einer Tankstelle ein Snickers und ass es, als ich dann ein Ortsschild passierte, auf dem Schweizerhalle stand. Kein richtiger Ort eigentlich, bloss Industrie, ein Haufen von chemischen Fabriken, dort, wo seit 1837 auch das Salz aus 150 Meter Tiefe hervorgepumpt wird, 200 000 Tonnen pro Jahr. Es roch nicht, an diesem Tag, ausser nach Abgasen. Damals, im November 1986, als die Sirenen losgingen, da war ich bei einem Coiffeur in Basel, der mich als Gratismodel für einen Coiffeurwettbewerb in einen Vampir verwandeln wollte. Dann kam das Husten. Später ging ich zum Arzt. Er diagnostizierte Bronchitis.

Es ging weiter am Rhein, durch den Rheinhafen. Vorbei an vertauten Schiffen, manche davon mit vertrauten Namen. Auf der Wilmar kläffte ein Hund. Die Mayon war 108 Meter lang. Der Regen hatte wieder eingesetzt, und die Füsse taten nun ernsthaft weh. Gestapelte Container. Rauchverbotsschilder in drei Sprachen: Deutsch, Französisch, Holländisch. Tankanlagen. Rüssel und Rohre, Schläuche. Rettungsringe. Hinter einem Fenster klebte eine abgeschossene Autogrammkarte von Inspektor Columbo, original unterschrieben mit Silberstift und Widmung: «Salut George». Der Rheinhafen zog sich endlos lange hin. Und plötzlich war da ein Krokodil im Rhein. Das Krokodil verfolgte mich eine Weile, bis es von der Strömung schnell davongetragen wurde und vom Krokodil wieder zu dem wurde, was es war: Schwemmholz. Und dann sah ich schon am Horizont in der Abendsonne die beiden Türme des Basler Münsters. Dann Gebrüll vom Fussballstadion Rankhof, wo gerade der kleine Bruder des FCB, der FC Concordia, gegen Luzern eine Heimniederlage kassierte.

Ich hatte vorgehabt, in Basel bis auf den Marktplatz zu spazieren und dort den Boden zu küssen. Aber kaum hatte ich die Birs überquert, da dachte ich, es sei nun genug. Aus meinem leichten Gang war ein veritables Hinken geworden. Zehn Stunden war ich an diesem Tag unterwegs gewesen. Ich hatte die Nase voll. An der Station Nasenweg löste ich ein Billett und stieg in den Bus. Bald war ich auf dem Bahnhof. Bald im Zug. Bald daheim.

Vierter Tag

Am vierten Tag erwachte ich im eigenen Bett. Die Füsse surrten, und die Knochen knacksten, aber ich war sehr zufrieden. Der Marsch kam mir vor wie ein kurzer, schöner Traum. ‹

Max Küng (max.kueng@dasmagazin.ch)
Der Fotograf **Raffael Waldner** lebt in Zürich (raffael.waldner@bluewin.ch).

hier kaufte ich in der Bäckerei Hirschen auf der Wanderung von Zürich ~~Ba~~ nach Basel ein Sandwich. Es war verdammt gut. Verdammt gut!

SANDWICH DES JAHRHUNDERTS

FELDFORSCHUNG

FLUGPLATZ SAMEDAN

Von Max Küng

Der Knirps ist aufgeregt. «Heliokopeter!», ruft er, «Heliokopeter!» Sein Grossvater zeigte mit dem ausgestreckten Arm. Unruhig steht zwei Meter über dem Boden in der Luft ein Hubschrauber, vollführt dann einfachste Manöver, wohl ein Flugschüler. Der Grossvater und sein Enkel kommen fast jeden Tag hierher, zum Flughafen bei Samedan, höchstgelegener Airport Europas, zum Schauen. Der Kleine ist ein Helikopterfan. Flugzeuge mag er auch, aber Helikopter sind viel besser, sagt er. Dann setzt der Heli sachte auf. Die Triebwerke verstummen. Es wird ruhig. Zwei Männer steigen diskutierend aus dem stählernen Insekt und verschwinden zwischen den Hangars. Dann passiert nichts, eine Weile. Ein schwarzer Audi A8 fährt heran. Ein Mann in geckigem Anzug und grellgrüner Krawatte steigt aus. Er trägt eine Sonnenbrille und fängt an, den Wagen zu inspizieren, poliert die eine oder andere Stelle mit einem Lappen. Er sagt, er spreche nur Italienisch. Wann das nächste Flugzeug komme? Ah, um elf Uhr. Er sei Chauffeur und hole eine Signorina ab. Welche Signorina? Der Mann hebt abwehrend die Hände und schweigt. Dann zündet er sich eine Zigarette an und schaut hinaus auf die Piste und wartet.

Der Knirps sagt: Im Hangar habe es fünf Segelflugzeuge, oder sechs.

Der Grossvater sagt: Am Sonntag, da sei viel Betrieb gewesen. Ein Flugzeug nach dem anderen sei gelandet. Und kurz vor zwölf sei die Gigi Oeri herangeflogen mit ihrem Jet. Der Knirps sagt: «Ein Bombentschäng.» Der Grossvater sagt: «Nein, er heisst Bombardier Challenger. Ein Riesenjet, zweistrahlig, mit FCB-Logo drauf.» Der Jet sei so gross, da habe die ganze Mannschaft Platz, sogar der Riese Zubi. Es sei dann aber nur die kleine Gigi Oeri ausgestiegen, alleine, ohne Mann. Eine Limousine habe sie abgeholt. Zwei Stunden später kam die Limousine zurück, und Gigi Oeri stieg wieder in ihren Jet und hob ab in den engen Engadiner Luftraum und flog zurück nach Basel. Sie sei wohl zum Mittagessen hergeflogen. Vielleicht ging sie zu Bumann in La Punt ein Safranmenü essen. 18-«Gault Millau»-Punkte. Der Knirps sagt: «Bombentschäng.»

Dann rollt surrend auf dem Rollfeld ein weisses Propellerflugzeug heran. Wir hatten die Landung gar nicht bemerkt. Es rollt und rollt, hält an. Zwei Männer steigen aus. Einer ist sehr dick und ganz schwarz gekleidet. Sie geben sich die Hand. Der Dicke geht auf den Chauffeur zu, der irgendwie ein bisschen enttäuscht dreinblickt. Er öffnet der vermeintlichen Signorina die Türe, und dann gleitet der Wagen davon.

Der Grossvater nimmt seinen Enkel an der Hand. «Jetzt kommt keiner mehr. Willst du eine Ovi?» Der Kleine nickt. «Heliokopeterovi!» Sie gehen ins kleine Flughafenrestaurant. Es heisst Kerosin-Stübli. Der Knirps sagt zum Grossvater: «Gehen wir dann Bagger schauen?» Der Alte nickt. Die Windfahne hängt schlapp herab.

(max.kueng@dasmagazin.ch)

Lauter Kämpfer: Christian Constantin, Jasmila Zbanic, Iris Radisch

NR. 31 05. BIS 11. 08. 2006

DAS MAGAZIN

ALLES FÜR JEDEN KRIEG

Auf Einkaufstour mit Waffenhändlern

SHOPPEN UND KILLEN

Text Max Küng
Bider Andri Pol

Auf der «Eurosatory» in Paris präsentiert die Rüstungsindustrie ihre neusten Produkte: Raketensysteme, Kampfpanzer, Handgranaten mit neuartigen Splittermänteln. Auch die Schweiz ist mit dabei.

Sie sitzen an Tischlein oder an der Theke der Bar in der Ecke der Messehalle und trinken einen Kaffee. Es sind zumeist Männer, nur wenige Frauen sind hier. Sie tragen Anzüge, haben dicke Aktenkoffer dabei. Manche tragen Uniform. Sie machen nur schnell eine Pause. Besprechen etwas. Essen ein Sandwich. Dann geht es weiter. Sie sind aus geschäftlichen Gründen hier. Sie kaufen Waffen. Oder sie verkaufen sie. Oder beides. Für sich. Für andere. Auf jeden Fall im grossen Stil. Es geht um Millionen. Es geht um Milliarden. Raketen. Panzer. Haubitzen. Sie tauschen Visitenkarten. Schütteln Hände. Studieren die neuen Produkte, die neuen Entwicklungen, die neuen Trends. Deswegen sind sie in den Norden von Paris gekommen, in die Messehallen des Vorortes Villepinte, eine Zugstation bloss entfernt vom Flughafen Charles de Gaulle.

«Eurosatory» heisst die Messe, «Salon International de la Défense Terrestre et Aéroterrestre», die alle zwei Jahre stattfindet, benannt nach Satory, einem Quartier Versailles, wo seit jeher die französische Armee zu Hause ist und die Rüstungsmesse erstmals stattfand, bis man sich aus Platzgründen gezwungen sah, hierher zu kommen.

Einlass finden nur Profis, die eine Erlaubnis des Organisators Gicat erhalten, dem Verband der französischen Rüstungsbetriebe: Militärs, Händler, Berater, ausgewählte Presseleute. 48 000 Besucher zählt man in diesem Jahr. Darunter 110 offizielle Delegationen aus 72 Ländern. Verteidigungsminister, Staatssekretäre, Generäle – Menschen in dekorierten Uniformen, mit Orden, Kordeln, an wandelnde Weihnachtsbäume erinnernd.

1080 Aussteller präsentieren auf 110 000 Quadratmetern ihre Ware. Zum Vergleich: Das ist eine dreimal so grosse Fläche wie die der Muba, der Mustermesse Basel, und selbst der Automobilsalon in Genf ist kleiner. Dazu gibt es ein Gelände, gross wie zehn Fussballplätze, auf dem Vehikel live in Aktion vorgeführt werden, mit künstlichen Hindernissen und allem Drum und Dran.

Gegenüber der Bar beginnt der Sektor Israels. Man hat die Stände der Aussteller geografisch geordnet. Israel ist mit über 40 Produzenten vertreten. Zum Beispiel Rafael[1]. Rafael hat sich den zweigeschossigen Stand einiges kosten lassen. Die Wände sind rot gestrichen und bestückt mit schwülstigen goldenen Bilderrahmen, in die Flachbildschirme eingelassen sind, auf denen man die Erzeugnisse der Waffenschmiede aus Haifa im Einsatz sieht – im Kontext der Geschichte. Zu dramatischer Musik werden Raketen abgefeuert. Dann wird überblendet in eine Darstellung eines Kriegsgerätes von Leonardo Da Vinci. In goldenen Lettern steht geschrieben an der Wand, gross und dick: «Galerie de la défense. State of the art solutions for your defence needs». Zu den bekanntesten Produkten Rafaels gehört die drei Meter lange Luft-Luft-Rakete Python oder die 1,3 Tonnen schwere Luft-Boden-Rakete Popeye, die Bunker durchdringen kann und von der israelischen Armee wie auch von der Türkei und den US-Streitkräften verwendet wird[2]. Rafael präsentiert auch die Derby-Rakete, für den mobilen Einsatz abschussbereit auf einem indischen Tata-Lastwagen montiert. China ist interessiert. Südkorea auch. Indien und die Philippinen haben bereits geordert.

Am Stand nebenan steht ein dicker Mann. Sein Anzug sitzt schlecht. Die Krawatte ist breit gestreift. Er schaut sehr ernst drein und wischt sich mit einem Taschentuch den Schweiss von der Stirn. Schlank ragt eine Rakete empor, auf deren Hülle der Name gepinselt steht, Lora, und das Logo von IAI, der Israel Aircraft Industries Ltd[3]. Der Mann sagt, diese Rakete mit dem Namen Lora sei eine Langstreckenrakete[4] von aussergewöhnlicher Präzision, mit einer Zielabweichung von weniger als zehn Metern, unabhängig von der Reichweite, welche bei maximal 250 Kilometern liege. Man habe sie im Jahr 2004 erfolgreich getestet. Die Lora kann wahlweise mit einem hochexplosiven 400-Kilo-Gefechtskopf oder mit einem 600 Kilogramm schweren Penetrationsgefechtskopf bestückt werden und sowohl von Schiffen wie auch vom Boden aus gezündet werden. Nichts sagen will der Waffenhändler zu den Meldungen der Fachzeitschrift «Jane's Defence Weekly», wonach die Türkei starkes Interesse an der Lora bekunden soll.

Der Mann von IAI hat noch andere Raketen im Angebot. Eine heisst Extra. Mit der Messe ist er zufrieden. Die französische Verteidigungsministerin Michèle Alliot-Marie hat den Stand besucht, zudem der Befehlshaber der rumänischen Armee sowie der spanische Dreisternegeneral Custodio Ignacio Romay.

Die Hallen, sie wirken endlos, endlos und nimmermüde recken sich Gewehrläufe in die Höhe und Panzerrohre. Man hat sich einiges einfallen lassen, um die Aufmerksamkeit der Messebesucher auf sich zu ziehen, schliesslich ist der Markt hart umkämpft. Bei MDT Armor Corporation aus Alabama etwa hat man irgendwoher noch ein paar Pflanzen geholt und Requisiten, damit man ein bisschen in Stimmung kommt. Ein Toyota Landcruiser wurde dekoriert. Der Wagen sieht nicht gut aus, die Reifen

1 Slogan: «Smart and to the point»
2 In den USA unter dem Namen Have Nap im Einsatz. 130 Stück wurden angeschafft. Kosten: 200 Millionen US-Dollar. Wurde während des Golfkrieges («Desert Storm») nicht eingesetzt. Man hatte angeblich Skrupel, eine israelische Bombe gegen ein arabisches Land zu verwenden.
3 Umsatz 2004: 2 Milliarden Dollar
4 Daher auch Lora: Long Range

Ob handliche Maschinenpistole oder schweres Maschinengewehr, auf der«Eurosatory»-Rüstungsmesse ist das Angebot allumfassend.

platt, die Front zerfetzt, die Scheiben zerdonnert, und er ist übersät mit hässlichen Löchern. Ein Mann gibt Auskunft. Vor nicht langer Zeit war der Wagen noch im Irak unterwegs, im Juli 2004, ausserhalb von Bagdad machte er Bekanntschaft mit dem, was man in der Militärsprache IED nennt, Improvised Explosion Device, eine Bombe, die man hier auf dieser Messe nicht kaufen kann, sondern die selbst gebastelt wurde. Der Mann von MDT sagt, dank der Panzerung des Fahrzeuges haben die Insassen das Gefährt unverletzt verlassen, obwohl man nicht weniger als 112 Löcher im Gefährt zählen konnte. Ob die Geschäfte gut laufen? Oh ja, sagt der Mann, er könne nicht klagen. Zurzeit ist im Nahen Osten niemand gerne ungepanzert unterwegs.

Eine Rakete namens Hellfire

Am Stand der Beretta-Gruppe lassen sich drei junge, schlanke Männer ein Gewehr erklären. Die drei stammen aus dem arabischen Raum und tragen für den Rahmen einer Industriemesse erstaunlich schicke Anzüge, und die Bärte sind blosse Schatten. Beim Gewehr handelt es sich um ein Produkt aus Riihimäki, einem Kaff im Süden Finnlands, präziser um ein überlanges Scharfschützengewehr aus der Edelwaffenschmiede Sako, Modell TRG-42, mit dem man auch aus der Distanz von 1500 Metern einen sicher tödlichen Schuss abgeben kann. Wer ein solches Gewehr braucht, der hat einen speziellen Auftrag. Die Männer sehen nicht aus, als ob man sie danach fragen sollte.

Die Firma TAR Ideal Concepts Ltd. aus Israel nennt sich «World Leader» in Sachen Ausrüstung für Counter- und Antiterroreinheiten. Hier würde Jack Bauer aus der Fernsehserie «24» einkaufen. Bei TAR gibt es wie in einem Supermarkt alles, was man braucht, um Terroristen zu bekämpfen. Zum Beispiel die Superminimaschinenpistole Micro Uzi, schusssichere Schilder, hydraulische Türaufbrechsysteme, Spezialseile, um sich von Hubschraubern abzuseilen (und die nötigen Handschuhe dazu), Leitern, die lang genug sind, um an Türen von entführten Flugzeugen zu gelangen, Metalldetektoren in allen Grössen, Elektroschockpistolen (200 000 Volt), Teleskopschlagstöcke aus härtestem Plastik (mit Antirutschgriff), Videokameras, mit denen man unter Türen hindurch sehen kann, allerlei ferngesteuerte Roboter für allerlei Zwecke oder superschnell auslegbare Nagelbretter, um Strassensperren zu errichten.

Die türkische Firma Roketsan[5] präsentiert ein auf einem Lkw montiertes System, das innert 80 Sekunden eine Batterie von 40 Raketen abfeuern kann, mit denen man bei einer Reichweite von 4 bis 30 Kilometern eine Fläche von 500 mal 500 Metern ziemlich systematisch und komplett in Schutt und Asche legen kann. Der Werfer lässt sich von fünf Mann bedienen. Im Notfall auch von drei Mann. Beim Nachbarstand von Öztiryakiler[6] gibt es Feldküchen im grossen Stil.

Die Firma ZVI aus der Tschechischen Republik präsentiert eine ultraleichte kleine 9-mm-Pistole namens Kevin (Totallänge nur 11,6 cm) inklusive Spezialholster, um sie am Fussgelenk versteckt zu tragen.

Am Stand von Lockheed Martin[7], dem grössten Rüstungskonzern der Welt, gibt es Computeranimationen des Zukunftsszenarien des Kriegs, der Krieg scheint kein Problem zu sein, die Rakete findet ihren Weg durch die Häuserschlucht – und Poster liegen auf, Reproduktionen eines Ölgemäldes, das in schöner Stimmung in einer bergigen Wüstenlandschaft ein Militärfahrzeug des Typs Hummer zeigt, von dem eben eine Rakete abgefeuert wird. Die Rakete trägt den Namen Hellfire.

Der Mann mit dem schmalen Schnurrbart am kleinen Stand von POF ist sichtlich stolz auf seine kleine Maschinenpistole. Sogar die US-Armee habe sie beschafft. Kaliber 9 mm. Nur zwei Kilo schwer. 34 Zentimeter lang. 900 Schuss in der Minute. Sehr gut geeignet für CQB (Close Quarter Battle), den Nahkampf. So klein der Stand von POF, so gross das Angebot: Kleinkalibermunition, Panzergranaten, Schusswaffen aller Art wie etwa ein 92 Kilogramm schweres Flugabwehr-Maschinengewehr. Der Mann sagt: POF heisse Pakistan Ordnance Factories, man sei in Wah Cantt zu Hause, beschäftige 60 000 Leute und habe Erfahrung in der Waffenproduktion seit 1951.

Eine Firma aus Thailand stellt Panzerraupen her. Auch solche für den Einsatz im Schnee.

Eine Firma aus Thailand namens Chaiseri stellt Panzerraupen her. Auch solche für den Einsatz im Schnee. Man passiert die Länderpavillons: Griechenland, dann Bosnien-Herzegowina, dann Kroatien, schreitet durch Südafrika. Aus Südafrika stammen die Dinge von Denel, einem Betrieb, der ebenfalls eine breite Produktpalette anbietet, von Haubitzen über Hochgeschwindigkeitsdrohnen bis zum Maschinengewehr mit der Bezeichnung Mini-SS. Schliesslich hat man während der Zeit der Apartheid verstanden, zur Selbstversorgerin zu werden. Heute verkündet Denel, dass von den 581 Angestellten im Management 27 Prozent Schwarze sind und 11 Prozent Frauen. Schliesslich gelangt man zum Pavillon von Grossbritannien, wo bei Land Rover[8] ein Range Rover steht, schwer gepanzert, und ein Defender[9], sandfarben bemalt für den Wüsteneinsatz und bestückt mit drei grossen Maschinengewehren. Und am Ende der Halle findet man einen gigantisch grossen Stand einer Firma namens BAE Systems[10] und dort eine reiche Anzahl von schnittigen Panzern verschiedenster Natur. Von BAE stammt etwa der Kampfpanzer Challenger 2, der nebst in der britischen Armee auch in jener von Oman im Einsatz steht – und der dafür bekannt ist, dass er einen Wasserkocher im Inneren hat, damit man immer heisses Wasser für Tee hat. Zurzeit arbeitet BAE auch an der neuen Generation von Angriffs-Atomunterseebooten für die britische Royal Navy, der Astute-Klasse, 97 Meter lang, ausgerüstet mit einem Rolls-Royce-PWR2-Reaktor. Kosten pro Boot: rund 700 Millionen Euro. Aber der Krieg zu Wasser, das wiederum ist ein gänzlich anderes Kapitel. →

5 Slogan: «Türkiye'nin büyüyen gücü – Turkish technology leads the way»
6 Slogan: «Kitchen standard»
7 Slogan: «We never forget who we're working for». Jahresumsatz 2005: 37,2 Milliarden Dollar, 135 000 Angestellte
8 Slogan: «Go beyond»
9 Slogan: «Proud to serve»
10 Slogan: «Real breadth, real performance, real delivery» Jahresumsatz 2005: 14,8 Milliarden Pfund

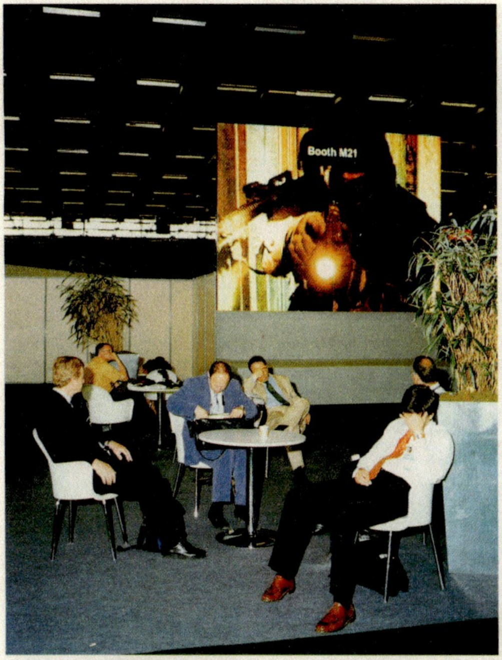

Auch Waffenhändler brauchen mal Pause.

Man trifft sich hier. Man tauscht Visitenkarten. Man pflegt Kontakte.

Man spielt mit wunderbarem Spielzeug.

Grobes Geschütz: die Kanone namens Lemur aus Schweden.

Das Gelände der Pariser Rüstungsmesse ist grösser als das vom Genfer Automobilsalon.

Eine selbst gebastelte Bombe zerfetzte den Toyota Landcruiser. Jetzt wirbt er am Stand einer Firma für Fahrzeug-Panzerungen.

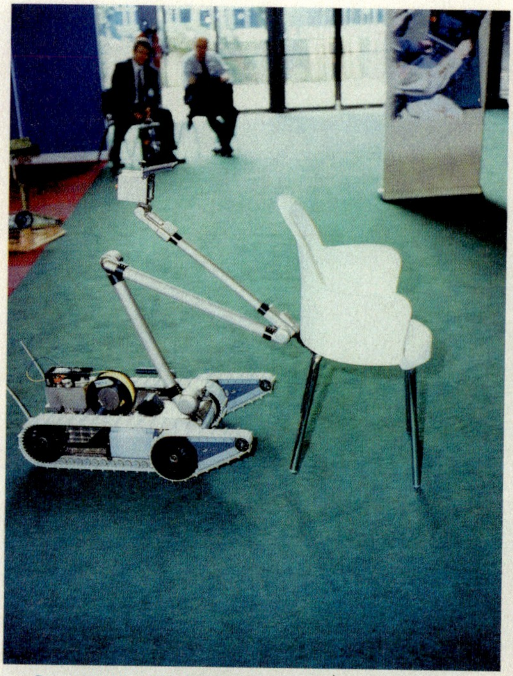

Demonstration eines ferngesteuerten Roboters.

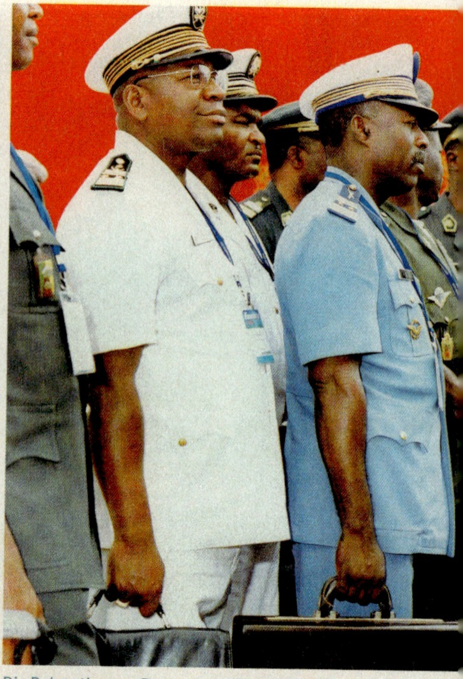

Die Delegation aus Botswana auf Shoppingtour.

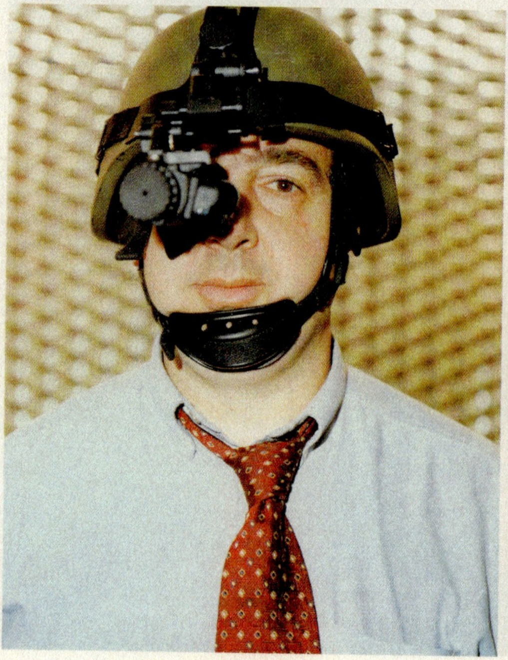

Das Ziel vor Augen: Kampfhelm mit eingebautem Bildschirm.

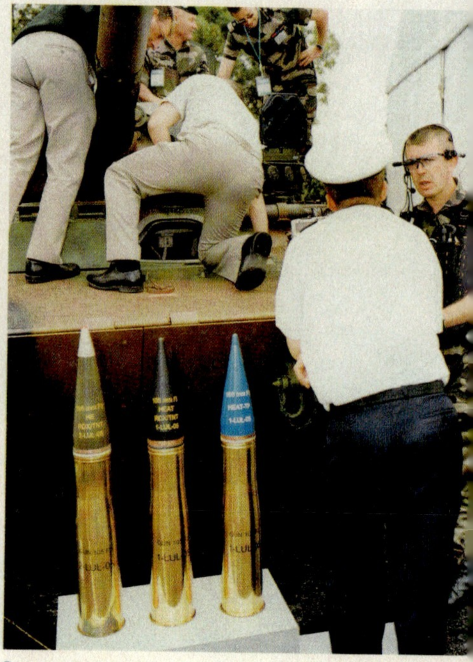

Panzermunition mit unterschiedlichen Eigenschaften.

Durchwegs nur schöne Namen: Rhino, Biber, Büffel, Marder, Puma, Yak, Wiesel, Fuchs und Condor.

Am Stand von Glock[11], dem Pistolenhersteller aus Deutsch-Wagram in Österreich, macht man auf alte Schule. Glock wirbt mit Postern von heissen Miezen mit nicht viel an, mit Knarren in den Händen, etwa für das Modell 33, auch «Pocket Rocket» genannt, oder Modell 21, «An American Icon», wie es im Prospekt heisst, wegen ihrer Beliebtheit bei den dortigen Polizeikräften. Auch die neuen Polizeikräfte im Irak werden mit Glocks ausgerüstet.

Vor dem Pavillon von MBDA Missile Systems[12] lässt sich eine Delegation des chilenischen Militärs das Panzerabwehrraketensystem Milan ER erklären, «die kraftvolle Schlachtfeldwaffe für alle beweglichen Ziele». Alle nicken anerkennend. Vor dem Pavillon von Eads[13] weht die Flagge des Wüstenstaates Bahrain: Eine offizielle Delegation wird empfangen.

Kampfflugzeug von Saab

Aus Schweden kam eine wunderschöne, gross gewachsene Frau mit einem umwerfenden Lächeln und langen glatten Haaren und einem Namensschild, auf dem Elin steht. Oder Alva? Oder Amanda? Sie steht am Stand von Saab und verteilt Aufkleber und ausführliche Prospektmappen, und wenn man eine Frage hat, dann gibt Elin oder Alva oder Amanda Auskunft. Saab verkauft hier keine Autos, keine lustigen Cabriolets oder sanft motorisierten Kombis, sondern die andere Ware, die auch hergestellt wird. Saab baut Kampfflugzeuge[14]. Saab produziert Tarnkleidung, welche 80 Prozent der Körperwärme des Soldaten zurückhält (der so nicht von Wärmebildkameras entdeckt werden kann) und Tarnnetze[15]. Saab baut ein Raketenrohr namens Carl-Gustaf[16], einsetzbar für Reichweiten von 50 bis 900 Metern. Aber der Star des Standes ist ein unbemannter Hubschrauber namens Skeldar V-150, ein vier Meter langes Objekt, elegant geschwungen, im Bauch schwanger mit einem Videosystem für Überwachungen aller Art. Ein Auge am Himmel.

Ein kleiner Stand am Rand der Halle gehört einer kleinen Firma aus Bulgarien: IMS Institute of Metal Science. 435 Angestellte. Daheim in Sofia. Stellt Maschinen für die Autoindustrie her. Aber auch andere Dinge. Die werden hier gezeigt. Auf einem kleinen Tischlein liegen ein paar Minen verschiedener Grösse. Zum Beispiel eine magnetische Unterwassermine mit der Typenbezeichnung MDM7N, die man einfach von Schnorchelmännern an einem Schiffsrumpf anbringen lassen kann.

Die tragbare Javelin-Panzerabwehr-Familie wird von der US-amerikanischen Raytheon[17] hergestellt, der Nummer fünf im Rüstungsgeschäft. Raytheon hat sich nicht mit einem Stand in der Messehalle begnügt, sondern einen schmucken zweistöckigen Pavillon vor der Halle bezogen, dort wo sich die grossen Unternehmen der Branche postiert haben. Paul E. Stefens' Visitenkarte ist doppelseitig bedruckt. Vorne englisch. Hinten arabisch. Er ist Manager Corporate Affairs and Communications für das ausseramerikanische Geschäft. Der Belgier spricht perfekt Deutsch («Ach, ich habe in Genf studiert, ein bisschen»), trägt einen perfekt geschnittenen Anzug, die Haare sind mit Brillantine beruhigt, und seine listigen Augen sagen, dass er einem alles verkaufen kann, wenn er will.

Trends? News? Etwa die neuste Generation der Stinger-Rakete. Jenes Kassenschlagers, der in den späten Sechzigerjahren aus dem Redeye-Raketen-System heraus von General Dynamics entwickelt worden ist (seit 1994 besitzt auch die Schweizer Armee Raketen des Typs Stinger) und über 50 000-mal hergestellt worden ist. Der Slogan der Waffe: «Fire and forget». Denn einmal abgefeuert, findet die Stinger dank Infrarot den Weg zum Ziel. Im farbigen Prospekt heisst es: «Die Stinger-Rakete ist die Antwort.» Die Antwort war die Stinger auch für viele sowjetische Hubschrauber und Flugzeuge in den Achtzigerjahren in Afghanistan. 2000 Raketen wurden von der CIA via Mittelsmänner in Pakistan an die Mujahedin geliefert. Wie viele Stinger nach dem Rückzug der sowjetischen Truppen aus Afghanistan im Jahr 1989 noch im Land waren und vor allem, was die Taliban mit ihnen machten, das weiss niemand. Es wird vermutet, dass die Taliban sie verkauften. An wen auch immer. Sicher ist nur: Der Iran kaufte sechzehn Stück davon auf dem Schwarzmarkt und setzte sie später im Persischen Golf gegen Hubschrauber der US-Marine ein. Seither versuchten die USA stets, die Stinger zurückzukaufen. Erfolglos.

Trends? News? Ganz neu sei, sagt Stefens, was vor dem Pavillon von Raytheon steht: die Amraam[18]-Rakete für den mobilen Einsatz, montiert auf einem Hummer. Prospekte hat es leider keine mehr. Die gingen alle am ersten Tag schon weg. Herr Stefens muss ein bisschen lächeln. Mit einer solchen Nachfrage hat selbst er nicht gerechnet.

Gegenüber von Raytheon haben die Deutschen Stellung bezogen. Besonders gediegen: der Pavillon der Waffenschmiede Rheinmetall[19]. An einer Bar gibt es Saft und Weisswein, und im Programm hat Rheinmetall Vehikel vom leicht gepanzerten Fahrzeug bis zum Kampfpanzer mit durchwegs schönen Namen: Rhino, Keiler, Biber, Kodiak, Büffel, Marder, Puma, Fuchs, Condor, Yak, Wolf, Serval oder Wiesel. Die Auftragsbücher sind voll. Gerade hat Rheinmetall von der britischen Armee einen 24-Millionen-Auftrag erhalten: Bordmunition für den Tornado-Kampfjet (240 000 Patronen). Plus Grosskalibermunition für 79 Millionen Euro an die Niederlande und die Türkei. Plus Marinegeschütze für 40 Millionen Euro nach Kuwait. Und weil die Geschäfte so gut laufen, hat man in diesem Frühsommer

11 Gegründet von Gaston Glock, auf Platz 43 der reichsten Österreicher, der 1999 nur knapp einem Mordanschlag in einer luxemburgischen Tiefgarage entging, als ihn ein französischer Killer mit einem Hammer erschlagen wollte. Mutmasslicher Auftraggeber: ein alter Geschäftspartner namens Charles Ewert, genannt «Panama-Charly».

12 Umsatz 2004: 3,1 Milliarden Euro

13 Slogan: «The step beyond»
Umsatz 2005: 34,2 Milliarden Euro

14 Den Gripen. Werbebroschüre: «Gripen is no ordinary fighter. It is your pride. It is the wings of your nation.»

15 Eben hat die US-Armee für 20 Millionen Dollar Tarnnetze der Serie Ulcans (Ultra-Lightweight Camouflage Net System) bestellt.

16 Slogan: «The best there is»

17 Slogan: «Customer success is our mission»
Umsatz 2005: 21,9 Milliarden Dollar

18 Advanced medium-range air-to-air missile

19 Gegründet 1889
Umsatz 2005: 3,5 Milliarden Euro, davon Sparte Defence 1,4 Milliarden Euro

eine Niederlassung in der Schweiz gegründet, in Zürich. Der Konzern schreibt: «Rheinmetall verspricht sich durch den neuen Marktauftritt die Erweiterung von Geschäftsmöglichkeiten durch die Fokussierung seiner Interessen auf dem wichtigen Schweizer Markt.»

Auch Giat[20] hat einiges in den Messestand investiert, um seine Produkte anzupreisen, darunter Geschütze namens Caesar, lachsfarben lackierte Radpanzer oder gewaltig anmutende Maschinengewehre für Hubschrauber. Bei Giat bekommt man auch Aufhängevorrichtungen[21], mit denen man das von Hause aus unbewaffnete Flugzeug des Typs Pilatus PC-9[22] mit einer 20-mm-Kanone bestücken kann. Eben erst hat der Bundesrat den Verkauf eines solchen in Stans produzierten Flugzeuges in den Tschad bewilligt, denn das Schulungsflugzeug gilt nicht als Kriegsmaterial.

Gross hängt das Schweizer Kreuz unter der hohen Decke der Messehalle 6, gross wie sonst keine andere Flagge. Die Schweiz, auch sie ist vertreten. Und die Schweiz verkauft nicht nur Armeesackmesser. Die natürlich auch. Am kleinen Stand von Victorinox werden die klassischen Offiziersmesser angeboten, daneben befinden sich Hersteller von Wetterstationen, Feldstechern, und auch die Lista AG[23] hat einen Stand und preist dort ihre Schubladenschränke an. Weitaus grösser aber ist der Stand der Firma Ruag, welche sich den Slogan «Security is our goal, quality our standard» auf die Fahne geschrieben hat. Der Stand ist nicht besonders schön, aber zweckmässig. Stellwände und Vitrinen, eine Theke. Eine ältere Dame serviert Kaffee und Mineralwasser. Auf der Theke steht eine Schale mit Minischokolädchen der Marke Toblerone. Gemäss der Fachzeitschrift «Defense News» rangiert die Ruag im globalen Ranking der grössten Rüstungsbetriebe auf Platz 45.

Bei der Ruag scheint man nicht sonderlich erfreut, dass sich ein Journalist nähert und Interesse bekundet an einem imposanten Modell einer Handgranate, das wie ein Schmuckstück am Stand ausgestellt ist. Es zeigt eine vergrösserte Ruag-Handgranate mit dem schönen Namen Pearl im Querschnitt. Pearl deshalb, weil der explosive Kern der Handgranate umhüllt ist von einer Vielzahl von kleinen, an Perlen erinnernden glänzenden Stahlkügelchen mit einem Durchmesser von je 1,58 bis 3 Millimeter. Bei der Detonation der Handgranate machen sich diese Stahlkügelchen auf ihre zerstörerische Reise – bei Tests erzielte die Ruag bis fast 35 Einzelpenetrationen pro Quadratmeter. Im Prospekt heisst es: «Die neue Handgranate Pearl überzeugt durch ihre unerreichte Leistung und Anpassungsfähigkeit. Schutzwesten nach Stanag[24] lassen sich mit einzelnen Pearl-Konfigurationen auf 5 m durchschlagen.»

Der Product Manager der Handgranate heisst Herr Knubel. Er lächelt gequält. «So», sagt er, «Sie wollen etwas über die Handgranate wissen? Ich kann Ihnen schon etwas erzählen. Grundsätzlich unterscheiden wir zwischen offensiven und defensiven Handgranaten.» Offensive Handgranaten könne jeder herstellen, auch Nationen mit einfachsten technologischen Mitteln. Die Herausforderung sei die defensive Handgranate, die man nicht einfach werfe, um blind zu zerstören, sondern die man als letztes Mittel im Verteidigungskampf einsetze, kurz bevor man sich mit Händen und Füssen wehren müsse. Dann unterbricht Herr Knubel seine Ausführungen und sagt: «Wissen Sie was? Ich glaube, es ist doch besser, wenn Sie mit Herrn Wenger reden. Der ist der Chef hier am Stand. Sonst bekomm ich noch eins auf den Deckel, ja? Und das wollen wir ja nicht, haha, dass ich eins auf den Deckel bekomme, oder? Herr Wenger ist gerade im Mittag. Kommen Sie doch um Viertel vor zwei nochmals, ja. Wollen Sie einen Kaffee? Ein Schöggeli?»

Um Viertel vor zwei ist Herr Wenger da. Herr Wenger erklärt die Ruag. Die Ruag also ist eine Holding, eine Aktiengesellschaft im Besitz des Bundes, und es gibt fünf Tochterfirmen, unter anderem die Ruag Ammotec, welche die Handgranaten herstellt. Oder die Ruag Land Systems, welche einen so genannten Midlife Upgrade für den Kampfpanzer Leopard 2 anbietet, zu Deutsch «Werterhaltungsprogramm», kurz WE. Dieses WE ist ein nicht unumstrittener Bestandteil des 1,5 Milliarden schweren Rüstungsprogramms 2006 (kurz RP 06), das der Bundesrat kürzlich verabschiedet hat. Für die Überbrückung der Midlife-Krise unseres Kampfpanzers will VBS-Chef Samuel Schmid 395 Millionen Franken ausgeben.

Die Engländer schwärmen von den Schweizer Handgranaten. Es sind die besten auf der Welt.

«Können Sie etwas über die neue Handgranate namens Pearl erzählen?» «Nun, es ist eine Verfeinerung des bestehenden Systems.» «Was heisst das genauer?» «Es ist eben eine Verfeinerung.» «Die Pearl, die wird ein Exportschlager, oder?» Herr Wenger mag nicht so über die Handgranate reden. «Herr Wenger, Sie schreiben doch in Ihrem Prospekt, die Engländer schwärmen, die Handgranaten der Ruag seien die besten Handgranaten auf der ganzen Welt, oder?» Herr Wenger nickt. «Und die Engländer benutzen diese Handgranaten auch?» Herr Wenger sagt: «Das weiss doch jeder, dass die Engländer unsere Handgranaten benutzen. Ach, Handgranaten. Handgranaten macht doch jeder. Sogar die Österreicher machen Handgranaten.» Herr Wenger schaut kritisch drein, so wie manche an den Ständen schauen, wenn kleinwüchsige Männer asiatischer Herkunft mit kleinen Digitalkameras ihre Produkte fotografieren. China ist zwar mit Abstand der grösste Waffenimporteur der Welt, aber man lernt natürlich gerne auch noch ein bisschen dazu.

20 Umsatz 2004: 590 Millionen Euro
21 NC621
22 Im Einsatz etwa in Saudiarabien
23 Slogan: «Making workspace work»
24 Stanag ist die Abkürzung für Standardization Agreement, ein Standardisierungsübereinkommen der Nato-Vertragsstaaten über die Anwendung standardisierter Verfahren oder ähnlicher Ausrüstung.
25 Slogan: «Protected mobility»
26 Slogan: «Strength on your side» Umsatz 2004: 19,4 Milliarden Dollar. Im ersten Quartal 2006 verzeichnete General Dynamics eine Umsatzsteigerung von über 15 Prozent. Die Banken empfehlen die Aktie zum Kauf.
27 Wurde 1999 von der Oerlikon Bührle Holding an den deutschen Rüstungsbetrieb Rheinmetall Defense verkauft. Der Hauptsitz ist in Zürich, weitere Standorte finden sich in Italien, Kanada, Malaysia und Singapur.
28 Gehört zur Finmeccanica-Gruppe Slogan: «Higher thinking»
29 Slogan: «World class – through people, technology and dedication» Umsatz 2004: 478 Millionen Dollar
30 Air defense anti-tank system

Die Konkurrenz schläft nicht, schon gar nicht die in Fernost.

Nebst Handgranaten stellt die Ruag Ammotec auch Munition her. Eben wurde ein Deal mit den niederländischen Streitkräften abgeschlossen – Kleinkalibermunition im Wert von 80 Millionen Franken wird von Thun in den Norden geliefert werden können. Der grösste Einzelauftrag, den die Ruag-Munitionssparte je erhalten hat.

2005 hat die Schweiz für 258 Millionen Franken Kriegsmaterial exportiert. Im Vorjahr waren es 402 Millionen, wovon 61 Millionen aus Botswana kamen. Botswana kaufte gepanzerte Radfahrzeuge des Typs Piranha der Kreuzlinger Firma Mowag[25], die seit Oktober 2003 zum Konzern General Dynamics[26] gehört, dem sechstgrössten Rüstungskonzern der Welt. Die wichtigsten Kunden der Schweiz im Jahr 2005: Deutschland, Dänemark und die USA.

Lautlos schwenkt die kantige Kanone auf dem Radpanzer des Typs Piranha, hebt sich vor der Messehalle in den blauen Himmel über Paris, senkt sich wieder herab, nimmt einzelne Besucher ins Visier. Im Panzerfahrzeug sitzt ein Mann von der Mowag an einem Bildschirm und erklärt die Bedienung des unbemannten Geschützturmes. Er drückt Knöpfe. «So, hier klicken wir die Ziele an, zack, und jetzt: Feuer.» Der Mann von der Mowag geht ins Detail. Er erklärt etwas vom HMI, dem Human Machine Interface, vom SAD, dem Situational Awareness Display, von einer Infrarotkamera mit 576x768 Pixels, es fallen Begriffe wie «kill assessment», und am Ende drückt er einem eine 110-seitige Bedienungsanleitung in die Hände.

«Keine Ahnung», sagt der Mann von der Mowag auf die Frage, wie teuer ein Piranha sei. Das hört man immer hier, an der Messe, wenn man nach den Anschaffungspreisen der Waffen fragt. «Keine Ahnung. Kann man nicht sagen. Kommt darauf an.» Beim Piranha etwa kommt es darauf an, ob man ihn mit der 35-mm-Flugabwehrkanone Skyranger der Oerlikon Contraves AG[27] will oder mit dem italienischen Oto-Melara-System[28], mit der 12,7-mm-Kanone von Kongsberg[29] aus Norwegen oder mit dem von Oerlikon Contraves in Kanada gefertigten Raketenwerfer Adats[30].

Der Piranha ist beliebt. Eben hat die belgische Armee für 500 Millionen Euro 242 Fahrzeuge bestellt – die Auslieferung soll nächstes Jahr anlaufen. Irland hat auch nochmals 15 Stück bestellt und stockt so seine Piranha-Flotte auf 80 auf.

Vor der Messehalle hält ein weisses Züglein, eine kitschige Mini-Eisenbahn mit Gummirädern und Wägelchen zum Reinsitzen, wie sie Rentner durch Touristenorte zieht oder man sie von Vergnügungsparks her kennt. Am Steuer sitzt eine freundliche Frau, sie ruft «Einsteigen bitte!», und schon bald weht ihr Foulard im Fahrtwind. Mit dem Bähnlein geht es in rasanter Fahrt hinaus ins Grüne, wo flach die Wiesen und die Äcker liegen, ein paar Krähen gemütlich picken. Dort hält das Bähnlein, und dort ist ein roter Teppich ausgelegt, der zu einer Tribüne führt. Aus Lautsprechern kommt erst leichte Musik, dann bellt eine Stimme, und die Krähen fliegen davon. «Stellen Sie sich vor, Sie sind in einen hochintensiven Krieg involviert. Benutzen Sie Ihre ganze Vorstellungskraft. Unsere Truppen haben die Aufgabe, eine feindliche Spezialeinheit zu zerstören. Wir beginnen mit der Aufklärungsphase.» Ein Aufklärungsfahrzeug braust heran, und die Stimme aus dem Lautsprecher klingt nun euphorisch: «Panhard Tactical Military Vehicles ist stolz, Ihnen heute den VBL präsentieren zu dürfen. Ein leicht gepanzertes Vierradfahrzeug.» Das französische Gefährt ist ausgesprochen flink und vollführt allerlei Manöver. Hügel hoch. Hügel runter. Volle Beschleunigung. Wendige Manöver. Wie im Zirkus. Es braust davon. Leichter Applaus, anerkennendes Nicken. Der Krieg geht weiter. Es werden grobe Geschütze aufgefahren, richtig grosse Artilleriekanonen. Männer hantieren und feuern Richtung Flughafen Charles de Gaulle, natürlich nicht wirklich, sondern sie tun nur so, als ob. Haubitzenpantomime. Hier in Paris, 3000 Kilometer von Beirut entfernt, sieht es aus wie modernes Tanztheater. ‹

Max Küng ist redaktioneller Mitarbeiter (max.kueng@dasmagazin.ch).
Andri Pol fotografiert regelmässig für «Das Magazin» (apol@bluewin.ch).

VISITENKARTE EINES HERRN
DER MEHRERE SPRACHEN SPRICHT.

Raytheon

Paul E. Stefens
Manager, Corporate Affairs and
Communications
Europe, Middle-East, Africa and Asia
Tel.: (32.2) 778.49.55
Fax: (32.2) 778.49.45
E-mail: paul_stefens@raytheon.com
home tel.: (32.3) 633.05.11
home fax: (32.3) 633.04.41
mobile: (32.475) 45.77.39

Raytheon International, Inc.
Avenue Ariane, 5
B-1200 Brussels, Belgium

LOCKHEED MARTIN
We never forget who we're working for™

Hellfire II™
Effective Against 21st Century Threats

WARNING

THE NEW YORK TIMES, THURSDAY, APRIL 10, 2003

Laura Rauch/Associated Press

DA MÜSSEN SIE WIRKLICH UNBEDINGT MAL HIN

Text Max Küng

Die Welt ist gross. Was muss man von ihr wirklich gesehen haben, bevor man stirbt? Zwei Bücher wollen weiterhelfen.

Vor Jahren, auf der Insel Sri Lanka, früher einmal Ceylon genannt, mieteten wir uns einen Fahrer samt dazugehörigem Auto und liessen uns zwei Wochen über die Insel kutschieren. An einem Tag an irgendeiner Stelle der Strecke stoppte der Fahrer, so wie er es in den Tagen zuvor getan hatte und auch in den Tagen danach tun würde. Er wendete sich uns im Fond zu und sagte: «We stop. Take picture here.»

Wir waren des Aussteigens und Fotografierens müde und sagten, nein, wir würden lieber zu dem berühmten Wasserfall fahren, von dem wir im Reiseführer gelesen hatten und der ganz in der Nähe sein soll. «No waterfall. Take picture here!», hiess uns der Fahrer. Und dann wurde mir klar, dass er mit jedem Gast an dieser Stelle stoppte. Jeder Gast machte hier ein Bild von dieser bestimmten Stelle auf der Insel Sri Lanka, weil der Fahrer fand, es sei ein Bild, das man gesehen und gemacht haben musste. Und auch wir machten das Bild, wenn auch mehr, um den Fahrer nicht zu enttäuschen.

Was muss man gesehen haben von der Welt in seinem Leben? Die Frage ist natürlich interessant. Das fand auch die amerikanische Reiseführerautorin Patricia Schultz, die sich ein paar Jahre Zeit nahm und ein Kompendium verfasste, das den schönen Titel trägt «1000 Places To See Before You Die – Die Lebensliste für den Weltreisenden»* (auf dem Cover der deutschen Ausgabe prangt auch gleich noch der gedruckte Hinweis, das Buch sei ein «New York Times»-Bestseller).

1000 Orte, die man gesehen haben muss, bevor man den Löffel abgibt. Wie gesagt, das ist eine gute Idee. Was aber nicht heissen muss, dass eine gute Idee auf direktem Wege zu einem guten Buch führt. Gut an diesem Buch ist, dass es dick und billig ist. 946 Seiten für 18.30 Franken. Nicht so gut ist, dass es auch für 18.30 Franken ein doch recht hässliches Buch geworden ist mit kleinen, schlecht gedruckten Schwarzweissfotos. Und die 1000 Orte? Viel Erwartbares. Viele Standards. Viel Teures (ich kann mir ohne Probleme vorstellen, dass das Hotel Cipriani in Venedig ein tolles Hotel ist, aber leider kostet das billigste Doppelzimmer in dem Schuppen 815 Euro pro Nacht, die Suite schlägt mit 8330 Euro zu Buche – und ich werde also wohl tatsächlich sterben müssen, ohne im Cipriani gewesen zu sein, oje).

Dazu kommt: Die Erde dreht sich, die Zeit vergeht, Dinge verändern sich – und leider erschien das nun eben auf Deutsch übersetzte Buch im Original bereits im Jahre 2003. Klar, Klassiker bleiben Klassiker, aber das Kapitel New Orleans sollte man mit Vorbehalt geniessen – und bei Koh Phi Phi klingen die notdürftig angeklebten Tsunami-Sätze doch ein bisschen hohl und dumm: «Obwohl Koh Phi Phi vom Tsunami im Dezember 2004 stark beschädigt wurde, ist die Insel doch ein Paradies geblieben. Das wusste vor der Katastrophe auch Hollywood und drehte hier den Streifen ‹Der Strand› mit Leonardo DiCaprio. Zwischen den steilen, dschungelbewachsenen Kalksteinklippen der Insel liegen halbmondförmige, palmenbestandene Strände aus weissem Sand...» Und weiter geht der Schmus.

Fragen tun sich auf. Muss man das Brandenburger Tor gesehen haben? Das Anne-Frank-Haus in Amsterdam? Das dortige Rotlichtviertel? Die Heimat des Weihnachtsmannes (Rovaniemi, Lappland)? Muss man die Berliner Philharmoniker gehört haben? In Cattlemen's Steakhouse in Oklahoma City gegessen haben? Dem Goldmuseum in Bogotá einen Besuch abgestattet haben? Oh, den Eiffelturm hätte ich fast vergessen.

Anstatt ein eigenständiges Buch mit Charakter ist «1000 Places» eine Zusammenstellung von Highlights aus Reiseführern. Eine fleissige Schreibtisch- und Recherchiertat. Und dass ich den kalbenden Perito-Moreno-Gletscher im Südwesten Argentiniens unbedingt sehen möchte, bevor ich das Zeitliche segne, das wusste ich bereits. Nur leider ist der so verdammt weit weg.

Tampons im Iran Der Perito-Moreno-Gletscher als lohnenswertes Ausflugsziel findet sich auch in einem anderen Buch erwähnt, das ein ähnliches Ziel verfolgt wie das Schultz-Werk. «Blue List – 618 Things To Do & Places To Go» des nicht eben unbekannten australischen Reiseführerverlags Lonely Planet Publications bietet allerdings einen etwas bunteren und frischeren Zugang, als die doch recht konservative Patricia Schultz es tut.

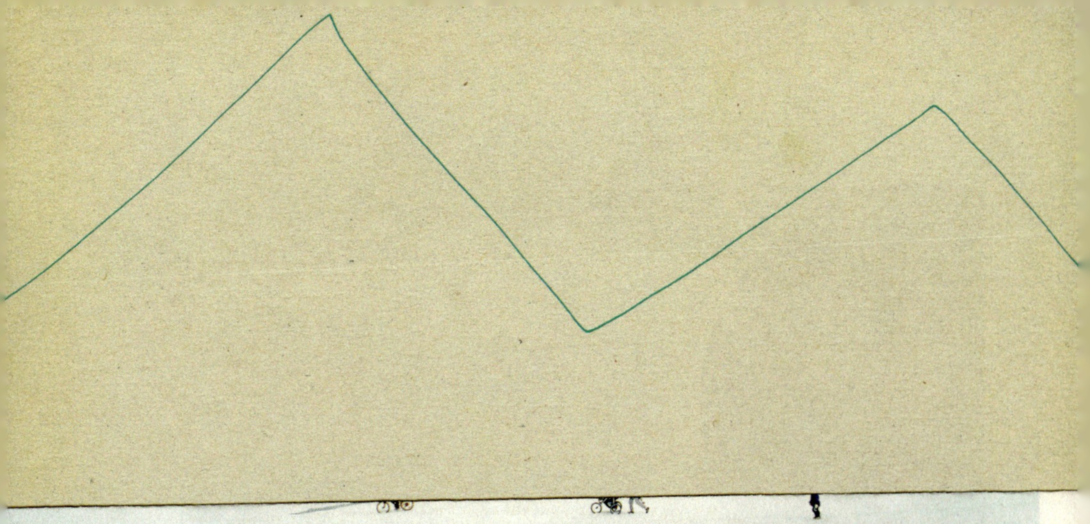

Es soll sehr einsam sein in Nunavut in Kanada – wen wunderts?

Die blaue Liste ist, wie der Name schon sagt, in zwei Teile geteilt: Dinge und Orte. Der Dinge-die-man-tun-muss-Teil umfasst auf knapp 100 Seiten 40 Listen. Wo gibts die einsamsten Orte? (Beispielsweise Nunavut, Kanada.) Welches sind die schwulenfreundlichsten Destinationen? (Beispielsweise Brighton, England.) Wo reist es sich am härtesten? (Beispielsweise in Degastan.) Wo und womit betrinkt man sich am besten? (Japan, Sake, stimmt sogar.) Wo gibt es das beste Essen? Allerdings schleicht mit lautem Trampeln der Verdacht heran, dass auch die Lonely-Planet-Leute auch nur Menschen sind (also trottelige Touristen), denn wie kommt sonst Griechenland auf Platz zwei der letztgenannten Liste, die Liste der «best foodie destinations», hinter Thailand, vor China? Die Küche Griechenlands als Reisegrund? En Guete!

Der Orte-Teil liefert Basis-Informationen zu 65 Ländern, ein paar hübsche Bilder, viele Allgemeinplätze und superwichtige Tipps: dass man in die Türkei unbedingt Sonnencreme mitnehmen soll, weil die dort so teuer sei, und man in den Iran nicht ohne Tampons einreisen soll, dass es auf Guam den weltgrössten K-Mart Supermarkt gibt, dass man in der Schweiz nicht über Geldwäscherei reden soll (hingegen wird Roger Federer sowie Käse als lohnenswertes Gesprächsthema empfohlen) und dass man nicht ohne Regenschirm nach Kambodscha reisen soll.

Neapel und ein Witz Was man nun gesehen haben muss in einem Leben, das ist eine Frage, die jede und jeder für sich beantworten muss. Mein Vater pflegt zu sagen: «Was man gesehen haben muss? Den kurzen Rock der Nachbarin muss man gesehen haben!» Ein bisschen weniger pragmatisch, aber doch auch ohne gleich ins Tausendste zu kommen, lautet ein italienisches Sprichwort, das jeder kennt: Vedi Napoli e poi muori. Neapel sehen und sterben. Allerdings wohnt diesem geflügelten Wort ein Witz inne, denn das Wort «muori» bedeutet nicht nur sterben, sondern Muori heisst auch ein kleiner Ort südlich von Neapel. Und den, den muss man einfach gesehen haben. Sonst hat man wirklich nicht gelebt.

Und auf Sri Lanka hält jetzt an einer bestimmten Stelle ein Auto, der Fahrer wendet sich zu den Passagieren im Fond, und er sagt: «We stop. Take picture here!» Und ein weiteres Bild der Erde ist gemacht.

PS: Für die, die lieber daheim bleiben wollen, empfiehlt sich das Buch «Sichtbare Welt»*** der Künstler Peter Fischli und David Weiss. Darin: 2800 Bilder von der Welt, die man ja selber kaum machen wird. Denn die schönsten Orte sind die, von denen man nicht wusste, dass es sie gibt.

* «1000 Places To See Before You Die – Die Lebensliste für den Weltreisenden», Könemann-Verlag
** «Blue List – 618 Things To Do & Places To Go», Lonely Planet Publications
*** «Sichtbare Welt», Verlag Walter König

Max Küng ist redaktioneller Mitarbeiter und Kolumnist des «Magazins» (max.kueng@dasmagazin.ch).

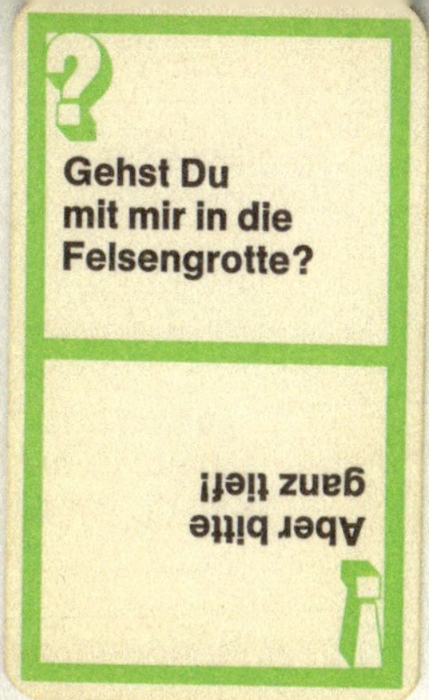
Gehst Du
mit mir in die
Felsengrotte?
Aber bitte
ganz tief!

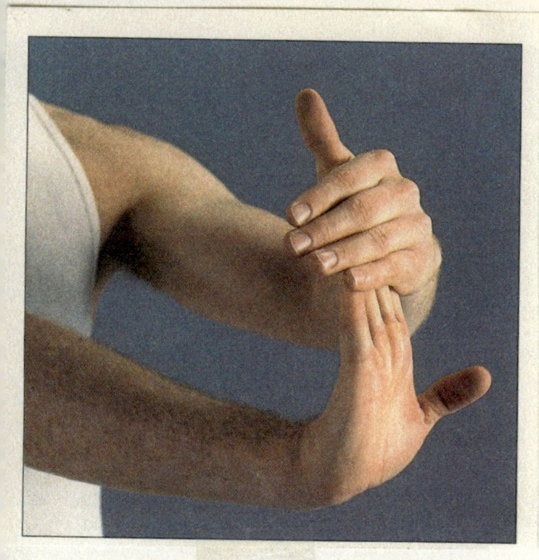

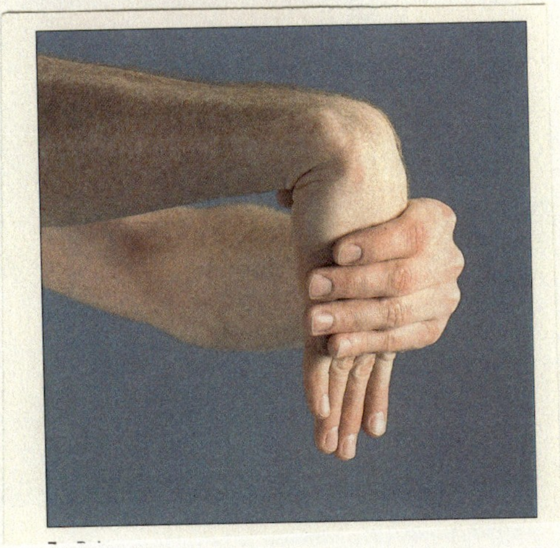

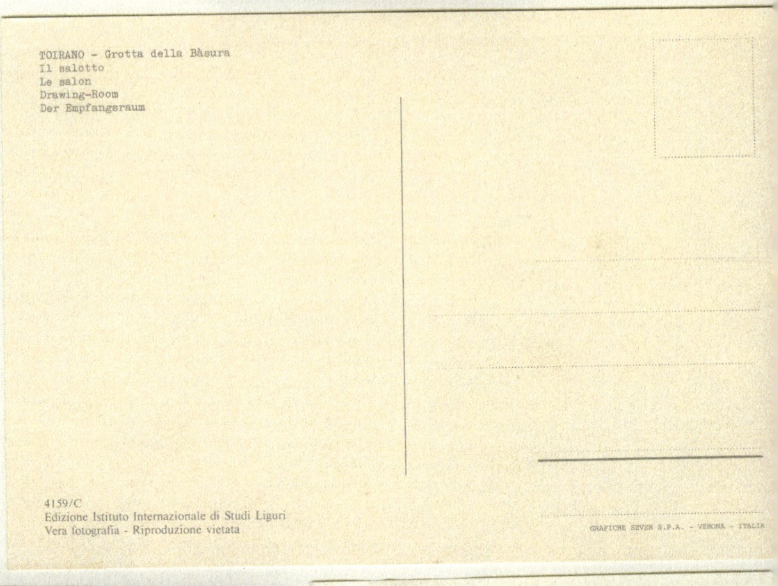
TOIRANO - Grotta della Bàsura
Il salotto
Le salon
Drawing-Room
Der Empfangsraum

4159/C
Edizione Istituto Internazionale di Studi Liguri
Vera fotografia - Riproduzione vietata

GRAFICHE SEVEN S.P.A. - VERONA - ITALIA

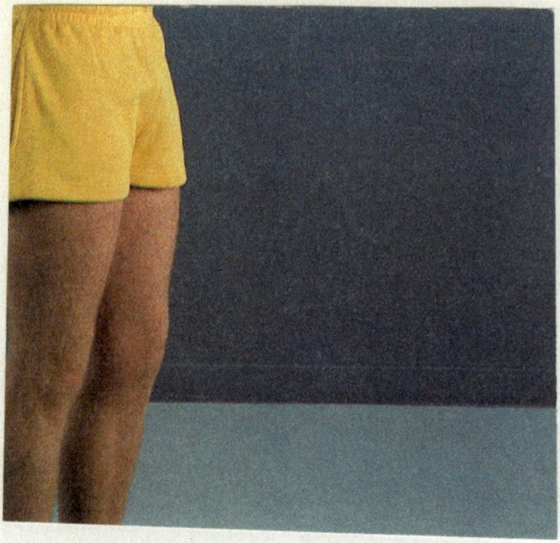

Lady Diana ist nicht gestorben in dem dunklen dreckigen Tunnel in Paris. Sie lebt heute im Engadin. Voll integriert.

Walk on the Wild Side

Zu Fuss auf Safari in Sambia. Es ist brütend heiss, und man sieht viel. Die afrikanischen Fototrophäen Elefant, Löwe, Leopard, Büffel. Abends die Sonne, wie sie glühend rot sinkt. Und man hört viel. Ein fortwährendes Krächzen, Rauschen, Zirpen, Summen, Brummen. Laut und wunderbar. Nur das Erdferkel macht sich rar.

Text: Max Küng Fotos: Christian Schnur

Der Luangwa: Ein wunderbarer Blick auf den mäandernden Fluss

Der Tag beginnt um 5.15 Uhr. Um diese Zeit will man hier unbedingt aufstehen und dann Teil der Wildnis werden

**Der Busch wartet –
tausend Tiere
und noch mehr
ungesehene Pflanzen**

/ hätte ich wie ein Tier gespürt, dass der schmer auf den auslöser drückt, hätte ich den Bauch eingezogen.

Und weil Tiere nun mal klug sind, sind die meisten von ihnen nachtaktiv

Das Fell getupft, die Augen leuchtend – eine Hyäne auf der Suche nach bereits erlegter Beute

Zu Fuss durch die Wildnis: Wir sind alle ein bisschen sprachlos. Mitten in Afrika, mitten im Nichts

Der Tag im Nsefu-Camp beginnt pünktlich um 5.15 Uhr. Das klingt brutal, denn wenn man schon viel Geld für Ferien ausgibt, will man ja nicht unbedingt um 5.15 Uhr aufstehen. Will man aber doch, hier. Unbedingt will man das. Denn draussen warten der Busch, tausend Tiere, noch mehr ungesehene Pflanzen. Und wie man da aufsteht um 5.15 Uhr! Denn dann beginnt hier der Tag – gegen 9 wird es schon brutal heiss, und an körperliche Tätigkeit ist nicht mehr zu denken. Nach einem Frühstück am offenen Feuer geht es um 6 Uhr los. Zu Fuss. Das hat hier Tradition, denn im Luangwa Valley wurde die Fusssafari erfunden. 1961 war das, als die Safarilegende Norman Carr erstmals kleine Gruppen zu Fuss durch die Wildnis führte. Er war es auch, der in den Fünfzigerjahren das Nsefu-Camp aufgebaut hat und von dort erstmals Safaris anbot, auf denen man aus Wagen heraus mit dem Fotoapparat und nicht mit dem Gewehr schoss. Bis dahin nämlich verstand man unter dem Begriff Safari strikt das organisierte Abknallen von Tieren durch meist alkoholisierte reiche Männer hemingwayschen Zuschnitts.

Blackson führt uns. Er ist der Wächter mit dem Gewehr – für alle Fälle. Man sollte sich nie ohne bewaffnete Begleitung zu Fuss in den Busch aufmachen, denn der hat die Eigenart, das zu sein, was er ist: Wildnis. Hinter Blackson geht Daudi, unser Guide, dann folgen wie Gänse ihren Eltern wir Gäste, tapsend hinein in das grosse Unbekannte, das Abenteuer Sambia.

Heute marschieren wir zum Tena-Tena-Camp, etwas weiter oben am mäandernden Fluss. Um 6 Uhr morgens ist es noch angenehm warm. Wir folgen einem ausgetrockneten Seitenfluss, das Bett harter, schroffer Lehm, in dessen Rissen sich Insekten verstecken. Dann steigen wir die Böschung hoch. Daudi zeigt auf den Boden unter einem riesigen Baum, in dem Paviane herumturnen wie halbstarke Kinder auf dem Robinsonspielplatz. Auf dem Boden: Kot einer Hyäne. Von gefressenen Knochen ist der Kot so weiss, dass man die dünnen Gagel Missionarskreide nennt. Sagt Daudi. Er ist ein Lexikon auf zwei Beinen. Keine Pflanze, die er nicht kennt. Keine noch so feine Spur, die er nicht einem Tier zuordnen kann. Er zeigt uns, dass die Faszination Safari mehr ist als die «big five» Elefant, Nashorn, Löwe, Büffel, Leopard – jene Tiere, die man meint sehen zu müssen, damit man Afrika gesehen hat. Wobei man nach dem Nashorn in Sambia lange suchen kann, denn das ist seit den Achtzigerjahren ausgerottet.

Blackson, der Mann mit dem Gewehr, hält inne. Er gibt Daudi ein knappes Zeichen mit der Hand. Hinter hohem Gras weidet eine Herde Büffel. Sie gehören zu den für den Menschen gefährlichsten Tieren. Im Gegensatz zu den meisten anderen fliehen sie nicht, sondern gehen gegebenenfalls zum Angriff über. Doch der Wind steht gut für uns. Sie können uns nicht riechen. Wir schleichen näher. Scheinbar friedlich stehen sie da. Grosse schwarze Tiere. Eine kleine Herde bloss, also etwa zwanzig Stück, vielleicht dreissig. Aber es wird einem trotzdem ein bisschen flau im Magen. Denn die Büffel sind wirklich gross. Und vor allem nah. Und vor allem sind es Büffel.

Unten im Luangwa-Fluss baden lautstark die Hippos. Sie machen Geräusche wie Motocrossmotorräder

Gegen 10 Uhr kommen wir im Tena-Tena-Camp an. Das letzte Stück waten wir durch den seichten Fluss. Kühlung für unsere Füsse. Es ist brütend heiss. Im Schatten des Grasdachs der Bar in einem tiefen Stuhl sitzend, hat man einen wunderbaren Blick auf den Flussverlauf. Und kaum hat man es sich mit einem Glas Eiswasser in der einen und dem Feldstecher in der anderen Hand bequem gemacht, da kommt aus dem hohen Gras der Flussböschung ein Löwe geschlichen, um zu trinken. Und was ist das, da? Weiter unten am Fluss? Eine ganze Elefantenfamilie.

Im Gegensatz zu den festen Hütten des Nsefu-Camps besteht Tena Tena aus sechs grossen Zelten, die unter Grasdächern aufgestellt sind. Wohlgemerkt luxuriösen Zelten, mit weichen Betten drin, auf dem Nachttisch die obligate Trillerpfeife, um Alarm zu schlagen, falls sich ein paar Elefanten in das Schlafgemach verirren sollten. Jedes Zelt hat eine richtige Dusche und eine Veranda mit Blick auf ein Wasserloch, Dambo genannt, an dem es spannender zugeht als in jedem je gesehenen Theater. In den Hauptrollen ein paar hervorragende Warzenschweine. Und dazu das immer spielende Afrikaorchester, laut, vielstimmig, wunderbar: Vögel krächzen, flattern, zwitschern, Antilopen machen ihren heiseren Ruf, und gellend kreischen in den Bäumen zankende Paviane. Die Grillen sind auch ganz fleissig, und das tiefe Brummen tief fliegender Insekten lässt auf grosse Grösse schliessen. Ein Specht wird nicht müde, seinen Schnabel in das harte Holz des Ahnenbaums zu hacken. Ich nutze die Siesta, um auf der Checkliste der hier zu beobachtenden 433 Vogelarten ein paar abzuhaken. Heute kommen dazu: die mehr als imposante bernsteinfarbene Fischeule, der Fiskalwürger und eine der zwölf Adlerarten, sehr wahrscheinlich der Kronenadler.

Am späten Nachmittag, wenn es wieder milder wird, gehen wir ausgeruht mit dem Geländewagen auf Pirsch. Die Sonne ist nun eine unglaublich dunkelrot glühende Kugel. Schwer hängt sie über dem Horizont. Unten im Luangwa-Fluss baden lautstark die Hippos. Sie machen Geräusche wie Motocrossmotorräder. Ein paar Krokodile liegen in der schwindenden Sonne mit weit aufgesperrten Mäulern auf Sandbänken, stumm. Zu Tausenden jagen geschwätzige kleine Blutschnabelweber bei ihrem Trinkritual in dichten dunklen

Man sollte nie ohne bewaffnete Begleitung in den Busch gehen, denn der hat die Eigenart, das zu sein, was er ist: Wildnis

Das Minimalgepäck für Afrika: Begeisterung, Ehrfurcht, Fernglas. Nicht alle Tiere sind so gross wie Elefanten

Schwärmen schwarzen Wolken gleich über den Fluss, tausendfach rauschendes Flügelschlagen. Auf dem Ast eines toten Baums sitzt ein imposanter Fischadler und lässt seinen markanten Ruf weit herum ertönen. Es ist Zeit für einen Sundowner. Daudi, unser Guide, mixt auf der heruntergeklappten Laderampe des Landcruisers perfekte Gin Tonics. Die Frau aus England mit dem weissen Haar und dem Mann an ihrer Seite, der jede Minute einen Witz erzählt, nippt an ihrem Drink. Die Sonne sinkt schnell und taucht die Landschaft in tiefrotes Licht. Ob so viel natürlicher Dramatik fällt auch ihrem Mann kein Witz mehr ein. Er schweigt. Und sie sagt: «Jetzt verstehe ich die Gemälde von Caspar David Friedrich.» Wir sind alle ein bisschen sprachlos, den Drink in der Hand, mitten in Afrika, mitten im Nichts.

Kaum haben wir ausgetrunken, verschwindet die Sonne ganz, und Daudi meint mit Nachdruck, dass wir uns schleunigst daranmachen sollten, auf den Landcruiser zu klettern. Um 18 Uhr wird es dunkel, als hätte jemand den Lichtschalter abgedreht. Der Tag geht, die Nacht kommt. Und mit der Nacht die Zeit der Jagd. Daudi lässt den Motor des Geländewagens anspringen, und sein Helfer nimmt den Suchscheinwerfer in die Hand. Nur wenige Meter von dort entfernt, wo wir unsere Sundowners gekippt haben, liegt ein Leopard. Er wälzt sich auf dem sandigen Grund. Nicht grundlos. Daudi flüstert, der Leopard wolle so seinen Geruch loswerden, damit ihn seine Beute nicht schon meilenweit gegen den Wind riecht. Wir fahren weiter. Es warten noch andere Tiere im Busch. Mungos sehen wir, Savannenhasen, ein dickes Flusspferd, das den Versuch unternimmt, sich hinter einem Baum zu verstecken. Es gibt über hundert Arten von Säugetieren im South-Luangwa-Nationalpark. Und weil Tiere nun mal klug sind, sind viele von ihnen nachtaktiv. Bloss das ultrascheue Erdferkel werden wir auch heute Nacht nicht sehen. Was würden wir dafür geben, ein Erdferkel zu sehen. Das berühmte Erdferkel alias Aardvark alias Orycteropus afer! Sonst haben wir auf unserer Liste so ziemlich alles erledigt: Löwen? Gesehen. Giraffen? Gesehen, in Scharen. Zebras? Yes, Sir. Bloss nicht das Erdferkel. Aber auch Leute, die schon Jahre hier leben, haben es noch nie zu Gesicht bekommen. Dafür pirscht eine Hyäne mit ihrem humpelnden Galopp durch den Busch, auf der Suche nach bereits erlegter Beute. Auch wir müssen unser Essen nicht selber jagen. Das wird pünktlich um 20 Uhr unter einem unglaublich klaren Sternenhimmel im Camp serviert werden, unter einem Mond, der hell ist wie nie gesehen, seine Krater und Meere so klar. Dazu Wein, Stoffservietten und Silberbesteck. Alles nobel inklusive englischer Tischkonversation – mit einem Hauptthema: Wie sieht ein Erdferkel aus? Hat es wirklich einen Rüssel?

Im Nationalpark

Krokodile, Giraffen, Elefanten und 433 Vogelarten – darunter der Fiskalwürger

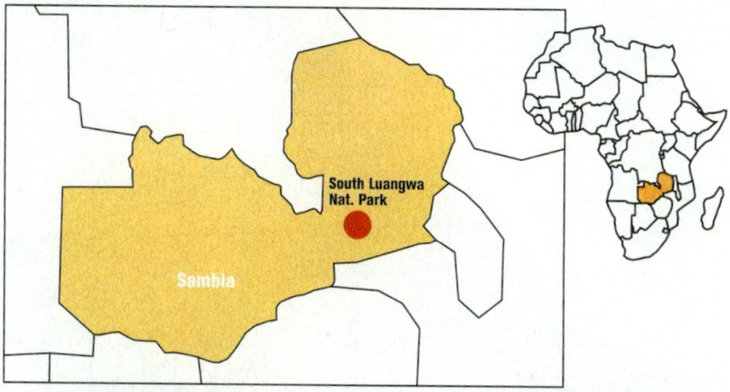

Was Sie wissen sollten

South-Luangwa-Nationalpark. Dieser Nationalpark ist einer von 19 Parks in Sambia und mit einer Fläche von über 9000 Quadratkilometern noch nicht einmal der grösste. Er liegt im Osten des Landes, in der Nähe der Grenze zu Malawi, und gilt als einer der tier- und artenreichsten in Afrika. Berühmt ist er für seine vielen Flusspferde, Krokodile und als Heimat der Thornicroft-Giraffe.
Reisezeit. Wegen der lang anhaltenden Regenzeit, in der die Parks nur schwer zu bereisen sind, gilt Juni bis November als beste Reisezeit – je früher im Jahr, desto grüner, je später, desto trockener. Letzteres heisst: mehr Tiere, die zum Trinken an die Flüsse kommen.
Einreise. Der Pass muss mindestens sechs Monate über das Rückreisedatum hinaus gültig sein. Das Visum bezieht man bei der Ankunft am Flughafen von Lusaka (Kosten 25 US-Dollar, bar).
Währung. Die Landeswährung ist Kwacha, empfohlen und für Touristinnen üblich sind jedoch US-Dollars, vorzugsweise in kleinen Scheinen.
Gesundheit. Wichtig sind Gelbfieberimpfung sowie Malariaprophylaxe. Informationen zu Vorsorge und Impforten unter www.safetravel.ch.
Kondition. Man muss kein Fitnessfreak sein, um eine Safari zu Fuss bestehen zu können. Im Gegenteil. Die Tagesetappen sind nicht zu lange, das Tempo gemächlich und Pausen häufig. Und unterwegs gibt es Tee und Kuchen.
Anreise. South African Airways fliegt täglich von Zürich nach Johannesburg (ab 990 Franken). Von dort sind es nochmals zwei Stunden Flug bis Lusaka. Siehe auch www.flysaa.ch. Von Lusaka aus geht es mit einem Kleinflugzeug in neunzig Minuten direkt zum Nationalpark, nach Mfuwe.
Veranstalter. Ein Spezialist für Safaris im südlichen Afrika ist Rotunda Tours. Eine einwöchige Walking-Safari in Sambia kostet pro Person ab rund 4000 Franken, exklusive Flug aus der Schweiz, inklusive Transport ab Lusaka. Rotunda Tours bietet auch mehrtägige reine Wandersafaris in Gruppen bis zu sechs Personen an, so genannte Walking Mobile Safaris. Dabei wohnt man nicht in festen Camps, sondern bricht die Zelte jeden Morgen ab. Die täglichen Routen betragen etwa zehn Kilometer Fussmarsch. Die grosszügigen Zelte mit richtigen Betten drin werden von Helfern transportiert und aufgestellt. Informationen bei Rotunda Tours in Zürich, Tel. 01 386 46 66, www.rotunda.ch.

4 Dinge auf einer Fusssafari …

… die Sie tun sollten

- **Gute Schuhe mitnehmen.** Am besten knöchelhohe Treckingschuhe oder leichte Wanderschuhe. Auch sehr gut: Safarihosen, bei denen man die Beine hochknöpfen kann – falls man einen Fluss durchwaten muss. Sehr wichtig: ein guter Hut, möglichst breitkrempig!
- **Den Feldstecher nicht vergessen.** Man sagt, das Minimalgepäck für Afrika bestehe aus drei Dingen: Begeisterung, Ehrfurcht und Fernglas. Denn nicht alle Tiere sind so gross wie Elefanten. Vor allem die faszinierenden, in allen Farben schillernden Vögel sehen durch einen Feldstecher um einiges besser aus!
- **Ein Dorf besuchen.** Im Kawaza Village in der Nähe des South-Luangwa-Parks kann man nicht nur die traditionelle einheimische Küche probieren, sondern auch in einer einfachen Unterkunft übernachten. Übrigens: Die Leute des Kawaza Village freuen sich, wenn die Besucherinnen Fotos mitbringen von ihrem Zuhause und ihren Liebsten.
- **Gehorchen.** Auf der Fusssafari oberstes Gebot. Wenn der Guide sagt, man soll sich nun leise und geordnet zurückziehen, dann muss man sich fügen. Sogar ein Fotoapparat kann dann schon zu laut sein.

… die Sie lassen sollten

- **T-Shirts tragen.** Die kleben im Nu am Körper. Besser sind Hemden. Am allerbesten solche aus reiner Baumwolle. Wenn möglich keine Synthetik.
- **Zu viel Gepäck mitnehmen.** Auf Safari sind nur zwölf Kilo erlaubt. Kein Problem, denn die Camps bieten einen schnellen Wäscheservice an – inklusive schärfster Bügelfalte.
- **Kleinkinder mitnehmen.** Kinder sind nicht überall erlaubt. Manche Camps nehmen Knirpse ab 6 Jahren auf, andere solche ab 12, nochmals andere erst solche ab 16. Also: Beim Tour Operator nachfragen, bevor der Familienurlaub geplant wird.
- **Reklamieren, wenn Sie mal «nichts» zu sehen kriegen.** Ein Nationalpark ist kein Zoo! Tierbeobachtungen sind immer auch Glückssache, und die Tiere erscheinen nicht auf Befehl.

(che)
GRIENLAND AT
IT'S BEST

Das Kamel von unten gesehen.

Griechisches Fest

WUNDER DER PROVINZ

Text Max Küng Bilder Noë Flum

San Sebastián ist nicht New York oder Barcelona, sondern Liebe auf den ersten Blick. Denn nirgends sonst gibt es so viel Schönheit, gute Restaurants und freundliche Menschen pro Quadratmeter wie hier.

San Sebastián, die Bucht La Concha und die Insel Santa Clara.

Am Strand bei Nacht. Manuela mit einer Zufallsbekanntschaft und einem Pullover von Loreak Mendian.

24 Das Magazin 20 – 2005

Franco pflegte hier zu stehen, der 1975 verstorbene Diktator, die Hände an den Hüften, während seiner Sommerurlaube, immer im August, und auf das Meer zu blicken. Hier auf der Terrasse des königlichen Jachtklubs, eines Gebäudes des Architekten José Manuel Aizpurúa, 1929 errichtet, als er gerade mal 26 Jahre alt war. Ein ausserordentlich kühnes Gebäude, das wirkt, als hätte man einen Luxusliner an die Hafenmauer geklebt. Xabi meint, Aizpurúa wäre heute weltberühmt, wäre er nicht im Bürgerkrieg erschossen worden, hingerichtet, auf dem Friedhof praktischerweise. Da stehen wir und rauchen und trinken Bier, und ich sage Xabi, dass ich eine neue Liebe gefunden hätte, wenigstens in Sachen Städten. Ich sagte: Keine andere Stadt bringt die Dinge in so idealer Weise zusammen, Schönheit und Eleganz, grossherzige Leute, Understatement, gutes Essen, gutes Leben, das Meer, die Berge. Xabi lacht und schnippt die Kippe in die herankriechende Flut. «Es hat dir also gefallen?» Ich nicke eifrig. «Wegen dem Essen?» «Auch», sage ich, «aber nicht nur.» Er sagt: «Gut. Sehr gut. Dann musst du wieder kommen. Aber ja nicht im Sommer. Dann ist nämlich alles anders. Da ist alles voller Touristen.» Er schiebt seine Hand an den Kopf, als halte er eine Pistole. Er drückt ab. «Merk dir das: Nicht im Sommer.» Und ich verspreche ihm, dass ich schlecht über die Stadt schreiben werde, ganz schlecht. Damit keine Leute auf die Idee kämen, auch hierher zu fahren. Damit es so bleibt, wie es war in dieser Woche. Ruhig und wunderbar, hier in San Sebastián, der besten Stadt der Welt.

Tatsächlich. Es war Liebe auf den ersten Blick. Die Ankunft: Am frühen Abend im schwindenden Licht. Ich stand auf der Strandpromenade, die zu langen, langen Spaziergängen einlädt. Die Wolken krochen über die Berge her. Das Meer, flach und ruhig, deckte nach und nach den breiten Strand der geschützten Bucht La Concha zu. Das Wasser flach, als halte das Meer den Atem an. Links ragte der Monte Igueldo auf, auf dem Gipfel ein wolkenverzierter Hotelwürfel mit angegliedertem Vergnügungspark, rechts der Monte Urgull, auf dem die Burg Mota thront mit ihren gen See gerichteten Kanonen und oben

Katrin, Englischlehrerin, und Grafiker Jorge, der Partys organisiert.

Sancho auf dem Sprung. Das Konferenzzentrum ist das moderne Wahrzeichen San Sebastiáns, sein Name klingt ziemlich unspanisch: «Kursaal» (Bild links).

Mediterranes Klima, milde Winter, kühle Sommer.
So wie es sein muss, und ein bisschen Regen, damit einem der Kopf gewaschen wird.

Am Stadtstrand, man spielt Beach-Pelota und Fussball und hält die Beine in den Atlantik.

Karin aus Stuttgart blieb vor zehn Jahren hier hängen.
Sie war eine der ersten Frauen
am anderen, dem wilden Surferstrand La Zurriola.

In den Erinnerungsraum kommt Elena Arzak, um sich zu neuen kulinarischen Wahnsinnstaten inspirieren zu lassen.

Pablo kommt aus Buenos Aires und wird bald Starkoch sein (Bild rechts).

Mata Hari spielte im Casino Roulette, ebenso Leo Trotzki und Maurice Ravel. San Sebastián war ein Magnet der europäischen Society.

drauf eine 30 Meter hohe Jesusstatue, die einem mit ihrer erhobenen Hand einen Joint anzubieten scheint. Mittendrin in der Bucht die kleine Felseninsel Santa Clara mit dem Leuchtturm drauf. Meer und Berge auf einem Haufen, alte Bauten und irres Licht. Ich musste einfach an das Computerspiel «Myst» denken. Und dann hatte ich Hunger und ging essen, und dann war es endgültig um mich geschehen, denn ich lernte die Pinchos kennen, die Häppchen, die auf den Theken der Bars und Restaurants sich türmen. Doch dazu später. Erst dies: Wir sind in San Sebastián. So heisst die Stadt spanisch, aber sie heisst auch anders: Donostia. Das ist baskisch. In der Stadt werden beide Sprachen gesprochen. 182 000 Einwohner. Eine Autostunde östlich von Bilbao gelegen im Genick Spaniens, nahe an der französischen Grenze, 20 Minuten bis Biarritz. Mediterranes Klima: Milde Winter. Kühle Sommer. So wie es sein muss, und auch ein bisschen Regen immer wieder, damit einem der Kopf gewaschen wird. Die jährliche Niederschlagsmenge beträgt über 1500 mm. Jahresdurchschnittstemperatur: 13,1 Grad Celsius. Man ist in jeder Beziehung weit weg von jeder Form von Ballermann.

Früher war San Sebastián ein mondänes Seebad. Maria Christina von Österreich, bis zur Volljährigkeit ihres Sohnes Alfons XIII. Königin von Spanien, machte die Stadt zu ihrer ständigen Sommerresidenz. San Sebastián wurde zum Magneten der europäischen Society. Mata Hari spielte gerne im Casino Roulette, ebenso Leo Trotzki und Maurice Ravel (heute ist das ehemalige Casino das Rathaus, was die Leute sagen lässt, dass sich absolut nichts verandert habe). Das Echo der Zeit an jeder Ecke: Belle Epoque aus Stein und Glas.

Ich traf Xabi Anfang der Woche im «Alten Laden» beim Hafen an einer Strasse mit dem schönen Namen Mari, beim Platz mit dem unaussprechlichen Namen Kaimingaintxo. Seine Hand war kalt. Der Händedruck kräftig. In den Augen das Strahlen eines glücklichen Tages. Er kam vom Surfen am Stadtstrand La Zurriola. Andere Städte haben einen Stadtrand, San Sebastián hat einen Stadtstrand. Und die Leute hier scheinen immer entweder vom Surfen zu

Irie Leon, Barkeeper im Hotel Igueldo, das auf dem gleichnamigen Berg 200 Meter hoch über der Stadt thront.

«Politik ist privat», meint Katrin. Sie hätte eine andere Meinung zum Nationalismus als Jorge, aber deswegen seien sie trotzdem Freunde.

kommen oder zum Surfen unterwegs zu sein. Er sagte: «Regen, Regen, Regen, zehn Tage nichts als Regen, man musste sich ernsthaft überlegen, ob man sich nicht umbringen will.» Englisches Wetter. Jetzt aber hat die Sonne das Kommando übernommen.

Das flache Licht des flüchtenden Tages flutet den Kleider- und Plattenladen. Xabi, Mitte 30, trägt einen Bart wie die Beatniks, nur unten rum. Minimalistische Elektronikmusik aus Deutschland zirpt aus den Boxen. Es darf hier gerne auch ein bisschen kopflastig sein. Der Shop heisst «Der Alte Laden», weil hier alles anfing, vor zehn Jahren, als Xabi und zwei Kumpels hier ihr Headquarter einrichteten.

Kindisch statt Avantgarde

Vor zehn Jahren hat Xabi mit zwei Kumpels angefangen mit dem Modelabel Loreak Mendian. Sie organisierten Partys, sie hingen zusammen ab, rauchten Pot, gingen surfen, lagen auf ihren Brettern und warteten auf die beste Welle und den richtigen Zeitpunkt, sie standen auf Grafik, auf Karl Gerstner, auf die Surrealisten, auf die Fluxuskünstler, auf Bauhaus und vor allem auf Josef Albers, der Inspiration auch war für das Logo von Loreak Mendian, bestehend aus Kreisen und Quadraten. Also machten sie den Laden auf, in dem sie bedruckte Klamotten an ihre Freunde verkauften. Nun ja, es war weniger ein Laden, mehr ein Hangout, ein Jugendzentrum der Stadt. Und das ist es noch heute. Denn Loreak Mendian (was baskisch ist und «Bergblume» heisst) ist so etwas wie der modische Untergrund mit Unterbau des Baskenlandes. Die Kids hängen in Plastikschalenstühlen und trinken Bier, das sie in der Bar um die Ecke holten, rauchen Zigaretten oder anderes und denken darüber nach, wie das Leben noch besser werden könnte.

Loreak Mendian macht Mode, will aber nicht modisch sein. «Wir wollen», sagt Xabi, «dass man unsere Sachen auch noch in fünf Jahren gerne anzieht.» Bequeme Klamotten. Keine Avantgarde, lieber kindisches Zeugs, zum Beispiel eine kurze Hose, bei der im Schritt Tropfen aufgedruckt sind, so, als hätte man sich eben vollgepinkelt. 25 Leute arbeiten bei Loreak Mendian. 250 Teile umfasst die Kollektion für Mann und Frau. Aber sie machen nicht nur Kleider, sondern das, was sie machen wollen. Unlängst versandten sie an 300 Freunde Plakate, die für eine Domino-Weltmeisterschaft in Havanna warben. War natürlich bloss ein Witz. Kindisch tun, das ist ihre Lieblingsbeschäftigung. Sie haben die Crew der isländischen Tiefenpsychologie-Rocker Sigur Rós auf ihrer Spanientournee eingekleidet, einfach weil sie die Musik der Band mögen. Sie haben die Jacken der bisher einzigen baskischen Mount-Everest-Expedition aus dem Jahre 1974 rekonstruiert (die Expedition hat es übrigens knapp nicht auf den Gipfel geschafft). Sie organisieren ein Surf-Film-Festival. Und zurzeit entwickeln sie die Trikots für eine Pelota-Mannschaft. Pelota? Klar, man kann nicht im Baskenland sein und nicht wissen, was Pelota ist. Hier ein Erklärungsversuch: Pelota ist der baskische Nationalsport und wird mit einem harten Vollgummiball gespielt. Dabei wird der Ball mit der Hand (Pelota mano) oder mit einem Handschuh (Pelota vasca) von Einzelspielern oder Mannschaften abwechselnd gegen die Vorderwand gespielt. Das Spielfeld (Frontón) ist je nach Spielvariante zwischen 35 bis 60 Meter lang und bis zu 15 Meter breit. An drei Seiten ist das Feld von Betonwänden begrenzt. Gezählt wird ähnlich wie beim Tennis. So in etwa geht das. Vielleicht kennt man es aus dem Trailer von «Miami Vice».

Xabi fragt: «Hunger?» Dann ziehen wir durch die Stadt. Zuerst das alte Quartier, mit extremster Kneipendichte. Dann hinüber ins Centro, der Stadterweiterung aus dem 19. Jahrhundert. Er zeigt mir Bars, in denen die Gin Tonics in einem guten Mischverhältnis in schön grossen Gläsern serviert werden. Die Bars sehen nicht besonders aus, sondern wie ganz normale Bars. Keine Spur von Trendyness, kein Hecheln nach Hipness, keine Spuren von laborierenden Innenarchitekturstudenten. Understatement. Normalität. Es sei halt Provinz hier, sagt Xabi. San Sebastián ist eine Kleinstadt mit ihren Vor- und Nachteilen. Und das ist ihm ganz recht so.

Zu den grossen Vorteilen der Stadt Sebastián und des ganzen Baskenlandes gehören die Pinchos, baskisch: Pintxos. Auch im Restaurant Munto an der Calle Fermín Cabeltón im alten Teil der Stadt steht eine Armada von gefüllten Platten auf der Theke. Von den einfachen, ursprünglichen Pintxos, den mit einem Zahnstocher auf Weissbrot gespiessten simplen Dingen wie Schinken und Käse, über Krabbensalate bis hin zu absolut umwerfenden, warm servierten, mit Pilzen gefüllten Pastetchen.

Pintxos sind nicht nur extrem lecker, sondern auch äusserst praktisch. Um sie zu essen, braucht man nur eine Hand und ein grosses Maul und dann und wann ein paar Servietten. Die Servietten und die Zahnstocher lässt man einfach buchstäblich unter den Tisch fallen. Am Ende des Tages ist der Boden übersät mit zerknüllten Servietten und Zahnstochern, und das Personal holt den grossen Besen aus dem Schrank.

Schweinische Politiker

Am Ende landen wir im Keller einer Bar namens 16bis. Das Volk ist gemischt. Die Musik ebenfalls. Das 16bis ist keine Edeldesignerdisco, sondern eher ein Partykeller. San Sebastián ist nicht New York und nicht Barcelona und noch nicht einmal Zürich. Und das ist gut so. Wenn man etwas bemängeln könnte, dann bloss den Herrenüberschuss unter den Gästen. Der DJ spielt ein Stück von den Beach Boys. Eigentlich ein guter Ort und Zeitpunkt, um über Politik zu reden, den Terrorismus, die ETA. Aber die Leute halten sich bedeckt. Man ist zwar stark politisiert, aber Politik ist eine Sache des Privaten, meint Katrin, eine Englischlehrerin. Und Jorge nickt. Jorge trägt die Haare wie der junge Brian Wilson und hat die Party im 16bis veranstaltet. Katrin meint, sie hätte zum Beispiel eine ganz andere Meinung zum Thema Nationalismus als Jorge, aber deswegen seien sie trotzdem Freunde. Die Meinungen sind geteilt, oft gar innerhalb der Familien. Und der Terrorismus? Sie sagen: Seit zwei Jahren habe es keinen tödlichen Anschlag mehr gegeben. Als wolle man einen eingeschlafenen Hund nicht wecken, äussert man sich ungern öffentlich zum Thema, schon gar nicht gegenüber einem Fremden. Dass der Terrorismus das Leben mitprägte, das merke man: Die Leute seien schweigsam und verschlossen, hielten sich bedeckt. So erklärt sich etwa auch der Umstand, dass San Sebastián eine der reichsten Städte Spaniens ist, mit einer florierenden Wirtschaft, man in den Strassen aber keinen Ferrari oder Porsche sieht und nicht mal einen grösseren BMW oder Mercedes. Man will hier nicht auffallen. Kein Aufsehen erregen, sondern ruhig sein Leben leben.

Dass Politik ein Teil des normalen Lebens ist, das kann man teilweise gar im Restaurant spüren. Im überaus empfehlenswerten La Cuchara de San Telmo etwa prangt ein Gericht auf der Karte, das «La Manita del Ex-Ministro» heisst – das Füsschen vom ehemaligen Minister aber ist natürlich ein gekochter Schweinsfuss. Der Politiker als Schwein, Ausdruck einer Müdigkeit des Volkes mit den Herren.

Auf die Frage, um welchen Ex-Minister es sich denn handle, sagt der Kellner: Um jeden Ex-Minister. Wer übrigens in dem Restaurant landet, das gut versteckt in einem engen Gässchen im alten Stadtteil liegt, der soll unbedingt das Tellerchen bestellen mit dem Tintenfisch, der zusammen mit Schweinsohren gekocht wurde, ganz nach der Tradition, das Meer und das Land auf dem Teller zu vereinen: Monte y mar. Nun ja, eigentlich kann man alles ordern, was die beiden Küchenchefs Iñaki Gulin und Alex Montiel aus der offenen Mikroküche auf den Tresen wandern lassen, über dem immer der Fernseher läuft. Und schon wieder ist man von der Politik auf das Thema Essen gekommen. Geht schnell, in San Sebastián. Am Ende spendiert Xabi noch einen dieser gut dosierten Gin Tonics und auch noch einen Tipp: «Geh auf den Berg Igueldo. Du wirst es nicht bereuen. Und fahre mit der Achterbahn.»

Achterbahn heisst im Spanischen Montaña rusa, russischer Berg. Die Achterbahn auf dem Monte Igueldo aber heisst Montaña suiza. Das hat Gründe, denn Franco fand, eine Achterbahn könne doch nicht russischer Berg heissen, es könne ja wohl nicht sein, dass ein Freizeitvergnügen Spaniens auch nur entfernt an den Kommunismus erinnere. Montaña rusa, ha! Also nannte man die Bahn halt Montaña suiza. Der Schweizer Berg ist tatsächlich eine Achterbahn, aber aus jener Zeit, als es noch keine Loopings gab und auch keine Freizeitgesellschaft. Der Vergnügungspark wurde auf dem Berggipfel bereits 1912 eröffnet, die Achterbahn wurde in der Zwischenzeit renoviert, allerdings muss es wohl in den 30er-Jahren gewesen sein. Die Bahn aus Holz wird von einem dicken Mann begleitet, der von Hand die Bremse bedient. Sie sieht harmlos aus, wenigstens so lange, bis man damit gefahren ist. Man hockt in die abgeschossenen Holzwägelchen, krallt sich fest, und es geht gleicht flott los. Und immer flotter. Die Rädchen quietschen in den Schienen, und noch nie habe ich so ernst gemeinte Schreie der Angst gehört aus meiner eigenen Kehle, als die Bahn sich schliesslich mit 50 km/h, gefühlt aber mit Schallgeschwindigkeit, über einen

Juan Mari Arzak ist Inhaber dreier Michelin-Sterne und Mitbegründer der Neuen Baskischen Küche, die der Nouvelle Cuisine die Hosen ausgezogen hat.

Buckel gekrochen ins Meer zu fallen scheint, 220 Meter tief, aber den Rechtsknick schafft und in einen dunklen Tunnel stürzt wie in einen Schlund des Todes. Mir schlotterten noch Minuten nach der Fahrt die Knie, als der dicke Bremser bereits wieder unterwegs war mit kleinen Kindern, kreischend. Herrlich beruhigend danach die weiteren Buden des Parks, alle aus einer anderen Zeit. Zeitlupen-Autoscooter. Hau-den-Lukas. Eine Rutschbahn. Am Stand «Canibales» wirft man Bälle in die Töpfe der Menschenfresser. Am Schiessstand kann man mit dem Luftgewehr auf eine grosse Landkarte Spaniens schiessen, auf die Städte. Fünf Schuss auf Madrid. Ein Schlüsselanhänger mit baskischen Wappen drauf winkt. Und alles mit dem Blick auf die Stadt, die dort unten auf einen wartet, so dicht ans Meer gekrochen.

Eine der Hauptattraktionen San Sebastiáns findet man nicht auf dem Berg Igueldo, sondern am östlichen Stadtrand, an der Adresse Alto de Miracruz 21. Ein unscheinbares Haus an einer viel befahrenen Strasse. Ein Familienbetrieb seit über 100 Jahren.

Forscher im Geheimlabor

Vater macht einen äusserst gemütlichen Eindruck, wie er am kleinen Tisch in der Küche hockt und Linsensuppe löffelt und gespritzten Roséwein trinkt, neben dem Holzkohleofen, in dem gerade in Scheiben geschnittene Kiwis und Erdbeeren geräuchert werden. Man hat nicht das Gefühl, dass hier einer der grössten Köche der Welt sitzt. Und was muss man diesen Koch fragen? Wie alles anfing? Auf was es ankommt? Warum nirgendwo weltweit so viele Michelin-Sterne pro Kopf fallen wie hier in der Gegend? Oder einfach: Warum man so verdammt gut isst in dieser Stadt im Baskenland? Stellt man letztere Frage, dann grinst der Vater das grösste Grinsen auf der Welt und sagt: «Ich weiss es nicht. Ich denke: Weil es normal ist, dass man gut essen will, oder?»

Das pflegen die Leute zu antworten, wenn man sie auf den Umstand anspricht, dass das Essen in dieser Ecke der Welt wohl zum besten überhaupt gehört. Man isst halt gerne, darum isst man gut hier. Ein Wunder?

Einer der Väter dieses Wunders ist Vater Arzak. Juan Mari Arzak, geboren 1942, dritte Generation des Familienrestaurants, Mitbegründer der Nueva Cocina Vasca, der Neuen Baskischen Küche, die der traditionellen französischen Nouvelle Cuisine die Hosen ausgezogen hat, Träger unzähliger Auszeichnungen, Inhaber dreier Michelin-Sterne (in ganz Spanien gibt es gerade vier Restaurants dieser Güte). Er sagt: Er stand schon immer am Herd, und er werde immer am Herd stehen, denn dort ist sein Platz. Dann haut er mir unvermittelt die Pranke auf die Schulter, dass ich fast stolpere und in den Holzkohlegrill fliege.

In der Küche wird ruhig und konzentriert gearbeitet. Wie ein Formel-1-Team beim Boxenstopp. Es wird kaum gesprochen, schon gar nicht laut. Das

TERROR

Konzert machen klappernde Teller, hackende Messer, siedendes Öl. «Wir kennen uns. Wir sind eine Familie, ein eingespieltes Team. Ach, wir arbeiten alle schon so lange zusammen», sagt der Vater. Da wird Stockfisch mit einer Pinzette entgrätet. Eigelb getrennt. Rindfleisch zu perfekten Würfeln geschnitten. Bouillon geklärt. Steinpilze werden sautiert. Und vieles bleibt unklar, Betriebsgeheimnis, denn hier wird nicht nur gekocht, sondern Wissenschaft betrieben. 30 Leute arbeiten in der Küche. 70 Plätze hat das Restaurant. Und dann ist die Tochter da. Elena, die vierte Generation, Jahrgang 1969. Die beiden sind längst ein Team. Ein Tandem. Elena Arzak wurde im Jahr 2000 von der Académie internationale de la gastronomie zum «Chef de l'avenir» gekürt.

Elena hat die Hotelfachschule in Luzern besucht und in Schweizer Betrieben gearbeitet, auch in Zürich, an das sie beste Erinnerungen hat («oh, die Ausstellung im Kunsthaus ‹Freie Sicht aufs Mittelmeer›, wunderbar, sehr schön gemacht»). Sie spricht begeistert von der Schweiz, weil alles so klar und organisiert sei. Das mag sie. Das braucht es in der Küche. Dann zeigt sie das Geheimlabor im ersten Stock. Eine kleine Küche, in der zwei Köche werkeln. Es ist der Experimentierraum. Nun ja, eigentlich sieht die Küche aus wie eine ganz normale Einbauküche in einer ganz normalen Wohnung, vier Elektroplatten, Herd und so. Wären da nicht ein paar sonderbare Gerätschaften. Zum Beispiel ein Tank mit flüssigem Stickstoff, mit dem eben ein Koch namens Igor hantiert. Igor experimentiert im Feld des negativen Frittierens, also nicht mittels heissen Öls, Hitze also, sondern mit Kälte.

Gleich nebenan ein sonderbarer Raum. 1500 Kunststoffbehälter lagern in Regalen. Sieht aus wie eine Kunstinstallation. Jeder Behälter birgt ein Lebensmittel, einen Rohstoff, eine Zutat, grünen Reis aus Thailand oder edelsten Safran oder tiefbraunen Zucker. Es ist dies der Raum, in den sich Elena und ihr Vater zurückziehen, um Ideen zu finden. Um Rätsel zu lösen. Um fehlende Elemente einer neuen Komposition zu suchen. Ein Erinnerungsraum. Forschung ist wichtig. Es dauert lange, bis ein Rezept seinen Weg aus dem ersten Stock auf den Teller im Restaurant schafft.

Surfen auf dem Zürichsee

Ach ja. Das eigentliche Essen. Da gab es zum Beispiel Ravioli, deren Hülle nicht aus Teig ist, sondern aus einer hauchfein geschnittenen Scheibe Mango besteht, gefüllt mit flüssiger Entenleber. Wohl mit das Beste, was ich je gegessen habe. Stark konkurrenziert aber vom «Graffiti de huevo eliptico». Zuerst denkt man, es werde ein Kalmar serviert auf schwarzer Sauce, doch der Tintenfisch stellt sich beim Anschnitt als pochiertes Ei heraus, das kunstvoll bemalt den wirbellosen Kopffüsser imitiert. Eine typische arzaksche Interpretation mit Technik und Leidenschaft eines traditionellen regionalen Gerichtes. Normalerweise kocht man den Tintenfisch in der eigenen Tinte, und natürlich kocht man immer zu viel von diesem Gericht. Also isst man am nächsten Tag den Rest und macht dazu ein paar Eier. Ein Essen bei Arzak ist bewusstseinserweiternd.

Im Speisesaal, der eher konservativ gehalten ist, ist die Atmosphäre erstaun-

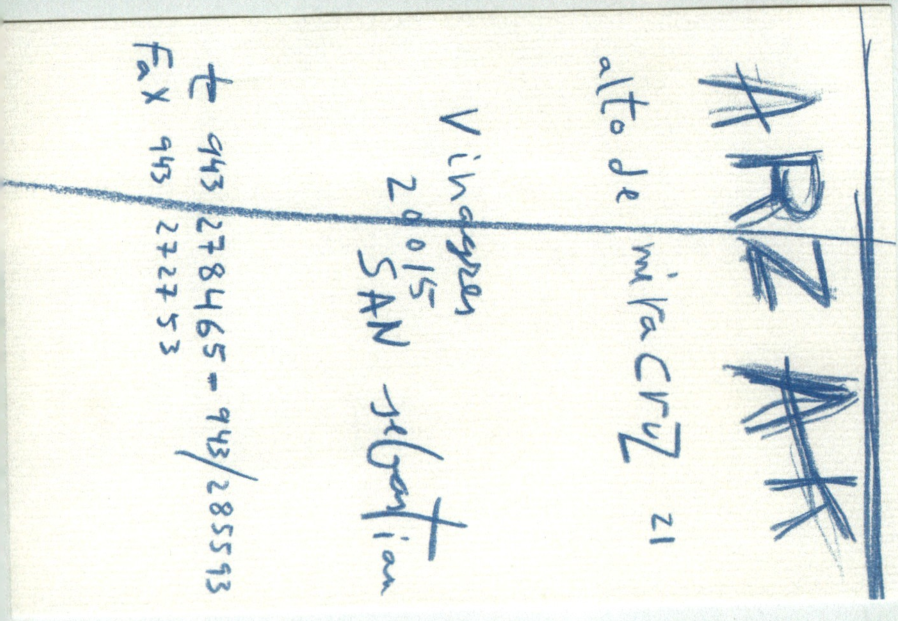

lich entspannt. Es ist ein Anliegen der Arzaks, dass sich jedermann als Gast willkommen fühlt. Man betreibt zwar Gastronomie auf höchstem Niveau, aber so kompliziert die Gerichte auch in ihrer Zubereitung sind, schliesslich ist das Essen eine doch recht einfache Tätigkeit.

Aber nicht nur die ganz grosse Küche macht glücklich, sondern auch die «Cocina en Miniatura», die bereits erwähnten Pintxos, die an manchen Orten als Kunstform betrieben werden, zum Beispiel im Aloña Berri an der Calle Bermingham im Gros-Quartier, wo Pablo Marcelo Vicari am Herd steht in einer superkleinen Küche. Er stammt aus Argentinien, aus Buenos Aires, und kam der Kochschule wegen nach San Sebastián. Und er blieb und wird auch bleiben, denn das Leben, es ist einfach gut hier in San Sebastián. Er hat hier die Stadt, er hat das Meer. Eine Freundin auch noch. Und die besten Ideen für neue Kreationen, die kommen ihm nicht in der Küche, sondern auf dem Surfbrett.

Das Aloña Berri ist weniger ein Restaurant, eher eine Bar, aus den 50er-Jahren, fünf Tischchen, die Wände vollgehängt mit gerahmten Fotos und Auszeichnungen. Das Aloña Berri ist Seriensieger des jährlich ausgetragenen Wettbewerbs um das beste Pincho der Stadt. Die Komposition heisst «Chipirón en equilibrio de mar», und Pablo muss den Kopf schütteln, als er sie erklärt. «Es schmeckt wunderbar, aber es ist viel zu aufwändig!» Schon die Konstruktion auf dem Teller ist kompliziert. Um es kurz zu machen: Die Hauptrollen spielen ein reduzierter Martini, ein mit Zwiebelconfit gefüllter gebratener Minikalmar, ein fingernagelgrosses Stück knusprige Paella und rosa Pfeffer. Aber auch frühere Sieger sind Kurzgedichte, etwa «Delicia de Ulio», Tempura mit Gemüse, Crevette, Avocado. Oder die Meeresfrüchteravioli mit Entenlebermayonnaise.

Pablos Surferkumpel Xabi sagt: «Merk dir den Namen. Pablo Marcelo Vicari, genannt ‹El Vica›. Er wird ein Star werden, da bin ich mir sicher.»

Auf der Terrasse des königlichen Jachtklubs. Die Sonne ist unten. Wir reden nicht mehr. Das Meer ist auch schon ganz ruhig. Und mit Licht beworfen steht die Jesusstatue auf dem Berg mit erhobenem Zeig- und Mittelfinger. Ich denke an die Leute, die ich traf. An Blami, den Künstler, der in einer Bar malt – die Stadt hat ihm zwar ein richtiges Atelier angeboten, aber er fühlt sich in der Bar wohler, denn dort gibt es schliesslich alles, was es zum Leben neben der Kunst braucht: Zigaretten, Drinks und Mädchen. An Sancho, Xabis Mitstratege bei Loreak Mendian, dessen Bruder Telmo Rodriguez ist, einer der zurzeit meistbejubelten Winzer des Landes, der auch die Arzaks bei der Betreuung ihres 80 000 Flaschen Wein umfassenden Kellers berät. Sanchos Herzlichkeit und Offenheit hat Ausmasse, die einen verknorzten Schweizer erschüttern können. An Karin aus Stuttgart, die vor zehn Jahren hier hängen blieb, als sie ihren Mann kennen lernte und sich als eine der ersten Frauen daranmachte, die Männerbastion am Surferstrand zu knacken. An José Manuel, ihren Mann, der sich zurzeit vor allem mit seiner Welle beschäftig. Eine künstliche Welle, die er entwickelt. Eine Welle, erzeugt von superstarken Wasserpumpen, aber nicht statisch wie die künstlichen Wellen, die man kennt, sondern dynamisch, mit dem unberechenbaren Leben einer echten Welle. «Stell dir vor», sagte er, «dann kannst du auf dem Zürichsee das Surfen lernen.» In diesen Tagen ist er ein bisschen nervös, weil er auf die Ergebnisse der Patentabklärung wartet. Daran denke ich, an die letzten Tage und an das perfekte Steak im Restaurant Casa Rekondo und den Wein dazu, eine Flasche Pintia (30 Euro, nicht viel für einen der besten Weine Spaniens), während ich auf das dunkle Meer starre. Dann sagt Xabi: «Bis im Herbst.» Ich sage: «Bis im Herbst.» Und dann: «Ich habe Hunger.» Kein Problem. Die Erlösung wartet um die nächste Ecke. Sie ist klein und wunderbar. ‹

Kleider von Loreak Mendian gibt es in der Schweiz ab Ende Juli bei Kitchener in Bern. Für ein Essen im Restaurant Arzak sollte man am besten ein halbes Jahr im Voraus einen Tisch reservieren.

Max Küng ist redaktioneller Mitarbeiter des «Magazins» (max.küng@dasmagazin.ch).
Der Fotograf **Noë Flum** arbeitet regelmässig für das «Magazin» (studio@noeflum.ch).

Keith Jarrett

Madeira

Ein Tag im Leben einer Insel

Madeira klingt nach süssem Wein und Rentnerresidenz. Aber die immergrüne Insel im Atlantik steckt voller Überraschungen. Ein kleines Roadmovie nach dem Motto «In einem Tag um die Welt».

Text: Max Küng Fotos: Jörg Koopmann

Touristenhochburg: Die Folgen schnellen Wachstums sind im Stadtbild von Funchal nicht zu übersehen

Wanderparadies: Wer sich gern auf die Socken macht, findet in der zerklüfteten Landschaft sein Glück

Urwaldfeeling: Der botanische Garten in Monte bei Funchal ist das perfekte Ausflugsziel an einem heissen Sommertag

Im Dorf spielt die Musik! Hört man die Kapelle, so ist was los – und das ist auf Madeira immer irgendwo der Fall

Abhängen baut auf: Im Park des «Reid's» werden Vorsätze in Sachen Aktivurlaub leicht zu Makulatur

Sonntagnachmittags-vergnügen: Eine Korbschlittenfahrt im Tal von Funchal

Eines ist die Insel: nicht gross. Eher ziemlich klein sogar. Von links nach rechts 57 Kilometer. Von oben nach unten gerade mal 22 Kilometer. So gross wie der Kanton Solothurn, liegt sie im Atlantik draussen, 1000 Kilometer weg vom portugiesischen Festland.

Wir haben heute zwei Ziele, und wir glauben sie zu erreichen. Das kleine Ziel: ein wenig wandern. Das grosse: in einem Tag um die Insel fahren. Genau. In einem Tag im Mietauto die ganze Insel umrunden. Und weil wir nicht wissen, ob wir das schaffen, weil wir noch nie eine

Churchill kam gerne nach Madeira, um zu malen. Er hat wohl vor allem zwei Farben gebraucht: Grün und Blau

Insel in einem Tag umrundet haben, fahren wir früh los.

Obwohl wir eigentlich am liebsten im Hotel bleiben würden. Denn wir wohnen im «Reid's Palace», der unbestritten ersten Adresse auf der Insel. Das «Reid's» ist nicht einfach ein Hotel mit fünf Sternen, viel Geschichte und vielen Geschichten, Magnet der Reichen vor allem aus Britannien, sondern verfügt über einen fantastischen Blick über die Bucht Funchals und einen betörend schönen botanischen Garten, in dem alle Blumen der Blumeninsel vor sich hin blühen und in dem es sich auf einer Bank sitzend ganz vorzüglich lesen lässt. Man könnte also einfach nichts anderes tun, eine Woche lang oder länger, als im Hotel zu bleiben und dieses zu erkunden. Doch das muss warten. Ab ins Auto. Die Wanderschuhe sind schon im Kofferraum.

Wir könnten die Autobahn nehmen. Denn eine solche gibt es. Sie verbindet den Flughafen mit der Hauptstadt Funchal, führt dann noch ein paar Kilometer Richtung Westen. Es wäre aber schade, auf der Insel die Autobahn zu nehmen. Vor allem, wenn man die Kurven der Landstrassen liebt. Und davon hat es reichlich.

Kleine Wolken. Aus dem Nichts kommend am blauen Himmel. Schnell sind sie wieder verschwunden. Doch vorher hören wir noch den Knall. Laut. Dann wieder. Es sind Raketen, die in den Himmel steigen und explodieren. Ein Fest ist angesagt. Das gehört sich hier so. Man sagt, es gebe jeden Tag irgendwo auf der Insel ein Fest. Und da gehören Böller dazu. Heute ist der Ort Câmara de Lobos dran. Die Strassen sind mit Papiergirlanden geschmückt, und an improvisierten Ständen braten die Leute ganze halbe Schweine. Schon morgens genehmigen sich die Männer in den Bars Hochprozentiges, nicht nur an Festtagen. Insulaner sind hart im Nehmen. Im kleinen Fischerdorf fischt man schliesslich auch den berühmten schwarzen Espada, den Schwertfisch, mit langen Leinen aus tiefsten Tiefen. Churchill kam gerne hierher, um zu malen. Er hat wohl vor allem zwei Farben gebraucht: Grün und Blau.

Der Mietwagen schnurrt. Die Strasse schlängelt sich am in der Sonne glänzenden Meer entlang. Bald haben wir die grossen Hotelkomplexe Funchals vergessen. Wir beschliessen, einen kleinen Abstecher in die Inselmitte zu machen. Das ist zwar gegen die Regel der Inselumrundung, aber wir finden, dass Widersprüche unbedingt zu einem Roadmovie gehören.

Bei Ribeira Brava (Wilder Fluss) verlassen wir die Küstenstrasse, um uns nordwärts in ein Tal zu schlagen, von wo wir dann so ziemlich in der Inselmitte die Berge hochfahren, hinauf auf den langen Rücken der Insel. Herrschte eben noch gleissendes Sonnenlicht auf Meereshöhe, so wird es nun kühler und neblig. Eine Wolke hat sich wohl auf die Insel gesetzt, um auszuruhen. Wir schrauben uns die saftig grünen Berge hoch, hinein in dichtesten Nebel, der in den Falten der Hügel hängt. Das kann so sein hier. Unten Sonne, oben Nebel. Umgekehrt aber nicht. Oben, auf 1600 Metern über Meer, weht ein anderer Wind.

Jetzt könnte man hervorragend wandern. Ja, Madeira ist ein eigentliches kleines Wanderparadies. Und das hat einen Grund. Oder besser gesagt: viele Gründe. Diese Gründe heissen Levadas. Levadas sind Bewässerungskanäle, welche die Insel wie ein Netz überziehen. Sie werden seit dem 15. Jahrhundert errichtet, um Pflanzungen mit Regenwasser aus dem Inselinnern zu versorgen. So entstand entlang diesen Kanälen ganz beiläufig ein einmaliges Wanderwegenetz, ein sehr langes, denn über 2000 Kilometer Levadas gibt es auf der Insel. Die Möglichkeiten reichen vom gemütlichen Spaziergang bis hin zur anspruchsvollen Wanderung mit Gütesiegel «Schwarze Piste» entlang steilsten Abgründen. Besonders schön sind Wanderungen durch die Lorbeerwälder, die von der Unesco kürzlich zum Weltkulturerbe erklärt worden sind. Aber man muss nicht immer den Wasserwegen folgen. Eine der tollsten Routen ist jene über den Pico Ruivo zum Encumeada-Pass: 18 Kilometer über die Kämme der Berge entlang der Wasserscheide Madeiras, rundum das Meer im Blick. Sagt man.

Bei uns bleiben die Wanderschuhe noch im Kofferraum. Wir fahren weiter, kommen gut voran. Die Strasse wird nun immer einsamer, schöner und abenteuer-

Hohe Kunst des Wasserbaus: Die Levadas führen – über insgesamt 2000 Kilometer – das kostbare Regenwasser von den Bergen zu den Feldern und Gärten

licher. Wild und romantisch sieht es hier aus. Als sei man in ein dunkles Ölgemälde reingefallen. Eng am Meer entlang führt der Weg, vorbei an schwarzen, scharfen Klippen, so eng, dass die Gischt auf die Strasse schäumt – eine super Gratisautowäsche. Immer wieder kleine Tunnels, abfallend, an deren Ende man nichts sieht als die grau schimmernde See (und hofft, dass das so bleibt, denn für Gegenverkehr wäre der Tunnel viel zu eng). Und dann wieder tief hinein in ein moosiges Tal, von Natur aus blumengeschmückt mit Fackellilien und Hortensien. Im Westen finden sich noch die kleinen, traditionellen Steinhäuser. Obwohl man distanzmässig nicht weit weg ist, noch keine hundert Kilometer auf dem Tacho hat: Man mag sich kaum mehr an die geballte Häuseransammlung der Hauptstadt Funchal erinnern.

Vor Ansammlungen ist grundsätzlich eine gewisse Vorsicht geboten. Denn wo viele Touristen sind (und auf Madeira gibt es nun einmal nicht gerade wenige davon), da läuft man Gefahr, dass man auf sie trifft. Ist uns auch passiert. Der Abstecher zum Aussichtspunkt Portela endet so: Wir stehen oben zusammen mit Busladungen von anderen Touristen, und mittendrin steht ein Panflötenspieler, der zu synthetischem Streicherplayback «Let it be» fiept. Da nützt auch das tollste Panorama nichts. Höchstens, um sich runterzustürzen. Aber schnell sind wir wieder in unserem Mietwagen und Element, kurven weiter, durch die Wälder. Der Wälder wegen kamen die Menschen einst nach Madeira, als Madeira noch keinen Namen hatte. Das Holz konnte man gut gebrauchen, um Schiffe zu bauen – und schliesslich bekam Madeira den Namen, weil er Holz bedeutet. Und wenn wir schon bei Namen sind: Funchal heisst so viel wie Fenchelplatz, weil hier früher so viel von diesem Gemüse wucherte. Sie mochten schon immer seltsame Namen, die Insulaner, weshalb man in der Hauptstadt auch Strassen findet, die reichlich sonderbar klingen, wie etwa die Trockenbrotgasse oder den Weg der Abwesenden.

Pünktlich zum Sonnenuntergang schaffen wir es zurück zur östlichen Spitze, zur Ponta de São Lourenço, wo wir an einem kleinen Kiosk ein Bier kaufen, das wir mit Blick auf die Klippen kippen. Gross und weiss stehen dort Windkraftwerke mit Riesenpropellern. Der Wind zerrt auch an unseren Haaren. Zerklüftet liegt das östliche Inselende vor uns. Und über uns kommt tief die Abendmaschine vom Festland her, die nach einem eleganten Bogen zum Landeanflug auf den nicht fernen Flughafen ansetzt.

Die Umrundung an einem Tag ist fast geschafft. Die Schuhe sind noch immer im Kofferraum. Morgen aber werden wir uns auf eine Wanderung machen. Noch haben wir uns nicht entschieden, welche es werden wird. Sicher ist: Es wird schön langsam gegangen, mit dem Blick ins Grün und aufs Meer, immer schön die Bewässerungskanäle entlang. Oder aber wir bleiben einfach im «Reid's», ziehen schicke Kleider an, setzen uns auf die Terrasse und trinken Tee und essen Schnittchen, ein Buch auf dem Schoss, in dem man ein wenig schmökert, vielleicht, und planen eine Wanderung für übermorgen, mit Monsterroute entlang von Klippen und Kanälen.

Madeira – die Hotspots

Schöne und interessante Plätze auf der portugiesischen Atlantikinsel

Schlafen

(1) Reid's Palace
Funchal, Tel. 291 71 71 71, www.reidspalace.com, DZ ab 405 Franken, Präsidentensuite ca. 3850 Franken
Die erste Adresse auf Madeira, westlich von Funchal hoch auf den Klippen gelegen. Nobel, viel Tradition, wunderbarer Garten (40 000 Quadratmeter), lüsterbehangener Speisesaal, Billardzimmer, zwei geheizte Pools, ein ungeheiztes Meerwasserbecken, Lift zum Einstieg ins Meer und vieles mehr.

(2) Pestana Carlton Park Hotel
Quinta da Vigia, Funchal, Tel. 291 20 91 00, www.pestana.com, DZ ab ca. 235 Franken
Auf den ersten Blick ein weisser Riegel aus Beton mit 373 Zimmern. Der Reiz des Hotels: Es wurde von der brasilianischen Architektenlegende Oscar Niemeyer gebaut (wie auch das einem Vulkan nachgeahmte Casino, das nebenan liegt). Auch wenn man nicht hier wohnt, lohnt sich ein Blick in die Bar und in den Sciencefiction-Speisesaal.

(3) Hotel Solar
Serrão Boaventura, Boaventura, Tel. 291 86 08 88, www.solar-boaventura.com, DZ ab ca. 90 Franken
Ein zum Hotel umgebautes altes Landhaus an der romantischen Nordküste der Insel. Ein Geheimtipp von keinem Geringeren als dem «Reid's Palace»-Direktor Anton Küng. Das Hotel hat nur dreissig Zimmer, dafür einen knisternden Kamin in der Lobby, einen schönen Garten und eine Minigolfanlage.

Essen

(4) Casa de Pastro
Bei Seixal folgt man der Strasse ER 221 ins Tal; am Ende des Wegs (ca. 3 Kilometer) liegt rechts das kleine Lokal
Das Allerbeste, was wir auf Madeira gegessen haben, waren die Espetadas (Fleischspiesse) in diesem kleinen Restaurant, das eigentlich nicht viel mehr ist als eine Holzhütte. Sie werden gegrillt und dann an eine von der Decke hängende Eisenkette gehängt. Auch sehr zu empfehlen: die Forellen aus dem Fluss hinter dem Lokal. Sehr günstig. Wird vor allem von Einheimischen frequentiert.

(5) The Dining Room im Hotel Reid's
Funchal, siehe (1)
Einlass nur in elegantem Kleid respektive Anzug und

Krawatte. Dementsprechend ist die Küche gehoben, die Preise sinds selbstverständlich auch. Dafür gibts Klavierbegleitung und ein wunderbares Ambiente. Es riecht nicht nur nach Gänseleber und grosser, weiter Welt, sondern auch nach vergangenen Zeiten, als Prinzessinnen und Prinzen hier noch gang und gäbe waren.

(6) Abrigo do Pastor
Carreiras Vale Paraíso, Camacha
Die Empfehlung für portugiesische Spezialitäten wie das knusprige Spanferkel vom Grill oder den herzhaften Niereneintopf. Aber auch für weniger experimentierfreudige Mägen gibts Leckeres (hauptsächlich Fleisch). Der Ort Camacha liegt zehn Kilometer und viele, viele Kurven nördlich von Funchal in den Bergen. Günstige Preise. Aussicht gratis.

Trinken

(7) Imbissstand
Am östlichen Ende der Insel, wenn die Strasse nicht mehr weitergeht, beim Parking der Ponta de São Lourenço
Der Imbissstand bietet nur Limonade, Pommes Chips und Bier an. Aber an einem Tischlein mit Blick auf die Klippen kann man der Sonne zusehen, wie sie sich über die Insel ergiesst, der Brandung des Meeres lauschen, den Wind in den Haaren spüren. Da reicht eine Flasche Bier vollkommen.

(8) Jungle Train
Rabacal
Der Name des Lokals klingt schrecklich, und auch die knorrige Bedienung kann einem ein bisschen Furcht einflössen. Erinnert an den Film «Shining». Es lohnt sich aber, auf der einsamen Hochebene Paul da Serra einen Halt einzulegen und den Wolken zuzusehen, wie sie schnell vorbeiziehen. Ein Espresso kostet hier übrigens einen Franken.

Staunen

(9) Monte
Neuerdings verbindet eine Seilbahn die Hauptstadt Funchal mit dem Ort Monte, der natürlich auf einem Hügel liegt. In Monte ist der Besuch des berühmten botanischen Gartens Pflicht. Der Eingang befindet sich praktischerweise gleich beim Ausstieg aus den Gondeln.

(10) Ribeira da Janela
An der wilden Küstenstrasse im Norden liegt das Dorf Ribeira da Janela. Janela heisst Fenster, und der Name stammt von einem Felsen im Meer, dem «Fensterfelsen» aus schwarzem Lavastein. Der hat ein Loch, durch das man wie durch ein Fenster hindurchschauen kann. Ein super Fotomotiv.

(11) Porto Santo
Geheimtipp: Die winzige Nachbarinsel Porto Santo hat, was Madeira nicht bieten kann: einen sechs Kilometer langen Sandstrand feinster Güte. Man kommt entweder mit der Fähre ab Funchal hin (Fahrzeit gute 3 Stunden, hin und zurück rund 75 Franken) oder mit dem Kleinflugzeug ab dem Flughafen (Flugzeit 20 Minuten, um die 100 Franken).

Drei Dinge...

... die Sie tun sollten

Eine Rutschpartie unternehmen. Von Monte den Berg hinunter kann man mit den traditionellen Korbschlitten fahren. Eine flotte Sache. Und ein Spass, den sich Touristinnen nicht entgehen lassen sollten. Geführt werden die Schlitten von weiss gekleideten professionellen Schlittenfahrern, den Carreios.

Schwertfisch essen. Probieren Sie unbedingt den schwarzen Tiefseefisch Espada, am besten «com bananas», mit Bananen gebacken. Die Bananen übrigens schmecken wunderbar, und man bekommt sie nur auf Madeira – für den Export sind sie nach EU-Richtlinien zu klein.

Bescheiden bleiben. Ein Mietwagen ist mit Abstand am praktischsten, um Madeira zu erkunden. Mieten Sie aber einen kleinen – die Strassen sind teils sehr eng. Ab rund 38 Franken pro Tag ist man dabei. Zum Beispiel bei Wing Car Rent, zu finden im Hotel Palácio in Funchal.

... die Sie lassen sollten

Wanderungen unterschätzen. Seien Sie nicht zu leichtfüssig unterwegs. Wanderschuhe müssen sein. Und immer schön vorsichtig: Oft sind die Wege entlang den Levadas feucht und rutschig! Noch eine Wandermahnung: Nehmen Sie unbedingt eine Taschenlampe mit, denn viele Routen führen durch Tunnels.

Zu gutgläubig sein. Sollte jemand Sie freundlich ansprechen und Ihnen eine Flasche Wein als Geschenk anbieten, wenn Sie mit ihm mitkommen und er Ihnen ein paar Musterzimmer eines tollen neuen Hotels zeigen darf, dann gehen Sie *nicht* mit. Sonst drohen Ihnen stundenlange Verkaufsgespräche für Eigentumswohnungen. Und am Ende wissen Sie nicht mehr, ob Ihnen der Schädel nur vom klebrigen Wein dröhnt.

Rasen. Die Strassen sind oft unübersichtlich und die Insulaner mit überhöhtem Tempo unterwegs. Ausserdem fährt man durch ländliches Gebiet. Es kann also gut sein, dass hinter der nächsten Kurve eine Herde Kühe die Strasse blockiert. Oder ein geschlossenes Viehgatter. Oder eine Gruppe Bauern beim Schwatz.

... die Sie sich gönnen sollten

Fünfuhrtee. Den klassischen Fünfuhrtee nimmt man seit über 100 Jahren auf der Terrasse des «Reid's» in Funchal zu sich. Für rund 30 Franken gibt es eine Kanne Tee und traditionelle Schnittchen und Gurkensandwichs. Sehr beliebt auch bei Gästen, die nicht im Hotel wohnen. Reservation ist deshalb (vor allem an den Wochenenden) empfohlen.

Baden im Lavapool. Porto Moniz ist ein kleiner Ort an der nordwestlichen Spitze der Insel. Die Besonderheit: In Porto Moniz gibt es ein wunderbares Freibad, einen Lavapool. Sonst ist das Baden im Meer auf Madeira vielerorts zu gefährlich. Und auch hier wird das Schwimmbad bei starken Winden aus Sicherheitsgründen geschlossen.

Kaffeepause. Nicht nur Tee trinkt man auf Madeira, sondern auch sehr guten Kaffee. Setzen Sie sich in eines der vielen Cafés in Funchals Fussgängerzone, und schauen Sie dem touristischen Treiben zu. Und sollte Sie ein kleiner Hunger überkommen, dann bestellen Sie einfach einen kleinen Stockfisch-Eintopf.

Was Sie wissen sollten

Madeira ist ein Paradies für Wanderer. Dementsprechend gibt es eine Vielzahl von deutschsprachigen Wanderführern mit Karten und Routenbeschreibungen, inklusive Infos über Verpflegungsmöglichkeiten. Ein guter allgemeiner Reiseführer ist «Madeira» von Daniela Röpke und Leonie Senne, erschienen im Verlag Iwanowski's.
Währung. Euro.
Internet. Es gibt eine Vielzahl von auch deutschsprachigen Internetseiten die sich mit Madeira beschäftigen. Beispiele: www.madeira-web.com, www.madeira-aktuell.de, www.madeira-wandern.com. Süss: Erlebnisbericht eines Madeira-Fans: http://www.marcelklee.de/madeira.
Telefon: Vorwahl für Madeira 00351.
Hinkommen. In der Regel muss man beim Flug nach Madeira in Lissabon umsteigen. Ab Zürich fliegt die portugiesische TAP zweimal täglich, ebenso ab Genf. Preis je nach Saison 863 bis 1040 Franken, exklusive Taxen. In der Hauptsaison gibts Charterflüge direkt – und billiger – aus der Schweiz nach Funchal. Informationen im Reisebüro.
Infos. Portugiesisches Verkehrs- und Tourismusbüro Badenerstrasse 15, 8004 Zürich, Tel. 01 241 00 01.

madeira, was mir so einfällt zu [illegible]

- madeira heisst "holz"
- abends ist nix los.
- tagsüber ist nix los.
- die meisten bewohner auf madeir a
heimische oder aber [illegible] z.B. ma

- es ist die insel des stück e

diesem Thema:

der 70 jahren erlebt ha-

en.

ein ~~Fl~~ fleischspiess
hängt von der decke
und tropft.

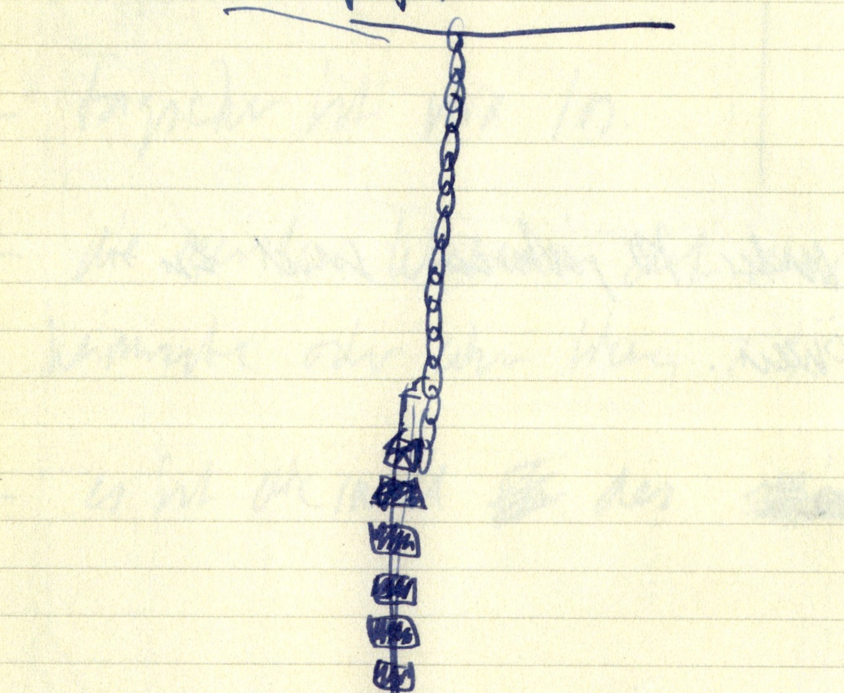

per für fleischspeisen :

estalajam de portela

KOFFER MACHEN LEUTE

Es heisst, dass Schuhe alles über einen Menschen verraten. Unsinn: Es ist das Gepäck, das alles offenbart.
Wer mit Valextra reist, ist unangreifbar.
Zum Glück hat das seinen Preis.

Die Situation ist ein bisschen absurd und auch ein wenig unangenehm. Ich fahre nach Mailand, um Valextra zu besuchen. Valextra ist keine Freundin oder geheime Geliebte oder so etwas, sondern eine Lederwarenmanufaktur. Nun, was heisst da Lederwarenmanufaktur. Das ist eine grobe Untertreibung. Zu sagen, Valextra sei bloss ein Taschen- und Portemonnaiehersteller, das ist, wie wenn man sagen würde, die Amalfiküste sei einfach ein Ferienort.

Valextra stellt, um es kurz zu machen, die besten Taschen und Koffer aus Leder her. Die besten und die schönsten und die edelsten – aber auch die teuersten. Würde man Valextra etwa mit Louis Vuitton oder Gucci vergleichen, das wäre, als würde man ein Bild von Lucio Fontana einem Kunstdruck von Rolf Knie gleichsetzen.

Absurd ist die Situation auch, weil zu meinen Füssen meine Computertasche steht. Sie ist

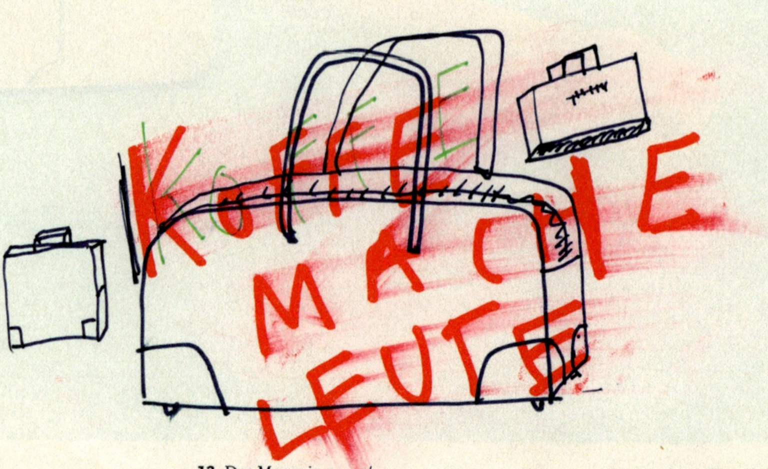

schwarz und hässlich, aus synthetischem Material gefertigt in China unter bestimmt haarsträubenden Bedingungen. Sie ist mit Logos behängt und hat viel zu viele viel zu schlechte Reissverschlüsse. Die Fütterung der Tasche ist mager, und greift man hinein, fühlt es sich an wie das Innenleben einer leeren Chipstüte. Riecht man daran, dann sticht einem ein weltfremder Geruch in die Nase und man denkt: Oh, davon bekomme ich Krebs. Und das Schlimmste an der Tasche: Sie ist mein. Sie ist wie eine schlimme Verwandte. Man möchte mit ihr eigentlich nicht in der Öffentlichkeit gesehen werden. Und doch habe ich sie, zwangsweise, denn darin steckt der nicht minder hässliche Computer meines Arbeitgebers. Mit dieser Tasche zu Valextra zu gehen, das ist in etwa so, als würde man mit einem mit Werbeaufklebern verzierten Smart zur Werksbesichtigung von Rolls-Royce fahren. Meine Tasche sagt: Der Besitzer ist blind und ein ästhetischer Krüppel, helfen Sie ihm. Und sie schreit: Nimm eine andere! Deshalb fahre ich nach Italien und besuche Valextra.

Also tue ich als Erstes, als ich in Mailand ankomme im hohen Bahnhof Centrale: Ich bringe meine Computertasche zur Gepäckaufbewahrung und mache mich taschenlos auf zur Via Manzoni Nummer 3. Denn ich weiss: Eine Tasche verrät über eine Person mehr als ein mehrminütiges Gespräch.

Würde man Valextra mit Louis Vuitton vergleichen, das wäre, als würde man ein Bild von Lucio Fontana einem Kunstdruck von Rolf Knie gleichsetzen.

Man meint ja immer, man könne vom Haarschnitt auf Menschen schliessen oder der Brille wegen oder wie eine Person sich kleidet. Manche sagen gar (und man kann es jedes Jahr wieder in Lifestyleberatungsspalten lesen): Die Schuhe verraten den Charakter; seit ich das gelesen habe, so muss ich zugeben, schaue ich immer ein bisschen darauf, dass meine Schuhe nicht zu schmutzig sind. Doch ich bin sicher, es ist nicht der Haarschnitt, nicht die Brille, nicht die Kleidung und nicht der Schuh: Es ist die Tasche. Sie ist die verräterische Begleiterin.

Es ist neblig in Mailand und kalt, und es fängt auch noch an zu nieseln. Die Mailänder gehen grimmig mit eingezogenem Kopf durch die Via Manzoni, freundlich wie Schneepflüge, nur der aufgekratzten Laune einer Reisegruppe aus Japan im Januar-Ausverkaufstaumel kann das miese milanesische Wetter nichts anhaben. Die Hausnummer 3 an der Via Manzoni strahlt frisch herausgeputzt. Ein fünfstöckiges Haus aus dem frühen 19. Jahrhundert, einst Sitz der Banco de Italia y Río de la Plata, nun frisch renoviert. Die Eingangstüre ist schwer, wie ein Sumoringer muss man sich dagegenstemmen, aber wenn man sie einmal offen hat, dann wird man auch für eine Weile im Laden bleiben. Hier ist Valextra zu Hause seit Ende des letzten Jahres. Man hat sich den Flagship-Store an bester Lage etwas kosten lassen: Tresen aus Kalkstein aus den Dolomiten, Säulen aus dem rosa Granit von Baveno, dem berühmtesten Gestein des Ossolatales.

ALS ITALIEN NOCH ITALIEN WAR

Im Laden stehen Claudio Guella und Carlo Gasparo. Carlo, den sie hier Mister Charles nennen, ein alter Herr, elegant bis zum Anschlag, mit einem multiplen Brillantring am Finger und einem mit Brillanten besetzten Kettchen um den Hals, dieser Carlo arbeitet seit 1960 für Valextra. Claudio ist sein junger Sidekick. Stolz sind sie beide. Denn Valextra, das steht für nicht weniger als für das, was Italien berühmt machte in der Mitte des letzten Jahrhunderts: schickes Design, cooles Dasein. Als Italien noch kein surrealistischer Schurkenstaat war mit ultraholen Blondinen, die ihre künstlichen Brüste in Gaga-Fernsehsendungen halten, sondern das Land in kultureller Blüte stand. Als Fred Buscaglione mit von Zigaretten zerkratzter Stimme «Che Bambola» sang, Marcello Mastroianni in Schwarzweissfilmen unglaublich tiefsinnig Frauen anstarren konnte und Leute in schmal geschnittenen Anzügen rauchend und mit Persol-Sonnenbrillen über Kommunismus diskutierten und gleichzeitig teuren Wein tranken und damit kein Problem hatten. Es war die Zeit, als italienische Autodesigner Fahrzeuge auf die Strassen schickten, die Buben jeglichen Alters nervös werden liessen. Und der Jetset, der in Flugzeugen zwischen New York und Italien hin und her pendelte in Flugzeugen, die noch wie Flugzeuge aussahen, liebte Valextra. Giovanni Agnelli reiste mit Valextra zu seiner sizilianischen Fabrikationsanlage. Grace Kelly verstaute die pafümierten Liebesbriefe des Fürsten Rainier in einer Valextra-Handtasche Modell «Punch». Jacky Kennedy Onassis bestieg keinen Privatjet ohne ihr weisses Valextra-Kofferset. →

Grace Kelly verstaute die parfümierten Liebesbriefe des Fürsten Rainier in einer Handtasche von Valextra.

Die italienische Firma hat Zeiten kurzfristiger Dunkelheiten hinter sich. In den 1990er-Jahren fingen die Probleme der Traditionsfirma an. Valextra wurde vom Konkurrenten Louis Vuitton geschluckt. Der verkaufte die Firma wenig später an Samsonite. Die Qualität habe gelitten, sagt Claudio mit ernstem Gesicht, damals, und Valextra und Samsonite, nun, diese beiden Wörter kann man ja kaum kurz nacheinander in den Mund nehmen. Es schaudert Claudio bei den Gedanken an die dunklen Zeiten. Die Kunden hätten das Vertrauen verloren, und nicht wenige sprangen ab und gingen fortan ihre Lederwaren bei Hermès in Paris einkaufen. Und nun sind alle wieder froh, dass Valextra zurück in italienische Hände gefunden hat, von der Carminati-Gruppe gekauft wurde. Denn, so weiss Claudio: Es gibt nichts Italienischeres als Valextra.

DESIGNKLASSIKER «AVIETTA»

1937 gründete Giovanni Fontana eine Lederwarenfirma, nahm das profane Wort für Lederwarenfabrik, «valigeria», nähte «extra» daran und machte daraus den Firmennamen. Sein Ziel war es: die besten Koffer herzustellen, die besten Portemonnaies, schlicht die edelsten Lederwaren überhaupt.

Anfang der Fünfzigerjahre hatte dann Giovanni Fontana Besuch eines Freundes namens Ferdinando Innocenti, der ein Zweiradgefährt, die «Lambretta», erfunden hatte und nach diesem Erfolg in die Produktion von Automobilen einstieg. Er produzierte in Lizenz eine italienische Version des Mini. Dieser Innocenti besuchte Fontana mit einer bestimmten Bitte, denn er hatte ein Problem: Er wollte eine Tasche für 24 Stunden. Ein Ding für Geschäftsreisen mit Platz für Akten, aber auch Wechselkleidung. Fontana ersann die «24 ore», eine Ledertasche mit einem geräumigen Kleiderfach, aber auch Platz für eine kleinere Aktentasche. 1954 wurde die Kreation mit dem prestigeträchtigen Designpreis «Compasso d'Oro de la Rinascente» ausgezeichnet – heute ist sie in der Sammlung des MoMA vertreten.

Doch Fontana ruhte sich nicht auf seiner preisgekrönten Erfindung aus. Er tüftelte weiter, schliesslich änderten sich die Zeiten. Geschäftsleute nahmen nun plötzlich Flugzeuge, um von A nach B zu gelangen. Die Reisen wurden weiter. Die Aufenthalte länger. Also entwickelte Fontana eine etwas grössere Tasche mit Platz für mehr Dinge und Zeugs, nicht bloss für 24 Stunden, sondern für deren 48. Er nannte sie «Avietta», doch wurde die Tasche mit dem weichen Griff und dem Reissverschluss auch unter dem Namen «48 ore» bekannt. «Come la luce rapida» – schnell wie das Licht, nannte man die «Avietta». Auch sie wird ein Instantklassiker. ➔

Früher, als Artenschutz noch ein Fremdwort war, wurde bei Valextra jedes Tier zu einer Tasche verarbeitet, das man erlegen konnte.

Bis heute sind die Designs der Klassiker unverändert geblieben. «Warum soll man das Perfekte auch ändern?», sagt Claudio und holt das Modell «Premier» hervor, eine kantige Aktentasche aus den Siebzigerjahren, die auch Anfang des neuen Jahrtausends noch unglaublich modern wirkt. Und schliesslich sehen die Teile nicht nur schön aus, sondern sind durchdacht. Die Brieftaschen allein sind eine Wissenschaft, nicht nur jene mit dem patentierten Notenclip aus Metall. Früher, so weiss Mister Charles zu berichten, habe man ja für jede Nation quasi ein eigenes Format produzieren müssen. Für die italienische Lire beispielsweise, die bettlakengrossen Scheine, habe man extra grosse Portemonnaies gefertigt. Für die alten französischen Francs auch. Für die Schweizer hingegen habe man schlankere Modelle hergestellt, entsprechend eben den Noten. Heute ist es dank dem Euro ein bisschen einheitlicher, wenn auch die italienische Brieftasche wegen des speziellen Formates des Fahrausweises anders ist als jene etwa, die für den amerikanischen Markt zugeschnitten ist. «Oder hier», sagt Mister Charles und zieht ein Modell hervor mit einem extrem dicken Fach für Banknoten, «hier ist das Modell für den Orient.» Man könnte darin auch ein Pfund Butter unterbringen. Die Kundschaft aus dem Nahen Osten (nebst den USA der wichtigste Markt) hat halt gerne ein Bündel Noten dabei, ein richtig dickes Bündel. Zudem müsse man ein paar Fächer mehr für Kreditkarten einplanen als bei den anderen Modellen, nämlich mindestens für deren zwölf. Und auch gerne habe dieser Kundenkreis das Leder des Elefanten. Das sei nicht nur besonders teuer, sondern auch besonders weich. Doch das sei seit Mitte des letzten Jahres aus rechtlichen Gründen leider nicht mehr lieferbar. Was Mister Charles sehr bedauert. «Wissen Sie», sagt er noch und fasst sich zärtlich ans eigene Ohrläppchen, das er langsam zwischen Daumen und Zeigefinger reibt, «vom Elefanten haben wir nur das Leder der Ohren verwendet.» Er lächelt fein. Denn nur die Ohren des gutmütigen Rüsseltieres gäben gutes, feines Leder. Der Rest? Mister Charles macht eine verwerfende Handbewegung.

Früher, als Artenschutz noch ein Fremdwort war, da wurde bei Valextra so jedes Tier zu einer Tasche oder einem Koffer verarbeitet, das man erlegen und dessen Haut man gerben konnte. Der Emir von Kuwait bestellte einst ein 14-teiliges verschiedenfarbiges Kofferset in Flusspferdleder. Heute ist der Standard Kuh in zwei Qualitäten. Beliebt sei aber immer noch das Krokodil, feinste Ware aus Malaysia, das beste Kroko, das man bekommen könne, ist sich Claudio sicher. Eine Tasche aus Kroko kostet dann schnell einmal 17 000 Euro. Ein grosser Koffer auch ein bisschen mehr. Schuhe gibt es ab 2500 Euro.

Die Preise. Ja, die Preise. Eine simple Aktentasche gibt es ab 1300 Euro. Die «Avietta» kostet ab 2500 Euro. Die «24 ore» das Doppelte. Koffer noch mehr. Claudio sagt, die Preise mögen auf den ersten Blick hoch erscheinen, aber sie seien es mitnichten, man bezahle einfach die Qualität. Die Lederwaren werden nach wie vor in Italien gefertigt, in einer Fabrik eine Autostunde ausserhalb Mailands, von 35 weiss gekleideten Mitarbeitern, nach Methoden aus vergangener Zeit, von Hand. «Andere Produkte sind teuer, weil sie das Label bezahlen. Bei uns bezahlen sie nicht das Label, sondern die Qualität, das Produkt selbst.» Und das kommt schlicht daher: Von aussen verrät kein Aufnäher die noble Herkunft, nicht einmal ein Monogramm gibt es – Understatement gehört dazu. Und innendrin ist jedes Stück mit Herstellungsdatum und einer Seriennummer versehen. «Wenn ein Teil einmal kaputtgehen sollte, also falls das wirklich passieren sollte, warum auch immer», sagt Mister Charles, «dann bringen Sie es uns, und wir werden es flicken. Denn wissen Sie: Sie kaufen nicht einfach Valextra, Sie treten in die Familie ein.»

ANZÜGE UND HANDTASCHEN

Mister Charles stellt noch andere Spezialitäten des Hauses vor. Zum Beispiel die Handtasche für den Mann. «Die allererste Handtasche für den Mann überhaupt», die ihren Ursprung auch in den Fünfzigern des letzten Jahrhunderts hat, als richtige Männer Anzüge trugen und nichts in den Taschen haben wollten, was die Silhouette brechen konnte. «Also wohin mit den Schlüsseln, mit den Zigaretten, mit dem Feuerzeug?» Genau, alles in die kleine, würfelförmige Lederhandtasche (die mit sich herumzutragen allerdings dem Mann von heute doch einiges an Mut abverlangt, denn Handtasche und Mann, das sind doch zwei nicht so einfach zusammenzubringende Begriffe). Dann zieht Mister Charles ein Schlüsseletui aus einer lautlos hervorgleitenden Schublade. Ein schlichtes Schlüsseletui in Kalbsleder. Aber es ist nicht einfach ein einfaches Schlüsseletui, sondern das Valextra-Etui, denn niemand habe vorher ein solches hergestellt, niemand sei auf die Idee gekommen, dass Schlüssel die Hosensäcke kaputtmachen. Mister Charles zuckt die Schultern. «Haben dann alle kopiert.» →

Das Reisen hat sich verändert. Natürlich müsste man wahnsinnig sein, seinen Valextra-Koffer, beispielsweise in feinstem weissen Leder, am Flughafen aufzugeben und ihn auf dem schwarzen Rollband im Gedärm der Gepäcksortieranlage verschwinden zu sehen. Doch Valextra weiss um den Umstand, dass das moderne Reisen weit weniger fein ist, als es die äussere Erscheinung ihrer Koffer es zulassen würde und nicht alle ihre Kunden im Privatjet reisen oder ihr Gepäck nur in gepolsterten Kofferräumen von Bentleys herumkutschieren. Deshalb wird zu jedem grösseren Gepäckstück aus dem Hause Valextra gratis eine Schutzhülle aus Kevlar mitgeliefert, in die der Koffer verpackt werden kann, damit es nicht schmutzig wird auf seinen Reisen um die Welt.

Abends steige ich wieder in den Cisalpino, und der Kaffee schmeckt so sauer wie am Morgen. Zwei ältere US-amerikanische Ehepaare zwängen sich mit einer Kofferfamilie durch das Erstklassabteil. Sie sind auf dem Weg nach Como. Nachdem sie sich gesetzt haben, fangen sie an, über ihr Reisegepäck zu reden. «50 bucks» habe der eine Koffer gekostet, sagt der eine. Der andere nickt anerkennend. Nebenan sitzen zwei Schweizer Geschäftsleute mit Hartschalen-Aktenkoffern. Eine Frau mit einer Louis-Vuitton-Tasche geht vorbei und zieht hinter sich eine parfümbedingte Geruchsverwirbelung nach wie ein Airbus A380.

Zu meinen Füssen, wie ein ungeliebter Hund, liegt meine Laptoptasche. Ich tue so, als gehöre sie nicht mir. ‹

Valextra-Produkte kauft man am besten im Mailänder Laden an der Via Manzoni 3, Telefon +39(0)276005024.
Wer knapp bei Kasse ist, kann versuchen, eine Tasche bei www.ebay.com zu ersteigern.

MAX PACKTS

Mit der perfekten Tasche hat man die Welt im Sack, bevor man sie bereist hat. Eine Suche nach dem besten Stück.

Text Max Küng Bilder Schaub Stierli Fotografie

In fünf Tagen fahre ich in die Ferien. Ich weiss, wohin es geht[1]. Ich weiss, wie ich hinkomme[2]. Ich weiss, wie lange ich bleibe[3]. Ich weiss, was ich dort tun werde[4]. Nur etwas weiss ich noch nicht: Welche Tasche ich mitnehme. Und: Wird es überhaupt eine Tasche sein? Oder ein Sack? Oder ein Koffer? Obwohl: Nein, ein Koffer eher nicht. Ich bin kein Kofferkind. Ein Koffer ist das Gepäckstück einer anderen Generation. Und schon gehen sie los, die Fragen, die neue Fragen bringen. Und die ein unverkennbares Indiz dafür sind, dass Taschen nichts anderes sind als portable Probleme. Was ist eine gute Tasche? Oder gar: Gibt es die perfekte Tasche? Fünf Tage habe ich Zeit, die Fragen mit mir herumzutragen – und eine Tasche zu finden.

Tag 1: Der weite Begriff

Nun mag man einwenden, dass der Begriff Tasche ein sehr weit gefasster Begriff sei. Das stimmt. Wir haben Taschen in den Hosen, zum Reisen reichen diese aber wohl den wenigsten Menschen, auch wenn mein Nachbar einen lateinischen Satz zitierte, als ich ihn fragte, was sein Ideal einer Tasche sei. Er sagte, und es klang, als spräche er einen Zauberspruch, «Omnia mea mecum porto». «Alles, was ich besitze, habe ich bei mir.» Der alte Schlagerspruch zielt selbstverständlich darauf, dass innere Werte wichtiger sind als Besitz. Aber auch mein Nachbar musste zugeben, dass man den Satz auch so auslegen kann, dass «bei mir» durchaus heissen könnte, dass man eine Tasche bei sich habe. Und als ich ihn drängte, gab er zu, dass er mit einem Koffer reist, einem Koffer aus Aluminium, zwanzig Jahre alt, der Marke Rimowa. Er sagte: «Das Beste.» Für mich aus obgenannten Gründen keine Option.

Damit das klar ist: Wir reden hier von richtigen Taschen gewisser Grösse, echten Dingen also für echte Probleme, nicht von Damenhandtaschen. Damenhandtaschen stellen sicher eine hochinteressante Materie dar, sind aber nicht Taschen im eigentlichen Sinn, sie erfüllen in erster Linie die Kriterien des modischen Accessoires, dessen Funktionalität eine untergeordnete Rolle spielt. Ich bin keine Frau. Ich weiss auch, warum man scharf ist auf eine Kelly Bag oder auf das Teil von Gucci mit Bambushandgriffen: Eine Handtasche kennt keine Problemzone.

Tag 2: Erste Exkursion

In einem grossen Geschäft für nichts anderes als Taschen und Koffer stehe ich lange Zeit herum. Ei, so viele Taschen. So viele Fragen. So viele Probleme. Ich denke: Es gibt zu viel auf dieser Welt. Zu viel von zu viel. Paralyse durch Angebot. Warum kaufe ich mir nicht einfach einen mittelgrossen, schwarzen Rollkoffer mit ausziehbarem Griff? Dann wäre ich Teil einer grossen Gemeinde. Ich stünde am Flughafen bei der Gepäckausgabe, und bestimmt käme ich bald ins Gespräch mit jemandem, dessen Rollkoffer ich versehentlich griff, oder er den meinen. Ich wäre nicht allein auf dieser grossen Welt. Nein, denke ich, ein bisschen mehr Individualität täte mir gut. Ich möchte Mensch sein, kein Stück Vieh der Lufttransportherde. Und vor allem möchte ich keine Chinaware aus tristem Nylon. Ein bisschen Stil sollte schon sein, denn das Reisen selbst ist stillos genug geworden. Beim Rausgehen sehe ich noch das Köfferchen, das der wüste Modedesigner Alexander McQueen unter dem Label «Black Label» für Samsonite entwarf, das an einen Brustkorb erinnert und einfach nur peinlich ist. Ich denke, ich möchte eine Tasche, die so weit weg wie möglich ist von Mode und von Trends. Ich möchte den zeitlosen Begleiter für alle Ewigkeit. Der brächte mir Seligkeit.

Bei Tod's an der Zürcher Bahnhofstrasse ist Ausverkauf. Die mittelgrosse Reisetasche aus Elchleder gibt es für etwas über 2000 Franken minus 40 Prozent Rabatt. Es gibt die Tasche auch in Krokodilleder, sagt die Verkäuferin. Allerdings ohne Rabatt. Und ein bisschen teurer: 37 000 Franken. Ich bin ein bisschen erschrocken, dass ich auf die Verkäuferin wie ein Mensch wirke, der sich eine Krokodilledertasche leisten oder sich eine solche wünschen könnte. Aber ich denke, an der Bahnhofstrasse ist man sich einiges gewohnt.

Bei Hermès riecht es gut, und es wird viel Schnickschnack für urbane Landgutbesitzer angeboten, etwa knallige Lederpeitschen für 1200 Franken, aber auch eine schöne Tasche aus hellbraunem Leder, deren Form entfernt an einen

Ann Demeulemeester
Kalbsleder; 1 Hauptfach (mit Innentasche), 2 Aussenfächer
1580.–

«African Bag»
Plastikgewebe, 1 Hauptfach
zirka 5.50

Reitersattel erinnert. Sie fasst wohl genug für eine Woche, wenn man klug packt. Ich sage zur Verkäuferin: «Hui, die wird dann aber ganz schön schwer – aber egal, ich trag sie ja eh nicht selber.» Sie lächelt. Auch ich lächle, bis ich das Preisschild sehe, denn das gibt es auch bei Hermès. 11 950 Franken. Sehr schön, denke ich, wenn ich die Tasche kaufe, kann ich mir zehn Jahre lang keine Ferien mehr leisten. Wäre auch ein Konzept. Und gut für die Umwelt.

Bei Prada sind die Köfferchen aus weichstem Leder ziemlich schlicht und schön, aber auch ein bisschen zu schön. Ich verbinde das Reisen – auch wenn dem schon lang nicht mehr so ist – mit einer Portion Abenteuer. Nicht viel, bloss ein Spritzer. Das Köfferchen von Prada aber sagt, dass sein Besitzer bei Regen kaum aus dem Haus geht. Es sagt: Mein Herrchen hat manikürte Nägel. Ausserdem hat der Verkäufer grösste Mühe, den Reissverschluss aufzuziehen, was durchaus auch am Reisverschluss liegen könnte.

Viele Reissverschlüsse bedient auch der Verkäufer bei Louis Vuitton. Eine äusserst populäre Marke im gehobenen Segment, sodass man sich fragen kann, ob sie überhaupt noch gehoben ist. Ist Popularität und Exklusivität nicht ein Wider spruch? Bei Louis Vuitton bekommt man ziemlich alles, was man sich zu Reisen vorstellen kann. Vom schicken Katzentransportbehälter bis zum Hutkoffer. Leider hab ich keine Katze. Hüte auch kaum. Und was sagt die Marke Louis Vuitton aus? Dass ich mir Luxus leisten kann, aber nur gemässigten Luxus (denn verglichen mit etwa Hermès oder Valextra ist Louis Vuitton billig)? Und vor allem, dass ich möchte, dass die anderen sehen können, was ich mir leisten kann?

Ich für mich weiss, dass ich niemals mit einer Tasche von Louis Vuitton reisen würde. Niemals. Denn ich bin ein Mann des Understatements. Und Louis Vuitton braucht mich nicht, sie verdoppeln den Jahresumsatz auch ohne mich.

Nach der ersten Exkursion muss ich mich erst einmal beruhigen. Nachdem ich so viele teure Taschen in den Händen hatte, kommt mir jedes Teil unter 1000 Franken wie ein Schnäppchen vor. Bloss jetzt keine unüberlegte Handlung.

Tag 3: Nähere Betrachtung

Um das Problem des Taschenkaufs zu lösen, muss man sich erst einmal bewusst werden, was in die Tasche kommen soll. Also frage ich mich, wie gross sie sein muss. Will ich eine Riesentasche, in die alles hineinpasst? Aber wie oft im Jahr braucht man eine Riesenreisetasche? Oder will ich eine handliche Tasche, die einen zwingt, streng zu packen und auf Dinge zu verzichten? Oder will ich einen Kompromiss? Aber macht man nicht schon genug Kompromisse die ganze Zeit? Brauche ich vielleicht zwei Taschen? Die Zweitaschenlösung könnte Sinn machen. Als ich kürzlich in Japan war, genügte mir eine ziemlich kleine Tasche auf dem Hinweg. Leider häuften sich im Fernen Osten die Geschenke so massiv an, dass ich mich gezwungen sah, dort eine neue Tasche zu evaluieren. Lange lungerte ich in der Reisegepäckabteilung eines grossen Warenhauses herum, bis ich schliesslich eine billige Tasche aus dem Material Cordura kaufte, einem speziell starken Nylongewebe, die 46 Liter fasst und sich bei Nichtgebrauchs auf Portemonnaiegrösse zusammenlegen lässt. Sie ist zwar made in China, hat aber einen schönen Namen: «Solo-Tourist».

Wenn einer weiss, was reisen heisst, dann wohl Tyler Brûlé, einstiger Swiss-Neugestalter, «Wallpaper»-Gründer und derzeitiger Chef der Zeitschrift «Monocle». Der echte Vertreter der Global Class hat lange für die «Financial Times» eine Reisekolumne verfasst, in der er immer wie-

Felisi
Kalbsleder, mit Rollen; 1 Aussenfach, 2 Innenfächer
1400.–

Porter «Monocle»
Synthetik, 2 Aussenfächer, diverse Innenfächer
455.–

der die Qualität der japanischen Taschenprodukte des Hauses Porter lobte. Und weil es ihm ein Anliegen ist, dass man klug unterwegs ist, hat er nun in Zusammenarbeit mit Porter eine Tasche entwickelt, die exklusiv über den «Monocle»-Online-Shop verkauft wird. Ein Redaktionskollege ist Besitzer eines solchen Exemplars. Voller Selbstbewusstsein und Stolz verkündete er, dies sei die beste Tasche in jeder Hinsicht, die er je besass und, so ist er überzeugt, je besitzen wird. Kostenpunkt: 185 Pfund. Als der Kollege die Tasche vorführt, denke ich, sie sieht ein bisschen aus, als ob er in die Armee einrücken müsse. Olivgrün und schlicht in der Erscheinung, und, das muss man zugeben, durchdacht in Details und von höchster Qualität. Die Tasche von Porter ist auch mehr als eine blosse Tasche, sie ist ein System: Sie wird geliefert mit einem Necessaire, einer Tasche für feuchte Badesachen, einer superklein zusammenlegbaren Einkaufstasche und einem Wäschesack. Ein überzeugendes Produkt, wenn auch kein Schluckmonster. Um mit dieser Tasche eine Woche auszukommen, müsste man ein kluger Packer sein. Aber wer ist nicht gern smart?

Ein anderer Kollege schickte, nach seiner Tasche gefragt, ein Wort über seine Lippen, es klang, als bestelle er nach kurzem Studium der Getränkekarte in einem Zwölfsternhotel den teuersten Champagner. «Goyard», sagte er, und dann nichts mehr. Ich fragte ihn, was das zu bedeuten hätte, Goyard. Ich kannte wohl den Namen eines Malers, der so ähnlich hiess, aber was hatte das mit Taschen zu tun? Er schüttelte nur den Kopf. Ein Banause, wem Goyard nichts sagt. Goyard sei der Inbegriff für die gute Reisetasche, ein Traditionsunternehmen, 1853 gegründet, älter als Louis Vuitton[5] – und natürlich viel, viel besser. Aber um eine Tasche von GOYARD zu kaufen, müsste ich nach Paris reisen, an die Rue Saint-Honoré 233[6]. Die Zeit hatte ich leider nicht. Und ich wollte ja nicht reisen, um eine Tasche zu kaufen, sondern eine Tasche kaufen, um zu reisen.

Tag 4: Zweite Exkursion

Schon ein bisschen sicherer in der Materie, aber noch fern von so etwas wie einer Entscheidung, geht es auf zur zweiten Exkursion in die einschlägigen Ladengeschäfte. Ich weiss jetzt, wonach ich suche: nach Qualität. Ich möchte ein Stück, das ich auch in zehn Jahren noch benutzen werde. Ich möchte eine Tasche, die ich vererben kann. «Mein Sohn, eines Tages gehört diese Tasche dir.»

Ich frage einen guten Freund, ob er mich begleiten mag, denn es tut gut, wenn einem jemand bei einer solchen Entscheidung mit Rat zur Seite steht – nicht zuletzt, um einen von einer Wahnsinnstat abzuhalten. Auf dem Weg zum Laden des wienerischen Lederwarenherstellers Ludwig Reiter (gegründet 1885) kommen wir an einer Boutique vorbei, die das Label Dolce & Gabbana führt. Im Schaufenster liegen Handtaschen. «Das ist Luxus für Prolls», sagt mein Freund. Ich betrachte eine schwarze Tasche, auf der ein goldenes Metallschild prangt, auf dem «Dolce & Gabbana Women's Collection 2007» und einiges mehr eingraviert ist. «Man muss einen ganz schön grossen Dachschaden haben, wenn man sich eine solche Tasche kauft», sage ich. Und

Ich weiss jetzt, wonach ich suche: nach Qualität. Ich möchte eine Tasche, die ich vererben kann. «Mein Sohn, eines Tages gehört diese Tasche dir.»

dann bemerken wir, dass neben uns eine Frau steht. Sie ist nicht mehr ganz jung, aber topmodisch. Und sie trägt genau die Tasche, die wir im Schaufenster betrachten. Mir tut es leid, dass wir sie beleidigt haben. Aber nur kurz.

Bei Ludwig Reiter ist man weit davon entfernt, unter den Verdacht der Gutheissung doofer Modetrends zu geraten. Es gibt nach alter Handwerkskunst gefertigte Taschen, und ich komme in diesem Laden zum Schluss, dass eine Ledertasche zwar schön anzusehen ist und sie auch sicher sehr schön altern wird, wie eine Erinnerung an eine Reise nach etwa Chandigarh, die auch schöner wird, je länger man sie mit sich herumträgt – dass aber eine Tasche aus Baumwollmaterial mit partiellen Lederverstärkungen an den exponierten Stellen die klügere Entscheidung darstellt, denn Leder ist robust, aber auch schwer.

Bei Reiter sticht mir eine Tasche aus gewachstem Baumwolltuch in die Augen. Sie fühlt sich gut an in der Hand. Sie kostet etwas über 700 Franken, und ich weiss in dem Moment nicht, ob das viel ist oder wenig. Was ich weiss: Die Tasche ist sehr schön. Aber ist Schönheit ein Kriterium? Natürlich verrät eine Tasche viel über seine Trägerin oder seinen Träger. Mehr vielleicht noch als die Schuhe. Ich beispielsweise weiss, was ich empfinde, wenn ich Menschen mit Louis-Vuitton-Taschen sehe: Mitleid. Aber ist es wichtig, was andere von einem halten? Sollte man nicht langsam alt genug sein, dass man darüber steht? Ich denke, die Antwort ist leider nein.

Mein Begleiter möchte mir noch einen Laden zeigen, wo es die Produkte von Felisi gibt, einer florentinischen Traditionsmarke. Er schwärmt von Felisi. Er sagt, die Firma sei eine kleine Manufaktur, die noch das Gute und das Wahre verkörpere, die einfach das mache, was sie könne, von Hand: gute Taschen. Eine Marke ohne aufgeblasene PR-Maschine, ohne teure Werbekampagnen. Bei Felisi sei man so mit dem Handwerk beschäftigt, dass man noch nicht einmal eine Homepage habe. Und wenn man persönlich vorbeigehe, könne man sich auch eine Tasche massschneidern lassen. «Oje», denke ich, «das würde die Sache auch nicht einfacher machen.»

Ich muss gestehen, dass mein Begleiter nicht übertrieben hat. Die Taschen sehen zeitlos schön aus. Es ist die Schönheit der schlichten Taschenmacherkunst, der Qualität. Leider hat Qualität ihren Preis. Eine Feststellung, die zwar banal ist, aber immer wieder auch schmerzhaft. 1200 Franken kostet die grosse Tasche in der Stoffausführung, 1600 in Vollleder. Ich fange an zu rechnen. Und denke auch noch gleich über Rädchen nach. Denn: Die grosse Tasche von Felisi hat zwei kleine Rädchen, die fast nicht auffallen, aber von auffallend guter Qualität sind. Am anderen Ende der Tasche klinkt man eine lederne Schlaufe ein, an der man die Tasche dann ziehen kann, als führe man einen widerspenstigen, dicken Hund spazieren. Die Tasche fährt nahezu geräuschlos.

Als ich vor Jahren einmal eine Geschichte über den Jetlag schrieb und deshalb in acht Tagen um die Welt flog[7], verbrachte ich viel Zeit damit, das für diesen Zweck ideale Reisegepäckstück zu evaluieren. Ich schrieb: «Man könnte ein Buch nur über Reisegepäck schreiben. Tagelang bin ich durch die Läden gestreift, auf der Suche nach der perfekten Reisetasche. Fast hätte ich mir eine von Navyboot gekauft, bis ein Kollege von der Redaktion intervenierte: ‹Willst du, dass man dich für einen Credit-Suisse- oder Tamedia-Fuzzi hält?› Es war derselbe Kollege, der schon interveniert hatte, als ich mir eine Samsonite-Tasche mit Rädchen untendran kaufen wollte: ‹Ein Mann, der sein Kabinengepäck nicht tragen kann, das ist kein Mann.›»

Wer schon einmal etwa in Japan war, der weiss, dass Rädchen ein Segen sein können. Zum Beispiel, wenn man im Bahnhof Tokyo Station vom Süd- zum Nordausgang spazieren möchte. Deshalb sehe ich die Sache mit den Rädchen heute entspannter. Beim Gepäck darf man dogmatisch sein. Man muss aber auch den Rücken dafür haben.

Tag 5: Tag der Entscheidung

Morgen geht es früh los. Heute muss ich packen. Welche Tasche ich kaufen soll, das weiss ich immer noch nicht. Aber ich bin nah dran, es zu wissen. Ich glaube, es wird eine von Felisi sein. Die Qualität der Ware ist einfach betörend. Und die 1200 Franken sehe ich als gutes Investment, denn ich rechne damit, dass die Tasche auch in zehn Jahren noch so schön sein wird, wie sie es jetzt ist. Oder noch schöner gar.

Oder doch die etwas kleinere Wachstuchtasche von Ludwig Reiter? Oder habe ich nicht noch eine alte Sporttasche im Keller? Und hey: Steht nicht ein alter Koffer auf dem Estrich? Brauche ich wirklich eine neue Tasche? Oder will ich sie nur? Wäre es nicht cool, einfach mit Migros- und Coop-Taschen zu reisen? ‹

[1] nichts Glamouröses, bloss Misox; [2] mit dem Auto; [3] drei Wochen; [4] zwei Bücher lesen, sonst nicht viel; [5] 1854 gegründet; [6] oder nach Kuwait, dort findet sich der zweitnaheste von weltweit neun Goyard-Shops; [7] könnte man heute auch nicht mehr machen, umwelttechnisch, moralisch, überhaupt.

Max Küng ist redaktioneller Mitarbeiter des «Magazins».
max.kueng@dasmagazin.ch

Die Fotografen von **Schaub Stierli Fotografie** leben in Zürich. *contact@schaubstierli.com*
Herzlichen Dank an: VMC, Zürich; Boutique Roma, Zürich; Garage Foitek, Urdorf

16

Max feiert allein

Abendrot über den Tessiner Alpen am Lago Maggiore: Grenzenlose Weitsicht und paradiesische Stille

Brunnenwasser statt Champagner, Fernsicht statt Fernseher und statt Zimmerservice Besuch von Ziegen: Im Tausendsternehotel Alphütte findet man den wahren Luxus der Unerreichbarkeit.

Text: Max Küng Fotos: Christian Schnur

Die Hütte ist klein und die Decke niedrig, doch drinnen kann man prächtig schlafen, und draussen gibt es Natur pur

Wenn man zur richtigen Zeit in den richtigen Tälern wandert, bleibt man von Wanderhorden verschont

Luxus ist für mich ein Arbeitsweg, der höchstens 15 Minuten dauert.

2 annabelle 8/02
Peter Ackermann

Das Holz knackt im Ofen, in der Hütte verbreitet sich wohlige Wärme, und der Tag geht vorbei wie ein gemütlicher Spaziergänger

Linke Seite: Den Kopf heben und in die Natur schauen ist oft lehrreicher, als den Kopf in schlaue Bücher zu stecken

Heute habe ich Geburtstag. Ich werde 33 Jahre alt. Das hätte ich gebührend feiern können. Das «Toni» hätte ich mieten und ein rauschendes Fest geben können. Ich hätte mit meinen besten Freunden Kobe-Beef essen gehen können. Oder ich hätte, wie letztes Jahr, den ganzen Abend teuren Wein aus Australien trinken und Video gucken können. Auf dem Flatscreen-TV von Sony mit 82-Zentimeter-Trinitron-Bildröhre, den ich mir selber zum Geburtstag geschenkt hatte.

Hab ich aber nicht. Stattdessen bin ich in einer Hütte hoch oben in den Tessiner Alpen. Alleine mit mir selbst.

Luxus ist für mich jeder Ritt auf Ernst Häfelis Stute Flirt. Monika Polyvas

Ganz in der Nähe, hinter einem Haselnusswäldchen, rauscht ein Wassertall in die Tiefe

«Das Abendprogramm für meinen Geburtstag: Ich sehe ein Weilchen ins Tal, wie die Sonne untergeht und dort, wo Italien ist, den Himmel glühen lässt»

Im Verzascatal, hoch über dem Lago Maggiore, steht eine Alphütte. Hier kann man sich die Augen aus dem Kopf schauen und tief in sich hineinblicken

Die Hütte liegt irgendwo im Verzascatal, zwei Stunden steilen Marsch von fast allem entfernt, was man sonst so um sich hat. Ich sitze also an meinem Geburtstag vor der Hütte im Gras und sehe, wie sich die Sonne im weit vor mir ausgestreckten Lago Maggiore spiegelt. Ich sehe die Bergkämme, auf denen noch Schnee liegt. Und ich sehe den Stausee, der das Tal in den Sechzigerjahren in ein Kraftwerk verwandelt hat.

Die Mauer des Stausees ist ziemlich berühmt, seit James Bond im Streifen «Goldeneye» am Bungee-Seil sich von ihr hinunterstürzte, um wieder einmal dem Bösen zu entkommen (und bald an einem sonnigen Ort eine Schöne mit schmierigen Sprüchen zu übergiessen). Aber James Bond und seine Welt sind weit weg, hier oben. Hier gibt es keine Dry Martinis, keine Aston Martins und auch keine Luxusfrauen in Lacroix. Hier gibt es bloss Brunnenwasser und ein paar Ziegen mit bimmelnden Glöckchen. Hier oben habe ich den wahren Luxus: meine Ruhe.

Das Abendprogramm für meinen Geburtstag: Ich sehe ein Weilchen ins Tal, wie die Sonne untergeht und dort, wo Italien ist, den Himmel glühen lässt. Vielleicht lese ich ein wenig im neuen Buch von Philip Roth. Vielleicht zeichne ich ein bisschen, obwohl ich das gar nicht kann. Vielleicht denke ich ein bisschen nach. Vielleicht gehe ich später im Dunkeln raus und schaue mir den Himmel an, der hier so klar ist, wie ich ihn schon lange nicht mehr gesehen habe. Vielleicht zähle ich die Sternschnuppen. Vielleicht aber mache ich überhaupt nichts und gehe bald schlafen, geniesse den Luxus des tiefsten Schlafs, den man hier geschenkt bekommt, weil nichts einen stört, kein durch die Nacht brausendes Auto, kein Amok laufender Nachbar, kein nächtliches Telefonat eines Idioten. Weit weg von allem lässt es sich gut träumen.

Am Morgen weckt mich Flugzeuglärm. Eine Kunstflugstaffel übt hoch am Himmel ihre Formationen, den Diamanten, den Schwan, die Krähe und wie sie alle heissen. Aber bald verschwinden sie und ihr Dröhnen wieder hinter den Bergen, und was bleibt, ist der Wasserfall, der hinter dem Haselnusswäldchen in die Tiefe rauscht, und dann und wann das vom leichten Wind hergetragene Bimmeln der Ziegenglöckchen. Der Luftraum gehört nun alleine dem Steinadler, der in der Wand ob der Hütte seinen Horst hat. Ohne einen Flügelschlag zieht er seine kurvige Bahn durch das Blau.

Nach dem Frühstück mache ich einen kurzen Spaziergang durch den Haselnusswald zum Wasserfall, wo es einen Whirlpool hat, der nicht beheizt ist, denn er ist pure Natur: bloss ein grosses Loch im Fels, in das der Wasserfall schiesst. Aber dafür ist er um einiges grösser als der im «Grand Hyatt» in Berlin – und ich muss nicht alle zehn Minuten den Knopf drücken, damit es sprudelt. Und noch einen Vorteil hat er: Ich muss ihn nicht mit einsamen, übergewichtigen Geschäftsmännern teilen.

Der Tag geht vorbei wie ein gemütlicher Spaziergänger. Nichts geschieht. Ich sitze vor der Hütte und lese. Manchmal kommt eine neugierige Ziege zu Besuch, doch ich bin so klug, sie nicht zu füttern. Würde ich es tun, hätte ich bald Hochbetrieb. Die Ziege verzieht sich wieder, das Bimmeln wird leiser und leiser, und dann ist da nur noch der Wasserfall hinter dem Haselnusswäldchen und alle paar Minuten das Rascheln des Papiers, wenn ich die Buchseite umblättere. Ich könnte mir vorstellen, für immer hier oben zu bleiben. Nun ja. Nicht für immer. Aber ein Weilchen schon.

Ich blättere ein bisschen in dem dicken Survival-Buch, das ich mitgebracht habe. Mehrere Bücher habe ich den Berg hochgetragen. Die Wörter waren nicht ohne

Abends gibt es selbst gemachte Gnocchi – ohne Salsa bolognese, die hat der Fuchs gestohlen

Gewicht. Und doch lese ich wenig. Denn ein Blick in die Natur ist oft lehrreicher und spannender als ein Blick in die Bücher. Ist ja immer etwas los, in der Natur. Man muss nur genau hinschauen. Aber ich dachte: So ein Survival-Buch, das ist sicher interessant in höchstem Grad. Und tatsächlich: Nun weiss ich zum Beispiel, wie man mit blossen Händen Fische fängt oder sich verhält, wenn man einem Bären begegnet (locker bleiben, ihm den Rucksack hinwerfen, das Gesicht schützen, ab auf den nächsten Baum, so in etwa). Natürlich gibt es hier keine Bären; und dass sich halb verhungerte Wölfe auf der Suche nach gluschtigen Gitzi von Italien her in die engen Täler des Tessins verirrt haben, das ist auch schon Jahre her. Aber gelernt ist gelernt. Und vielleicht rettet mich dieses Wissen später einmal irgendwo. In Bern, beispielsweise.

Das Holz im Ofen knackt und spuckt. Das Feuer macht die Hütte schön warm. Nachts kann es nämlich ziemlich frisch werden. Bevor ich mich unter die Wolldecke verziehe und schlafe, die Beine schwer wie Blei und nicht weniger schwer das gute Gefühl in mir, spiele ich noch eine Partie Yatzy gegen mich selbst. Den Bonus oben (35 Punkte) hole ich locker, und auch die beiden Strassen sind kein Problem. Dann schaffe ich in einem Wurf Yatzy. Fünf Mal die Sechs. Einfach so. Zack. Ich springe vom Tisch auf, will hinausrennen und es ins Tal hinunterbrüllen: «YATZY!!!» Doch plötzlich liege ich am Boden. Flach. Auf dem Rücken. Ich hätte es mir merken sollen: Man muss hier immer den Kopf einziehen. Die Hütte ist klein, und deshalb ist auch die Decke niedrig – und schliesslich sind da auch noch die Balken aus Holz. Die Vögel zwitschern laut, da oben, in meiner Schädelhütte, dem Hirn.

Die andere Hütte, die echte, ist wirklich nicht sehr gross. Ein Tisch steht da. Eine Bank aus Holz mit Sitzkissen. Die kleine Bibliothek. Ein batteriebetriebenes Transistorradio - das nie läuft, denn wer braucht das schon hier, das nervige Gedudel? An den Wänden Fotografien von Menschen aus einer anderen Zeit. Als Schmuck findet sich an der Wand ein alter dunkler Balken, der einmal dafür verwendet wurde, beim Käsemachen den Kessel zu halten. Die darauf eingeschnitzte Jahreszahl lautet: 1815.

«Ich nehme mir viel vor: Ich werde nichts tun. Nur ein bisschen rumsitzen und mich an die Ränder des Denkens bringen lassen»

Am nächsten Tag wandere ich. Nicht lang, nur ein paar kurze Stunden. Wandern fand ich bis vor kurzer Zeit ziemlich unsexy. Zu stark waren sie, die Erinnerungen an Folterwanderungen in der Schulzeit, an die Plastikflaschen mit dem lauwarmen Lindenblütentee, an rote Socken auf schlechten Fotos. Heute aber finde ich wandern ziemlich gut. Und wenn man in den richtigen Tälern wandert und zur richtigen Zeit, dann begegnet man auch keinen Wanderhorden, von denen es zugegebenermassen in unseren Bergen eine ganze Menge gibt.

Den Abend verbringe ich wieder vor der Hütte. Tue wenig bis nichts. Nicht, dass mir langweilig würde. Oh nein, ganz und gar nicht. Hier oben kann einem nicht langweilig werden, denn es gibt immer wieder kleine und kleinste Dinge zu tun, Dinge, die in eine Streichholzschachtel passen. Ein Scheit Holz nachlegen. Einen Blick ins Tal werfen, um zu schauen, was das Wetter macht. Ein Kännchen Kaffee kochen. Auf der 1:25 000er-Karte die Route für den morgigen Tag festlegen. Und dann ist da noch die kleine Bibliothek, die der Besitzer der Hütte eingerichtet hat. Bücher wie «700 Pilze in Farbe» oder «Faszinierende Welt der Alpenblumen» oder das «Handbuch der Alp», in dem ich ein erstaunliches Rezept für ein Murmeltierragout finde, das früher in der mit Delikatessen nicht eben gesegneten kargen Alpenwelt ein Festschmaus war. Heute aber gibt es kein Murmeltierragout, sondern selbst gemachte Gnocchi – eigentlich an einer Salsa bolognese mit Ziegenmilch. Eigentlich deshalb, weil ich naiver Mann der Wildnis den Fenstersims als Kühlschrank nutzen wollte, um das vom Tal hochgetragene Biohackfleisch frisch zu halten. Ein Biokühlschrank für Biofleisch, dachte ich. Der Fuchs lacht wohl noch heute über diese unglaublich leichte und leckere Beute. Die selbst gemachten Gnocchi schmecken aber auch ohne Fleisch super lecker (man bekommt hier oben ja einen bärenhaften Appetit!). Beim Essen schmiede ich Pläne für den nächsten Tag. Ich nehme mir viel vor: Ich werde nichts tun. Nur ein bisschen rumsitzen und mich an die Ränder des Denkens bringen lassen. Dorthin, wo die Ruhe anfängt.

PS: Nebst Büchern brachte ich auch diverse Reisekataloge in die Hütte mit, um meine nächsten Ferien auszusuchen. Australien, dachte ich, wäre was. Oder eine Safari in Afrika. Hab' aber alle Kataloge im Ofen verfeuert. Im Sommer geht es wieder in die Berge. In der Schweiz. Tönt blöd, tönt banal, tönt fast ein bisschen krank, ist aber so: In den Bergen ist es einfach am schönsten.

«Hier gibt es keine Dry Martinis, keine Aston Martins und auch keine Luxusfrauen in Lacroix. Hier oben habe ich den wahren Luxus: meine Ruhe»

die war in der hütte nicht dabei. leider.

Liste von Dingen, von denen Max Küng dachte, er brauche sie in der Einsamkeit unbedingt

- Ein Kompass der Marke Recta mit Etui, Modell DP 65 Turbo 20 mit extrakurzer Einschwingzeit
- «Der neue Kosmos Tier- und Pflanzenführer – mit Sonderteil: Urlaubsgebiete Europas», 545 Seiten, 1500 Farbfotos
- Die Fibel «Outdoor Praxis – Alles zum Leben und Überleben in der Wildnis zu jeder Jahreszeit» von Rainer Höh, 410 Seiten
- Ein Feldstecher von Leica, Modell Compact 10x25 BC mit 30 Jahren Werksgarantie
- Ein kleiner Kasten mit Aquarellfarben
- Ein Fotoapparat, Modell Coolpix 885 von Nikon
- Ein Teleskop-Wanderstock aus Titan mit gefütterter Handschlaufe und einem Vario-Trecking-Teller von Komperdell
- Ein Gameboy Advanced von Nintendo inklusive einem Kilo Batterien
- Ein Geldgürtel von Eagle Creek aus Nylon mit Klemmschnalle
- Ein Feldspaten von Glock mit Teleskopgriff mit integrierter Stahlsäge und Schraubenzieher
- Eine Schachtel Luxemburgerli von Sprüngli

Liste von Dingen, die Max Küng in der Einsamkeit wirklich brauchte

- Wanderkarten vom Bundesamt für Landestopografie, Massstab 1:25 000
- Ein Messer von Opinel aus Cognin, Frankreich
- Eine kleine Espressomaschine von Bialetti (www.bialetti.it) und 1 Kilo Migros-Kaffee
- Eine wind- und regendichte Jacke von The North Face, dem Prada der Berge, die man problemlos auf Miniformat zerknüllen kann
- Gute Wanderschuhe mit Vibram-Sohle und gute Socken (Black Bear aus 48 Prozent superschnell trocknendem Coolmax-Material)
- Eine Leuchtdioden-Taschenlampe von Lucido, Modell C10
- Ein Zettel mit der Aufschrift «In der Hütte: Kopf einziehen!»

Wie kommt man zu einer einsamen Hütte in den Bergen?

- Verein Ferien auf dem Bauernhof. Der Verein vermittelt – in Zusammenarbeit mit Reka-Ferien – hauptsächlich Zimmer mit Frühstück, Kinderferien ohne Eltern und Ferienwohnungen auf Schweizer Bauernhöfen. Im Katalog finden sich aber auch allein stehende Häuser, Hütten oder Stöckli. Informationen und Katalog unter Tel. 031 329 66 33 und www.bauernhof-ferien.ch
- Ferien im Grünen GmbH. Ferienhäuser, Chalets und Hütten in der ganzen Schweiz und im nahen Ausland. Informationen unter Tel. 071 880 06 06 und www.alp-see-ferienhaeuser.ch
- www.schweiz-ferienhaus.ch – Internetplattform für private Anbieter. Die Ferienhäuser sind meist mit Bild und Beschreibung aufgeschaltet, Kontakt nimmt man direkt mit dem Besitzer auf
- www.huetten.com – Hüttenvermittlung aus Deutschland. Eher kleines Angebot in der Schweiz und tendenziell teuer
- Tourismusbüros. Die meisten Fremdenverkehrsämter haben Listen von diversen Unterkünften – manchmal sogar auf dem Netz. Zum Beispiel www.toggenburg.org, www.heidiland.ch, www.berneroberland.ch. Eine Übersicht über die regionalen Büros bietet Schweiz Tourismus, www.schweiz-tourismus.ch

und auch nicht ohne lacroix

KAUFEN !

– Tierspurenbestimmungsbuch

~~Damit geben~~ Damit gehen sie auf Suche nach Tierspuren. z.B. die "Schlachtbank" von Vögeln oder Kot.

SCHAU MAL! DACHS!
KÖNNTE ABER AUCH ILTIS SEIN. SO BRAUN.
ILTIS? NIE UND NIMMER. HIER!
ODER SOGAR EIN KRANKER FUCHS.

Southampton

New York Paris

Sechs Tage mit dem Luxusliner «Queen Elizabeth 2» den Atlantik durchpflügen, drei Stunden zurück mit der Concorde durch die Stratosphäre düsen, dazwischen einkaufen in Manhattan: eine New-York-Reise durch drei Zeiten

Fotos: Sigrid Reinichs

Aufstehen um halb fünf für den Sonnenaufgang.

In der «Lido Bar» der QE2 kann man essen – mit Aussicht auf den Pool.

Der «Queens Room», Ort für Tanzstunden, Bälle und Konzerte.

Auf dem 1. Deck.

Schwimmen im Pool ist rund um die Uhr möglich.

In der Kabine 211 auf dem 2. Deck.

Kellner in der «Lido Bar».

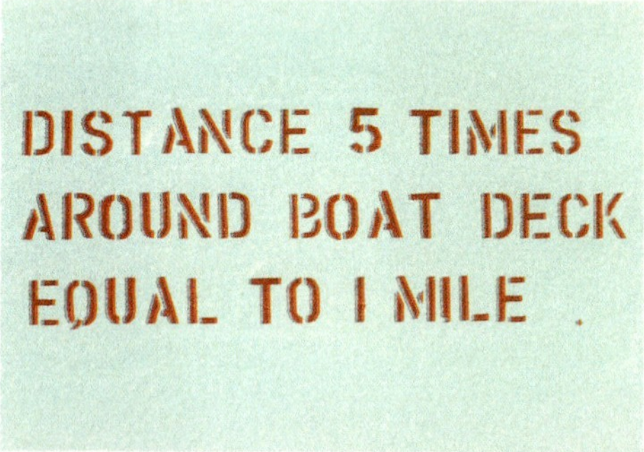
DISTANCE 5 TIMES
AROUND BOAT DECK
EQUAL TO I MILE .

Blick aus dem Bullauge der Kabine 211.

Ankunft in New York, gesehen von der Kommandobrücke von QE2-Kapitän Warwick.

New York, Up-town Manhattan.

Text: Max Küng

Die Augenlider sind noch schwer. Es ist schliesslich auch erst fünf Uhr morgens, und ein frischer Wind pfeift mir um die Ohren. Ich stehe an der von der Gischt feuchten Reling, Vögel ziehen krächzend vorbei, unten kracht das Meer. Und dann sehe ich es: Land. Amerika. New York. Endlich. Nach sechs Tagen auf hoher See. Die Silhouette einer Brücke. Im Dunst zwei kleine Bauklötze, das World Trade Center. Später dann die Freiheitsstatue, dahinter Ellis Island. Ich ertappe mich dabei, wie ich «Lady in Red» summe. Ich bin sehr zufrieden mit mir und der Welt. Doch rudern wir ein paar Tage zurück.

Logbuch. 1. Tag. Embarkment. Beziehe Kabine 3087. 16.00 Uhr Drill. Spreche mit Rentnerpaar aus York. Old York. 16.30 Uhr Ablegen. Abendessen: Baby-Shrimp-Cocktail, Knoblauchcremesuppe, Sorbet, honigglasiertes Lamm mit Mint Jelly, Ein paar Gläser Merlot aus Kalifornien.

In der Kabine steht gekühlt eine Flasche Champagner, und der frische Blumenstrauss riecht gut. Alles ist zum Ablegen bereit. Der Steward zeigt mir meine Kabine, den begehbaren Wandschrank, das Bad mit richtiger Wanne. Um 16 Uhr sei Drill, sagt er, eine Notfallübung – für alle Fälle. «Titanic» habe ich ja vor zwei Tagen erst gesehen. Also dann, denke ich, schnappe mir die lässige rote Schwimmweste und gehe hin. Doch zuerst muss ich hier ankommen. Der Champagnerkorken jagt mit einem lauten Knall zur Decke. Perrier-Jouët. Nicht schlecht. Wie auch das Schiff mit seinen 294 Metern Länge. Aber, was heisst da «das Schiff»: Es ist die «Queen Elizabeth 2», kurz «QE2». Das ist nicht einfach ein Schiff. Es ist, wie manche sagen, das Schiff schlechthin.

Unser Tisch ist ein runder Achtertisch im Achterschiff, im hinteren Teil also, in einem Raum mit dem schönen Namen «The Princess Grill». Es gibt – je nach Klasse – fünf Restaurants an Bord, in denen man das Essen einnehmen kann. «The Princess Grill» ist das zweitfeinste. Für sie alle gilt: Ohne permanent getragenen Veston und ohne Krawatte kriegen Herren keinen Einlass. Und wenn der Abend «formell» ist, dann muss es ein Smoking sein oder wenigstens ein dezenter dunkler Anzug. Zu meiner Rechten sitzt ein Ehepaar aus Avon, Connecticut, Herr und Frau Perry. Er schaut aus wie William S. Burroughs, und sie sagt nicht viel. Herr Perry lobt den Hummer auf seinem Teller, und überhaupt sei das Essen hier sehr gut. Nur sagt er nicht gut, sondern «super» mit fünf u: «Suuuuuper». Herr Perry schlägt sich auf seinen Bauch: «Ich muss auf meine Linie achten.» Er macht eine Pause, lacht kurz in sich und ergänzt: «Aber zu Hause kocht ja dann wieder meine Frau, dann nehme ich automatisch ab.» Die beiden sind seit bald 50 Jahren verheiratet.

Logbuch. 2. Tag. 48°07'N, 11°17'W. Luft 17° Wasser 16° Wind: 10 Knoten. Wecker 08.00 Uhr. Uhr zurückstellen: 1h. Frühstück: 2 Eier, Speck, Kaffee, 2 Toasts, weiss, Erdbeerkonfitüre. Rundgang mit ZDF-Team: Ingenieurraum, Brücke, Hornblasen. Mittagessen vom Buffet: Salat, Roastbeef, panierte Auberginen. 19.00 Uhr: Händeschütteln mit Kapitän. Cocktail. Champagner. Abendessen: Kaviar, Champagnersorbet, Freilandhuhn aus dem Ofen. Die Kochs spenden Kuchen: 58 Jahre Ehe. Herr Koch geht nach Kenia.

Herr Koch aus Florida lächelt. Wir sitzen beim Kuchen, den er und seine Frau dem Tisch spendiert haben, weil sie heute 58 Jahre verheiratet sind. Alle machen Fotos von allen mit allen drauf. Lieber ein Blitzlichtgewitter drinnen als ein echtes draussen. Der Kuchen ist lecker, auch wenn ich nicht herausfinden soll, was für ein Kuchen es ist. Während wir alle schaufeln, erzählt Herr Koch stolz, dass er nach Kenia fahre, demnächst, mit seinem Enkel. Und er kramt sein Portemonnaie hervor und zeigt ein Foto von seinem Enkel, einem knackigen Jungen, der, so Herr Koch, nach dem Kenia-Urlaub in Harvard sein Studium aufnehmen werde. Dann erzählt Herr Koch von einer digitalen Kamera, die er sich kaufen möchte, um in Kenia die Tiere zu fotografieren, denn die neuen digitalen Kameras seien eben super, weil man die Bilder auf kleine Disketten speichern könne. Hundert

Im «Sapporo Village»: Best Sushi in town, heisst es.

Durch die Gratis-TV-Kanäle zappen.

Shoppir

Mit dem Auto über die Brücke nach Brooklyn.

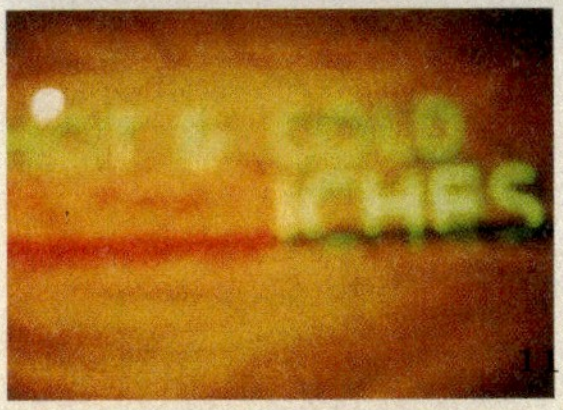

New York, Broadway.

Die Concorde, ein schnittiges Fluggerät aus einer andern Zeit.

Bilder oder noch mehr bekomme man auf eine Diskette.

Gründe? Gründe! Herr W. steht in einem beigen Safarianzug in seiner Luxussuite mit eigenem Wintergarten, Balkon, Bang&Olufsen-Anlage und einem Bild von Monet aus der Serie mit der Kathedrale von Rouen im Sonnenlicht. Neben ihm ein Butler, der Gordon heisst, seit Anfang zur QE2 gehört und zusammen mit dem Schiff auch in ein paar Jahren in Pension gehen wird. «Also, ich und meine Frau, wir haben nicht viel Zeit für Urlaub. Ja. Am liebsten fahre ich eigentlich zu meiner Jagdhütte. Ja. Aber da verscheucht mir meine Frau bloss wieder die Böcke, weil die ihr Leid tun. Ja. Und anstatt acht Wochen wegzufahren, gehen wir halt bloss acht Tage, dafür ist aber eben alles vom Feinsten. Ja. Erstklasshotels. Und fein ist es hier ja wirklich. Ja. Ist auch nicht ganz billig.» Stimmt. So um die 50'000 Dollar hat Herr W., der nicht namentlich genannt sein will, hingeblättert. Dafür schenkt Gordon auch schön steif, wie es sich für einen Butler gehört, Tee nach. So viel man trinken mag.

Kapitän Warwick steht nicht nur auf der Brücke, sondern auch auf dem Rücken. Auf dem Rücken eines Buches – seines Buches. Und das liegt in der Buchhandlung des Schiffes und handelt natürlich von der QE2. Kapitän Warwick sieht so aus, wie man sich einen Kapitän vorstellt. Er trägt, was ihm steht: Einen weissen Bart und diesen Blick, den man bekommt, wenn man ein Leben lang mit offenen Augen und ohne Sonnenbrille durch die Welt ging – oder fuhr. Kapitäne tragen nämlich nie Sonnenbrillen. Das unterscheidet sie von Piloten, nebst natürlich ein paar anderen Dingen. Zum Beispiel hat Kapitän Warwick einen eigenen Stuhl, der ihm ein Freund aus einem Zahnarztstuhl und einem Bussitz gebastelt hat, und so sieht der Stuhl auch aus.

Logbuch. 3. Tag. 44°11'N, 29°92'W. Luft 22°. Wasser 20°. Wind: 12 Knoten. Kein Wecker. Uhr zurückstellen. Frühstück. Früchte. Ein paar Längen im Pool. Jacuzzi. Sonnenbaden. Mittagessen. Cheeseburger im Pavillon. Lesen. Aufs Meer schauen. 18.30 Uhr «Spa». Dampfbad. 20.40 Uhr Dinner: Entenwurst, Hummerbisque, Lamm im Kräutermantel, 1 Flasche Barolo.

Unter uns ist es jetzt supertief. Ein paar tausend Meter. Ich stehe über allem. Möchte nicht wissen, was sich da unten alles so tummelt. Fische, gross wie Fussballfelder? Kraken, hoch wie Kräne? Auf dem Meeresgrund Eingänge zur Welt im hohlen Innern der Erde? Wir wissen es nicht, und das ist recht so. Das Meer ist von einer umwerfenden Bläue, und überall rollen Schaumkronen. Bis an den Horizont. Wie eine Herde Schafe, denke ich nicht besonders scharf. Und plötzlich aus dem Nichts – man hört die Dinge ja nicht kommen – ein Tanker am Horizont. Auch nicht klein. Ich winke, obwohl sie es von dort erstens nicht mal mit dem Fernglas sehen können und es denen zweitens sicherlich völlig egal ist, weil sie mit dem Trinken von Grogg beschäftigt oder vom Arbeiten ganz groggy sind. Ich aber winke, selig an der Reling stehend, der Wind massiert mein Gesicht, und ich bin ziemlich zufrieden mit der Welt, denn ich bin weit weg von ihr.

Edler Service, schweres Silberbesteck.

Mit Mach 2 auf grauen Ledersitzen hinter kleinen Fenstern.

Logbuch. 4. Tag. 40°28'N, 38°30'W. Luft 26° Wasser 24°. Wind: 13 Knoten. Wecker: Ausschlafen. Schwimmen. 1 Apfel. Spazieren. Lesen. Kaufe Krawatte mit QE2-Logo. 19.30 Uhr Umziehen. 20.00 Uhr Dinner: Salat, Zwiebelsuppe, Rib Eye Steak mit glasierten Ingwer-Karotten, ein paar Gläser Merlot.

Das «Spa» liegt auf Deck 6. Ein kleiner Poolkomplex mit Massagedüsen aller Art. Rundherum ein paar Liegestühle. Dampfbad. Sauna. Massagen zu 75 Dollar die Stunde. Es ist sehr ruhig hier unten, auch wenn man Geräusche hört: Pumpen oder Düsen oder Lüftungen. Man hört immer etwas auf dem Schiff, Stille gibt es nicht, bloss Ruhe, aber das ist angenehm. Sitzt man etwa auf dem Oberdeck im hinteren Bereich, dann hört man das Geräusch des Shuffle Boards, dieses Spiels, bei dem man Scheiben über den Boden schieben muss, also so eine Art Hochseecurling. Absätze von Spaziergängern hört man klacken. Und der Wind macht immerzu einen ziemlichen Lärm. All das zusammen hat eine ungemein einlullende Wirkung, und ich falle auf einem blauen Liegestuhl in einen oberflächlichen Schlaf und träume, ohne mich eine halbe Stunde später an den Inhalt des Traumes zu erinnern.

Die Wände bewegen sich, der Klubtisch in meiner Kabine erhebt sich, während das Bett sich senkt.

Gründe? Gründe! Architekt Kruse und seine Frau – aus Hamburg, was man sogleich hört – fliegen eigentlich lieber über den Teich, was sie gelegentlich tun müssen, weil sie in der Wüste von Nevada ein Haus besitzen. Aber seit ihre Lieblingsfluggesellschaft, die Neuseeländische, auf ihrem Flug die 1. Klasse gestrichen hat, sind die beiden ein bisschen ratlos. Business Class ist einfach nicht gut genug. Und da haben sie gedacht, nehmen sie halt das Schiff, weil man da Platz zum Sitzen hat und so.

16 Uhr ist Tea Time. Leichte Musik vom Flügel. «My Way». Etwas Elton John. In der Luft der schwere Duft von komischen Blumen. Magnolien? Schwer an Gewicht sind die mit Scons, Muffins, Fruchtschnitten und Törtchen beladenen Tabletts, welche von der Kellnerbrigade durch den «Queens Room» geschwungen werden.

Logbuch. 5. Tag. 40°13'N, 51°50'W. Luft 25°. Wasser 24° Wind: 30 Knoten. Wecker 04.30 Uhr. Sonnenaufgang. Schlechtes Wetter. Rauhe See. Seekrankheit. Zurück ins Bett. Room-Service-Lunch. Tagliatelle Bolognese. Geht nicht runter. Sitze draussen an der Luft. Nachtessen fällt aus. Äusserste Zurückhaltung beim Mitternachtsbankett.

Am fünften Tag kommt draussen auf der See echt Stimmung auf. Hoher Wellengang. Und als ich zum zweiten Mal aufwache, fühle ich mich immer noch nicht besonders. Mein Zustand wird auch nicht besser, als ich sehe, dass das Schiff sich bewegt. Ich meine: sich richtig bewegt. Die Wände bewegen sich, der Klubtisch in meiner Kabine erhebt sich, während das Bett sich senkt. Es knarzt, und draussen lächelt das Meer in mein Bullauge wie ein hyperaktiver Balg, der mit mir spielen will. Zum Glück schlafe ich gleich wieder ein. Bis anhin war «Seekrankheit» für mich bloss ein Wort mit zwölf Buchstaben – wie «Eisskulptur». Bis anhin habe ich gedacht, es gebe nichts, das sich nicht mit einem gut dosierten Gin Tonic hinkriegen lasse. Seit dem fünften Tag aber weiss ich es anders. Manche erwischt es wirklich mächtig. Die, die es wissen, die lassen sich vom freundlichen Schiffsarzt gleich am ersten Tag eine Spritze verpassen, damit sie die Spritztour über den grossen Teich unbeschwert geniessen können.

Später gehe ich raus, suche mir eine ruhige, windstille Ecke auf dem Promenadendeck, wo absolut niemand ist, und lese 200 Seiten in James Robert Bakers «Boy Wonder» in einem Zug, bloss ab und zu sehe ich raus aufs Meer. Danach fühle ich mich wieder blendend. Die Krise ist überstanden.

Logbuch. 6. Tag. 40°28'N, 64°32'W. Luft 21°. Wasser 17° Wind: 10 Knoten. Kein Wecker. Kein Frühstück. Lesen. Seekrankheit klingt ab. Noch einmal schlafen.

Wir können auf dem Schiff natürlich nicht fernsehen. Out of reach. Klar haben wir einen Fernseher in der Kabine, dort laufen Filme (ich habe in «The Usual Suspects» ein Schiff explodieren sehen, und in «Jurassic Park» hat eines in voller Fahrt einen Hafen gerammt), aber keine Fussball-WM. Als ich die Siegesnachricht höre, bin ich zufrieden. Ich habe daheim einen grösseren Geldbetrag, also 20 Franken, auf Frankreich gesetzt, doch dies ist zum jetzigen Zeitpunkt nicht wichtig, obwohl ich ein Fussballnarr bin. Irgendwie ist es sogar völlig egal, und als die Fotografin Sigi sagt, «schau mal», und über meine Schulter auf das Meer hinaus zeigt, da ist es schon wieder vergessen.

Der Himmel, ein mit Licht vollgepumptes Rot, das ich noch nie gesehen habe und sehr wahrscheinlich auch nie mehr sehen werde.

Mir fällt fast das Champagnerglas aus der Hand: Der Himmel im Westen ist eine einzige glühende Front, ein apokalyptisches Rot, ein mit Licht vollgepumptes Rot, das ich noch nie gesehen habe und sehr wahrscheinlich auch nie mehr sehen werde. Ich muss schnell noch ein Glas Champagner trinken. Es ist ja auch die letzte Nacht auf dem Schiff.

Es ist schon ein ziemlich grosses Gefühl, wenn das Schiff – selbst ein umgekippter Wolkenkratzer – sich den Hochhäusern entlangschiebt und langsam am Pier 90 anlegt, der etwa auf der Höhe der 50. Strasse liegt. Und dann haben wir wieder festen Boden unter den Füssen, der aber ganz und gar nicht so fest erscheint, weil wir schwanken. Und wie. Wie betrunkene Seemänner wanken wir durch New York.

Wir bleiben fünf Tage. Das reicht, um die Kreditkarte zu ruinieren. Das reicht, dass einem fast die Beine abfallen vom vielen Rumlatschen. Das reicht allemal. Und dann gehts heim.

>

Startzeit minus 2:56 Stunden:

Das Taxi benötigt frühmorgens von der 44. Strasse zum JFK-Flughafen 35:43,72 Minuten. Das ist eine gute Zeit.

Minus 1:51 Stunden:

Einchecken. Wir setzen uns in die Lounge für Concorde-Passagiere im nigelnagelneuen Terminal 1. In der Lounge gibt es Concorde-Briefpapier, «Elle» und «Elle décoration», weiche Ledersessel und natürlich Champagner, für den es noch ein bisschen früh ist, was mich betrifft, andere lassen sich aber nicht vom Nippen und Kippen abhalten. Kurz vor acht Uhr: Einsteigen. Und da steht sie, die Concorde. Sie schaut irgendwie klein aus, schnittig. Ich erinnere mich an damals, als Kind, wie ich auf dem Pausenhof beim Quartett «Flugzeuge der Welt» die Karte mit der Concorde in der Hand hielt. Ein Supertrumpf.

Jazz perlt von der Decke und passt ganz gut zu meinem grauen Ledersitz auf 20A, der 1a bequem ist. Die Fenster sind ganz klein, der Spass ist aber gross, als es los geht. Die Stewardess ist sehr nett, Mach-2-nett. Sie verteilt Magazine, und ihr französisches Englisch so früh am Morgen klingt charmant. Auch ihre Uniform ist ziemlich adrett. Die hat ja auch Nina Ricci entworfen. Diese Bekleidungen dürfen nur in der Concorde getragen werden, weil es keine offiziellen Air-France-Uniformen sind. Verlassen die Stewardessen die Concorde, müssen sie sich noch an Bord umziehen. Allerdings warten sie damit natürlich, bis alle Passagiere draussen sind.

Minus 38 Minuten:

Die Maschinen werden angelassen, brummeln leise, jedenfalls für uns drinnen. Draussen muss die Concorde einen ziemlichen Krach machen, weswegen sie ja auch auf fast keinem Flughafen landen darf. Wir Menschen haben ja leider nicht nur Ohren, sondern auch ein Gehör.

Minus 36 Sekunden:

Wir rollen ganz langsam an.

Minus 16 Sekunden:

Wir stehen und warten auf die Starterlaubnis.

Minus 10 Sekunden:

Der Kapitän meldet sich mit einer beruhigend tiefen Stimme, die allen Piloten eigen ist. Eine Stimme, mit der sie einem auch eine terminale Krankheit mitteilen könnten, und man dächte: «Ach, zum Glück ist es nichts Ernstes.» Wir seien die Nummer drei in der Warteschlange und es dauere wohl noch fünf Minuten, sagt der Kapitän.

Mach 2,00. Auf Kanal sechs singt jetzt Herr Stipe von R.E.M. «Losing my Religion».

Minus 36 Sekunden:

Es geht ab. Wir beschleunigen und beschleunigen und beschleunigen und dann…

0 Sekunden:

…heben wir ab. Die Concorde verlässt den Boden mit mehr Speed als andere Maschinen, und es ist ein ausgeprägt sportliches Gefühl gleich nach dem Abheben, wenn es uns in die Sitze presst, wenn wir eine scharfe Linkskurve fliegen und dann steil aufsteigen.

4:06,63 Minuten:

Wir erreichen Mach 0,60. Das entspricht etwa der normalen Reisegeschwindigkeit eines Passagierflugzeugs. Wir wollen aber mehr. Viel mehr.

7:12,24 Minuten:

Mach 0,70, und nach

8:38,9 Minuten

erreichen wir Mach 0,80. Die Stewardess verteilt die Speisekarte für das «Petit déjeuner», welches «aujourd'hui» aus «œufs brouillés aux truffes», aus einer «Rose de saumon fumé de Norvège», aus «Morilles à la crème» und einem «Assortiment de fromages français» besteht. Wenn man möchte, dann kann man auch Weine haben, einen weissen Burgunder Meursault l'or blanc 1991 Louis Max etwa, aber dafür ist es für mich einfach noch zu früh.

11:59,93 Minuten:

Wir durchbrechen die Schallmauer. Mach 1,00. Davon merken wir nichts. Absolut nichts. Wie von so vielem.

25:48,57 Minuten:

Mach 1,92. Nicht nur wir kommen voran, sondern auch das Essen. Die Serviette wird auf dem Tischchen zurechtgelegt.

29:58,38 Minuten:

Mach 2,00. Der Tisch ist auch schon hübsch gedeckt mit einer gelben Rose, einem Salz- und einem Pfefferstreuer und natürlich mit echtem und deshalb schwerem Silberbesteck von Christofle.

42:09,27 Minuten:

Mach 2,00. Das Essen wird serviert und schmeckt. Mein Bauch dehnt sich – wie die Concorde übrigens auch. Die wird nämlich länger. Und länger. Wegen der enormen Hitze, die sich entwickelt, wenn das Teil so hoch und schnell durch die Luft düst. Die Aussenhülle erhitzt sich auf 100 Grad Celsius und streckt sich dabei um volle zwanzig Zentimeter. Das ist natürlich ziemlich unheimlich, wenn man so darüber nachdenkt, schliesslich weiss jeder Mann ganz genau, wie lang zwanzig Zentimeter sind.

1:02:42,37 Stunden:

Mach 2,02. Ich lehne mich zurück. Ein Drittel der Strecke ist geschafft.

1:23:37,42 Stunden:

Mach 2,02. Der Flug ist das, was man smooth nennt. Hier oben gibt es keine Turbulenzen. Hier fliegen keine Vögel in die Triebwerke und sie klatschen auch nicht gegen die Aussenhülle. Man ist einfach zu weit weg von allem. Wir sind in der Stratosphäre, in 18'000 Metern Höhe. Der Himmel – und der ist wirklich wunderschön anzuschauen – verläuft gegen oben hin zu einem ganz dunklen Blau. Unten sieht man die Wolken und die Krümmung der Erde. Wir sind im Weltraum, irgendwie. Mir fällt ein, dass ich Gott noch nie so nah war, weshalb ich das Silber auf dem Tablett liegen lasse und es trotz eines entsprechenden Impulses nicht in die Tasche stopfe. Dafür lasse ich mir von der Stewardess gerne eine leckere und mit Schokolade überzogene Mandel geben. Ich ziehe den Kopfhörer an. Auf Programm sechs singt Jamiroquai «Cosmic Girl». Ich mache die Augen zu und denke über das Leben nach. Nach zwei Sekunden nicke ich ein.

2:00:00,00 Stunden:

Mach 2,00. Wir dürfen ins Cockpit. Das ist sehr eng und erinnert stark an das Cockpit eines Kampfjets, weil alles superfunktional ist und es nur so wimmelt von Hebelchen, Schalterchen und Zeigerchen. Die Piloten sitzen sehr konzentriert und reserviert in ihren Kanzeln.

2:28:57,42 Stunden:

Mach 2,00. Auf Kanal sechs singt jetzt Herr Stipe von R.E.M. «Losing my Religion». Und dann hört man von Nathalie Imbruglia, dass sie «naked on the floor» liege. Ob Nathalie Imbruglia auch Concorde fliegt? Kate Moss tue es oft, sagt man. Aber ich habe sie nicht gesehen. Heute scheinen überhaupt keine Models an Bord zu sein. Schade, ich habe extra mein neues Helmut-Lang-Pullöverchen angezogen.

2:27:15,24 Stunden:

Mach 2,00. Zwar hats keine Models, dafür aber Champagner und Kaviar. Ein Gläschen Krug und ein Gläschen (40 Gramm) Aristoff Osetra. Sehr lecker. Wirklich. Das macht einem vergessen, dass Kate Moss nicht hier ist.

2:43:27,50 Stunden:

Mach 1,60. Es geht zackig runter.

2:47:10,70 Stunden:

Mach 1,00. Und dann Mach 0,97 Über Land darf der Supervogel nämlich nicht Überschall fliegen.

3:08:35,12 Stunden:

Mach 0,70. Wir müssen die Sicherheitsgurte anlegen. Sässe ich in einem normalen Flugzeug, dann begänne jetzt der dritte Film, sehr wahrscheinlich wäre es «Good Will Hunting». In der Concorde ist die Reise schon zu Ende.

3:16:46,51 Stunden:

Mach 0,38. Wir kommen aus der Wolkensuppe über Paris. Land in Sicht.

3:22:56,88 Stunden:

Wir landen. 3 Stunden und ein paar Minuten hat der Flug gedauert. Gerade mal so viel Zeit, wie die «Titanic» brauchte, um unterzugehen. Aber das ist schon lange her.

← auch überschall-flugzeuge sind bloss tiere (die
gerne am hintern des rudelführers
schnuppern) (um ihm so zu demonstrier
dass er der Boss ist).

A bord du Concorde d'Air France entre Paris et New York -

APÉRITIF

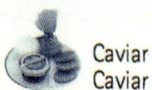

Caviar
Caviar

CHOIX DE HORS D'OEUVRE
CHOICE OF HORS D'OEUVRE

Homard et ses petits légumes
Lobster served with baby vegetables

Foie gras de canard et sa gelée de Porto
Duck foie gras in port aspic

CHOIX DE PLATS CH
CHOICE OF HOT DISH

Méli-mélo
Medley of

Turbans de
Turban of s

Chateaubri
Panned ten

board the Air France Concorde between Paris and New York

DUO DE DESSERTS
DESSERTS DUET

ɡumes cuisinés
ables

à la tapenade
ranished with black olive purée

ɔoêlé, purée de céleri
in steack with celeri purée

Salade
Salad

Fromage
Cheese

Assiette de fruits frais *Melon, mangue, fraises*
Fresh fruit platter *Melon, mango strawberries*

Mignardises
Eclair au chocolat, tartelette fraise coco, macaron vanille
Petits fours
Chocolate eclair, strawberry and coconut tartlet, vanilla macaroon

windigkeit. Air France verwöhnt ihre Concorde-Passagiere mit Gourmet-Catering (AF)

HIMMELSMAHL

Text Max Küng

Die Swiss führte auf Europaflügen die kostenlose Verpflegung wieder ein. Bringt das Freude? Und was essen wir eigentlich auf Luftreisen?

«Beef or Chicken?» fragte mich der Steward. Ich weiss nicht mehr, was ich sagte, wohl «Chicken», weil das gesünder klingt oder besser, weil es gesünder klang damals, als man noch nicht wusste, dass «Chicken» aus China kommt und einen verrückt macht. Ich war unterwegs von Rom nach irgendwo in einem Jet der Alitalia – der Flug war einfach nur schrecklich und langweilig. So wie das Fliegen heute ist. Ich hatte mich auf das Essen gefreut, wie ich mich immer aufs Essen freue, vor allem wenn ich in Bewegung bin. Reisen macht unglaublich hungrig: Es muss mit den unmenschlichen Distanzen zu tun haben, die man zurücklegt. Was dann allerdings in einer Aluschale vor mich hingepfeffert wurde, das war, ich wusste nicht was. Beef? Chicken? Es schmeckte eher wie ein gehäckselter Lattenzaun. Wie Katzenstreu mit Sosse und Teile von der Katze drin. Wie etwas von einem anderen Planeten mit Ektoplasmagarnitur. Definitiv blieb mir diese Bordverpflegung von Alitalia eher als leichte Form der Folter denn als Nahrungsaufnahme in Erinnerung. Und das ist das Fatale am Flugfrass: Er brennt sich ein. Er gibt der Airline einen Geschmack. Denn das Fluggeschäft ist ein kompliziertes Business, die Bewertung von Essen aber nicht. Seither bin ich nie mehr mit den Italienern in die Luft gestiegen.

Einem holländischen Grafiker namens Marco 't Hart muss es so ähnlich ergangen sein, als er einer Beziehung wegen des Öfteren in die Türkei zu fliegen hatte. Irgendwann fing er an, das Unglaubliche zu fotografieren und den dokumentierten Schrecken mit anderen zu teilen. Im Jahr 2001 startete er seine Homepage «AirlineMeals», aus reinem Spass, weil es noch nicht genügend unnütze Internetseiten gab, und weil man halt einfach gerne über gastronomische Erlebnisse spricht, in welcher Form auch immer. Eine Homepage, die ganz und gar dem Essen und Trinken in Flugzeugen gewidmet ist.

Bilder des Grauens

Bei «AirlineMeals» können Flugpassagiere Bilder der ihnen in der Luft vorgesetzten Mahlzeiten deponieren, das Essen bewerten und kommentieren – ein Poesiealbum mit Nutzcharakter und Jammertaleinschlag: trockenes Brot, geschmackloser Reis, faseriges Fleisch, zu kleine Portionen, unfreundlicher Service. Bilder des Grauens. Worte des Rätselns. Aber dann und wann auch die totale Begeisterung – vor allem natürlich, wenn es sich um Begegnungen der ersten Klasse handelt.

Heute fasst das Archiv über 12 000 Bilder von Himmelsmahlen von nicht weniger als 450 verschiedenen Airlines (ist jemand schon mal Air Niugini geflogen? Oder Kras Air? Oder Kulula?). Fast drei Millionen Internetuser haben das virtuelle Futtermuseum besucht. Und nun dürfen wir uns freuen auf die Bewertungen der neuen Swiss-Speisung.

«AirlineMeals» jedoch ist nicht nur für Menschen mit dem komischen Interesse an Flugzeugpassagierverpflegung von Belang, sondern auch für die Fluggesellschaften selbst. So soll die Lufthansa etwa die Internetseite zur Qualitätskontrolle nutzen. Continental setzt die auf «AirlineMeals» publizierten Bilder für die Schulung ein («Was stimmt auf diesem Bild nicht?»).

Ein Highlight bei «AirlineMeals» kommt aus einer anderen Zeit: das Bild von Erstklassverpflegung in der Boeing 707 der TWA, geschossen von einem Chris Smith auf einem Flug von Frankfurt nach Washington DC im Juli 1974. Auf einem blauweiss karierten Tischdecklein ist ein wahres Oktober-Fest präsentiert, passend zur Boeing 707: schön und gut, mit Sauerkraut und Bratwurst und süssem Senf im Glas. Ein Bild, das Hunger macht auf alte Zeiten.

Mein eigener Höhepunkt in Sachen Bordverpflegung war extrem simpel und wird ebenfalls nie wieder kommen: ein Glas Champagner der Marke Krug und ein 40-Gramm-Döschen Kaviar Aristoff Osetra. So einfach kann Perfektion sein. Das war allerdings in der Concorde der Air France. Damals war mir klar: Air France ist die beste Airline der Welt. Aber: Nur sehr kurz später wurde ich eines Besseren belehrt. Und wie.

Folgende Websites widmen sich dieser Thematik:
www.airlinemeals.net
www.bordverpflegung.de
Eventuell für nachher:
www.airsicknessbags.com
www.airsicknessbags.de.

Max Küng ist redaktioneller Mitarbeiter des «Magazins» (max.kueng@dasmagazin.ch).

ACVILA AIR ROMANIA
Bukarest–Rotterdam, Rating: 8 (von 10)

ASIANA AIRWAYS
Seoul–Sydney, Rating: 9,5

AIR BERLIN
Nürnberg–Mallorca, Rating: 7

AIR MOÇAMBIQUE
Johannesburg–Beira, Rating: 5

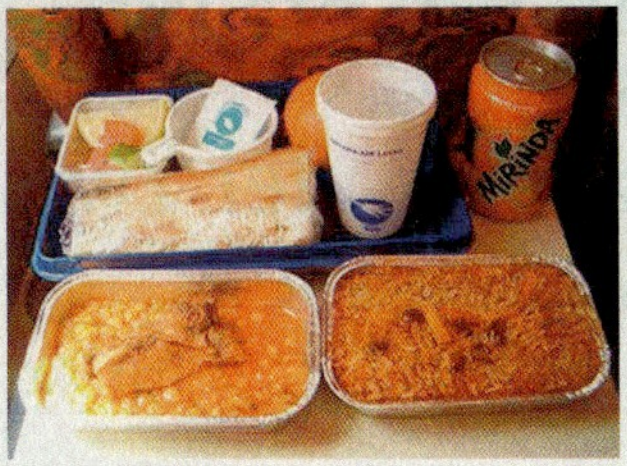

ARIANA AFGHAN
Kabul–Dubai, Rating: 4

BANGKOK AIRWAYS
Phnom Penh–Bangkok, Rating: 7

CONCORDE
New York–London, Rating: 9

BRITISH AIRWAYS
London–Detroit, Rating: 3

TWA
Frankfurt–Washington, Rating: 7

BRITANNIA AIRWAYS
Sanford Orlando–Birmingham, Rating: 8

CHINA AIRLINES
Hongkong–Taipeh, Rating: 2

UNITED AIRLINES
Frankfurt–Chigaco, Rating: 7,5

BULGARIAN AIR CHARTER
Berlin–Plovdiv, Rating: 9

BELAIR AIRLINES
Catalania–Zürich, Rating: 8,5

AIR CHINA
Peking–Tokio, Rating: 5

 BILDER: www.airlinemeals.net, www.bordverpflegung.de

irgendwo

irgendwas

Schnepfen-Salmis auf alte Art von Christian Bourillot
Salmis de bécasses à l'ancienne Christian Bourillot

Back then, in winter 1993

The machine landed in the middle of the night. We had left Frankfurt seven hours late. Though the flight was perfectly smooth, the French war photographer sitting next to me had a terrible fear of flying and kept whimpering "we're all going to die!" and showing me the scars left by the injuries he'd sustained in various theatres of war in this lovely world of ours. Nor did he find it particularly comforting when the plane began reeking of aviation petrol and the pilot came wobbling down the aisle making an anything but sober impression.

Daniel Spehr and his friends picked me up at the airport in Tbilisi. Daniel was a photographer and was in Tibilisi on exchange, as part of the "iaab" International Exchange Studio back then, in 1993, just after the battles in the city. The first impressions that have stayed with me are the reek of petrol and the cold, armed men in uniform and even more armed men not in uniform, patches of fog, a huge Coca-Cola advertisement, the first schnapps and the potholes. One of them destroyed a tyre. We stopped and were in the midst of trying to change the back wheel of the Lada in the cold when an ambulance pulled up. But the people who got out weren't ambulance-men, they were armed men. They took half our petrol and a few of the packets of cigarettes I'd brought along. After a further two roadblocks, which we were allowed to pass after handing over a certain sum of money, we entered the city.

Back then I thought: foreign correspondent, yes, that might just be it. I wanted to write an interesting article, an on-the-spot report from the Caucasus. I had my grey Hermes Baby along, but no paper; and since there was no writing paper to be had anywhere in Tbilisi, I typed the article on toilet paper, which was occasionally peddled on street corners, in single rolls of course. We always sat in the kitchen, the only warm room in the house. It was winter, cold, very cold, and not a drop of heating fuel far and wide, so we turned on the gas oven and sat in the kitchen and drank wine, ate marinated cabbage or wrapped ourselves up in blankets and watched "Twin Peaks" in Russian in the living room. All the parts, both female and male, were dubbed by the same voice because, where budgets are tight, that's the cheapest way to synchronise television programmes. Sometimes we heard shots in the distance. Machine-gun fire. Maybe just some drunken soldiers celebrating, or bandits, or both. Maybe.

The people had nothing, and yet I'd never experienced such warm hospitality. A lot may have changed in the meantime. A lot may have improved. I certainly hope it has. But the hospitality can't have improved, because it was already wonderful back then. And I had a few very impressive encounters, for instance with Stalin's great-grandson, who lived with his parents in a little flat in a prefabricated building a good half hour's walk from the city centre. We walked almost everywhere. There were no taxis. We did know someone with a car, but to use it we often had to walk to the service station – actually just a parked tanker – to buy petrol first.

Sometimes we took the underground, if the underground was running. The hard part about underground travel back then was that the lighting at some of the stations didn't work, so you had to make your way down into the dark, cold bowels of the city by torch. And sometimes the train would simply come to a halt somewhere in the entrails of the city.

The shortage of supplies was more than just problematic. There was too little of everything, food, the most basic items, everything except armed men, back then. And you saw an astonishing number of flash cars, BMWs, Mercedes. Gangster bosses, obviously. Sometimes we went to a little kiosk and bought a Snickers, which cost considerably more than a teacher earned in a month.

When I think back to that time, the memories aren't just very far away, eight years away, they're fairly strange, too. And: it became clear to me, back then, that becoming a foreign correspondent wasn't such a good idea. Reality is too complex, circumstances too complicated to commit to paper in a few words. News reports suffer from always having too few words. But you can create images. Images that remain. Of faces that have remained. Photos, for example. Now that's a good idea.

Max Küng

tig mit den Nerven, angefüllt mit Ekel, zu Freunden und liess den Kammerjäger kommen. Und dann stellte sich dies heraus: Der Kammerjäger betrat, auf der Suche nach dem Nest der Ratten, die Wohnung eine Etage unter jener von Frau Sonja. Dort wohnte eine alte Frau. Sie sass lächelnd auf ihrem Sofa im Wohnzimmer. Und ja, man ahnt es: Das Nest der Ratten war in diesem Sofa. Die Viecher flitzten rein in die Rattenkommandozentrale und raus. Und die alte Frau sass da und lächelte und schaute fern und war froh und vielleicht auch etwas verwundert, dass es immer so schön warm war auf ihrem Sofa.

So schlimm war es bei mir nun nicht. Aber immerhin. Irgendwann hörte ich, dass die Geräusche aus der Küche gar nicht aus der Küche kamen, sondern vom Balkon, der von da in den Hof ging. Siedler hatten sich auf meinem Balkon niedergelassen. Tauben. Die Ratten der Lüfte. Anstatt mir ein Gewehr zu besorgen, gab ich den Balkon einfach auf und lagerte das Altglas fortan in meinem Schlafzimmer. Mit Vögeln hatte ich so meine Erfahrungen. In dem Haus, in dem ich aufgewachsen bin, einem grossen Gut auf dem Lande, da gab es ein Zimmer, in dem ein entfernter Onkel Möbel einlagerte. Dann und wann schlich ich mich in diesen Raum, sah unter die Decken und Leintücher, mit welchen die Möbel verhangen waren. Eines Tages lag ein Vogel auf dem Parkett. Er lag einfach da. Offensichtlich war er tot. Sachte stiess ich ihn mit der Spitze meines Fusses an. Das graue Federkleid klappte auf die Seite und was darunter war, war nichts als ein Haufen sich windender Maden. Ich erbrach meine Ovomaltine gleich auf den ersten Treppenstufen, hinunterrennend.

Nun frage ich mich, was jetzt wohl in meiner Wohnung los ist, da ich tausend Seemeilen weit weg bin auf diesem arg zitternden Kahn. Sehr wahrscheinlich nichts. Das ausgestopfte Babykrokodil wird nicht zum Leben erwacht sein. Das Blatt des Sägezahnfisches, das über der Küchentüre hängt, wird nicht heruntergefallen sein. Mein Rennrad wird nicht alleine seine Runden drehen. Ich frage mich nicht wirklich, was in meiner Wohnung jetzt wohl los ist. Ich frage mich viel eher, was hier los ist, unter mir, unter dem Rumpf des Schiffes, in der meilentiefen, nassen, schweren Dunkelheit. Was da unten los ist, würd' ich gerne wissen. Oder vielleicht auch lieber nicht.

Ahoi! Max Küng

P. S. Es soll dort unten Tiere geben, welche grösser sind als meine Wohnung zuhause. Was die wohl denken, den ganzen lieben langen Tag lang?

were in the cabinet under the kitchen sink. Then everywhere. The rats wouldn't be driven out and they ate her clothes. At night they crept into her bed, and that sort of thing. So, at last, at the end of her wits and completely grossed out, she moved in with a friend and called the exterminator. And she discovered the following: The exterminator, in search of the rat nest, entered the apartment below Ms. Sonja's. An old woman lived there. She was sitting, smiling, on her sofa in the living room. And yes, one suspects it: The rat nest was inside of this sofa. The creatures flitted into the rat commando center, and out. And the old woman sat there smiling and watching TV, and she was happy and maybe a little surprised that it was always so nice and warm on her sofa.

Now, it never got quite that bad in my apartment. At some point, I realized that the noises coming out of the kitchen weren't coming from the kitchen but from the balcony that faced the courtyard. Settlers had made a home on my balcony. Pigeons. The rats of the air. Instead of getting my gun, I surrendered the balcony and, from then on, stored the glass recycling in my bedroom. I'd had my experience with birds. In the house I grew up in, a big place in the country, there was one room in which a distant uncle of mine stored furniture. Every now and again, I'd sneak into this room and peek under the blankets and sheets with which he covered the furniture. One day, there was a bird lying on the parquet floor. Just lying there. Clearly dead. Gently, I nudged him with the tip of my foot. The gray feather dress flapped to one side, and under it was nothing but a mass of squirming maggots. I puked up my Ovomaltine on the first of the stairway steps, while running down.

Now I ask myself, what could be happening in my apartment while I'm thousands of nautical miles away on this violently shivering barge. Most probably, nothing. The taxidermies baby crocodile won't have come back to life. The swordfish's blade, which hangs over the kitchen door, won't have fallen down. My racing bike won't be going the rounds on it's own. I'm not really asking myself what's going on in my apartment at the moment. I'm actually asking what is going on here, under me, under the body of this boat, in the miles of wet, heavy darkness below. What goes on down there, that's what I'd like to know? Or, then again, maybe not.

Ahoy! Max Küng

P. S. Supposedly, there are beasts down there that are bigger than my apartment, at home. What could they be thinking about, during the whole livelong day?

Welcher Tag ist heute? Mittwoch? Ich sitze in meiner Kabine des Containerschiffes PACIFIC SENATOR irgendwo im Atlantik zwischen good old Europe und New York/USA. Wir bewegen uns mit dem Tempo eines Mofas auf dem 39. Breitengrad vorwärts über den blauen Teil der Erdkugel. Ich vermisse meine Wohnung. Gerade jetzt, in diesem Moment. Meine Wohnung vermisse ich, weil sie nicht schaukelt. Weil in ihr die Gläser nicht umfallen. Weil es dort nicht nach Diesel riecht und kein Wasser hereinpeitscht, wenn man das Fenster aufmacht. Gut, ich weiss ja gar nicht, was jetzt in meiner Wohnung los ist. Welcher Tag ist heute? Ich habe es vergessen. Mittwochs kommt immer meine Putzfrau. Und sie bescheisst mich, das weiss ich. Eines der wenigen Dinge, die ich im Leben sicher weiss: Dass meine Putze mich bescheisst. Wenn heute Mittwoch ist, dann putzt sie gar nicht, sondern sitzt am Küchentisch, raucht eine Zigarette und bläst Kringel in die Luft. Und sie macht absichtlich Sachen kaputt. Kürzlich lag abgebrochen die Heckflosse meines grossen Concorde-Modells auf dem Tisch. Einfach so. Dann stellte ich einen Kratzer auf der Fotografie von Michael Helfman fest. Sicherlich versteckt sie auch Sachen.

Es ist nicht so, dass ich mir Sorgen mache, wenn ich auf dem ... verdammt wie alles wackelt ... Schiff an meine Wohnung denke. Gedanken schon, aber keine Sorgen. Soll sie mich nur bescheissen. Ich brauche die Putze. Ohne sie wäre mein Leben ein anderes. Ich erinnere mich daran. In einer anderen Wohnung, in einer anderen Strasse, in einem anderen Quartier, da hatten andere das Sagen; in der Küche hatten andere das Kommando übernommen. Dinge, die stärker waren als ich. Stärker und schneller. Insekten, Pilze, solche Dinge: Die Natur. Ganz genau kann ich es nicht sagen, denn irgendwann hörte ich einfach auf, in die Küche zu gehen. Die Tür blieb geschlossen, und wenn ich mal Besuch hatte, was zwar selten vorkam, aber hin und wieder schon, dann erfand ich eine Ausrede: Sie sei frisch gestrichen etwa. Manchmal liess es sich nicht vermeiden, die Küche zu betreten, wenn ich etwa leere Weinflaschen auf dem Balkon deponieren musste. Ich tat dies dann meist mit geschlossenen Augen. Doch leider hat der Mensch nicht nur Augen, sondern auch eine Nase. Und Ohren. Manchmal hörte ich Geräusche aus der Küche kommen. Das versetzte mich in Panik. Ich kenne nämlich eine Geschichte, eine wahre Geschichte, die sich nur ein paar Strassen weiter zugetragen hatte. Eine Geschichte, die einer gewissen Frau Sonja widerfahren ist. Sie stellte eines Tages fest, dass sie Ratten hatte. Zuerst im Schrank unter der Spüle in der Küche. Dann überall. Die Ratten liessen sich nicht vertreiben und frassen ihre Kleider. Nachts krochen sie zu ihr ins Bett und alles solche Sachen. Also zog sie, fer-

Max Küng sends a Fax from the PACIFIC SENATOR

What day is today? Wednesday? I'm sitting in my cabin on the freight ship, PACIFIC SENATOR, somewhere on the Atlantic between good old Europe and New York/USA. We're moving with the speed of a moped along the 39th longitude, forward across the blue part of the globe. I miss my apartment. Right now, at this moment. I miss my apartment because it doesn't rock. Because inside the glasses don't fall. Because, there, it doesn't smell of Diesel and water doesn't whip in when a window is opened. OK, I don't even know what is going on in my apartment. What day is today? I forget. My cleaning lady always comes on Wednesdays. And she cheats me, I know it. One of the few things I know for certain is that my cleaning lady cheats me. If today is Wednesday, then she isn't cleaning at all but sitting at the kitchen table, smoking a cigarette and blowing smoke rings in the air. And she purposely breaks things. Not long ago, I found the tail wing of my big concord model lying on the table. Just like that. Then I found a scratch on the photograph by Michael Helfman. Surely, she also hides things.

It's not like I'm worried, while I'm here on this ... damn this rocking ... boat, thinking of my apartment. Thinking about it, but not worrying. She can go ahead and cheat me. I need that cleaning lady. Without her my life would be a different one. I remember how it used to be. In a different apartment, in a different street, in a different neighborhood, others had the say; others took over command of the kitchen. Things that were stronger than me. Stronger and faster. Insects, fungi, those types of things: Nature. I can't say exactly how it happened, because, at some point, I just stopped going into the kitchen. The door stayed closed, and if I had company, which didn't happen often but did occur every now and again, then I found an excuse: It had been freshly painted, for example. Sometimes, entering the kitchen was unavoidable, like when I had to put empty wine bottles out on the balcony. I did this with closed eyes. But unfortunately man doesn't only have eyes, but a nose. And ears. Sometimes I heard noises coming from the kitchen. This put me in a state of panic. You see, I know a story, a true story that took place just down the street. An incident that occurred in the life of a certain Ms. Sonja. One day she found out that she had rats. First, they

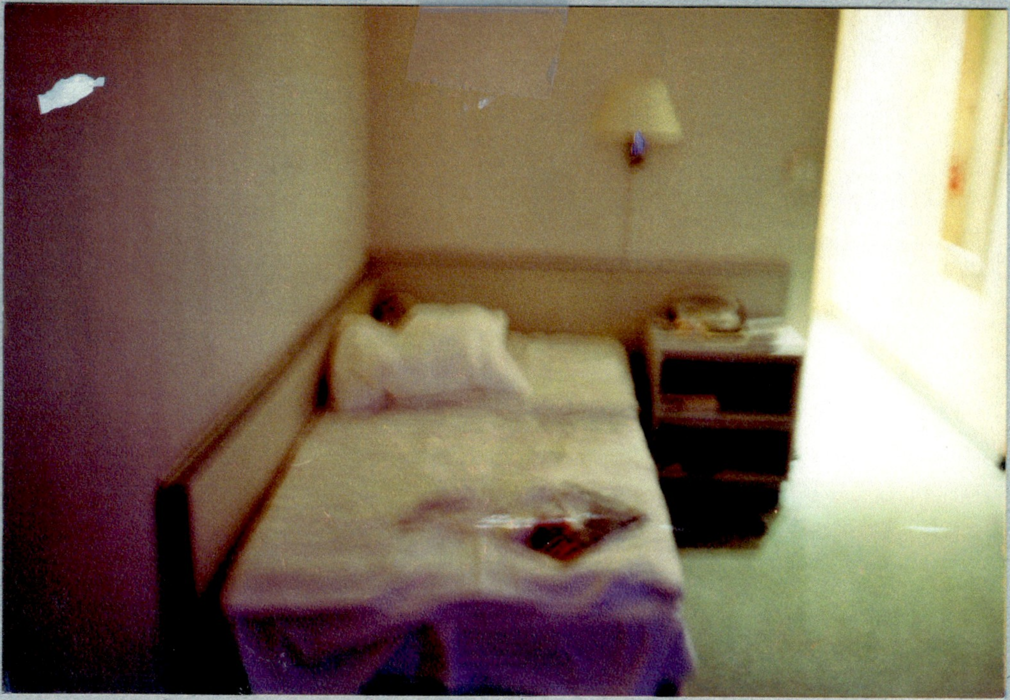

das hotel heisst Trebovir
und ich ass immer auf
dem Zimmer Hähnchen.

Das Leben ist ein knittrig Hemd.

hier gibt es die schönste minigolfanlage der welt. schade mache ich mir nichts aus mini-golf.

Telefon +41 (0)81 838 51 00 mail@waldhaus-sils.ch Telefax +41 (0)81 838 51 98

Zimmer N°7 des Designhotels Greulich in Zürich über das Dasein als Zimmer, Gäste, deren dunkle Träume und die Variationen des Schnarchens.

Ja, also, wo soll ich anfangen? Ich bin ein Hotelzimmer. Ich habe keinen Namen, aber eine Nummer. Es ist die 7. Eine schöne Zahl, finde ich: 7 Zwerge und so. Ich bin nicht gross. Ich bin nicht klein. Eine Türe, viele Fenster, so muss es sein. Das Leben als Hotelzimmer stellt man sich sicher extrem spannend vor. Rockstars, die einen zertrümmern. Supermodels, die sich Pulver in die Nase ziehen. Filmstars, die hackedicht auf dem Bett sitzen und russisches Roulette spielen. Aber nein, so ist es nicht. Das Leben als Hotelzimmer ist nicht gerade langweilig, nein, das möchte ich nicht sagen, aber die Tage, sie ähneln sich doch mehr oder weniger. Die Nächte sowieso.

Es kommen Gäste. Es gehen Gäste. Es kommt die Putzkolonne. Das Bett wird gemacht. Die Tür geht auf. Die Tür geht zu. Das Licht geht an. Das Licht geht aus. Und meistens wird dann geschnarcht. Ach, über das Schnarchen, darüber könnte ich ein Buch schreiben. Ein dickes Buch. Und die Träume. Die Träume, die geträumt werden. Ziemlich verrücktes Zeugs, kann ich Ihnen sagen. Neulich träumte einer von einem Delfin, der fliegen konnte, mit Bomben untendran.

Was Sie wissen müssen: Ich bin ein Zimmer ohne Pay-TV, also ohne Erotikkanal. Das macht die Sache für mich um einiges erträglicher. Auch für das Putzpersonal, das mich jeden Morgen saugt, schrubbt und rubbelt. Natürlich habe ich einen Fernseher, einen Radio, eine Badewanne, ein Sofa, eine Vase mit schönen Blumen drin. Ich muss sagen, ich finde mich ziemlich schön. Ich bin ja auch noch jung, gerade mal drei Jahre alt. Deshalb ziehen mich die Zimmer der alten Kästen manchmal auf, weil ich noch nicht viel erlebt habe. Einmal sagte mir ein Zimmer von einem der Nobelhäuser, man sei kein richtiges Hotelzimmer, wenn nicht Udo Jürgens nackt auf dem Tisch tanzte, mit 18 Flaschen Dom Pérignon jonglierend. Nun ja, dafür muss man erst mal einen Tisch haben.

Tagsüber bin ich meistens alleine. Die Leute haben in der Stadt zu tun. Dann und wann aber gibt es auch Leute, die den ganzen Tag im Zimmer sitzen. Oder liegen. Einmal hatte ich einen mit Magendarmgrippe. Das war nicht lustig, kann ich Ihnen sagen. Ich muss gestehen: Viele Gäste, die mich besuchen, die sind langweilig. Oder einfach nur müde. Viele sitzen auf dem Sofa und schauen Fernsehen. Oft TeleZüri. Ich erlebte einst einen ausländischen Gast, der schaute «Swiss Date», die Kupplersendung auf TeleZüri. Ich habe zuvor und danach nie mehr einen Gast gehabt, der so oft in kurzer Zeit den Kopf schüttelte. Danach träumte er schlecht.

Die meisten gehen am frühen Vormittag und kommen am späten Nachmittag wieder, duschen, ziehen sich um, drücken sich die Pickel aus, legen sich kurz aufs Bett, kleben Blasenpflaster auf ihre nach Münsterkäse duftenden Füsse. Manche Paare haben Sex; manche davon dürfen ausserhalb des Hotels nicht zusammen gesehen werden.

Dann gehen die Gäste wieder. Essen. Tanzen. Oder was man auch immer in Zürich macht. Ich frage mich manchmal, was man in Zürich so machen kann, aber ich selbst komme ja nicht raus. Ich muss meine Schlüsse aus den Leuten ziehen. Manche kommen dann sehr spät wieder. Manche wanken. Die meisten aber sind wirklich sehr brav. Ich kann mich nicht beklagen. Ich hatte kürzlich einen Gast aus Japan, der machte kein einziges Geräusch, bloss einmal. Es klang wie eine startende Saturn-V-Rakete. Er hatte wohl etwas mit Bohnen gegessen.

Kürzlich hatte ich einen Gast aus Berlin, der kam sehr früh heim, in engen Hosen und Laufschuhen. Er kam vom Joggen. Er duschte eiskalt. Dann zog er eine schwarze Uniform an und posierte vor dem Spiegel. Was er dann machte, das erzähl ich lieber nicht. Diskretion schadet nicht, finde ich. Denn jeder Gast lässt etwas zurück. Dinge des Vergessens. Ein Handyladegerät. Eine Hose. Einen Hut. Dinge des Seins. Schweiss. Ein kringelndes Haar auf dem Laken. Fingerabdrücke am Badezimmerspiegel.

Wenn ich wiedergeboren würde, dann in einem Hotel am Meer. Das wäre schon nicht schlecht. «Freie Sicht aufs Mittelmeer» war schon immer mein Lieblingsspruch. Beinahe hätte ihn kürzlich ein dicker Mann mit Brille und Bart an die Wand gesprayt. Zum Glück hat er es nicht getan.

Ach ja, ich koste übrigens 345 Franken die Nacht, für zwei, ohne Frühstück.

Text **Max Küng** (max.kueng@dasmagazin.ch)
Bild **Raffael Waldner**
(raffael.waldner@bluewin.ch)

Und grosse Flecken auf dem Schonteppich

Das Erste, was man in einem Motel tun muss, unbedingt: Hinter die Bilder gucken. Nachsehen, ob Löcher in den Bildern sind und in den Wänden dahinter. Schliesslich kenne ich Hitchcocks Psycho und weiss, was in Motels passieren kann.

von Max Küng
(Text) und
Christian Ammann
(Fotos)

‹Motel (aus engl. motorist's hotel), das, Gastbetrieb, der vorzugsweise auf die Unterbringung von Reisenden mit eigenem Kraftwagen eingestellt ist.› **Aus dem dtv Lexikon**

Nachdem die Türe schwer ins Schloss gefallen ist, kontrolliere ich alle vier Bilder im Zimmer Nummer 7 Erleichtertes Aufatmen: Keine Löcher. Ist ja nicht Bates' Motel, sondern das Stars & Stripes – und obwohl es ähnlich klingt, liegt es nicht in der Wüste von Nevada oder in Wyoming oder Wisconsin, sondern bei Brütten oberhalb von Winterthur – oder wie man hier sagt, weil man hier gerne Dinge kurz sagt: Winti – an der alten Kantonsstrasse.

Eigentlich heisst das Motel Steighof. Aber früher war vieles anders, auch wenn man sich nicht daran erinnern mag. Auf der Gemeindeverwaltung von Brütten weiss niemand etwas über das Motel. Auch nicht die Frau, die am längsten dabei ist. «Nein, nein», sagt sie, «wir wissen nichts über das Motel.»

Eine grüne Leuchtschrift meldet in der Nacht das Motel schon von weitem an, wenn man aus dem Wald die kurz kurvige Steig genannte Strasse von Winterthur her hochkommt. ‹Motel› steht da, schlicht und einfach. Schlicht und einfach ist auch das Gebäude.

Ein flacher Bau wie eine Kartonschachtel, vor 20 Jahren erbaut, seit 1997 von einem die gesamte Frontfläche einnehmenden Monumentalgemälde verziert. Motiv: Na, raten Sie mal, genau: Amerika a gogo, gemalt von einem Urs Kerker, ein gelungener Name für eine Ansammlung kleiner Zimmer. Vorne: Zehn Türen. Hinten: Zehn Fenster. Dazwischen: Zehn identische Zimmer. Darum herum: Wiese, Acker, Strasse. In einer gewissen Entfernung das Dorf Brütten, wo die Kirche ziemlich mitten im Dorf steht.

Ich schaue aus dem Fenster. Es gibt nichts zu sehen. Dunkel liegt der Acker da und 8311 Brütten brütet. Hin und wieder schiesst ein Wagen vorbei, ein Golf oder ein Primera oder was man hier so fährt. Ich schaue auf die Uhr, und die sagt mir das selbe wie mein Magen: Es ist an der Zeit, etwas zu sich zu nehmen. Ich ziehe die grünen Vorhänge zu, schalte den Fernseher ab, trinke mein zuvor gründlich ausgespültes Zahnglas mit Leitungswasser aus, lösche das Licht, nehme meinen Schlüssel, schliesse die Türe, gehe die Stufen runter, über den Parkplatz, vorbei am handgemalten ‹Horses-only›-Holzschild und betrete den Saloon.

Im Entree, noch vor der stilechten Western-Schwingtüre, hängt ein Merkblatt an der Wand, das besagt, dass alles hier gebrutzelte Fleisch von einem Metzger namens Angst kommt. Ein guter Name für einen Metzger. Ein Kumpel von mir kennt einen Kinderpsychologen, der heisst Grob. Und der Kinderarzt einer Freundin hiess Fleischhauer.

Die Schwingtüren schwingen und dann ist man im grossräumigen American Restaurant and Bar. Westernstimmung: Schädel an der Wand, Trinkflasche auf dem Fenstersims. ‹Wanted›-Plakate suchen Gangster, die längstens in den ewigen Jagdgründen ihre Bohnen essen. Strohballen am Boden. Auf den Tischen gleichsam als Dekoration und Arbeitszeugs: drei Kesselchen aus Metall, rot und blau, darin Gabeln, Löffel, Steakmesser, Ketchup, Mayo, rote und grüne Chilisauce und eine Rolle Haushaltpapier, die amerikanische Serviette. Hier darf gekleckert werden wie in der grossen weiten Wildnis.

Ich studiere die Karte. Der Blutdruck meldet sich:
«Hey Max, nimm doch einen leckeren Salat mit einer leichten Sosse.»
«Nun, ich dachte eher an ein bisschen Fleisch, 400 Gramm. Blutig.»
«Nein!»
«Ein T-Bone Steak? Weisst du, warum ein T-Bone Steak T-Bone Steak heisst?»
«Das zu bestellen ist, glaube ich, keine gute Idee. Und by the way: Mein Kumpel Cholesterinspiegel will auch noch mit dir sprechen.»
«Ach ihr!», sagte ich. Hatte dann aber doch ein schlechtes Gewissen und bestellte nicht das Riesensteak, sondern das 240 Gramm Rib Eye für 29 Franken mit Mustard-Butter (2 Franken) und Homestyle Fries (inklusive) und dazu ein Bier aus Boston, Samuel Adams. Ein leckeres Bier.
Ein Raum, drei mal vier Meter etwa, eine nicht sehr hohe Decke, quer getäfert mit einer dreifach kugeligen Deckenlampe, die schon irgendwie zum Kugeln ist. Die Möbel machen auf rustikal – ein Tisch, zwei Stühle, ein gähnend leerer Schrank, zwei Nachttischchen mit je einer Schublade, ein Doppelbett mit Wimaflex-Lattenrost, der sicher etwas aushalten kann, grauer Spannteppich mit kleinen Schonteppichen drauf mit grossen Flecken drauf.
Nun kann man sich fragen, woher diese Flecken kommen. Aber ich möchte es eigentlich gar nicht so genau wissen. Noch nicht. Eine Minibar, verschlossen. Nicht schlimm, ist eh nicht in Betrieb. Dafür ist sie ein gutes Schränklein, um den Teleka STR 1075 Satellitenempfänger und da drauf den Grundig-Fernseher zu stellen.
Der beste Freund eines jeden Hotelgastes, wenn die Minibar geschlossen ist? Der Fernseher. Was flimmert denn da? Fussball auf Eurosport. Ein Spiel irgendwo, wo es Palmen gibt zwischen Croatia Zagreb und PSV Eindhoven, welches 1:2 und als eines der lahmsten Spiele der Weltgeschichte enden sollte. Ich wäre wohl eingenickt, wäre es nicht so kühl gewesen

im Zimmer. Also drehe ich die Heizung hoch, die allerdings schon hochgedreht ist, wie ich feststellen muss.

Nebst dem Fernseher und dem Fenster gibt es für das Auge noch mehr: Vier kleinformatige Bilder, alle in unterschiedlicher Höhe aufgehängt. Vielleicht, damit einem nicht so schnell langweilig wird im Zimmer. Die Bilder stammen von einer aller Wahrscheinlichkeit nach weiblichen Kunstschaffenden namens Dahl. Und ich dachte immer, Dahl sei bloss ein indisches Linsengericht.

Ein Bild zeigt rote verblühende Blumen in einem alten Metalltopf. Ein anderes eine Wiese mit einer Frau und sechs Kindern und vier Schafen. Ein anderes eine Frau mit einem Kind an einem Meeresstrand. Bald wird es in jedem Zimmer eine eigene Kaffeemaschine geben. So wie in den USA das in Motels üblich ist. Zehn Maschinen für zehn Zimmer. Damit man sich hier so richtig in den USA fühlt, also frei.

Toilette. Dusche. Lavabo. Eng. Spiegelschränklein mit nichts darin ausser einer Tube Nivea Hair Care Styling Gel – ultrastarker Halt. Für gesundes Haar und gesunde Kopfhaut. Langzeit-Halt. Gekauft bei Jelmoli, 7.50 Franken – die mein Vorgänger vergessen hat. Auf dem Spiegelschrank ein Turm mit frischen Toilettenpapierrollen. Ein Elektroöfelchen, keine Ahnung, wie man das in Gang setzt. Die Handtücher haben Löcher.

Ich zappe durch das Fernsehprogramm. Denke nach, was man in diesem Motelzimmer machen könnte und wer hierher kommt. Auf den sauber weiss markierten Parkplätzen vor den Zimmern stehen keine Autos, jedoch weiss ich, dass mein Nachbarzimmer, Nummer 8, bewohnt ist. Ich habe am Morgen Geräusche gehört. Zwei gedämpfte Männerstimmen. Fremdsprache. Russisch? Am frühen Abend zwei Männer in Trainingsanzügen gesehen, die auf dem eindunkelnden Parkplatz standen und wortlos eine rauchten. Ich halte mein Ohr an die Wand. nichts, sind wohl ausgeflogen?

Setze mich wieder auf das Bett und schaue in das wirklich ausgesprochen ungünstig platzierte TV-Gerät. Schief liegend schaue ich Skifliegen und denke: Ein Motel ist ein super Ort, um einen Selbstmord zu planen. Eine Station zwischen A und B. Aber ansonsten? Ich öffne die Schublade meines Nachttischchens, um nachzusehen, ob dort eine Bibel liegt, wie in eigentlich jedem Hotelzimmer. Dort liegt aber keine Bibel. Dafür hat jemand mit Kugelschreiber etwas in die Schublade geschrieben: ‹Joyce Simo – Come into my lite – Kaoma Lambada – tushop.de – 805›. Sehr kryptisch.

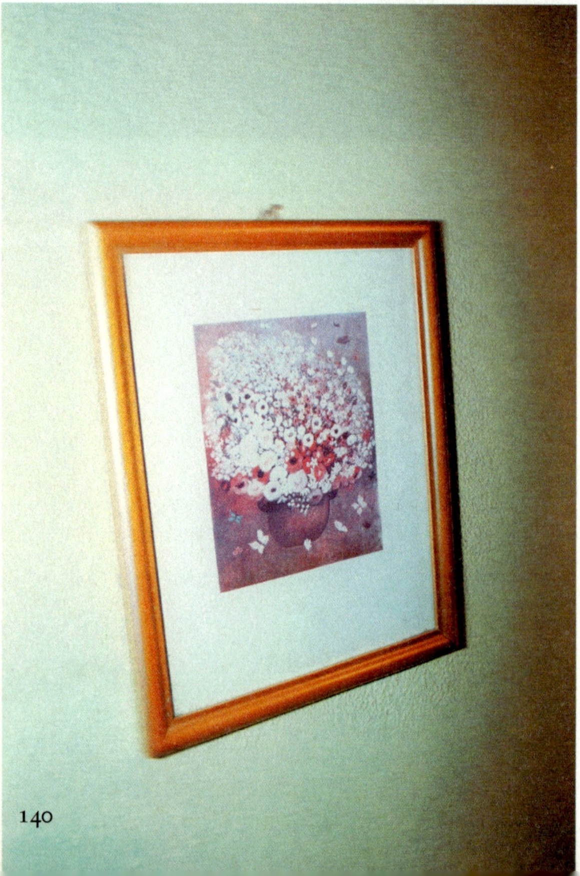

Der Morgen hier beginnt um halb neun. Die Putze steht plötzlich im Raum und sagt: «Oh, Entschuldigung.»
«Ahhhrr.»
«Oh.»
«Kein Problem, ich muss eh aufstehen», murmle ich, «habe viel zu tun», drehe mich nochmals auf die andere Seite und schlafe auf der Stelle wieder ein.
Am späten Vormittag ist der Parkplatz noch immer leer. Bis auf einen BMW vor Türe Nummer 10. Der BMW ist blau und ziemlich gross und aufgemotzt mit Spoiler und Spezialfelgen. Spezialfelgen sind immer Hinweise. Der Wagen trägt eine Zürcher Nummer.
Ein Motel ist natürlich eine flotte Sache, wenn man eine Nummer schieben will, denke ich. Erstens: Man ist weit weg vom Schuss. Zweitens: Die frische Landluft tut gut. Drittens: Man kann sagen, man müsse irgendwohin fahren. Viertens: Man begegnet in der Lobby keinen anderen lästigen Gästen, denn es gibt keine. Fünftens: Man hat quasi direkten Zugriff auf die Eingangstüre, muss nicht an einer Rezeption vorbei. Zwischen Auto und Türe liegen bloss zwei Meter Luftlinie. Aber das sind selbstverständlich alles blosse Phantasien.

Eine Freundin von mir meinte, dass sie beim Wort Motel sofort an schmutzigen Sex denken muss. Da könne man ja nichts anderes machen, als sich gegenseitig die Seele aus dem Leib zu ficken oder das Hirn aus dem Kopf. Ein Hotel sei ein Ort des Ruhens und des Rastens, ein Motel hingegen eine anonyme Schnellschlafstelle zwischen A und B. Das kann ich nachempfinden. Doch ich bin alleine hier, und das geblümelte Bettzeugs macht mich auch nicht besonders scharf. Ich nehme mir aber vor, beim Abendessen eine Extraportion Chilisauce auf mein Steak zu knallen.
Gegen Mittag füllt sich der Parkplatz mit Wagen von Menschen, die hier ihre hungrigen Mittagsbäuche füllen möchten: Handwerker, KV-Typen, Vertreter. An einem Tisch mit vier Handwerkern erklärt einer von ihnen seine Probleme mit dem Waschraum zu Hause im Mehrfamilienhaus. Es gäbe da eine Mietpartei, die den Waschplan einfach nicht einhalte und das sei eine Sauerei. Die anderen nicken und warten schweigend auf ihr Fleisch.
Jetzt kommt die grosse Frage: Was soll ich hier tun? Rausgehen? Ich ziehe die dicke Jacke an und gehe spazieren. Gleich nebenan ist ein Bauernhof, vor dem ein Ladewagen der Landwirtschaftsmaschinenfabrik Mengele steht. Ich könnte Freilandeier kaufen. Was soll ich mit Freilandeiern hier? Hin und wieder ein

Auto. Ein Golf oder ein Primera. Grollend hört man Flugzeuge am Himmel hoch, die nach irgendwo fliegen.

Ich schaue auf die Uhr, knapp nach 14 Uhr, und ich denke, dass es vielleicht der direkte Flug der Swissair mit der MD-11 nach Tokio ist. Das wäre keine schlechte Idee, jetzt schnell nach Tokio zu fliegen. Aufgekratzt durch diesen Gedanken mache ich mich auf den Weg zur Busstation der Linie 660, nur ein paar Schritte auf einem behelfsmässigen Trottoir vom Motel entfernt. Dort steht schon eine alte Frau, sie schaut mich grimmig an.

Selten noch habe ich eine so böse blickende Frau gesehen wie jene an der Brüttener Busstation, obwohl ich schon viele böse blickende Frauen gesehen habe. Sie schaut mich an, als sei ich einer von der Schlafzimmerbande, ein wie Wild im Wald hausender Rumäne, der vorhabe, unvergitterte Kellerfenster der stark nach Depression riechenden rötlich gestrichenen Einfamilienhäuser eingangs Brüttens aufzubrechen. Habe ich aber nicht vor. Auf die Bank der Busstation hat jemand mit Filzstift geschrieben: People sucks here.

Und 2.90 Franken und gut zehn Minuten später stehe ich am Hauptbahnhof Winterthur und wenig später spaziere ich durch Zürich, und ich muss gestehen, dass die Menschen in Zürich mich stark an die Minibar in meinem Motelzimmer erinnern: verschlossen und leer. Ich kaufe mir ein Shampoo. Das hatte ich vergessen, und im Bad gibts das nicht, und mache mich auf den Weg zurück in mein Motelzimmer, wo ich in den Fernseher kucke und darüber nachdenke, vielleicht doch ein Auto zu kaufen.

Geschäftsführer Frank Gradinger kennt seine Kundschaft, über die er sehr zufrieden ist. Ja, es laufe gut, sagt er, und in Zürich würde wohl mancher der Hoteliers wässerige Augen bekommen, würde der die Auslastungszahlen sehen. Aber genauer darüber reden will er nicht. Arbeiter wohnten oft bei ihm, etwa Autobahnarbeiter oder Handwerker, aber auch Touristen vom Flughafen Kloten, die hier in Brütten den American Style cool fänden.

Und das Essen natürlich, das Essen sei auch ein Grund. American Food in lockerer Atmosphäre eben, und so lange man im Stars & Stripes sitzt, ist der

draussen auf dem Parkplatz abkühlende Golf oder der Primera ein rassiger Gaul, also ein Hengst natürlich, ein Bronco beispielsweise. Meine Nachbarn von Zimmer Nummer 8 sind zurück. Es ist Mitternacht. Ich höre einen durch die Wand schallgedämpften langgezogenen Rülpser. Dann das Jammern einer Wasserleitung. Ich schlafe ein.

Der nächste Morgen: Um 15 nach 8 geht meine Türe auf und ich schrecke aus dem Schlaf hoch und rufe: «Hallo?». Es ist wohl wieder die Putze, aber diesmal sagt sie nichts, und ich trage natürlich im Schlaf meine Brille nicht, also sehe ich in der Türe nichts als eine schwarz gekleidete Gestalt. Das muss, so schiesst

es mir durch den Kopf, wohl etwa auch das Letzte gewesen sein, was die Typen im Film ‹The Blair Witch Project› gesehen hatten, bevor sie ermordet wurden. Sie lässt mich am Leben und schlägt wortlos die Türe zu und weil ich so froh darüber bin, stehe ich auf und gehe zum Frühstück über den Parkplatz in den Saloon. Auf dem Parkplatz vor dem Zimmer Nummer 10 heute: ein dunkelblauer Mercedes, ein sehr grosser Mercedes, ein richtig fetter Mercedes. Mit Zürcher Nummernschild. Ein Zürcher Nummernschild im Dreihunderttausenderbereich. Ich streune um den Wagen herum, kann aber nichts Verdächtiges entdecken.

Das Frühstück ist ein Self-Service-Buffet mit Action-Appeal: Baguette zum Selberschneiden, eine Kaffeemaschine mit automatischem Satzauswurf und eingebauter Heul-Mühle, eine Karaffe mit Milch, UHT oder wie das beim Denner genannt wird ‹Haltbar wie in den USA›, eine Schale mit Flakes und eine mit Frosties, Konfitüre, Butter und kleine cellophanverpackte Stücklein Gruyère. Kein American Breakfast, kein French Toast, keine Bohnen, kein Short Stack Pfannkuchen mit Ahornsirupimitat. Dafür hämmert MTV von der Ecke runter, und es ist sicherlich nicht eines jeden Sache, neben Plakaten der U.S. Meat Export Federation zu frühstücken, die dicke Steaks zeigen sowie die fachgerechte Zerlegung eines Rindviehs.

Im Zimmer zurück. Draussen brausen Autos vorbei. Golfs und Primeras. Ein Traktor. Brütten liegt ruhig da, die Kirche mitten im Dorf. Ich schalte den Fernseher an und schaue ein bisschen Telletubbies. Bald wird es mir zu klug, gehe nochmals die Bilder untersuchen, ob wirklich keine Gucklöcher dahinter sind. Hätte ja eines übersehen können in meiner ganzen Euphorie.
Aber alles okay.

Max Küng ist Magazin-Kolumnist und freier Autor. Auch beschäftigt er sich mit Musik und stellte die Soundtracks für zwei Stücke von Stefan Bachmann am Theater Basel zusammen (‹Merlin›, ‹Ein Sommernachtstraum›). Er lebte in Basel zusammen mit zwei Schäferhunden und isst am liebsten in der Bodega Basel Cordon Bleu oder in Venedig im Corte Sconta. Dann aber Fisch.

Christian Ammann kommt aus Winterthur und ist Mode- und Peoplefotograf; er arbeitet unter anderem für ‹Annabelle› und ‹Bolero›. Seit er im Stars & Stripes fotografiert hat, träumt er immer wieder von Flecken auf dem Teppich.

Stars & Stripes-Motel
8311 Brütten
052 345 24 21
Zimmer mit Frühstück: 95 Franken,
Doppelzimmer 105 Franken.

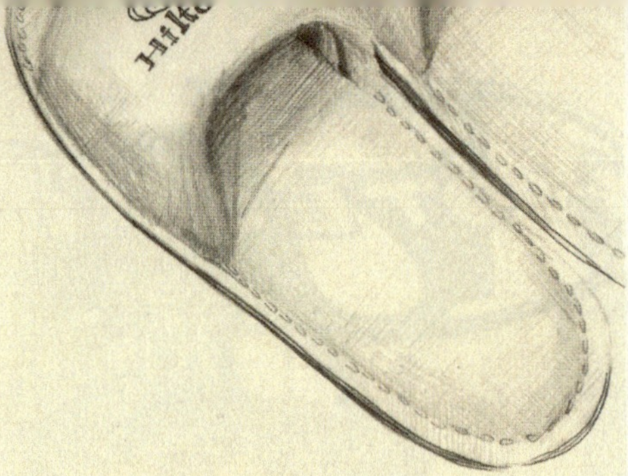

BEKENNTNIS

Was ich an Hotels mag, also liebe

Text Max Küng

Ein Teller mit Früchten und ein Messer aus Silber, eingeschlagen in eine Serviette aus Stoff. Roomservice (Club-Sandwich um Mitternacht). Treppen (alte, breite, am liebsten aus Stein). Herumsitzen in der Lobby, eine Zeitung lesend. Ein offener Kamin wie in der Suite des Hotels New York in Rotterdam. Balkone (am besten mit Blick auf das Meer, gerne auch mit Stuhl). Weisse gestärkte Leinenbettwäsche. Bettvorleger mit eingesticktem Hotelschriftzug. Gut sortierte Minibars. Bad mit einer Wanne. Wanne mit Aussicht. Im Bad Duschmittel der australischen Firma Aesop. Do-not-disturb-Schilder, an der Türfalle baumelnd (aussen). Dunkle Flure wie im Maritime-Hotel in New York. Hotelbriefpapier. Drehtüren. Richtige Zimmerschlüssel. Der Schein einer Neonreklame. Totale Stille. Stockwerk 29 und aufwärts. Wenn das Hotel ein Schiff ist und das Schiff über den Ozean fährt. Finken mit Emblem, eingeschweisst in Cellophan. Diskretes Personal. Zur Begrüssung eine Flasche Champagner, die auf dem Zimmer wartet in einem Kühler, am liebsten Bollinger. Das beste Hotel aller Hotels: Hotel Mama.

BEKENNTNIS TEIL 2

Was ich an Hotels nicht mag, also hasse

Text Max Küng

Die Platte mit Wurstwaren im Frühstücksraum, insbesondere graue Salami in deutschen Häusern. Frühstücksräume allgemein. Frühstücksräume, in denen Jazz läuft. Hotelpersonal, das einem unbedingt den Koffer tragen will (bis aufs Zimmer und dort wartet, bis man anfängt, nach Trinkgeld zu suchen). Geräusche (aller Art) aus Nachbarzimmern. Scheppernde Ministereoanlagen. Wackelnde Tische. Klimaanlagen, die sich nicht abstellen lassen. Fenster, die sich nicht öffnen lassen. Teppiche mit Flecken. Zimmermädchen, die morgens um acht im Zimmer stehen und rufen: «Sorry». Warten auf den Lift. Im Lift sein mit frisch rasierten Geschäftsleuten. Business Centers. Schlechte Kunst an den Wänden. Unbemannte Hotelbars. Nachts herauszufinden, dass die Lüftung gleich neben dem Fenster liegt. Zu weiche Matratzen. Lachs (als Farbe). Türkis. Hinweise, dass man im Umgang mit den Tüchern im Bad an die Umwelt denken soll. Klebrige Fernbedienungen. Vergrösserungsspiegel im Bad (wenn man morgens um drei hineinschaut). Zu wenig Steckdosen. Warten beim Auschecken. Duschhauben.

MARITIM
HOTELS

im hotel Reichshof in Hamburg bezog ich das zimmer 664. 666 gibt es hier nicht und 665 war besetzt.

NEWS

Kunst vom Feinsten: Hand mit Apfel

Kunst, modernste Technologie und Komfort eine besonders stilvolle Ehe eingegangen – harmonisch, sich ergänzend, modern, ohne futuristische Kühle.

Für Konferenzen stehen zehn Räume (8-120 Pers.) im achten Stock, für Veranstaltungen auf der Lobby-Ebene der Ballsaal (265 qm) und ein Tagungsraum (104 qm) zur Verfügung. Der Wellnessbereich umfasst 650 qm incl. Pool, Massage, Beauty.

Das Auge isst mit, allemal im „Le Ciel Restaurant und Bar" im neunten Stock. Die 28 m lange Fensterfront gestattet einen zauberhaften Blick auf die Außenalster, elegante Dekoration und geschickte Tischaufteilung sichern Privatsphäre.

Michael Rostang (2-Sterne-Koch aus Paris) entwickelte das Restaurant-Konzept, das realisiert wurde unter der Leitung von Bernhard Quint in Hamburg. Hier dürfen die Gäste kulinarische Köstlichkeiten erwarten. Wer mit dem gläsernem Fahrstuhl nach einem gemütlichen Drink in der „Opus Bar"

Bequem sitzt man in der Lounge

96610 11.02

arme arme

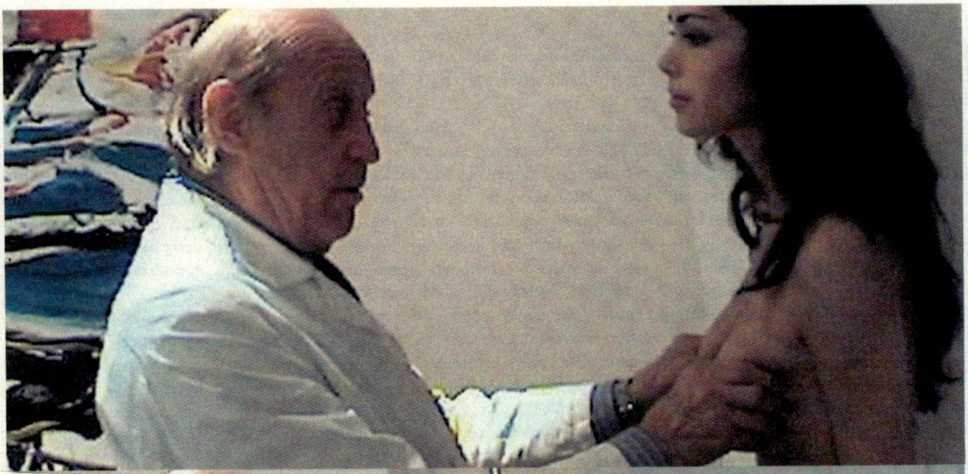

| SAMSTAG | 14. APRIL 2007 | BlickA

NEWS

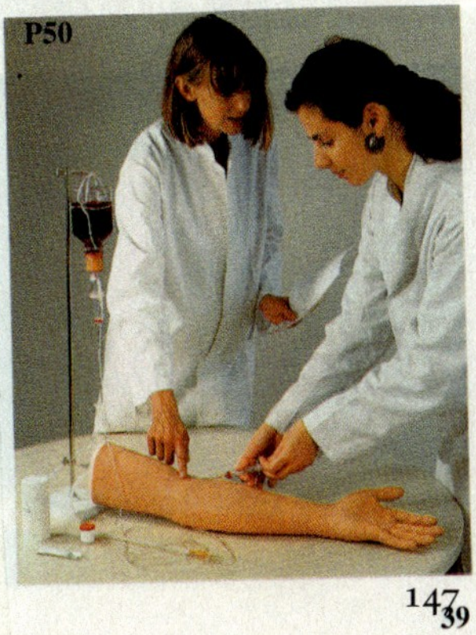
P50

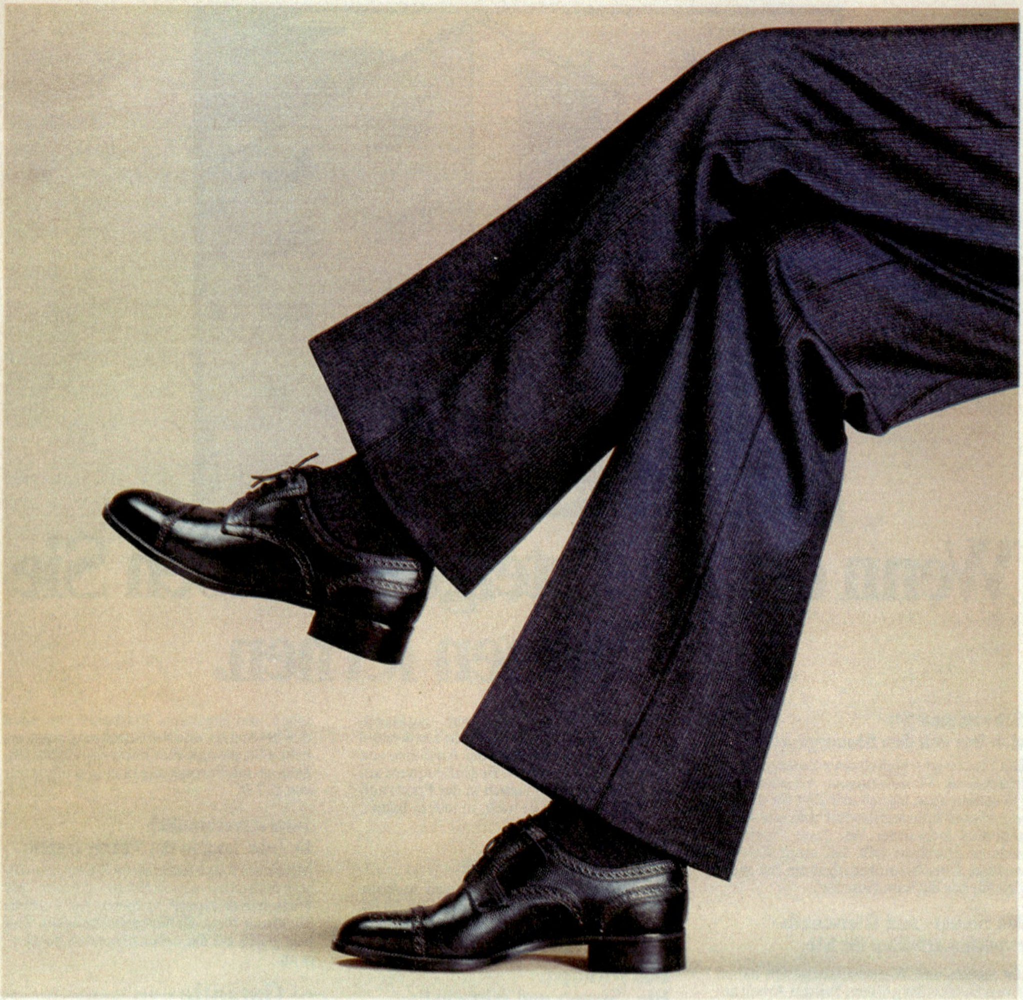

Die Business Class: Bis zu 31 Sitze weniger, erweiterter Sitzreihenabstand. Separates check-in, separate Kabine. Mahlzeiten-Auswahl, Getränke und Bordprogramm inklusive. Plus erweitertes Zeitschriftenangebot. Jetzt auf allen Interkontinental-Flügen.

Die Lufthansa Business Class.
Der Abstand ist meßbar größer geworden.

Lufthansa

HO&M LH 1/82a

Fragen Sie Ihr Reise- oder Frachtbüro mit Lufthansa-Agentur.

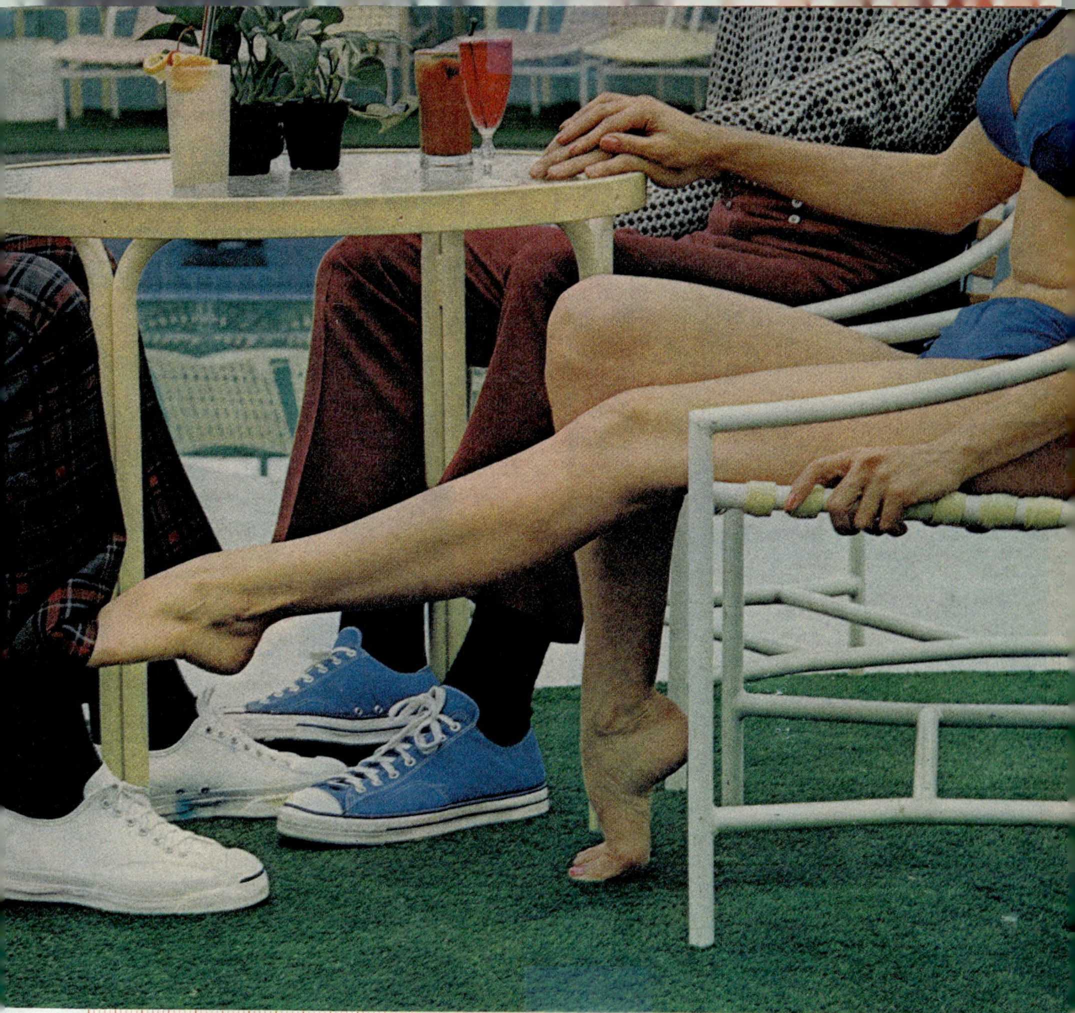

Nylon ankle holster

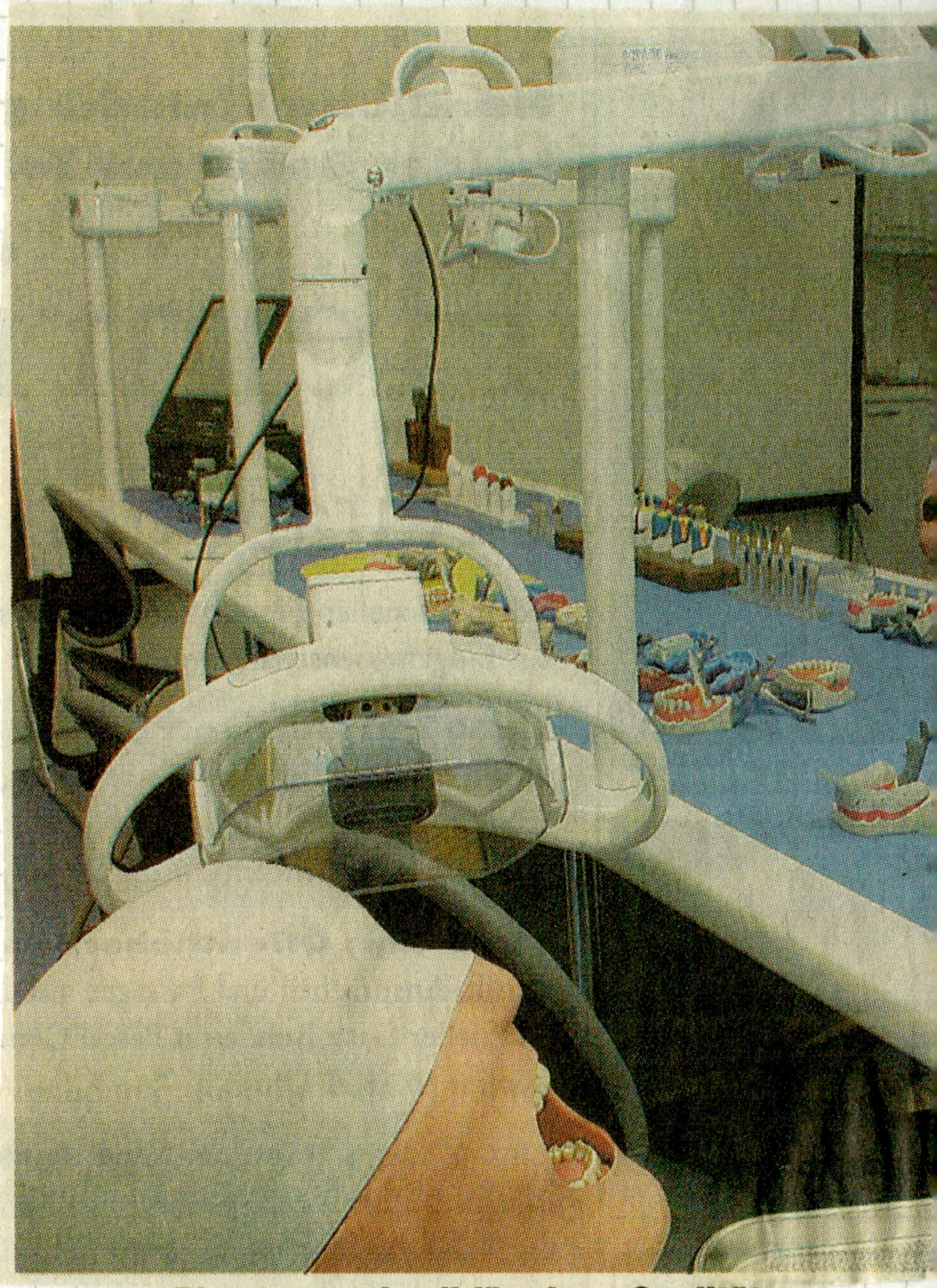

aua aua

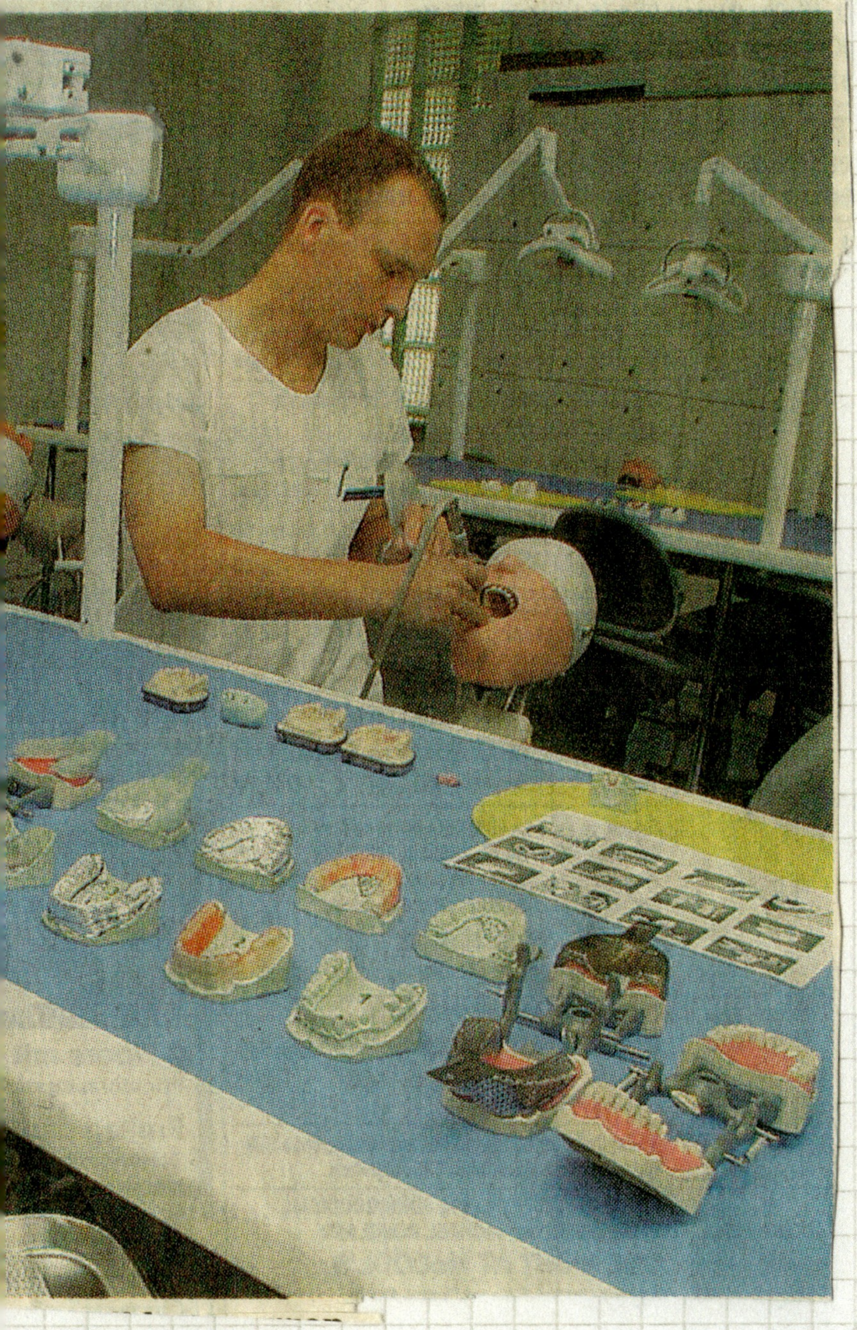

UJ
BOBO
FETT

die Nummer 2020
(CHF 1.-/SMS) senden. Beispiel: WIN KINO
CORINNE MUSTER MUSTERGASSE 8 8000 ZÜRICH
Kostenlose Teilnahme unter: *www.kinoimhb.20min.ch* Teilnahmeschluss: Heute um 24 Uhr

Headhunter Boba Fett «bedroht» Myrto.

ohne Worte.

NTAG | 19. NOVEMBER 2007 | BlickGesellschaft | 15

r dem «Stadl»

e Jordi stumm!

was wird aus
t Andy?
ists schon auf
zum «Stadl».
ehte zuvor ihre
ndung in klir-
uf «Gut Aider-
e sich noch-
das sie ja
ägt. Und
sich.
s ist da,
ehlchen.
nicht mal
er. «Milch
gut.»
nd. Francine
rch das Bett
g nochmals
ine Stimme? So
tbar», ruft ihr
Florian Silber-
der Garderobe

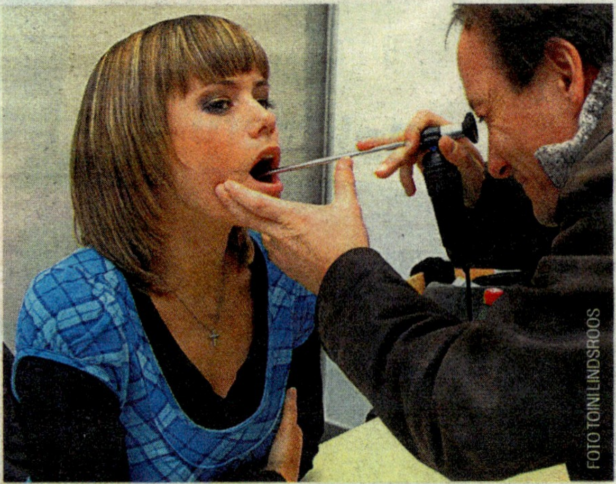

Francine Jordi bekommt Hilfe und Rat von Doktor Hubertus.

hilft. Am TV tönt Francine wie immer, wunderschön.

«Uf de Flügu vo dir Liebi won is immer wyter treit», singt sie im lila Abendkleid

nichts und fühlt doch alles.

«Super Song, super Auftritt, super Kleid», schreibt Gerry per SMS. Gerry? Ja, auch DJ Ötzi ist ein Fan von

DJ SCHWESTER VON FRANCINE JORDI

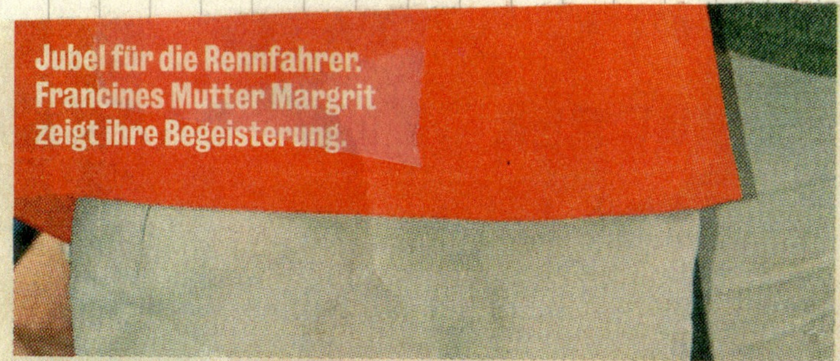

Jubel für die Rennfahrer. Francines Mutter Margrit zeigt ihre Begeisterung.

Bier für die Zuschauer. Schwester Nicole am Zapfhahnen.

DJ SULZCAKE

DJ BÖRSENCRASH* (spez. für Afterwork-Partys)

DJ ~~ULF POSCHAROF~~

SHE-DJ MACHO

DJ HOBBY

DJ 2nd hand

DJ COCK 'n' TAIL

DJ MUTTER VON FRANCINE JORDI

DJ'S

DJ ONE NIGHT STAND

DJ BRUNCH

DJ ON NIGHT STÄNDER

DJ DING DONG

DJ ERIDOG

DJ ZIGGE ZAGGE

DJ TOI TOI

DJ KLEINER BÄR GROSSER BÄR

DJ KLEINE WOLKE

DJ GIGI STÖR I ?

DJ ART ON ICE

DJ ART ON THE ROCKS

DJ LIQUID HEADACHE

DJ TOILET FLUSH (GRANDMASTER TOILET FLUSH)

DJ TAPAS

DJ SAFARI ~~BA~~ BEAUTY

DJ IMPREZA

DJ MISS CLOUNS

OCHSNER

Loud & Low
KING KEROSIN KUSTOM WEAR

DANIELA WEISSER

Bobo
als
yley

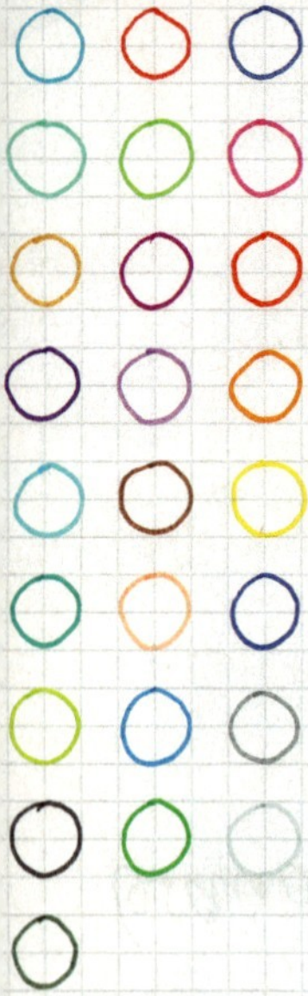

für beide war die Woche 10.12. bis 17.12.*
nicht ganz einfach.

* 2007

GUTE FREUNDE

marcel ospel

MORAL PC ESE

ALL CREMES PO

MALE PC LOJER

LEPRA ESC MOLL

AM PC REELL SO

AM PC LOSER (R+L)

↑ übrig / stille Reserve

~~CHRSOP~~ BOCH

CHRISTOPH BLOCHER

christoph blocher

HERBSTLICH ROCH PO
HOL PC OH ERBRICHST
HOHL ROT SCHREIB PC
BLECH HIRSCH ROT PO
" ROCHST IHR PO
BOHRLOCH PRITSCHE
STICH PER BOHRLOCH
SCHOB HERRLICH TOP
SCHOB ELCH OHR TRIP
HERR PILOT HC BOSCH
BOHLE SPRICHT CHOR
HOBLE " "
~~EHRLICH OCH~~
PROBST HOHLER CHIC
LOB HERRISCH POCHT
HITLER SCHOB ROH PC

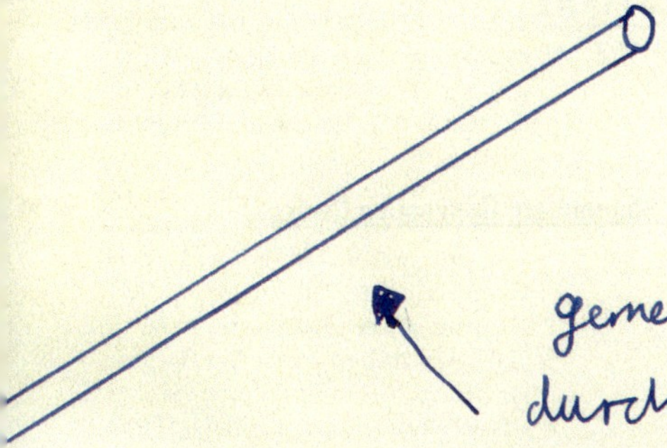

gemein + brutal:
durch dieses Rohr
haben die Ausserirdischen
das Gehirn des Mannes
abgesaugt.

ZAHLEN BITTE

Text Max Küng

Die Statistischen Jahrbücher zeigen: Die schönste Stadt ist eindeutig Zürich. Dann Basel: Vor allem eine grosse Klappe. Dann Bern: Oh weh.

In der Fernsehserie «Lost» (SF 2, bis 5. September leider im Sommerurlaub) stürzt ein Flugzeug auf eine kleine Insel im Irgendwo. Nicht alle Insassen sterben in den Flammen und dem verbogenen Stahl. Sie überleben den Crash und machen, was Menschen machen. Sie organisieren sich. Suchen Wasser, Essen, Schlaf. Und dann? Dann machen sie eine Volkszählung. 48 haben den Absturz überlebt. Signifikant!

Die Menschen. Immerzu müssen sie zählen und messen und nummerieren und nochmals zählen und in Zahlen fassen und diese dann vergleichen (schon als Kind fing das an, wenn ich mich richtig erinnere: Welcher Schnabel ist der längste? Wessen Eltern fahren am weitesten in die Ferien? All die mit Autoquartetts zugebrachten Stunden/Tage/Wochen). Listen. Tabellen. Reihenfolgen. Am Ende hat man einen Haufen Erhebungen. Und dann? Dann macht man daraus ein Buch.

Was haben wir hier? Drei Bücher, und keines dieser drei Bücher wird je in den Hitlisten der Buchläden auftauchen. Dies, obwohl die drei spannender sind als die Werke eines Dan Brown, tiefer berührend als eine Nadine Gordimer und lehrreicher als so mancher Sachbuchbestseller.

Es sind die Statistischen Jahrbücher der drei grössten Deutschschweizer Städte. Ihr Inhalt ist, aus Distanz betrachtet, identisch (Zahlen, Zahlen, nochmals Zahlen, dazu noch ein paar Zahlen), doch rein äusserlich unterscheiden sich die drei Bücher stark. Die grösste Klappe, den dicksten Deckel hat (wen wunderts) Basel. Rein volumenmässig trägt der Statistikband aus der sich gerne Kulturstadt nennenden Minimetropole den Sieg davon, als sei der Stolz (FCB, Art, Arthur Cohn oder einfach die Tatsache, überhaupt die schönste Stadt der Welt zu sein) in die Buchdeckel gekrochen und habe diese aufgebläht wie eine stolzgeschwellte Brust. Knapp dahinter folgt Zürich. Hintendrein hinkend, wie es sich gehört, ist Bern. Oh welch schmales Bändchen.

In harten, kalten Zahlen: Basel 245×175×25 mm (= 1,072 Liter), Zürich 240×165×27 mm (= 1,069 Liter), Bern 210×148×12 mm (0,373 Liter).

Geht es aber um Inhalt, um den inneren Wert gemessen am Gewicht, dann ändern sich die Verhältnisse. Dann sackt Basel zusammen und muss Zürich vorbeiziehen lassen. Zürich: 1198 Gramm, Basel 814 Gramm, Bern 300 Gramm. In Seitenzahlen noch brutaler: Zürich 522, Basel 330, Bern 288.

Schauen wir uns die drei Bücher ein bisschen genauer an. Markant sind die äusserlich unterschiedlichen Erscheinungen nicht nur von der Grösse, sondern auch von dem her, was man gemeinhin Design nennt. Nehmen wir das Statistische Jahrbuch der Stadt Bern in die Hand. Oje. Das ist gar kein Buch, sondern ein Büchlein. Aber es sieht aus wie ein Statistisches Jahrbuch. Pure Tabellen und Listen, keine Illustration, kein einziges Bild, als einziges farbiges Element ein roter Balken auf dem Titel – nüchterner kann man nicht gestalten. Telefonbuch-Groove total. Das Büchlein sagt: Hallo, ich bin die farblose Nummer aus der Beamtenstadt. Form folgt Funktion – und Funktion hat hier nichts mit Fun zu tun.

Basler Trauerdesign Beim Basler Werk hingegen haben Grafiker Hand angelegt. Das sieht man schon am Umschlag, wo drei symbolische Säulen sich erheben und eine Art Schnabel-Schnecke oder Rüssel (sicher ein abgetrenntes, stilisiertes Teilchen des Baslerstabs) abgebildet ist. Hat man den Basler Band in der Hand, dann will man aus Reflex den Staub wegblasen, der sich über die Jahrzehnte auf dem Buch gesammelt haben muss. Aber da ist kein Staub. Das Buch ist neu, wenigstens, was die Herstellung betrifft. Trauriger kann man nicht gestalten. Blickt man das Buch an, beschleicht einen das Gefühl, mit Basel könnte es bergab gehen. Oder Basel sei schon unten angekommen und ächze unten klappernd in der Talsohle. Keine Eigenbewegung mehr, bloss noch Gravität. Ja nicht auffallen. Lieber graue Maus sein. Innendrin geht das Trauerdesign weiter. Oh weh.

Basel war einmal die Welthauptstadt der grafischen Gestaltung. Trifft man in fernen Ländern Menschen, die mit Graphic Design zu tun haben, und erwähnt ihnen gegenüber Basel, dann fangen sie an zu schwärmen und werfen sich einem zu Füssen und sagen Namen daher, die einem nichts sagen: Heilige des Gestaltungsprozesses. Wo sind sie geblieben?

Spannender als Dan Brown, berührender als Nadine Gordimer, lehrreicher als fast jedes Sachbuch.

Das Buch Zürich liegt, wie gesagt, am schwersten in der Hand und kommt auch am modernsten daher: weicher Einband, superflexible Rückenbindung, auf dem Cover ein von der Farbe Blau dominiertes unscharfes Foto von eilenden Menschen auf wohl einer Brücke. Innendrin gibt es auch Farbe. Blau hinterlegte Zahlen helfen der Lesbarkeit. Und Diagramme wie Berge zucken farbig hoch und nieder. Es macht Spass, sich durch das Werk zu wälzen, vorbei an den Verkehrsunfällen (aufgelistet nach Unfallstellen – Kurve, Tunnel, Einmündung ohne Lichtsignal –, Strassenart, Witterung), Sonnenscheindauer (2003, da war die Sonne noch Sonne: 2042 Stunden schien sie, in Bern gar 2099,8 Stunden, in Basel 2190 Stunden) und dem Kampf der Zahlen der Eheschliessungen versus Scheidungen (grob gesagt 2:1).

Positiv beim Buch Zürich sind nicht nur die kurzen Quartierporträts, sondern die hilfreichen Informationen, dass zu jedem Kapitel sowohl Worte zur angewandten Methode (wie werden die Zahlen überhaupt erhoben?) wie Glossare geliefert werden. So erfahren wir, dass «Personenwagen» Fahrzeuge sind «mit höchstens 9 Sitzplätzen inklusive Sitzplatz für die Lenkerin bzw. den Lenker». Und dass als Personenwagen auch «Ambulanzen und Leichenwagen» gelten.

Im Buch Basel gibt es kaum Buchstabenballungen, bloss einleitende Worte des Statistikers. «Die Qualität eines Produkts oder einer Dienstleistung ist für die Konsumentin und Konsumenten, aber auch für die Produzenten von entscheidender Bedeutung.» Oho. Aha. Sätze wie bei einer Tombola gewonnen.

Allwissende Helden Ende Jahr erscheinen die neuen Statistischen Jahrbücher. Wir dürfen gespannt sein. Zürichs Vorsprung ist gross (noch gar nicht erwähnt wurde die beiliegende CD-ROM mit einem Soundtrack). Aber vielleicht schlummern in Basel noch gestalterische Kräfte. Irgendwo muss es doch noch gute Grafiker geben. In Bern auch. Die werden doch wohl nicht einfach den ganzen Sommer über an der Aare liegen und komisch riechende Zigaretten rauchen, oder? Wir werden sehen. Was wir aber schon wissen: Das Statistische Jahrbuch ist die perfekte Sommerlektüre. Eine echte Alternative zu jeglicher fernwestlicher Unterhaltungsliteratur oder gar ernsthafter Buchstabensuppe aus etwa heimischer Produktion. Hochpotenzierte, höchstverdichtete Lyrik steckt hinter den Zahlen. Dass es in Basel im Zoo 155 Arten von niederen Tieren gibt, 107 aktive Bocciaspieler und 4 Landwirtschaftsbetriebe. Dass in Zürich 1436 Taxis brummen, 222 Handarbeitslehrer oder -lehrerinnen unterrichten und 52 Kinosäle unterhalten. Dass in Bern 171 Rätoromanischsprechende hausen, es an 26 Tagen schneit und die gesamte Autobahn 19,4 Kilometer misst.

Dieses Wissen, in Brocken eingeworfen, macht einen zum allwissend scheinenden Helden einer jeden zukünftigen Smalltalk-Unterhaltung.

Die aktuellen Ausgaben:
Statistisches Jahrbuch der Stadt Basel 2004, 83. Jahrgang, ISBN 3-7275-2783-8, 39 Franken.
Statistisches Jahrbuch der Stadt Bern 2003, nicht über den Buchhandel erhältlich, sondern direkt bei Statistikdienste, Schwanengasse 14, 3011 Bern, 35 Franken.
Statistisches Jahrbuch der Stadt Zürich 2004, 99. Jahrgang, ISBN 3-9522932-0-2, 64 Franken.

Max Küng ist redaktioneller Mitarbeiter des «Magazins» (max.kueng@dasmagazin.ch).

 BILD: WALTERUNDSPEHR

Wie wichtig ist Sex?
Wenn man sich gern hat, gehört das einfach dazu.

Sex mit Eliane

Schreiben oder telefonieren Sie von 12 bis 14 Uhr: 044 259 66 31
Eliane, Redaktion Blick, Postfach, 8021 Zürich
E-Mail: eliane@ringier.ch
Zuschriften werden vertraulich behandelt und bei Veröffentlichung anonymisiert.

Mein Freund lehnt *Sex vor der Ehe ab* – seine Mutter auch!

Mein Freund (30) und ich (22) sind drei Jahre zusammen. Bisher hatten wir noch keinen Sex, weil mein Freund damit bis zur Heirat warten möchte.

Ich habe das akzeptiert, weil ich seine Meinung teile, dass Sex nicht das Wichtigste ist. Es fällt mir aber immer schwerer, darauf zu verzichten.

Wir kamen uns schon mehrmals etwas näher, so dass ich dachte, es komme zu Sex. Aber er blockte jedesmal ab. Ich habe öfters versucht, ihn darauf anzusprechen; doch das Thema ist ihm sehr unangenehm.

Dies wird an seinen etwas konservativen Eltern liegen. So weiss ich von der Frau seines Bruders, dass sie als Schwiegertochter unerwünscht war, weil seine Mutter einmal verdächtige Flecken in ihrer Bettwäsche gefunden hatte.

Ich habe ein gutes Verhältnis zu ihr. Wir haben im selben Haus eine eigene Wohnung. Seine Mutter besorgt uns den Haushalt und macht auch das Bett. Sie würde es also merken, wenn wir Sex hätten.

Trotzdem halte ich es fast nicht mehr aus. Kürzlich habe ich mich im Bad selbst befriedigt, als dummerweise mein Freund hereinkam. Er ging sofort wieder hinaus und sagte bis heute kein Wort dazu.

Seither ist eine Distanz zwischen uns. Er kann mir auch nicht mehr richtig in die Augen schauen, was er allerdings bestreitet. Was soll ich tun? Ich möchte ihn nicht verlieren.

STEFANIE

Liebe Stefanie
Wenn du mit diesem Mann je eine einigermassen gute Sexualität erleben willst, musst du dich mit seiner Mutter anlegen!

Schlag deinem Freund vor, dass ihr euren Haushalt ab sofort selbst besorgt. Ein kinderloses Paar wird das ja wohl allein schaffen! Dein Wunsch wird heftige Debatten auslösen, denn seine Mutter wird beleidigt und wütend um die Schlüssel zu eurer Wohnung kämpfen.

Falls ihr Sohn sich in dieser Frage gegen dich stellt, wirst du dich von ihm verabschieden müssen, wenn du je ein glückliches Leben führen willst.

Selbst wenn er einsieht, dass eure Bettwäsche seine Mutter nichts angeht, hast du ihn noch nicht von ihrem Einfluss befreit. Denn wie du die Szene im Bad beschreibst, ist seine Enthaltsamkeit nicht der Willensakt eines sinnlichen Mannes mit der ehrenwerten Überzeugung «wahre Liebe wartet».

Ein liebevoller Mann, der sexuell normal tickt, hätte dich in den Arm genommen und gesagt, ihm falle es auch schwer. Doch dein Freund war peinlich berührt, als er damit konfrontiert war, wie sehr du sexuelle Erlösung suchst.

Seine Flucht aus dem Bad und das Totschweigen dessen, was schon lange zwischen euch schwelt, bedeutet nichts Gutes. Es sieht so aus, als sei er dank seiner Mutter sexuell schwer verkorkst.

…über mein …e Arbeit …er als der

…r erleich- … mussten …kein Tier …hätte mir

…it Herz – … und Katz

… NEUFELD

Saunastimmung
wie im hohen Norden
Bevor Sie Ihr Geld in eine Sauna investieren, sollten Sie die typische Arvo Finnlandsauna prüfen.
coupon
IH
Wir senden Ihnen gerne farbige Gratis-Dokumentationen über
☐ Arvo Finnlandsauna
☐ Selbstbausauna
☐ Blocksauna
☐ Gartensauna
☐ Blockhäuser
☐ Fitnessgeräte
☐ Solarien
132
Original aus Finnland: das Design
Perfekt aus der Schweiz: die Ausführung
KÜNG saunabau
8820 Wädenswil
Obere Leihofstr. 59 01 780 67 55
permanente Ausstellung

aus der serie
"weder verwandt noch
~~[illegible]~~ verschwägert".

WIE IM HOHEN NORDEN

(SAUNA VS. SAUWEITWEG)

heute fragte ich mich, ob ich lieber ein Leuchtturm oder eine Windmühle wäre.

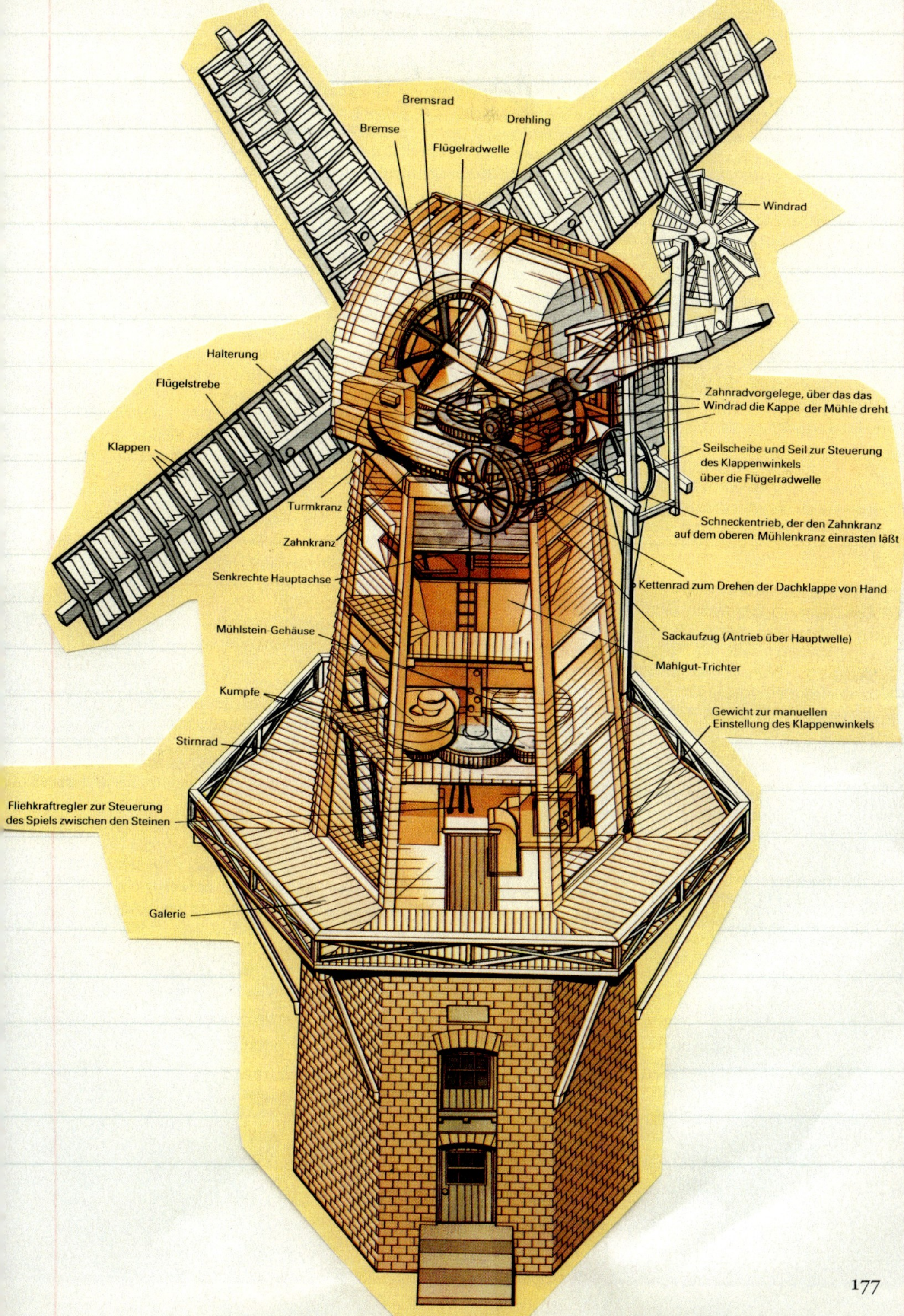

Bremsrad
Bremse
Drehling
Flügelradwelle
Windrad
Halterung
Flügelstrebe
Klappen
Zahnradvorgelege, über das das Windrad die Kappe der Mühle dreht
Seilscheibe und Seil zur Steuerung des Klappenwinkels über die Flügelradwelle
Turmkranz
Schneckentrieb, der den Zahnkranz auf dem oberen Mühlenkranz einrasten läßt
Zahnkranz
Senkrechte Hauptachse
Kettenrad zum Drehen der Dachklappe von Hand
Mühlstein-Gehäuse
Sackaufzug (Antrieb über Hauptwelle)
Mahlgut-Trichter
Kumpfe
Gewicht zur manuellen Einstellung des Klappenwinkels
Stirnrad
Fliehkraftregler zur Steuerung des Spiels zwischen den Steinen
Galerie

selbstportrait als uhr
(und zwilling).

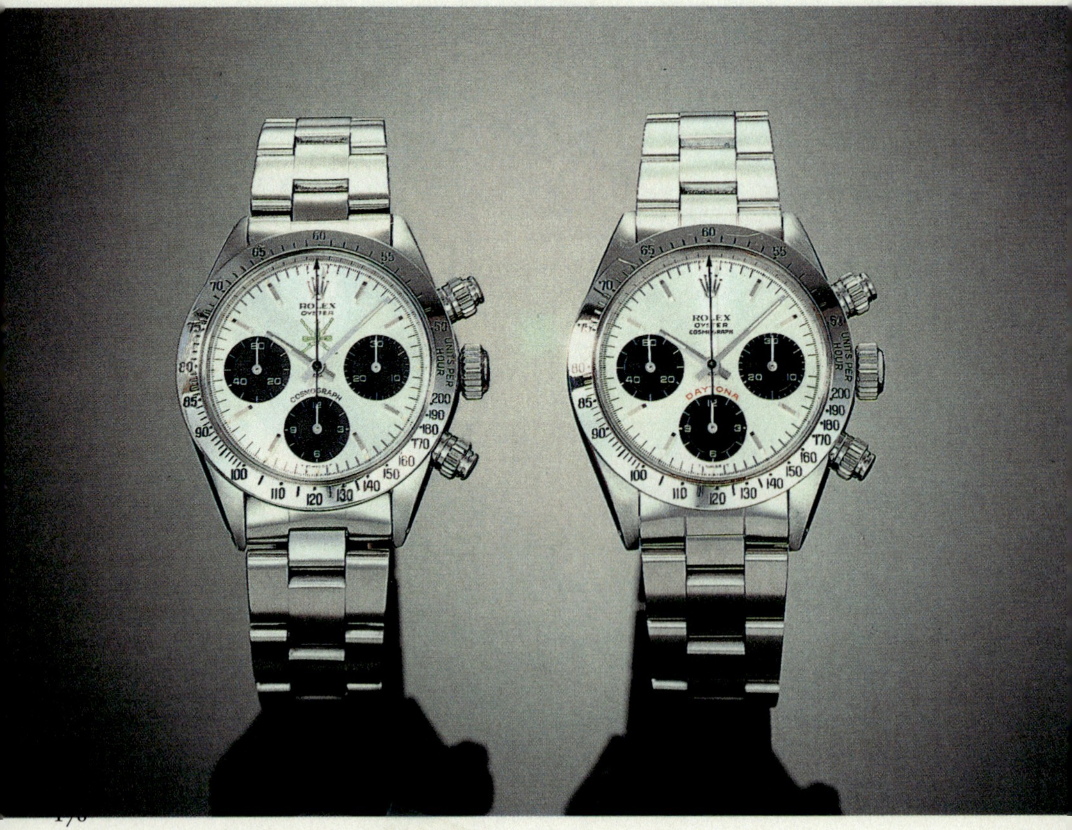

11 12

BIST DU DER KÜNG?

Text Max Küng

Wie es sich anfühlt, wenn man auf der Strasse erkannt wird. Auch wenn es nur selten passiert. Zum Glück. Erfahrungen eines Zehntelpromis.

Nicht, dass Sie denken, liebe Leserin, lieber Leser, ich dächte, ich sei prominent. Ich bin es nicht. Und darob bin ich sehr froh. Leider aber bringt mein Beruf es mit sich, dass man einen gewissen Bekanntheitsgrad erlangt. Vor allem, wenn man sich hat überreden lassen, auf dem Titelblatt einer Zeitschrift mit einer Auflage von 500 000 Exemplaren zu posieren, nachdem man mit dem Rennvelo auf einen Pass hochgefahren ist. Auch wenn das schon eine Weile her ist: Es bleibt hängen.

Vor zwei Sonntagen ging ich im Quartier spazieren. Ein Mann fuhr auf einem Trottinett vorbei. Ich spürte, dass er mich komisch anschaute. Ein Blick, wie man ihn sonst nur von vor öffentlichen Herrentoiletten herumlungernden Herren in knöchellangen Regenmänteln kassiert: interessiert reserviert.

Eine Weile später. Ich schaute gerade in ein Schaufenster und dachte nichts, als jemand hinter meinem Rücken sagte: «Bist du der Küng?» Ich wendete mich der Stimme zu. Es war der Mann auf dem Trottinett. Ich wollte zuerst sagen: «Für Sie noch immer Herr Dr. Küng», aber das stimmte ja nicht, ich habe keinen Doktortitel. Dann wollte ich sagen: «Nein.» Aber ich sagte: «Ja.» Der Mann schaute kritisch. Es hätte mich nicht gewundert, hätte er einen Ausweis aus der Tasche gezogen, auf dem «Chris-von-Rohr-Rache-Einheit» stünde – und dann ein Schlaginstrument, und alles wäre dunkel geworden. Er sagte: «Ist gut, was du machst. Meistens.» Dann fuhr er weiter. Und ich stand da, und mein Sonntag war anders, als er zuvor gewesen war. Eine solche Begegnung ist immer auch eine physische Angelegenheit.

So sind die Begegnungen. Kurz wie ein Spuk. Glücklicherweise meist sehr freundlich. Immer aber auch komisch. Immer. Es berührt einen peinlich, erkannt zu werden. Je nach Situation sogar sehr. Es macht einen verlegen. In einer Zürcher Boutique kaufte ich im Ausverkauf eine Jacke von Helmut Lang. An der Kasse wartete hinter mir ein Kunde. Unvermittelt sagte er: «Schreiben Sie dann drüber?» Ich drehte mich um. Er grinste und wiederholte: «Der nächste Artikel? Die Jacke da? Für Ihre Kaufkolumne? Sie wissen schon: Kaufzwang.» Ich wusste nicht, was ich sagen sollte. Also sagte ich: «Vielleicht.» Kaum hatte ich die Boutique verlassen, da stürzte ein Mann auf mich zu. Er verkaufte Rosen für einen guten Zweck. «Ein Rösli für einen guten Zweck, Herr Küng?» Aber natürlich!

Oft spürt man es im Voraus. Die Blicke. Wie bei einer heranschleichenden Grippe merkt man, dass etwas kommt. Manchmal bleibt es bei den Blicken. Weil die Leute zu höflich sind, um einen anzusprechen. Oder zu unsicher. Oder es die Leute dann doch nicht interessiert. Oder die Leute überhaupt keine Ahnung haben, wer man ist, sie bloss kucken, weil man zum Beispiel Schuppen auf den Schultern hat oder sie an ihren Onkel aus der Klapsmühle erinnert.

Prominent sein ist immer auch paranoid sein.

Unheimliche Begegnungen

Kürzlich in einer anderen Boutique trat ein Mann auf mich zu. In seiner Rechten trug er noch am Kleiderbügel eine violette Unterhose, die er wohl zu kaufen erwog. Er hielt die Unterhose in der Hand, ein Modell mit kurzen Beinchen, als er mich fragte, ob ich der sei, für den er mich hielt, und nach meinem knappen Nicken ein paar nette Dinge sagte über meine Arbeit. Dann fing er über sich selbst zu reden an. Dass er in seiner Freizeit auch gern Rennvelo fährt. Dass er auch schon auf diesen und jenen Pass gefahren sei. Irgendwann sagte ich ihm, das sei sehr interessant, aber ich müsse nun weiter. Ich hätte noch Dinge zu erledigen. Und das stimmte.

Oft sagen die Leute in einem Gespräch auch einen von vier Sätzen.
1. «Ich habe Sie mir älter vorgestellt.»
2. «Ich habe Sie mir jünger vorgestellt.»
3. «Ich dachte, Sie seien schlanker.»
4. «Ich dachte, Sie seien dicker.»

Manchmal sagen sie auch zwei dieser Sätze in Kombination. Selten aber 1+2 oder 3+4.

Manchmal sind die Begegnungen auch sehr einfach, schön und Balsam. In einem Flugzeug der Swiss beugte sich eine Flight Attendant zu mir und sagte leise und sanft: «Herr Küng, ich würde Ihnen gerne einen Kaffee und einen Gipfel spendieren, weil ich gerne Ihre Artikel lese.» Das war sehr nett, und just in jenem Moment wollte ich einen Kaffee und einen Gipfel, hatte aber kein Bargeld bei mir. Das ist aber schon eine Weile her, fast so lange wie die folgende Begebenheit. Mit einem Fotografen flog ich auf Reportage ins Ausland. Als wir beim Check-in standen, erkannte mich die nette und ziemlich attraktive Dame hinter dem Schalter, und sie sagte etwas sehr, sehr Schmeichelhaftes, das mich erröten und verlegen glucksend lachen liess. Der Fotograf war nachhaltig erstaunt bis erschrocken, dass diese Frau mich erkannt hatte. Und ja, er war wohl auch etwas neidisch. Ich kann nicht sagen, dass mich dieses Erlebnis stolz machte. Ich war eher gerührt und aber auch ein wenig geschüttelt.

Manchmal sind die Momente einfach nur schlecht. Wie bei einem Essen in einem Restaurant, nennen wir es Schillerstübchen, oder nein, nennen wir es Reblaus. Ich wusste, der Koch war einer, der in seiner Freizeit gerne Aufsätze schreibt. Ich wusste auch, dass er von dem, was ich so schreibe, nicht viel hält. Es wurde mir zugetragen von Kollegen, die einem solches Wissen überbringen mit schmallippigem Lächeln, ungern, aber doch einer inneren Pflicht gehorchend. Eigentlich wollte ich das Lokal erst gar nicht betreten, aber ich wurde zum Essen eingeladen. Ich kam ihr nach. Der Abend war sehr schön. Sogar das Essen, es war recht gewesen. Dann kam der Koch in die Gaststube, wie es Köche zu tun pflegen, um das Publikum zu inspizieren und Lob abzukassieren. Er erkannte mich. Er ging mit einem «Ah, *Sie* sind der» auf mich los, einem Pitbull gleich. Es war nicht lustig. Keine Ahnung hätte ich von der Materie, keifte er. Und so weiter. Wie ein Messerwerfer beim Zirkus warf er – flupp, flupp, flupp – eine Beleidigung nach der anderen in meine Richtung. Geknickt trottete ich des Trottels wegen nach Hause, und noch Tage später war ich ver letzt. Denn das ist das Schlimme: Es trifft einen. Immer. Auch die noch so oberflächlichste Begegnung ist für einen ungeübten und unprofessionellen Zehntelpromi wie mich eine Angelegenheit, die Energie kostet. Manchmal Nerven gar.

Nein, ich kann mir nicht vorstellen, was schön daran sein soll, berühmt zu sein. Denn ein Promi hat nie Feierabend. Und wie mag es erst den richtigen Promis ergehen? Pepe Lienhard etwa. Wie fühlt sich einer, wenn er am Morgen zum Kiosk geht und ihm die «Blick»-Schlagzeile zuruft: «Porno-Stöckli über Pepes Neue: Sie ist eine Rakete.» Danach schliesst man sich wohl am besten eine Weile ein und nimmt einen kräftigen Schluck Eierlikör. Oder wie geht es einem Spieler eines Fussballklubs, sagen wir FCB, wenn er abends mal in Zürich ausgeht? Oder wie geht es einem Pornostar, wenn er am Sonntagmorgen im botanischen Garten spazieren geht? Vor zehn Jahren kaufte der damalige Fussballstar Kubilay Türkyilmaz einen Ferrari 348. Er behielt ihn nur ein paar Tage. Seine Begründung: «Den Ferrari habe ich wieder verkauft. Bei diesem miesen Wetter in der Schweiz kann man ihn ohnehin fast nie ausfahren. Und wenns mal schön war, dann hat mich jeder auf der Strasse sofort erkannt.» Er stieg um auf einen Ford.

Promi sein, blosse Last

Ein Mann, mit dem ich gut befreundet bin, und der sehr prominent ist, der sagte mir: Ziehe er Bilanz, dann sei das einzig Gute an seiner Prominenz, dass er einmal von einem Polizisten keine Busse bekommen habe. Er habe den Gesetzeshüter mit einem Autogramm abspeisen können. Ansonsten: blosse Last.

Ein Berufskollege, zweifelsohne viel prominenter als ich, hat in der «Schweizer Illustrierten» in seinen eigenen vier Wänden für eine so genannte Homestory posiert. Und in der «Coop-Zeitung» auch noch. Eigentlich überall posierte er – logisch dem Wenn-schon-denn-schon-Gesetz des Prominentwerdens folgend – in seinem Eames Lounge Chair hockend. Ich glaube nicht, dass er sich damit einen Gefallen getan hat. Denn: Die Menschen, die diese Bilder sehen, machen sich ihre Gedanken. Als ich meinen prominenten Berufskollegen in seiner Wohnung sah, da dachte ich: «Armer Kerl. Diese Möbel. Wohnt der schlecht. Armer Kerl.»

Ich bin froh, dass ich kein Promi bin. ‹

Buchtipp: «Wie Franz Beckenbauer mir einmal viel zu nahe kam – Höfliche Paparazzi und ihre kuriosen Begegnungen mit Prominenten», Eichborn-Verlag
Homepage zum Buch: www.hoeflichepaparazzi.de
Max Küng ist redaktioneller Mitarbeiter des «Magazins» (max.kueng@dasmagazin.ch).
Max Küng live: Er liest aus seinem Buch, «Einfälle kennen keine Tageszeit», am Dienstag, 11. April, im Atlantis, Klosterberg 13, Basel.

Sozialhilfe zahlt IHM

das Hotel

– schon seit 2 Jahren

▸SEITEN 2/3

das bin nicht ich.

ehrlich!

das auch nicht →

Der Hit!
Bestellen Sie unter Tel.
079 / 481 32 62
Sorgt für eine wunderbare We
timmung für gross und klein!
Der tanzende Nikolaus
• Nikolaus mit Standfuss u
Ca. 45 cm hoch • Bewegt
die Arme auf und ab • Sch
den Hüften • Batterie-
betrieb • Option: Adapt
etrieb
Empfohlene Batterie: V
/LR6 •
Singender Tannenbaum 60cm
singen kann ich nicht, aber
60 cm, das kommt hin
4813262
813262
14813262
14813262
813262

Raum* für Gedanken:

muss das Bild nochmals, äh, zeigen, als Beweis, dass es das Bild wirklich gibt.

irgendwie bin ich verdammt froh, habe ich die 80er Jahre überstanden (u. d. Schaden blieb im Rahmen). es war nicht leicht, aber es hat geklappt.

ich bin froh ist damals damals und heute ist heute. obwohl, das muss ich sagen, die hosen doch sehr bequem waren.

mau mau

mau mau

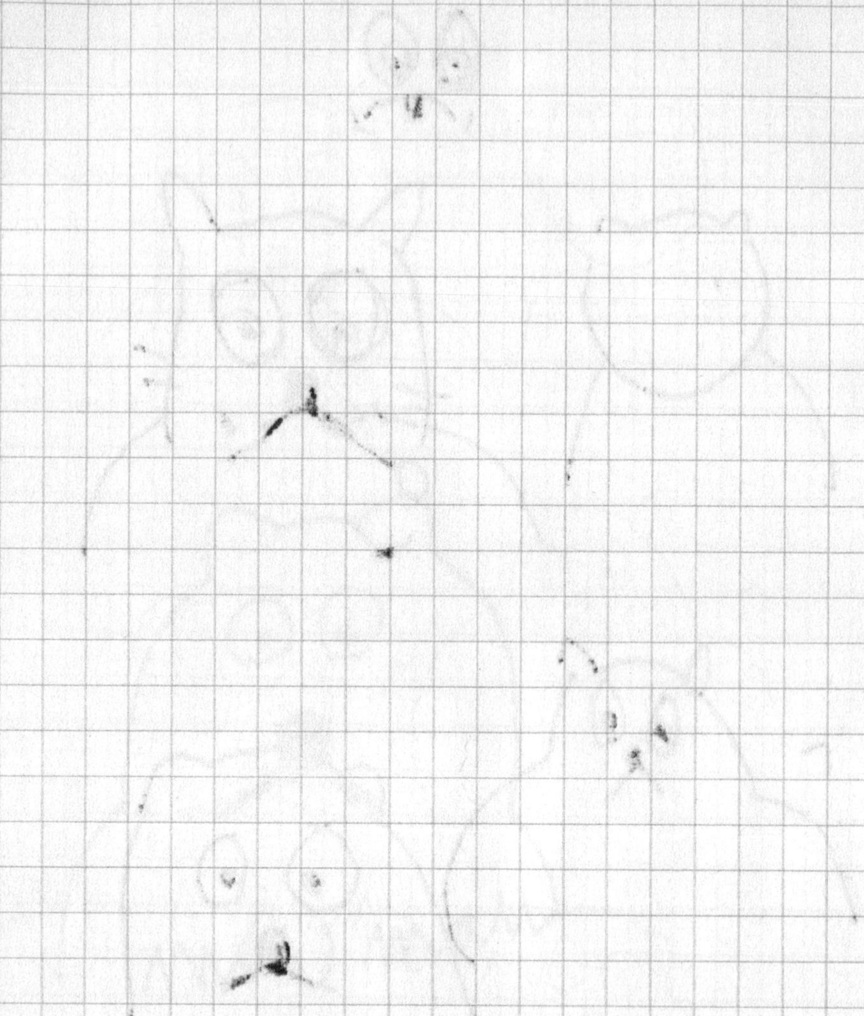

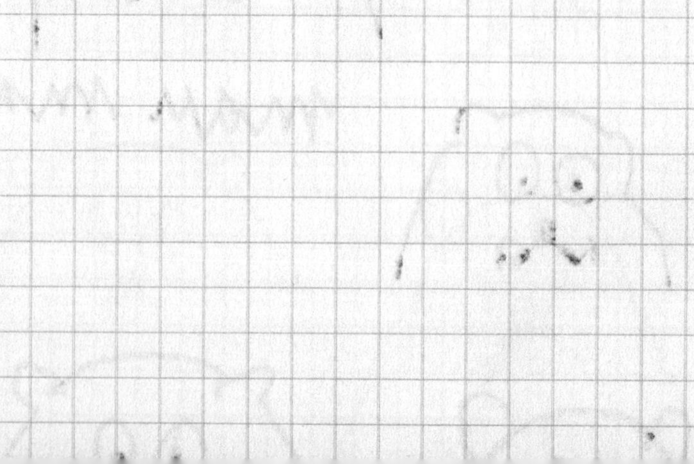

schräge Typen

(17915) MAN 19.314 (Euro 2 + G1) Allradkipper Meiller 3-Seiten Stahl, 16-Gang, ABS, Diff.-Sp. Hi.-Achse,Vo.-Achse zuschaltbar, Geländeuntersatz, EZ 02/99. 118 Tkm

(17954) MAN 8.224 (Euro2+G1) Kipper Meiller 3-Seiten Stahl, Servo, 6-Gang, ABS, Diff.-Sperre,AHK+2 Leiter Luft etc. 129 Tkm, EZ 2/00

…nhänger, Topzust., EZ: 4/98

(17968) MB 1843 (Euro3+G1), Kipper Kempf 3-Seitenkipper, Alu-Bordw., pendelnd/abklappbar, M-Fhs., Tempom., Klima, Standhzg., Retarder, Diff.-Sperre, Hinterachse, AP-Achsen, Ahk.+2 Leiter Luft, Hydraulik f. Anhänger, EZ 08.2001, NL.: 9170 kg., 358 Tkm

(17926) Iveco ML 120 E 18 (Euro 2 +G1) 3 Seiten Kipper, Servo, 8- Gang Getr., Luftsitz, Spiegelheizung, Diff.-Sperre, AHK 2-Leiter Luftanschluss etc. NL: 5.970 kg, 241 Tkm, EZ 9/96

(17973) MB 814 K (Euro 2) Kipper/Kran Hiab 045 (4.5m/7), Drehservo + Greifersteuerung, Servo, Beifahrersitzbank, Diff.-Sperre, Auspuff hi. Fhs., Ahk 2-Leiter Luft, etc, EZ 95, nur 123 Tkm

(17723) Scania 124C/420 (Euro 2+G1) 6x4 Kipper, Meiller 3-Seiten Stahl, orthp. Fahrersitz, Retarder, ABS, AP-Achsen, div. Längs+Quersperren, AHK+2-Leiter Luft, 248 Tkm, EZ 03/00, auf Wunsch dazu 17724 Meiller 18 t Tandemkippanh., Luft, BPW-Eco, ABS etc., EZ 09/00

Mit einer Neuformulierung des umstrittenen Verordnungsabschnitts sollte die Befürchtung vor Sozialabbau bei den Fürsorgeleistungen aus der Welt geschafft sein.

Archivbild Muelhaupt

die traurigkeit eines leeren glases

oder:

SCHRÄGE HÜTE SIND IN

es gibt viele Bilder auf dieser Welt. manche hat man schnell begriffen. Bei anderen dauert es eine Weile. Und dann gibt es noch Bilder über die man recht lange hirnen kann. Obiges gehort ~~[illegible]~~ wohl zur letzteren ~~[illegible]~~ Kategorie.

und auch wenn man den Text hat, der unter dem Bild stand (der Titel darüber)... es ... es macht die Sache nicht wirklich einfacher.

RAFFINIERT

Außergewöhnlich wie er selbst sind seine Pelz- und Ledercréationen: Norbert Fritzsche, Designer und Kunsthandwerker, versteht es wie kein zweiter, dem edlen Material durch raffinierte Verarbeitungs- und Färbetechniken einen völlig neuen Charakter, einen unverwechselbaren Stil zu verleihen.
Mit den hier angebotenen Modellen setzt er wieder einmal neue, richtungsweisende modische Akzente:

Herren-Lederjacke (auf Abb. links): Aus jahrzehntelang gelagertem, nach alter Gerbkunst olivbraun gefärbtem Leder (und daher nur in begrenzter Stückzahl lieferbar!), mit herausnehmbarem Rückenteil aus Nerz und zahlreichen, funktionell gestalteten Innentaschen; Länge bei abgebildeter Größe 52 ca. 90 cm

Damen-Ledermantel (Dame links): Aus auffallend grob strukturiertem, seidenmatt glänzendem schwarzen Leder, großzügig geschnitten; Länge bei abgebildeter Größe 40 ca 130 cm

Zobeljacke (Dame links, unter Ledermantel getragen): Aus russischem Zobel in der oberen Mitte der Farbskala (auf Wunsch kann die Jacke auch in anderen natürlichen Zobelfarben von Taube-Pastell bis Haselnuß geliefert werden); Länge bei abgebildeter Größe 40 ca. 100 cm

Ohne Abb.. Zobelparka, Zobelswinger, Zobelmantel mit festem Ärmel, Zobelmantel mit herausnehmbarem Ärmel

Fehmantel (Dame mit Kind): Aus dunkelblau mit rostbraunem Schimmer gefärbten Feh kanadischer Provenienz, unbeschreiblich leicht; mit langgezogenem Schalkragen, dessen diagonale Fellverarbeitung sich als repräsentative Verbrämung innen und außen bis zum Saum zieht; Länge bei abgebildeter Größe 38/40 ca. 130 cm

Andere Modelle und Sonderanfertigungen auf Anfrage; Norbert Fritzsche ist gerne bereit, den Kunden gegen Erstattung der Kosten an jedem gewünschten Ort der Welt persönlich zu beraten und zu betreuen

Design und Ausführung: Fritzsche – der Pelz, Deutschland
Lieferzeit: 4 Wochen

ach ja

hier noch die Preise

(in Deutschmark exkl. MWST.; gültig bis 1. November 1989)

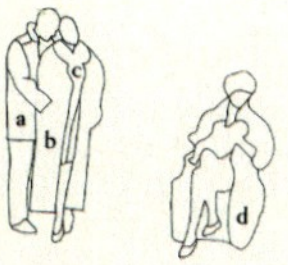

Seite 3

a	**Best.-Nr.** 0543001	7.200,–
b	**Best.-Nr.** 0543002	6.200,–
c	**Best.-Nr.** 0543003	57.400,–

Ohne Abbildung:

Zobelparka	ab 57.400,–
Zobelswinger	ab 75.000,–
Zobelmantel	ab 75.000,–
d **Best.-Nr.** 0543010	15.500,–

oje

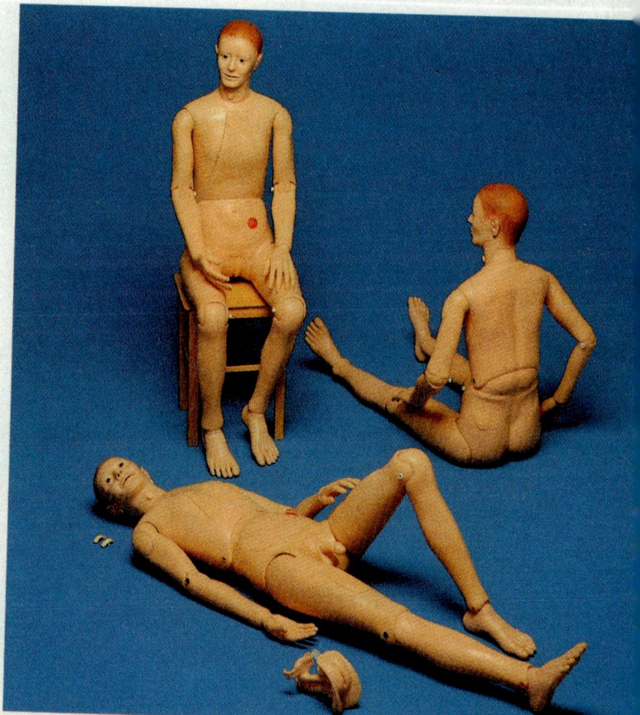

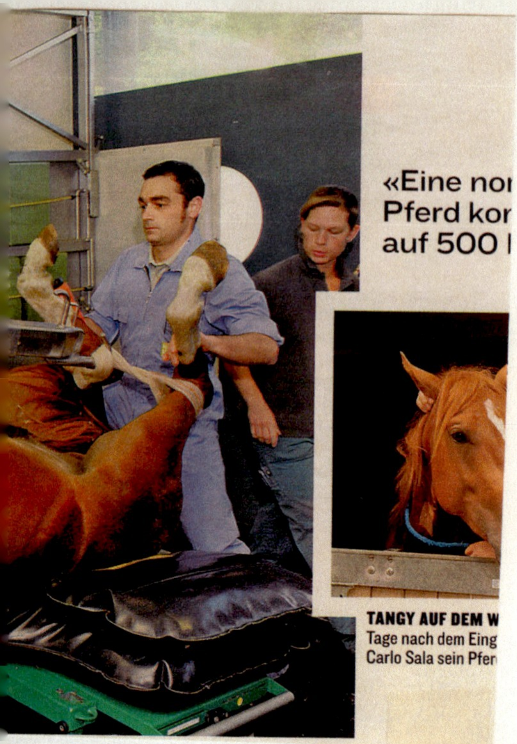

put your legs
up in the air
put your legs
up
put your legs up
in the air

put your legs up in the air

aus der serie: "zum glück hat das mit meinem leben nichts zu tun!"

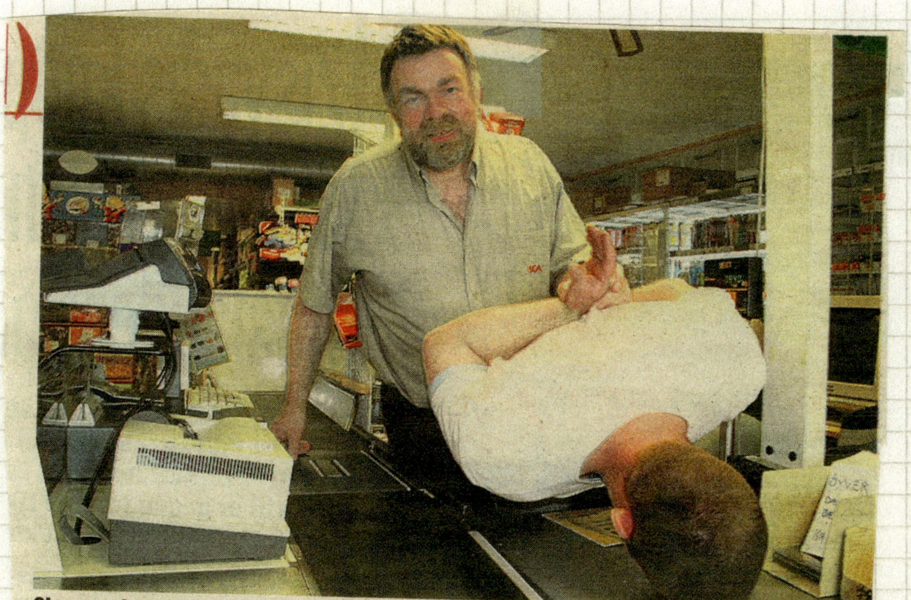

Olav machts vor: So hielt er den Dieb mit einer Hand und bediente mit der anderen.

HIGHTECH-KUNST
Die Lichtensteinerin Doris Bühler hat die Pläne für den Aluminium-Kopf am Computer entworfen.

DORIS BÜHLER «DER BEOBACHTER»

➜ Von der 36-jährigen Künstlerin will man noch mehr hören – und sehen. Ihr Vielseitigkeit überrascht sogar die Konkurrenz. Für die «Bad Ragartz» 2006 schuf sie einen metergrossen Kopf, der in der Erde eingegraben scheint. **Doris Bühler:** «Nachts wird er von innen beleuchtet, das erzeugt Spannung.»

aus der Serie "no doubts".

Daniel und sein Freund, der Computer. Er hilft ihm, seine Ideen zu verwirklichen.

VALÉRIE, 21, in der Schiessanlage Wolfacker im Grauholz in Zollikofen BE. Mit dem Sturmgewehr 90 schoss sie schon Kränze.

diese Frau hält den Rand.

sie heisst nadine und hat eine schwäche für stylische Sommerschuhe.

MARKENZEICHEN Lange Augen-wimpern, zwei Grübchen über dem Po.

MAX KÜNG, wann wäre ein Mann gern eine Frau?

Es gibt Themen für Kolumnen, die liebt man als Journalist von der ersten Sekunde an. Man denkt: Wow, diese Kolumne, die schreibt sich von allein, weil das Thema einfach so verdammt gut ist. Man denkt, diese Kolumne ist so einfach zu schreiben, wie ein selbstreinigender Backofen zu putzen ist. «Wann wäre ich gern eine Frau?» ist ein solches Spitzenkolumnenthema. Mein ganzes Leben lang hätte ich schon gern eine Kolumne zu diesem Thema geschrieben. Ich brannte darauf, diese eine Frage zu beantworten. Ich hatte das Gefühl, ich hätte tausend Antworten parat. Ich dachte, ich wäre nur geboren worden, um eines Tages diese Frage zu beantworten.

Nun will es der Zufall, dass diese Kolumne genau von diesem Thema handelt. «Wann wäre ein Mann gern eine Frau?» Ich jubelte, als mir dieses Kolumnenthema angeboten wurde. Endlich! Endlich! Endlich! Kaum hatte ich den Auftrag telefonisch erhalten, knallte ich den Hörer auf die Gabel, rannte in meine Schreibklause, griff nach meinem Tintenfüller mit Drehkappe und fing an zu schreiben. Ich hatte sofort einen Superspitzenkolumnenanfang parat. Es ging ganz einfach. Es tat nicht mal weh. Ich schrieb: «Der US-amerikanische Komiker Steve Martin sagte einst, er könne sich nicht vorstellen, eine Frau zu sein, denn wäre er eine, er bliebe den ganzen Tag zu Hause und spielte mit seinen Brüsten. Ich hingegen ...» Das war der Anfang der Kolumne. Wäre der Anfang gewesen. Denn ich merkte noch während des Schreibens, noch während die Tinte auf das Papier floss, dass dieser Steve-Martin-Spruch einfach schon viel zu oft zitiert wurde. Und wer möchte schon ein Kolumnist sein, der Zitateleichen fleddert.

Ich dachte nach. Ich schrieb Freunden SMS und E-Mails und bat sie um die Beantwortung der Frage (das machen Kolumnisten gern, wenn ihnen nichts einfällt: Freunde für sich arbeiten lassen, kostet ja auch nichts, und: Wozu hat man denn Freunde?). Wie es Freunde aber so an sich haben, waren die Antworten unbrauchbar. «Ich wäre gern eine Frau», schrieb der eine, «wenn ich mit mir im Bett bin. Ich wäre extrem glücklich. Erschöpft, aber total happy.» Ein anderer schrieb, er wäre gern eine Frau im Parkhaus, wegen der Frauenparkplätze, weil die immer frei seien und zudem nahe beim Lift. Einer schrieb: «Ich wäre gern eine Frau, wenn ich nochmals meine Prostata abtasten lassen müsste.» Einer schrieb: «Beim Rasieren wäre ich gern eine Frau, jeden Morgen.» Ich notierte darauf in mein Notizbuch: «Dringend über die Bücher: Wer sind meine Freunde? Soll ich mir intelligentere beschaffen? Wo? Evtl. in China?»

Ich dachte weiter nach. Wäre ich gern eine Frau in einem Kleiderladen? Ich dachte: Ja, warum nicht, ich hätte auch gern einen Schrank voll Schuhe und kein schlechtes Gewissen. Andererseits stelle ich mir die Stunden des Kleiderprobierens quälend vor. Wäre ich gern eine Frau am Kiosk? Ich dachte: Ja, warum nicht, sooo viele Heftli mit sooo vielen Bildli drin. Andererseits gibts auch Autoheftli mit vielen Bildli drin. Wäre ich gern eine Frau bei der Geburt? Ich dachte: Vielleicht, kommt auf die Geburt an, immerhin kann man als Frau im Gegensatz zum Mann nicht in Ohnmacht fallen, weil man schon liegt – natürlich nur, insofern man liegend gebärt.

Mit der Kolumne kam ich nicht voran. Ich überlegte weiter, hirnte hart und harzig – hätte jemand meinen Kopf aufgeschnitten, ein blubbernder Jacuzzi wäre zum Vorschein gekommen. Und dann kam mir in den Sinn, wann ich nicht gern eine Frau wäre. Ich merkte, dass diese Frage viel einfacher zu beantworten war. Zum Beispiel in der Pfahlbauerzeit wäre ich sehr ungern eine Frau gewesen. Oder im Jahr 1333. Oder im Jahr 1777. Oder auch nur schon vor ein paar Jahrzehnten, ohne Stimmrecht, im dunklen Kerker der Küche. Und mir kam in den Sinn, wo ich nicht gern eine Frau wäre. Im Sudan beispielsweise. Im Irak. In Pakistan. In einem indischen Pendlerzug. In einer U-Bahn im Tokioter Stossverkehr. In einem Bangkoker Lady-Massage-Schuppen.

Ich wäre gern eine Frau. Hier und jetzt. Das könnte ich mir vorstellen. Alles andere müsste ich mir wirklich gut bis sehr gut überlegen.

★ Max Küng (38) ist Kolumnist und Reporter beim «Magazin». Er arbeitet zurzeit an einem neuen Buch. Vom alten Band «Einfälle kennen keine Tageszeit» sind noch viele Exemplare erhältlich (Edition Patrick Frey). Er mag alte Möbel und fast alle Tiere (ausser Grasmilben, Wespen, Würmern).

MAX KÜNG, warum haben Männer eine Plattensammlung?

Das ist eine gute Frage. Eine sehr gute Frage sogar. Und weil ich so schnell keine Antwort habe, frage ich zurück: Warum haben Frauen keine Plattensammlung? Warum machen sich Frauen nichts aus Musik, ausser sie läuft im Aerobic-Kurs oder in der Disco und ist blosse Bewegungshilfe? Was sammeln Frauen überhaupt? Schlechte Erfahrungen mit Männern? Miniaturparfumfläschchen? Schuhe? Okay, wenn ich eine Frau wäre, dann würde ich auch Schuhe sammeln, weil Schuhe grossartig sind. Aber ich bin ein Mann, darum sammle ich Schallplatten. Schon seit der Pubertät tue ich das. Manche Relikte zeugen noch von dieser im Dunkel liegenden Zeit.

Es gibt Schallplatten, die tragen hintendrauf Nummern. Krakelige Nummern. Die Nummern habe ich draufgeschrieben. Mit Silberstift. Daneben habe ich meinen Namen gesetzt: eine schwülstig geschwungene Unterschrift. So fing das an, mit der Plattensammlung. Erstehen. Nummerieren. Markieren. Ablegen. Wenn ich das heute sehe, dann läuft es mir kalt den Rücken runter: die Tat eines Wahnsinnigen! Der Wahnsinnige war ich! Ich verfasste Listen mit Angaben zu den Schallplatten: Interpret, Herkunftsland, und Zahlen, viele Zahlen. Ich bewertete die Schallplatten einzeln, gab ihnen Noten: für das Design der Hülle etwa. Am Anfang nahm ich das mit den Schallplatten sehr ernst. Buchhalter-Approach. Ich weiss nicht, was eine Psychologin dazu sagen würde. Sehr wahrscheinlich würde sie tief durchatmen, bevor sie mit ihren Ausführungen loslegen würde.

Heute bin ich entspannt, was Musik angeht. Ich mag Musik noch immer sehr. Früher aber, da war sie das Wichtigste überhaupt. Alles drehte sich um die schwarzen Scheiben, die sich auf dem Plattenspieler drehten. Reiste ich in eine fremde Stadt: Ich musste gleich/sofort/subito alle Plattenläden abgrasen. Ich war fiebrig, wenn ich einen Laden betrat, und kam in einen Stöber-Rausch. Mit schweren Taschen kehrte ich dann heim. Ich kann mich noch vage an das Gefühl erinnern, als mir die Dame am Flughafen von Tokio sagte, mein Koffer habe zwanzig Kilo Übergewicht (das ist mehr Übergewicht als ich selbst habe). Es war eine regelrechte Sucht. Und die Sucht war sehr teuer. Ich gab für manche Schallplatte mehr als hundert Franken aus – viel Geld für eine nicht mal 200 Gramm schwere Scheibe mit bloss zwei Rillen.

Zu Hause hörte ich die Platten, und ich stellte fest: Sammeln ist ein einsames Hobby. Um mich zu resozialisieren, begann ich, für Freunde und nette Frauen ungefragt Kassetten aufzunehmen (damals gab es noch keine CD-Brenner). Ich hatte grosse Angst, dass ich allein mit meinen Platten alt werden würde, einsam verenden könnte in einer Wohnung mit einem grossen Gestell und viel Staub und noch nicht einmal einem Haustier. Deshalb fing ich auch an, meine Platten als DJ anderen Leuten aufzuzwingen – mit durchzogenem Erfolg. Ich muss dazu anfügen: Ich sammle nicht einfach Schallplatten, sondern Filmsoundtracks, Hawaiisches und alles von France Gall.

Die Sammlung heute, sie ist verstreut. Ein Teil steckt in den Umzugskartons, die ich noch nicht ausgepackt habe, seit ich vor vier Jahren umgezogen bin. Ein paar Platten stehen an die Wand gelehnt bei mir zu Hause. Ein Teil ist verschwunden oder wurde von «Freunden» gestohlen. Der Grossteil der Sammlung aber steht in meinem Büro. Ich habe sie nie alle gezählt. Ich schätze, es sind 5000 Stück.

Wie gesagt: Heute habe ich ein entspanntes Verhältnis zu meiner Plattensammlung. Ich würde sagen: Sie ist ziemlich komplett. Es gibt kaum noch Scheiben, die mir fehlen. Es war nicht einfach, sich das einzugestehen: Ziel erreicht, Mission: Accomplished. Deshalb habe ich mein Sammelgebiet kürzlich verlegt. Neue Jagdgründe. Ich interessiere mich jetzt für Möbel, Stühle im Speziellen, noch genauer: für skandinavische Produkte aus den Fünfzigerjahren. Zurzeit jage ich einen schönen Stuhl mit dem schönen Namen Nikke von Tapio Wirkkala. Bisher wurde ich noch nicht fündig – und das ist gut so.

Richtig, ich habe die Frage noch nicht beantwortet: Warum haben Männer eine Plattensammlung? Ich würde sagen: Nicht alle Männer haben eine Plattensammlung. Es gibt welche, die sammeln Schusswaffen. Andere Autos. Nochmals andere Kaffeerahmdeckeli. Oder getragene Schlüpfer. Oder schlüpfrige Filme. Sollte eine Frau an einen Mann geraten, der eine Plattensammlung hat, dann würde ich der Frau sagen: Es ist ein Guter. Greifen Sie zu. Es könnte viel schlimmer sein.

★ Max Küng (geboren 1969) lebt in Zürich und Basel, schreibt unter anderem für «Das Magazin» und «Die Zeit». Erste Schallplatte: «Queen – Greatest Hits». Letzte: «The Moldy Peaches». Er sammelt auch Kunst, aber im kleinen Rahmen.

File under: "REALITÄT IST NICHT ZU TOPPEN"

Patrick Nuo, 25

Eigentlich wollte der strenggläubige Katholik Tennisprofi werden. Dann erkannte er seine wahre Berufung, wurde Popstar, Frauenschwarm und Model. Zusammen mit seiner Frau Molly und der einjährigen Tochter Eloise lebt Nuo in Hamburg (D)

PATRICK NUO HAT EIN MISSON «Ich möchte die Menschen ermuntern, friedlich, frohen Mutes und mit Gottes Segen durchs Leben zu gehen»

Was darf an einem perfekten Sonntag auf keinen Fall passieren?

Arbeiten

Ihre erste Arbeit für Geld?

Zu Hause bei Mama Hausarbeit

Wer ist Ihr Lieblingsheld aus der Welt der Fiktion?

Pumuckl

Was ist Ihr Motto?

Nächstenliebe

Was machen Sie als Letztes vor dem Einschlafen?

Das bleibt auf jeden Fall mein Geheimnis!

Wie kann man eine Frau beeindrucken, ohne den Mund aufzumachen?

Cabrio-Fahren

Wenn Sie sterben und wiedergeboren würden, als was oder wer wäre das?

Ich glaube nicht, dass ich das entscheiden kann!

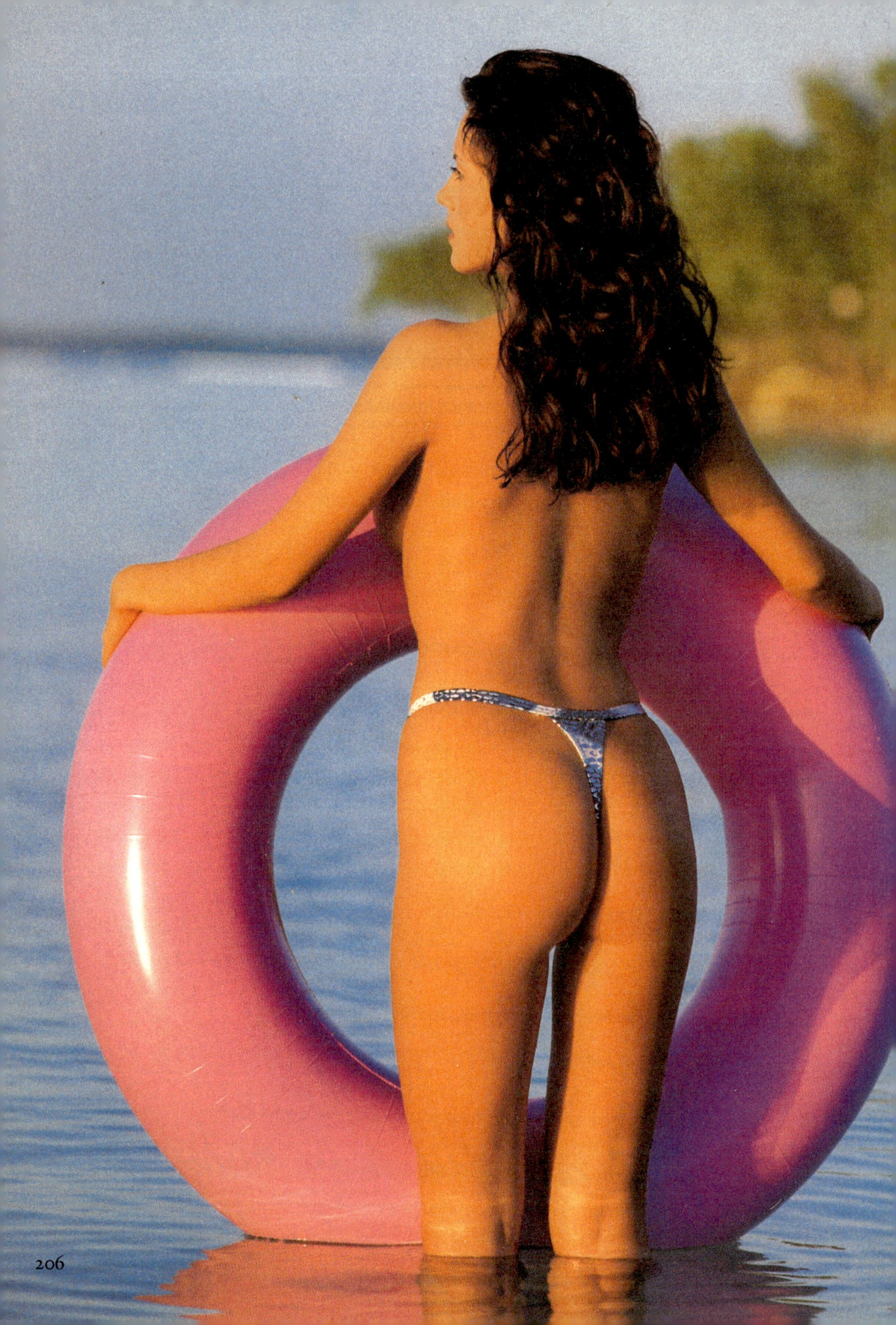

KENYA
EAST AFRICA
MOUNT
KENYA
Safari Club
Do not
disturb

HAND IN THE

HOLE IN

THEART

Kindergärtnerin s

h das
t par-
er al-
gstig-
sein
n lag
nden
rauf
sagt:
dern
cher,
chts

ein
um
aten
im
ten.
Und
aut
zeit
ch.
lte,
en
an
ag
ar
es
el
ei-

en
as
a-
n
l-

Die Liebe im Grünen gefunden: Nadja Richter und Tobias Scherer.

polterabend
polterabend

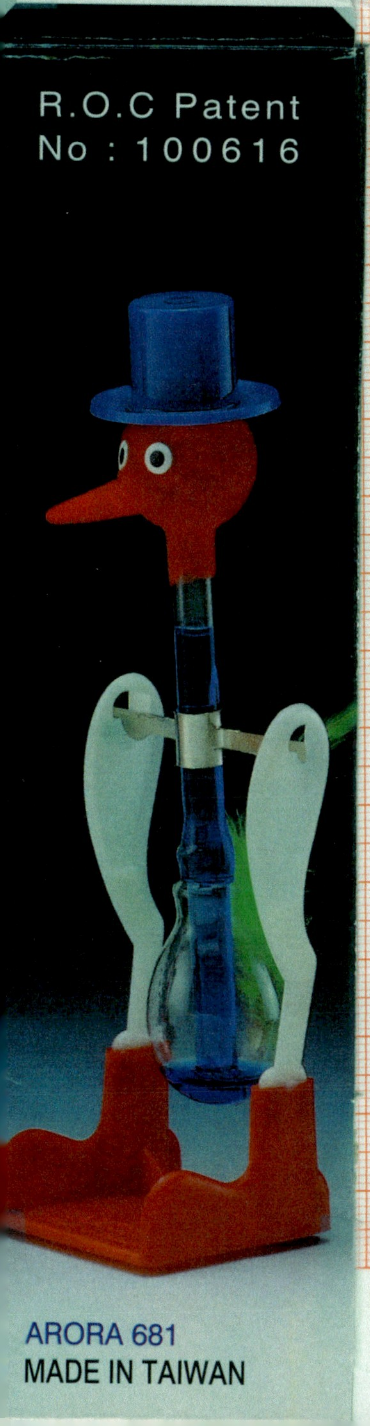

POLTERABENDP O L T E R A B E N D

das ende der dinge
der anfang von allem

KOMM AM 7. MAI INS

H E L S I N K I

ab 19 uhr

---

komm, bitte komm
unbedingt. max braucht
DICH.

---

free drinks
free thoughts
+
music von
gelateria sound
a.k.a.
DKBS

noch mehr ideen
für eine einladungskarte
~~für~~ zum polterabend

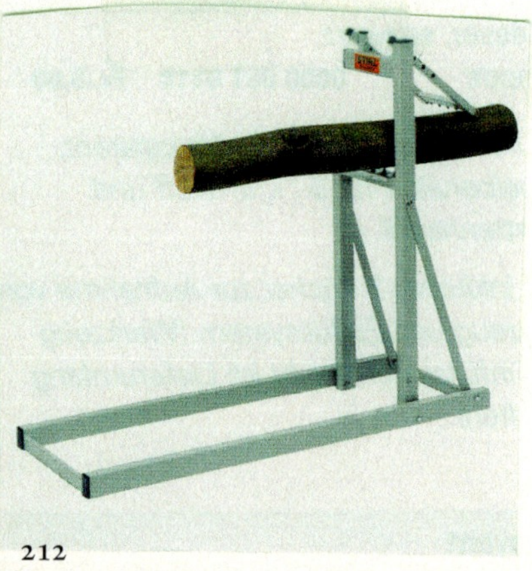

irgendwann,
ach irgendwann
~~[illegible]~~
kommt fuer jeden
von uns der tag
an dem er so etwas
gut gebrauchen
kann
[oder koennte].

Magnetplatte mit Kette zum Einhängen,
1.300 mm Durchmesser
Nettopreis: 2.850,- Euro zzgl. MwSt.

UP,

UP

AND . . .

. . . GONE

http://wirelessdigest.typepad.com/photos/uncategorized/evil_1.jpg 03.12.2007

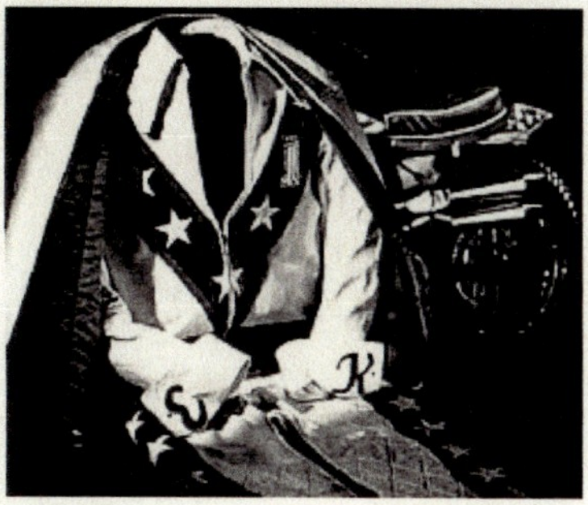

eine jener geschichten die ich immer machen wollte und nie machte. jetzt ist es zu spät. he nu.

http://www.smithsonianlegacies.si.edu/photos/100.jpg 03.12.2007 adult stative: ein bisschen erotik für meine freunde aus dem sektor fotografie

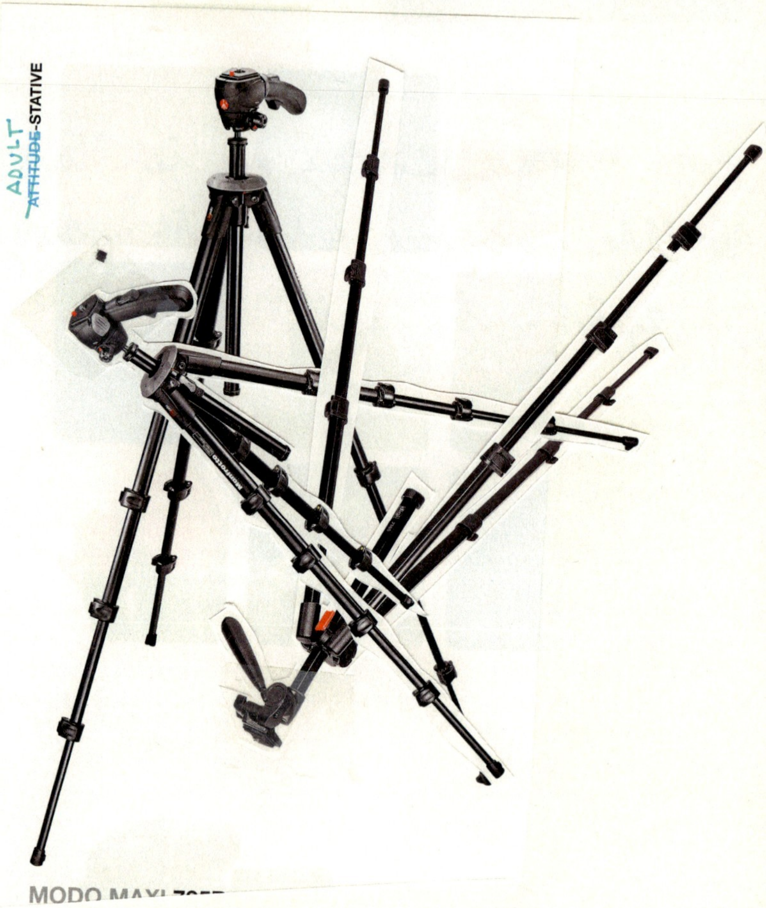

Zum Aufstellen werden die Beine einfach nach unten gezogen. Automatisch klemmen sie in jeder Stellung – ohne Schrauben, Knöpfe oder Hebel.

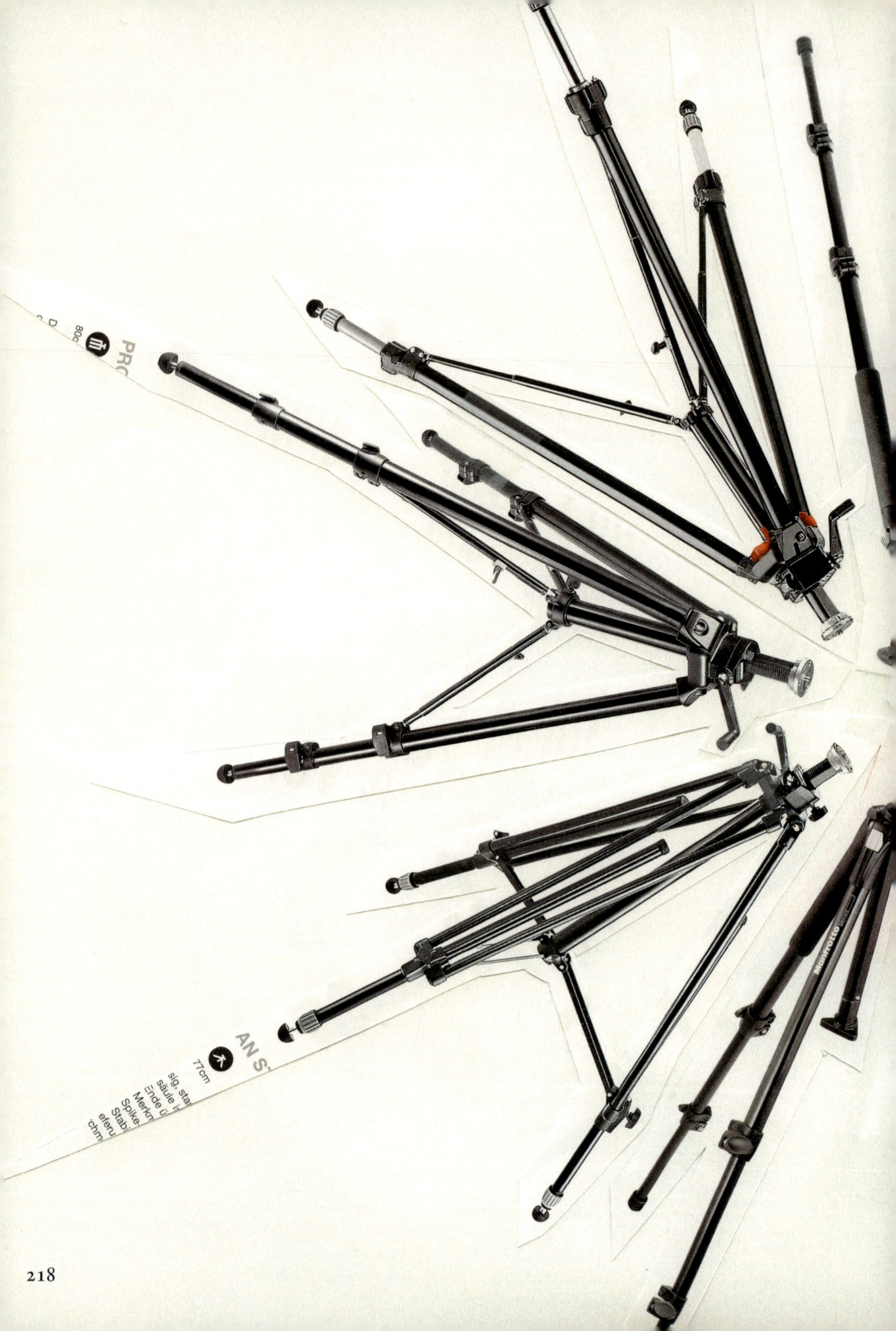

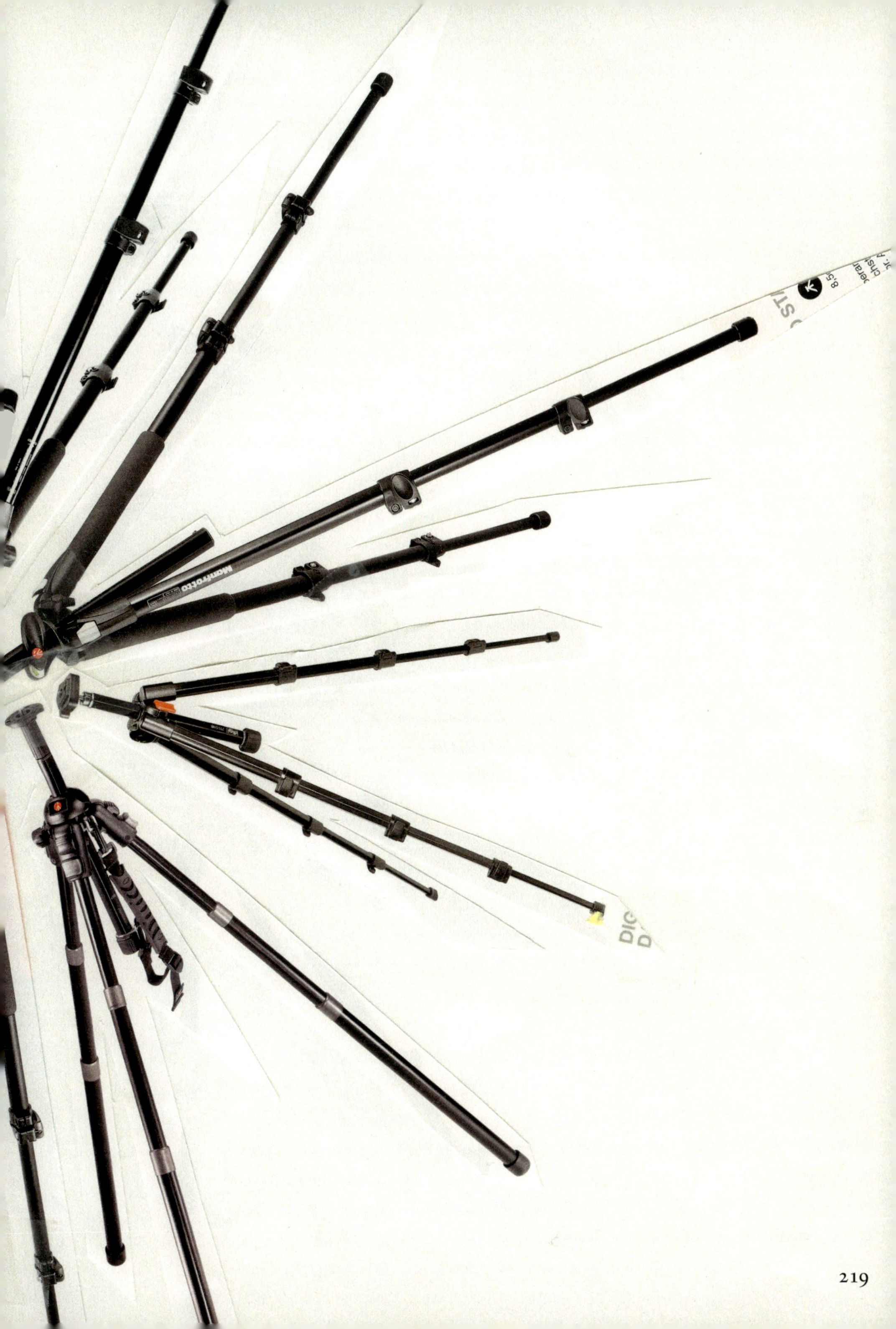
Manfrotto

STIHL
ROLLOMATIC E

STIHL
STIHL
STIHL
ROLLOMATIC E
STIHL
STIHL
STIHL
STIHL
STIHL
STIHL
STIHL

auch der Tagi spürt den Frühling (21. 2. 08)

Muschelrüssel beflügelt männliche Fantasie

logo – andersrumm wär ja dumm

Die einst unbeachtete Geoduck-Muschel wird in Asien zu einer begehrten Delikatesse – und zu einem Potenzmittel. Sie ist bis zu 100 Jahre lang sexuell aktiv.

ıck-Muschel als Aphrodisiakum gehandelt wird, muss nicht weiter erläutert werden.

n Jahresringen der

he Muschel wird

und 15 Zenti-

ne Geoduck

rt «gwe-duk» (grab

i-Dak» ausgespro

Die Europäische Union, ergänzt sie, erlaube die Einfuhr von lebendigen Geoduck-Muscheln aus Gründen des Artenschutzes nicht.

Je länger der Rüssel, desto teurer

es handelt sich um Lebewesen, di

cherweise in der Gezeitenzone le

Vor allem im US-Bundesstaat

ton wird die Muschel auch gezüc

Behörden vom kanadischen Bri

lumbia haben die Ernte im Ozea

schränkt, da sich die Geoduck-

Titelidee? für Buch?

für einen Film?

Dok-Film?

Wer in der Hauptrolle? ich?

Männer wollen sie lebend und roh

«Chinesen glauben, dass sie sind, was sie essen», zitierte die Zeitung «The Vancouver Sun» Claude Tchao, einen anderen Exporteur aus Vancouver: «Wie sieht eine Geoduck-Muschel aus? Speziell Männer waren ganz wild auf sie, und sie wollten sie lebend und roh.»

Weshalb die Ge

einen Baum an

Schale ab

Die durchsch

rund 1,1 Kilogram

meter lang. Der

vom indianischen

tief) und wird

3(34).2006 • 13

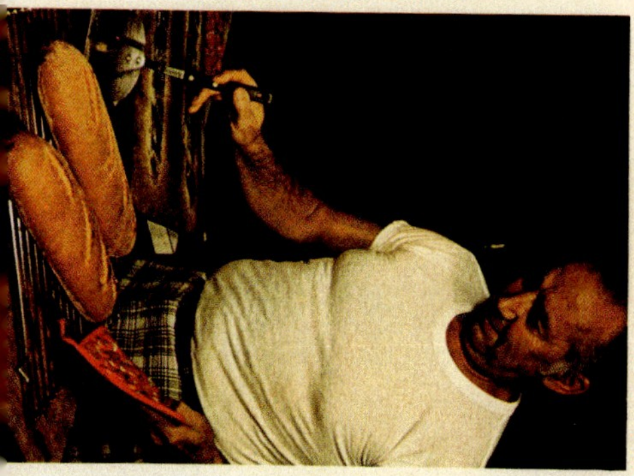

es folgt :

Kapitel "coole Typen mit (trotz) Brillen"

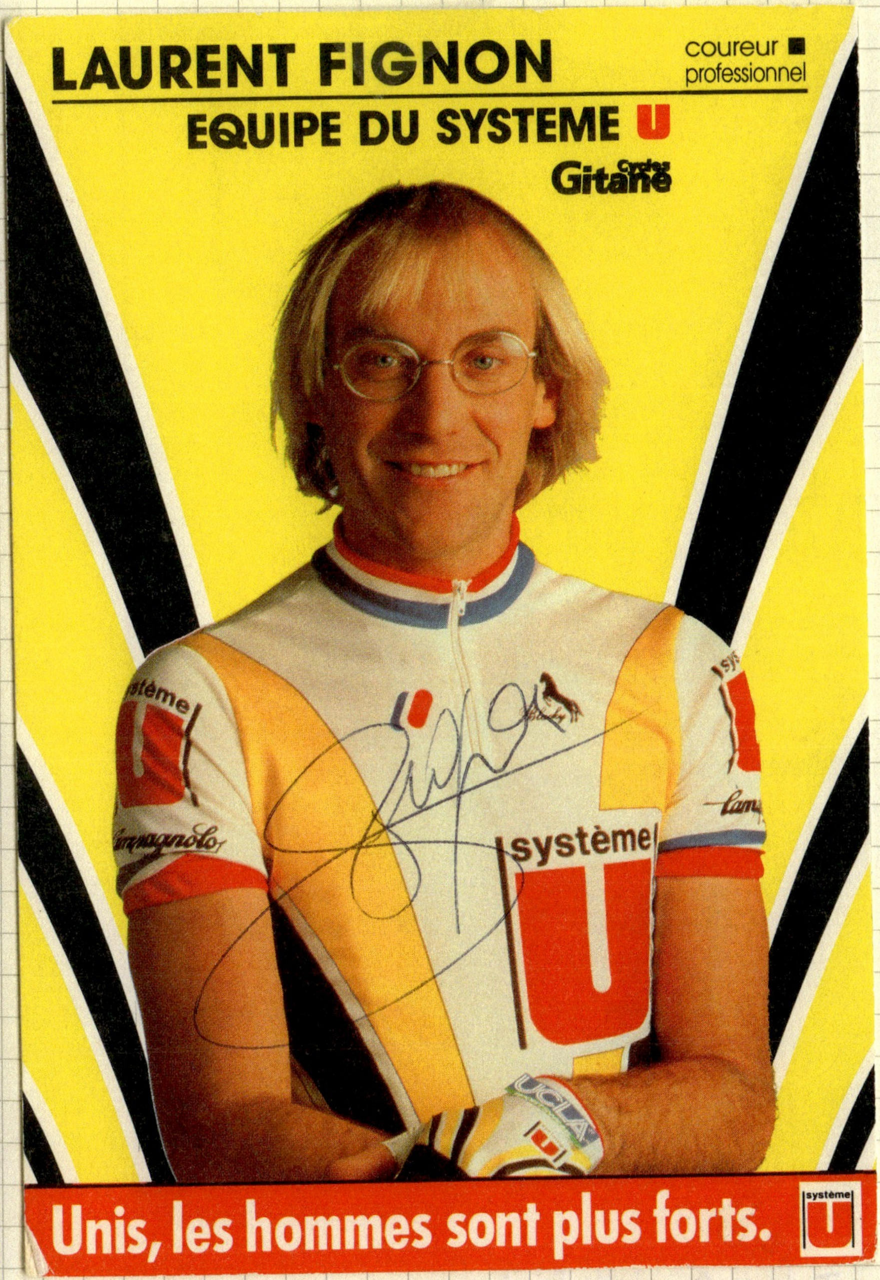
LAURENT FIGNON
coureur professionnel
EQUIPE DU SYSTEME U
Gitane
système U
Unis, les hommes sont plus forts.
système U

ich in Tiflis, winter 98

Foto: Daniel Spehr

O

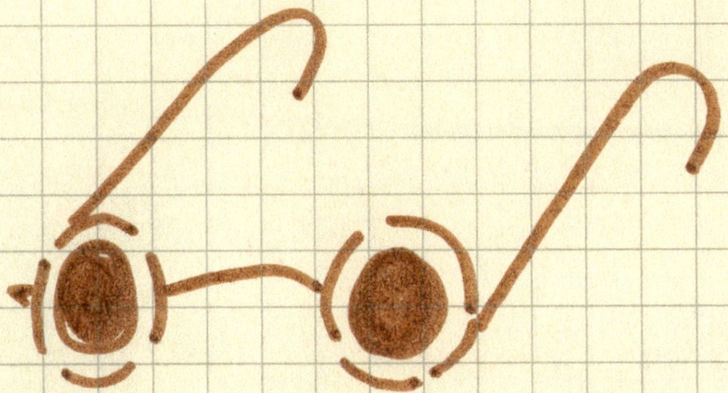

es folgt: 12
katzen mit
Brillen

twelve cats
with glasses

un douzaine des
chats avec des lunettes

12 KATZE MIT
~~GEBRÜLL~~ geBRILL

Jucca

LOVE SEX MONEY

LORELLA SIGNORINO

MaxMara

MCM
1976

GUCCI
Gucci
BY
GUCCI

FENDI

GIORGIO ARMANI

ALBERTA FERRETTI

WWW.AEFFE.COM TEL. +39 02 760591

Ein bild zum Thema

COOLER BLICK

(und aber auch "lässig")

LÄSSIG
Schauspieler Martin Rapold: Mann mit coolem Blick.

EIN BILD ZUM

EIN BILD ZUM THEMA
OBJEKT* + SCHRIFT**
IN EINEM BILD (Kongenialität)

(*asiatischer Reis **hinten, unter der Lampe)

Zählt Kalorien: Beni Thurnheer entschied sich für Sushi und asiatischen Reis.

Der Bundesgesundheitsminister: Rauchen gefährdet Ihre Gesundheit. Der Rauch einer Zigarette dieser Marke enthält 0,2 mg Nikotin und 1 mg Kondensat (Teer) (Durchschnittswerte nach DIN)

© 1984 B&W T Co.
ULTRA LOW TAR
Unexpected pleasure.
BARCLAY
99% tar free.™
Warning: The Surgeon General Has Determined That Cigarette Smoking Is Dangerous to Your Health.

~~[illegible]~~

gut gelaunte jungs

Taste the UMPH! in Trium

Taste the UMPH! in Triumph

would have been. He was frightening. Those people are frightening, obviously.

way. I know … when she said that. W

Get The Dry Look...
PUMP
Gillette
the dry look

nicht so gut
gelauntes girl

Ha Ha said the CLOWN

CASUAL Philipp Degen steht auf unkomplizierte Kleidung.

"ah, wie das beisst!"

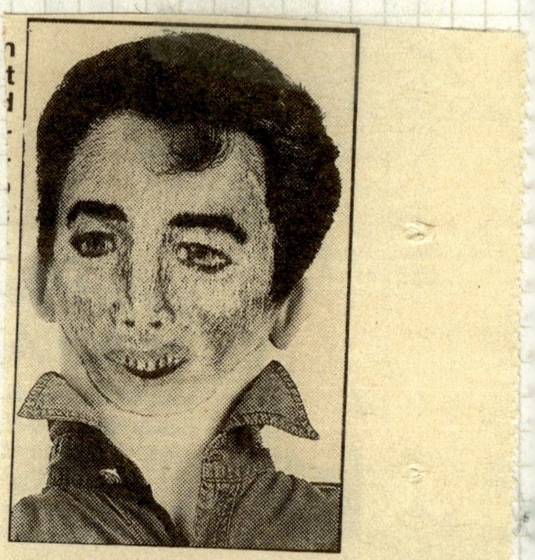

zum ausschneiden und zum
zum coiffeur mitnehmen

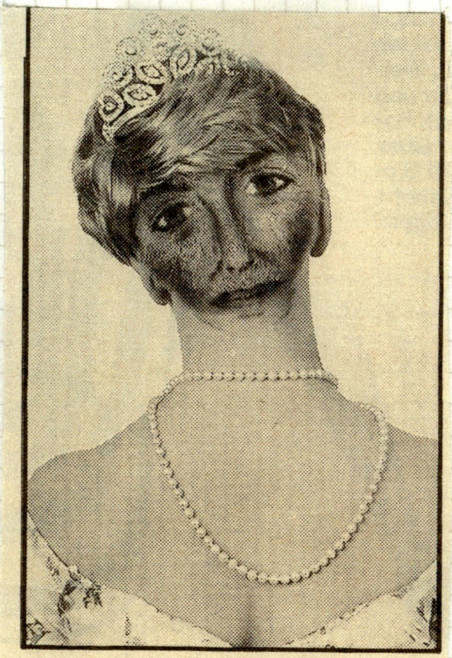

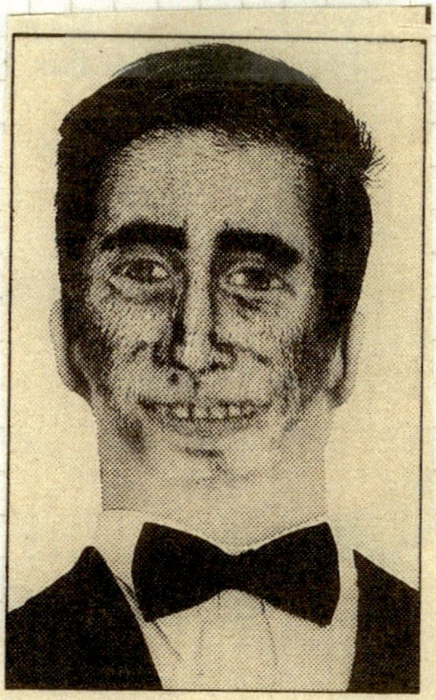

ischli/Weiss – Die Abivardi Schwestern – Rentenalter rauf!

DAS MAGAZIN

NR 22/2007

QUELLEN DER QUAL

Max Küng über Wellness auf Japanisch

HEISSE SACHEN

3000 vulkanische Quellen gibt es in Japan. Man nennt sie Onsen. Dort hüpfen die Leute rein. Sie tun es oft und gerne. Das mussten wir uns einfach anschauen.

Text und Bilder Max Küng

Die Hölle. So muss es sein, in die Hölle zu fahren. So muss es sich anfühlen. Genau so. Verbrennen. Ich glaubte zu verbrennen. Dabei hatte ich erst einen Fuss im heissen Wasser im dunklen Raum, ganz hölzern, nach Schwefel stinkend. Dann den zweiten. Sachte. Aua. Aua. Verdammt. Langsam glitt ich in das heisse Nass. Ganz langsam. Sachte. Die Hölle, genau. Das musste die Hölle sein. Und dann sass ich und dachte nichts anderes als: heiss, heiss, heiss.

Ich hatte davon gehört, von Leuten, die in Japan waren. Zu Hause erzählten sie, mit leuchtenden Augen, als hätten sie etwas erfahren, gesehen, das sie verändert hatte. Und sie sprachen mit einer Wehmut, als würden sie am liebsten zurück, sofort. Das Wort «Onsen» kam aus ihrem Mund. Der japanische Ausdruck für heisse Quelle. Was wir hier unter Wellness verstehen und seit ein paar Jahren als so etwas wie einen Boom bezeichnen, das gehört in Japan landesweit und seit Jahrhunderten zur breiten Kultur: Man hüpft in Becken, die von heissen Quellen gespiesen werden. Dreitausend Orte mit solchen Quellen soll es geben. Und zwar richtig heissen Quellen. Ein Vorteil, wenn man auf einem Archipel lebt, der nichts anderes ist, als ein Nest von Vulkanen.

Der schnabelgesichtige Superschnellzug pflügte sich durch die Vororte hinaus aus dem Zentrum Tokios Richtung Norden, in die Berge. Die Vororte, diese endlosen Ansammlungen von Schachtelhäusern, die einem das Gefühl geben, als jage man mit irrem Tempo durch eine gewaltige Schrebergartenlandschaft – einfach ohne Gärten.

Und nach einer Stunde Fahrt sieht man die ersten Berge. Es wird grün, und man bekommt einen Vorgeschmack darauf, dass Japan nicht gleich Tokio ist, nicht gleich Moloch, nicht gleich ein grossstädtisches Chaos aus Neon und Stahl und Beton und mehrspurigen Strassen und irrem Gewusel von 34 Millionen Menschen. Japan besteht vor allem aus einem, zu siebzig Prozent genau gesagt: aus Bergen. Einer chaotischen Bergwelt, sonderbar spitzen Gipfeln, dicht bewaldet, an eine Märklin-Eisenbahnlandschaft erinnernd. Und manche dieser Berge sind aktive Vulka-

Das Höhlenloch im Zentrum Kusatsus

Ein charmantes Hotel

Wo geht es denn bitte hier zum Bad?

Ein bisschen wie im Nebel (hier auf dem Vulkangipfel) fühlt man sich als Europäer immer in Japan.

Ladies in den Strassen Kusatsus

Modell der Gegend um Kusatsu

Männerbad im Ryokan Yamamoto Kan in Kusatsu

Der Mann ist aus Wachs, aber so muss man es machen.

ne. Exakt: 109 davon. Zu einem bin ich unterwegs. Er heisst Shirane. Tausend Meter unter dem Krater liegt ein legendärer Ort: Kusatsu.

Es heisst, dass die Quellen von Kusatsu im Jahre 110 von Prinz Yamatotake entdeckt wurden, dem Sohn des Kaisers Keiko dem Zwölften. Und die Einheimischen glauben, es sei ein Adler gewesen, der eines Tages mit einem verletzten Bein in einer heissen Quelle landete, welche ihn heilte. Egal. Klar ist, dass die Japaner an die heilende Kraft des Wassers glauben – was wiederum auch damit zu tun hat, dass die moderne Medizin lange auf sich warten liess, da Japan sich gegen aussen bis in die Mitte des 19. Jahrhunderts abschottete, um keine verderblichen Einflüsse ins Land kommen zu lassen.

In Karuizawa kletterte ich in einen Bus und schlief sofort ein. Nach anderthalb Stunden weckte mich der Fahrer, wir waren am Ziel. Ich hatte mir den Ort idyllischer vorgestellt. Ich sah lauter hässliche Häuser. Und dazu stank es recht penetrant nach faulen Eiern.

Wie ich Japaner wurde

Im Ryokan, dem traditionellen japanischen Gasthaus, empfingen mich ein Mann und eine Frau. Sie trug einen Kimono und er mein Gepäck. Die Schuhe wurden vor der Schwelle des Ryokan deponiert, in Sandalen ging es weiter. Der Mann zeigte mir sogleich das Männerbad, ein zweigeteilter Raum aus Holz. Im vorderen Teil zieht man sich aus, deponiert seine Kleider in Bastkörben. Im hinteren Teil, dem eigentlichen Bad, bewegt man sich nur nackt. Dort wäscht man sich. Dann steigt man ins eigentliche Bad. Das ist das Erste, was ich zu lernen hatte: dass man sich wäscht, bevor man badet. Und zwar richtig gut wäscht. Keine Pseudoreinigungen, sondern lange und intensiv. So, wie ich mich noch nie zuvor gewaschen hatte. Das eigentliche Baden dient nicht der Reinigung, oder anders gesagt: Es dient höchstens der Reinigung des Geistes.

> Ich hatte es geahnt. Der Gürtelknoten war selbst für eine Langnase mies geraten und in japanischen Augen eine absolute ästhetische Unmöglichkeit.

Die Frau im Kimono, sie heisst Makiko, brachte mich auf das Zimmer. Ein recht grosser Raum, mit Tatamiboden, in der Mitte ein tiefes Tischlein aus glänzend lackiertem Holz, auf dem ein Korb stand mit einem roten Origami-Tier. Ich glaube, es war ein Schwan. Makiko ser vierte Tee und lauwarmes Gebäck. Dann ging sie, nicht ohne sich mehrmals zu bedanken und sich zu verneigen, und dann war ich alleine.

Also versuchte ich, die Yukata anzuziehen. Die Yukata ist eine Art Kutte, ein Kimono aus Baumwollstoff. Ich wusste, denn das kann man in jedem Reiseführer lesen, dass es unglaublich wichtig ist, dass man die Yukata richtig trägt. Die linke Seite über die rechte Seite schlagen. Dann mit dem Gürtel satt und eng binden. Andersrum tragen nur die Toten die Yukata. Deren letztes Gewand. Nach ein paar Anläufen gelang es mir tatsächlich, die Yukata einigermassen passabel mit dem Gürtel zu fixieren, und ich machte mich sofort auf ins Gemeinschaftsbad, um ein erstes Mal in das schweflige Wasser zu steigen, das viel gerühmte, das sagenumwobene. Unterwegs sah mich Makiko. Sie schüttelte den Kopf und kicherte und hielt sich dabei die Hand vor den Mund. Man nennt dieses Lachen Hajirai, das beschämte Lachen. Ich hatte es geahnt. Der Gürtelknoten war selbst für eine Langnase mies geraten und eine in japanischen Augen ästhetische Unmöglichkeit. Makiko griff zu, es ging sehr schnell, und schon stand ich perfekt gegürtet und gekleidet da. Makiko legte Daumen und Zeigefinger ihrer Rechten aufeinander, bildete einen Kreis, so wie die Taucher es tun, wenn alles in Ordnung ist, und hob ihre Hand. Ein Wort kam aus ihrem Mund. «Okay.»

Vor mir ging ein Gast ins Bad. Ich nutzte die Gelegenheit und nahm in mir zum Vorbild. Deponierte meine Sandalen vor der Schiebetüre, wie er es getan hatte. Ich machte alles nach, was der andere mir vormachte. Ich zog mich im Vorraum aus, deponierte meine Kleidung in einem Korb. Der Gast sass nackt auf einem niedrigen, hölzernen Ho-

Ein bisschen stinkt es um den Yubatake immer nach faulen Eiern.

Auf dem Weg zum Gipfel des Vulkans

Jetzt kocht mein Gehirn, jetzt stockt das Eiweiss unter meiner Schädeldecke und sieht aus wie etwas, das mit beim Nachtessen serviert wird.

cker. Er wusch sich. Er füllte ein kleines, rundes Holzbecken mit Wasser, übergoss sich damit, immer und immer wieder, sicher zwanzig Mal. Er seifte sich ein, sehr gründlich, dann schrubbte er sich mit einem kleinen weissen Tuch ab. Das tat ich alles auch, obwohl die Abreibung so lange dauerte, dass es wehtat. Mein Vorbild rieb und schrubbte und rubbelte. Er putzte sich wirklich, wirklich gründlich. Auch meine Haut wurde langsam rot. Kann man so schmutzig sein, dass man sich so lange putzen muss? Ich hatte das Gefühl, dass ich in meinem Leben noch nie so sauber war. Dann endlich stand er auf, nach langen Minuten der Reinigung, und liess sich ohne Mucks, aber langsam ins heisse Wasser gleiten. Bald sass ich neben ihm und sagte «ui, ui, ui», worauf er mit Schweigen reagierte. Seinen Gesichtsausdruck konnte ich nicht deuten, denn meine Brillengläser beschlugen augenblicklich, als ich mich zu ihm in das heisse Wasser gesellte.

Man konnte das Geschnatter aus dem Frauenbad nebenan hören. Über was sie wohl redeten? Reden Frauen überall auf der Welt über dieselben Dinge? Ging es um Gucci? Oder um Ehe futschi-futschi? Auf jeden Fall hörte es sich heiter an, und für einen Moment tauchte ich so weit ins Wasser, dass es den Gehörgang flutete, die Welt stumm wurde und ich dachte, jetzt kocht mein Gehirn, jetzt stockt das Eiweiss unter meiner Schädeldecke und sieht aus wie etwas, das mit beim Nachtessen serviert wird.

Der Japaner stand auf. Er schaute nicht und lachte nicht und verliess das Bad. Er harrte nur wenige Minuten aus. Ich fragte mich, ob es ihn wohl ekelte, neben einem weisshäutigen Kerl zu sitzen, einem Kerl mit Bart und beschlagenen Brillengläsern. Oder war es ihm zu warm? Ich blieb noch fünf Minuten, zählte am Ende die Sekunden, liess mir viel Zeit beim Anziehen, und als ich auf mein Zimmer ging, krebsrot, traf ich Makiko, und ich sagte ihr auf Englisch, dass das Bad ganz schön verdammt heiss sei. Makiko lächelte und sagte in fragendem Tonfall: «Hotto?»

Ja, sagte ich, verdammt hotto. Worauf Makiko kicherte und sagte: «Not hotto. Only 40 degrees.» Bloss 40 Grad? Ich kam mir blöd vor. Es fühlte sich nämlich nicht an wie 40 Grad, eher wie 400 Grad. Und vor allem wusste ich: Morgen würde ich das öffentliche Bad im Sainokawara-Park besuchen. Und das sei, so hatte ich irgendwo gelesen, 46 Grad heiss. Hoffentlich würde sich das als Schreibfehler herausstellen.

Das erste Bad brannte den Alltag weg, den Dreck und die Last und die Müdigkeit, und seltsam gestärkt trat ich mit einer Yukata gekleidet und mit Sandalen an den Füssen auf die Strasse. Als ich mich in dieser Montur im Spiegel betrachtete, dachte ich, ich sehe aus, als ginge ich zu einem «Star Trek»-Kostümball. Aber bald legte ich die Scheu ab, denn es ist nicht nur bequem, so gekleidet durch den Ort zu spazieren, sondern auch normal. Die Kleidung der Onsen-Reisenden. Und: Niemand lachte mich aus.

Baden ist das eine

Das Wasser, es ist nicht nur heiss, es ist anders. Hitze alleine, deswegen kommen die Leute nicht nach Kusatsu. Hier ist das Wasser, das gesund macht. Das jede Krankheit kurieren soll, wie man sagt, ausser jene der gebrochenen Herzen. Nirgendwo ist das Wasser so wie hier, dessen pH-Wert zwischen 1,7 und 2,1 liegt, also etwa Magensäure entspricht, und jegliche Art von Bakterien und Mikroben innert Sekunden killt. Das schweflige Wasser helfe bei Neuralgie, Muskelschmerzen, diversen chronischen Angelegenheiten wie Müdigkeit, bei «feminine ailments», weiblichen Beschwerden, und aktiviere den körperlichen Stoffwechsel aufs Allerfeinste. Schon der erste Shogun wusste das und liess Wasser aus Kusatsu in Fässern in das fast 200 Kilometer entfernte Tokio schaffen, das damals Edo hiess.

Baden ist das eine. Doch zu einem richtigen Onsen-Aufenthalt gehört noch ein anderer wichtiger Punkt: das Essen. Das Menü ist fix und fixer Bestandteil

Hier putzt und schrubbt man sich lange und gründlich.

der Übernachtung. Das hat Tradition und wie jede Tradition einen Grund: Anfang des 17 Jahrhunderts unterlag Japan einer feudalistischen Militärdiktatur, dem Tokugawa-Shogunat. Dieses verlangte von den lokalen Herrschern (Daimyo genannt), auch in Edo einen Wohnsitz zu unterhalten, was im Land zu grösseren Reisereien führte, was wiederum nach sich zog, dass am Wegesrand Gasthäuser entstanden, Ryokans eben, in denen bald von der Regierung die disziplinfördernde Pflicht eingeführt wurde, den Gästen Essen zu fixen Zeiten zu servieren (damit die Gäste nicht zum Essen ins Nachbardorf mussten und diesen Ausflug zur Rumhurerei und Saufgelagen nutzen konnten).

Das Nachtessen begann punkt sechs. Leichter Jazz lief im Hintergrund. Der Speisesaal war nicht gross, und er ist eine Ausnahme. Normalerweise werden in einem Ryokan die Mahlzeiten auf dem Zimmer serviert. Neben mir sass ein Paar, und der Mann stellte sich während des Essens als grosser Schlürfer und Schlabberer heraus – und als Schmatzer sowieso. Ich ass still von den kleinen Plättchen, die Makiko servierte. Sashimi vom Kingfish, seltsam bitteres Gemüse, Gemüse, das aussieht wie eine zusammengerollte Riesenraupe, eine geschnitzte Maroni, eine Muschel, und alles ging gut runter, sogar der sehr eigenwillig schmeckende Rogen des Seeigels glitt hinab (mithilfe eines Schluckes des lokalen Bieres, wie immer aus einem eisgekühlten Glas getrunken) – bis der Fisch serviert wurde. Der Fisch sah aus wie ein prähistorischer Fund. Sein Mund stand offen. Er schien stumm zu schreien. «Mebaru», sagte Makiko. Ich hatte keine Ahnung, wie man einen Fisch mit Stäbchen verspeist.

Draussen sass eine Gruppe unter einem Dächlein und hielt die Füsse in ein Becken mit heissem Wasser. Der Yubatake dampfte wie ein Höllenloch. Und irgendwie ist er es ja auch. Der Yubatake ist eine Art Dorfbrunnen. Ein ziemlich grosser Dorfbrunnen. Eine schwärende Wunde mit schwefelgelbem Grund im Zentrum Kusatsus, wo das Wasser, heiss und stinkend, aus dem Boden schiesst, 5000 Liter in der Minute.

Ich scheiterte am Fisch. Also beschloss ich, am nächsten Tag etwas später zum Essen zu kommen, damit mir jemand vorass, damit ich bei meinen Nachbarn abschauen konnte, wie man einen ganzen Fisch mit Stäbchen isst.

Auf dem Flug lernte ich einen jungen Architekten aus Zürich kennen, der einen Teil seiner Kindheit in Japan verbracht hatte. Jetzt kehrte er für ein paar Wochen zurück, um Studien zu betreiben, den Tempel von Ise betreffend. Ein Tempel, den es zweimal gibt. Einmal fertig gebaut und nebenan sich im Bau befindend. Alle zwanzig Jahre wird der Tempel neu erbaut. Der alte wird niedergebrannt – und man beginnt auf demselben Grund wieder mit dem Bau der neuen Anlage. Ist er fertig, wird der andere Tempel wieder niedergebrannt, und man beginnt wieder mit dem Aufbau der Gebäude. Und so geht das hin und her und immer weiter, wie schon seit 1200 Jahren, ein episches architektonisches Pingpong. Der Architekt sagte, als wir auf Onsen zu sprechen kamen, dass mir ein grosser Spass bevorstünde. Ein grosser Spass und die ultimative Erholung/Erfahrung. Und dann sagte er, dass sie ihn dann sicher sehen wollen.

«Sie?» fragte ich. «Die anderen Badegäste.» – «Die anderen?» – «Die Männer.» – «Wollen was sehen?» – «Ihn.» – «Ihn?» – «Ja. Ihn. Dein Ding. Sie werden ganz wild darauf sein, ihn zu sehen.» – «Warum?» – «Sie wollen wissen, wie gross er ist.» – «Oje.» – «Und sie werden lachen.»

Kluge Affen

Als ich nach dem Essen mein Zimmer betrat, lag der Futon ausgerollt auf den Reisstrohmatten, den Tatami, dort, wo zuvor das Tischlein stand, und nachdem ich ein bisschen erschrocken bin, weil die WC-Brille geheizt war, ganz so, als müsse alles heiss sein, was mit dem Körper in Kontakt kommt, sank ich in einen schnellen Schlaf.

Mitten in der Nacht wachte ich auf. Es war absolut still, bis auf das leise Prasseln des dampfenden Wasserfalls des Yubatake, das klang wie ein ferner Regen. Ich sah mich im Zimmer um. Ein Elektroöfelchen stand da. Es hiess DANDY 3500. Ein ziemlich guter Name für ein Elektroöfelchen. Jetzt brauchte es niemand. Jetzt war Frühling. Aber im Winter wird es verdammt kalt, schliess-

Es gab für einen Moment nichts mehr auf der Welt als dieses Bad und das leise Plätschern und die Empfindung, gekocht zu werden wie ein Hummer.

lich ist man in den Bergen hier, und im Winter soll es wunderbar sein, in den heissen Quellen zu baden, in jenen Becken, die unter freiem Himmel sind, Rotemburo genannt, wenn der Schnee das Becken umfasst und die Kristalle auf dem Kopf schmelzen. In gewissen Bädern in den Bergen nahe der Stadt Nagano etwa, im Höllental, benutzen im kalten Winter auch die Schneeaffen genannten Rotgesichtsmakaken gerne die heissen Bäder. Sind ja nicht dumm, die Affen.

Ich hörte nichts als das ferne Prasseln und das insektenhaft feine Wandern des quarzgesteuerten Sekundenzeigers des Weckers im Dunkel, der auf dem kleinen Fernseher stand. Der Wecker zeigte halb vier. Also gut, dachte ich, Zeit für ein Bad. Gebadet wird immer, rund um die Uhr.

Im Haus war absolute Stille, und fast klang es laut, als ich die Tür zum Bad aufschob. In gedämpftem Licht lag das mit dem trüben Wasser gefüllte Becken im hinteren Raum. Nackt im zweiten Raum wusch ich mich nochmals eindringlich. Nichts war zu hören, ausser dem feinen Plätschern des heissen Wassers, das in kleinen Mengen über einen Holzkanal in das Becken geleitet wird. Das Holz war gelb vom Schwefel. Zwei Lampen spendeten fahles Licht, und auch sie passten ins Bild. Wäre da nicht eine moderne Wanduhr im Vorraum, man wüsste nicht, welches Jahr wir schreiben, in welchem Jahrhundert man sich befindet. Das Baden ist eine Zeitreise. Das Becken ist nicht gross, vielleicht zwei mal drei Meter, und auch nicht sonderlich tief. Sitzt man auf der inneren Bank, reicht das Wasser bis zum Bauch. Sitz man flach im Becken, dann bis zum Hals. Das reicht auch.

Es gab für einen Moment nichts mehr auf der Welt als dieses Bad und das leise Plätschern und die Empfindung, gekocht zu werden, ein leichter Schmerz, der schwindet und dem Gefühl der Erlösung Platz macht.

Nach zehn Minuten war ich dann doch froh, dass es noch mehr gab als diesen Raum, dieses Becken mit schwefligem Wasser. Ich war krebsrot. Glühend ging ich durch die dunklen Gänge und über die knarrende Holztreppe zurück in mein Zimmer, zurück in die Nacht, die still war, bis zwei Vögel Streit bekamen. Vögel, deren Gefiepse ich noch nie gehört hatte und das unnatürlich klang, als imitiere ein Geräuschmacher Vögel mithilfe eines schlappen Luftballons. Ich fragte mich, warum die Vögel hier anders klingen als bei uns. Das war mir bei den Tokioter Stadtraben schon aufgefallen.

Das Frühstück stand schon bereit. Acht Uhr. Etwas sehr Bekanntes von Eric Satie ab CD, irgendwie besonders langsam gespielt, ein Tablett, darauf Tellerchen und Schalen, ein Dutzend, in einer davon ein Berg von weissen Mini-Aalen. Am Yubatake herrschte bereits reges Treiben. Touristengruppen zogen vorbei, angeführt von Fahnen schwenkenden Führern. Bald war ich in Kurmontur unterwegs in den engen Strassen Kusatsus und spazierte schnurstracks in den nahen Sainokawara-Park und dort in das öffentliche Bad. Die Prozedur war dieselbe: ausziehen, waschen, waschen, waschen, ab ins heisse Bad, wo ich bald unter dem Utase-yu, einer Kaskade heissen Wassers stand, das auf meine bleichen Schultern prasselte.

Drei alte Männer sassen da, nackt, auf einem Felsen, der aus dem dampfend heissen Wasser ragte, und redeten. Das weisse Tüchlein hatten zwei über ihre Schulter geworfen, und der eine trug es auf dem Kopf. Leises Gelächter schallte von ihnen her. Ein junger Mann sass bis zum Kinn im Wasser, die Augen fest geschlossen, schien zu meditieren, und sonst war niemand da, so früh am Morgen.

Hässlichkeit der Provinz

Ich hielt es kaum aus, stieg rasch aus dem Wasser, und es wurmte mich, dass ich kein Thermometer dabei hatte, ich hätte so gerne die Temperatur auf ein Zehntelgrad gemessen, um etwas wie einen Beweis zu haben. Dann setzte ich mich auf das Holzbänklein am Beckenrand in die frische Morgenluft. Ein Spazierweg führte dem Bad entlang in die Höhe. Freundlich winkte ich einem alten Mann zu, der in das Bad gaffte. Er winkte nicht zurück.

Nach dem Bad war mir nach Bewegung, und ich nahm den erstbesten Pfad, der in einen Wald führte und recht bald steil anstieg. Ich beschrieb einen Bogen aus dem Städtchen hinaus, und irgendwann kam ich an die Hauptstrasse, National Route 292, die ganz und gar nichts Romantisches hatte. Hier, am Rand, wo auch manche der Bettenburgen stehen, ist Kusatsu nichts als ein tristes Kaff, ein Konglomerat aus ramschgefüllten Vorgärten, klimatisierten Supermärkten, rostigen Kleinautos in der Übergangszeit von der Winter- in die Sommersaison. Eine Kleinstadt in der Provinz. Schönheit ist in Japan allgegenwärtig. Verpackungen von Süssigkeiten etwa sind wahre Kunstwerke. Die Süssigkeiten selbst sowieso. Bei der Architektur sieht es ein wenig anders aus.

Beim Undojana-Park studierte ich eine Tafel mit den einheimischen Vögeln, als ein Mann herantrat und die Tafel ebenfalls studierte. Er hatte in der einen Hand eine Leine mit einem sehr kleinen Pudel daran, in der anderen eine Halbliterdose Asahi-Bier. Er sagte etwas, ohne seinen Blick von der Tafel zu nehmen. Ich wusste nicht, ob die Worte an mich gerichtet waren, an den Pudel oder an sich selbst. Ich fragte ihn, was ich alle Menschen hier fragte: Warum sind alle verrückt danach, in heisses Wasser zu steigen? Der Mann schwieg. Ich ging zurück ins Zentrum. Bei der Feuerwehrstation war man daran, die beiden roten Wagen zu polieren. Sie glänzten in der Sonne wie kandierte Äpfel.

Ich blieb noch einen Tag, machte eine Tour durch Kusatsu, in der Yukata, in der Hand ein kleines Täschchen mit dem weissen Lappen drin. Von öffentlichem Bad zu Bad, manche gratis, andere gegen einen bescheidenen Eintritt zu besuchen. Wie die altern Knacker es tun. Und vor allem wollte ich auf den Gipfel des Vulkans, Mutter aller Quellen, Resultat von Eruptionen im frühen Pleistozän, wo ein See im Krater liegt, türkisblau, mit schwimmendem Schwefel und dem sauersten Wasser der Welt, Yugama mit Namen, umrandet von einer Mondlandschaft, grau und tot. Zum letzten Mal brach er 1983 aus.

Murakami-Moment

Die Fahrt auf den Berg mit dem Bus dauerte eine halbe Stunde, und schon bald sah ich, dass sich etwas zusammenbraute, je höher wir stiegen, Kurve um Kurve, an der Skischanze vorbei, den pausierenden Schneekanonen, den grösser werdenden Schneeresten, Serpentine um Serpentine, den Schründen, Rüfen, aus denen es mächtig dampfte, und der Dampf drang in den Bus und füllte ihn faulig, und als ich oben aus dem Bus kletterte, ging gerade ein heftiger Hagelschauer nieder. Ich liess mich nicht beirren und folgte einem betonierten Pfad, der steil zum Gipfel hochführte, hinter dem sich der Kratersee hinduckt. Die Hagelkör ner knirschten unter den Schuhen, der Wind blies scharf, und der Nebel wurde immer dichter. Oben angekommen, sah ich: nichts. Ich sah auch die Holzbank erst, als ich darüber stolperte. Mir war ein wenig anders, und ich bekam ein Gefühl dafür, wie es einem Einbrecher geht, wenn der Juwelier über eine Vernebelungsanlage verfügt. Der Wind pfiff mit hohem Ton (würde man diesen Ton in einem Film verwenden, man würde denken: total übertrieben), ich wartete, lange Minuten, zitternd vor Kälte, und plötzlich zerfetzte der Wind den Nebel, der Boden war zu sehen, dann ein flacher Abgrund, steinig, grau, tot, und weiter unten schimmerte blau der Yugama, durch den Nebel hindurchleuchtend wie ein fluoreszierendes Meer, um gleich wieder gänzlich zu verschwinden im Weiss, wie der Rest des Bildes.

Ich nahm den nächsten Bus nach Kusatsu. Als ich das Hotel betrat, donnerte es gewaltig. Super, dachte ich, denn ich wollte ins Bad eilen, stellte es mir mehr als romantisch vor, im heissen Wasser sitzen, die Augen geschlossen und zu hören, wie die schweren Tropfen auf dem Dächlein über dem Becken detonieren, und ich würde nochmals an das Gefühl denken, das ich hatte, als ich auf dem Vulkan stand, blind und ängstlich, zitternd und hoffend, dass er nicht gerade jetzt ausbrechen würde – es war ein Murakami-Moment

Er stand vor mir, sein runzeliger Körper mit wenig Bauch und Haaren sah tausend Jahre alt aus, sein Ding hing verschrumpelt herab.

(fehlte bloss noch, dass eine Frau auftauchte, die wunderschöne Ohrläppchen hatte und...). Dann kam mir eine alte europäische Weisheit in den Sinn: Blitze & Wasser = Lieber aufs Zimmer und Tee trinken und abwarten. Es würde wohl kaum der Blitz in die Teetasse einschlagen.

Bald sass ich wieder auf einem Schemel, das Ritual wiederholte sich und wusch mich intensiv, keine Falte wurde ausgelassen, und mir fiel dabei die Geschichte ein von einem Theaterregisseur, der bekannt dafür war, als ständigen Begleiter einen ziemlich strengen Körpergeruch mit sich herumzutragen. Als es einer Assistentin irgendwann zu viel wurde, sprach sie ihn darauf an, worauf er ihr erklärte, dass es dafür Gründe gäbe, dass nämlich sich zu viel zu waschen schlecht für die Aura sei. Wenn das stimmen sollte, dann wäre von meiner Aura in zwei Tagen nichts mehr übrig.

Im heissen Becken sass neben mir ein Japaner mit dem weissen Lappen auf dem Kopf. Er pfiff munter eine Melodie, sie war mir bekannt, so bekannt, dass ich einen Moment nachdenken musste, von wem sie stammt. «Ah», sagte ich, «Beethoven. ‹Freude schöner Götterfunken›.»

Der andere hielt inne und nickte anerkennend. «I love german classical music», sagte er, und ich war sehr erfreut, einen Japaner zu treffen, der wirkte, als sei er für einen Schwatz zu haben, so wie es in den Bädern nicht unüblich ist. Ich wollte mit ihm aber nicht über Beethoven reden, sondern über Onsen. Ich fragte ihn tausend Dinge gleichzeitig. Warum? Wie oft? Weshalb? Wo? Und wie stark der religiöse Aspekt sei, denn im Shintoismus (die Japaner pflegen ein eklektizistisches Verhältnis zu Religionen, und die meisten bedienen sich sowohl beim Buddhismus wie auch beim Shintoismus) ist Reinheit der erstrebenswerte Zustand – Beschmutzungen sowohl physischer wie psychischer Natur gilt es zu vermeiden.

Der Mann blieb unverbindlich (Religion ist ein Thema, über das man nicht gerne spricht), sagte, er und seine Frau kämen gerne immer wieder mal von Tokio her, von wo es ja nicht weit sei. Es sei gesund. Ja, er sei überzeugt, dass er länger lebe, weil er bade.

Dann nickte er mir zu und machte sich daran, aus dem Becken zu steigen, nicht ohne ein bisschen zu stöhnen. Ich fragte ihn schnell, wo es noch schön sei, wo ich noch hinreisen müsse. Er stand vor mir, sein runzeliger Körper mit wenig Bauch und Haaren sah aus wie tausend Jahre alt, sein Ding hing verschrumpelt herab, und er macht keine Anstalten, es mit seinem Lappen zu bedecken. «Gora», sagte er. Gora sei der Ort, und Gora Kadan der Ryokan, wo ich hin müsse, wollte ich ein sehr japanisches Erlebnis. Aber das habe seinen Preis. 100 000 Yen die Nacht. Das sind gut 1000 Franken.

Ich sagte «oh», und wenig später wechselte ich das Becken, schlüpfte in Holzsandalen und schob die Tür nach draussen auf, wo es kalt war, und ging durch den Regen auf einem Steg zum hölzernen Aussenbecken, blieb kurz im Regen stehen, bis mir kühl wurde, fast schlotterte, die Zähne klapperten, und dann glitt ich in das Heiss, das ich nun nicht mehr als Schmerz empfand, sondern als Erlösung. «Gora Kadan», dachte ich. Und es gärte der Entschluss, als plötzlich ein Blitz zuckte und ich instinktiv innerlich zu zählen begann. «21, 22». Dann lautes Krachen. Am nächsten Tag brach ich nach Gora auf.

Bäder mit Aroma

Die Züge zischten durch das Land wie ein Japanmesser durch Papier, und ich blätterte in einer japanischen Zeitschrift, in der nichts ausser Ryokans mit eigenen heissen Bädern abgebildet waren. Ich sah ein Bad mit rot brodelndem Wasser. Hypermoderne Hotelbauten, die aussehen wie aufs Festland gesteuer te Schiffe mit ultrastrengen Holzbädern. Ein Bad unter freiem Himmel, über einem Gebirgsfluss thronend, das nur mit einer kleinen Standseilbahn zu erreichen ist. Heisse Quellen, die in Becken in einer Bucht zum Baden laden und ins Meer überlaufen. Wannen in Höhlen. Solche, von denen aus sich satter, grüner Wald überblicken lässt. Einfachste, kleinste Häuser, manche nichtssagend, mit traurig gekachelten Bädern, andere bilderbuchmässig idyllisch bis traumhaft inmitten von nichts als Natur, andere Teile von Bauerndörfern, die an eine Zeit erinnern, als die Ronin durch das Land zogen, wie Kulissen zu einem historischen Epos von Akira Kurasawa.

Ich wusste aber auch, dass Japan nicht Japan wäre, gäbe es nicht auch den zeitgenössischen Onsen-Irrsinn: In Hakone gibt es Bäder, so hatte mir ein Freund in Tokio erzählt, deren Wasser aromatisiert sind und nach Rotwein, Sake, Grüntee und Schokolade riechen. Rotwein, so sagte der Freund, sei mit Abstand das Ekligste gewesen.

Ein paar Stunden später sass ich im Empfang des Gora Kadan und beobachtete ein Paar, das aus einem Bentley kletterte, die Frau von Kopf bis Fuss in Chanel gekleidet.

Und wieder dasselbe Prozedere, das Ritual. Die Maid im Kimono, Nakaisan, brachte mich auf das Zimmer, servierte Tee, klärte ab, wann ich das Abendessen haben möchte, wann das Frühstück. Auf dem Tischlein lag ein Brief des Hoteldirektors. Darin bittet er, die hier üblichen Gepflogenheiten zu respektieren. «Das Onsen basiert auf dem Geist des Zen und hilft der Meditation in Ruhe.» Daneben lag ein Buch. Es hiess «We Japanese». Ein feiner Band in Leinen, dick und schwer, erstmals erschienen im Jahr 1933, herausgegeben von einem Hoteldirektor im nahen Hakone. Ein Buch, das dem Touristen in englischer Sprache die sonderbar scheinende Welt der Japaner erklärt. Von nachvollziehbaren Dingen wie dem Kirschblütenfest über die Namen von verschiedenen Desserts bis hin zur historischen Fischerei des beliebten Ayu-Fisches mit dressierten Kormoranen. Nun ja. Sie ist auch wirklich sehr, sehr sonderbar, diese Welt. Und fremd. Gar fremd. So fremd, dass das Verstehenwollen bald dem Nichtbegreifen-aber-Akzeptieren weicht, zum Beispiel wenn man im Fernsehen ein Live-Turnier von zwei Mönchen sieht, die das Brettspiel Go spielen, stundenlang.

Silberner Minirettich

Das Gora Kadan ist die Luxusversion eines Ryokan. Selbst das Ding, auf dem beim Essen die Stäbchen ruhen, ist ein Kunstwerk: ein silberner knorriger Minirettich. Und das Essen dann, abends: Mir war schnell klar, dass ich die Menükarte zu Hause rahmen und in der Küche aufhängen würde. Beim ersten Bissen schon, beim Appetizer, wusste ich, dass es lange dauern würde, lange, bis ich wieder je etwas so Gutes essen würde.

Ob der Mann recht hatte, der mir das Gora Kadan empfahl, dass nämlich auch das Dörflein Gora wunderschön sei, das weiss ich nicht. Ich blieb im Ryokan. Sass stundenlang auf den Tatami und starrte in den kleinen japanischen Garten vor meiner Veranda. Dann ging ich ins Bad. Jemand schimpfte einst über die sogenannte Wellnessbewegung. Er tat sie ab als puren Egoismus, als Eskapismus, als teuer bezahlte Abkehr von der Realität, als feige Flucht. Nun gibt es kein Land, wo das Kollektiv, der Gemeinschaftssinn stärker ausgeprägt ist denn in Japan. Und hier sind alle absolut verrückt nach dem, was wir unter Wellness verstehen. So schlecht also können sie für die Gesellschaft nicht sein, die kleinen Fluchten aus der Hölle des Alltags.

Das Ritual wiederholte sich. Ich erschrak nur noch ein wenig, als ich den ersten Fuss hineinsetzte, gewöhnte mich schnell daran, gleitete hinein, und das Wasser spiegelte das grelle Sonnenlicht, warf es an die Unterseite des japanischen Ahornbaums, dessen feine Blätter vom Wind bewegt zu brennen schienen, lichterloh. Dann schloss ich die Augen, und das Leben kam mir vor, wie ein lang ersehnter Traum.

PS: Der junge Architekt im Flugzeug hatte unrecht: Niemand hatte spezielles Interesse an meinem Ding. Und niemand lachte.

PPS: Der Mann in Kusatsu hatte auch unrecht. Ein Zimmer im Gora Kadan kostet gar nicht 1000 Franken. Sondern weniger. – Ein bisschen weniger wenigstens. ‹

Max Küng ist «Magazin»-Reporter und Kolumnist.
Mehr von ihm auf www.dasmagazin.ch
max.kueng@dasmagazin.ch

ZOO
ZOO
UENO
TAMA

[クーリエ・ジャポン] タイアナの真実 悲劇の事故から10年

COURRiER Japon

2007年10月1日発行（毎月1回・1日発行）第3巻第11号（通巻36号）

外国人記者が泣いて、笑った!
“不思議の国” 日本をめぐる冒険

We ♥ NIPPON

日本

TIME誌 独占インタビュー
村上春樹

民主主義よりWiiが欲しい
新・中国人

麻薬シンジケートを追え!
マフィア

10
OCT. 2007 Vol.036
定価 ¥580

閉じ、風呂の屋根を叩きつける激しい雨の音を聞くのはとてもロマンチックに思えた。

私は風呂の中で火山の頂上にいたときの気持ちをもう一度思い出そうとした。何も見えず、不安に震え、どうか今、火山が噴火しませんようにと願っていたときの気持ちだ。

その一瞬はハルキ・ムラカミ的だった。そして、ヨーロッパの古い格言を思い起こした。「雷が鳴ったら部屋でお茶を飲んで待っているほうがいい。ティーカップの中には落雷しないだろうから」

私は再び風呂のイスに座り、儀式を繰り返した。丁寧に体を洗い、皮膚のあらゆるしわを省略しないで洗った。

ふと、ある舞台監督の話を思い出した。この舞台監督はいつも強い体臭がすることで有名だった。ある女性が耐え切れなくなり、そのことを監督に告げると、監督はそれには理由があるのだと説明した。体を洗いすぎるのは自身が発するオーラに良くないというのだ。もしそれが正しいのなら、私のオーラはこの2日間でもう無くなってしまっているだろう。それぐらい体の隅々まで洗いつくしたのだ。

旅館をあとにし、私は次の目的地へと向かった。

列車は日本刀で紙を切るような鋭い音をたてている。私は温泉つきの旅館を紹介している日本の雑誌をめくってみた。赤いお湯が湧いている温泉、洞窟のなかにある温泉、青々とした森を見渡せる温泉。なかには、絵本に登場するかのような温泉もある。周囲は自然や農村に囲まれていて、アキラ・クロサワの作品で浪人たちが国を旅するときに出てくる農村みたいだった。

数時間後、私は箱根の旅館、強羅花壇のロビーに居た。やがて一組のカップルが視界に入ってきた。カップルはベントレーから降り、女性は全身シャネルで身を固めていた。

ここの旅館でも、入ってからの手順は同じだった。

キモノを着た仲居さんが私を部屋に案内してくれた。お茶を淹れ、夕食と朝食は何時がいいかと聞く。テーブルの上にはメッセージが置いてあった。慣習に敬意を払ってください、と書いてある。「温泉は禅の精神に基づいており、静かに瞑想するのに役立ちます」

ずっと待ち焦がれていた夢

メッセージの横に『We Japanese』という本があった。クロス装の厚く重い本で、1933年に箱根のホテル支配人により発行されたものだ。本は英語で書かれており、外国人観光客が驚くであろう日本の慣習について詳しく説明している。比較的理解しやすい桜祭りのことから、さまざまなデザートの名前、伝統的な鵜飼いにいたるまで書かれている。

日本はとても特殊な国のように思う。最初は、まずその異質さに驚くが、理解しようとする気持ちが、やがて〝理解できないが受け入れよう〟という気持ちにすり替わるから不思議だ。

強羅花壇は高級な旅館として有名だそうだ。それは箸置き一つ見てもわかる。銀製の節くれだったミニ大根である。

そして夕食。一口食べた瞬間、将来これほどおいしいものを口にするのはずっとずっと先になるだろう、と思った。私は〝お品書き〟を額縁に入れて自宅の壁に飾りたくなった。

強羅の町も素晴らしいと聞いていたが、結局私は旅館から一歩も出なかった。一日中畳の上に座り、目の前の小さな日本庭園を見つめていた。それから風呂に入った。

風呂では同じ儀式を繰り返した。片足をお湯に入れる瞬間は、まだ少しびっくりしたが、すぐに慣れた。お湯はキラキラと輝く太陽を反射し楓の木に光を投げかけていた。楓の葉は風に揺れ、あかあかと燃えているかのようだった。

私は目を閉じた。すると、この瞬間はずっと待ち焦がれていた夢のように感じられた。C

温泉は24時間入ることができるのだから。

旅館は静まり返っていたので、私が浴場の戸を開ける音が大きく響いてしまった。湯けむりでかすんだ明かりのもと、浴槽の湯はどんよりと光って見えた。私は裸になり、熱心に体を洗った。木製の管から、ちょろちょろとお湯が注がれてくる音のほかは何も聞こえなかった。

木は硫黄で黄色くなっている。2つのランプがあたりに弱々しい光を投げかけ、情景にマッチしていた。自分がいつ、どんな時間を生きているのかわからなくなってきた。温泉とは時空を超えた旅なのだ。

浴槽はそれほど大きくない。2×3mくらいだろうか。特別に深いというわけでもない。浴槽内の腰掛けに座るとお湯はお腹のあたりまで、底に座ると首まで達する。これで充分なのだ。

私はすぐに熱さに耐えられなくなり、お湯から上がった。温度計を持っていなかったことを悔やんだ。自分がどんなに熱いお湯に入っていたのか、0・1℃単位まできっちりと計って証明したかった……。

浴槽のわきにあった木製のイスに座り、新鮮な朝の空気を吸った。風呂場の外には散歩道が見える。年老いた男がびっくりしたようにこちらを見ていたので私は愛想良く手を振ったが、男は手を振り返してはくれなかった。

蛍光色に輝く湯釜

温泉から出ると少し運動をしたくなった。森へ続く小道を歩くと、まもなく急な上り坂になった。眼下には小さな町が広がっている。

そこは都会の喧騒とは無縁だ。宿泊施設はいくつかあるが、草津の町はずれは、簡素な村でしかない。がらくたであふれた庭やスーパーマーケット、錆びついた乗用車などを寄せ集めた、田舎の小さな町だ。

木は硫黄で黄色くなり2つのランプが弱々しい光を投げかけていた。

とはいえ、日本には至るところに美しいものがある。例えば和菓子の包装などは芸術作品だと私は思う。和菓子そのものだって、芸術だ。

私はもう一日滞在することにし、浴衣姿で白い手ぬぐいを持ち草津の温泉をめぐった。無料の温泉もあれば、わずかばかりの料金を払うところもある。

突然、白根山に登りたくなった。山頂にはエメラルドグリーンの火口湖がある。草津温泉の源泉であり、更新世の噴火の結果できたものだ。ここの水の高い酸性度は世界有数だそうだ。

山へはバスで30分ほどかかった。岩の割れ目や山が崩れた箇所からもうもうと煙が立ち上がっている。バスの中にも煙が立ち込め、車内は腐ったような臭いで満たされた。バスから降りると、急に激しいあられが降り始めた。

私はそれに動じないようにしながら、火口湖のある山頂へ続く急な小道を登っていった。靴の下であられの粒がガリガリと音を立てる。風は強く、霧は次第に濃くなっていく。頂上に到達すると何も見えなかった。

寒さに震えながら何分も待っていると突然、風が霧を押しのけ、視界が開けた。生物の棲んでいない灰色の低い谷間、さらにその下には湯釜がほのかに青く光っている。蛍光色に輝く海のような湯釜は霧の合間から姿を見せたかと思うと、すぐに乳白色の霧の中に姿を消してしまった。

ムラカミ的な瞬間

草津に戻るバスに乗った。旅館に着くと大きな雷の音がした。私は「しめた」と思った。

雨の中で温泉に入ってみたかったのだ。熱い湯につかり目を

草津の思い出がつまった写真の数々（右ページ中央が筆者）

衣を正しく着ることはとても重要である、といろいろなガイドブックに書いてあった。右身頃(みごろ)の上に左身頃をかぶせ、きっちりと帯を締める。右と左を逆に着るのは死者だけだそうだ。

何度か試しているうちになんとか浴衣を帯で固定できるようになった。そのまま、すぐに共同浴場へと向かう。

途中でマキコが私の姿を見つけた。彼女は首を振り、クスクスと笑った。手を口にあてている。この笑いはハジライと呼ばれていて、きまりが悪いときの笑いである。

「やっぱり」と私は思った。帯の結び目は西洋人の私の目から見ても失敗で、日本人の美的感覚からすれば笑われて当然だろう、と自分で気づくくらいひどいものだったのだ。マキコは素早く直してくれた。ヨレヨレだった浴衣が、ピンと引き締まった。「これでオーケーですよ」、マキコは右手の親指と人差し指で丸をつくって微笑んだ。

手前の部屋で服を脱ぎ、かごに入れる。奥にある浴場では、みんな裸だ。私がまず覚えなくてはならなかったのは、お湯に入る前に体を洗うということだった。それも丹念に洗うのである。見せかけ程度でなく、時間をかけ徹底的に。

私はこんな風に体を洗ったことは人生で一度もなかった。温泉につかるのは体をきれいにするためではなく、言ってみれば精神を清めるためらしい。

温泉は単に熱いというだけのものではない。草津まで人がやってくるのは、ここのお湯につかると健康になると言われているからだ。

温泉のお湯は恋の病以外はどんな病気も治すという。硫黄を含んだお湯は神経痛や筋肉痛、慢性疲労に効能があり、新陳代謝を良くする効果もあるそうだ。こうした効能を江戸時代の将軍は知っており、草津のお湯を樽に入れ、200km離れた江戸まで運ばせたという。

旅館のもう一つの楽しみは、料理である。メニューは決められていて、宿泊費に含まれている。

夕食は6時から、と告げられていた。食堂には軽めのジャズが流れていた。通常は部屋に料理が運ばれてくるパターンが多いというが、今回は食堂で食べることになった。私の隣には一組のカップルが座っており、男はクチャクチャ、ズルズルと大きな音をたてながら食事をしていた。私はマキコが運んできた小さな皿に載った料理を静かに食べた。

ブリの刺身、妙に苦い野菜、巨大な芋虫を巻いたような野菜、きれいに切られた栗、貝、どれも非常においしい。一風変わった味のする〝ウニ〟は、地元のビールの助けを借りながら、胃の中に流し込んだ。

魚が出てきた。それは先史時代の発掘品のように見え、口を開いたまま無言で叫んでいるようだった。「メバルです」とマキコが言った。どうやって箸で魚を食べたらよいのか見当がつかなかった。

食事が終わり、部屋に戻ると畳の上にフトンが敷いてあった。さっきまでテーブルがあった場所だ。トイレの便座が温かいので少しびっくりした。体が触れる場所はどこもかしこも温かくしなければならないという感じである。私はすぐに寝入った。

静けさのなかでの入浴

真夜中にふと目が覚めた。あたりはシンとしている。目覚まし時計の秒針が動く音と、さらさらと流れる湯の音だけが聞こえる。まるで遠くで雨が降っているような音だ。

冬の温泉もきっと素晴らしいだろう。露天風呂の周りに雪が降り積もり、頭上で雪が溶ける感覚を想像してみる。実際、長野市近郊の地獄谷では冬になるとサルが温泉に入るという。サルはなんて頭が良いんだ！

想像したら、居てもたってもいられなくなり、温泉に入りに行くことにした。時計は午前3時半を指しているが、大丈夫。

LOVE 2 温泉

スイス人記者の湯けむり紀行

浴衣に戸惑い、儀式に陶酔 "ONSEN"は時空を超える

日本を訪れた外国人の誰もが目を輝かせて語る、不思議体験。温泉の魅力とは何なのか、それを知るために、いざ湯船へ！

Text&photographs by Max Küng (Das Magazin)

From ダス・マガツィン スイス

地獄に行くのはこんな感じにちがいない。まさに地獄だ。

硫黄のにおいが立ち込める浴室に足を踏み入れた瞬間、私の頭にはそんな考えがよぎった。片足をお湯に入れてみる。すると一瞬にして、火傷をしたかのような感覚に襲われた。

恐る恐るもう片方の足も入れてみた。ああ熱い、ひどく熱い。本当に地獄のようだ。ゆっくりと体をつけてみた。やっぱり熱い。湯の中でも「熱い、熱い」ということしか考えられなかった。

かの有名な草津へ

日本へ行ったことのある人たちから、この〝不思議な湯〟のことは聞いていた。彼らは日本から戻ると、まるで自分たちをすっかり変えてしまった体験をしたかのように目を輝かせて語るのだ。

できればすぐにでも日本に戻りたい、というような切実な口ぶりだった。彼らの口からは「オンセン」という言葉がしばしば出た。日本の温泉は何百年も前から文化として浸透している。人々は熱い湯の中に軽々と身を沈めるのだ。日本には3000ヵ所も温泉があるという。

鳥のくちばしのような形をした超特急列車に乗り、私は東京から北部の山地を目指した。

1時間も過ぎると、最初の山々が見えてくる。緑が多くなるにつれ、〝日本〟とは東京以外を指すのだという気さえしてきた。ネオンきらめく大都会のカオスでもなく、3000万人がひしめく巨大な雑踏でもない。日本の70%は山なのだ。折り重なる山々、奇妙に尖った山頂、深い森を見ていると鉄道模型の世界を思い出す。

日本には100以上の活火山があるという。私は、そのうちのひとつである白根山に向かっている。噴火口から1000m下に位置するのが、かの有名な草津だ。

浴衣の帯は難しい

日本の伝統的なゲストハウス、〝リョカン〟に着くと年配の男女が私を迎えてくれた。女性はキモノを着ていて、男性は私の荷物を持ってくれた。玄関で靴を預け、スリッパに履き替える。男性は男湯の場所を教えてくれた。

キモノを着た女性はマキコといい、私を部屋に案内してくれた。畳の大きな部屋で、真ん中には漆塗りのテーブルがある。テーブルの上にはオリガミで作った動物の入ったかごが置いてある。マキコはお茶と和菓子を用意してくれた。何度もお辞儀をしながらマキコが出て行くと私はひとりになった。

私は〝ユカタ〟を着ようと、まずは一人で頑張ってみた。浴衣というのは修道服のようなものので木綿製のキモノである。浴

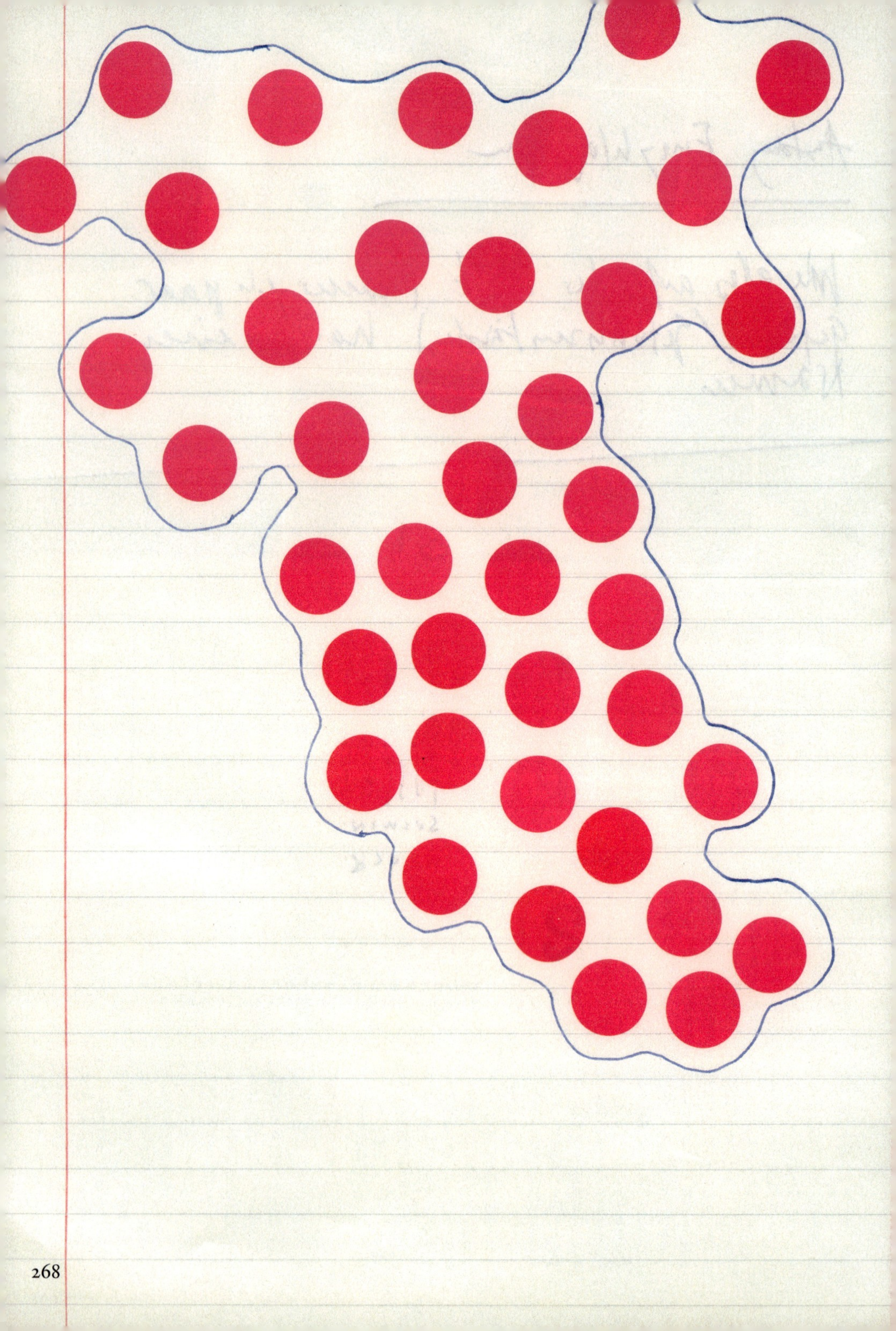

das sind die besten Bohnen auf der

ganzen Welt. Davon könnte ich 1000 essen auf 1x.

oder dann bitte mit Liftfahren in einem Hochhaus.

PARK HYATT TOKYO®

Natural mineral water from the Kyushu Alps

品　　名　ナチュラルミネラルウォーター
原材料名　湧水
内 容 量　500ml
賞味期限　05.9.30
保存方法　直射日光を避けて保存してください
採 水 地　大分県竹田市大字門田205
製 造 者　(有)泉水スプリングス
　　　　　大分県竹田市大字門田205
お問合せ　パーク ハイアット 東京
　　　　　東京都新宿区西新宿3-7-1-2

プラ キャップ　ボトル ラベル 1 PET

PARK HYATT TOKYO®

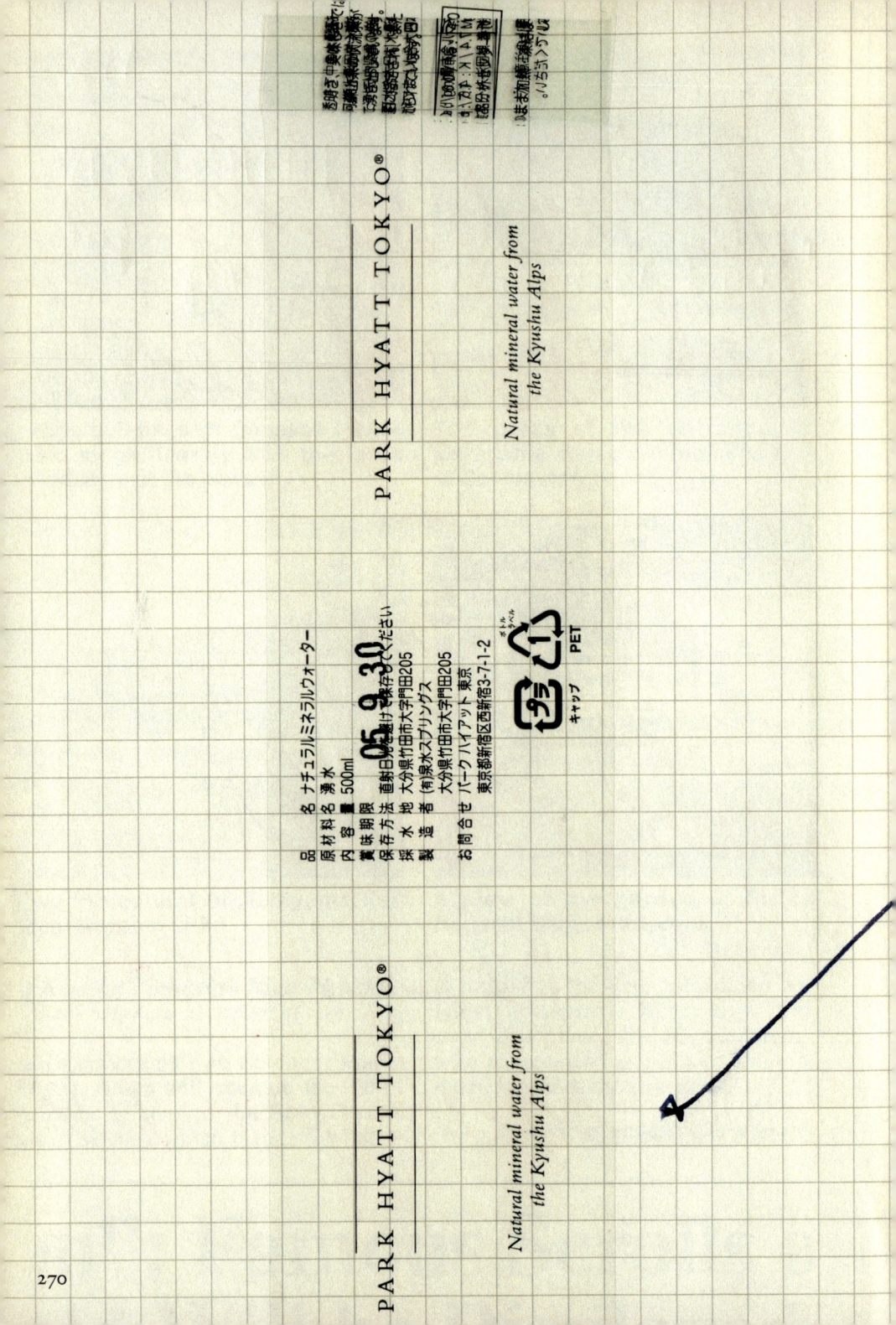

Natural mineral water from the Kyushu Alps

das beste, welches
wasser das ich je
trank.

JVC

DATE 29.3.05

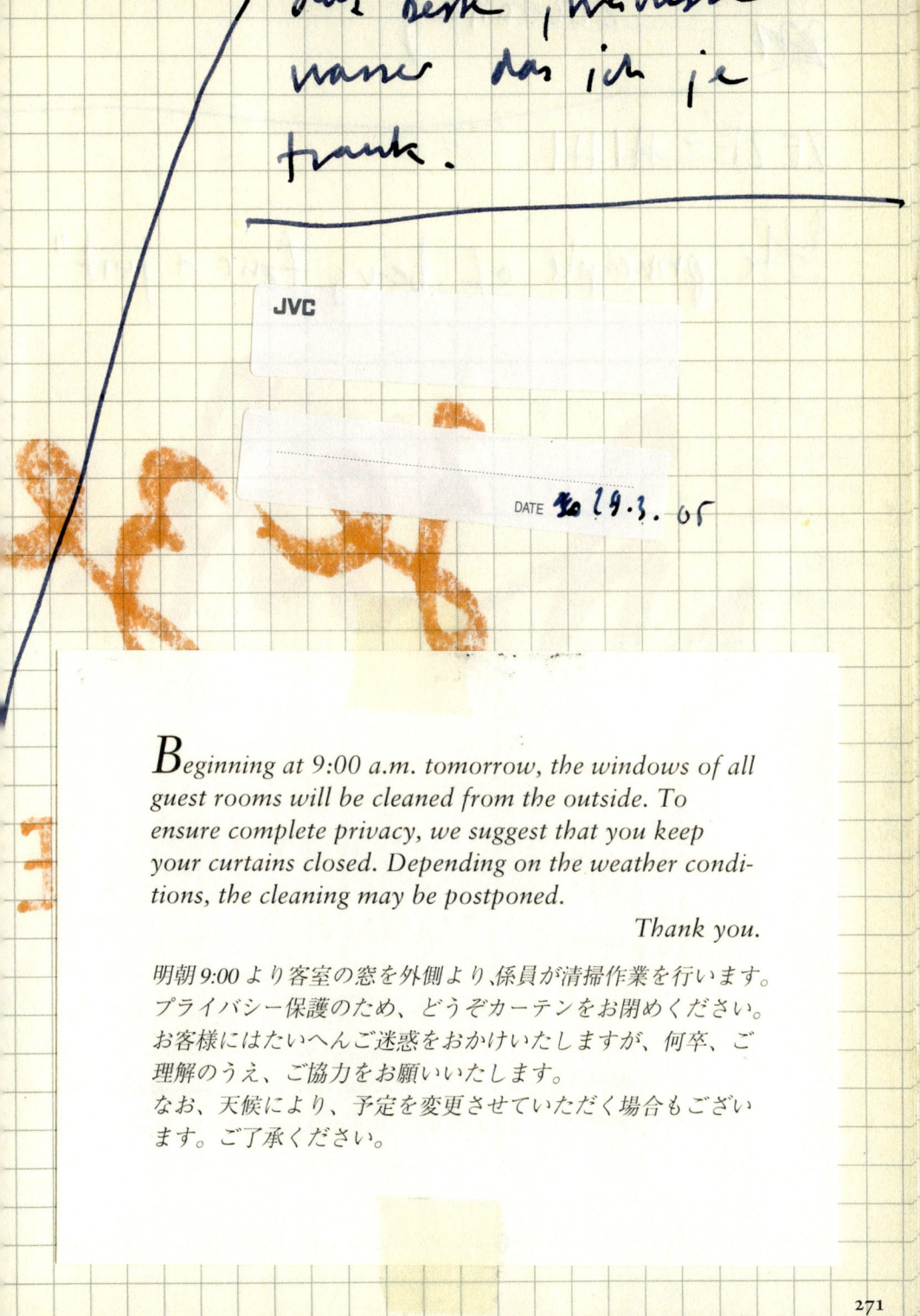

Beginning at 9:00 a.m. tomorrow, the windows of all guest rooms will be cleaned from the outside. To ensure complete privacy, we suggest that you keep your curtains closed. Depending on the weather conditions, the cleaning may be postponed.

Thank you.

明朝9:00より客室の窓を外側より､係員が清掃作業を行います。プライバシー保護のため、どうぞカーテンをお閉めください。お客様にはたいへんご迷惑をおかけいたしますが、何卒、ご理解のうえ、ご協力をお願いいたします。
なお、天候により、予定を変更させていただく場合もございます。ご了承ください。

~~ZEZE~~ dictionary

ZEZE - HIHI

"the principle of being fair + just"

zeze

THE PRINCIPLE

FAIR +

hi hi

OF BEING

JUST

7. Töpferware, ¥ ab 900

KITCHENWARE STREET

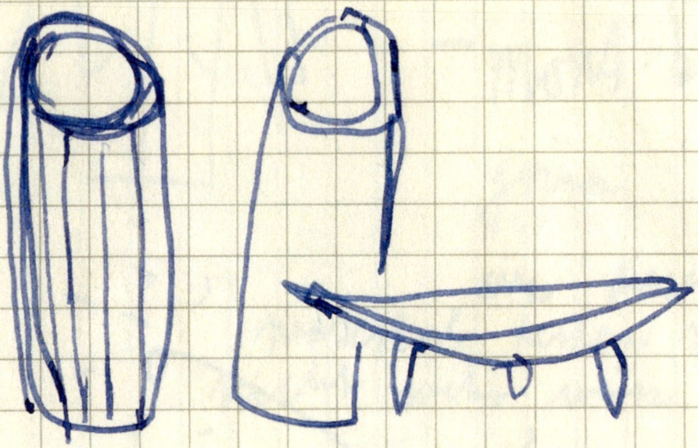

8. single malt whiskey, ¥ 6000

DUTY FREE SHOP

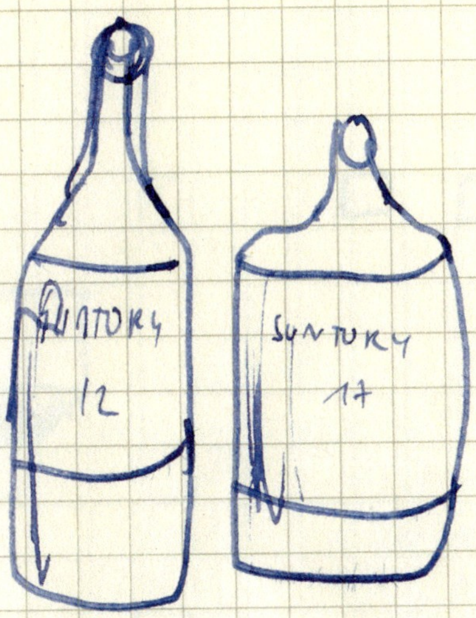

SUNTORY
12
SUNTORY
17

51,- ~~70~~
68.—

Suntory
"Yamazaki" (12)
"Hibiki" (17)

Hibiki | 1 ...

Sukiyaki Dinner

wenigstens ihr scheint es zu schmecken

V BRIDGE
レインボーブリッジ

場散策

I AN EXPRESSWAY
首都高速ドライブ

GYO" ステージショー

ES FOR THE

e most celebrated shop-
Tokyo.
panese-style restaurant
popular Japanese-style
an with specially blend-

Sukiyaki Dinner

sluck

MEIN LEBEN ALS KOCH

Text Max Küng Bilder Stefan Jäggi

Wie viele Kochbücher braucht ein Mensch? Und welche? Soll ein Mann backen? Soll man das Kochen den Profis überlassen? Wie lernt man es? Ein paar Antworten und ein Rezept.

Es begann mit einem Fehler.

Mit vierzehn musste ich in der Schule ein Fach belegen, das sich Hauswirtschaft nannte oder so ähnlich. Es war grässlich. Wir Buben wollten nicht hauswirtschaften, wir wollten einander beim Fussball an die Schienbeine treten oder Töffli frisieren oder uns Fantasien hingeben über die Topografien unter den Pullovern der Mädchen. Aber dann standen wir mit einer Schürze um im Haushaltsunterricht und bekamen ein grosses Kochbuch in die kleine Hand gedrückt. Es war quadratisch, grün und hiess «Kochen Braten Backen». Das war alles, was auf dem Umschlag stand. Kein Autor. Kein Verlag. Nichts, bloss «Kochen Braten Backen» und drei Fotos. Ein Foto zeigte eine graue Siedfleischplatte. Ein anderes mit Zitronenschnitzen verzierte Wiener Schnitzel. Das dritte ein Dessert.

Das Erste, was wir im Unterricht kochen mussten, war ein Paprikahuhn. Aber bevor wir kochten, mussten wir lernen, was ausgeglichene Ernährung hiess. Ödes Zeugs über Baustoffe, Kalorien, Vitamine, Mineralstoffe, Spurenelemente, Zeit- und Arbeitsplanung und den Umgang mit dem Dampfkochtopf. Und wie man Mass hält! Wir wurden eingehend in die Handhabung eines Messlöffels eingeführt. Kochen war, so kam es mir vor, eine strikt regulierte und stinklangweilige Welt. So etwas wie eine Mischung aus Chemieunterricht und Rekrutenschule.

Und dann das Paprikahuhn. Das Vogelbein sah nach dem Anbraten sogar richtig gut aus, schön braun und so. Jedoch machte ich einen kleinen Fehler: Ich löschte, so wie es im Rezept geheissen hatte, mit exakt 1 dl Bouillon ab. Als das Huhn auf den Tisch kam, sah es zwar perfekt

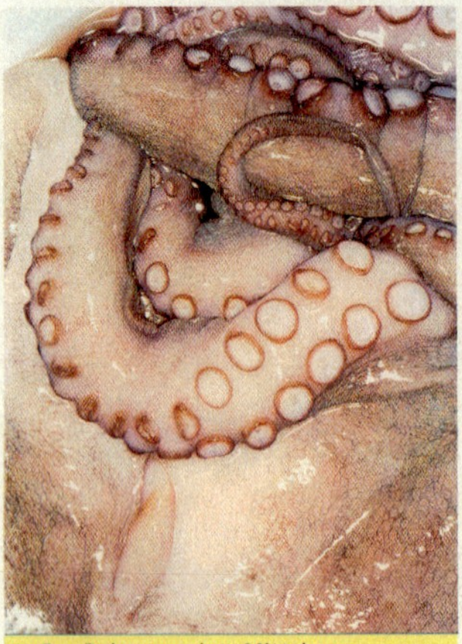

Abb. 1 Pulpo aus dem Mittelmeer

Abb. 2 Pulpo packen

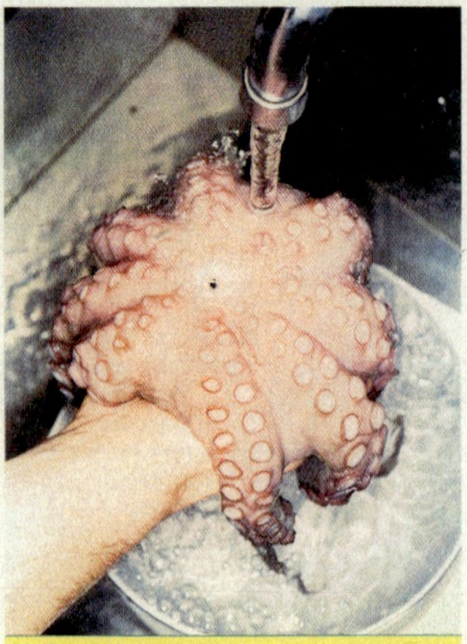

Abb. 3 Pulpo waschen

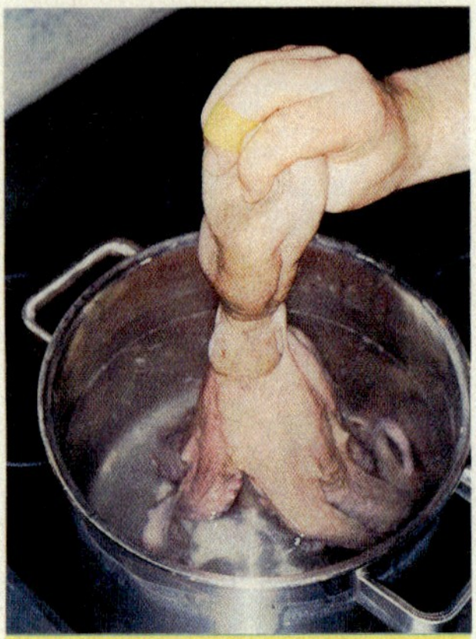

Abb. 4 90 Minuten simmern lassen

Abb. 5 Vollenweiders Gnocchirezept

Abb. 6 Kartoffeln durchdrehen

Abb. 7 Ein wenig kneten

Abb. 8 Fingerdicke Rollen rollen

Abb. 9 2 Zentimer breite Stücke

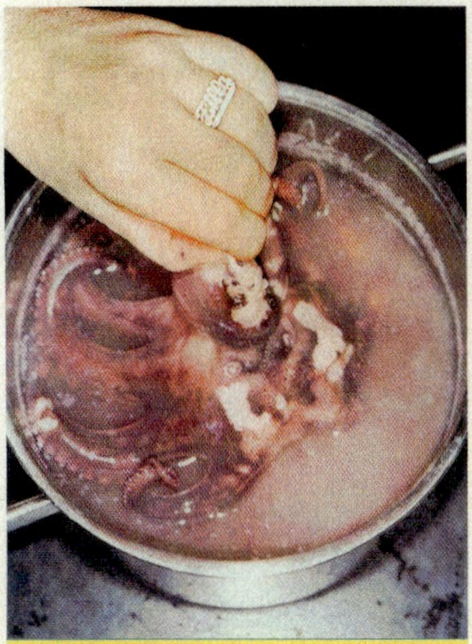
Abb. 10 Nach 90 Minuten herausnehmen

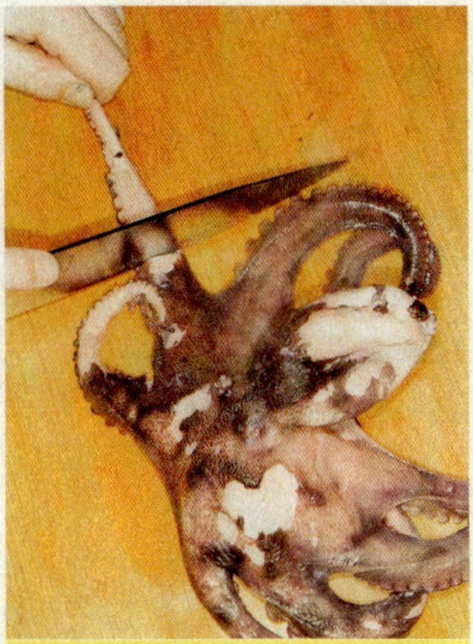
Abb. 11 Zartheit prüfen

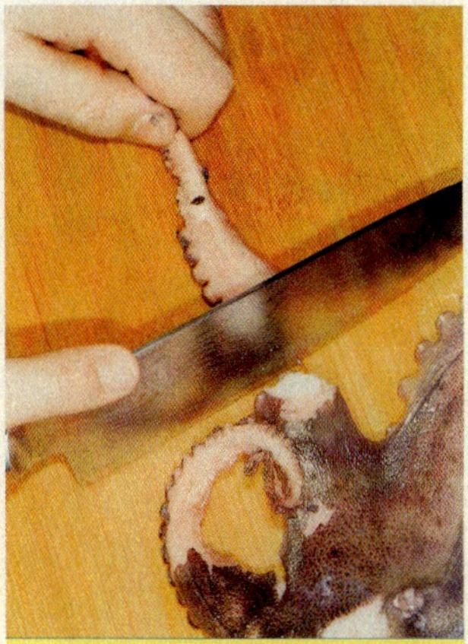
Abb. 12 Pulpo sollte nun sehr weich sein.

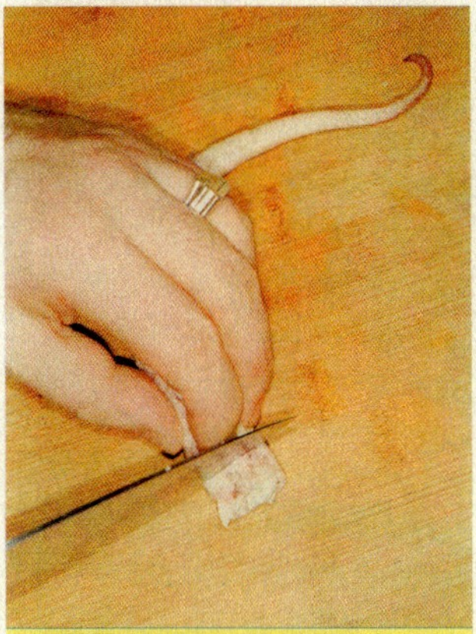
Abb. 13 Tentakel klein schneiden

Abb. 14 Gehäuteter Pulpo ohne Saugnäpfe

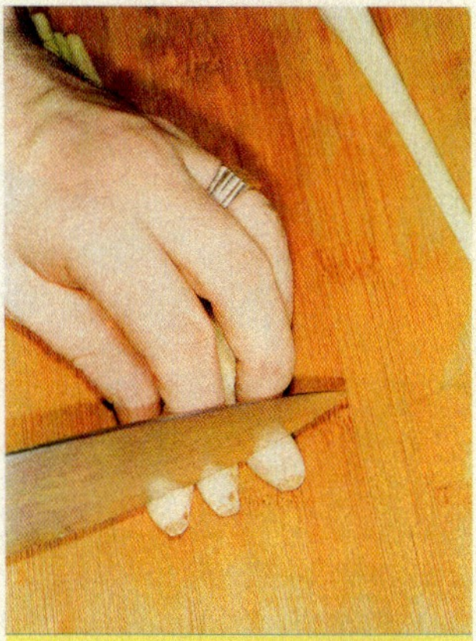
Abb. 15 Zitronengras vorbereiten

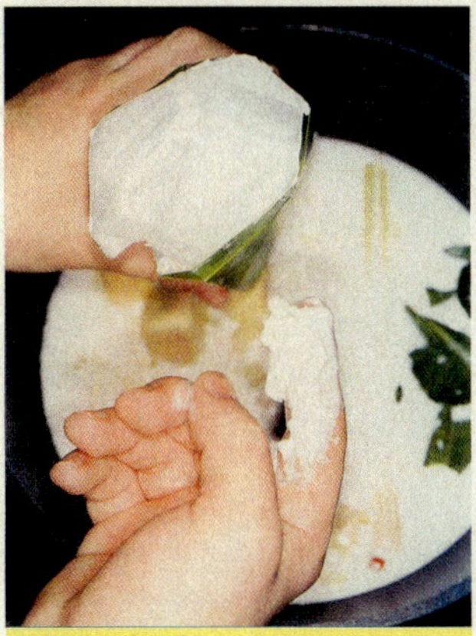
Abb. 16 Kokosmilchsosse zubereiten

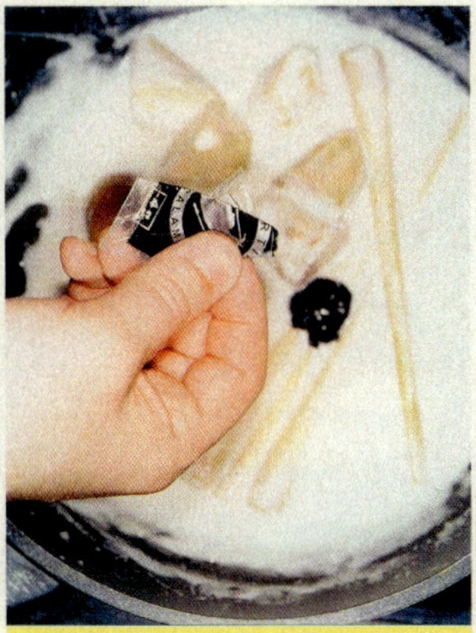
Abb. 17 Tintenfischtinte zugeben

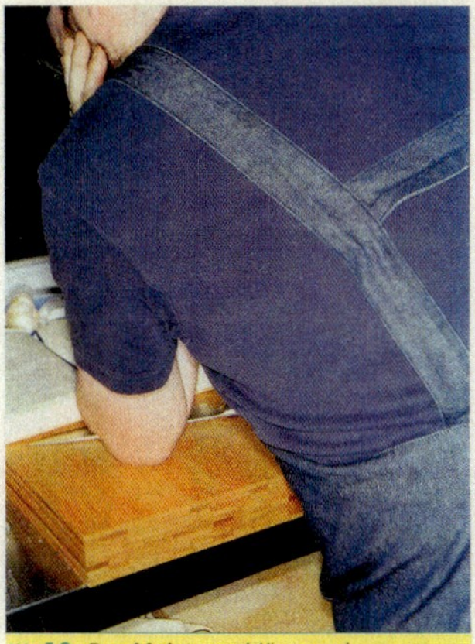
Abb. 18 Der Meister schlägt nach.

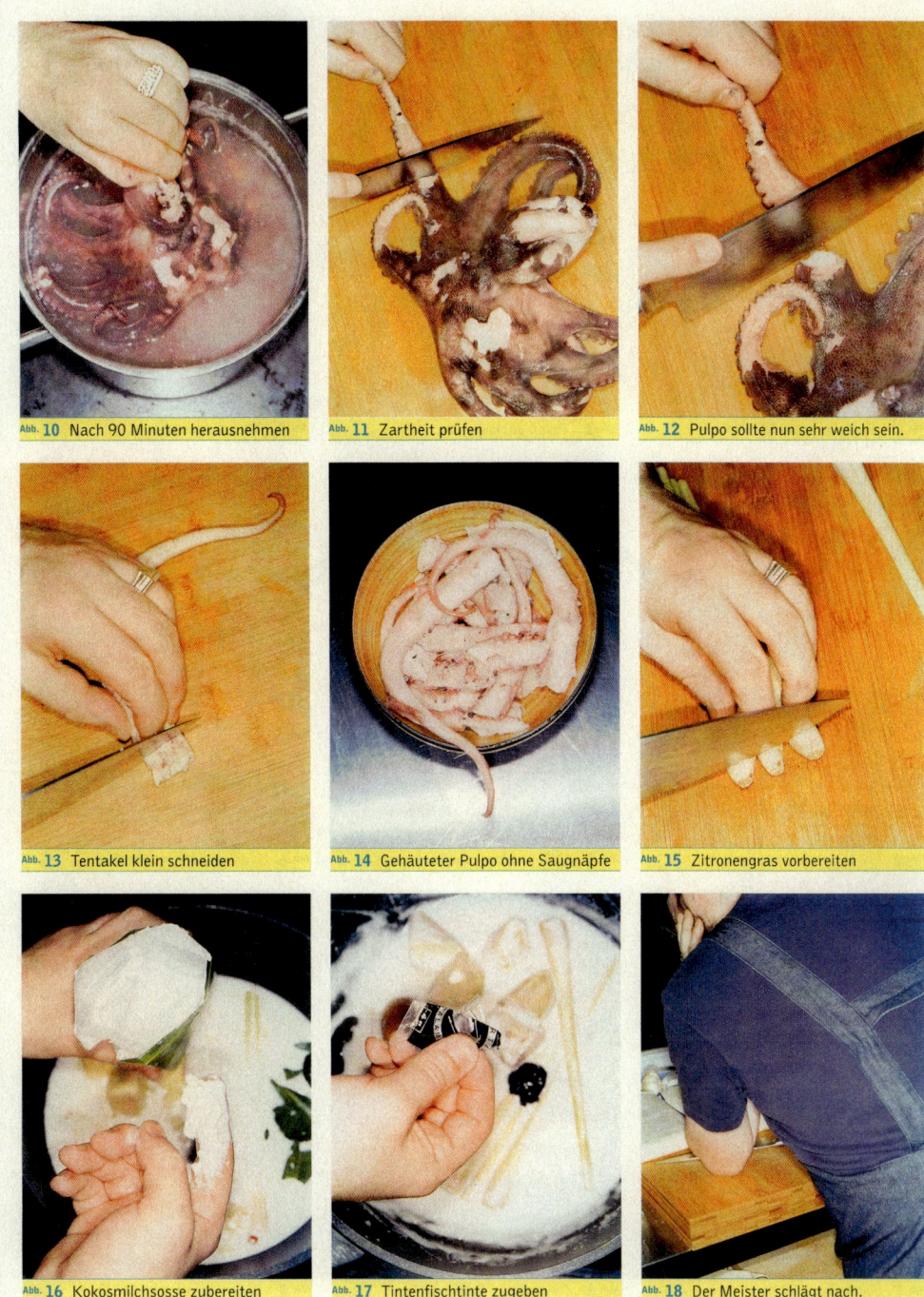

Abb. 19 Pulpo in die schwarze Sosse geben. Zartbesaitete können die Tinte weglassen.

aus, war innen aber vollkommen roh und kalt. Ich hatte – trotz Überwachung durch die Hauswirtschaftslehrerin – einen Rezeptschritt vergessen, nämlich «bei kleiner Hitze 25 Minuten weich schmoren lassen».

Das Huhn schmeckte eklig. Wir warfen die Teile, als die Lehrerin einen Moment nicht hinsah, aus dem Fenster.

Ich lernte damals: Kochen ist eine Angelegenheit, bei der man vor allem eines machen kann: Fehler nämlich. Und noch etwas lernte ich: Nach dem Kochen kommt das Abwaschen (Gläser zuerst!) und das Putzen und das Schrubben und Reiben und die finale Erkenntnis, dass Kochen einfach nur blöd ist. Warum sollte ich also kochen lernen? Ich war ein Mann, fast einer, damals.

Unter Verdacht

Ich sah meine Mutter nie mit einem Kochbuch, und sie brauchte auch keinen Masslöffel. Meine Mutter konnte kochen, weil sie es gelernt hatte. Und zwar von ihrer Mutter. Matriarchalischer oraler Knowhow-Transfer. Mein Vater dagegen ist völlig unfähig in der Küche. Er hat nie etwas gemacht, weil das nicht vorgesehen war. Mein Vater bringt nicht mal ein Dreiminutenei auf die Reihe.

Früher kochten Männer nicht, ausser Herren, die Herrenbesuch erwarteten, oder Alleinstehende, aber auch die dann bloss etwas Einfaches, also Spezialitäten aus der Tiefkühltruhe, etwa Panizza, oder eine Büchse mit kleinen Fischen in Senfsosse. Meine Eltern besuchten mich mal in meiner ersten eigenen Wohnung, ein spartanischer Singlehaushalt. Mein Vater sah sich um und fragte: «Und, äh, wer kocht für dich?» Als ich ihm sagte, dass ich selber kochen würde, schaute er mich an, als ob ich ihm eben gestanden hätte, schwul zu sein.

Meine Mutter dagegen kochte wunderbar. Sonntags Poulet. Extrem knusprig. Rötlich von der Geflügelwürzmischung aus der Migros. Ich liebte es, die Hähnchen im Ofen mit Öl einzupinseln. Ich liebte alles, was meine Mutter kochte. Sogar Spinat. Am liebsten hatte ich, wenn der Störmetzger kam. Am Morgen noch war die Sau ein fideles Tierchen, am Mittag schon kamen die mit Zwiebelringen belegten Würste und Koteletts auf den Tisch. (Gut, es gab eine Phase in der Pubertät, als ich das Schlachten von Tieren verurteilte und eine Weile vegetarisch lebte, was meinen Vater zu voreiligen Schlüssen kommen liess. Aber hey, wir alle begeben uns mal auf Holzwege und holpern dann wieder zurück.)

Heute ist alles anders. Ich koche jeden Tag. Abends. Meist einfache Mahlzeiten. Meist italienisch. Weil italienisch halt die beste Küche der Welt ist. Ja, ich würde gerne jeden Tag japanisch kochen, aber japanische Rezepte sind wie Japan selbst, faszinierend und komplex, aber weit gehend eine verschlossene Sache. Das japanische Kochen überlasse ich lieber den Meistern, wie Yasuhiko Tsukada vom Genfer Restaurant Kotobuki an der rue Jean-Jacques de Sellon 5.

Zum Kochen kam ich, weil ich essen musste. Ich war Single, und Restaurants konnte ich mir nicht leisten. Also fing ich einfach damit an. Bald merkte ich, dass ein Kochbuch hilfreich sein kann, sowohl was die Technik angeht wie auch zur Erweiterung des Horizontes. Und ich merkte, dass das, was ich kochte, schmeckte. Also blieb ich dabei. Bis heute.

Ich bin ein Amateur

Manchmal koche ich für Gäste, aber auch dann versuche ich, den Aufwand in einem gewissen Rahmen zu halten. Schliesslich will ich nicht den ganzen Abend in der Küche stehen, während die Gäste in der Stube anfangen, die Schubladen zu durchwühlen, weil es ihnen langweilig ist. Und ich bin kein Koch! Das möchte ich klarstellen. Ich bin kein Profi, habe keine Kochlehre absolviert, sondern bin reiner Amateur. Mein Zugang zum Handwerk Kochen ist intuitiv. Und meine Ambitionen sind beschränkt. Ich will kein Küchenakrobat sein.

Lassen Sie mich einen überzeugenden Vergleich heranziehen: Schneide ich mir in den Finger, dann kann ich die Wunde problemlos mit meinem Wissen behandeln. Dafür brauche ich kein Medizinstudium. Hacke ich mir aber die Hand ab, dann würde ich mit der abgetrennten Hand zu einem Chirurgen gehen. So geht es mir auch in kulinarischen Belangen. Ich will kochen – aber nur bis zu einem gewissen Grad an Komplexität. Wenn ich aber Highend-Küche will, dann gehe ich ins Restaurant. Denn für komplizierte Menüs habe ich mindestens drei Hände zu wenig und nicht die nötigen Arbeitsinstrumente. (Ja, das grösste Problem an meiner neuen Wohnung ist, dass ich auf einem Elektroherd kochen und auf Gas verzichten muss. Noch ging ich nicht so weit wie ein Bekannter, der sich beim Neubau seines Hauses extra eine Gasleitung legen liess.) Und schliesslich fehlt mir einfach auch das professionelle Wissen.

Was ich in meiner Küche nebst Ultrakomplexem nie mache: Backen. Lange habe ich darüber nachgedacht, und ich kam zu zwei Erklärungsmodellen.

1. Ich backe nie, weil es Mutterkompetenz ist. Das Backen ist so mit der Mutterfigur verbunden, dass ein Backen meinerseits unweigerlich einem

Abb. 20 Gnocchi unterheben

Abb. 21 Noch mehr Gnocchi

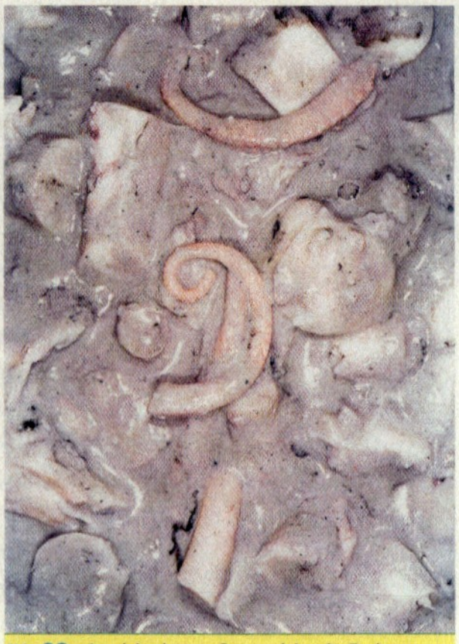
Abb. 22 Architekten-Gnocchi mit Pulpo

Abb. 23 Heiss servieren

Streben nach Mutter-sein-Wollen gleichkäme. Das Nichtbacken also ist nichts anderes als eine Definition von Männlichkeit. «Tough guys don't dance», harte Männer tanzen nicht, schrieb Norman Mailer. Ich dagegen würde sagen: «Tough guys don't bake.»

2. Wissen. Wer schon einmal ein Backrezept betrachtet hat, der oder die weiss, dass ein Kuchen nichts anderes ist als viele ungesunde Dinge komprimiert zu einem plutoniumartigen Etwas. Schon oft habe ich im «River Cafe Kochbuch» voller Faszination das Rezept für den ultimativen Schokoladenkuchen namens Chocolate Nemesis studiert: 675 g Schokolade, 450 g Butter, 10 Eier, 675 g Zucker. Das ist auch schon alles (abgesehen vom Rahm, mit dem man den Kuchen dann serviert). Man braucht keinen Kalorienrechner, um zu verstehen, dass so ein Kuchen sehr gefährlich ist für Leib und Leben.

Immer griffbereit

Also. Ich geh jetzt mal in die Küche und mache Inventar. In meiner Küche stehen zurzeit 32 Kochbücher. Gut, das sind nicht besonders viele. Es gibt Leute, die besitzen mehr Kochbücher als andere Bücher und lesen statt morgens Zeitung in Rezepten. Ich habe einen Kollegen, der hat über 150 Kochbücher in seiner Küche stehen. Ich finde das problematisch, ähnlich problematisch wie Espressomaschinen mit einem Gewicht von über fünf Kilogramm, aber nicht so problematisch wie das Geständnis eben dieses Kollegen: Er sagte, er mache nichts lieber, als im Bett vor dem Einschlafen seiner Freundin aus Kochbüchern vorzulesen. Er streichelt ihren Kopf, während er die einzelnen Arbeitsschritte des Rezeptes für «Cuissot de veau à la mode du vieux presbytère» vor sich hinwispert.

Also. 32 Kochbücher in der Küche. Immer griffbereit. Es gilt für diese Bücher absolute Gleichheit. Keines davon steht hoch oben in einem Schrank, sondern alle stehen auf dem Fensterbrett. Nochmals 50 Kochbücher habe ich im Keller verstaut. Und wohl nochmals so viele habe ich weggeworfen. Das tue ich sonst nie, Bücher wegwerfen, denn Bücher wirft man nicht weg, aber beim letzten Zügeln, als ich von der Dünne-Mehlsuppen-City nach Geschnetzeltes-mit-Rahmsosse-Town zog, da bündelte ich die Kochbücher, die ich nicht brauchte, und stellte sie auf die Strasse. Weil: Kochbücher sind sauschwer.

Meine 32 Kochbücher sind immer im Dienst. Bis auf zwei. Eines der ungebrauchten (aus dem ich noch nie, nie etwas gekocht habe) heisst «Choucroute au curry par hasard», und ich habe es bloss in der Küche stehen, weil es zu schön ist, um es wegzuschmeissen oder in den Keller zu deportieren. Das andere schon lange nicht mehr benutzte Buch ist die 862 Seiten starke Bibel-Fibel von Paul Bocuse, «La Cuisine du Marché», ein unansehnliches Taschenbuch in 13. Auflage. Dann und wann schlage ich es auf, etwa auf Seite 491, um ein bisschen zu schmökern. Auf Seite 491 findet sich ein Rezept mit einem Titel wie der eines Groschenromans: «Lièvre à la royale du sénateur Couteaux». Der Hase auf königliche Art des Senators Couteaux. Das Rezept beginnt so: «Zuerst einen schönen Hasen auswählen, möglichst mit rötlichem Haar, im Gebirge oder in einer Heidelandschaft getötet, nicht mehr ganz jung, aber auch noch nicht erwachsen.» (Paul Bocuse verlangt weiterhin einen Hasen von feiner französischer Rasse, die sich durch die kraftvolle Eleganz von Kopf und Gliedern auszeichnet – Anmerkung des Übersetzers.)

Ich kenne kein Rezept, das mit einem schöneren Satz beginnt. Und weiter geht es so, inklusive Zeitplan, damit man den Hasen um 20 Uhr servieren kann: «13.30 Uhr: einen am besten aus verzinntem Kupfer bestehenden 20 cm hohen, 35 cm langen und 20 cm breiten Schmortopf mit einem dicht schliessenden Deckel innen vollständig mit Gänseschmalz ausstreichen. Den Boden mit dünnen Speckscheiben bedecken. Den Hasen nun entweder ganz und auf dem Bauch liegend in den Schmortopf setzen oder Kopf und Hals entfernen und den Rumpf mit den Läufen und dem Rücken nach unten hineinlegen. Mit den restlichen Speckscheiben zudecken. Die geviertelten Möhren, die 4 mit Nelken gespickten Zwiebeln, 20 Knoblauchzehen, 40 Schalotten und den Kräuterstrauss beigeben.» Et cetera.

Eines der ersten Kochbücher, das ich besass, war «Kreativ Kochen» von Marianne Kaltenbach. Noch heute ist es gesprenkelt von den Sojasossenflecken auf Seite 38 beim «Chinesischen Salat». Es sieht aus, als hätte sich einer mit meinem Kochbuch in der Hand erschossen. Oh ja, der «Chinesische Salat», ich mag mich gut an ihn erinnern, allerdings war mein Leben damals irgendwie blöd, und ich habe heute keinerlei Bedürfnis, diesen Salat zu wiederholen. Bald folgte mein zweites Kochbuch: «Aus Italiens Küchen», herausgegeben von Marianne Kaltenbach und Virginia Cerabolini. Dies war meine Italo-Bibel, bevor ich auf das Werk der Marcella Hazan aufmerksam wurde. Ab dann hat die Hazan die Regie übernommen, und ich habe ihr Mantra gelernt: Das Wichtigste am Kochen ist nicht das Kochen, sondern das Einkaufen. Die Zutaten müssen gut sein. Nur bestes Olivenöl verwenden und Meersalz. Der Rest ist dann zwingende Logik. ➔

«Die klassische italienische Küche» und «Neue Rezepte aus der klassischen italienischen Küche» der Hazan sind in ständigem Gebrauch – und sehen dementsprechend aus. Andere Kochbücher hingegen könnte ich als neu auf eBay verkaufen. Es sind die, aus denen ich immer nur das eine Rezept koche, immer und immer wieder. Nach meinen Ferien in Spanien kaufte ich ein äusserlich sehr misstrauisch machendes, weil arg modisch daherkommendes Werk namens «TAPAS favoritas – Die 101 besten Rezepte aus Spaniens Tapas-Bars». Ein superdoofer Titel. Doch meine Skepsis wich schnell und machte der Begeisterung Platz. Ich wurde belohnt, denn ich fand das Rezept eines meiner Lieblingsessen von einem meiner Lieblingsköche, Albert Asin vom Imbiss Pinoxto auf dem La-Boqueria-Markt in Barcelona: weisse Bohnen mit Tintenfisch. Das klingt banal, und viel besser tönts spanisch: «Mongetes de Santa Pau con chipirones». Und zudem fand ich ein Rezept für Lammfleischbällchen mit Minze, «Albondigas de cordero à la hierbabuena», das ich in mein Repertoire aufnahm und sogar noch frisierte, indem ich in die Lammfleischbällchen nicht nur Minze und Sherry gebe, sondern auch noch zerkrümelte Baumnüsse.

Ich schreibe nie etwas in meine Kochbücher. Bei manchen Rezepten finden sich zwar Sossenflecken, aber weder Notizen noch Unterstreichungen. Als ich kürzlich bei einer Freundin zu Besuch war und in ihren Kochbüchern stöberte, da stiess ich auf von ihr mit Bleistift verfasste Anmerkungen. «Lecker!!! Note 5,5+» stand da zum Beispiel neben einem Rezept für einen Risotto mit Stangensellerie (nebenbei eines meiner Lieblingsgerichte): «Passt sehr gut zum Fisch Seite 297». Weiter hinten fand ich bei der Artischockentorte die schockierende Niederschrift: «Nicht gelungen. Note 3,5. Zu wenig Ricotta? Nochmals versuchen? Nein!» In einem meiner Kochbücher fand ich bloss einmal ein aus der Zeitung herausgerissenes Bild des Papstes Johannes Paul II., auf dem von mir mit Hand geschrieben stand: «Hartweizendunst. Eier. Kichererbsen. Pelati. Parmesan. Müllsäcke».

Einfache Dinge

Kürzlich kam ich mit einem Zufallskauf nach Hause. In meinem Quartier hat soeben ein Laden eröffnet mit Spezialitäten aus dem Welschland. Also kaufte ich eine Waadtländer Saucisson. Was macht man dazu? Natürlich einen Kartoffelgratin! Aber wie? Ist doch einfach, so ein Kartoffelgratin. Aber oft sind die einfachsten Dinge die, an denen man verzweifelt (neulich hatte ich Lust auf Fischstäbchen – und ich scheiterte kläglich, die Dinger wurden latschig wie Spargeln aus der Büchse). Ich gehöre nicht zu den Menschen, die ihre Freunde am Telefon mit Rezeptauskünften belästigen, denn ich weiss, dass meine Freunde erstens nicht kochen können und zweitens wohl nicht gerade immer ein Kochbuch zur Hand haben.

Also schaute ich kurz ins digitale Irrenhaus, ins Internet. Dort fand ich ein simples Rezept für einen Kartoffelgratin des Jahrhundertkochs Frédy Girardet. Es wurde ein grandioses kleines Essen. Es geht so: 500 g fest kochende Kartoffeln schälen, in 3 Millimeter dicke Scheiben schneiden, nicht waschen! Eine Knoblauchzehe fein hacken und mit den Kartoffelscheiben vermischen, diese in einer Bratpfanne mit Milch bedecken (zirka 2 dl), würzen, 3 bis 4 Minuten kräftig brutzeln. Dann 50 g Crème double beigeben, nochmals aufkochen, in eine ausgebutterte Gratinform geben (sie sollte genug gross sein, der Gratin sollte nicht höher als 2 cm werden), nochmals 50 g Crème double dazumischen, Butterflöcklein oben drauf und dann für 90 Minuten ab in den auf 160 Grad vorgeheizten Ofen auf der untersten Etage.

32 Kochbücher sind genug, bloss eines fehlt mir noch, die vergriffene deutsche Ausgabe von Frédy Girardets «La Cuisine Spontanée». Natürlich gäbe es noch viel, viel mehr Kochbücher. Das Standardwerk «Fülscher» etwa, das ich, so unglaublich es klingen mag, noch nie in meinen Händen gehalten habe. Manchmal schleppe ich mich in die Buchhandlung und studiere die Regale. Oft denke ich: Tja, das eine Rezept, das ist interessant, aber deswegen gleich das ganze Buch kaufen? Also präge ich mir das eine Rezept ein, nehme mir vor, es zu Hause niederzuschreiben, was ich aber natürlich nicht tue. Und was ich auch nicht tue: mit den Kochbüchern einkaufen gehen. Unlängst sah ich einen jungen Mann durch den Globus huschen, in der einen Hand ein Einkaufskörbchen, in der anderen ein mehr oder weniger aufgeschlagenes Buch von Jamie Oliver. Natürlich fiel ihm das Buch runter, erst, und dann die Sechserpackung Freilandeier, weil er ja nur zwei Hände hat und nicht drei. Ein Bild der Traurigkeit. Deshalb: Nie mit dem Kochbuch in einen Laden gehen. Kochbücher sind dazu weder gedacht noch gemacht. Vor allem nicht das Kochbuch, das ich kürzlich kaufte: «The Silver Spoon», eben im Phaidon-Verlag erschienen, die erstmalige englische Übersetzung des italienischen Kochbuchklassikers «Il Cucchiaio d'argento», der 1950 erstmals erschien und sich seither in Italien so oft verkauft hat wie kein anderes Kochbuch. «The Silver Spoon» ist eine unpräten-

tiöse Sammlung von über 2000 knapp beschriebenen Rezepten mit sparsamer Bebilderung. 1260 Seiten stark. 2,7 kg schwer. Obwohl, wenn ich es mir recht überlege, vielleicht wäre das noch ganz unterhaltsam, mit dem Buch balancierend seine Einkäufe zu tätigen.

Girardets Gratin

Es gilt ja allgemein als verpönt, Kochbücher mit Bildern gut zu finden, so wie es verpönt ist, mit Reiseführern mit zu vielen Bildern drin in die Ferien zu fahren. Ich möchte dem widersprechen. Ich liebe Kochbücher mit Bildern. Das ist reinste Pornografie. Ich erinnere mich an eine Zeit vor Jahren, als ich regelmässig Fastenkuren absolvierte, also zehn Tage nichts ass, bloss Holundersaft trank. Nach acht oder neun Tagen fand ich mich plötzlich in der Buchhandlung mit einem Kochbuch in der Hand, ich starrte die Bilder an, und mir wurde schwindelig ob der Lust, die ich beim Betrachten eines Bildes verspürte, das einen Teller mit gefüllten Tintenfischen zeigte.

Mein derzeitiges Lieblingsrezept stand übrigens nicht in einem Kochbuch, sondern im Zürcher Restaurant Josef. Es ist ja so, dass die Kochbuchautoren und -autorinnen (so es selbst keine Köche sind) selten Erfindergeister sind, sondern Diebe. Sie klauen aus anderen Kochbüchern oder luchsen die Rezepte den Köchen ab. So habe ich es auch gemacht und ungefragt die Küchenchefin Sibylle Angst bestohlen, die den klassischen italienischen Pulposalat (mit Kartoffeln und Zitrone) modernisiert hat. Allerdings habe ich mich selbst auch verwirklicht, dem Rezept meinen persönlichen Stempel aufgedrückt, und zwar in der Farbgebung. Aber fangen wir von vorne an. Das Gericht heisst «Architekten-Gnocchi mit Pulpo».

Abb. 1-4 Und es ist ganz einfach. Den Pulpo in einem grossen Topf aufsetzen und 90 Minuten simmern lassen (nicht kochen). Mit der Gnocchiproduktion beginnen. Dafür greife ich auf ein kleines feines Buch zurück, das rot und schmal in
Abb. 5 meinem Regal steht und von Alice Vollenweider ist und «Italiens Provinzen und ihre Küche – Eine Reise und 88 Rezepte» heisst. Ansonsten bin ich, was die italienische Küche betrifft, wie bereits hundertmal erwähnt, ein Hazan-Jünger. In Sachen Gnocchi aber bin ich pro Vollenweider. Hazan nimmt für die Gnocchi nur Kartoffeln und Mehl (im Verhältnis 4:1). Mehr als einmal misslang mir dieses doch so simple Rezept. Eine sehr frustrierende Angelegenheit, auch wenn ich die Schuld immer auf den Stärkegehalt der Kartoffeln schieben konnte. Vollenweider mischt 1 kg Kartoffeln und 200 g Mehl mit zwei Eiern und Salz. Und das tun wir hier auch. Kartoffeln in der Schale weich kochen. Noch warm schälen. Durchs Passevite jagen. Mit Mehl und Eiern und Abb. 6
dem Salz vermischen. Fingerdicke Rollen rollen Abb. 7-9
und diese in Stücklein schneiden, zirka 2 cm lang sollten sie sein.

Man holt den Tintenfisch aus dem Wasser. Abb. 10
Er sollte nun superzart sein, und Haut und Saugnäpfe sollten sich problemlos von Hand wegreiben lassen. Tintenfisch in kleine Stücklein Abb. 11-1
schneiden (passend zu den Gnocchi, der Witz an der Sache ist natürlich, dass sich auf dem Teller die Tintenfischstücklein und die Gnocchi optisch kaum unterscheiden).

Für die Sosse nehmen wir Ingwer, Zitronen- Abb. 15-1
gras, Limonenblätter, ein bisschen Chili. Ab in die Pfanne, köcheln das Ganze mit Kokosmilch, würzen nach belieben.

Die bei geringer Temperatur in Salzwasser Abb. 20-2
gekochten Gnocchi mit den Pulpostücken in die Sosse geben. Ich menge der Sosse noch Tinte bei, Abb. 17
wodurch das Gericht eine betonartige Farbe erhält. Das ist optische Geschmackssache, und es mag bei manchen Exxon-Valdez-Assoziationen auslösen, aber bei Architekten-Gästen kommt die Farbe gut an – und irgendwoher muss das Gericht ja auch seinen Namen haben.

Gestern kam ich in einer Buchhandlung am Regal mit Kochbüchern vorbei. Junge Männer bekannt aus dem Fernsehen lachten idiotisch von den Deckeln der Bücher mit Namen wie «Born to Cook II» oder «Freestyle Cooking – spontan, kreativ, raffiniert». Fernsehköchen muss man misstrauen, obwohl ich dann und wann auch gerne eine Kochsendung mir anschaue, mit einer ähnlichen Mischung aus Faszination und Grauen, wie wenn ich ein Damenfussballspiel sehe.

Ich stöberte ein bisschen tiefer in den Regalen. Und was fand ich da? Das Kochbuch aus der Schulzeit: «Kochen Braten Backen». Noch immer grün und quadratisch und die Ausgabe aus dem Jahr 1984. Kostenpunkt: 14.50 Franken. Ich kaufte es und schaute es zu Hause an, und alles kam mir wieder in den Sinn, alles aus der Zeit, als ich noch nichts konnte, gar nichts, und das halb rohe Huhn in hohem Bogen aus dem Fenster flog. ‹

Max Küng kocht sich heute Abend die Crespelle-Torte von Marcella Hazan (max.kueng@dasmagazin.ch).
Stefan Jäggi fotografiert regelmässig für «Das Magazin» (stefan@bildfang.ch).

GUT SO

Alberto Bettini kocht nur nach seinem Gusto. Und das ist ganz nach unserem. Zu Tisch im besten Restaurant Italiens.

Text Max Küng Bilder Ruggero Maramotti

In dem kleinen Raum, gleich neben den Garagen, wo die Kleinwagen parken, denn hier haben alle bloss Kleinwagen, steht der Bauer Piccioli. Das Hemd lugt halb aus der Hose, und die Brille sitzt ihm schief auf der Nase. Alberto Bettini schüttelt die Hand des Bauern, der ihm eben Fleisch gebracht hat. Nicht irgendein Fleisch, sondern von «la razza bianca», dem weissen Rind. Alberto erzählt von dem Tier, als sei es eine heilige Kuh. Nun ja, auf eine Art und Weise ist es das auch. Der Geschmack des Fleisches, sagt Alberto, sei unvergleichlich, er serviert es auf alle möglichen Arten, gern auch roh als Tatar.

Der Raum ist Albertos Schatz- und Speisekammer. Wie eine Armee in Reih und Glied, fein säuberlich geputzt, der Schneckenfrass präzis herausgeschnitten, liegen die Steinpilze, die bald in der Küche ihren Einsatz haben werden, daneben die Eierschwämmchentruppe. Wie auf einem Stillleben hängen frisch geschossene Wildhasen ab, Rebhühner und Fasane. Trüffel? Gibt es Trüffel? Weisse Trüffel? Wer das wissen will? Ich will es wissen. Es ist bald ein Jahr her, seit ich den Geruch das letzte Mal roch. Es wäre wieder an der Zeit.

Nein, sagt Alberto. Ja, sagt Alberto. Ja, es gibt Trüffel. Schwarze Trüffel gibt es das ganze Jahr über, denn die Gegend hier, das Umland, ist die totale Trüffelzone. Weisse wurden auch schon gefunden, Anfang September, aber richtig los geht es erst im Oktober. Und an den ersten Wochenenden des Novembers steigt im Dorf der grosse Trüffelmarkt. Dann quellt der Dorfplatz über vor weissen Knollen. Jetzt aber werden sie in Albertos Küche noch nicht angeboten. Zu wenig Quantität, zu hohe Preise. Weil die Leute so verrückt nach Trüffeln sind, sind die Preise Anfang Jahr pervers hoch. Sowieso: die Trüffeltouristen. «Das sind Kunden, die einmal im Jahr zu mir kommen. Einmal. Wegen der Trüffel. Sie machen viel Arbeit, aber sie bringen nicht viel.» Trüffeltouristen sind keine Stammkunden. Stammkunden sind ihm lieber. Er schätzt Beständigkeit. Die Tradition.

Ich bin ein bisschen enttäuscht. Ich hatte mich auf die weissen Trüffel gefreut. Auf diesen Geruch, der intensiv und sonderbar ist wie sonst kein anderer. Die leise Enttäuschung aber sollte nicht lange am Leben bleiben.

Schnecke, Garnele, Stern

Amerigo 1934 heisst Alberto Bettinis kleines Restaurant. Amerigo hiess Albertos Grossvater, der in ebendiesem Jahr 1934 die Trattoria eröffnete, hier in Savigno, einem Dorf an einem ausgetrockneten Flussbett, 2500 Einwohner, Schutzpatron San Matteo, wo die alten Männer in der Bar Stella d'Oro sitzen und den ganzen Tag Scopa spielen und auf dem Dorfplatz ein Obelisk steht, den Patrioten gewidmet, die 1843 das Dorf gegen die päpstlichen Truppen verteidigten, ein Dörfchen gelegen in der Region Emilia-Romagna, 45 Autominuten südwestlich von Bologna, dem Nabel des Bauches von Italien.

Savigno liegt in den Colli Bolognesi, den bewaldeten Hügeln, die später zu richtigen Bergen werden, das Wasser scheiden und dann Apenninen heissen. Doch hier sind es noch Hügel. Liebliche Hügel, überzogen mit Eichel- und Kastanienwäldern, Heimat von Wild und Trüffeln und anderen Dingen, die sich gut auf Tellern machen.

Das Amerigo ist das beste Restaurant Italiens. Nun ja, das ist eine schwierige Behauptung. Restaurant ist nicht gleich Restaurant. Und das Amerigo ist auch kein Restaurant, sondern eine Trattoria, ein der einfachen Küche verpflichtetes Lokal, das sich den lokalen Spezialitäten verschrieben hat. Aber es ist nun mal so, dass das Amerigo das einzige Lokal Italiens ist, das drei grosse Auszeichnungen vereint. Einerseits die Schnecke, welche von der Slow-Food-Bewegung (Motto: «Buono, pulito e giusto» – gut, sauber und fair) verliehen wird, dann die drei Garnelen, die vom auflagenstärksten Führer des Landes, dem «Gambero Rosso», vergeben werden, und dann kam vor zehn Jahren auch noch ein «Michelin»-Stern dazu, den sich Alberto bis heute nicht erklären kann.

«Un errore» sei der Stern gewesen, scherzt er trocken, ein «Fehler». Denn ein Lokal, das den Slow-Food-Kriterien entspricht (dazu gehört etwa, dass das Menü nicht mehr als 40 Euro kosten darf und vor allem regionale Produkte verwendet werden), kann eigentlich nicht den komplett anderen, gourmetspezifischeren Kriterien des «Guida Michelin» entsprechen. Aber: Seither geschieht der Fehler immer wieder, Jahr für Jahr bekommt Alberto seinen Stern.

Alberto zeigt die Küche. Sie ist klein. «Ich möchte vergrössern.» Mit kleiner Geste zeigt er auf eine Wand. «Da möchte ich durchbrechen. Dort kommt dann die Küchentoilette hin und die Ecke, wo das Geschirr gespült wird. Und hier», sagt Alberto, zeigt auf die kleine Küchentoilette, «werde ich einen Grill einbauen, wo man mit verschiedenen Hölzern verschiedene Dinge grillieren kann.» Verschiedene Hölzer, verschiedene Düfte, verschiedene Aromen.

In der Küche steht ein dicker, junger Japaner. Sein Name ist Yusuke Takeuchi. Er nickt nur kurz, als wir eintreten. Yusuke ist vertieft in eine wichtige Tätigkeit. Er kocht für die Crew das Abendessen. Schüttet eben die Pasta in die Sosse. Hebt die schwere Pfanne mit zwei Händen und mengt mit rüttelnden Bewegungen die Pasta darunter. Auf einer anderen Flamme brodelt der Brodo, die Suppe, die Bouillon, in der abends

Einfach exklusiv: Die Trattoria in Savigno hat nur sechs Tische.

Kleiner Herd macht grosse Küche.

Zen oder die Kunst, Tortelloni zu falten: Albertos Mutter

Seltenes Schwein: Alberto mit Züchter Beppe

Seltenes Schwein: Alberto mit Züchter Beppe

Die Colli Bolognesi sind Heimat von vielem, das sich gut auf Tellern macht.

Ein Hauptgang, leider nur zur Ansicht

Der Japaner Masahiko eröffnet schon bald seinen eigenen Italiener.

Es ist Essen, das wie eine Mutter ist, die einem alles vergibt. Ja, du hast gesündigt, aber jetzt bist du zurück. Jetzt bist du daheim. Iss, Junge, iss.

die Tortelloni serviert werden, klein wie Kinderzehennägel: Gemüse, Fleisch von verschiedenen Tieren, Knochen. Wie ein Feuer, das nie ausgeht. Das immer genährt wird. Yusuke schiebt seinen Oberkörper über die Pfanne, senkt seinen Kopf und riecht. Er überlegt den Bruchteil einer Sekunde. Dann nickt er, steht wieder gerade und stellt die Pfanne auf den Herd zurück. Er ist zufrieden. Die Truppe kann essen.

Japaner in italienischen Küchen anzutreffen, ist keine Ausnahme, sondern Regel. «Sie sind einfach verrückt nach italienischem Essen», sagt Alberto. Zwei von Albertos Köchen sind Japaner. Nebst dem dicken Yusuke arbeitet noch der dünne Masahiko im Amerigo. Er wird in den nächsten Tagen jedoch in seine Heimat zurückkehren. «Sie arbeiten ein paar Jahre hier, dann kehren sie heim und eröffnen ein italienisches Restaurant. Und ja: Sie arbeiten sehr, sehr gut.»

Alberto, was schlagen Sie vor?

Um 20 Uhr öffnet Alberto die Trattoria. Das macht er jeden Abend, seit er vor zwanzig Jahren den Laden von seinen Grosseltern übernommen hat. «Es gab in den letzten zwanzig Jahren nur zwei Abende, an denen ich nicht hier war.» An einem Abend musste er ins Theater, eines Freundes wegen. Am anderen Abend lag er im Spital. Sonst aber steht er hier. Hinter der Theke. Abend für Abend. An seiner Seite seine Frau Susi.

Und dann sitzt man da. Um Viertel nach acht. Recht früh, damit es lang gehen kann. Susi stellt das Körbchen mit dem frisch gebackenen Brot aus Mehl aus der Dorfmühle auf den Tisch und ein Glas Pignoletto, einen Weisswein, den es nur in der Region gibt, dazu die Karte, und man hat das Gefühl, obwohl man eben erst angekommen ist, dass man schon immer hier war, dass die Trattoria Amerigo ein Teil von einem selbst ist, ein naher Verwandter, ein Freund. Und Alberto tritt heran, um die Bestellung aufzunehmen, und man fragt ihn: «Alberto, was schlagen Sie vor?» Und er zieht die Schultern hoch und macht grosse Augen. Wo soll er anfangen? Denn er weiss: Alles ist gut.

«Bimm» ohne Brimborium

Die kleine Trattoria, der Speiseraum unten, sechs Tische stehen da, sechzehn Plätze insgesamt, Terrazzoboden, alte Cinzano-Werbebilder an den Wänden, historische Spiegel, auf denen für CAFFÈ ROVERSI geworben wird, für LIQUORI BORGHI, AMARO ARDENSE, L'EFFICACE DIGESTIVO, die kleinen Tischlein mit den weissen Tischtüchern, unter denen die grösseren rotweiss karierten hervorschauen, die Schnapsflaschenbatterie hinter dem Marmortresen, auf dem die Kaffeemaschine steht, so alt, dass man nicht mehr lesen kann, welche Marke es ist. Ein Ventilator an der hohen Decke, er ruht heute Abend, aber erinnert auch daran, dass es hier im Sommer ziemlich heiss werden kann, das Glöcklein im Hintergrund – «bimm» – in der Küche, das – «bimm» – ankündigt, dass einer der Amerigo-Klassiker fertig ist und – «bimm» – an den Tisch gebracht werden kann.

Und dann – «bimm» – kommt das Essen an den Tisch. Es beginnt ganz harmlos mit dem, was man in deutscher Sprache einen Wurstteller nennen würde. Was profan klingt, ist grandios. Mortadella. Salami, Schinken. Lardo. Copa di testa. Einfach, aber alles von extremer Qualität. Der Schinken schmeckt wie der spanische Pata Negra nussig, aber er ist feiner. Alberto sagt, das Fleisch stamme von schwarzen Schweinen, die ein Bauer in der Gegend züchte. Eine Rasse, die fast vergessen war. Dazu gibt es eingelegtes Gemüse aus eigener Produktion: Artischocken, Schalotten, Zwiebeln.

Als Primo – «bimm» – die hier im Lokal von Albertos Mutter handgemachten Tortellini in Brodo. Und noch etwas Risotto mit Steinpilzen und Ziegenkäse. «Da ist», sagt Alberto, «kein Parmesan drin, sondern nur Ziegenkäse. Ich finde, Ziegenkäse und Steinpilze sind ein sehr harmonisches Gespann.»

Der Secondo – «bimm» – eine über Stunden im Ofen zartgeschmorte Kalbsbacke auf Kartoffelstock, garniert mit knusprigen Zwiebelringen.

Es ist einfaches Essen, das einfach glücklich macht. Essen, das wie eine Mutter ist, die einen in die Arme nimmt und einem alles vergibt. Sie sagt, während man ihre Wärme spürt: Ja, du warst weg, weit weg. Ja, du hast gesündigt. Ja, du hast verdorbene Dinge getan. Du hast dem Fastfood gefrönt. Du hast der Molekularküche gehuldigt. Du hast die Küche ferner Länder gepriesen. Du wolltest all die modernen Dinge, all die kranken Kombinationen. Du warst auf Abwegen. Aber jetzt bist du hier. Jetzt bist du zurück. Jetzt bist du daheim. Jetzt ist alles gut. Iss, Junge, iss.

Wein ist zum Trinken da

Zum Essen empfiehlt Alberto Weine aus der Region. Es sind keine bombastischen Weine, sondern eher kleine, sperrige Tropfen. Weine, die jedermann im Laden kaufen kann, für 6 Euro oder nicht viel mehr. Zum Wein hat Alberto sowieso ein entspanntes Verhältnis. Von den Reisen, die er tätigt, wenn das Lokal für ein paar Wochen schliesst, jeweils im Spätsommer, hat er das BYO-Prinzip mitgebracht. Wer möchte, kann seinen eigenen Wein mitbringen. Alberto geht so weit, dass er dafür noch nicht einmal ein Zapfgeld verlangt. Er denkt, dass dieses Prinzip (er nennt es PTV· Porta il tuo vino) ein interessantes Modell ist, denn einerseits wachsen und wachsen bei den Weinenthusiasten die Bestände in den

Kellern, also muss man ihnen doch die Gelegenheit geben, diese irgendwie wegzutrinken. Und der Beizer kann so ein paar Tische besetzen. Ein Modell für ruhigere Zeiten, wenn der Laden nicht gerade brummt.

Laufend neue Gäste kommen in das Lokal. Elegante Herren aus Florenz. Junge Pärchen aus Bologna. Einfache Leute aus dem Dorf. Manchmal kommt auch ein Paar aus Genf, das mit dem Privatjet anfliegt, nur um bei Alberto zu essen. «Einmal», sagt er, «haben sie Paloma Picasso mitgebracht.» Heute ist Paloma nicht unter den Gästen. Dafür zwei glücklich grinsende Norweger, die mit dem Tramperrucksack auf dem Rücken eben noch durchs Dorf geschlurft sind: Tor und Torhild.

Dass die beiden heute Abend hier sind, hat mit einem Laden für italienische Spezialitäten in Oslo zu tun. «Dort kauften wir eine Flasche Aceto Balsamico», sagt Tor, der Maschinenbauingenieur. Und Torhild ergänzt: «Es war ein sehr guter Aceto. Er war so gut, dass wir auf der Flasche nachschauten, woher er kommt.» Er kommt aus Albertos Produktion. Dann haben sie Nachforschungen angestellt und herausgefunden, dass ihr Aceto-Produzent ja in erster Linie ein Restaurant betreibt. Also packten sie die Tramperrucksäcke, stiegen ins Flugzeug, dann in den Zug, dann in den Bus, und jetzt sind sie hier und machen sich über das Essen her und ja, es schmeckt ihnen. Wie könnte es auch anders sein.

Eine Frage des Respekts

Tor und Torhild gehören zur Ausnahme. Gäste aus dem Ausland, schätzt Alberto, machen gerade einmal zehn Prozent seiner Kundschaft aus. Die Fresstouristen fahren lieber in die Toscana oder ins Piemont. Ein Fehler.

Ein Teil des Geheimnisses liegt in der Küche, der Rest an verschiedenen Orten auf und hinter den Hügeln. «Wir werden ein paar Besuche machen, morgen», sagt Alberto, als er nach dem Essen an den Tisch tritt. «Jetzt noch ein bisschen Käse? Kennen Sie den Formaggio di Fossa?», fragt er, der natürlich weiss, dass man nicht mehr kann, dass der Bauch voll und man selbst überrascht ist, dass man noch hinter dem Tisch hervorkommt. Aber: Es geht.

Am nächsten Morgen geht es nicht zu früh mit dem Auto los, nachdem man vor dem Caffè am Dorfplatz noch ein bisschen in der Sonne sass. Die Dinge, die Alberto im Amerigo auftischt, sie können nur so gut sein wie die Rohprodukte, die er von seinen Lieferanten bekommt. «Das ist das Fundament.» Alberto spricht in diesem Zusammenhang viel von Respekt. Und um Respekt zu zollen, statten wir den Leuten einen Besuch ab, ohne die Alberto nicht das machen könnte, was er macht.

Anachronistische Schweine

Die Strassen hinaus aus Savigno sind frisch geteert und gut ausgebaut, und ich sage Alberto, dass es sich halt doch lohne, in der EU zu sein, und er antwortet: «Ich komme in zehn Minuten darauf zurück.» Zehn Minuten später geht es im Schritttempo eine vom Regen ausgespülte Schotterpiste hinunter. Dann hinauf. Dann wieder hinunter. Kurve um Kurve. Mehrmals setzt der Wagen auf. In halsbrecherischer Fahrt kommen uns angejahrte dreirädrige Kabinenroller Modell Ape von Piaggo entgegen, Traktoren, Lieferwagen.

Als Ersten besuchen wir Emanuele Ferri, den Schweinezüchter, den alle Beppe nennen und der immer eine Zigarette im Mund hat. Alberto sagt, es habe eine ganz schöne Portion Überredungskunst gekostet, dass Beppe mit den schwarzen Schweinen angefangen habe. «Heute ist er Milliardär», sagt Alberto, «il Porco Berlusconi!». Beppe spuckt vor Lachen fast seine Zigarette aus. Milliardär. Schön wärs. Wir sind in den Wald hochgestiegen, oberhalb von Beppes Hof in Montetortore, wo sich seine Schweine suhlen. Einige liegen im Morast unter den Eichenbäumen, andere schieben ihre forschende Nase über den Grund, auf der Suche nach Eicheln. 150 Tiere hält Beppe, verteilt auf die Hügel. Das sind rund zehnProzent des ganzen Bestandes der Rasse Mora Romagnola. Vor wenigen Jahren noch standen die armen Schweine vor der Ausrottung.

Einfach ist es nicht, mit den Schweinen. Die Tiere sind ein landwirtschaftlicher Anachronismus – wenn man die Landwirtschaft als Grossindustrie betreibt. Ein Schinken der frei lebenden Mora Romagnola kostet in der Herstel-

Ein Teil des Geheimnisses liegt in der Küche, der Rest auf und hinter den Hügeln. «Wir werden ein paar Besuche machen», sagt Alberto.

lung viermal so viel wie ein normaler Parmaschinken. Die Aufzucht der Tiere dauert länger. Die Würfe sind klein. Und nicht alle schätzen die Qualität des Fleisches der schwarzen Schweine viermal so hoch, so wie es Alberto tut. Aber er weiss, dass es richtig ist. Dass es der richtige Weg ist, den er geht, zusammen mit seinen Produzenten.

Dann führt uns Beppe zu einem monströsen Eber, der eher fröhlich als böse grunzt. Ein Tier von einem Tier! Als er seine Schnauze öffnet, kommen furchteinflössende Hauer zum Vorschein. «Raten Sie mal, wie dieses Tier heisst», sagt Beppe, und gibt die Antwort gleich selbst: «Geich wie er hier: Alberto. Warum?» Beppe zieht an seiner Zigarette und lacht. Das Tier hat Hoden gross wie Rugbybälle.

Es geht weiter durch die Wälder. Hinauf. Hinunter. Viele, viele Kurven später fahren wir beim Hof von Tomaso Piccioli vor, dem Bauer, der am Tag zuvor Alberto Fleisch geliefert hatte. Auch Piccioli hat sich der Zucht von einem selten gewordenen Tier verschrieben: den weissen Rindern der Rasse Vacca Bianca Modenese. Picciolis Hof liegt bei dem Ort Zocca. Als wir ihn durchqueren, erzählt Alberto nicht ohne eine Prise Stolz, dass Vasco Rossi von dort komme und der erste italienische Astronaut, der im All war. Fast so einsam wie im All ist Piccioli auf dem Hof. Er macht alles allein. Keine Frau. Kein Knecht. Nur er selbst und die 45 weissen Tiere, ein paar Schweine und Katzen. Nun hat er von der Kommune etwas Geld bekommen, um sich ein kleines Verkaufslokal einzurichten, wo er das Fleisch direkt verkaufen kann. Man will die Zucht der Bianca Modenese fördern. Auch die Slow-Food-Bewegung investiert in das selten gewordene Tier, das kaum mehr als 20 Liter Milch pro Tag gibt und von dem derzeit etwa 700 Stück gehalten werden. Man strebt die Produktion von Parmesan nur aus Milch von dieser Rasse an. Piccioli war früher ein ganz normaler Bauer, hatte ganz normale Kühe. Dann hat er von den weissen Tieren gehört, hat sich quasi als Hobby eines zugelegt, um die Tradition zu wahren – und dann hat er sich, so sagt Alberto, verliebt in das Tier, hat einen Narren gefressen daran und komplett umgestellt.

Die Eier von James Bond

Als Letztes besuchen wir noch Frau Doktor Monica Maggio. Sie hat einen Abschluss in Wirtschaftskunde und einen in Psychologie. Lang hat sie als Beraterin in der Lebensmittelbranche gearbeitet, in der Industrie, wie sie sagt. Und irgendwann war der Verdruss zu gross, der Verdruss darob, wie es in der Branche zu und her geht. Sie hat sich ein paar Hektar Land gekauft, das Land eingezäunt, und dort leben nun 3000 Hühner, Enten, Fasane, Gänse, Tauben, nun ja, so ziemlich alles, was Federn hat, Eier legt und sich züchten lässt, in einer Art Federviehhippiekommune.

Allein bei den Hühnern ist die Zahl gezüchteter Rassen eindrücklich: Modenese, Romagnolo, Mugellese, Valdarnese, Orpington, Dorking, Araucana und Marans. «Die dunkelschaligen Eier des Marans-Huhns waren jene, die James Bond am liebsten ass», sagt Alberto, und dann denkt er nach, in welchem Roman es vorkam. «Monica, in welchem James Bond war das?» – «Ich glaube ‹From Russia with Love›.» – «Ja, genau, ‹From Russia with Love›.» Alberto liebt die Eier von der Frau Doktor, weshalb er ihnen gleich einen Hauptgang auf seiner Speisekarte widmete: «Uova Amerigo 2007 da antiche razze, accompagnate da funghi, tartufi ed erbe aromatiche dei colli bolognesi». Für ein Ei bezahlt er hier im Einkauf einen Euro. «Natürlich ist es für manche Menschen schwierig zu verstehen, wenn man mit so teuren Produkten arbeitet. Für einen Euro bekomme ich auch zehn Eier aus industrieller Haltung.»

Ob es wirklich noch 3000 Tiere sind, weiss sie nicht mehr. Sie hat den Überblick verloren. «Die Füchse holen sich viele Tiere.» Am Zaun lässt sich noch viel optimieren.

Die Pasta bleibt hier

Als wir von dem Ausflug zu den Bauern zurückkehren, ist später Nachmittag. In der Küche ist noch niemand zu sehen. Bloss der Brodo brodelt auf dem Herd. Und die Glacemaschine läuft. Darin die kalte Masse, die später zum Dessert als Gelato die crema auf den Tisch kommt. (Das Rezept ist ziemlich einfach und das Resultat gehaltvoll: 22 Eigelb, 1 Liter Rahm, 420 Gramm Zucker, 7,5 dl Milch.) Aus der Trattoria dringen Stimmen. Frauenstimmen. Sie reden ruhig und erregt zugleich. Es scheint in dem Gespräch um nichts Besonderes zu gehen, aber es wird mit Leidenschaft geführt.

Die Fenster sind verhängt. An einem Tisch sitzen zwei alte Frauen: Albertos Mutter und ihr gegenüber Anna Nanni. Sie machen, was sie seit Jahren machen, seit Jahrzehnten: Pasta. Heute sind die Tortelloni an der Reihe. Auf den anderen Tischen liegen nach alter Manier mit dem gut und gern einen Meter langen, dünnen Holzstab ausgewallte Teigplatten, die aus nichts anderem bestehen als Mehl und Ei, im Verhältnis 100 Gramm zu einem Stück. Anna schneidet sie erst in kleine Quadrate, streicht dann ein bisschen Füllung darauf (eine Masse aus Schweinelende, Mortadella, Parmaschinken, Eigelb und Salz). Albertos Mutter faltet die Dinger zu perfekten, kleinen Kunstwerken. Es ist wie eine Szene aus einer anderen Zeit. Es ist wie eine Szene aus einem Film.

Alberto sagt später, als er über die Pläne redet, an anderen Orten auf der Welt Amerigo-Ableger zu eröffnen, weil alle wollen, dass er es tut, in Japan, in Norwegen, in anderen Städten Italiens, über die Möglichkeiten der Idee und die Unmöglichkeiten – da sagt er auch, dass man die Pasta nur hier machen könnte. Hier in der Trattoria, wo sie seit den Dreissigerjahren gemacht wird. Technik ist das eine. Aber es kommen noch andere Faktoren dazu. Die Luftfeuchtigkeit. Die Grösse der Eier. Hier hat man das richtige Mehl. Alberto ist überzeugt, dass seine Pasta nicht so schmecken würde, wäre sie nicht hier gemacht.

Albertos Mutter und Anna sind ein bisschen nervös. Sie haben eine grosse Reise vor sich. Es wird nach Japan gehen. Nach Tokio. Ein grosses Warenhaus hat sie eingeladen, dass sie vor Publikum zeigen können, wie man Pasta macht. Die Zutaten werden sie alle mitnehmen, aber trotzdem, sie wissen: Die Pasta wird nicht die Pasta sein, die sie sonst machen.

Es geht nicht lang, dann ist wieder acht Uhr abends. Alberto tritt an den Tisch, um die Bestellung aufzunehmen, und man fragt ihn: «Alberto, was schlagen Sie vor?» Und er zieht die Schultern hoch und macht grosse Augen. Wo soll er anfangen? ‹

Das **Amerigo** ist trotz den hohen Ansprüchen, die Alberto an seine Küche stellt, ein günstiges Lokal. Für 1 Liter Mineralwasser nimmt man 2 Euro.
Das teuerste À-la-carte-Gericht kostet 22 Euro (Controfiletto tiepido al coltello e grassagallina con tartufo scorzone ed olio extravergine d'olivia non filtrato), und das Menü (Antipasto, Primo, Secondo und Dessert oder Käse) serviert man für 35 Euro. Hat man Appetit auf zwei Secondi, schlägt das nochmals mit 2 Euro zu Buche.
Der **Trüffelmarkt in Savigno** findet an den ersten drei Wochenenden des Novembers statt.
Mehr Infos zur Trattoria Amerigo: *www.amerigo1934.it*

Max Küng ist redaktioneller Mitarbeiter des «Magazins». *max.kueng@dasmagazin.ch*
Der Fotograf **Ruggero Maramotti** lebt in Schweden. *ruggim@tin.it*

«Fresstouristen machen viel Arbeit, aber bringen nicht viel»: Alberto Bettini

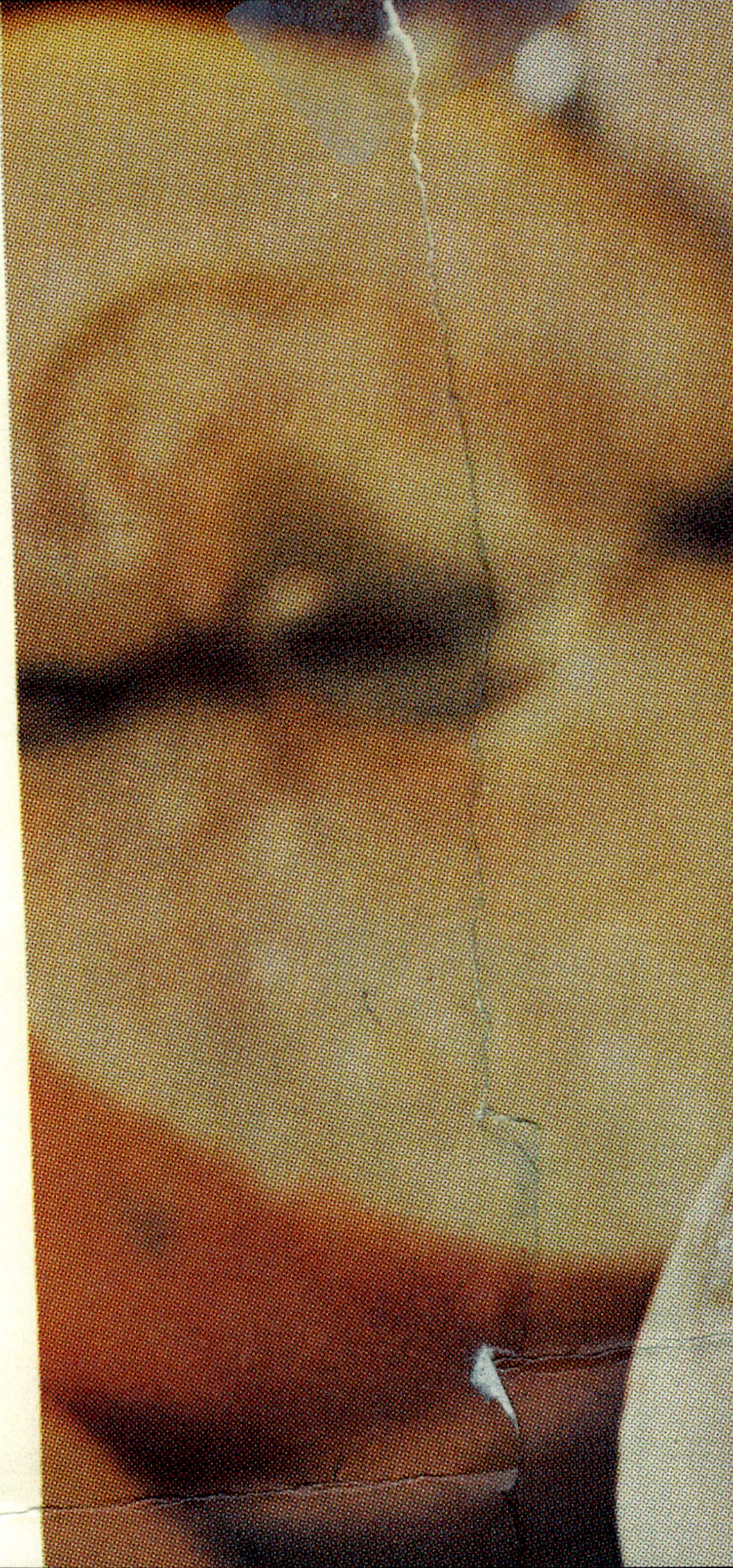

DIE SCHWEIZ

Es ist augenscheinlich, daß die Anstrengungen der Schweizerischen Eidgenossenschaft auf dem Gebiete der Touristik in der Hotelindustrie zu einer Perfektion geführt haben, die ihrer Küche einen sehr ehrenvollen Platz im internationalen Leben einräumt. Man läßt sich in den Tausenden Hotels und Restaurants angelegen sein, den Touristen die Speisen ihrer eigenen Länder zu liefern. Jedoch bleibt jeder der 22 Kantone seiner Tradition treu.

Die nationale Küche hütet vor allem den Duft der Alpen: es sind dies die mit aromatischen Pflanzen übersäten Weiden, die anscheinend ihren Geschmack allen Milcherzeugnissen übertragen. Aber die gastronomische Folklore wird vor allem durch den Einfluß der drei großen Nachbarländer bestimmt: Frankreich, Deutschland, Italien.

Regionale Spezialitäten: Vom Französischen Jura bis zum Schweizer Jura findet man eine große Zahl ähnlicher Gerichte wieder, die aber mit unendlichen Variationen interpretiert werden. Daher behauptet auch jeder Ort von Neuchâtel bis Fribourg, die beste Kochvorschrift für die *fondue* zu haben. Alle anderen sind augenscheinlich nur blasse Nachahmungen. An den Ufern des Genfer Sees muß man die *croûtes aux morilles,* den *gratin d'écrevisses* von Genf kosten. Das Wallis ist nicht nur das Land der von Ramuz besungenen Weinberge. Es ist auch der Obstgarten der Schweiz, und seine Früchte werden derartig geschätzt, daß sie zusammen mit dem Fleisch als Garnitur dienen (besonders getrocknete Äpfel und Birnen). Wünschen wir Ihnen, bei der Durchreise durch das Wallis eine *râclette,* diese örtliche

Glanzleistung, kosten und sie mit einem Wein des Landes begießen zu können. In Neuchâtel streiten sich Forellen und Kaldaunen um den Ruhm, aber die Festgelage setzen sich traditionsgemäß aus sieben Fleischgängen vor den Küchelchen, den Festbroten, zusammen, die aus Eiern und Zucker gemacht werden.

In der deutschen Schweiz trifft man Bierhäuser im Münchener Stil mit ihren großen Sälen mit den blauen und roten Glasfenstern an, wo von der Decke die kupfernen Kasserollen herunterhängen. Hierher kommt man, um um vier Uhr einen Imbiß in Form eines Eisbeins einzunehmen. Natürlich sind die Wurstläden überfüllt mit Wurstwaren, und die Basler Zervelatwurst wetteifert mit den Würsten aus Bern und Eurich. Die Basler Suppen sind berühmt, angefangen von der *durchgetriebenen Hirnsuppe* bis zur *gebrannten Mehlsuppe*, dieser Spezialität in der Karnevalszeit. Man kann den Tag mit der monumentalen *Berner Platte* (flaches Rippenstück mit Speck und Schinken auf einer dicken Sauerkraut- oder Bohnenunterlage) beginnen und mit den Basler Sahnenbaisers, den garnierten Kuchen von Appenzell, dem Mandelblätterteig aus Glaris oder den *Ringli*, den Zuger Pfefferkuchen, beschließen. Aber man sollte nicht die Fische aller Seen und, falls sich hierzu die Gelegenheit bietet, ein Hinterstück von der Gemse übergehen.

In den einhundertfünfzig Tälern von Graubünden erlaubt es der Reiz der Wintersportarten den Feinschmeckern, solche lokalen Kochrezepte wie *Wurst auf Engadiner Art* oder die *pitta* von Chur (Früchtebrot) zu schätzen.

Die fondue

Unter den Pergolen von Locarno oder Lugano wird alles *alla ticinese* zubereitet, Spaghetti, Risotto oder Ravioli, aber mit einem solchen Raffinement, das zum Beispiel aus der populären *polenta* eine auserlesene Speise macht, die mit einem Ragout von verschiedenen kleinen Vögeln *(uccelletti)* verziert ist. In der gesamten Schweiz ist die Skala der Käsesorten von einer Mannigfaltigkeit, deren gesamte Nuancen man zu schätzen wissen muß. Die Zuckerbäckerei ist eine Kunst, in der jede Ortschaft Neuerungen eingeführt hat.

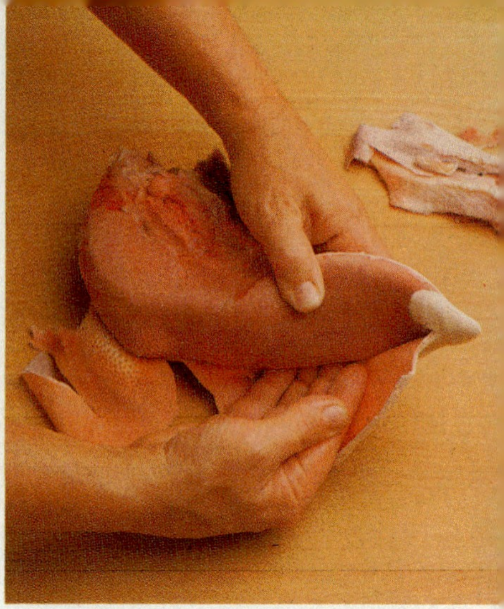

Eine sorglose Amsterdamer Studentin demonstriert die richtige Art, Heringe zu essen: man faßt sie am Schwanz und verzehrt sie tapfer mit mehreren Bissen. Die gesalzenen Fische werden überall in den Niederlanden von Schubkarren aus verkauft und oft als kleine Zwischenmahlzeit an Ort und Stelle gegessen. Obwohl Puristen vielleicht darauf bestehen, den Hering ohne alle Zutaten zu genießen, ziehen viele Niederländer es vor, ihn mit gehackten Zwiebeln zu bestreuen, wie es dieses Mädchen getan hat.

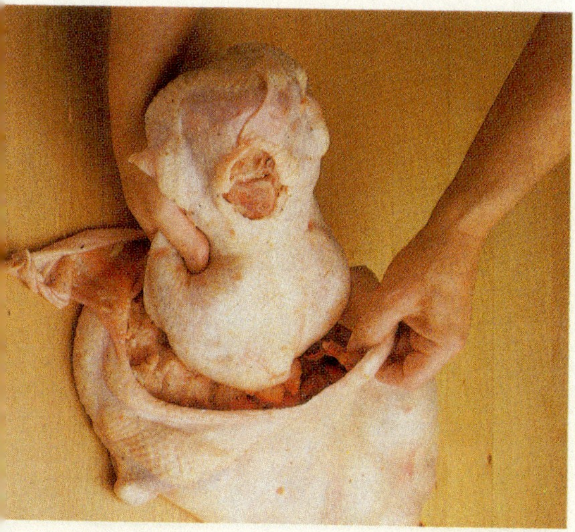

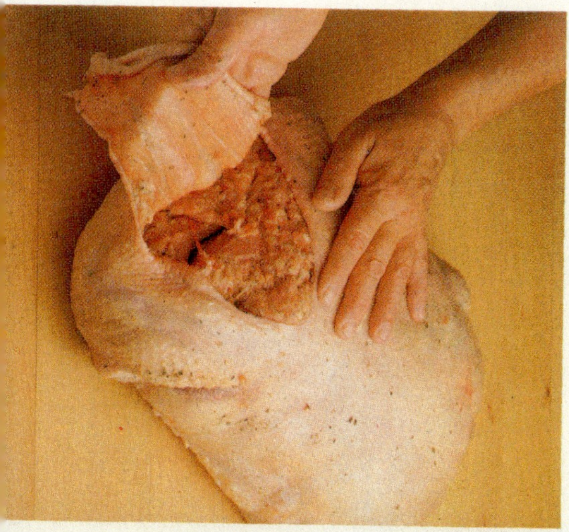

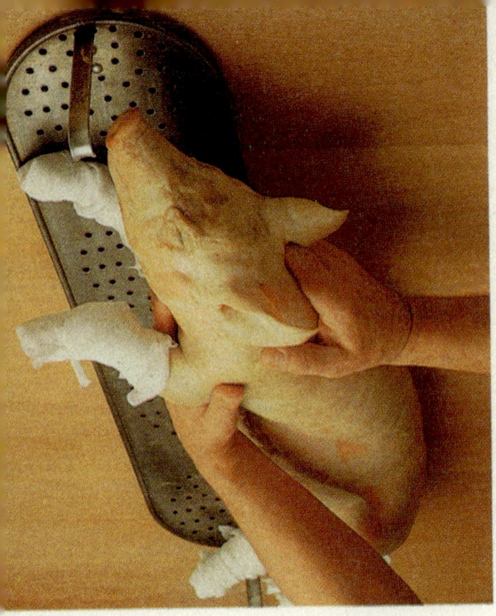

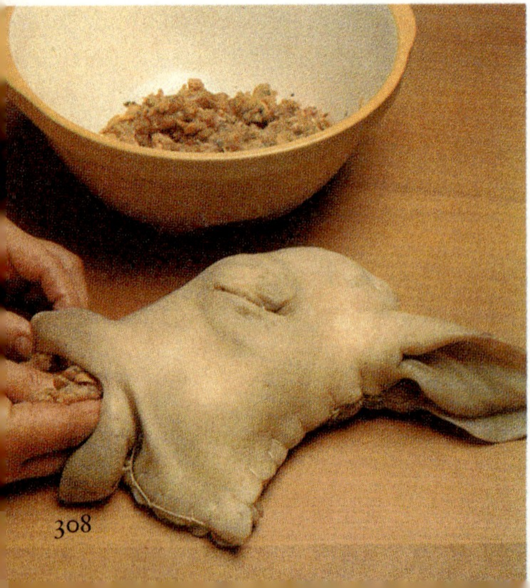

Backe, backe Kuchen

Kochen tue ich jeden Tag. Und das sehr gerne. Ja, man könnte sagen, das Kochen sei meine allerliebste Beschäftigung, noch vor dem Spazieren und dem Fernsehen (Krimis). Und ich bin ausserordentlich froh, dass meine Frau nicht kochen kann – und auch keinerlei Ambitionen hat, denn so gibt es in der Küche kein Kompetenzgerangel. Was ich aber noch nie gemacht habe, noch gar nie, das ist das Backen. Ich brauche den Backofen eigentlich nur, um Poulets knusprig zu brutzeln oder eine Lammkeule nieder zu garen. Ansonsten ist mein Backofen bloss ein Lager für blitzblanke Bleche und anderes Zeugs, das im Schrank keinen Platz mehr findet.

Natürlich habe ich mich gefragt, warum dem so ist, warum ich den ganzen Tag in der Küche hantiere, aber absolut kein Hobbybäcker bin. Denn grundsätzlich liebe ich Kuchen und Guetsli, sehr sogar (ich bin sicher, dass die Ziffern hinter dem Komma auf der digitalen Skala der Waage in meinem Bad auf das Konto der Kuchen gehen). Und dann kam mir eine Idee: Meine Mutter ist schuld. Denn niemand kann so gute Kuchen und Guetsli backen wie meine Mutter. Schon nur der Gedanke an die randvoll mit süssem Gebäck gefüllten Blechdosen zur Weihnachtszeit lässt mich lächeln. Vielleicht darum? Weil ich mich nicht mit meiner Mutter messen will? Weil ich weiss, dass mein Gebäck im Vergleich mit dem ihrigen nur lumpiges Krümelzeugs wäre?

Oder aber, das ist die zweite Möglichkeit, weil ich nicht wissen will, was ich esse? Ich habe schon Backrezepte studiert, ja, so weit ging ich schon. Zum Beispiel für einen sehr, sehr lecker aussehenden Schokoladenkuchen namens Chocolate Nemesis im sehr empfehlenswerten Kochbuch des englischen River Cafes (wo übrigens Jamie Oliver das Kochen lernte). Was man da alles benötigt – für einen kleinen Kuchen! Das ist ja, als bastle man eine Bombe. Als habe man etwas gar Böses vor. Als sei man ein Küchenterrorist.

Im Rezept steht, man nehme: 675 Gramm Schokolade. 450 Gramm Butter. 675 Gramm Zucker. 10 Eier. Ei, ei, ei. Das klingt nicht gerade nach gesunder Ernährung.

ILLUSTRATION: ANOUSHKA MATUS

Und ich könnte wohl nicht mit gutem Gewissen eine solche Mischung herstellen, in den Ofen schieben und dann meinen Liebsten offerieren, egal wie gut der Kuchen würde. Das wäre mir zu nahe an vorsätzlicher Tötung.

Aber ein paar Guetsli könnte ich wagen. Vielleicht werde ich nun dieses Jahr endlich einmal einen Backversuch unternehmen. Die Bleche einfetten und ein paar Guetsliformen kaufen. Eventuell werde ich Zimtsterne backen. Oder Mailänderli. Oder Anisbrötli. Ich weiss zwar, niemand macht so gute Anisbrötli wie meine Mutter, aber ich kann immer noch die zweitbesten auf der ganzen Welt hinbekommen. Mit ein bisschen Liebe und Mut.

MAX KÜNG hat soeben sein erstes Buch publiziert («Einfälle kennen keine Tageszeit», Edition Patrick Frey, 608 Seiten) und hat nun wieder Zeit, die Tage kochend zu verbringen. Zurzeit verspürt er grosse Lust auf Kichererbsen mit Chili und denkt wehmütig an seine vergangenen Ferien auf Sizilien.

Britische Errungenschaften

Gurkensandwiches. Ich hatte bis anhin noch nie in meinem Leben an Gurkensandwiches gedacht. Jetzt tu ich es immerzu – und das Wasser läuft mir im Mund zusammen.

Es war vor zwei Wochen. Freunde hatten mich zu einem Picknick in den Stadtpark gebeten. Es war ein heisser Sonntag. Er kroch dahin, und ich hatte ein bisschen Angst vor diesem Picknick. Denn ein Picknick ist als theoretisches Konzept grossartig, in der Realität aber leider geprägt von faserigem, kaltem Huhn in Tupperware, in mayonnaisiger Sauce schwimmendem Nudelsalat (mit womöglich noch Peperoniwürfeln) und lauwarmem Weisswein aus dem Haus «Mal à la Tête Liquide Grand Cru».

Zum Glück haben meine Freunde britische Wurzeln. Sie brachten einen Weidenkorb mit und liessen mich einen Blick hineinwerfen. Ich sah Roastbeef. Ich sah ein Glas Senf. Ich sah kleine, dreieckige Sandwiches, und ich sah eine Flasche, auf der «Pimm's» stand. Ich nickte.

Doch bevor wir uns mit dem Inhalt des Weidenkorbs beschäftigten, weihten mich meine Freunde in die Kunst eines Rasenspiels ein, das zwingend zu einem Picknick gehört – sagten sie. Man nennt es Krocket, und traditionellerweise spielt man es in weisser Kleidung. Die Regeln sind (typisch britisch) komplex, vereinfacht gesagt: Ein hölzerner Ball muss mit einem Schläger unter nach einem festen Muster aufgestellten Törchen («wickets») durchgeschlagen werden und am Ende einen kleinen Holzpflock («finishing stake») berühren. Eine Art Minigolf für Adlige. Und eine grosse britische Errungenschaft, wie ich bald merken sollte.

Das Spiel dauerte an und machte grossen Spass. Freundlich sanft klangen die Schläge. «Klack.» Holz auf Holz. «Klack.» Gute Schläge wurden nicht zu euphorisch beklatscht. Wir machten eine Pause. Setzten uns auf eine Decke unter eine mächtige Platane. Nahmen uns des Inhalts des Weidenkorbs an, unter anderem der kleinen, dreieckigen Sandwiches. Sie sahen äusserst unspektakulär aus, ja: langweilig. Weisses Toastbrot mit wenig drin. Doch dann der erste Biss. Ich ass mein erstes Gurkensandwich, und es war um mich geschehen. Niemals hätte ich gedacht, dass etwas mit einem solch blöden Namen so gut schmecken kann.

Seit diesem Sonntag muss ich immerzu an Gurkensandwiches denken. Und ich glaube, ich mach mir gleich ein paar. Es ist ja auch so einfach. Randloses Toastbrot. Gesalzene Butter. In dünne Scheiben geschnittene Salatgurke, ungeschält. Diagonaler Schnitt. Fertig. Der Imbiss für einen perfekten Sonntag im Schatten einer Platane im Park mit Picknick und Krocket. Und leise klingt es: «Klack.» Es gibt Dinge, die gehören einfach zusammen.

ILLUSTRATION: ANOUSHKA MATUS

MAX KÜNG lebt in Zürich und vermisst dort eigentlich nur etwas: einen grossen Park. Er ist seit kurzem ein begeisterter Krocket-Spieler, und es tut ihm ein bisschen weh, dass der Sport nicht mehr olympische Disziplin ist, so wie damals noch, im Jahr 1900.

Besuchen Sie unser Lesefutter-Forum unter **www.saison.ch,** Menüpunkte Kurzfutter, Kolumne. Diskutieren Sie über Max Küngs Kolumnen, über britische Spezialitäten oder über Picknickrezepte. saison.ch

Der eingebildete Versager

Ich habe einen Freund. Er ist ein sehr guter Freund. Nennen wir ihn Karl. Karl ist nicht nur ein guter Freund, sondern auch ein guter Koch. Ein sehr guter Koch sogar. Wenigstens finde ich das. Er manchmal auch, aber leider nur manchmal.

Karl kocht leidenschaftlich gerne. Und dann und wann lädt er mich ein. Was Karl auftischt, das ist immer ausgesprochen fein, ausgezeichnet, besser als das meiste, was man in den Restaurants bekommt. Wenn da nicht Karl wäre. Karl sitzt am Tisch und schöpft vom Braten, und wir fangen an zu essen, und nach dem ersten Bissen legt er die Gabel nieder. Er sagt: «Ich habs gewusst. Zu wenig Salz.» Oder er sagt: «Zu viel Salz.» Oder: «Der Braten ist zu zäh. Beim letzten Mal war er zart wie .. wie … wie der Hintern von Jennifer Lopez.» Ich sage dann: «Der Hintern von Jennifer Lopez ist nicht zart, sondern in erster Linie massiv wie ein Bergmassiv. Aber der Braten, Karl, er IST zart. Er ist perfekt.» Aber Karl schüttelt nur den Kopf und schüttet ein Glas Wein in sich hinein. «Er ist zäh.» Oder der Kartoffelstock ist ihm zu wenig luftig gelungen, obwohl er luftiger nicht sein könnte. «Ich habe versagt», jammert dann Karl, «wieder einmal.» Und es bleibt einem nichts anderes übrig, als Karl eine halbe Stunde zu schütteln und ihm zu versichern, dass alles bestens sei. Bestens! Bestens! Nur mit Schreien dringt man dann zu ihm durch.

Ich weiss, dass Karls Defätismus, das Schlechtreden von Dingen, die objektiv betrachtet gut sind, eine pathologische Form von fishing for compliments darstellt, ein bei Amateurköchinnen und -köchen nicht selten auftretendes Krankheitsbild. Doch damit nicht genug mit Karls eingebildeten Problemen.

Kürzlich weihte mich Karl in eine neue Dimension seiner Kochproblematik ein. Er nannte es «das Premieren-Phänomen». Koche er ein Gericht das erste Mal, dann gelinge es ihm immer. Erst kürzlich ein kompliziert entbeintes und mit allerlei Dingen gefülltes Huhn. Als er es zu Testzwecken alleine für sich gekocht habe, sagte Karl, sei es formidabel gewesen, das hätte auch Marcella Hazan geschmeckt, ja, die hätte sich wohl bis zu einem Sättigungsgrad von 250 Prozent daran gütlich getan. Also fühlte er sich sicher, Gäste einzuladen und das gefüllte und entbeinte Huhn nochmals zu kochen. Natürlich ging dann alles schief – sagte jedenfalls Karl.

Ich kann mir vorstellen, dass das Huhn perfekt war. Und Karl sass da und sagte: «Zu trocken.» «Warum die Haut nicht knusprig ist, weiss ich jetzt auch nicht.» «Der Ofen muss kaputt sein.» «Die Füllung schmeckt irgendwie . komisch.» «Ein Hauch zu viel Thymian.» «Eine Spur zu wenig Thymian.»

Ich bin gerne wieder Gast bei Karl. Aber der Defätist, der kleine Teufel, den muss Karl dann in der Küche einsperren, in einem dunklen Schrank, gefesselt und geknebelt. Und Karl soll etwas kochen, das er noch nie zuvor gekocht hat. Es wird sicher wunderbar werden. Denke ich.

ILLUSTRATION: ANOUSHKA MATUS

MAX KÜNG lebt und kocht in Zürich. Sein Lieblingsrezept zurzeit: roher Thunfisch, dünn geschnitten, kurz mariniert mit gutem Olivenöl, Zitronensaft, Salz, Pfeffer, etwas Peperoncini. Dazu Weissbrot und – Wein. Perfekt.

Besuch einer ungeliebten entfernten Bekannten

Ein Kollege klagte mir am Bürotelefon, dass er sich Sorgen mache. Sorgen um sich selbst. «Ich denke», sagte er, «nur noch an Autos. Wenn ich einschlafe. Wenn ich aufwache. Dazwischen. Tagsüber. Während Sitzungen. Sogar wenn ich Auto fahre.» «Das ist schlimm», sagte ich ihm, «aber ich weiss keinen Rat.» «Früher», sagte er, «da dachte ich ab und zu noch an Frauen. Oder an Gehaltserhöhungen.»

Und ich kam ins Grübeln. Ich dachte nämlich die ganze Zeit über nur ans Essen. Und das sagte ich meinem Kollegen: «Ich denke immer nur ans Essen.» Er seufzte. «Sind das Zeichen, dass wir alt werden?» «Nein», entgegnete ich ihm, «in meinem Fall ist es ein Zeichen, dass es Zeit ist, Mittagspause zu machen.» Ich hängte den Hörer auf, schnappte mir gut gelaunt die Jacke und machte mich pfeifend auf den Weg in mein Lieblingsrestaurant. Unterwegs dachte ich nochmals darüber nach, was ich meinem alten Bekannten gesagt hatte. Ich fragte mich, ob es wirklich stimme, dass ich die ganze Zeit nur ans Essen dachte. Und ja, es war wohl so. Es verging kaum eine Stunde, in der ich nicht mindestens einmal an Pizza, Polenta-Lasagne, gebackene Forelle, Frittata, Zimtschnecke, Zabaione oder etwas in dieser Richtung dachte. Hatte ich Kummer, bedrückte mich eine noch nicht bezahlte Rechnung oder einfach nur die Dummheit eines Mitmenschen, so rief ich mir das saftige Steak in Erinnerung, welches bei Peter Luger in Brooklyn serviert wird (samt dem Spruch: «In the world of Peter Luger, fat is good!»). Und es ging mir wieder blendend.

Als ich mich in meinem Lieblingsrestaurant setzte und die Karte zu studieren begann, da kam mir doch plötzlich und mit einem gewissen Schreck eine Zeit in den Sinn, in der ich nicht immer nur ans Essen gedacht hatte. Diese Zeit war erst letzte Woche gewesen. Da bekam ich nämlich Besuch. Besuch von einer ungeliebten entfernten Bekannten: der Magen-Darm-Grippe. Nicht nur, dass ich mich gezwungen sah, mich eine Woche von nichts anderem als anfangs nichts, dann Wasser, dann dünner Suppe, Zwieback, Salzstängeli und Cola zu ernähren. Jeglicher Gedanke an auch nur etwas wie Essen trieb mich schlotternd im Galopp Richtung Badezimmer. Ich musste die Kochbücher verräumen. Der Anblick von Konservendosen mit Kichererbsen liess mich erschaudern. Was hinter der Kühlschranktür lauerte: blanker Horror. Das Beefsteak Tatar im Tiefkühler? Wie konnte man so etwas überhaupt essen? Ich dachte, ich würde nie wieder auch nur einen Splitter eines Gedankens an Nahrungsmittel verschwenden. Und wie es ungeliebte Besucher so an sich haben: Sie kommen, und sie wollen einfach nicht mehr gehen. Es war furchtbar.

Was ich diese Woche die ganze Zeit über gedacht hatte? Ich wusste es nicht mehr. Zum Glück, dachte ich und studierte eingehend die Speisekarte in meinem Lieblingsrestaurant. Das brachte mich wieder auf die richtigen Gedanken. Ich las «Polpette». Das klang gut. Sehr gut sogar.

ILLUSTRATION: ANOUSHKA MATUS

MAX KÜNG lebt, arbeitet und kocht für seine Familie in Zürich. Er hofft, dass er erst mal von einer weiteren Magen-Darm-Grippe verschont bleibt. Und bis es wieder so weit ist, verschwendet er keinen Gedanken mehr daran.

Das Beste, überhaupt und je

Die Frage war gut. Ich sass mit einem Freund beim Mittagessen in einem italienischen Restaurant. Die Rigatoni mit Cicorino rosso schmeckten, und wir hatten eben darüber gesprochen, was für eine gute Sache doch gutes Essen sei, als er fragte, was denn eigentlich das Beste gewesen sei, was ich je gegessen hätte. Das Allerallerbeste überhaupt und je.

ILLUSTRATION: ANOUSHKA MATUS

Ich kam ins Grübeln. Das Beste, was ich je gegessen hatte? Das war nicht einfach. Während ich kaute, hirnte ich. Waren es die Tintenfischlein mit den weissen Bohnen bei dem kleinen Imbiss auf dem Markt in Barcelona? Sie hatten gute Chancen, zum Superstar der je gegessenen Speisen gewählt zu werden. Oder war es nicht doch einfach frischer, roher Thunfisch, fein geschnitten, mit etwas Meersalz und Zitrone, dazu knuspriges Brot? Oder das Steak von Peter Luger in New York? Oder nein: das Monstersteak in diesem Restaurant unter dem gewaltigen Feigenbaum in São Paulo?

«Na?», fragte der Freund. Ich schüttelte den Kopf. Zu viel des Guten. Doch dann kam es mir in den Sinn. Plötzlich wusste ich es. Und ich sagte: «Das Beste, was ich je gegessen habe, war ein Fleischkäsesandwich.» Mein Freund lachte. Er schaute mich an, als hätte ich etwas sehr Dummes gesagt.

Doch so war es. Ein Fleischkäsesandwich. Ich ass es auf einem kleinen Wieslein hoch oben zwischen Italien und der Schweiz. Es war auf einer beschwerlichen, aber wunderschönen Wanderung gewesen; recht steil war der Weg, heiss brannte die Sonne, kein Haar passte zwischen die Höhenlinien auf der Wanderkarte. Unterwegs machte ich Rast, liess mich in das Wieslein plumpsen, nahm das Säcklein mit dem Proviant aus dem Rucksack. Darin: das Sandwich. Es war ein ganz normales Sandwich mit Fleischkäse, ein bisschen Alpkäse drin, Ei, Gurke natürlich, Butter und ein Klecks Senf. Am Morgen hatte ich es selbst konstruiert. Dann biss ich hinein und dachte: Das ist das Beste, was ich je gegessen habe. Und: Besser wird nie etwas schmecken. Und so war es wahrhaftig.

Als ich das meinem Freund erzählte, detailliert und ehrlich, schüttelte er den Kopf. Ein Sandwich. Wie banal. Und dann fragte ich ihn. Was war das Beste, was er je gegessen hatte? Und er sagte: Das Beste, das habe er noch vor sich. Das sei doch das Beste überhaupt, oder? Er lachte und schob sich die letzte Gabel Rigatoni in den Rachen. Nächste Woche fahre er nach Lyon. Und ja, da würden die Chancen wohl gut stehen, das Beste zu essen, was er je wird essen können, denn er plane einen Besuch bei Bocuse. Ich war mir da nicht so sicher, denn nichts würde an das Fleischkäsesandwich heranreichen, das ich auf der Alpwiese gegessen hatte. Aber ich sagte es nicht.

MAX KÜNG lebt und arbeitet in Zürich. In diesem Sommer fährt er nicht ans Meer, sondern ist in den Schweizer Bergen unterwegs. Im Rucksack: sicher ein gutes Sandwich, selbst gemacht, mit Gurke drin.

Besuchen Sie unser Lesefutter-Forum unter **www.saison.ch,** Stichwort Kolumne, und diskutieren Sie über Max Küngs Kolumnen, über Genuss und Verdruss, Erwartungen an Starköche oder über die besten Rezepte überhaupt.

Weise Worte

Jeffrey Steingarten, der altehrwürdige und scharfzüngige Gastrokritiker der amerikanischen «Vogue», gab mir einmal einen Tipp: Wir sassen in einem dunklen Restaurant namens Bar Masa am Columbus Circle in New York und studierten die Speisekarte. Nun ja, ich studierte vor allem die rechte Seite der Karte, die Kolonne mit den exorbitanten Preisen. Und Jeffrey Steingarten sagte: «Essen Sie alles. Bestellen Sie im Restaurant alles, vor allem die Dinge, die Sie nicht kennen, oder die Dinge, von denen Sie meinen, Sie mögen sie nicht. Essen Sie sich durch die Karte durch. Entdecken Sie die Welt. Essen Sie thailändisch. Essen Sie chinesisch. Und eben: Essen Sie alles. Ausser griechisch natürlich.»

Damals dachte ich, er sage das einfach, damit er alles bestellen könne, denn ich hatte den Fehler begangen, ihm vor dem Restaurantbesuch zu sagen, dass ich ihn selbstverständlich gerne einladen würde. Und natürlich bestellte er auch fast alles. Es wurde ein sehr teurer Abend. Wenn ich es mir recht überlege, dann war es wohl der teuerste Abend meines Lebens. Aber es hat sich gelohnt. Denn Steingartens Worte stellten sich als eine Weisheit heraus.

Leider verhält es sich mit Weisheiten jedoch so: Sie hören sich gut an, wenn sie aus dem Mund einer klugen Person purzeln, sie sehen gut aus, wenn sie auf Zuckerbriefchen stehen. Im wirklichen Leben aber wendet man sie selten an. Ich muss gestehen: Ich tendiere dazu, in Restaurants noch immerzu dasselbe Gericht zu bestellen. Es ist nun einmal einfach sehr, sehr schwierig, sich für das Unbekannte zu entscheiden, wenn man doch weiss, was sicherlich gut schmecken wird. Und so läuft es auch zu Hause. Letztes Wochenende beispielsweise. Gäste eingeladen. Also studierte ich schon am Freitagabend vor dem Fernseher sitzend die Kochbücher. Und was kochte ich schliesslich? Schmorbraten mit Kartoffelstock. Wie 100 Mal zuvor.

Je älter ich werde, desto weniger neige ich zu Experimenten. Und das ist schade. Ich möchte mir Jeffrey Steingartens Worte zu Herzen nehmen und das Kochen nicht als Teil des Alltags sehen, sondern als Etappen einer lustvollen Weltreise des kulinarischen Entdeckens. Ich möchte endlich einmal «Ataditos de calamar con vinagreta de tinta» (Tintenfisch mit Speck) probieren. Bisher las ich immer nur das Rezept, wenn ich das Tapas-Kochbuch durchsah (wie ein Erinnerungsalbum meiner Spanienferien), dachte ein bisschen nach und blätterte dann weiter. Warum in Gottes Namen habe ich noch nie Marcella Hazans «Polpette mit Wirsing» ausprobiert? Oder «Reis mit Marroni»? Natürlich meine ich, Marroni nicht gern zu haben. Aber ist es wirklich so? Vielleicht liebe ich Marroni, weiss es bloss noch nicht.

Man kann auch mitten im Jahr Vorsätze fassen. Und mein Vorsatz für den Rest des Jahres: Ich erinnere mich an Steingartens Worte – sie müssen endlich amortisiert werden. Ich koche ab sofort nur Gerichte, die ich noch nie, nie, nie gekocht habe. Ich werde mich getrauen. Ich werde es wagen.

Und ich habe das Gefühl, dass das noch ein ziemlich spannendes Jahr werden wird.

MAX KÜNG lebt und kocht in Zürich.
Dies ist seine letzte Kolumne für die Saisonküche.

ILLUSTRATION: ANOUSHKA MATUS

s Gemüses .dvokat

Ich hätte Jura studieren sollen, dachte ich, als ich mit meiner Frau stritt. Nun ja, stritt ist ein wenig übertrieben, denn so ernst war die Sache nun auch wieder nicht. Es war nicht so, dass man zum Werkzeug hätte greifen müssen, zum Topf, zum Wallholz oder gar zum Brotmesser. Aber ich musste doch ein bisschen laut werden, denn sie beleidigte mein Lieblingsgemüse. Und das macht niemand ungestraft. Ich hätte Jura studieren sollen, damit ich durch die Kunst des Plädoyers die Kichererbse hätte verteidigen können. Die arme, kleine Kichererbse. Denn sie war es, die auf der Anklagebank sass.

Meine Frau mag keine Kichererbsen. Sie findet sie fürchterlich. Und ich liebe sie (die Kichererbsen). Und ich liebe aber auch sie (meine Frau). Also koche ich mein Lieblingsgemüse nur, wenn sie nicht zu Hause ist. Manchmal aber, da unternehme ich einen Vorstoss und frage, ob sie es nicht noch einmal versuchen wolle. «Gib der Kichererbse eine Chance», sagte ich an jenem Abend. Und meine Frau schaute mich an mit einem Blick, als hätte ich sie gefragt, ob sie gerne rohes Rinderhirn hätte, serviert mit einer kalten Schneckensauce.

«Und warum», wollte meine Frau wissen, «heissen Kichererbsen eigentlich Kichererbsen? Das ist ja ein ziemlich lachhafter Name für eine Frucht, die gar keine Frucht ist. Warum nennt man ein Gemüse eigentlich Frucht? Und gibt es auch Brüllbohnen? Lachlinsen?» «Hülsenfrüchte», sagte ich, «sind ernsthaft sehr gesund. Insbesondere die Prinzessin der Erbsenfamilie: die Kichererbse. Sie ist voller Vitamine, Fohlsäure, Lysin, Zink, Magnesium und Eisen. Und, ja: Zufälligerweise weiss ich auch, warum die Kichererbse Kichererbse heisst.» «Aha», sagte sie herausfordernd, «und warum heisst sie, wie sie heisst?» «Sag ich nicht.»

Und ich sagte es ihr nicht, brach mein Plädoyer ab und vergrub leicht beleidigt mein Gesicht im Kochbuch, las nochmals das Rezept, das ich an diesem Abend nicht kochen würde, weil meine Frau dem im Wege stand, aber später einmal, wenn ich einen Soloherrenabend hätte. Weit entfernt hörte ich, wie meine Frau sich daran machte, einen kleinen Vortrag über das Wort Humus zu halten respektive über den Umstand, dass ein Gericht aus Kichererbsen wohl unmöglich zufällig gleich heissen kann wie das tote organische Material im Erdboden.

ILLUSTRATION: ANOUSHKA MATUS

Ich konzentrierte mich auf das Rezept. Ich las: Kichererbsen über Nacht in nicht zu salzigem Wasser einweichen. Abgiessen. In genug Wasser mit 1 Esslöffel Olivenöl und 1 Knoblauchzehe kochen (nicht zu lange, vielleicht 35 Minuten). In einer anderen Pfanne in genug Olivenöl 1 gehackte Zwiebel und 2 gehackte Rüebli 15 Minuten dünsten. Abschmecken (gerne auch mit Chili). Wein dazu. Weiterköcheln, bis der Wein fast ver dunstet ist. Etwas Tomatensauce oder Pelati beigeben. 1 Kilo Mangold ohne Stiele blanchieren, klein schneiden, zusammen mit den abgetropften Kichererbsen beigeben. Nochmals 10 Minuten köcheln. Gehackten glattblättrigen Peterli dazu, 2 Esslöffel Zitronensaft. Fertig. Mampf!

Als ich wieder aufblickte vom Kochbuch, da war meine Frau aus der Küche verschwunden. Ein Zettel lag auf dem Tisch, sie hatte mir eine Notiz geschrieben. «Meine liebste Kichererbse, das bist du.»

PS: Warum die Kichererbse Kichererbse heisst? Nun, ich wusste es nicht, aber ich schlug es nach. Mit Kitzeleien oder zuckenden Lachmuskeln hat der Name nichts zu tun. Er stammt vom lateinischen Wort Cicer ab. Cicer heisst nichts anderes als Erbse. Also heisst die Kichererbse wörtlich übersetzt Erbseerbse. Hätte ich das meiner Frau gesagt, sie hätte einen Kicheranfall bekommen.

MAX KÜNG lebt und kocht in Zürich. Seine Lieblingsgemüse nebst der Kichererbse: Blumenkohl, Cavalo nero und dazu dicke Steaks vom Rind. Und er freut sich jetzt schon auf die Zeit, wenn aus Italien die kleinen Tomaten kommen. Denn die vermisst er.

Der grüne Tisch, flimmernd

ILLUSTRATION: ANOUSHKA MATUS

Es war klar, wenigstens für meine Mutter. Essen auf dem Tisch und der flimmernde Fernseher im selben Zimmer, das passt nicht zusammen. Ob im Winter mittags Skirennen oder sonntags Formel-1-Rennen oder abends ein Live-Fussballspiel – für meine Mutter war es ein Gesetz, und sie setzte es durch mit sanfter Bestimmtheit: Gegessen wird vorher. Oder nachher. Aber nicht gleichzeitig.

Dabei ging es meiner Mutter nicht etwa um Sitte oder Anstand. Es war nicht so, dass sie fand, dass sich das nicht gehöre, dass es unschicklich sei, dass man während des TV-Konsums isst. Nein. Sie hatte bloss Angst. Angst um mich, genauer: um mein Augenlicht. Sie fürchtete nämlich, dass ich mir beim Essen vor dem Fernseher mit der Gabel ein Auge ausstechen könnte. Dass ich also mit der mit Geschnetzeltem gehäuften Gabel unterwegs zum Mund plötzlich in einen akuten Torjubel verfalle, motorisch durcheinander komme, die Hand mit der Gabel auf ihrer Reise Richtung Mund plötzlich den Befehl aus meinem Kleinhirn bekommt, sich schleunigst und subito auf den Weg gen Himmel zu machen – und auf diesem Weg hängen bleibt an den Hindernissen meines Gesichtes und ich mir versehentlich die spitzen Zinken der glänzenden Gabel in die feuchte kleine Kugel in meinem Schädel ramme, die mein Auge ist – oder dann mein Auge war.

Jetzt, da ich nicht mehr zu Hause wohne, ein paar Jahre nun schon, kompensiere ich. Es gehört zu den grossen Vergnügen, vor dem Fernseher zu essen, vor allem, wenn ein Fussballspiel läuft. Denn was soll man sonst mit seinen Händen machen, während eines TV-Fussballspiels? Rhythmisch klatschen? Auf die Knie trommeln? Eben. Ausserdem: Selten ist ein Fussballspiel spannend genug, dass es meine ganze Aufmerksamkeit benötigt. Ein paar Spaghetti auf eine Gabel zu drehen, das geht ganz locker nebenbei.

Es gibt eigentlich nur eine Sache, die gar noch besser ist, als während eines Fussballspiels zu essen: während eines Fussballspiels zu kochen. Ich bin der Meinung und vertrete sie vehement, dass in jede Küche ein Fernseher gehört, denn ein Fernseher ist nichts anderes als die zeitgenössische Version eines offenen Feuers. Man kann hineinschauen, sich beruhigen, denn es passiert etwas, aber nicht viel, auf jeden Fall nicht zu viel.

Und sollte mal kein Fussballspiel übertragen werden, während man gerade Kartoffeln schält oder ein Huhn entbeint, dann kommt vielleicht eine alte Folge einer Kochsendung, beispielsweise mit Alfred Biolek. Dazu zu kochen, das ist ein wunderbarer Parallelslalom. Da bleibt kein Auge trocken.

MAX KÜNG lebt und arbeitet in Zürich. Er hofft und glaubt, dass die Schweiz an der Fussball-WM bis in die Viertelfinals vorstossen wird. Wer Weltmeister wird? Die Engländer könnten es schaffen, endlich wieder einmal. Ansonsten: Argentinien. Topp, die Wette gilt.

Besuchen Sie unser Lesefutter-Forum unter **www.saison.ch,** Stichwort Kolumne. Diskutieren Sie über Max Küngs Kolumnen, über Fernsehen beim Essen oder beim Kochen. Und die Chancen der Engländer, die WM zu gewinnen.

Waterloo

Die Küche ist ein gefährlicher Ort. Nicht, weil dort heisse Töpfe stehen oder scharfe Messer liegen oder man einen Stromschlag fürchten müsste. Es geht um die Nerven. Manchmal. Leider.

Letzte Woche ist mir eine Wurst explodiert. Sie lag in der Pfanne und köchelte gemütlich in einem schweren See von eingedicktem Rotwein. Plötzlich explodierte sie. Natürlich erschrak ich. Der Knall war laut, und die Sauce spritzte an alle vier Wände. Meine Brille war verschmiert, und ich musste mir die Haare waschen gehen. Das grösste Problem jedoch: Das Essen war ruiniert. Was an den Nerven zerrte: Man hat versagt. Man hat etwas falsch gemacht. Man hat einen Fehler begangen. Wie wenn das Soufflé in sich zusammensackt (nun, das ist ja noch irgendwie entschuldbar, denn Soufflés sind zickige Dinger). Wie wenn das Fondue unerklärlicherweise scheidet. Der Schmorbraten einfach nicht zart wird. Der Tintenfisch gummig bleibt. Die Suppe nach nichts schmeckt. Die Gnocchi im Wasser zerfallen. Die Bratkartoffeln nicht knusprig werden wollen. Und all das, obwohl man alles richtig gemacht hat. Eigentlich.

ILLUSTRATION: ANOUSHKA MATUS

Natürlich passieren diese Dinge immer, wenn man Gäste eingeladen hat. Die Chefin mit ihrem Mann zum Beispiel. Oder die acht besten Freundinnen der Frau, die endlich einmal wissen wollen, ob das stimmt, was die Frau immer sagt, so bluffig: dass ihr Mann so gut kochen könne. Kocht man für sich allein, dann gelingen einem die kompliziertesten und abenteuerlichsten Gerichte auf Anhieb. Epaule de mouton farcie à la mode du Berry? Kein Problem. Getrüffeltes Poulet nach Art der Mutter Brazier? Selbstverständlich. Fatalerweise verhält es sich leider ganz anders, wenn es darauf ankommt. Dann misslingen die einfachsten Sachen.

Erst gestern wieder. Ein wunderbarer zwei Kilo schwerer Wolfsbarsch lag bei 180 Grad im Ofen, belegt mit blanchierten Kartoffelscheiben, beträufelt mit Petersilienöl, den Bauch gefüllt mit Fenchel. Ein todsicheres Rezept. Gelingt immer. Kommt immer gut an. Bloss gestern nicht. Die untere Seite des stolzen Fisches war längst übergart, die obere aber noch halb roh. Die Kartoffelscheiben waren weit davon entfernt, knusprig zu sein. Und das Schlimmste: Ich hatte dafür keinerlei Erklärung.

Das ist das Problem. Kochen ist eine wunderbare Sache. Aber wie so oft bei Dingen, die das Wort Wunder beinhalten: Alles lässt sich nicht erklären. Der Abend war für mich erledigt. Ich war es auch. Verletzt und schmollend sass ich da. Und selbst die gut gemeinten, wenn auch unaufrichtigen Worte des Trostes meiner Gäste konnten mich nicht aufbauen. Im Gegenteil. Als sie den von mir misshandelten Fisch assen und Sachen sagten wie «Ist im Fall uh fein! Mampf! Wirklich!», da hätte ich losheulen können. Mein persönliches Waterloo. Wieder einmal.

PS: Das Fischrätsel löste sich ein paar Tage später. Zuoberst im Ofen hatte sich ein Kuchenblech versteckt. Deshalb keine Oberhitze. Deshalb das Debakel. Keine Ahnung, wie das Kuchenblech dorthin kam. Auf jeden Fall war es nicht meine Schuld. Ein Trost. Immerhin.

MAX KÜNG lebt und arbeitet in Zürich. Er freut sich, weil er für ein Wochenende nach Berlin fährt. Dort isst er eine Currywurst am Imbissstand Konnopke an der Schönhauser Allee 44. Er hofft, dass Frau Waltraud Ziervogel noch immer da arbeitet.

Besuchen Sie unser Lesefutter-Forum unter www.saison.ch, Stichwort Kolumne, und diskutieren Sie über Max Küngs Kolumnen oder über grosse und kleine Malheurs beim Kochen.

Mozart-Migräne

ILLUSTRATION: ANOUSHKA MATUS

Schon eine kleine Ewigkeit ging ich nicht mehr auswärts essen. Abgesehen von gelegentlichen mittäglichen Besuchen in Restaurants, um mich dort der wenig quälenden Auswahl zwischen Menü 1 und Menü 2 und Menü 3 zu stellen (und der Frage: «Suppe oder Salat?»). Aber abends, so richtig gediegen, mit Wein und Gemütlichkeit und Zeit – das machte ich in letzter Zeit viel zu selten. Fand ich. Also tat ich es wieder einmal, packte meine bezaubernde Begleitung, mein notenbepacktes Portemonnaie und mein breitestes Grinsen, und zusammen spazierten wir in ein Restaurant. Nennen wir es «Schillerstübchen».

Natürlich erschrak ich sofort ob der Preise für Vorspeisen und Weine und überhaupt. Aber dieses Erschrecken war nichts anderes als ein Reflex, eine Erinnerung an alte Zeiten, als man sich aus wirtschaftlichen Gründen noch ausschliesslich von Erdnussflips ernähren musste und man zweistellige Frankenbeträge für Mahlzeiten schlicht als dekadent empfand.

Das Essen im «Schillerstübchen» war gut. Da konnte man nicht meckern. Der Schmorbraten zart. Der Kartoffelstock luftig. Die Sauce dunkel und dicht. Der Wein ebenso. Eigentlich hätte es ein schöner Abend werden können. Doch dann fiel mir wieder ein, warum ich so lange nicht mehr auswärts essen ging. Mozart? War es Mozart? Auf jeden Fall war es süss und geigte im Hintergrund wie eine heranschwellende Migräne. Und kaum war der Braten serviert worden, da fingen die Geschäftsherren am Nebentisch an, ihre klöpferdicken Zigarren anzuzünden, während die Frau am Tisch am Fenster in ihre Handtasche tauchte, gross wie ein Ochsner-Kübel, um ihr Handy zu suchen, welches nicht einfach klingelte, sondern dem Mozart noch ein bisschen scheppernden Salsa beimischte. Und dann erschien der Koch. Er ging von Tisch zu Tisch, die Hände auf dem Rücken verschränkt, und an jedem Tisch erzählte er denselben Witz.

Ich verliess das Restaurant ein wenig geknickt. Meine Begleiterin war noch immer bezaubernd, aber mein Portemonnaie war nun Kate-Moss-mässig dünn, und mein Grinsen hatte sich bereits vor dem Dessert verdünnisiert (welches mir gar nicht mehr schmecken wollte). Was hatte ich davon? Immerhin eine Erfahrung. Mir wurde es so klar wie der Nachthimmel: Wirklich glücklich wird man im Restaurant nicht. Das wird man nur zu Hause, wenn man selber am Herd steht, die fleckige Kochschürze umgebunden, die Nase im Kochbuch, den dampfenden Topf auf dem Herd, in der Hand ein scharfes Messer, ein paar Freunde am Tisch, die laut reden, im Ofen ein ganzer Fisch oder ein Stück Fleisch. Dann ist man weit weg von der Welt da draussen, wo die Restaurants sind, in denen Mozart dudelt, Mozart mit Salsa.

MAX KÜNG lebt, kocht und arbeitet in Zürich. Er freut sich darauf, bald den Grill aus dem Keller zu holen – und auf die scharfen Salsicce mit Fenchelsamen, die auf dem Rost zischen. Bis es so weit ist, arbeitet er an der Perfektionierung seiner derzeitigen Lieblingsspeise: Kartoffelstockküchlein mit Stockfisch. Erdnussflips mag er noch immer.

Besuchen Sie unser Lesefutter-Forum unter www.saison.ch, Stichwort Kolumne, und diskutieren Sie über Max Küngs Kolumnen sowie über speisen im Restaurant oder gemütlich essen zu Hause.

Das Geburtstagsproblem

Auch seine besten Freunde muss man daran erinnern, dass man Geburtstag hat, Jahr für Jahr. Sonst kann man seine Hoffnungen auf Karten, Blumen oder Geschenke gleich begraben. Deshalb erwähnte ich es M gegenüber, der mir vis-à-vis sass und die Erbsen auf seinem Teller mit den Zinken seiner Gabel zu zählen schien. Ich sagte: «Bald habe ich Geburtstag.»

M ist Mathematiker. Er stellt immerzu Berechnungen an, während er isst. Schätzt das Volumen des Kartoffelstockbergleins, das Gewicht des Steaks oder eben die Anzahl der Erbsen. «Geburtstag», sagte er ein bisschen gedankenverloren, «schön.» Dann sagte er eine Weile nichts, und als ich schon auflisten wollte, was er mir alles schenken könnte, hob er seine Gabel und sagte: «Das Geburtstagsproblem. Ein sehr interessantes und echtes Paradoxon.» Dann erklärte er. Beim Geburtstagsproblem geht es nicht etwa darum, dass man nicht weiss, was man einem Freund zum Geburtstag schenken könnte, sondern um Mathematik. «Es beschreibt die Tatsache, dass von 23 willkürlich ausgewählten Personen mit einer Wahrscheinlichkeit von über 50 Prozent mindestens zwei am selben Tag Geburtstag haben. Das klingt, ich weiss, ganz und gar unwahrscheinlich, ist aber so.» Dann legte er die Gabel beiseite, griff sich einen Kugelschreiber und notierte ein paar Formeln auf die Serviette.

Ich dachte: Erstaunlich – aber mein Geburtstagsproblem ist ein ganz anderes. Nämlich: Was soll ich mir zu essen wünschen? Schon in der Kindheit war es für mich eine nicht einfach zu lösende Aufgabe, für den Geburtstag eine Speise zu konkretisieren, die meine Mutter mir dann kochte. Sicherlich gäbe es in der Welt der Mathematik einen Begriff, der dieses Phänomen beschreibt. Oder in der Psychologie. Auswahlparalyse oder so ähnlich. Ich esse einfach zu gerne, als dass ich mich auf ein Lieblingsessen beschränken könnte. Und es gibt einfach zu viele

ILLUSTRATION: ANOUSHKA MATUS

gute Dinge. Schliesslich waren es dann immer knusprige Sachen, für die ich mich entschied. Meist Fischstäbchen. Oder Rösti. Am Geburtstag, so fand ich, soll es krachen im Mund. Und so sehe ich das auch heute noch.

Darum, so dachte ich, während M weiter komplizierte Formeln aufzeichnete und den Begriff «kryptografische Hash-Funktion» erklärte, werde ich mir auch dieses Jahr zum Geburtstag wohl Fischstäbchen wünschen. Knusprig krachende Fischstäbchen. Mit Salzkartoffeln. Und extrem viel Mayonnaise.

MAX KÜNG lebt, kocht und arbeitet (als Reporter für «Das Magazin») in Zürich. Er muss nun wieder ein Jahr warten, bis er Geburtstag hat und es wieder Fischstäbchen gibt. Und bald wird er 40. Davor hat er Angst. Aber nur ein bisschen.

Besuchen Sie unser «Lesefutter»-Forum unter www.saison.ch, Stichwort: Kolumne, und diskutieren Sie über Max Küngs Kolumnen sowie über Mathematiker, Auswahlparalyse und krachende Fischstäbchen zum Geburtstag.

Kalte Zeiten

Weihnachten, ja, ich erinnere mich. Und ich erinnere mich gerne. Wie Vater moderat fluchend den viel zu grossen, frisch im nahen Wald geschlagenen Tannenbaum wie ein widerspenstiges Tier in die Stube zerrte. An die ergebnislosen Blicke durch das Schlüsselloch der verschlossenen Schlafzimmertür der Eltern, hinter der sich das stets grösser werdende Lager der Geschenke verbarg. Geschenke, die bald unter dem Baum deponiert würden, um dann von zwar ungelenken, aber kraftvollen Kinderhänden – meinen Händen – ihrem viel zu engen Kleid aus Geschenkpapier entrissen zu werden. Ich erinnere mich an die Kiste, die ich mit meinen Geschwistern vom Estrich holte, in der die Weihnachtskugeln, dick und rot, ein Jahr schlafen durften. Wir trugen sie mit grösster Sorgfalt herunter, als wäre Nitroglyzerin darin. Oh ja, es sind schöne Erinnerungen. Die verzierten Blechdosen mit den Guetsli, 14 Sorten. Die Pfützen von schmelzendem Schnee unter den vor der Tür stehenden Stiefeln, feuchte Denkmäler sorglosen Kinderspasses. Das Toben im Schneetreiben. Der Duft nach Mandarinen. Kalte Hände. Rote Backen. Kerzen. Pralinéschachteln. «Drei Nüsse für Aschenputtel» im Fernsehen.

Und ich erinnere mich an das Essen. Vor allem an das Essen an Heiligabend. Dann gab es belegte Brötchen. Ich weiss, das klingt nicht glamourös, sondern karg und bescheiden. Aber: Das gab es sonst nie bei uns, das ganze Jahr über sah ich nie belegte Brötchen, sondern nur an Heiligabend, und zwar solche: weiches Toastbrot, weiss wie Schnee, fein wie sonst nichts, belegt mit Schinken und zu Fächern geschnittenen Gürklein, in einer Reihe schlafende Dosenspargeln, zugedeckt mit einem gelblichen Laken aus Mayonnaise, Salamirädchen mit halbierten Silberzwiebelchen oder tafelbergartige Exemplare mit Thunfisch, paprikapulverbeschneit.

Wie ich sie liebte, diese flugzeugträgergrosse silberne Platte, auf der meine Mutter die belegten Brötchen aus der Speisekammer in die Stube trug. Also: Ich liebte natürlich die Fracht auf der Platte, die belegten Brötchen. Am Weihnachtsabend gab es traditionellerweise Schinken im Teig, aber der konnte mir gestohlen bleiben. Ich dachte vor Weihnachten die ganze Zeit über immer nur an diese flachen Wunderdinger, die belegten Brötchen. Denn ich wusste auch: Nach den Brötchen kamen die Geschenke. Ich erinnere mich heute nicht mehr, ob es wirklich die Brötchen waren, die mich so verrückt machten, oder einfach das Wissen, dass nach diesen Brötchen die Bescherung stattfindet. Die beiden Dinge, sie sind für mich miteinander verschmolzen.

Heute sind belegte Brötchen nicht mehr exotisch oder exklusiv, man bekommt sie immer und überall, und sie gelten eher als ordinär. Und ja, manchmal, mitten im Sommer oder im Frühling, irgendwann, kaufe ich mir ein Salamibrötchen oder eines mit Spargeln aus der Büchse, pimpe es zu Hause noch etwas mit Mayonnaise und beisse hinein, und dann, dann denke ich an die warmen kalten Zeiten – und dann ists wie Weihnachten.

ILLUSTRATION: ANOUSHKA MATUS

MAX KÜNG arbeitet und kocht für seine Familie in Zürich. Auf Weihnachten wünscht er sich einen Davoser Schlitten und eine Woche Zeit, diesen auf Schussfahrten auszuprobieren im stiebenden Schnee in den Bündner Bergen.

Besuchen Sie unser Lesefutter-Forum unter **www.saison.ch,** Menüpunkte Kurzfutter, Kolumne. Diskutieren Sie über Max Küngs Kolumnen, oder tauschen Sie Tipps aus für Weihnachtsessen. saison.ch

ILLUSTRATION: ANOUSHKA MATUS

Runde Sache

Genug. Irgendwann war es genug. Und irgendwann war genau gestern. Gestern sass ich in einem Restaurant. Es war ein sehr gutes Restaurant im Norden Italiens, nördlicher als der südlichste Zipfel der Schweiz. Ich sass gemütlich und ass ein absolut ausgezeichnetes Gericht. Knusprig gebratene kleine Tintenfische auf einem Bohnenpüree, bedeckt mit einem luftigen, nicht zu intensiven Knoblauchschaum. Eigentlich hätte ich glücklich sein sollen in jenem Moment. Aber ich war es nicht. Und schuld daran war der Teller.

Ich hätte niemals gedacht, dass ich mich über Teller aufregen kann. Bis anhin dachte ich, so ein Teller ist ein Teller ist ein Teller. Also unwichtig. Wichtig allein ist, was sich auf diesem Teller befindet (und wenn dies nicht so wahnsinnig gelungen sein sollte, dann halt der Inhalt eines nahen Glases, mit dem man sich trösten kann). Aber: Irgendwann war es eben genug.

Vielleicht sollte ich den Teller beschreiben. Er war nicht rund, sondern fünfeckig, zudem irrsinnig gross. Er war nicht weiss, sondern ziemlich bunt. Und je mehr ich von meinem Teller ass, desto besser konnte ich sehen, was unter dem Essen lag. Als ich brav aufgegessen hatte, starrte mich ein Auge an. Wem kommt die Idee, Augen auf Teller zu malen? Was bedeutet das Auge? Das Auge isst mit?

Schon am Tag zuvor in einem Restaurant in der Nähe kam ich ins Grübeln. Ein Teller, der kein Teller mehr war, sondern ein Stück Porzellan gewordenes Erdbeben. Eine weisse Welle mit Ausbuchtungen, in denen sich kleine Happen versteckten. Zwei Tage zuvor: ein Lokal mit konsequent dreieckigen Tellern. Was sah ich alles? Fünfeckige Teller. Ovale Teller. Teller wie sich wölbende Riesenblätter. Teller mit flirrenden Mustern. Teller mit grellbunten Streifen. Teller mit gemalten Elefanten drauf. Ein besonderes Highlight: ein Teller, der die Form einer Palette besass, einer Palette, wie sie Künstler zum Mischen ihrer Farben brauchen. Nur waren da keine Farben drauf, sondern «Variationen von der Jakobsmuschel mit Vanille, Avocado, Sommertrüffeln und Limetten».

Als ich den letzten Happen Tintenfisch auf die Gabel hievte, da kam mir in den Sinn, dass ich auch einst Teller besass, die nicht rund waren. Sie hatten acht Ecken. Und sie waren schwarz. Vor einer Weile fand ich sie in einer Kiste auf dem Estrich. Mir wurde fast ein bisschen schlecht, so hässlich waren die Dinger. Schnell stellte ich sie in einem Migros-Sack vor die Haustür, daran einen Zettel: «Gratis zum Mitnehmen». Bald waren sie weg.

In mein Leben lasse ich nur noch runde Teller, dickwandig und weiss. Je älter ich werde, desto mehr mag ich die einfachen Dinge. Alt werden ist vielleicht doch eine gute Sache.

MAX KÜNG lebt, kocht und arbeitet in Zürich. Nicht ohne Anstrengung probiert er, das Gericht mit den knusprigen Tintenfischlein, dem Bohnenpüree und dem Knoblauchschaum nachzukochen. Bisherige Versuche lassen noch Platz für Optimierung. Serviert wird aber immer auf einem runden Teller.

Besuchen Sie unser Lesefutter-Forum unter **www.saison.ch,** Menüpunkte Kurzfutter, Kolumne. Und diskutieren Sie über Max Küngs Kolumnen, über Schönes und Hässliches, Nützliches und Unpraktisches auf dem Tisch.

saison.ch

Wörter

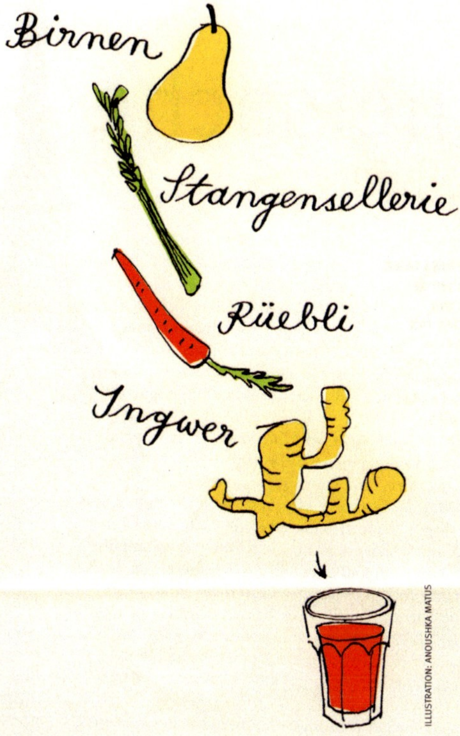

ILLUSTRATION: ANOUSHKA MATUS

Wörter sind wie Freunde. Manche kennt und schätzt man schon eine Ewigkeit («Essen» etwa oder «Alltag»). Anderen läuft man dann und wann über den Weg, aber eigentlich kann man sie nicht ausstehen («Steuererklärung» oder «Zahnschmerzen»). Wiederum andere würde man gerne noch ein bisschen näher kennen lernen, weil sie so interessant sind, aber sie zieren sich («Lohnerhöhung» oder «Glückshormonausschüttung»). Und dann gibt es die Wörter, die man eben erst kennen gelernt hat, per Zufall. Ein solches Wort ist «Tresterbehälter».

Lange habe ich mich schwer getan mit dem Entscheid. Viele sagten: Nein, tu es nicht, es wird dein Leben unweigerlich erschweren. Es wird deinen bis anhin doch so schönen und ruhigen Alltag in eine Putzhölle verwandeln. Was ich wollte? Einen Entsafter kaufen. Ein Gerät also, welches durch Zentrifugalkraft und ein paar scharfe Klingen aus Gemüse und Früchten Saft macht, auf Knopfdruck und ruck, zuck.

Nachdem ich das erstaunlich schwere Gerät gekauft (ich entschied mich für ein ziemlich teures Modell aus Chromstahl, was sich als eine kluge Entscheidung herausstellen sollte), zusammengebaut und in Betrieb genommen hatte, da gab es nur noch die totale Entsaftung. Zuerst habe ich die ganze Früchteschale entsaftet. Dann machte ich mich auf in den Laden, kaufte kiloweise Rüebli und Birnen und Ingwer und Stangensellerie. Aus meiner Küche wurde mein kleiner Saftladen.

Und beim Studium der Betriebsanleitung des Entsafters (der sich erstaunlich einfach reinigen lässt), da stiess ich auf das Wort «Tresterbehälter». Selten lernte ich ein so schönes Wort kennen, das einen profanen Plastikkübel bezeichnet. Auf den ersten Blick ein wenig spröd, aber doch: äusserst attraktiv. Tresterbehälter – je öfter man es sagt, desto schöner klingt es.

Gerne sitze ich in der Küche, trinke ein Glas frischen Rüeblisaft (wenn das Gemüse aus dem Kühlschrank kommt, dann ist der Trunk herrlich kühl) mit einem Schuss Ingwersaft und sage das Wort langsam vor mich hin: «Tresterbehälter». Und schon geht es mir besser.

Ich bin gespannt, welche neuen Wörter das Jahr 2006 für mich bereithält. Ich hab da schon eine Ahnung, welche Wörter es sein könnten. Aber ich lass sie einfach mal auf mich zukommen.

MAX KÜNG lebt, kocht und arbeitet (als Reporter für «Das Magazin») in Zürich. Zurzeit ist der bekennende Nichtskifahrer in den Spazierferien im Misox, von wo die besten Nusstorten der Schweiz herkommen. Seinen Entsafter hat er mit dabei. Rüebliverbrauch pro Tag: 1 Kilo. Und er freut sich, weil er bald Geburtstag hat.

Besuchen Sie unser «Lesefutter»-Forum unter www.saison.ch, Stichwort: Kolumne, und diskutieren Sie über Max Küngs Kolumnen sowie über Wörter, über Lieblingswörter oder Unwörter zum Beispiel.

Chefsache

Eine Freundin am Telefon, sie jammerte. Sie sagte, ihr Mann, der Trottel, der habe seinen Chef zum Essen eingeladen, daheim. Und weil ihr Mann, dieser unfähige Kerl, weil der natürlich überhaupt nicht kochen könne mit seinen zwei linken Händen, müsse sie nun dem Chef etwas auftischen, und sie habe keine, keine, überhaupt keine Ahnung, was sie kochen soll. Ob ich einen Ratschlag parat hätte? Sie seufzte.

Ich seufzte auch. In erster Linie hatte ich Trost parat. Denn ich weiss: Seinen Chef einzuladen, das ist ein grosser Fehler – vor allem, wenn man Ende Jahr auf eine Beförderung hofft. Man kann nur scheitern. Kocht man zu gut, dann wird der Chef neidisch, hockt am Tisch und schaut ein wenig aufgebracht seine mitgebrachte Frau an und sagt: «So etwas könntest du doch auch mal kochen, Schatz.» Das ist nicht förderlich für die Karriere des Mannes. Und absichtlich nicht gut kochen, das kann man ja nicht wirklich. Sollte das Essen aber trotzdem schlecht werden, dann hat man auch nicht unbedingt gepunktet.

Ich sagte meiner Freundin: «Koche etwas Bescheidenes. Keine zu exquisiten oder zu exotischen Zutaten. Nichts mit viel Knoblauch, denn nichts ist schlimmer als ein flatulierender Vorgesetzter am Tisch eines Untergebenen. Nichts, das schwer aufliegt. Keine Innereien. Kein Hirn, nicht mal Leber. Vielleicht besser auch keinen Fisch, denn es gibt Leute, die sind darauf allergisch und fallen mit grünem Gesicht vom Stuhl, atemlos. Und komm ja nicht auf die Idee, selber Ravioli zu machen oder sonstige Kapriolen. Dann wirst du nur nervös, und die Ravioli kleben am Küchentisch fest, und mit lautem Krachen kommt über dich ein Nervenzusammenbruch herein, als fielen dir alle Pfannen auf den Kopf.»

«Aha», sagte meine Freundin, «dann lass ich am besten eine Pizza kommen oder hol was bei McDonald's oder was?»

«Nein», sagte ich, «mach doch eine italienische Gemüsesuppe nach dem Rezept der Frau Hazan. Die vermittelt Bodenständigkeit, Tradition, aber auch eine Portion nicht zu weit gewandte Weltläufigkeit. Zudem sind Suppen stets versöhnlich. Und schon nur die Symbolik: ein Topf, aus dem alle schöpfen ...» – «... meint er dann nicht, wir sind Sozialisten?»– «Gut, dann mach halt Tellerservice. Und danach einen Rindsschmorbraten. Dazu Kartoffelstock.» – «Kartoffelstock? Ist das nicht ein erzkonservatives Statement? Zeugt das nicht von Rückständigkeit?» – «Nein. Kartoffelstock ist gerade wegen seiner tendenziellen Rückständigkeit eine ziemlich avantgardistische Sache, wenn auch verkappt wie ein Tarnkappenbomber.» – «Mit Seelein?» – «Unbedingt. Jeder zerstört gerne sein Saucenseelein, das ist gut für die Seele, denn es ist Kindheit pur.» – «Und wenn er eine schwere Kindheit hatte?» – «Geh das Risiko ein. Am Ende werden alle zufrieden sein, du wirst schon sehen.»

Das alles sagte ich meiner Freundin und: «Dann wird alles gut.» Sie seufzte.

ILLUSTRATION: ANOUSHKA MATUS

MAX KÜNG lebt, schreibt und kocht in Zürich. Jetzt, da die Zeiten langsam, aber sicher kälter werden, freut er sich auf dicke Gemüsesuppen, am liebsten mit Bohnen drin. Ein Stück gutes Brot dazu. Viel mehr braucht es nicht. Seinen Chef aber hat er noch nie eingeladen.

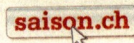

Besuchen Sie unser Lesefutter-Forum unter **www.saison.ch**, Menüpunkte Kurzfutter, Kolumne. Diskutieren Sie über Max Küngs Kolumnen, über Tipps für heikle Gäste und optimale Rezepte. saison.ch

Das letzte Ding

Die Frage war so gut, dass ich eine geschlagene Minute nachdenken musste, bevor ich eine Antwort fand. Die Frage lautete: «Was wäre dein letztes Gericht?» Natürlich stellt sich diese Frage mir nicht wirklich, aber ich habe einen Freund, der gerne solche Fragen stellt. Eben wie: «Stell dir vor, du hättest etwas Schlimmes gemacht und würdest hingerichtet oder was auch immer, dein Arzt sagt dir, dass es morgen aus ist mit dir, aus und vorbei, wie auch immer. Auf jeden Fall dürftest du nur noch ein Gericht essen. Sag schnell: Was wäre dein letztes Gericht?»

Manchmal tut es gut, Freunde zu haben, die solche Fragen stellen. «Könnte es ein Buffet sein?» Mein Freund schaute ärgerlich. «Versuche nicht, dich herauszureden. Nein, kein Buffet, noch nicht einmal eine Menüabfolge, sondern ein Gericht, ein Teller bloss, auch kein Nachschlag.» «Und warum fragst du nicht einfach, was mein Lieblingsessen ist?» «Das wäre zu einfach. Du könntest irgendetwas sagen, aus einer Laune heraus. Ich will aber wissen, was wirklich und tatsächlich dein letzter Wunsch wäre, kulinarisch wenigstens, was dir wirklich und wahrhaftig das Wichtigste ist.»

Ich dachte nach. In meinem Kopf setzte sich ein kleines Männchen mit einem Seufzer an einen Tisch und fing hastig an, in dicken Kochbüchern zu blättern. Es konsultierte Listen und Notizen und rasselte die Namen von Gerichten herunter, die ich liebe. Gerichte, bei denen ich nach der ersten Gabel die Augen schloss und dachte: Das, das ist das Beste, was ich je ass, was ich je essen werde. Gerichte, die mir fast die Tränen in die Augen trieben, weil sie so gut waren, wie dieses Wildschweinragout in diesem kleinen Restaurant in den ligurischen Bergen. Der kleine Mann in meinem Kopf liess die Filmchen abspulen: zerfliessender Camembert, mit knusprigem Brot aufgewischt. Das kleine Plättchen mit dem frischesten Thunfisch, den ich je bekam, in diesem kleinen Lokal namens «Daiwa» auf dem Tokioter Fischmarkt. Steaks in Südamerika, so dick, dass sie auch Obelix gemocht hätte. Erinnerungen an die Kindheit: die Knusprigkeit der Fischstäbchen (mit Mayonnaise). Rösti. Frisch gepflückte Walderdbeeren. Tausende von Dingen schossen mir mit Lichtgeschwindigkeit durch den Kopf. Und dann, dann sagte der kleine Mann in meinem Schädel, dass er alle nötigen Informationen zusammengetragen habe, um mich zu einer sicheren Entscheidung zu führen. Ich dankte ihm. Der kleine Mann legte sich wieder hin und fing sogleich an zu schnarchen. Ich wusste nun, was ich meinem Freund antworten wollte.

ILLUSTRATION: ANOUSHKA MATUS

Ich sagte: «30 Gramm Baumnüsse und 30 Gramm Pinienkerne grob zerhackt in einer Pfanne ohne Öl leicht bräunen. Dazu kommt die fein gehackte Schale einer halben Orange, auch fein gehackt ein Zweiglein Rosmarin, glatter Peterli, Knoblauch und zwei Esslöffel vom besten Olivenöl. Rahm. Fünf Minuten köcheln lassen. 100 Gramm Gorgonzola. Sachte Meersalz. Mächtig Pfeffer. Muskat. Mit selbst gemachter Pasta mischen. Etwas Parmesan darüber reiben. Das wärs.»

Mein Freund schaute ein bisschen enttäuscht. «Das soll es sein? Ein Teller Pasta?» Ich nickte. «Klingt ziemlich mastig», meinte mein Freund. «Nun ja», sagte ich, «das ist wohl wahr, aber es muss ja eine Weile hinhalten, oder?»

MAX KÜNG lebt und arbeitet in Zürich. Zurzeit ist er sehr damit beschäftigt, die geschmacklichen Nuancen verschiedener Kürbissorten zu untersuchen. Und er spart Geld für einen richtig guten Fleischwolf, denn sein Traum ist es, bald selbst gemachte Würste zu braten.

ES FOLGEN 7
SEITEN FUER
VAETER MIT
SOEHNEN IM
ALTER VON ETWA
2 JAHREN RESPEKTI
ZUR GEMEINSAMEN
BETRACHTUNG respektive

zum lernen zu zählen von 1 bis 7.

Schaeff HR 32, Bj. 2002, 4.000 Bh, 53 kW, Betriebsgew. 7,5 t, Schnellwechsler mech, Zusatzsteuerkreis, Schildabstützung, Kabine, neue Gummiketten, neu lackiert, weiteres Zubehör gegen Mehrpreis !

Mitsubishi MM 35 Bj. 94, Betr.Gew
3,30t, Schutzdach, Schildabstützung
Gummiketten, 50cm Tieflöffel

Zeppelin/Schaeff ZR 35/HR 16, Bj. 1999, 2.723 Bh, Betriebsgew. 3,5 t, Zusatzsteuerkreis, Schildabstützung, Kabine, Gummiketten, Schaeff-Schnellwechsler, 1 Tieflöffel

9.000,- €
Nr. 2474

Kubota KX 36-2 Minibagger, Bj. 1999, 2.203 Bh, extra Schaufel

9.000,- €
Nr. 2475

Komatsu KX 36-2 Minibagger, EZ 1999, 2.284 Bh, extra Schaufel, Radio

9.000,- €
Nr. 2476

Komatsu KX 36-2 Minibagger, EZ 1999, 2.725 Bh, extra Schaufel, Radio

Hitachi EX 40-2, Bj. 1998, 4.096 Bh, Betriebsgew. 4,30 t, Schildabstützung, Kabine, Gummiketten, 60 cm Tieflöffel

Hitachi EX 45-2, Bj. 1998, 6.327 Bh, Betriebsgew. 4,50 t, Schildabstützung, Stahlketten m. Gummipads, Kabine, 60 cm Tieflöffel

Komatsu PC 75 UU-2, Bj. 1996, 3.693 Bh, Betriebsgew. 7,5 t, Seiten-Knick-Ausleger, Schildabstützung, Kabine, Gummiketten (1x neu), 70 cm Tieflöffel

Hitachi/Airman AX 33U, Bj. 1999, 1.661 Bh, 18 kW, Betriebsgew. 3,5 t, Schutzdach, Zusatzsteuerkreis, Schildabstützung, Gummiketten, 50 cm Tieflöffel

Eurodig/ Hanix Minibagger 0,8t, Verstelllaufwerk, Eilgang, Hammeranschluß, 3x Löffel, 2-Zyl. Diesel, 170 Betr. Std., Vorführgerät, evtl. mit Schlegelmäher hydraulisch und Grabenfräse hydraulisch, Bj. 2003, tip top, netto EUR 8.700,-

O&K-Mobilbagger Typ MH Plus, Ser. Nr. 920063, Baujahr 2004, ca. 2.100 Std., Planierschild, hydr. Verstellausleger, Knickarm mit Löffelkippzylinder, Greifer-/Hammerhydraulik, SWE MS 10, ohne Arbeitswerkzeug

O&K-Radlader Typ L 25.5, Ser. Nr. 295835, Baujahr 2004, ca. 2.100 Std., Ladeschaufel mit Zähnen

Nettopreis: 75.000,- Euro zzgl. MwSt.

ATLAS-Raupenbagger Typ AB 1604 HD, Ser. Nr. 35934, Baujahr 1991, ca. 7.000 Std., 600 mm Bodenplatten, Monoarm, Knickarm mit Löffelkippzylinder, Greiferhydraulik, ohne Arbeitswerkzeug

Neuson 12002 Bj. 01, 2.654 Betriebsstunden, Gewicht 11,5t, Tieflöffel, SW, netto EUR 33.000

18 Meter

Liebherr R 924 HDSL, Bj. 2001

11347

Takeuchi TB 145, Bj. 2001, 2.319 Bh, 27 kW, Betriebsgew. 4,70 t, Zusatzsteuerkreis, Schildabstützung, Kabine, Gummiketten, 60 cm Tieflöffel, neu lackiert

68229
VOLVO

Volvo EC 14, Bj. 2002, 734 Betr.-Std., Minibagger, Einsatz-Gew. 1.400 - 1.530 kg, 3 Zyl. Motor, automatisches Werkzeugschnellwechselsystem, Breite der Raupen 230 mm, Tieflöffel und Grabenlöffel gegen Aufpreis

1887

Zeppelin ZR 15 1x Grabenräumschaufel, 1x Greifer, 1x Tieflöffel

11.000,- €
Nr. 2473

Komatsu PC 15R8 HS Minibagger, Bj. 2002, 3.264 Bh, extra Schaufel

Liebherr R 912 Litronic Bj. 91, 9.500 Betriebsstunden, Ketten 90% gut, Stiel 3,7m, Gewicht 22t, Hammer-Greiferleitung, Hydraulikpumpe NEU

Liebherr L514, Bj. 2005, 3800 Bh, Z-Hubgerüst 2350 mm

Volvo L 120 E, Bj 2003, 15.197 Stunden, Reifen 750/65 R 25, Klima

Volvo L 120 C, Bj. 1999, 9.660 Stunden, Reifen 23.5 R 25, Klima

Caterpillar 950 FII, BJ 1944, 8.668 Stunden, Reifen 23.5 R25

Volvo L120 C, Bj 1997, 14.063 Stunden, Reifen 23.5 R 25

Volvo L120 C, Bj 1998, 11.300 Stunden, Reifen 23.5 R 25

Caterpillar 950 FII, Bj 1997, 12.839 Stunden, Reifen 23.5 R 25, Klima

merken (ich mir), für später

Vater und Sohn sitzen in gespannter Aufmerksamkeit aufrecht in ihrem Kanu, während sie sich einer Stromschnelle nähern. Die Bewältigung eines solchen Hindernisses vermittelt das schöne Gefühl sportlicher Partnerschaft.

für Oscar

WE ❤ GERHARD, PART 1

WELTMANN ZU GAST

Von Max Küng

Lieber Gerhard Schröder, was habe ich mich gefreut, als ich Ende November vernahm, dass Sie nun in die Schweiz arbeiten kommen, und zwar beim Ringier-Verlag an der Dufourstrasse, als Berater in Sachen grosse Fragen unserer schweren Zeit. Wissen Sie, lieber Gerhard Schröder, dort habe ich auch schon gearbeitet, im Ringier-Pressehaus, im dritten Stock oder so, beim «SonntagsBlick», während meiner Zeit als Journalistenschüler, vor fünfzehn Jahren. Es war, wie soll ich sagen: Eine ausgesprochen entspannte Zeit. Die Woche über hängten wir rum und lasen «Asterix & Obelix», und am Samstagabend holte ich für all die grossen Reporter beim Vorderen Sternen Bratwürste, und wir schauten «Wetten, dass...» und hofften, dass dem Thomas Gottschalk die Hose explodiert oder wenigstens das Décolleté eines Gastes, damit wir am Sonntag eine super Schlagzeile hatten, respektive das Bild dazu. Damals dachte ich, Journalismus sei echt knorke. Aber was plaudere ich hier, lieber Gerhard Schröder. Willkommen in der Schweiz. Ich weiss, viele meiner Landsleute artikulieren immer häufiger ihren Unmut über den Umstand, dass immer mehr Deutsche ihr Geld in der Schweiz verdienen. «Schon wieder ein Deutscher.» Damit das klar ist: Ich find das gut. Auf unserer Redaktion haben wir auch 3½ Deutsche, und ich muss sagen, die sind voll integriert und lieb und nicht nur der Kohle wegen hier, sondern... sondern... sondern auch aus anderen Gründen.

Schön und fast «Brokeback Mountain»-mässig zärtlich, was Dufourstrassenrasputin Frank-A.-«The Brain»-Meyer zur Geschichte Ihrer Anstellung sagte: «Ich kochte an einem Abend in Berlin für Schröder. Michael Ringier war dabei. So haben sich die beiden kennen gelernt. Und haben sich auf den ersten Blick verstanden; die Sympathie war spürbar. Sie entdeckten die gemeinsamen Vorlieben: vorzügliche Weine, erstklassige Zigarren, gute Gespräche über Kunst.»

Zigarren, Wein und Gespräche über Kunst. Als ich das las, da dachte ich: Wow, diese Trippelallianz des guten Geschmacks grosser Gentlemen! Also: meine Rede! Auf diesen drei Beinen steht die Welt derer, die es geschafft haben. Und: Ich steh auch auf Stümpen, Kunst und Wein sowieso, auch wenn ich befürchte, dass Sie mehr von der Rebensaft-Materie verstehen als ich, denn ich stehe jedes Mal paralysiert vor dem Weinregal im Pick Pay und denke: oje, rot oder weiss? Etwas dazwischen? Flasche oder Tetrapack? Oje. Oh weh.

Ach ja, lieber Gerhard Schröder, etwas fällt mir noch ein aus meiner Zeit bei Ringier an der Dufourstrasse. Ich durfte damals nämlich einen Basler Galeristen interviewen. Ich fragte ihn: «Sie lieben die Frauen, oder?» Und er sagte: «Oh ja, ich liebe die Frauen sehr – man könnte fast sagen, ich sei lesbisch.» Ha, da musste ich schmunzeln. Und ich denke, da schmunzeln Sie auch, oder, verschmitzter Genosse?

PS: Nächstes Mal erzähle ich von alten Bekannten aus meiner «SonntagsBlick»-Zeit. Dr. Samuel Stutz beispielsweise. Und Mark van Huisseling. Was, der Name sagt Ihnen nichts? Warten Sie, ich erklärs Ihnen gleich.

(max.kueng@dasmagazin.ch)

WE ❤ GERHARD, PART II

LIEBE, HASS, DELFINE

Von Max Küng

Lieber Gerhard Schröder. «Ausländer sind die besseren Schweizer» titelte letzthin eine Zeitung aus dem Ringier-Verlag, für den Sie ja nun arbeiten. Das klingt doch schön, oder? Denn wie hat es noch im Sommer 1986 getönt in der «Schweizer Illustrierten»? Ganz anders hat es getönt: «Hassen wir die Deutschen wirklich?» stand da dick geschrieben auf der Titelseite. Damals jubelten wir Schweizer hemmungslos, als Deutschland an der WM in Mexiko das Finale gegen Argentinien 3:2 verlor, und die «Schweizer Illustrierte» schrieb in einer illustren Analyse des Phänomens: «Der Deutsche ist dem Schweizer zu redegewandt, zu nationalistisch, zu selbstbewusst, zu wenig kulturbewusst – und nicht fröhlich genug.» Heute ist das ganz anders, oder?

Apropos «fröhlich genug»: Ein Tipp, Herr Alt-Kanzler. Sollten Sie nach einem harten Arbeitstag in Ihrem Büro bei Ringier einsam im Hotelzimmer sitzen, in der einen Hand eine schwelende Zigarre, in der anderen ein schweres Rotweinglas, saturiert von Gesprächen über gute Kunst und keine Lust auf sanierendes Pay-TV haben, dann schauen Sie mal Schweizer Fernsehen. Mittwochs zum Beispiel. Die Sendung heisst «Deal or No Deal – Das Risiko» und vermittelt ein schönes Bild der Bewohner unseres Landes. Ausserdem kommen dort Leute zu viel Geld, ohne dafür viel tun zu müssen, ausser ein bisschen raten. Also ganz genau nach Ihrem Geschmack. Sie sind ja Berater, oder?

Um die Kandidaten für das Finale zu selektionieren, müssen diese einen Begriff erraten, zu dem peu à peu Hinweise angeboten werden. Ein Highlight, das für den Wagemut und das Blitzgedankengut unseres Volkes steht, möchte ich Ihnen nicht vorenthalten.

Moderator: «Diesmal suchen wir keinen Sachbegriff, sondern *eine Person*.»

Erster Hinweis: «Rapperswil.»

Kandidat: «Äh, Delfinshow?»

Noch etwas zum Moderator von «Deal or No Deal». Er heisst Roman Kilchsperger. Obwohl Roman ein bisschen übertrieben ist. Novelle täte es auch. Oder, passend zur Jahreszeit, Zettel. Auf jeden Fall sah ich ihn kürzlich in einer Zürcher Modeboutique, die so heisst wie er mit Vorname, einfach ohne n am Ende. Er liess sich in dieser Boutique in Begleitung einer Stylistin für seine Fernsehauftritte einkleiden. Er verlangte nach einem «rassigen Tschoopen» (=«pfiffiges Jackett»). Roman trägt gerne rassige Tschoopen, gerne auch kombiniert mit frechen Hemden (über der Hose getragen). Nur: Es ist nicht einfach, einen rassigen Tschoopen zu finden in dieser Boutique, die auf belgisches Vogelscheuchenzubehör spezialisiert ist. Aber ich denke, seine Stylistin hasst Roman sowieso. So wie er sich in seinen Sendungen präsentiert, kann es nicht anders sein. Als würde er als Vogelgrippe an die Fasnacht gehen.

Sie sind doch auch modebewusst, oder, Herr Schröder? Brioni-Kanzler wurden Sie genannt, wegen Ihrer Vorliebe für die Anzüge der schnittigen italienischen Edelmarke. Und Ihnen wurde vorgeworfen, Sie trügen Brioni anstatt Verantwortung. Hui, zum Glück ist diese Zeit nun vorbei, wo Ihnen Ihre wenig kulturbewussten und unfröhlichen Landsleute das Leben mies machten. Hier bei uns ist es doch viel gemütlicher, oder? Eine Frage hätte ich aber noch, von wegen Mode und so. Im «Blick» stand am 9. Januar auf der Titelseite: «Wer im Trend ist, trägt transparente Blusen.» Sagen Sie, Herr Schröder, sind Sie im Trend? Ich persönlich muss gestehen, dass ich Mühe hätte, mit transparenten Blusen zur Arbeit zu erscheinen.

PS: Wissen Sie noch, wer das Siegestor schoss, damals, 1986, das die Schweiz im Kollektiv vereint gegen die Deutschen jubeln liess. Burruchaga war es. So ein schöner Name, oder?
(max.kueng@dasmagazin.ch)

Wald voller Affen

Von Max Küng

Lieber Gerhard Schröder. Eine Weile nun habe ich Ihnen schon nicht mehr geschrieben. Das tut mir Leid, aber das hat seinen Grund, denn: Ich habe nie an Sie gedacht. Bis ich im Zürcher Zoo stand, vor einer Glasscheibe, hinter der ein Tier fett im Sand lag und nichts tat. Ich ging mit meinem Patenkind dorthin und hatte auch ein wenig Fieber, Halsweh und alte Socken an (schon komisch, da denkt man, der Sommer kommt nun endlich, dann kommt aber nicht der Sommer, sondern die Grippe und haut einem auf den Kopf). Aber wegen eines bisschen Fiebers sagt man seinem Göttikind ja nicht den Zoobesuch ab.

Es war ein schöner Ausflug, bis ich mein Patenkind von irgendwo weit weg sagen hörte: «Götti Max, hallo Götti, ist alles gut?» Mir war schwindelig. Ich musste mich setzen, dann war wieder gut. Mein Göttikind meinte: «Bist du wegen dem Tier fast ohnmächtig geworden?» Ich fragte: «Welches Tier?» Mein Göttikind zeigte auf die Vitrine. «Dort. Die grusige Tannzapfenechse.» «Nein», sagte ich, «mir kam nur etwas in den Sinn.» «Und was», wollte mein Göttikind wissen. «Gerhard Schröder.» - «Wer ist das?» - «Gute Frage.»

Mir wurde also nicht ob der Tannzapfenechse schwindelig, die im Zoo eklig und fett im Sand lag und nichts tat, den ganzen Tag. Sondern, weil ich einen Fieberschub hatte und mit diesem auch eine plötzliche Erinnerung an Sie kam, lieber Herr Schröder, nämlich diese: Unlängst wollte ich meinem Hirn etwas Gutes tun und kaufte zwecks Zeitvertreibs vor einer langen Zugreise nach Berlin die «Schweizer Illustrierte». Dort fand ich Ihren Namen in der Rubrik VIP Lounge: «GERHARD SCHRÖDER, bis vor kurzem einer der wichtigsten Männer der Welt, reist unspektakulär: Nach seinem Besuch beim «Forum des 100» in Lausanne und einem Essen mit Verleger Michael Ringier flog Schröder am Freitag zurück nach Berlin. Dort erwartete ihn nicht etwa eine Limousine. Nein, Schröder benutzte den Flughafenbus. Einziger Unterschied zu den anderen Passagieren: Er hat immer zwei Bodyguards im Schlepptau.»

Mit dem Zug in Berlin angekommen, ging ich bodyguardlos gleich zu Konnopke, dem Currywurststand, wo seit tausend Jahren die Frau Waltraud Ziervogel hinter dem Tresen steht und die scharfe Sosse auf die Wurst drückt. Dort stand ich und sagte, so Hochdeutsch es geht für einen Schweizer: «Ihr ehemaliger Kanzler, der Gerhard Schröder, der kam doch auch immer hierher, oder, mit zwei Bodyguards im Schlepptau, und ass das Essen der einfachen Leute, diese Currywurst, oder?» Hinter mir in der Schlange stand ein Mann, grau und gezeichnet ob der jahrelangen Marter von Berliner Schnellimbissen. Wissen Sie, was der gesagt hat? Er sagte: «Schröder?» Nun, er sagte dann gleich noch viel mehr. Ziemlich viel mehr. Und wissen Sie was? Es war nicht sehr nett, was der Mann über Sie sagte.

Also, wenn ich Sie wäre, lieber Herr Schröder, dann würde ich in nächster Zeit nicht bei Konnopke vorbeischauen, auch nicht mit drei, vier Bodyguards im Schlepptau.

Mit meinem Göttikind ging ich schliesslich in die Masoalahalle. «Du Götti?», fragte mein Göttikind. «Ja?» - «Der Mann, wegen dem du fast umgefallen bist bei der Tannzapfenechse. Ist das ein böser Mann?» Ich wollte dem Kind nicht den Tag verderben, sondern das Schöne auf der Welt vermitteln. Ich zeigte ihm den Regenwald unter der mächtigen Kuppel und sagte: «Schau, ein Wald voller Affen.»

PS: War es eigentlich Ihre Idee, Herr Schröder, die neue Gratiszeitung von Ringier «heute» zu nennen? Genial! Und bestimmt besser als «gestern». Oder «vorgestern».

WE ❤ GERHARD, IV

KRAFT DURCH KATZE

Von Max Küng

Lieber Gerhard Schröder, es tut mir leid, aber ich hab es immer noch nicht geschafft, in die Buchhandlung zu rennen und Ihre Autobiografie zu kaufen und nach Hause zu schleppen und dort zu verschlingen. Ich mach es gleich morgen, versprochen.

Eigentlich wollte ich Sie in diesem Brief dazu befragen, wie sich der Ringier-Verlag wohl fühlt, weil Sie doch bei dem angestellt sind als Berater/Türöffner/Zigarrentester – den Vorabdruck Ihrer Autobiografie jedoch überliessen Sie der Konkurrenz. Ich fand das sehr schade. In der «Glückspost» hätte sich Ihr Bericht viel besser gemacht. Oder auch in der «Schweizer Illustrierten». Aber nein, anstatt mit Ihnen, müssen wir mit Schnarchsocken wie dem Abzockerkarikaturisten Nico vorliebnehmen, oder mit Udo Jürgens (der 92 Jahre alt wurde, Gratulation!) und DJ Antoine, dem Bo Katzman der House Music.

Das wollte ich eigentlich schreiben, aber dann schaltete ich den Fernseher ein und landete bei der ARD. Und dort sassen Sie und breiteten Ihr langes Leben aus. In der Fernsehsendung «Beckmann» gestanden Sie, dass Sie oft einsam waren. «Im Grunde ist man sehr allein in dem Amt», das sagten Sie. Ich bekam feuchte Augen. Und dann kam mir in den Sinn, dass ich ein gutes Mittel gegen Einsamkeit kenne.

Heute Samstag spielt im Zürcher Kaufleuten Cat Power mit Band. Cat Power ist eine ziemlich schöne Frau mit einer schönen Stimme aus dem Süden der USA, die ziemlich schöne Musik macht, Musik, zu der das Lexikon wohl Alternative Country schreiben würde und zu der es sich sehr schön einsam sein lässt. Obwohl man von Weitem meinen könnte, Sie seien ein André-Rieu- oder gar Rondo-Veneziano-Typ: Ich glaube, Sie lieben Cat Power. Sie müssen Cat Power einfach lieben. Denn wie hiess doch noch gleich deren letzte Platte? Genau: «The Greatest». Sagen Sie, lieber Gerhard Schröder, wäre das nicht auch ein super Titel für Ihre Autobiografie gewesen?

Sehen wir uns heute Abend im Kaufleuten?

(max.kueng@dasmagazin.ch)

endlich

endlich sichtbar gemacht !

Klumpens Karma

MADE IN
CHINA
EXIT
VIP

Tausend Dinge

erschienen in *Das Magazin*
2007
Illustration: Franziska Burkhardt

(aktuelle Folgen unter www.dasmagazin.ch)

001 Der Anfang. Der Anfang ist immer schwer. Wenn ich jeweils ein Notizbuch vollgeschrieben habe, was doch dann und wann vorkommt, dann kaufe ich ein neues. Ich gehe in den Laden und kaufe ein neues Notizbuch, und dann gehe ich nach Hause und schlage es auf – und die Leere erschlägt mich. Die Leere des weissen Papiers. Um den Schrecken der leeren Blätter etwas zu mildern, diesen nicht gerade geringen Schrecken, schreibe ich auf die erste Seite: „Das ist der erste Satz." Manchmal schreibe ich diesen Satz in ziemlich grossen Buchstaben. Auf die nächste Seite schreibe ich dann: „DAS IST DER ZWEITE SATZ." Das hilft. Nun ja, wenigstens mir hilft das.

001.1 Ich weiss nicht, ob es schlimm ist, aber ich kaufe die Notizbücher von Moleskine, die schwarzen, schlanken Dinger mit dem Gummiband. Sie sind einfach gut. Und gerne kaufe ich jene mit karierten Seiten, denn erstens helfen karierte Seiten beim Schreiben von geraden Sätzen und zweitens sind die Blätter nicht gar so weiss und leer. Eigentlich sollte es Notizbücher geben, die schon mit Notizen bedruckt sind. Eine Marktlücke. Ich muss mir das merken. Ich kaufe also Moleskine, bin dann aber immer ein bisschen peinlich berührt, wie zum Beispiel gestern, als ich mich im Orell Füssli mit neuen Moleskines eindeckte, um auf meiner anstehenden Reise in die japanischen Berge die mannigfaltigen Eindrücke festzuhalten, welche das ferne und exotische Land sicherlich reichlich für mich bereithalten würde. Auf den Moleskines steht nämlich dieser Satz: „Das legendäre Notizbuch von Hemingway, Picasso und Chatwin." Tja. Das kleine Buch für die grossen Notizen quasi. Also habe ich Angst. Angst, dass mich jemand mit dem Moleskine Notizbuch unter dem Arm durch die Stadt spazieren sieht und dann denkt: Seht her, da geht der Affe, der sich für einen grossen Schriftsteller hält, da schreitet der Schmalspurhemigway, der Chatterchatwin, der Piccolopicasso. Seht her, wie er gemässigten Schrittes das Café Sprüngli betritt, um sich an einen Fensterplatz zu setzen, einen Kaffee zu bestellen und mit sicherlich einem Füllfederhalter mit Tintentank öltankerlange Sätze in sein Moleskine Notizbuch zu schreiben.

001.2 Als wäre dies nicht schlimm genug, lag in einem der 240 Seiten dünnen Moleskine Reporterblöcke eine Postkarte mit einem Zitat von Emily Dickinson bei . «Ich kenne nichts auf der Welt, das eine solche Macht hat, wie das Wort. Manchmal schreibe ich eines auf und sehe es an, und es beginnt zu leuchten.» Ich möchte gerne wissen, was die Emily Dickinson so trank, als sie diese Worte schrieb. Ich möchte dasselbe trinken.

001.3 Welches Wort leuchtet mehr: «Taschenlampe» oder «Diskokugel»?

001.4 Ich musste bei Wikipedia nachschauen, wer Emily Dickinson eigentlich war. Sie war eine Dichterin. Lyrik, so hielt ich einmal fest, ist etwas für ganz junge oder ganz alte Menschen. So wie Drogen. Und ehrlich gesagt: Für Lyrik fühle ich mich noch nicht alt genug. Also renne ich nicht in die nächste Buchhandlung, um dort ein Band von Emily Dickinson zu kaufen. Emily Dickinson kann warten. Noch viele Jahre lang.

002 So schnell geht's: Dies ist schon der vierundvierzigste Satz.

003 Eine Lebensmittelvergiftung ist kein Spass, das wusste ich, aber als es mich erwischte, war die Heftigkeit der Erfahrung doch ziemlich überraschend. Es war an einem Montag, als mir gegen 16 Uhr langsam schlecht wurde. Erst dachte ich, es handle sich um die normale Sitzungsübelkeit. Montags haben wir Redaktionssitzung. Und ich hasse Sitzungen. Oh ja. Ich hasse Sitzungen. Also dachte ich erst nichts Schlimmes und versuchte weiter auf meinen Schreibblock einen Elefanten zu zeichnen, was mir nicht richtig gelingen wollte. Es ist verdammt schwer, einen Elefanten zu zeichnen. Wer es schon einmal versucht hat, der weiss es. Vor allem die Partie des Übergangs von den Vorderbeinen zum Kopf hin. Ich zeichnete also diesen Elefanten, immer wieder, die Sitzung ging in Zeitlupe an mir vorbei, und mir wurde immer übler. Bleich ging ich nach der Sitzung nach Hause, jammernd. Etwas war in mir. Und dieses Etwas war nicht gut.

Um neun Uhr abends hing ich dann nicht wie sonst vor dem Fernseher rum, sondern über die Badewanne gebeugt, umarmte sie und war sehr froh, zu Hause zu sein und nicht auf einer Geschäftsreise, in einem Flugzeug nach Tokio, Sitz 34E, oder in einem voll besetzten Kino oder beim gemütlichen Znacht beim neuen Chef. Hätte ich denken können, in jenem intimen Moment in meinem Badezimmer, ich hätte an den sensiblen Blick Jeff Goldblums gedacht, als er in Jurassic Park das erste Mal den entfernten aber eindringlichen Ruf eines Dinosaurier hörte. Aber ich konnte nicht denken. Ich konnte überhaupt nichts anderes tun, als das eine: Dinosaurier zu sein. Und dann das Fenster zu öffnen.

004 Der Mensch kann ausgesprochen komische Geräusche machen. Vor allem dann, wenn er nicht will.

004.1 Das Badezimmerfenster blieb noch offen, als ich mit Schüttelfrost im Bett lag, einem Schüttelfrost, der mich daran erinnerte, warum Schüttelfrost Schüttelfrost heisst. Meine Zähne klapperten, als sei ich eine schlecht gezeichnete Figur in einem Zeichentrickfilm. Und so fühlte ich mich auch. Also zog ich mich zurück in die Welt unter vielen Wolldecken und glitt in einen unruhigen Schlaf, wo Träume auf mich warteten, Träume, in denen mich Schokoladengipfel und Hamburger jagten, Schokoladengipfel und Hamburger, die aussahen wie schlecht gezeichnete Elefanten.

005 Obwohl: Vorhin: Der Gedanke, dass ich froh war, zu Hause zu sein, und nicht in einem voll besetzten Kino. Ich glaube man könnte sich im Kino den Folgen einer Lebensmittelvergiftung hingeben, wenn der entsprechende Film läuft, ohne dass jemand etwas davon mitbekommt. Die Kinos sind heutzutage so laut. Und der Geruch der Popcornmaschine im Foyer überdeckt eh alles.

005.1 Ich würde gerne eine Liste von Filmen erstellen, bei denen man sich den unausweichlichen Folgen einer Lebensmittelvergiftung hingeben könnte, ohne dass jemand etwas davon merkt, auch wenn der Ton im Kino nicht superlaut eingestellt ist. Aber mir fallen nicht viele Filme ein, was wiederum daran liegt, dass ich schon lange nicht mehr im Kino war. Jurassic Park, fällt mir ein, Teil 1 bis 4. Klar. Und ich muss daran denken, welcher der letzte Film war, den ich im Kino sah. Ich glaube es war «Sin City». Ja, ich bin mir ziemlich sicher, dass es «Sin City» war. Auch schon eine Weile her. Und in der Pause ging ich raus. Nicht, weil der

Film schlecht war. Der Film ist zwar schlecht, ja, das ist er, aber ein schlechter Streifen ist noch lange kein Grund, rauszulaufen. Ich ging in meinem Leben erst einmal vor dem Ende eines Films aus dem Kino, und das war bei der deutsch synchronisierten Version von «Mortal Kombat». Bei «Sin City» ging ich meiner Kinonachbarn wegen. Ein Paar um die 40. In einem Kino so nah neben fremden Menschen zu sitzen, das ist schon eine Prüfung, zusammen mit diesen Menschen dann auch noch über Dinge zu lachen, die auf der Leinwand passieren, oder gemeinsam mit ihnen zu erschrecken oder sich fesseln zu lassen, das ist schlimm. Aber dieses Paar ging zu weit. Irgendwann, auf der Leinwand wurde jemand abgeschlachtet, da streifte die Frau ihre Schuhe von den Füssen, bettete diese in den Schoss des Mannes, der die Füsse dann zu massieren begann. Das war zuviel für mich. Absolut zu viel.

005.2 Würde es bei «Mr. Bean's Holiday» jemand merken, dass man eine Lebensmittelvergiftung hat? Oder bei «Rocco – der Dompteur?»

006 An jenem Montag ass ich drei Dinge, die folglich als Grund für diese Lebensmittelvergiftung in Frage kommen konnten. Morgens um acht Uhr ass ich einen Schokoladengipfel in der Tamedia-Kantine. Der Schokoladengipfel war nicht besonders gut. Mittags gab's im McDonald's am Stauffacher ein Big Tasty Bacon Menü mit Pommes-Frites. Nachmittags dann ein Stück vom Kuchen, der grundlos aber recht gluschtig anzusehen in der Grafikabteilung herumstand, jedoch nicht von jemandem aus der Redaktion gebacken wurde, sondern vom Sprüngli stammte. Ich bin immer froh, wenn Kuchen und Cakes und Ähnliches nicht selbst gebacken sind, sondern von einem Profi hergestellt werden. Warum weiss ich nicht so genau. Ich denke, es hat mit Hygiene zu tun. Oder dass ich dann nicht gezwungen bin, mir mir bekannte Personen beim Rühren und Kneten vorzustellen. Um es vorwegzunehmen: Der Kuchen, der konnte es nicht gewesen sein, denn davon assen ja auch andere. Also hiess es Gipfel oder Burger. Burger oder Gipfel. Und Zeit für Investigationen. Und dann schrieb ich einen elektronischen Brief an Ronald Mc Donald. Ein Brief mit Fragezeichen.

006.1 Es ging nicht lange, da klingelte das Telefon. Es war zwar nicht Ronald Mc Donald am Apparat, sondern eine Frau, und sie war in Sorge. Ich erzählte ihr nochmals von meiner Lebensmittelvergiftung, und ich konnte durch das Telefonkabel hindurch spüren, dass dieses Wort mit 22 Buchstaben ihr Kummer und Sorgen bereitete, dass ihr unwohl wurde. Sie versprach mir, alles zu unternehmen und der Sache nachzugehen.

006.2 Zwei Wochen später erhielt ich einen Brief. Wieder nicht von Ronald Mc Donald, sondern von der Frau, mit der ich telefoniert hatte. Der Brief ging so:

«Sehr geehrter Herr Küng. Wir beziehen uns auf Ihre Meldung betreffend Ihres Besuchs vom 2. April 2007 in unserem Restaurant in Zürich-Stauffacher und danken Ihnen, dass Sie sich die Zeit genommen haben, uns über Ihr Unwohlsein zu informieren. Wir haben diesen Vorfall sehr zu Herzen genommen und unsere Qualitätssicherungsabteilung hat aufgrund Ihrer Bemerkungen sofort umfangreiche Kontrollen veranlasst. Nachgeprüft wurden sowohl die Qualitätskontrollen beim Lieferanten und im Restaurant wie auch die Zubereitungsabläufe der betroffenen Produkte. Es zeigten sich keinerlei Abweichungen zu den Vorgaben und aufgrund der Analysen der Daten ergab sich kein Zusammenhang mit Ihrer Krankheit. Aus diesem Grund sowie aufgrund der Zeit und der Anzahl verkaufter Produkte an diesem Tag ist ein direkter Zusammenhang auszuschliessen. Auch haben wir zu dieser Zeit keine weiteren Gästebeschwerden verzeichnen können. Wir sind deshalb überzeugt, dass sich Ihr Unwohlsein nicht auf die mangelnde Qualität zurückführen lässt. Wir bedauern diesen Vorfall sehr und möchten Sie gerne zu einem Blick hinter die Kulissen einladen. Bei einer Küchenvisite hätten Sie Gele-

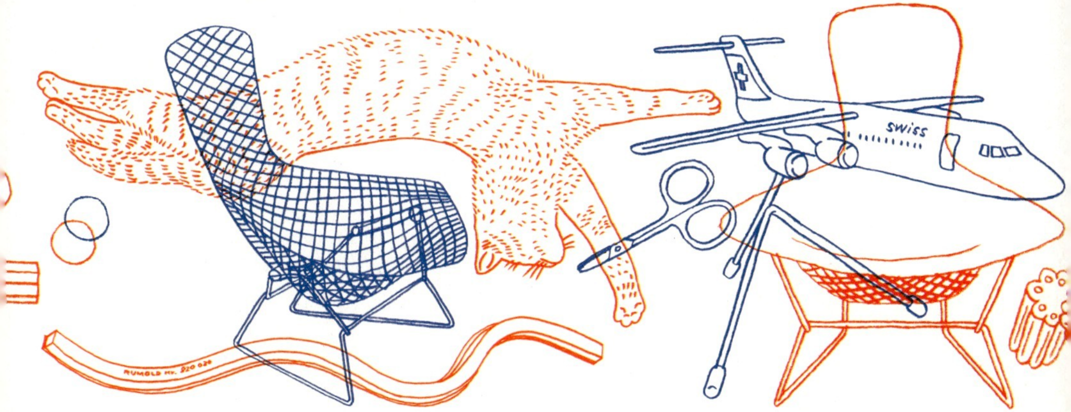

genheit, sich selbst von den Zubereitungsabläufen und den Hygienemassnahmen bei McDonald's zu überzeugen. Es liegt uns viel daran, dass Sie wieder Vertrauen in unser Unternehmen fassen können. Falls Sie Interesse an einer solchen Küchenvisite haben, würden wir uns sehr über Ihren Anruf freuen. Wir hoffen, Ihnen mit diesen Angaben zu dienen und Sie auch in Zukunft bei uns Willkommen zu heissen. Mit freundlichen Grüssen»

006.3 Ich muss diesen Brief erst einmal verdauen. Eine Küchenvisite bei McDonald's stand bis anhin nicht auf meiner Liste der Dinge, die ich im Leben unbedingt einmal machen will. Vielleicht könnte ich dort mit Fachleuten sprechen. Zum Beispiel über den Sossenanteil beim Big Tasty.

007 Ich fand schon immer den Sossenanteil beim Big Tasty unverhältnismässig hoch. Einen Big Tasty kann man nicht essen, ohne sich mit Sosse vollzuschmieren. Aber vielleicht ist es das, was die Kundschaft will: Sich mit Sosse vollschmieren. Grundsätzlich nehme ich bei McDonald's immer einen Cheeseburger Royal. Aber manchmal lässt man seine Grundsätze fahren. Und dann wird man dafür bestraft.

008 Man darf nun keine Rückschlüsse auf die Art meiner Ernährung konstruieren. Nicht jeder Tag besteht aus dem Programm Schokoladengipfel/ Big Tasty Menü/Kuchen vom Sprüngli. Obwohl es ein bisschen dümmlich klingt: Ich achte sehr auf meine Ernährung. Ich wollte ja auch gar nicht zu McDonald's, aber montags ist der Sandwichladen von Daniel H. mittags geschlossen. Es war pure Verzweiflung, die mich in den engen, dunklen Schlund des McDonald's trieb. Es war der Hunger. Und der Hunger ist ein Trieb, der aus dem nettesten Menschen im Nu eine Bestie macht.

008.1 Ich weiss immer noch nicht, woher meine Lebensmittelvergiftung kam. Soll ich einen Privatdetektiv anstellen? Oder sollte es doch der banale Schokoladengipfel gewesen sein? Das auf jeden Fall ist die Vermutung von Freund F2. Er meinte, da habe wohl der Schokoladengipfelverpackungsmensch einfach die Hände nicht gewaschen, als er vom Klo kam und dann den Gipfel verpackte, der in meinem Bauch enden sollte, respektive in der Badewanne. Genau sagte er dies: «Kein handwash nach dem Knorken». Ich kannte das Wort KNORKEN nicht. Mein Freund der Duden auch nicht. Der kennt nur «knorke» - und das ist berlinerisch und heisst so viel wie «dufte». Aber irgendwie passen alle Dinge irgendwie zusammen. Irgendwie.

008.2 Ein Big Tasty hat 850,15 Kalorien. Eine grosse Portion Pommes frites 470,40. Zwei Portionen Ketchup 40,08. Zusammen macht das 1360,63 Kalorien. Ist das viel? Ich weiss es nicht.

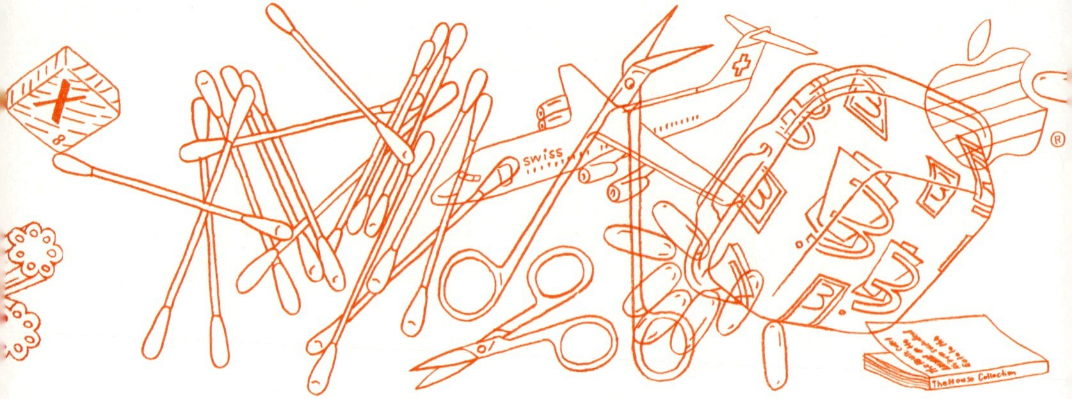

Und kommt es wirkich auf die Zahlen hinter dem Komma an?

009 Das ist das Schöne am Leben: Dass man auch im hohen Alter noch etwas lernen kann.

009.1 Das hier ist der hundertsechsundachtzigste Satz. Dies der hundertsiebenundachtzigste Satz.

010 Das Jahr, so jung es noch scheint, es hielt im Gesundheitssektor schon viel für mich bereit, von Anfang an. Vor ein paar Wochen etwa: Ich tat am Morgen, was ich öfters tue am Morgen: ich wachte auf. Dann aber merkte ich sehr schnell, dass etwas nicht stimmte. Ich dachte, ich sei gelähmt. Ich konnte mich kaum bewegen. Mein Körper war purer Schmerz, und ich wusste drei Dinge zugleich: 1. So lange man Schmerz verspürt, so lange ist man noch am Leben (und wohl kaum gelähmt). 2. Es fühlt sich nicht gut an. 3. Hexenschuss.

010.1 Ich brauchte lange Minuten, bis ich auf den Beinen war. Es waren wirklich lange Minuten. Sie waren nicht so lange wie Stunden, aber annähernd. Wäre ich nicht so mit Aufstehen beschäftigt gewesen, ich hätte mich gefragt, ob es etwas zwischen Minuten und Stunden gibt, eine in Vergessenheit geratene, aber trotzdem offizielle Einheit. Viertelstunden? Aber Viertelstunde ist kein schönes Wort - und beschreibt ausserdem einfach das Viertel einer Stunde. Gibt es einen Fachausdruck für Viertelstunden? Es wäre schön, gäbe es mehr als bloss Sekunden, Minuten und Stunden.

010.2 Ich hätte filmen sollen, wie ich versuchte, aus dem Bett zu kommen. Auf YouTube wäre dieser Film sicherlich schnell ein Renner geworden, so wie der Film wohl japanischer Herkunft, der den Einsturz des Freitagturms zeigt. Aber wie soll man filmen, wie man nicht aufstehen kann, wenn man nicht aufstehen kann? Denn ich gehöre nicht zu den Typen, welche die Videokamera immer gleich neben dem Bett parat liegen haben, mit geladenem Akku und leerem Band, die Schärfe eingestellt auf Automatik.

010.3 Zwei Stunden später humpelte ich durch den Eingang des Triemlispitals zur Notaufnahme. Dort war, als herrsche draussen Krieg. Full House. Jammernd lagen sie herum und sie klönten und sie klagten und wimmerten und jaulten. Aber das Personal war ausgesprochen nett, und erstaunlich schnell kümmerte sich ein freundlich und beruhigend lächelnder Arzt mit einem sehr schönen Namen um mich. «Dr. Pasternak» sagte er und gab mir seine Hand, die ich freudig ergriff. «Freut mich, Schiwago», wollte ich sagen, und hätte gleichzeitig ein schlechtes Gewissen gehabt, denn noch nie hatte ich etwas von ihm gelesen, weder «Zwilling in Wolken» noch «Meine Schwester, das Leben», weder «Briefe aus Tula» noch «Irdische Weite». Nicht einmal seine Autobiografie hatte ich je in der Hand, die Autobiografie, die einen tollen Titel trägt: «Über mich selbst». Sollte ich je eine Autobiografie schreiben, ich müsste ernsthaft darüber nachdenken, ob ich nicht bei Pasternak den Titel klauen würde. «Über mich selbst». Wirklich nicht übel. Der Arzt gab mir also die Hand, und ich wollte sagen: «Freut mich, Doktor Pasternak, Schiwago mein Name», aber ich sagte es nicht, sondern machte ein schmerzerfülltes Gesicht und hoffte zugleich, dass die Schmerzen nicht verschwanden, denn dieses Phänomen, das kannte ich.

011 Das Phänomen: Man geht mit Beschwerden zum Arzt. Wartet. Kaum ist man an der Reihe, werden die Beschwerden diffus. Oder sie verschwinden gänzlich. Plötzlich. Einfach so. «Wo tut es denn weh?», will der Arzt wissen, nachdem man sich frei gemacht hat und auf einem kühlen mit Kunstleder bezogenen Stuhl sitzt. Und man kann es nicht mehr genau sagen. Tut es hier weh? Oder dort? Vielleicht ein bisschen mehr links? Weiter hinten? Ist der Schmerz tief? Pochend? Stechend? Man sieht dem Arzt in die Augen und macht ein unsicheres Gesicht, und man kann seine Gedanken lesen: Hypochonder. Der Arzt schickt einen heim, und kaum hat man den Raum verlassen, hört noch das entfernte «Schlupp-Schlupp» des Doktors Sandalen im Flur, weiss man wieder ganz genau, wo es weh tut. Und wie es weh tut. Und zwar wirklich ganz genau und präzise und exakt. Hat dieses Phänomen einen Namen?

012 Nichts Hypochonder. «Eine Einklemmung wohl», sagt die hinzugezogene Rheumatologin, während dessen sie noch an mir herumdrückt, als sei ich eine lebensgrosse Lehmskulptur, die sie eben fertig gestellt hatte, «muskulär, wohl nicht die Bandscheibe.» Ich will schon wieder etwas sagen, das ich nicht sage, nämlich: «Einklemmung? Super! Am liebsten habe ich eine Einklemmung mit Schinken und Käse und einem nicht zu dünn geschnittenen Stück Gurke, ohne Tomaten bitte, aber mit Butter UND Senf, und zwar am allerliebsten Dave's Gourmet Hurtin' Habanero and Honey Mustard.»

012.2 Dr. Pasternak schreibt mir ein Rezept für Pillen - und eigentlich will ich ihn fragen, was denn einfacher sei, Romane zu schreiben oder Rezepte, aber auch das kommt nicht aus meinem Mund, das geschlossen bleibt, bis auf eine kurze Öffnung, bei der das Worte «Danke» herausspringt und freundlich vor mir liegen bleibt. In Spitälern werde ich immer sonderbar demütig. Vor allem auf der Notfallabteilung. Demütig und dankbar. Und bald bewege ich mich in einer Mischung aus Humpeln und Schleichen auf dem Flur Richtung Ausgang, wo mir ein alter Mann entgegenkommt. Freundlich sage ich: «Grüezi.» Ich bin guter Dinge, denn ich war ganz und gar nicht scharf auf einen Bandscheibenvorfall, folglich mehr als erleichtert, dass es bloss eine Einklemmung ist. Der alte Mann sagt nichts, sondern lässt einen Furz fahren, just als wir uns kreuzen. Ich bleibe stehen, drehe mich um, so gut es geht. Er schlurft einfach weiter. «War die Zwiebelsuppe gut?», rufe ich ziemlich laut. Der Alte sagt wieder nichts, sondern schlurft einfach weiter, dreht nicht einmal den Kopf, und lässt nochmals einen kräftig durch den Krankenhausgang knatternden Furz fahren. Das Alter, denke ich, oh, das Alter, es wird furchtbar werden.

013 Noch habe ich 657 Tage, dann werde ich 40 Jahre alt. Der Schattenbereich der grossen Ziffer, ich bin bereits in ihn eingetreten.

013.1 Im Schatten ist es kühl.

014 Mit dem Rezept gehe ich zur Apotheke. Dort bekomme ich eine Schachtel mit kleinen Pillen aus Basel. Sofort packt mich Heimweh. Wie lange ist es her, seit ich aus Basel weggezogen bin? Zwei Jahre? Länger? Und hat es sich gelohnt? Ist mein Leben nun besser? Wenn man es sich recht überlegt, dann ist Basel schon eine gute Stadt: All die Dinge, die dort entstehen, die der Menschheit

helfen. Meine Pillen heissen Sirdalud. Sie sind sehr klein. Warum sind manche Pillen klein und andere gross?

014.1 Abends nehme ich eine von den kleinen Pillen, zum Essen, so wie es auf dem Beipackzettel aus knitterdünnem Papier steht. Wenig später, ich habe noch nicht fertig gegessen, sage ich: «Irgendwie bin ich, ähm, so etwas wie ein bisschen, äh, müde.» Ich fühle mich angetrunken, obwohl ich keinen Tropfen Alkohol intus habe.

014.2 Ich weiss, dass gewisse Menschen gerne Alkohol mit Medikamenten kombinieren, weil Alkohol und Medikamente gerne Hand in Hand gehen, beschwingt, ein Liedchen trällernd.

014.3 Mir ist also ein bisschen schwindelig. Und kurz darauf liege ich (so wird es mir später geschildert) schnarchend auf dem Teppich, die Brille noch auf der Nase, ein Lächeln auf dem Gesicht. Das Lächeln sei sehr breit gewesen. Schon super, so Pillen. Muss ich sagen. Danke Basel. Danke Novartis. Danke Sirdalud.

015 Wird die Apotheke mein neuer In-Place?

015.1 Früher, als ich noch wirklich jung war, da hing ich in Plattenläden rum und quatschte mit den Plattenverkäufern über Neuerscheinungen und Platten, die man einfach haben musste, und die, die man nicht haben musste, ob «Slanted and Enchanted» sich als das unwiederholbare Meisterwerk von Pavement herausstellen würde und «Peng!» als jenes von Stereolab, was man von den Young Marble Giants zu halten hatte und ob die Gerüchte stimmten, dass sie vielleicht doch noch eine zweite Platte machen würden, und wann, wann, wann endlich verdammt, verdammt die neue Scheibe der Soup Dragons herauskäme und die neue Single von Pulp.

015.2 Später hing ich in Secondhand-Kleiderläden rum. «Cooles Shirt, das ihr da von Pierre Cardin habt, wow, echt alt, äh, also vintage, aber auch total wie neu, alt und neu, das ist das Coolste, also wenn es echt alt ist, also vintage, aber aussieht wie neu, weil heute machen sie ja keine so coolen Shirts mehr, aber Mottenlöcher will ich ja auch nicht drin haben, wirklich cool, echt, und wie teuer soll es sein? Dreihundert? Wow, der Stoff fühlt sich super an! Echte Viskose? Dreihundert hast du gesagt? Das...das...das ist echt günstig, echt.»

015.3 Dann, wieder ein bisschen älter geworden, hing ich in Secondhand-Möbelläden der gehobeneren Sorte rum, und plauderte lange Stunden über kurzbeinige Tischchen von Tapio Wirkkala und die Vorzüge von Highboards gegenüber Sideboards und ob Holz bald out sei und Metall in und ob man die Replikas von Serge Mouilles Lampen kaufen darf oder nicht und ob Eames nichts weiter sei als Hipster-Ikea und warum schöne Sofas hässlich sind und hässliche Sofas schön.

015.4 Und jetzt also hänge ich in Apotheken rum. «Coole Pillen, da, die Sirdalud, da. Wirklich. Ich bin sehr zufrieden. Ja. Sehr, sehr zufrieden damit. Tolle Pillen. Und geben Sie mir doch bitte die ganz grosse Packung Burgerstein-TopVital-Kapseln mit Ginsengextrakt und Kalziumpantothenat und Molybdän und Selen und Inositol und extra Kalzium zur Verbesserung der verminderten körperlichen und geistigen Leistungsfähigkeit. Und vielleicht noch etwas vom Panadol? Oder nein, geben Sie mir doch bitte eine Familienpackung Naloxon!» Wird es so sein? Immer eine Plastiktüte am Arm, eine weisse, mit grünen Kreuzen drauf? Ist das der neue Chic?

015.5 Früher fiel mir gar nicht auf, wie viele Apotheken es in der Stadt gibt. Jetzt schon. Ich glaube, man nennt dieses Phänomen selektive Wahrnehmung.

016 In meiner Apotheke kennen sie mich schon beim Namen. Das stimmt mich doch etwas nachdenklich.

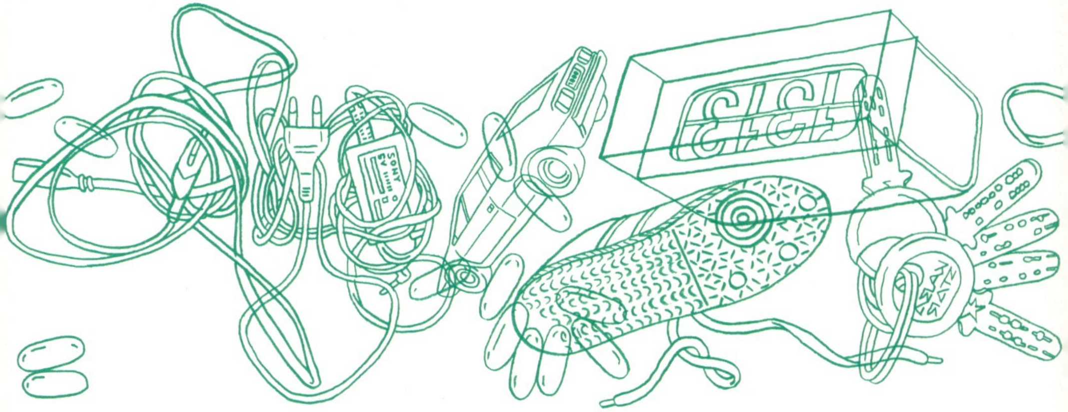

017 Meine «Blick»-Lieblingsschlagzeile der letzten Zeit: «Depressiver verfolgte seine Therapeutin: Sie wollte ihn zum Lachen bringen».

018 Es war keine gute Idee, während eines Sturmtiefs ein Flugzeug zu besteigen, aber immerhin brachte diese Erfahrung einem wieder näher, was Fliegen eigentlich bedeutet. Dass man in einer zigarrenförmigen Metallkiste durch das Wetter düst, und Wetter heisst vor allem Wind. Der Wind macht, was er will. Als es gar arg wackelte und die Frau in der Reihe vor mir laut zu beten anfing, da schrieb ich ins Notizbuch: «Mein letzter Wille. Meine Plattensammlung soll versteigert werden, Erlös zugunsten Aktion Baschi-und-Katy-in-Not/Winterhilfe.» Doch lesen konnte man kaum etwas von dem, was ich schrieb. Und sowieso unsinnig: ein Testament in einem Flugzeug zu schreiben. Wenn es runterkommt, dann mit Feuer am Ende. Ausser, es fällt ins Meer. Ich klappte das Buch zu und die Augen auch und dachte daran, wer an meinem Begräbnis alles weinen würde und wessen Tränen echt wären. Ich sah auf meinem Begräbnis eine schwarz verschleierte Frau. Alle rätselten, wer sie war. Selbst ich kannte sie nicht.

019 Filmtipp: «The Weather Man» von Gore Verbinski mit Nicolas Cage und Michael Caine. Film: 8,5 von 10 Punkten. Michael Caine: 10 Punkte.

020 Nach der Landung in Madrid ein SMS von Freund F1. «Geh ins Ritz. Ein Dry Martini an der Bar ist Pflicht.» Ich schrieb zurück: «Logo». Aber dann schaffte ich es doch nicht ins Ritz. Schon komisch. Da fliegt man in eine ferne Stadt, nimmt sich vieles vor, und dann ertappt man sich dabei, dass man zum dritten Mal dieselbe Gasse entlanggeht, in der es nach Urin stinkt, nur doofe Geschäfte gibt, die es in jeder anderen Stadt mit mehr als 17 000 Einwohnern auch gibt und man deshalb nicht dazukommt, die Dinge zu tun, die man sich vorgenommen hat.

022 Anstatt im Ritz landete ich in einem Tapas-Lokal namens Bocaito. Es war eng und laut und sehr gemütlich, und weil ich kein Spanisch spreche, bestellte ich Croquetas, Schinkenkroketten, denn dieses Wort beherrsche ich einigermassen, nebst Cerveza und Aeroporto und olé. Ich stand an einer schmalen Theke, vor meiner Nase hingen Fotos von Berühmtheiten, die das Lokal besucht hatten. Pedro Almodóvar war hier mit Penelope Cruz. Almodóvar hat scheinbar gesagt – so steht es in einem Zeitungsartikel, der neben dem Foto hängt –, was der Prado für Goya, das sei das Bocaito für Tapas. Lange betrachtete ich ein Foto, das Hugh Grant zeigt mit Sandra Bullock und zwei Köchen. Sandra Bullock sah aus wie immer: dumm, aber nett und irgendwie erfrischend nor-

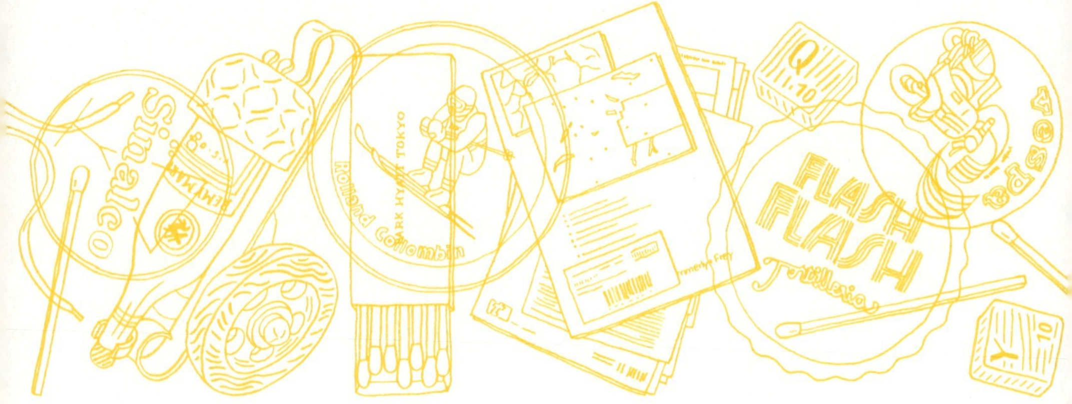

mal. Hugh Grant sah aus, als wäre er granatenvoll und komme eben von der Toilette, wo er längere Zeit mit einer dicken Chorizo-Spezialistin beschäftigt gewesen war.

023 SMS von Freund F2. «Unbedingt das Prada-Museum besuchen. Und: Die kleinen Happen in den Restaurants heissen Tampons.

024 Fast erleichtert fliege ich nach drei Tagen wieder heim. Madrid ist eine tolle Stadt, keine Frage. Aber Städte sind Vampire. Vor allem, wenn man alles machen will. Wer tagsüber ins Museum geht, kann abends nicht noch tanzen und dazwischen shoppen. Wann tanzte ich das letzte Mal? Ich glaube, als ich mir den Finger in der Autotür einklemmte. Erschwerend kommt dazu, wenn im Hotelzimmer das Bett zu weich ist, in dem man liegt, den Bauch voller Croquetas y Cervezas, und man sich dabei ertappt, wie man auf ProSieben eine Sendung schaut, in der es um ein Kind mit Übergewicht geht mit einem Vater mit Alkoholproblem und einer Mutter mit Totalschaden.

025 Die Cablecom hätte lieber ProSieben aus dem Programm genommen denn BBC. Da, wo BBC war, Kanal 12 auf meinem alten Bang & Olufsen-Fernseher, da wird es für immer rauschen und flimmern, als Erinnerung an den Verlust. Fuck Cablecom.

025.1 Nie mehr «Top Gear» sehen. Darüber werde ich nicht hinwegkommen.

026 Ich habe versucht, mir «Germany's next Topmodel» mit Heidi Klum anzusehen, aber die Sendung ist zu kaputt. Die ist so kaputt, wie etwas nur kaputt sein kann. Ich bin grundsätzlich gegen Verbote. Aber in diesem Fall wäre eines angebracht.

026.1 ProSieben macht mich krank. Und traurig.

027 Ich checke meine E-Mails, noch bevor ich den ersten Kaffee trinke. Das ist eine sehr schlechte Angewohnheit. Eine wirklich, wirklich schlechte Angewohnheit. Ich nehme mir vor, später in meinem Notizbuch unter dem Kapitel «Vorsätze 2007, solche die sich wirklich lohnen» zu notieren: «Nie mehr meine E-Mails checken, bevor ich den ersten Kaffee getrunken habe. Und vor allem: Bevor ich eine Hose angezogen habe.» Denn das sieht nicht nur schlecht aus, wenn man unten ohne auf dem Sofa sitzt, das fühlt sich nicht nur komisch an, blutte Haut auf kaltem Leder, sondern das MacBook brennt auch die Haare von den Oberschenkeln. Wirklich heiss, dieses neue MacBook.

028 Meine Online-Scrabblepartien dümpeln vor sich hin. Kein Buchstabenglück. In der Partie gegen meinen Verleger lege ich das Wort SENF. In jener gegen Blanca NERVEN mit dem V auf

dreifach. Senf und Nerven, zwei schöne Wörter. Es sollte Bonuspunkte für schöne Wörter geben. Senf und Nerven, in beiden Fällen verlängerbar mit G, A und S.

028.1 Die anderen, bisher gelegten Wörter: Normt; Galan; Jen; normte; Tofu; On; Jens; Rufs; Yen; je; normten; Yin; Labende; Ex; galant; Qi; in; Qi; Gin; Gest; Tunte; Tofus; Gens; üb; hü.

028.2 Mein Verleger meinte, man sollte Texte aus den im Scrabble gelegten Wörtern machen. Also etwas wie «Der genormte Galan nahm 1000 Jen aus dem Portemonnaie und kaufte Tofu, er war eine Yin-&-Yen-Tunte, galant und in, aber total auf Gin.» Doch dazu fehlt mir die Energie.

029 Kaum zu Hause, vermisse ich die Ferne, Madrid, das Fremde, das Wegsein, das sich Verirren in irgendwelchen Gassen und Strassen, Speisekarten, auf denen ich nichts verstehe, von denen ich aber alles bestelle. Erinnerung macht Reisen, wie so vieles, eindeutig schöner. Ich möchte dem Vermissen in der Küche begegnen und schlage in einem Kochbuch das Rezept für Croquetas nach. Mit einigem Erstaunen lese ich, dass Croquetas nicht, wie ich dachte, vor allem aus Kartoffeln bestehen, sondern dass dort überhaupt keine Kartoffeln drin sind. Croquetas bestehen aus Milch, Mehl und Butter. Ein bisschen Schinken noch und Zwiebeln. Dann wird daraus ein Teig gerührt, und dieser Teig wird zu wurstartigen Dingern geformt, und die Klumpen werden schliesslich noch paniert und dann frittiert. Genau, so ist es: Croquetas sind nichts anderes als frittierte Béchamelklumpen. Mein innerer Kalorienrechner rattert laut. Das ist ja, als würde man Meteoriten essen.

029.1 Dabei kann ich in Wahrheit nicht sagen, wie es ist, Meteoriten zu essen. Ich habe noch nie einen Meteoriten gegessen. Es ist eine reine Vorstellung. Meteoriten stelle ich mir ziemlich schwer vor. Man hält so einen kleinen Klumpen in der Hand, und die Hand zieht es runter auf den Boden, und man sagt: «wow!» Aber wie gesagt: Ich kann es nicht sagen. Ich hatte noch nicht einmal je einen Meteoriten in der Hand. Ich glaube, ich hab auch noch in keinem Museum einen Meteoriten gesehen. Aber Meteoriten fallen ja ständig runter. Immer und stets ist da ein Regen kleiner Gegenstände, die aus dem Nichts des Weltalls herunterfallen. Mehr als 20 000 mit einem Gewicht von über 100 Kilo pro Exemplar plumpsen pro Jahr auf uns herunter. Nun, ich kann nicht sagen, dass ich je einen Meteoriten gesehen hätte, der herunterfiel. Ich habe bloss davon gelesen. Ich stand noch nie im Park und hörte ein zuerst ganz feines, dann immer lauter werdendes «...ssssssssssssssss sssssssssssssssssssssssssssssssssssssssssssssssssssss sssssssssssssssssssssssssssssssssssssssssssssssssssss sssssssssssssssssssssssssssssssssssssssssssssssssssss sssssssssssssssssssssssssssssssssssssssssssssssssssss sssssssssssssssssssssssssssssssssssssssssssssssssssss sssssssssssssssssssssssssssssssssssssssssssssssssssss sssssssssssssssssssssssssssssssssssssssssssssssssssss sssssssssssssssssssssssssssssssssssssssssssssssssssss sssssssssssssssssssssssssssssssssssssssssssssssssssss sssssssssssssssssssssssssssssssssssssssssssssssssssss sssssssssssssssssssssssssssssssssssssssssssssssssssss sssssssssssssssssssssssssssssssssssssssssssssssssssss sssssssssssssssssssssssssssssssssssssssssssssssssssss sssssssssssssssssssssssssssssssssssssssssssssssssssss sssssssssssssssssssssssssssssssssssssssssssssssssssss sssssssssssssssssssssssssssssssssssssssssssssssssssss sssssssssssssssssssssssssss...» - und dann «ploing» oder «boing» und sah dann einen Krater, aus dem ein Räuchlein stieg, genau an der Stelle, wo der Mann stand, der jeden Tag dort steht, der Mann mit dem Rauhaardackel, zu dem ich eben freundlich «Grüezi, gahts guet?» gesagt hatte, worauf er erwiderte: «S muess.»

Wie gesagt: Ich habe bloss davon gelesen. Auch bloss gelesen habe ich, dass am 15. Oktober 1972 im Örtchen Valera in Venezuela ein fallender Himmelskörper von nicht näher spezifizierter Beschaffenheit und unbekanntem Gewicht eine Kuh erschlagen haben soll. Und dass am 9. Oktober 1992 in Peekskill im US-Bundesstaat New York um 19.50 Uhr ein 12,4 Kilo schwerer Meteorit auf den Kofferraumdeckel eines weinroten Chevrolet Malibu fiel, der einer 18-jährigen Studentin namens Michelle Knapp gehörte, und den Kofferraum durchschlug und schwarz und dampfend auf der Strasse liegen blieb. All diese Dinge, ich habe sie bloss gelesen. Aber manchmal muss man dem gelesenen Wort vertrauen. Und dem Instinkt. Und der Instinkt ist es, der mir sagt, dass ich dieses Jahr zwischen dem 9. und dem 15. Oktober nicht aus dem Haus gehen werde, sondern daheim bleibe, oder wenn doch, dann nur mit einem festen Hut auf dem Kopf.

029.2 Der Chevrolet Malibu wird noch immer gebaut. Das erste Modell wurde 1964 hergestellt. Nächstes Jahr wird die sechste Generation von den Produktionsbändern laufen. Um welchen Malibu es sich bei Michelle Knapps Modell genauer handelte, das weiss ich nicht.

029.3 Was ich weiss: Ich werde nie einen Chevrolet Malibu fahren.

029.4 Was ich auch noch weiss: Nur knapp entging Michelle Knapp dem Tod.

029.5 Was ich nicht weiss: Heissen Menschen einfach so, wie sie heissen? Oder macht jeder Name einmal im Leben Sinn?

030 Zum Glück bin ich kein Restaurantkritiker. Wäre ich Restaurantkritiker, dann müsste ich mit einem kleinen Notizbuch am Tisch sitzen und Dinge notieren. Zum Beispiel vor zwei Tagen, in einem Lokal ganz nahe von dort, wo ich zur Zeit wohne. Ich hätte Folgendes notieren müssen: «Miese Bedienung. Deprimierende Einrichtung. Das Kalbssteak noch halb roh, sah aus, als hätte es Maden drin. Die Sosse total versalzen, verwürzt und überhaupt furchtbar, wohl auch mit Maden drin. Schlechtester Kaffee der Stadt. Bitte Lokal schliessen, sofort.» Dann würde das gedruckt. Und ich begegne ein paar Tage später dem Wirt, der sicherlich heimlich säuft, oder auch unheimlich. Begegne ihm, und er erkennt mich nicht, aber seine Frau tut es, die neben ihm geht und die ein blaues Auge hat. Zum Glück, dachte ich vor zwei Tagen, bin ich kein Restaurantkritiker, bezahlte die Rechnung, verliess das Lokal und beschloss, nie mehr in meinem Leben dort einzukehren.

031 Was macht eigentlich Chris von Rohr? Das Letzte, was ich von ihm erfuhr: dass er von Volvo gesponsert wird. Obwohl ich dachte, dass er gar nicht Auto fahren kann, weil er nicht den Eindruck macht, als könne er das, fährt er tatsächlich einen XC90, ein SUV also, eine fette Karre mit einem CO2-Ausstoss von bis zu 317 Gramm pro Kilometer. Ganz getreu seinem Motto «Meh Dräck». Aber er scheint tatsächlich zu fahren, ich stolperte nämlich in einem Blog namens Amade.ch über folgende Zeilen: «...wir waren in luzern und fuhren auf der autobahn zurück nach sursee. etwa auf der höhe von sempach fiel uns ein dunkler volvo xc90 mit zweistelligem solothurner kontrollschild auf, der in der mitte der beiden fahrstreifen fuhr. ich dachte mir, dass der pseudo-geländewagen wohl bald auf die rechte spur wechseln würde, weil er auch nicht sonderlich schnell unterwegs war und rechts genug platz war. doch gerade als ich zum überholen ansetzte, entschied sich der schwedische trumm für die schnellere spur. nachdem er einen lkw überholt hatte, fand er sich wieder zentral zwischen den beiden streifen ein. zeitweise schwankte die fuhre bedenklich, um schliesslich doch noch auf die rechte spur zu wechseln. etwas genervt betätigte ich kurz die hupe und überholte. während des überholvorganges dann die überraschung: ‹das ist chris von rohr!› schrie corinne. der schweizer dräckstar wühlte irgendwas auf dem beifahrersitz, was die schwankerei und die eingemittete fahrweise erklärte.»

032 Müsste Chris von Rohr nicht ein Cabrio mit Stoffverdeck fahren?

033 Ich weiss, dass die Leute komisch schauen,

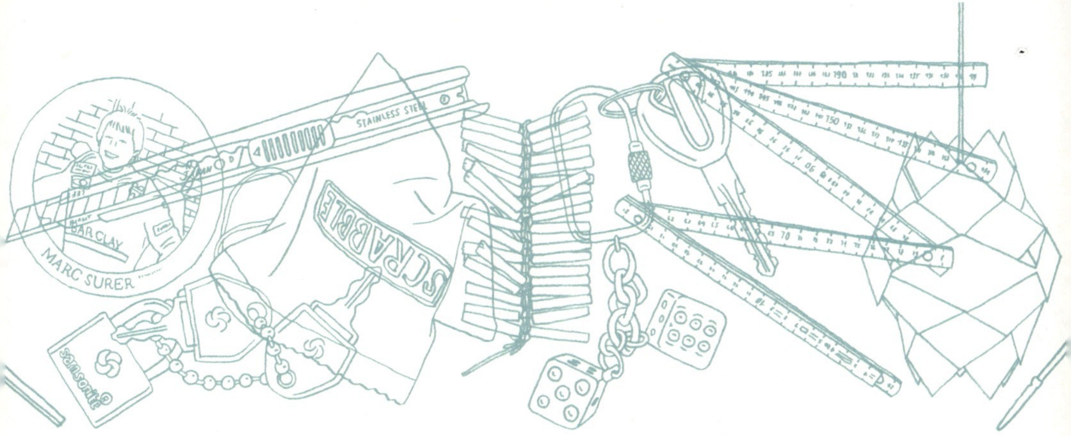

wenn man gesteht, dass man gerne Scrabble spielt. Scrabble ist für viele ein Graus, ein erster Schritt Richtung Gruft, ein Indiz für Rückständigkeit, bieder bis ins Mark. Scrabble spielen, das klingt schwer nach grünlichen Likör aus klitzekleinen mit Vögelchen verzierten Kristallgläschen nippen. Nach Stricken. Nach Schaukelstuhl. Nach DRS 1. Mir ist das egal. Ich spiele täglich. Und heute beispielsweise bin ich auf der Suche nach einem ultimativen Wort im Duden über «Niam-Niam» gestolpert. Nun ist «Niam-Niam» scrabbletechnisch unbedeutend, denn im Scrabble gibt es keinen Bindestrich. Aber ich fand heraus, dass «Niam-Niam» der Name eines Volkes im Sudan ist, ein Name, den man heute nicht mehr benutzt, da er politisch unkorrekt ist, denn «Niam-Niam» heisst «Grosse Esser» - und die «Niam-Niam» galten als ziemlich kannibalisch veranlagt. Niam-Niam. Ich bekomme langsam, aber sicher Hunger.

034 Klumpen am Telefon. «Wie es mir geht?» Klumpen klingt sehr leise, als rufe er mit einem Satellitentelefon aus einer Zeltstadt in der Wüste Libyens an. Irgendwo aus der nahen Nähe einer Stadt namens Zillah. Er sagt: «Nun, es geht so. Ich wollte mich gestern betrinken, weil man halt manchmal einfach das Bedürfnis danach hat, betrunken zu sein. Aber ich hatte nichts zu trinken im Haus. Ich hab alles durchstöbert. Jedes Kästchen. Jede Ecke. Sogar im Gefrierfach des Kühlschranks hab ich geschaut, ob da vielleicht eine vergessene Flasche Bison-Wodka zu finden war. Da war aber nur eine halbe Packung Poulet Cordon bleu. Dann fand ich in der tiefen Schublade des Esstischs eine Packung Kirschstängeli, die mir meine Mutter zu Weihnachten geschenkt hatte, und zwar die ganz grosse Packung. Es funktioniert im Fall.»

035 Am nächsten Tag treffe ich Klumpen. Er will mich an einen speziellen Ort bringen. Seine Worte waren: «Ich zeige dir einen Ort der Kraft.» Er holt mich mit seinem klapprigen Alfa ab. Ich steige ein, und er drückt eine CD in den Schlitz der Anlage. Es ist dieselbe CD, die er schon letztes Mal hörte. «Red Hot Chili Peppers». Ich frage ihn, ob das sein muss, diese Musik, weil wir dann nämlich genauso gut Radio hören könnten, und er drückt einen Knopf, schaltet den CD-Player ab. Ich atme auf und höre: ein Lokalradio. Ein Song wird angekündigt. Er ist von den «Red Hot Chili Peppers».

Wir fahren durch das Sihltal, und ich überlege mir, ob es Richtung Luzern geht oder über den Hirzel. Für die Emma Kunz Grotte fuhren wir völlig falsch. Richtung Gotthard? Ins Tessin? Eingangs Sihlbrugg nimmt Klumpen Gas weg, biegt ab und parkiert den Wagen. Er sagt: «Wir sind hier.» Ich steige aus und lese auf einem grossen Schild: ROC - Regionales Occasions Center. 300 gebrauchte Autos. Fahnen wehen. Irgendwo lese ich das Wort «Leasing». Ich sehe Prozentzeichen.

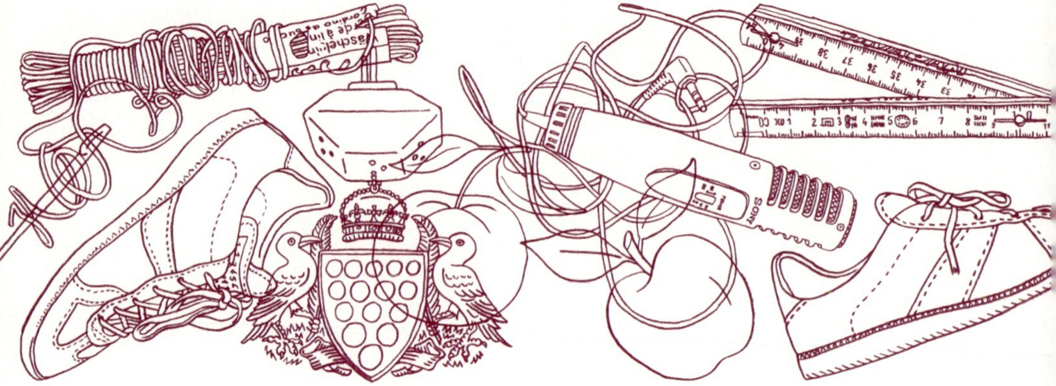

Klumpens Augen leuchten. Ich schlendere ihm nach, er geht recht zielstrebig durch die Reihen. Die Autos stehen eng. Ich denke darüber nach, wie mühsam es sein muss, die Autos so eng zu parkieren. Klumpen scheint zu wissen, wo er hin will, beachtet keinen der auf Hochglanz polierten Wagen, bis er bei einem grauen Audi stehen bleibt. Er sagt nichts. Ich lese das handbeschriebene Schild, das am Innenrückspiegel hängt. Audi RS6. 450 PS. Jahrgang 2003. 95 100 Kilometer. 49 990 Franken.

035.1 Klumpen steht da und betrachtet das Auto, und könnte er von seinem Hirn aus direkt online gehen, jetzt, man würde es fiepsen und piepsen hören, er würde sich bei der UBS einloggen und seinen Kontostand prüfen und sehen, dass er das Geld nicht hat für den Audi. Dass ihm ein gewisser Betrag fehlt. Ein ziemlicher Betrag wohl gar. Ich klopfe ihm auf die Schulter. «Komm, ich lad dich zum Essen ein.» Das lässt er sich natürlich nicht zweimal sagen, und 48 Sekunden später betreten wir den McDonald's. Er atmet tief die frittierölschwangere Luft ein, hörbar, zieht sie sich in die hintersten Verästelungen seiner Lungenflügel und macht eine Geste, als stünde er auf einem hohen Berggipfel, und sagt, nicht gerade leise: «Herrlich! Endlich daheim.» Mir wird sofort schlecht.

035.1 Als stünde er auf einem hohen Berggipfel. Beispielsweise dem Anuchnubel (3591 Meter), dem Blummhorn (2499 Meter), dem Bös Fulen (2802 Meter), dem Brämplisplanggenstock (2463 Meter), dem Chläbdächer (2175 Meter), dem Chiemattenhubla (2029 Meter), dem Chilbiritzenspitz (2853 Meter), dem Distulberg (3285 Meter), dem Erbser Stock (2182 Meter), dem Furggubäumhorn (2985 Meter), dem Grüblekopf (2894 Meter), dem Hinter Geissbützistock (2719 Meter), dem Hinter Selbsanft (3029 Meter), Hüenerchnubel (2809 Meter), Les Maisons Blanches (3682 Meter), Mannlibode (2453 Meter), Merezebachschije (3182 Meter), dem Mittler Busenhorn (2200 Meter), dem Mittstchinzerberg (2085 Meter), dem Mönchsbüffel (2080 Meter), dem Obere Guggerhubel (2135 Meter), dem Piz digl Barba Peder (2746 Meter), dem Piz Murterchömbel (2996 Meter), dem Pizzo Bombögn (2331 Meter), dem Plangger Butzli (2205 Meter), dem Poncione della Bolla (2616 Meter), dem Regenboldshorn (2193 Meter), dem Schafbandschnauz (2044 Meter), dem Schnäbel (2422 Meter), dem Tristencholben (2160 Meter), dem Zantmärjelebiel (2435 Meter) oder aber dem Zürichberg (676 Meter).

035.2 Ganz schön viele Berge gibt es. Hat man was zu tun, wenn man überall hochsteigen will. Nun ja, hat man schon viel zu tun, wenn man sich bloss die Namen merken will. Aber ich kenne wirklich Menschen, die das tun. Beides.

035.3 Gibt's den Pizzo Pizza?

035.4 Den Pizzo Pizza con funghi?

035.5 Gibt es den Pizzo Heidi Burger?

036 «Für was», frage ich Klumpen, als wir im McDonald's an einem Tischchen sitzen und er in seinen Burger beisst und ich in meinen mitgebrachten Apfel der süsssäuerlichen Sorte Pilot, «brauchst du ein Auto mit 450 PS?» Er verdreht die Augen und sagt: «Das fragt mich meine Frau auch immer.» - «Aber Klumpen, du hast doch gar keine Frau!» Er schluckt. Säubert mit dem Finger die Mundwinkel. Der Finger glänzt. «Die Frau in mir. Die Frau in mir fragt mir Löcher in den Bauch. Die Frau in mir macht aus mir einen Emmentalerlaib. Zum Beispiel fragt sie genau jetzt in diesem Moment, ob das gesund sei, was ich hier esse.» Er schlingt den letzten Bissen des Burgers hinunter und steht auf, holt sich nochmals einen Chicken Mythic, und danach sehen wir uns noch ein paar Autos an. Klumpen sagt: «Morgen wird es schön.» Ich sage nichts, blicke in den Himmel, der makellos ist. «Morgen gehen wir ins Hooters.» Dann stehen wir noch eine Weile beim Audi mit den 450 PS rum. Klumpen beugt sich herunter zu den Rädern. «Dicke Finken. 255er», sagt er, «18 Zoll.» Ich schaue in den Innenraum, die Hand an der Scheibe des Wagens, die sich kühl anfühlt. «Die Sitze, mein Lieber, diese Schalensitze, die wirken irgendwie ein bisschen peinlich. Passt du da überhaupt rein? Und sag mal, wie steht es denn um den CO2-Wert dieses netten Kleinwagens? 250 Gramm? 300 Gramm?» Klumpen sagt nichts, studiert noch immer die Pneus, die Felgen, in der Hocke verharrend, als wäre er vor dem Auto in die Knie gegangen. Dann sagt er leise: «350 Gramm.» Er schaut zu mir hoch und lächelt. Dann verdreht er die Augen.

037 Die Frau in mir sagt: Kauf mir Schuhe von Martin Margiela. Geh in die Boutique Roma an der Linth-Escher-Gasse 17 in Zürich und kauf die Schuhe von Martin Margiela. Ich sage zur Frau in mir: Aber hey, die kosten 459 Franken. Die Frau in mir sagt: Peanuts.

037.1 Die Frau in mir, sie wird sich wieder einmal mehr durchsetzen, ich weiss es. Ich spüre es.

038 Beim Besuch bei den Eltern fand ich einen alten «SonntagsBlick». Mit grossem Vergnügen fing ich mit der Lektüre an. In einem Artikel gestand Erich von Däniken (den man gern einfach EvD nennt), vier Jahre lang mit einem Ausserirdischen zusammengelebt zu haben. Das ist ja wohl eines der coolsten Comingouts, von denen ich je hörte. Und das Beste am Ganzen: Wo lernte EvD diesen Ausserirdischen kennen? In einem Land namens Belutschistan. Belutschistan!

Nun gibt es dieses Land tatsächlich (es wurde gar schon einmal besungen, von Andreas Dorau: «...die Mädchen von Belutschistan / die flicken jeden morschen Kahn...», jenem Sänger übrigens, der «Fred vom Jupiter» traf und der die Sehnsucht nach einem schönen exterristischen Wesen mit männlichem Geschlecht besang, also mit EvD gewisse Dinge gemeinsam hat), aber Belutschistan ist kein eigentliches Land, sondern ein Strich Land, eine Region im Grenzgebiet Iran, Pakistan und Afghanistan.

038.1 Im Spätsommer des Jahres 1987, EvD schlief auf dem Dach seines Landrovers, irgendwo in der wüsten Wüste Belutschistans, wo er nach einem harten Tag seine wohlverdiente Nachtruhe fand. Dann: «Plötzlich knallte es, ich erwachte abrupt. Ein Blitz, die Trinkwassertanks neben mir rissen. In die ausströmende Flüssigkeit hinein materialisierte sich ein Mensch. Aus Fleisch und Blut. Direkt vor meinen Augen!» Der Ausseridische sah aus wie EvD mit 22 Jahren, und er war nackt und sprach Schweizerdeutsch. EvD sagte: «Ich nannte ihn spontan Tomy.» Ist natürlich super, einen ausserirdischen Jüngling nach einer Mayonnaise-Tube zu benennen.

038.2 Ich sass auf dem Sofa meiner Eltern, über dem ein Foto hängt, eine Luftaufnahme, dick holzgerahmt, welches das Haus zeigt, in dem das Bild nun hängt. Auf der Flugaufnahme steht auf dem Hof der rote Opel Corsa mit den GT-Streifen, der meiner Schwester gehörte. Ich stand am Zaun des Hühnergeheges und schaute zum Helikopter hoch, der das Bild machte. Ich war ein kleiner Junge. Ich hielt die Hand über die Augen. Es war ein sonniger Tag. 28 Jahre später als auf dem Bild las ich weiter den Artikel über EvD: «Die Morgendämmerung bricht gerade an, und von Däniken erkennt: Die Erscheinung ist nackt - eine exakte Kopie seiner selbst als 22-Jähriger. Der Bestsellerautor bebt noch heute, wenn er sagt: ‹Ich hatte extrem Angst, zitterte minutenlang am ganzen Körper, dachte sogar, ich werde schizophren.› Das Wesen beruhigt ihn, zeigt sich gesprächig - und alles andere als feindselig: ‹Tomy sagte in perfektem Schweizerdeutsch, er komme von einem Planeten des Vega-Systems. In seiner Welt gebe es weder Liebe noch Sex, weder Waffen noch Kleidung. Seine Heimat sei ein Ort der Körperlosen, die einzige Lebensform seien intelligente Energien.› Der Schweizer, unterwegs auf einer archäologischen Expedition, legt eine Wolldecke um den Fremdling. An Schlaf ist nicht mehr zu denken. Von dieser Nacht an begleitet der Ausserirdische den Schweizer vier Wochen lang. Von Däniken gibt ihm Kleider: ‹Er wich während der ganzen Expedition nicht von meiner Seite. Wir haben Dörfer und Städte am Golf von Oman besucht, sind gewandert, diskutierten stundenlang. Leider gab mir Tomy viele Informationen, die ich nicht verstand. In der menschlichen Sprache gebe es dafür keine Wörter. Vielleicht werde ich ihn später einmal begreifen.› Im Iran sei der Ausserirdische auf dem Beifahrersitz gereist, so von Däniken. Aber er habe ihm auch die Schweiz zeigen wollen - wenigstens ein paar Tage lang: Tomy reiste in von Dänikens Körper ins Land. ‹Wie er mich übernahm, war die genialste Erfahrung meines Lebens. Mich überschwemmten Wogen von Glück, die mit normalen Sinnen nicht nachfühlbar sind.› Auch von Dänikens Frau kannte Tomy: ‹Sie war begeistert von ihm.› Wenn es stimmt, was von Däniken behauptet, wäre das kein Wunder: ‹Er konnte auch andere Leute übernehmen, das heisst, er schlüpfte in sie hinein, ohne dass sie es spürten, und eignete sich deren Wissen an.› Dann aber das traurige Ende: ‹Tomy wollte einfach wieder heim. Er wisse jetzt genug über die Menschen. Das Einzige, was blieb, war eine Wasserlache im Garten meiner damaligen Villa Serdang in Solothurn.›»

039 Belutschistan. Je öfter man es niederschreibt, desto schöner klingt es im Kopf. Belutschistan. Belutschistan. Belutschistan.

039.1 BE-LU-TSCHI-STAN.

040 Einmal antwortete Erich von Däniken in einem Interview, als er nach seinem Lieblingsrestaurant befragt wurde: «Pianobars.» Das fand ich eine ziemlich schöne Antwort.

041 Ich notiere in mein Notizbuch in kleinen Buchstaben: «Bitte nicht vergessen: einmal nach Belutschistan reisen.» Und: «What happens in Belutschistan, stays in Belutschistan.»

042 Ich bestieg zusammen mit der Fernseh- und Radiomoderatorin Eva Camenzind einen Lift in der geschlossenen TV-Anstalt Leutschenbach. Wir wollten in einem kleinen Büro ungestört ein Interview führen. Ich wollte sie zur gescheiterten Ehe mit diesem Musikproduzenten, den beruflichen Herausforderungen, der Reise mit Dani Beck nach Stockholm und vielen anderen Dingen befragen, etwa wie es zur «Blick»-Schlagzeile «Ich moderierte ohne Höschen» kam. Ich stand neben ihr im Lift und wollte eben einen lockeren, aber stilvollen Spruch über meine Lippen schicken, um die liftspezifische Beklemmung aus dem engen, sich streng vertikal bewegenden Raum zu jagen, etwas über ihre Schuhe oder ihre Jeans oder den Ort, wo sie herkommt und der uns verbindet oder den Umstand, dass wir uns hier in Leutschenbach

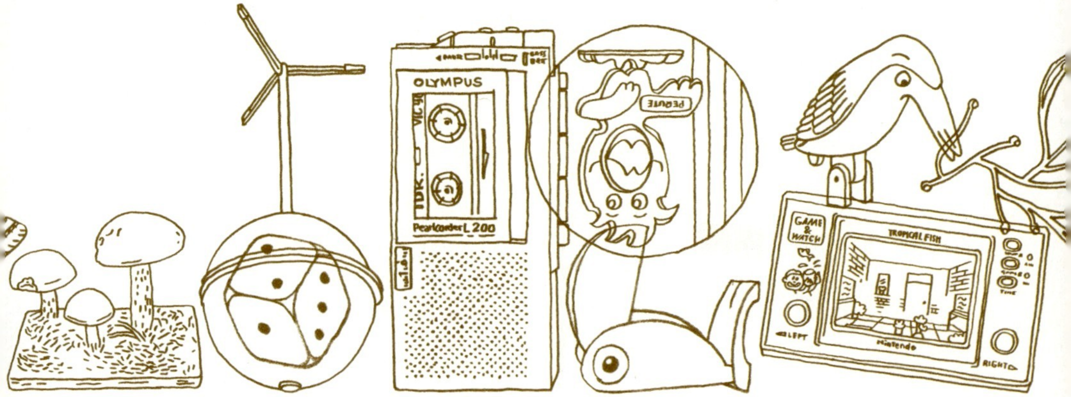

verabredet hatten, obwohl sie für Sat 1 arbeitet, als plötzlich ein metallisches Ächzen zu hören war. Dann ein leiser Knall, und der Lift hielt mit einem Ruck, blieb einfach stehen. Dann ging das Licht aus. Es wurde still. «Oje», sagte ich. Und Eva Camenzind sagte nichts, aber ich konnte hören, wie sie leer schluckte. Schnell gab ich bei der Suchmaschine in meinem Hirn die Begriffe «Witz» und «Lift» ein, und noch während die Suche lief, klingelte ein Telefon. Ziemlich leise. Ich suchte im Dunkel der engen Liftkabine nach einem Telefonhörer. «He», hörte ich Eva Camenzind sagen, nicht bestimmt, eher sanft, «das ist aber nicht das Telefon.» Ich nuschelte «sorry, sorry» und spürte, wie ich rot wurde, was aber nicht so schlimm war, denn es war ja dunkel. Mir wurde sehr heiss. Ich suchte hektisch weiter nach dem Telefon, das klingelte und klingelte, immer lauter. Dann wachte ich auf. Ich tapste nach dem Lichtschalter meiner Nachttischlampe. Hüpfte aus dem Bett. Huschte zum Telefon. Stolperte über irgendetwas. Fiel hin. Fluchte. Das Telefon klingelte und klingelte, und als ich es abnahm, war ich nicht eben gut gelaunt.

042.1 Am anderen Ende war Klumpen. Er sagte: «Hallo, hier bin ich.» Ich schaute auf meine Uhr, deren Zeiger in der Dunkelheit leuchteten. Es war kurz vor zwei Uhr morgens. «Ich konnte nicht schlafen», sagte Klumpen. «Aha», sagte ich, «und dann dachtest du, du weckst jemanden, damit der auch nicht schlafen kann. Holst ihn aus einem wohlverdienten Traum.» - «Nun ja, ich dachte eigentlich, dass du noch wach bist. Früher warst du um zwei Uhr immer noch wach. Früher gingst du um zwei Uhr noch vor die Türe, um Zigaretten zu kaufen, wenn sie dir ausgingen.» - «Ach was. Ich hab ja gar nie geraucht.» - «Früher hast du um zwei Uhr morgens so laut Musik gehört, bis die sehr schwerhörige Nachbarin unter dir die Polizei rief. Franz Zappa hast du gehört. ‹I want a nasty little jewish Princess... la la la... With a garlic aroma that will send you to coma...›» Klumpen trällerte ins Telefon. Er sang mit hoher Stimme. Es klang ein wenig gespenstisch. Ich sagte ärgerlich: «Die schwerhörige Nachbarin wohnte über mir, nicht unter mir. Musik hörte ich immer mit Kopfhörer. Ich war ja in dem verdammten AKG-Fanklub. Und Franz Zappa hörte ich zum letzten Mal, als ich die Haare noch lang trug. Meine Güte, als ich Frank Zappa hörte, damals kannten wir uns noch gar nicht. Ausserdem heisst es nicht ‹...that will send you to coma›, sondern ‹that could level tacoma›.» - «Früher gingst du um zwei Uhr morgens noch tanzen, oder wir trafen uns auf ein Bier in die Türkenbar am Voltaplatz, die, die 24 Stunden offen hatte und wo du einmal Bauchtanz gemacht hast, auf dem Tisch, mit nicht mehr als als den Socken an, nicht an den Füssen, sondern anderswo.» - «Früher, früher, früher, ich kann es nicht mehr hören, dieses früher. Jetzt ist nicht früher. Jetzt ist

jetzt, und jetzt ist zwei Uhr morgens. Jetzt bin ich alt, und vor allem möchte ich jetzt eines, nämlich schlafen. S und C und H und L und A und F und E und N: 16 Punkte. Danke.»

042.2 Klumpen aber liess sich nicht abwimmeln. Er sagte: «Weisst du, warum ich nicht schlafen kann?» Ich seufzte und riet. «Weil du deine Bio-Logos-Kur überdosiert hast?» «Nein», sagte er. Ich rätselte weiter. «Weil du wach bleiben willst, bis der Kinder-TV-Kanal startet?» - «Nein.» - «Okay, weil du Angst davor hast, davon zu träumen, wie Elefanten mit tränenden Augen dich zu Tode trampeln?» - «Nein.» - «Okay, ich geb auf und zu: Ich weiss es nicht.» - «Wegen dem ‹Spiegel›!» Ich war erstaunt. «Siehst du so schlecht aus?» - «Nein, wegen dem Nachrichtenmagazin. Ich dachte, zum Einschlafen wäre es schön, noch etwas zu lesen. Ich lese ja sehr gerne. Lesen ist eines meiner Lieblingshobbys. Weil ich aber gerade kein gutes Buch zur Hand hatte, nahm ich den ‹Spiegel› und las. Sind ja auch Buchstaben drin. Und weisst du, was ich dort las?» Ich war erstaunt, dass Klumpen sich den «Spiegel» kauft. Ich dachte eher, er kauft sich die «Schweizer Illustrierte». Oder «Auto, Motor & Sport». Und dass das Lesen eines seiner Lieblingshobbys war, das war auch gänzlich neu für mich. Bisher sagte er immer, sein Lieblingshobby sei der Zusammenbau von komplexen Plastikmodellbausätzen im Massstab 1:24 und «stundenweises surfen bei Autoscout». «Nein, ich weiss nicht, was du im ‹Spiegel› gelesen hast», sagte ich. «Über Mikrobiologie las ich, einen sehr interessanten Artikel über Bakterien.» - «Aha.» - «Und zwar, dass jeder von uns zwei Kilo Bakterien mit sich herumträgt. Stell dir das mal vor. Zwei Kilo Bakterien. Im Darm. Im Mund. Auf der Kopfhaut. Zwei Kilo! Weisst du, wie schwer zwei Kilo sind?» - «Nun ja, ich glaube, zwei Kilo sind etwa so schwer wie zwei Kilo, oder?» - «Ja, aber du musst es veranschaulichen. Nimm mal zwei Kilo in die Hand. Geh in die Küche und hol zwei Liter Milch aus dem Kühlschrank und heb sie hoch, und dann stell dir vor: So viele Bakterien schleppen wir mit uns herum, unglaublich, oder?» - «Ich trinke keine Milch. In meinem Kühlschrank hat es keine Milch. Ich hasse Milch. Milch kommt aus den Eutern von Kühen. Stell dir DAS mal vor. Ausserdem stimmt das nicht. Wenn du zwei Liter Milch in den Händen hältst, dann sind das mehr als zwei Kilo, denn die Milch hat ein spezifisches Gewicht von 1,031. Schafsmilch gar bis 1,041. Du hältst also nicht zwei Kilo in den Händen, sondern 2,062 Kilo. Und dann kommt noch die Verpackung dazu. Man kann ja nicht zwei Liter Milch in den Händen halten, die nicht verpackt sind, ausser man hätte anstatt Hände Massbecher an den Enden der Arme, was manchmal ganz schön praktisch wäre, manchmal aber auch nicht.» Klumpen jedoch schien mir gar nicht zugehört zu haben, sondern fing an, mir aus dem Artikel vorzulesen. Ich konnte das Rascheln von dünnem Papier hören. Er las: «Hier steht, hör zu: ‹Bis zu seinem Tod bleibt der Mensch ein wandelndes Biotop. Auf jede Körperzelle kommen rechnerisch zehn Mikroben. In einem Milliliter Darminhalt tummeln sich eine Billion Lebewesen.› Stell dir das vor: eine Billion! Pro Milliliter! Wie viele Nullen hat eine Billion? Wie lange ist der Darm des Menschen? Wie viele Liter haben dort Platz?»

042.3 Ich war sehr müde und hatte Mühe, Klumpens Ausführungen zu folgen. Ich sass im dunklen Wohnzimmer und griff die schwere, metallene Fernbedienung meines alten Bang & Olufsen-Fernsehers, dessen matte Farben mich stets beruhigen, stellte ihn an und drückte die Stummtaste. Charles Bronson erschoss gerade einen Sheriff. Sah verdammt nach Notwehr aus. Die Fernbedienung lag kühl und hart in meiner Hand. Fast wie ein Colt. Klumpen fuhr fort. «Hier, ein Zitat von französischen Wissenschaftlern eines Instituts in Jouy-en-Josas: ‹Die Bakterien bilden ein Organ, das schwerer ist als unser Gehirn - aber wir wissen nicht, was sie mit uns anstellen.› Schwerer als das Gehirn! Unvorstellbar, oder?» Ich dachte etwas, aber ich sagte es nicht. Ich dachte darüber nach, wie schwer Klumpens Gehirn sein mochte, wie schwer das Gehirn eines Menschen sein konnte, der einen morgens um zwei aus dem Bett bimmelte. Ich sagte: «Worüber man nicht sprechen kann, darüber muss man schweigen.» Dann hängte ich auf, stellte den Fernseher ab und zog den Stecker.

042.4 Ich ging zurück ins Bett, schlief sofort ein, wie erschlagen von einem Stein, und fiel zurück in einen Traum. Aber ich steckte nicht in einem Lift, sondern sass in meinem Büro. Von Eva Camenzind war nichts zu sehen. Ich war alleine. Es war ein sehr schönes Büro. Viel schöner, als mein richtiges Büro. Es war hell und gross, gut ausgestattet mit neuen USM-Haller-Möbeln und einem riesigen Flatscreen-TV-Gerät, auf dem eine Wiederholung der FCB-Meisterschaftsfeier des Jahres 2007 lief. An der Wand hingen grosse, abstrakte Gemälde in Öl, die sehr, sehr teuer aussahen. Sie waren auf eine grosszügige Art und Weise signiert. Ich las: Josh Smith. Ich kannte den Künstler nicht, hatte noch nie von ihm gehört, war aber froh, dass es noch Künstler gab, die ihre Werke so signierten, dass man auch aus der Ferne erkennen konnte, von wem sie waren.

042.5 Ich fand auf dem ausladenden Schreibtisch einen Brief von meinem Chef. Ich überflog ihn. Er bot mir eine Lohnerhöhung an. Plus eine Gewinnbeteiligung. Plus Aktien. Plus Dienstwagen nach Wahl. Plus Diensthandy. Plus diverse Aufenthalte in konzerneigenen Ferienressorts auf der ganzen Welt . Ich schüttelte den Kopf, schraubte bedächtig die Kappe von meinem Montblanc-Füller, und notierte auf dem Brief: «Darüber nachdenken, ob ich das wirklich will.» Und: «Was für ein Dienstwagen? Prius? Wenn Prius: Welche Farbe? Gelb? Lexus LS 600 h?» Dann griff ich nach schwerem Büttenpapier, machte einen geraden Rücken und begann, eine Kolumne zu schreiben. Ich schrieb: «5.6 Die Grenzen meiner Sprache bedeuten die Grenzen meiner Welt.» Ich las den eben geschriebenen Satz nochmals und nickte. Der war mir verdammt gut gelungen. Ich wartete, bis die Tinte getrocknet war, dann schrieb ich weiter. «5.61 Die Logik erfüllt die Welt; die Grenzen der Welt sind auch ihre Grenzen. Wir können also in der Logik nicht sagen: Das und das gibt es in der Welt, jenes nicht. Das würde nämlich scheinbar voraussetzen, dass wir gewisse Möglichkeiten ausschliessen und dies kann nicht der Falls sein, da sonst die Logik über die Grenzen der Welt hinaus müsste; wenn sie nämlich diese Grenzen auch von der anderen Seite betrachten könnte. Was wir nicht denken können, das können wir nicht denken; wir können also auch nicht sagen, was wir nicht denken können.» Ich seufzte, so schön flossen mir die Wörter aus dem Füller. Ich schrieb weiter: «5.62 Politikerinnen und Politiker sind davon ausgenommen.» Dann klingelte das Telefon.

043 Am Fussgängerstreifen wartete ich brav, bis ein Wagen hielt und der Fahrer mir mit einem freundlichen und klaren Handzeichen deutete, dass ich gefahrlos die Strasse überqueren durfte. Ich winkte dem Mann zum Dank. Er nickte. Er sass in einem roten Kombi. Ich glaube, es war ein Ford. Der Wagen trug den Schriftzug einer Firma: ASSCAR. Ich dachte: Stimmt ja gar nicht.

043.1 Was man alles auf Autos lesen kann. In Berlin las ich einmal: «Gebrüder Rammelt - Sanitäre Anlagen». Jemand hatte mit einem dicken Filzstift die Schrift durch zwei Ausrufezeichen ergänzt. «Gebrüder! Rammelt! - Sanitäre Anlagen».

044 Mein Nachbar erzählte mir von seinem anderthalbjährigen Sohn: «Ich komme ins Wohnzimmer. Der Fernseher läuft. Mein Sohn kann ihn nämlich schon alleine anstellen. Cleverer Junge, mein Sohn. Aber dann sehe ich, wie er seinen Kopf gegen den Fernsehschirm presst. Er küsst den Bildschirm. Auf dem Schirm lächelt der Mörgeli, der Politiker. Mein Sohn küsst den Mörgeli. ‹Schmatz, schmatz, schmatz›. Er küsst ihn auf den Mund. Du kannst dir nicht vorstellen, was für ein Schock das war. Meinst du, da muss ich was unternehmen? Meinst du, er...» Ich sagte ihm: «Abwarten. Beobachten.»

044.1 Tage später traf ich meinen Nachbarn mit dem anderthalbjährigen Sohn. Mein Nachbar mit dem anderthalbjährigen Sohn war alleine unterwegs. Er kam eben vom Zahnarzt. Er sah traurig aus. Er jammerte. Sein Sohn hatte ihm mit der Fernsehfernbedienung einen Zahn ausgeschlagen. «Ach, ihr habt auch einen Bang & Olufsen?», fragte ich. Er nickte.

045 Vierundzwanzig DJ-Namen zum Ausleihen: DJ Crazy Fantasy; DJ Streptokokken; DJ Menü 2; DJ Zubrot; DJ One Man Show; DJ Smegmasosse; DJ Chris Fun From Rear; DJ Run From Fear; DJ Läckerli; DJ Rappel Zappel; DJ Tip Top; DJ Mainstream; DJ Miss Kompromiss; DJ SuperSloMo; DJ Mario Cantaluppi; DJ Laptop; DJ Fancy Drinks; DJ Antoine; DJ Mörgeli Has Broken; DJ Feel Good; DJ Plattenbau; DJ Swinger; DJ Siddhartha-Sirdalud; DJ Phalaenopsis.

045.1 Der Mensch, der im Jahr 1704 erstmals die zur Familie der Orchideen gehörende Phalaenopsis beschrieb, hiess Georg Joseph Kamel. Auch kein schlechter Name.

046 DVD-Geschenkidee für Klumpen (und alle, die sich hobbymässig mit Bakterien und ähnlich fiesem Zeugs beschäftigen): «Andromeda - Tödlicher Staub aus dem Weltall», 1971, Regie: Robert Wise. Ich wette, da gefriertrocknet das Blut in Klumpens Adern.

047 Die Frau in mir sagt: Du könntest wieder einmal darüber nachdenken, den Bart zu rasieren. Und zwar ganz. Sie sagt: Stell dir vor, wie schön es dann wird; auf Flughäfen langweilst du dich dann nicht mehr, sondern du kannst im Dutyfree Rasierwasser studieren. Und die Zollformalitäten dauern auch nicht mehr so lange.

048 Eine Frau in Russland sagte mir, als ich beruflich in einer Bar sass und Wodka trank, in Jekaterinenburg, ehemals Swerdlowsk, am Ural, dort, wo die Zarenfamilie erschossen wurde und am Morgen des 2. April des Jahres 1979 aus einer Fabrik für Biowaffen eine unbekannte Menge zwischen zehn Milligramm und einem Gramm Anthrax-Sporen entwich, was zum Tod von 66 Menschen durch Milzbrand führte: «You look like animal from forest.» Das war vor sechs Jahren. Damals lachte ich.

049 Heute habe ich eine grosse Erfindung gemacht! Ein ganz neuartiges Sandwich. Auf eine Scheibe Brot streiche ich etwas Erdnussbuttermasse, nicht zu dick, höchstens einen Zentimeter. Dann folgt eine Lage Surimi-Fischabfall-Sticks. Dann Mayo. Ich nenne meine Erfindung Pearl Harbor. Sie schmeckt sehr gut.

049.1 Nachdem ich mein Pearl-Harbor-Sandwich gegessen hatte, dachte ich eine Weile über den Roman Kilchsperger nach, weil ich ihn am Morgen im Radio gehört hatte. Ich weiss, dass ich das nicht tun sollte: Radio hören. Es ist nicht gesund. Aber manchmal geschieht es einfach. Ein Reflex. Man schaltet das Radio ein. Man denkt, vielleicht kommen kluge Nachrichten. Aber es kommen nie kluge Nachrichten.

Und heute Morgen lief auf Radio Energy in Roman Kilchspergers «Morgenshow» das Telefonspiel namens «Bärchen und Hasi». Das Konzept: Getrennt werden einem Paar telefonisch drei Fragen gestellt. Zuerst der Frau. Dann dem Mann. Oder umgekehrt. Die Fragen sind relativ intim, die letzte der drei Fragen ist immer sexueller Natur, manchmal mehr, manchmal weniger schlüpfrig. Stimmen die drei Antworten der Partner überein, gewinnt das Paar einen tollen Preis. Ein Weekend in einem Wellnesshotel in Feusisberg oder ähnlich. Die dritte Frage lautet zum Beispiel: «Wenn bei euch beim Sex der Gummi platzt, dann sagt Darko ‹ups.........›. Was sagt er?» (Antwort Natascha: «Er sagt: ‹Macht nüt›», Antwort Darko: «Ich fluche. Aber es ist noch nie passiert.») Oder «Welches ist Francescos Versicherung, damit er sicher zu Sex bekommt. Was muss er tun?» (Antwort von Nura: «Er muss einfach zupacken.» Antwort Francesco: «Schwierige Frage. Ich muss den Sex einfach holen. Dann bekomme ich ihn auch meistens.») Oder «In Sachen Sex: Wie lange geht es bei euch im Durchschnitt?» (Cindy: «Eine Stunde.» Antwort Jan: «Eine halbe Stunde.») Oder «Was muss eine Frau haben, damit sie Claudio gefällt?» (Antwort Alessandra: «Dunkle Haare und grüne Augen.» Antwort Claudio: «Eine rassige Frau mit einer schönen Oberweite muss es sein. Haare dunkel und lang. Nicht allzu schlank, sondern gut gebaut. Und braune Augen.») Daran dachte ich, daran und an Roman. Dann wurde mir ein bisschen schlecht.

050 Vor lauter langer Langeweile habe ich heute im Laserzone vier Filme gekauft: «Andromeda - Tödlicher Staub aus dem Weltall». «Déjà Vu - Wettlauf gegen die Zeit» von Tony Scott. «Opening Night» von John Cassavetes. «Kagemusha - Der Schatten des Kriegers» von Akira Kurosawa. Alle zusammen 104 Franken und 60 Rappen. Zu Hause stellte ich die Filme ins Regal, zu all den anderen Filmen, die ich anzusehen noch keine Zeit hatte. Zur «Twin Peaks - Season 2»-Box. Zu «Grizzly Man» von Werner Herzog. Zu «Blood Diamond» von Edward Zwick. Alle sind noch in Zellophan eingeschweisst. Irgendwann werde ich einen DVD-Abend machen. Irgendwann. Bald. Bestimmt.

050.1 Edward Zwick ist ja auch ein guter Name. Vor allem, wenn man einen Hexenschuss hat.

050.2 Apropos Namen: Als ich vor vielen, vielen Jahren auf dem Flughafen Frankfurt auf meinen Flug nach Tiflis wartete, lernte ich einen ziemlich neurotischen Kriegsfotografen kennen, der mir seine über seinen Körper verteilte Narben zeigte («This: Afghanistan. Here: Angola. And you see my leg: Greece.» - «There is war in Greece?» - «No. I rented a Scooter.»). Als wir an der Bar sassen und warteten und warteten, weil der Flug acht Stunden verspätet abfliegen sollte, hörte ich plötzlich eine Durchsage. «Herr Satan, bitte melden sie sich am Informationsschalter. Mister Satan, please contact the information desk.» Ich dachte kurz nach, ob das etwas zu bedeuten hatte und sah den Kriegsfotografen an. Er hatte die Durchsage scheinbar nicht gehört. Er erzählte etwas. Eine Story. Angola. Afghanistan. Irgendwoher hatte er einen Latexhandschuh, wie ihn die Ärzte tragen, oder ich, wenn ich Chilis schneide. Er zog ihn an. Später würde er ihn tragen, bis wir im Flugzeug sassen. Er würde den Leuten seine behandschuhte Hand hinstrecken und sagen: «Hello, this is my new plastic hand.» Dann dachte ich, dass es nichts zu sagen hat, wenn einer mit dem Namen Satan zum Informationsschalter gerufen wird. Ein Name ist ein Name. Ein Informationsschalter ist ein Informationsschalter.

050.3 Nochmals apropos Namen: Wer beim «Magazin» in einem Artikel einen Namen falsch schreibt, der muss 50 Franken in die Weihnachtsessenskasse zahlen. Letzte Woche musste ich 100 Franken bezahlen. Das tat weh. Ich schrieb in der Japan-Reportage «Kurasawa» statt «Kurosawa». «Eric» Satie statt «Erik» Satie. Peinlich. Peinlich, aber wahr. Aber ich bin nicht alleine. In dem einen Heft waren an die zehn Namen falsch geschrieben. Ich habe das Gefühl, es könnte Ende des Jahres ein richtig anständiges Essen werden.

051 Erster Nachtrag zur Art Basel. Ein dicker Deutscher vor dem Restaurant Erlkönig. Er geht nervös herum. Hin und her. Er raucht. Und er bellt in sein Handy. Er bellt: «Das Bild hängt so geil. Echt. So geil. Zwischen dem Artschwager und dem Rockenschaub. So geil. Jetzt muss der Knoten einfach mal platzen. Ich hab den Pablo in Venedig schon heiss gemacht. Jetzt muss der Knoten einfach platzen, gottverdammt.»

051.1 Zweiter Nachtrag zur Art Basel. Eine Zürcher Galeristin mit Nachdruck zu einem Ehepaar: «Oh, I'm sorry, it's already sold. It goes to a very, very important collection.» Das Ehepaar schaut betrübt. Der Mann fragt nach, zeigt auf ein anderes Bild. Die Galeristin schüttelt den Kopf.

051.2 Ich möchte einmal erleben, dass eine Zürcher Galeristin sagt, das Bild gehe an eine «very, very unimportant collection».

051.3 Was ist der Unterschied zwischen einer «important collection», einer «very important collection» und einer «very, very important collection»? Ich frage einen Freund, der vom Fach ist. Er ist Künstler. Er weiss Bescheid. Er sagt: «Wenn die Sammlung very, very important ist, dann dauert es mindestens ein halbes Jahr, bis das Werk auf dem Secondary Market auftaucht. Bei nur einem very wandert das Werk direkt auf die Auktion.»

051.4 Dritter Nachtrag zur Art Basel. Um zwei Uhr morgens traf ich eine altgediente Zürcher Galeristin vor einem altgedienten Basler Restaurant. Sie war ausser sich. Ein Basler Künstler in geckiger Kleidung an ihrer Seite schüttelte unterstützend den Kopf. Sie sagte, dass sei ihr noch nie passiert. Noch nie passiert. Noch nie! Um neun Uhr seien sie im Lokal gewesen. Um neun Uhr! Um Mitternacht sei der Hauptgang gekommen. Um Mitternacht! Dabei habe sie den teuersten Wein bestellt. Den teuersten Wein! Und wie lange komme sie schon in dieses Lokal? Wie lange schon? Jahre! Jahrzehnte schon! Jahrzehnte!

051.5 Es scheint bergab gegangen zu sein mit dem altgedienten Restaurant, wo schon Andy Warhol sass, als er noch sass und ass. Etwas in diese Richtung sagte sie. Dann winkte sie sich ein Taxi. Sie stieg zusammen mit ihrer schlechten Laune und dem teuersten Wein im Blut in den Mercedes und fuhr davon. Wir winkten. Ich dachte, dass ich froh bin, dass ich in einer Lebenssituation stecke, in der ich nie in die Situation geraten werde, in einem Restaurant mich genötigt zu sehen, den teuersten Wein zu bestellen. Der Künstler stand in seiner auffälligen Kleidung da und schüttelte noch immer den Kopf. Man sah, dass er eine recht bedeutende Menge des teuersten Weins getrunken haben musste. Ja, sagte er, ja, ja, ja, es gehe bergab mit diesem, diesem, diesem Restaurant. Ich fragte ihn, ob das Restaurant nicht vielleicht ein Symptom sei, ob es nicht eventuell mit ganz Basel bergab gehe in einem Winkel von sagen wir 13 Prozent. Er schaute mich böse an. Er schielte ein bisschen. Der Wein. Wohl auch 13 Prozent. Er sagte nichts. Ich wusste: Es gibt Dinge, die sagt man besser nicht, auch wenn sie im Witz gemeint sind. Was ich nicht wusste: War es im Witz gemeint?

051.6 Noch ein Nachtrag zur Art. Vor lauter Menschen keine Kunst gesehen. Wie würde es der Zürcher Galerist Bruno Bischofberger in der «Schweizer Illustrierten» tags darauf ausdrücken: «Ich hasse Vernissagen. Seit 25 Jahren gebe ich keine Interviews mehr. Meine 22 Angestellten regeln das für mich.» Drei schöne Sätze in Folge. Das sagen alle: Wie furchtbar Vernissagen sind. Kommen aber trotzdem immer alle, und alle werden wieder kommen, und alle werden immer mehr. Und wo sagte der Zürcher Galerist Bischofberger den Satz «Ich hasse Vernissagen»? An der Vernissage.

052 Jetzt stelle ich den Computer ab, verlasse das Büro und spaziere zum Plattenladen. Ich werde sehr langsam spazieren und mir dabei überlegen, welche Platten ich mir zu kaufen vorgenommen habe. «Electrelane», denke ich. Ein paar Meter weiter werde ich es wieder vergessen haben.

053 200 Franken später verlasse ich den Plattenladen wieder, nicht ohne dem guten Gefühl einer nicht zu leichten Last an der Hand. Ich schreibe Freund F1 ein SMS: «Musik ist viel günstiger als Kunst, aber immer noch teuer.»

053.1 Zu Hause lade ich die CDs auf den Mac. «Abspitzen» nennt das ein Freund. «Gestern hab ich zwanzig CDs abgespitzt.» Ich glaube, der Begriff kommt aus dem Militär, wenn man die Patronen ins Magazin reindrückt. Ein schönes Wort, trotz seiner Herkunft und dem Umstand, dass es im Duden nicht drinsteht, im Scrabble also ungültig ist. Abspitzen. Ich spitze ab. Ich habe abgespitzt.

054 SMS von Klumpen. «Gruss aus Sihlbrugg. Stehe vor einem dunkelgrünen S6. Das Grün ist so schön, ich möchte das Auto gerne essen.»

Ich schreibe zurück. «Wie viele Kalorien hat ein S6?» Es kommt kein SMS mehr zurück. Gegen Abend schreibe ich Klumpen: «Hat das Auto geschmeckt?» Klumpen schreibt zurück: «Ich hab es bloss abgeschleckt.»

055 SMS von Freund F2: «Dies hier ist eines der geistreichsten SMS, welches ich je geschrieben habe.» Ich denke: «Ja, das ist gut möglich. Ja, das könnte gut sein.»

056 SMS von J aus B.: «Bebbis sind sooo peinlich.» Ihr Kommentar zum klaren Urnenentscheid der Baslerinnen und Basler gegen den Casino-Neubau auf dem Barfi von Zaha Hadid.

Ich muss gestehen, dass ich kein Freund von Zaha Hadids Architektur bin, ich kann ihren Futuristenkitsch nicht ausstehen, denke aber auch, dass dieser Volksentscheid ein Bekenntnis zur Provinzialität ist. Ich schreibe zurück: «Em Bebbi si Jazz. Em Bebbi si Blues.»

057 «Küng am Apparat.» - «Ja hallo, hier ist der Dingsbums, erinnerst du dich?» - «Nein.» - «Ich bin der Locationscout. Ich hab mal Fotos gemacht in eurer Wohnung. Der Dingsbums.» - «Ach ja, genau. Die Fotos. Locationscout. Genau. Dingsbums. Alles klar.» - «Ja, und jetzt möchte ich dich fragen, ob es okay wäre, wenn ich Kunden vorbeischicke, die sich die Wohnung ansehen wollen, um vielleicht ein Shooting zu machen.» - «Klar, kein Problem. Was denn für ein Shooting?» - «Es geht um einen Fernsehspot.» - «Wow. So einen echten Fernsehspot! Für was?» - «Cablecom.» - «Ui!» - «Ein Problem?» - «Jein.» - «Fünfzehnhundert Franken für einen halben Tag.» - «Okay, klingt gut.» - «Also kein Problem?» - «Kein Problem, schick die Kunden vorbei.» - «Die Agentur. Sie wollen sich die Wohnung persönlich ansehen. Wann hast du Zeit?» - «Wann geht es dir? Ich meine: Wann geht es ihnen?» - «Na, sagen wir nächsten Mittwoch, abends um sechs?» - «Ja. Das passt. Abends um sechs ist gut. Besser als morgens um sechs. Ha, ha.» - «Ha, ha.»

057.1 Später. Meine Frau fragt: «Swisscom oder Cablecom?» - «Ich hab dir gesagt, dass ich es nicht mehr weiss. Swisscom oder Cablecom, wo liegt da der Unterschied?» - «Der Unterschied? Cablecom kommt nicht ins Haus. Ich will doch nicht, dass diese Firma mit unserer Wohnung Werbung macht.» - «He, es ist ja nur die Cablecom! Die haben gerade eine schwierige Zeit. Es ist ja nicht die Ruag. Es geht ja nicht um Handgranaten, die im Irak im Einsatz sind und Kinder zerfetzen.» - «Swisscom ja, Cablecom nein, so einfach ist es.» - «Ich glaub, es ist ein Spot für die Swisscom. Ich bin mir ziemlich sicher.»

057.2 Mittwochabend um sechs. Es klingelt. Ich öffne die Tür. Drei Leute kommen herein. Einer ist sehr bekannt. Ein Filmregisseur. Ich vergesse immer seinen Namen. Stauffer? Steiner? Er hat diesen Film gemacht, über die Swissair. Ich ging einmal mit ihm Mittagessen. Lange her. Es ging um ein Drehbuch für eine Komödie. Aber ich werde in meinem Leben nie ein Drehbuch schreiben. Ich habe Barton Fink gesehen. Ich habe «Abspann» gelesen. Ich glaube, ich ass damals eine Bratwurst mit Pommes frites. Daran denke ich, als ich ihn begrüsse. Er trägt eine Sonnenbrille von, glaube ich, Ray-Ban. Gab es eine Sosse zur Bratwurst? War sie braun? Mit Zwiebeln drin? Die beiden anderen sind von der Agentur, eine Mann und eine Frau, und sagen nicht viel. Ich frage sie, ob der Spot für die Swisscom sei. Sie sagen: «Für die Cablecom.» Sie sehen sich die Wohnung an. Der Regisseur schüttelt bald den Kopf. Er sagt, der Kunde möge kein Brusttäfer. Ich bin erleichtert. Sie gehen wieder.

057.3 Später. «Ging es jetzt um Swisscom oder Cablecom?», will meine Frau wissen. «Habs vergessen», sage ich. Und ich denke kurz daran, was ich mit dem Geld gemacht hätte, fünfzehnhundert Franken nur für mich, denn ich hätte meiner Frau nichts davon gesagt, dass in unserer Wohnung ein TV-Spot für die Cablecom gedreht würde. Ich hätte sie weggelockt. Irgendwie. «Willst du, dass

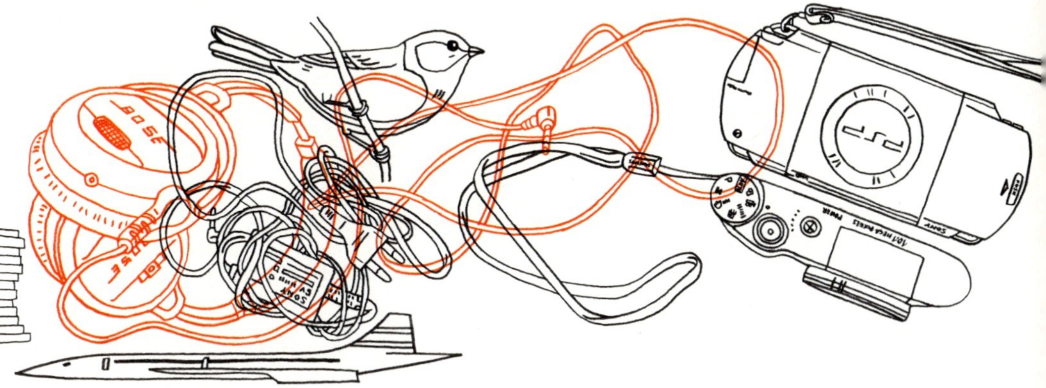

ich dich in den Prada-Outlet fahre, den hinter der Roten Fabrik? Okay, super, ich hol nur schnell den Autoschlüssel.» Hätte ich die 1500 Franken gespart? Wenn ja, für was? Für etwas Sinnvolles? Für ein ökologisches Automobil? Aber ist ein ökologisches Automobil nicht einfach kein Auto? Hätte ich mit den 1500 Franken Kunst gekauft? Oder hätte ich sie gespendet? Wenn ja: an wen? Hätte ich die 1500 Franken unter meinem Kopfkissen versteckt? Hätte ich davon eine Tasche von Felisi gekauft, die für 1200 Franken, und mit den restlichen 300 Franken hätte ich meine Frau aus lauter schlechtem Gewissen ins Sala of Tokyo eingeladen? Oder ins Josef? Oder ins Giglio? Oder hätte ich Pizza kommen lassen? Was hätte ich mit den restlichen schätzungsweise 265 Franken gemacht? Hätte ich ein Buch gekauft? Wenn ja: welches? Und was hätte ich mit den schätzungsweise übrig bleibenden 225 Franken angefangen? Hätte ich meine Handyrechnung bezahlt? Und mit den 86 Franken, die ich dann noch hätte? Hätte ich eine VBZ-Tageskarte gezogen und wäre mit dem 9er zum Paradeplatz gefahren, hätte dann dort ein Sprüngli-Sandwich bestellt? Wie viel hätte ich dann noch im Sack? 75 Franken? Hätte ich mir im Jelmoli eine Portion Sushi geholt, die für 29.50 Franken, obwohl im neuen «Saldo» die Sushi vom Jelmoli Zürich beim grossen Sushitest an drittletzter Stelle rangieren, noch knapp mit «genügend» bewertet? 45.50 Franken? Was macht man damit? Rentiert es, die 45.50 Franken auf die Bank zu bringen? Die Bank, die bei mir Post heisst? Oder einfach ins Portemonnaie wandern lassen und warten, bis sie weg sind? Zum Kiosk? Zehnermocken kaufen? Heissen die Zehnermocken überhaupt noch Zehnermocken? Ein paar Heftli? Eine kluge Zeitung, die man dann ungelesen unterm Arm spazieren führt? Auf die Karte für den Kaffeeautomaten laden? Ins Laserzone? Ein paar Früchte im Coop kaufen? Zum Beispiel Bananen? Ich war irgendwie ganz schön froh, dass die Cablecom keine Brusttäferung von Zimmern mag. Ein Dilemma weniger. Eines, immerhin.

058 Achtung, Achtung! Bitte unbedingt weiterlesen! Es handelt sich hier um eine wichtige Mitteilung! Unter Ziffer 049 erklärte ich, ich hätte in einem Ladenlokal eine DVD mit einem Film mit dem Titel «Déjà-Vu» gekauft. Nun möchte ich dringend darauf hinweisen, dass der Umstand, dass ich diese DVD gekauft habe, NICHT gleichzusetzen ist mit einer Empfehlung dieser DVD zum Kauf. Ich hatte in der Zwischenzeit die Zeit, diese DVD zu konsumieren, und ich möchte mit Nachdruck festhalten: Finger weg! Meiden Sie dieses Machwerk, es beleidigt Ihre Intelligenz (und falls nicht, dann… äh…). Ein Film ist wie eine Flasche Wein: Hat er Korken, merkt man es sofort. So war es auch bei «Déjà-Vu». In der Eröffnungsszene wird (ähnlich wie beim dritten Teil

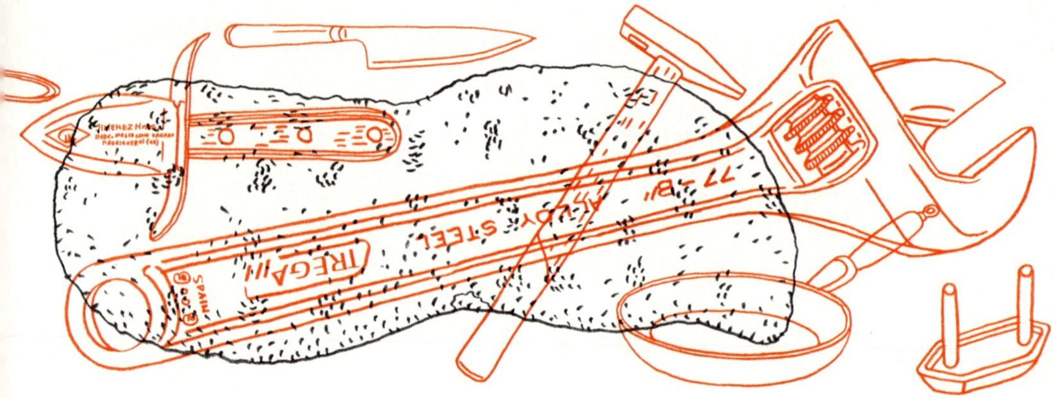

der «Die Hard»-Tetralogie) einer – diese abschliessende – gewaltigen Bombenexplosion mit vielen zivilen Opfern ein Idyll vorangestellt, welches den Impact der Explosion drastisch erhöhen soll.

Ist es in «Die Hard» eine rein urbane Sommeridylle (unterlegt mit dem Song «Summer in the City» von The Lovin Spoonful), so schenkt uns Regisseur Tony Scott in «Déjà-Vu» Bilder von ausgelassen lachenden Kindern, fröhlichen Marinesoldaten in blütenweissen Ausgehuniformen, Familien wie aus der Hypothekarkreditwerbung, noch mehr Kindern mit Puppen in den Händen, viel Slow-Motion, Blicke in tiefglückliche Gesichter: Gefühle wie Mayonnaise, Crème-double-Emotionen. Dann die Explosion. BUMMMMM! Eine Autobombe zerfetzt eine Fähre und mit ihr fünfhundert Menschen, oder auch mehr. Ich hätte den Film sofort stoppen sollen. Aber manchmal denkt man, hey, vielleicht wirds ja noch cool. Wie so oft denkt man falsch. Der Film wird immer schlimmer, die Story hanebüchener.

Nach zwölf Minuten war es dann endlich soweit, dass ich den DVD-Player abstellte, zur Hausbar schlenderte und die Miniatur-Kanone mit den Holzspeichenrädern rausholte, die statt einem Kanonenrohr eine Flasche Cognac birgt. Zwei Fingerbreit später war ich noch immer traurig über die Welt, die so schlechte Filme hervorbringt, und die Menschen, die sie machen und die, die sie kaufen.

059 Auf einer Party traf ich eine angetrunkene Buchhändlerin, die zusammen mit ihren Freundinnen da war, alle ebenfalls ein bisschen angetrunkene Buchhändlerinnen. Natürlich sah ich ihnen nicht an, dass sie Buchhändlerinnen waren. Sie trugen auch keine T-Shirt, auf denen «Buchhändlerin» stand, oder «AMAZON.DE – NEIN DANKE», oder «Ich bin auch ein Schafskrimi». Sie sprach mich an und sagte mir, dass sie Buchhändlerin sei und ihre Freundinnen ebenfalls. Sie sagte es in einem alkoholbedingt unterschwellig drohenden Tonfall, der nach Randale roch.

Die Wortführerin sagte, sie habe mir schon lange ein Foto senden wollen, als Beweis! «Beweis wofür?» – «Dafür, dass Buchhändlerinnen auch lustig sein können», sagte sie, und kippte ihr Glas Weisswein. Zuerst begriff ich nicht, doch dann erinnerte ich mich. Einst schrieb ich in einem Artikel, dass man keine Buchhändlerinnen kennenlernen kann, weil die nie ausgehen, sondern zu Hause hocken und Tee trinken und Hera Lind lesen oder Henning Mankell oder etwas aus dem Ladenregal, auf dem «Freche Frauen» steht. Ja, so was in diese Richtung schrieb ich einst. Es ist lange her. Die Frau musste ein verdammt gutes Gedächtnis haben.

Nun wusste ich nicht, was genau für Fotos die Buchhändlerin mir zusenden wollte, die beweisen würden, dass auch Buchhändlerinnen lustig sein können. Ich konnte sie mir nicht einmal vorstellen – gern gesehen hätte ich sie aber allemal. Auch wusste ich nicht, ob das wirklich etwas miteinander zu tun hat: ausgehen und lustig sein. Ich ging ja auch aus, lustig aber war ich nicht. Was ich wusste, als die angetrunkene Buchhändlerin fast hinfiel, weil ihrem rechten Fuss ihr linker Fuss im Weg war, ein bisschen wie dem Schuhschnabelstorch im Zoo, der auch immer auf seinen eigenen Füssen steht: Sollte ich je einen Roman schreiben, würde ich ihn «Die Buchhändlerin» nennen. Ein Hammername für einen Roman. Ein Erfolgsgarantiename. Und die Fortsetzung: «Die Rückkehr der Buchhändlerin». Oder «Das Echo der Buchhändlerin»? Oder «Die Buchhändlerin 2: Jetzt wird aufgeklappt»? Oder «Die Buchhändlerin und die kalte Hand im Dunkel des Wühltisches»?

059.1 Am nächsten Tag ging ich in eine ernsthaft grosse Buchhandlung. Ich schaute mich um, ob ich eine aus der fröhlichen Buchhändlerinnen-Gang hinter einem Informations-Terminal oder der Kasse erkannte. Dem war aber nicht so. Entweder arbeitete keine von ihnen in dieser Buchhandlung, oder aber sie hatte sich krankheitshalber abgemeldet (und kotzte sich den Party-Kater aus dem Leib, kroch zurück unter die Bettdecke und schlug jammernd den neuen Hera-Lind-Roman auf). Ich ging aber nicht der Frauen wegen in die Buchhandlung, sondern weil ich Bücher kaufen wollte. Freund F1 hatte Geburtstag. Ich wollte ihm etwas Gutes tun und zehn Bücher schenken, die wirklich, wirklich gut sind. Oder acht. Oder sechs. Nun ist das eine ziemlich schwierige Aufgabe, zehn oder acht oder sechs gute Bücher zu finden. Vor allem spontan wollen die einem kaum in den Sinn kommen. Also hatte ich einen Zettel in der Tasche mit den Titeln drauf, die ich mir in meiner privaten Handbibliothek notiert hatte. Darunter die üblichen Verdächtigen: Denis Johnson («Schon tot»). Mordecai Richler («Wie Barney es sieht»). Steve Tesich («Abspann»). Doch: Keines der Bücher war vorrätig. Dabei war es eine wirklich, wirklich grosse Buchhandlung mit Büchertischen, die aussahen wie Modelle von Hochhaussiedlungen. Es stapelten sich aber nicht Meisterwerke, sondern gebundener und geleimter Gegenwartsschrott. Enttäuscht stapfte ich davon.

Beim Rausgehen dachte ich, der Buchladen könnte ein Werbebanner aufspannen: ICH BIN AUCH EINE MÜLLHALDE. An einem Bratwurststand holte ich mir eine schwarz gegrillte Krümmung aus Brät. Ich tunkte sie in so viel scharfen Senf, dass mir das Wasser in die Augen schoss, als ich in die Wurst biss. Wer schreibt all diese schlechten Bücher, dachte ich? Wer liest sie? Und wer soll die guten schreiben? Wer? Tesich ist tot. Richler ist tot. Johnson geht es sicher auch nicht so gut (hatte ich jedenfalls den Eindruck, nachdem ich sein fiasköses «Fiskadoro» gelesen hatte). Und dann dachte ich, dass der Senf verdammt scharf war, und meine Nase fing an zu laufen. Ich schniefte.

060 Heute las ich einen Satz. EIN MANN MIT GEWAGTEM HEMD SITZT GEHEMMT IM WAGEN. Ich fand den Satz sehr schön. Dann sah ich, dass ich ihn geschrieben hatte. Der Satz stand in meinem Notizbuch. Ei - da gefiel er mir gleich noch besser.

061 Vierzehn Themen, die nie, nie, nie, nie, nie, nie, nie, nie, nie, nie Themen von Kolumnen sein dürfen (aus Gründen totaler Abgelutschtheit) – und die nie ein Bestandteil einer meiner Kolumnen werden zu lassen ich mich verpflichtet habe bei der obersten Instanz des schweizerischen Kolumnistenverbandes: Paris Hilton; die «Wie schreibe ich eine Kolumne?»-Frage; schnarchende Frauen; schnarchende Frauen, denen lange Haare aus der Nase wachsen; Sonnenbrillen; kultige In-Places; meckern über den Umstand, dass gewisse Dinge zu teuer sind, etwa die Bratwurst am Stand mit dem scharfen Senf; das Lokal in Zürich, das früher Helvetia hiess, heute aber anders, in dem man für 14 Franken Kartoffelsuppe zum Mittagessen bekommt und man auf von Coca-Cola gesponserten Stühlen sitzen und aus von Coca-Cola gesponserten Tellern essen muss und am Neben-

tisch im Nichtraucherteil der Chef des Lokals sitzt und raucht; die «Darf man im Sommer im Büro kurze Hosen tragen?»-Debatte, eventuell kombiniert mit der «Flip-Flop»-Debatte; miese Sendungen auf SF 1; miese Sendungen auf SF 2; Philosophisches über Turnschuhe beziehungsweise Sneakers; Chris von Rohr.

061.1 Was Paris Hilton heute wohl macht? Gerade jetzt, in diesem Moment? Ruft sie Chris von Rohr an und referiert, ob man mit kurzen Hosen und Flip-Flops ins Büro darf? Ich glaube allerdings nicht, dass Paris Hilton weiss, was ein Büro ist. Ich hingegen schon. Ich weiss ziemlich genau, was ein Büro ist. Ich sitze nämlich dort. Jetzt, in diesem Moment, auf einem traurigen Stuhl mit fünf Rollen, und denke daran, wie Paris Hilton ein Eis isst. Sie muss ein bisschen vom unteren Ende des Lutschers schlecken, sonst tropft das schmelzende Zeugs auf ihr feines Handgelenk. Oder sitzt sie auf dem Rand der Badewanne (mit Jacuzzifunktion) und überlegt, ob sie die goldene, einem langschnabligen Schreitvogel nachempfundene Nagelschere in ihrer Hand einfach mal in ihren Unterarm rammen soll?

062 Ferien. Ein schönes Wort. Ferien klingt nach Farben und Gerüchen und einer Zeit, die langsamer läuft. Vor allem theoretisch. Die Wörter theoretisch und Ferien sind nahe Verwandte. Oft tauchen sie zusammen auf. Oft halten sie Händchen, nicht selten sind sie eng umschlungen.

062.1 Theoretisch bin ich in den Ferien. Jetzt. In diesem Moment. Ich sitze in einem Häuschen in den Bergen im Süden der Schweiz, die Sonne scheint, während, ich weiss es, über Zürich Regen niedergeht. Ich habe in der Zeitung gelesen, dass es in Zürich regnet. Ich fühle jedoch keine Spur von Schadenfreude. Warum auch? Ich bin ja in den Ferien. Theoretisch.

062.2 Bevor ich in den Ferien ankam, als ich noch unterwegs war, da waren sie schon hier. Oh ja. Sie warteten auf mich. Als ich ankam, kamen sie, um mich zu begrüssen. Sie flogen wild herum, als freuten sie sich, flogen irre Manöver, als seien sie kleine, von wahnwitzigen Piloten gesteuerte Flugzeuge in einem alten Schinken von Howard Hughes, dann setzten sie sich auf mich. Fliegen. Ich verscheuchte sie. Sie flogen davon. Und sie kamen zurück. Ich verscheuchte sie. Sie sassen auf meiner Stirn. Sie sassen auf meiner Nase. Ich schüttelte mich. Sie flogen davon. Sie kamen zurück. Hätte mich jemand beobachtet, er glaubte, ich hätte einen Tic. Einen gehörigen Tic.

062.3 Tic ist ein schönes Wort. Und Tic steht im Duden. Im Scrabble bringt Tic sechs Punkte. Das ist nicht sonderlich viel, aber erstens wird man das blöde C los, und zweitens kann man ein K anhängen. Tick. Zehn Punkte. Dann kann man ein E anhängen. Ticke. Elf Punkte. Dann ein N. Ticken. Zwölf Punkte. Dann ein D. Tickend. 13 Punkte. Dann noch ein E. Tickende. 14 Punkte. Dann ein R. Tickender. 15 Punkte. Wenn man den Tic gehörig melkt, dann holt man also 81 Punkte aus ihm raus. Manchmal lohnt es sich also doch, einen Tic zu haben.

062.4 Theoretisch bin ich in den Ferien, praktisch aber bin ich am Arbeiten. Denn diese Kolumne hier muss ja geschrieben werden. Ein Kolumnist hat niemals Ferien. Ich sitze am Computer und ich arbeite. Und das in den Ferien. Es ist nicht einfach. Ganz und gar nicht einfach. Ich tippe Buchstaben um Buchstaben – und es ist, als müsste ich jeden einzeln aus einem Steinbruch im benachbarten Calancatal herausschlagen und über den hohen Pass ins Misox schleppen. Und dann die Fliegen! Die Fliegen, sie machen mich wahnsinnig. Absolut wahnsinnig.

062.5 Entnervt ging ich ins Dorflädeli. Dorflädeli ist auch ein schönes Wort, aber im Duden steht es nicht. Viele schöne Wörter stehen im Duden nicht drin. Zum Beispiel Alpschermen. Ich habe nachgeschaut. Ich sah das Wort auf dem Umschlag eines

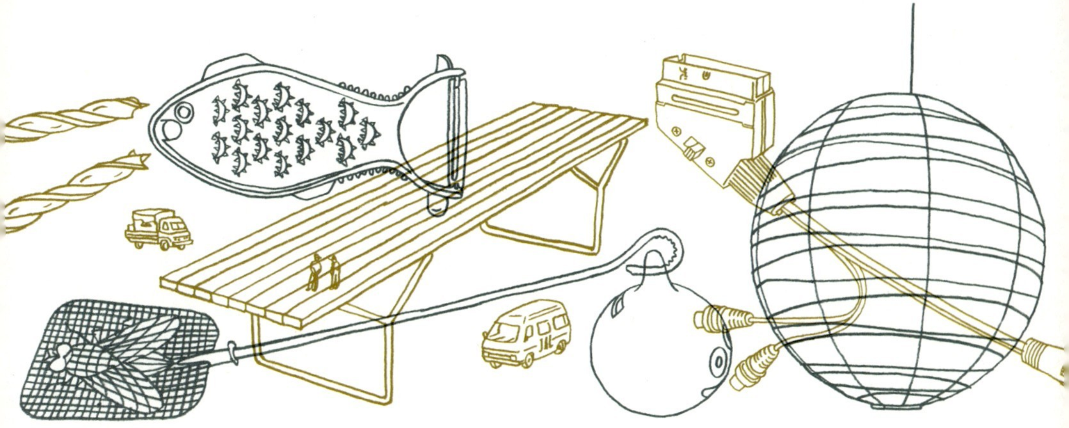

Buches. Alpschermen. Es gefiel mir sofort. Aber eben: Im Duden steht es nicht. Im Duden kommt dafür nach dem Älpler der Alptraum und dann auch schon die al-Qaida, gefolgt vom Alraun, einer «menschenähnlich aussehenden Zauberwurzel». Im Dorflädeli stand ich wie ein abgenudelter Alraun und raunte, ich bräuchte Fliegenklatschen, mehrere, am besten alle, absolut alle, die sie hatten und einlagerten und überhaupt bekommen und beschaffen könnten innert nützlicher Frist.

062.6 Zu Hause folgte ein kleiner Völkermord. Die Klatsche schwang, und es klang durch das Haus: «Klatsch! Klatsch! Klatsch!». Ich musste die Fliegen mit Besen und Schaufel zusammenkehren, so reich war meine Beute. «Klatsch! Klatsch! Klatsch!». Es klang wie Applaus. Und es klang gerecht. Und es klang nach mehr. Viel mehr.

062.7 Ich wollte sichergehen, in den Ferien ein gutes Buch zu lesen. Also nahm ich den Duden mit, denn den Duden nehme ich überallhin mit, wo ich hingehe. Nicht ohne meinen Duden, lautet meine Devise. Plus Zahnbürste, Pass und Devisen, sollte es ins Ausland gehen. Und ich packte für diese Ferien einen Roman in meine Tasche: «Abspann» von Steve Tesich, welchen ich vor Jahren gelesen hatte und den nochmals zu lesen ich mich freute. In diesem Buch stehen ein paar gute Sätze über Bärte. Vor allem zwei gute Sätze über Bärte finden sich. Die Sätze stehen auf Seite 196, und sie kommen hintereinander, wie ein Lastwagen und sein Anhänger. «Alle Männer, die sich für ihr Aussehen schämen, lassen sich einen Bart stehen. Besonders dicke Männer.» Und die Sätze trafen mich auch - wie ein Lastwagen mit Anhänger. Als liefe ich geradewegs unter einen Lastwagen mit Anhänger, der keine Anstalten machte zu bremsen – und auch nicht anhielt, als er über mich hinweggerollt war. Ich hatte das Buch gar nicht so böse in Erinnerung. Diesen beiden Sätzen, so dachte ich, mussten die Bremsen versagt haben. Ich ging ins Badezimmer und sah mich im Spiegel an. Langsam wurde ich zu alt für einen Bart. Oder war ich schon zu alt, um ihn abzurasieren? Und dann dachte ich, dass alles nicht so schlimm sei. Noch nicht. Und weil ich schon im Badezimmer war, setzte ich mich auf die Toilette, obwohl ich eigentlich nicht auf die Toilette gemusst hätte. Aber mir war gerade nach Sitzen. Und kostet ja nichts, ein bisschen auf der Toilette zu sitzen. Bloss spülen tat ich nicht. Aus Gründen des Umweltschutzes.

062.8 Einen Duden mit in die Ferien zu nehmen vergegenwärtigt mir auch immer wieder, dass ich kein Single bin, sondern eine Beziehung habe mit einer (zum Glück mit mir) verheirateten Frau, und diese Beziehung gewisse Verantwortlichkeiten mit sich bringt, vor allem, wenn man in die Ferien fährt, denn es gibt keine schwierigere Zeit für

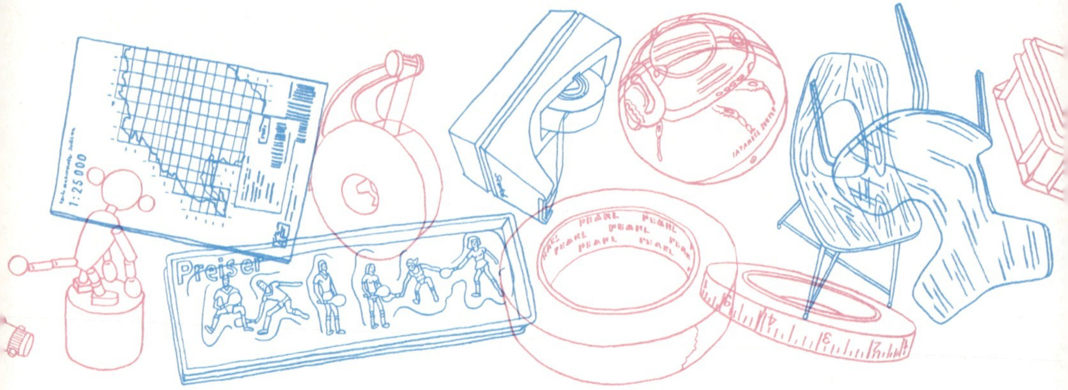

eine Beziehung als jene namens Ferien. Wenn ich den Duden einpacke, dann schaut meine Frau. Sie sagt nichts, aber ihr Blick tut es. Ihr Blick ist eine Frage, die sie sich selber stellt. Die Frage geht darum: Entweder bedeutet das Packen des Dudens, dass er Arbeit mit in die Ferien nimmt, was niemand gutheissen kann – oder aber, er ist total plemplem geworden. Dann sagt sie doch etwas. Sie sagt: «Arbeit?» «Nein.», sage ich, «Scrabble.» Wenn jemand des Scrabbles wegen den Duden mit in die Ferien nimmt, dann kann man davon ausgehen, dass er gerne Scrabble spielt.

Ich auf eden Fall spiele gerne Scrabble. Ich träume davon, in einer Profiliga zu spielen. Wenn die Welt so wäre, wie ich sie mir denke, dann wäre ich Captain der Tamedia Scrabble-Werksmannschaft. Aber die Welt ist nicht so, wie ich sie mir denke. Sie ist anders. Aber sie ist nicht schlecht. Es ist eine Welt, in der meine Frau dann sagt: «Okay. Du kannst den Duden ruhig mitnehmen, um Scrabble zu spielen. Solange ich nicht mir dir spielen muss.»

062.9 Was ich damals noch nicht wissen konnte: In den Ferien würde ich online Blanca schlagen. Ein grosser Sieg. Immerhin ist Blanca Seriengewinnerin der offenen deutschen Meisterschaften, die alljährlich auf Rügen ausgetragen werden. Ich würde sie knapp schlagen. Aber ich würde sie schlagen. Hätte ich das damals schon gewusst, ich hätte gelächelt. Aber ich lächelte ja sowieso schon. Denn ich fuhr in die Ferien. Mit Kind, Frau und Duden.

062.10 Ich verharre still und schaue auf meinen Computer. Neun Fliegen tummeln sich auf dem Gerät. Ich habe sie gezählt. Mehr von den Nervinsekten untersuchen meine Hautoberfläche. Sie scheinen mich zu mögen. Sie lecken mich ab. Ich scheine ihnen zu schmecken. Ich schreibe weiter. Sie fliegen nicht davon.

062.11 Einen Tag bevor ich in die Ferien fuhr, sagte ich zu einem meiner Chefs: «He Chef, was soll ich tun? Ich fahre in die Ferien, was wird mit meiner Kolumne? Wer schreibt meine Kolumne, wenn ich nicht da bin?» Ich war einigermassen stolz auf den letzten Satz, denn «wer schreibt meine Kolumne, wenn ich nicht da bin?» klang verdammt wie eine Fischli-Weiss-Frage. Mein Chef sah mich an, als sei ich geistesgestört. Er sagte: «Ich habe viel zu tun.» Dann ging er davon, eine Mappe unter dem Arm. Als er verschwunden war hinter der Ecke, wo der Fotokopierer steht, rief ich: «Ich hätte auf der Bank bleiben sollen, ich Idiot! Ich könnte jetzt schon Chefkassierer sein! Oder wenigstens sein Stellvertreter. Und ich hätte dort auch den vollen Teuerungsausgleich.» Bevor ich Journalist wurde, arbeitete ich tatsächlich bei einer Bank. In Liestal. Bei der SBG, als sie noch SBG hiess. Das ist lange her. Mein Vater pflegte mich nach der Änderung meiner beruflichen Laufbahn (Laufbahn ist ja ein schönes Wort, aber nicht wirklich korrekt in diesem Zusammenhang – Geherstrecke wäre angebrachter), ob ich nicht besser gefahren wäre, wäre ich bei der Bank geblieben. Er fragte mich dies bei jedem Besuch. Ich verneinte jedes Mal. Sollte er es mich beim nächsten Besuch nochmals fragen, ich wüsste nicht, was ich antworten würde. Darüber dachte ich nach, als ich zum Kopierer ging, um eine Kopie meiner Hand zu machen, um später im Büro meine Lebenslinie zu studieren. Das Licht schoss grell unter dem Kopiererdeckel hervor, unter dem meine Hand lag. Grell und schnell, wie ein Blitz. Früher, dachte ich, waren die Kopierer viel langsamer. Alles, dachte ich, geht voran. Alles. Alles.

062.12 Natürlich wusste ich, dass meine Chefs wussten, dass ich nirgendwo in die Ferien verreisen würde, wo es keinen Computeranschluss innert nützlicher Distanz gäbe, denn ich würde kaum drei Wochen auf meine Online-Scrabble-Partien verzichten. Und wo es einen Computeranschluss gibt, dort gibt es meist auch einen Computer. Und wo ein Computer steht, dort kann man auch arbeiten. Und wo man arbeiten kann, dort arbeite ich dann. Dann ist: jetzt.

062.13 Nur mit dem Verleger spiele ich während der Ferien nicht online Scrabble, denn er weilt in der computerfreien Toskana. Ich sende ihm meinen Spielzug mit der Post, worauf er seinen mir mit der Post eröffnet. Diese Form des Spiels erinnert an eine ferne Zeit, als Männer noch Hüte trugen und sich in Raucherzimmern trafen und es noch keine Computer gab (und als man noch Schach statt Scrabble spielte). Diese Form des Spiels erinnert auch an eine Zeit, als man noch kein Handy hatte. Das war eine schöne Zeit. Manchmal versuche ich mich zu erinnern, wie mein Leben vor dem Handy war. Ich weiss noch (nein, ich weiss es nicht, ich ahne es bloss), dass ich das Handy ablehnte, als es aufkam, und dass der erste Handybenutzer in meinem Freundeskreis Fonzi war. Damals sagte man zum Handy noch Natel. Handy war damals nichts anderes als ein Geschirrspülmittel von der Migros. Die Rechnungen für die damals noch diszipliniert kurz gehaltenen Natelgespräche waren astronomisch, die Geräte gross und klobig wie kleine Kühlschränke. Es ging lange, bis ich mir mein erstes Handy zulegte. Es kommt mir vor, als wäre es tausend Jahre her. Dank der Effizienz der Postbetriebe kommen mein in einem Weiler in der Toskana weilender Verleger und ich während der ganzen Ferienzeit auf ziemlich genau einen Zug. Pro Person immerhin.

062.14 In dem Häuschen, wo ich Ferien mache, theoretisch, gibt es nicht nur einen Computer-, sondern auch einen Fernsehanschluss. Eines Nachts um kurz vor zehn Uhr beging ich den Fehler, die Kiste einzuschalten. Eine Nachrichtensendung lief. Eine Schwangere kündigte einen packenden Bericht an. Der Fernsehempfang in diesem Häuschen war so schlecht, dass die Schwangere keine Pupillen zu haben schien. Nur Löcher mit Weiss. Wie in einem Horrorfilm. Im Bericht ging es auch um Horror, genauer um Schnecken. Denn: Noch nie gab es so viele Schnecken wie dieses Jahr. Salatzüchter jammerten. Schneckengiftverkäufer lächelten. Schnecken! Wen interessieren Schnecken! Die sollten lieber was über die Fliegen bringen! Fliegen waren das Thema, nicht Schnecken. Dann folgte ein anderer Bericht. Die Fenchelpreise um 10 Prozent gestiegen. Verdammt! Unglaublich! Diese News! Die Fenchelpreise! 10 Prozent!

Ich schaltete die Kiste ab und machte einen Spaziergang zur Kirche des Dorfes, wo, ich wusste es, die Skorpione sich abends versammeln, um im Scheinwerferlicht zu jagen. Ich wollte mit den Skorpionen sprechen. Ich wollte ihnen die Fliegen schmackhaft machen. Die Fliegen im Häuschen. Dann, ich kam bei der Kirche an, sie lag hell erleuchtet in totaler Nacht, schlug die Glocke. Einmal nur, aber fest und nachhallend. Die Schwangere ohne Augen kam mir in den Sinn, und es fröstelte mich.

062.15 Das Einschalten des Fernsehers war natürlich ein Fehler. Die Wiederaufnahme einer schlechten Angewohnheit, die man eigentlich abgestellt hatte. Eine Sache, die man als erledigt betrachtete. Wie der Griff in eine Tüte Pommes-Chips, obwohl man sich geschworen hat, keine Chips mehr zu essen, weil man ja weiss, dass einem danach schlecht ist. Dass man sich danach nicht gut fühlt. Oder dass man sich einfach besser fühlt, wenn man es nicht macht. Es würde wohl noch öfters passieren. Das wusste ich. Und dann kam mir in den Sinn, dass ich in der Küche in einem Schrank ganz hinten eine Tüte Chips gesehen hatte. Eine grosse Tüte Chips mit dem Aroma von Paprika. Paprika ist auch ein schönes Wort. Schade, gibt es beim Scrabble nur einmal den Buchstaben P.

063 Nicht das einzige Problem, welches dem Konzept ‚Ferien' innewohnt, aber wohl jenes, welchem zu begegnen am Allerschwierigsten ist: das Ende. Am Ende der Ferien packt man mehr oder weniger bestimmt seine Sachen, macht sich auf den Weg und zieht beschwingt ein Wägelchen hinter sich her. Das Wägelchen ist hoch beladen mit Kisten, auf denen ‚GUTE LAUNE' steht und ‚ENERGIE (ICH MÖCHTE JEDEN MORGEN UM SECHS UHR AUFSTEHEN)', ‚MOTIVATION (ICH KANN ES, ICH WILL ES)' und ‚TAUSEND UND NOCHMALS TAUSEND IDEEN FÜR TOLLE GESCHICHTEN'. Zu Hause angekommen, ist das Wägelchen leer. Oje. All die Kisten sind irgendwo runtergefallen und -gepurzelt auf dem Weg von dort nach hier, ohne dass man es gemerkt hat.

063.1 Nach den Ferien kommt der Montag nach den Ferien. Am Montag nach den Ferien wartet das Büro, am frühen Morgen, still verschluckt es mich. Nur der Bürostuhl ächzt, als ich mich setze. Ich tue es ihm gleich. Im Büro wartet die Post. Nicht viel gekommen in den drei Wochen. Fast ein bisschen enttäuscht, verteile ich die Briefe auf zwei Stapel. Ich lasse mir viel Zeit dabei. Stapel eins: Müll, der in den Papierkorb wandert. Stapel zwei: handschriftlich adressierte Briefe. Das ist der gefährliche Haufen. Meistens sieht man es der Schrift schon an, wie schlimm der Inhalt der Couverts sein wird. Ich erhielte gern Liebeserklärungen. Aber heute gibt es nur Hass und ein paar Beleidigungen. Ich sehe es der Schrift an. Die Krankheiten der Köpfe scheinen hinabzuwandern, durch die Arme zu strömen und aus den Fingern in die Tinte der Kugelschreiber zu fliessen und dann auf das Papier. Die Tatwaffen sind immer Kugelschreiber, niemals Füller.

Neu ist an diesem Montag nach den Ferien die Feststellung, dass jemand seine Botschaft gleich hinten aufs Couvert geschrieben hat (gar mit Bleistift, ebenfalls ein Novum). ‚Herr Küng: tragisch, wenn die totale Schreib-Vertrottelung eintritt. Und gewaltsam originell: das ist schon traurig-peinlich.' Ich öffne das Schreiben. Eine herausgerissene Seite aus dem ‚Magazin'. Mit Büroklammer dazugeheftet ein kariertes Papier, A6, grob aus einem Ringbuch gerissen. Geschrieben mit Kugelschreiber und viel Druck: ‚An M. Küng: sende Ihnen Ihren Artikel aus dem ‚Magazin' zurück. Ist die totale Doofheit über Sie gekommen? Einen blöderen Beitrag wie ‚053 bis 057' noch nie gelesen. Eine leere weisse Seite wäre geradezu ein Genuss. Wenig Grüsse. Alex Ruckstuhl 8212 Neuhausen a. Rhf.'

Ich bin versucht, sofort zurückzuschreiben. Leserbriefe sollte man beantworten. Das verlangt die Höflichkeit. Ich probiere diverse Formulierungen aus. Probiere sie wie ein Paar Schuhe. Ob sie passen. Tun sie weh? Drücken sie? „Lieber Herr Druckstuhl aus Entenhausen am Reinfall..." Nein, denke ich, mit Namen spielt man nicht. Herr Ruckstuhl kann nichts dafür, dass er Ruckstuhl heisst. Und irgendwie ist Ruckstuhl ja auch noch ein schöner Name. Zum Beispiel für einen Möbelhändler. Aber ich weiss nicht, ob dieser Herr Ruckstuhl ein Möbelhändler ist. Ich bezweifle es. Ich tippe auf Rentner. Rentner haben Zeit, solche Briefe zu schreiben. Aufgrund der Schrift tippe ich auf einen 71-Jährigen, der gern Hosenträger trägt und ehrenamtlich als Pilzkontrolleur tätig

ist (und die schönsten Exemplare für sich behält, den Leuten sagt, sie seien giftig, und sie abends mit einem nicht zu breiten Lächeln verspeist, gebraten, alleine, in der Küche, im Hintergrund DRS 1, ‚Echo der Zeit', ein Beitrag zum Tod des pakistanischen Hasspredigers Ghazi). Oder sollte ich einen netten Brief zurückschreiben? „Lieber Herr Ruckstuhl. Vielen Dank für Ihr Feedback. Ihr Schreiben ist mir wichtig. Ich nehme mir Ihre Worte zu Herzen. Gern würde ich Sie zu einem Käffeli treffen und mit Ihnen besprechen, wie ich mich verbessern kann...“

Ich mache dann, was man machen sollte in einem solchen Fall: Ich zerknülle das Schreiben und werfe es in einem eleganten Bogen in den Papierkorb. Der Papierkorb schluckt die kranke Nahrung, ohne einen Mucks zu machen. Ei, der muss einen Magen haben, denke ich. Als ich mich zurücklehne, knarrt der Bürostuhl zustimmend.

063.2 Ich wende mich dem Fenster zu. Dazu sind Fenster da, dass man sich ihnen zuwenden kann, wenn einem langweilig zu werden droht. Bevor die innere Leere sich auch nur räuspern kann, wendet man sich der äusseren Leere zu. Ein Blick aus dem Bürofenster kann heilsam sein. Die Aussicht ist eigentlich nicht besonders grossartig. Vom Erdgeschoss geht der Blick durch Doppelglas und flach gestellte Sonnenstoren. Ein Trottoir, Parkplätze, eine zweispurige Einbahnstrasse, dann nochmals Trottoir, ein grünes Bord, ein Fluss, den ich nicht sehe, dahinter, schon in einer gewissen Distanz, wieder eine Strasse, doppelspurige Einbahn, diesmal aber in die andere Richtung führend, dahinter ein hässliches Gebäude, von dessen Dach, das kein Dach ist, sondern einfach nur flach, eine lange rotweisse Fahne herunterhängt, schlaff und schwer vom Regen, der seit dem frühen Morgen fällt.

Jetzt parkiert ein silberner Porsche Cabriolet vor meinem Fenster. Eben hielt er an. Ein 911er neuerer Bauart. Wie Schmuck sammelten sich glänzende Regentropfen auf dem schwarzen wasserabstossenden Stoffverdeck. Saure Perlen, die nichts kosten. Eine Frau sitzt im Auto. Sie telefoniert und kaut Kaugummi. Sie redet sehr eindringlich. So kaut sie auch. Sie öffnet den Mund beim Kauen. Mit der rechten Hand hält sie das Handy. Mit der linken Hand gestikuliert sie. Ihre langen blonden Haare werden von einem Tuch gehalten, einem hellen Tuch, das geknotet ist. Sie senkt den Kopf etwas. Es wirkt, als hätte sie ihre Augen geschlossen, beinahe, nicht ganz. Aber es ist nur ein genauer Blick. Ein verengter Blick. Sie starrt ihre linke Hand an. Mit dem Nagel des Daumens kratzt sie am Nagel des Zeigefingers. Sie macht das eine ganze Weile. Das Telefonat dauert. Sie hebt den Kopf und schaut geradeaus. Eine Weile sagt sie nichts. Sie nickt nicht, sie regt sich nicht. Sie könnte schlafen, aber sie telefoniert. Dann wieder ein Blick auf ihren abgespreizten Zeigefin-

ger. Sie führt den Finger zum Mund. Kaut etwas weg. Ein Stück Nagel. Ein Häutchen. Der Regen tropft auf ihr Dach. Er ist schwach geworden. Die Frau wirkt klein in ihrem Sportwagen. Sie muss sehr klein sein, denn schon der Porsche ist es. Und sie scheint immer kleiner zu werden. Wieder gestikuliert sie. Redet eindringlich. Jemand scheint etwas nicht zu begreifen. Sie hat eine gute Bräune und Perlenohrstecker. Sie wechselt das Ohr. Kaut Kaugummi. Redet. Schweigt. Redet. Schweigt. Plötzlich telefoniert sie nicht mehr. Sie hantiert herum, greift etwas vom Nebensitz, setzt eine dünnrandige Brille auf, mit der sie viel älter wirkt als eben noch. Ein Regentropfen auf dem Heck, wie lange mag er ausgeharrt haben, verliert gegen die Schwerkraft und rinnt über die glatte Hälfte des Porsches herunter, schnell, als müssten Regentropfen auf einem Sportwagen schneller rinnen, und reisst andere Tropfen mit sich in die Tiefe. Sie sitzt noch eine Weile in ihrem Wagen. Sie schaut in ihren Schoss. Schreibt wohl ein SMS.

Ich stehe auf und spaziere zum Pausenräumchen. Kein schöner Spaziergang. 87 Schritte. Im Pausenräumchen rauchen zwei Arbeiter. Die Luft ist dick. Ich halte den Atem an. Bald, so denke ich, wird damit auch Schluss sein. Bald wird es keine rauchenden Arbeiter mehr in Pausenräumchen geben. Aus dem Selecta-Automaten hole ich mir aus Schacht vier einen Yogi-Drink mit Mokkaaroma. Schnell verlasse ich das Pausenräumchen wieder. Ich stosse das dünne, spitze Röhrchen durch den Aludeckel, wie ich es schon als Kind getan hatte, und versuche wie immer mit Schwung den i-Punkt von Yogi zu treffen. Fast hätte ich es geschafft. Am Yogi-Drink nuckelnd, schlurfe ich zurück in mein Büro und zähle die Schritte. Zurück sind es gar 91 Schritte. Das kühle Getränk langsam in mich saugend, sehe ich wieder aus dem Fenster. Der Porsche ist verschwunden, und der Regen ist wieder stärker geworden.

064 Als würde das Blut in meinen Adern dicker. Wie bei einem gedopten Veloprofi, der mitten in der Nacht aufwacht. Als sei es gar kein Blut, sondern ein zäh fliessender Brei, schweres Blei, erkaltendes Magma. Ich fühle mich müde, beinahe ohnmächtig. Mein Hirn wie stockendes Eiweiss. Aber an diesem Morgen gibt es kein Zurück, das weiss ich, kein Ausweichmanöver, keine Hintertür. Die Sache ist von langer Hand geplant (und noch härter ist die Hand, ich wusste es, deretwegen ich es überhaupt tat, die den nötigen Leidensdruck erzeugen konnte). Höchstens ein akuter Bandscheibenvorfall oder ein auf das Haus fallender Meteorit von noch nie da gewesener Grösse konnte die Aktion noch unterbinden. Ich ergebe mich der Aufgabe, gehe vom Bett direkt an den Stubentisch, setze mich und öffne die bereitstehende Schuhschachtel. «Pandora light», denke ich, und «am Boden der Schachtel klebt die Hoff-

nung, unter allem drunter haust sie». Und dann fange ich an mit der Unternehmung Steuererklärung 2006. Ich sortiere die Quittungen, die lange im Dunkel der Schuhschachtel lagen, wühle mich durch die Belege meines nicht zu fernen Lebens in der Vergangenheit. Ausgebleichte Kassenbons. Handgeschriebene Quittungen mit zerfransten Rändern. Bögen mit Listen von gewählten Telefonnummern, sinnlos detailliert. Dieses Wirrwarr zu ordnen, so kommt mir ein Gedanke, dieses zeitliche Arrangieren der Belege jener Dinge, die geschehen sind, dieser Fragmente der Trümmer des Alltags, ist wie eine Begegnung mit einem abstrakten Erinnerungsalbum. Und plötzlich finde ich so was wie Gefallen daran, die Steuererklärung auszufüllen. Das Gefallen ist nicht sehr gross. Wie ein Zwergpony: nicht gross, aber bequem zum Aufsteigen.

– Am 28. 1. 2006 fuhr ich mit dem Zug von Thusis nach Samedan. So steht es auf einer Quittung der SBB. Keine Ahnung, was ich in Thusis machte, geschweige denn in Samedan.

– Am 26. 2. 2006 kaufte ich für 20 Franken bei der Confiserie Sprüngli AG im Hauptbahnhof Zürich einen «Truffes Cake 4 Port». Ich weiss nicht mehr, mit wem ich ihn ass. Aber ich denke, er schmeckte. Und ich hoffe, ich ass ihn nicht alleine.

– Am 29. 3. 2006 kaufte ich am Bahnhofkiosk in 5070 Frick für 1.80 Franken den «Blick» und für 3.40 Franken einen halben Liter Valser. Ich erinnere mich. Ich war zu Fuss unterwegs von Zürich nach Basel. In Frick nächtigte ich in einem Hotel, dessen Namen ich vergessen habe, jedoch nicht die Löcher im Laken und dass ich in meinem Zimmer sass und mir eine Blase am Fuss aufstach und es spritzte. Ich erinnere mich an ein Abendessen in Frick, Cordon bleu, Pommes frites, und eine deprimierende Unterhaltung am Nebentisch, die mitzuhören ich gezwungen war mit summenden Füssen unter dem Tisch. Ich beschrieb diesen Abend in einem am 14. April 2006 im «Magazin» erschienenen Artikel über die Wanderung, die ein Osterspaziergang war. «Zum Nachtessen ging ich in die Wirtsstube. Sie war recht einfach. Auf dem Tisch stand eine Menage, einer Sonne gleich in der Mitte das Aromatdöschen, die Planeten: bunte Ostereier. Am Nebentisch sassen zwei Kerle, Mitte dreissig. Der eine trug Halbglatze, das Resthaar zu einem dünnen Zopf zusammengebunden und ein langärmliges Shirt mit dem verschwurbelten Schriftzug einer Heavy Metal Band, von der ich noch nie gehört hatte. Den anderen sah ich nur von hinten. Ich studierte die Karte, bestellte Cordon bleu. Jedes 19. Cordon bleu, so stand es geschrieben, berge einen Schatz, ein Goldvreneli. Die beiden Männer redeten ziemlich laut. Ich tat, als lese ich den «Blick» und hörte zu. Der eine Mann war interessiert an der Schwester des anderen, aber sie habe ihm kürzlich offenbart, dass sie auf Schwarze stehe. Sie sei doch so schön und habe das doch nicht nötig, verdammi. So ein Seich, sagte der andere. Der eine ging auf die Toilette und kam nach einer Weile zurück, worauf der andere sagte: «Das war ein ganz schön langes Telefonat.» Sie redeten über Frauen. Sie waren hart in ihrem Urteil. An einem anderen Tisch sassen vier alte Frauen. Die redeten über Männer. Über Bube und König. Eine Jassrunde. Sie tranken alle Tee. «Gestochen!», rief eine. Die beiden Kerle tranken aus Humpen grosse Biere, bestellten nochmals zwei. Der eine sagte: «Komm, wir gehen ficken.» Der andere: «Kein Geld im Sack.» Dann sagten sie eine Weile nichts, bis der eine sagte: «Sag etwas.» Der andere: «Ich weiss nichts.» Der eine schaute in meine Richtung. Ich starrte in den «Blick».

– Am 16. 4. 2006 um 13:43:59 Uhr bezahlte ich bar im McDonald's an der Badenerstrasse 22 in Zürich «2 Big Mac» und «2 Medium frites». Ich bezahlte mit einer 100-Franken-Note und bekam 79.60 retour. «Wir wünschen Ihnen en Guete» steht auf der zerknitterten Quittung. Danke. Dankeschön. Später geschah dann etwas, im neuen Jahr, gleich am Anfang, als ob ein Anfang für sich nicht schon schwer genug wäre (siehe «Tausend Dinge»

003ff.), was bis heute nicht bewiesen ist, mich jedoch nie mehr ein Lokal der McDonald's-Kette hat betreten lassen. Auch nur die Erinnerung an das, was damals geschah, ist Furcht erregend.

– Auf den 15. 5. 2006 ist datiert eine Auftragsbestätigung der Firma Agentur Jufer mit der Nummer 402309 meinen Auftrag vom 11. 5. betreffend (betreffend der eiligen Bestellung von «3 Gummifederelementen zu Bertoia 423», Einzelpreis 34 Franken, Total 102 Franken). Daran erinnere ich mich bestens. Es ist ja immer wieder erstaunlich, an was man sich erinnert und an was nicht. Banalste Dinge brennen sich einem ins Gehirn, etwa wie man damals bei einem Monopoly Spiel als Kind, als Knirps, als Dreikäsehoch, mit einem anderen Kind, ich glaube es war der Meier Tommi, vielleicht war es auch der Kaufmann Peti oder der Degen Andi, darüber einen Streit anfing, wie ein Raketenrohr funktioniere und was der Kaugummi Bazooka damit zu tun hatte, respektive eben gerade nicht damit zu tun hatte, ob man Ba-zo-ka sagte, oder Bah-suh-cah. Im Mai 2006 holte ich die drei schwarzen Gummidinger persönlich bei der Agentur Jufer, Generalvertretung des Möbelherstellers Knoll, an der Zentralstrasse 50 in Zürich ab. Ich wartete sehnlichst auf diese Dinger. Zu Hause verbrachte ich eine fingerbrechende Zeit damit, die knollenartigen Hartgummielemente in meinen alten «Bird Chair» von Harry Bertoia zu schrauben, weil die alten Gummidinger, Stossdämpfer zwischen Sitzschale und Beingestell des übrigens nicht nur wunderschönen, sondern auch ausserordentlich bequemen Stuhles, gerissen waren aus Gründen ihres Alters. Der Stuhl, er ist älter, als ich es bin. Viel älter. Und er ist auch schöner. Viel schöner. Und er jammert weniger. Er jammert nie. Er steht einfach herum und ist schön.

– Am 23. 6. 2005 bezahlte ich 1022.20 Franken inkl. 7,6 % MWSt in bar einer Firma namens TU TRANSPORT UMZÜGE mit Sitz an der Maulbeerstrasse 1 in Basel für den Umzug von Wohnung und Büro von Basel nach Zürich. Hoppla, was macht eine Quittung aus dem Jahr 2005 in den Unterlagen für das Steuerjahr 2006? Hat dort nichts zu suchen. Schade, ich hätte den Büroanteil der Zügelkosten von den Steuern absetzen können. Zwei Jahre ist es also her, seit ich von Basel nach Zürich zog. Manchmal kommt es mir viel, viel länger vor. Manchmal fehlt mir jegliche Erinnerung an ein Leben in Basel. 18 Jahre lebte ich dort. Was ist eigentlich in den 18 Jahren passiert? Was habe ich dort eigentlich getan? Welche Dinge musste ich nach 18 Jahren zurücklassen? Tat es weh? Und hat es sich gelohnt, die Stadt zu wechseln? Letzte Frage kann ich beantworten: ja.

– Am 19. 7. 2006 bezahlte ich um 13:25:44 Uhr bei 231937/Julia am Tisch 605 im Restaurant Italia an der Zeughausstrasse 61 in Zürich 62 Franken für «2 x Menu 2, 1 San Pellegrino, 1 Gazosa Mirtilli und 1 x Vanille». Das muss ein Essen mit meinem Chef gewesen sein, denn ich kenne sonst niemanden, der Gazosa Mirtilli zum Essen trinkt, eine Heidelbeerlimonade von bleichem Violett, das an den Ton von gefärbten Haaren alter Frauen erinnert. Ich weiss allerdings nicht mehr, über was wir bei diesem Mittagessen gesprochen haben. Es ging wohl um Frauen. Sicherlich ging es um Frauen. Die eigenen. Die anderen. Lange habe ich darüber nachgedacht, was das «1 x Vanille» auf der Quittung wohl war. «1 x Vanille». Ich denke, der 19. 7. 2006 war sicherlich ein heisser Tag. Es war ein Eis. «1 x Vanille» war ein Eis. Ich erinnere mich nicht daran, aber ich könnte mir vorstellen, dass mein Chef ein Eis ass, zum Dessert. Ich esse niemals Dessert. Dass er eine Kugel Vanilleglace ass, während wir über Frauen redeten. Um den Mund zu kühlen. Den Kopf. Die Gedanken. Der 19. Juli 2006 war ein Mittwoch. Der 200. Tag des Jahres. Der 19. Juli war der Tag, als im Jahre 1195 die Almohaden in der Schlacht bei Alarcos ein von König Alfonso VIII gesandtes Heer Kastiliens besiegte. Der Tag, an dem im Jahr 1333 dank des Einsatzes von damals modernen Langbogenschützen die Engländer ohne grosse Verluste die letzte Schlacht der Schottischen Unabhängigkeitskrie-

ge gewinnen. Der Tag, an dem im Jahr 1572 im Alter von zehn Jahren der Dreikäsehoch mit Namen Wanli als dreizehnter chinesischer Kaiser der Ming-Dynastie auf den Drachenthron klettert. Der Tag, an dem im Jahr 1848 in Seneca Falls, Bundesstaat New York, die erste Frauenrechtskonferenz abgehalten und die Frauenbewegung geboren wird. Der Tag, an dem im Jahr 1902 der Bundesrat sich dazu entschliesst, die neue deutsche Rechtschreiberegelung zu übernehmen. Der Tag, an dem ein Jahr später die erste Austragung der Tour de France ihr Ziel in Paris erreicht. Der Tag, an dem im Jahr 1937 in München die Ausstellung «Entartete Kunst» eröffnet wird. Der Tag, an dem im Jahr 1954 Elvis Presleys erste Single veröffentlicht wird: «That‘s Alright, Mama». Der Tag, an dem im Jahr 1957 in der Wüste Nevadas die erste Rakete mit einem Nuklearsprengkopf abgefeuert wird. Der Tag, an dem im Jahr 1971 der Südturm des World Trade Centers in New York fertig gestellte wird. Der Tag, an dem im Jahr 1989 auf dem Sioux City Airport ein Jet des Typs Douglas DC-10 der United Airlines während einer Notlandung verunglückt und dabei 111 der 296 Passagiere ums Leben kommen. Der Tag, an dem Gottfried Keller geboren wird, Nikki Sudden und der Fussballer Ailton, der Tag, an dem Malaparte stirbt, Käthe Kruse und Egon Eiermann. Und am 19. Juli 2006 auch Jack Warden, der Schauspieler, bekannt für das Geben von harten und trotzdem empathischen Figuren in Filmen wie «Verdammt in alle Ewigkeit», «Die 12 Geschworenen» oder «die Hafenkneipe von Tahiti». Der 19. Juli 2006, Jack Wardens Todestag, war auch der Tag, als am späten Nachmittag nach einer harten Etappe von 182 Kilometern und nach vier Pässen Michael Rasmussen die 16. Etappe der 93. Tour de France gewann, 1:41 Minuten vor Carlos Sastre und 1:54 vor Oscar Pereiro Sio. Mein Chef ass «1 x Vanille», während sich Michael Rasmussen über den Galibier-Pass mühte, den er als Erster überquerte, knapp vor dem Franzosen Sandy Casar. Wir sassen im Italia, Rasmusen im Sattel, Warden lag auf dem Totenbett. Wir schwatzten, Rasmussen schwitzte, Warden ging dahin. Die Dinge geschahen. Sie nahmen ihren Lauf. Und wir assen zu Mittag. 2 x Menü 2.

– Am 2. 8. 2006 bezahlte ich mit VISA um 11:12:47 bei Dipl. Ing. Fust AG an der Birmensdorferstrasse 20 in Zürich, vormals Discounthaus Eschenmoser, für ein Navigationsgerät der Marke Tom Tom, Modell 910, mit zwölf Monaten Garantie 1045 Franken. Verkäufer war Herr 6518 Th. Brändle. So steht es auf der Quittung. Seither hatte ich recht viel Freude an der zugegebenermassen hohen Investition. Und als ich mit Freunden in den Ferien war und uns langweilig zu werden drohte, da holte ich das Tom Tom aus dem Auto und wir spielten Fahrzeitenschätzen. Ich war nicht sonderlich gut

darin. Als es darum ging, die Fahrzeit nach Barcelona zu schätzen, da lag ich mehr Stunden daneben, als dass die Fahrt dauern würde. In solchen Momenten kommt man sich ziemlich blöd vor.

Julia M. gewann das Spiel. Gerade die, die am wenigsten eine Ahnung hat, wie lange man von irgendwo nach irgendwo hat. Vielfahrer Jochen M. (40 000 km pro Jahr, Deutscher) landete auf dem letzten Rang. Immerhin riet er recht genau, als er sagte, nach Hammerfest habe man 42 Stunden. Nach Hammerfest hat man 42 Stunden und 17 Minuten, vorausgesetzt, man macht keine Pause. Aber wer will schon eine Pause machen, wenn er nach Hammerfest fährt.

– Am 1. 9. 2006 überwies ich den Betrag von 27 Franken an die Justiz-, Polizei- und Militärdirektion in 4410 Liestal. Es ging aber ausnahmsweise nicht um eine Busse für etwa um 1 km/h zu schnelles Fahren, sondern um einen sogenannten Personenstandsausweis inkl. Versandkosten. Steuerlich kann ich diesen Personenstandsausweis wohl kaum absetzen, aber er diente einer die Steuer betreffend schwerwiegenden Folgen habende Angelegenheit, genannt auch Heirat. Hätte ich gewusst, welche steuerlichen Benachteiligungen eine Eheschliessung nach sich zieht, ich hätte es mir nochmals überlegt. Andererseits ist es wohl auch durchaus gesund, wenn man sich solche Dinge nicht überlegt.

– Am 10. 10. 2006 bezahlte ich, so steht es auf einer grossspurigen TAX INVOICE mit dem schwülstigen Briefkopf des London-Bridge-Hotels, für eine Nacht ebendort 174 englische Pfund, zwei davon für ein Mineralwasser aus der Minibar. Hinten auf der Quittung steht handschriftlich geschrieben: «Was ich mir auf Weihnachten wünsche.» Und eine Liste von zwölf Dingen. «Ferrari; Ledertasche; ein Haus mit Garten; ein Garten mit Haus; Bargeld; einen Kuchen; Haschisch; eine Reise zum Südpol; Helikopter; Speck; alles von Helmut Lang; noch eine Ledertasche, eine grosse dieses Mal, mit Fächern und einer eingebauten Minibar». Leider muss ich gestehen, dass mir die Handschrift nicht unbekannt ist, die diese Wunschliste verfasste. Es ist die meinige.

– Ha, jetzt fällt mir eben wieder ein, was ich am 28. 1. 2006 in Thusis machte, respektive in Samedan. Ich verlud mein Auto. Dann fuhren wir zusammen durch den Albula. In Samedan ging es auf der Strasse weiter nach St. Moritz, an das Poloturnier auf dem gefrorenen See. Ich erinnere mich an geliftete Frauen, russische Sprache, Pelzmäntel und Zigarrengestank, an zottelige Moonboots, Gebläseheizungen und flugzeugträgerlange Dessertbuffets, an in der Kälte dampfende Pferde, bestialisch kalte Füsse in unzureichenden Winterstiefeln und dicke, dicke Autos, die so lächerlich anzusehen waren, rollende Manifeste für den schlechten

Geschmack der Reichen. Ich war aus beruflichen Gründen anwesend. Solche Dinge bringt mein Beruf manchmal mit sich. Es ist ein harter Job.

– Am 21. 11. 2006 bezahlte ich für eine Taxifahrt von «USZ» zur «Zweierstrasse» 20 Franken. USZ könnte, so denke ich, für Universitätsspital Zürich stehen. Die Erinnerung ist schwach, wird aber schnell stärker, wie eine in der Dunkelkammer im Chemikalienbad sich entwickelnde Fotografie. Es war ein Unfall gewesen. Es tat weh. Es wurde behandelt. Ich fuhr mit dem Taxi heim. Ich bezahlte die 20 Franken. Es tat immer noch weh. Aber es ging vorbei.

– Am 20. 12. 2006 kaufte ich um 11:28:55 Uhr in der Stauffacher Apotheke in Zürich «1 Alka-Seltzer Brau» für 11.40 Franken. Ich studierte auch in diesem Fall eine geraume Zeit, aber ich mag mich nicht erinnern, was am Abend des 19. 12. vor sich ging. Es musste wohl etwas Ernsthaftes gewesen sein. Die Indizien sprechen dafür. Wer um 11:28:55 Uhr Alka Seltzer kauft, der hat ein Problem. Und der hatte es wohl am Abend zuvor ziemlich lustig. Früher kaufte ich oft Alka Seltzer. In letzter Zeit eher selten. Sehr selten eigentlich. Zu selten.

Das also war mein Leben im Jahr 2006. Das Jahr in Zahlen. Das Jahr in tausend zerzausten Zetteln. Erinnerungen wie Krümel in einem leeren Hosensack.

065 Heute wachte ich um sechs Uhr auf. Einfach so. Ohne Wecker. Einfach so? Niemand wacht einfach so um sechs Uhr am Morgen auf. Niemand unter 40. Es war ein erster Vorgeschmack auf das, was man senile Bettflucht nennt, was wiederum nur ein kleines Fragment dessen ist, was bald beginnen wird.

066 Heute spazierte ich gemütlich via Bäckerei ins Büro. Ich zählte die Schritte. Im Park sah ich eine Frau mit Pitbull. Die Frau sah ihren Hund an und lächelte. Der Hund blickte mich an. Ich kann nicht sagen, ob er lächelte. Er trug einen Maulkorb und schien zu zittern vor schierer Energie.

067 Heute wollte ich die Schritte von meinem Zuhause in mein Büro via Bäckerei zählen. Doch ein Pitbull gefriertrocknete diesen Gedanken. Ich kam bis 66. Dann lief ein Schauer über meinen Rücken. Einen kurzen Moment hielt ich inne. Dann ging ich schneller.

067.1 Heute ging ich von zu Hause in mein Büro via Bäckerei. In der Bäckerei fiel mir wieder ein, dass ich eigentlich die Schritte zählen wollte, dass mich der Schreck des Anblicks des Pitbulls diesen Gedanken jedoch vergessen liess. Ich dachte nicht mehr daran, meine Schritte zu zählen, sondern ich überlegte mir, was ich täte, würde er über den Rasen auf mich zurasen. Ich ärgerte mich ein wenig, als mir einfiel, dass ich das Zählen vergessen hatte, denn wie oft schon wollte ich zählen, wie viele Schritte es sind von meinem Zuhause in mein Büro via Bäckerei. Immer nahm ich es mir vor, sie zu zählen. Und dann vergass ich es. Vergass es, noch bevor ich aus dem Haus ging. Vergass es auf den Stufen nach unten. Vergass es nach fünf Schritten, weil ich in den Briefkasten lugte, durch den Schlitz, wo natürlich noch nichts lag, denn die Post, als wüsste ich es nicht, kam erst viel, viel später. Vergass es unterwegs, weil ich einen Vogel sah, eine Krähe etwa, die nach Insekten pickte, oder nach Würmern, und ich über die Krähe nachzudenken begann, mich fragte, ob sie verwandt war mit der Krähe, die ich als Kind hielt, die Krähe, der ich den Namen Hansi gab, die ich mit kaputtem Flügel am Bach fand, auf halbem Wege fast zwischen Maisprach und Magden, die ich mit nach Hause nahm, die hinten auf dem Henkel eines Korbes auf dem Gepäckträger meines Velos mitfuhr, die ich pflegte und die mein Freund wurde. Vergass das Zählen der Schritte unterwegs, einfach so, ohne äusseren Grund. Vergass es, nachdem ich die Bäckerei wieder verliess, weil ich nur noch an den Schokoladengipfel in der Tüte in meiner Hand dachte. Vergass es, weil ich jemanden antraf (und ich konnte dieser Person ja kaum sagen: «Zweihundertachtundfünfzig ... hallo Dingsbums... Zweihundertachtundfünfzig ... schon lange nicht mehr gesehen, wie gehts? ... Zweihundertachtundfünfzig ... also mir läuft alles bestens, alles ... zweihundertachtundfünfzig ... tipptopp, alles super ... zweihundertachtundfünfzig ... zweihundertachtundfünfzig ... zweihundertachtundfünfzig ... sorry, darf die Zahl nicht vergessen ... zweihundertachtundfünfzig ... die Schritte, die Schritte, du weisst schon, die Schritte ... zweihundertachtundfünfzig...»). Vergass es am Fussgängerstreifen, weil ich mich auf das Erscheinen des grünen Männchens konzentrierte. Vergass es, weil die Frau mit dem Pitbull im Park stand. Sie rauchend. Lächelnd. Er keuchend. Zitternd.

068 Heute klingelte das Handy, als ich vom Bäcker ins Büro ging, einen Schokoladengipfel in der Tüte. Klumpen war am Apparat. «Hallo Lifestyle-Fuzzi», sagte er. «Ha, ha», sagte ich müde. Er war gut in Fahrt. Er war gut gelaunt, so früh am Morgen schon. «Ich habe gehört, du bist ein Lifestyle-Fuzzi. Ich habe es gelesen.» - «Oh. Das ist schön. Ich wusste nicht, dass du liest.» - «Lifestyle-Fuzzi, stand in einem Leserbrief, und dort stand auch die Frage, was ich wohl davon halte.» - «Und was hältst du davon?» - «Es stand, du vergötterst einen 90 000 Franken teuren Geländewagen. Warte, ich habs gleich zur Hand, also, hier, ein Marco Raoult aus Thalwil schreibt: ‹Max Küng wird alt. Früher amüsierte er uns mit der Suche nach einem Occasionsauto unter 10 000 Fr. Später lobhudelte er über einen Geländewagen für 90 000 Fr. Früher fragte er sich, was MP3-Player sollen, die 1000 Tonträger speichern. Später empfahl er den ultimativen iPod-Kopfhörer. Hat der Mensch alle Relationen verloren? Was hält wohl Klumpen vom neuen Lifestyle-Max?›» - «Ja. Ich hab das auch gelesen. Danke. Ich kenne die Zeilen des Mannes namens Marco aus Thalwil. Aber dieser Geländewagen, den er mir da anzuhängen versucht, um den es ging: In besagtem Artikel ging es nicht um die Vergötterung von Geländewagen, sondern um die Erklärung des Hybridantriebs, und zwar zu einer Zeit, bevor alle über Hybridantrieb schrieben. Es war ein Lexus RX400h, der, das nur nebenbei, nicht 90 000 Franken kostet, sondern 75 700 Franken. Es ging nicht um diesen Lexus. Verdammt. Es ging um die Rettung der Welt. Ich fand den Lexus ja nicht mal schön. Ich fand ihn hässlich. Ich schrieb, es sei ein unvernünftiges Auto. Ich hasse SUVs, ich verachte sie zutiefst. Ich hasse Geländewagen, vor allem Geländewagen, die gar keine Geländewagen sind. Eine Blondine in einem BMW X-5 ist für mich das Sinnbild für das Verrecken dieser Welt. Wenn ich einen Wicht in einem weissen BMX-5 oder Range Rover Sport sehe, vielleicht gar noch mit flegelhaft schwarzen 20-Zoll-Felgen, nicht selten mit Zuger Autonummer, dann empfinde ich ekel. EKEL!.» - «He, ganz ruhig. Nicht so empfindlich. Sachte, sachte. Mir ist schon klar, dass einer mit einem Vollbart wie du kein Lifestyle-Fuzzi sein kann. Hast du gelesen, dass nur drei Prozent der deutschen Frauen einen Vollbart attraktiv finden?» - «Hochinteressant. Wo stand das?» - «Im ‹Blick›.» - «‹Blick› sprach zuerst mit der Leiche, sagt mein Vater immer.» - «97 Prozent finden Haare im Gesicht abstossend, ekelerregend, widerlich, vor allem während und nach dem Essen.» - «Tja, die deutschen Frauen.» «Ich sag dir jetzt mal was», sagte Klumpen, und klang er eben noch heiter, so schlug er nun einen ernsthaften bis feierlichen Ton an, es fehlte bloss etwas Orgelmusikbegleitung, «ohne deutsche Frauen herrschte bei uns in urbanen Gebieten libidotechnisch Flaute. Ohne deutsche Frauen hätte ich beispielsweise überhaupt kein Sexualleben. Schreib du mal ein Loblied auf die deutsche Frau, anstatt Lifestyle-Fuzzi-Zeugs. Und was die Bärte betrifft: In der Schweiz wird es wohl nicht gross anders aussehen mit der Akzeptanz von Gesichtspelzen.» - «Nun ja, drei Prozent der Schweizer Frauen, das sind doch ein paar. Das sind, lass mich rechnen, so etwa 90 000 Frauen. Das genügt mir. Und ich stand ja auch schon immer eher auf Minderheiten. Minderheiten haben immer recht, darum sind sie ja in der Minderheit.»

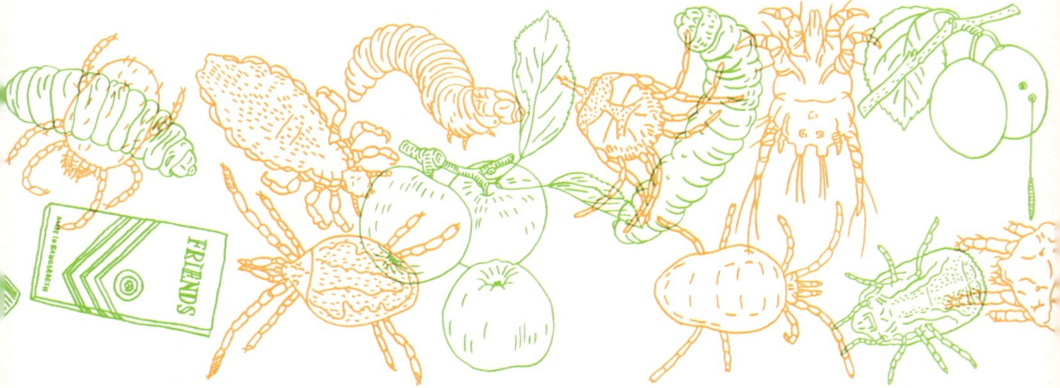

068.1 Klumpen sagte eine Weile nichts. Er schien über den letzten Satz nachzudenken. Es war nun an mir, eine Frage zu stellen. «Darf ich mich übrigens höflich nach dem Grund ihres Telefonats erkundigen?» «Ach ja», sagte Klumpen, «genau. Hätte ich fast vergessen. Ich rufe an, um mein Kommen anzukündigen. Ich werde morgen in Zürich eintreffen.» - «Warum?» - «Kulturelle Gründe. Ethnologiekurs. Besuch eines Lokals namens Hooters.» Dann machte er ein komisches Geräusch. Es klang nach Bronchialkatarrh. «Was war denn das?» - «Eine Eule. Der Ruf einer Eule.» - «Eine Eule?» - «Erklär ich dir morgen. Hast du gewusst, dass Schnäuze bei immerhin zwölf Prozent der Frauen auf positive Resonanz stossen?» - «Ach ja? Wo? In Kleinbasel?» Er wiederholte den Ruf der Eule. «So», dachte ich, «klingt doch niemals eine Eule.» Ich sagte: «Gru, gru, Blut ist im Schuh.»

068.2 «Tja», sagte Klumpen. «Hm», erwiderte ich. Eine Weile sagte keiner von uns etwas. «Gut», sagte ich, «dann bis morgen?» Klumpen aber fiel doch noch etwas ein. «Moment. Warte. Ich muss dir noch etwas erzählen. Etwas, das ich auch im ‹Blick› gelesen habe: Die Tochter des ehemaligen französischen Regierungschefs Dominique de Villepin, Marie de Villepin, arbeitet als Fotomodel. Ziemlich erfolgreich übrigens geht sie diesem sicherlich sehr anstrengenden Beruf nach. Sie ist das super Kätzchen in der Werbung für das neue Parfüm von Givenchy. Natürlich modelt sie nicht unter ihrem richtigen Namen. Sie hat sich ein Pseudonym zugelegt. Einen Künstlernamen.» - «Und wie ist dieser werte Name? Marie de Citypin? Marie de Dorfpin?» - «Nein, hör zu: Marie Steiss.» Ich tat einen Pfiff. Ein solcher Name verdient einen anerkennenden Pfiff. «Ich frage mich», sagte Klumpen, «wie man auf Marie Steiss kommt. Steiss. » - «Steiss? Ohne Scheiss?» - «Steiss. Genau. Super. Tony. Emil. Ida. Super. Super. Ich meine, wir alle wissen ja, dass die Franzosen in manchen Dingen ein bisschen komisch sind. Dass sie gerne ohne Unterhosen rumlaufen oder aber in dreckigen solchen. Dass sie gerne Käse haben, bei dem der Einsatz einer Abc-Schutzeinheit angebracht wäre. Aber sich selbst Marie Steiss zu nennen...» - «Sag jetzt nicht, was du denkst.» - «Was denke ich? Sag du mir, was ich denke.» - «Nichts.» - «Nichts?» - «Nichts.»

069 Heute wartete ich an der Ampel auf das grüne Männchen, obwohl weit und breit kein Auto zu sehen war. Ich wartete ziemlich lange und kam mir ein bisschen blöd vor. Es wäre absolut kein Problem gewesen, die Strasse bei Rot zu kreuzen. Aber: Man geht bei Rot nicht über die Kreuzung. Es könnte einen ja ein Kind sehen. Es war zwar auch kein Kind in Sicht, aber vielleicht sah eines ja aus einem fernen Fenster mit einem Feldstecher

herunter. Ich möchte kein schlechtes Vorbild sein. «Der Ruf der Eule», dachte ich, «wäre auch ein super Titel für einen Roman.» Die Ampel schaltete auf Grün. «Gibt es aber sicher schon», dachte ich, und halblaut sagte ich den Titel vor mich hin. «Der Ruf der Eule.» Klang irgendwie ziemlich gut. Fand ich.

Dann stand ich vor meiner Bürotüre. Ich klopfte. Es blieb still.

069.1 Heute klopfte ich an meine Bürotüre. Obwohl mich niemand aufforderte, die Türe zu öffnen, öffnete ich sie. Ich trat ein. Wie ich erwartet hatte, war niemand im Büro.

Ich öffnete das Fenster, liess die Storen hochfahren und setzte mich auf meinen nicht sehr bequemen Bürostuhl. Kühle Luft kam herein. Auf meinem Pult lag ein kleines Paket. Absender war ein deutscher Buchverlag. Ich riss das Paket auf. Ein Buch kam zum Vorschein. Ich wandte mich sofort der Rückseite des Buches zu. Bei Büchern muss man sich immer zuerst die Rückseiten ansehen. Ich las: «Hör auf zu jammern. Fang an zu produzieren. Sei kreativ. Grab die Erde um. Sei fröhlich. Das Leben ist absurd. Fang an zu leben.» Und weiter unten: «Vom Autor des Kultbestsellers Anleitung zum Müssiggang». Ich seufzte. Das Buch trug den Titel «Die Kunst, frei zu sein - Handbuch für ein schönes Leben». «Gut», dachte ich, «dann grab ich mal die Erde um.»

070 Ein Link: www.ikea.com/ch/de/catalog/products/00073973

071 Manchmal stellt man das Radio an. Aus alter Gewohnheit. Zum Beispiel, wenn man im Auto fährt, zum Beispiel DRS 1, in der Hoffnung, ein Rentner erzählt am Telefon eine abgefahrene Geschichte, wie er etwa als Reiseführer im Jahr 1969 auf einem Schiff auf dem Jangtse auf der Höhe der Stadt Jiujiang in der Provinz Jiangxi den mitreisenden Yankees spätabends und voll bis oben mit Pflaumenschnaps bei der Abendunterhaltung mitreissend zeigte, dass die Schweizer auch Show machen und singen und tanzen können. Dann erzählt aber kein Rentner von China, sondern es läuft Musik, ein Lied, und man hört auf den Text des Liedes. Einfach mal wieder auf den Text eines Liedes hören. Heute, als ich nach 1345 Franken und ein paar Krümeln mein Auto aus der Werkstatt holte, wo es am Hinterteil kosmetisch etwas korrigiert werden musste, nachdem ich ein paar Tage zuvor mich mit der Enge eines Parkhauses in der Stadt Zug und gewissen Energien vertraut gemacht hatte, eine Nachhilfe in Physik und eigener Dummheit bekam, lief ein Song, und ich hörte auf den Text, und der Text ging so: «When you're in love with a beautiful woman – It's hard – When you're in love with a beautiful woman – You know it's hard – Everybody wants her – Everybody loves her – Everybody wants to take your baby home».

Ich musste lächeln. Es war ein Clint-Eastwood-aber-ohne-Zigarre-im-Mund-Lächeln. Ich kannte den Song. Ich kannte ihn gut.

072 Es lief kein Radio, als ich es krachen hörte, in dem engen Parkhaus in der mir in jeder Beziehung fremden Stadt Zug. Kein Radio. Kein Lied. Ich sagte halblaut: «Das hast du davon, dass du die Umwelt verschmutzt. Geschieht dir ganz recht, du blödes, blödes Auto. Dreckskarre. Verdammte.» Mein Auto sagte nichts. Ich stieg aus. Das Nächste, was ich hörte, war das Knirschen von zersplittertem Plastik unter meinen Schuhen und nochmals meine eigene Stimme, hohl im Tiefparking. Sie sagte «Oje».

073 Die letzten Online-Scrabblepartien liefen gut. Gegen Minimaus mit 416 zu 259 gewonnen, obwohl sie das schöne Wort «Eiss» legte, was nichts mit gefrorenem Wasser oder Hiphop zu tun hat, sondern mit dem, was lateinisch «pus» heisst. Man nennt Eiss auch Karbunkel, was auch ein schönes Wort ist – und nicht zu verwechseln ist mit Garfunkel, der einen Hälfte von Simon & Garfunkel.

074 Das Schönste an meinem Büro ist das Fenster. Ich sehe interessante Dinge. Ich sehe zum Beispiel in diesem Moment Kollege M, der auf dem Fussgängerweg auf der anderen Strassenseite steht und sich in das Grün des Wegrandes bückt. Eben spazierte er noch, dann hielt er an, jetzt bückt er sich. Zuerst denke ich, er hat eine Magenkolik, der arme Kerl. Eine Verstimmung des Verdauungstraktes. Tribut des täglichen Kantinenganges. Ich fange schon leise zu singen an: «Kalkutta liegt am Kantinenganges, la la la.» Doch er sieht gesund aus. Dann denke ich, er sucht vielleicht seine Brille, die ihm ins Gras fiel. Aber dann fällt mir ein, dass Kollege M keine Brille trägt. Er geht ein paar Schritte, bückt sich wieder. Dann kommt mir in den Sinn, dass er zwar keine Brille hat, aber einen Hund. Da kommt das kleine Tier auch schon und jagt an ihm vorbei, die Nase wie auf Schienen am Boden. Kollege M sucht im knöchelhohen Gras nach dem Haufen seines Hundes, den dieser irgendwo deponiert haben muss. Nach ein paar Sekunden findet Kollege M den Haufen, nimmt ihn mit einem roten Plastiksäcklein auf und geht davon. Vorbildliches Verhalten, denke ich. Vorbildlich. Wären alle Hundehalter so wie mein Kollege M, dann hätte ich vor zwei Tagen nicht fluchen müssen, als ich es mir während einer Krocketspielpause auf einem Rasenstück gemütlich machte. Und vielleicht hätte ich die Partie dann auch nicht verloren.

075 18 DJ-Namen zum Ausleihen: DJ Bebbi Safari; DJ Miss Kompromiss; DJ Cüpli; DJ Blitzkrieg; DJ Geiler Esel; DJ Mythos; DJ Einarmiger Bandit; DJ Warm Up; DJ im Streichelzoo auf E; DJ Geheimnisvoller Kleiner; DJ Coming Soon; DJ Bailey's vs Grüne Banane; DJ Beautiful Woman; DJ Working Hard For The Money; DJ Dark Black Hole; DJ Lady Luck; DJ M-Budget; DJ Antoine aus Sissach aka Sitzsack.

076 Vor lauter Langeweile den Computer aufgeklappt. Ich will arbeiten, aber: Anstatt zu arbeiten, gehe ich ins Netz. Das Netz ist wie ein digitales Nickerchen.

077 Ich lese wie immer online den «Blick». Nun ja, lesen ist ein bisschen übertrieben. Ich schaue ihn mir an. Die fetten Buchstaben. Die Bilder. Seit letztem Samstag bin ich mit ihm versöhnt. Ein bisschen wenigstens. Die Berichterstattung im Fall Ylenia war so unerträglich und ekelerregend (und wird es, so befürchte ich, noch eine Weile bleiben), dass ich ihn nicht mehr anschaute. Aber dann am Samstag sah ich am Kiosk das Gesicht von Ueli Maurer auf der Titelseite, wie immer mit seinem Ich-bin-scharf-auf-Nüssli-Lächeln. Dazu die Schlagzeile: «Maurer im Zoo: Sind Affen klüger als Menschen?» Ich kaufte den «Blick» mit Ueli Maurer vorne drauf, die gedruckte Ausgabe, wie früher, als man noch Zeitungen kaufte, und brachte sie zum Rahmenmacher. Seither hängt das Titelbild neben einer übergrossen Autogrammkarte der Seitenwagengespann-Gebrüder Egloff

auf meiner Gästetoilette. Witzige Dinge auf Gästetoiletten aufzuhängen, ist ein kulturelles Erbe, das man unbedingt am Leben erhalten muss. Denn ich weiss, dass die Gästetoilette ein wichtiges Rückzugsgebiet für gelangweilte Gäste darstellt. Denen sollte man es nicht zu einfach, nicht zu gemütlich machen.

077.1 In dem Artikel ging der «Blick»-Reporter zwecks Interview mit Ueli Maurer in den Zoo, denn Maurer ist, scheints, ein absolut begeisterter und eingefleischter Zoogänger. «Zoo», schreibt der «Blick», «heisst für den langjährigen Besucher: Pommes frites, Tiger und Wölfe.» Vor allem die Sibirischen Tiger haben es Maurer angetan. «Ich liebe es, ihnen minutenlang in die Augen zu sehen.»

Auf dem Bild im «Blick» schaut der Politiker aber nicht in die Augen eines Tigers, sondern in die Paviananlage, wo zwei Tiere gemütlich am Fressen sind. Es ist ein grossartiges Foto. Man kann es sehr lange anschauen. Und je länger man es anschaut, desto ähnlicher werden sich Affe und Mensch. Der Zoobesuch animierte den Politiker zum Philosophieren. Er sagte dem Mann vom «Blick»: «Bei den Affen habe ich immer das Gefühl, die sind gescheiter als wir.»

[redacted]

[redacted]

079 Im Internet heute kein Ueli Maurer. Dafür sehe ich ein Bild von einer Frau, die verrückte Haare hat. Ich lese, dass diese Frau eine Curlingspielerin aus dem Limmattal ist. Sie heisst Carmen Schäfer. Der «Blick» schreibt, sie sei schön. Die Rubrik heisst «So schön ist der Schweizer Sport». Sie würde, schreibt der «Blick», auch als heissblütige Zigeunerin Carmen in Georges Bizets gleichnamiger Oper eine blendende Figur machen. Ich weiss nicht so recht.

079.1 Vor lauter Langeweile google ich Carmen Schäfer. Ihr Curlingteam hat eine Homepage, besteht aus fünf Mädchen und heisst Team Schäfer. Gewonnen haben sie noch nichts. Einmal wurden sie Zweite, an einem Turnier in Wetzikon, vor zwei Jahren. Carmen. Janine. Jacqueline. Emilie. Barbara. So heissen die fünf Mädchen. Chefin ist die 1981 geborene und in Fahrweid wohnhafte Carmen. Ihr Lebensmotto: «Sei nicht traurig, wenn etwas vorbei ist – Sei froh, dass es gewesen ist...» Nachdem ich das Motto gelesen habe, muss ich schmunzeln, als hätte ich Tiki-Pulver im Mund. Wie wahr sind doch diese Worte. Und ich lese weiter. Janines Lebensmotto: «Geniesse deinen Tag, wie er ist, weisst nie, ob es der letzte ist.» Jacquelines Lebensmotto: «Lustig ist das Zigeunerleben...» Ich denke, ja, ein Lebensmotto mit Pünktchen am Ende, das wäre wohl auch meine Wahl. Barbaras Lebensmotto: «Nimm den Tag so, wie er ist.» Das ist ein sehr gutes Lebensmotto, vor allem für Barbara, die ich zwar nicht kenne, die aber Ersatzspielerin des Teams ist. Nur Emilie hat kein Lebensmotto. Bloss «...» steht da. «...» kann ziemlich viel heissen.

079.2 Je länger ich nachdachte, desto besser fand ich Emilies Lebensmotto: «...» Vor lauter Langeweile beschliesse ich, dass fortan auch mein Lebensmotto «...» lauten soll. Oder vielleicht gar «...!»

080 «...»

081 Beim Stöbern für das Scrabblen im Inneren meines besten Freundes, dem Duden, beim Wörterwühlen, bin ich über einen Begriff gestolpert: Fusti. Fusti ist aus der italienischen Sprache entliehen und heisst laut Duden «unbrauchbare Bestandteile einer Ware». Zuerst dachte ich, dass es sich bloss um ein schönes Wort handle. Fusti. Als ich dann aber kurze Zeit später den Unterhaltungselektronikriesen Dipl. Ing. Fust betrat, um CD-Rohlinge zu kaufen, als ich in den immer zu hell erleuchteten Laden trat, da, und erst da ging

mir ein Licht auf, wurde mir die volle Schön- und Wahrheit von Fusti bewussti.

081.1 CD-Rohlinge: auch ein schönes Wort. «Ich war ein CD-Rohling.» – «Die Bekenntnisse eines CD-Rohlings».

081.2 DJ CD-Rohling.

082 Ich habe es immer geahnt, aber jetzt weiss ich es. Velo fahren ist schlecht für die Umwelt. Sehr schlecht sogar. Karl T. Ulrich, Professor an der Wharton University of Pennsylvania, hat ein Paper verfasst, welches den ziemlich schönen Titel «The Environmental Paradox of Bicycling» trägt und zwölf Seiten umfasst, auf denen er darlegt, weshalb dem so ist. Die Sache ist sehr, sehr einfach und absolut logisch.

Wer Velo fährt, lebt länger, denn Velo fahren ist eine gesunde und deshalb lebensverlängernde Sache. Laut Ulrich verlängert regelmässiges Velo fahren das Leben pro Jahr um nicht weniger als 10,6 Tage. (Bei täglichem Sport ohne die velospezifische Gefahr von tödlichen Unfällen übrigens wird das Leben gar um 12,4 Tage verlängert.) Die Folgen sind logisch und grausam: Wer länger lebt, belastet länger die Umwelt, denn er verbraucht mehr Energie. Für die Umwelt ist nichts so gut wie ein früher Tod. So einfach ist das. Die Konsequenzen sind ja wohl jedem klar.

083 Es ist erstaunlich, was alles geforscht wird an Universitäten. Es ist so schade, dass ich nie eine von innen gesehen habe.

084 In Japan hat ein Akifumi Ogino herausgefunden, dass die Produktion von einem Kilo Rindfleisch gleich viel Treibhausgase verursacht wie eine Autofahrt von 250 Kilometern (und zwar nur die Produktion, der Transport vom Bauer zum Schlachthof und von dort in den Laden und von dort zum Verbraucher ist in dieser Berechnung nicht enthalten).

084.1 Anders ausgedrückt: Zürich–Basel einfach = 330 Gramm Gehacktes.

084.2 Ein schöner Name: Akifumi. Ob der Mann wohl raucht? Wenn ja, welche Marke? Peace? Hope? Die gibt es nämlich in Japan. Peace und Hope. Was für Namen für Zigaretten. Gäbe es sie bei uns, ich würde mit dem Rauchen wieder anfangen.

085 Eine Handvoll guter Namen von Zigaretten (die es wirklich gibt): 666 (China); Abdulla Number 7 (England); American Jean's (Spanien); Bonus Value – Non Filter (USA); Between The Acts (USA); Big Brother (Paraguay); Black Man (Russland); Blue Man (Holland); Bonanza (Mexiko); Businessclass (Bulgarien); Carramba (Polen);

Chancellor Special Filter (Indien); Cyclone (Brasilien); DJ Mix Special Feel (Hongkong); Demi Tasse (USA); Ecstasy Menthol (China); Ego Style Gold Lights (Russland); El Kaiser (Spanien); Falling Rain 90 (Thailand); Feelings Mango (Belgien); Feten (Spanien); Filter 2000 (Serbien); Frappé (USA); Futura (Italien); Gaylord (Indien); Gang Du (China); In (Paraguay); Juwel 72 (Deutschland); Kontakt (Russland); Life (USA); Lolita Lights (Schweden); Longlife (Taiwan); Manager (Paraguay); Maximum (Russland); Orient 2002 (Deutschland); Partner (Japan); Pianissimo Slims (Japan); Sam Sam Sam (Indonesien); Stewardess (Bulgarien); Teen (Paraguay); The Baby (China); Trend (Finnland); Yak (Nepal).

085.1 Irgendwie stelle ich es mir ziemlich unterhaltsam vor, in einer paraguayischen Zigarettenfirma an einer Sitzung zur Namensfindung eines neuen Produkts anwesend zu sein. Man sässe dort in dicken Ledersesseln, rauchte und brainstormte. «Ich hätte da eine Idee: Teen.» Ein Raunen geht durch die Runde. «Wow! Super Name!» – «Genial!» – «Der Hammer, dieser Name!» – «Und wie wärs mit… äh… lasst mich nachdenken… Turbo?» Ein Gejohle bricht los! Ein Jubel wie selten gehört in einem Sitzungszimmer irgendwo in Paraguay. Man klopft mit den Knöcheln auf den Sitzungstisch, dass es sich anhört wie schwerster Tropenregen. «DJ Mix Special Feel?» – «Jaaaaaaa!»

085.2 Die Namen der Zigaretten werden übrigens noch schöner, viel schöner, wenn man die Verpackungen sieht: www.cigarettespedia.com. Vor allem die von Stewardess.

089 Gedanken sind wie Brillen. Manchmal sind sie klar und sauber wie die Schaufensterscheiben einer Trois-Pommes-Boutique, aber leider eher selten. Und oft werden sie ein bisschen schmutzig, ohne dass man es selber merkt. Erst ein anderer muss einen darauf hinweisen. Bloss kann man seine Gedanken schlecht am Hemdzipfel putzen.
090 Ich habe nun (nachdem ich festgestellt habe, dass ich aufs Alter hin mehr und mehr Mühe entwickle, Entscheidungen zu treffen, ins Zweifeln gerate) eine neue Technik, dem Leben zu begegnen: mit Optimismus. Ich glaube aber nicht, dass es funktioniert.

091 Die Scrabble-Partie gegen Lady Swap beginnt so, wie noch nie eine Scrabble-Partie begann. In den ersten drei Spielzügen konnte ich jeweils alle Buchstaben loswerden. Zuerst horizontal UNWESEN. Dann vertikal RATLOSEN. Dann noch ANKAMEN. Drei Spielzüge: 190 Punkte. Wenn das so weitergeht, dann liegen 500 Punkte drin. Oder 600. Oder 700.

091.1. Leider ging es nicht so weiter mit Lady Swap. Sie vertrödelte die Partie. Nach sieben Tagen ohne Spielzug wird die Onlinepartie automatisch gelöscht. Ich muss mir eine brutale Strafe für sie einfallen lassen. Extrem brutal. Und gemein.

092 SMS von J. aus Basel: «Wenn NYC der Big Apple ist, dann lebe ich in der grossen Pflaume.» «Wurmstichig?», schrieb ich zurück. J. schrieb: «Ja. Wurmstichig.»

093 Ein Lastwagen donnert vorbei, und ich denke, dass man manchmal ganz schön nah an der Strasse steht. Zehn Zentimeter näher, und man wäre Mus. Ein Schritt wäre das Ende. Oder mindestens ein erheblicher Teil des Endes. Alumess steht auf der blauen im Fahrtwind knatternden Plane. Alumess ist eine in der Metallindustrie tätige Firma aus Rottenschwil. Ich bin sehr froh, bin ich nicht bei Alumess im Telefonmarketing tätig – und dort für den Bereich englischsprachige Länder zuständig. «Hello, this is Mister Max from Alumess... yes... Alumess... okay... no problem, I can spell it...» Wer denkt sich eigentlich diese Namen aus?

094 Einmal schrieb ich, der Baum namens Birke sei ein Arschloch. Ich kam zu diesem harten, aber gerechten Urteil meiner mich halb wahnsinnig machenden Allergie wegen. Jetzt hat die Birke ausgeblüht. Die Pollen sind verschollen. Aber so ist die Natur: Es gibt für alles einen Stellvertreter oder eine Stellvertreterin. Ist was weg, kommt was Neues. Rupft man was aus, wächst was Neues nach. Und zwar ganz schnell.

An die Stelle der Birken sind in meinem Fall die Herbstgrasmilben getreten. Oder gesprungen. Die fiesen Viecher warteten im Gras des Bündnerlands, wo ich mich für ein Nickerchen niederlegte in einem schönen Garten und bei geschlossenen Augen lauschte, wie ein Vogel aus der Familie der Spechte nicht zu fern dem ritualisierten Klopfen frönte, und ich dachte darüber nach, ob die Natur die Spechte wirklich mit besonders wenig Gehirnflüssigkeit ausstattete, damit sie keine Gehirnerschütterungen durch das Hämmern mit dem Schnabel bekommen. Das hatte ich nämlich irgendwo gelesen. Dann nickte ich ein. Stunden später, beim allabendlichen Entkleiden vor dem Zubettgehen, wurde mir fast ein bisschen schlecht, als ich mich im Spiegelschrank sah. Zerstochen, als habe einer mit einer Uzi auf meine Beine draufgehalten und sein Magazin verfeuert. Die Beine waren übersät mit Einstichen. Und ich wusste, was ich noch immer weiss: nicht kratzen! Nicht kratzen! NICHT KRATZEN!

094.1 Am wohlsten ist den Herbstgrasmilben, wo es feucht und warm ist. In den Kniekehlen etwa. Das kann ich verstehen.

094.2 Natürlich habe ich dann gekratzt. Und wie ich gekratzt habe. Wie ein Kratzweltmeister habe ich gekratzt. Gekratzt, gekratzt, gekratzt.

095 Vor lauter Langeweile auf der Homepage des Auktionshauses Christie's vorbeigeschaut, um zu sehen, wie teuer der schwarze Ferrari 250 GT Lusso von Steve McQueen wegging. Er brachte 2,31 Millionen Dollar. Vor lauter Langeweile im Katalog einer kommenden Kunstauktion gelandet. Vor lauter Langeweile für ein Bild von Georg Herold 10 000 Dollar geboten. Einfach so. Ich hoffe sehr, dass das Bild einen anderen Käufer findet. Sonst bekomme ich ein Problem. Oder zwei. Oder noch mehr. Ich hätte nicht gedacht, dass man so leicht zum Spassbieter werden kann.

096 SMS von Freund F1: «Darf man ein Salsiz im Stehen essen?»

097 Manchmal lohnt es sich doch, Freunde zu haben. Davon handelt die Geschichte. Die Geschichte beginnt an einem normalen Tag vor vielen, vielen Wochen. Mein Freund, der Künstler, rief mich an. Er sagte, er habe eine Einladung, zu der er mich gern einladen würde. Der Künstler hat Freunde, die sehr erfolgreich sind. Diese erfolgreichen Freunde wiederum sind Freunde eines Mannes namens Jean Todt (sprich: schon tot). Todt ist ein gottgleicher General in glamourösem Gebiet:

Er ist Sportdirektor des Ferrari-Rennstalls. Der Künstler sagte, wir seien von Todt eingeladen zum Grossen Preis von Monza, als VIP-Gäste, zum Rennen im königlichen Park nordöstlich von Mailand.

097.1 Einmal VIP sein, endlich. Ich stellte es mir schon vor. Wie einfach das ist: sich Dinge vorzustellen. Und wie schön. Der Künstler sagte: «Jean Todt wird uns persönlich treffen, am Samstag um fünf, vor seinem Motorhome.» Die schöne Vorstellung wurde noch schöner, sie fing an zu strahlen wie Plutonium in einer Folge der Simpsons. Ich sah schon Todts tolles Motorhome. Eine Villa auf Rädern. Dort sassen wir, und ich stellte Todt viele Fragen, die ich zu einem später preisgekrönten Interview zusammenfassen würde («Was ist Ihr Lieblingsessen?», «Treiben Sie Sport?», «Welche Schuhnummer tragen Sie?»).

097.2 Pünktlich um zehn vor sieben am Morgen eines sonnigen Samstags holte mich der Künstler mit seinem klapprigen Alfa ab. Richtung Süden röhrend, hörten wir höllenlaut Filmmusik, um uns richtig in Rennstimmung zu bringen: «La Strada» von Nino Rota. Und wir redeten darüber, was uns bevorstand. Die Behandlung als VIP. Einsichten in eine Welt, die uns bis dahin ungerechterweise immer verschlossen geblieben war. Kurz vor der Mittagszeit kamen wir an. Wir holten unsere VIP-Pässe und legten sie uns um den Hals, als seien es Goldmedaillen (die wir eben an den Olympischen Spielen erhalten hatten, im Doppelrodel etwa). Und als ob wir es nicht glauben konnten, sahen wir die Pässe immer wieder an. VIP stand drauf. Gäste von Ferrari. In diesem Moment waren wir kleine Buben, die sich anstupsten – dann stoben wir davon Richtung Rennstrecke.

097.3 Wir fanden unseren Weg, und bald betraten wir das Fahrerlager. Dort stehen wie moderne Burgen die Motorhomes der Rennställe. Riesige Sattelschlepper, aus denen mammutbaumhohe Antennen ragen. Sattelschlepper, die aneinandergekoppelt moderne Zeltstätten darstellen. Luxusnomadenrastplätze. Genau das Richtige für uns. Die Ferrari-Wagenburg bestand aus drei gigantischen, rot glänzenden Motorhomes. Zum Ersten wurde uns der Zugang verweigert. Wir wedelten mit den VIP-Pässen, doch bald erkannten wir, dass VIP-Pass nicht gleich VIP-Pass ist. Man schickte uns weg, als seien wir Bettler. Beim zweiten VIP-Motorhome sassen wir schon bald in klimatisierter Atmosphäre auf Desingerstühlen von Konstantin Grcic, auf tausend Flatscreens liefen bunte Bilder, und wir hatten ein kühles Bier in der Hand. Der Künstler wollte eben etwas sagen, wie gut es uns ging, als plötzlich ein Mann an unser Tischlein kam und vor uns in die Knie ging. Er lächelte. Seine Ferrari-Uniform leuchtete, und wie Orden hatte er auf seinem Hemd viele, viele Sponsorenschilder aufgenäht. Wir dachten, er käme, um uns zu begrüssen. Wir dachten, er erzähle, welche Ehre es für ihn sei, uns bei Ferrari willkommen zu heissen. Wir dachten, er bringe Prospekte und Abziehbildli und Einladungen für After-Race-Partys mit heissen Girls.

Wir dachten, ja wir dachten, und das war unser Fehler. Der Mann lächelte sehr. Er sagte leise: «Entschuldigen Sie, meine Herren, aber diese Lounge ist exklusiv für die Kunden von unserem Sponsor Philip Morris. Ich bitte Sie, zu gehen.» Wir waren baff. Der Künstler zündete sich sofort eine Zigarette an, um zu zeigen, wie super er Philip Morris und Krebs machende Raucherwaren findet, wie philipmorrisphil er war. Ich wedelte mit dem VIP-Pass. «Wir sind Gäste von Jean Todt!», rief ich aus. Der Mann, noch immer kauernd, lächelte und sagte nichts, er nickte und sagte dann sanft: «Es tut mir so leid.» Er stand auf und ging. Und wir, wir wurden langsam, aber sicher etwas nervös.

Wir stürzten die Biere und stolperten nach draussen, stumm protestierend. Dort war Spätsommerhitze und chaotisches Hin und Her. Fernsehteams lauerten wie Hyänen vor den Motorhomes, auf dass ein Fahrer oder (noch besser) ein echter Prominenter oder (noch viel, viel besser) die

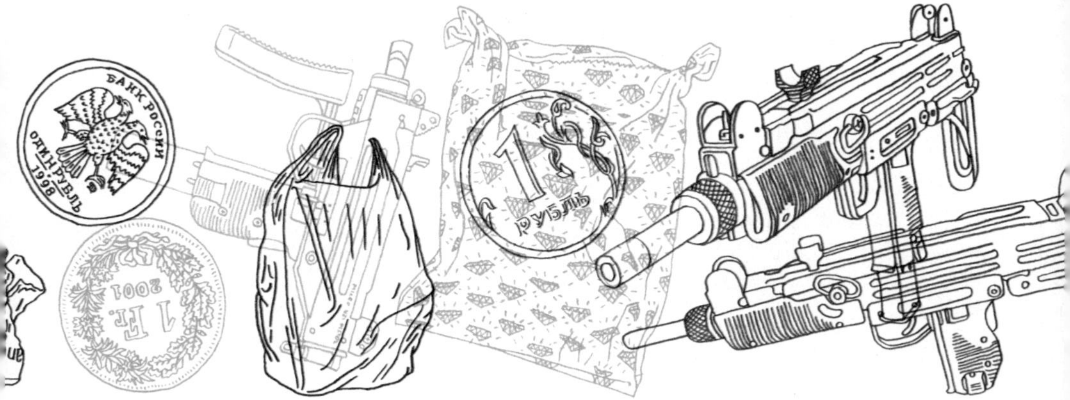

leicht bekleidete Frau eines echten Prominenten vor ihre Linsen/Mikrofone purzelte. Ich sah den Vater von Lewis Hamilton. Er war sehr klein. Ich sah Sylvester Stallone. Auch er sehr klein. Viele erfolgreiche Menschen scheinen klein zu sein. Darüber sollte man einmal nachdenken. Bin ich deshalb so gross? War das nicht Tom Cruise, oder war es nur einer, der das Tom-Cruise-Lächeln trug, oder war es ein Kind? War das dort nicht die Tochter des hier tödlich verunglückten Jochen Rindt, die nun die Pilotin von Bernie Ecclestones Privatjet ist? War dieser in Stiefeln wankende Doppelwackelpudding-Wachtraum nicht die Neue von Flavio Briatore? Und war der Mann, der sich in der spiegelblank polierten Haut eines Motorhomes spiegelte, war der nicht ich selbst? Erkannte ich mich immer noch, obwohl ich einen VIP-Pass um meinen Hals trug?

Wenig später sassen der Künstler und ich im letzten und dritten in den Farben von Ferrari gehaltenen Motorhome an einem Tischlein, das für Sponsor Martini reserviert war. Ein Kellner in Ferrari-Uniform kam heran. «Are you Martini?», fragte er. «Oh yes, sir», sagten wir, «this is Bianco. I am Rosso.» Beim Rausgehen stopften wir schnell das halbe Buffet in unsere Münder, die zu mit Mortadella und Mozzarella gefüllten Mischmulden wurden. Dann standen wir wieder in der Sonne. Kauend. Kauend auch an der Erkenntnis. Nirgendwo waren wir willkommen. Gäste von Ferrari, aber nur ein VIP-Pass. Er schien nichts zu taugen. Manche trugen Büschel von Pässen um ihre Hälse. Gut, dachten wir. Gehen wir halt auf die Tribüne und sehen uns das Qualifying an. Deshalb waren wir ja hier. Wegen des Rennautos. Des Sports. Der Sache an sich. Wir waren Benzinboys, nicht Societyschnösel. Aber an jeder Pforte stand ein Mann, der den Kopf schüttelte. Wir hörten die Wagen, sie waren höllisch laut. Aber sehen konnten wir sie nicht. Wir hatten keinen Zutritt. Die Welt, sie war uns verschlossen. Ein VIP-Pass ist kein VIP-Pass.

«Ich würde mal darüber nachdenken, was für Freunde deine Freunde sind», sagte ich zum Künstler, «so wie ich darüber nachdenke, was für Freunde meine Freunde sind. Ich habe das Gefühl, dass deine Freunde nicht den Stellenwert in der Gesellschaft einnehmen, den einzunehmen sie sich vorstellen.» Der Künstler war sehr still. Wir waren unterste Schublade, Bodensatz-VIPs. Als wir uns damit abgefunden und die Rennwagen ausgeheult hatten, da war das Training vorbei. Wir zottelten davon. Unter diesen Umständen konnte uns das Rennen vom nächsten Tag gestohlen bleiben. Wir reisten ab!

Vom VIP-Helikopterlandeplatz starteten im Sekundentakt die lauten Viecher mit ihrer reichen Menschenfracht. Es sah nach Flucht aus, nach Evakuation. «Auch die Reichen wollen heim», sagte der Künstler. Wir schlossen uns der Masse an,

dem Fussvolk, ergossen uns in die Prozession der Unterschicht, die mit schlappen Fahnen und ohne viel Euphorie den Ort des Spektakels verliess, und gingen, bis wir beim Auto waren. Bald waren wir im Stau. Bald auf der Autobahn. Der Künstler sagte: «Wie die moderne Gesellschaft ist das Spektakel zugleich geeint und geteilt. Wie sie baut es seine Einheit auf der Zerrissenheit auf. Aber wenn der Widerspruch im Spektakel auftaucht, wird ihm seinerseits durch eine Umkehrung seines Sinnes widersprochen, sodass die aufgezeigte Teilung einheitlich und die aufgezeigte Einheit geteilt ist.» «Wow», sagte ich, «genau meine Rede.»

Als Jean Todt um 17 Uhr vor sein Motorhome trat, um uns zu empfangen, auf die Uhr blickte und etwas murmelte («Où sont mes copins?»), da waren wir schon vor Chiasso. Bald daheim. «Zu Hause bin ich mein eigener VIP», sagte ich, als ich die Tür des Alfas zuschlug und dem Künstler winkte, der in der Nacht verschwand und die Nacht bald in einem Traum.

098 Und dann stand der Chef in meinem Büro, und ich klappte superschnell den Laptop zu, in der Hoffnung, dass er nicht gesehen hatte, dass ich am Scrabble spielen war. Der Chef lächelte, und Dampf stieg aus dem Plastikbecher mit Kaffee, und ich dachte, dass mein Chef eine Hand aus Eisen haben muss, dass er sich die Pfote nicht verbrennt (und einen ebensolchen Magen, dass er diesen Automatenkaffee verträgt). Wenn ein Chef lächelt, dann ist das ein schlechtes Zeichen. Er sagte: «Schreib mal eine Kolumne über Politik!». «Politik», sagte ich in einem fragenden Tonfall. Das Wort aus meinem Mund klang, als hätte ich es noch nie ausgesprochen. Es klang, als beschriebe es ein ungarisches Niedergar-Fleischgericht.

«Politik? Du meinst Politik?» Er nickte. Eben hatte ich für eine Zeitschrift für Frauen eine Kolumne zum Thema «Wann wäre ein Mann gern eine Frau» geschrieben. In solchen Dingen kenne ich mich aus. Ich hätte auch eine Kolumne zum Thema «Zwölf coole Anmachsprüche für alte dicke Männer mit Bart, die auf verrückte Babysitterinnen stehen» schreiben können. Oder eine über «Wandern im Minirock, pro und kontra/Leki-Teleskopwanderstöcke nicht nur für xxxxxxxxxxxxxxxxxxxxx. Aber über Politik? Ich schüttelte den Kopf und klappte meinen Laptop auf, spielte weiter Scrabble. Das Wort «Politik» war noch in meinem Kopf. Ich spülte es hinunter, dorthin, wo es hingehört. Im Scrabble legte ich NERVEN.

099 Politik ist total doof. Doofer als Politik sind nur noch die Politiker.

100 Jubiläumsabschnitt dieser Kolumne. Der 100. Abschnitt! Fanfaren. Trompeten. Feuerwerk. Musik ab Band: Irgendwas von Pavarotti. Volume auf

10. Oder 11.

101 Noch doofer als Politiker sind nur: gewisse Politiker. Doofer als gewisse Politiker ist nur ein gewisser Politiker.

102 Heute Morgen las ich die «Weltwoche». Ich dachte, dass die verdammt bulimisch geworden ist. Anorektisch. Ungesund dünn. Das Supermodel unter den Zeitschriften. Sie bestand aus bloss sechs Seiten. Dann merkte ich, dass es gar nicht die «Weltwoche» war, die ich las, sondern die Werbebroschüre von Christoph Mörgeli, dem dauergrinsenden xxxxxxxxxx von der SVP. Diesem xxxxxxxx. Diesem xxxxxxxxxx. Wenn ich den Mörgeli sehe, dann wird mir immer ein bisschen schlecht. Nein, mir wird nicht bloss ein bisschen schlecht, ich xxxxxxxxxxxxxxxxxxxxxxxxxxxx xxxxxxxxxxxxxxxxxxxxxxxxxxxxxxxxxxxxxxxx xxxxxxxxxxxxxxxxxxxxxxxxxxxxxxxxxxxxxxx. Neben Mörgeli ist Blocher ein netter Onkel.

102.1 Super: Mörgelis Slogan in der Wahlbroschüre: «Unabhängig, unerschrocken, unermüdlich». Klingt nach einer Mischung aus Antidrogen, Action- und Pornofilm.

103 Ich ging zum Chef ins Büro. «Chef», sagte ich, «mir fällt nichts ein zum Thema Politik.» Er entgegnete: «Du hast doch mal erzählt, am letzten Weihnachtsessen, zwischen zwei Schnäpsen, dass du mal Kandidat für den Gemeinderat in dem Kaff warst, wo du aufgewachsen bist.» «He», sagte ich, «das ist kein Kaff, das ist ein Dorf, ein schönes Dorf, es heisst Maisprach und ist berühmt für Weinbau und wurde eben 800 Jahre alt. Und dass ich dort einmal Gemeinderatskandidat war, ist eine Lüge. Keine Ahnung, wer solchen Seich erzählt.» Ich ging in mein Büro und spielte weiter Scrabble.

104 Als ich 18 Jahre alt war, liess ich mich als Kandidat für die Gemeinderatswahlen in meinem Heimatdorf Maisprach (BL) aufstellen. Es gab dort keine Parteien, bloss Einzelmasken. Ich warb mit dem Slogan «Der Jugend eine Chance!». Es standen noch andere Dinge auf dem Flugblatt, das ich in alle Briefkästen verteilte. Zum Glück erinnere ich mich nicht mehr daran. Ich dachte damals, dass die Politik vielleicht etwas für mich sein könnte, weil mir die freiwillige Feuerwehr nicht wirklich zusagte. Ich wurde nicht gewählt. Es fehlten mir 41 Stimmen. Ich denke, ich bin damals noch knapp davongekommen.

105 Ich ging wieder zum Chef ins Büro. «He Chef», sagte ich, «kann ich anstatt über Politik nicht etwas über Gummitwist machen? Ich glaube, das ist wieder total in.» Der Chef sagte nichts. Ich zuckte mit den Schultern und ging wieder in mein Büro, legte MAGIKER und fragte mich, ob meine Scrabble-Gegnerin wohl merkt, dass das Wort gar nicht im entscheidenden Duden steht.

106 Klumpen am Telefon. «Was du da geschrieben hast, dass es nichts Schlimmeres gäbe als Politik beziehungsweise Politiker, das stimmt nicht. Es gibt etwas, was noch viel schlimmer ist.» «Ach ja», sagte ich, «und was wäre das?» – «Religion.»

107 Heute bekam ich endlich wieder einmal Post. Elektronische Post. Von einem Mann, den ich nicht kenne: «Dear. My name is Barrister Leon Marc, an Attorney at Law. I am writing to notify you of the unclaimed inheritance deposit of our late client, Mr. Morris Bill, who passed on to the Great beyond on Tuesday, August 24, 2004 in the Siberia Airlines Tu-154 Crash. I got your contact address through a web search engine in my quest to get a reliable individual (...) Please revert back to me urgently with your telephone and fax numbers for more information on the amount of inheritance, procedure and legality of this claim via this email address: barr1_leon@hotmail.com
Regards, Barrister. L. Marc»

107.1 Bin ich bald ein sehr, sehr reicher Mann? Und falls ja: Wird mich der Reichtum verderben?

Werde ich trotzdem so zu meinen Freunden sein, wie ich es bis jetzt war? Werde ich mein Leben radikal ändern? Den Job an den Nagel hängen?

107.2 Eine Kolumne, die ich gern einmal schreiben würde: «Ich habe von einem mir Unbekannten 1 Million geerbt. Was nun?» Oder: «Ich habe von einem mir Unbekannten 10 Millionen geerbt. Was nun?» Oder: «Ich habe von einem mir Unbekannten 100 Millionen geerbt. Was nun?» Oder: «Ich habe von einem mir Unbekannten 1000 Millionen geerbt. Was nun?»

107.3 Ich kenne jemanden, der ist 14 Milliarden schwer, etwa. 14 Milliarden klingt nicht nach besonders viel. Wenn man sich aber überlegt, dass 14 Milliarden 14 000 Millionen sind, dann wird einem klar, dass man damit einiges anfangen könnte.

107.4 Eine Kolumne, die ich gern einmal schreiben würde: «Ich habe von einem mir Unbekannten 14 000 Million geerbt. Was nun?»

107.5 Klumpen am Telefon, immer noch. «Schlimmer als Religion ist nur etwas.» «Ach ja?», fragte ich, «eine gewisse Religion?» «Nein. Im Gotthardtunnel im Stau stehen, nachdem man zuvor einen Liter Most direkt ab Fass getrunken hat. Und weisse Hosen trägt. Etwas ganz anderes, mein Freund: Hast du im ‹Blick› gelesen, dass die Moderatorin Eva Camenzind einmal Millionen erben wird?» – «Echt?» – «Ja, die von Evas Grossvater gegründete Chemiefirma für Selbstbräuner und so Zeugs wurde verscherbelt, für 100 Millionen oder so.» – «Wow. 100 Millionen. Das ist ein schöner Batzen.» Von Eva hab ich mal geträumt. Wir waren in einem Lift eingesperrt. «Nun, ich hoffe, dass ich auch bald von Eva träume», sagt Klumpen, und mit Nachdruck: «von Eva UND den Millionen. Ziemlich gute Zutaten für einen Traum, finde ich.» Ich musste Klumpen recht geben. Ziemlich gute Zutaten für einen Traum.

108 Heute wollte ich im Scrabble Uzi legen. Aber Uzi steht nicht im Duden. Zwar gibt es Uz, was Neckerei heisst. Es gibt Uzbruder, uzen, Uzerei und Uzname, aber keine Uzi. Ich werde der Duden-Redaktion einen Brief schreiben müssen und die Eintragung von Uzi vorschlagen. Im Internet gibt es Uzi. Google landet 4 010 000 Treffer. Die Uzi ist eine Maschinenpistole und neben Soda-Club der grösste Exportschlager Israels. Konstruiert wurde die Maschinenpistole von Uziel Gal, Spitzname Uzi, einem als Gotthard Glas 1923 in Weimar geborenen Techniker, der nach der Machtergreifung Hitlers nach England flüchtete, sich später im Kibbuz Yagur in Palästina niederliess. Der Mensch Uzi konstruierte die Maschine Uzi 1949. Sieben Jahre später bekam er von Ministerpräsident David Ben-Gurion dafür den Israel Security Award. Ende der Fünfzigerjahre bezog die deutsche Armee die Maschinenpistole aus Israel – Jahre bevor mit dem Land diplomatische Beziehungen aufgenommen wurden. In den Siebzigerjahren ging Uzi seiner gehirngeschädigten Tochter wegen in die USA, da sie dort die nötige medizinische Betreuung bekam.

108.1 Uzi arbeitete weiter als freischaffender Waffendesigner. In den USA begann Uzi, sich eine Waffensammlung anzulegen. Am 28. November 1979 kaufte er sich seine erste Schusswaffe, eine Beretta 84, Kaliber 380, Kosename Cheeta, aus Gründen der persönlichen Sicherheit. Fünf Jahre später kam ein Gewehr dazu, ein österreichisches Steyr Modell AUG, Kaliber 223. AUG ist die Abkürzung für Armee-Universal-Gewehr. Dann kaufte Uzi jedes Jahr mehrere Waffen. Am 3. Mai 1995 erstand er gleich vier Schusswaffen, eine Ultrastar und eine Firestar von Interarms sowie eine Category 9 von Intratec und eine eben auf den Markt gekommene K9 von Kahr, eine sehr kompakte, kurznasige Pistole, die auch bald bei Frauen beliebt sein sollte. Seine 63. und letzte Waffe kaufte er am 30. August 1996. Eine CZ Modell VZ38. Uziel Gal starb am 7. September 2002 an Krebs.

109 Ich weiss nicht, wo Sie jetzt sitzen, in dem

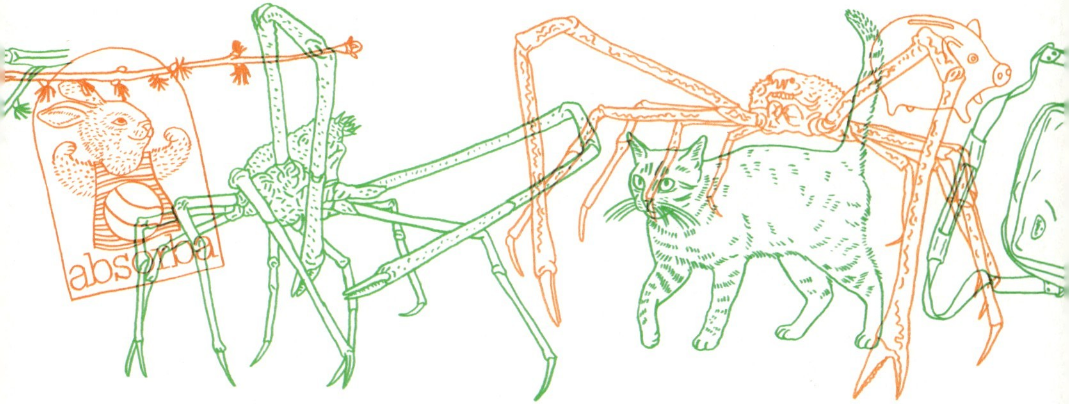

Moment, da Sie dies lesen. Ob in der Küche an der Türkheimerstrasse in Basel, im vierten Stock oben, im achten Monat schwanger. Ob an der Scheideggstrasse in Zürich, auf dem Sofa von B&B Italia, Modell Charles, die Beine auf dem Tischchen, während vier Kinder einen Indianertanz um Sie machen. Ob im Bus Nr. 10 in Bern, der eben vom Schosshaldenfriedhof losgefahren ist, Richtung Galgenfeld, hinter Ihnen einer, dem irrsinnig laut Heavy Metal aus den verstöpselten Ohren scheppert und der mit dem Kopf wackelt. Ich weiss es nicht. Was ich weiss: Ich sitze auf einem Balkon, der hoch aus einem Hotel ragt. Unter mir liegen die von Gipfeln gerahmten 137 Millionen Kubikmeter Wasser des Silsersees glänzend, vom Wind gekräuselt, so klar, dass ich mir wünsche, dass nur einmal in meinem Leben ein Gedanke von solcher Klarheit wäre (und trüb kommt mir in den Sinn, dass dem nie so sein wird). Dann die Luft. Was soll ich sagen? Sie bleibt einem weg, so gut ist sie, gefiltert von den Lärchen, deren Zahl Legion ist, gelb glänzend im herbstlich flachen Licht, als stünde der Wald in Flammen. Die Szene, die mein Auge sieht, ist von solcher Schönheit, dass der Gletscher in mir, die Akkumulation der Emotionen von 38 Jahren, zu schmelzen beginnt, sabbert und die Gletschermilch meine Augen nässt.

109.1 Später sitze ich in der walfischbauchmächtigen Hotelhalle und denke nach. Das kann man hier oben, obwohl einen vor dem hohen Fenster die Lärchen dabei beobachten. Ich denke: Was bin ich doch für ein verdammt guter Mensch! Und ich kann mich eben noch beherrschen, dass ich nicht mit der Faust auf das Tischlein haue, um es zu bestärken, bamm!, dass der Teekrug (Eisenkraut darin) hüpft, das Porzellan klappert: Was bin ich doch für ein verdammt gutes Wesen. Ich mache Ferien im Engadin. Ich bin nicht nach Thailand geflogen und auch nicht auf die Malediven und noch nicht einmal nach Sizilien, sondern fuhr ins Engadin und pumpte so gerade mal 150 Kilo CO_2 in die Luft (anstatt schätzungsweise 2,21 Tonnen). Wenn das nicht eine gute Tat war, ist, sein wird! Ich weiss: Zu Hause wird eine Medaille auf mich warten auf einem Kissen aus Samt in einer schönen Schatulle. Ich sitze in der Hotelhalle, schliesse die Augen und höre leise Musik.

109.2 Wie werden sich Kolumnen, in denen es um persönliche CO_2-Abrechnungen geht, in zehn, zwanzig Jahren lesen? Extrem altmodisch? Peinlich gar? Wird man dann über den Begriff CO_2 ähnlich denken wie heute über die «Rockwatch» von Tissot (wer eine hatte, erhebe die Hand)? Oder liest man in zehn, zwanzig Jahren gar nicht mehr?

109.3 Auf dem Weg zum Julier, der mich ins Engadin bringen würde, in einer der Kehren unterhalb des Marmorera-Steinbruchs bei der Ortschaft Sur,

dort sah ich einen Rolls-Royce stehen. Daneben ein Mann. Er trug dunkle Anzughosen und ein breit rosa-weiss gestreiftes Hemd. Er erlöste sich, dem knorrigen Wald zugewandt. Rolls-Royce-Fahrer sind auch nur Menschen, dachte ich. Wenig später hielt ich beim Steinbruch und wollte es dem Rolls-Royce-Mann gleichtun. Allerdings musste ich eine Weile warten, denn beim Steinbruch stand ein liegengebliebener Jaguar mit Thurgauer Kontrollschild, der eben auf einen Abschleppwagen verladen wurde. Der Jaguar-Mann sagte matt, der Kühlwassertank sei gerissen. Ich sagte nichts, dachte aber zwei Dinge gleichzeitig: 1. Tja, Jaguar. 2. Mein Kühlwassertank, der reisst auch gleich. Nein, er reisst nicht, er wird gleich bersten, platzen, explodieren. Dann endlich, endlich fuhr das Gespann davon, und ich erfuhr Erlösung der erhabeneren Sorte. Es war ein totales Rolls-Royce-Gefühl.

109.4 Die Landschaft des Engadins: Es wurde so viel über sie nachgedacht, sinniert und geschrieben, sie wurde mit Wörtern wie «metaphysisch» beschossen, und viele, viele Dichter machten sich an ihr zu schaffen. Sie musste so viel ertragen, und noch immer ist sie so schön und stark. Ein Wunder.

110 Heute las ich in der NZZ, die in dem Hotel zum Frühstück serviert wird, dass ein Gerhard Ertl den Nobelpreis erhalten habe für seine Verdienste in Sachen Oberflächenchemie. Ich mache mir nun ernsthafte Hoffnungen (circa drei Nonillionen), dereinst auch den Nobelpreis zu erhalten – für Oberflächenjournalismus.

111 Modernes Missverständnis im Büroalltag, mündlicher Natur, eines englischen Wortes wegen, das ein deutsches Wort wurde, irgendwann. Sie sagt: «Ich wäre schaurig gern mit dir im Team.» Er versteht: «Ich wäre schaurig gern mit dir intim.»

112 Beim Aufräumen fand ich eine Schachtel mit alten Zeitschriften. Sofort bekam ich einen Niesanfall. Verdammte Stauballergie. Nun ja, vielleicht war es auch gar keine Stauballergie, sondern bloss die natürliche Reaktion, wenn man mit Relikten seiner Vergangenheit konfrontiert wird. Trotzdem setzte ich mich auf den kühlen Fussboden, zog die Kisten zu mir und fing an, die Heftchen herauszunehmen. Eines stammte aus dem Dezember 1994, als man noch über Madonna schrieb, den Film «Timecop» rezensierte und von – total der neuste Trend damals – Neonunterbodenbeleuchtung für Autos berichtete. Auf dem Cover prangte die Titelstoryschlagzeile: «Schicksalsfrage: Soll ich ein Kind machen? Wenn ja, wie bleibe ich lässig?» Die Zeitschrift heisst «Tempo». Es gibt sie nicht mehr, damals aber schon, auch wenn

sie bereits im Sterben lag. Damals war vor 13 Jahren, und die auf dem Cover gestellte Schicksalsfrage war für mich so jenseits weit weg, als fragte mich jemand: «Soll man schon um elf Uhr abends ins Bett gehen, eventuell gar nüchtern?» Damals war ich 25. Heute sehen die Dinge anders aus. Das Kind ist gemacht. Es wird bald zwei Jahre alt, und es ist wunderbar. Den zweiten Teil der Frage, «Wenn ja, wie bleibe ich lässig?», zu beantworten fiel mir in dem Moment gar nicht so leicht. «Lässig» ist nicht unbedingt ein Wort, das man in den letzten Jahren oft verwendet hat. Als ich «Tempo» in mässigem Tempo durchgeblättert hatte, fühlte ich mich ziemlich alt. Aber nicht so alt, wie sich die Zeitschrift anfühlte. Ich war sehr zufrieden mit mir und meinem Leben, und ich sah aus dem Fenster, wo eine Katze um die Ecke des Nachbarhauses schlich, den schwarzen Schwanz zuckend in der Höhe. Ich dachte: Katzen haben es auch nicht nur einfach.

113 Falls jemand meint, Gott besitze keinen Humor, die oder der lasse sich sagen: Gehe ins Zoologische Museum in Zürich an der Karl-Schmid-Strasse 4 und steige die Treppe hinab zum untersten Punkt und betrachte dort die hinter Glas ruhende Japanische Riesenkrabbe – und du wirst erkennen, dass Gott ein Scherzbold ist. Ein Riesenscherzbold.

114 Kaum war die Folge der Fernsehserie «Lost» zu Ende, schaltete ich die Kiste aus und ging in den Keller, um die Wäsche aufzuhängen. Das ist zwar eigentlich die Arbeit meiner Frau (totale Gewaltentrennung: sie Wäsche, ich Küche), aber manchmal mach ich das trotzdem, nicht aus Spass, sondern weil ich ein toller, der Galanterie verpflichteter Kerl sein will. Leider ist es ganz schön anstrengend, ein toller Typ sein zu wollen. Der Keller kam mir an diesem Abend sehr, sehr dunkel vor. Ich hatte ein bisschen Angst, als die Tür hinter mir zuschlug und die Neonbeleuchtung stotternd ansprang. Noch nie schien die Kellertreppe so steil und lang. Würde ich in fünf Minuten noch leben? Oder hatte mich dann schon ETWAS in den Heizungskeller geschleift und nagte an meinen Eingeweiden? Dass «Lost» einem eine solche Angst machen konnte! Ich fing an laut zu pfeifen. «Alle Vögel sind schon da.» Oder war es doch nicht «Lost», was mir Angst machte, sondern war es die Erinnerung an den Junkie, der vor ein paar Tagen plötzlich in meiner Wohnung stand, im Gang, wankend, ziemlich fertig. Ich sass gemütlich auf dem weichen Sofa und las ein Interview mit Don DeLillo, das ich nicht wirklich verstand, als ich etwas poltern hörte und nachsehen ging. Da stand der Drogenkranke. «Heee, sorry, ups, falsche Wohnung, falsches Haus, heee, ich hab bei einem Kollegen eine Tasche eingestellt, die wollte ich holen, hey, sorry, sehen alle gleich aus, die Häuser, sorry, heeee, im Fall», sagte er, als er davontorkelte, aus der Wohnung, aus dem Haus. Der Computer war noch da. Die silberne Sparsau meines Sohnes auch. Es schien nichts zu fehlen. Nur das Gefühl von Sicherheit.

115 Als ich Klumpen auf einen Kaffee traf, schob er einen zusammengefalteten Zettel über den Tisch, ganz so, als seien wir Teil eines Filmes von Tony Scott und auf dem Zettel stünde eine Zahl, zum Beispiel der Code für die Türe zu einem Biowaffenlabor oder einem Nummernkonto. Als wäre das der Anfang zu einem James-Bond-Film. Das wäre doch mal eine Sache: Ein James-Bond-Film, der in Zürich beginnt.

Klumpen hat einen Kollegen, der seit 138 Jahren an einem Romanmanuskript schreibt, in dem es darum geht, dass ein in der PR-Branche tätiger Protagonist sich sehr darum bemüht, dass ein James-Bond-Film in Basel spielen soll, während der Fasnacht, mit einer Bombe, die in einer mit Allah verhöhnenden Motiven bemalten Laterne untergebracht ist und die um vier Minuten nach vier Uhr morgens in die Luft gehen soll. Eine Bombe, die das halbe Stadtcasino wegsprengt und auch Gigi Oeris Puppenmuseum, deren Druckwelle alle Bierhumpen und Frikadellen aus dem Braunen Mutz in den Himmel jagt, die dann als

Regen wieder auf Basel niederprasseln. Klumpen sagte mir einmal mit leiser Stimme, er habe die Passage lesen dürfen, sie sei stark. Sehr stark. Ich entfaltete den Zettel, den er mir zuschob.

«An was ich denke und wie viel», las ich, «am Beispiel eines Tages im Oktober im Jahr 2007, alphabetisch nicht geordnet, in Prozenten.» Dann folgte eine Auflistung. Sie ging so: Autos 8%. Berufliches 7%. Essen & Trinken 11%, davon 3% die Frage Bier oder Wein? Frauen 25%. Geld 12%. Geografisches, Orientierung, wo und wie ich wo hin muss 6%. Kleider (was anziehen) <1%, Körperpflege & -hygiene 4%. Nachrichten aus aller Welt 5%. TV-Programm 5%. Wetter 5%. Probleme der Erde, also Ängste (Erdbeben, Klimakatastrophe, Ähnliches), 5%. Musik 5%. Rechnungen 5%. Vergangenheit 5%. Menschen, die ich mag 5%. Menschen, die ich nicht mag 5%. Nichts 20%. FC Basel 5% (davon 3% «olé, olé», 2% «oje, oje»). Fussball international 5%. Warum mein Leben ist, wie es ist, 10%. Hab ich den Herd abgestellt? 1%. Politik 0,000009%. Theater 0,000001%. Vermischtes 5%.

Nachdem ich den Zettel studiert hatte, dachte ich darüber nach, wie eine solche Liste bei mir aussehen würde. Und ich war froh, dass sie anders aussehen würde. Nicht sehr anders, ein bisschen aber schon. Ich sagte: «Klumpen, du denkst über 160%. Du denkst zu viel. Du denkst über deine Verhältnisse!»

115.1 Es gibt einen Film, der in Zürich beginnt. Zwar kein James Bond, aber: Einem Mann wird auf professionelle Weise der Hals aufgeschlitzt, als er eben in einer Wohnung am Napfplatz einen in einem Bazooka-Kaugummi versteckten Mikrofilm studiert. Während des Rests des Filmes wird viel geklettert, und ein vermeintlicher Bösewicht heisst Freitag, aber nicht Daniel und nicht Markus, sondern Karl. Die Hauptperson ist ein Kunstprofessor namens Hemlock, der für Geld Leute tötet, um sich dann Pissarros und Boschs für seine private Sammlung zu kaufen. Irgendwie verständlich. Der Streifen heisst «The Eiger Sanction». Von und mit Clint Eastwood. Es ist einer meiner Lieblingsfilme; wenigstens in der Erinnerung.

116 Klumpen sagte, er habe in Zürich weilend den Fernseher angestellt. Dort sei er auf einem Sender namens Tele-Züri auf eine Sendung gestossen, die «Lifestyle» hiess. Es sei eine sehr verstörende Sendung gewesen. Ich kenne diese Sendung. Ich finde sie auch verstörend. Aber erst kürzlich sah ich eine Ausgabe, in der es darum ging, dass Bärte wieder «in» seien, wenigstens bei Männern. «Bärte können nicht IN sein, mein Freund», sagte Klumpen, «sieh dich doch an.» Zufälligerweise trage ich einen Bart. Irgendwann war er da, und dann wollte er nicht mehr gehen, und ich liess ihn gewähren. Ich ging nie so weit, ihm einen Namen zu geben. Ein Freund nennt ihn zwar Roland und lacht sich jedes Mal krumm bis zu einem Winkel von 5 Grad, weil ein Bart namens Roland sehr klug sein müsse, ein philosophischer Bart, wegen dem anderen Roland Bart natürlich, dem mit H und E und S am Ende. Ich lache dann jeweils auch ein bisschen. Aus Höflichkeit. Denn man muss freundlich sein zu seinen Freunden, und seien sie noch so witzig.

117 Am Bahnhof holte ich Klumpen ab. Er war nach Zürich gereist, um sich endlich das Hooters anzusehen. Ein Lokal am Helvetiaplatz, das bekannt dafür ist, dass die Bedienung weiblich ist, ihre Arbeit in orangen Hotpants und engen T-Shirts verrichtet und einen Tanz aufführt, wenn man nachweisen kann, dass man Geburtstag hat. Wir gingen zum Tram, und ich wollte ihn eben fragen, warum er mit dem Zug kam und nicht mit dem Auto, als er seine Hand hob. «Moment! Bildung!», sagte er, und schon war er im Bahnhofskiosk verschwunden. Ich blieb beim Eingang stehen und sah, wie er zielstrebig in die Ecke ging, die mit «Erotik Fliegen Wasser» beschriftet war, hoffte inständig, er bliebe anständig und interessiere sich neuerdings fürs Einhandsegeln oder Doppeldeckerflugzeuge, sah ihn dann aber kurz innehalten und sich dann jenem Ständer zuwenden, über dem geschrieben stand «Automobil Moto Hobby».

Kurze Zeit später im Tram hing ihm die Kiosktüte schwer am Handgelenk, schnitt ein ins

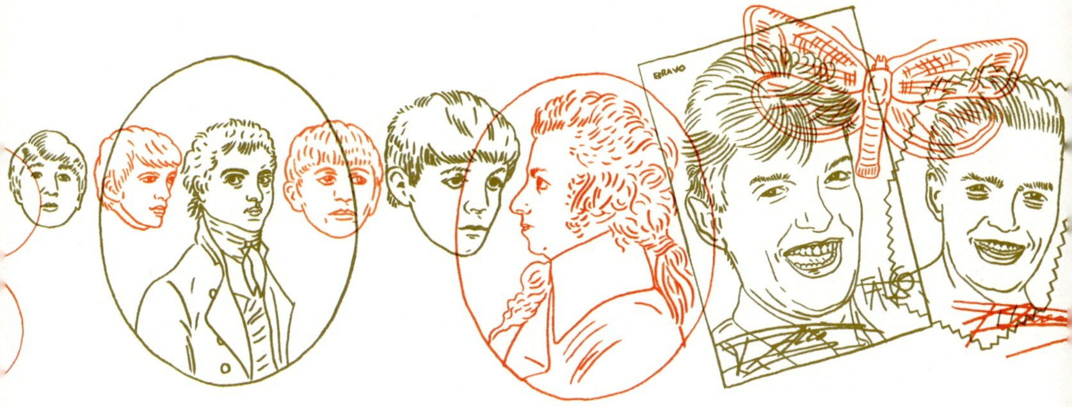

Fleisch, und ich fragte ihn, warum er die Heftchen jetzt gekauft habe, ob er sich so wenig von einer Unterhaltung mit mir verspreche, dass er es als nötig erachte, sich mit Zeitschriften aufzumunitionieren. «Nein. Aber ich habe Angst, dass ich nach dem Hooters nicht mehr weiss, wer ich bin und was ich will. Dann sitze ich im Zug nach Hause und habe keine Heftchen dabei, und dann ärgere ich mich nicht nur, sondern langweile mich zu Tode. Man muss die Dinge beschaffen, wenn sie verfügbar sind, nicht dann, wenn man sie braucht. So funktionieren auch Weinkeller. Hast du einen Weinkeller?» – «Nein. Ich bin ein Einzelflaschenkäufer.» «Gut», sagte er, «so lange du noch keinen Weinkeller hast, so lange bist du noch am Leben.» Ich protestierte nicht, meldete aber leise Bedenken an. «Ich stelle es mir eigentlich sehr schön vor, einen Weinkeller zu besitzen, in den man steigen kann, wenn man eine Flasche braucht. Dann muss man nicht immer in die Weinhandlung spurten, um fünf vor halb sieben. Allerdings müsste man dazu erst einmal einen Keller haben.»

117.1 Wir stiegen aus dem Tram. «Wir sind eine Station zu früh raus», sagte ich. Er sagte nichts, blieb vor einem Geschäft für Highend-Stereoanlagen stehen und zeigte in das Schaufenster, wo pavarottidicke Boxen standen, dicke Vorverstärker und noch dickere Endverstärker mit goldenen Knöpfen. Und eine kleine Büste stand dort inmitten der teuren Geräte, weiss und fein. «Mozart sah schon krank aus», sagte Klumpen, «total irr dieser Blick, krank und gaga.» – «Das ist nicht Mozart. Das ist Beethoven.» – «Ah. Nun ja. Ist doch egal. Sind ja beide tot, oder?» – «Egal? Das ist überhaupt nicht egal. Du kannst ja auch nicht John Lennon und Paul McCartney verwechseln. Die würden sich ärgern, die beiden.» – «Lennon ist tot. McCartney nicht. Das ist der Unterschied. Beethoven und Mozart sind beide seit der Zeit der Dinosaurier in der Kiste, sogar die Würmer haben die beiden Typen schon vergessen, also wen kümmerts, wenn man sie verwechselt?» – «Nun ja, McCartney ist ja irgendwie auch tot, oder?» – «Hast du eine Platte von Beethoven zu Hause?» – «Nein.» – «Hast du eine Platte von Mozart?» – «Nein. Ich habe überhaupt keine klassische Musik, ausser irgendwo im Keller die ‹Amadeus›-Maxisingle von Falco.» – «Ha! Erwischt! Vorhin hast du gesagt, du hättest keinen Keller.» – «Natürlich habe ich einen Keller. Jeder Mensch hat einen Keller. Aber mein Keller ist voll mit alten Schallplatten. Da ist kein Platz für Wein. So meinte ich das. Wo sollte ich hin mit den alten Schallplatten? Ich bräuchte einen zweiten Keller.» – «Und warum schmeisst du die Schallplatten nicht einfach fort? Willst du sie digitalisieren? Mit deinem Superdigitalisierungsplattenspieler, den du dir gekauft hast? Ich wette, dieser Superdigitalisierungsplattenspieler ist noch immer im Karton, in dem du ihn gekauft

hast. Ich wette, du hast ihn noch nie ausprobiert. Ich wette 100 Franken und eine Best-of-Mozart-CD.» Wir gingen weiter. Das Hooters wartete. «Ammmaaaaadeus, Amadeus», sang Klumpen, «Ammmmadeus, Amadeus, Amadeus, A-A-Amadeus.»

118 Im Radio am Morgen – draussen ist es noch dunkel, der antike VW Passat meines Nachbarn scheint schwarz vorm Fenster, obwohl er rot ist – sagt die Politikerin, als sie von einem Mister-Schweiz-Kandidaten befragt wird, wie das Buch heissen würde, das sie schreiben würde, würde sie ein Buch schreiben: «Je älter ich werde, desto schöner wird das Leben.» Ich muss lächeln, als sie es sagt, und das Lächeln ist bitterer als der Kaffee, den ich mir von den Lippen lecke.

119 «Du hast eine Midlife Crisis», sagte mein Chef. «W-w-wie kommst d-d-du denn da drauf?», fragte ich. «Weil du immer übers Essen schreibst. Das Thematisieren von Essen ist Ausdruck eines Problems. Essen ist bekanntlich ein Ersatz für Sex. Lies mal Freud.» «Ja», sagte ich, «Bud Spencer hat auch mal was in diese Richtung gesagt, dass Essen besser sei als Sex sogar. Aber ich möchte mich von dieser Meinung klar distanzieren.»

120 Lieber Mann, denn du musst ein Mann sein, keine Frau würde so etwas schreiben. Du schriebst am 2. November um 11.40 Uhr vom Computer Nr. 52 im Zimmer Nr. G08 des Erwachsenenbildungszentrums Zürich dieses Mail, natürlich anonym: «sehr geehrter herr küng. schon jahre warte ich auf einen bericht wie derjenige über ihre fahrt über die alp d'huez. und bewegen sie sich wieder mal. ich sehe sie hie und da im coop am stauffacher. Sie werden immmer feisser.» Lieber feiger Mann. Immer schreibt man mit zwei Exemplaren des Buchstabens M, nicht mit dreien. «immer», nicht «immmer». Also: Im Erwachsenenbildungszentrum nachsitzen, bis das sitzt!

121 Grosse Diskussion an einem Mittagstisch in einem Restaurant in der Nähe von Frauenfeld, wo ich war, um ein Auto zu besichtigen, das ich eventuell kaufen würde, vielleicht aber auch nicht. Wie tief ist der Bodensee? Und welches ist der tiefste See der Schweiz? Wie tief ist der? Ich wusste es nicht. Jetzt aber schon: 254 Meter; Lago Maggiore, 372 Meter. Am Nebentisch sass Johnny. Er rauchte Kette und erzählte von einer Operation. Das Blut schoss durch den Raum (in dem er in seiner Erzählung lag, lokal anästhetisiert, auf einem Schragen), es spritzte die Wände voll und die Schürze des Arztes, den er Metzger nannte. Ich konnte nicht recht verstehen, ob der Arzt wirklich Metzger hiess, oder ob Johnny ihn nur als solchen bezeichnete. Was ich verstand: Nächste Woche muss er sich die Hüfte machen lassen. Zu Essen

gabs Leberli und Rösti. Beides war sehr gut.

122 In Frauenfeld riecht es komisch. Man darf aber nicht sagen, dass es stinkt, sonst werden die Leute bös. Sie sprechen in dem Zusammenhang mit dem Geruch vom «Parfüm Frauenfelds». «Frauenfeld N°5». Es ist die Zuckerrübenfabrik. Ich finde, es stinkt bestialisch. Aber ich würde es niemals sagen.

123 Das Auto, das ich besichtigte, es ist nemoblau. Eine schwer zu beschreibende Farbe. Eine sehr schöne Farbe. Und sie ist älter als der Film «Finding Nemo». Ein dunkles Blau, fast graues Schwarz, respektive schwarzes Grau, aber auch ein bisschen lila, und wenn die Sonne hineinscheint, dann funkeln glitzernd hellblaue Partikel, ganz so, als blicke man ins Meer. Natürlich ist der Name doof. Nemoblau. Aber besser als der Name der Farbe des Autos der Freundin unseres Art Directors, ein Peugeot 106. Der ist vert Watteau. Ein metallisches Grün, das jedes Auge jucken lässt, benannt nach Antoine Watteau, dem bedeutendsten Maler des französischen Rokoko. Dann doch lieber ein Blau, das Niemand heisst.

124 Wichtige Notiz!

125 Heute zwei Bücher geschenkt bekommen. Eines von Georges Perec. Ob ich es lesen werde? Ich sollte mal mein Bücherregal durchackern und eine Erhebung anstellen, wie viele der Bücher ich wirklich gelesen habe, von vorn bis hinten, jeden Buchstaben. Das andere Buch, das ich geschenkt bekam, heisst «Fleisch sanft garen bei Niedertemperatur». Sicher ist im Moment nur eines: «Die Lage des Landes» von Richard Ford werde ich nicht fertig lesen. Ich bin jetzt auf Seite 198. Zwei Seiten schaffe ich noch, wenn ich alle Kraft aufwende, die ich noch habe, dann ist Schluss. Die restlichen 520 Seiten schenke ich mir. Ein schönes Geschenk!

126 Ich schaute aus dem Fenster. Ein Polizeiwagen fuhr mit Blaulicht und Sirene vorbei. Er parkte dort, wo schon drei Polizeiautos standen, bei der nächsten Ecke, ich konnte es vom Fenster aus gerade noch sehen. Polizisten rannten umher, die Hand am Hut. Mit rotweissem Plastikband sperrten sie die Strasse. «Norman Mailer ist gestorben», rief meine Frau, die im Nebenzimmer am Computer sass. «Jetzt kommt noch die Feuerwehr», sagte ich. Ich wusste nicht, ob sie es hörte. Kühl strahlte das Fenster. Es schneite, aber es waren keine Flocken, es waren weisse Punkte, und sie fielen viel zu schnell. Die Feuerwehr kam. Kein grosses, rotes, leuchtendes Feuerwehrauto, bloss ein grellgelber Kastenwagen. «Er wurde 84. Nierenleiden.» «Ich komme nicht dahinter, was es sein könnte. Ich tippe auf eine Schiesserei.»

Ich erschrak ein bisschen, als meine Frau plötzlich neben mir stand und sagte: «Eine Bombendrohung.» «Du sagst Bombendrohung?» Sie nickte. «Ich sage Tötungsdelikt im Café Marabu. Schiesserei. Beziehungssache. Ein Toter. Ein Verletzter. Kritischer Zustand.» Wir wetteten um ein Essen. «Sala of Tokyo?», sagte ich. Meine Frau reckte den Daumen in die Höhe. Das würde für sie teuer werden. «Schade um Norman Mailer», sagte ich, und ich wusste, dass «Harte Kerle tanzen nicht» auf meinem Nachttisch lag, Originalausgabe von 1984, mit einer Lesemarke auf Seite 38, wo ich vor zwei Monaten aufgehört hatte zu lesen. «In der Buchhandlung fragte ich mal nach Norman Mailer», sagte ich, «und die Buchhändlerin wusste nicht, wer er war. Zurzeit gibt es in deutscher Sprache gerade mal zwei Bücher von Mailer.» – «Ja. Ich weiss. Im Buchladen schickten sie dich in die Abteilung Philatelie.» – «Jetzt kommt noch ein Polizeiauto.» – «Ja. Aber sie rennen nicht mehr.»

127 Als ich im Lift zum Büro hochfuhr, die Maschine mich der Gravitation entzog, mühsam, langsam, knarzend, studierte ich den Aushang der Kantine, auf dem die grosse Asienwoche angekündigt wurde. Das Fischmenü hiess «Kung phat nam man hoy». Super Name für ein Gericht, dachte ich. Klingt wie: «Der fette Küng nahm einen Mann mit nach Hause.» Ich wusste, dass ich mich heute

nicht in der Kantine blicken lassen würde.

128 Mit Freude von der Grösse von mehreren Kubikmetern trug ich eine kleine, in Cellophan gehüllte Box vom DVD-Laden nach Hause, und dort riss ich sie auf, und bald hörte ich die vertraute Musik einer Fernsehserie aus den Boxen des alten B&O tschättern. Endlich wieder «24». Die sechste Staffel. Jack Bauer kommt aus China zurück (mit Bart, was ihn, so finde ich, reifer aussehen lässt und klüger), und dann gehts auch schon los. Aber nach einer knappen Stunde interveniert meine Frau. Sie sagt, sie würde sich das nicht mehr ansehen. Zu viel Folter. «Okay», sagte ich, «wenn du nicht mehr schauen willst, ich kann dich ja nicht dazu zwingen, ha ha.» Nun ja, ich muss zugeben, Jack ist nicht sehr zimperlich, aber hey, er hatte auch eine verdammt schwierige Zeit. Also schaute ich allein weiter.

Aber irgendwie ist es einfach nicht dasselbe. «24» ist etwas, das man im Kollektiv sehen muss. Man muss über die Dinge reden. Man muss den Schrecken teilen. Und als die fiesen Araber den 30-Millimeter-Schlangenbohrer auf ihre Bohrmaschine schrauben, um einen Mann zu etwas zu bewegen, was der eigentlich nicht tun will (und es dann natürlich tut), da musste ich auch leer schlucken, länger.

129 Drei Tage nach dem Vorfall mit der Polizei tauchte die Meldung endlich auf meiner Lieblingshomepage www.polizeinews.ch auf. Es war kein Tötungsdelikt und auch keine Bombendrohung. Ein Mann fuhr mit einem Auto in einen Veloständer. Zuvor hatte er sich mit der Polizei eine längere Verfolgungsjagd geliefert, bei der er mehrere geparkte Autos demolierte. Schliesslich versuchte er, zu Fuss zu flüchten, was ihm nicht gelang, weil er arg angetrunken war. Angefangen hatte das, was bei uns um die Ecke endete, in einer Bar an der Langstrasse, wo der Mann frühmorgens rausgeworfen wurde, weil er, so hiess es in der Meldung, «sich ungebührlich benahm».

130 Im Onlinescrabble gegen Simon mit 548 zu 277 gewonnen. Als letzter Zug ZUMACHEN gelegt, auf dreifach: 110 Punkte. Ein doch recht schönes Wort, um eine Partie zu beenden. Und ein recht schöner Wert.

131 Wir verabredeten uns auf der Gemüsebrücke zum Marroniessen, und ich war froh, es war so und nicht umgekehrt. Fies fegte der Wind vom See her, und ich musste auf der Stelle hüpfen, um nicht zu erfrieren. Klumpen kam zu spät. Ich vertrieb mir die Zeit damit, in die Auslage eines Uhrenladens zu schauen, und fragte mich eben, ob man eine zweite Uhr brauchte, und wenn ja, ob eine Rolex Submariner oder eine Omega Seamaster, als Klumpen plötzlich neben mir stand: «Ich hör sie ticken, deine innere Uhr, tick! tack! tick! tack! Das Ende ist nah. Und denk nicht im Traum daran, eine Submariner zu kaufen. An jedem zweiten Handgelenk eines jeden dritten Szenetrottels hängt eine Submariner. Wenn du cool sein willst, dann kauf dir lieber eine Seiko Marine Master.»

Ich zuckte mit den Schultern. Zuerst mit der linken, dann mit der rechten. Ich wusste nicht, ob ich cool sein wollte. Klumpen fügte hinzu: «Und wofür brauchst du eine Taucheruhr? Du kannst ja gar nicht schwimmen!» Ich wollte widersprechen, doch: Wo er Recht hatte, hatte er Recht.

131.1 Klumpen sagte, als wir zum Marronistand schlenderten, ich sei sowieso eher der Gemüse-Swatch-Typ, und er sagte noch etwas ganz anderes: Er sei in einem Geschäft gewesen, ganz in der Nähe. Einem auf Tradition getrimmten Laden für Lederwaren. Ludwig Reiter mit Namen. Dort gäbe es Stiefel, die würden als Marronibraterstiefel angeboten. «Ich kann verstehen, dass man zum Reiten spezielle Stiefel braucht und diese Stiefel dann Reitstiefel heissen. Aber was sind Marronibraterstiefel? Und dann kosten die auch noch 1000 Franken.» «Das wird wohl der Grund sein», sagte ich, «dass sie 1000 Franken kosten. Wer ausser einem Marronibrater kann sich so teure Schuhe überhaupt leisten?»

Beim Marronistand angekommen, bestellte

ich 100 Gramm. Eigentlich mag ich gar keine Marroni, aber ich wärme gern meine Hände an dem Tütchen. Klumpen sagte zum Marronimann: «400 Gramm, und ich schaue im Fall, ob sie ihre dicken Finger auf der Waage haben, ja?»

«Als ich jung war…», sagte Klumpen später, und bevor er weiter sprechen konnte, fuhr ich ihm schnell in den Satz, so wie Piero Esteriore ins Foyer des Ringier-Pressehauses: «…vor laaanger, laaanger Zeit also…», doch Klumpen sprach ruhig weiter, als hätte ich nichts gesagt, «…als ich jung war, da kosteten 100 Gramm Marroni 1 Franken 80. So lang ist das nicht her. Ein paar Jahre. Heute kosten 100 Gramm bis 3 Franken 50. Das ist eine Steigerung um fast 100 Prozent und schlägt sogar den Anstieg von Managerlöhnen. Wie viel verdient der Vasella?» – «42 Prozent mehr als früher. Ich glaube es sind etwa 44 Millionen.» – «Ich sehe schon die ‹Blick›-Schlagzeile: ‹Marronibrater schlimmer als Manager!›» – «Ja. Und das Klima! Diese Marronibraterstationen in der ganzen Stadt, die belasten die Umwelt schwer.»

Ein paar Gramm Marroni später sagte Klumpen in ernstem Tonfall: «Was würdest du mit 44 Millionen Franken Jahreslohn machen?» «Nicht viel», sagte ich, «das aber richtig.» «Vasella ist ein Vasall seines Gehalts», sagte Klumpen. «Sehr philosophisch», sagte ich, und die weissen Vögel über dem Wasser in der Luft lachten, und nichts machte ihnen etwas aus, weder der Wind noch die Kälte noch die Zeit.

132 Super Idee für einen Namen für ein Kind mit ADS: Rita Lina.

133 Was dachten wohl die anderen Patienten im Wartezimmer meines Zahnarztes, als sie das Cover des Buchs sahen, in dem ich las? Norman Mailers «Harte Kerle tanzen nicht.» Und was dachte ich? Ich dachte nichts. Ich hatte bloss eines: Angst.

134 SMS von Klumpen: «Mit Vasellas Vermögen würde ich GC kaufen. Sie müssten in pinken Shirts spielen und extrem knappen Höschen. Ich würde Zubi & Cantaluppi zurückholen und das Team in die 4. Liga führen.» Ich schrieb zurück: «Das Geld könntest du dir sparen. Die machen das von allein.»

135 Wie böse kann Gemüse sein? Ist es ein Zufall, dass ich für Stangensellerie auf dem Einkaufszettel bloss SS notierte und im Laden dann sah, welche Taste ich bei der Gemüsewaage drücken musste, als mein Lieblingsgrünzeugs in der Schale lag? Genau: die 88. Und was zeigte die Waage an? Genau: xxx Gramm.
Ich erkannte die Zeichen, liess das Gemüse liegen und flüchtete so schnell ich konnte aus dem Laden.

136 Im Orell Füssli am Bellevue suchte ich ein

Buch für Männer. Es trägt den temperamentvollen Titel «Ein Mann. Ein Buch» und enthält all das wichtige Zeugs, das ein Mann wissen muss (zum Beispiel, wie man eine Boeing 747 notlandet oder eine Flasche Bier ohne Öffner öffnet oder wie man gepflegt Konversation betreibt). «Aha», sagte die Frau am Informationsschalter, und schaute in den Computer, und es dünkte mich, sie schaute eine Sekunde länger, als sie hätte schauen müssen, was darauf hinwies, dass sie sich etwas dachte. Ich schämte mich ein bisschen. Noch nie hatte ich ein Männerbuch gekauft. «Hier haben wir's. 1. Stock. Abteilung Psychologie.»

Schwer atmend (natürlich war ich wieder krank geworden, die Schleimfabrik in mir hatte eben von hell- auf dunkelgrün und Schichtbetrieb umgestellt), ging ich die Stufen hoch und fand mich bald in der Abteilung Psychologie, gleich rechts neben den Kochbüchern. Das obere Regal in Psychologie war unterteilt in: «Farben» (4 Bücher). «Inneres Kind» (6). «Stress» (5). «Alter» (22). Ich wusste, es würde nicht mehr lange gehen, und ich würde bald dort zugreifen müssen. Aber jetzt noch nicht. Ich war noch 450 Tage von meinem 40. Geburtstag entfernt. Das untere Regal begann mit «Sterben» (17 Bücher), dann kam «Trauer» (18), «Essstörungen» (7), «Angst/Panik/Zwang» (21), und dann kamen «Frauen». Und sie kamen gewaltig. Über Frauen gab es im Regal 42 Bücher. Und wo waren die Männerbücher? Versteckt waren sie. Und es gab gerade mal elf Stück. Warum gibt es viel mehr Bücher über die Frau als über «Angst/Panik/Zwang»? Und warum gibt es mehr Bücher über «Angst/Panik/Zwang» als über den Mann? Sind Frauen viermal komplizierter als Männer? Sind Männer viermal simpler? Das sind Fragen, über die man mal nachdenken sollte.

137 Ein anderer Ort für Bücher ist das Bücherbrockenhaus. Ich liebe solche Orte. Dann und wann besuche ich sie, meiner Stauballergie zum Trotz, und geniesse niesend all das Zeugs, das in Vergessenheit geraten ist, wie etwa einen Bildband über die Olympischen Spiele in Sapporo oder den Ratgeber «Wurst-Dekorationen für tolle Partys». In Zürich gibts ein ziemlich grosses Bücherbrocki beim Bahnhof Enge. Als ich dort an der Kasse stand (und den Jahrgang 1982 PM-Magazine im Sammelordner bezahlte), sah ich einen Stapel Bücher und dort zuoberst eines von Paul Nizon. «Diskurs in der Enge». Ich hatte den Spruch schon auf der (ein bisschen wie ein Brötchen aus einem Siebzigerjahre-Kochbuch) belegten Zunge: «He, das passt ja, Diskurs in der Enge…ha ha…» Aber ich hielt mein Witzportal geschlossen. Ich war einfach zu krank. Der Schleim. Das grüne Zeugs. Das Rasseln in mir drin. Also bezahlte ich wortlos und trug ein ganzes Jahr PM nach Hause.

138 Kleine Annonce. Grosser Tipp. Ein neues

Buch ist eben im Verlag... Nein, fangen wir anders an: Nicht alles, was aus Deutschland kommt, ist bis innendrin verrottet und kaputt wie «Männer TV» auf DSF oder Lady Bitch Ray oder Boris Becker. Es gibt Dinge, die über den Dingen stehen, etwa die Kunst des Peter Piller, über den ich in diesem Heft bereits berichtet habe. Nun ist es so, dass dieser Peter Piller einen Mann in Deutschland kennt, der Christoph Keller heisst und der in einer alten Mühle am Bodensee wohnt, wo er seltene Tiere züchtet und aus Vogelbeeren preisgekrönten Schnaps brennt. In der alten Mühle betreibt er neben Zucht und Brennerei auch die Gestaltung von Büchern der schönen Sorte. Nun will es der Zufall, dass dieser Christoph Keller gleich zwei Bücher für Peter Piller gestaltet hat. Eines zeigt einen Einblick in das Schadensarchiv einer Versicherungsgesellschaft («Nimmt Schaden – Schweizer Landschaften»), das andere ist ein so dicker Brummer mit den versammelten Zeitungsarbeiten des Künstlers, dass nicht einmal Hulk Hogan es mehr als 15 Sekunden in der Hand am Ende eines ausgestreckten Armes halten könnte. Dieses Buch heisst «Zeitung» und erschien wie das andere beim Zürcher Verlag JRP Ringier. Es hat 1500 Bilder drin. Und es macht sich unter jedem Weihnachtsbaum bestens. So viel zum Thema Weihnachtsservice.

139 In einer Zeitung las ich, und zwar in einer richtigen Zeitung, also einer aus Papier, mit vielen Buchstaben drin (oh ja, das gibt es immer noch in diesen Zeiten: Buchstaben, daraus gebildete Wörter, manchmal ganze Sätze gar), der NZZ nämlich, dort las ich, dass eine Frau (37, Sachbearbeiterin) vor dem Zürcher Obergericht stand, weil sie einen Verkehrsunfall verursachte. An einem Freitag, dem 13. des letzten Jahres war sie in ihrem Auto in Horgen auf der Zugerstrasse unterwegs, als sie im Radio ein Musikstück hörte, welches sie als sentimental empfand. Nicht einfach bloss als sentimental, sondern als sehr sentimental. Und zwar so arg, dass sie in ihrem Innersten gerührt wurde und zu weinen begann. Bald weinte die Sachbearbeiterin so sehr, dass die Tränen in grosser Menge flossen und ihre Augen fluteten, ihr die Sicht raubten, sodass sie nicht mehr sah, dass sie die Mittellinie überfuhr, mit ihrem Wagen auf die Gegenfahrbahn geriet und dort mit einem korrekt entgegenkommenden Automobil kollidierte. (Der Unfall endete glücklicherweise ohne Personenschaden.)

Die Frau plädierte vor Gericht, sie habe sich nicht strafbar gemacht, denn sie habe ja nicht erwarten können, dass die Radiostation just jenes Lied spielte, das sie so arg zu Tränen rühren würde. Das Radio sei schuld. Das gespielte Lied. Nicht sie. Das kalte Gericht jedoch entschied seiner Natur und Bestimmung entsprechend nüchtern und befand, die Frau sei durchaus schuldig, denn beim Radiohören müsse stets mit dem Abspielen sentimentaler Lieder gerechnet werden. Wenn man so arg zu Sentimentalitäten neige, so weiter das Gericht, dann müsse man eben das Radiohören unterlassen. Die Sachbearbeiterin habe also auf pflichtwidrige Weise gehandelt. Leider ging aus dem Artikel nicht hervor, um welches Lied es sich handelte. Welches Lied kann einen Menschen so rühren? «Chihuahua» von DJ Bobo?

140 Nun. Mir ist auch oft nach Weinen zumute, wenn ich beim Autofahren Radio höre. Das hat aber nichts mit der Sentimentalität der Musik zu tun, die gespielt wird, sondern mit der Musik als Musik. Weinen aus qualitativen Gründen. Sie ist einfach nicht auszuhalten, diese Musik. DRS 3 am Nachmittag beispielsweise. Die Lokalradios. Horror. Achtzigerjahre-Schrott. Neunzigerjahre-Schrott. Jetztzeit-Schrott. Ace of Bass. Seal. Faith Hill. Solches Tongerümpel. Aber es ist eigentlich auch ganz einfach, der Sache zu entkommen: eine CD reinschieben, Lautstärke hochdrehen. Das hätte vielleicht auch die Sachbearbeiterin machen sollen. Zum Beispiel etwas von Napalm Death. Oder von Megadeth. Oder ein bisschen Celtic Frost. Dann hätte sie gelächelt, nicht geweint.

141 Manchmal höre ich doch Radio. Nicht im Auto, aber am Morgen, in der Küche. DRS 2. Klas-

sik. Geigen. Klavier. Dünnes Blech. Aber nur kurz, denn für Klassik bin ich doch noch zu jung. Dann drehe ich am Knopf, suche DRS 1. Denn dort gibts immer wieder mal was zu lachen.

142 Wenn ich recht und ehrlich überlege, ob mich jemals ein Song zum Weinen gebracht hat, dann denke ich: Ja, das wird wohl vorgekommen sein, aber nicht in letzter Zeit (und Musik war wohl eher Auslöser, nicht Grund). Das letzte Mal, als ich nahe dran war, dass mir die Tränen in die Augen stiegen, das war beim 6 Minuten und 38 Sekunden langen Stück «Vaka» von Sigur Rós. Aber das kam nicht aus dem Autoradio.

143 Das Jahr, es würde aufhören, wie es begonnen hatte: mit Krankheit. Ich schütte Tee in mich rein, als hätte ich ein verdammtes Leck. Und aus dem Kopf heraus kommt der Schleim, und der Schädel brummt, als sässe ich in einem Kampfpanzer Leopard. Alle paar Minuten zücke ich eine neue weisse Flagge aus der Papiernastuchpackung. Die Krankheit aber kennt keine Gnade, lehnt Friedensangebot um Friedensangebot ab und legt noch nach – ein Ende ist nicht absehbar. Ein anderes Ende aber schon. Denn jedes Ding hat einen Anfang. Und jedes Ding hat ein Ende.

144 Noch 443 Tage, dann werde ich 40 Jahre alt.

144.1 Noch 10632 Stunden. Noch 637'920 Minuten. Noch 38'275'200 Sekunden.

144.2 Das klingt nach viel, viel Zeit. Doch ich weiss es besser. Leider weiss ich es besser.

145 In der Kantine gibt es heute «Kalbsragout Bombay Style». Nicht schlecht:heilige Tiere essen. Das perfekte Weihnachtsmenü.

46 Das Konzept Lift ist (ähnlich wie das Konzept Toilette, dazu aber später mehr) ein problematisches. Zu eng. Zu hell. Zu oft zu viele Leute. Und man weiss einfach nicht, wo man hinsehen soll. Auf seine Schuhe? Aber was, wenn einem der Bauch im Weg ist? Auf die schuppenbedeckte Schulter eines Mitreisenden? Auf dessen Hinterkopf? Soll man die Augen schliessen? Oder soll man sogar ein Gespräch beginnen? Über Stephan Klapproths Augenbrauengymnastik? Nein, das will man nicht wirklich. Also steht man stumm und wartet, bis der dritte Stock erreicht ist.

Immerhin gibt es im Lift in unserem Büro etwas zu lesen, nämlich den Menüaushang der Kantine. Heute gab es „Vegi-Pasta-Plausch mit drei Sossen". Das ist nichts Besonderes. Ein Vegi-Pasta-Plausch ist ein Vegi-Pasta-Plausch. Ich habe sogar an dem Plausch teilgenommen. Ich sagte: „Einmal Vegi-Pasta-Plausch bitte!" Es gab dazu Parmesansosse und Tomatensosse und Pestososse. Und einen Menüsalat und ein gutes Gespräch mit Kollege Seibt über Sopranos, Putzfrauen (die Beziehungen retten können) und Kinder (die Beziehungen retten können oder auch nicht). Kürzlich aber gab es etwas Besonderes: „Chili Poppers". Das klang verdammt nach etwas, das man in einer Schwulendisko auf Koh Samui nimmt, zum Beispiel im GREEN MANGO. Als ich im Lift „Chili Poppers" las, musste ich gleich wieder an den Totentanz denken, die Disko von damals und das Konzert von Wall of Voodoo. Mir kam alles wieder in den Sinn. Leider auch, wie man damals tanzte. Man tanzte damals sehr komisch. Ich ging dann in die Kantine, weil es mich wundernahm, wie „Chili Poppers" verkauft wurde. In Fläschchen? Ampullen? Zum Mitnehmen in Plastikschalen? Und bekam man eine Suppe dazu? Dessert? Aber ich war dann nicht wirklich enttäuscht, als ich feststellte, dass es sich bloss um einen Schreibfehler handelte. Die „Chili Peppers" nahm ich jedoch nicht. Ich holte mir ein Evian und ging wieder in mein Büro und spielte eine Runde Scrabble.

147 Nun endlich, endlich zum Konzept Toilette. Dieses krankt vor allem auf der akustischen Ebene. In der engen Anlage unseres Bürohauses gibt es drei Kabinen. Ständig ist eine besetzt. Nun bin ich aber absolut unfähig, mich zu entspannen,

wenn ich weiss, dass wenige Zentimeter neben mir ein anderer Mann sitzt. Kürzlich suchte ich die Toilette auf, bemerkte, dass eine Kabine besetzt war, hörte das laute leise Rascheln einer Zeitung darin, und schnell war ich wieder draussen. Zehn Minuten später ging ich wieder auf die Toilette. Noch immer war dieselbe Kabine besetzt. Es raschelte. Ich verliess den Ort wieder schnell unverrichteter Dinge. Nochmals zehn Minuten später passierte nochmals dasselbe. Man sollte auf Toiletten ständig laute Musik spielen. Zum Beispiel: Cat Stevens „Sitting“: “Sitting on my own not by myself, everybodys here with me / I dont need to touch your face to know, and I dont need to / Use my eyes to see.” Oder, wie man es in Japan zu tun pflegt, ständige Spülgeräusche einspielen. Anhand von der ungelösten Toilettenproblematik kann man leicht ersehen, wie primitiv unsere Kultur entwickelt ist.

148 SMS von meinem Verleger. Er schreibt: „Ich bin beim Thailänder und esse ‚Tod man kung“. Es schmeckt erstaunlicherweise gut!“ Ich schrieb zurück: „Habe Idee für neues Buch. 2000 Seiten. Durchgehend vierfarbig. Mit Goldprägung und Schuber.“ Beide Aussagen stimmen, beider aber nicht ganz.

150 Unser AD hat wieder mal eine Platte angeschleppt. „West Coast“ von Studio. Ich weiss noch nicht, was ich davon halten soll.

151 Letzte Woche verweigerte ich die Arbeit. Das hatte einen Grund. Der Grund steckte tief in mir und wurde am letzten Donnerstag in drei Teile zersägt und entfernt. Es war eine blutige Sache, aber sie ging relativ schnell über die Bühne, obwohl relativ in diesem Fall relativ war. Es handelte sich um einen Weisheitszahn. Unten links.

151.1 Nach der Extraktion nahm ich ihn in einem kleinen Plastikbeutel nach Hause. Der Zahn sah komisch aus. Gar nicht so, wie man sich einen Zahn vorstellt, sondern gelblich weiss, mit braun verfärbten Stellen. Er sah aus wie eine geschälte, nicht mehr ganz frische Knoblauchzehe.

Ich steckte den Plastikbeutel in meine Jackentasche. Als ich aufs Tram ging, dachte ich, dass ich nun mit Sicherheit sicher gegen Vampire sei.

151.2 Zuhause fuhr die Spritze langsam aber bestimmt aus. Die Schmerzen setzten ein. Es war schlimm, das Gefühl, aber nicht fremd, und vor allem nicht so schlimm wie das, was noch kommen sollte. Ich legte Eis auf und schaute auf TeleZüri eine Dauerwerbesendung, in der ein Gerät namens GO DUSTER beworben wurde. Ich hatte schon lange nicht mehr eine so gute Fernsehsendung gesehen (vor allem auf TeleZüri). Mit ihrer hypnotischen Kraft lenkte sie mich ab von dem furchtbaren Schmerz, bis er wieder Oberhand gewann und

ich dachte „go duster, i go zappenduster.“

151.3 Als Folge der kleinen Operation konnte ich meinen Mund nicht mehr öffnen. Nun ja. Den Mund schon, die Lippen. Aber die Zähne bekam ich nicht mehr auf. Der Kiefer blockierte. Mit grosser Mühe und unter Schmerz konnte ich das Gebiss so weit öffnen, dass ich mir ein Trinkhalm zwischen den Zähnen durchschieben konnte. Und mir kam entgegen, dass ich Joghurt Drinks schon immer mochte. Die Schmerzen liessen nach. Tag um Tag ging es mir besser. Ich konnte zwar das Gebiss immer noch nicht öffnen, aber ich dachte mir nicht viel dabei. „So ist das halt“, dachte ich, und: „nach einem Zahnarztbesuch sollte man generell nicht zu viel denken.“ Und dann, am Montag, ja am Montag, dann fingen die Schmerzen erst richtig an. Und zwar richtig richtig. Mein Schädel fing an zu summen, dann zu brummen, er fühlte sich an wie ein Kernreaktor, der bald hochgehen würde. Ich warf alles ein, was meine Hausapotheke zu bieten hatte. Ich ass ein Xefo 8mg. Es nutzte nichts. Ich versuchte Aulin 100. Nutzte nichts. Ich griff zu Ponstan 500. Keine Wirkung. Und dann ahnte ich, dass ich einer ernsthaft schwierigen Nacht entgegengehen würde. Und dem war auch so.

151.4 Ich lag im Bett und mein Kopf war Schmerz. Alles war Schmerz. Wenn ich mich nicht bewegte, dann ging es gerade noch, ohne dass ich jammern musste. Ich hatte plötzlich eine Ahnung, wie sich Jack Bauer gefühlt haben musste, als er in China war. „Nun ja“, dachte ich, „immerhin habe ich mal Zeit, ein bisschen zu lesen.“ Und das tat ich. Ich las in einer Nacht TOUGH GUYS DON’T DANCE von Norman Mailer zu Ende. Das Buch, so fand ich, passte gut zu meinem Zustand.

151.5 Die Nacht ging vorbei, ohne dass ich Schlaf fand. Am Morgen telefonierte ich mit dem Zahnarzt und bekam einen Termin für den nächsten Tag, was ich einigermassen sonderbar fand, denn ich fühlte ja, wie ich mich fühlte. Aber ich war zu doof, um zu insistieren und so ging der Tag in Schmerz vorüber, die Nacht begann erneut, die Schmerzen wurden immer stärker und stärker, bis sie so stark waren, dass ich es nicht mehr aushielt. Ich rief meinen Zahnarzt zu Hause an. Es war 20 Uhr. Ich konnte im Hintergrund Geschirrgeklapper hören. Er war beim Nachtessen. Er hörte an, was ich zu sagen hatte. Er meinte, es wäre wohl besser, er würde sich die Sache ansehen. Es gab für ihn statt Nachtisch eine Nachtschicht.

151.6 Kurze Zeit später öffnete er mir seine Praxis und ich ihm meinen Mund, so gut es ging. Was er sah, das war nicht gut. Er brachte mich ins Unispital auf die Notfallabteilung der Kieferchirurgie, wo eine Frau mit einen Massstab mass, wie weit ich meinen Mund öffnen konnte (10 Millimeter), ihren Finger meinen Mund erforschen liess und eine Infektion diagnostizierte. Vernahm ich das Wort Abszess? Oder war ich schon so hinüber, dass ich es zu hören meinte? Abszess klingt irgendwie verdammt nach Mittelalter. Die Frau sagte, ich hätte Pech gehabt. Einfach nur Pech. Ich bekam eine Spülung und einen Gazestreifen in die Wunde gestopft, der mit Jod getränkt war. Er stank fürchterlich. Der stinkende Saft sickerte in meinen Rachen. Ich musste aus der Schnauze riechen, als hätte ich einen Tanklastwagen mit Lösungsmittel gefressen. Ich bettelte die Frau an, sie solle mir Morphium verschreiben. Morphium oder etwas noch Härteres. Aber auch tränennasse Augen konnten sie nicht erweichen. Ich bekam Irfen und Augmentin 625 und bald lag ich wieder daheim im Bett und ich wartete, bis die Müdigkeit stärker wurde als der Schmerz es war. Es ging eine Weile. Draussen dämmerte es bereits. Ich fiel in einen dumpfen Schlaf.

151.7 Jetzt bin ich ein neuer Mensch. Der dumpfe Schlaf wurde zu einem tiefen Schlaf und als ich aufwachte, waren die Schmerzen grösstenteils verschwunden. Den Mund krieg ich noch immer nicht auf. Das wird noch eine Weile so sein. Ich müsste Übungen machen, sagte mein Zahnarzt. Gebissgymnastik.

151.8 Ich kenne nun alle Joghurtsorten und habe mich durch das Angebot der Coop Fine Food Fertigsuppen getestet (die Hummer Bisque können sie aus dem Programm nehmen, die ist nicht gut; die Tomatensuppe ist ziemlich okay) und ich habe in einem Zug das Buch AM ABEND, ALS ICH MEINE FRAU VERLIESS, KOCHTE ICH EIN HUHN von Abe Opincar gelesen. Das ist zugegebenermassen ein super Titel für ein Buch, aber leider ist der Titel dann auch das Beste am ganzen Buch. Der Verlag verkauft das Bändchen als Roman. Aber es ist kein Roman. Es eine Kolumnensammlung. Und ich vermute, dass die Übersetzung missraten ist. Wie anders ist es zu erklären, dass „Cheesecake" mit „Käsekuchen" übersetzt wurde? „Cheesecake" ist „Cheesecake" und nicht „Käsekuchen. Im Notfall ist ein „Cheesecake" eine „Quarktorte", aber kein „Käsekuchen. Okay, okay, ich beruhige mich wieder.

151.9 Dank Augmentin und Irfen konnte ich heute wieder in den Buchladen gehen, um mich neu aufzumunitionieren. Das erste Mal in meinem Leben ging ich in die Abteilung KRIMINALROMANE und griff mit David Peaces „1974" (und dann auch noch gleich DAS HAUS von Mark Z. Danielewski vom Tisch mit den Neuerscheinungen Belletristik, wo sich der Müll türmte, verpackt in Cover, die nichts anderes sind als schlechter Geschmack). Dann ging ich in den Globus, und sah mir all die Lebensmittel an, die man essen kann, wenn man seinen Mund aufbringt. Ich starrte auf ein Kleeblatt von Goldbürli, deren Knusprigkeit mir fast die Tränen in die Augen trieb. Knuspriges Brot, nichts vermisste ich so sehr wie knuspriges Brot. Ich schlich an der Käsetheke vorbei und strich in Gedanken dick einen fliessenden Stinkkäse auf ein abgebrochenes Stück vom Goldbürli und biss hinein, dass es nur so krachte. Ich nahm ein paar Salami in die Hand, hielt sie an meine Nase. Der wilde Geruch kroch in mein Hirn und liess mich schwindlig werden. Taumelnd ging ich zur Gemüseabteilung. Ich kaufte Broccoli, Sellerie, Petersilienwurzel, Rüebli. Ich ging nach Hause und kochte eine Gemüsesuppe, die ich lange mit dem Stabmixer pürierte. Dann sabberte ich sie in mich rein.

Kaufen mit Küng

erschienen in *Das Magazin*
2004 – 2007

CHF ?.–*

Es gibt zwei JETZT.

JETZT 1 ist jetzt, da ich diesen Text schreibe. Es ist der Morgen eines Montags, und zwar des 18. Septembers, 9:28 Uhr. Ich sitze in meinem Büro mit der Nummer E74, und draussen regnet es. Ich beobachte eine Politesse, die sich freundlich (sie lächelt) eines Autos annimmt, das die Parkdauer überschritten hat. Ein Mann rennt fluchend seinem Hund hinterher. Eine Frau schiebt einen orangefarbenen Bugaboo durch den Regen. Man könnte fast ein bisschen weinen, so grau ist es draussen, und drinnen auch. Trotzdem muss ich lächeln.

JETZT 2 ist jetzt, da Sie diesen Text lesen. Es ist wohl Samstag, 30. September. Vielleicht sitzen Sie im Tram. Oder zu Hause am Frühstückstisch. Oder auf dem Sofa, und im Fernseher läuft stumm «Wetten, dass...?» live aus Karlsruhe (mit Wettpate Oliver Kahn). Oder es ist schon Sonntag, und sie liegen noch im Bett, und neben ihnen sprudelt in einem Glas Wasser ein Alka Seltzer. Ich weiss nicht, wann, wo und wie Sie diesen Text lesen. Was ich weiss: Ich bin jetzt in den Ferien. Jetzt. An der ligurischen Küste. Jetzt. In Sestri Levante. Ich blicke auf das Meer hinaus, schliesse die Augen, atme tief ein, sauge die Seeluft ins hinterste Kämmerchen meiner Lunge und denke, was für ein guter Freund das Meer doch ist. Später werde ich mich um die Fische des Mittelmeeres kümmern, im Restaurant. Morgen werde ich einen Ausflug nach Portofino machen und mir die Jachten der Superreichen ansehen. Davon werde ich mich dann irgendwo in einer Strandbeiz bei einem Aperol Tonic erholen. Und dann nichts tun. Den neuen Rick Moody** beginnen, vielleicht, mal sehen. Oder einfach noch ein bisschen auf das Meer hinausblicken, in das Meer hineingehen, bis zu den Hüften, vielleicht sogar ein bisschen so tun, als könnte ich schwimmen.

Es regnet noch immer, in diesem Moment, an diesem Montagmorgen, jetzt. Und es ist mir so was von egal. Soll es doch regnen, so viel es will. Denn das ist ja alles Vergangenheit, jetzt.

* Die Kosten für die Ferien lassen sich nur abschätzen: nicht ganz gering, wohl. Jetzt ist mir das aber extrem egal.
** «Wassersucher», 600 Seiten, Piper-Verlag

Max Küng (max.kueng@dasmagazin.ch)
Bild **Françoise Caraco** (francoise@caraco.ch)

CHF 0.–

Nichts Besonderes gekauft diese Woche, bloss das Übliche: Basics. Das Beste aber, das war gratis. Ein Spaziergang. Ich nahm eine leichte Jacke über den Arm und ging aus dem Haus. Ich wusste erst nicht, wo ich hingehen sollte. Also ging ich einfach los, sprang über die Strasse, ging weg vom Zürichsee. Es war ein Weg, den ich noch nie zuvor gegangen war. Vorbei an einem gurgelnden Bächlein. Einen Stutz hoch. Durch einen Tunnel. Vorbei an Gärtchen, Lattenzäunen, Zwischenräumen. Jemand grüsste. Ich erwiderte. Das Wetter war schlecht, es spielte keine Rolle. Irgendwann stand ich im Botanischen Garten. Ich sah mir die Spanischen Hasenglöckchen an. Den Bitterorangenbaum aus Nordchina, dicht und stachelig wie der komische Hut von Jesus. Ich ging den Hügel hinauf. Ich ging den Hügel hinab. Ein kleiner See. Grosse Bäume. Im Tropenhaus verschlug es mir den Atem, und meine Brillengläser beschlugen. Dieser Duft, so schwer. Betörend. Jasmin. Blind sagte ich: «Ei, ei, ei.» Der Baum der Hanfbanane mit seinen Blättern wie Helikopterrotoren. Die Schnapsagave im Savannenhaus. Frauen, die mit Wasserfarben auf Hockern hockend Kakteen abmalten. Ein lustiger Film über Wildbienen. Es war ein wunderbarer Frühlingsspaziergang. Auf dem Nachhauseweg kam ich an einem Restaurant vorbei. Riesbächli hiess es. Ich studierte die Karte in der Vitrine. «Doppeltes Toggenburger Kalbskotelett» stand da. «Für 2 Personen. 115 Franken». Ich las es nochmals und dachte, das muss bald mal untersucht werden, ein Kalbskotelett für 115 Franken.

«Frühlingsspaziergang», gratis,
Botanischer Garten, Zürich

Max Küng (max2000@datacomm.ch)
Bild **Hans-Jörg Walter** und **Daniel Spehr**
(info@walterundspehr.ch)

CHF –.00

Nun habe ich beschlossen, diese Woche nichts zu kaufen. Einfach mal wieder nichts kaufen. Nix-Kauf-Tag. Das spart Geld. Und ausserdem kann ich ja schlecht den ganzen überflüssigen Müll auf eBay verhökern (siehe Seite 14) und hier an dieser Stelle schon wieder die Halde auffüllen.

Nichts kaufen zu müssen, das spart nicht nur Geld, sondern auch Zeit. Statt zu shoppen, spaziere ich in der Stadt herum, beobachte den fetten jungen Kuckuck im zarten Geäst eines krüppligen Baumes, zähle die eingetretenen Kaugummis auf dem Trottoir und denke nach. Zum Beispiel über Glaces.

Ich frage mich, ob ich mich erinnern kann, wie die Vampir-Glace schmeckte. War es Brombeer? Ja, es war wohl Brombeer. War sie nicht ganz, ganz dunkelblau und hatte eine tiefrote Spitze? Auf jeden Fall war die Zunge immer schwarz nach dem Schlecken, schwarz, als würde man bald sterben müssen. Wann ist die Vampir vom Markt verschwunden? Oder die Mach 1, mit dem Rennwagen auf der Verpackung. Die gelbe Mach 1 war immer meine Lieblingsglace. Oder war es die schlanke Napoli, die früher rot-weiss-grün war, später grün-rot-weiss? 40 Rappen kostete sie in dem Jahr, als Mario Kempes WM-Torschützenkönig wurde. Mit 40 Rappen im Sack runter zum Pöschtli rennen und eine Napoli kaufen. Oder für ein bisschen mehr die entzweibrechbare Duo-Gel, die man so einfach hätte teilen können – hätte. Oder die Ping und die Pong mit den goldenen Plastikstäbchen. Oder die aufschneiderische Pacific Citron, die sich Anfang der Achtzigerjahre in den Badis breit machte und nach Fly-Away-Parfüm duftete.

Gibt es irgendwo eine Tiefkühllagerhalle, in der Glace-Antiquitäten lagern? Gibt es einen Menschen auf der Welt, der noch eine original Vampir-Glace besitzt? Glaces zu sammeln, das wäre eine Herausforderung. Das wäre mal ein Hobby.

Es gibt Dinge, die kann man nicht mal auf eBay kaufen. Das sind die allerschönsten Dinge. Für immer verloren. Verschmolzen mit einer vagen Erinnerung.

War es wirklich Brombeergeschmack?

PS: Es gibt Glaces, die natürlich ganz zu Recht vom Markt verschwunden sind. Zum Beispiel Mister Long von Lusso. Was für ein blöder Name für eine Glace, die 20 Zentimeter Lutschvergnügen verspricht. Nun eben, Mister Long hatte nur ein kurzes Leben.

0.00144.–*

Nachdem Sie diesen einleitenden und wurmlangen Satz zu Ende gelesen haben, schliessen Sie bitte für einen kurzen Moment die Augen, gehen Sie in sich und fragen Sie sich, wie viele Liter Wasser Sie jeden Tag benötigen – wie viele Liter?

Gut. Sie haben nun eine Zahl in der hohlen Halle Ihres Kopfes. Nun kommt die Wirklichkeit. Sollten Sie in der Stadt Zürich zu Hause sein, dann lassen Sie Tag für Tag 341 Liter Wasser durch die Rohre schiessen. 341 Liter nur für Sie allein. 341 Liter. Stellen Sie sich vor, Sie müssten das in Eimern an einem Brunnen holen. In der Stadt Basel übrigens sind es 329 Liter, in Bern 350 Liter.

Wohin das Wasser geht? Das Amt Energie Wasser Bern hat gemessen: 31 Prozent des ganzen Wassers dienen der Fäkalbeseitigung und gehen die Toilette runter. 20 Prozent werden verbadet oder verduscht. 19 Prozent werden verwendet für Kochen, Trinken und Waschmaschine. 15 Prozent für Abwaschen. 13 Prozent für Händewaschen. Und 2 Prozent schliesslich für den Geschirrspüler.

Allerdings muss man sehen, dass der Wasserverbrauch rückläufig ist. 1984 etwa wurden in Zürich pro Kopf und Tag noch 450 Liter verbraucht. Wir sind sparsamer geworden (oder besser gesagt: Die Maschinen und Geräte wurden es).

In der ganzen Schweiz werden pro Jahr etwa 1 Milliarde Kubikmeter Trinkwasser aufbereitet. Das entspricht dem Volumen des Bielersees. Um die Wasserreserven in Seen, Gletschern, Bächen und Flüssen steht es übrigens gut. Würde man die ganzen Wasservorräte auf die Fläche der Schweiz verteilen, man käme auf einen Pegelstand von 6,35 Metern.

Nun vergessen Sie nicht, ein knappes Prozent des von Ihnen verbrauchten Wassers in Ihren Körper fliessen zu lassen. Trinken Sie. Das ist gesund und ausserdem ein äusserst billiger Spass. Genauer gesagt, ist das Hahnenwasser so ziemlich genau tausendmal billiger als das Trinkwasser, das sie mühsam aus dem Laden nach Hause schleppen.

* Preis für 1 Liter Trinkwasser in der Stadt Zürich. Der Verbrauch pro Kopf beinhaltet auch den Verbrauch von Industrie und Gewerbe.
Für vertiefte Information: www.trinkwasser.ch

Max Küng (max.kueng@dasmagazin.ch)
Bild **Françoise Caraco** (francoise@caraco.ch)

CHF –.50*

Bis anhin wusste ich, was die Macht hat, in mir Erinnerungen an meine Kindheit wachzurufen. Der Geruch von frisch geschlagenem Holz etwa. Oder eben gemähter Rasen. Gekoppelt an die Gerüche wie Güterwaggons hinter einer Lok (Ce 6/8 II aka Krokodil) sind Erinnerungen an grösste Freiheit und das glückliche Dasein eines Wesens, das noch nicht viel weiss. Die Erinnerung an Unschuld. Manchmal können auch Dinge solche Erinnerungen auslösen. Der Anblick eines Mähdreschers. Fischstäbchen mit Spinat (und viel Mayonnaise). Die Fernsehserie «Die Profis».

Ein ultrastarkes Flashback hatte ich, als ich an der Zweierstrasse in Zürich einen Plattenladen betrat. Nicht der Platten wegen (meine Kindheit war von Musikkassetten geprägt, Maxel XL II-S und so), sondern der anderen Dinge aus alter Zeit, die dort angeboten werden. Autoquartette. Paninialben für die Winterspiele in Innsbruck. Fussballdevotionalien. Und Abziehbildchen. Es kräuselte im Innersten des Kabelkanals in meinem Rücken, als ich sie sah, und es kam mir alles wieder in den Sinn. Wie ich mit meinen kurzen Beinen die Autohändler der Region aufsuchte, um ihnen Aufkleber abzuschwatzen. Wie ich sie hortete, in einem Koffer unter dem Bett (in dem später auch eine Anzahl von Bildern der Sängerin Sabrina zu finden waren). Der Kleber der Firma Kern klebte auf meinem Etui. Marc Surer lachte für eine Zigarettenfirma von meinem Robbenfellschulranzen.

Heute sind die Kleber verschollen (ich glaube, ich überliess sie später leihweise einem Künstler, der damit eine Installation oder etwas ähnliches realisieren wollte). Aber nicht wirklich. Denn die Erinnerung ist da, in mir drin, tief steckend und fest.

PS: Gleich neben dem Plattenladen befindet sich ein Geschäft für Spezialitäten aus dem Welschland namens Welschland, dessen Besuch sich ebenfalls lohnt. Allerdings sollten Sie zuerst in den Plattenladen und dann in den «Welschland», vor allem, wenn Sie ein Rohmilchkäsefreund sind. Der Mann vom Spooky Sound wird es Ihnen danken.

* Preis für ein Vintage-Abziehbildchen bei Spooky Sound, Zweierstrasse 56, 8004 Zürich

Max Küng (max.kueng@dasmagazin.ch)
Bild **Françoise Caraco** (francoise@caraco.ch)

KAUF DER WOCHE: DAMPFKOCHTOPFFEUERZEUG

CHF 0.60

Die Frau zerrte mich in den Laden, vor dem ich stand und dessen Schaufensterauslage ich eben noch in Ruhe betrachtet hatte: Rehgeweihe. Sie rief: «Sex good! Sex good!» Ich bekam es mit der Angst zu tun. Sie zog mich zu einem Regal und frohlockte: «Chinese Viagra! Good! Make you Mister Long Time!» Ich jaulte: «Mister Wrong Time? No, no!» und rannte aus dem Laden. Ich war erschüttert. Dass man *mir* Viagra verkaufen wollte. So alt sah ich also aus? So alt und entkräftet wie ein entrindeter Baum?

Im nächsten Laden aber war die Auslage wunderschön. Feuerzeuge in allen Formen. Ein imposantes Teil in Maschinengewehrform. Eines als Toilette. Ich entschied mich aber ohne Diskussion über den Preis für den Dampfkochtopf. Sich im Acapulco, an der Zürcher Neugasse an der Bar stehend, an einem Miniaturdampfkochtopf eine Zigarette anzuzünden, diese Vorstellung ist irgendwie schwer zu toppen.

Das Feuerzeug ist nicht das einzige Mitbringsel aus China. Im Koffer landeten auch DVDs für 80 Rappen das Stück, mit Filmen drauf, die bei uns eben erst im Kino angelaufen sind. Das Betrachten dieser DVDs stellte sich daheim als ein spezielles Vergnügen heraus. Bei «Collateral» mit Tom Cruise etwa kann man die Dellen der Leinwand und am unteren Bildrand Köpfe sehen – er wurde einfach im Kino abgefilmt. Und hinten auf der Verpackung steht: «A Jean-Jacques Annaud film based on the novel by Umberto Eco ‹The Name Of The Rose›.» Trotzdem: guter Film.

Feuerzeug, nachfüllbar, gekauft
in einem Laden an der Fuzhou-Strasse
in Shanghai, China

Max Küng (max2000@datacomm.ch)
Bild **Hans-Jörg Walter** und **Daniel Spehr**
(info@walterundspehr.ch)

WON 1,332*

Schweissgebadet erwachte ich aus einem Traum. Ich träumte, ich sei nach Nordkorea gereist, um eine packende Reportage zu schreiben mit dem Titel «Schweres Wasser, leichte Mädchen». Bald landete ich in der Bredouille. Zwei Geheimpolizisten namens Ping und Pong jagten mich in Pyongyang eine lange Rolltreppe hinunter in das Dunkel einer U-Bahnstation mit dem Namen Puhung. Komischerweise sah ich im Traum aus wie Roger Moore. Und zwar wie Roger Moore heute. Bloss hatte ich die Sache nicht im Griff. Alles wurde schnell schlimmer – bis ich erwachte.

Später traf ich per Zufall XY Er erzählte mir, dass er eben aus den Ferien heimgekehrt sei. Ich staunte nicht schlecht, als er erzählte, er sei in Nordkorea gewesen, und er könne diese Reise nur empfehlen – wenn einem folgende Punkte nicht stören: 1. Dass man zwei Monate auf seinen Pass verzichten muss (bis das Visum da ist). 2. Dass man vor Ort auf Schritt und Tritt von zwei staatlichen Begleitern begleitet wird, die einen, respektive einander überwachen. 3. Dass man eine strikte Reiseroute einhalten muss (die einem angeboten/diktiert wird). 4. Dass man mit einer Fluggesellschaft fliegt, die auf der schwarzen Liste steht, und zwar mit einem Flugzeug, das älter ist als man selbst. 4. Dass man für die Dauer der Reise sein Handy am Zoll deponieren muss. 5. Dass man sich vor einer Statue des Diktators Kim Il-sun verneigen darf (plus Blumenniederlegung). Ausserdem brauche es allgemein ein bisschen Geduld, einen stabilen Magen und gute Laune. Dann aber sei die Reise eine sehr, sehr lehrreiche Erfahrung, sagte XY

Als Souvenir brachte er eine Flasche Maisbier mit nach Hause, das denselben Namen trägt wie ein Fluss (Taedong) und einen ähnlichen wie die nordkoreanische Interkontinentalrakete*** (Taepodong). Wir öffneten die Flasche, tranken sie schnell: Man merkte dem Bier die weite Reise nicht an. Das Bier schmeckte wie Bier. Ein Genuss, nicht teuer (für uns), aber ziemlich exklusiv (nicht nur für uns).

*= CHF –.80
** Wer Nordkorea bereisen möchte: www.kcckp.net/de/tourism
Dort findet man auch vier interessante Bilder, von denen eines ziemlich lustig ist.
*** Reichweite: 10 000 km

Max Küng (max.kueng@dasmagazin.ch)
Bild **Françoise Caraco** (francoise@caraco.ch)

CHF 1.–*

Mein Freund Klumpen hat ein spezielles Verhältnis zu seinem Auto und meint: «Klar verschmutzen Autos die Umwelt, aber hey· Die Umwelt verschmutzt auch mein Auto.» Er ist trotzdem mein Freund, irgendwie, und deshalb begleitete ich ihn kürzlich an einen für ihn halbheiligen Ort. Der Ort heisst Stützliwösch, und dort kann man zwar nicht, wie es der Name suggeriert, für einen einzigen Franken sein ganzes Auto waschen, aber es gibt Automaten. In diesen Automaten wirft man Einfrankenstücke ein und bekommt dafür Jetons, mit denen man an halbintimen Hochdruck-Waschboxen einen anderen Automaten füttert, der einem dafür gibt, was man will. Wasser mit Schaum aus der Bürstendüse etwa. Oder entionisiertes Wasser. Oder flüssigen Glanz. Klumpen warf Jetons ein und fing an, seinen Wagen mit hartem Strahl abzuspritzen, und ich stand da und schob die Hände in die Hosentaschen.

Ich war einigermassen fasziniert. Vor allem war ich fasziniert, wie an einem der fünfzehn Staubsaugerplätze ein junger Mann an den goldenen Felgen seines glänzenden Mitsubishi Lancer Evolution IX 2.0 Turbo GSR herumpolierte. Noch nie hatte ich einen Mann gesehen, der so polieren konnte. Irrsinnig schnell gingen seine Finger in den Löchern und Spalten und Ritzen der 17-Zoll-Alufelgen zu Werke. Ich wollte schon zu dem Mann hinübergehen und ihm sagen, er könnte bei «Wetten, dass?!...» auftreten oder in einem Film mitspielen, doch Klumpen hielt mich zurück. Er sagte: «Das ist ein eher ernster Ort. Hier macht man besser keine Witze.» Ich respektierte das. Ich verstehe zwar die Männer nicht immer, aber ich bin selber einer, darum setzte ich mich in Klumpens Auto und sah zu, wie ein träger Regen aus Schaum herniederkam. Ich legte eine CD** ein und drehte nicht zu fest auf. Jemand sang euphorisch und halb hysterisch «it's 5», aber das stimmte nicht. Es war nicht fünf Uhr, es war Mitternacht eben rum.

Klumpen warf noch ein paar Jetons ein.

*Stützliwösch, Hohlstrasse 424, beim Einkaufszentrum Letzipark, Zürich, 24 Stunden offen
Andere Standorte: www.stuetzliwoesch.ch
**«In Case We Die» von Architecture in Helsinki

Max Küng (max.kueng@dasmagazin.ch)
Bild **Françoise Caraco** (francoise@caraco.ch)

CHF 1.20*

Das Leben ist nicht einfach. Thema Uno-Bericht zum Thema Klimawandel. Was nun? Thema Auto. Oje. Was tun? Reagieren? Natürlich. Sofort? Einen Neuwagen mit sparsamer Dieselfütterung und Partikelfilter kaufen? Aber Diesel ist keine erneuerbare Energie. Oder ist Bioethanol-Treibstoff die Lösung? Aber dann steigen in Mexiko die Tortillapreise. Erdgas statt Benzin? Dann verdient halt einfach Gasprom-Promi Gerhard Schröder statt die Scheichs. Auch ein Seich. Ich will nicht, dass Gerhard Schröder wegen mir reicher wird. Ein Hybrid-Fahrzeug anschaffen? Einen Toyota Prius etwa? Aber ist es nicht so, dass bei langen Autobahnfahrten ein sparsamer Diesel besser abschneidet? Und überhaupt: Soll man nicht einfach seine alte Schwarte weiterfahren? Denn: Wie viel CO2 produziert die Produktion eines Neuwagens? Wie viele Ressourcen werden benötigt? Soll man mit dem Kauf eines fabrikneuen Autos noch etwas zuwarten? Bis die Technik weiter fortgeschritten ist? Bis die Wasserstoffmobile mit Brennstoffzelle auf den Markt kommen? Aber wie lange dauert das? Ein Jahr? Zehn Jahre? Und um Wasserstoff zu produzieren, braucht es Strom. Woher soll der Strom kommen? Aus AKWs? Bin ich dafür als Knirps auf einem von einem Traktor gezogenen Ladewagen von Maisprach nach Kaiseraugst gezogen, habe meine kleine Faust geballt, um dort gegen das geplante AKW zu demonstrieren? Hab ich dafür jahrelang Protest-Pins getragen? Sind AKWs plötzlich wieder chic? Oder ist Windkraft die Lösung? Was, wenn einem von einem Windkraftwerk ein Rotorblatt auf den Kopf fällt? Sind Stauseen schön? Was ist eigentlich mit Solarstrom los?

Und brauche ich überhaupt ein Auto? Ja. Wirklich? Ja, ja. Und was spricht gegen Mobility (abgesehen vom Rot der Autos und dem doofen Schriftzug)?

Gute Frage.

Diese Fragen drehen sich einem Windrad gleich in meinem Kopf. Und den muss ich dann kühlen mit dem Inhalt aus dem 1-Liter-Kühlturm aus Steingut. Immerhin das weiss ich: Ein kühles Bier ist eine gute Sache. Immer.

* Gekauft im Guggenheim der Brockenhäuser: Brockiland, Steinstrasse 68, Zürich

Max Küng (max.kueng@dasmagazin.ch)
Bild **Françoise Caraco** (francoise@caraco.ch)

CHF 1.50*

Gelati Gasparini. Das klingt schwer nach Sommer in Italien, San Remo zum Beispiel, nach Positano, nach Meer. Die Gelati Gasparini stammen jedoch nicht aus dem Süden, sondern aus Basel. Sie werden in einer kleinen Hinterhoffabrik hergestellt, an der Allschwilerstrasse, schon seit den Fünfzigerjahren, als die Firma noch Glace Müller hiess und die Cornets einzeln mit dem Dressiersack gefüllt wurden. Doch Herr Glace Müller, ein wahrer Eispionier, kam in den Siebzigerjahren bei einem Tauchunfall vor Kenya ums Leben. Später übernahmen die Gasparinis den Betrieb und pflegten die Tradition.

Wie man Gelati macht, so ganz, ganz genau, das ist ein Geheimnis, topsecret, wie bei Coca-Cola. Sicher ist: Es braucht Milch, Wasser, Zucker und Kokosfett. Die Zutaten werden gekocht, gefiltert und homogenisiert (mit kleinen Klingen werden die Moleküle zertrümmert). Abkühlen. Einen Tag reifen lassen. Aromatisieren. Und dann kommt der entscheidende Schritt: Luft wird in die Masse gepumpt. Das ist das Geheimnis: die Luft.

Die Klassiker von Gasparini: Das handgemachte Zollicornet (es heisst so, weil es traditionellerweise im Basler Zolli verkauft wird, bei den Elefanten) und die in glänzendes Papier eingeschlagenen rechteckigen Lutscher, die nicht von ungefähr so aussehen wie Ankenballen, denn sie werden auf einer alten Maschine geformt, Jahrgang 1960, einer umgebauten Ankenballenmaschine der Marke Benz & Hilgers. Es gibt die Lutscher in absolut unschlagbaren Geschmacksrichtungen wie Schokolade/Kokosnuss oder Banane/Schokolade oder Vanille/Himbeer oder neuerdings auch Citro/Cola. Und viele mehr.

Ohne die Gelati von Gasparini macht der Sommer keinen Sinn. Und jeder Schleck ist eine Zeitreise zurück in die Kindheit. Süsseste Nostalgie.

* Preis für einen Lutscher von Gasparini
Fabrikladen: Allschwilerstrasse 71, 4055 Basel
Erhältlich auch an ausgewählten Orten
in der ganzen Deutschschweiz

Max Küng (max.kueng@dasmagazin.ch)
Bild **Françoise Caraco** (francoise@caraco.ch)

RIAL: 10 000.–*

Wir sassen in einer unbedeutenden, aber gemütlichen Runde zusammen und hirnten darüber nach, welche Schweizerin oder welcher Schweizer berühmt ist, und zwar sehr und wirklich, also weltberühmt.

Viele fielen uns nicht ein. Jemand sagte: Roger Federer. Jemand sagte: Wie heisst dieser Astronaut schon wieder? Dann schwiegen wir eine Weile.

Vielleicht, so sagte einer, sind einfach die Bösen viel berühmter als die Guten. Bin Laden ist berühmt. Saddam Hussein ist berühmt. Und Michael Jackson. Okay, der ist nicht böse und nicht gut, sondern nur gaga. Vielleicht aber ist dies das Dilemma der Schweizer: Wir haben keine Bösen.

Doch dann fiel uns einer ein: DJ Bobo. Natürlich! Der ist nun wirklich weltberühmt, und zwar so sehr, dass er im fernen und geheimnisvollen Land namens Iran (70 Millionen Einwohner) ein Superstar ist. Als Beweis gelte dieses Buch mit Bobos Songtexten in Englisch und Persisch. Dabei muss man wissen: Westliche Musik ist im Iran grundsätzlich und ausnahmslos verboten. Ist DJ Bobo nun ein Untergrundstar oder drückt die Kulturpolizei bei ihm ein Auge zu, weil sogar den Mullahs klar ist, dass man das kaum Musik nennen kann? Der Star selbst sagte dazu im Kölner «Sonntags-Express»: «DJ Bobo ist für die im Iran ein Stückchen Freiheit und Leichtigkeit, nicht so verbissen wie U2.»

Das Blöde für DJ Bobo: Er verdient keinen einzigen Dinar an seinem Nahost-Erfolg, denn natürlich schert man sich am Kaspischen Meer einen Deut um englische Wörter wie «Copyright». Alle im Iran verkauften Platten, die Bücher, die Stickers: totale Piraterie. Aber das passt immerhin zu DJ Bobos aktuellem Albumtitel: «Pirates of Dance».

PS: Der iranische Nationalfeiertag übrigens ist der 1. April. Kein Scherz, sondern Gründungsdatum der Islamischen Republik im Jahre 1979.

* zirka 1.60 Franken
DJ-Bobo-Buch mit all seinen Songtexten, gekauft bei einem Strassenhändler in Teheran, Iran, 180 Seiten
Legale Ware gibt es bei www.djbobo.ch.
Zum Beispiel die megamässige DJ-Bobo-Bettwäsche, das DJ-Bobo-Piratenschiff und das 1000-teilige DJ-Bobo-Puzzle von Ravensburger
Max Küng (max.kueng@dasmagazin.ch)
Bild **Françoise Caraco** (francoise@caraco.ch)

KAUF DER WOCHE: KIRSCHEN

CHF 2.–

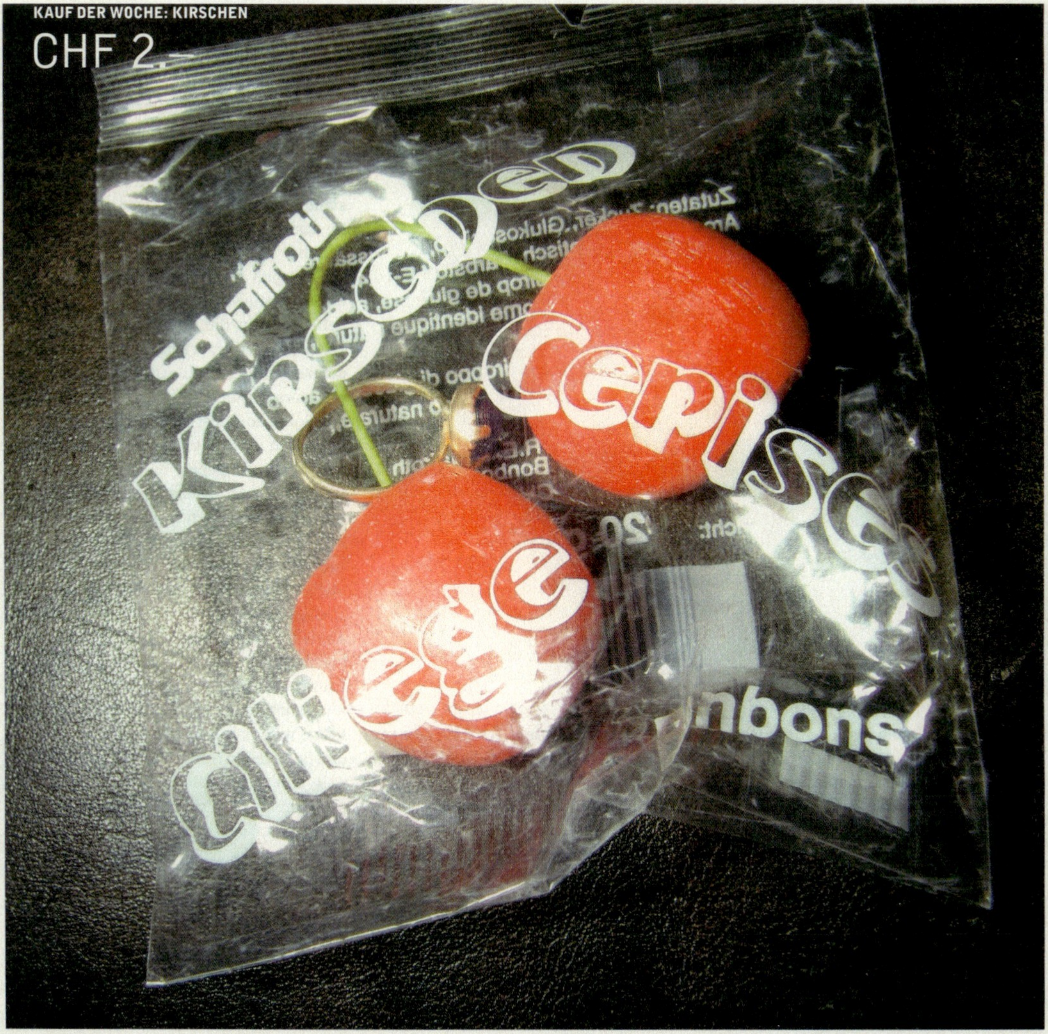

Der Kanton Baselland, das ist nicht nur die Gegend, wo rechtsradikale Jugendliche in Gruppen mit Baseballschlägern Supermärkte und Passanten demolieren (Anfang Mai in Liestal) und es ein Foltermuseum gibt (in Sissach, www.henkermuseum.ch: «Fesseln, Folterinstrumente, Hinrichtungsutensilien und ihre Geschichte»), sondern das ist auch die Region, wo in einer lieblichen Landschaft, begünstigt durch humusreichen Boden, sonnige Hanglagen und das milde Klima, die Kirschbäume blühen, wo die Bauern stolz die Früchte ablesen, damit sie später in den Läden die Leute gluschtig machen – insbesondere die neue «Premiumklasse»-Kirsche namens «Swiss Kiss» (Ø mind. 26 mm).

Nun, ich kann das nicht verstehen. Ich hasse Kirschen. Sie ekeln mich. Viel zu süss. Viel zu klein. Und dann diese Steine! Wohin damit? Spucken? Ich bin eher der Bananentyp. Das hat damit zu tun, dass ich inmitten von Kirschbäumen aufgewachsen bin und den Sommer nicht Cola-Frösche lutschend, in Badeanstalten den Mädchen imponierend und Faxen machend vom Fünfmeterbrett springend verbracht habe, sondern auf Leitern mich reckend oder am Boden mich beugend, ächzend, umwimmelt von Wespen-Armeen, den Chratten kiloschwer am Ledergürtel, die Finger klebrig vom süssen Saft der Frucht.

Die einzige Kirsche, die mir je schmeckte, das war der Zuckerzwilling mit dem Rubinring dran von der Bonbonfabrik Schafroth in Hindelbank. Bis der Schulzahnarztwagen mit den Milchglasscheiben wieder auf den Pausenhof rollte.

Bonbonkirsche mit Ring, gekauft an einem Kiosk, ich weiss nicht mehr wo. **Max Küng** (max2000@datacomm.ch)
Bild **Hans-Jörg Walter** und **Daniel Spehr** (info@walterundspehr.ch)

CHF 2.–*

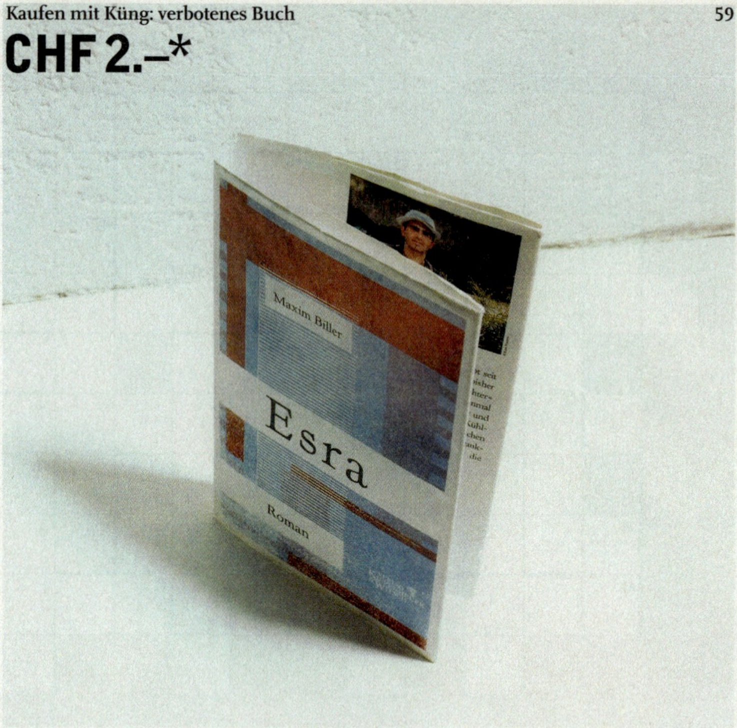

Und dann kam es mir wieder in den Sinn. Ich hatte es vergessen. Aber als ich Volker Weidermanns Buch «Lichtjahre – Eine kurze Geschichte der deutschen Literatur von 1945 bis heute» las, da platzte das Erinnerungsbläschen. Weidermann schreibt über den Schriftsteller Maxim Biller. Fünf Seiten bloss, aber so: «Maxim Biller schreibt deutsch. Ein so klares, weiches, schönes und präzises Deutsch wie kaum ein zweiter lebender Schriftsteller.» Weidermann schreibt über Billers Bücher. Über «Wenn ich einmal reich und tot bin». Über «Bernsteintage». Über «Esra». «Esra» erschien im Jahr 2003. In «Esra» geht es um einen Mann und eine Frau und die Mutter dieser Frau. Es geht auch um Liebe, Sex, das Leben. Dann gab es ausserhalb des Buches im wahren Leben eine Frau und ihre Mutter. Sie glaubten sich wieder zu erkennen, sie fühlten sich schlecht beschrieben und verletzt in ihrem Persönlichkeitsrecht. Sie klagten. Sie bekamen Recht. Das Buch, es wurde bald verboten, aus den Regalen verbannt, verbrannt (oder was man sonst so macht mit verbotenen Büchern). Ich wollte «Esra» damals kaufen. Aber ich tat es nicht schnell genug. Bald war es verschwunden. Bald vergessen. Bis ich eben vor kurzem Weidermanns Zeilen las. Und dann, nur Tage später: Es war ein Zufall von der Grösse eines Elefanten ausserhalb eines Zirkus, dass ich auf meinem ersten Flohmarktbesuch nach der Winterpause schon am vierten Stand auf eine Kiste mit Büchern zu meinen Füssen stiess und darin ziemlich schnell auf ebendieses Buch mit dem Titel «Esra». Ich kaufte es für zwei Franken (antiquarisch wäre es einiges teurer gewesen, wohl das Fünfzigfache). Ich trug es nach Hause, setzte mich in den alten Bird Chair von Harry Bertoia, klappte es auf und las den ersten Satz.

Und das Beste: Ich habe seither erst 47 der 213 Seiten gelesen. Ein so wunderbares Buch ist grösstes Glück und verlangt nach einem angemessenen, einem langsamen Tempo.

Seit Mordecai Richler war ich Wörter wegen nicht mehr so glücklich.

*Maxim Biller, «Esra», Kiepenheuer & Witsch
Gekauft auf dem Flohmarkt
auf dem Petersplatz in Basel

Max Küng (max.kueng@dasmagazin.ch)
Bild **Françoise Caraco** (francoise@caraco.ch)

CHF 2.–*

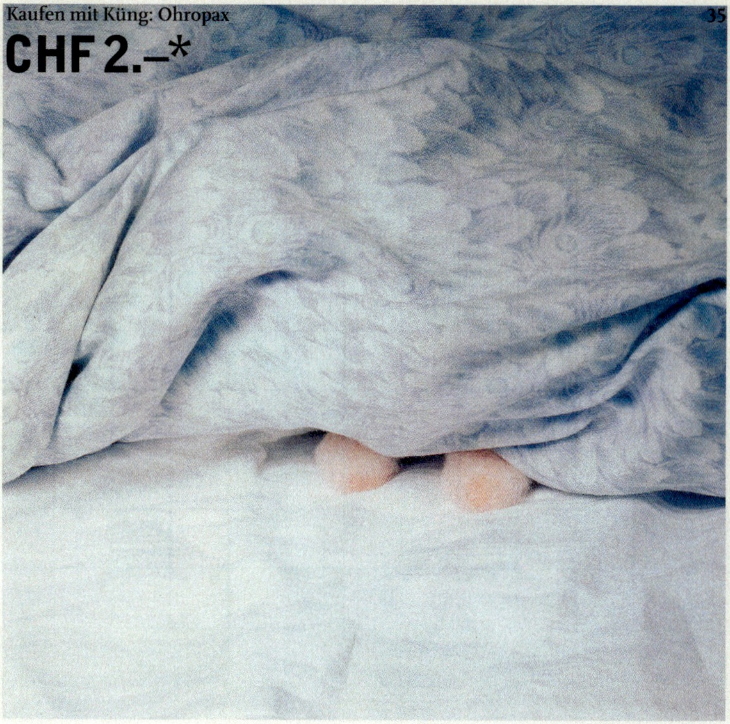

Ein kleiner Schnitz griechische Mythologie: Als Odysseus auf seiner irren Irrfahrt auf der Insel Aiaia bei der Zauberin Circe weilt, wird er von ihr vor seiner Weiterfahrt vor der Insel der Sirenen gewarnt. Der Gesang der Sirenen (unten Vogel, oben Frau) sei betörend und locke alle auf die Insel, wo sie den grausamen Tod fänden. Odysseus hatte jedoch eine List: Er verschloss seiner Schiffscrew die Ohren mit Bienenwachs (und sich selber liess er an den Mast binden, damit er dem schönen Gesang lauschen konnte, ohne ihm zu erliegen).

Daran dachte ein Apotheker namens Maximilian Negwer Anfang des 19. Jahrhunderts, als er auf der Suche war nach der Lösung eines damals neuen mit der Industrialisierung einhergehenden Problems. Das Problem hiess Lärm. Negwer experimentierte zuerst eng an Homers Überlieferung gelehnt mit Bienenwachs. Doch dieses stellte sich als zu bröckelig heraus. Er mischte Fette und Paraffinwachse – und als er auch noch Baumwollwatte beimengte, da war der Ohrenfrieden geboren, der 1907 unter dem Namen Ohropax auf den Markt kam. Ein Name, der zum Synonym geworden ist für schnelle, passgenaue, individuelle Ruhe, die man sich in die Ohren stopfen kann.

Einer outete sich früh als grosser Fan der temporären Ohrenverschliessung. Franz Kafka («So viel Ruhe, wie ich brauche, gibt es nicht oberhalb des Erdbodens»). Er schrieb 1915 an seine Verlobte Felice: «Für den Tageslärm habe ich mir aus Berlin Hilfe kommen lassen, Ohropax, eine Art Wachs, von Watte umwickelt.» Und später schrieb er: «Ohne Ohropax bei Tag und Nacht ginge es gar nicht.»

Der Firma mit dem bekannten Namen geht es gut. 25 Millionen Stück der weichen «Classic»-Kugeln werden pro Jahr fabriziert, plus eine breite Palette von anderen Ohrstöpselprodukten. Und dass es mal vorbei sein wird mit dem Lärm, daran ist ja wohl kaum zu denken in nächster Zeit.

* Preis für ein Paar Ohropax «Classic» in praktischer Plastikbox für unterwegs, denn man weiss: Der Lärm, er wartet überall. Eignet sich auch hervorragend für den Einsatz gegen sinnloses nächtliches Kirchenglockengeläut.

Max Küng (max.kueng@dasmagazin.ch)
Bild **Françoise Caraco** (francoise@caraco.ch)

CHF 2.80

Frauen können sehr lange über Schuhe reden. Es ist natürlich super, wenn man ein Thema hat, um damit die Langeweilelöcher des Alltags zu stopfen. Männer können nicht über Schuhe reden. Männer reden lieber über Würste. Das ist etwas, auf das sich Männer freuen – Würste. Man könnte also sagen: Die Würste sind die Schuhe der Männer. Vor allem im Sommer, wenn die Grills glühen und die Augen auch und der Gluscht auf eine krumme, dralle, fettglänzende und über der Glut zischende Wurst einen fast erschaudern lässt.

Einfach ist das Thema allerdings nicht. Selten können sich Männer einigen. Die einen schwärmen von den scharfen italienischen Würsten mit Fenchelsamen der Metzgerei Pippo in Basel, die anderen von jenen mit Provolone drin vom Quadrifoglio in Schlieren, wiederum andere schwören auf gutschweizerische Kalbsbratwürste aus St. Gallen und verbinden mit dem Essen der würzigen Fleischmischung im Echtdarm Erinnerungen an ein einfaches Leben, das sie schon lange gar nicht mehr haben. Wiederum andere sagen wehmütig und kryptisch: «Ohne Hublis Wurst und Speck, hat das Leben keinen Zweck.»

Meine derzeitige Lieblingswurst kommt aus 4665 Küngoldingen. Es war ein Zufall, dass ich in dieses Dorf im Wiggertal geriet, wo sich A1 und A2 grüssen (wegen Lena Amsel landete ich dort, aber das ist eine andere Geschichte). In Küngoldingen entdeckte ich den Wurstomaten der Metzgerei Zulliger. 24 Stunden kann man dort Münzen gegen Würste eintauschen, Bratwürste, Cervelats und auch die mikroregionale Spezialität, das knackige, rauchige Küngoldingerli. Am allerbesten aber schmeckt mir Zulligers dünne Salsiccia al limone. Das Rezept hat der Metzgermeister einem apulischen Kollegen entlockt (gegen ein Kontingent Schokolade). Und aus Apulien lässt er auch die Zitronen nach Küngoldingen kommen, deren Schale in die Würste gearbeitet wird.

Zulligers Wurstomat: ein gekühlter, rechteckiger Schrein für Wurstjunkies, die die Lust überkommt, zum Beispiel mitten in der Nacht, auf ein schnelles Pärchen saftiger Küngoldingerli

Max Küng (max.kueng@dasmagazin.ch)
Bild **Françoise Caraco** (francoise@caraco.ch)

CHF 3.–*

Ein Gedicht, um die Schönheit dieser Blüte zu beschreiben. Ja, ein Gedicht bräuchte es, um sich mit der gebührenden Höflichkeit der edlen Gestalt der japanischen Kirschblüte zu nähern. Sakura nennt man sie in ihrer Heimat, wo sie zurzeit auf ihrer Blustwanderung** vom Südwesten gen Nordosten das Land in einen rosa und weissen Farbrausch versetzt und Grund ist für Wallungen/Hysterie/Tränen der Rührung und Freude/Fernsehextrasendungen/Hanami genannte Feste mit Sake-Vollrausch, Gesang und unergründlichen Witzen/auch ganz und gar gemütliche Picknicks mit Pickles in Parks.

Doch ich habe kein Gedicht zur Hand. Nur ein Lied*** Es ist ein Volkslied und geht so:

«Sakura, sakura, noyama mo sato mo, miwatasu kagiri, kasumi ka, kumo ka, asahi ni niou. Sakura, sakura, hanazakari. Sakura, sakura, yayoi no sora wa, miwatasu kagiri, kasumi ka, kumo ka, nioi zo izuru. Iza ya iza ya, mi ni yukan.»

Das heisst so viel wie:

«Sakura, Sakura, in den Feldern und Hügeln und den Dörfern. So weit das Auge reicht. Wie Nebel, wie Wolken. Duftend und glänzend in der aufgehenden Sonne, Sakura, Sakura. Die Blütezeit. Sakura, Sakura, der Frühlingshimmel. So weit das Auge reicht. Wie Nebel, wie Wolken. Der Duft und die Farben, gehen wir, gehen wir uns am Anblick erfreuen.»

Ich könnte dieses Lied singen, aber ich tue es nicht. Ich blicke sie an, die Zweige, die Blüten, und ich möchte in Japan sein, jetzt, dem Land, das ich nie begreifen, aber immer lieben werde, in Tokio, in einem Park, auf einer karierten Decke unter einem blühenden Baum. Ich blicke sie an, und ich bin glücklich. Jetzt und hier in meinem Zimmer. Der Junge aus dem Baselbiet.

* pro Zweig
Gekauft bei Blumen am Stauffacher, Zweierstrasse 3, Zürich, einem allgemein sehr angenehmen Laden
** Genaue Informationen über den Beginn der regionalen Blustzeiten erteilt die Japan Meteorological Agency (www.jma.go.jp) oder www.japan-guide.com/e/e2011.html
*** www.isc.toyama-u.ac.jp/~hamada/song/sakura/sakura_e.html

Max Küng (max.kueng@dasmagazin.ch)
Bild **Françoise Caraco** (francoise@caraco.ch)

CHF 3.10*

Hierzulande reden wir viel zu wenig über Würste. Es mag daran liegen, dass die Winter hier so lang und hart sind. So lang und hart wie Dauerwürste, zum Beispiel eine Salami. Anderswo, da redet man immerzu über Würste. In Deutschland etwa, dort werden sogar Musikgedichte darüber verfasst. Der deutsche Barde Helge Schneider hat gleich mehrere Songs dem populären Fleischprodukt gewidmet («Bonbon aus Wurst», «Wurstfachverkäuferin»). Unvergessen auch Ex-Trio-Sänger Stephan Remmlers «Alles hat ein Ende nur die Wurst hat zwei» (1987). Würste «all day long»: Currywürste, Bockwürste, Rostbratwürste und natürlich Weisswürste.

Letztere sind es auch, die die Laune der Wurstfans über Wasser halten, bis die Grillsaison endlich losgeht. Respektive: Die Grillsaison hat für eingefleischte Freaks bereits begonnen. Diesen Sonntag findet in Wetzikon die offizielle Schweizermeisterschaft in dieser als Sport doch sehr seltsamen Tätigkeit statt** Aber ehrlich: Wer mag jetzt schon den Grill aus dem Keller holen? So eine daunengefütterte Winterjacke fängt schliesslich verdammt schnell Feuer.

Die Weisswurst ist laut Lexikon «eine helle Brühwurst» und soll am Rosenmontag des Jahres 1857 in München erfunden worden sein, als der Metzgerlehrling des Lokals «Zum ewigen Licht» versehentlich Schweinedärme anstatt Schafsdärme für die Kalbsbratwürste besorgte. Schweinedärme sind jedoch zu zäh zum Braten. Also wurde die Wurst halt einfach gebrüht.

Was drin ist? Kalbfleisch, Schweinerückenspeck und natürlich Gewürze (Peterli, Zitronenschale, Muskatblüte, Zwiebeln, eventuell auch Kardamom, Ingwer).

Dann fehlt jetzt nur noch der süsse Senf. Die Brezn lassen wir weg.

PS: Bei der Weisswurst wird der Darm nicht mitgegessen. Schälen ist aber verpönt. In der Regel wird sie «gezutzelt» (saugendes Kauen, respektive Inhalt mit den Zähnen aus dem Darm ziehen).

* zwei Weisswürste, gekauft bei Pferdemetzgerei Seefeld, Seefeldstrasse 181, Zürich, wo sie Metzgermeister Willy Fischbacher selbst gemacht hat. Das Handwerk hat er in München erlernt.
** Wettkampfreglement unter www.barbecue.ch

Max Küng (max.kueng@dasmagazin.ch)
Bild **Françoise Caraco** (francoise@caraco.ch)

KAUF DER WOCHE: AUFKLEBER («BUMPER STICKER»)

US$ 3.95

Nach der Mister-Gay-Wahl und vor dem sehnlichst erwarteten Neustart von «Superstar» (28. November, SF 1) und der damit verbundenen Rückkehr des Jurors Chris «the Kopftuch» von Rohr schnell noch dies: die Wahl des US-Präsidenten. Bush gegen Kerry. Blödmann gegen Krücke. Die Wahl des schlimmeren Übels.

Das Schöne an der Realität: Man kann ihr fliehen. Zum Beispiel in die Welt des Films. Zum Beispiel in die Welt der Fernsehserie «24». Zum Beispiel in die starken Arme von Präsidentschaftskandidat David Palmer. Palmer ist ein Präsident, wie ich ihn gebrauchen könnte. Kein Hirnamputierter. Kein hölzerner Steckenbein-Typ. Palmer ist gütig, wenn er gütig sein muss, hart, wenn es verlangt wird. Palmer ist klug. Palmer denkt ökologisch. Palmer hat eine tiefe Stimme. Und, das macht ihn in meinen Augen sehr sympathisch: Er hat stets Probleme mit Frauen.

Meine Stimme gilt Palmer. Palmer for president! Go, Palmer, go! Okay, ich bin Schweizer und habe überhaupt nichts zu melden da drüben. Okay, wenn ich unseren Bundesrat Sämi Schmid sehe, dann meine ich, da läuft die «Muppets-Show». Trotzdem: Ich habe mir einen Kleber gekauft, und der kommt dorthin, wo Kleber hingehören: hinten aufs Auto. Das gehört zum Schönen am Autobesitzen, dass man das Heck seines geliebten Wagens mit solchen Dingen vorzüglich verunstalten kann. Mit Silhouetten von Tauchern. Mit christlichen Fischli-Stickern. Mit Zuoz-Club-Wappen-Ausweis. Und mit politischen Parolen.

Gekauft bei www.24fanclub.com
Versandspesen exklusive
Die Wiederholung der ersten Staffel «24» läuft zurzeit auf SF 2, montags, 22.40 Uhr.
Max Küng (max2000@datacomm.ch)
Bild **Hans-Jörg Walter** und **Daniel Spehr** (info@walterundspehr.ch)

CHF 5.60*

Die Frage war so gut, dass ich zwölf Minuten nachdenken musste. Die Frage lautete: «Was vermisst du an Basel, jetzt, wo du seit einem Jahr in Zürich wohnst?»

Die Antwort, sie lautete so: «Ich vermisse vor allem und insbesondere Menschen, Freunde, acht an der Zahl, oder neun. Den Nebel auf dem Rhein, wenn man über die Brücke spaziert, im Morgengrauen. Das Studentenbrot der Lebensmittelabteilung des Manor. Sonnige Wintertage. Das Glubos-Brockenhaus vermisse ich auch. Mit dem Velo nach Frankreich zu fahren und dort im Supermarkt gesalzene Butter zu kaufen. Mit dem Velo nach dem Feierabend schnell auf den Gempen zu rasen, bis die Haut schmeckt wie gesalzene Butter. Das Donati Eins. Das Donati Zwei. Dass es weniger SUVs gibt als in Zürich, vor allem, dass es kaum einen BMW X5 gibt mit ZG auf der Autonummer, der mit 100 Sachen durch die Stadt rast. Die hilfreichen Ausführungen zum Thema Fleisch von Herrn Schluraff in der Metzgerei Kuhn in der Sattelgasse. Das Verplempern von Stunden im Café Da Graziella an der Feldbergstrasse. Das Gefühl, dass man am Rand eines Landes lebt, auf einem Zipfel im Norden. Das Wissen, dass man nicht von Schweiz umzingelt ist. Den grossen Kran, der bei der Dreirosenbrücke Frachtschiffe entlädt. Schiffe, die nicht aus Spass unterwegs sind.»

«Das ist alles?»

«Ja», sagte ich, «das alles ist alles, im Moment.» Und ich sagte, dass die Liste der Dinge, die ich nicht vermisse, dass die wohl länger ausgefallen wäre. Dann überlegte ich nochmals gut, und etwas fiel mir noch ein, etwas, das ich vergessen hatte, fast das Wichtigste wohl: «Die Whisky-Stängeli vom Krebs.»

«Die Whisky-Stängeli vom Krebs?»

«Genau, die Whisky-Stängeli vom Krebs.»

* Preis für 100 g Whisky-Stängeli
Auch erhältlich in der Velours-Geschenkpackung in vier Grössen bei
Confiserie Krebs, Spalenring 100, Basel

Max Küng liest am:
17. 10. 2006, Winterthur, Casinotheater
26. 10. 2006, Thun, Café Bar Mokka
29. 10. 2006, Aarau, KiFF
01. 11. 2006, Chur, Werkstatt
28. 11. 2006, Olten, Buchhandlung Schreiber
01. 12. 2006, Liestal, Kantonsbibliothek Baselland

Max Küng (max.kueng@dasmagazin.ch)
Bild **Françoise Caraco** (francoise@caraco.ch)

CHF 5.90

Der 10. Oktober 2000 war ein Tag der Trauer. Es war der Tag, an dem nach 25 Jahren das Erscheinen des Yps-Heftes eingestellt wurde. 1253 Hefte zuvor kam Yps nach dem französischen Vorbild Pif Gadget an die Kioske – und fräste sich in die Herzen der Kinder (und das Sackgeldportemonnaie). Yps war Comic, Bastelanimation, Wissensspender, und vor allem aber war es jede Woche Trägermedium eines mehr oder minder genialen Gimmicks mit meist naturwissenschaftlichem Hintergrund. Zum Beispiel die Urzeitkrebse (die kamen in den 25 Jahren übrigens zwanzig Mal als Gimmick). Das Solar-Ufo (das in Deutschland grossflächig Ufo-Alarm auslöste und einen Flughafen lahm legte). Der Ostereierbaum. Das wunderbare Um-die-Ecke Blasrohr. Das Geheimagenten-Handbuch (wo ich so ziemlich alles gelernt habe, was ich heute im Leben brauche).

Im Jahr 1999 verkaufte der Verlag Gruner & Jahr das Heft an die Egmont-Ehapa-Gruppe, die sich ungeschickt dem neuen Kind annahm. In der Folge sanken die Verkaufszahlen drastisch (80 000 am Ende, zu Spitzenzeiten waren es 600 000). Also stellte man das Heft ein. Nicht ohne grosses Echo des Beklagens. Manche warfen dem Egmont-Ehapa-Verlag (beherrscht den Kinder- und Jugendmarkt für Comics mit Mickymaus, Lucky Luke, Asterix et al.) gar vorsätzliche Tötung vor. Man habe einfach die lästige Konkurrenz gekauft und beseitigt.

Die Kritik verhallte nicht ungehört. Nun hat Egmont Ehapa einen neuen Yps-Versuch unternommen (mit der eher öden Gimmick-Geld-Zauber-Maschine, die schon in der ersten Testnummer im Jahre 1975 beilag). Die Kritiken sind verhalten. Das Einzige, was am neuen Yps an das alte Yps erinnert, das ist das Logo und das karierte Känguru.

Als Nostalgiker ist man ziemlich enttäuscht vom neuen Heft. Und ob sich die Jungen von dieser neuen dürftigen Mischung angesprochen fühlen, das ist fraglich. Der Verlag will nun die Zahlen prüfen. Erst dann wird entschieden, ob es je wieder ein Yps geben wird. Ich habe das Gefühl, das wird nicht der Fall sein. Das ist schade und traurig. Armes Yps.

Yps-Heft, gekauft am Kiosk
Empfehlenswerte unabhängige Infoquelle: www.ypsfanpage.de

Max Küng (max.kueng@dasmagazin.ch)
Bild **Françoise Caraco** (francoise@caraco.ch)

CHF 6.–*

Der Kauf von Kunstbüchern ist keine leichte Sache. Leider sind Kunstbücher nicht nur hochinteressant, sondern oft auch sehr dick und schwer wie Bud Spencer (der eben erschienene Katalog der Sammlung des Museo de Arte Contemporaneo de Castilla y Leon etwa wiegt 3,775 Kilo). Nach dem Nach-Hause-Tragen eines solchen Werkes fühlt man sich wie nach einer Performance. Zudem sind Kunstbücher oft auch sehr teuer. Und leider, leider sind sie mit Texten gespickt, die zu lesen so angenehm und lustig ist, wie sich selber mit dem Hammer auf die Finger zu klopfen.

Die «Zines» des Zürcher Verlages Nieves sind anders. Sie sind klein, dünn, bescheiden und kommen ohne Texte aus. «Zines» sind auch keine Bücher, sondern kleine Magazine, handgemacht, einfach fotokopiert, 24 Seiten, Auflage hundert Stück, nummeriert von Hand mit zarten Zahlen, zwei Bostitch, zack, zack, fertig. So einfach kann das gehen. Grösstmögliche Freude durch minimalsten Aufwand. Im letzten Jahr hat die Edition Nieves (sprich: ni-eh-wes, spanisch für Schnee) jeden Monat von drei verschiedenen Künstlern je ein Heftchen veröffentlicht. Von David Shrigley zum Beispiel mit seinen krakeligen Witzfiguren, von Anneli-se Coste mit schlichten Auto-Fotografien oder von Super-Multitalent Kim Hiorthøy mit feinen Zeichnungen. Die Hefte sind übrigens gänzlich von den Künstlern selbst gestaltet – sogar die Farbe des Kopierpapiers dürfen sie auswählen.

Die «Zines» erfreuen sich grösster globaler Beliebtheit. Auch in Japan haben sie eingeschworene Fans. Und der «Zines»-Jahrgang 2004 ist bereits komplett verkauft.

Mein Lieblingsheft mit Skizzen von Schrumpfköpfen ist von Francis Upritchard, einer jungen neuseeländischen Bildhauerin, die kaum jemand kennt. Ich aber prophezeie (denn ich habe das Heftchen der Edition Nieves): Von ihr wird man noch viel, viel hören, äh: sehen. Wie bestimmt von Nieves auch.

* pro Heft der «Zines»-Serie von Edition Nieves
Bezugsquellen siehe www.nieves.ch
Hefte in Vorbereitung: von Matt Leines, Ed Templeton und Ari Marcopoulos
Francis Upritchard ist auch zu sehen an der jungen Kunstmesse «Liste» in Basel, 14. bis 19. Juni, bei der Galerie Kate MacGarry, London.

Max Küng (max.kueng@dasmagazin.ch)
Bild **Françoise Caraco** (francoise@caraco.ch)

CHF 6.40*

Ich weine gern. Wenn die Augen feucht werden, die Schleuse sich öffnet und aus dem Tränensack der liquide Mix aus Wasser, Eiweiss, Salz und Fett schiesst, bis das Auge überläuft und die Tränen auf ihre kurzen krummen Reisen gehen. Es ist eine wahre Freude. Ich liebe es.

Nun kann das Weinen seine Gründe haben. Und damit es klar ist: Nicht allen Gründen wegen weine ich gerne. Kein schöner Weingrund etwa ist der Liebeskummer (obwohl die Erinnerung an solchen Schmerz, ich muss es gestehen, durchaus von süsser Bitterkeit sein kann). Auch nicht schön: Tränen wegen Pollenflugs, respektive der Allergie dazu (zur Erinnerung: Die Birke ist und bleibt ein Arschloch). Auch unschön: Weinen wegen Niederlagen von Fussballklubs (ich sag nur: Middlesbrough). Nein, ich weine gern wegen eines Herrn Coleman.

Herr Coleman, mit Vorname Jeremiah, gründete im Jahre 1814 im englischen Norwich eine Fabrik, in der er Senf herstellte. Er nannte sein Produkt Coleman's of Norwich. Später ging Herr Coleman auch als Sozialpionier in die Geschichte ein, weil er eine Schule für die Kinder seiner Arbeiter bauen liess und ähnlich grosse Taten leistete. Die grösste Tat aber war und ist: sein Senf, der auch am englischen Hofe auf den Tisch kommt.

Der Senf aus Norwich ist etwas vom Härtesten, respektive Schärfsten, in was man seine Wurst oder was auch immer tunken kann. Insbesondere dann, wenn man das aus den gemahlenen Körnern der schwarzen und weissen Senfpflanze gewonnene Pulver aus Norwich verwendet, mit dem man mit etwas Wasser, Essig und zehn Minuten Wartezeit den Senf selber anrühren kann (anstatt Wasser kann man übrigens auch Bier verwenden oder Milch).

Die Schärfe dann: Immer wieder ein Abenteuer, wenn die Tränen rinnen, dick und viele an der Zahl.

Deshalb weine ich gerne. Auch als Mann. Dank Jeremiah Coleman.

*100 Gramm Senfpulver Coleman's Mustard
Gekauft bei Jelmoli Gourmet Garage, Zürich
Max Küng (max.kueng@dasmagazin.ch)
Bild **Françoise Caraco** (francoise@caraco.ch)

CHF 6.90*

Keine Regel ohne Ausnahme und auch keine Tafeln. Vor drei Wochen schrieb ich in diesem Magazin (Ausgabe Nummer 12) einen Artikel unter dem Titel «Die Schoggi-Lüge». Es ging dabei um den für uns Schweizer schockierenden und bitteren Umstand, dass Schokolade aus unserem Land, die allseits beliebte und viel gerühmte, gar keine wirkliche Schokolade sei, sondern ein Milchprodukt. Süss zwar und auch fein, aber ohne die tiefe, dunkle Seele der qualitativ hoch stehenden Schokoladebohne. Kein Highend-Produkt, sondern bloss Mittelklasse. Verschlafen worden sei der Trend zur schwarzen Hochqualitätsschokolade im Premiumbereich. Der Ruhm der Schweizer Tafel: bloss noch eine sentimentale Erinnerung – wie das Bild eines erloschenen Sterns.

Ich führte in jenem Artikel ein paar der besten Hersteller der Welt auf: Domori und Amedei aus Italien, Pralus und Cluizel aus Frankreich, Dolfin aus Belgien, Rovira aus Spanien. Und keinen einzigen aus der Schweiz. Das führte zu zum Teil heftigen Reaktionen.

Nun gibt es im dunklen Schweizer Tafelgebirge tatsächlich ein Produkt, das mit der Weltspitze mithalten kann. Confiseur Urs Wellauer aus Amriswil produziert handgeschöpft mit der 72 Stunden lang conchierten und preisgekrönten Couverture (ein Halbfabrikat, das von vielen Confiserien etwa für die Pralinéproduktion verwendet wird) der Traditionsfirma Max Felchlin AG aus Schwyz (gegründet 1908) reinsortige Tafelschokolade, etwa die «Madagascar», die «Java» oder die «Maracaibo Clasificado» (Kakaoanteil 64 Prozent, respektive 65 Prozent). Die Felchlin/Wellauer-Tafel: ein Schweizer Ausnahmetalent. Die Schweizer Ehre ist gerettet. Ist die Schweizer Ehre damit wirklich gerettet?

Gekauft bei Globus am Bellevue, Zürich
* Preis für eine Tafel (80 Gramm)
«Cacao Selection Felchlin Grand Cru – Création du Chocolatier Wellauer»
Onlinebestellung: www.wellauer-sweet.ch
Hinweis für Allergiker:
enthält den Emulgator Sojalezithin

Max Küng (max.kueng@dasmagazin.ch)
Bild **Françoise Caraco** (francoise@caraco.ch)

¥ 650*

Das grüne Zeugs, von dem uns selbst eine geringe Dosis im Sushi-Restaurant das Wasser in die Augen treibt und «ei, ei, ei» sagen lässt: Wasabi, auch japanischer Meerrettich genannt oder Bergstockrose. Bei uns in Europa kommt Wasabi bloss als apfelgrüne Paste aus der Tube oder wird aus Pulver angerührt. In der Wirklichkeit ist es eine Pflanze der Familie der Kreuzblütengewächse (Brassicaceae), deren Wurzelstöcke (Rhizome, 5 bis 30 cm) frisch auf einem speziellen Gerät von Hand mit kreisförmigen Bewegungen zerrieben werden. Früher nahm man dazu ein Stück Fischleder vom Hai; und Traditionalisten tun dies noch heute, denn nur die raue Haut des Hais garantiere die richtige Konsistenz.

Die Schärfe des Wasabi brennt nicht wie etwa Chili auf der Zunge, sondern in Rachen und Nase. Dafür verantwortlich sind die so genannt flüchtigen Senföle. Praktischerweise wirkt Wasabi im Darm antibakteriell – was hervorragend zu «frischem» rohem Fisch passt. Früher wurde das Gewächs in Japan als natürliches Medikament gegen Lebensmittelvergiftungen eingesetzt.

Diese beiden abgebildeten Wurzeln, so versicherte die Verkäuferin (die Schwiegermutter eines Geschäftspartners eines befreundeten Fischhändlers), gehören zur allerbesten Qualität. Das will etwas heissen in Japan. Sie stammen von der Izu-Halbinsel am Fusse des heiligen Berges Fuji (3776 Meter, Vulkan, aktiv mit geringem Ausbruchsrisiko), wo sie im vom Berge herunterplätschernden Schmelzwasser wachsen. Wasabi ist schwer zu kultivieren, da die Pflanze nur in fliessendem Gewässer gut gedeiht.

Die heilige Schärfe der frischen Wurzel aus Izu ist übrigens um einiges gnadenloser als jene der uns bekannten Produkte aus Tube oder Pulver. Bloss drei Worte: «ei, ei, ei».

Kein Wunder, nennt man Wasabi in Japan auch «namida».

Das heisst Träne.

* 7.40 Franken, pro Wurzel
Gekauft morgens um halb sechs vor dem Tsukiji-Markt, Tokio, dem grössten Fischmarkt der Welt (tägliches Meeresgetier-Handelsvolumen: über 2000 Tonnen)

Max Küng (max.kueng@dasmagazin.ch)
Bild **Françoise Caraco** (francoise@caraco.ch)

CHF 7.85*/KJ: 21600**

Dick? Nicht dick? Ein wenig? Sehr sogar? Die Meinungen sind wie ich selbst: Sie gehen auseinander. Sicherlich kann man nicht behaupten, ich sei dünn. Bei meinem Anblick denkt niemand an Anorexie, sondern eher an simple Wörter. Schinken etwa. Oder Speck. Schuld daran ist natürlich die Ernährung (zu viel) und der Sport (zwar auch viel, vor allem aber auf SF 2). Jedoch wäre ich wohl noch etwas dicker, gäbe es Tares nicht, den Schweizerischen Gebrauchstarif der Eidgenössischen Zollverwaltung. Darin nämlich ist festgelegt, dass pro Kilo importierter Pommes Chips*** 7.85 Franken Zoll erhoben wird, um die einheimische Chipsfabrikation zu schützen.

Das ist der Grund, warum ausländische Chips so teuer sind. Das wiederum ist der Grund, warum ich so selten zu den Tüten greife, auf denen die Schriftzüge Kettle (Jelmoli) und Burts (Globus) prangen, Importchips aus England, beide handfrittiert und ausgesprochen gut bis süchtig machend (zum Beispiel «Sea Salt with Crushed Black Peppercorns» von Kettle, 150 Gramm für 5.90). Und dies ist der Grund, warum mir ein paar Tausend Kalorien erspart blieben, Kilos wohl, an der Hüfte herunterhängend wie Pistolenhalfter. So leistet die Eidgenössische Zollverwaltung nicht nur etwas zum Schutz des Chipsfabrikationsstandortes Schweiz, sondern auch etwas zu Gunsten meiner Gesundheit.

Bis anhin war es auf dem Schweizer Chipsmarkt (123 Millionen Franken Umsatz – fette Gewinne) gemütlich. Der Knistergigant Zweifel teilte sich fast den ganzen Markt mit der Migros im Verhältnis 2:1. Nun rappelts aber in der Tüte. Seit einiger Zeit führen Coop, Manor und Carrefour die deutsche Marke Chio Chips im Programm. Bis anhin wurde importiert. Doch nun lassen die Deutschen bei der Kadi AG in Langenthal frittieren: Zoll fällt weg, Marge steigt. Der anvisierte Marktanteil: 8 Prozent.

PS: Ich sollte trotzdem mal wieder meine Cholesterinwerte checken lassen.

* Importzoll pro Kilo Pommes Chips
** Kilojoules pro Kilo = 5170 Kilokalorien
*** «Kartoffeln, in dünnen Scheiben oder feinen Stäbchen, in Fett oder Öl gebacken»

Max Küng (max.kueng@dasmagazin.ch)
Bild **Françoise Caraco** (francoise@caraco.ch)

KAUF DER WOCHE: SALZ

CHF 7.90

Früher bildete ich mir ein, ich könne gut kochen. Doch dem war nicht so. Erst die Kochbuchautorin Marcela Hazan öffnete mir die Augen und ermöglichte den Zugang zu einer halbwegs akzeptablen Küche. Ihre simple Maxime: Auf drei Dinge kommt es an: auf die Zutaten. Auf das Olivenöl. Und auf das Salz. Vor allem bei Letzterem denkt man: Salz ist Salz. Man pumpt oder reisst es aus der Erde und streut es weiss rieselnd mit Antiklumpmittel angereichert aus eckigen Schachteln über das Futter. Doch dem ist nicht so. Gutes Salz kommt nicht aus dem Erdreich, sondern aus dem Meer. Und nicht von irgendwoher aus dem grossen Teich, sondern von oben auf der Landkarte, da wo England ist, Essex genauer, unten an Colchester, ganz genau aus der Bucht von Maldon, wo im Jahr 991 grölend und betrunken die Wikinger unter Olaf Tryggvasson und Thorkell dem Grossen einfielen («Die Schlacht von Maldon»). Das Salz von dort besteht aus grossen, pyramidenförmigen Kristallen, die an riesige Haarschuppen erinnern und sich bestens von Hand zerkrümeln lassen. Und es hat Geschmack.

«The chef's natural choice» steht auf der Packung des zugegebenermassen (aber gerechtfertigterweise) nicht ganz billigen Salzes. Es stimmt. Nehmen Sie Maldon. Zerreiben Sie die Kristalle. Werden Sie Chef. Ihre Gäste werden sich fragen, warum Sie plötzlich so gut kochen können.

«Maldon sea salt», pures Meersalz ohne Zusätze der Maldon Crystal Salt Company Ltd, Essex, England
www.maldonsalt.co.uk
Gekauft bei Globus, Packung à 250 Gramm

Max Küng (max2000@datacomm.ch)
Bild **Walter & Spehr** (info@walterundspehr.ch)

KAUF DER WOCHE: BANANENTRANSPORTBEHÄLTER

EUR 4.99

Das Problem ist alt – und äusserst ärgerlich. Man geht auf eine Wanderung oder ins Fitnesstraining. Man packt den Rucksack oder die Tasche: Kleidung, ein kluges Buch und auch eine Banane. Denn eine Banane ist so ziemlich die beste Zwischenverpflegung, die man sich vorstellen kann, vor allem wenn sie schön reif ist (wegen der Magenverträglichkeit). Sie ist voller Kalium (wichtig für Muskelaufbau und Flüssigkeitshaushalt des Körpers) und Vitamin B6 (wichtig für den Proteinstoffwechsel). Die krumme gelbe Frucht der triploiden Musa-Staude hat bloss ein Problem: Sie ist nicht gut konstruiert. Die Schale gewährt zwar natürlich hygienische Verpackung, doch sie ist zu wenig widerstandsfähig (verglichen etwa mit einer Kokosnuss). Bei Druck platzt sie leicht auf. Den Rest kennen wir. Niemand läuft gerne mit bananenverschmierter Trainerhose rum.

Die Lösung ist neu und sehr, sehr einfach. Eine Kunststoffschale, hart, aufklappbar, mit Lüftungslöchern. «Banana Guard» ist eine simple Erfindung mit hohem Alltagsnutzen für Bananenfreunde. Zugegeben: Es sieht ein bisschen komisch aus, und im Umkleideraum des Fitnesscenters mögen einen manche belächeln, wenn man den geladenen «Banana Guard» aus der Tasche zieht. Dafür aber: nie mehr verschmierte Kleider! Sehr vorteilhaft ist der «Banana Guard» auch, wenn man mal eine Frucht vergessen sollte, in einer Tasche, ein paar Wochen lang. Die Schutzhülle ist aus spülmaschinenfestem Material.

Gekauft bei www.bananaguard.de
Preis ohne Versandkosten
Erhältlich in acht Farben und einer in der Nacht leuchtenden Version (EUR 6.99)
Bananen zurzeit in der Migros 3 Franken das Kilo

Max Küng (max2000@datacomm.ch)
Bild **Hans-Jörg Walter** und **Daniel Spehr** (info@walterundspehr.ch)

CHF 8.50*

Die Findung von Bezeichnungen ist eine hochkomplexe Angelegenheit, nicht nur bei Namen für etwa neugeborene Babys, sondern auch bei Namen für Dinge. Die total unterbelichteten, grottenschlechten und irgendwie aber auch erwartbar peinlichen Maskottchen zur Euro 2008 heissen nun also Trix und Flix – lange suchte man nach diesen Namen, und fast hätten sie Flitz und Bitz geheissen, respektive Zagi und Zigi. Ich persönlich finde es fast ein bisschen schade, hat sich nicht Zagi und Zigi durchgesetzt, denn Zigi zumindest ist doch ein super Name für ein Maskottchen einer Sportveranstaltung.

Einen gänzlich unverkrampften Umgang mit der Findung von Namen pflegt man in der Paninoteca il Pentagramma an der Josefstrasse 28 in Zürich. Der kleine Laden ist, so kann man es grob sagen, eine der allerbesten Adressen in Zürich, wenn man ein Sandwich nach traditioneller italienischer Machart sucht. Zudem hochgradig unverkrampft und sympathisch.

Im Programm findet man nebst klassisch klingenden Panini wie «Caprese» oder «Rondo Veneziano» auch ein warmes Brötchen namens «Viagra», benannt nach einem Medikament der Firma Pfizer, das zur Behandlung der erektilen Dysfunktion beim Mann angewandt wird. «Viagra» ist das schärfste Modell in der Pentagramma-Panini-Palette. Zwischen den knusprigen Teigdeckeln findet sich: Salami, Peperoni, drei Sorten Käse und eine kräftige Portion Peperoncini. Ein Sandwich «Viagra» zu nennen, das zeugt von einer erfrischenden Unbekümmertheit. Kommt dazu, dass das Ding wirklich scharf ist. Und gut. Allerdings fühlt man sich nach dem Verzehr des von der Form her durchaus an eine Tablette, von der Grösse her aber eher an ein Tablett gemahnenden Objekts nicht unbedingt ... wie soll ich sagen ... also ... ähm ... es ist einem eher nach einem kurzen bis mittellangen Nickerchen denn nach amourösen Angelegenheiten zumute. Denn: Die Dinger, sie sind gross, also: grande.

* «Viagra», Durchmesser 16 cm, Gewicht 380 g
Paninoteca il Pentagramma,
Josefstrasse 28, Zürich
Auch halbe Panini erhältlich

Max Küng (max.kueng@dasmagazin.ch)
Bild **Françoise Caraco** (francoise@caraco.ch)

CHF 8.90*

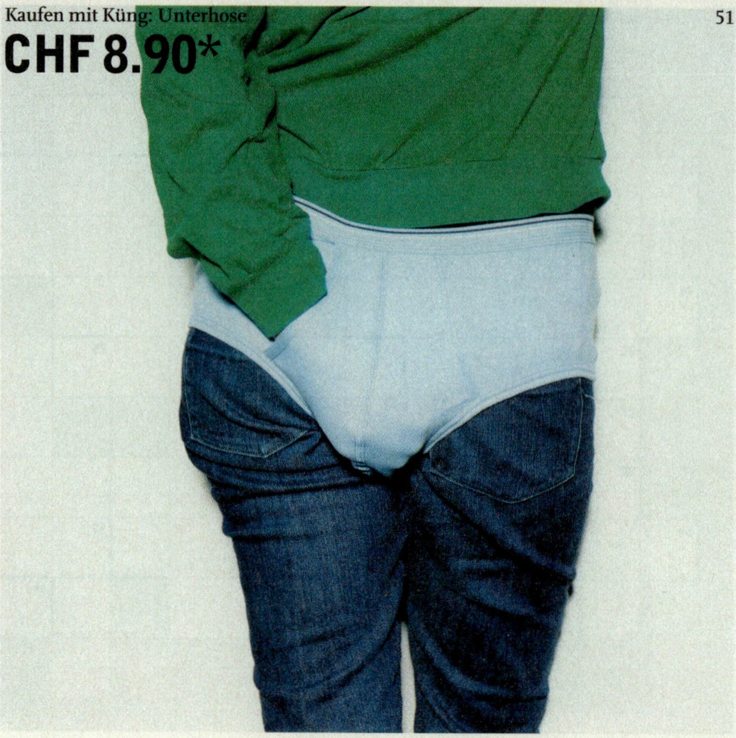

Dank Tyler Brûlé weiss ich, dass ich richtig entschieden habe, damals, vor zehn Jahren. Ich bin auf der coolen Seite. Ich war es die ganze Zeit.

Vor zehn Jahren machte ich mir Gedanken über meine Unterwäsche. Und ich erkannte, dass ich mir keine Gedanken über meine Unterwäsche machen wollte. Ich wollte bloss eine Unterhose, die etwas taugt. Aus Baumwolle sollte sie sein. Und schlicht. Keine Boxershorts mit Dagobert-Duck-Motiven. Keine seidenen G-Strings. Nichts Halbtransparentes mit Po-Polsterung.

Ich fand sie im Supermarkt, im Coop, als ich ein Baguette kaufte und Rasierschaum, damals, als ich noch Rasierschaum brauchte. Die Unterhose war von einem hellen Blau, günstig, aus Baumwolle aus biologisch kontrolliertem Anbau, und «Fair Trade» stand auch noch auf der Verpackung. Also kaufte ich sie, und hatte sie bald so gerne, dass ich von da an nur noch diese U-Hose kaufte. Ich war erleichtert: Das Unterhosenbeschaffungsproblem war für mich für alle Zeiten gelöst.

Unterwäsche – ich mache mir nichts daraus. Auch beim anderen Geschlecht fand ich schlichte Sportlichkeit immer am Schönsten. Die Faszination für Strapse, Slips und ähnliches Zeugs geht mir völlig ab. Ich denke lieber an das Wort Dessert als an Dessous. Ein Ladengeschäft wie Agent Provocateur lässt mich kopfschüttelnd und ratlos weitergehen.

Nun bin ich mit meiner Unterhosenwahl endgültig aus dem Schneider. Und wie! Dank Lifestyle-Leutnant Tyler Brûlé. In der ersten Ausgabe seiner neuen Zeitschrift «Monocle»** (die ich übrigens empfehlenswert finde, nicht nur wegen des schönen Fotoessays von Tobias Madörin über La Chaux-de-Fonds) propagiert Brûlé meine vermeintlich langweilige Unterhose von Coop auf Seite 215 als das ultimativ coole Teil. Nun, ich wusste es ja schon immer. Aber ich lasse es mir natürlich aus dem «Monocle»-Headquarter in London gerne nochmals bestätigen.

* Unterhose aus Fair-Trade-Biobaumwolle, gekauft im Coop City Sihlporte, Zürich
** Erscheint zehnmal jährlich, englisch Nummer 2 ab 15. März am Kiosk, 20 Franken
Max Küng (max.kueng@dasmagazin.ch)
Bild **Françoise Caraco** (francoise@caraco.ch)

CHF 11.–*

In der Theorie klingen die Dinge recht harmlos. Knapp werden sie beschrieben. Unter «Blase» findet man im Lexikon bloss den Vermerk, es handle sich um die «Ablösung der obersten Hautschichten, unter denen sich Flüssigkeit oder Luft ansammelt». Blasen entstünden durch «Verbrennung, Quetschung unter anderem». Selbst über den kümmerlichsten Käfer findet man weitaus längere Einträge.

In der Praxis kann jedoch eine noch so kleine Blase schnell zu einer heftigen, buchfüllenden Auflistung von Schimpfwörtern führen, denn in der Praxis kann eine noch so kleine Blase einen die Erfahrung enormer Schmerzen zukommen lassen und den härtesten Mann unter Umständen wanderunfähig machen und in einen Humpelmann (oder eine Humpelfrau) oder Jammerlappen (oder eine Jammerlappin) verwandeln.

Die Geschichte über einen längeren Spaziergang in diesem «Magazin» (siehe Seite 16) wäre kaum möglich gewesen, wäre ich nicht von einem erfahrenen Wander-, Berg- und Sowiesovogel auf ein Produkt des Firmenkonglomerats Johnson & Johnson aufmerksam gemacht worden, das Compeed heisst und sich als Blasenpflaster herausstellen sollte. Als Blasenpflaster jedoch, das über überraschende Fähigkeiten verfügt. Wie quasi eine Ersatzhaut wird das gummiartige Ding auf die Blase oder die blasengefährdete Stelle des Fusses geklebt, wo es Dreck, Bakterien und Wasser abhält, den Schmerz und den Druck lindert und den Helden weiterhin Held sein lässt.

Inhaltsstoffe: synthetische Elastomere, Haftstoff, Hydrokolloidartikel, Weichmacher, PUR-Barrierefolie. Klingt alles super, oder?

PS: Hilft natürlich auch bei Blasen von Manolo-Blahnik-Schuhen oder an den Händen vom Golfspielen, oder wo auch immer man sich von was auch immer Blasen holen kann.

PPS: Compeed hilft jedoch nicht gegen Blasen im ökonomischen Sinne.

* Preis für eine Packung Compeed
mit 5 Stück à 4,2 × 6,8 cm
Erhältlich auch in anderen Grössen in Apotheken und in Wandersocken-Fachgeschäften
Gekauft bei Ruedi Bergsport, Birmensdorferstrasse 55, Zürich

Max Küng (max.kueng@dasmagazin.ch)
Bild **Françoise Caraco** (francoise@caraco.ch)

CHF 12.–*

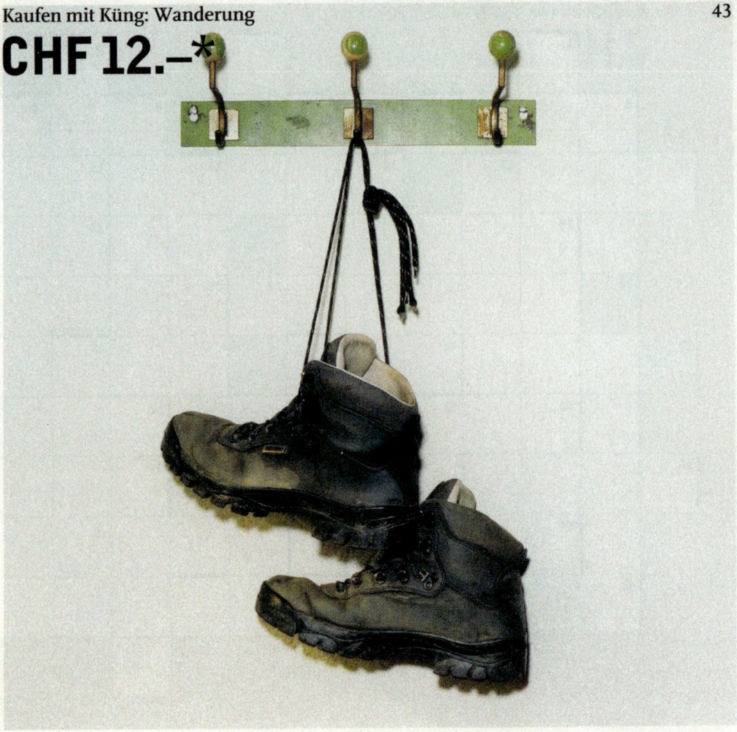

Ich bin ganz froh, dass jetzt alle ihre Koffer füllen mit Taucherbrillen und Schwimmflossen und Flugzeuge besteigen und ans Meer abhauen. Denn ich bleibe heuer hier und gehe dorthin, wo es Sinn macht, im Sommer: in die Berge. Man muss kein Logikweltmeister sein, um es zu begreifen. Wenn es heiss wird, dann geht man dorthin, wo es kühler ist. Und umgekehrt.

Als Einstimmung auf die Sommer ferien auf 2000 m ü. M. unternahm ich zusammen mit meinem Leki-Teleskopwanderstock**, einem lustigen Hut und zwei munteren Wander- und Sowiesovögeln eine kleine Tour im Kanton Glarus. Frühmorgens ging es von Ennenda mit einem luftigen an eine Seifenkiste erinnernden Seilbähnlein tausend Meter hoch zum Bärenboden, dann steil zu Fuss weiter, durch den Stägenwald, über die Chrummböden, den Mittlist-Grat, vorbei an einem Grüppchen noch vereister Seechen namens Bi den Seelenen. Nach tausend Höhenmeter Marsch waren wir auf dem Gufelstock (2436 m ü. M.), wo das Sandwich besonders gut schmeckte, wo einem Segelflugzeuge fast den Wanderhut vom Kopf putzten und all die anderen Gipfel einem zuwinkten, allen voran der dicke Tödi, der Blöffer. Dann gings auf dem Grat über den Heustock zum Schwarzstöckli, nochmals Rast, tausend Dinge in der Weite, wie von Hodler, nur besser. Dann ins Senneloch hinunterblickend dem Wisschamm entlang bis Rotärd, wo der Stein rot ist wie in einem fremden Land und die Tiefe des Glotel jäh. Dann linkerhand abgebogen, das Schilttal hinunter, zurück aus dem Stein mit Gefälle ins Grün, die Alpenrosen blühten im Steingarten des Begliger Gand, und alles war gar saftig und frisch. Hinunter schliesslich zum Ausgangspunkt, wo man bald stand, zurück auf der Erde, obwohl man immer auf ihr war, und dachte: Es war so schön. Die Beine schwer. Die Füsse noch schwerer. Der Kopf leicht. Bald wieder, bald, geht es hoch hinaus.

* Preis für Seilbahn Ennenda–Bärenboden retour, Fahrzeit je 11 Minuten
Dauer der Wanderung: 8 Stunden (Opatempo, viele Pausen, hohe Gemütlichkeit)
Kartenblatt zur Wanderung: Nr. 1154 (Spitzmeilen)
** Hey, einer ist okay, zwei geht aber nicht.

Max Küng (max.kueng@dasmagazin.ch)
Bild **Françoise Caraco** (francoise@caraco.ch)

KAUF DER WOCHE: HAPPY DRINKING BIRD

CHF: 12.90*

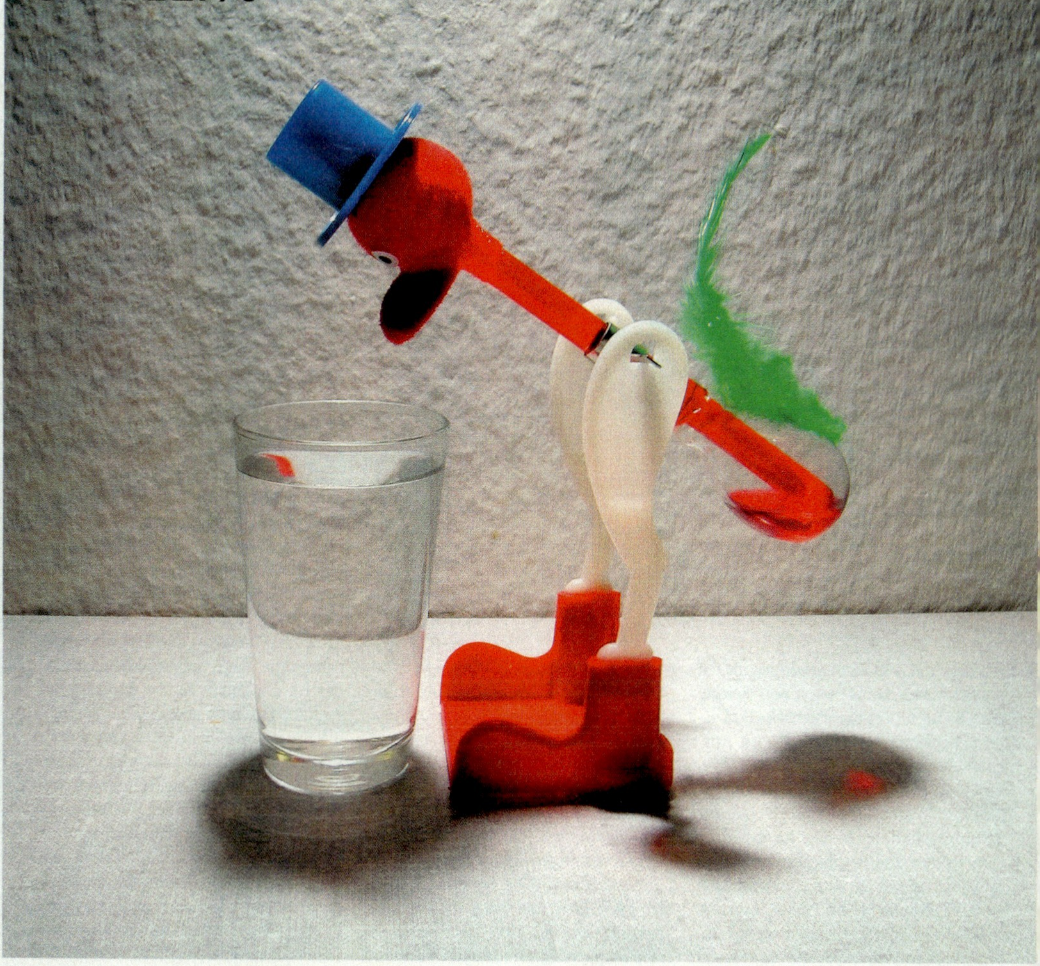

Wenn es mir schlecht geht, ganz schlecht, am Montagmorgen etwa, dann schleiche ich zum Schrank und hole den «Happy Drinking Bird» hervor.

Der ist lustig! Mit seinem Hut und seiner Schwanzfeder! Der macht froh und Laune. Froher noch als eine Platte von Franz Hohler, Emil oder ein Buch von Ephraim Kishon. Ich hole in der Küche ein Glas Wasser und tauche den porösen Schnabel des Vogels ins Nass.

Der Rest ist ein Prinzip, reine Physik, Wärmelehre genauer: Das Wasser im voll gesogenen Schnabel verdunstet, der Vogel reckt sein Haupt, Unterdruck zieht die rote Flüssigkeit durch den gläsernen Körper, Schwerpunktverlagerung, der Kopf bewegt sich wieder runter, kippt ins Wasser zurück und so weiter. Ein Perpetuum mobile mit Schnabel und nichts weniger als Sinnbild für das Leben selbst.

Stundenlang beobachte ich den «Happy Drinking Bird» («Hydro-Thermal-Dynamical Duck», 1946 in den USA unter der Nr. 2402463 patentiert, zu Deutsch auch «durstiger Suffi» genannt), wie er sich voll säuft und erhebt und wieder kippt und sich voll säuft. Oft lasse ich dazu eine CD mit Waldgeräuschen laufen. Mit Repeat-Funktion. Geht es uns nicht allen so, manchmal? Sind wir nicht alle «Happy Drinking Birds«?

Ha, schaut ihn nur an! Ist er nicht süss? Wie er wackelt? Wie er zittert? Wie er kippt? Und dieser Hut? Wir sollten alle wieder Hüte tragen! Schaut ihn nur an!

* Preis geschätzt, da ein Geschenk. Manchen Geschenken kann man halt nicht ausweichen. Wir werden das bald wieder erfahren. Eine noble Variante (34 Franken) gibt es bei «AHA–Treffpunkt für Phänomen-Begeisterte», Spiegelgasse 14, Zürich. Für Live-Action: www.happydrinkingbird.com. Wer über mehr oder weniger freiwilligen Humor lachen will: www.ephraimkishon.de

Max Küng (max2000@datacomm.ch)
Bild **Hans-Jörg Walter** und **Daniel Spehr** (info@walterundspehr.ch)

KAUF DER WOCHE: CLUB-SANDWICH
CHF 14.–

Geburt des Club-Sandwichs: 1894. Der Ort: das Klubhaus eines exklusiven Herren-Spielklubs in Saratoga Springs, USA. Dort wurden, scheints, vierzig Jahre zuvor von einem Koch namens George Crum auch die Chips erfunden, bei uns bekannt als Pommes frites. Legenden hin, Legenden her: Heute ist das Club-Sandwich das, was uns in jedem besseren Hotel auf der Speisekarte erwartet. Ein Stück verzerrbare Heimat für Vielreiser.

Das Club-Sandwich ist ein komplexes zweistöckiges Gebilde, ein Stück Architektur. Zwischen Boden, Zwischendecke und Dach aus getoastetem Weissbrot findet man gebratenen Speck, Pouletbrust, Salat, Tomate und viel Mayonnaise.

Das Sandwich ist nicht nur ein Sandwich, das jeder Statiker gerne betrachtet, sondern eine volle Mahlzeit, insbesondere, wenn es wie üblich mit Pommes frites serviert wird (die man aber zum Beweis der eigenen Willensstärke unberührt auf dem Teller liegen lässt – eine Übung, die einem sehr viel abverlangt).

Wichtig: Das Club-Sandwich isst man mit Messer und Gabel. Und so ist das Unterfangen namens «ESSEN» ein Premium-Challenge. Endlich können die im Zivilschutz erlernten Fachkenntnisse in Sachen Trümmerbeseitigung angewandt werden.

Das beste Club-Sandwich soll es laut Gegenwartstheoretiker Florian Illies (Generation Golf) in Berlin geben, im Café Einstein. Er habe es dort zwei Jahre lang gegessen, jeden Mittag. Seit er aber verheiratet und alles gut sei, habe er seine Ernährung umgestellt. Jetzt gibts Salat.

Club-Sandwich, serviert ohne Pommes frites, gegessen im Café El Greco, Limmatplatz 7, Zürich
Kalorien: sehr, sehr viele

Max Küng (max2000@datacomm.ch)
Bild **Hans-Jörg Walter** und **Daniel Spehr** (info@walterundspehr.ch)

EUR 10.– EVENTUELL CHF 1622.25

Manchmal ist man froh um virtuelle Welten. Ich weiss nicht, was der Mann hinter dem Schalter für ein Gesicht gemacht hätte, hätte ich die Wette in einem richtigen Wettbüro in Deutschland abgegeben: «Guten Tag. Ich wette 10 Euro darauf, dass die Schweiz Fussball-Europameister 2004 wird in Portugal drüben.» Sicher hätte er mich angestarrt oder hämisch gegrinst. Vielleicht hätte er gesagt: «Ich wusste gar nicht, dass die da mitmachen.» Im Internet kann man solche Wetten abschliessen, ohne dass man sich erklären muss oder einen blöden Spruch hört – und man muss beim Verlassen des Wettbüros nicht kleinlaut «Glaube an das Unmögliche, und das Unmögliche wird wahr» murmeln und die Faust ballen. Diese Wette mag manche Kopfschütteln machen, aber sie macht durchaus Sinn, denn die Quote ist super: 1 zu 105. Mehr gewinnen kann man an der Europameisterschaft nur mit einem Tipp auf Lettland (1 zu 225). Falls die Schweiz also Europameister wird, dann werden mir für diesen Einsatz 1622.25 Franken ausbezahlt. Und weil ich daran glaube, wird dem so sein. Das wird ein grosser Tag, wenn am 4. Juli im Finalspiel in Lissabon Köbis kecke Buben Italien (so wird der Gegner wohl aller Wahrscheinlichkeit nach heissen, Quote 1 zu 5,5) besiegen werden! Was ich dann mit dem gewonnenen Geld mache? Mal sehen. Dem VCS spenden? Der Kleider-für-Gigi-Oeri-Stiftung einzahlen? Petarden kaufen? Ich weiss es nicht. Alles, was ich weiss: Wir werden es schaffen. Die Hoffnung stirbt zuletzt. Am 4. Juli ist Zahltag.

Gewettet bei www.sportwetten.de

Max Küng (max2000@datacomm.ch)
Bild **Hans-Jörg Walter** und **Daniel Spehr** (info@walterundspehr.ch)

KAUFEN MIT KÜNG: POSTKARTEN

CHF 15.–

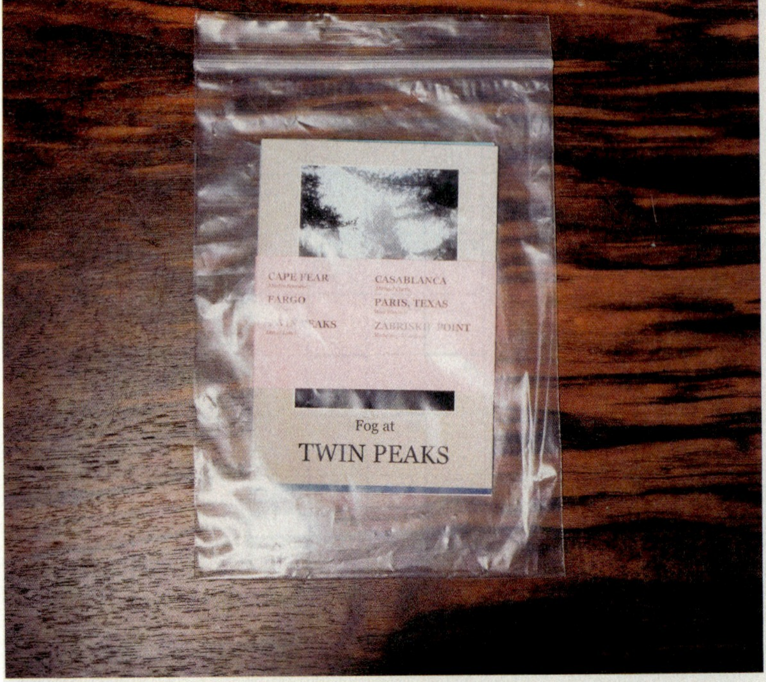

Von Max Küng

Was ist Twin Peaks? Natürlich. Eine 26-teilige Fernsehserie von David Lynch, von der die Hälfte als DVD-Box erschien, die andere aber noch nicht, weil, so munkelt man, das erste Set sich zu wenig gut verkauft habe. In erster Linie jedoch, in der Wirklichkeit also, ist Twin Peaks keine Fernsehserie, in der Special Agent Dale Cooper von riesigen Bäumen schwärmt und auch von Kirschkuchen, sondern ein Ort. Nicht der Ort der TV-Serie, denn gedreht hat Lynch in Aurora, einem Kaff in der Nähe von Seattle. Aber Twin Peaks gibt es tatsächlich. Es liegt in Kalifornien. Postleitzahl 92391. Einwohnerzahl: 220.

Die 1971 geborene Künstlerin Margot Zanni hat unter dem Titel «The Locations» fünf Original-Postkarten zusammengetragen, die aus Orten stammen, deren Namen vor allem oder nur als Filmtitel in unseren Köpfen vorhanden sind. Nebst Twin Peaks in der Kollektion dabei: Cape Fear, Casablanca, Fargo und Paris Texas. Echte Postkarten aus echten Orten, die ihre Namen den Filmen liehen, und manchmal mehr als nur den Namen. Nach dem Film der Gebrüder Coen haben es die Tourismusfachleute von Fargo wohl nicht einfach, Leute anzulocken, denn bei Fargo (90 000 Einwohner, North Dakota, eh der am wenigsten besuchte Bundesstaat der USA) denkt man an Kälte und Menschen, die in Gartenhäcksler gesteckt werden. Wer weiss schon, dass in Fargo das höchste Bauwerk der Welt steht? Nämlich der 628,8 Meter hohe KVLY-Radio-Sendemast.

Eine schöne Idee hatte Margot Zanni mit «The Locations». Die Postkarten: fast zu wertvoll, um sie zu beschreiben und wegzuschicken, auch wenn es sich bei den Empfängern um nette Leute handeln sollte. Darum habe ich gleich zwei Sets gekauft. Und jetzt warte ich nicht nur auf die DVD-Box mit der zweiten Hälfte von «Twin Peaks», sondern auch auf «The Locations – Part 2». Zum Beispiel mit Philadelphia (1993, Regie Jonathan Demme)?

«The Locations» von Margot Zanni,
Set von fünf Original-Postkarten,
gekauft in der Buchhandlung Kunstgriff,
Limmatstrasse 270, 8005 Zürich

Max Küng (max.kueng@dasmagazin.ch)
Bild **Françoise Caraco** (francoise@caraco.ch)

EUR: 8.38*

Wir Schweizer haben ein Problem mit den Deutschen. Keine Gelegenheit lassen wir aus, um über sie zu schimpfen, wegen ihrer Arroganz, dem rüpelhaften Auftreten an lauschigen Ferienorten («...unna wollta schpagetti karbonarah...») und dem so frivol an den Tag gelegten King-Kong-Selbstbewusstsein. Immer wieder ist von Hass die Rede. Allerdings muss ich gestehen, dass ich die Deutschen mag. Viele meiner Freunde sind Deutsche. Und ich kann sagen: Es sind wirklich nette Menschen. Chris S. beispielsweise oder Peter P oder Jochen M.

Jochen M. lebt in Karlsruhe, wo ich ihn manchmal besuche und meinen Kombi beim Getränkemarkt mit meinem Lieblingsbier Tannenzäpfle der Badischen Staatsbrauerei Rothaus voll lade.

Unlängst schlenderten wir in Karlsruhe über den Markt, und Jochen meinte, ich müsse mir unbedingt den Stand des Metzgers Horst Kopf ansehen. Bei Horst Kopf gebe es den berühmten gefüllten Pfälzer Saumagen, das Lieblingsgericht des ehemaligen Bundeskanzlers Helmut Kohl, der es in seiner Amtszeit all den grossen Tieren dieser Welt näher zu bringen versucht habe. Bush ass Saumagen. Thatcher auch. Der Saumagen sei auch nicht so schlimm, wie man das vom Namen her vermuten könnte, denn der Saumagen selbst sei bloss einer Wurstpelle gleich das Gefäss für eine würzige Füllung, die aus magerem Schweinefleisch, Brät und Kartoffeln bestehe. Die weissen Brocken innendrin seien auch keine ekligen Fettklumpen, sondern leckere Kartoffelstücklein.

Also kaufte ich einen solchen Saumagen und dachte, dass wir dann nach Hause gehen und ihn kochen und über Politik reden würden. Wie es nun weitergehen soll mit Deutschland und so. Nachdenken beim Saumagenessen. Aber Jochen lachte nur und winkte ab – dann fiel mir ein: Jochen ist ja Vegetarier. Also nahm ich den Saumagen in die Schweiz als essbare Erinnerung an jenes Land, das wir zu hassen lieben, was falsch ist. Völlig falsch.

* Gefüllter Saumagen, 882 Gramm
Gekauft auf dem Markt in Karlsruhe
beim Metzger Horst Kopf,
Limburgerstrasse 53, 76829 Landau

Max Küng (max.kueng@dasmagazin.ch)
Bild **Françoise Caraco** (francoise@caraco.ch)

KAUF DER WOCHE! SCHNEEGLÖCKCHEN

CHF 15.–

«Auf Wiedersehen, lieber Winter. Tschüss. Ich habe dich gesehen, du kannst jetzt gehen. Ich weiss, ich weiss: Es dauert noch einen Moment, bis der Frühling kommt. Doch ich fange schon mal mit dem Warten an.» Das dachte ich, als ich im Tram sass und durch die dreckige Scheibe in den herannahenden dreckigen Abend schaute. Dann stieg ich aus, ging in einen Blumenladen und kaufte Schneeglöckchen. Sofort ging es mir besser. Zu Hause würden sie jemanden lächeln machen, das wusste ich. Natürlich mag ich Schneeglöckchen (Galanthus nivalis – gala = Milch, anthos = Blume, nivalis = nivis = Schnee) lieber in freier Natur, draussen, wenn sie beim Spaziergang unerwartet an der Biegung eines nicht zu breiten, plätschernden Flusses stehen und ihre kleinen Köpfchen hängen lassen wie Strassenlampen auf einer Modelleisenbahnanlage. Mir gefällt die Einfachheit des kleinen Zwiebelgewächses: drei innere Blütenblätter, drei äussere Blütenblätter, allesamt schneeweiss, die inneren halb so gross wie die äusseren, mit grünlichen Spitzen. Dazu gerade Blätter, zwei, fleischig und grün. Schneeglöckchen erinnern mich an i-Pod-Kopfhörer und an gute Musik, Musik wie etwa auf dem Soundtrack zum Film «Lost in Translation». Fein und leise und ein bisschen traurig. Das Schneeglöckchen ist eine bescheidene Blume. Und darum macht sie Sinn, in diesen Tagen, diesen Zeiten.

Schneeglöckchen mit Moos im Topf. Gekauft bei Blumen Marsano am Paradeplatz in Zürich. Soundtrack «Lost in Translation», diverse Interpreten, im guten Fachhandel, zum Beispiel bei RecRec oder Jamarico, dort gar als Vinyl.

Max Küng (max2000@datacomm.ch)
Bild **Walter & Spehr** (info@walterundspehr.ch)

CHF 17.50

Wer dieses Buch besitzt, dem kann man nicht mehr krumm kommen. Denn in «ICH SAG DIR ALLES – Das universelle Handbuch für den Alltag in Zahlen, Daten und Tabellen» steht so ziemlich alles drin, was man wissen muss, um als klügster Mensch der Welt zu gelten. Steht also einer an der Bar und fragt irgendetwas, zum Beispiel wo die Olympischen Winterspiele im Jahr 1924 stattfanden, dann kann man locker antworten: «In Chamonix. Und es nahmen 258 Aktive teil aus 16 Ländern, und in fünf Sportarten gab es 16 Entscheidungen.» «Welchen Durchmesser hat die Sonne und wie viel mal grösser ist der Stern Antares?» «1,39 Millionen Kilometer, Antares ist 740-mal grösser.» «Was ist Nitinol?» «Eine Legierung. Sie besteht aus 55 Prozent Nickel und 45 Prozent Titan. Nächste Frage?»

Unterteilt in sieben Kapitel (Natur, Technik und Verkehr, Wirtschaft, Geschichte und Politik, Kultur, Sport, Staaten und Städte) bietet der teilweise ein bisschen deutschlastige Schinken (830 Gramm schwer) kompakt, was wir in der Schule nicht gelernt oder seither wieder vergessen haben: Wie viele Schweissdrüsen wir auf einem Quadratzentimeter Haut an der Fusssohle haben (360 bis 370), die Geschichte der Mode (auf zwei Buchseiten) oder welches die kleinsten Staaten der Welt sind (Vatikan, Monaco, Nauru). Wer den Begriff «Chromosomen» prägte (Wilhelm v. Waldeyer, 1888). Wann Volleyball erfunden wurde (1895) und von wem (William C. Morgan). Noch nie war so viel für so wenig zu haben.

«ICH SAG DIR ALLES», Bertelsmann-Lexikon-Institut, 835 Seiten, gekauft bei Orell Füssli
Der Preis bezieht sich auf eine Sonderaktion.

Max Küng (max2000@datacomm.ch)
Bild **Hans-Jörg Walter** und **Daniel Spehr** (info@walterundspehr.ch)

CHF 17.90

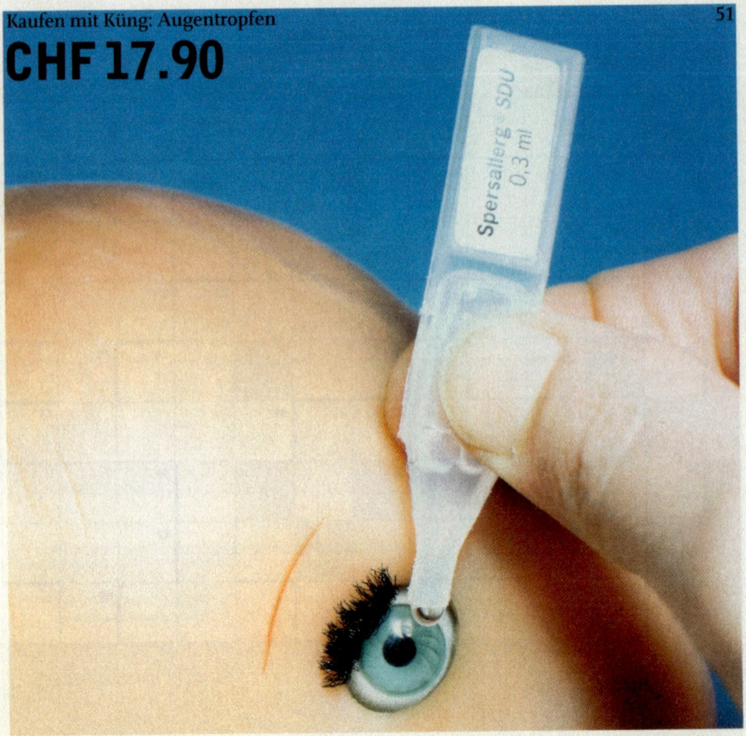

Die Birke. Ein bis 25 Meter hoher Baum mit bis 10 cm langen, aufrechten, später hängenden männlichen Kätzchen (die weiblichen Kätzchen sind 2 bis 4 cm lang). Ein eleganter, schlanker Baum, schön anzusehen in seinem hellen, fleckigen Dalmatiner-Kleid und mit dem zarten Blattwerk. Gutes, kühles Design. Architekten mögen Birken und setzen sie gerne zu optischen Rettungsversuchen von öffentlichen Plätzen ein (Beispiel: Turbinenplatz, Zürich).

Ich persönlich finde: Die Birke ist ein Arschloch. Ich hasse die Birke. Von mir aus könnte man mit Motorsägen der Marke Stihl ein lautes Konzert anstimmen und alle Birken fällen, am besten heute noch. Das würde ein Feuer geben!

Ich habe Tränen in den Augen, jetzt, da ich diese Zeilen schreibe. Aus der Nase tropft es auf die Tastatur. Die Augen, sie sind entzündet und brennen, und ich möchte kratzen, kratzen, kratzen, bis nichts mehr in den Höhlen ist, bloss summende Ruhe. Aber ich weiss: Ich darf nicht, ich darf nicht, ich darf nicht, sonst wird alles nur noch schlimmer, denn es gibt keine Erlösung. Sie ist da: Die Zeit der trauerlosen, sinnlosen Tränen. Man nennt es Allergie. Wie einfach dieses Wort klingt: Allergie. Eigentlich müsste man ein viel längeres Wort nehmen, acht Silben lang, kompliziert, mit X und Y drin, um dem gerecht zu werden, was es verpackt. Und wie harmlos erst Birke klingt, dabei birgt jedes einzelne Kätzchen fünf Millionen Pollenkörner.

Der Volksglaube meint, die Birke ziehe ihres zuckerhaltigen Saftes wegen den Blitz an. Hoffentlich ist das so, und hoffentlich zucken viele Blitze bald vom Himmel her gegen die Erde nieder. Denn: Nur eine verkohlte, tote Birke ist eine gute Birke.

PS: Gemäss Prognosen ist der Birken-Pollenflug Anfang zweiter Mai-Woche abgeschlossen. Dann kommen Eiche, Ampfer, Wegerich und all die Gräser an die Reihe. Die Natur, warum ist sie so grausam?

Augentropfen Spersallerg SDU,
20 Einzeldosen zu 0,3 Milliliter
(Literpreis folglich 2983.35 Franken)
Gekauft bei Bellevue-Apotheke, Theaterstrasse 14, 8024 Zürich, geöffnet 24 Stunden
Sehr interessant: http://pollen.bulletin.ch

Max Küng (max.kueng@dasmagazin.ch)
Bild **Françoise Caraco** (francoise@caraco.ch)

CHF 18.50*

Das neue Jahr, es ging so weiter, wie es begonnen hatte, und das alte Jahr erlosch: mit Krankheit. Von der Express-Magen-Darm-Grippe mehr oder weniger nahtlos hinein in ein sich steigerndes Konzert aus Husten und Schnupfen. Durchgebellte Nächte. Geräusche wie aus einem Film mit Dinosauriern. Erstaunlich, was man im Krankheitsfall alles in sich drin hat, respektive was den Körper durch Rachen oder die beiden Nasenlöcher verlassen kann. Schleim (in der Fachsprache Mukus genannt, welch schönes Wort) in allen Herbstfarbtönen und von unterschiedlichster Konsistenz – auf dem Höhepunkt gar objekthafte Auswürfe, Batzen, die an jene Spezialität erinnern, die man beim Fonduegenuss am Ende gerne vom Caquelonboden wegkratzt, Bödeli genannt.

Und die Krankheit ermöglicht Erfahrungen, zu denen man unter normalen Umständen kaum kommt, zum Beispiel die Anwendung der Nasendusche Rhinomer Jet Force 2 & 3. Mit sachtem Druck spritzt die grüne (mit mehr Power die rote) Düse einen ordentlichen Strahl steriles Meerwasser in die Nase, und man fühlt etwas, was man zu fühlen nie erwartet hätte. Das Meerwasser schiesst das Nasenloch hoch und gibt einem schlagartig ein Gefühl für die enorme Komplexität unseres tiefen Hals-Nasen-Höhlensystems – vor allem, wenn die arg salzige Flüssigkeit schliesslich in den Rachen rinnt. Ich weiss nicht, wie es anderen geht, aber mich schüttelt es zünftig, und es lässt mich jedes Mal «ei, ei, ei» ausrufen. Doch ich nehme die Prozedur auf mich, denn ich habe das Gefühl, dass mir das in die Nase gejagte Zeugs mit seinen sechzig Mineralsalzen und Spurenelementen aus Saint-Malo in der Bretagne hilft in meinem zähen, chemielosen Kampf gegen den Schleim.

Krankheit, oh Krankheit, meine ständige Begleiterin, treu wie ein Hund. Was kommt als Nächstes? Ein Hexenschuss? Ich weiss, schon Rilke schrieb: «Du musst dein Leben ändern.» Aber wie? Sport? Joggen? Yoga? Oder den Bürojob an den Nagel hängen und Velokurier werden?

* Rhinomer Jet Force 2 & 3,
steriles Meerwasser, 135 ml
Gekauft bei Stauffacher-Apotheke,
Birmensdorferstrasse 1, Zürich

Max Küng (max.kueng@dasmagazin.ch)
Bild **Françoise Caraco** (francoise@caraco.ch)

CHF 19.50*

Morgen Sonntagabend flimmert also die letzte Folge von «MusicStar»** über den Bildschirm! Ei! Endlich! Das Finale! Wer wird gewinnen? Kermit-Börni ist ja schon weg. Also Gürtelschnallen-Fabi? Oder Jungmuni Brian? Oder doch das ehrgeizzerfressene thurgauische Biederkeitsmonstrum Sandra? Nun, ehrlich gesagt: Das ist total egal. So was von egal. Hauptsache, es ist endlich vorbei. Aber es bringt uns zu einem wirklich wichtigen Thema: Würste.

Man kann nicht genug über Würste berichten.

«Oh, Würschtli! Häsch gseit Würschtli? Hooo, die han i doch ä so gärn, fürs Läbe gärn!» Das sagte Niki-Tiki, der Igel des legendären «Dominik Dachs»-Puppenspiel-Epos. Wie hatte er recht. Es waren mitunter die klügsten und wahrsten Worte, die je auf dem Kanal des Schweizer Fernsehens ausgestrahlt wurden.

Nun hat die Grillsaison glücklicherweise vor einer Weile schon wieder begonnen, die Saison, die nie zu Ende war. Und selbst wenn der lokomotivgrosse Outdoorgrill an diesem Wochenende aus was für Gründen auch immer verhüllt bleiben muss: In die Pfanne gehauen schmecken die Dinger fast genauso gut. Vor allem diese hier, aus dem Quartier namens St. Johann in Basel stammend, dort, wo die Schweiz schon fast zu Ende ist, nahe des Voltaplatzes, den man gern auch gerne Folterplatz nennt, weil er seit hundert Jahren eine Baustelle ist.

In diesem Quartier findet sich die kleine Metzgerei des Sizilianers Giuseppe Sequenzia, genannt Pippo, der, das behaupte ich jetzt einfach mal so***, die besten Salsicce herstellt, die man sich vorstellen kann. Es gibt sie mild, mit oder ohne Fenchelsamen, oder aber scharf, und zwar richtig scharf: also scharf. Pippos nach einem Geheimrezept gewursteten Salsicce sind schlicht genial. Mehr muss man dazu gar nicht sagen. Ausser: Wir wussten es ja schon immer, die besten Würste kommen halt einfach aus Basel! Nicht nur im Fussball.

* Preis pro Kilo Salsicce, gekauft bei Macelleria Pippo, Elsässerstrasse 51, Basel
Eine Wurst wiegt um die 100 Gramm.
** SF 1, ab 20.30 Uhr
*** Das Gegenteil soll erst mal einer beweisen.

Max Küng (max.kueng@dasmagazin.ch)
Bild **Françoise Caraco** (francoise@caraco.ch)

KAUF DER WOCHE: SPARSCHÄLER

CHF 19.80

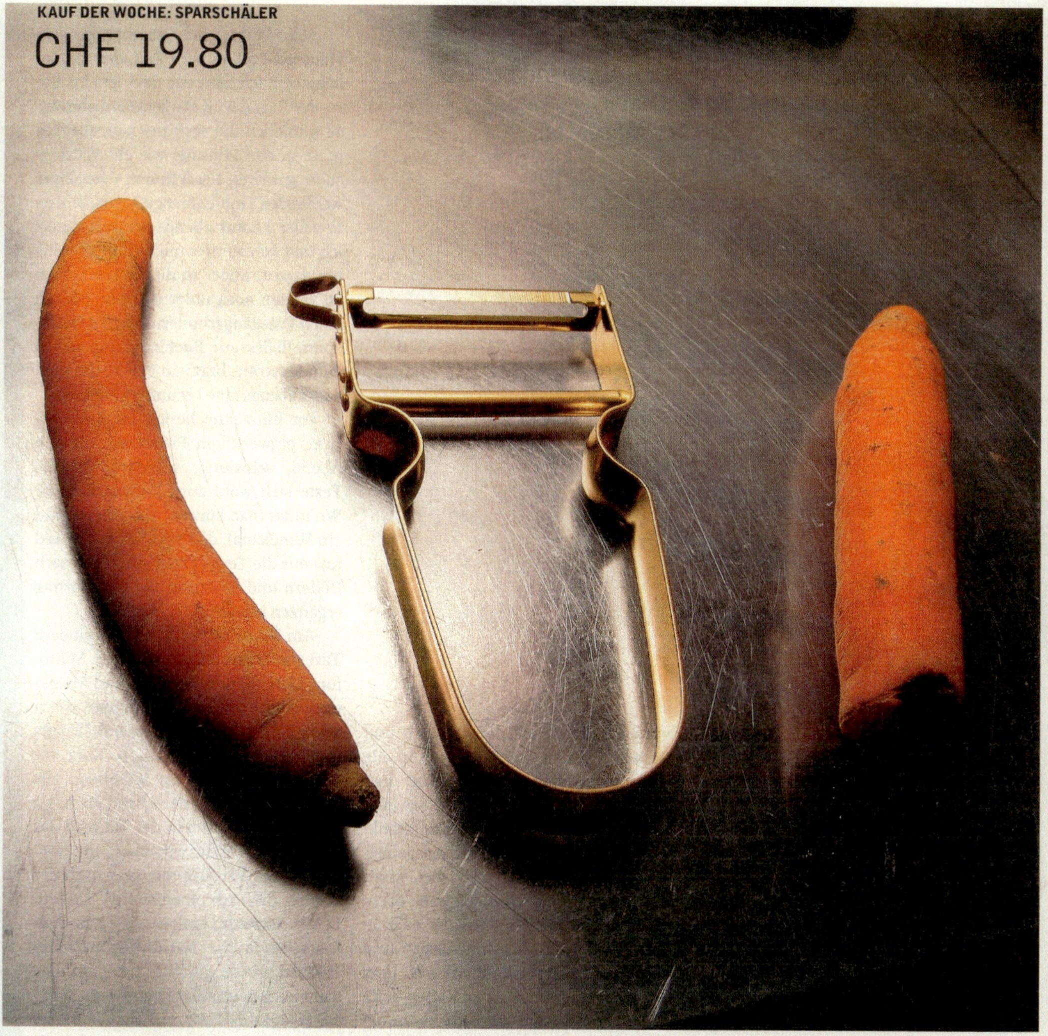

Der König unter den Geräten zum Entfernen von Schalen von Gemüse diverser Art wurde in einem Wohnhaus im Quartier Zürich-Wiedikon erfunden und 1947 patentiert. Bis heute sollen vom guten alten «Rex», wir alle kennen ihn (er hat es sogar auf die 15er-Marke der Schweizer Post geschafft), weltweit sechzig Millionen verkauft worden sein. Die Jahresproduktion liegt bei zwei Millionen Exemplaren (Exportanteil zwei Drittel). Der «economy peeler» mit integriertem Seitenmesser («Augenausstecher») vereint ein superpures Design mit extremer Funktionalität: Mit ihm lassen sich etwa Rüebli schneller und mit weniger Verlust schälen als mit einem ordinären Rüstmesser. Dank seiner Einfachheit (er besteht aus wenigen Einzelteilen) und des niedrigen Anschaffungspreises des Standardmodells (Preis keine zwei Franken) spricht man von einer «Demokratisierung des Komforts». «Rex» hat unser Leben leichter gemacht (wenigstens das Leben jener, die Gemüse noch selber bearbeiten und nicht nur von Tiefkühlkost oder Restaurantfutter leben).

Und weil die geniale Erfindung von Alfred Neweczeral, einem in Davos geborenen Nachfahren amerikanisch-böhmischer Einwanderer und Grossvater des jetzigen Inhabers der Zena AG, die «Rex» herstellt, ein Denkmal verdient hat, kann man ihn nun vergoldet kaufen. Sieht aus wie Kunst, funktioniert aber wirklich, seit 1947 unverändert schnittig. Gold passt zum «Rex», denn ein bisschen Dekadenz schadet in keinem Haushalt – vor allem, wenn man dabei noch schälend spart.

Sparschäler «Rex» der Firma Zena AG (www.zena.ch), chemisch vergoldet, gekauft bei Globus

Max Küng (max2000@datacomm.ch)
Bild **Hans-Jörg Walter** und **Daniel Spehr** (info@walterundspehr.ch)

KAUFEN MIT KÜNG: SPACE BAG®

CHF 19.90*

Von Max Küng

Hausfrauen, aufgepasst! Hausmänner sowieso! Alle mal herhören! Ja, schaut her! Jetzt wirds praktisch! Nie mehr Platzprobleme mit den Winterklamotten! So einfach kann das sein! Unglaublich, aber wahr! Und endlich mal ein Produkt, bei dem ich Ausrufezeichen gebrauchen darf! Sogar zwei!!

Die Space Bags® sind zwar Waren, die man spätnachts in Dauerwerbesendungen sieht, demonstriert von Menschen mit ewigem Lächeln, die immerzu «Ah» und «Oh» sagen müssen, Ausrufe des Staunens über das faszinierende Ding.

Aber, und jetzt muss ein Aber kommen: Die Space Bags® sind wirklich praktisch. Als mir eine Freundin das Produkt demonstrierte, da war ich platt wie ein Space Bag® selbst. Ein ganzes Riesenduvet verwandelte sich vor meinen Augen innert Sekunden in einen flunderflachen und einfach verstaubaren Gegenstand. Verblüffend. Ich sagte: «Unglaublich.» Und sie: «Aber wahr.» Es fehlte nur noch ein Raunen von Zuschauern. Oder Applaus.

Die Funktionsweise ist denkbar einfach: Zeugs in den Sack, ob Pullover, Pullunder oder Pyjama, ob Duvet, Daunenjacke oder Dackeldecke. Spezialverschluss («Sure-Zip™») zu. Durch ein patentiertes Einweg-Ventil saugt man nun mit einem normalen Staubsauger die Luft aus dem luft- und wasserdichten Kunststoffbeutel, der daraufhin schrumpft und schrumpft. Deckel aufs Ventil. Fertig ist das hausgemachte Vakuum. Das Volumen des geschrumpften Gegenstandes wird halbiert, der Lagerraum verdoppelt.

Wichtiger Nebeneffekt des 1994 erstmals verkauften Space Bag® aus San Diego, vor allem für meinen Noch-Single-Haushalt: Die fiesen Motten haben nun absolut keine Chance mehr. Applaus! Heftiger Applaus!

* Der angegebene Preis bezieht sich auf einen 2er-Pack (55×86 cm plus 92×125 cm). Space Bags gibt es in den verschiedensten Grössen. Preise vergleichen! Zu kaufen bei www.praktikus.ch, www.ackermann.ch und bei Globus, Manor, Jelmoli, Coop City. Siehe auch www.spacebag.com.

Max Küng (max.kueng@dasmagazin.ch)
Bild **Françoise Caraco** (francoise@caraco.ch)

CHF 20.–*

Lieber Herr Dr. Christoph Blocher, Chef EJPD. Ich weiss, dass Sie in diesen turbulenten Zeiten viel am Turban haben, und ich weiss noch nicht einmal, ob Sie der rechte Adressat sind für meinen kurzen Brief, aber trotzdem. Ich möchte mich entschuldigen, aufrichtig entschuldigen, und wenn ich das bei Ihnen tun kann, dann umso schöner.

Ich gestehe: Am helllichten Tag fuhr ich auf der Autobahn A3 von Zürich nach Basel. Ich war auf meinem Weg zum Zahnarzt. Der Bohrer wartete. Sicherlich können Sie sich vorstellen, dass ich es eilig hatte. He nun, auf jeden Fall fuhr ich durch eine Baustelle, beim Fressbalken bei Würenlos, und zwar eindeutig zu schnell. Ich weiss auch nicht, warum. Mich muss der Teufel geritten haben. Ich war wohl in Gedanken schon beim Zahnarzt. Vielleicht wurde ich von hinten auch bedrängt von einem BMW X5 mit Zuger Nummer. 80 km/h waren signalisiert, und ich war zu schnell unterwegs und wurde geblitzt. Völlig zu Recht hat die Radarfalle zugeschlagen und mich überführt. 1 Stundenkilometer war ich gemäss Gesetz zu schnell. 1 km/h. Das tut mir schrecklich leid. Gerne bezahle ich die Busse von 20 Franken. Kein Problem. Ich möchte nicht von Ihnen verlangen, dass Sie wegen mir das Gesetz ändern. Ein rechter Bürger muss zu seinen Fehlern stehen. Das tue ich, denn ich bin ein Rechtsstaat-Fan. Ich möchte nicht, lieber Justizminister, dass Sie denken, ich sei ein Balkan-Raser oder so etwas. Ich fuhr kein Rennen, sondern war einfach mit dem Kopf nicht beim Tacho. Es war ein Seich von mir. Sorry, also: Tschuldigung. In dem Sinne recht schöne Grüsse. Max Küng

PS: Sorry auch, dass ich am 20. Juli um 14:07 Uhr in Zürich 4, Werdstrasse/Stauffacherstrasse, 0,7 Sekunden zu spät die Ampel passierte und es blitzte. Auch diese 250 Franken bezahlte ich gerne. Wissen Sie zufälligerweise, wen ich fragen muss, wenn ich das Föteli sehen möchte?

* gemäss OBV Ziffer 303.3.a
(Überschreiten der Höchstgeschwindigkeit auf Autobahnen um 1 bis 5 km/h)
Playmobil-Radarpolizist, 3.75 Franken, im Spielwarenladen – die wohl günstigste Art, sich einen Polizisten zu kaufen
Max Küng (max.kueng@dasmagazin.ch)
Bild **Françoise Caraco** (francoise@caraco.ch)

KAUF DER WOCHE: KROCKETSPIEL

CHF 20.–

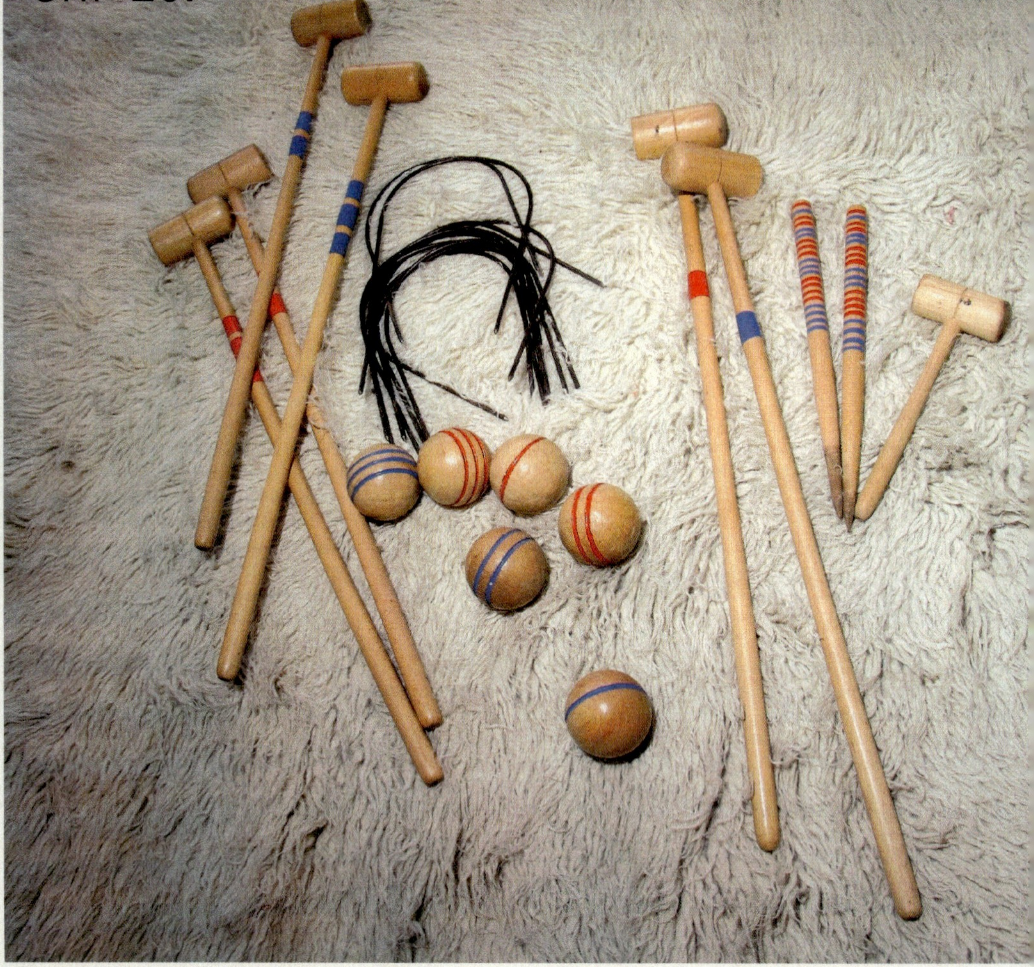

Natürlich gibt es Streit darüber, wo das vergnügliche Rasenspiel namens Krocket erfunden wurde. Die Iren behaupten, sie hätten es getan, und «croquet» ginge nicht auf ein französisches Wort zurück und das Spiel folglich nicht auf gelangweilte französische Nonnen, wie manche behaupten, sondern sei vom gälischen Wort «cluiche» abgeleitet, was «spielen» heisst. Auf jeden Fall tauchte das Spiel in den 1850er-Jahren in England auf, erfreute sich bald grösster Popularität, und in der Folge entwickelte sich ein typisch britisches Regelwerk von ausgewachsener Dimension und Tiefe. Dazu nur so viel: Es spielen «hot colors» (etwa rot) gegen «cool colors» (etwa blau). Der hölzerne Ball muss mit dem Schläger unter den nach einem festen Muster aufgestellten Törchen («wickets») durchgeschlagen werden und am Ende den kleinen Holzpflock («finishing stake») berühren. Wenn ein Spieler einen anderen Ball trifft, dann nennt man das «Rocketieren». Er legt dann seinen Ball so, dass dieser Kontakt zu dem getroffenen Ball hat. Anschliessend spielt er seinen Ball erneut, wobei sich der in Kontakt befindliche Ball bewegen muss. Diesen Schlag nennt man «Krocketieren». Anschliessend hat der Spieler noch einen Fortsetzungsschlag etcetera. Ach ja, das Spielfeld muss 25,6 mal 32 Meter messen, eben sein, das Gras kurz geschnitten. Man spielt von Süden nach Norden.

Das Allerbeste am Krocket: Es ist eine der wenigen Sportarten, die man auch im Anzug spielen kann, ohne ihn zu zerknittern, mit einem Gin Tonic in der Hand (und zwei im Kopf).

Gebraucht gekauft auf dem Kanzlei-Flohmarkt (jeden Samstag, Kanzleistrasse 56, Zürich)
Max Küng (max2000@datacomm.ch)
Bild **Hans-Jörg Walter** und **Daniel Spehr** (info@walterundspehr.ch)

CHF 21.80

Im Jahr 1840 offerierte der Besitzer einer Londoner Austernbar namens James Pimm seinen Gästen ein Getränk aus Gin und anderen Zutaten. Es sollte die Verdauung anregen. Das in einem Becher servierte Gesöff regte aber auch den Geist an und erfreute sich grösster Beliebtheit. Also hatte Mister Pimm die Idee, auch andere Spirituosen zu veredeln. Bald hatte er eine Bandbreite von Getränken parat, mit Scotch (Cup No. 2), mit Brandy (Cup No. 3) et cetera.

Heute wird nur noch Pimm's No. 1 produziert (sowie in kleinerer Quantität No. 6 auf Wodkabasis), doch dieses Getränk gehört auf den Britischen Inseln zum Sommer wie Picknickdecken (siehe «Magazin» Nr. 26) und kurze Krocket- (siehe «Magazin» Nr. 28/2004) oder tagelang dauernde Kricket-Matches.

Was wirklich drin ist, im Pimm's, das sollen nur sechs Leute wissen. Klar ist bloss: Es sind der Wacholderschnaps Gin, Chinin und eine Kräutermischung.

Chinin, dies nur zur Auffrischung, ist ein Alkaloid, das aus der Rinde des Gelben Chinarindenbaumes (Cinchona officinalis L.) gewonnen wird. Es ist ein weisses, kristallines Pulver (Summenformel $C20H24N2O2$), das bei 176 Grad schmilzt und 1820 von Pelletier und Caventou entdeckt wurde. Chinin wirkt gegen Malaria, weshalb die Briten die bittere Medizin in den Kolonien vorzugsweise vorbeugend in kleinen Mengen gern auch alkoholischen Getränken beigemischt zu sich nahmen (Schweppes respektive Gin & Tonic).

Pimm's trinkt man selbstverständlich nicht pur. Grundsätzlich gilt: 1 Teil Pimm's, 3 Teile Ginger Ale, viel Eis, Gurkenschale und eventuell auch noch eine Orangen- und/oder Zitronenscheibe plus eventuell ein Minzeblatt. Über die genaue Zubereitung des Getränks kann man sich streiten. Ich persönlich ziehe als Requisit ein dickes Stück Gurke einer feinen Schale vor.

Von den von den Inseln stammenden Varianten mit anderen Mischverhältnissen (Turbo Pimm's etwa oder Maximum Voltage) ist abzuraten; oder man hat bald ein Sommergewitter obendrin, im Kopf.

Pimm's No. 1, 25 % Alkohol, 7 dl, gekauft im Globus, importiert durch Diageo Suisse SA, Renens

Max Küng (max.kueng@dasmagazin.ch)
Bild **Françoise Caraco** (francoise@caraco.ch)

CHF 22.–

Als ich Chili entdeckte, da war ich noch jung (22), dumm (ich mochte die Filme von Cheech & Chong) und eitel (Kontaktlinsen). Ich lud eine Frau ein, der ich etwas Scharfes kochen wollte. Just in dem Moment, als ich die Chilischote klein schnitt, klingelte die Frau an der Haustüre. Und ich trug noch die blöde, hässliche Brille. Also schnell ins Bad gerannt und die Kontaktlinsen rein, respektive die Kontaktlinse, denn ich schaffte nur eine. Ich merkte mit Lichtgeschwindigkeit, was scharf wirklich heissen kann. Gemeinhin sagt man ja, Chilis seien scharf, aber wie Chilis in Tat und Wahrheit sind, das kann man mit dem Mund gar nicht erfahren, sondern nur mit dem Auge. Ich brauchte etwa eine Stunde, bis sich das Augenlid wieder öffnen liess und das Licht zurückkam.

Diese Geschichte lehrte mich, dass man mit Chilis umgeht wie mit Nitroglyzerin, also sehr, sehr vorsichtig. Dann aber kann man wirklich seinen Spass haben. Besonders, wenn man die Chilis von der eigenen Pflanze rupft, die übrigens zu meiner grossen Freude auch ohne grünen Daumen fleissigst die roten Bomben produziert.

Das Thema Chili sei an dieser Stelle nur angerissen. Es ist ein weites Feld und eine Wissenschaft, respektive eine Religion. Vereinfacht funktionieren Chilis so: Der in der Schote enthaltene Stoff Capsaicin bewirkt beim Menschen eine thermische Täuschung. Die Nervenenden, die normalerweise Verbrennungen melden (Nozizeptoren), lösen Alarm aus. Durch vermehrte Durchblutung des Gewebes kommt es zu einer Erhitzung (daher das «Brennen»). Der Körper reagiert. Tatütata. Es werden Endorphine ausgeschüttet (daher die «Sucht»).

Die Schärfe übrigens misst man in Scoville, einer nach dem Wissenschaftler Wilbur L. Scoville benannten Skala. Handelsüblicher Tabasco bringt es auf 3500 Scoville. Richtig harte Chilis, etwa die Arten «Habanero» oder «Scotch Bonnet», bringen es auf gut und gerne 300 000 Scoville. Da juckt die Kopfhaut. Da zappeln die Füsse.

Chili-Jungpflanze, gekauft beim Spezialisten für Chilis in jeder Form:
Heuberger, Morgartenstrasse 12, Zürich
Max Küng (max.kueng@dasmagazin.ch)
Bild **Françoise Caraco** (francoise@caraco.ch)

KAUF DER WOCHE: T-SHIRT

CHF 23.–

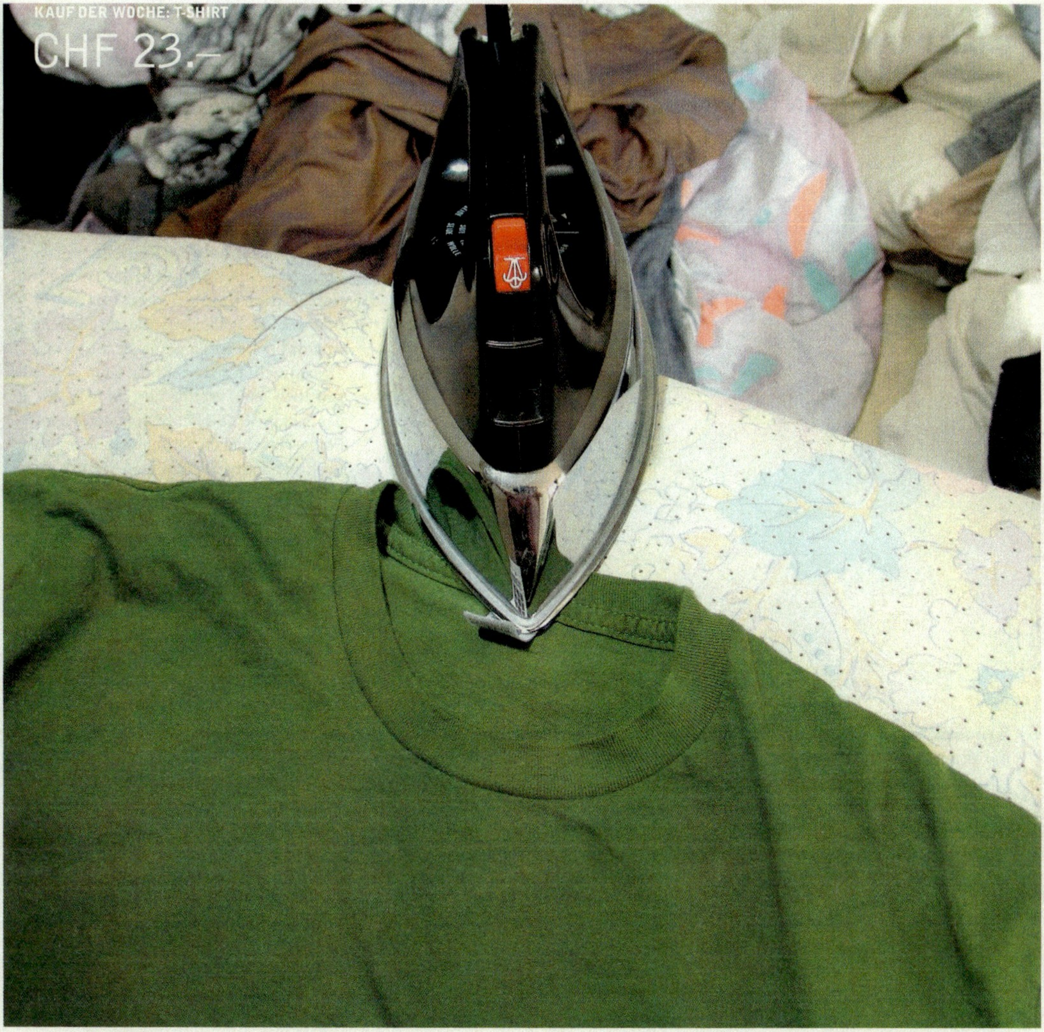

Normalerweise glaube ich kaum etwas, das ich in Zeitungen oder Zeitschriften lese – ausser ich habe es selber geschrieben und/oder es erschien in dieser Publikation. Aber selbst hier zweifelte ich, als ich den Artikel meines Kollegen Finn Canonica über den T-Shirt-Hersteller «American Apparel» («Magazin», Nummer 30) las: Kann ja nicht sein, dass ein T-Shirt nicht nur schön und sexy aussieht, sich super und anders anfühlt als alle anderen, extrem günstig ist und nicht von Kinderhand unter an Tierhaltung erinnernden Bedingungen produziert wurde. So dachte ich kritisch, bis ich an der Ecke Spring und Greene in New York in ein Ladengeschäft von «American Apparel» trat und dort in einen kurzen, heftigen Kaufrausch geriet und wenig später den Ort mit T-Shirts für 300 $ und dem schönen Gefühl, etwas Gutes gekauft zu haben, verliess.

Das Leibchen fühlt sich tatsächlich anders an als andere. Weicher. Angenehmer. Es trägt sich wie ein frischer Sommertag. Der Schnitt ist angelehnt an die Siebzigerjahre, als die Menschen sich noch weniger gehen liessen (körperlich). Ein wenig komisch dann: Kaum wieder zu Hause, betrat ich in meiner Kleinheimatstadt Basel aus Zufall eine Boutique namens «Fizzen». Und was sehe ich da: die T-Shirts von «American Apparel». Das volle Programm. Ich fühlte mich ein wenig betrogen. Man muss also nicht um die Welt reisen, um das Gute zu bekommen. Tja. Schön war es trotzdem. Und sonnig.

Modell 2001, gekauft bei «American Apparel», erhältlich in 21 Farben
Bei «Fizzen» (Filialen in diversen Städten) kostet das T-Shirt 23 Franken.
Oder: www.americanapparel.net

Max Küng (max2000@datacomm.ch)
Bild **Hans-Jörg Walter** und **Daniel Spehr** (info@walterundspehr.ch)

25.–*

Wasser ist: eine Flasche, ein Bächlein, ein Fluss, ein Strom, ein Meer. Oder ein See. Und ein See ist vieles (nebst schön anzusehen aus den verschiedensten Blickwinkeln): Trinkwasserreservoir. Im Winter Schlittschuhbahn. Im Sommer kühlendes Schwimmbecken. Mülldeponie. Verkehrsweg. Hobby- und Nassspasszone für angetrunkene Motorbootkapitäne mit oder ohne Skifahrer hintendran. Nasses Grab. Hypnoseraum für bekiffte Bongospieler, die am Ufer sitzen und trommeln und trommeln und trommeln...

Und ein See ist dort, wo Fische wohnen, im Trüben. Im bananenförmigen Zürichsee etwa, 8866 Hektar gross (weil man sich Flächen zurzeit kaum anders vorstellen kann oder mag: Dies entspricht etwa 13 269 Fussballfeldern) und maximal 143 Meter tief. Um diese Fische kümmern sich Berufsfischer (sieben Betriebe sind es am Zürichsee), die in den frühsten Morgenstunden in ihren kleinen Booten aus Aluminium die Netze aus der kalten Tiefe ziehen. Darin, mehr oder weniger: Felchen, Egli, Hecht und das, was man Beifang nennt: Karpfen, Brachsmen, Saibling.

Man glaubt es kaum, aber das gibt es. Menschen, die vom Fischfang leben, in der Schweiz, am Bodensee, am Thunersee, am Zürichsee. 273 hauptberufliche Netzfischer gibt es (Tendenz sinkend). 1600 Tonnen zogen sie im Jahr 2004 aus unseren Gewässern**, 900 Tonnen davon waren Felchen, die man «Brotfische» nennt, weil sie des Fischers täglich Brot sind. Und es gibt sogar eine Fischnetzfabrik, am Bodensee, in Tägerwilen, die Sallman-Fehr AG (seit 1910).

Wir lernen: Fisch muss nicht zwingend mit dem Schleppnetz einem fernen Ozean entrissen und mit dem Flugzeug herangeflogen worden sein und einen blöden Namen haben wie Pangasius oder Red Snapper (obwohl dieser Name Schweizerdeutsch ausgesprochen ja schon wieder gut klingt), sondern kann von hier (und zudem äusserst fein) sein.

* Preis pro Kilo Saibling aus dem Zürichsee
Gekauft auf dem Markt, Helvetiaplatz, Zürich
Mehr Infos: www.schweizerfisch.ch
Zum Zürcher Fisch: «Neuer Fischatlas des Kantons Zürich» von Max Straub, Werd-Verlag
** Zürichsee: 203 Tonnen
Fischimport: 46 000 Tonnen

Max Küng (max.kueng@dasmagazin.ch)
Bild **Françoise Caraco** (francoise@caraco.ch)

CHF 25.–*

Nichtzürcher mögen sagen, es gebe immer gute Gründe, um Zürich zu verlassen (Anzugheinidichte, Hipnessterror, Dialekt). Diesen Samstag nun gibt es einen triftigen Grund, für einmal die Tore der Big City hinter sich zu lassen: die Street Parade. Warum also nicht die Zeit nutzen und ein fremdes, freundliches Volk erkunden? Warum nicht nach Basel reisen?

Dort gleich Dagobert Ducks Geldspeicher besuchen: Das Schaulager zeigt eine Ausstellung über das Schaffen des Architekturbüros Herzog & de Meuron. Ein Must mit Mehrwert. Dann Schwimmen im Rhein. Ein paar Mal mit der Ueli-Fähre hin und her. Bei Stampa ein gutes Buch kaufen. Dann vielleicht noch ein kleiner Helikopterrundflug. Ein Besuch im höchsten Haus der Schweiz (Messeturm, 105 m). Dann hinaus aufs Gelände des alten Deutschen Güterbahnhofs, wo man im Restaurant Erlkönig zwischen Trucks und Brombeersträuchern wunderbar essen kann.

Nach dem Essen noch ein bisschen zwischen den ungebrauchten Geleisen herumstolpern, den Geleisen, die bis nach Hamburg hoch führen oder noch weiter, an der Ahoi-Bar einen Drink namens Alain Prost bestellen oder in der «Bye Bye Vodka»-Bar das Angebot und sich selber durchtesten. Nette Gespräche dazu sind in Basel leicht zu bekommen, selbst als Zürcher. Wie gesagt: Die Basler mögen sich zwar von komischen Dingen ernähren (Mehlsuppe, Leckerli), aber sie sind ein gar freundlich Volk.

* 1.-Klass-Halbtaxticket SBB nach Basel einfach, Eintritt Schaulager 12 Franken, Fähre 1.20 (Hunde 60 Rappen), Helikopterrundflüge ab 170 Franken (www.airport-helicopter.ch). Restaurant Erlkönig, Telefon 061 683 33 22, Reservation empfohlen

Max Küng (max2000@datacomm.ch)
Bild **Hans-Jörg Walter** und **Daniel Spehr** (info@walterundspehr.ch)

CHF 25.–*

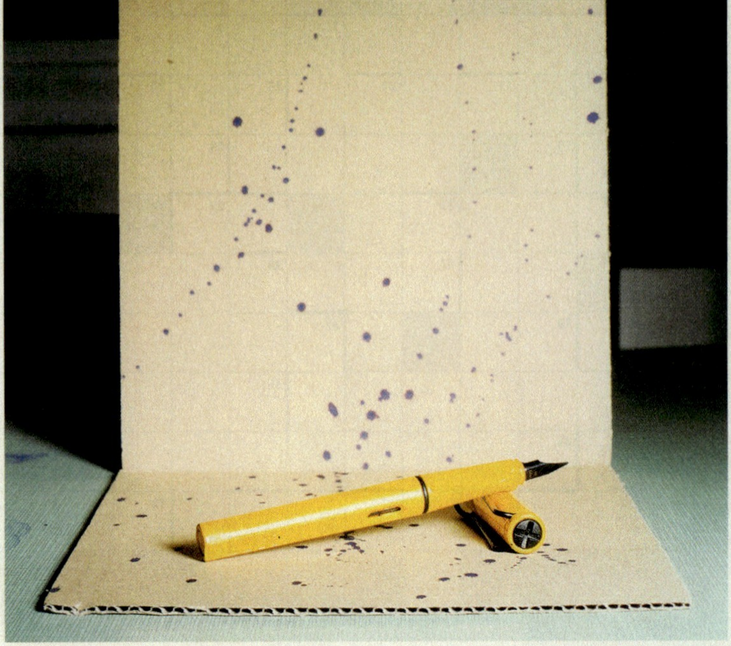

Der gute Gedanke** ist ein rares und zudem ausserordentlich scheues Tier. Nicht selten versteckt sich der gute Gedanke in seinem Bau und kommt wochenlang nicht hervor. Zeitweilen ist er nachtaktiv. Und wenn er sich dann zeigt, dann gilt es, ihn so schnell wie möglich festzuhalten, niederzuringen, auf Papier zu bringen. Am besten analog: mit einem Füller.

Kürzlich war ich in Bern. Ich war nicht darauf vorbereitet, aber plötzlich am helllichten Tage und aus heiterem Himmel zeigte sich der gute Gedanke. Und ich hatte kein Werkzeug zur Hand, weil zu Hause vergessen. Oh wie fluchte ich! Schnell rannte ich in ein nahes Warenhaus, um einen neuen Füller zu kaufen.

Es ist immer derselbe. Ein Lamy Safari. Ein günstiges Produkt. Aus Plastik. Die Zielgruppe für dieses Modell sind eigentlich 10- bis 15-Jährige. Aber ich mag seine an einen Ponyhof erinnernde Abenteuer-Ausstrahlung – zudem schreibt es sich mit ihm vortrefflich. Er liegt gut in der Hand. Seine schwarz verchromte Stahlfeder ist schön kratzig hart.

Eine Weile verwendete ich ein anderes Produkt aus der Lamy-Familie, nämlich den wohl weltschönsten Fülli überhaupt: das Modell 2000 mit handgeschliffener platinveredelter 14-Karat-Goldfeder. Doch bald merkte ich, dass Füllis nicht nur die Eigenschaft haben, Gedanken jeglicher Art zu Papier zu bringen, sondern auch andere: 1. Man kann einem Hund gleich hervorragend auf ihnen herumkauen, was beim Denken hilft. 2. Dematerialisieren sich Schreibgeräte schaurig gerne. Plötzlich sind sie einfach weg. Verschwunden. Houdini-gleich. Diese beiden Eigenschaften brachten mich bald wieder zum annähernd zehnmal günstigeren, einfachen, robusten, kaufreundlichen Lamy Safari zurück, von dem ich pro Jahr etwa vier bis fünf Stück verbrauche.

Was der geniale Gedanke war, den ich in Bern festhalten wollte? Nun, bis ich dann den Lamy Safari in Betrieb hatte, da war der Gedanke natürlich schon wieder verschwunden. Aber ich weiss noch: Der Gedanke war nicht gut, er war genial, extrem genial.

* Lamy Safari
Gekauft im Warenhaus Loeb,
Spitalgasse 47–51, Bern
** eventuell Geistesblitz, Eingebung

Max Küng (max.kueng@dasmagazin.ch)
Bild **Françoise Caraco** (francoise@caraco.ch)

CHF 25.50/KILO

Im Obertoggenburg, wo die Thur entspringt, die Churfirsten aufragen, der Roman «Der Wettermacher» von Peach Weber spielt, wo Simon Ammann das Fliegen lernte und SVP-Junghengst Toni Brunner das Poltern, dort wird ein Käse hergestellt, der «Krümmenswiler Försterkäse» heisst. Es ist der beste Käse, den ich je gegessen habe.

Die Käserei Diriwächter und Schmid in Krummenau hat den «Försterkäse» erfunden. Seinen Namen hat er nicht von ungefähr, denn die beiden Käser haben dann und wann im Wald zu tun und gehen holzen. Von dort bringen sie die frische Rinde der Bergfichte mit, in den sie den Rohmilchkäse einschlagen (die Rinde eines Baumes reicht für etwa 500 Laibe). Anders als bei Käsesorten mit getrockneten Holzrinden bleiben die ätherischen Öle der Obertoggenburger Bergfichte erhalten und geben dem «Försterkäse» sein komplexes Waldspaziergangaroma. Kein Wunder wurde der fliessende Fladen (Höhe zirka 4 cm, ø 13 bis 16 cm, Gewicht 800 bis 900 g, Fett 55 Prozent) mit dem «Cheese Award 2003» ausgezeichnet. Pro Monat werden rund 1500 Käse hergestellt, die vor dem Verkauf 7 bis 10 Wochen gepflegt werden.

Detail am Rande: Die Käserei Diriwächter und Schmid hat für die Ausstellung «Body Proxy» von Norma Jeane im Helmhaus in Zürich einen Weissschimmelkäse aus einem speziellen Rohprodukt hergestellt: menschlicher Muttermilch. Den kann man aber nicht kaufen.

«Krümmenswiler Försterkäse»,
gekauft im Käseladen Stadelmann in Nesslau, SG,
erhältlich auch im Globus,
dort jedoch zum Kilopreis von 36 Franken
«Body Proxy» von Norma Jeane, Helmhaus, Zürich
Ausstellung bis zum 20. Juni

Max Küng (max2000@datacomm.ch)
Bild **Walter & Spehr** (info@walterundspehr.ch)

CHF 25.95

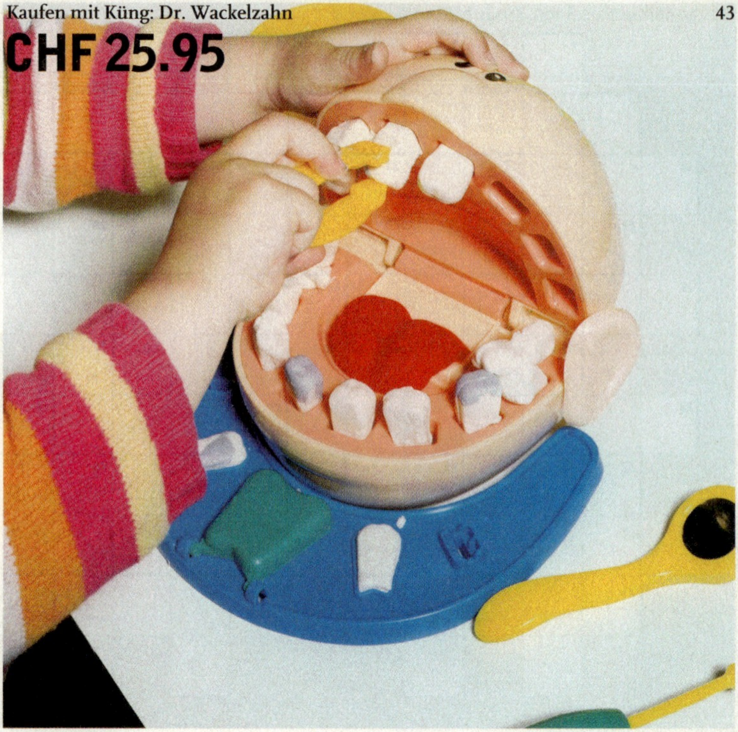

Liebe Kinder,
bitte tut diese Zeilen aufmerksam lesen* Schaut euch das Bild an. Seht ihr das lustige Gebiss? Ei! Seht ihr all die Löcher in den Zähnen? Ui! Seht ihr den Bohrer von Dr. Wackelzahn? Oh weh!

Merkt euch, ihr lieben Kinder: Was hier ein lustig-didaktisches Spiel ist mit einem Maul aus Plastik und Knete, das kann ein grausamer Ernst werden. Der Unterschied vom Spiel zum Ernst ist, dass der Ernst wirklich «aua, aua» macht und auch «Batzeli, Batzeli» kostet. Darum, liebe Kinder, hört auf eure Eltern, putzt eure lieben kleinen Zähne. Esst ruhig den ganzen Tag Schokolade und Schleckzeug, aber putzt die Zähne. Denn die Zähne sind eure Freunde. Morgens, mittags, abends. Putzt sie gut und ohne Hast, so, wie die Zahntante das in der Schule erklärt. Denn wenn ihr sie nicht immer sauber putzt, dann geht es euch wie dem dummen, dummen Onkel Max. Der war faul. Oh, war der faul! Und darum kamen bald die bösen Löcher, und ihm wurde das Maul gestopft mit Plomben aus quecksilbrigem Amalgam im Autobus vom Schulzahnarzt. Und später, wenn ihr gross seid, dann liegt ihr wieder beim Dr. Zahnarzt auf dem Stuhl, ein Jahr, zwei Jahre, drei Jahre lang, viele Tage, und sagt «aua, aua», und im Hintergrund läuft leise im Radio ein Lied**, aber im Vordergrund steht ein Mann mit einem Bohrer/einer Zange in der Hand. Und die Hand ist in eurem Maul. Und der Bohrer/die Zange ist gross.

Darum liebe Kinder, schreibt hinter eure kleinen Ohren diesen Satz: «Dass nicht Bohrer rattert und kracht, gebt auf eure Zähnlein Acht.»

* Und wenn ihr noch nicht lesen könnt, dann lasst sie euch von euren Erziehungsberechtigten vorlesen.
** Quiz: Wer herausfindet, welches thematisch sehr gut passende Lied aus den frühen Achtzigern zufällig beim Ziehen meines zweithintersten Zahnes oben links im Hintergrund im Radio lief, gewinnt einen iPod shuffle (gefüllt nicht mit Amalgam, sondern mit meinen 120 Lieblingssongs). Tipp: «Its the terror of knowing what this world is about»

Dr. Wackelzahn mit elektrischem Bohrer von Play-Doh, erhältlich im Spielzeugbedarf

Max Küng (max.kueng@dasmagazin.ch)
Bild **Françoise Caraco** (francoise@caraco.ch)

CHF 25.25*

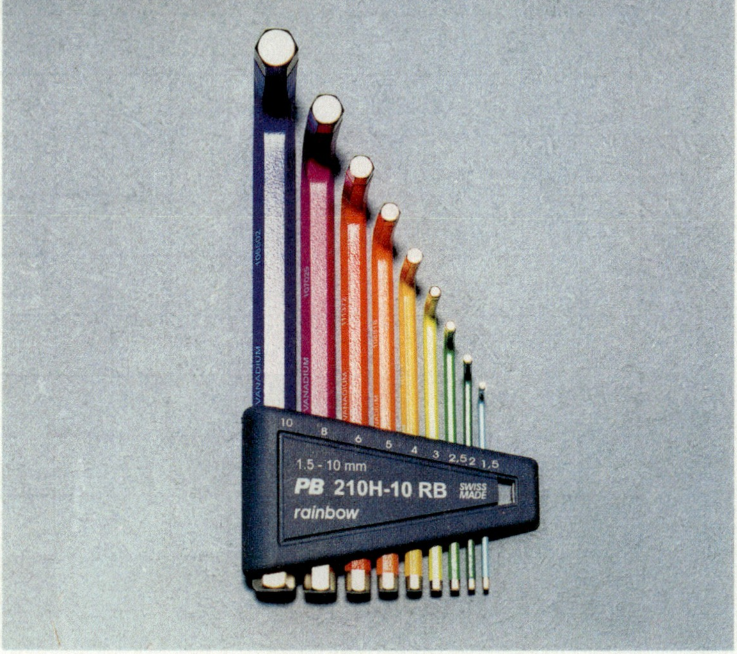

Die Winkelstiftschlüssel für Sechskantinnenschrauben sehen wirklich schön aus. Und sie sind von allerhärtester Schweizer Qualität. Gefertigt aus Vanadiumstahl von der Werkzeugfabrik PB Baumann, einem Familienunternehmen mit 130 Mitarbeitern im bernischen Wasen – selbstverständlich mit Garantie auf Lebenszeit.

Diese Schlüssel zum Leben sind nicht nur ein supermodisches Accessoire für den homosexuellen oder/und pazifistischen Velomech (passend zur Regenbogen- respektive PACE-Fahne), sondern für jeden Hobbyradler, der sein Rennvelo aus dem winterlichen Kellerschlaf oder vom Dachboden oder der Trainingsrolle runterholen und flottmachen will.

Eigentlich sollten die Schrauben schon längst nachgezogen sein, die gut geölten Räder sirren, wir schon mittendrin stecken im Rennvelotraining. Zwar geht es noch eine Weile bis zum Klassiker mit dem schönen Namen Züri-Metzgete (240 km für Profis, 71 km für die Jedermann-Kategorie, dem Zürichsee entlang über den immerhin 729 Meter hohen Berg Pfannenstiel). Aber den Saft für die Herbstrundfahrt, den kriegt man nicht schnell-schnell in seine Beine rein. Die Züri-Metzgete zu fahren, das habe ich mir für dieses Jahr fest vorgenommen. Mein Ziel? Bescheiden. Meine anvisierte Zeit? Einfach unter 2:06.33,1. Das sollte ich schaffen, mit sieben Kilo weniger auf der Waage. Die Zeit tickt. Topp, die Wette gilt.

PS: Die geläufige Schraubenbezeichnung Inbus ist übrigens nichts anderes als eine Abkürzung für «INnensechskantschraube» und «Bauer Und Schaurte», die deutsche Firma, die diese Schraube 1936 in Neuss erfand.

PPS: Die Pässe gehen auf. Das Leben fängt wieder an. Und das Leiden.

* (exkl. MWSt) Winkelstiftschlüssel
RainBow 210H-10 RB
Gekauft bei Ernst Hager AG,
Thurgauerstrasse 68-70, 8050 Zürich
Ein Orden für die freundlichste und kompetenteste Bedienung des Jahres geht an Sachbearbeiter Hans Weber.
Die Züri-Metzgete findet am 2. Oktober statt (www.zuerimetzgete.ch).

Max Küng (max.kueng@dasmagazin.ch)
Bild **Françoise Caraco** (francoise@caraco.ch)

CHF 29.90*

Migros-Säcke oder selbstverständlich auch Coop-Säcke oder solche von Denner oder Aldi oder Manor oder Pick Pay** oder eventuell auch welche von Trois Pommes, Säcke aus Papier*** auf jeden Fall, mit einem ausklappbaren Boden und mehrfach gefalteten Flachhenkeln, die sind beliebte Zwischendepots für heimisch anfallendes Altglas jeglicher Couleur. Nicht selten bestimmen Nester von übervollen, ausgebeulten Säcken den ersten optischen Eindruck beim Betreten von etwa Wohngemeinschaften.

Das hat zweierlei Gründe:

1. Muss das Altglas ja zwischenzeitlich irgendwohin.

2. Wird man so die Papiersäcke los, die sich daheim ansammeln, weil man zu blöd ist, die leeren Säcke zum Einkaufen mitzunehmen und stattdessen jeweils die Einkäufe wieder in einem neuen nach Hause schleppt.

Bloss taucht früher oder später ein Problem auf mit der diesen günstigen und leichten Papiersäcken innewohnenden Instabilität. Sie werden voller und voller, denn der Mensch kennt kein Mass – und von Physik versteht er auch nicht viel. Irgendwann fallen die Säcke um: Leere Wein-, Bier-, Saft- oder Hartalkflaschen kullern durch die Wohnung, machen Lärm und Scherben. Das kann einem mächtig auf den Sack gehen. Und auch wenn sie nicht umfallen: Schön sieht eine solche private Altglasdeponie nie aus.

Zum Glück fand das auch ein junger Mann namens Roland Stahel aus 8704 Herrliberg. Er erfand ein einfaches Recyclingsystem aus Kartonkisten, welche den Papiersäcken als Heimat dienen, ihnen Form und Halt geben und auch ein diskretes Aussehen. Es bekam einen Namen: «schwupp di wupp».

Nach monatelangen Tests mit vielen, vielen leer getrunkenen Flaschen kann ich berichten, dass dieses System echt und wirklich das Leben leichter macht. Es schont die Nerven, es beruhigt das Auge – «schwupp di wupp» hat im Nu mein Leben verbessert.

* Preis für ein Dreierset schwupp di wupp (exkl. Porto). Mehr Infos unter www.schwuppdiwupp.ch
** R.I.P., die letzten Filialen werden in diesen Tagen zu Dennern transformiert.
*** für unsere Freunde aus Deutschland: Papiertüten mit Standboden.

Max Küng (max.kueng@dasmagazin.ch)
Bild **Françoise Caraco** (francoise@caraco.ch)

KAUF DER WOCHE: AURAFOTOGRAFIE

CHF 30.–

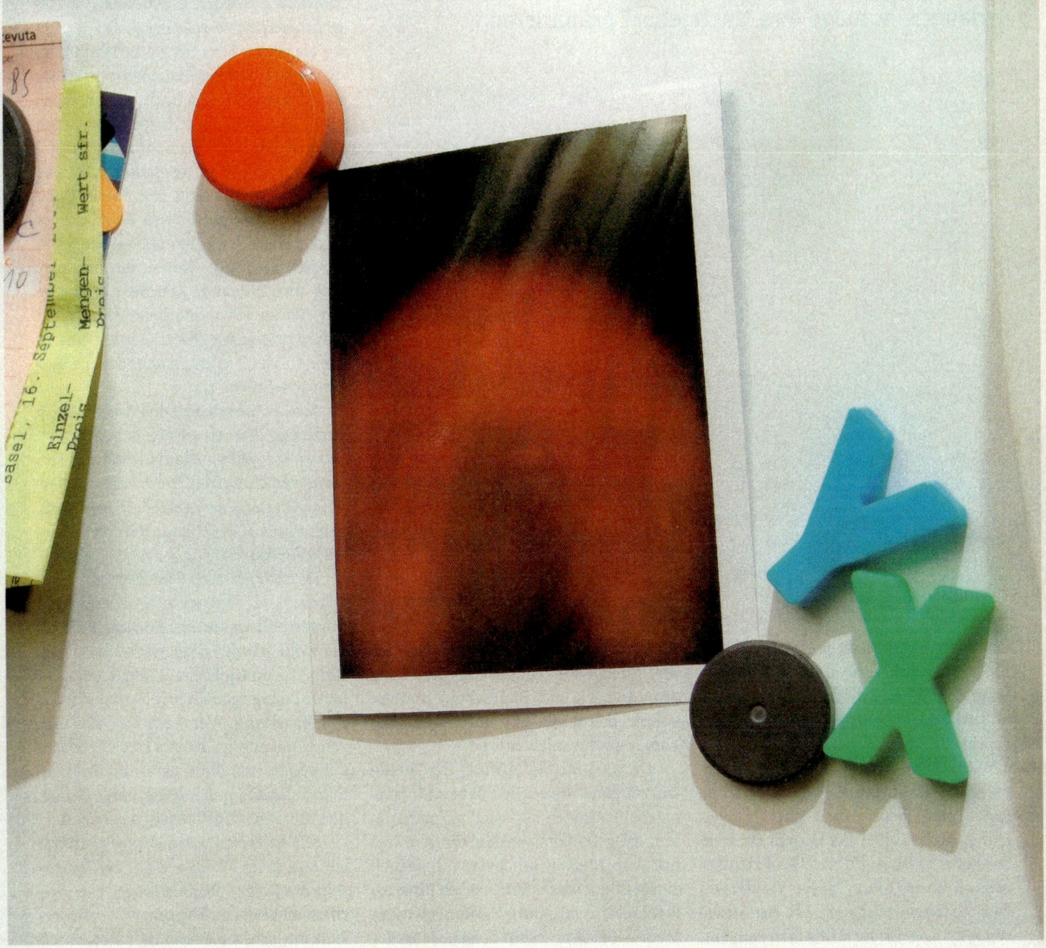

Die Hände auf Metallplättchen gelegt, sitzt man auf weichen Kissen auf einer Art Thron, und es blitzt nicht, als die Fotografie gemacht wird. Man muss nicht lächeln, sich nicht äusserlich zurechtmachen. Denn bei der Aurafotografie geht es um etwas anderes als um profane Schönheit. Aber um was? Gute Frage.

Nach zwei Minuten hat sich die Fotografie entwickelt, und ebenfalls entwickelt sich dann ein im Preis inbegriffenes Interpretations- und Beratungsgespräch. Die Aurafotografin schaut das Bild an und sagt: «Oh.» Sie sagt weiter: «Dunkelrot. Sie sind eingeengt. Sie sind erschöpft. Sie haben eine Energieblockade.» Ich nicke. Sie sagt: «Zu viel Druck im Job?» Ich nicke wie ein klopfender Specht. Sie sagt: «Sie brauchen neue Strukturen. Sie müssen sich Zeit nehmen. Sie müssen mal richtig ausspannen, die Batterien laden, Ferien machen.» Ich sage: «Das sag ich gleich Herrn Strehle, meinem Chef.» Und als sie sagt: «Und mit dem Geldstrom stimmt etwas nicht, es kommt wohl weniger rein, als rausgeht», da sage ich: «Ja! Genau!»

Vor Jahren, Jahren schon habe ich bereits einmal eine Aurafotografie machen lassen. Damals war auch alles dunkelrot. Der Aurafotograf sah lange das Bild an und dann mich und dann wieder das Bild und sagte nach einer langen Minute mit tiefer Stimme: «Nimmst du Drogen?» Ich schüttelte heftig den Kopf, und innendrin, im Schüttelbecher, der mein Kopf war, da dachte es: Ich glaube, der Typ nimmt selber Drogen; schwere. Seine Aura war für mich auch ziemlich dunkelrot. Aber das lag wohl am Knoblauch, den er zuvor gegessen haben muss.

Aurafotografie gekauft bei Anubis, «Gesundheitsquelle im Stauffachertor», Werdstrasse 6, Zürich
Es gibt auch ein Abo (jede elfte Fotografie gratis).

Max Küng (max2000@datacomm.ch)
Bild **Hans-Jörg Walter** und **Daniel Spehr**
(info@walterundspehr.ch)

CHF 35.10*

Es gibt Bücher, die sind Gesetz. Für manche ist es die Bibel. Für andere der Koran. Für nochmals andere «Beweise» von Erich von Däniken, oder für Hakan Yakin ist es Walt Disneys Lustiges Taschenbuch. Für die Anhänger der Scrabble-Gemeinde ist das Gesetz der Duden. Was dort drinsteht, das existiert, alles andere GIBT ES NICHT Nur der Duden zählt.

Deshalb war Nervosität zu notieren, als die Neuauflage des Dudens angekündigt wurde. Man bangte und man hoffte. Und nun ist er da, druckfrisch, schwer und gelb, mit hartem Deckel. Für die Anhänger der Scrabble-Gemeinde ist nicht von Belang, ob dieser Duden nun geoder misslungen ist, ob er in Sachen Rechtschreibung hilft oder verwirrt. Das ist eine Sache, die man nach den grossen Ferien entspannt in Lehrerzimmern diskutieren kann, bei Tee und Kuchen. Die Anhänger der Scrabble-Gemeinde interessiert nur, welche neuen Wörter in die Gesetzgebung aufgenommen worden sind. Stolze 3000 Neuzugänge darf man dieses Mal vermelden. 3000 neue Wörter! Wie herrlich! Darunter «Net», «Blog», «Sudoku», «Pancetta» und das schöne, aber durch seine Länge leider unmögliche «Heuschreckenkapitalismus». Auch neu: «Shiitake», «Yngling» und «Tshwane». Bloss: Letzteres ist leider ein geografischer Begriff und somit ungültig.

Am allermeisten freut die Anhänger der Scrabble-Gemeinde, dass ein neues Mitglied der wertvollen Familie der Zweibuchstabenwörter aufgenommen worden ist, nämlich «ti». Ti eröffnet gänzlich neue Möglichkeiten im Kurzwortkampf. Was ti heisst? Es ist eine Solmisationssilbe. Was eine Solmisationssilbe ist? Äh... schauen Sie doch selber nach. Dafür ist der Duden ja schliesslich da.

Persönliche Anmerkung: Endlich, endlich, endlich wieder einmal ein gutes Buch**

* Duden 1. Die deutsche Rechtschreibung, 24. Auflage, 1216 Seiten, erhältlich auch mit CD-ROM für 45 Franken oder als Download (www.duden.de)
** Ein noch besseres Buch (auch für Nichtscrabbler): die Neuauflage von «Abspann» von Steve Tesich, 480 Seiten, Verlag Kein & Aber, eben jetzt erschienen, unbedingt lesen

Max Küng (max.kueng@dasmagazin.ch)
Bild **Françoise Caraco** (francoise@caraco.ch)

CHF 35.–*

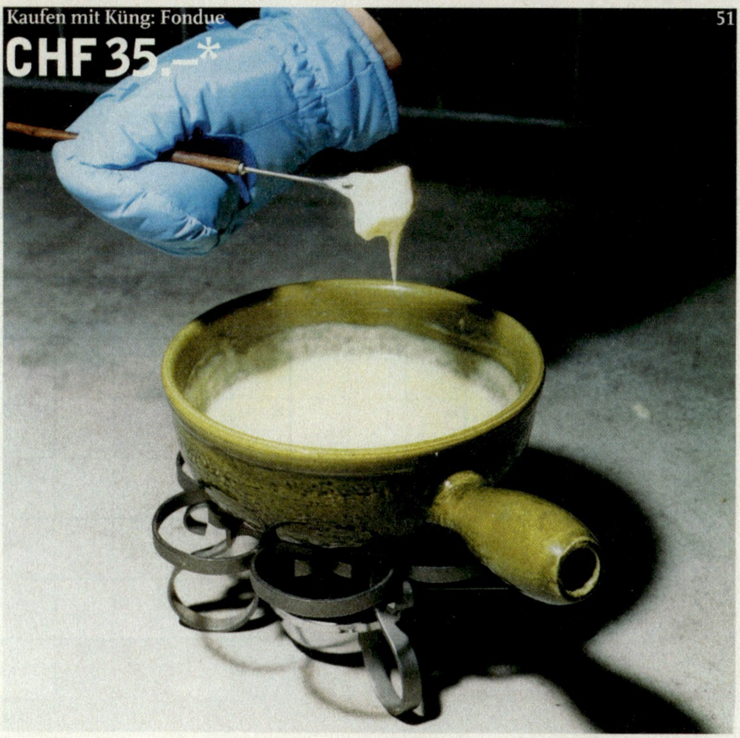

Rein astronomisch sind wir zwar noch genau 637 Stunden und 22 Minuten** vom Anbruch jener Jahreszeit entfernt, die man Winter schimpft, nach dem althochdeutschen Wort «wintar», was «feucht» heisst. Doch in unseren Köpfen ist der Winter längst eingezogen, hat sich breitgemacht, nistete sich ein in unserer Seele, steht da wie ein Penner in einem Hinterhof und wärmt seine Hände über der brennenden Mülltonne, die vor Kurzem noch unser spätsommerlich blühendes Herz war.

Die kollektive Laune wird schlechter werden. Man muss Winterpneus aufziehen lassen. Bald, wenn noch nicht jetzt, schaut man aus dem Fenster und denkt: Ob Nacht oder Tag, es macht keinen Unterschied. Man wird krank. Man wird noch kränker. Man denkt, man besteht innendrin nur noch aus Rotz. Im Fernsehen kommen permanent deprimierende Skirennen (Wen interessiert das eigentlich noch?). Schnee bis in die Niederungen. Man ist zu kalt angezogen. Oder zu warm. Man sieht Menschen in knirschenden Moonboots und denkt: Sieht scheisse aus, aber immerhin haben die warme Füsse. Matsch. Grauer Dreck. Wo ist der verdammte Türschlossenteiser? Dann Winterferien. Skihüttenterror. Eisige Pisten. Gebrochene Knochen.

Aber der Winter hat zumindest eine gute Seite. Diese gute Seite liegt bei mir in der Nachbarschaft. Ein schönes, freundliches, gemütliches Lädeli namens Welschland. Dort gibt es all die Spezialitäten aus jenem Teil unseres Landes, der dem Laden den Namen gab – und wo es rein kulinarisch irgendwie immer Winter zu sein scheint: Eine breite Palette dicker Würste wird angeboten, Saucissons genannt; genial ist übrigens jene mit Leber von Schwartz aus Les Geneveys-sur-Coffrane im Val-de-Ruz. Und man bekommt im Welschland nach bester Beratung ein massgeschneidertes Fondue, gerne auch mit rezentem Vacherin Fribourgeois.

So schlimm der Winter auch werden wird. Fondue kann helfen. Und nach dem Fondue hilft lüften und ein Gläslein Schnaps. Oder zwei. Oder drei. Vielleicht auch vier.

* Preis für 1 Kilo Fondue moitié-moitié
Gekauft bei Welschland, Zweierstrasse 56, Zürich
** Falls Sie diese Zeilen am 25. November um 12:00 Uhr lesen

Max Küng (max.kueng@dasmagazin.ch)
Bild **Françoise Caraco** (francoise@caraco.ch)

¥ 3129*

Stadt-Katzen ohne direkten Gartenzugang sind, man weiss es, langweilige Tiere. Und vor allem auch gelangweilte Tiere. Wachkomapatienten auf vier Pfoten. Sie verbringen die meiste Zeit mit Schlafen, ein bisschen noch mit Fressen (und dem vorangehenden Betteln nach Futter mittels Schmierentheater-Miauzen) und mit kurzen Aktionen des ganz normalen tierischen Wahnsinns: a) ohne Ansage anfallmässig einmal im Affenzahn durch die ganze Wohnung rennen und die Kommode mit den Tapio-Wirkkala-Vasen abräumen, b) an der an der Garderobe hängenden Lederjacke hochklettern, als sei die Lederjacke ein gefrorener Wasserfall, c) Ignorieren des Kistchens und Erledigung des mehr oder minder dicken Geschäftes in die Miu-Miu-Schuhe.

Katzen sind nicht für den Einsatz in Stadtwohnungen konstruiert. Die Japaner verstehen auch dieses Problem der Urbanität, und sie wissen: Katzen wollen unterhalten sein. Deshalb hat die Firma Takara einen Spielzeugroboter entwickelt. Ein Ball mit Schläufchen wird von einem sich arhythmisch bewegenden Plastikarm beschwingt geschwungen. Die Katze denkt sich allerlei («Ein Mäuschen? Ein Vögelchen? Ein tanzender Schmetterling?») und ist aktiv gefordert. Ohne schlechtes Gewissen kann man nun die Katze in der Wohnung sich selbst überlassen. Zudem lässt sich der Roboter bei menschlicher Anwesenheit mit einer Fernsteuerung herummanövrieren.

In der Theorie klingt das schön. Ein Praxistest mit einer Katze namens Kater (siehe «Ein Tag im Leben», «Magazin» Nummer 6, 2004) allerdings zeigte: Katzen sind auch Stoiker. Für das lustige Spielzeug hatte Kater gerade mal ein paar unmotivierte Prankenhiebe parat. Dann wurde das Plastikteil ignoriert, und Kater legte sich schlafen.

Von Takara gibt es auch «Meowlingual», einen Katzendolmetscher, der die tierischen Laute in Sprache umwandelt – vorerst leider nur japanisch. Gerne hätte ich Kater befragt. Obwohl: Seine Antwort glaube ich zu kennen. Sie lautet: «Hunger.»

*35.50 Franken
Katzenspielzeug von Takara
Gekauft bei Tokyu Hands, Shibuya, Tokio

Max Küng (max.kueng@dasmagazin.ch)
Bild **Françoise Caraco** (francoise@caraco.ch)

CHF 40.–*

Das Universum dehnt sich aus. Aber die Dinge, sie schrumpfen. Jeri Ellsworth ist eine Schrumpferin. Die 30-jährige Tüftlerin aus Oregon hatte eine geniale Idee. Die Idee wurde zu einem Produkt, und das Produkt wurde zum Renner auf dem US-amerikanischen TV-Shoppingkanal QVC. 70 000 Stück davon verkauften sich allein am ersten Tag. Und Jeris Vermögen expandierte.

Jeris Idee: Sie reduzierte den legendären Commodore-64-Computer, respektive: Sie konstruierte einen Emulator**, ein Remake, der in einem Joystick Platz fand. All das, was früher in dem wegen seiner abwesenden Eleganz «Brotkasten» genannten Computer drin war, steckte sie in den Joystick – inklusive dreissig Spiele aus der alten Zeit («Winter Games», «Impossible Mission», «Pitstop» et cetera). Den Joystick schliesst man einfach direkt am Fernseher an.

Der Commodore 64 (Begrüssungsbildschirm: «64K RAM SYSTEM 38911 BASIC BYTES FREE READY») kam Ende 1983 auf den Markt. Elf Jahre lang wurde der Billig-Heimcomputer gebaut. Mit seinen 17 Millionen verkauften Exemplaren (gewisse Quellen sagen 22 Millionen) gilt er als der meistverkaufte Computer überhaupt. Commodore ging es so gut, dass man 1985 Leibchensponsor des FC Bayern München wurde. Man hatte einen Marktanteil von bis zu 80 Prozent. Doch nach Missmanagement im grossen Stil ging die Firma rasant Konkurs: Für Fans ist der 29. April 1994 als dunkler Tag in Erinnerung.

Das Design von Jeris Emulator ist dem Original-Joystick «Kempston Competition Pro 5000» nachempfunden – allerdings hält das Ding technisch mit dem Original aus England nicht mit, das über zehn Jahre hinweg der beste Single-Button-Action-Joystick war. Wenn ich daran zurückdenke, dann tun mir meine Finger weh (auch wenn wir den Joystick mit der Elektrozahnbürste frisierten). Der Sound. Die Pixel. War das schön.

* Ungefährpreis, Toy Lobster C64 D2 TV
Erhältlich im Fachhandel
Zurzeit Lieferschwierigkeiten
Neuauflage für März geplant
Wer nicht warten will: Ich verlose mein Exemplar.
E-Mail genügt, Rechtsweg ausgeschlossen
Keine Korrespondenz, ohne Gewähr
** Emulation = funktionelles Nachbilden eines Systems durch ein anderes = mit Neu mach Alt

Max Küng (max.kueng@dasmagazin.ch)
Bild **Françoise Caraco** (francoise@caraco.ch)

KAUF DER WOCHE: BILDERBÜCHER

*CHF 42.–

Peter Piller (geboren 1968 in Fritzlar, Hessen) wohnt in Hamburg in der Bleicherstrasse in einem windschiefen Häuschen. Dort sitzt der Peter Piller und schneidet aus deutschen Lokal-Zeitungen Bilder aus. Zum Beispiel aus dem «Hinterländer Anzeiger», dem «Wedel-Schulauer Tagblatt» oder dem «Südkurier Bad Säckingen». Bilder, die er dann fein säuberlich kategorisiert und ablegt. Das macht er schon seit Jahren. Darum hat er einen grossen Aktenschrank voller Mäppchen in einem Zimmer stehen. Die Mäppchen mit den Bildern tragen Titel wie «Preisrätselgewinner» oder «Ortsbesichtigungen» oder «Unfallwagen» – es sind Bilder von Anlässen, von denen Lokalzeitungen berichten, tagein, tagaus, das ganze Jahr über. Nun erscheinen Peter Pillers gesammelte Bilder in einer Buchreihe. 20 Bände sollen es dereinst sein, oder auch mehr, acht sind bereits erschienen. Zum Beispiel Band 1: «Durchsucht und versiegelt» (ein Konvolut von Zeitungsbildern, die Wohnhäuser zeigen, friedlich scheinbar, idyllisch gar, doch allesamt Orte schrecklicher Verbrechen); Band 2: «Diese Unbekannten» (EC-Kartenbetrüger); Band 3: «Noch ist nichts zu sehen» (Bilder von Orten, an denen etwas entstehen soll, etwa eine Asylunterkunft oder ein Krematorium oder ein Gartencenter).

So ist unsere Welt: wie Peter Pillers gesammelte Bilder. Traurig und finster manchmal und immer wieder doch sehr heiter, wenn auch nicht ganz freiwillig. Die Magie des Banalen halt.

Archiv Peter Piller, Bände 1 bis 8, je 112 Seiten, erschienen im Revolver-Verlag, Frankfurt (www.revolverbooks.de), gekauft in der Buchhandlung Kunstgriff, Limmatstrasse 270, 8005 Zürich
* Preis pro Band

Max Küng (max2000@datacomm.ch)
Bild **Hans-Jörg Walter** und **Daniel Spehr** (info@walterundspehr.ch)

KAUF DER WOCHE: VIDEOSPIEL

CHF 48.–

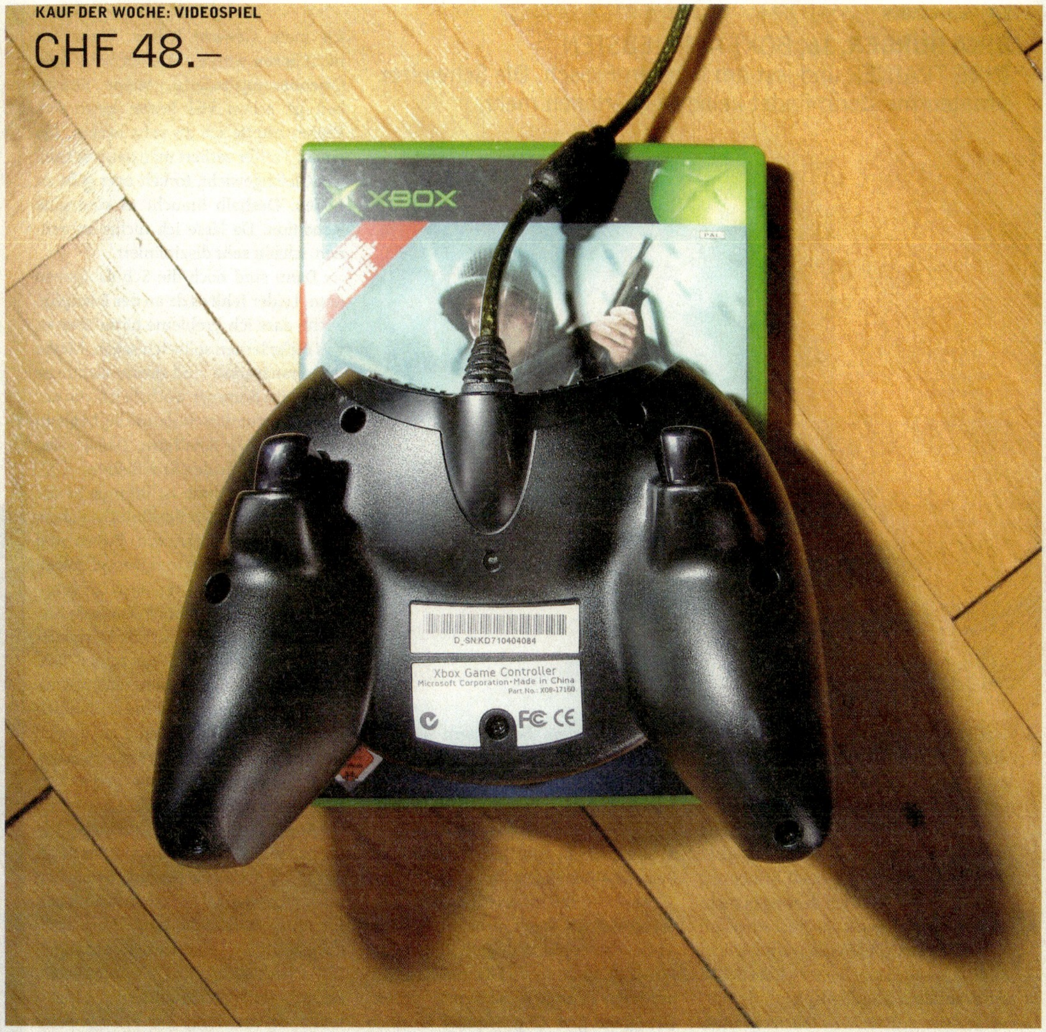

Vor 60 Jahren und ein paar Tagen – wir konnten es lesen – landeten die Alliierten an der Küste der Normandie, führten ihren gerechten Krieg, und schliesslich kapitulierten die Deutschen. Der Kampf aber ist nicht vorbei, er geht weiter, auch in den Stuben der Schweiz.

Das Videospiel «Medal of Honor – Frontline» von EA-Games lässt den Spielenden am 6. Juni 1944 in der Gestalt eines Ltn. Jimmy Patterson von einem Landungsboot an die französische Küste bringen, wo es Kugeln hagelt.

Als ich es das erste Mal versuchte, kam ich nicht weit, wurde von einem MG-Nest noch im Wasser niedergeschossen, das die Spieleentwickler gut hinbekommen haben. Der Bildschirm wurde schwarz, und ich war tot. Aber nicht lange. Wie hiess es in der Einleitung zum Spiel: «Die Hoffnung und Gebete freiheitsliebender Menschen werden mit Ihnen sein.» Schien zu nützen.

Und was stand auf der Verpackung? «DAS SPIELEN IST VORBEI, MELDE DICH FREIWILLIG.» Und: «Sei dabei bei der Landung in der Normandie. Überliste kampferprobte deutsche Offiziere. Eliminiere Hunderte deutscher Soldaten.» Nach ein paar Stunden habe ich auf meinem Weg nach Arnheim Hunderte von bösen Nazis erledigt – eine gute Sache also. Und ich bin x-mal gestorben, zerfetzt im Kugelhagel, von Querschlägern im Kopf getroffen, von Granaten zerstückelt. Das Einkaufen danach in der Migros (Brot, Sojamilch, Jogurt, Käse) verläuft aber ohne grössere Probleme (zum Beispiel epileptische Anfälle).

«Medal of Honor – Frontline», gekauft bei Media Markt, erhältlich für XBOX und Playstation 2

Max Küng (max2000@datacomm.ch)
Bild **Hans-Jörg Walter** und **Daniel Spehr** (info@walterundspehr.ch)

CHF 48.–*

Es hat 608 Seiten und ist jetzt schon, eine Woche nach dem Erscheinen, aus dem Kanon der Schweizer Literatur nicht mehr wegzudenken: «Einfälle kennen keine Tageszeit», das lang erwartete erste Buch unseres Reporters Max Küng.

Der zweite Golfkrieg begann gerade, als Max zum ersten Mal sagte, er plane ein Buch. Keine biedere Sammlung seiner Texte sollte es werden. Auch keines dieser Generationenbücher, die Journalisten Mitte dreissig so gerne schreiben, um mit den Tantiemen die Kinderkrippe zu finanzieren. «Mein Buch», versprach Küng kühn, «wird ein Buch für die ganze Familie, mit viel Psychologie für die Frauen, Autogeschichten für die Männer, und die Kinder werden an den farbigen Tierbildern grosse Freude haben.»

Dann benahm er sich zwei Sommer und einen Winter lang sehr seltsam. Meist sass er im Schneidersitz auf dem Boden seines Büros. Er schnippelte in alten «Magazin»-Ausgaben herum, ass viel japanisches Tofu und hörte nur noch Internetradio. Manchmal schlief er den ganzen Tag. Er wurde immer bleicher. Nahm ab. Dann wieder zu. Wieder ab. Er heiratete. Er kriegte Probleme mit seinen Zähnen. Sein Bart begann zu riechen. Wir wollten ihn bereits in ein Sterbehospiz überführen, als er an einem goldenen Oktobertag in meiner Türe stand. Er strahlte wie ein frischgebadetes Baby. Er hielt das erste Exemplar seines fertigen Buches in den Händen und sagte: «Es ist ein Kilo schwer, es liegt so gut in der Hand.» Es liest sich auch gut. Wäre ich Literaturkritiker der NZZ, ich würde schreiben: «Dem Autor gelingt mühelos der schwierige Spagat zwischen engagierter Sozialreportage, philosophischem Traktat und Lebenshilfe auf Augenhöhe. Eigentlich sollte jedes Buch so sein.»

Das Buch enthält Max Küngs beste Geschichten und Kolumnen aus dem «Magazin», Interviews, interessante Beobachtungen und viele gute Ideen zum Klauen. «Das Magazin» empfiehlt dieses Buch uneingeschränkt.

* Empfohlener Richtpreis im Buchhandel
«Magazin»-Leser können von Max Küng signierte Bücher zum Vorzugspreis von 38 Franken (plus Versandkosten) direkt bestellen bei: Tamedia, Redaktion «Das Magazin», Werdstrasse 21, Postfach, 8021 Zürich, oder per E-Mail an redaktion@dasmagazin.ch.

Finn Canonica (finn.canonica@dasmagazin.ch)
Bild **Françoise Caraco** (francoise@caraco.ch)

CHF 49.60*

Und dann sah ich wieder einmal, dass ich nichts weiss und dumm bin und blind wie ein Stück Brot oder ein Stein am Grund eines trüben Flusses. Und zwar kam mir dieser selbstkritische und auch erhellende Gedanke während einer hitzigen Fernsehdebatte zum Thema Islam, der ich nicht so richtig folgen konnte. Und ich nahm mir etwas vor, nämlich einen Vorsatz: Lese den Koran.

Und also ging ich am nächsten Tage in eine grosse Buchhandlung in der grossen Stadt und dort in eine Abteilung, in der ich noch nie zuvor war: Religionen/Mythologie. Es gab viele Bücher da, aber ich wollte das eine. Ich griff mir schnell eine schöne Version des Koran, denn ich wollte nicht zu lange in der Abteilung verweilen, und begab mich zur Kasse. Dort, ich lüge nicht, lag ein turmhoher Stapel eines neuen Computerspieles aus dem Hause Microsoft auf, das eben eingetroffen war. Als ich den Koran bezahlte, da wollte ich fragen, ob man das Spiel gratis dazubekomme. Aber ich hielt den Mund, denn wenn man den Koran kauft, so dachte ich, dann macht man keine Witze, vor allem nicht, wenn man einen Bart trägt, aber keinen Glauben. Beim Spiel handelte es sich um «Flight Simulator X – Professional Edition», und auf der goldig glänzenden Hülle sah ich die Abbildung eines Jets des Typs Gulfstream über den Pyramiden von Giseh** Ich nahm mir vor, dieses Spiel zu kaufen – sobald ich mit dem Koran durch wäre, die 114 Suren gelesen, die 6666*** Verse begriffen hatte. Ich wusste nicht, wie lange diese Sache dauern würde. Aber ich wusste: Ich wollte konzentriert lesen. Denn am Ende wollte ich klüger sein, als ich es vorher war.

Und ich ging flott von Kapitel 1 («Die Öffnung») zu Kapitel 2 («Die Kuh»): «Dies ist ein vollkommenes Buch; es ist kein Zweifel darin: eine Richtschnur für die Rechtschaffenen.» Ich wusste: Bald gabs den Flugsimulator. Dann die Bibel. Dann Gran Turismo 5.

* Gebundene Ausgabe, übersetzt von Adel Theodor Khoury
** 29°58'44,54" N, 31° 8' 2,24" E
*** Über die genaue Zahl ist man sich uneins. Manche sagen, es seien 6236.

Max Küng (max.kueng@dasmagazin.ch)
Bild **Françoise Caraco** (francoise@caraco.ch)

EURO 30.–*

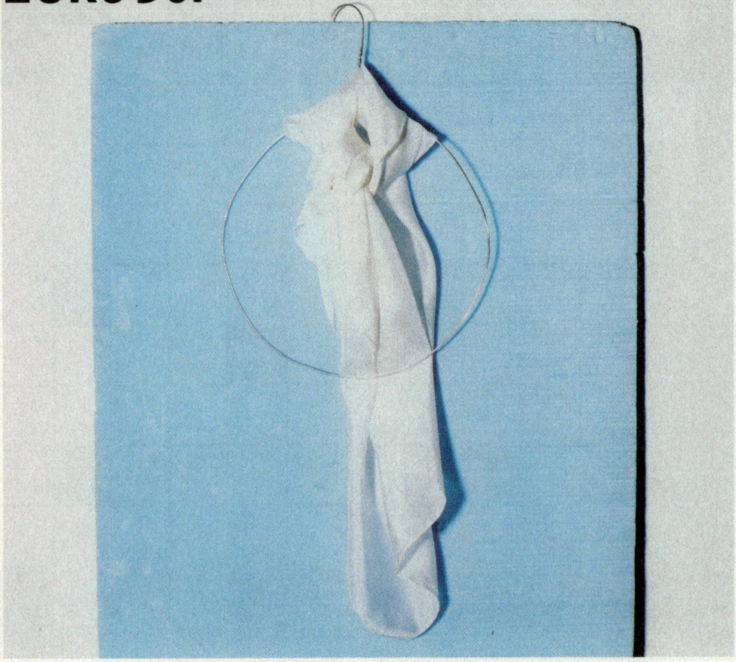

Zeitgenössische Kunst hat einen grossen Nachteil: Sie ist sehr teuer. Beispiel: Während man vor Jahren ein kleinformatiges Gemälde der Künstlerin Karen Kilimnik (*1955) noch für ein paar tausend Franken kaufen konnte**, so treiben einem heute die Preise die Tränen der Trauer ob der Unerreichbarkeit in die Augen (den Geschäftstüchtigen und Spekulanten im Kunstmarkt wohl eher die Freudentränen). Bei der Frühjahrsauktion des Hauses Phillips de Pury & Company in New York brachte ein Kilimnik-Porträt in Öl mit Leonardo DiCaprio (45,7×35,9 cm) 198 000 Dollar (Schätzpreis 80 000 Dollar).

Jonathan Monk (*1969, siehe Porträt Seite 50) gehört zu den erschwinglicheren Künstlern der jüngeren Generation – noch. Zwar haben die monkschen Arbeiten auch ihren Preis (grösseres Werk: 40 000 Euro, Kleinformatiges gibt es im vierstelligen Bereich). Doch zum Glück gibt es Editionen. Jene etwa von «Monopol», einer Berliner Kunstzeitschrift, die kürzlich vom nicht nur den Busen, sondern auch den Musen zugeneigten Ringier-Verlag für eine unbekannte Summe aufgekauft wurde. Diese Edition bietet einen Original-Monk zu einem äusserst vernünftigen Preis an. Zudem handelt es sich dabei um eine exemplarische und auch noch sehr gute Arbeit des Briten mit einem schönen Titel: «The Endless Search for Perfection». Monk versucht, aus einem profanen Kleiderbügel aus Draht einen perfekten Kreis zu biegen. Eine Aktion, die ihm natürlich nicht gelingen kann, so sehr er sich auch müht und müht und müht. «The Endless Search for Perfection» bringt das Leben auf den Punkt. Und: So schön kann Kunst sein. So einfach. Und so günstig. Noch.

* ohne Versandkosten und Foulard
Unlimitierte, signierte Edition von Jonathan Monk, herausgegeben von der Zeitschrift «Monopol» (www.monopol-magazin.de).
** es jedoch nicht tat, gopfertekel. Aber so ist das nun einmal im Leben. Man kann nicht alles haben. Man muss auch nicht alles haben.

Max Küng (max.kueng@dasmagazin.ch)
Bild **Françoise Caraco** (francoise@caraco.ch)

CHF 49.90*

Wir kamen, ich weiss nicht mehr weshalb, auf Brettspiele im Allgemeinen und eines namens Scrabble im Speziellen zu sprechen. Ein Freund sagte scharf: «Wer Scrabble spielt, der hat mit dem Leben abgeschlossen. Scrabble ist das Biederste auf der ganzen Welt. Eine Bankrotterklärung an das aktive Sein. Nach dem Scrabble kommt nichts mehr, nur noch der direkte Weg in die Gruft.»

Ich sagte damals nichts. Ich schwieg. Ich schluckte es herunter. Das war ein bisschen feige. Nun habe ich darüber nachgedacht, und es ist Zeit für ein Coming-out, für ein Geständnis, für Ehrlichkeit, Aufrichtigkeit. «Sei ein Mann», sagte ich mir, «sprich es aus.»

Also gut. Schluck. Räusper. Seufz.

Ich spiele Scrabble. Seit Jahren mache ich es, heimlich, zu Hause. Und zwar eigentlich jeden Tag. Genauer gesagt: seit ich die Nintendo-64-Spielkonsole eingemottet habe, auf der ich immerzu das Renngame «Mario-Kart» fuhr, mit Toad als Spielfigur.

Ich spiele Scrabble, und es macht mir grossen Spass. Heute etwa, als ich das Wort «RÜBEN» legte und damit 39 Punkte holte.

So. Jetzt ist es raus. Jetzt ist es gesagt. Und ich muss sagen, ich fühle ich mich viel besser.

Und ich hoffe, dass viele dort draussen nun aufstehen und sich bekennen, es laut sagen, ihren Freunden, Verwandten und auch den Fremden: Ja, ich spiele Scrabble – und ich schäme mich nicht. Ich stehe dazu. Und: Ja, es ist gut und richtig.

PS: Scrabble wurde übrigens bereits 1931 erfunden, von einem Herrn Alfred Butts in der Stadt Poughkeepsie**, einem Herrn, der von Haus aus eigentlich Architekt war. Danke, Herr Butts. Architekten können durchaus auch Gutes schaffen.

* Preis für die Scrabble-Reiseversion im schlagsicheren Reisekästchen und mit speziellen Buchstabensteinchen, damit man auch während einer Busfahrt in beispielsweise Peru spielen kann oder während eines Flugzeugabsturzes. Geeignet für zwei bis vier Spieler; gekauft bei Spielbrett, Andreasplatz 12, Basel
**Aus welchem Film stammt dieses Zitat: «I've got a man in Poughkeepsie who wants to talk to you. You ever been to Poughkeepsie? Huh? Have you ever been to Poughkeepsie?»

Max Küng (max.kueng@dasmagazin.ch)
Bild **Françoise Caraco** (francoise@caraco.ch)

EUR 25.99 *

1969 stieg Frank Williams als Teambesitzer in das damals noch abenteuerliche Formel-1-Geschäft ein. Nur ein Jahr später verunglückte sein Fahrer Piers Courage beim Rennen im holländischen Zandvoort tödlich. Courage war nicht nur Williams' Pilot gewesen, sondern brachte auch das Geld ins Team (er stammte aus einer Bierbrauerdynastie).

Williams darbte fortan. Das Team war ständig am Rand des Ruins. Auch sportlich war man erfolglos, trotz guten Piloten (Jacky Ickx, Jacques Laffite). Bis Ende der Siebzigerjahre die fern geglaubte Hoffnung aus dem Nahen Osten kam. Ein ganzes Paket von Sponsoren aus Saudiarabien stieg ein. Der Mischkonzern TAG etwa oder die Fluglinie Saudi Airlines – und ein Baugeschäft mit dem wohlklingenden Namen Bin Laden.

Es war Mohammed Bin Laden, der diese Firma gründete, ein dicker Kumpel des saudischen Königs Faisal. Eines von Mohammeds Kindern (das 17 von 52 mit zehn Frauen gezeugten Sprösslingen, so heisst es) war ein Junge und hiess Osama. Osama war 22 Jahre alt, als der Name seiner Familie auf den Geschossen prangte, die vom Australier Alan Jones und unserem Tessiner Clay Regazzoni gelenkt wurden. Mit Bin Ladens Geld kam auch endlich der Erfolg. Regazzoni gewann 1979 erstmals überhaupt für Williams einen Grand Prix (Silverstone), Jones wurde gar Weltmeister. Man kann sich fragen: Spazierte damals der junge Osama mit einer coolen Sonnenbrille durch das Fahrerlager? Geiferte er den Hot-Pants-Boxenludern nach? Jubelte er Alan Jones zu, der auf dem Siegerpodest an einer Magnum-Champagnerflasche rieb?

Wir wissen es nicht. Wir wissen bloss, dass Osama nach seinem Wirtschaftsstudium in der Firma seines Vaters arbeitete. Was wir auch nicht wissen, ist, ob Osama sich heute noch Formel-1-Rennen reinzieht, in einer Hütte hockend, irgendwo in einem schwer zugänglichen Bergtal, etwa den Grand Prix von Monza am kommenden Wochenende. Und wenn ja: aus welchem Grund?

* Tamiya Modellbausatz des Williams FW07,
Massstab 1:20
Hergestellt 1980
Gekauft auf eBay bei AMS (www.ams-modelle.de)
Preis ohne Porto

Max Küng (max.kueng@dasmagazin.ch)
Bild **Françoise Caraco** (francoise@caraco.ch)

CHF 52.50

Von keiner Frau (ausser meiner Mutter) habe ich so viel gelernt wie von Marcella Hazan. Wie grossartig die einfachste Tomatensosse ist (wenn man eine halbe Zwiebel und etwas Butter zur Hand hat). Wie man ein Huhn entbeint (und füllt mit Leber und anderem). Wie man eine Gemüsesuppe kocht, die einem durch die kalten Tage des Jahres hilft und glücklich macht (das Geheimnis: Parmesanrinde).

Marcella Hazan, 1924 in Cesenatico geboren, heiratete einen Amerikaner namens Victor und folgte ihm nach New York. Dort fing sie an, Kochkurse zu geben und wurde vom Gastrokritiker der «New York Times» entdeckt. Bald schrieb sie ihr erstes Werk. «Die klassische italienische Küche» wurde zum Standardwerk (und darf in keiner Küche fehlen).

Im Herbst vor vier Jahren traf ich Marcella Hazan für ein Interview in ihrem Zweitwohnsitz in Venedig, wo sie lange Jahre eine Kochschule für Superreiche unterhielt. Eine halbe Stunde gab sie mir Zeit für Fragen (währenddessen rauchte sie eine halbe Schachtel Marlboro Light). Danach spazierten wir noch ein bisschen durch ihre geliebte Stadt, die sie bald verlassen würde, um nach Florida zu ziehen, denn Venedig ist keine Stadt für die Knochen alter Leute (zu feucht, zu viele Treppen). Sie erzählte, dass sie an einem neuen Buch arbeite. Es würde ganz bestimmt ihr letztes sein. «Wenn es denn überhaupt fertig wird. Es ist schrecklich. Schreiben Sie ja nie ein Kochbuch. Es ist fürchterlich! Diese Arbeit!» Zwei Jahre später erschien «Marcella Says» und nun die deutsche Übersetzung.

Es gibt wieder viel zu lernen. Und ich frage mich: Bei welchem Rezept soll ich anfangen? Pesce al Cartoccio con l'Acciuga e il Succo d'Arancia? Il Rotolo di Spaghetti con il Sugo di Zucchine e Pancetta Affumicata? Stufato di Manzo alla Salvia con Funghi e Patate? Stinco d'Agnello in Tegame con Pomodori Secchi e Verza? Ich weiss es nicht. Alles, was ich weiss: Ich bekomme langsam, aber sicher, ernsthaft Hunger.

Marcella Hazan: «Marcellas Geheimnisse – Meine italienische Kochschule», Collection Rolf Heyne, 400 Seiten
Gekauft bei Buch & Wein, Ankerstrasse 12, 8004 Zürich

Max Küng (max.kueng@dasmagazin.ch)
Bild **Françoise Caraco** (francoise@caraco.ch)

CHF 59.– STATT 90.–

Sie werden das Bild ansehen und denken: Dieses Kleidungsstück, es ist nichts Besonderes. Ein Polo-Shirt aus Mischgewebe mit Streifen und kritischer Farbigkeit. Ein ganz normales Polo-Shirt, denken Sie. Was Sie aber noch nicht wissen: Es kommt aus der Hölle.

Die Hölle liegt im Süden nahe der italienischen Grenze in Mendrisio an der Autobahn A2 und heisst FoxTown. FoxTown ist keine wirkliche Stadt, sondern ein Einkaufszentrum. Draussen 1000 Gratisparkplätze, alle belegt. Mit Autos mit Nummernschildern aus Italien, Deutschland, Baselland. FoxTown selbst: ein grosser Zweckbau, in dem sich 130 Fabrikläden befinden, die totales Konsum-Endorphin versprechen: Rabatte von 30 bis 70 Prozent auf Neuware.

Drinnen: die Läden und in den Läden die Menschen. Eine japanische Reisegruppe fällt über die Accessoires von Prada her. Sie kaufen alles, Hauptsache, es steht Prada drauf – und zwar möglichst gross und rot. Bei Gucci gibt es Baby-Taufschühlein mit dem Gucci-Logo und für nur 90 statt 270 Franken (es gibt auch: Gucci-Geo-Dreieck, Gucci-Gitarrenkoffer und viel bekloppte Mode). Bei Bally streiten Mann und Frau eines Köfferchens wegen, das einmal 1000 Franken kostete und jetzt nur noch 300, was der Mann aber immer noch zu viel findet (und er hat Recht). Die Frau schaut ihn an, als hätte sie eben beschlossen, sich ihm für längere Zeit zu verweigern.

Man wird aggressiv. Die schlechte Laune der Leute ist ansteckend. Das Virus der Geizgeilheit. Hunderte von gierigen Fingern ackern die Kleiderstangen durch. Sie alle wollen hier und heute glücklich werden. Ich finde nichts, das mir gefällt. Bei Prada nur Schrott, und selbst der ist immer zu gross oder zu klein. Helmut Lang gibts auch hier nicht mehr. Versace? Pfui Teufel. Nach zwei Stunden bin ich fix und foxy Will nur noch raus aus der Designermüllhalde, dem textilen Schrottplatz.

Dieses Polo-Shirt von Adidas. Ich habe es gekauft, um einen Beweis zu haben, dass ich in der Hölle war und über lebte. Und ja, ich habe gespart, gut 30 Prozent. Zur Hölle mit dem Sparen.

Gekauft im Adidas Factory Store im FoxTown, Mendrisio, www.foxtown.ch
Max Küng (max.kueng@dasmagazin.ch)
Bild **Françoise Caraco** (francoise@caraco.ch)

KAUFEN MIT KÜNG: HANDGEHÄKELTES AUTO

CHF 59.—

Der Mensch. Er wird geboren. Es beginnt die Schreiphase. Dann die Lallphase. Dann die Sprechphase (ab dem 12. Monat). Er sagt allererste einfache Wörter: «Mama». «Papa». Dann: «Auto». Das Auto wird zum Lieblingstier vieler Kinder. Eine Frau in einem Spielzeugladen meinte, es sei wohl genetisch, betreffe signifikanterweise aber nur Buben. Aus der Kinderperspektive ist ein Auto riesengross. Oft bunt. Es bewegt sich. Es macht Lärm. Was will ein Kind mehr?

Bei manchen Buben bleibt «Auto» das wichtigste Wort, hinein bis ins Erwachsenenalter, wenn beim Sprechen 86 Muskeln beteiligt sind und der aktive Wortschatz anschwillt auf 40 bis 4000 Wörter wie «Drehmoment», «Turboladedruck» oder «Hosenträgergurte». Manche von diesen Riesenbuben sieht man derzeit in Genf, am Automobilsalon, mit Schweissperlen auf der Stirn den neuen Ferrari 575 Superamerica betrachtend.

Lange war auch mein Lieblingstier das Auto, und ich war glücklich, als mein Onkel (Autofahrlehrer) mich an den Salon nach Genf mitnahm. Ich schrieb darauf einen Schulaufsatz zum Thema «Mein schönster Tag». Ich schrieb über das parareligiöse Erlebnis der Berührung eines Formel-1-Rennwagens und wie viele Leute da waren: «Es war uh eng, jeder hatte nur etwa einen Quadratmeter Platz gehabt.» Der Lehrer lachte und las vor versammelter Klasse laut vor. Dann zeichnete er mit Kreide ein Quadrat auf den Boden mit einer Seitenlänge von exakt einem Meter und fing an, diesen Quadratmeter mit Schülern zu füllen. Die halbe Klasse hatte Platz. Er schrie mich an: «Eng? Das soll eng sein? Ich zeig dir, was eng ist!» Die andere Klassenhälfte hatte auch noch Platz. Der Lehrer hasste Autos. Und mir wollte er den Brumm-Brumm-Belzebub austreiben.

Trotzdem kaufte ich nun dieses Auto hier. Und erst noch für ein Mädchen. Es heisst Anouk. Ein Auto ist doch viel besser als Schnappi, oder?

Gekauft bei Troll, Predigerplatz 38, Zürich
22 × 10 × 13 cm, 158 Gramm,
von Anne-Claire Petit (www.anneclairepetit.nl)
mit Glöcklein innendrin
Zurzeit Autosalon in Genf bis 13. März
Eintritt 12 Franken (www.salon-auto.ch)
Max Küng (max.kueng@dasmagazin.ch)
Bild Françoise Caraco (francoise@caraco.ch)

EUR 45.–

Von Max Küng

Sie lag schon lange in der Luft, in Basel, an der Rheinschanze 6, in den Räumen des Architekturbüros Herzog & de Meuron: Die Idee, ein eigenes Parfüm zu kreieren. So abwegig ist dieser Gedanke nicht, dass Architekten nicht nur mit Beton, Birkenholz und Bitumen planen, sondern auch feinstofflich gestalten, zu olfaktorischen Designern werden. Denn ein Parfüm, was ist das anderes als unsichtbare Architektur? Als individuelle Raumplanung? Als die morgendliche Landschaftsgestaltung des Einzelnen?

Und nun haben Sie es endlich vollbracht. Für ihre Ausstellung in Rotterdam, No. 250. An Exhibition – Beauty and waste in the architecture of Herzog & de Meuron, haben sie «Rotterdam» geschaffen – ein warmer Duft mit technischer Note, vage auch an Spermatozoen erinnernd. Ein fruchtiges Frachtschiff. Der Kofferraum eines Rolls-Royce im Sommer. Die Garderobe einer Spenglerei. Die Ecke mit den Wintermänteln im Heilsarmee-Brockenhaus.

«Rotterdam» bestand ursprünglich aus sieben Duftbausteinen, die wiederum aus unzähligen Einzelkomponenten zusammengemischt wurden. Sieben Assoziationen zu Rotterdam, respektive zur Beziehung Basels mit der holländischen Stadt am anderen Ende des Rheins – Erinnerungen an Erinnerungen. Sieben Basisdüfte also, die zusammen ein Ganzes bilden sollten. Das waren: Rheinwasser, Hund, Haschisch, Alge, Patschuli, Glühwein und Pelz. Doch irgendwie fand dann Jacques Herzog eines Abends, dass da noch etwas fehlte. Zufällig ass er in diesem Moment eine Mandarine. Und dann war klar, die Eingebung wartete an der nächsten Ecke des Denkens: Ein achter Basisduft musste noch dazu, um die Essenz zum harmonischen Komplex zu machen. Mandarine eben.

«Rotterdam» von Herzog & de Meuron ist auf 1000 nummerierte prototypische Flakons (die Entwicklung einer Grossserienverpackung würde ein Vermögen verschlingen) limitiert. Inhalt: 15 Milliliter. Unisex. Zu kaufen nur in Rotterdam.

Gekauft im Museumsshop, Nederlands Architectuurinstituut, Museumspark 25, Rotterdam
Max Küng (max.kueng@dasmagazin.ch)
Bild Françoise Caraco (francoise@caraco.ch)

CHF 60.–*

Eine hübsche, junge Frau (Mia Farrow) ist nach einem Sturz vom Pferd erblindet. Zur Erholung will sie einige Tage bei ihrem reichen Onkel und ihrer Tante auf dem Land verbringen. Doch die Ruhe dort wird über Nacht zum Inferno des Schreckens. Sie stolpert buchstäblich über die Leichen ihrer brutal ermordeten Verwandten. Als sie dann das Armband des Mörders findet, wird sie selbst zur Gejagten. Kann sie blind und hilflos dem Mörder entkommen?

Es gibt Filme, bei denen das Plakat besser ist als der Film. Beim Thriller «See No Evil» (1971) trifft dies partiell zu. Der Film von Regisseur Richard Fleischer («Conan») ist zwar nicht gerade ein Jahrhundertmeisterwerk, aber ein paar schöne Bilder, ein wunderbar missratener deutscher Titel («Stiefel, die den Tod bedeuten») und die Leistung von Mia Farrow entschuldigen die Anschaffung des Films auf DVD gerade noch so. Wirklich wunderbar gelungen hingegen ist das Filmplakat. Wie bei so manchem Film bleibt die Kunst nicht im Kinosaal. Glücklicherweise ist es auch preisgünstiger als etwa das Originalplakat für Fritz Langs «Metropolis», das im November für 690 000 Dollar verkauft wurde und den bis dahin von Boris Karloffs «The Mummy» gehaltenen Filmplakat-Rekordpreis von 452 000 Dollar aus dem Jahr 1997 schlug. Aber man muss ja nicht gleich eine Million auf den Tisch legen, um ein grafisches Meisterwerk zu erstehen. Für ein paar hundert Franken findet sich sicher ein tolles James-Bond-Teil. Oder 60 Franken für dieses Plakat tun es auch. Und ja: Es geht sicher sogar noch günstiger. Wer also kein Geld für zeitgenössische Kunst hat, dennoch aber einen grossportionierten ästhetischen Anspruch besitzt, für die oder den sind Filmposter eine ausgesprochen empfehlenswerte Investmentidee.

Mia Farrow hat übrigens Geburtstag. Am 9. Februar. Sie wird 61 Jahre alt. Das ist doch wieder mal eine Gelegenheit, darauf hinzuweisen, wer die Mutter von Mia Farrow ist: die Schauspielerin Maureen O'Sullivan, besser bekannt als Jane aus Johnny Weissmüllers Tarzan-Filmen.

*«See No Evil»-Plakat, 69 × 104 cm, gekauft bei MovieArt, Walchestrasse 17, 8006 Zürich

Max Küng (max.kueng@dasmagazin.ch)
Bild **Françoise Caraco** (francoise@caraco.ch)

KAUF DER WOCHE: PUTZROBOTER

CHF 65.–

Ich hätte immer gerne ein Haustier gehabt. Einen schnurrenden Kater, einen im Rad ratternden Hamster oder einen goldigen Goldfisch wenigstens. Etwas, das mich erwartet, wenn ich abends nach einem schweren Tag nach Hause komme und die Türe hinter mir zufällt. Ein bisschen Interaktion am Ende. Ein Blick. Eine Geste. Eine Regung. Aber bis anhin schrak ich vor einer solchen Anschaffung zurück (Kosten, Zeit, Umtriebe) und vertraute dem Fernseher. Das Problem ist nun gelöst. Und nicht nur das. Der «Robomop» nämlich ist nicht nur ein kostengünstiger Haustierersatz, der einem nicht nur keine Arbeit macht, sondern sogar welche erledigt. Er ist eine fleissige Kraft: ein Putzroboter. Das Funktionsprinzip: Eine durch eine wieder aufladbare Batterie angetriebene Rotationskugel schiebt den Ring mit Reinigungstuch untendran nach dem Zufallsprinzip im Raum umher – und so wischt das Ding erstaunlich geräuschlos Staub. In einer Stunde sollen 60 Quadratmeter von Fuseln und Milben und anderem Mikrodreck befreit werden. Der primitive Putzroboter mag aussehen wie ein putziges Ufo, ist aber auch ein wirklich guter Freund. Abends ein paar Minuten dem «Robomop» zuzusehen, wie er über das Parkett fegt und in Wände torkelt und die Richtung ändert, als hätte er 3,1 Promille intus, das ist besser als das beste zeitgenössische Tanztheater. Und ich bin sicher: Bald ist der «Robomop» auch als Tänzer in der Öffentlichkeit zu sehen, in einem Stück von Marthaler zum Beispiel. Wetten, dass? So viel auf einmal: Tier, Freund, Putze und Künstler. Fast zu viel.

«Robomop»: gesehen in der TV-Werbung, gekauft bei www.robomop.ch, geliefert inklusive Ladegerät und 5 antistatischen Putztüchern
Ersatztücher 25 Stück 18 Franken

Max Küng (max2000@datacomm.ch)
Bild **Walter & Spehr** (info@walterundspehr.ch)

CHF 65.–*

Das Objekt ist simpel, funktionell, qualitativ hochstehend und ausserdem auch noch schön – so wie ein gutes Stück Design sein sollte, aber leider selten ist. Ein Squeezer für Zitronen, entworfen von der dänischen Designerin Britt Villadsen (*1979), gefertigt aus leichtem, partiell glasiertem Steingut, anzusehen wie ein prähistorischer Faustkeil. Mit diesem Werkzeug holt man effektiv den letzten Tropfen aus der wie auch immer dimensionierten Zitrone. Aber hier geht es eigentlich gar nicht um den schönen Squeezer von Frau Villadsen oder dänisches Design (obwohl das durchaus auch ein Thema wäre**), es geht vielmehr um den Laden, wo er gekauft wurde.

Gut versteckt in einer dunklen, engen Gasse in der Zürcher Altstadt in einer 200 Jahre alten ehemaligen Schlosserei führen Hubert Spörri und Ulrich Zickler seit gut einem Jahr ihr Geschäft, das so viel mehr ist als bloss ein Geschäft. Es heisst limited stock. Das Angebot ist erstaunlich. limited stock ist eine Mischung aus Klassikermuseum, Jetztzeitdesignshowroom und Raritätenkabinett.

Das Warenangebot? Gespenstisch scharfe Messer aus gefaltetem Stahl aus der altehrwürdigen Schwerterschmiede Kiji Kobayashis (auch Lieferant des japanischen Kaiserhofs), feinstes mundgeblasenes Glas von J. & L. Lobmeyr aus Wien (auch Hoflieferant, als man das noch hatte, damals, dort), wunderbare Pilzmodelle aus Gips aus der ersten Hälfte des letzten Jahrhunderts (mit penibel detailgetreuer Darstellung von Schneckenfrass)***, Porzellan**** aus der Manufaktur Nymphenburg, der lange Stosszahn eines Narwals (lat. Monodon monoceros, der uns die Sage des Einhorns bescherte, 5200 Franken), fossile Holzblöcke aus Kasachstan, ein vergoldeter Stuhl von Harry Bertoia. All das und noch viel mehr. Selbst wenn man ohne etwas zu kaufen aus dem gut versteckten und durchdacht bestückten Laden tritt: Man verlässt ihn mit dem Gewinn des Wissens um die Schönheit der Dinge.

* Zitronensqueezer, gekauft bei limited stock, Spiegelgasse 22, Zürich
Erhältlich auch in anderen Farben
www.limited-stock.com
** mehr dazu: www.ddc.dk
*** schon verkauft, an mich, haha!
**** «Porzellan ist gefrorene Musik», sagte Schopenhauer.

Max Küng (max.kueng@dasmagazin.ch)
Bild **Françoise Caraco** (francoise@caraco.ch)

KAUF DER WOCHE: BADEHOSE
CHF 79.–

Eine Badehose habe ich mir gekauft, und zwar eine, wie ich sie als Bub hatte, eine mit Streifen, vom Hersteller Lahco, Schweizer Qualität seit 1922. Die mit dem typischen Täschli vorne – wo das Münz reinkam für die Raketenglace oder die Coca-Cola-Frösche und das Schlüsselchen des Garderobenschrankes –, mit dem Reissverschluss, mit dem dreieckigen Anhänger aus Metall. Natürlich ist es noch ein bisschen früh für eine neue Badehose, jetzt. Das Meer ist noch 428 Kilometer und mehr als sechzig Arbeitstage entfernt. Aber das kleine Zimmer mit dem Zitronenbaum auf der Terrasse ist gebucht. Und ich weiss noch ziemlich genau, wie es ist, am kleinen Strand von Positano zu liegen, auf einem der geliehenen gestreiften Liegestühle, und wie das feine Kies rauscht, wie es pikst, wenn man ins Meer humpelt. Tropfend nasses Haar. Der Geruch von Sherpa-Tensing-Sonnenmilch. Wegdösen. Gegen Capri schauen. Salz auf unserer Haut. Abends, glühend, voll gepumpt mit Sonne, glücklich, einen Teller Gnocchi im Ristorante Saraceno d'Oro an der Via Pasitea, die bettelnde Katze unter dem Tisch. Das weiss ich alles noch ganz genau oder besser: Es fiel mir wieder ein, als ich die Badehose kaufte, die mit den Streifen, von Lahco, Qualität seit 1922. Also, von mir aus kanns losgehen.

PS: Warum ich überhaupt eine neue Badehose brauchte? Nun, es ist nicht so, dass die alte nicht mehr gepasst hätte. Bloss nicht mehr ganz so gut.

Badehose von Lahco,
gekauft bei Kost-Sport, Basel

Max Küng (max2000@datacomm.ch)
Bild **Hans-Jörg Walter** und **Daniel Spehr**
(info@walterundspehr.ch)

CHF 79.–*

Früher** Früher war ätzend. Früher musste man die Kleider seiner älteren Geschwister tragen, die aus diesen herausgewachsen waren. Horror. Und vor allem sahen die Kleider der Geschwister aus wie die Kleider der Geschwister. Niemand hatte Mitleid, weil man keine neuen, coolen Klamotten bekam, sondern alle wussten: alte Kleider = hahaha. Kleiderstress auf dem Pausenhof ist kein blosses Phänomen der Jetztzeit. Die Erziehungsberechtigen: «Das ist doch noch gut.» «So gut wie neu.» «Manchester, stabil.» Früher gab es für Mode nur das «Kassensturz»-Kriterium: ganz oder kaputt. Am Schlimmsten: die Hosen der grossen Schwester austragen zu müssen (die zehn Jahre älter ist).

Später stürmte man höchstpersönlich in den Secondhandladen, denn später galt alt plötzlich als cool. Alt wurde das neue Neue. Fabrikneue Ware war für Spiesser und Leute ohne Geschmack. Wer wirklich Individualist war, der kaufte sich seine Kleider im Brockenhaus für einen Bruchteil des Ursprungswerts und kombinierte diese Stücke auf eine Art und Weise, die man im Rückblick leider wohl als arg behämmert beschreiben muss.

Heute ist das nicht anders. Man kombiniert zwar weniger behämmert (die Zeit wird darüber noch urteilen) und dafür konservativer und gerne mit neuen Teilen von Designern. Der Unterschied jedoch: Damals hiess es secondhand und war billig (ich fand mal im Brockenhaus*** ein Polo-Shirt von Yves Saint Laurent für 5 Franken, es war wunderschön, bis die Motten es dekonstruierten). Heute sagt niemand mehr «secondhand», sondern «vintage», was auch nur ein anderes Wort für alt ist, aber irgendwie gut klingt. Und vor allem: Die alten Dinge sind teuer geworden. Oldtimer quasi. Textile Antiquitäten. Jeder kann sich Neues kaufen. Aber einen schokoladebraunen ponyesken Wildlederfransengürtel von Yves Saint Laurent von 1960 für 235 Dollar****, damit ist man ziemlich alleine auf weiter Flur. Denn: Er ist halt von: früher.

* Vintage-Seidenfoulard von Yves Saint Laurent, gekauft bei Lux Plus, Ankerstrasse 24, Zürich
** Ist immer wieder eine Freude, einen Text mit dem Wort früher zu beginnen.
*** Brockenhaus Glubos, Rappoltshof 12, Basel
**** www.poshvintage.com

Max Küng (max.kueng@dasmagazin.ch)
Bild **Françoise Caraco** (francoise@caraco.ch)

EUR 50.–

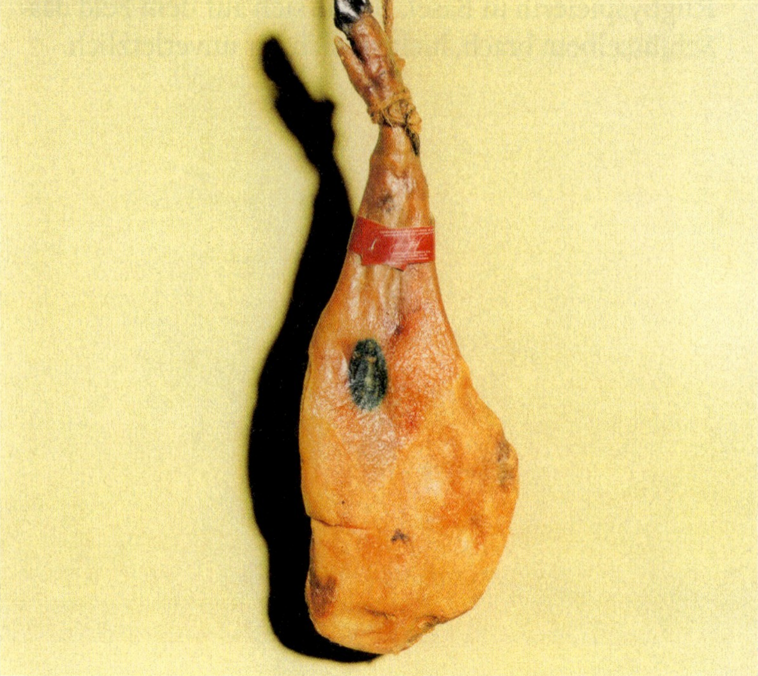

Von Max Küng

Wenn es ein Modell des Schlaraffenlandes gibt, jenes Reiches also, welches drei Meilen hinter Weihnachten liegen soll, dann ist dieses Modell in Barcelona zu finden, unweit des Ortes, wo die Taschendiebe sich an den Touristen vergnügen, an den Ramblas. Es ist ein Markt. Er heisst «Mercat de la Boqueria», ist 800 Jahre alt und spannender als die meisten Museen.

Man findet alles, was man essen mag oder auch nicht (Stierhoden, Schafshirn, Kutteln). Bestimmt und garantiert aber schmeckt ein Schinken vom Schwein namens «pata negra» (schwarze Klaue), einem Tier, das sich in den Eichenwäldern der Extremadura im Südwesten Spaniens herumtreibt und sich dort von Eicheln («bellotas») und Kräutern ernährt. Die Eicheln geben dem Schinken nicht nur den Namen, auch seinen einzigartigen, nussigen Geschmack.

Dieser Schinken ist der beste Schinken, den es gibt – diese Aussage stimmt, aber sie stimmt auch nicht. Der abgebildete Schinken ist bloss ein kleines Schulterstück («paleta»), circa drei Kilo schwer, und es gab ihn zum absoluten Aktionspreis. Ein richtiger Hinterschinken («jamón»), ein Hinterbein also, wiegt gut und gerne sieben Kilo. Und kostet auch ein bisschen mehr. 699 Euro für einen ultragereiften aus bestem Hause. Oder auch mehr. Deshalb nennt man den Schinken auch den «Kaviar Spaniens». Die schweinischen Qualitätsunterschiede sind diffizil und für einen Nichteingeweihten schwer zu verstehen: Das spanische Schinkenwesen, es ist eine Wissenschaft.

Für einen Bellota-unerfahrenen Gaumen aber reicht eine 50-Euro-Schulter allemal, um nach einem Bissen laut «mmmmmhhhh!» zu sagen. Und dann, nach einer Weile des Denkens, eine Tonlage höher: «mmmmmmhhhhhh!»

Gekauft bei Cansaladeria Can Vila, Stand 162, Boqueria-Markt, Barcelona.
Für einen lohnenswerten digitalen Besuch auf dem Traditionsmarkt: www.ac-boqueria.com
Einfuhr von Fleisch «gesalzen, getrocknet oder geräuchert» maximal 3,5 Kilo zollfrei innerhalb der «Wertfreigrenze» von 300 Franken. Pro weiteres Kilo 13 Franken Zoll.
Pata negra gibt es selbstverständlich auch in der Schweiz. Zum Beispiel im Globus. Von Hand aufgeschnitten für 18.50 Franken pro 100 Gramm.
Max Küng (max.kueng@dasmagazin.ch)
Bild Françoise Caraco (francoise@caraco.ch)

KAUF DER WOCHE: «TRIVIAL PURSUIT»-JUBILÄUMSAUSGABE

CHF 79.95

Wer hats erfunden? Es waren zwei Kanadier, ein Bildredaktor und ein Sportjournalist namens Chris Haney und Scott Abbot, die Scrabble spielten und sich langweilten und also dachten: Wir müssen unser eigenes Spiel austüfteln. 1979 war das, 1981 kam in Kanada das erste «Trivial Pursuit» auf den Markt, ein Spiel mit Fragen aus unterschiedlichen Wissensgebieten. Die Kleinauflage war zunächst hoch defizitär, bis sich der US-amerikanische Spielegigant Selchow and Righter der Sache annahm.

Vor 20 Jahren eroberte das Spiel mit dem nicht ganz einfach aussprechbaren Namen auch Europa. Aus diesem Grund erscheint nun die Geburtstagsausgabe.

Wer sich fragt, ob er die neue Edition von «Trivial Pursuit» kaufen soll, dem sei gesagt: Nein. Tun Sies auf keinen Fall. Kaufen Sie lieber die «alte» Schweizer Ausgabe namens «Genius», denn die ist wirklich knifflig. Die Fragen der auf Deutschland gemünzten 20-Jahr-Jubiläumsausgabe sind viel zu einfach («Wer war der fiese Oberschurke in Dallas?») oder dumm («Welches Mobilfunknetz nahm als drittes in Deutschland Ende Mai 1994 seinen Betrieb auf?») oder gar falsch («Wer war der erste Popstar aus gelbem Stoff und sang mit ‹Flat Beat› den Sommerhit 1999?»). Antwort: Mr. Oizo. (1. Wird da nichts gesungen. 2. Aus gelbem Stoff war Flat Eric, nicht Mr. Oizo.) Solche Fragen/Antworten verwandeln einen vergnüglichen Spielabend schnell in ein zähes Gezanke – durch die Luft fliegende Kärtchen und Spätfolgen nicht ausgeschlossen.

Gekauft bei Franz Carl Weber
Letzte Frage: «Welcher bekannte Protagonist der Fernsehserie ‹24› leidet in der dritten Staffel an Heroinsucht?»

Max Küng (max2000@datacomm.ch)
Bild **Hans-Jörg Walter** und **Daniel Spehr** (info@walterundspehr.ch)

KAUF DER WOCHE: SECONDHAND-HANDY + MOSHI

CHF 80.– + 12.–

Wer ein neues Handy braucht, der hat ein Problem, denn neue Handys sind klein und hässlich und sehen überhaupt nicht mehr aus wie Telefone, sondern wie Nasenhaarschneider oder Kinderspielzeug. Sie gehen sofort kaputt, wenn sie beim Tanzen aus der Tasche fliegen. Eine Alternative bietet der noch junge Secondhand-Handymarkt.

Dort kann man die Museumsstücke von morgen kaufen, das Nokia 6250 etwa oder das Ericsson R250s PRO, das nicht zum Spass gebaut wurde, sondern für den harten Alltagseinsatz. Ein SUV-Mobiltelefon, ein Landrover zum Reinreden, ein Backstein mit Antenne, 325 Gramm, geschützt durch einen Magnesiumrahmen, mit dem man beim Campingurlaub locker die Heringe in das Erdreich treiben oder Fische erschlagen kann. Ein ernsthaftes Gerät, das dem Status des Besitzers auf den ersten Klingelton Nachdruck verleiht.

Bei Ebay erzielen die kommenden Kommunikationsklassiker bereits stolze Preise. Ein solches Handy überlebt auch einen Flugzeugabsturz. Und es hat sogar eine Vorrichtung, um mein geliebtes Moshi anzubinden. Ein Moshi (auch Handy-Strap genannt) ist ein Anhangschmuck, aus Japan kommend natürlich («moshi-moshi» heisst so viel wie «Hallo? Wer ist am Apparat?», gängige japanische Telefongrussformel). Kein Natel sollte ohne sein. Denn mit ihm sieht jedes netter und freundlicher aus. Vor allem mit dem Ananas-Moshi. Auch das alte Biest von Ericsson, das R250s PRO.

Handy gekauft bei Natel-Markt, Parkweg 35, Basel
Ananas-Moshi gekauft bei www.moshi-moshi.biz
Das Angebot ist reich. Für Handys ohne Moshi-Loch gibt es anklebbare Haken, «hooks».

Max Küng (max2000@datacomm.ch)
Bild **Hans-Jörg Walter** und **Daniel Spehr** (info@walterundspehr.ch)

KAUF DER WOCHE: COMPACT DISCS / AUTOGRAMMKARTE

CHF 84.–/EURO 11.61

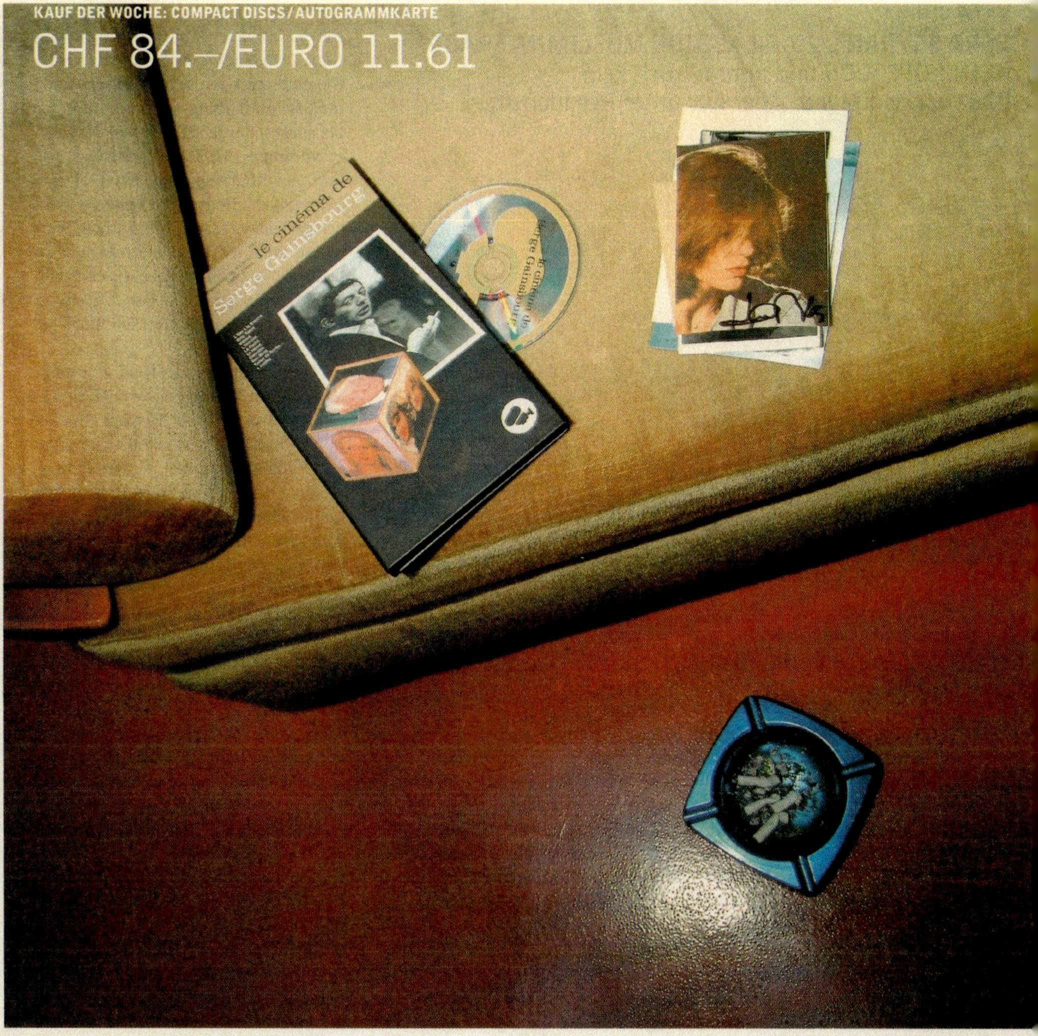

Was der Laie spätestens seit den Filmen von Quentin Tarantino weiss: Filmsoundtracks sind hochinteressante Gelegenheiten für Menschen mit einem relativ gehobenen Anspruch an die von ihnen gehörte Musik. Aber nicht nur klug und mit Liebe kompilierte Song-Sammlungen, wie Tarantino sie auf den Markt wirft, gehören in die CD-Sammlung, sondern auch Filmmusik, die funktionalen Charakter hat, also rein instrumental ist und eigens für den Film komponiert wurde. Etwas weniger umfangreich als das bekanntere Filmmusikœuvre des Ennio Morricone ist das von Serge Gainsbourg (schliesslich war er hauptsächlich damit beschäftigt, ein paar unvergessliche Popsongs für ein paar unvergessliche Frauen wie Jane Birkin zu schreiben und sich kaputtzusaufen): An achtzig Filmen war er kompositorisch beteiligt. Einen schönen Teil davon findet man auf «Le Cinéma de Serge Gainsbourg»: nicht nur von ihm und seinen Frauen gesungene Titelmelodien, sondern vor allem instrumentale Tracks, die auch ohne Film bestens funktionieren und einen erneuten Beweis für das Genie Gainsbourg abliefern. Eine sonder- und wunderbare Reise durch Zeit und Raum, vom coolen Fünfzigerjahre-Jazz bei «L'Eau à la Bouche» über die sitargestützte Psychedelik bei «Le Pacha» bis zur leblosen Musik des vor seinem Tod verfassten «Stan the Flasher». Wenn Tarantino für seinen nächsten Film nicht weiss, welche Musik er klauen könnte: Hier würde er pfundweise fündig.

«Le Cinéma de Serge Gainsbourg – Musiques de Films 1959–1990», Universal Music, 3-CD-Box, gekauft bei RecRec, Rotwandstrasse 64, Zürich
Autogrammkarte von Jane Birkin, ersteigert bei Ebay

Max Küng (max2000@datacomm.ch)
Bild **Hans-Jörg Walter** und **Daniel Spehr** (info@walterundspehr.ch)

CHF 85.–

Von Max Küng

Ein Konfliktherd für so manche Beziehung steht in der Küche, ist klein, rechteckig, aus Holz, und wird Brett genannt. Ein simples Holzbrett, das als Unterlage dient, um Dinge in Teile zu schneiden. Aber eben: Was für Dinge? Die Meinungen scheiden sich.

Er schneidet Zwiebeln. Der Saft der Zwiebeln dringt in die Unterlage. Sie schneidet danach Brot. Die grausame Logik saftet. Das Brot riecht nach Zwiebeln. Er ist schuld. Und sie auch. Aber er mehr. Und der Streit fängt erst an. Ein Argumentenpicknick wird ausgepackt. Ein Vorwurfsbrunch parat gemacht. Das geht ganz flugs.

Deshalb braucht jeder Nicht-Single-Haushalt ein Schneidebrett, auf dem ausschliesslich Brot geschnitten wird: Brot und nur Brot. Roggenbrot, Nussbrot, Basler, Berner, Zürcher Brot.

Der Basler Möbeldesigner Kuno Nüssli (bekannt durch sein von einer Büroklammer inspiriertes Bugrohr-Bett «SASOSU») hat für seine Firma Kunotechnik ein Brotbrett entwickelt, das aus zweiundzwanzig identischen Teilen wasserfest zu einem eleganten, federleichten und aber auch äusserst stabilen Teil verleimt wird. Er selbst charakterisiert sein Produkt als «pragmatisch, praktisch, gut». Es ist aus hartem Ahornholz (massiv), heisst «Brett» und sieht ein bisschen aus wie eine sehr streng kubistische Panflöte.

85 Franken exklusive Mehrwertsteuer mögen als hoher Preis erscheinen für eine so simple Sache wie ein Brotbrett. Aber dieses Brotbrett ist 1. alles andere als simpel. 2. Mit Zwischenraum, hindurchzuschauen (ein bisschen Fengshui in der Küche). 3. Lokal produziert (in einer Behindertenwerkstätte) und aus bestem Material. 4. Angesichts der Beziehungsprobleme, die nicht entstehen: ein Schni-Schna-Schnäppchen.

PS: Die eine Frage bleibt: Wo wird in Zukunft das Zwiebelbrot geschnitten?

Brotbrett: 85 Franken exklusive Mehrwertsteuer
und Versand bei www.kunotechnik.ch
In Basel bei «Raum 49», Birmannsgasse 49
In Zürich bei «Einzigart», Josefstrasse 36
Masse: 450 × 190 × 25 mm
Gewicht 500 Gramm
Nicht spülmaschinenfest

Max Küng (max.kueng@dasmagazin.ch)
Bild Françoise Caraco (francoise@caraco.ch)

CHF 85.–

Kleine Geschenke erhalten die Freundschaft. Und auch für die Beziehung sind sie nicht schlecht. Ich nehme mir vor, meiner Frau jede Woche etwas zu schenken. Oder wenigstens alle vierzehn Tage. Oder allermindestens jede dritte Woche, denn ich möchte ein Held des Beziehungsalltages sein, galant bis zum Anschlag. Natürlich geht das ganz schön ins Geld, aber es ist es wert. (Als ich das dem Kollegen F erzählte, da lachte er höhnisch und sagte: «Wenn du das schreibst, dann machst du dich absolut lächerlich und zu einer Witzfigur, denn bekannterweise werden Liebenswürdigkeiten von den Frauen mit Untreue bestraft, da übertriebene Freundlichkeit des Partners bei Frauen Gefühle von Ekel und Peinlichkeit auslösen.»)

Diese Woche habe ich meiner Frau ein T-Shirt geschenkt. Das klingt banal, aber dieses T-Shirt ist nicht einfach nur ein T-Shirt, sondern eines mit langen Ärmeln und auch noch einer Kapuze. Und erst noch ein Einzelstück, gefertigt mit Liebe in einer kleinen Modewerkstatt im nördlichsten Zipfel Basels, im kunterbunten Quartier Kleinhüningen. Dort sind Boycotlettes zu Hause.

Hinter dem Namen Boycotlettes verbergen sich Melanie Fischer und Lara Schwander. Beide sind Absolventinnen der Basler Modefachklasse mit Hang zu Grenzwanderungen (zum Beispiel Richtung Kunst, sie waren bei der Ausstellung «Urban Diaries» in Madrid vertreten). Der Gedanke ödet sie an, jedes Jahr zwei Kollektionen auf den Markt zu bringen oder Modeschauen zu organisieren. Sie besorgen sich lieber irgendwo Textilien, im Brockenhaus etwa (es kann sein, dass ein T-Shirt in einem früheren Leben ein Bettbezug war). Dann wird bedruckt (oft mit Bildern von Menschen, die andere Kleider von Boycotlettes tragen), und wenn sie mit dem Nähen anfangen, dann wissen sie selten, wo Nadel und Faden hinführen, am Ende. Kommt aber immer gut heraus. Und schön. Und einzigartig.

T-Shirt made in Basel von Boycotlettes
Gekauft bei Anneusual, dem Laden für unabhängiges Design, Feldbergstrasse 10, 4057 Basel
Bis 17. Juli sind Arbeiten von Boycotlettes im Centre Culturel Suisse, Rue des Francs-Bourgeois in Paris, im Rahmen der Ausstellung «Signes quotidiens» zu sehen.

Max Küng (max.kueng@dasmagazin.ch)
Bild **Françoise Caraco** (francoise@caraco.ch)

CHF 98.–

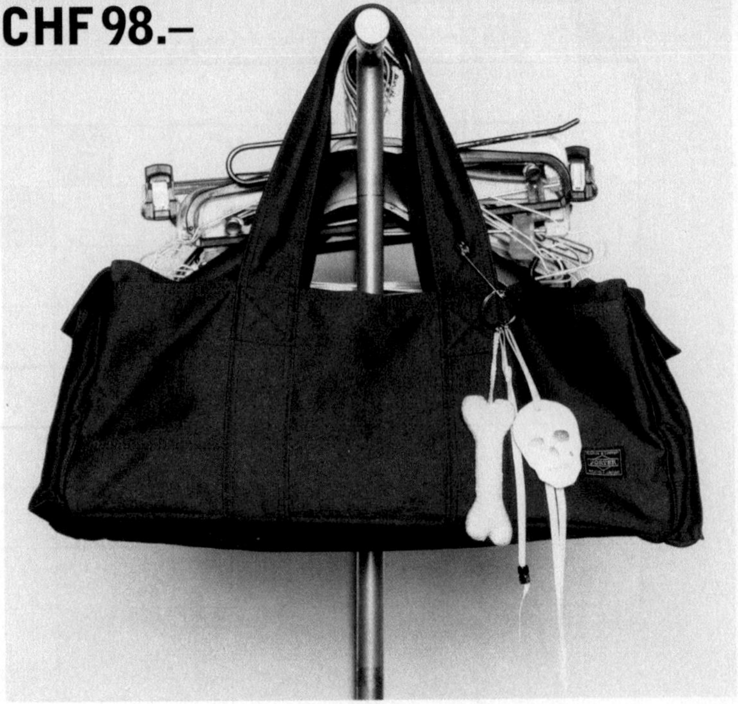

Als mein Vater anrief, sagte ich: «Das Schönste, was ich letzte Woche gekauft habe, das war ein Totenkopf.» Mein Vater atmete hörbar aus und sagte: «Oje.» – «Es ist aber wirklich ein sehr schöner Totenkopf.» – «Ja», sagte mein Vater, «so wie der, den dir der Totengräber einst geschenkt hat? Ein furchtbares Ding war das.» – «Nein», sagte ich mit einer Stimme wie Melonenkonfitüre, «es ist ein Anhänger.» – «Ein Anhänger? Wie ein Ladewagen? Ein Mistzeter? Ein Einachser?» – «Nein. Ein Anhänger für meine Tasche.» – «Warum braucht eine Tasche einen Anhänger? Ein Fussballverein braucht Anhänger, aber eine Tasche?» – «Weil es schön ist, wenn etwas baumelt. Ein Anhänger verschönert die Tasche und somit auch die Welt.»

«Und warum kaufst du dir dann nicht eine Tasche, die einfach schön genug ist ohne einen Totenkopf? Und wie kommst du darauf, dass ein Totenkopf die Welt verschönert? Hast du was genommen?» – «Der Totenkopf ist ja nur ein Teil, es sind auch noch Schläufchen dran und ein gehäkelter Knochen.» – «Schläufchen? Du als Mann? Wie alt bist du nun?» Ich ignorierte diesen Dreisatz und all das, was mitschwang wie das Blatt einer singenden Säge, sagte: «Eine Frau in Zürich hat ihn kreiert. Sie heisst Nives Definti. Ich meine, es kann ja kein Zufall sein, dass eine Frau mit einem so schönen Namen so schöne Anhänger macht. Ach, was heisst da Anhänger, das ist ein viel zu blöder Begriff für so was Schönes.»

Ich wusste, meinen Vater konnte ich am Telefon nicht von dem Anhänger überzeugen, also schwenkte ich hinüber zu Vater-Sohn-Themen: Job («es läuft»), Auto («ja, es läuft noch»), Militär («ja, es war ein Fehler, 1972 die Kavallerie abzuschaffen»). Ich wusste aber auch, dass dieser Anhänger mit dem Knochen und dem Totenkopf und den Schläufchen – er ist das Schönste, was ich seit langem gesehen habe. Und immer, wenn ich den Knochen sehe, den gehäkelten, dann denke ich: Was wohl ein Hund denkt, wenn er einen Knochen sieht? Sehr viel aufs Mal, wohl.

Anhänger von Nives Definti, gekauft bei APARTMENT, Ecke Löwen-/Sihlstrasse, Zürich
Preis ohne Tasche

Max Küng (max.kueng@dasmagazin.ch)
Bild **Françoise Caraco** (francoise@caraco.ch)

KAUFEN MIT KÜNG: KARAOKEVIDEOSPIEL

CHF 99.–

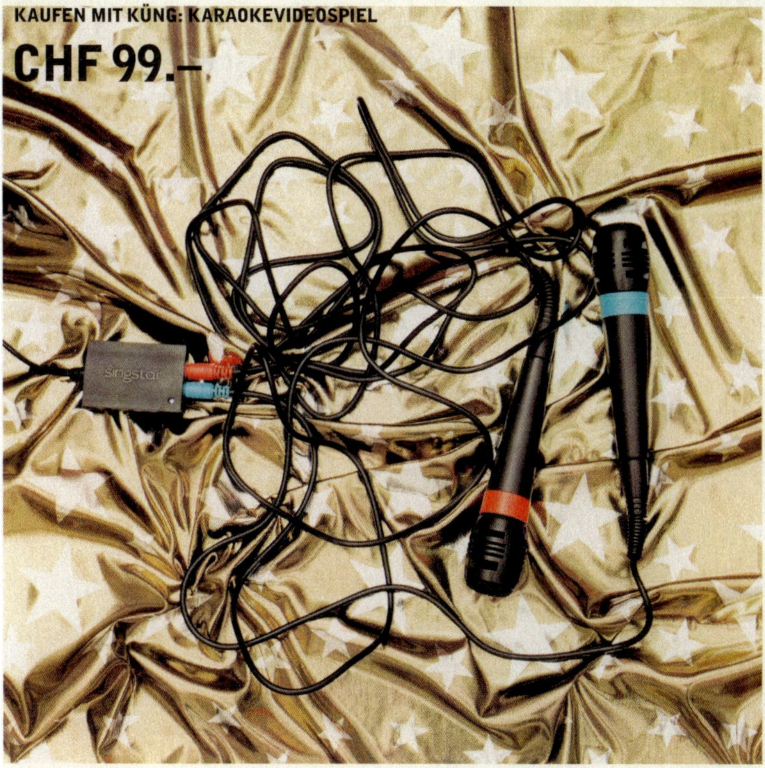

Von Max Küng

Die schöne Szene, wir erinnern uns gerne: Wie Bill Murray im Film «Lost in Translation» in einer Tokioter Karaokebar zum Mikrofon greift und «More Than This» von Brian Ferry intoniert. Wunderbar. Falsch singen kann so schön sein. Merke: Kann, muss aber nicht (wie wir von «MusicStar» wissen).

Ich griff kürzlich auch zu einem Mikrofon. Es war an einer Party, und ich hatte das zuvor noch nie getan. Aus gutem Grund. Denn ich wusste, dass ich nicht singen kann. Ich singe so schlecht, dass ich es nicht einmal unter der Dusche tue (höchstens ein bisschen pfeifen, wenn ich extrem gut gelaunt bin). Karaoke war bis anhin immer der Spass der anderen. Daran sollte sich auch nichts ändern.

Aber ich liess mich überreden, griff das metallene Singszepter und wählte den Song «I Should Be So Lucky» von Kylie Minogue. Nun hat dieses Karaokespiel für die Videospielkonsole namens «Singstar» das fiese Feature, dass man während des Singens nicht nur bewertet (Punkte für richtig getroffene Töne) und mit netten Kommentaren bedacht wird («go home!»), sondern dass der Song aufgezeichnet wird – und man ihn, also sich, so oft anhören kann, wie man will, nochmal und nochmal.

Die anderen Partygäste fanden es ausgesprochen lustig, mich singen zu hören. Es war schrecklich. Ich fühlte mich, als käme ich in der «Leider nein»-Rubrik in «MusicStar». Und ich dachte: Gott ist grausam, so wie Detlef D! Soost. Ich musste mich auf den Balkon verziehen und ein Bier holen. Dort war die Luft schön kühl. Und ich hörte die Leute im Wohnzimmer lachen wie eine Herde Mustangs, und im Hintergrund lief «I Should Be So Lucky», gesungen von mir, wieder und wieder.

99 Franken, Richtpreis für «Singstar Party» für Playstation 2
Spiel inklusive zwei Mikrofone
Duetttauglich
Erhältlich im Unterhaltungs-Elektro-Fachhandel
Gernsinger werden ihren Spass dran haben.
Max Küng (max.kueng@dasmagazin.ch)
Bild Françoise Caraco (francoise@caraco.ch)

CHF 99.90*

Am 6. Dezember des Jahres 1986 ging meine erste Beziehung in die Brüche, abends um 22.20 Uhr. Auf ARD lief der Pilot zur brandneuen Krimiserie «Miami Vice», die das Öl- und Schmierenœuvre «Dallas» ablöste. Er hiess: «Heisses Pflaster Miami». Der «SonntagsBlick» schrieb: «Ungewöhnliches Licht, ausgefallene Kameraeinstellungen, raffinierte Farben, Brisanz im Ablauf, witzig-raffinierte Dialoge und fetzende Musik wurden über Nacht zum Markenzeichen einer neuen Fernsehkultur.» Wenig später berichtete der «Blick» von den Kollateralschäden der Serie: «Mode aus ‹Miami Vice› macht Schweizer Männer heiss.»

Meine damalige Freundin war hin und weg von Sonny und Tubbs, den beiden Cops in den sockenlosen Gucci-Schuhen, den schulterbetonten Vestons und der unbedingten Notwendigkeit, auch nachts Sonnenbrillen zu tragen. Sie wollte, dass ich mich auch so kleidete. Pastellfarben. Knitterkittel. Leinenhose. Weisses T-Shirt. Versace. Armani. Lauren.

Damals fand ich das einfach nur peinlich. Sonny und Tubbs standen für all das, was ich ablehnte. Eine Serie, in der die Musik von Phil Collins zelebriert wurde, die löste bei mir Brechreiz aus. Bald ging unsere Beziehung in die Brüche. Sie blieb bei Sonny, Tubbs und Phil Collins – und ich bei The Cure und einer Welt weit weg vom hirnlosen «Miami».

Heute, ziemlich genau neunzehn Jahre später, kann ich altersmilde endlich die Serie der beiden unterschiedlichen, von Don Johnson und Philip Michael Thomas gespielten, Kokain-Cops geniessen. Dank der DVD-Box mit der kompletten ersten Staffel (22 Folgen). Zwischen Weihnachten und Neujahr scheint für mich die Sonne. Die Sonne Floridas. 1068 Minuten lang.

Übrigens: Im Sommer 2006 kommt «Miami Vice» als Kinofilm (Regie: Michael Mann) mit Colin Farrell als Sonny und Jamie Foxx als Tubbs. Mal sehen, ob Sonnys Hausalligator auch dabei ist, der meine erste Beziehung gefressen hat. Wie hiess er noch gleich?

* «Miami Vice – Season 1», Box mit 6 DVDs, 1068 Minuten, Altersempfehlung ab 12 Jahren
Gekauft bei Laserzone,
Bäckerstrasse 20, 8004 Zürich
Mehr Infos zum Kinofilm
(inkl. Trailer): www.miamivice.com

Max Küng (max.kueng@dasmagazin.ch)
Bild **Françoise Caraco** (francoise@caraco.ch)

KAUFEN MIT KÜNG: FOTOKAMERA

CHF 100.–*

Von Max Küng

Ich war begeistert, als ich endlich meine erste Digitalkamera besass, eine hübsche, kleine, flache Kyocera Finecam SL300R, die ich in Hamburg in einem Fotofachgeschäft mit dem komischen Namen «1000 Töpfe» kaufte. Gleich fing ich mit dem Fotografieren an. Reeperbahn. Hafenrundfahrt. Rathaus. Als ich aus Hamburg zurückkam, da wollte ich meine Ferienfotos anschauen. Ich war einigermassen erstaunt, dass ich an einem Wochenende über 400 Bilder gemacht hatte. 400 Bilder von Rathaus, Hafenrundfahrt, Reeperbahn. Nun hatte ich weder Lust noch Zeit, mir all die Bilder anzusehen. Sie gammeln seither irgendwo auf der Festplatte meines Computers rum. Ebenso die Bilder meiner Verlobungsparty, die des Ausfluges in den Europa-Park Rust und die ganzen experimentellen Produkte unzähliger Sonntagsspaziergänge.

Das digitale Fotografieren hat sicherlich unschlagbare Vorteile. Aber ehrlich gesagt komme ich mir immer ein bisschen dumm vor, wenn ich ein Bild schiesse und danach auf dem Display gleich kontrolliere, ob es gut wurde, oder überlege, falls es schlecht herauskam, ob es so schlecht sei, dass es wieder gut ist, also quasi Kunst – und darum speicherungswürdig. Ausserdem hat es mich einige Male ein nicht geringes Mass an Nerven gekostet, weil immer dann der Akku leer ist, wenn man das wirkliche Superbild machen will.

Ich möchte keine guten Bilder machen und keine schlechten Bilder, sondern einfach bloss Fotos. 36 sind auf einem konventionellen Film. Das scheint mir gerade richtig. Also habe ich mir eine alte Minox gekauft. Eine tolle Kamera, klein, immer dabei, einfach, ohne nervige Details (Schnickschnack) – und man kann ohne Ladegerät in die Ferien verreisen. Klar: Es ist ein Schritt zurück in den Technologieurwald, vielleicht sind es sogar zwei. Aber hey, ich mach die meisten Bilder sowieso im Kopf.

* Occasion Minox GT-E, gekauft von einem Freund.
Ein Spezialist für Minox-Kameras in Zürich:
Walter Baumgartner, Foto-Kino-Electronic-Service,
Limmatstrasse 285.

Max Küng (max.kueng@dasmagazin.ch)
Bild Françoise Caraco (francoise@caraco.ch)

$ 1.99* RESPEKTIVE 100.–*

Ich hätte das Geld auch anzünden können, mit einem Streichholz, mit einem Feuerzeug, mit einem Bunsenbrenner, mit dem Flammenwerfer, es wäre etwa gleich schnell vernichtet gewesen. Bis zu jenem Zeitpunkt hatte ich nichts mit Kartenspielen am Hut gehabt (abgesehen von Tschau-Sepp-Turnieren auf Schulreisen). Ich wusste, dass ich wohl einer der wenigen Menschen unter acht Lebensjahren bin, der noch nie Teil einer Pokerpartie war oder das Pokerspiel gar semiprofessionell betreibt (inklusive Sonnenbrille/Kopfhörer/eingefrorene Miene). Beim Begriff «Texas Hold'em» denke ich auch heute noch an einen Westernfilm, bei «big blind» an einen dicken Maulwurf und bei «pot» an illegales Raucherzeugs.

Das Glücksspiel (oder wie man es auch nennt, schöner: Hasardspiel) ist nicht mein Ding, meine Leidenschaft ist eine andere**

Aber als ich dann kurz vor Mitternacht im monströsen Kasino im Bauch des Wynn-Hotels in Las Vegas stand, da dachte ich, es würde mich reuen, verliesse ich Las Vegas, ohne mein Glück versucht zu haben. Dazu ist das Glück ja da: dass man es fordert. Also trank ich ein alkoholisches Getränk, machte mir Mut und 100 Dollar klein, schlich mich an einen Blackjack-Tisch (man hatte mir gesagt, dies sei die tubelisicherste Glücksspielform) und warf einen blassgrünen Schein auf den sattgrünen Tisch. Es ging wohl zwei Minuten, vielleicht waren es auch nur 90 Sekunden – und meine 100 Dollar existierten nicht mehr (für mich). Ich erkannte: Ich war zu dumm für Blackjack. Das ist eine harte Erkenntnis. Eine andere Erkenntnis: Es liess mich kalt. Also schlich ich davon, beobachtete das abstrakt euphorische Treiben an den Würfeltischen, lauschte dem müden Rattern des Glücksrads und sah ein bisschen den Girls nach, die Tabletts mit Gratisdrinks durch die Gegend schleppten. Dann ging ich schlafen. Ich träumte nichts.

PS: Filmtipp zum Thema:
«The Cooler» mit William H. Macy

* Original-Pokerkarten des Railroad Pass Casinos, Henderson
Aus Sicherheitsgründen gelocht, damit man sie nicht im Kasino verwenden kann.
** Scrabble – gerne auch online
Zum Beispiel gegen: siehe Seite 54

Max Küng (max.kueng@dasmagazin.ch)
Bild **Françoise Caraco** (francoise@caraco.ch)

CHF 104.–

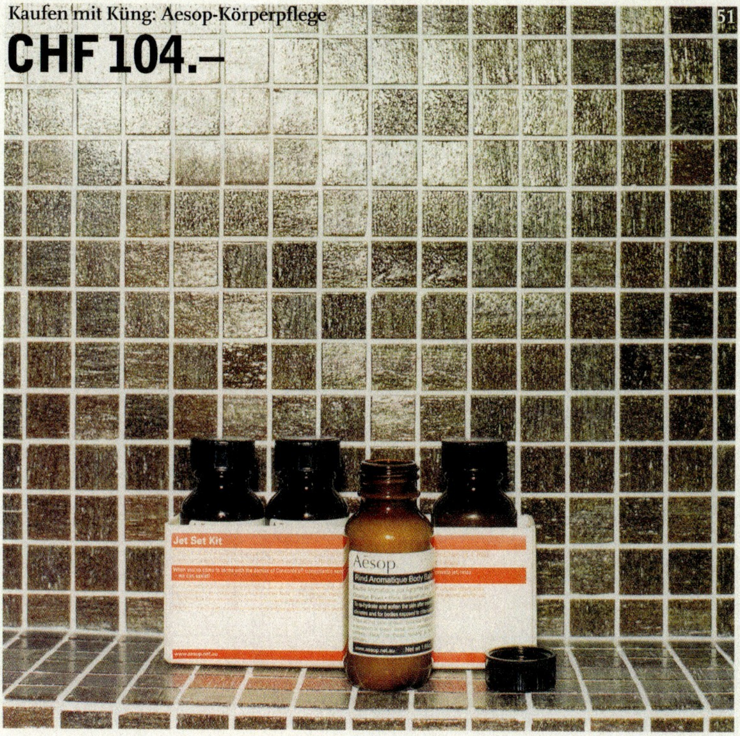

Unlängst war ich in kosmetischer Behandlung. Nicht chirurgisch, bloss oberflächlich therapeutisch, mehrstündig jedoch, mit tiefenwirksamen Schlammmasken und flinken Fingern, die sich mit mir bisher unbekannter Leidenschaft auch den Mitessern auf der Nase annahmen (ei, tat das weh). Ich unterzog mich dem aus rein beruflichen Gründen, um darüber einen Erfahrungsbericht für die Zeitschrift «annabelle Mann» zu schreiben. Ich machte mir bis anhin nicht viel aus Körperpflege und Kosmetika jenseits von Fa, Axe und Gillette; nicht zuletzt, weil eine Bekannte sagte, das sei wie mit den Drogen. Habe man erst mal angefangen, dann könne man nicht mehr damit aufhören. Und die Grammpreise für die Crèmes und Salben und Balsams seien auch vergleichbar.

Also liess ich die Finger davon.

Das änderte sich, als ich in einem fernen Land die australische Pflegelinie Aesop entdeckte (mit einer Palette von über fünfzig Produkten, die in der Schweiz leider bloss fragmentarisch erhältlich ist, und auch nur in einem einzigen Laden, in Genf).

Mein Auge sagte: schön. Meine Nase: wunderbar. Und meine Haut: Endlich, meine Güte, endlich, du Penner, wolltest mich verdorren lassen wie den schrumpeligen Schwanz eines Elefanten unter der sengenden Sonne der Serengeti!

Aesop ist eine kluge Ausnahme in einer Branche, in der die Dummheit grassiert (und seltsamerweise auch eine oft ausserordentlich eklige Ästhetik). Aesop macht keine Versprechungen («Nehmen Sie diese Salbe, und Sie verwandeln sich in Scarlett Johansson, respektive David Speck/Ham»), sondern versucht, einfache, gute und ehrliche Produkte herzustellen (übrigens auch für Hunde). Und Humor hat die Firma (oder gibt es einen anderen Hersteller, der auf seine Verpackung klitzeklein Zitate von Luis Buñuel druckt?).

Ich weiss: Auch Aesop macht mich nicht schöner. Das Leben aber schon.

Aesop Jet Set Kit (4 × 50 ml): gekauft
bei Septième Etage, 10, rue du Perron, Genf
Einziger Schönheitsfehler:
In Australien kostet dieses Set bloss 33 Franken.
Wenn ich wieder mal in Melbourne bin, dann
kauf ich dort ganz gross ein (www.aesop.net.au).

Max Küng (max.kueng@dasmagazin.ch)
Bild **Françoise Caraco** (francoise@caraco.ch)

¥ 4500 & 6000*

Früher, in der Zeit, als alles anders war, da kam man nicht nur mit schönen Erinnerungen und belichteten Diafilmen aus den Ferien heim, sondern auch mit Plastiktüten, in denen Flaschen klirrten und auf denen «DUTYFREE» stand. Heutzutage, nach der massiven Senkung der Steuern auf Importsprit, kommt in den Zollfreiläden der Flughäfen dieser Welt kaum mehr Schnäppchen-Stimmung auf.

In Japan aber schon. Besonders beim Whisky. Wer nun meint, Whisky mache man doch nur dort, wo Herren Röcke tragen mit nichts drunter und unverständlichst spricht, Schottland also, oder vielleicht noch in Irland, dem sei gesagt: nicht nur. In der Schweiz etwa produziert die Brennerei Holle der Familie Bader in Lauwil (BL) – seit 1999 das schweizerische Verbot aufgehoben wurde – aus Grundnahrungsmitteln (Gerste, Kartoffeln) Schnaps.

In Japan brachte Anfang des 20. Jahrhunderts das Wissen der Whisky-Herstellung ein gewisser Herr Taketsuru dem Herrn Torii bei, Gründer der Firma Suntory, die seither streng nach Tradition brennt. Heute stellt Japan 14 Prozent der weltweiten Whisky-Produktion her, 90 Prozent davon werden gleich im eigenen Land getrunken. Mehr als die Hälfte kommt aus dem Hause Suntory. Der Pro-Kopf-Konsum ist höher als jener in Grossbritannien, und auch das Trinkverhalten ist anders: In Japan trinkt man Whisky nicht vor dem Essen und nicht danach, sondern gerne dazu.

Der Suntory-Konzern hat auch Expansionsdurst und kommt nun da hin, wo er das Wissen her hat: Erst kürzlich wurden ein paar schottische Traditionsdestillerien aufgekauft (Auchentoshan, Bowmore und Glen Garioch).

PS: Persönlich muss ich anmerken, dass ich kein Whisky-Trinker bin. Ich bin eher der Rivella-blau-Typ. Irgendwie aber habe ich das Gefühl, ich könnte heute einen vertragen, zwei Finger breit, ohne Eis, bitte.

* 51 Franken für Suntory «Yamazaki»,
68 Franken für «Hibiki», je 7 dl,
gekauft im Dutyfree Shop Tokio Narita Airport
Erhältlich auch bei uns, etwa bei «Yooshij's»
an der Seefeldstrasse 115 in Zürich, allerdings ein
Schlücklein teurer (129 respektive 149 Franken)

Max Küng (max.kueng@dasmagazin.ch)
Bild **Françoise Caraco** (francoise@caraco.ch)

CHF 129.–*

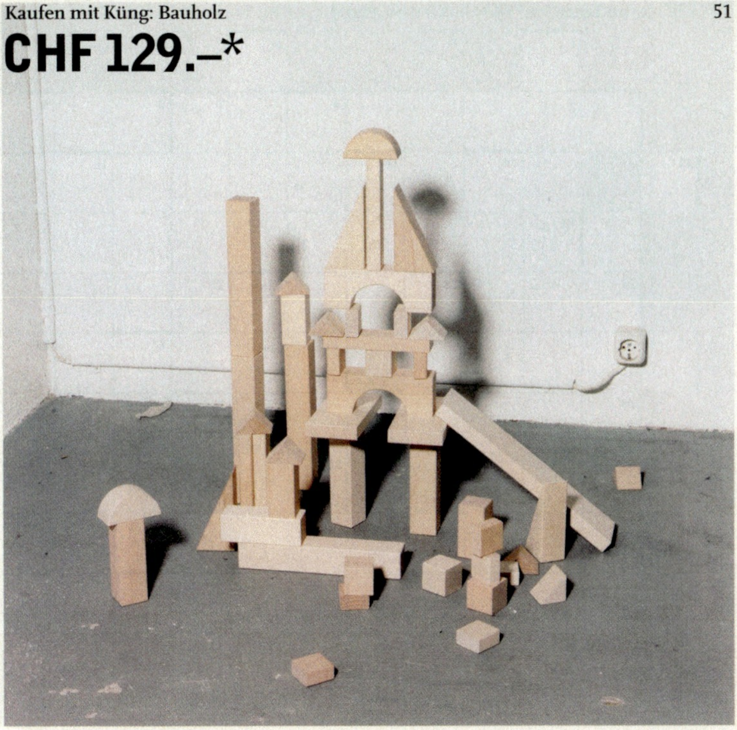

Die Karte zum Geschenk für das noch sehr kleine Kind hatte ich schon geschrieben: «Liebes Kind. Werde Herzog de Meuron. Werde Rem Koolhaas. Aber bitte, bitte: Werde NICHT Mario Botta».

Nun brauchte ich nur noch das Geschenk zu kaufen: Bauklötze. Und ich wusste auch schon, welche ich wollte. Also ging ich in den Franz Carl Weber, in Zürich, an der Bahnhofstrasse. Was ich genau suchte: Ein 55-teiliger Kasten mit Bauholz aus der Manufaktur Albisbrunn, die schönsten mir bekannten Klötze, schlicht, aus heimischem Ahorn und Buchenholz. Aber Franz Carl Weber heisst jetzt Kids Town. Und Kids Town ist kein gewöhnlicher Spielwarenladen mehr, sondern ein dichtes Konglomerat von allerlei Label-Boutiquen unter einem niedrigen Dach. Unten hats eine arg duftende Kinder-Pizzeria und eine «Bear Factory», wo Teddybären bei lebendigem Leib gestopft werden. Auf dem Girlie Floor gibts Boutiquen mit den Kinderlinien von Nike, Diesel, Baby Dior und Burberry; und die pinke Barbie-Armee macht sich breit mit ihrem Sortiment des Schreckens. Ach ja, einen schnittigen Kindercoiffeursalon hats auch noch (Schnitt 48.–, Dauerwelle 47 –, Cola-Shampoo 15.–).

Dabei wollte ich doch einfach meine Albisbrunn Holzklötzchen. Die aber gibt es nicht im Kids Town. Also verliess ich mit einem leichten Gefühl der Übelkeit den Ort namens Kids Town (ich stand noch unter Schock vom Anblick eines Kinderstaubsaugers der Marke Dyson für 49.95 Franken, selten sah ich so viel trostloses Plastik auf einem Haufen – aber Herr Dyson kommt ja eh in die Designerhölle) und ging hoch und runter und ein Geschäft weiter. Dort fand ich, was ich suchte. Zufrieden spazierte ich mit einer schweren Tasche an der Hand nach Hause.

PS. Lieber Kids-Town-Bürgermeister: Finden Sie Ihre Webcam bei www.kids-town.ch nicht irgendwie, äh, ein bisschen problematisch? Haben Sie mal darüber nachgedacht, wer da so reinschaut? Und warum?

*55-teiliger Kasten, hergestellt
von den Werkstätten der Stiftung Albisbrunn,
8915 Hausen am Albis
Gekauft bei Pastorini, Weinplatz, Zürich
Händlernachweis: www.albisbrunn.ch

Max Küng (max.kueng@dasmagazin.ch)
Bild **Françoise Caraco** (francoise@caraco.ch)

CHF 130.–*

Dass die beiden Brüder Daniel und Markus Freitag geniale Ideen haben, das weiss man seit 1993, als sie ihre Firma gründeten, die bis in den hintersten urbanen Winkel dieser Erde erfolgreiche Taschenmanufaktur. Der letzte Wurf der beiden war nun ihr erster Flagship Store in ihrer Heimatstadt Zürich, der von einer Art ist, dass sogar die «New York Times» begeistert davon berichtete.

Siebzehn alte und weit gereiste je 2,3 Tonnen schwere 20-Fuss-Seefracht-Container** stapelten die Freitags mit der Hilfe des Architekturbüros Spillmann & Echsle zu einem 25 Meter hohen und wunderbar anzusehenden eleganten Turm*** Er steht dort, wo alles seinen Anfang nahm, hart an der Hardbrücke, wo 24 Stunden der mehr oder minder schwere Verkehr verkehrt: die Lastwagen, mit deren Planen alles begann.

Unten im Turm haust auf vier Stockwerken der Laden mit dem kompletten Freitag-Angebot (1600 Artikel sind an Lager). Eine Treppe führt im Inneren der gestapelten Container nach oben, nach ganz oben, auf das Dach quasi, und dort oben findet man eine Aussichtsplattform mit einer Panoramatafel (von Yves Netzhammer) und einem Fernrohr, welches einem den Blick erlaubt in die Welt hinaus, dort, wo die Freitag-Taschen mit ihren Besitzerinnen und Besitzern leben.

Nur logisch, dass damit der Spass an der Sache für die beiden Brüder noch lange nicht zu Ende ist. Nun liessen sie ihren Container-Turm in einer kleinen Serie als liebevolles Bauklotz-Werk aus Ahorn- und Buchenholz aufleben, im Massstab 1:60. Ein kleines Monument für ein etwas grösseres Monument. Und ein Denkmal dafür, was das Leben sein kann, auch wenn man ein Unternehmen führt: ein Spiel.

* Gekauft im Freitag-Shop, Geroldstrasse 17, Zürich
** Genormtes ISO-Mass: 6,085 × 2,438 × 2,591 Meter = 33,1 m³
*** Bonsai-Skyscraper

Max Küng (max.kueng@dasmagazin.ch)
Bild **Françoise Caraco** (francoise@caraco.ch)

KAUF DER WOCHE: LADY-DI-DENKMAL

US$ 95.–

Am 31. August 1997 um 0:25 Uhr raste Diana, die Prinzessin von Wales, mit ihrem Geliebten, dem Prinzen Dodi Fayed, im Fond einer gepanzerten Mercedes-Limousine, Modell 280 S, in den dreizehnten Pfeiler des Pariser Alma-Tunnels. Dodi war sofort tot. Diana, «Rose of England», starb auf dem Weg ins Hôpital Pitié-Salpétrière. Die Bremsspur am Unfallort war 16 Meter lang.

Das Designerehepaar Constantin und Laurene Boym entwirft nicht nur Plastikware für «Authentics», Swatchuhren und Kleinmöbel für «Droog», sondern auch eine Serie von Miniaturskulpturen, die sie Bauwerken gewidmet haben, in denen Denkwürdiges geschehen ist. Sie nennen die Serie «Buildings of Desaster», und die kleinen Replikate sind zu lesen als Zeugen einer etwas anderen Architekturgeschichte. Die Gebäude selbst mögen nicht bemerkenswert sein, doch durch das, was sich in oder vor ihnen abgespielt hat, wurden sie zu erinnerungswürdigen Orten. Und in natura oft zu Pilgerstätten, falls es die Umstände zulassen.

So erinnert das Modell des New Yorker Dakota-Hauses an die Erschiessung von John Lennon im Park vor dem Gebäude (8.12.1980) und natürlich auch an den im selben Haus spielenden Film «Rosemary's Baby». Oder eine bescheidene Waldhütte an das Wirken des Una-Bombers Theodore J. Kaczynski. Weitere Werke: der Reaktor von Tschernobyl, das Pentagon mit 9/11-Einschlag oder das Oklahoma City Federal Building, das vom Rechtsextremisten Timothy McVeigh in die Luft gesprengt wurde.

Gekauft bei «Moss», 146 Greene Street, New York
Erhältlich auch via www.mossonline.com

Max Küng (max2000@datacomm.ch)
Bild **Hans-Jörg Walter** und **Daniel Spehr**
(info@walterundspehr.ch)

KAUF DER WOCHE: DVD-BOX

CHF 134.90

Die Idee war einfach: eine Fernsehserie, die in Realzeit spielt. Eine Geschichte, die an einem einzigen Tag handelt und auch einen ganzen Tag dauert: 24 Stunden. Keine Zeitsprünge. Keine Rückblenden. Die Serie fängt an, die Zeit läuft und mit ihr die Handlung.

Das Ergebnis war radikal, spannender als alles andere, was man bisher im Fernsehen oder Kino sehen konnte – und es machte süchtig. Am besten genoss man die ersten beiden Staffeln von «24» nicht in wöchentliche Stundenhappen zerstückelt im Fernsehen, sondern als Happening en bloc ab DVD.

Nun folgt die dritte Staffel: Agent Jack Bauer (Kiefer Sutherland), der Mann, der niemals schläft, ist erneut gefordert – und wieder verrichtet er seine Arbeit ernsthafter und kompromissloser als Clint Eastwood. Neuerdings gar mit Unterstützung seiner süssen Tochter Kimberly, die ebenfalls für die Los-Angeles-Filiale der CTU arbeitet, der Counter Terrorism Unit. Diesmal ist der Böse ein Drogendealer namens Salazar. Die Waffe, mit der er die Welt bedroht? Sie ist schrecklich! Und wieder bleiben Jack Bauer und seinen Leuten bloss 24 Stunden, die Dinge auf die Reihe zu kriegen. Ein ganz schön anstrengender Tag nimmt seinen Lauf.

Die dritte Staffel wurde für 8 Emmys nominiert. Und noch mehr gute Nachrichten: Der Fernsehkanal Fox hat angekündigt, eine vierte Staffel zu produzieren.

Der totale Thriller geht weiter.

«24 – Season 3», gekauft bei Laserzone, Bäckerstrasse 20, Zürich
Box mit 7 DVDs, 1006 Minuten,
Import aus England (Code 2), englische Sprache
Fassung mit deutschen Synchronstimmen/ Untertiteln voraussichtlich im Frühjahr 2005

Max Küng (max2000@datacomm.ch)
Bild **Hans-Jörg Walter** und **Daniel Spehr** (info@walterundspehr.ch)

CHF 140.–*

Als ich kürzlich meine «Liste der Dinge, die ein Mann gemacht haben muss, bevor er vierzig Jahre alt ist», kontrollierte, da stolperte ich über einen der noch wenigen offenen Punkte. «Birkhahn beim Tanzen sehen (und hören)» stand da. Oje. Einen Birkhahn habe ich noch nie gesehen**, nicht einmal ein Birkhuhn, und schon gar nicht beim Tanzen. Ich wurde ein wenig nervös, denn ich wusste: Viel Zeit blieb mir nicht mehr, um die Liste zu komplettieren.

Ich las mich in das Thema ein. Ich fand heraus: Der stolze, prächtig blauschwarz gefiederte Birkhahn soll ein ausgezeichneter Tänzer sein, dann, wenn es um die Gunst des rötlich-hellbraun gefiederten Weibchens geht. An ganz bestimmten Balzplätzen, die sie Jahr für Jahr wieder aufsuchen, vollführen die polygamen Vögel ihre Show-Tanzeinlage mit dem bestimmten Zweck. Sie plustern sich auf. Sie springen in die Höhe, schlagen mit den Flügeln. Sie tragen Scheinkämpfe aus und sollen dabei «eigenartige, zischende und gluckernde Laute» von sich geben, die wie «tschuwi» klingen. So stand es im Buch: «Tschuwi». So einen verrückten Vogel muss man natürlich gesehen und gehört haben.

Nun führt glücklicherweise die Pro Natura in ihrem Zentrum Aletsch in der historischen Villa Cassel ein zweitägiges «Birkhahn-Weekend» durch, bei dem man zwar arg früh am Morgen aufstehen muss, dafür aber von einer erfahrenen Biologin an die wild tanzenden und balzenden Tiere im Aletschwald herangeführt wird.

Die Birkhahn-Exkursion findet am 10./11. Juni statt. Sollte der Kursus ausgebucht sein, so bietet das Pro-Natura-Zentrum Aletsch noch eine Vielzahl von Angeboten. Zum Beispiel ein «Murmeli-Weekend». Oder ein «Hirschbrunft-Weekend». Das klingt auch nicht schlecht.

* Exkursion inklusive Übernachtung
Für mehr Informationen:
www.pronatura.ch/aletsch
** Ausnahme: der abgebildete Birkhahn, gesehen im Zoologischen Museum, Karl-Schmid-Strasse 4, Zürich; sehr lohnenswert übrigens, auch wegen des Riesenfaultiers, mit dem ich mich gut identifizieren kann

Max Küng (max.kueng@dasmagazin.ch)
Bild **Françoise Caraco** (francoise@caraco.ch)

CHF 140.–

Was sollte ich noch kaufen? Darüber hirnte ich nach, als ich am See Schwäne fütterte. Der letzte Kauf sollte etwas Gewaltiges sein, etwas Ultimatives, Belohnung und Gedenkstein zugleich darstellen. Aber was sollte es sein, was nur?

Ein Kärcher Hochdruckreiniger mit Verbrennungsmotor? Ein 6000-Franken-Sofatischlein von Tapio Wirkkala? Oder doch der schwarze Lotus Esprit S3? Eine Fahrt auf einem Eisbrecher? Knut? Waffenfähiges Uran? Es waren schwere, aber auch schöne Gedanken, denen ich nachhing, als plötzlich Johannes neben mir stand. Johannes führte früher den genialen Plattenladen Halb Tanz Halb Schlaf an der Zürcher Josefstrasse und heute den nicht minder genialen Design-Secondhand-Laden Vibes an der Badenerstrasse 370.

«Wann holst du den Kaktus?», wollte er wissen. Und alles fiel mir wieder ein. Vor zwei Jahren kaufte ich bei ihm einen Kaktus, einen schönen, alten, mannshohen Kaktus, der einen sofort an das Klirren von Westernstiefelsporen denken liess. Ein echter Morricone-Mundharmonika-Kaktus war das. Ein Charakter. Doch dann vergass ich, ihn abzuholen. Es war gut, traf ich heute Johannes wieder.

Am nächsten Tag mietete ich einen Lieferwagen und fuhr beim Vibes vor. Meine Überraschung war gross, fast so gross wie der Kaktus, denn der war in den beiden Jahren beträchtlich gewachsen. Die 2,57 Meter lange Ladefläche des Ford Transit erwies sich als zu kurz. Sowieso: Einen Kaktus zu transportieren ist auch mit sechs behandschuhten Händen und Hilfsmaterial hoch kompliziert und schwierig, denn ein Kaktus ist trotz seiner stacheligen Zähheit ein feines, zerbrechliches Wesen. Eine Immobilie. Wie auch immer: Obwohl der Kaktus zu gross war, passte er plötzlich trotzdem in den Bus. Ich möchte nicht in die Details gehen, aber es ging nicht ohne (ungewolltes) Blutvergiessen vonstatten.

Heute steht der Kaktus bei mir zu Hause. Er ist etwas kleiner, hat ein paar Arme weniger, der Arme. Aber ich werde von nun an gut zu ihm sein. Werde ihn pflegen. Und er wird mir ein Denkmal sein. Und ein Vorbild.

Max Küng (max.kueng@dasmagazin.ch)
Bild **Françoise Caraco** (francoise@caraco.ch)

KAUF DER WOCHE: NOTVORRAT

CHF 149.–

Es gibt ein paar Dinge, die müssen in jeder Wohnung vorhanden sein. Ein Verbandskasten. Ein paar Büchsen Pelati. Und vor allem: eine Flasche Champagner, immerkühl, einsatzbereit im Kühlschrank liegend. Denn das Leben bringt es so mit sich, dass man aus heiterem Himmel etwas zu feiern hat. Und es ist kein gutes Gefühl, wenn man feiern will, und der Treibstoff fehlt. Eine Flasche Champagner ist eine Art Zivilschutzdenken mit Stil – ganz in der Tradition des Notvorrats, einfach ein bisschen anders. In meinem Kühlschrank befindet sich eine Flasche der Marke Krug. Das ist der beste Champagner, den man für eine noch vernünftige Summe bekommen kann. Der Preis für eine Flasche Krug ist gerechtfertigt. Denn der Champagner aus Reims, ein hoch komplexes Werk, sorgfältig komponiert aus vielen Weinen verschiedenster Jahrgänge, gegärt in kleinen Eichenfässern und schliesslich sechs Jahre in der Flasche täglich gerüttelt und gelagert. Sicherlich kann man auch mit einer Flasche «Rotkäppchen»-Sekt feiern oder mit billigem Schaumwein aus spanischen Stahltanks. Man kann auch Rotwein aus Tüten trinken. Aber besondere Anlässe verlangen nach besonderen Dingen. Meine Flasche liegt bereits seit ein paar Monaten im Kühlschrank. Es könnte also von mir aus bald mal etwas zu feiern geben. Aber man weiss ja nie. Vielleicht klingelt bald das Telefon, und etwas passiert. Vielleicht ruft Hollywood an. Ich bin gerüstet.

«Krug Grand Cuvée»,
gekauft bei der Weinhandlung Paul Ullrich AG, Schneidergasse 27, Basel
Wem der «Grand Cuvée» zu ordinär ist, der kann auf den «Clos du Mesnil» von Krug ausweichen.
Kostenpunkt: 379 Franken
Vorsicht: Übertriebener Alkoholgenuss schädigt die Gesundheit.

Max Küng (max2000@datacomm.ch)
Bild **Walter & Spehr** (info@walterundspehr.ch)

KAUFEN MIT KÜNG: TARNMUSTER-ENZYKLOPÄDIE

£ 70.–

Von Max Küng

Ein Monumentalwerk. Zwei Bände im grünen Schuber, 65 000 englische Wörter, 5498 Gramm, 5000 farbige Bilder, 1000 Seiten, ein Thema: Camouflage.

Herausgeber Hardy Blechman ist eigentlich Modedesigner (1995 gründete er das Streetwear-Label Maharishi), daher stammt sein Interesse am Tarnmuster. Man kann sagen: Seine Recherchen waren umfassend. Und dies ist nun das Resultat.

Blechman beginnt in Flora und Fauna. Bei den Meistern der Tarnung, dem Laubfrosch, dem Tintenfisch. Dann die Adaption des Menschen. Wie täuscht man das Auge? Wie löst man Silhouetten auf? Wie wird man unsichtbar? Erste Entwürfe von Tarnkleidung im Ersten Weltkrieg (die Franzosen mobilisierten ihre Kubisten, die Deutschen die Expressionisten, wie etwa Franz Marc). Die Evolution: Wie tarnt man Schiffe? Wie Flugzeuge? Wie Häuser? Wie Menschen im Dschungel / in der Wüste / im Schnee? Und warum bekommt auch die Feld-Bibel einen Tarnumschlag? Dann, ein paar Hundert Seiten weiter, landen wir beim heftigen Camouflageniederschlag in der Populärkultur Ende des 20. Jahrhunderts, im Kleiderschrank, im Kinderzimmer, im Kunstmuseum, bei Andy Warhol, bei Missy Elliott und Barbie & Ken.

Der zweite Band ist ein schlichter Katalog mit einer Übersicht der Tarnmuster von über 107 Armeen (Muster im Format 1:10). Denn immer schon war es eine Sache der Identität eines Landes, eigene Muster zu besitzen – wie eigene Flaggen. Das rot dominierte «Vierfrucht» unserer Armee etwa – manche von uns werden sich erinnern.

Nach dem Studium dieser Enzyklopädie (ein Ding wie ein Schlachtschiff) sollte eigentlich keine Frage mehr offen sein. Höchstens vielleicht noch die, ob es wirklich etwas brachte, dass die Briten ihre Ponys im Zweiten Weltkrieg in Afrika mit Streifen bemalten, um sie als Zebras zu tarnen.

«DPM – Disruptive Pattern Material:
An Encyclopaedia of Camouflage: Nature, Military and Culture», herausgegeben von Hardy Blechman
ISBN 0-9543404-0-X
www.dpmpublishing.com
Gekauft bei www.amazon.co.uk
Max Küng (max.kueng@dasmagazin.ch)
Bild Françoise Caraco (francoise@caraco.ch)

CHF 175.–

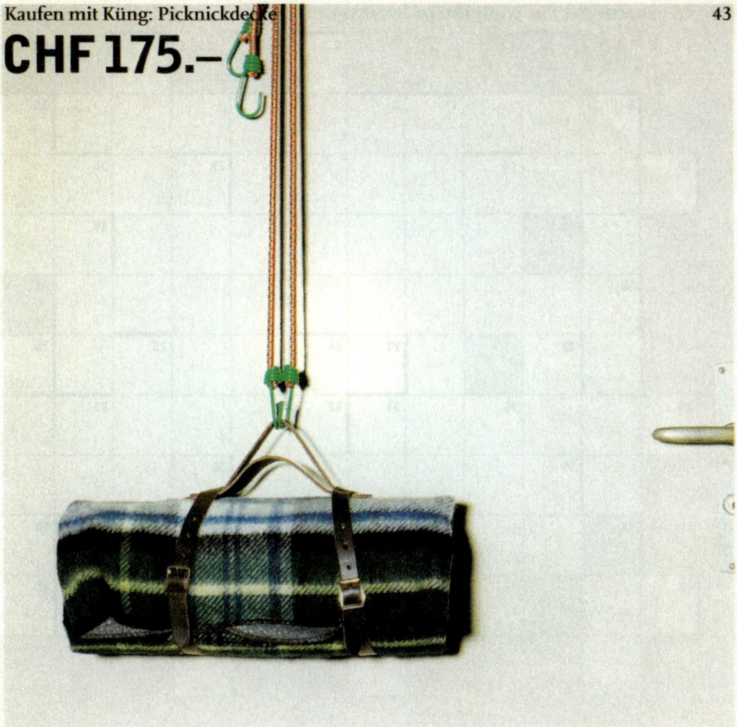

Picknick (vom französischen Ausdruck «pic un nic». Schnapp dir eine Kleinigkeit) ist als theoretisches Konzept hochinteressant, doch stellt sich sofort die Frage nach dem Wo. Ein anglophiler Freund sagte, es gäbe nur einen Ort, an dem man stilvoll picknicken könne, und das sei der St. James Park in London.

Ich denke bei Picknick nicht an einen Park, sondern an eine Flucht im Auto aus dem urbanen Raum hinaus auf einen Hügel mit einem Rand von Wald als Quasi-Mauer und Schattenlieferant, möglichst weit weg von einem Bauernhof, damit der Bauer nicht kommt mit dem Schiessgewehr oder der Mistgabel und einen vertreibt, denn das ist ja klar: Als picknickender Städter hat man auf dem Land nichts verloren. Picknick ist gespielte Einfachheit. Man geht hinaus in die derbe Natur und tut ein bisschen fein und auch so, als sei man in ein anderes Jahrhundert gefallen, zum Beispiel in ein Bild von Carl Spitzweg.

Mein anglophiler Freund sagte: Es gäbe nur ein Auto, mit dem man zum Picknick fahren könne, das sei dasselbe Auto, das auch der Popstar Jarvis Cocker fährt: ein Minibus von Toyota namens «Town Ace Super Extra», denn dieses Wägelchen möge zwar hässlich sein und klein, habe aber einen serienmässig eingebauten Kühlschrank. Da muss ich nicken, schliesslich ist die Essenz des Picknicks ja nicht das Essen von Happen, sondern das Auf-dem-Rücken-Liegen und In-den-Himmel-Schauen und sich mittels kalten Weissweins langsam von der kühlen Erde wegbeamen zu lassen, während eine Amsel was Heiteres erzählt. Womit wir bei der Grundlage des Picknicks sind: der Decke. Kein Picknick ohne Decke. Zum Beispiel aus der Manufaktur Burkraft aus Batley in der Grafschaft Yorkshire: oben ein Gemisch aus schwerer britischer und neuseeländischer Wolle, unten latexbeschichtet gegen die kriechende Feuchtigkeit der dreckigen Erde. Hübscher kann man nicht fläzen, draussen, die wilde Natur betrachtend und geniessend.

Picknickdecke von Burkraft, 180 × 150 cm, 1,3 kg, mit Ledertragriemen, gekauft bei Manufactum (www.manufactum.ch)

Max Küng (max.kueng@dasmagazin.ch)
Bild **Françoise Caraco** (francoise@caraco.ch)

CHF 179.–*

Achtung. Sollte dieses Parfüm in Ihrem Badezimmer stehen und sollte es dort demnächst zu einem Beziehungsstreit kommen, dann passen Sie auf, dass Sie im Affekt nicht dieses Parfüm als Wurfgegenstand benutzen. Denn dieses Parfüm wiegt annähernd zwei Kilo. Nun ja, das eigentliche Parfüm wiegt bloss fünfzig Gramm, aber die Verpackung, die es in sich hat, besteht aus zwei von starken Magneten zusammengehaltenen Gussbetonblöcken. Die wiegen schwer.

Schwer ist auch der Name des Duftes. Schwer auszusprechen. Schwer zu merken. Schwer vor Bedeutung. Er heisst MoslBuddJewChristHinDao und stammt von Elternhaus, einem Designkollektiv aus Hamburg/Berlin. Untertitel: ein Unifaith-Duft. Der Name steht für die Religionen, die er miteinander verbinden soll. Er soll die Feindschaft verduften lassen. Er sei ein Produkt der Liebe, heisst es aus dem Hause Elternhaus. Er richte sich gegen das parteipolitische und parteireligiöse Scheuklappendenken, das immer wieder Gewalt produziere. MoslBuddJew ChristHinDao möge zwar politisch verstanden werden, es sei aber höchstens kosmopolitisch und wirke auf mehreren Ebenen: auf kosmischer, ästhetischer und sinnlicher Ebene. Und: der Duft wirke krampflösend, auch bei Atheisten und Nichtrauchern.

Das eigentliche Parfüm entwickelte übrigens die grosse Meisternase Mark Buxton (siehe Porträt im «Magazin» Nummer 45/2004), der auch hinter der bejubelungswürdigen Duftavantgarde von Comme des Garçons steckt. Für MoslBuddJewChristHinDao verwendete Mark Buxton 16 Essenzen, darunter Cassis, Olibanum, Basilikum, Zeder und schwarzen Pfeffer. Der Rest ist riechen.

PS: Ja, 179 sind viele Franken für ein Parfüm. Ziemlich viele.

PPS: Wie heisst es auf dem Beipackzettel des Parfüms: «Nach dem Kauf zum Glück nicht dümmer».

PPPS: Wie viele Parfüms braucht ein Mensch? Wie viele Flakons dürfen im Badezimmerkästchen stehen?

* Gekauft bei Prognose, Feldbergstrasse 42, Basel, wo es übrigens auch die Schuhe von Anita Moser zu kaufen gibt.
Mehr zum Duft (und Musik von Alva Noto) unter www.MoslBuddJewChristHinDao.com

Max Küng (max.kueng@dasmagazin.ch)
Bild **Françoise Caraco** (francoise@caraco.ch)

CHF 186.40*

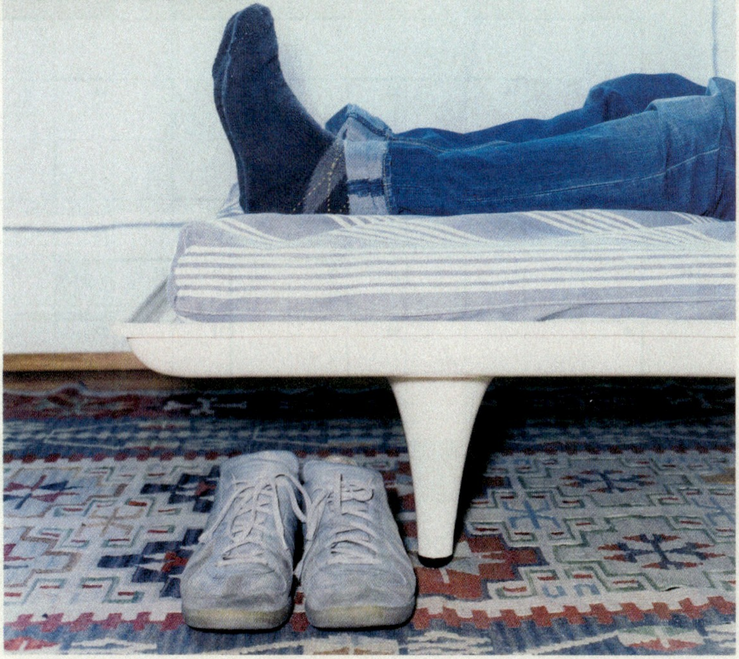

Alles geht einmal zu Ende, aber das ist nicht das Ende von allem. Auch diese Kolumne wird es nicht mehr lange geben. Zweimal wird sie noch erscheinen. Dann ist Schluss. Drei Jahre lang habe ich jede Woche etwas gekauft. Drei Jahre sind 36 Monate sind 156 Wochen: Das ist eine lange Zeit.

Ich freue mich auf eine Postkonsumperiode, eine Erkaltung des persönlichen Konsumklimas. Aber ich habe auch ein bisschen Angst davor. Was werde ich mit der Zeit anfangen, in der ich in der Vergangenheit konsumiert habe? Werde ich einen Psychiater aufsuchen müssen? Was müsste ich ihn fragen?

Etwa: Wie geht es weiter? Warum kauft der Mensch überhaupt? Ist die Werbung an allem schuld? Was ist der Unterschied zwischen Kompensation und Sublimierung? Schüttet der Mensch mit dem Kauf von Unterhaltungselektronik die dunklen Löcher des Seins zu? Kann die Playstation 3 Probleme lösen, wenn ja: Low- oder High-Definition-Probleme? Verleiht mir ein neuer Flachbildschirm seelische Tiefe? Würde es mir helfen, dem anstehenden Konsumphantomschmerz mit prophylaktischen Reisen in die Berge zu begegnen, etwa ins Engadin? Soll ich über den Julier fahren oder doch die 35 Franken für den Autoverlad Vereina** aufwerfen? Soll ich mir ein Haus in Lavin kaufen? Woher das Geld nehmen, hey, ich bin schliesslich kein Psychiater, oder? Ein Parfüm von Lanvin? Warum braucht man Geld, um Dinge zu kaufen? Oder macht Tauschhandel die Wirtschaft kaputt und wir werden alle arbeitslos und depressiv? War ich je wirklich glücklich, nachdem ich etwas gekauft hatte? Falls ja: Wie lange hielt das Gefühl an? Ist es nicht schöner, etwas nicht zu besitzen, als es zu besitzen, weil man immer noch über die Möglichkeit verfügt, es kaufen zu können?

Falls ich zum Psychiater gehe, dann wird es eine lange Sitzung. Hoffentlich gibt es dort eine Liege.

* Basisstundenansatz gemäss Zentralstelle für Medizinaltarife
Die Liege auf dem Bild ist von Andreas Christen, zirka 1960, gekauft bei Woxx, Dornacherstrasse 101, Basel.
Schuhe von Martin Margiela, von Fidelio, Zürich
Jeans von Seal Kay,
Socken von Burlington, Lochkelim aus Nordafrika
** Verladen für 35 Franken: Das ist günstig.

Max Küng (max.kueng@dasmagazin.ch)
Bild **Françoise Caraco** (francoise@caraco.ch)

CHF 199.–

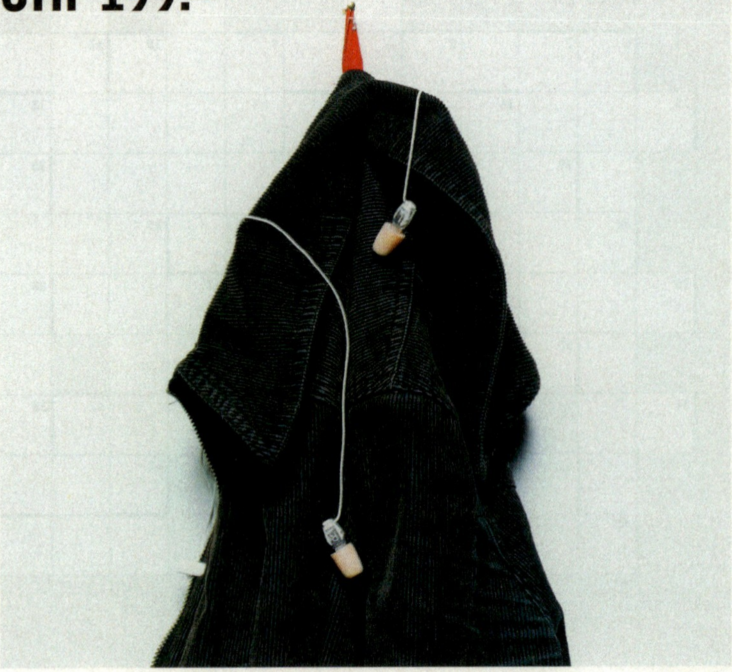

Der iPod von Apple ist zurzeit mit Sicherheit DAS Lieblingsspielzeug der bewegten Menschen – im 1. Quartal 2005 wurden 5,31 Millionen Stück verkauft, ein Plus von 558 Prozent zum Vorjahr. Bloss hat der iPod ein gravierendes Problem, respektive deren zwei: die Kopfhörer. Sie passen nicht ins Ohr. Sie fallen immer aus dem Gehörgang raus. Sie schmerzen. Sie schirmen den Aussenlärm nicht ab. Sie klingen schlecht und scheppernd wie Büchsen hinten an einem Auto mit einem «JUST MARRIED»-Schild. Und so weiter. Die Liste des Ohrenärgers ist länger als ein Konzert des chinesischen Pianisten Lang Lang. Denn die Gehörorgane des Menschen sind höchst individuelle schmalzige Höhlensysteme, labyrinthisch und tief wie die Tunnelsysteme des Vietcong im Mekong-Delta, und wundersame Dinge bergend: Hammer, Amboss, Steigbügel oder die Paukentreppe. Kein Ohr gleicht dem anderen. Daraus ergibt sich ein Kompatibilitätsproblem für ein billiges industrielles Massenprodukt wie die iPod-Kopfhörer.

Doch es gibt eine Lösung. Leider ist sie – wie so oft bei klugen Lösungen – teuer, respektive sehr teuer. Der Ohrhörer «6isolator» (ein komischer Name, klingt als hätte ihn die Gruppe «mundART» in der Sendung «Traumjob» herausgefunden) der Firma Etymotic Research Inc. aus dem US-Bundesstaat Illinois (ein schön klingender Bundesstaat für einen Hörhilfehersteller, tönt wie ein Rapper: «ill E. Noise») kostet fast 200 Franken. Dafür bekommt man ein speziell für den iPod konzipiertes Hörgerät mit verschiedenen Aufsätzen, die bestmöglichen Sound garantieren. Die Schaumstoffaufsätze etwa funktionieren wie Ohropax-Ohrstöpsel: Im Organ platziert, passen sie sich der Form des äusseren Gehörganges an. Perfekt.

So kann man störungsfrei von Aussenlärm Musik bei moderater Lautstärke in bester Qualität hören, zum Beispiel die sechzehn feinfolkigen und teils hübsch rumpeligen Songs von M. Wards neuer Platte «Transistor Radio».

Die Musik im Kopf drin. Die Welt weit weg, draussen, irgendwo.

Etymotic «6isolator» gekauft bei www.uhu.ch
Auch im Fachhandel erhältlich
Frequenzgang 20 bis 16 000 Herz
«Transistor Radio» von M. Ward
erschien bei Matador Records.

Max Küng (max.kueng@dasmagazin.ch)
Bild **Françoise Caraco** (francoise@caraco.ch)

KAUF DER WOCHE: HAUSKONZERT

CHF 200.–*

Was schenkt man den Kollegen am Arbeitsplatz zum Fest? Eine Flasche Eierlikör? Zu ungesund. Ein Buch mit Witzen? Zu lustig. Eine Tischbombe, gefüllt mit Tausendernoten? Zu teuer/dekadent/übertrieben (das haben sie dann doch nicht verdient).

Ich habe Musik geschenkt, denn Musik kann man nie genug haben. Genauer schenkte ich: ein Konzert im Redaktionsbüro. Die Band Mein kleines Poni an der Sonne rückt gegen ein vernünftiges Entgelt mit einem kleinen Auto an, baut ihre bescheidene Anlage auf (Gitarre, Bass, Computer), und dann gehts nach einem kurzen Soundcheck los mit züri-deutschen Songs, die meistens von der Liebe handeln, bittersüss die Texte und schön die Melodien mit Basssoli und Chörchen. Oder wie sie ihre Musik selbst nennen: «Tölt-Pop». Tölt ist die vierte Gangart, die manche Pferde beherrschen. Isländerponis beispielsweise.

Gute Musik muss nicht in Riesenmegakonzerthallen stattfinden. Dem Duo Mein kleines Poni an der Sonne (sie: Rahel Steiner, er: Luzi Schnellmann) aus 6048 Horw bei Luzern genügt die Grundfläche eines umgekippten Kühlschranks. Der Ort ist egal. Es kann die Küche sein, das Schlafzimmer oder der Estrich, die Garage, der Gang oder das Gartenhäuschen. Oder eben das Büro.

Am Ende gibts sogar noch eine Konfettieinlage und nach dem Konzert ein lauwarmes Bier der Marke «Pony» (5,2 % Vol.). Die Hände zum Himmel. Bringt Feuerzeuge mit. Da wiehert auch der Bürohengst. Zu-ga-be! Zu-ga-be! Zu-ga-be!

* Mindestansatz für ein Stubenkonzert
Website: www.schnellmann.net

Max Küng (max2000@datacomm.ch)
Bild **Hans-Jörg Walter** und **Daniel Spehr**
(info@walterundspehr.ch)

KAUF DER WOCHE: KÜCHENMESSER

CHF 212.–

Es gibt nicht viele Dinge, die man über das Kochen wissen muss, um zu akzeptablen Leistungen zu kommen. Eines davon: Kochen Sie nicht nach Jamie Oliver. Ein anderes: Das Messer muss gut sein. Mit einem stumpfen, krüppeligen Messer kann man in der Küche nichts erreichen. Am besten kauft man sich ein japanisches Messer. Am allerbesten eins aus Damaszenerstahl.

Schon immer wollte ich ein Schneidegerät aus jenem sagenumwobenen Material, das durch mehrfache Falzung seine typische Maserung erhält, und das die Schneide aussehen lässt wie ein silberfarbenes Stück Holz. Das «Shun»-Messer hat die Härte 62 Rockwell (bestimmt wird die Härte durch die Tiefe des Abdrucks, den eine Diamantspitze in dem Stahl der Klinge hinterlässt). Das Problem von hartem Stahl ist seine Brüchigkeit, deshalb sind beim «Shun»-Messer verschieden harte Schichten zusammengeschmiedet. Die grosse Kunst: innendrin eine ultraharte Schicht (= Schnittfläche), eingefasst von weicherem, biegsamerem Stahl – das ist uralte japanische Samuraischwertschmiedetradition (siehe Film «Kill Bill – Volume 1», Szene bei Hattori Hanzo, dem Schwertmacher).

Das «Shun» liegt extrem gut in der Hand, dank dem ergonomischen Griff aus Pakkaholz. Das Arbeiten damit löst ein sehr eigenartiges Gefühl aus. So viel Schärfe: Mit leichtestem Druck gleitet die Klinge durch das Gemüse – und wenn man nicht aufpasst, auch durch das eigene Fleisch. Excalibur für daheim.

Messer «Shun», Modell DM-0706, gekauft bei Coltelleria Bianda, Piazza Grande 13, 6601 Locarno
Das Messer wiegt 212 Gramm.
Pro Gramm kostet es also nur noch 1 Franken.
Und dazu ist es auch noch rostfrei.

Max Küng (max2000@datacomm.ch)
Bild **Hans-Jörg Walter** und **Daniel Spehr**
(info@walterundspehr.ch)

KAUF DER WOCHE: VIDEOSPIELKONSOLE/DVD-PLAYER

CHF: 219.–

Ziemlich genau auf den Tag die Ewigkeit von vier Jahren ist es her, seit Sony die «PlayStation 2» in der Schweiz einführte, zu einem Preis von 699 Franken. Von dieser Videospielkonsole wurden weltweit 72 Millionen verkauft. Nun hat der Elektronikriese mit Blick auf das Weihnachtsgeschäft das gemacht, was er gut kann: schrumpfen. Schliesslich hat Sony 1979 auch den ollen Kassettenrekorder zum Fetisch «Walkman» eingekocht – dann allerdings die Geldkuh-Erfindungen «Gameboy» (Nintendo, 1989) und «iPod» (Apple, 2001) verschlafen und Flops produziert («NetWalkman»).

Die neue miniaturisierte «PlayStation 2» weist 75 Prozent weniger Volumen auf, ist gerade noch 900 Gramm schwer und 28 Millimeter dick (vorher 78 Millimeter). Auch für das Auge ist sie wie das «alte» Gerät eine kantig kühle Wohltat – es scheint doch noch «Designer» zu geben, die nicht irr sind und alles knubbelig machen. Im Vergleich zur Playstation sieht die Konkurrenz von Microsoft («Xbox») aus wie ein Luftbefeuchter.

Mit der «PlayStation 2» kann man nicht nur Spielchen spielen, sondern auch Filme. Der dunkle Winter soll also nur kommen. Das elektronische Kaminfeuer wird im Wohnzimmer leuchten. Und täglich grüsst das Kind in dir.

(Das ist erst der Anfang. Nächstes Jahr sollen folgen: die «PlayStation Portable» – mit eingebautem Bildschirm – und die «Playstation 3». Damit Sony 2006 bei bester Gesundheit den 60. Geburtstag feiern kann.)

Ab sofort beim Unterhaltungselektronikhändler Ihrer Wahl. Inklusive Controller. Achtung: Spielen kann süchtig machen. Das Gerät ist relativ billig. Games sind relativ teuer. Berechnen Sie die effektiven Folgekosten.

Max Küng (max2000@datacomm.ch)
Bild **Hans-Jörg Walter** und **Daniel Spehr** (info@walterundspehr.ch)

EUR 142.–

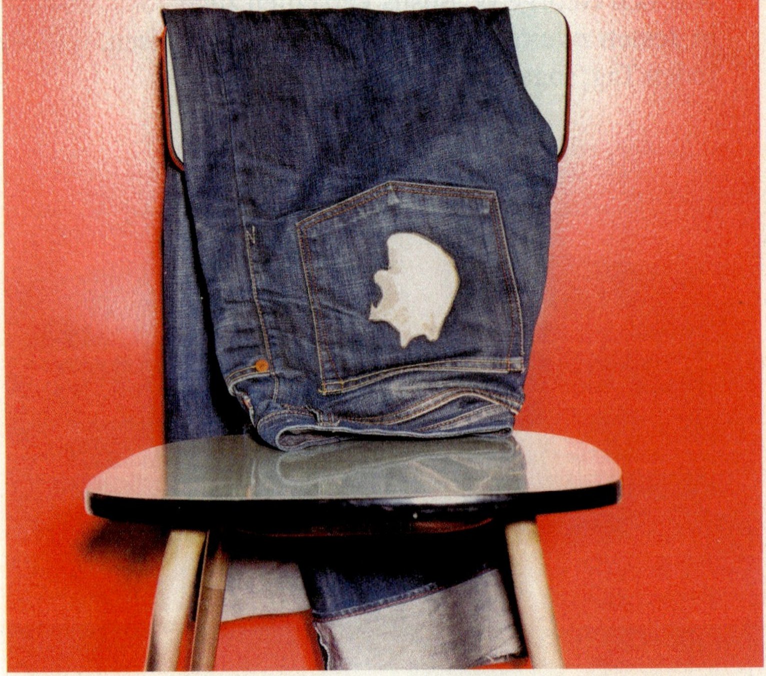

Von Max Küng

Es klingt ein bisschen unglaublich, aber es ist wahr. Bis vor zwei Monaten trug ich in meinem ganzen Leben noch nie eine Jeanshose. Ich fand Jeans immer blöd, schon als Kind hegte ich grösste Vorurteile. Langweilig. Bieder. Die Uniformhose der Ahnungslosen. Trottel trugen Jeans. Und Geschwister.

Ich mag mich an meine Schwestern erinnern, die sich flach auf den Boden legten, um – «ächz! ächz!» – den Reissverschluss der neuen superengen Stretchjeans hochzuziehen. Vielleicht war es jenes Bild, das ich nie vergessen konnte, das mich abhielt vom Kauf. Und ich dachte: Klar, früher hat Herr Levi Strauss die Jeans gebaut für Minenarbeiter, Cowboys und andere Halunken, die das strapazierfähige Material zu schätzen wussten. Aber ich war kein Minenarbeiter. Und auch kein Cowboy.

Es änderte sich in einem Laden in Barcelona, als ich mich überreden liess, in ein Paar Bluejeans zu steigen. Es war ein kleiner Schritt für die Menschheit, aber ein grosser für mich. Kaum steckte ich drin, liebte ich diese Hose.

Ich erkannte: Eine Jeans ist nicht einfach eine Jeans. Die an meinen Beinen stammt von Seal Kay – Antistar Inc. (Made in Italy, in Valdagno bei Vicenza), ist qualitativ hervorragend verarbeitet und hat nicht nur einen super Schnitt, sondern hinten auf der Tasche einen bösen Hund aufgenäht und kleine andere liebevolle Details, die diese Jeans zu meiner Jeans machen, die, so scheint es, nur für mich genäht wurde.

Mit einem Anschaffungspreis von rund 220 Franken sind die Jeans der Marke Seal Kay im mittleren Preissegment zu Hause (solche von Citizens of Humanity etwa kosten 478 Franken, so stand es kürzlich in der «annabelle», die von Helmut Lang können ähnlich schlimm teuer sein). Ich bin mit meiner Seal-Kay-Superhose so zufrieden, dass sie nicht lange alleine bleiben muss: Ich werde mir eine Zweit-Jeans zulegen. Was soll ich sonst tun, wenn sie mal in die Waschmaschine muss, dereinst?

Gekauft bei Iguapop Shop, Comerç 15, Barcelona
Für Händlernachweis: www.sealkay.it
Max Küng (max2000@datacomm.ch)
Bild Françoise Caraco (francoise@caraco.ch)

KAUF DER WOCHE: MATES-TURNSCHUH

EURO 140.–

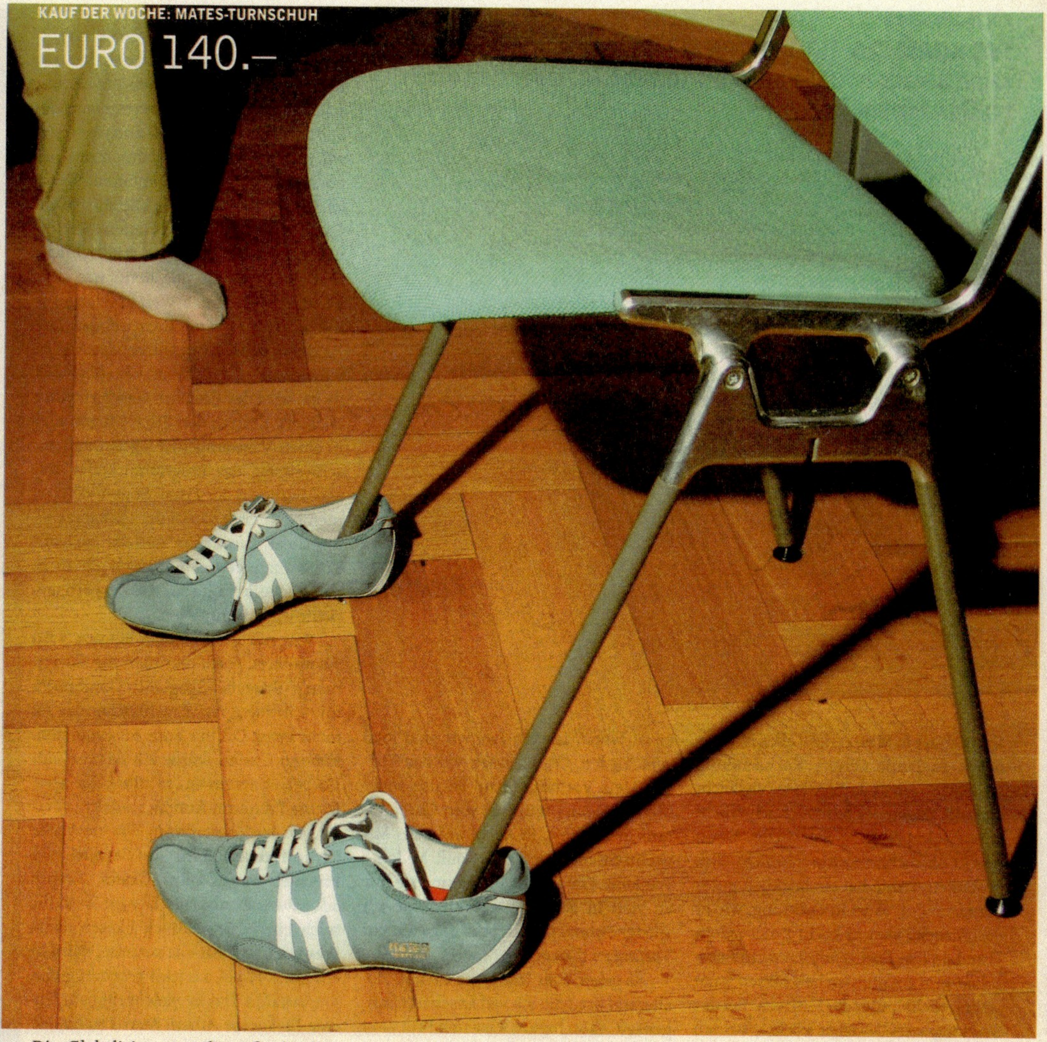

Die Globalisierung geht auf schnellen Sohlen, wir tragen sie an unseren Füssen. Wir reden von Turnschuhen (Sneakers). In jeder Stadt dieser Welt gibt es sie in den Läden, die immergleichen Modelle, die Puma Suedes, die Onitsuka Tigers, die Nike Ekeldesign, hergestellt irgendwo in Asien an einem Handlungsschauplatz des «No logo»-Buches von Naomi Klein für einen Bruchteil des Endverkaufspreises. Man kann sie nicht mehr sehen, die Marketingprodukte, weder an den eigenen Füssen noch an denen anderer. Nie war Individualität schwieriger. Sogar Globalisierungsgegner randalieren gerne in schwarzen Retro-GSG-9-Einsatzstiefeln oder dem Modell Rom der Marke Adidas.

Doch dieser Schuh ist anders. Er wurde in einer kleinen Fabrik in Barcelona hergestellt, die Mates heisst. Francesc Mates war in Spanien in der ersten Hälfte des letzten Jahrhunderts ein begabter polydisziplinärer Leichtathlet. Und weil es damals noch keine Turnschuhe gab, machte er sich seine selber. Daraus entstand eine kleine Manufaktur, die nach Mates' Tod im Jahre 1991 von seiner Tochter übernommen wurde. Die Kollektion umfasst sechs Modelle, allesamt in Kleinstauflagen von Hand fabriziert. Eines davon ist das «Sixty-Six», ein 1966 entworfener Marathonschuh aus feinstem Nubukleder, federleicht, ultrabequem, mit dem sich auch unsportliche Aktivitäten und Distanzen unter 42,195 Kilometer erledigen lassen. Zurzeit kann man diese Schuhe weltweit gerade mal in drei Läden kaufen. In welchen, das wird hier sicher nicht verraten.

«Sixty-Six» von Mates, gekauft in einem Laden in einer Stadt in einem Land der EU.

Max Küng (max2000@datacomm.ch)
Bild **Hans-Jörg Walter** und **Daniel Spehr** (info@walterundspehr.ch)

KAUF DER WOCHE: LEBENSMITTELTHERMOMETER

CHF 230.–

Es ist das Lieblingsgerät von Jeffrey Steingarten, dem scharfzüngigen Gastrokritiker der US-«Vogue» («Magazin» Nr. 43), und es ist die in allen Küchen gefürchtete, gern gezückte Dienstwaffe der Lebensmittelinspektoren: das Infrarotthermometer der Marke Raytek aus Santa Cruz.

Die neuste Ausführung für den Gastrobereich, das Modell «Foodpro Plus», misst berührungslos Oberflächentemperaturen im Bereich von –35° bis 275° Celsius und verfügt zudem über einen eingebauten Timer und einen ausklappbaren Stachel, mit dem sich auch Kerntemperaturen (etwa von einem dahinschmorenden Brasato all'Amarone) auf 0,5° genau durch klassische Kontaktmessung bestimmen lassen.

Der Clou aber ist die blitzschnelle berührungslose Infrarotmessung. Zudem: Die eingebaute rote Fleckmessbeleuchtung zeigt exakt den erfassten Teil auf der Oberfläche des Messobjektes. So können wir etwa sicherstellen, dass das Öl für die Pommes frites den kritischen Wert von 175° nicht übersteigt und so der Acrylamidgehalt massgeblich gesenkt wird.

Das Gerät ist aber nicht nur ein seriöses Teil für die Profi- und Hobbyküche sowie ein Respekt verschaffendes Requisit bei Ihrem nächsten Restaurantbesuch (endlich können Sie die Temperatur des Weines kontrollieren), sondern auch ein hervorragendes Spielzeug für lange Stunden im Alltag. Jetzt kenne ich die aktuelle Wärme meiner Handfläche (34,2°), wie kalt das Wasser aus dem Hahn kommt (18,7°) oder wie heiss die CD «Greatest Hits» von Hot Chocolate wirklich ist (21,2°). Ein Knopfdruck sagt alles.

Raytek «Foodpro Plus», gekauft bei Cosmos Data AG, Zürich (www.cosmosdata.ch)
Im Lieferumfang enthalten: Batterie und Holster

Max Küng (max2000@datacomm.ch)
Bild **Hans-Jörg Walter** und **Daniel Spehr** (info@walterundspehr.ch)

CHF 235.–*

Nun werden die Tage kürzer und kürzer und dunkler und dunkler, und der Winter steht vor der Tür und poltert dagegen und ruft: «Ich trete bald die Türe ein, am 21. Dezember wird das sein, genau um 19.35 Uhr. Zieh dich warm an, Penner! Und montier die Winterreifen!» Ja, so redet er, der Winter, der grobe Geselle. Und je dunkler die Tage, desto schwerer werden die Gedanken. Der Sommer? Welcher Sommer? Nicht einmal mehr eine Erinnerung. Der Urlaub ist vergessen, die Stunden am Strand im südlichen Sizilien, Schwertfisch vom Grill, Weisswein im Kopf: alles weg. Schwerer werden nicht nur die Gedanken, sondern auch das Kochgeschirr legt an spezifischem Gewicht zu – und das ist ein möglicher Fluchtweg (siehe auch Seite 16).

Ein schwerer Schmortopf aus Gusseisen ist das beste Wintersportgerät für die heimische Küche. Einerseits funktioniert der Topf als Topf, man schmort darin wunderbar Braten weich. Andererseits ist so ein Bräter auch zweifellos der schönste und dufteste Luftbefeuchter.

Mein Schmortopf aus französischer Manufaktur (Le Creuset, 1925 gegründet) ist schwarz und wirklich, wirklich schwer, fast wie ein kleiner Meteorit. Der Clou: Der Deckel besitzt eine Vertiefung. Diese Vertiefung füllt man mit Eiswürfeln, die während des Kochprozesses schmelzen und im Topf die Bildung von Dampf bewirken, der an speziellen Noppen an der Deckelunterseite kondensiert. Dieses Kondenswasser tropft nun auf den Braten und hält ihn wunderbar feucht umschlungen. Das macht ihn nicht nur zart, sondern fesselt auch den Geschmack.

Der Winter soll kommen, der grobe Geselle. Der soll an meine Türe poltern, so laut er will. Ich sitze dann in meinem mit einem Lammfell ausgeschlagenen Bird Chair von Harry Bertoia und lese Martin Amis, während der Geruch des im Amaronesaft sanft schmorenden Bratens durch meine Wohnung schleicht wie ein gemütliches Tier.

Nur die Winterpneus muss ich schnellstens noch montieren.

* Schmortopf «Doufeu» von Le Creuset,
rund, 26 cm, Inhalt 5,7 Liter, 6,3 Kilo,
mit «Lifetime-Garantie»,
gekauft bei Sibler, Münsterhof 16, Zürich

Max Küng (max.kueng@dasmagazin.ch)
Bild **Françoise Caraco** (francoise@caraco.ch)

CHF 237.–*

Einen Rückenschaden hätte ich mir fast geholt, als ich dieses Buch nach Hause schleppte wie ein Steinzeitmensch ein Viertel Mammut, und ich war froh, parterre zu wohnen. Denn dieses Buch ist nicht einfach ein Buch, sondern ein dreiteiliges Kompendium über Design, herausgegeben vom nie um eine verlegerische Wahnsinnstat verlegenen Kunstbuchhaus Phaidon Press. Drei Bände – jeder knapp 1000 Seiten stark und schwer genug, um jemanden damit zu erschlagen –, darin 999 wohlselektionierte Objekte der Designgeschichte, die auf zwei bis sechs Seiten in Wort und Bild erläutert werden.

Chronologisch geordnet, führt uns das Werk durch die Historie der Formgebung jener Objekte, die Teil unseres Alltags geworden sind. Im Jahr 1663 beginnt der reich bebilderte Exkurs, bei der Haushaltsschere aus der Manufaktur Hangzhou Zhang Xiaoquan (die auch heute noch Scheren herstellt). Weiter: die Wäscheklammer (1850), der Stuhl N° 14 des Herrn Thonet (1859), das Messer von Joseph Opinel (1890), der Füller von Mont Blanc (1924), die Discokugel (1942), der Eames' Lounge Chair** (1956), die Lampe der Gebrüder Castiglioni (1960 für das Splügen-Bräu-Bier haus am Corso Europa in Mailand entworfen), die Maglite-Taschenlampe (1979), die Post-it-Notizzettel (1980) – und so weiter schlendern wir durch den wunderbaren Garten der praktischen, komischen, aussergewöhnlichen, banalen oder einfach nur schönen Dinge, bis wir langsam in der Jetztzeit ankommen, grüssen noch Objekt Nummer 979 (der i-Pod, aus dem Jahr 2001, wird langsam auch schon alt), und gelangen schliesslich zu jenen Namen, welche die Dinge der Gegenwart gestalten: Ronan und Erwan Bouroullec etwa oder Jasper Morrison. Fahrräder. Uhren. Eierkartons. Flugzeuge. Computer. Schreibmaschinen. Gabeln. Messer. Feuerzeuge. Stühle. Die Dinge, sie umzingeln uns. Lernen wir sie besser kennen.

* «Phaidon Design Classics», ISBN 0714843997, drei Bände, 2808 Seiten, 3500 Abbildungen, in englischer Sprache, erhältlich im Buchhandel
** Happy Birthday übrigens, lieber alter Lounge Chair

Max Küng (max.kueng@dasmagazin.ch)
Bild **Françoise Caraco** (francoise@caraco.ch)

KAUF DER WOCHE: WAWE (WASSERWERFER)

EUR 165.–

Als Kind spielte ich am liebsten mit Modellautos. Ich hatte zum Beispiel ein James-Bond-Auto, mit dem man Plastikraketen abschiessen konnte. Am allerliebsten aber schlug ich mit dem Hammer auf die Autos, bis der Lack abplatzte. Bubenzeugs halt. Es gibt jedoch Buben, die werden Männer; trotzdem bleiben sie den Modellautos treu. Über die Gründe dafür möchte ich nicht nachdenken. Die letzten 25 Jahre waren Modellautos für mich kein Thema. Bis ich in Berlin den Laden von Herrn Budig betrat.

Der Mann handelt mit Modellautos. Und als die Zürcher Polizei bei ihm anrief und ihn bat, 45 Miniaturen im Massstab 1 43 des Zürcher Wasserwerfers WaWe 9000 zu produzieren, dachte er: Ach, das lohnt sich doch nicht. Machen wir 100. Die anderen würde er schon verkaufen. Zum Beispiel an mich.

Der WaWe gehört in Zürich temporär zum Stadtbild. Um noch ein bisschen vertrauter zu werden mit dem Original: 290 PS starker Motor von Daimler Benz. 16 Vorwärtsgänge, 2 Rückwärtsgänge. Höchstgeschwindigkeit: 105 km/h. Wurfweite des Strahlrohrs: 65 Meter. Druck maximal: 20 bar. Wasserbehälter: 9000 Liter. Durchlauf pro Minute: 800 Liter. Besatzung: Kommandant, Kraftfahrer, Werfer 1 + 2, Beobachter.

Was die Zürcher Polizei mit ihren Exemplaren des Modellautos macht, das weiss Herr Budig nicht. Vielleicht Präsente für in den Ruhestand gehende Kollegen? Oder für zu Hause zum Üben? Sicher ist: Für Kinder ist das Modellauto nicht gebaut worden. Ein WaWe 9000 ist nur etwas für ganz grosse Buben.

«Wasserwerfer», gekauft bei Modellautos Budig, Leibnitzstrasse 42, 10629 Berlin, 0049 30 324 42 13, auch Postversand

Max Küng (max2000@datacomm.ch)
Bild **Hans-Jörg Walter** und **Daniel Spehr** (info@walterundspehr.ch)

USD 249.–

Das Hier und Jetzt: manchmal ein Problem. Zum Beispiel wenn man den neuen kleinen MP-3-Player von Apple kaufen will, weil man ihn einfach zu brauchen meint. Der Mann im Apple-Center vertröstet: «Mitte, Ende April» soll er lieferbar sein. Manchmal können Dinge aber nicht warten bis «Mitte, Ende» irgendwann. «Oh. Sie können einen reservieren», sagt der Apfelmann. Ich will aber nicht reservieren, sondern kaufen – und zwar sofort. Wenn man das Jetzt will, muss man halt das Hier bewegen. Hin zur Sache, zur Quelle quasi, und steigt also in ein Flugzeug nach New York, wo man mit Glück gerade noch einen «iPod mini» ergattert in einem Geschäft an der Spring Street. Das letzte vorrätige Modell, wie die Frau im Laden versichert in einem freundlichen Satz mit einem «lucky guy» hintendran. Natürlich ist das immer eine gute Idee, nach New York zu fliegen, bei Peter Luger ein Steak zu vernichten, das viermal so dick ist wie der «iPod mini» (1,28 cm), und ein bisschen im amerikanischen Frühling zu spazieren mit Musik im Ohr. Eine der besten Ideen ist das, die man überhaupt haben kann.

Der 104 Gramm schwere «iPod mini» hat eine Kapazität von 4 Gigabytes oder anders gesagt: 1000 Lieder. Das ist genug, um einen durch Verspätungen zusätzlich verlängerten Kontinentalflug kürzer zu machen. 1000 Lieder, das sollte reichen. Hauptsache Vincent Gallos Song «When» ist drauf – und das Teil hat eine Repeatfunktion.

«iPod mini», gekauft bei Apple Store, Spring Street, New York. In der Schweiz ab «Mitte, Ende» April
Flüge Zürich–New York ab 409 Franken, ohne Taxen
Peter-Luger-Steak-House, 178 Broadway, Williamsburg, Brooklyn, keine Kreditkarten
Vincent Gallo: «When», Warp Records

Max Küng (max2000@datacomm.ch)
Bild **Walter & Spehr** (info@walterundspehr.ch)

CHF 259.–*

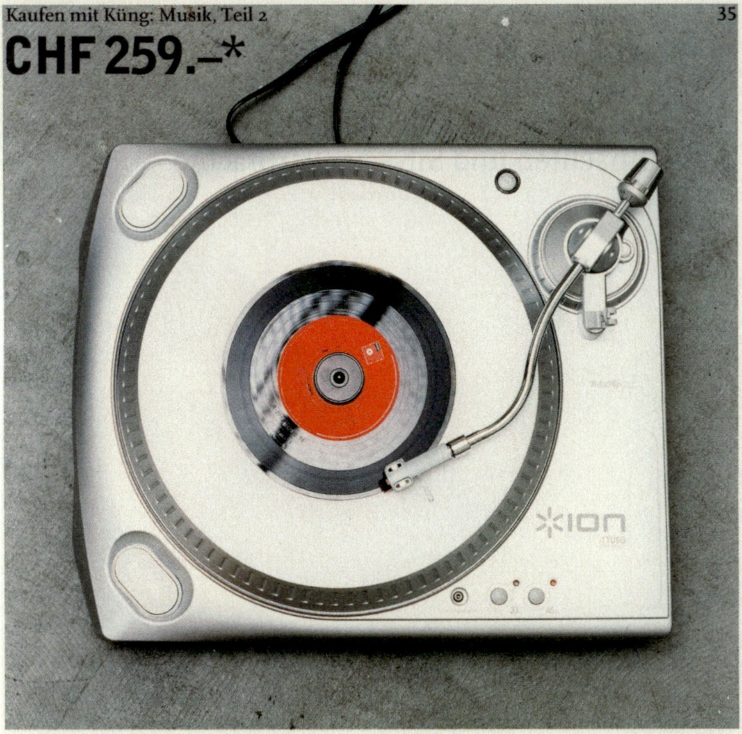

Also ich weiss, was ich in den trägen bis öden Tagen zwischen Weihnachten und Neujahr tun werde. Ich werde nicht nur traditionsbedingt und weil kulturell verpflichtet zwölf Kilo Anisbrötli essen und mir zu viele Bibelfilme im TV ansehen (endlich wieder mal Streifen mit Typen mit Bärten), sondern mir eine Packung Papiertaschentücher schnappen** und in den Keller steigen.

Im Keller ruht aus Platzgründen*** hinter verschlossenen Türen in Regalen mit dem schönen Namen Errex der grosse Teil meiner nicht kleinen Plattensammlung, und zwar meine ich – falls man das vergessen hat seit der Einführung der CD vor 24 Jahren – Schallplatten aus Vinyl, die schwarzen, runden Scheiben mit dem kleinen Loch in der Mitte und mit Vorder- und Rückseite.

Und um die werde ich mich kümmern. Eingehend. Zusammen mit einem zwar hässlichen, aber nützlichen Plattenspieler namens ION. Denn diesen leichtgewichtigen Plattenspieler kann man direkt in den Computer stöpseln (via USB). Im Nu ist die analoge Musik aus der engen Rille von der schwarzen Scheibe in digitalem Zustand in den Computer gekrochen, kann dort nachbearbeitet werden (Pegel, Kratzer und so weiter) – und bald ist sie (aus dem Kellerverlies befreit) auf meinem iPod zu Hause. Dort, wo ich gewisse Musik so lange missen musste. Zum Beispiel «Groovy Cat» von Georges Fleury (dem Orgelkönig aus Allschwil). Oder «Volare» in der Version der Big Ben Hawaiian Band. Oder die Titelmelodie aus dem Fernsehfilm «Der Alte schlägt 2× zu» vom Orchester Peter Thomas. Oder das immer wieder erstaunliche «Morse Jerk» von The Lou Höffner Trio Minus One. Kurze Stücke bloss, aber meine dicken, alten Freunde, nach denen ich mich sehne.

Also ich habe das Gefühl, es werden schöne Tage werden, zwischen Weihnachten und Neujahr. Ich freu mich drauf. Es kommt zusammen, was zusammengehört.

* ION iTTUSB, für Mac und Windows
inklusive Software und Single-Adapter
Gekauft: Kipfer DJ-Shop, Limmatstr. 111, Zürich
** Wegen der Stauballergie
*** Kleine Wohnung halt
Noch mehr Musiktipps von Max Küng unter
www.dasmagazin.ch, «Archiv»

Max Küng (max.kueng@dasmagazin.ch)
Bild **Françoise Caraco** (francoise@caraco.ch)

Kaufen mit Küng: www.myclimate.org

CHF: 284.58

Schuldig? Schuldig sind wir alle, mehr oder weniger. Das wusste ich. Aber ich war bis anhin überzeugt, dass ich meine Schuld halbwegs im Griff hätte. Also war ich dann doch einigermassen erstaunt bis erschrocken, als ich erfuhr, dass wegen mir 7,058 Tonnen CO2 in die Atmosphäre geblasen wurden. 7,058 Tonnen. Nur wegen mir. Und zwar innert kürzester Zeit. Beruflich einmal in ein Flugzeug steigen und nach Las Vegas fliegen und wieder zurück = 7,058 Tonnen Kohlenstoffdioxid mehr in der Atmosphäre* Innert etwas mehr als 24 Stunden Flug verursachte ich folglich so viel Treibhausgas wie mit dem Fahren eines Toyota Prius in sechs Jahren** Selbst mit einem Ferrari bräuchte ich über ein Jahr, um so viel Atmosphärendreck zu produzieren. Also fühlte ich mich sehr, sehr schuldig.

Aber man kann Dinge tun. Und ich habe Dinge getan. Sie waren ziemlich simpel und gar nicht so schmerzhaft. Auf der Homepage www.myclimate.org liess ich meine Klimaschuld berechnen, und zwar in Franken und Rappen. Die errechnete Schuld von Franken 284,58 überwies ich dann an die Stiftung Myclimate, die mit diesem Geld Klimaschutzprojekte finanziert, etwa Energiegewinnung aus Wind auf Madagaskar oder ein Solarenergieprojekt in Eritrea, die sicherstellen sollen, dass die von mir verursachten Treibhausgase anderswo wieder eingespart werden. Ich machte also Dreck, bezahle nun aber einen Batzen, mit dem anderswo Dreck vermindert wird. Die Folge: eine Nullrechnung. Immerhin. Schuldig? Ja, schuldig habe ich mich gemacht, nicht aus Spass, sondern aus beruflichen Gründen*** Aber ich habe Busse getan, Ablass bezahlt, sorry gesagt. Jetzt sind Sie dran.

* Plus natürlich die 1 232,33 Tonnen, die meine 227 im Airbus Mitreisenden verursachten
** Bei 10 000 km/Jahr
*** Ferienmässiges Fliegen habe ich eingestellt. Ich fahre in die schönen Bündner Berge, so lange es die noch gibt.

Max Küng (max.kueng@dasmagazin.ch)
Bild **Françoise Caraco** (francoise@caraco.ch)

HEUTE ZUM UNWORT DES JAHRES GEKÜRT: KLIMAKOMPENSATION

Kaufen mit Küng: Sony Ericsson M600i

CHF 289.–*

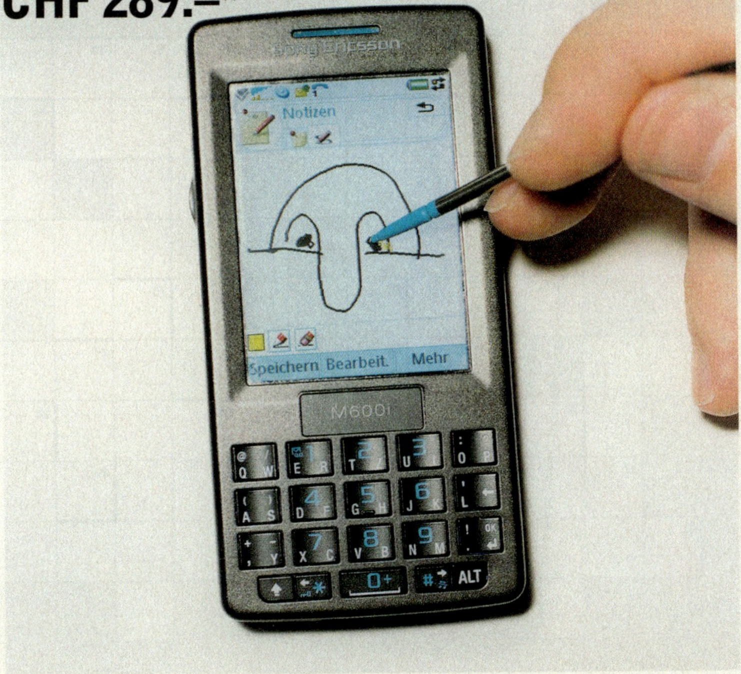

Ich war einigermassen erstaunt, als mich meine Kollegen aufforderten, über mein neues Handy zu schreiben, damit in dieser Kolumne wieder einmal etwas vorgestellt wird, das man auch brauchen kann. Ich dachte zwar, die Zeit, in der Handys noch Diskussionsstoff bilden (für Menschen über 16) sei vorbei. Aber nein: im Gegenteil.

Gut. Kommen wir dem Wunsch nach. Dies ist mein neues Handy Das Sony Ericsson M600i. Ich habe es nach einer langen Evaluationsphase vor allem aus ästhetischen Gründen gekauft, denn der grosse Unterschied von diesem Handy zu den meisten anderen ist: Es ist nicht hässlich. Im Gegenteil.

Natürlich kann das M600i ganz schön viel, mehr auf jeden Fall, als ich bisher begreifen konnte. Man kann damit im Internet surfen und E-Mails schreiben. Es besitzt eine ausgefeilte Agenda und einen fast tellergrossen Touchscreen. Die spezielle alphanummerische Tastatur erleichtert das Schreiben von SMS ungemein. Weiterer Pluspunkt: Man kann mit diesem Handy keine Fotos schiessen, weil keine Kamera eingebaut ist – was mich davon abhält, meinen kleinen Freundeskreis mit schlechten Fotos zu belästigen, zum Beispiel etwa von Tellern mit Gerichten drauf, die ich in Restaurants esse. Und besonders wichtig am M600i: Man kann damit telefonieren!

Bloss etwas ärgert mich. Ich bin, wie ich feststellen musste, zu dick für mein Handy. Ein Touchscreen ist zwar eine tolle Sache. Super, wenn man dort Tasten drücken kann, die gar keine Tasten sind. Ausserdem ist das Ding so hell, dass man es nachts auch als Taschenlampe benutzen kann. Mehr als einmal jedoch berührte ich versehentlich mit meiner geblähten Backe während hochwichtiger Telefonate («...he Chef, ich will mehr Lohn...») den Touchscreen, respektive die virtuelle «Beenden»-Taste, was dem Gespräch jeweils abrupt ein Ende setzte. Zu dick sein für sein Handy. Auch eine Erfahrung, die man erst einmal gemacht haben muss.

* Mit zwölfmonatiger Vertragsverlängerung bei Orange
Gekauft bei Mobilezone, Stauffacherstrasse 35, Zürich, wo ich übrigens sehr gut beraten wurde
Preis ohne Abo: 649 Franken
Max Küng (max.kueng@dasmagazin.ch)
Bild **Françoise Caraco** (francoise@caraco.ch)

CHF 289.– + 361.– ODER 90.–*

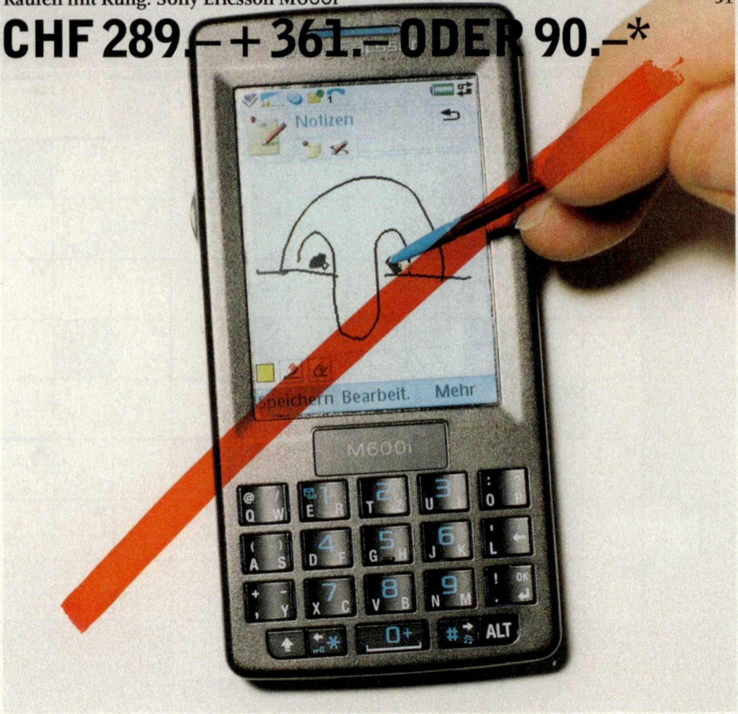

Vor fünf Monaten stellte ich an dieser Stelle lobend mein neues Handy von Sony Ericsson vor. Nun: Die Freude währte nicht lange. Früh begann der Ärger. Softwarebedingte Abstürze. Es klingelte nicht, obwohl es klingeln sollte. Der Akku lud erst nicht mehr voll, dann gar nicht mehr. Blackout. Das Handy war tot, und alle Nummern waren von der SIM-Card verschwunden.

Aber dafür gibt es ja die Garantie, dachte ich, und brachte das Teil zum Händler, der es dem Hersteller zusandte. Von Sony Ericsson hiess es dann: Flüssigkeitsschaden. Kein Garantieanspruch. Sorry Man würde es aber reparieren, für 361.– Franken. Für mehr Geld also, als ich für das Handy bezahlt hatte. Ansonsten sei man gerne bereit, das Ding kostenlos zu entsorgen oder aber gegen eine Gebühr von 90 Franken zurückzusenden. Nun wollte ich das kaputte Handy unbedingt wieder zurück, schliesslich gehört es mir, und ausserdem will ich es zur Obduktion dem «Kassensturz» schicken. Also bezahlte ich das erste Mal in meinem Leben 90 Franken für etwas Kaputtes – eine Erfahrung, die man erst einmal gemacht haben muss. Flüssigkeitsschaden: Bis anhin dachte ich, dabei handelt es sich um einen Kater oder Leberzirrhose. Flüssigkeitsschaden: Das doofste Wort des Jahres. Flüssigkeitsschaden: Steht nicht im Duden, gibt es also eigentlich gar nicht.

Und ich bin wütend auf Sony Ericsson, und zwar Cablecom-mässig. Ich habe mit diesem Handy nichts gemacht, das ich mit einem Handy nicht machen würde. Wenn es also kaputtging, dann ist es kein gutes Handy. So einfach ist das. Ich sehe nicht ein, warum kein Garantieanspruch bestehen sollte. Und noch weniger sehe ich ein, wofür ich die 90 Franken zahlen musste.

Aber als Kunde ist man der Trottel. Ja, ich sag es nochmals: Als Kunde ist man der Trottel. Und weil es so gut tut, nochmals: Als Kunde ist man der Trottel. Bin mal gespannt, was der «Kassensturz» sagen wird. Schon gut, dass es ihn gibt, den Anwalt der Trottel.

* ursprünglicher Kaufpreis + Reparatur oder Rücksendung

Max Küng (max.kueng@dasmagazin.ch)
Bild **Françoise Caraco** (francoise@caraco.ch)

KAUFEN MIT KÜNG: LUFTBEFEUCHTER

CHF 299.–

Von Max Küng

Luftbefeuchter sind wie Religionen: Es gibt verdammt viele verschiedene Varianten davon – und Meinungen dazu. Manche sagen, sie seien gefährlich. Andere finden, sie seien gänzlich überflüssig. Wiederum andere glauben, sie könnten ohne sie nicht mehr leben.

Grundsätzlich: Es gibt drei grosse Glaubensrichtungen. Die Verdampfer, die Verdunster und die Vernebler.

Das Prinzip Verdampfung verkörpert die primitive, klassische Funktionsweise. Wasser wird erhitzt und in einen anderen Aggregatszustand (Dampf) gebracht. Logische Folge: Die Raumluft wird feuchter. Das benötigt jedoch ziemlich viel Energie, etwa zehnmal mehr als das Prinzip der Verdunstung. Hierbei wird Raumluft angesogen, und damit wird Wasser zur Verdunstung gebracht, geht also in den gasförmigen Zustand über, ohne vorher zum Sieden gebracht worden zu sein.

Der Hebor Ultrastar BH-861E funktioniert nach dem dritten Prinzip, der Verneblung. Mittels Ultraschallverfahrens wird Wasser zu feinem Nebel «zerhackt» und ausgestossen. Der kühle Nebel befeuchtet den Raum dank einem regulierbaren Hygrostaten nach Belieben (empfohlen wird ein Luftfeuchtigkeitsgrad zwischen 40 und 55 Prozent). Doch auch bei diesem Verfahren scheiden sich die Geister. Wird das Gerät schlecht gereinigt, dann mutiert es zu einer krank machenden Bazillenhaubitze, mahnen manche.

Luftbefeuchter nein oder ja und falls ja: welcher? Es ist, wie gesagt, eine Glaubensfrage. Ich persönlich finde, ich lebe, schlafe und träume besser, seit ich den Hebor habe. Und ich schätze seine Kompaktheit (31 × 21 × 20 cm, geeignet für Räume bis 120 m^2). Auch wenn ich am Morgen manchmal erschrecke, weil ich denke, da rauche mein Laserdrucker.

Achtung: Kaufen Sie ja nie diese Billigteile, die man an wie Satteltaschen an die Radiatoren hängt. Das sind hochwirksame Bakterienbatterien, also eigentlich schon B-Waffen.

Gekauft bei
Eschenmoser, Birmensdorferstrasse 20, Zürich
Zusatzkritik zum Hebor Ultrastar BH-861E:
Die Bedienungsanleitung ist eine Katastrophe.
Max Küng (max.kueng@dasmagazin.ch)
Bild Françoise Caraco (francoise@caraco.ch)

CHF 300.–*

Ich muss gestehen, dass ich zoologische Gärten immer doof fand. Und schlimm. In privaten Gesprächen ging ich sogar so weit, ein internationales Verbot zu fordern (nachdem ich den Zoo in Barcelona gesehen hatte). «Plemmplemm-Tiere hinter Gittern», so rief ich, der Bauernsohn, aus und wies immer wieder darauf hin, dass im Basler Zoo bis ins Jahr 1926 «Neger» gehalten wurden (ein Volk aus dem Senegal übrigens). Seit ich aber ein Patenkind habe, hat sich meine Haltung Zoos gegenüber arg geändert. Ich habe für Zoos nur noch Lob übrig.

Zoos sind super Einrichtungen. Kaum etwas hat die Fähigkeit, Kinder so ruhig zu stellen, wie das Theater von ein paar keifenden Affen auf einem künstlichen Felsen. Oder die Seelöwen während der Fütterung. Selbst der strenge Geruch des erst 1901 durch den Menschen entdeckten Okapis löst bei Kindern keinen Ekel aus, sondern fasziniertes Staunen.

Und deshalb habe ich meinem Göttikind Sarah zum achten Geburtstag eine Patenschaft für einen Totenkopfaffen geschenkt. Ein durch und durch sinnvolles Geschenk jenseits reiner Materie und aber ohne allzu langen Zeigefinger. Natürlich musste ich Sarah schonend beibringen, dass eine Patenschaft für ein Exemplar der von ihr über alles geliebten Orang-Utans zwar megasuper wäre, die Kosten aber (6000 Franken) leider hoch wie die Bäume, in die sich die Affen gerne verkrümeln – und für ihren Loser-Götti ausser Reichweite.

Jetzt also ist mein Göttikind Patin eines Totenkopfäffchens, das eben geboren wurde; und nun studiert sie am Namen herum. Herr Nilsson ist eine Option. Oder Max. Oder Herr Max Nilsson.

Und auch ich fand schliesslich ein Tier, dem ich Pate sein werde. Die Seegurke (100 Franken). Es war Liebe auf den ersten Blick. Faszinierendes Tier... also Ding... die Seegurke.

* Patenschaft für einen Totenkopfaffen
im Zoo Basel für 1 Jahr
Für eine Liste aller Tiere:
www.zoobasel.ch oder 061 295 35 35
Patenschaften sind auch in
anderen Zoos und Tierparks erhältlich.

Max Küng (max.kueng@dasmagazin.ch)
Bild **Françoise Caraco** (francoise@caraco.ch)

CHF 374.–*

Eines meiner Lieblingsworte ist das schöne «My», kurz auch μ, lang «Mikron». Ein Mikron ist ein Tausendstel von einem Millimeter und abgesehen vom rettenden Einsatz im Scrabblespiel (13 Punkte) braucht man das Wort zur Klassifizierung der Feinheit von Wolle.

Eines meiner anderen Lieblingsworte ist das schöne «Alpaka», das ein Tier beschreibt, das ein wenig sonderbar anzusehen ist. Es hat einen langen Hals (so lang wie die Beine) und Stehohren auf einem relativ kleinen Kopf, trägt einen dicken Wollmantel und sieht sehr lieb aus, ein bisschen, als wäre Paris Hilton zum Hippie geworden. Wie das Lama gehört das Alpaka zu der Familie der Kamele. Es lebt in den Höhen Südamerikas, vor allem Perus, in einer Population von rund vier Millionen.

Nun haben die Wörter Mikron und Alpaka miteinander zu tun. Denn das Alpaka liefert nicht nur einen schönen Anblick («jö!»), sondern auch Wolle, und zwar von feinster Qualität, also Feinheit. Nach rund zwei Lebensjahren wird das Tier erstmals geschoren. Die Fasern der ersten Schur nennt man Baby-Alpaka und haben eine Dicke von 22 Mikron. Als Vergleich: Das menschliche Haar ist 75 Mikron dick. Zudem: Alpakawollfasern sind Hohlfasern, das eingeschlossene Luftpolster macht das Material zu einem formidablen Kälte- und aber auch Wärmeschutz.

Zum einzigartigen Material und dem Woll-Knowhow aus Peru kommt das schlichte Design der Decken-Firma Elvang aus Dänemark. Das Resultat dieser Kombination: die perfekte Decke. Also, von mir aus kann der kalte Winter noch lange andauern.

PS: Auch in der Schweiz erfreut sich das dank der Schwielensohle bodenschonende (weniger Erosion) und vielseitige Tier (Wolle, Fleisch, Trecking, Therapie, Teilnahme an Schönheitskonkurenzen) immer grösserer Beliebtheit. 1500 Stück leben bereits unter uns, Tendenz steigend.

* Decke aus 100% Baby-Alpaka-Wolle,
140 cm × 200 cm,
von Elvang, erhältlich in 18 Farben
Gekauft bei Steinhauer,
Rämistrasse 27, 8001 Zürich
Für mehr Informationen über das Tier:
Verein Alpaka- und Lamahalter Schweiz:
www.vlas.ch

Max Küng (max.kueng@dasmagazin.ch)
Bild **Françoise Caraco** (francoise@caraco.ch)

CHF 398.–*

Irgendwann kommt jeder Mann in die Situation, in der er einen Smoking braucht. Sei es für den Galaabend bei einem Poloturnier oder eine James-Bond-Kostümparty oder die eigene Hochzeit gar, wobei ich aus eigener Erfahrung sagen kann, dass Letzteres mit Abstand die beste der drei Situationen ist.

Der Smoking ist ein Abendanzug, kommt also nach 18 Uhr zum Einsatz, und er ist der kleine Schwarze für den Herrn. Der grosse Schwarze ist des Smokings älterer Bruder, der Frack, dessen Geschichte doppelt so lange zurückreicht. Der Smoking ist also nichts anderes als eine modernere, kürzere und schlichtere Version des Fracks.

Warum der Smoking heisst, wie er heisst? Tatsächlich wurde er früher von den Herren angezogen, die sich ins Raucherzimmer zurückzogen (was die Frauen derweilen machten? Die Küche?). In Amerika heisst er jedoch Tuxedo oder kurz Tux, da es der Tabakerbe und Dandy Griswold Lorillard gewesen sein soll, der die Kurzversion erstmals getragen und damit für Furore gesorgt habe, 1886 im Tuxedo Club im Reichenwohnsitz Tuxedo Park, nördlich von New York.

Was den Smoking ausmacht: ein satin- oder seidenbelegtes Revers, überzogene Knöpfe und die unbedingt umschlaglose Hose, deren Seitennähte ebenfalls besetzt sind. Als Farbe kommt nur Schwarz oder Nachtblau in Frage.

Zum weissen Smoking hat der weise Sir Hardy Amies in seinem Buch «The Englishman's Suit» festgehalten, er sei in unseren Breitengraden «ausgesprochen geschmacklos» und des Verhöhnens würdig. Weisse Smokings dürfe man nur in der Karibik tragen. In diesem Buch findet sich auch ein Zitat des Poeten Thomas Dunn English (1819–1902), welches ich zitieren und unterstreichen möchte: «Sich gut zu kleiden, vermittelt ein Gefühl innerer Ruhe, mit dem Religion nicht dienen kann.»

* Preis für Smoking von Filippa K im Outlet-Rabatt, Badenerstrasse 75, Zürich. Ursprünglicher Preis im Fidelio 2, Nüschelerstrasse 30, Zürich, war ein bisschen höher, aber nur ein bisschen, also etwa das Dreifache.
Mehr über Tuxedo Park: www.votuxpk.com.
Max Küng (max.kueng@dasmagazin.ch) liest am Samstag, 29. 10., im Rahmen der «Langen Nacht der kurzen Geschichten» im Theater Stadelhofen. Um 23 Uhr.
Bild **Françoise Caraco** (francoise@caraco.ch)

$ 349.–*

Spitzen Sie die Ohren und schliessen Sie für einen Moment die Augen. Hören Sie hin. Was hören Sie?

Eine Klimaanlage? Rattert ein Zug? Streiten die Nachbarn? Läuft im Nebenzimmer der Fernseher? Schaudert sich ein Kühlschrank?

Während ich diese Zeilen schreibe, ist es angenehm still. Ich vernehme gedämpft das Klappern meiner Computertastatur. Ganz weit weg höre ich im Büro nebenan jemanden lachen. Vor dem Fenster fahren Autos vorbei mit leisem Rauschen, als läge dicker Schnee, als wären alles Hybridfahrzeuge. Ein eben herbeigeeilter Mann diskutiert mit einer zuvor angeschlenderten Parkbussentante – ich höre kein Wort. Als sei die Welt plötzlich still geworden oder ich taub, oder als hätte ich einen starken Tranquilizer geschluckt.

Der Grund ist ein Kopfhörer. Er stammt von der Firma Bose und trägt den Namen QuietComfort. Und er trägt ihn zu Recht. Kurz erklärt: Man kann diesen Kopfhörer tragen, ohne dass man mit ihm Musik hört, denn er kann weitaus mehr, als bloss Musik in die Gehörgänge zu pumpen. Durch einen integrierten Akku** betrieben, erkennt der Kopfhörer dank Minisensoren störende Umgebungsgeräusche, produziert dann ein nicht hörbares Gegensignal und eliminiert so den Lärm. Nun ja, so habe ich das auf jeden Fall begriffen. Ein Akustiker würde es vielleicht etwas anders formulieren. Aber was ich sagen kann: Selten hat mich ein Produkt dermassen verblüfft und zufriedengestellt wie dieses Teil von Bose: Wellness für die Ohren.

Natürlich kann man mit dem QuietComfort auch Musik hören, dank der Unterdrückung störender Umgebungsgeräusche gar ziemlich leise, also in einer gehörschonenden Lautstärke. Ich freue mich jetzt schon auf die nächste längere Zugreise. Ich werde nicht gezwungen sein, das Gespräch meiner Sitznachbarn mitanzuhören. Ich werde sie in Ruhe verbringen. Entspannt. Leise Musik hören. Vielleicht das neue Album von Air***?

* Bose QuietComfort 3
Gekauft im Apple Store Fashion Show,
3200 Las Vegas Boulevard, Las Vegas, Nevada
Auch erhältlich in der Schweiz, 648 Franken
Mehr Infos unter www.bose.ch
** Laufzeit 20 Stunden
*** «Pocket Symphony»

Max Küng (max.kueng@dasmagazin.ch)
Bild **Françoise Caraco** (francoise@caraco.ch)

CHF 519.–*

Neues aus dem Hause Apple. Diesmal hat sich der Konzern aus Cupertino entschlossen, in das lukrative Geschäft des Zubehörs zum populären iPod (bisher über 30 Millionen verkaufte Exemplare) zu investieren. Das Resultat: eine schuhputzkastengrosse Kiste aus Kunstharz, weiss mit schwarzer Front, mit eingebauten Lautsprechern (2×80 mm, 1×30 cm). Den iPod steckt man oben in die Kiste. Und dann nur noch «play» drücken.

Und wie man es gewohnt ist, bekommt man von Apple für vernünftiges Geld ein Gerät, das bestes Design mit hochwertiger Verarbeitung kombiniert. Was die klanglichen Qualitäten betrifft: Es ist wohl klar, dass dieses kleine Ding aus dem heimischen Fitnesskeller nicht den grossen Saal der Zürcher Tonhalle macht. Für seine kompakte Grösse aber klingt das Teil erstaunlich gut – und für den Einsatz in Büros oder Küchen ist das Gerät mit dem komischen Namen Hi-Fi** eine im doppelten Sinn schöne Sache. Mit ordentlich Rums übrigens. 108 dB sollten genügen, um ein kleines Grossraumbüro akustisch zu dominieren.

In mein Wohnzimmer kommt mir der Apple iPod Hi-Fi aber trotzdem nicht. Dafür bin ich zu altmodisch, zu weltfremd, zu nostalgisch, respektive: Meine Ohren sind verwöhnt wie der Hund*** des verstorbenen Herrn Rudolf Mooshammer. Denn in meinem Wohnzimmer wird auch weiterhin ein Plattenspieler seine Runden drehen und im Zusammenspiel mit einem Mission-Cyrus-One-Verstärker**** und Lautsprechern von Grundig (Audiorama 7000) arbeiten. Never change a winning team.

Aber sonst: Apple iPod Hi-Fi tipptopp – insofern der Büromitmenschen iPod-Füllungen nicht zu schrecklich sind. Was allerdings leider durchaus der Fall sein kann. Irgendwo müssen ja auch die Gwen-Stefani-Fans arbeiten.

* Preis ohne iPod, aber inklusive Fernbedienung
Auch Batteriebetrieb möglich
Masse: 16,8×43,2×17,5 cm
Gewicht: 7,5 kg (inklusive Batterien)
** Abkürzung für High Fidelity = hohe (Klang-)Treue, ein Begriff, der in den Fünfzigerjahren etabliert wurde
*** Daisy
**** Ein super Verstärker für wenig Geld übrigens, hat keine 300 Franken gekostet.

Max Küng (max.kueng@dasmagazin.ch)
Bild **Françoise Caraco** (francoise@caraco.ch)

CHF 519.–*

Eine einfache Geschichte: Als Holger Nielsen 17 Jahre alt war, ging er, wie so oft, zu einem Fussballspiel. Eigentlich wollte er sich nur das Spiel ansehen, aber das Schicksal hatte mehr mit ihm vor. Mit dem Eintrittsticket gewann Holger Nielsen in der Tombola den Hauptpreis, ein Auto. Da er noch keinen Führerschein hatte, verkaufte er den Wagen, und mit dem Geld richtete er sich in der dänischen Provinzstadt Randers eine Werkstätte ein und beschloss, Schlosser zu werden.

Holger Nielsen heiratete eine Friseuse namens Marie. Marie fragte Holger, ob er ihr nicht einen Abfallkübel konstruieren könne für ihren neuen Frisiersalon. Schon war er in seiner Werkstätte und baute einen Treteimer und nannte ihn Vipp** Das war 1939. Als der örtliche Doktor den Eimer in Maries Frisiersalon sah, da wollte er auch einen für seine Praxis. Dann folgte der örtliche Zahnarzt. Die Popularität von Nielsens Eimer unter Ärzten aller Art wuchs. Bald war die Vipp-Verwendung Standardpraxis in dänischen Praxen.

1992 starb Holger Nielsen. Im Jahr darauf übernahm seine Tochter Jette den Betrieb. Die Produktionszahlen blieben vorerst gering. Keine 1200 Kübel pro Jahr verliessen die kleine Werkstatt. Bis Jette auf die Idee kam, den Vipp über das Früher-war-alles-besser-Versandhaus Manufactum zu verkaufen. Der Conran-Shop in London folgte. Dann der US-Markt. Und so wurde aus Nielsens einfachem Treteimer für dänische Doktoren ein global begehrtes Designobjekt*** Mit gutem Grund: Der Vipp-Treteimer ist so solide gebaut, dass er ein Leben lang hält. Wohl eher noch länger. Der Müllkübel, der nie auf dem Müll landet.

Und so endet die einfache Geschichte. Das heisst: Sie geht weiter.

* Vipp-Treteimer, Modell Nr. 24, Inhalt: 30 Liter
Das teuerste und grösste Modell,
ursprünglich für den Dorfmetzger gebaut
Vipp-Eimer gibt es in sechs Grössen.
Siehe www.vipp.dk
Gekauft bei Neumarkt 17, Zürich
** Warum er ihn Vipp nannte, das weiss niemand. Man vermutet, er liess sich vom dänischen Wort «vippe» («wippen») inspirieren. Weil der Deckel wippt, irgendwie.
*** Aktuelle Jahresproduktion: 78 000 Stück

Max Küng (max.kueng@dasmagazin.ch)
Bild **Françoise Caraco** (francoise@caraco.ch)

¥ 46 000*

Dieses Hotel ist Hauptdarsteller im Film «Lost in Translation», und eine Nacht hier zu verbringen, könnte auf eine Liste der 1000 Dinge gehören, die man getan haben muss, bevor das Leben vorbei ist: das Park Hyatt in Tokio, welches die obersten 14 Stockwerke des 235 Meter hohen Shinjuku Park Tower (Architekt: Kenzo Tange) belegt. An der Réception im 41. Stock streichelt eine Frau mit weissen Handschuhen bedächtig die fleischigen Blätter einer Pflanze – Staubbekämpfung auf Japanisch. Dann das Zimmer im 49. Stock. Natürlich beheizte WC-Brille. Goya-grosser Plasma-TV Gute Bücher im Regal. Ein hübscher Topf mit grünem Tee. Und der Ausblick! Ich denke: Man muss die Vorhänge aufreissen! Aber die sind schon offen. Man sieht nichts. Schlechtes Wetter. Wir hocken mitten in einer Wolke. Nur Nebel, ohne Nuancen, also einfach: Weiss. Ich sage: Oje. Nicke. Akzeptiere mein Schicksal. Schlafe ein.

Am Morgen aber, Jetlag sei Dank sehr früh am Morgen, die ganze Pracht bei Sonnenaufgang aus höchster Höhe: der Yoyogi-Park, noch dunstverhangen, aus dem zwei Wasserfontänen steigen, dahinter das Scheiaweia-Quartier Shibuya, der Tokyo Tower, der nicht zufällig wie der Eiffelturm aussieht (aber neun Meter höher ist). Nur für den heiligen Berg Fuji reicht die Sicht nicht. Das Beste aber, das sind die Krähen, die auf dem Dach des Hotels Nester unterhalten. Im Sturzflug schiessen sie in schier endlos langem Fall eng am Haus hinunter zu den Spielzeugautos, die sich so früh schon stauen, mehrspurig. Lange sitze ich am Fenster und sehe hinaus, die Stirn an die kühle Scheibe gelehnt. Lange. Natürlich begreife ich nichts. Und das ist wunderbar.

Dann kehre ich zurück auf den Boden und werde wieder Ameise und gehe zurück in meine billige Absteige im Asakusa-Quartier.

* = 524 Franken. Das billigste Zimmer des Hotels. Ohne Taxen und Steuern. Park Hyatt Tokyo, 3-7-1-2 Nishi-Shinjuku. www.tokyo.park.hyatt.com.
PS: Die Krähen in Japan machen übrigens nicht «kraa-kraa», sondern «klaa-klaa». Wirklich. Kein Witz.

Max Küng (max.kueng@dasmagazin.ch)
Bild **Françoise Caraco** (francoise@caraco.ch)

CHF 550.–*

Am 9. März hatte ich Geburtstag. Das war am letzten Donnerstag. Ich kann es gleich sagen: Die Geschenkausbeute, sie war miserabel. Nicht, dass ich mir viel erhofft hatte. Ein bisschen mehr als gar nichts aber schon**

Ein trauriger Tag. Niemand rief an. Es kamen keine Glückwunschkarten, die beim Aufmachen eine lustige Melodie piepsen. Im Büro gab es keinen Blumenstrauss, ja noch nicht einmal einen trockenen Kuchen.

Also war ich ein bisschen niedergeschlagen und suchte im Internet nach Trost, nach Gleichgesinnten, nach Geburtsgefährten. So Zeugs macht man, manchmal, wenn Traurigkeit und Langeweile einen spazieren führen. Und was fand ich da für Personen, die auch am 9. März Geburtstag haben, am 68. Tag des Jahres?

Johann Friedrich August Tischbein (deutscher Maler, *1750). Arthur Fickenscher (Komponist, *1871). Enver Pascha (türkischer Politiker, *1881). Kurt Latte (Philologe, *1891). Vita Sackville (Schriftstellerin, *1892). Adolf Scheibe (Entwickler der Quarzuhr, *1895). Nikki Blond (ungarische Schauspielerin, *1981).

Was für eine Runde. Tischbein. Fickenscher. Pascha. Latte. Sackville. Scheibe. Und Blond. Alles am 9. März Geborene. Was bedeutet das für mich? Oje. Ich dachte nur kurz darüber nach, dann fiel mir ein, dass ich noch eine Flasche Champagner im kühlen Keller stehen hatte. Flaschengrösse Methusalem. Wie passend. Methusalem. Sechs Liter. Gerade genug.

PS: Ebenfalls am 9. März geboren: Peter Scholl-Latour. Siehe auch: Küng, Max: «Einfälle kennen keine Tageszeit», (Edition Patrick Frey, 2005), Seite 8, respektive Anmerkung Seite 579.

PPS. Fernsehtipp: Formel-1-Saisonstart in Manama, 12. März, SF 2, 12.20 Uhr (Siegerehrung aber ohne Champagner, da Manama = Bahrain = Muslimstaat = Alkoholverbot).

* 6 Liter Moët & Chandon
Gekauft bei Paul Ullrich AG, Laufenstrasse 16, 4018 Basel
** Nachträgliche Geschenke bitte an: «Das Magazin», Stichwort Aufbauhilfe, Werdstrasse 21, 8021 Zürich

Max Küng (max.kueng@dasmagazin.ch)
Bild **Françoise Caraco** (francoise@caraco.ch)

CHF 597.–*

Eine Weile dachte ich, Musik im Netz zu kaufen im Apple iTunes Store, das sei eine gute Sache, eine Lösung der modernen Art, weil bequem, günstig und sowieso. Nach 369 legal erworbenen Songs in der Saison 2006 aber muss ich sagen: Nein, ist es nicht. Musik ist mehr als bloss eine bestimmte Datenmenge. Ich möchte ein Cover. Ich möchte ein Booklet. Ich möchte wissen, was für ein ästhetisches Empfinden die Band hat. Ich möchte das Kleingedruckte lesen, auch wenn es noch so unwichtig ist (zum Beispiel im Falle der Band Camera Obscura: wer für die Frisuren zuständig war). Eventuell gar möchte ich die Songtexte zur Hand haben – wer weiss. Ja, ich möchte physischen Besitz. Denn je mehr Musik ich im Netz kaufte, desto grösser wurde die Sehnsucht nach alten Gefühlen: Nach 369 legalen Downloads war ich irgendwie down.

Deshalb machte ich letzte Woche auf altmodisch und ging wieder einmal in einen Plattenladen mit Regalen und Postern an den Wänden und anderen Menschen, die ebenfalls auf Musiksuche waren. Ich sah, hörte und kaufte. Es gab viel nachzuholen. Und: Es war grossartig, sich wieder einmal richtig um Musik zu kümmern. Ich wühlte in den Regalen, griff mir CDs, bloss weil mir das Cover gefiel (das führt nicht immer zum Erfolg, manchmal aber schon). Hörte dies, hörte das. Liess mir vom Plattenhändler etwas empfehlen.

Am Ende hatte ich eine volle Tasche, ging nach Hause und fing an, meinen CD-Player zu füttern; und bald flutete Musik den Raum, und ein gutes Gefühl überkam mich, und ich lag auf dem Teppich und tat einfach nichts anderes, als Musik zu hören, bis tief in die Nacht hinein.

Ich freue mich auf den nächsten Besuch im Plattenladen, wenn ich denn wieder etwas Geld habe. Denn der Plattenladen, er wird für mich bleiben, was er immer war: einer der wichtigsten Orte auf dieser Welt. Je länger, desto mehr.

* 22 verschiedene CDs
Totale Spielzeit 1460 Minuten
Gekauft bei Jamarico, Stauffacherstrasse 95 und bei Rec Rec, Rotwandstrasse 64, Zürich
Kurzkritiken zu allen Platten:
www.dasmagazin.ch unter «Archiv»
Dort findet sich auch die Auflösung eines uralten Rätsels.

Max Küng (max.kueng@dasmagazin.ch)
Bild **Françoise Caraco** (francoise@caraco.ch)

EURO 379.–*

«Leder», sagte der Verkäufer und lächelte. «Und ein echtes Fussbett.» Ich wog die modischen, farblich nicht ganz unbedenklichen Turnschuhe in der Hand und dachte bereits daran, dass ich sie sicher wieder zu klein kaufen würde, denn ich kaufe immer alle Schuhe zu klein, mindestens eine Nummer. Dann trage ich sie einmal, die Füsse fallen mir fast ab vor Schmerz, parkiere die Treter unter der Bank im Gang, und sie geraten schnell in Vergessenheit, wandeln sich dann zu stillen, aber immerhin nicht stark stinkenden Denkmälern meiner Dummheit. Der Verkäufer sagte: «379 Euro.» Ich erstarrte. Wie viel? Der Verkäufer wiederholte, ohne mit der Wimper zu zucken oder mit dem rechten Auge zu zwinkern, auch hüstelte er nicht, er sagte, als sei es das Normalste auf der Welt: «379 Euro.» Ich rechnete. Man konnte es rattern hören in meinem Kopf. 379 × Verbrecherumrechnungskurs des Kreditkarteninstituts = etwa 600 Franken. Ich fragte den Verkäufer: «Sind Sie sicher, dass diese Schuhe 370 Euro kosten?»

Er sagte: «379. Ja. Leder. Fussbett.»

Ich sagte: «Ich brauche kein Fussbett, meine Füsse sollen nicht schlafen, sondern marschieren.» Er fuhr weiter, ohne auf meinen Spitzenwitz einzugehen: «Von Dirk Schönberger. Handgemacht. Hat das gewisse Etwas, nicht?»

Ich sagte: «Ja, das gewisse Etwas und etwas Gewissen.» Dann sagte ich nichts mehr und dachte kurz daran, sie zu kaufen und einem Museum zu schenken, damit die Öffentlichkeit daran erinnert wird, immerzu, dass es Turnschuhe gibt für 600 Franken. Doch: Die Intelligenz nahm den Geiz bei der Hand, und zusammen gaben sie ein schönes Paar ab und obsiegten.

Ich schoss ein Erinnerungsfoto (siehe Bild), verliess den Laden, ging über die Strasse, holte mir bei Dolores** für lumpige 4.25 Euro einen Lime Chicken Burrito und dachte kauend über die Welt der Mode nach. Ich wurde ein bisschen traurig. Die Welt, sie ist hohl, dachte ich. Die Tränen aber, die über meine Backen rannen, die vergoss ich nicht der Schuhe wegen, schuld war die Chili Salsa.

* Sneakers von Dirk Schönberger, gesehen bei Ulf Haines, Rosa-Luxemburg-Strasse 11, Berlin.
** Dolores California Gourmet Burritos, Rosa-Luxemburg-Strasse 7, Berlin.

Max Küng (max.kueng@dasmagazin.ch)
Bild **Françoise Caraco** (francoise@caraco.ch)

Kaufen mit Küng: Entfernung des Weisheitszahns

CHF 662.70*

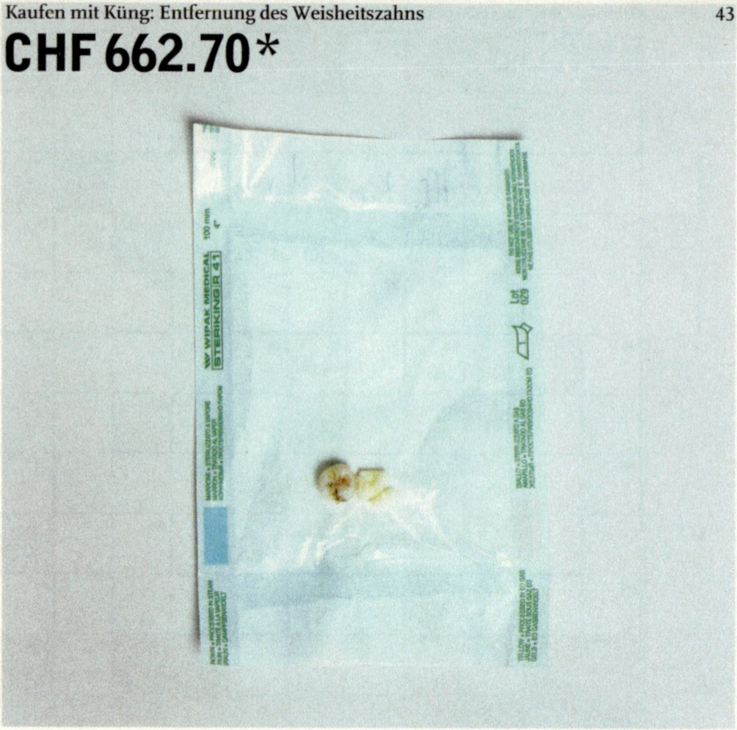

Ich kann nicht behaupten, dass es Spass gemacht hätte, dass es schön war oder ich mich danach sehnte. Obwohl, doch, ich sehnte mich danach, denn die Kopfschmerzen zuvor (und die Schwindelanfälle und die Angst, es könne etwas ganz anderes sein, etwas viel Schlimmeres mit einem komplizierten Namen oder auch einem ganz einfachen mit elf Buchstaben) waren furchtbar. Mein Weisheitszahn unten rechts ging mir auf die Nerven. Er musste raus, sagte mein Zahnarzt, und zwar sofort. Total entzündet. Klar, ich hatte nichts dagegen.

Bald lag ich unter einem grünen Tuch, und mein Zahnarzt (zum Glück ein sympathischer Mann mit einer beruhigend wirkenden Portion Humor) arbeitete mit grossem Kraftaufwand in meinem Schlund, und ich hörte manch komisches Geräusch, dass ich dachte, vielleicht baut man mir auch eine Heizung ein – aber ich spürte nichts, auch nicht, als eindeutig in meinem Mund gesägt wurde. Nun ja, später spürte ich dann ziemlich viel, wow, daheim, waren das Schmerzen, wow, ich warf Ponstan ein, als seien es Smarties, und sie nützten einfach nichts, nichts, nichts.

Eine Woche später war dann aber alles wieder gut. Nun ja, was heisst da alles? Mein Mund ist meine persönliche Neat-Baustelle. Denn der gezogene Weisheitszahn war natürlich nicht das einzige Problem in meinem zurzeit auf weisse Trüffel spezialisierten Beiss- und Mahlwerk. Oh nein, mein Mund ist eine wahre und gar witzige Wundertüte. Bald wird wieder gearbeitet. Diesmal oben links. Sehr bald sogar. Man nennt es Wurzelbehandlung. Oje. Oh weh.

PS: Weisheitszahn, was für ein blöder Name. Der sollte Terrorzahn heissen. Oder Armmachzahn.

PS: Für heitere Zahnarztmomente in der Literatur siehe Martin Amis «Die Hauptsachen», eben erschienen bei Hanser, 44.50 Franken – im Film: «Marathon Man» mit Dustin Hoffman, Regie: John Schlesinger

* Entfernung (mit Durchtrennung) des Weisheitszahns (inklusive Nahtmaterial Eticrin, Infiltrationsanästhesie, Nachkontrolle und Spiralgin 500 und ein paar anderen Sachen) bei Praxis Dr. Kallenberger & Dr. Dervisoglu, Klybeckstrasse 20, Basel

Max Küng (max.kueng@dasmagazin.ch)
Bild **Françoise Caraco** (francoise@caraco.ch)

CHF 700.–

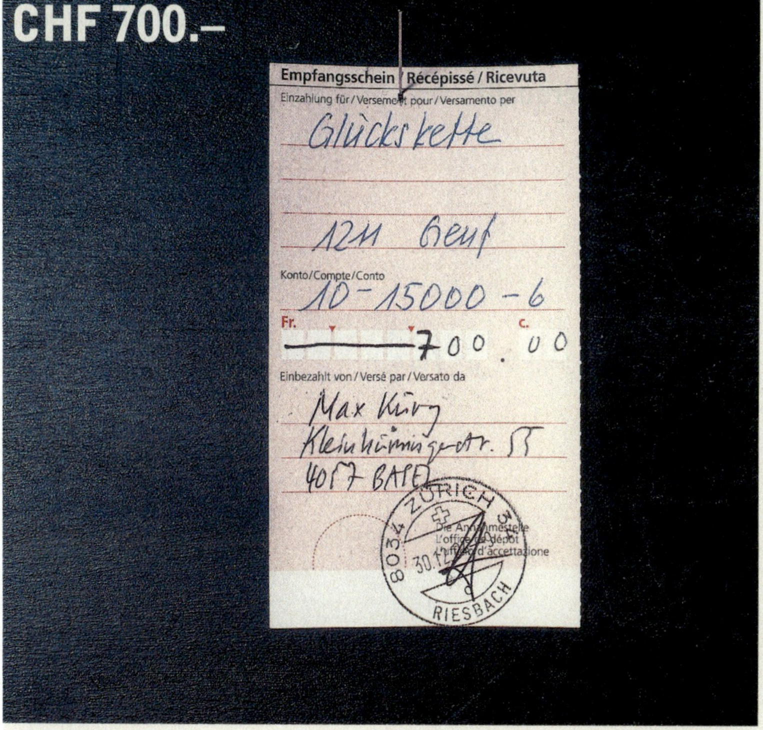

Von Max Küng

In dieser Kolumne wird von Dingen berichtet. Von Dingen, die wir kaufen, oder besser gesagt: Die ich kaufe und Ihnen weiterempfehle. Gegenstände, die wichtig sind. Oder auch unwichtig. Schöne Sachen. Cooler Kram. Gute Gründe. Im letzten Jahr ging es etwa um den besten Käse, den ich je gegessen habe. Oder um ein Spiel namens Krocket. Oder um das Club-Sandwich. Oder um ein Gasturbinen-Motorboot für 30 Millionen (das ich mir nicht wirklich gekauft habe, es war bloss eine Fantasterei). Oder um handgemachte Turnschuhe aus Spanien. Täglich kaufen wir Zeugs, und diese Kolumne soll uns helfen zu verstehen, warum wir gewisse Dinge wollen, begehren, brauchen.

Nun ist mir in diesen Tagen nicht zum Kaufen zumute. Eigentlich sollte es hier um eine Jeanshose gehen. Doch es schien mir extrem hohl, in diesen Zeiten, angesichts des unsäglichen Leids, über den Kauf einer Jeanshose zu berichten. Und das erste Mal in meinem Leben hatte ich das Verlangen, Geld zu spenden. Ich sah fern und war paralysiert ob der Bilder und der Realität dahinter. Ich hatte das Gefühl: Ich muss etwas tun. Und ich kann etwas tun. Also ging ich auf die Post und nahm einen Einzahlungsschein und zahlte ein. Ich fühle mich deswegen nun nicht als besserer Mensch als zuvor. Aber ich denke, auch wenn es ein bisschen naiv klingt: Helfen ist Pflicht, jetzt, für alle. Warum gerade 700 Franken? Ich hatte nicht mehr auf meinem Konto – und Sieben ist meine Glückszahl.

Wir alle werden noch viel Glück brauchen.

Glückskette, 1211 Genf, Vermerk «Seebeben Asien», PC 10-15000-6

Max Küng (max.küng@dasmagazin.ch)
Bild **Françoise Caraco** (francoise@caraco.ch)

CHF 745.–

Es war mir völlig klar: Ich musste diesen Stuhl haben. Noch nie zuvor sah ich eine schönere Sitzgelegenheit (abgesehen von vielleicht Gio Pontis «Superleggera»). Er ist klar geprägt vom nordischen Design, aber verkörpert unverkennbar auch die klassische italienische Eleganz. Kam dazu, dass der Stuhl aus geformtem Sperrholz mit dem charakteristischen Loch auch noch äusserst bequem war. Nur fand ich keinerlei Literatur dazu.

Auf dem feingliedrigen Metallgestell prangten zwei Kleber. «Made in Italy». Und: «Fratelli Saporiti Besnate». Um mehr in Erfahrung zu bringen, schrieb ich der heute prosperierenden Herstellerfirma, Saporiti in Besnate aus Mailand, schickte ein Fahndungsfoto des grossen Unbekannten.

Aus Norditalien hiess es: Der Stuhl stamme aus dem Jahr 1955. Er heisse «Ariston» und gehöre zu einer Möbelserie namens «Radium». Ein Architekt namens Augusto Bozzi habe ihn entworfen. Ein paar Tausend Stück seien gefertigt worden. Mehr wisse Firmengründer Sergio Saporiti leider auch nicht mehr.

Ariston? So wie das berühmte Theater in San Remo, das 1953 errichtet wurde und seither die Heimat des dortigen Schlagerfestivals ist? Oder vielleicht nach dem Stoiker Ariston von Chios, dem Schüler des Zenon von Kition? Oder einfach nach der Bedeutung des griechischen Wortes: das Beste?

Und Augusto Bozzi? Was hatte er gebaut? Ich fragte bei Architekten nach, aber der Name Bozzi war bloss ein entfernt vertrauter Klang (und einer sagte: «Besser Bozzi als Botta»). Egal. Hauptsache, der Stuhl steht in meiner Wohnung in Basel und vielleicht bald in einer anderen Stadt, wer weiss. Erkenntnis: Der Ariston ist fünfzig Jahre alt. Sollte ich mit fünfzig auch noch in einem so guten Zustand sein, dann wäre ich sehr, sehr glücklich. Bonuserkenntnis: Möbelklassiker zu sammeln, das stelle ich mir als ein zwar kostenintensives, aber sehr befriedigendes Hobby für die zweite Lebenshälfte vor, in die ich laut Statistik in naher Zukunft unweigerlich eintreten werde.

Saporiti Ariston, Jahrgang 1955
Gekauft bei Elastique, Grüngasse 9, Zürich
Sachdienliche Hinweise zu diesem Stuhl sind äusserst willkommen und werden mit Felchlin-Schokolade belohnt.

Max Küng (max.kueng@dasmagazin.ch)
Bild **Françoise Caraco** (francoise@caraco.ch)

CHF 800.–*

Manchmal neigt der Mensch dazu, ein bisschen zu übertreiben. Das und so ähnlich dachte ich, als ich zwei Kisten nach Hause bugsierte.

Aber es musste sein. – Unbedingt.

Manchmal müssen gewisse Dinge einfach sein.

«33 Kilo» (und ein paar hundert Gramm) stand auf dem Lieferschein. In den beiden Kisten befanden sich zwölf Bücher, die zusammen ein Werk bilden: den Nachdruck der italienischen Architektur- und Designzeitschrift «domus». Nun ja, einen kleinen Teil davon wenigstens. Denn «domus» gibt es bereits seit 1928. Damals war die vom Architekten Gio Ponti gegründete Zeitschrift noch so etwas wie ein monatliches Lifestyleheftli**, inklusive Kochrezepte und Tipps zur Hundehaltung. Doch bald entwickelte sich «domus» zum wichtigsten Organ für zeitgenössische Architektur und aktuellem Design – was es bis heute geblieben ist*** Die aktuelle Ausgabe ist die Nummer 900.

Das zwölfbändige Mammutbuchwerk aus dem Taschen-Verlag zeigt chronologisch geordnet Originalseiten aus «domus», von den Anfängen bis 1999, das heisst: 20 000 Bilder auf 7000 Seiten, handgepickt aus den 200 000 «domus»-Seiten seit 1928. Ein gewaltiger Bilderspeicher wird uns da präsentiert, ein fettes Zeugnis für die teils atemberaubende Grafik der avantgardistischen Zeitschrift und eine Messe für die Schönheit der Dinge, von der «domus» handelt: Das Allerbeste sind die Nachdrucke der Originalwerbungen von beispielsweise Bertoia-Stühlen, die in «domus» erschienen.

Die Vergangenheit, sie war schön.

Nicht nur für Architekten und Gestalterinnen: Das hier, das ist die wahre Bibel. Amen.

PS: Bei dem satten Preis sollte ein Schuber für die zwölf Bände inklusive sein – wäre auf jeden Fall nicht übertrieben. Gibt es aber nicht. Muss man sich selber bauen. Inspiration hat man ja genug, nach dem Teilstudium des Werkes.

* «domus», 1928–1999, 12 Bände, Hardcover, 21,8×31,4 cm, 6060 Seiten, Taschen-Verlag
** Uruntertitel: «Architettura e arredamento enges Tal' abitazione moderna in città e in campagna»
*** aktuelle Auflage 52 800

Max Küng (max.kueng@dasmagazin.ch)
Bild **Françoise Caraco** (francoise@caraco.ch)

CHF 887.70

Von Max Küng

Es ist unbestritten: Sie sind die besten Künstler der Schweiz. Und vielleicht nicht nur der Schweiz, sondern auch von ganz Europa. Oder eventuell sogar von der ganzen Welt und darüber hinaus.

Peter Fischli und David Weiss haben zusammen geniale Filme gedreht («Der Lauf der Dinge», 1987), Skulpturen geknetet («Plötzlich diese Übersicht», 1981) und auf Fotos Mortadellascheiben zu Teppichen werden lassen («Wurstserie», 1979). An der letzten Biennale in Venedig gewannen sie den Preis für das beste Kunstwerk («Findet mich das Glück?»).

Das Problem mit der guten Kunst: Sie ist mit der Zeit nicht billiger geworden. Ganz und gar nicht. 1979 war die Fotoserie mit den Würsten für 1500 Franken zu haben – im letzten Herbst war sie einem hungrigen Sammler an einer Auktion in New York nicht weniger als 164 800 Dollar wert.

Doch zum Glück gibt es Editionen – Werke in einer bestimmten Auflage und darum relativ günstig, Volkskunst also, Exponate für das kleine Wohnzimmermuseum. So zum Beispiel der Druck aus der Fotoserie «Airports», über die «Die Zeit» schrieb: «Flughäfen, wo auch immer, werden bei Fischli und Weiss plötzlich zu stimmungsgeladenen Attraktionen. Die beiden sind bekannt dafür, Alltäglichem Glanzlichter aufzusetzen.» Die Auflage beträgt 120 Exemplare. Das Format 30 mal 40 Zentimeter. Das Sujet zeigt den Flughafen von Tokio.

Wäre «Das Magazin» eine Wirtschaftszeitschrift, dann würde hier stehen: «Empfehlung: kaufen. Die Edition ist günstig und hat Potenzial. Eine gute Wertanlage. Im Alter können Sie sich davon einen Treppenlift leisten.»

Weil aber «Das Magazin» kein Wirtschaftsheftli ist, sondern einfach eine sehr gute Zeitschrift, steht hier bloss: Das Bild ist wunderschön und macht in jede Wand, an der es hängt, ein Fenster, von dem es in die Welt hinausgeht, weit und schnell.

Edition von Fischli & Weiss, nummeriert, signiert
Zu kaufen bei Scalo-Galerie, Schifflände 32, 8001 Zürich, Telefon 01 261 09 41, zu besichtigen auch im Buchladen, Limmatquai 18
Im Preis inbegriffen ist das legendäre, längst vergriffene Buch «Airports» (1990, Edition Patrick Frey).
Max Küng (max.kueng@dasmagazin.ch)
Bild Françoise Caraco (francoise@caraco.ch)

EUR 660.–

Kunst, meint man, sei etwas für Reiche. Das stimmt nicht. Auch arme Schlucker können sich Kunst leisten, weil Kunst gar nicht teuer ist. Schon gar nicht, wenn man bedenkt, was man dafür bekommt.

Von meinen ersten Ersparnissen kaufte ich mir keine Technics-Stereoanlage mit Equalizer (obwohl ich die auch gerne gehabt hätte), sondern ersteigerte mir eine Seriegrafie von Andy Warhol für 5000 Franken. Ich war damals noch ein Teenager und hatte von Kunst keine Ahnung, ich wusste nur, dass es mich glücklich machte, Kunst zu besitzen. Von meinem nächsten Lohn kaufte ich mir einen Siebdruck von Allen Jones. Den Warhol musste ich bald wieder abstossen (um die Zahnarztrechnung zu begleichen, hoch wie eine Reparationszahlung). Was mir blieb: der Druck von Jones (irgendwo in einer Schublade, eine fürchterliche Arbeit, finde ich heute) und die grosse Lust am Kauf von Kunst.

Und deshalb habe ich mir bei meinem letzten Berlin-Besuch in einer Galerie die Arbeitsdokumentation von Simon Dybbroe Møller angeschaut. Er ist jung, studiert noch in Frankfurt in der Klasse von Tobias Rehberger, und ich denke, dass aus ihm mal was wird. Aber darum geht es nicht. Es geht darum: Ich sah das Bild, und es ging mir nicht mehr aus dem Kopf. Ich musste es einfach besitzen. Also rief ich eine Woche später an und kaufte es. Sieht gut aus, finde ich. Es macht mein Leben besser. Und ich leg schon mal etwas Geld auf die Seite für die «Art» oder die «Liste». Eine Skulptur vielleicht, diesmal? Oder was in Öl?

Fotografie von Simon Dybbroe Møller, 45 cm × 44 cm, Unikat, gekauft bei Galerie Kamm, Almstadtstrasse 5, 10119 Berlin. Am Dienstag eröffnet in Basel die Kunstmesse «Art», am Tag zuvor die «Liste».

Max Küng (max2000@datacomm.ch)
Bild **Hans-Jörg Walter** und **Daniel Spehr** (info@walterundspehr.ch)

CHF 1049.–*

Und dann stand ich im Eschenmoser und war plötzlich ein 13 Jahre alter Junge, und der 13 Jahre alte Junge sagte: «Gekauft. Einpacken, bitte. Jupidu.»

Ich rannte heim und packte aus und wurde allmählich wieder älter, aber die Freude am neuen elektronischen Spielzeug, sie wurde nicht geringer. Ich bin kein Aussendienstmitarbeiter. Das Auto brauche ich vor allem, um damit zur Tankstelle zu fahren. Das handliche Navigationsgerät mit dem sympathischen Namen TomTom jedoch, das musste einfach sein, weil man manchmal Dinge braucht, die man eigentlich nicht braucht. Ich meine: Frauen können Schuhe mit Stiftabsätzen kaufen und sinnstiftende Handtaschen mit Bambusgriffen. Und wir Männer? Wie füllen wir die dunklen, tiefen Löcher des Seins? Wir brauchen Unterhaltungselektronik.

Meine Frau schüttelte den Kopf, als ich das TomTom zu Hause tätschelte und hätschelte, als wäre es ein kleiner er kälteter Hase. Sie sagte: «Oje.» Ich sagte: «Und was, wenn ich nun beruflich plötzlich explosionsartig nach Semtin** reisen muss und keine Zeit habe für ausgedehntes Kartenstudium? Oder schnell ins belgische Schellebelle***? Oder hoch nach Hammerfest****?» Das waren natürlich Hammerargumente.

Denn in dem TomTom ist alles drin: Es kennt 99 Prozent der Strassen Europas. Zudem die von Kanada und den USA auch noch gleich. Einfach Zieladresse auf dem 4-Zoll-Touchscreen eintippen – tipp, tipp –, und schon geht es los. Eine nette, aber bestimmte Frauenstimme (die darf man natürlich auswählen; wenn man möchte, dann kann man sich auch John Cleese als Führerstimme vom Netz runterladen) geleitet mich mit der freundlichen Hilfe von irgendwo im Weltall herumkurvenden Satelliten an den gewünschten Ort. Ich werde mich nie mehr verfahren, denn jetzt weiss, wie ich zu verfahren habe. Und: Ich weiss zwar nicht, wo ich im Leben hinwill, aber ich weiss nun, wie ich dorthin komme.

* TomTom Go 910, Navigationssystem mit 20-Gigabyte-Festplatte, gekauft bei Eschenmoser
** Fahrzeit ab Zürich 8 Stunden 8 Minuten
*** 6 Stunden 49 Minuten
**** 40 Stunden 55 Minuten

Max Küng (max.kueng@dasmagazin.ch)
Bild **Françoise Caraco** (francoise@caraco.ch)

CHF 1184.–*

Rehbraun stehen sie da, auf den Campingplätzen dieser Welt, elegant gespannt und geschmückt mit einem Wimpel über den Firstösen mit einem frechen Vogel drauf. Und so heissen sie auch, die Zelte: Spatz.

Natürlich springt einen als Erstes in diesen Zeiten bei diesen Zelten wie ein Bär im Nationalpark der hohe Preis an. Wenn man allerdings ein bisschen rechnet, dann sieht die Sache anders aus. Denn die Spatz-Zelte sind nicht wie die Fernostmodelle aus billigem Synthetikmaterial gefertigt, sondern aus feinster und dichtester Baumwolle aus Schweizer Produktion. Das ist zwar eben teurer (und auch schwerer), hat aber gewichtige Vorteile. Denn bei Spatz weiss man: Die fiesen UV-Strahlen verbrutzeln mit der Zeit jedes Synthetikzelt und lassen es undicht werden (bei Spatz gibt es 10 Jahre Garantie und einen lebenslangen Service). Vor allem aber ist das Klima in einem Baumwollzelt unvergleichlich angenehmer. Fragt man einen erfahrenen Camper nach dem Befindlichkeitsunterschied zwischen einem Baumwoll- und einem Synthi-Zelt, dann ruft der aus: «Ha! Welten! Welten!»

Im Juni 1935 entstand Spatz aus der Zürcher Pfadibewegung heraus. Firmengründer Hans Behrmann (1912–1999), ein wahrer Camping-Pionier, hatte das erste Doppeldachzelt konstruiert. Das Überdach hält den Regen ab, während das luftdurchlässige, aber winddichte Innenzelt die Camper frei atmen lässt, wie es sich für einen angenehmen Urlaub gehört. Die Luftschicht zwischen den Dächern dient als Isolation. Behrmanns Erfindung war einfach und genial und hat noch heute Bestand.

Zu Hause ist die Traditionsmanufaktur mitten in der Stadt Zürich an einem steilen Stutz im Hirslandenquartier. Dort werden pro Jahr rund 350 Zelte genäht. Und sie werden stehen, auch diesen Sommer, auf den Plätzen dieser Welt, die Modelle «Bijou», «Winnetou» oder «Chalet». Fest verankert auf dem Grund, trotzend jedem Sturm, rehbraun und stolz mit dem Spatz im Wappen.

* Preis für Modell «Bijou», Baumwollleichtzelt für zwei Personen (4,2 Kilo)
Spatz Camping, Hedwigstrasse 25, 8032 Zürich, www.spatz.ch

Max Küng (max.kueng@dasmagazin.ch)
Bild **Françoise Caraco** (francoise@caraco.ch)

CHF 2190.–*

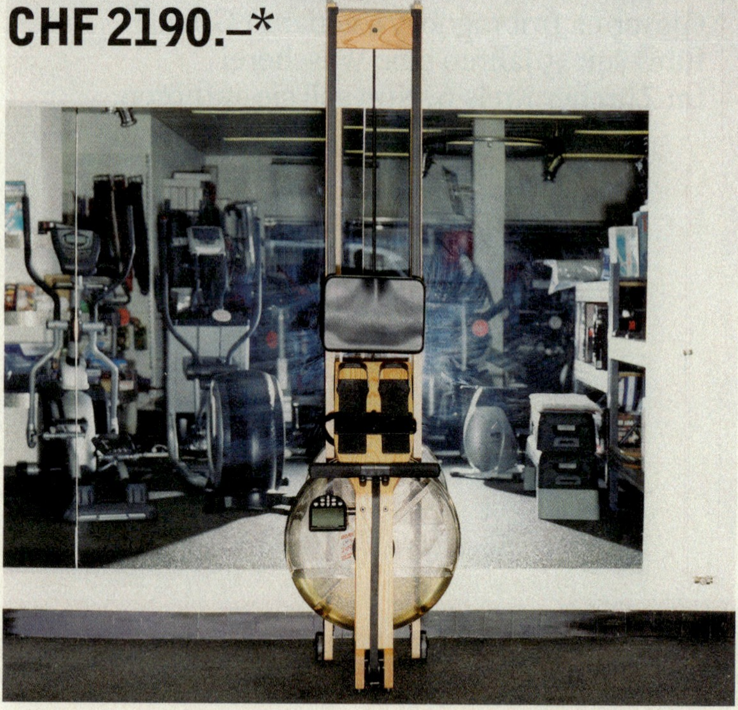

An einer Party belauschte ich zwei Persönlichkeiten, beide sehr bekannt aus Funk und vor allem Fernsehen. VG und MM. Sie redeten erst über Computer. Der eine war ein PC-Fan. Der andere ein Apple-Supporter. Dann wechselten sie das Gesprächsthema. Es ging um Rudergeräte. Und der Ton verschärfte sich zunehmend. MM vertrat die Meinung, dass sein Rudergerät namens Concept2 das einzig Wahre sei, worauf VG in Gelächter ausbrach. Er schwor auf seinen WaterRower. Bald kam es bei diesem Rudergerätedisput beinahe zu Handgreiflichkeiten, doch dann besannen sich die beiden eines Besseren und tranken Bruderschaft.

Am nächsten Tag machte ich mich schlau, denn auch ich komme in ein Alter, in dem man die Schwerkraft immer stärker empfindet. Ja, sie wiegt wirklich schwer. Ein Rudergerät für zu Hause, das schien mir eine gute Idee. Concept2 ist eine Maschine aus Metall, bekannt aus vielen, vielen Fitnessstudios – erprobt, robust, gross. Der WaterRower hingegen ist aus Holz gebaut. Und als Widerstand dient ein mit Wasser gefüllter Tank, in dem sich ein Paddel dreht. Es soll, so der Verkäufer, einem das annähernd echte Gefühl des Ruderns auf einem See vermitteln, wenigstens akustisch, denn ausser dem Rauschen des Wassers im Tank vernehme man dank kugelgelagerten Polyurethanrollen unter dem Rollsitz kein Geräusch (höchstens das eigene Stöhnen und Ächzen).

Ich kam zum Schluss: Wenn ich ein Rudergerät kaufen würde, dann den WaterRower, rein schon aus ästhetischen Gründen. Ein weiterer Grund: Man kann ihn bei Nichtgebrauch hochkant aufstellen (auch wenn er dann ein bisschen wie eine Guillotine wirkt). Allerdings habe ich Angst vor dieser Anschaffung. Denn ich weiss: Schnell verwandelt sich ein Heimfitnessgerät in ein staubiges, sperriges Mahnmal für die eigene Faulheit. Und die Schwerkraft zieht weiter an einem – auch wenn man 2190 Franken weniger im Portemonnaie hat, dann.

* WaterRower, Ausführung in Esche,
28 Kilo, 210 × 56 × 53 cm
Gesehen bei Fitnessshop 24,
Zweierstrasse 99–105, Zürich

Max Küng (max.kueng@dasmagazin.ch)
Bild **Françoise Caraco** (francoise@caraco.ch)

CHF 2799.–*

Wenn ich eine Liste verfassen müsste mit den hundert besten Erfindungen, die der Mensch je gemacht hat, dann stünde auf dieser Liste nicht nur «die Pizza mit scharfem Öl» und «die Fernbedienung», sondern auch «das Velo» – und zwar ziemlich weit vorne. Zum Beispiel dieses hier: das Modell Compact Tool von MTB Cycletech für den Einsatz in der Stadt. Perlmuttweiss. 9,6 Kilo schwer. 20 Gänge. Hydraulische Scheibenbremsen von Avid. 26-Zoll-Räder. Vorne Tretkurbel von einem Rennvelo, hinten Schaltkassette von einem Mountainbike. Shimano-Dura-Ace-Komponenten. Ein Fahrrad, des Gene von Mountainbikes und Rennvelos besitzt und eine eigene Kategorie bildet: das Speedbike. Es vereint Robustheit, Wendigkeit und Geschwindigkeit, ohne dass ein gewisser Komfort auf der Strecke bleibt. Und es ist schön.

Konzipiert und entworfen wurde das Compact Tool von Butch Gaudy, jenem Berner, der Anfang der Achtzigerjahre die ersten komischen Fahrräder mit dicken Reifen und robusten Rahmen aus Kalifornien in die Schweiz einschleppte. Velos, die man damals hier noch nie gesehen hatte. Velos, mit denen man nicht mehr bloss auf Strassen fuhr, sondern auch die Berge hoch. Und runter. Und kreuz und quer. Mountainbikes nannte man sie** Gaudy gründete MTB Cycletech, importierte Kultmarken wie Yeti und Merlin, organisierte erste Rennen – und schraubte selber Velos zusammen. Etwa das Tourenrad Papalagi, das kürzlich sein 20-Jahr-Jubiläum feierte.

Das Velo ist das eine. Das Fahren damit das andere: Geschwindigkeit. Das Gefühl von Freiheit. Wind im Gesicht. Wir wissen es nicht, aber wir hoffen: Der nächste Frühling kommt bestimmt. Ich freue mich jetzt schon darauf, da drauf zu sitzen und zu flitzen um die Ecken der Stadt. Was ich einfach dann noch brauche: eine Erfindung, ohne die die Erfindung Velo heutzutage nichts mehr taugt: «das Veloschloss»***

* Compact Tool von MTB Cycletech, erhältlich in drei Grössen
Händlerverzeichnis unter www.velo.com
** Ganz am Anfang hiessen sie gar noch All Terrain Bicycles (ATB).
*** Super: das Modell New York Fahgettaboudit von Kryptonite, Gewicht: 3,8 Kilo

Max Küng (max.kueng@dasmagazin.ch)
Bild **Françoise Caraco** (francoise@caraco.ch)

CHF 3000.–*

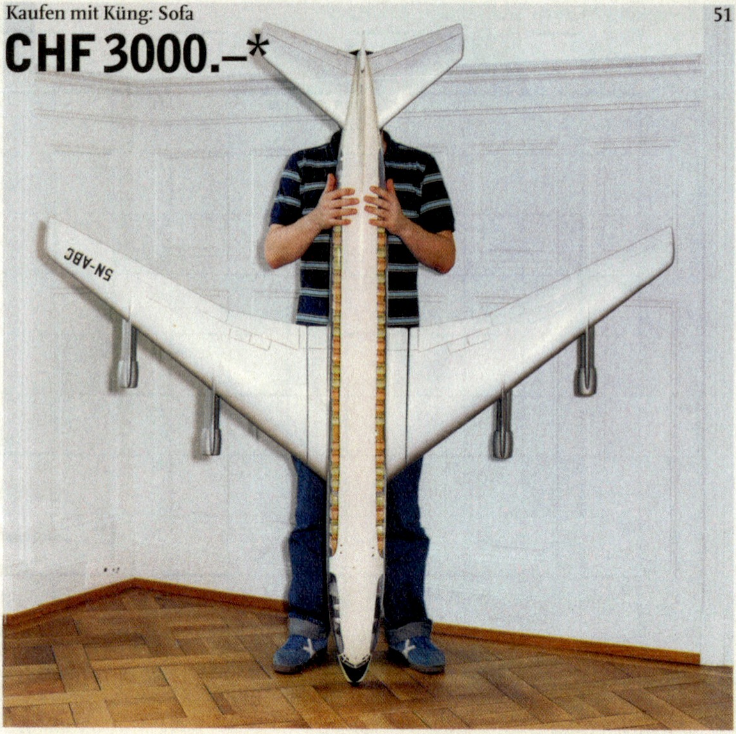

Eigentlich enden Texte selten gut, die mit dem Wort «eigentlich» beginnen. Dieser aber schon.

Eigentlich wollte ich mir ein Sofa kaufen. Endlich einmal ein richtiges Sofa. Ein schön bürgerlicher Gedanke. Eine Lebensmitteinsel, ledern womöglich gar, zum drin Lesen, Fernsehen, Hängen. Ich hielt mich also eine Weile zurück in Restaurants und Buchläden und überhaupt und sparte einen meiner Meinung nach schönen Batzen zusammen, nämlich die exorbitante Summe von 3000 Franken. Doch ich sollte schnell merken, dass 3000 Franken in der Welt der bürgerlichen Gedanken nicht viel ist, vor allem nicht, wenn man sich ein richtiges Sofa kaufen will.

Und überhaupt. Warum in Gottes Namen hatte mir niemand gesagt, dass der Kauf eines Sofas eine der schwierigsten Aufgaben überhaupt ist, die sich im Leben einem in den Weg stellen? Eine einen grämlich werden lassende Gralssuche. 1. Sind fast alle Sofas hässlich. 2. Die, die nicht hässlich sind, sind schrecklich unbequem. 3. Die wenigen, die nicht unbequem und auch nicht hässlich sind, die haben doofe Füsse oder knarren, ächzen oder wackeln, sind zu gross, zu klein. 4. An allen anderen hängen kleine Schilder, auf denen grosse Zahlen stehen. «8849» oder «12 298» oder andere Nummern aus dem Reich der arithmetischen Akrobatik.

Zunehmend frustrierter zog ich durch die Läden. Bis ich auf meiner Reise der schwindenden Hoffnung auf das Modell einer vierstrahligen Boeing 707 stiess. Ein altes Demonstrationsmodell wohl aus den Sechzigerjahren mit detailliertem Innenleben und sogar Beleuchtung. Wenn ich mir schon kein anständiges Sofa leisten konnte und also auch kein bürgerliches Leben, dann kaufte ich mir halt ein sperriges und unnützes Flugzeugmodell. Das ist immerhin schön. Und es hat auch viel weniger als 3000 Franken gekostet. Also wieder mal was gespart. Ein gutes Gefühl. Und ein grosses Denkmal für das unlösbar scheinende Problem des Sofakaufens.

* Statt Sofa: altes Flugzeugmodell von Westway Aviation Models, Isleworth, England Gekauft bei My Place Design & Coffee Shop, Hottingerstrasse 4, 8032 Zürich

Max Küng (max.kueng@dasmagazin.ch)
Bild **Françoise Caraco** (francoise@caraco.ch)

VERKAUF DER WOCHE: AUDI QUATTRO

CHF 3000.–

Ja, ich hatte es schon beim Kauf vor zwei Jahren (siehe «Magazin», Nummer 48, 2002) geahnt: Es würde etwas kommen. Und dann kam alles zusammen, kürzlich. Manchmal sprang der Wagen einfach nicht mehr an. Dann fing das Getriebe an zu krosen wie eine Knochenmühle, und irgendwann begann mein geliebtes Gefährt sporadisch von alleine zu bremsen, und ich fuhr wie Louis de Funès über den Bürkliplatz, im Stottergalopp, knarzend, quietschend.

Ich liess den Quattro per TCS zum Spezialisten bei Luzern spedieren (die offizielle Audi-Garage in Basel war nicht bereit, näher auf eine Reparatur einzugehen, riet mir zur Verschrottung). Bald kroch aus meinem Faxgerät ein Kostenvoranschlag mit Niederschmetterfaktor, drei Seiten lang, sehr detailliert. Gut 6000 Franken wären nötig gewesen, um den Wagen wieder strassentauglich zu machen. Durchaus günstig, angesichts des Zukunftspotenzials des Wagens (erstes serienmässiges Allradauto, Ikone der Achtziger, ein Klassiker). Zu viel aber für mich. Das ist das Problem mit coolen Karren mit Jahren auf dem Buckel für arme Schlucker wie mich: Sie fressen Löcher ins Portemonnaie wie Blausäure. Ich erfuhr, was die Wendung «Fass ohne Boden» wirklich bedeutet.

Schweren Herzens überliess ich das Restauto für einen Batzen dem Spezialisten. Der macht den Wagen nun wieder tipptopp flott für einen potenten, zukünftigen Liebhaber. Ich bin sehr traurig und fahre, bis auf Weiteres, Golf (weiss, ohne Ledersitze, aber Allrad, immerhin).

Audi Quattro, Baujahr 1988,
verkauft an Garage Bachmann, Inwil
Kilometerstand: 137 500
Vor zwei Jahren gekauft für 9400 Franken von Privat

Max Küng (max2000@datacomm.ch)
Bild **Hans-Jörg Walter** und **Daniel Spehr**
(info@walterundspehr.ch)

CHF 3500.–*

Vor ziemlich genau einem Jahr beklagte ich mich an dieser Stelle, wie schwierig es sei, ein Sofa zu finden. Ja, behauptete ich, es gäbe wohl kaum ein grösseres Problem in der Kategorie der kleineren Probleme als die Sofafindung.

Nun ist es vollbracht. Ein Sofa ist in mein Leben getreten, genauer: eine ganze Sitzgruppe. Ich muss gestehen, es war Liebe auf den dritten Blick. Auf den ersten Blick dachte ich: Oje. Auf den zweiten: Hm. Dann aber liess ich mich überzeugen von dem wulstigen Ledersofa, das von einer sonderbaren, an eine Zahnspange gemahnenden Metallkonstruktion zusammengehalten wird. So wie sich Jean Baudrillard hat überzeugen lassen. Der Philosoph/Soziologe** sass 1970 in der Jury des italienischen Designpreises Compasso d'Oro, mit dem das Sofa namens «Soriana» ausgezeichnet wurde, respektive dessen Designer, das Ehepaar Tobia und Afra Scarpa.

Eine Woche nach dem Kauf sass ich auf dem «Soriana», wunderte mich, wie bequem es war und in welch gutem Zustand das Leder sich befand, immerhin war es fast so alt wie meine Haut. Ich schaute einen Film. Der Film hiess «Broken Flowers»*** und zeigte einen recht phlegmatischen Bill Murray, der in seinem dunklen Wohnzimmer auf einem Sofa sitzt und über sein Leben nachdenkt, das vielleicht ein bisschen falsch lief. Und was sah ich? Nun, zuerst dachte ich: Oh, der Fernseher ist kaputt und ich sehe eine Spiegelung, also mich. Aber wo war mein Bart? Die Brille? Dann sah ich: Es war doch Bill Murray alias Don Johnston. Er sass auf einem «Soriana»-Sofa. So wie ich. Und das war richtig – denn kein anderes Sofa passt besser zu Bill Murray als diese lederne Mischung aus praller Blutwurst, geschnürtem Geschwür und unansehnlichem Unterwassermonstrum.

Nun also habe ich ein Sofa und ein Problem weniger. Ich werde mich also sofort auf das Sofa setzen und mich auf die Suche nach einem Ersatzproblem machen. Brauche ich vielleicht ein neues Auto? Einen Hund? Neue Schuhe?

* Sofa plus 1 Sessel plus 1 Hocker, Leder, von Cassina, Siebzigerjahre
Gekauft bei Elastique, Grüngasse 19, Zürich
** wird am 20. Juli 77 Jahre. Bonne anniversaire!
*** von Jim Jarmusch, 2005, jetzt auf DVD

Max Küng (max.kueng@dasmagazin.ch)
Bild **Françoise Caraco** (francoise@caraco.ch)

CHF 7251.–*

Ich gestehe. Beim Einschlafen denke ich daran. Beim Aufwachen ebenfalls. Dazwischen wohl auch. Woran? An Möbel. Ja, gebe es zu, ich bin möbelkrank. So vermöbelt, dass ich wohl bald professionelle Hilfe in Anspruch nehmen muss. Beim Frühstück denke ich an stapelbare Stühle von Arne Jacobsen** Was mache ich tagsüber im Büro? Ich denke an wacklige Wohnzimmertischlein von Tapio Wirkkala. Was mache ich, wenn ich abends im Kino sitze? Ich denke an schauklige Sessel aus den Fünfziger- und Sechzigerjahren. Zum Beispiel an jenen mit dem Namen Karuselli des finnischen Designers Yrjö Kukkapuro.

Anfang der Sechzigerjahre gelang Kukkapuro dieser gewagte Entwurf aus Fiberglas und Leder, als er, so die Legende, bis oben voll mit Wodka im Schnee sitzend ein Nickerchen abhielt und anschliessend merkte, wie bequem dies doch gewesen war. Also nahm er diese Form als Vorlage, die Form, die sein Körper im Schnee hinterliess, und daraus wurde, nach Jahren des Tüftelns, der wirklich ausgesprochen bequeme Karuselli, der seither in Finnland in verständlicherweise kleinen Stückzahlen produziert wird. Und der eine Alternative bietet etwa zum Lounge Chair von Eames – für Menschen, die die ästhetische Herausforderung suchen.

Ich denke also an dieses Möbel. Ich denke: Soll ich ihn kaufen? Ich denke: alt oder neu? Wenn schon, dann alt, mit Patina, oder? Ich denke: Würde er mir, in meiner Stube stehend, nicht Angst einjagen? Könnte ich nachts trotzdem schlafen? Ist er schön? Oder ist er schön, weil er eben nicht schön ist im konventionellen Sinn? Und vor allem denke ich: Falls ich ihn hätte, an was sollte ich dann denken, den ganzen lieben langen Tag lang? Denn die allerschönsten Dinge, das sind die Dinge, die wir nicht besitzen, sondern begehren. Nichts ist schlimmer als ein erfüllter Traum.

Also denke ich weiter.

* Karuselli-Sessel, gesehen bei Holm, Hürlimann-Areal, Zürich, Spezialist für nordisches Design
Immer wieder schöne alte Karuselli bei www.dmk.dk
Die Abbildung zeigt das Modell im Massstab 1:6. Gesehen im Vitra Design Museum, Weil am Rhein, Kostenpunkt 393.89 Euro
** Modell 4130, auch bekannt unter dem Namen Grand Prix

Max Küng (max.kueng@dasmagazin.ch)
Bild **Françoise Caraco** (francoise@caraco.ch)

CHF 38 000.–*

Meine Kindheit: dieses Auto. Der Lotus Esprit mit seinem keilgleichkantigen Körper** und den Klappscheinwerfern war, was ich begehrte, wovon ich träumte in meiner autofokussierten Bubenwunschwelt (wenn ich gerade nicht über die Sängerin Sabrina sinnierte). Reste dieser Bubenwunschwelt steckten tief in mir drinnen, mehr oder weniger unbemerkt schliefen sie in mir – bis ich letzte Woche an einer Autogarage im Wiggertal vorbeikam. Dort stand er glänzend in der Wintersonne: schwarz und eckig, die totale Gefühlserinnerungsmaschine. Ich war sofort wieder acht Jahre alt.

Natürlich kennen wir dieses Auto aus dem Kino. Er war zweimal James Bonds Geschäftswagen («Der Spion, der mich liebte», «In tödlicher Mission»). Aber vor allem ist dieser Wagen das coolste Auto, das je gebaut wurde. Das war die Meinung, die ich als Kind vertrat, und das ist sie noch heute.

1976 kam die erste Version des britischen Mittelmotor-Sportwagens mit dem italienischen Kunststoffkleid auf den Markt. Das besichtigte Modell (S3) stammt von 1982 und weist zu seinen Vorgängern nebst anderen Verbesserungen den Vorteil eines verzinkten Chassis auf. Zwischen 1981 und 1987 wurden 767 Stück des Modells S3 gebaut.

Die Zahlen, sie sind unspektakulär: 163 PS leistet der Motor. Verglichen mit den vulgären Sportwagen der Jetztzeit wirkt der 111 Zentimeter hohe Esprit bescheiden. Er ist der elegante Klassiker.

Bevor ich mit diesem Wagen fuhr, dachte ich: Wer kein Problem hat, der kauft sich eins. Nun, nachdem ich mit dem Esprit gefahren bin, dreissig Jahre nach der Implantierung des Bubentraums, denke ich: Ich muss ihn haben. Hätte ich das Geld, ich würde keine Sekunde zögern. Vielleicht kann ich jemanden anpumpen. Ich muss mal ein paar Telefonate starten. Oder soll ich in die Werbung gehen? Eine Bank ausrauben? Meine Pensionskasse anstechen?

Es nimmt mich wunder, wie lange es geht, bis ich wieder aus meiner Kindheit zurückkehre.

* Lotus Esprit S3, Jahrgang 1982, 50 000 km
Gesehen beim Lotus-Spezialisten Kumschick, Luzernerstrasse 57, Schötz
** Design Giorgio Giugiaro, wie auch VW Golf I (1974), Fiat Uno (1983), Nikon F-3 (1980)

Max Küng (max.kueng@dasmagazin.ch)
Bild **Françoise Caraco** (francoise@caraco.ch)

Kaufen mit Küng: Citroën C6
CHF 59 000.–*
59

Zuerst dachte ich, die Leute seien einfach Verrückte, die da vor meinem Fenster standen und ins Nichts starrten. Immer wieder standen sie da. Vorvorgestern. Vorgestern. Gestern. Immer wieder andere. Dann merkte ich, dass sie gar nicht ins Nichts starrten. Sie betrachteten etwas. Und zwar ganz genau. Mein Nachbar hatte sich einen neuen Wagen zugelegt. Er war unter einem Baum parkiert und glänzte. Den sahen sich die Leute an. Männer. Frauen. Kinder. Sie blieben stehen, schauten. Ich habe noch nie erlebt, dass Menschen ausserhalb des Verkehrshauses sich so der Betrachtung eines Vehikels hingeben, das nicht Teil eines Verkehrsunfalles ist.

Beim Wagen handelt es sich um den neuen Citroën C6. Ich mag mich erinnern, als ich einen Kollegen verhöhnte, als er vor einiger Zeit von dem neuen Citroën schwärmte. Als ich dann den Wagen zum ersten Mal sah, fand ich ihn einfach nur blöd. Nun muss ich diese Meinung revidieren, denn ich habe mir den C6 meines Nachbarn näher angeschaut. Und oft ist es so (mit Dingen, auch mit Menschen): Bei genauerer Betrachtung wandelt sich Ablehnung in Zuneigung (gut, manchmal ist es auch umgekehrt).

Ich trat also vor die Türe und neben das Auto und stand dort und gab mich ganz dem Anblick des überlegt geformten Bleches hin. Es ging nicht lange, da gesellte sich ein Passant dazu. Er sagte: «Und?» Ich sagte: «Die französischen Autobauer verdienen grössten Respekt für ihren Mut, Dinge auf die Strasse zu bringen, die anders aussehen, auch wenn man auf den ersten Blick zur Meinung gelangen könnte, sie seien hässlich. Und dann die Zitate der Vergangenheit, die randlosen Türfenster, wie beim DS, die konkave Heckscheibe, wie beim CX, wenn auch weit extremer jetzt. Und was finden Sie?»

«Ja», sagte der Passant, «mol öppis anders.» Dann ging er davon, und ich schaute noch ein bisschen und dachte, wenn mich jetzt jemand sieht, er denkt, ich sei verrückt.

* Preis für Basisversion 3.0 V6.
Ich habe den Wagen nicht gekauft, da er 1. nicht meinen Bedürfnissen (Kombi) entspricht und 2. ich eh kein Geld habe für solche Dinge. Aber ja, ich finde ihn schön. Irgendwie.

Max Küng (max.kueng@dasmagazin.ch)
Bild **Françoise Caraco** (francoise@caraco.ch)

CHE: VERHANDLUNGSSACHE*

Auf die Frage, welches das schönste Auto ist, das je gebaut wurde, könnte ein langer Diskurs folgen. Ich behaupte: Es ist der Lamborghini Miura** Niemals zuvor und niemals danach verliess etwas Cooleres eine Autofabrik.

Erstmals sah man den gerade mal 105 Zentimeter hohen Wagen aus Sant'Agata bei Bologna mit dem Kampfstier im Emblem vor genau vierzig Jahren am Automobilsalon in Genf. Die Daten waren so beeindruckend wie der Schwung der Hülle des Karosserieherstellers Bertone. 12 Zylinder. 4 Liter Hubraum. 350 PS. Der Miura war mit seinen 280 km/h Topspeed der Supertrumpf jedes Autoquartetts. Den Fahrer und den hinter ihm quer eingebauten Motor trennte nur eine Glasscheibe (Motorraum selbstverständlich beleuchtet). Der Preis: damals heftige 20 000 Dollar.

Der Miura mit seinen charakteristischen Frontscheinwerferwimpern wurde zur Ikone, zum Bubentraum und Staraccessoire. Das Magermodell Twiggy fuhr einen wie auch Elton John (der damals noch reinpasste). Frank Sinatra orderte den Miura mit Wildsauledersitzen. Und auch der Schah von Persien liess sich zu Weihnachten einen nach St. Moritz liefern (des Schahs Miura wurde 1997 vom Schauspieler Nicolas Cage in Genf ersteigert, für 500 000 Dollar. Über den Wagen sagte er: «It's like a triple espresso»). Total wurden 765 Miura produziert, bevor der pervers eckige Lamborghini Countach 1974 seine Nachfolge als Supersportwagen antrat.

Noch befindet sich der abgebildete weisse Lamborghini Miura P400 mit guten 70 000 Kilometern auf dem Tacho in der Sammlung des Schauspielers und Werbers Hansjörg Bahl («Nei Si, näämed Si de Quick vom Leisi»). Der Wagen aus zweiter Hand (zuvor gehörte er einer «Damenschneiderin» in Basel) mit der Produktionsnummer 247 ist jedoch käuflich erwerbbar. Der Preis ist Verhandlungssache. Interessenten rechnen mit einer sechsstelligen Zahl, die nicht mit einer 1 beginnt.

* Für mich persönlich nicht im Bereich des Möglichen (zu kleiner Kofferraum)
Kaufwillige wenden sich bitte an: secretary@lamborghiniclub.ch
Interessant: www.lamborghiniregistry.com
** Man kann hier gerne widersprechen.

Max Küng (max.kueng@dasmagazin.ch)
Bild **Françoise Caraco** (francoise@caraco.ch)

CHF 1 000 000.–*

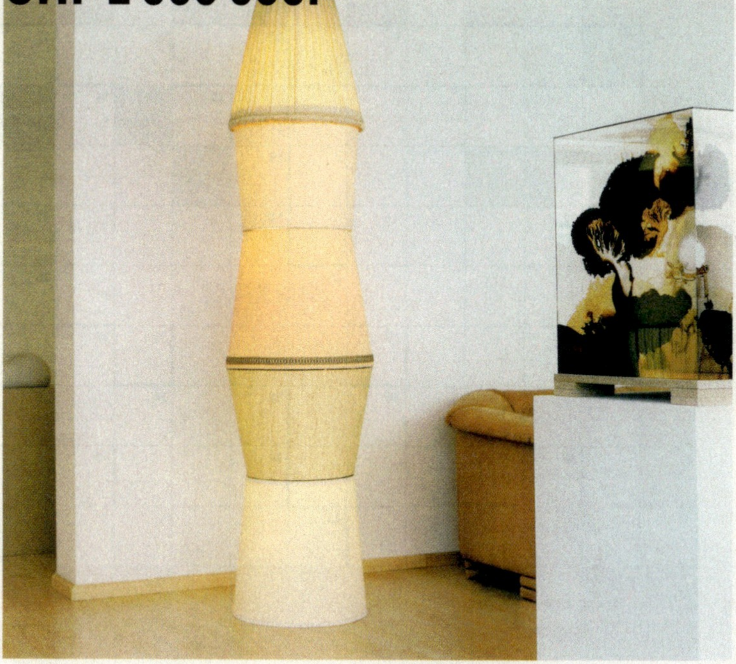

Kürzlich fragte mich mein Kumpel Klumpen eine Frage, die zu meinen liebsten Fragen seit meiner Kindheit gehört, nämlich: «Was würdest du mit einer Million Franken machen?» Natürlich hat sich nicht nur der Franken seit meiner Kindheit entwickelt respektive was man für eine Million bekommt – auch meine Begierden haben sich gewandelt. So stutzte Klumpen, als ich ihm ohne langes Nachdenken antwortete, ich würde Kunst kaufen. Er fragte: «Warum?» Und ich sagte ihm: «Weil es einen glücklich macht.» Klumpen lachte und sagte, glücklich würde doch ein Ferrari machen respektive deren drei bis vier, aber doch nicht Kunst. Ich dachte nach und sagte: «Doch.» Klumpen schüttelte den Kopf. «Dann hängst du dir das an die Wand und siehst es an und dann geht dir einer ab oder was? Mit einem Ferrari bekommst du Bräute! Ich möchte die Bräute sehen, die du mit Kunst bekommst.» Er fing an, die exotisch klingenden Namen teurer Autos aufzuzählen, die er sich kaufen würde. Ich stellte mir derweilen vor, ich würde mit einem Koffer mit einer Million in kleinen Scheinen mich auf Reisen machen. Ich würde nach Basel fahren und dort in der Galerie Friedrich mir die Ausstellung* des Künstlerduos Lutz/Guggisberg ansehen und eine der grossartigen Lampenskulpturen kaufen (8000 Franken, siehe Bild) oder zwei. In Zürich würde ich eine raumgreifende Installation von Daniel Robert Hunziker** erstehen (26 000 Franken). Und ein kleines Bild von Armen Eloyan*** (5000 Euro) – oder ein grosses (27 000 Euro). Dann hätte ich immer noch gute 900 000 Franken. Aber die wären auch bald weg, etwa für Kleinformatiges von jungen Toten (Kippenberger, Blinky Palermo). Und dann, wenn die erste Million verbraten wäre, dann bräuchte ich eine zweite, um mir ein kleines Haus zu bauen, damit die Kunst ein Zuhause hat. Denn es ist so im Leben: Es führt ein Ding zum nächsten.

* Ausstellung «Klima» von Lutz/Guggisberg, Galerie Friedrich, Grenzacherstrasse 4, Basel.
** «THINKS» von Daniel Robert Hunziker, Ausstellungsraum 25, Ankerstrasse 25, Zürich.
*** «Comic-related Paintings» von Armen Eloyan, Galerie Bob van Orsouw, Limmatstrasse 270, Zürich.

Max Küng (max.kueng@dasmagazin.ch)
Bild **Françoise Caraco** (francoise@caraco.ch)

KAUF DER WOCHE: BOOT

CHF 30 913 400.–*

Manchmal stelle ich mir vor, ich hätte ein Boot auf dem Zürichsee und führe hinaus mit einem weissen Jacket an mit goldenen Knöpfen dran und einer Kapitänsmütze auf dem Kopf, tuckerte herum und legte an bei einem guten Restaurant mit Steg mit einem lauten «Ahoi!» und Schiffshorngehupe. Und wenn es ein Boot sein soll, dann natürlich nur das «118 Wallypower». Das Kraftpaket mit dem durchgedonnert futuristischen Design, einer Mischung aus Stealth-Bomber und James-Bond-Bösewicht-Spleen, ist 118 Fuss lang, also 36 Meter, bietet sechs Personen Platz auf Kingsize-Betten und auch noch den sechs Leuten der Crew, die es braucht, um ein solches Boot zu manövrieren.

Das Ding aus einer anderen, nassen Welt sieht nicht nur schnell aus, sondern ist es auch. 60 Knoten soll die Reisegeschwindigkeit betragen. Das sind 111,12 km/h. In ziemlich genau einer Viertelstunde also wäre man mit den Kleinen in Rapperswil im Kinderzoo. Natürlich hat ein solches Boot einen gewissen Durst. Bei voller Geschwindigkeit 951 Gallonen in der Stunde. Wie viel eine Gallone ist? 3,7853 Liter. Also eher viel.

Die meisten teuren Jachten haben einen Innenausbau, als hätte Nella Martinetti das Design besorgt. Beim «118 Wallypower» ist das anders: Es ist innen so wie aussen: kantig, cool, scharf, also eher von Zaha Hadid als von Nella.

Leinen los.

Noch nicht gekauft, aber am Studieren, bei der Reederei Wally in Monaco: www.wally.com.
* Preis für Motorenvariante mit 3 Gasturbinen. Mit zwei Dieselaggregaten (je 3650 PS) fährt man viel billiger: 20 604 800 Franken. Crew und laufende Kosten exklusive.

Max Küng (max2000@datacomm.ch)
Bild **Hans-Jörg Walter** und **Daniel Spehr** (info@walterundspehr.ch)

Kaufen mit Küng: Mietbus

CHF 281.93*

Ich war ein wenig erstaunt, dass all die Dinge in einem einzigen Lieferwagen Platz fanden. All die Dinge, die ich in den letzten drei Jahren für diese Kolumne gekauft hatte. Drei Jahre in einem Bus. Nun ja, das stimmt nicht ganz. Denn gewisse Dinge gibt es nicht mehr. Die Würste von der Metzgerei Pippo aus Basel: gegessen (recht rassig). Das gehäkelte Auto: verschenkt. Die handgemachten Turnschuhe aus Barcelona: verschollen. Der Katzenspielzeugroboter aus Japan: auf Ebay verkauft. Die Chilipflanze: eingegangen. Das Bier aus Nordkorea: runtergefallen und zerschellt. Der Koran: ausgeliehen (an einen recht bekannten Kabarettisten). Die 6-Liter-Champagner-Flasche: ausgetrunken. Die Tierpatenschaft: ausgelaufen.

Aber ein paar Dinge besitze ich noch. Und manche davon musste ich nicht lange suchen, denn ich liebe sie innig. Zum Beispiel das Messer von Shun, noch immer scharf. Den Sperrholzstuhl von Augusto Bozzi mit dem schönen Loch. Das Krocketspiel vom Flohmarkt («klack klack»). Den gusseisernen Schmortopf von Le Creuset. Das Flughafenfoto von Fischli/Weiss. Das Sofa, das aussieht wie eine Leberwurst. Die Jeans von Seal Kay, die nicht nur noch immer schön sind, sondern so robust, dass sie auch den harten «Kassensturz»-Jeanshosen-Test mit Bravour bestanden hätten.

Und natürlich fallen mir nun noch all die Dinge ein, die ich eigentlich dringend hatte kaufen wollen, die aber aus welchen Gründen auch immer untergingen. Zum Beispiel einen Nasenhaarschneider. Oder eine Skulptur von David Renggli. Ein Velo von Alta.

So empfinde ich nun etwas Wehmut, weil dies der viertletzte Satz ist, der im Rahmen dieser Kolumne von mir erscheinen wird. Und dies der drittletzte. Und der zweitletzte Satz ist dieser – aber im Herbst kommt das Buch zur Kolumne, mit vielen Extras, Specials und Bonusartikeln**

Bis dann: Au revoir Konsum – und jetzt bitte umblättern.

* Miete für Ford Transit 300S,
Innenmasse 257 × 176 × 175 cm, Volumen 7,7 m³,
manuelle Schaltung, für 48 Stunden,
bei Avis, Gartenhofstrasse 17, Zürich
Benzin exklusiv
** Verlag Edition Patrick Frey

Max Küng (max.kueng@dasmagazin.ch)
Bild **Françoise Caraco** (francoise@caraco.ch)

Kaufen mit Küng: alles

CHF 89 665.55*

* Summe der Preise der hier abgebildeten Objekte, wovon ich alle wirklich auch gekauft und selber bezahlt habe (nix Spesen), mit zwei Ausnahmen: Citroën C6 (59 000.–, weil 1. zu teuer und 2. keine Bewilligung der Ästhetikpolizei) & Sessel von Kukkapuro (7251.–, Kauf noch in der Reflexionsphase)

KAUF DER WOCHE: BEHÄLTER

CHF: 23.90*

Ich kannte immer schon ordentliche Menschen. Menschen mit Regalen, Ordnern, aufgeräumten Leben. Ich war voller Neid. Mein Leben war Chaos. Unordnung. Ein Viertel meiner Zeit verbrachte ich mit Suchen (Wo sind die K-Swiss-Turnschuhe? Wo ist mein Kopf?). Es war eine schreckliche Zeit mit manch lähmenden Momenten. Bis ich kürzlich Georg Utz kennen lernte. Er veränderte mein Leben. Oder besser: Seine Erfindung tat es. Georg Utz gründete 1947 in Zürich eine Firma für Werkzeugbau. Sechs Jahre später zügelte er mit seinen 16 Arbeitern nach Bremgarten und fing an, Spritzgussmaschinen herzustellen. In Bremgarten ist die Firma Georg Utz Group noch immer zu Hause, dort und in der ganzen Welt.

Die Ordnung kam in Form des «Eurobehälters RAKO» in mein Leben: eine Kiste aus Spritzgusskunststoff mit Deckel. Sie ist stapel- und wunderbar. «Eurobehälter» heisst sie, da sie vom Mass der Europalette (1200 x 800 mm) herunterdividiert wurde. Und RAKO ist eine dieser typisch schweizerischen Industrieprodukteabkürzungen – ausgeschrieben heisst der Name «Rahmenkonstruktion». Die RAKO-Kiste ist säurebeständig, geschmacks- und geruchsneutral, einsetzbar auch bei –40 respektive +100 Grad Celsius, und sie ist mit maximal 500 Kilogramm belastbar – ich kann sie also problemlos auch nach einem mehrgängigen Essen als Hocker verwenden. Und sie ist ein Klassiker. Seit 1965 wird RAKO gefertigt. Schon wieder eine, die 40 wird! Alles Gute!

Gekauft bei OBI Bau- und Heimwerkermarkt.
* Preis für eine Kiste Modell 3-205U (400 x 300 x 325 mm) ohne Deckel mit Schnappverschluss (8.50 Fr.)

Max Küng (max2000@datacomm.ch)
Bild **Hans-Jörg Walter** und **Daniel Spehr** (info@walterundspehr.ch)

ENZYKLOPÄDIE DES ALLTAGS

erschienen in DAS MAGAZIN

~~[illegible]~~ 1999 – 2000

ALLE FOTOS*: HANS-JÖRG WALTER

*mit 2 ausnahmen

100

WER HEUTE EINE MILLION FRANKEN UND MEHR IN BAR HERUMTRÄGT, HAT ENTWEDER DRECK AM STECKEN, ODER ER ÜBERBRINGT LÖSEGELD.

Wie gross ist eine Million? Die Relativität einer Zahl kann relativ konkret werden, wenn sich die Zahl folgendermassen materialisiert: 100 Scheine. Schweizerfranken. Ungebraucht. Gebündelt. Von diesen Bündeln 100 Stück. Sichtbar schön geschichtet und gestapelt in einem robusten Koffer aus etwa Aluminium (Modell 800 Arcum Timmon von Samsonite mit 18 Litern Fassungsvermögen, wie ihn auch James Bond in «The World is not enough» verwendete). Das ist eine Million (exklusive 520 Franken für den Koffer).

Selten aber kann, darf oder muss eine solche Zahl auf solche Art und Weise in Erscheinung treten. Und tut sie es, so scheint etwas nicht zu stimmen. Denn Geld in grossen Mengen fliesst unsichtbar von einem sich hinter einer Nummer verbergenden Konto auf ein anderes Konto. Eine Million in einem Koffer könnte sein a) unsauberes Geld, das gewaschen werden muss, etwa aus einem Drogendeal, b) Beutegeld, etwa aus einem Bankraub, oder c) Geld aus einer erpresserischer Tätigkeit, so genanntes Lösegeld. Beispiel: Vor 20 Jahren wird der Sohn der Industriellenfamilie Oetker entführt und in eine Kiste gesperrt. Lösegeld: 21 Millionen Mark. Beispiel: Am 25. März 1996 wird Jan Philipp Reemtsma aus seiner Villa in Hamburg-Blankenese entführt. Die Kidnapper verschleppen ihn in ein Ferienhaus bei Bremen, fesseln ihn im Keller. Mehrere Geldübergabeversuche scheitern, bis Reemtsma nach 33 Tagen endlich freigelassen wird. Lösegeld: 30 Millionen Mark in Mark und Franken, von denen der grösste Teil noch nicht aufgetaucht ist (die Scheine waren markiert und sind unter «www.lka.nrw.de/fahndung/reem 2.htm» aufgelistet). Beispiel: Bei einer Anwaltsfamilie in Deutschland klingelt im Frühjahr 1998 das Telefon: «Wenn Sie Ihren Labrador lebend wiedersehen wollen, bringen Sie morgen um 15 Uhr 600 Mark in die Telefonzelle am Waldfriedhof.» Jugendliche hatten den Hund Moritz entführt, wurden aber bei der Lösegeldübergabe von der Polizei festgenommen. Alle Entführten überlebten. Die Ermordung der Geiseln ist die Ausnahme. Ein Spezialfall ist derjenige des 1982 entführten Konservendosenfabrikanten Brassel, der zwar starb, abe nicht, weil die Entführer ihn eigenhändig umgebracht hätten, sondern wei sein Herz versagte.

Nicht nur im realen Leben ist das Erpressen eine Spielart der Kriminalität sondern auch im Kino in Filmen wie etwa «Tim und Struppi am Haifischsee» 1972 (die Erpresser wollen Doktor Bienleins 3-D-Kopierer), oder in vielen, vielen Krimis. Nicht weniger als zehn Kinofilme tragen den Titel «Ransom» (engl Lösegeld). Der erste entstand 1916. De letzte 1996 (mit Mel Gibson).

Selbstverständlich gibt es auch einen legalen Transport von Geld in Koffern jedoch benutzt man dann besser Spezialkoffer wie jene der Firma Gehrer AG in Wädenswil, zum Beispiel das Model SAT (Sicherheits-Aktenkoffer und Aktentresor) mit Superalarm (2x110 dB) Entreissschutz und Rauch zur Markierung des Geldes und zur Abschreckung Leergewicht 5,1 Kilogramm.

Technics Quartz
Direct Drive Turntable System SL-1210MK2
pitch adj.
power
off
on

ER IST DER PLATTENTELLER SCHLECHTHIN. WEDER DJ NOCH DJANE WÜRDEN JE AUF SEINE DIENSTE VERZICHTEN WOLLEN. TROTZ SEINEM UNMELODIÖSEN NAMEN: SL-1200 MK2.

Ein Plattenspieler kommt selten allein. Wenigstens dann, wenn es sich um den berühmten SL-1200 Mk2 handelt. Denn dieser SL-1200 Mk2 ist der Plattenspieler für Discjockeys (die Tanzmusikschallplattenaufleger), und die brauchen zwei, damit sie unter der Zuhilfenahme eines Mischpultes zwei Lieder (Songs, Tracks) ineinander verweben können (mixen). Dadurch wird permanentes Tanzen möglich (Party).

Hergestellt wird der SL-1200 Mk2 von der Firma Technics, einem Unterhaltungselektronikriesen, der wie Panasonic zum Konzern Matsushita Electric Industrial (Japan) gehört. Ihr Apparat SL-1200 Mk2 ist deshalb für einen solchen Einsatz geeignet, da er über einen so genannten Direktantrieb verfügt. Der Plattenteller (Durchmesser: 33 cm) aus Aluminiumspritzguss wird nicht durch einen Gummiriemen angetrieben, sondern direkt von einem unter dem Plattenteller sich befindenden quarzgesteuerten halbautomatischen Motor.

Dies ermöglicht das beständige Erreichen der exakten Betriebsgeschwindigkeit (33,3 respektive 45 Umdrehungen pro Minute) in nur 0,7 Sekunden nach Drücken des Startknopfes. Zudem lässt sich die Geschwindigkeit per Regler um plus oder minus 8 Prozent verändern (durch Manipulation im Gerät sogar um bis zu 15 Prozent), was wiederum den Discjockeys dazu dient, Lieder mit unterschiedlicher Geschwindigkeit (beats) einander anzugleichen.

Der weltweit erste direkt angetriebene Plattenspieler wurde von Technics im Juni 1970 gebaut (Modell SP10). Selbstverständlich dachte man damals noch nicht an DJs, die in Turnhallen Tanzveranstaltungen vollführen (damals wurde Musik noch mit umständlichen Geräten aus Holz gemacht).

Das Modell SL-1200 kam im November 1972 auf den Markt, als Nachfolger des Modells SL-1100 (der erste direkt angetriebene Plattenspieler mit einem Spritzgusschassis). Das hier präsentierte Modell SL-1200 Mk2 ist eine speziell für den Einsatz von Discjockeys optimierte Version (mit Antivibrationssystem und verbesserter Gleichlaufstabilität) des SL-1200. Es kam 1980 auf den Markt. In der Schweiz werden pro Jahr konstant plus/minus 5000 Stück verkauft. Seit ein paar Jahren ist die Tendenz leicht steigend.

Der SL-1200 Mk2 ist ein Mythos. «Wheel of Steel» (Stahlrad) nennt man ihn in der Hip-Hop-Kommune. Auf dem Gerät wurde auch das «Scratchen» erfunden (schnelles manuelles Vor- und Zurückbewegen einer Schallplatte). Er hat keine natürlichen Feinde. Zwar gibt es mittlerweile auch andere Hersteller von ähnlichen Geräten mit gleichen Eigenschaften, etwa den Vestax, aber der Discjockey hält dem Original die Treue. Billigkopien werden belächelt. Geräte, mit denen man Compactdiscs abspielen kann, ebenfalls.

Der SL-1200 Mk2 mit den Massen 45,3x36x16,2 cm) wiegt 11 Kilo. Inklusive Staubschutzhaube.

DIE DISCOKUGEL, DIESES ZITAT VON GLAMOUR UND DEKADENZ, ERLEBT EIN COMEBACK IN DEN DISKOTHEKEN UND IN DER KUNST.

Wenn ein Gegenstand in der Welt der bildenden Kunst (W.d.b.K.) – also in Nachbarschaft von Wörtern wie «idiosynkratisch» oder «Kontext» – in gehäuftem Masse erscheint, dann muss diesem Gegenstand eine ausgeweitete Bedeutung zugeschrieben werden. Der Gegenstand besitzt dann ein Gewicht, das weit über sein physisches hinausreicht. Die Kunstgeschichte hat schon viele solcher Gegenstände gesehen. Die Schale mit Obst. Die Pfeife. Den Hirsch.

In letzter Zeit ist die Discokugel ein häufig gesehenes Objekt in der W.d.b.K. So bekannte Schweizer Kunstschaffende wie John M. Armleder, Stefan Altenburger, Lori Hersberger und viele andere mehr haben die Discokugel in ihrer Arbeit eingesetzt. Nicht selten als ironisches, aber auch kritisches Zitat, oder aber auch einfach deshalb, weil es schlicht gut aussieht. Denn eine Discokugel riecht immer nach Kitsch, Glamour, Dekadenz – bleibt jedoch als solche Anspielung in der W.d.b.K immer klar lesbar brüchig. Wo Licht ist, da ist auch Schatten. Zudem besitzt der Spiegel eine grosse mystische Kraft und kann geschichtlich gesehen als Zeichen für den Übergang in eine hedonistische Phase betrachtet werden.

Aber: Eine Discokugel ist eine Discokugel ist eine Discokugel, deren Sinn es ist, in Diskotheken und Klubs für eine sich stetig verändernde Lichtstimmung zu sorgen, die Menschen dahingehend unterstützt, sich durch eine durch das Setting vermittelte gute Laune zu Musik zu bewegen und so zu verweilen und zu konsumieren, damit die Besitzerin/der Besitzer des Etablissements Umsatz macht. Ein Spiegelkugelgrosshändler schreibt: «Spätestens seit der Retro-Disco-House-Welle wieder ein Kult. Der Effekt, den schon deine Eltern auf der Tanzfläche erlebten! Unglaublich preiswert, unglaublich kultig.»

Eine Discokugel allein ist aber nichts, denn sie funktioniert wie der Mond (Ø 3476 km). Sie reflektiert lediglich das Licht, das auf sie geworfen wird.

Um einen guten Lichteffekt zu erzielen, benötigt man einen oder mehrere so genannte Punktstrahler, eine Lichtquelle also, die das Licht sehr gebündelt abgeben kann. Dies in allen Farben, die man sich vorstellen mag. Dieses konzentrierte Licht wird von den Spiegelchen der sich durch einen an der Decke befestigten Spiegelkugelelektromotor (3 U/min) in Bewegung gesetzten Discokugel wandernd in den dunklen Raum geworfen.

Eine Discokugel wird so hergestellt: Man nehme a) eine Weihnachtskugel, b) eine Styroporkugel, c) eine Kunststoffkugel und beklebe sie (Leim oder Doppelklebeband) mit kleinen Spiegelquadraten. Fertig ist die Discokugel.

Serienmässig hergestellte Discokugeln kommen meist aus Taiwan, wo sie in allen Grössen gefertigt werden. Gängige Grössen sind 10 bis 100 cm Ø, Letztere schlagen hier mit 1400 Franken zu Buche. Eine der meistverwendeten Grössen ist eine Kugel mit 31 cm Ø, die mit über 3000 je einen Quadratzentimeter grossen Spiegelquadraten beklebt ist. Übrigens: Wollte man aus dem Mond eine Discokugel machen, so bräuchte man rund 300 Billiarden Spiegelchen.

G
FREM
H
E
N

DAS KREUZWORTSPIEL SCRABBLE LEHRT DIE MENSCHHEIT DIE ACHTUNG VOR DER RECHTSCHREIBUNG. UND ERWEITERT DEN WORTSCHATZ.

Für manche ist Scrabble der Inbegriff der Biederkeit, Symbol für eine Kapitulation vor einem Leben ausserhalb der guten Stube. Für die anderen ist es Spielspass pur, Spannung und Kick in kleiner Gruppe (Familie, Clique).

Sicher ist: Ohne das Scrabble gäbe es 1. mehr Sonntagsspaziergänger(innen), 2. weniger Interesse an Wörtern mit weniger als acht Buchstaben wie etwa «Xysti» (21 Punkte). Sicher auch dies: Scrabble ist ein Kreuzwortspiel und besteht aus einem Brett, 102 Spielsteinen mit Buchstabenwerten (die bei Verlust kostenlos bei Mattel AG, Industriezone, 3210 Kerzers, nachbestellt werden können) und Zubehör (Blöcklein, Bänklein, Spielsteinsäcklein), auf welches es eine Garantie des Herstellers auf zwei Jahre gibt. Dann kann der Spass beginnen: Die Spieler (zwei bis vier) nehmen aus dem Spielsteinsäcklein sieben Spielsteine, und der erste Spieler bildet ein Wort aus mindestens zwei Buchstaben. Wörter können waagrecht oder senkrecht gelegt werden – jedoch nur von links nach rechts und auf keinen Fall diagonal. Und so weiter, wie bei Spielen üblich, denn ein ausgeklügeltes Regelwerk ist das A und O.

1931 war keine Zeit der ausgesprochenen Fröhlichkeit. Auch nicht im Städtchen Poughkeepsie (gleich neben Woodstock, New York, USA, würde im Scrabble zwar 24 Punkte bringen, leider aber sind geografische Namen ungültig), wo der Architekt Alfred Mosher Butts (*1900 †1993) wie so viele in der Wirtschaftsdepression seine Anstellung verlor. Trotz seines erlernten Berufes war Butts ein kluger Kopf und äusserst kreativ. Er entwickelte ein damals noch brettloses Wortlegespiel namens «Lexiko». Niemand wollte es, also produzierte Alfred Mosher Butts das Spiel in Heimarbeit, und immerhin brachte er so 200 Stück unter die Leute.

1938 entwickelte Butts ein Spielbrett (15 x 15 Zoll, wie heute noch) und ein Bänklein für die sieben Buchstaben dazu und nannte das Spiel «Criss Crosswords». Aber noch immer interessierte sich keiner dafür. Erst 1948 nahmen Freunde von Butts (Frau und Herr Brunots) die Sache in Lizenz wieder in die Hand, meldeten das Spiel beim Patentamt unter dem Namen «Scrabble» an und gingen in Produktion. Im ersten Produktionsjahr stellten sie 2251 Spiele her – und einen Verlust von 450 Dollar.

Erst ab Mitte der Fünfzigerjahre setzte ein Scrabble-Boom ein (als Macy's, «das grösste Kaufhaus der Welt», es prominent in sein Programm nahm). Bis heute hat es sich in 29 Sprachen nicht weniger als 100 000 000-mal verkauft.

Zum Glück wurde das Spiel zum Leben erweckt. Sonst hätte Mia Farrow im Film «Rosemary's Baby» (1968, Regie Roman Polanski) nie herausgefunden in schweren, schwangeresn Stunden, dass der Name Steven Marcato (Sohn eines Hexers, 24 Punkte, aber Namen gelten leider auch nicht) ein Anagramm ist für den Namen ihres lieben Nachbars Roman Castevet.

Gesamtwert dieses Textes mit durchwegs einfachen Buchstaben- und Wortwerten: 4011 Punkte. Das scheint ausserordentlich, denn normalerweise gilt bereits die Gesamtpunktzahl von über 700 Punkten als ausgezeichnet!

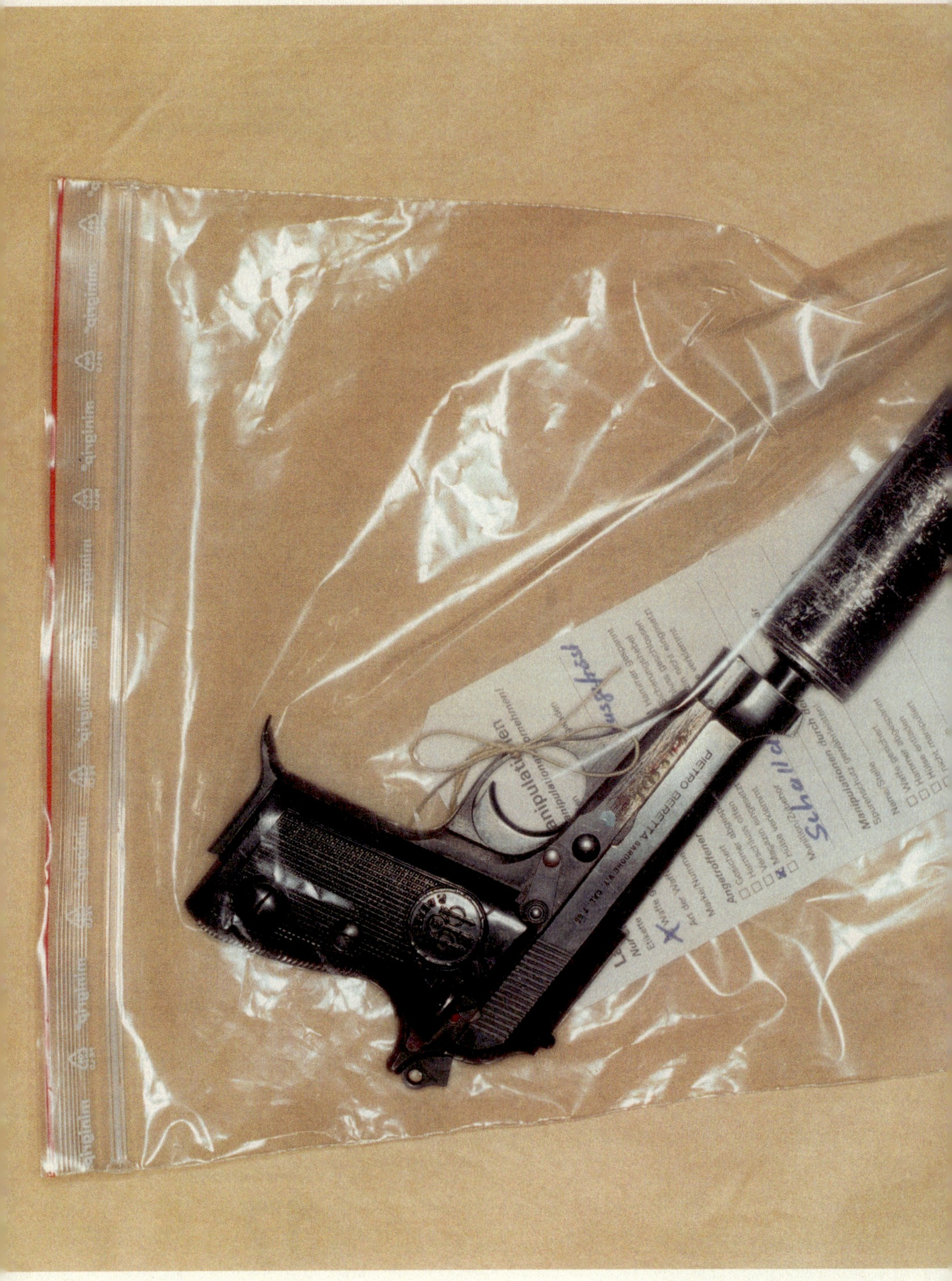
PIETRO BERETTA

SCHIESSEN IST LAUT. SCHIESSEN IST EINE EXPLOSION. DAGEGEN KANN DER SCHALLDÄMPFER ETWAS MACHEN. DER REST IST UNÜBERWINDBARE PHYSIK.

Er hat einen guten Namen: «Den flüsternden Tod» nennt man ihn in der Szene. Die Szene: Waffenfreunde. Offiziell heisst er auf Deutsch: Schalldämpfer, der. Englisch: silencer, the. Französisch: sourdine, la.

Eine Schusswaffe hat ein Problem. Sie macht Lärm. Das Problem hat vier Komponenten. 1. Die explosionsartige Verbrennung des Treibmittels. 2. Das Durchbrechen der Schallmauer des Geschosses. 3. Die Ausdehnung der Gase an der Mündung. 4. Die mechanischen Geräusche der Waffe.

Der Schalldämpfer hat die Funktion, den Austritt der Kugel leiser und so den Vorgang für die Umwelt unbemerkbarer zu machen. Das Prinzip ist einfach. Die Gase werden an ihrer schlagartigen Ausdehnung an der Mündung gehindert, indem sie durch ein Kammersystem geführt werden, um sich langsam auszudehnen. Zudem verlangt der Schalldämpfer nach spezieller Munition. Sie ist langsamer als der Schall (Subsonic).

In der Schweiz ist der Schalldämpfer seit dem 1. Januar dieses Jahres verboten. Menschen in Waffenläden halten das für einen Witz. Wieso? Menschen in Waffenläden sagen: «Weil man einen Schalldämpfer braucht, um Tiere zu töten, ohne andere Tiere aufzuschrecken, zum Beispiel.»

Hat man keinen Schalldämpfer zur Hand, so kann man sich a) einen bauen, es existiert umfangreiche Bastelliteratur, etwa «Quick and Dirty Homemade Silencers» von George Hayduke, oder aber sich b) mit Alltagsgegenständen behelfen. Der beste improvisierte Schalldämpfer ist ein grosser Laib nasses Brot. Auch gut: PET-Flaschen. Oder Milchkartons, wie im Film «L.A. Confidential» (1997, Regie Curtis Hanson) schön veranschaulicht wird.

Schalldämpfer gibt es für nahezu alle Handfeuerwaffentypen. Pistolen. Gewehre. Maschinenpistolen (etwa für die sehr handliche Heckler & Koch MP5SDA6, 9x19 mm). Maschinengewehre. Schrotgewehre lassen sich nur schwer schalldämpfen. Die US-Army aber hat auch für dieses Problem eine Lösung gefunden. Nicht die Gewehre werden schallgedämpft, sondern die Munition.

Menschen in Waffenläden sagen: «Ein Schalldämpfer ist immer auch eine Enttäuschung. Das berühmte ‹Plopp›-und-dann-Hirn-an-Wand aus dem Film gibt es nicht.» Eine Waffe macht immer Lärm, weil eine Waffe eine Waffe ist. Die Repetierbewegung. Das Auftreffen des Projektils auf der Fläche. Wenn ein Projektil etwa einen Menschenkopf wegreisst, ist das mit Geräuschen verbunden. In Filmen aber wird der Schalldämpfer gern inszeniert. Zum Beispiel 1970 mit Charles Bronson in «Città violenta» (Regie Sergio Sollima). Oder mit irgendeinem James Bond. Ein Schalldämpfer sagt klipp und klar: Hier ist ein Profi am Werk, der tut, was er tun muss. Ein Schalldämpfer sagt: Hier wird gedacht, bevor geschossen wird.

Von grossem Nutzen ist der Schalldämpfer unumstritten in Videospielen. Nach einer Welle von Baller-Games sind jetzt Herumschleich-Schalldämpferspiele angesagt. «Metal Gear Solid» zum Beispiel. Oder «Syphon Filter». Werbeslogan: «Silence can be deadly».

Was sagen Männer in Waffenläden? «Ob mit oder ohne, tot ist tot.»

DIE MUTTER ALLER KAFFEEMASCHINEN KOMMT SELBSTVERSTÄNDLICH AUS ITALIEN. SIE IST ZUVERLÄSSIGER ALS DIE MEISTEN LIEBESBEZIEHUNGEN.

Der erste europäische Kaffeetrinker war ein Deutscher. Der Arzt Leonhart Rauwolf aus Augsburg trank um 1582 in Syrien eine Tasse, was ihn in seinen Reiseerinnerungen schreiben liess: «Under andern habens ein gutes getränck, weliches sie hoch halten. Chaube von inen genennet, das ist gar nahe wie Dinten so schwartz und in gebresten sonderlich des Magens gar dienstlich.»

Zirka 8 Gramm fein gemahlenen und dunkel gerösteten Kaffee rechnet man pro hiesige Espressotasse. In Italien gibt es keinen Espresso, denn dort heisst der Espresso schlicht Caffè. Diese 8 Gramm pro Tasse werden von 93 bis 96 Grad heissem Wasserdampf durchdrungen, der die Aromastoffe (bis zu 700 Substanzen), das Koffein (1,5 Prozent) und die Chlorogensäure (7 Prozent) löst. Dieser Vorgang dauert 20 Sekunden. Man spricht hier vom Umlauf- oder Perkulatorensystem.

Die klassische Kaffeemaschine kommt selbstverständlich aus Italien: die «Moka Express» von Bialetti (die Marke mit dem Schnauzbart tragenden Männchen, das den Finger in die Luft reckt, in 90 Prozent aller italienischen Haushalte zu finden), entwickelt von Alfonso Bialetti in den Fünfzigerjahren. Bis heute hat Bialetti über 200 Millionen Stück produziert.

Nebst dem Klassiker (erhältlich in diversen Volumen, Masseinheit Tassen, wobei zu beachten gilt, dass man auch hier von Espressotassen spricht: 1, 2, 3, 6, 9, 12, 18; Preisspanne: 21 bis 86 Franken) produziert Bialetti eine Vielzahl von «Maschinen». Die «Elletrika» etwa, mit einem im Fusse eingebauten Elektrokocher – für den Einsatz irgendwo in der Nähe einer Steckdose.

Für Aluminumallergiker und Menschen, die befürchten, durch das Aluminium Alzheimer zu bekommen (Kommentar Küchenartikelhändlerin: «Ach, das ist wie mit dem Rindfleisch und dem Poulet») gibt es auch Modelle aus Chromnickelstahl. Vorteil: Man kann sie im Gegensatz zum Alumodell entkalken und in die Spülmaschine stecken. Nachteil: stillos und teurer (Einsteigermodell 54 Franken).

Die «Maschine» ist genial einfach und stabiler als manche Beziehung (ausserdem eine gute Wurfwaffe bei Beziehungszwisten aller Art): wenige Einzelteile, die auch noch allesamt ersetzt werden können. Die auf der Abbildung hier gezeigte «Maschine» ist vier Jahre alt und produzierte im Dienste einer Fotostudiokantine pro Tag gut und gerne an die drei Liter Kaffee (Jahresproduktion: 1,095 Kubikmeter).

Warnung eines US-amerikanischen Arztes namens Dr. Mills in der «New York Times» (1995): Kaffeetrinken kann ihre Gesundheit gefährden und süchtig machen. Bei Entzug können Müdigkeit, Kopfschmerzen und teilweise Depressionen auftreten. Häufiger Konsum kann zu Herzanfällen und Knochenschwund bei Frauen führen.

Die meisten interessiert das nicht die Bohne, und sie freuen sich auch weiterhin ob der anregenden Wirkung des Kaffees, die übrigens auch die Sekretion des Magensaftes sowie die peristaltische Tätigkeit des Darms betrifft.

MONOBLOCK HEISST ER. EINE HALBE MILLION DAVON WIRD ALLEIN IN DER SCHWEIZ PRO JAHR VERKAUFT. WARUM NUR STEHEN SO VIELE MENSCHEN AUF DIESEN STUHL?

Sie sind unter uns.

Niemand weiss, seit wann genau SIE hier sind. Niemand weiss, woher genau SIE kommen. Niemand weiss, wer SIE gesandt hat. Sicher ist nur: SIE sind gekommen, um scharrend und knarzend die Erde einzunehmen, um Menschen mit Augen und Restsinn für Geschmack zu foltern. SIE werden nie mehr gehen. Auf ihren zittrigen Beinen stehen SIE plump, still und stur, aber gleichwohl rund um den halben einst so schönen Erdenball verteilt. Im bündnerischen Stuls auf winterlichen Hotelbalkonen, im marokkanischen Aïn-Chaïr im Teehaus, in Kaiserstuhl neben dem Autocarparkplatz, im sizilianischen Monopoli vor der Pizzeria: SIE sind da.

Und SIE haben einen Namen: Monoblockstühle nennt man die Artefakte. Ein Monoblockstuhl ist eine wetterfeste Sitzgelegenheit, die in einem Guss unter Hochdruck aus Polypropylen (PP) gefertigt wird; von Firmen vor allem aus Frankreich (!), etwa Grosfillex.

Früher wurden SIE aus dem Material Polyvinylchlorid gegossen (PVC), das ist aber heute sogar in Frankreich als giftig klassifiziert. SIE tragen trügerische Typenbezeichnungen – wie etwa «Miami white», «Stil Garden» oder, um konventionelle und anglophobe Geister zu gewinnen, auch «Wienerstuhl». SIE verdienten andere Namen, zum Beispiel «Sitzakne» oder «Gartenmanta». Gemein ist ihnen, dass SIE billig sind.

Monoblockstühle gibt es schon ab neun Franken das Stück (Kinderfauteuils schon ab fünf Franken), was Männer und Frauen mit Balkonbestuhlungsabsichten in bunten Sommerkleidern in Gartencentern zu Ausrufen verlockt wie «läck», «das isch de Hammer», «saugünschtig». Nicht selten werden deshalb auch Wohnzimmer, Küchen, ganze Kebab-Restaurant-Ketten und auch Altersheime mit Monoblockstuhlgarnituren ausgerüstet.

Die Pluspunkte des Monoblockstuhles sind nebst Niedrigpreis: Stapelbarkeit, Schnellreinigung von beispielsweise Speiseeisflecken mittels Gartenschlauch, leichtes Gewicht (gewichtiges Argument alter Menschen), auch Formbeständigkeit in kochendem Wasser. Die Minuspunkte: globaler Ästhetosmog, hoher Erdöl- und Energieaufwand bei der Produktion, beschränkte Rezyklierbarkeit (man kann daraus lediglich etwas qualitativ Schlechteres herstellen, etwa Toilettenrohre).

Die Monoblockstühle gibt es in Weinrot, in Altglasgrün und meist in Weiss, was SIE schnell nicht mehr schön aussehen lässt, denn SIE sind anfällig auf Schrammen, in denen sich hartnäckig Schmutz sammelt. Also stellt man SIE achtlos in dunkle Keller oder auf noch dunklere Estriche, wo SIE sich über die Jahre hinweg zu grossen Truppen ballen und ihre Kräfte sammeln.

500 000 werden jährlich allein in der Schweiz veräussert, so die Schätzungen. Schreitet diese Verbreitung weiter voran, werden SIE im Jahr 2022 die Weltherrschaft übernommen haben. Niemand soll sagen, sie oder er sei nicht gewarnt worden. Niemand.

Stuhl
als
Stuhl

ES GIBT LEBENSMITTEL, DIE SCHEIDEN DIE GEISTER. DAS FISCHSTÄBCHEN, AUSDRUCK EINER INDUSTRIALISIERTEN WELT, GEHÖRT SICHER DAZU.

Es war einmal: ein Plakat von Greenpeace. Darauf: das Abbild eines Fischstäbchens (gebraten). Als Beilage: der Satz «Wenn Ihnen das Fisch genug ist, dann kann Ihnen die Nordsee auch egal sein». Für viele Menschen ist ein Fischstäbchen Fisch genug. Denn ein Fischstäbchen ist nicht bloss Fisch, sondern mehr noch: knusprig rundherum. Was im Mund knackt und knistert, das macht Spass (verwandte Beispiele: Essiggurken, Kartoffelchips). Ein Fischstäbchen ist ein Essspass erster Güte für alle mit Adventure-Appetit.

Deshalb turnen als Kapitäne mit Hakenarmen verkleidete Billigschauspieler durch die Werbeblöcke des Kinderprogramms und schlagen laut «hoho» rufend und unter dem Jubel einer Kinderschar Fischstäbchen klauende Piraten in die Flucht.

Deshalb kaufen Mütter ihren Kindern Fischstäbchen, denn wenn es Fischstäbchen gibt, dann sind die Kinder zufrieden. Ein Fischstäbchen ist eine beliebte und legale Art der Ruhigstellung von Menschen im Wachstumsalter. Ein weiteres Plus: Fischstäbchen sind grätenlos (kein Erstickungstod).

Ein Fischstäbchen entsteht so: Via modernster Technologie werden die Fischschwärme geortet (mit Satellitensystemen lassen sich anhand von Meeresströmungen und Planktonvorkommen Rückschlüsse auf Fischvorkommen ziehen), dann gefangen, nach Grösse sortiert (zu kleine Fische werden abfallmässig über Bord geworfen oder zu Fischmehl verarbeitet), maschinell filettiert und zu 20-Kilogramm-Blöcken zusammengefroren. Diese Blöcke werden dann an Land – etwa in der weltgrössten Fischstäbchenfabrik von Frozen Fish International Bremerhaven (einer 100-prozentigen Tochter der Unilever, Jahresproduktion: 30 000 Tonnen) – zersägt, paniert, verpackt, versandt.

Mit dem Fischstäbchen hielt vor rund 30 Jahren die Industrialisierung in der Fischerei Einzug. Meerfisch-Bestände wurden in der Folge weltweit überfischt (erst der Kabeljau, dann der Seehecht, jetzt der Alaska-Seelachs), was selbstverständlich Folgen hat für das Ökosystem. Wer Fischstäbchen kauft, macht sich mitschuldig.

In unseren Breitengraden isst man Fischstäbchen mit Mayonnaise. Im Norden (Hamburg) aber nicht. Dort gibt es Apfelmus dazu. Aber dort machen Mütter die Fischstäbchen auch noch von Hand mit Fisch vom kleinen Händler.

Industriell gefertigte, tief gefrorene Fischstäbchen sind in allen Variationen und Grössen und Qualitätsgraden und mit unterschiedlich krossen Panaden erhältlich. Das klassische Stäbchen (oder «stick») aber misst 8,5 Zentimeter Länge, 2 Zentimeter Breite und 1 Zentimeter Höhe, hat also folglich ein Volumen von 17 Kubikzentimetern (inklusive Panade) bei einem Gewicht von 25 Gramm. Daraus resultiert eine Dichte (früher: «Spezifisches Gewicht») von 1,5625, woraus sich wiederum ergibt, dass ein Fischstäbchen nicht schwimmt. Ausser selbstverständlich im siedenden Erdnussöl in der Teflonpfanne auf dem Herd in der Einbauküche von Menschen, denen die Nordsee auch egal ist.

km/h
MULTANOVA 6F
M 1.6A

ZWISCHEN ZÜRICH, KATAR UND ABU DHABI VERBREITEN SCHWEIZER QUALITÄTSPRODUKTE ANGST UND SCHRECKEN UNTER AUTOFAHRERN.

Die Welt der nach Freiheit strebenden Freunde des durchgedrückten automobilen Gaspedals wird in erster Linie bestimmt durch Wörter des Schreckens und Grauens. «Tempolimit». «Stau». «Blasen». «Velofahrer». Da ist der Kopf oft schneller rot als der Motor warm. Ganz oben auf der Liste der relevanten Reizwörter steht der Begriff «Blitzen» – oder «Radarfalle». Wobei das Wort «Falle» nicht ganz korrekt ist, denn eine List kann man den die «Radarfalle» anwendenden Ordnungshütern kaum unterstellen. Es ist ihre Pflicht, denn noch immer ist überhöhte Geschwindigkeit Unfallursache Nummer eins. Deshalb heisst die «Radarfalle» im offiziellen Sprachgebrauch nicht «Radarfalle», sondern «Radar-Geschwindigkeitsmessgerät mit fotografischer Registrierung».

Dass Raser ergriffen werden, dafür sorgt eine am Greifensee (8,6 km2, Tiefe 34 Meter) beheimatete Firma namens Multanova (25 Angestellte). Seit 1958 produziert Multanova Tempomessgeräte. Das erste Produkt hiess MU 58-44. Aus demselben Haus stammt auch das Modell «6F» (seit 1984 in Serie, siehe Bild). Das «6F» ist der Klassiker schlechthin, der weltweit grösste Schrecken jener, die zu schnell auf den Strassen unterwegs sind. Kein anderes Radar-Geschwindigkeitsmessgerät verkaufte sich so oft. Von Abu Dhabi (1,8 Millionen Einwohner) über Katar (524 000) bis Venezuela (21 Millionen) wacht Schweizer Qualität an Strassen.

Das «6F» basiert auf der so genannten Radartechnologie. Radar ist eine Abkürzung für «Radio detecting and ranging» («Funkortung und -messung»). Das «6F» ist multifunktional und existiert in diversen Varianten: in Fahrzeuge eingebaut für den rollenden Einsatz, im Stativbetrieb (auch gibt es ein Brückenstativ für Kontrollen ab Strassenüberführungen) oder als vollständig automatische und fest montierte Kabine (umgangssprachlich: Blechpolizist). Letzteres Modell gibt es auch in der Variante «Tropical» für heisse Einsatzgebiete mit eingebautem Kühlsystem.

Ein Radar-Geschwindigkeitsmessgerät kostet in der Grundausstattung um die 50 000 Franken. Diese Ausgaben aber können schnell eingefahren werden. Als der Kanton Aargau während der Sanierungsarbeiten auf der A 1 zwecks Sensibilisierung der Verkehrsteilnehmer gegenüber dem erhöhten Gefahrenpotenzial innert 34 Wochen 290 Geschwindigkeitskontrollen durchführte, wurden bei 449 679 kontrollierten Fahrzeugen 30 027 Ordnungsbussen wegen Tempoüberschreitung aufgebrummt. Angenommene Einnahmen: Nicht weniger als 1 800 000 Franken.

Die Zukunft der Geschwindigkeitsüberwachung wird nicht in der Radar-, sondern klar in der Lasertechnologie mit Videoaufzeichnungsgerät und Multilink (Überwachungshelikopter) liegen. So können etwa auch vollautomatisch alle Nummernschilder vom Computer gelesen und «ausgewertet» werden. Doch noch lange werden die robusten «6F»-Radars an den Strassen dieser Welt stehen und lächelnd blitzen, denn es sind eben Schweizer Produkte. Da kann auch der Passat noch so fegen. Oder der Scirocco.

DER HOTDOG EROBERTE DIE WELT, WEIL ER SICH DEN KONSUMENTEN SO MUNDGERECHT ANPASSTE WIE WENIG ANDERE FASTFOOD-PRODUKTE.

Das Wichtigste ist – wieder einmal – das Nichts: Ein Loch. Das Loch misst nicht ganz 90 cm^3 und es befindet sich – von einem erhitzten spitzen Stab aus poliertem Edelstahl gebohrt – in einem Brötchen nicht näher definierter Machart, welches länger ist als breit. Nun braucht es noch eine Wurst (inklusive Dinge wie E301 [Umrötehilfsmittel] und E250 [Nitritpökelsalz]), um dieses Loch zu füllen plus ein würziges Quasischmiermittel, und wir haben einen Hotdog. Jenes Kulturgut also, welches nicht nur den Weg in den Magen, sondern als Assoziationsobjekt auch in mehr oder minder hochstehende Filme findet, dass Freud seine Freude daran hätte.

Puristen, Historiker und waschechte Nordamerikaner wenden nun ein, dass der ursprüngliche Hot Dog nichts mit einem Loch zu schaffen habe. Das stimmt, denn ursprünglich (und in den USA noch Standard) wurde die Wurst nicht in ein Loch gestopft, gepfercht, gedrückt, sondern in ein seitlich aufgeschnittenes Brötchen gelegt – so wie sich ein Mensch ins Bett begibt, fast.

Das schmierende Quasiwürzmittel ist in unseren Breitengraden meistens ein Gemisch aus Tomatenmark, Essig, Zucker, Glukosesirup, Salz, Kräutern und Gewürzen, welches unter dem Namen Ketchup (dieses Wort entstammt dem malaiischen «kechap» = gewürzte Fischsauce) weltbekannt ist. Je nach Landessitte kommen auch Senf, Mayo oder andere Dinge zum Einsatz. In Schweden beispielsweise geniesst man den Hotdog stehend vor einem «Korvkiosk», einem Imbissstand, und zwar unbedingt zusammen mit einem «Pucko», einem Schokoladegetränk. Im Herkunftsland, den USA, kennt man eine Unzahl von «Rezepten», etwa für den «Cheesy Hot Dog Tote» (mit Cheddar, Chili und Oliven).

Die Wurst ist alt, und es gibt Anlass zu Streit. Sowohl Frankfurt am Main wie auch Wien halten sich für die Geburtsstadt jener Wurst, die in das Brötchen geschoben wird. Wiener versus Frankfurter. Nun, was man weiss: Ein nach New York emigrierter deutscher Metzgermeister namens Charles Feltman eröffnete auf Coney Island 1871 den ersten Hotdog-Stand. Die deutsche Wurst hatte auch einen Namen mitgebracht von drüben: «Dachshund». Wie es dann zum heutigen Hotdog kam, scheint logisch.

Damals waren die Brötchen noch, wie Brötchen zu sein pflegen: rund. Ein krasser Gegensatz zur langen Wurst, ein sowohl ästhetisches wie auch praktisches Problem. Erst ein gewisser Anton Feuchtwanger führte das lange Brötchen ein. Zuerst lieh er seinen Kunden Handschuhe, damit sie die heissen Würstchen essen konnten. Aber die Handschuhe kamen nicht zurück. Also legte der Pfiffige die Dinger in griffige, lange Brötchen. 1904 war das.

Dann kam der Volkssport Baseball ins Spiel, wo sich der Hotdog als ideale Zwischenverpflegung erwies; und der Rest der Geschichte ist ein home run. Heute verdrücken die Amis per annum 20 000 000 000 dieser Dinger. Das sind nicht weniger als, nun ja, sagen wir rund 7 400 000 000 000 Kalorien.

QUANTUM XM
45

IM WANDEL DER ZEIT: DER RASENMÄHER. DIE SCHLICHTEN KLASSIKER WERDEN VON MODERNEN FUN-MODELLEN VERDRÄNGT. UND ES WARTEN SCHON DIE ROBOTER.

Der Rasenmäher ist in den letzten Jahren für Privatpersonen zu einem echten Statussymbol avanciert, insbesondere die so genannten «Aufsitzrasenmäher», auf denen man herrisch sitzend motorbetrieben über sein mehr oder minder grosses Gut grasen kann. Die ursprünglich aus dem Profibereich stammenden Dinger werden nicht nur immer günstiger, sondern erinnern neuerdings dank Dingen wie Schalensitzen nicht mehr an ein Arbeitsgerät, sondern an einen kleinen Rennwagen. Etwa der 84 Kilo schwere «Cart SV» von Wolf: «Schwarz lackierter, stabiler Delta-Rohrrahmen, große Pneus auf gelben Felgen, Renn-Lenker, Gaspedal wie im richtigen Go-Kart und eine sportlich-niedrige, körpergerecht einstellbare Sitzposition machen Rasenmähen zum faszinierenden Freizeitvergnügen mit Rennsport-Feeling.» Leistung: 6 PS. Topspeed: 10,8 km/h – nicht von ungefähr hat das Wort «Rasen» mehr als bloss eine Bedeutung. Dabei wird gerne übersehen, dass bei einer mähbaren Rasenfläche von unter 1000 m2 ein ganz normaler Rasenmäher ideal ist. Für Flächen unter 200 m2 genügt sogar der gute alte raumsparende Hand-Spindelmäher mit einer Schnittbreite von 12 bis 38 Zentimetern oder der mit Strom betriebene Luftkissenmäher.

Doch Vernunft ist wie das Mähen an sich blosse Nebensache und der Rasenmäherverkäufer gibt gerne zu, dass der eine oder andere sich hier einen Bubentraum erfüllt, oder wenigstens Fragmente davon.

Weit entffernt davon ist der Klassiker unter den Rasenmähern: Der Rapid RM 42/4 (siehe Bild, RM ist übrigens die Abkürzung für Rasenmäher). Kompakt ist er, immer rot lackiert, simpel und schnörkellos und seit über 20 Jahren unverändert original. Der einzige noch in der Schweiz in Serie hergestellte Benzinmotor-Rasenmäher ist mit seinen 1390 Franken Anschaffungspreis zwar um einiges teurer als seine Konkurrenten, dafür aber ist er ein dem Geist der Zeit widerstrebendes langlebiges Produkt, das, so O-Ton Hersteller, «einfach nicht tot zu kriegen» und vor allem bei Profis beliebt sei. Kein Schnickschnack zeichnet ihn aus, sondern schweizerisches Qualitätsdenken (was ihn leider auch äusserst unrentabel macht, denn lange Lebensdauer = unternehmerische Unlogik). Er verfügt weder über einen Radantrieb (es muss von Hand geschoben werden) noch über eine Totmannbremse – und nach dem Mähen muss das geschnittene Grün noch manuell zusammengerecht werden, denn selbstverständlich verfügt der Spartaniker auch nicht über einen Auffangbehälter. Im letzten Jahr stellte Rapid noch etwa 50 Stück vom Typ RM 42/4 her. Die Zukunft jedoch ist ungewiss, denn vor dem Gartentore steht der nimmermüde Roboter: Durch Solarzellen betriebene vollautomatische autonome Mähroboter, wie etwa der bereits im Handel erhältliche Husqvarna «Solar Mower» (3900 Franken, 7,5 Kilogramm), der nicht nur von Sonnenauf- bis Sonnenuntergang immerzu mäht und eigentständig über die jeweils beste Schnittechnik entscheidet, sondern auch eine Alarmanlage verfügt: Hebt ein Unbefugter ihn vom Boden, so schrillt er laut los. Wie ein Schaf eben – fast.

JASSKREIDE

DER JASS GEHT VOR DIE HUNDE. SCHULD AM UNTERGANG UNSERES NATIONALSPIELS SIND GASTROTRENDS UND GLOBALISIERUNG.

Krieg ist ein Wort, das an vielen Orten zur Anwendung gelangt. Der vom althochdeutschen chreg (Hartnäckigkeit) abstammende Begriff wird nicht nur bei mit Waffengewalt zwischen Staaten ausgetragenen Konflikten angewandt, sondern auch in kleinsten Szenerien, der Ehe etwa, dem Sport oder dem Spiel. Ganz besonders scharf geführt wird dieser Krieg, wenn es um eine heilige Sache geht. Und dies ist hier unbedingt der Fall, denn dieser Text handelt von einer Angelegenheit, die von mehr als der Hälfte der Bevölkerung unseres Landes regelmässig betrieben wird und die mehr ist, als die blosse Summe ihrer Einzelteile (1 Tisch, 4 Stühle, 36 Karten): das Jassen.

Jass ist ein Wort, das vermutlich von Schweizer Söldnern aus den Niederlanden importiert wurde, und es soll vom holländischen «jas» («Wams») abstammen, da die Söldner ihren Rock als Unterlage für ihr Kartenspiel benutzten.

Wann und wie die Karten bei uns auftauchten, das ist unklar. Einer der ersten Hinweise ist das 1367 in Bern ausgesprochene Kartenspielverbot. Die ältesten heute noch erhaltenen Schweizer Karten stammen aus dem Jahre 1470 und zeigen so genannte deutsche Bilder (Eicheln, Schellen, Schilten und damals Federn anstatt der Rosen).

Noch heute ist unser Land ein geteiltes Land: 75 Prozent spielen mit französischen Karten, der Rest mit deutschen. Quer durch die Nation verläuft die Trennlinie, fängt im Norden mitten im Aargau an und deckt sich dann etwa mit der Grenze Katholizismus/Protestantismus, wobei die Kantone Wallis und Graubünden sowie Teile des Bodenseegebietes mit französischen Karten spielen. Getrennt sind auch die Meinungen in der Jassgemeinde. Ein grosser Teil davon folgt dem dank der 1969 initiierten Fernseh-Sendung «Stöck-Wys-Stich» zu Ruhm gelangten Ex-Textilienvertreter Göpf Egg («Jasspapst») und seinem Standardwerk, das auf dem 1926 erschienenen Reglement des Stadtbaslers Alfred Kaltenbach basiert. Der autonome Block um den Mathematiker Peter Hammer (der Verfasser des Gegen-Handbuches «Jass-Fahnder») hingegen findet einheitliche Jassregeln bekämpfenswert und fordert eine bis in Klein-Familien hinein gepflegte Tradition der Individualität.

Der Jass ist durchaus bedroht, denn die neuen Gastrotrends und hemmungslose Rentabilitätsraserei vertreiben immer mehr die Stammtische und die Jasssets aus den Lokalen (wer spielt, der konsumiert nicht genug und ist zudem zeitweilig auch noch laut). Und noch mehr Unbill: Wer dieses identifikationsstiftende Nationalspiel mit den Karten der Traditionsfirma AG Müller betreibt, tut dies nicht mit Karten «Made in Switzerland», was manchen Stammtischler seinen Stumpen wütend im grossen Aschenbecher ausdrücken lässt. Die 1828 von Oberst Bernhard Zündel gegründete Firma wurde 1999 von dem in Belgien ansässigen Multi Carta Mundi (Produktion 185 000 000 Kartensets pro Jahr) geschluckt. Merke: Der Siegeszug der Globalisierungskrieger macht auch vor kleinen Dingen wie der Jasskarte (8,9 x 5,7 cm) nicht Halt.

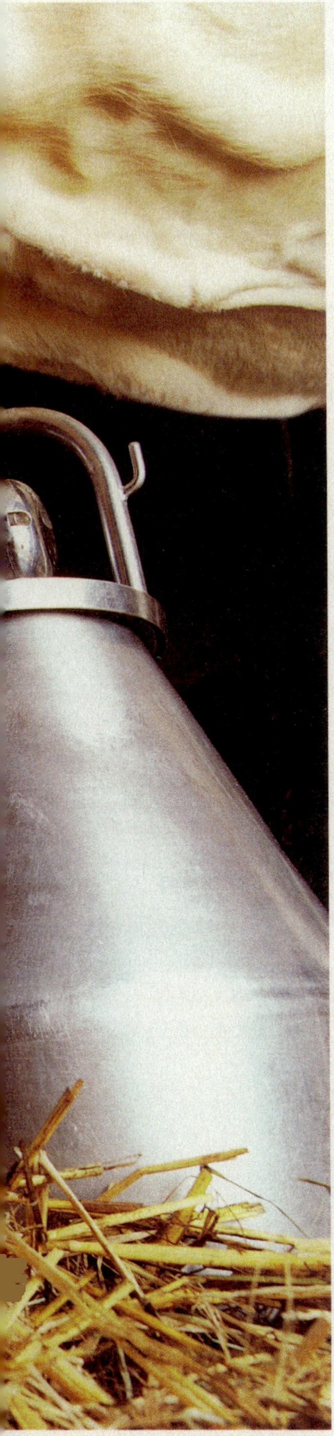

FÄUSTELN, KNEBELN ODER STRIPPEN – MIT DER MASCHINE WIRD IN DEN STÄLLEN DER BAUERN SEIT DEN FÜNFZIGERJAHREN GEMOLKEN.

Das Verhältnis zwischen Mensch und Tier ist sehr innig. Insbesondere, wenn der Mensch sich das Tier nutzbar machen kann. Auf materieller Ebene spricht man von so genannten Nutztieren (vergleiche Nutzpflanzen). Beson-ders nützlich ist die Kuh (oder: Rind). Denn sie kann nicht nur zu diversen Produkten verarbeitet werden, sondern verfügt über ein Euter.

Das Euter kann auch der Euter heissen und bezeichnet jenes sich in der Leistengegend mancher weiblicher Säugetiere befindende Organ, das beutelartig herabhängt mit zwei oder mehr Zitzen. Im Euter befinden sich jene Drüsen, die die leicht süsse und fetthaltige Flüssigkeit produzieren, die ein wichtiges Nahrungsmittel darstellt: die Milch (lait, latte). Die der Kuh besteht aus 84 bis 90 Prozent Wasser sowie aus Trockensubstanzen wie Fett, Milchzucker oder Lactoglobulin.

Um zu diesem Nahrungsmittel zu gelangen, muss die Kuh gemolken werden. Man nennt diesen Vorgang auch Fäusteln, Knebeln oder Strippen. Ein traditioneller Melker (Berufskrankheiten: Melkerpocken, halbkugelige Granulationsgeschwülste an den Händen; Rückenbeschwerden sowie Knieprobleme) schafft mit Handarbeit rund sechs Kühe pro Stunde. Doch seit den Fünfzigerjahren mehr und mehr gebräuchlich wurde die heute zur Norm gewordene maschinelle Melkung. Das Prinzip: Durch stetig pulsierenden Unterdruck (0,5 bar) an der Zitze des Euters ahmt die Maschine das Saugen des Kalbes nach. Die Milch wird rhythmisch abgepumpt und gelangt entweder in einen geschlossenen Eimer oder durch ein Rohrleitungssystem in einen Tank (Endeinheit). Moderne Melkmaschinen sind selbstverständlich computergestützt.

Ein maschineller Melkgang dauert wenige Minuten, wobei die Melkdauer von nicht geringer Wichtigkeit ist.

Auch in des Bauers Stall gilt: «Time is money» («Zeit ist Geld»); je schneller er die Milch aus der Kuh bekommt, desto rentabler ist dies für ihn. Optimierte Schnellmelkkühe mit übergrossen Eutern sind beliebt und werden gezielt gezüchtet (Superovulationsprogramm). Traditionsrassen wie die Simmentaler hingegen gehören zu jenen Tieren, deren Melken längere Zeit benötigt. Dafür gelten sie als robust. Ganz schlechte Karten haben Kühe mit abnormen Zitzen oder Problemzitzen. Sie wandern aus Rentabilitätsgründen in den Schlachthof – auf den Fleischberg.

Pro Liter Milch erhält der Schweizer Bauer 77 Rappen. Im Jahr 2000 stützte der Bund preislich mit 710 000 000 Franken die Schweizer Milchproduktion, die zur Hälfte zu Käse verarbeitet wird (35 Prozent Rahm, Frischmilch; 11 Prozent Butterproduktion; 4 Prozent Milchpulver).

Auf dem Bild: Kuh Havanna, die liebste Kuh im Besitz der Familie Brodmann aus Ettingen BL. Bei guter Laune gibt sie 14 Liter (sonst zwölf). Maschine Modell Westfalia, Baujahr 1976.

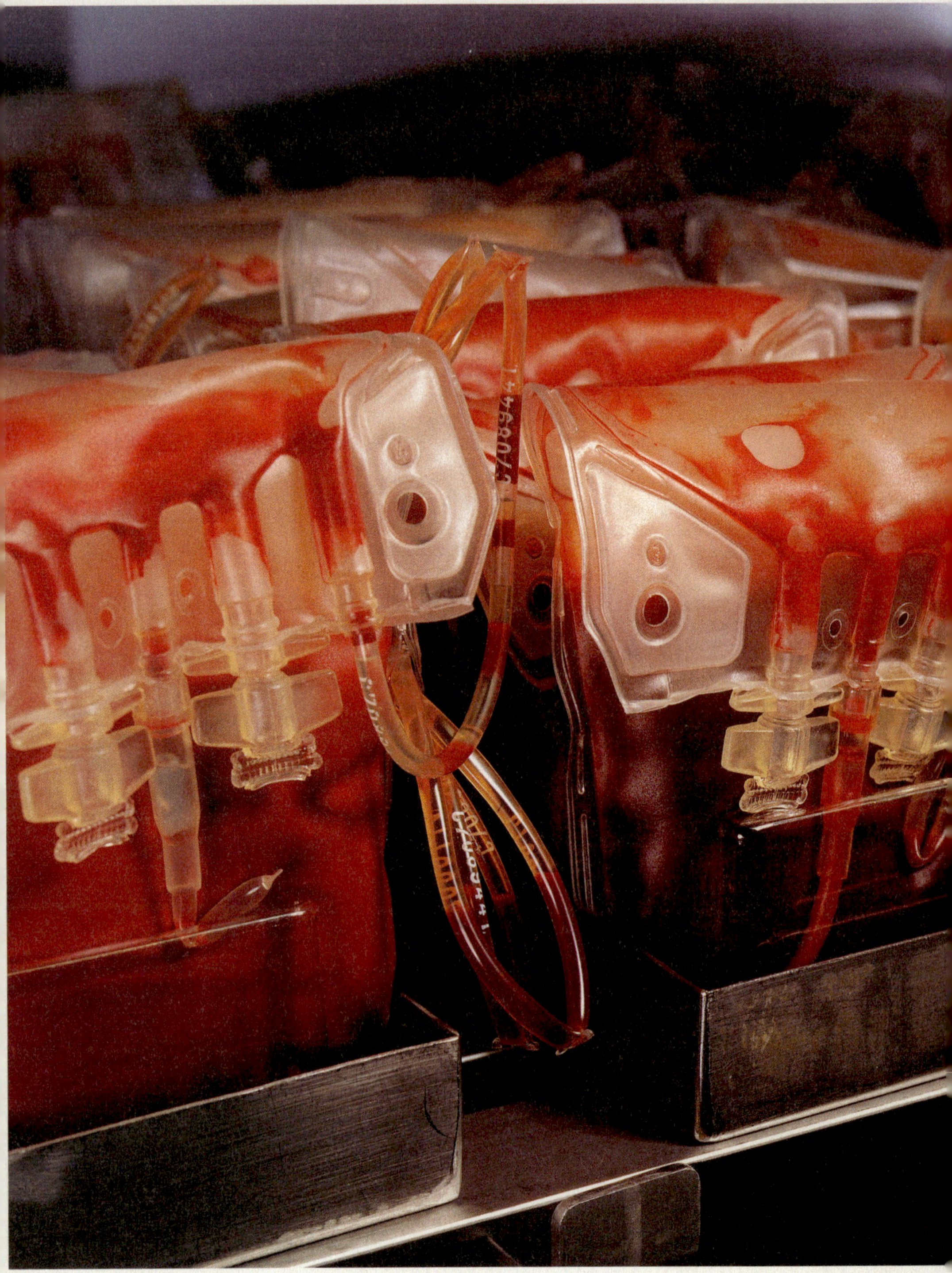

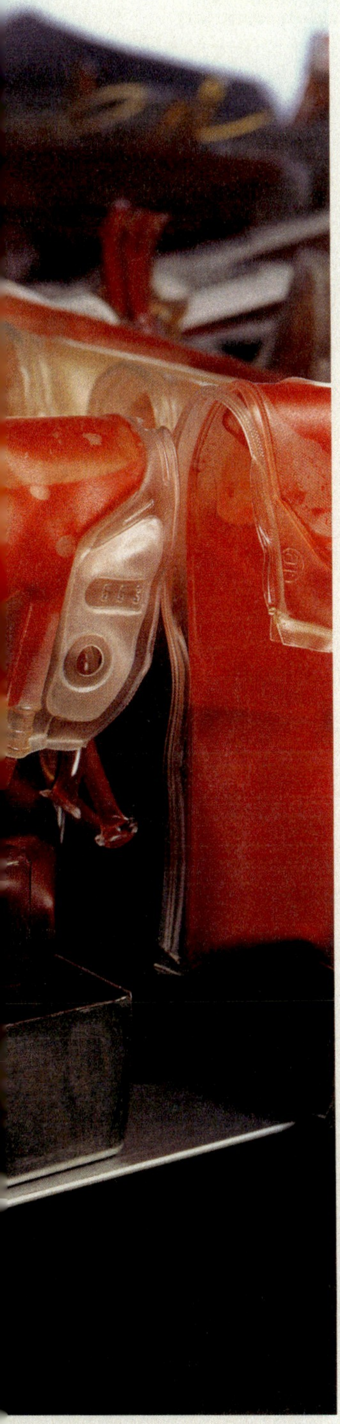

BLUTTRANSFUSIONEN KÖNNEN MENSCHENLEBEN RETTEN. VORAUSSETZUNG DAZU IST DIE FACHGERECHTE LAGERUNG DES KOSTBAREN SAFTES.

Der Begriff «Blutkonserve» ist als solcher sowohl den ersten wie den zweiten Teil des Wortes betreffend nur bedingt richtig. Dies war schon immer so und soll hier ausgeführt werden.

Bereits die alten Ägypter sprachen dem Blut eine medizinische Wirkung zu und badeten etwa an Lepra erkrankte Pharaonen im Blut von eher unfreiwilligen Spendern (Menschenopfer). Reiche Römer wiederum tranken das Blut der Gladiatoren, und der sterbenskranke Papst Innozenz III. («der Unschuldige», 1160–1216) liess sich das Blut von drei zehnjährigen Knaben verabreichen (Effekt: vier Tote).

Heute sieht alles ein wenig anders aus. Was in der Zwischenzeit passierte: Tierische Bluttransfusionen wurden bereits im 17. Jahrhundert vollzogen, solche von Mensch zu Mensch im 18., von Vene zu Vene im 19. Jahrhundert. Die wenigsten Patienten überlebten. Ein Problem (nebst der Gerinnung des Blutes ausserhalb des Körpers): die unbekannten Blutgruppen. Bis Karl Landsteiner Anfang des 20. Jahrhunderts diese entdeckte und dafür 1930 den Nobelpreis erhielt. Der Körper akzeptiert nur Blut von derselben Blutgruppe, von der wir vier kennen (A, B, AB, 0). Dazu kommt der 1940 ebenfalls von Landsteiner am Rhesusaffen entdeckte und deshalb so benannte erbliche Rhesusfaktor (Rh+ oder Rh–). Die hier häufigste Blutgruppe ist A Rh+ (39 Prozent), als etwas Besonderes fühlen können sich Menschen mit AB Rh– (1 Prozent).

In der modernen Blutverarbeitung wird das «flüssige Organ» nicht mehr als so genanntes Vollblut eingesetzt, sondern es wird nach der Abnahme (ab Vene 4,5 Deziliter innert 10 Minuten, mit HIV oder Hepatitis kontaminiertes Blut landet in der Kehrichtverbrennung) fraktioniert, in seine Bestandteile zerlegt. Erst werden die unnütz gewordenen weissen Blutkörperchen herausgefiltert (Polyesterfibernfilter). Dann wird das bernsteinfarbene (nach dem Konsum von Mayonnaise oder Rösti jedoch milchig trübe) Plasma von den roten Blutkörperchen getrennt. Dies mittels Zentrifuge (3500 U/min, 15 Minuten). Das Plasma kann eingefroren und bei –30° ein Jahr gelagert werden. Die roten Blutkörperchen benötigen eine Nährlösung (Zucker, Aminosäuren), damit sie 6 Wochen bei zwischen 2 und 8 Grad gelagert werden können. Abnahme bis Lagerung geschieht mit einem geschlossenen Beutelsystem. Nun können diese zwei Produkte eingesetzt, in Spitälern bei Operationen, oder aber weiterverarbeitet werden. Aus dem Plasma etwa isoliert man das Albumin, das zur Kreislaufauffüllung nach grossen Blutverlusten eingesetzt wird (Operationen, Verbrennungen). Ein Beutel Plasma (2,25 Deziliter) kostet 105 Franken, ein Beutel rote Blutkörperchen 172 Franken.

Blutspenden dürfen nur vom Roten Kreuz abgenommen werden und unterstehen seit 1996 dem Bundesgesetz. Es darf für Spender kein finanzieller Anreiz geschaffen werden, aber es gibt zur Stärkung Kaffee, Sandwiches, Schokolade. Die Schweiz ist in Europa trotzdem in Sachen Blutspendefreudigkeit Nummer 1 (10 Prozent der Bevölkerung).

STIHL
ROLLOMATIC E

TROPENWÄLDER FRÄST SIE SPIELEND UM. NEUERDINGS KOMMT SIE AUCH IM GROSSSTADT-DSCHUNGEL ZUM EINSATZ. DENN EINE KETTENSÄGE LIEGT GUT IN STARKEN MÄNNERHÄNDEN.

Eigentlich ist eine Motorsäge ein Ding für echte Profis im Einsatz in Gebieten wie Forstwirtschaft, Rettungsdienst oder Baumchirurgie. Doch in letzter Zeit machen solche Gerätschaften ganz andere Karrieren. Sie füllen Raum und Zeit im immer grösser werdenden individuellen Vakuum der Freizeitgesellschaft. So bewirbt der Kettensägenhersteller Stihl seine Produkte mit Inseraten in der Boulevardzeitung «Bild am Sonntag» im Sportteil: «Ein Mann und seine Stihl – Faszination im Spiel».

Zur Zielgruppe gehören also nicht mehr bloss jene, die eine Kettensäge benötigen, sondern auch die, die einfach eine wollen, damit sie eine haben, etwa die «Urban Primitivs» (Urps), Menschen also, die den Dschungel der Grossstadt gerne als eine echte Wildnis sehen und sich dementsprechend geben und kleiden. Die Motorsäge als neues Statussymbol für «l'homme sauvage soft».

Auch Freunde von Gruselfilmen aller Härtegrade haben die Nerven-Kettensäge ins Herz geschlossen. Denn gilt es, jemandem effektiv, unsentimental und laut den Kopf vom Rumpf zu trennen, dann ist dies mit einer Kettensäge zu erledigen die unschlagbare Art und Weise (Beispiel: «Texas Chain Saw Massacre», 1974; oder: «Das Deutsche Kettensägenmassaker», 1990, von Christoph! Schlingensief oder: «Southpark» [Episode «Pinkeye», als Kenny mit einer Kettensäge mittendurch – horizontal – geteilt wird, da er wegen Worcestersauce eine Zombieepidemie auslöste]). Weitere Auswüchse der modernen Zivilisation: Timbersports. Diese Sportart (Schnellsägen und so weiter) erfreut sich in den USA – und hier dank TV-Kanal Eurosport – grösster Beliebtheit. Beim wichtigsten Turnier gibt es zu gewinnen: 100 000 Dollar und einen Pick-up-Truck.

Sponsor solcher Veranstaltungen ist der weltweite Marktleader Stihl aus Germany, dessen Modell 026 die meistverkaufte Motorsäge weltweit ist (siehe Bild, 48,7 cm^3 Hubraum, 3,5 PS, 4,7 kg, mit «ElastoStart» und Dekompressionsventil, 1195 Franken).

Als Vater der Motorsäge gilt Andreas Stihl (1896–1973). 1926 gründet er in Cannstatt bei Stuttgart eine Firma für Dampfkessel-Vorfeueranlagen und entwickelt die erste, damals noch unhandliche Motorsäge. 1931 beginnt er mit ersten Exporten nach Russland – heute wird Stihl (6063 Mitarbeiter, 2 Milliarden Mark Umsatz) in 130 Ländern an den Mann/Baum gebracht. 1950 folgt die erste Maschine, die von einem Mann bedient werden kann («Einmannsäge»), und neun Jahre später bringt Stihl das Modell «Contra» auf den Markt, mit welchem es sich nicht nur im südamerikanischen Regenwald zu Werke gehen liess: Die «Contras» wurden zu sagenumwobenen Sägen. Das Funktionsprinzip ist damals wie heute im Grunde gleich: Eine von einem Motor getriebene und mit Öl geschmierte Kette dreht sich um eine in der Länge nicht bestimmte Führungsschiene. Das wichtigste an den Stihl-Sägen kommt aus der Schweiz: Die Ketten mit Schneidezähnen aus Chromnickelstahl und in einem 10 000 Watt starken Hochfrequenzfeld gehärteten Nietbolzen garantieren perfekte Schneidetechnik.

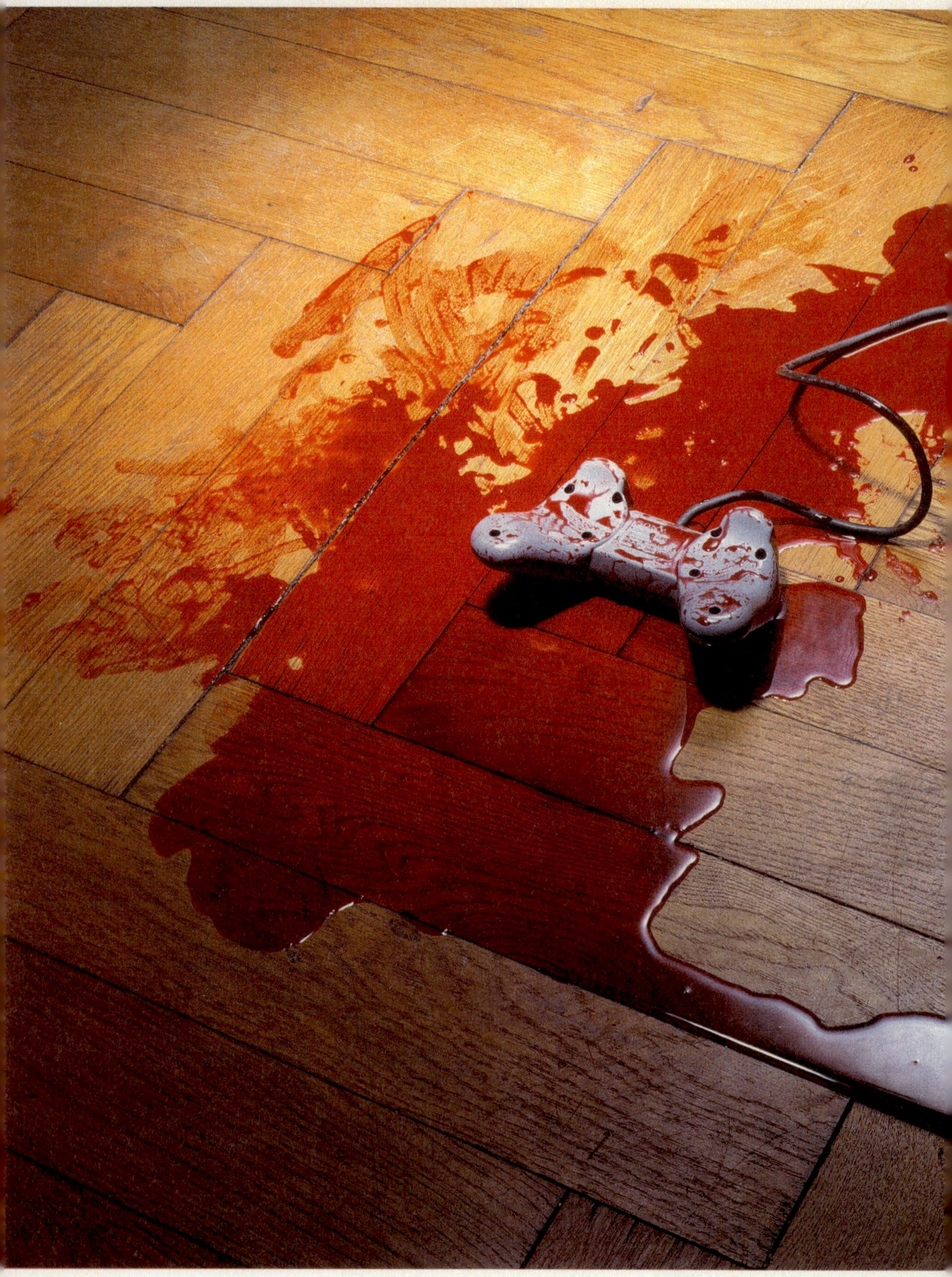

IM ZEITGENÖSSISCHEN BÜHNEN- UND FILMSCHAFFEN FLIESST ES IN STRÖMEN: DAS THEATERBLUT, GARANT FÜR DIE ECHTHEIT DER GEFÜHLE.

Blut (lateinisch: sanguis), das flüssige Gewebe des menschlichen und tierischen Organismus, das beim Menschen 7,7 Prozent des Lebendgewichts beträgt (Dichte 1,057). Zusammensetzung: Plasma (Blutflüssigkeit) und Korpuskeln (Blutkörperchen). Die Farbe beruht auf dem Hämoglobin (Blutfarbstoff). Es gibt Menschen, hart gesottene gar, die angesichts dessen jegliche Farbe im Gesicht, teils gar ihr Bewusstsein verlieren. Schon der Stoiker Epiktet (50 bis 140) wusste: Der menschliche Körper sei nichts mehr als «ein Tongefäss mit fünf Litern Blut darin». Blut ist eine Metapher für die Endlichkeit eines jeden. Ratzputz: Over.

Nach solch heftiger Schockwirkung verlangt natürlich auch die Welt des Entertainments (ehemals: Kultur, die). Von den Gebrüdern Grimm (gru, gru, gru, Blut ist im Schuh) über Movie-Blutschwall-Mainstream (Quentin Tarantino & Co.) bis hin zu den dunklen Randgebieten des Hardcores (suhl, suhl, suhl, Blut ist im Stuhl). Authentizität der Gefühle ist gefragt. Mehr denn je. Und ein Liter Blut ist viel Authentizität. Diese möchte man auch nicht im kontemporären Sprechtheater missen. Insbesondere Regisseure der jüngeren Generation (unter 65) haben einen unkomplizierten Umgang mit Körperflüssigkeiten. Echtes Blut ist für solche Einsätze jedoch ungeeignet. Es lässt sich schlecht entfernen aus Kostümen, und auch wirken künstliche Dinge oft echter als echte. Will man, dass das Blut richtig saumässig herumspritzt (beispielsweise wenn Demetrius von Lysander wegen Helena verstümmelt wird, siehe «Sommernachtstraum»), wendet man sich an die in Norddeutschland ansässige Firma Günther Schaidt Safex Chemie, die das so genannte Theaterblut herstellt.

Günther Schaidt ist die Kapazität im Gebiet der Spezialeffekte (Special Effects, kurz: FX). Indiz 1: Sein Lehrfilm «Der brennende Daumen: Spezialeffekte im Film» («Wie man mit Hilfe einer Spezialflüssigkeit, die wie Blut aussieht, oder mit Nebelmaschinen Gruselstimmung schafft. Der Film macht damit bewusst, dass gefährliches oder gewalttätiges Filmgeschehen nur künstlich ist, niemals also Wirklichkeit ‹abgefilmt› ist.») Indiz 2: Er war FX-Koordinator in Filmen wie Per Berglunds «Den Demokratiske terroristen» (1992). Indiz 3: 1984 erhielt er für eine von ihm entwickelte Gruselnebelmaschine einen wissenschaftlich-technischen Oscar von der Academy.

Das von ihm entwickelte Theaterblut wird nach einem streng geheimen Rezept hergestellt (vergleiche Coca-Cola) und existiert in drei Ausführungen.

Blut A (mit Gerinnungseffekt für alle Einsatzbereiche). Blut B (preisgünstig, jedoch nicht im Auge anwendbar). Blut C («wohlschmeckende Ausführung» mit Pfefferminz). Ein Liter B kostet knapp 80 Franken. Früher verwendete man einfach mit Schminke gefärbtes Wasser. Doch früher, so die Maske des Theaters Basel, «machte man nicht so blutige Sachen wie heute».

Alles hat ein Ende. Deshalb ein noch kurzer letzter Wille in Sachen Blut. Besuchen Sie doch die Homepage.

http://vbl.tintsch.ch.

Danke.

DIE ANTIPERSONENMINE IST VON DÄMONISCHER PERFIDIE. DIE MEISTEN NATIONEN ÄCHTEN SIE MITTLERWEILE. NICHT ABER DIE USA.

Eine moderne Antipersonenmine (APM) ist eine seit dem Ersten Weltkrieg bekannte opferbetätigte Vorrichtung und besteht aus einem Gehäuse mit Sprengladung und Druckzünder mit Sprengkapsel. Der Werkstoff wird durch das Ausmass der erforderlichen Splitterbildung und davon bestimmt, wie schwierig das Auffinden der Mine sein soll. Die APM kann zusätzlich mit einer Vorrichtung zum Verhindern des Aufhebens und Entschärfens ausgerüstet werden.

22 Minuten dauert es, und irgendwo auf dieser Welt wird jemand von einer APM zerfetzt oder verstümmelt. Zweiteres ist eher der Fall, da die modernen Minen so konstruiert sind, dass sie das Opfer möglichst schwer verletzen (Beine, Bauch, Geschlechtsteile), jedoch nicht töten. Die Logik: Ein Soldat, der wie am Spiess schreit, dem Gliedmassen fehlen, dem Gedärme raushängen, hat sowohl psychologisch wie auch strategisch einen höheren Wert («impact») als einer, der tot und stumm daliegt. 110 000 000 undetonierte APM sind auf dieser Welt verstreut. Weitere 100 000 000 Stück werden gelagert.

Einer der APM-Klassiker der Moderne ist die massiert in Afghanistan eingesetzte russische PMF-1 – ähnlich der amerikanischen BLU 43B «Dragon's Tooth», die in Laos Berühmtheit erlangte. Sie kann mit dem praktischen VSM-1-System in einer Quantität von 11 520 Stück bequem aus dem Helikopter abgeworfen werden. Andere Anwendung: per Rakete verschossen, per Lkw verstreut. Die PFM-1 (222x60x19 mm, 73,6 g, davon 40 g Flüssigsprengstoff) ist äusserlich dem Samen des Bergahorns nachempfunden, was einen Rotationsflug und damit eine maximale Streuung ermöglicht. Wegen ihres lustigen Aussehens wird sie gerne von Kindern als Spielzeug angesehen. Übername: Schmetterling (siehe Bild).

Aus dem Süden kommt nicht nur die Minestrone: Die Firma Valsella Meccanotecnica in Castenedolo (Brescia) beförderte Italien ab den Achtzigerjahren zu einer der führenden APM-Produktionsnationen. Der zum Fiat-Konzern gehörende Betrieb entwickelte etwa die VS-50 (Ø 90 mm, Höhe 45 mm, Gewicht 185 g, davon 43 g reiner Sprengstoff), eine in jeder gewünschten Farbe erhältliche runde Mine aus Plastik, die von Metalldetektoren nicht gefunden werden kann und bekannterweise sowohl in den Irak wie in den Iran exportiert wurde. 1997 verbot die italienische Regierung die Produktion von APM. Heute wird die VS-50 kopiert, etwa von der staatlichen Firma Chartered Industries in Singapur.

Ein weiterer Klassiker: die chinesische Norinco (China North Industries Corporation), mit einem Stückpreis von 4 Franken eine der billigsten APM. Übername: Frosch (Millisekunden vor der Detonation kann das Opfer noch das Klicken der Membrane hören – wie bei einem lustigen Spielzeug-Blechfrosch).

1997 beschlossen 126 Nationen an einer Konferenz in Ottawa, die APM generell und weltweit zu ächten. Nicht dabei: die USA. Sie wollen nicht darauf verzichten, kostengünstig und effizient zu verstümmeln. In wenigen Minuten ist es wieder so weit.

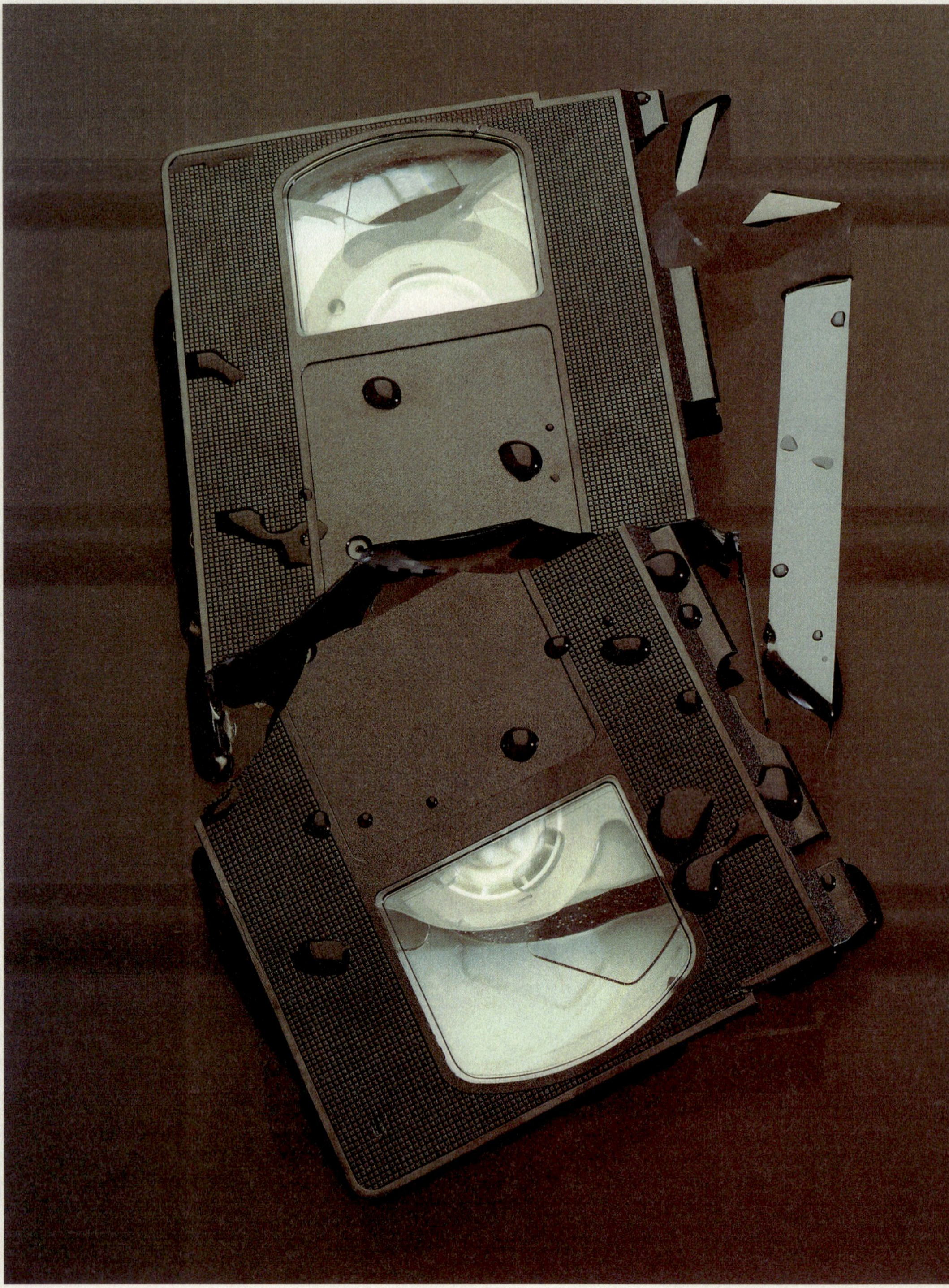

IHR ALTER IST NOCH NICHT HOCH, ABER IHR ENDE IST NAH. DIE VHS-VIDEOKASSETTE HAT AUSGESPULT. DIE ZUKUNFT HEISST DVD.

Es war in den Siebzigerjahren, als vier Unterhaltungselektronikkonzerne eine Technologie auf den Markt brachten, die aus Kostengründen bis dahin nur professionellen Anwendern vorbehalten war: Video (lat.: «ich sehe»), die Möglichkeit, bewegte Bilder magnetisch mittels eines kompakten Gerätes (Videorecorder) sequenziell aufzuzeichnen. Leider konnten sich die Konzerne nicht auf einen Standard einigen. Sony lancierte sein Betamax-System (1975), JVC (Victor Company of Japan) ein System namens VHS (Video Home System, 1976) und Grundig zusammen mit Philips das System mit der zwar schönen und optimistischen, aber wie sich herausstellen sollte leider nicht ganz zutreffenden Bezeichnung Video 2000 (1980).

Es kam zu einem Kampf der Systeme, in dem es JVC am besten verstand, sein VHS zu vermarkten. Die anderen Systeme verschwanden bald wieder und sind heute unter dem schönen Fachbegriff «lost media» abgelegt. Die VHS-Kassette aus dem Kunststoff ABS (Acrylnitril, Butadien, Styrol) und dem 12,65 mm (Halbzoll) breiten Magnetband eroberte die nach Unterhaltung (Entertainment) sich sehnende Welt. Mit ihr wurden die modernen Cheminées (Fernsehgeräte) befeuert. Popbands machten sich daran, das neue Massenmedium zu besingen («Video Killed The Radio Star», The Buggles). Es entstanden Wörter wie «Videoclipästhetik» (kulturkritisch) und «Videokünstler» (damals noch kein Schimpfwort). Kinobesitzer sahen ihre Zukunft schwarz bis sehr schwarz.

Videotheken gingen auf wie Fitnessstudios. Freunde der Pornografie sahen einen ganz neuen Lebensstil kommen, denn nun konnten sie in der Wohnung ihren Entspannungsübungen frönen. Endlich konnten auch schlechte Filme gewinnbringend vermarktet werden. 300 Franken musste man auch für einen Streifen wie «Mike Murphy 077 gegen Ypotron» (Regie Georg Finley) auf den Tisch legen, wollte man ihn aus einer Videothek befreien.

Heute findet man solche Filme in denselben Videotheken für fünf Franken am Wühltisch. Die Videotheken und -läden rüsten um auf DVD (Digital Versatile Disc), einem aus der erstmals 1983 präsentierten CD-Technologie entspringenden Datenträger. Das neue Medium ermöglicht die Speicherung von einem Film in diversen Sprachen in bester Bild- und Tonqualität (Datenmenge 17 GB). Besonders freuen sich wieder einmal die Freunde der Pornografie, denn bei der DVD-Technologie entfällt das nervtötende mechanische Spulen: Das Gerät kann direkt auf bestimmte Einstellungen zugreifen. Und es gibt auch keine solchen schrillgelben Aufkleber mehr: «Bitte Kassette zurückspulen! Bei Nichtbeachtung 1 Fr. Gebühr!»

Für wenig Geld kann man sich nun eine schöne VHS-Videokollektion zulegen mit Filmen wie «The Mechanic» (96 Min., mit Charles Bronson) oder «Death Race 2000» (78 Min., mit David Carradine und Sylvester Stallone). In fünf Jahren klingt VHS zwar so exotisch wie heute Atari oder Vinyl, aber das quietschende Geräusch der Videohüllen wird noch immer schön sein. Und schwärmerisch wird man sagen: «Ja, ja, weisst du noch, das gute alte Videobild.»

das gute
alte videobild
the good
ole
video-
bild

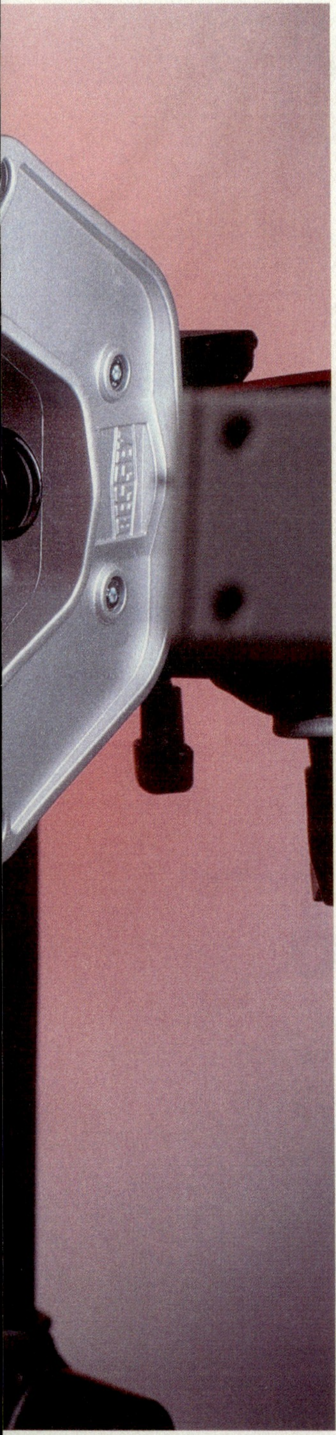

NICHT JEDER BRUCH IST BEKLAGENSWERT: DIE SOLLBRUCHSTELLE SORGT DAFÜR, DASS DIE DINGE DANN ZERBRECHEN, WENN ES NÖTIG IST.

Die Sollbruchstelle kann und ist vieles: Sie kann einen Schaden verhindern, kanalisieren, eindämmen und das Leben erleichtern (Beispiel: Kopfwehtablette, die sich dank der Sollbruchstelle gut portionieren lässt). Man findet sie bei Nahrungsmitteln (siehe Bild), Verpackungen, Velokettengliedern, bei Verkehrsschildern, in der Ingenieurtechnik sowie im übertragenen Sinne auch in abstrakten Gebilden wie der Politik.

Veranschaulichen wir uns das Prinzip bei einem attraktiven Thema: Automobilrennsport ist gefährlich. Es geht um hohe Energien. Wird nun die Masse (Rennwagen) durch einen Nichtsollbruch von sagen wir der Radaufhängung bei hoher Geschwindigkeit (350 km/h) an eine Wand geschleudert, so helfen Sollbruchstellen, dass die Energien auf bestmögliche Weise aufgefangen werden, dass sich etwa eventuell lebensbedrohliche Teile selber zerstören.

Auch abgesehen vom Rennsport ist die Autotechnologie voller Sollbruchstellen, etwa die kippbaren Kühlerfiguren beim Rolls-Royce, die sich bei heftigem Aufprall lösen. Beim Airbag zeigt sich, dass das Schaffen einer Sollbruchstelle eine Wissenschaft darstellt. Die rundum verlaufende Sollbruchstelle der Airbag-Abdeckung im Lenkrad muss bei allen Temperaturen identisch brechen, also mit derselben Auslösekraft, ohne scharfe Kanten zu bilden oder abreissende Bruchstücke.

Auch weniger komplexe Innovationen als Airbags nutzen das Prinzip Sollbruchstelle, um Leben zu retten. So empfehlen Freunde der Haustierhaltung, Katzenhalsbänder an ein oder zwei Stellen einzuschneiden, damit dieses nicht zu einer tödlichen Würgefalle für das geliebte Haustier werden kann. Das Tierreich ist von Natur aus reich an Sollbruchstellen. Beispiel 1: die Vogelspinne. Um sich zu häuten, pumpt sie aus dem Abdomen Flüssigkeit in den Vorderkörper, bis dieser so weit anschwillt, dass die Haut am Rande des Carapaxes an der Sollbruchstelle reisst. Beispiel 2: die Haselmaus. Packt man das putzige Tier am Schwanz, so reisst dieser ab. Zurück bleibt das nackte knochige Ende der Wirbelsäule, das auch bald abfällt. Die Sollbruchstelle ist vielleicht eines der ältesten Prinzipien überhaupt, denn es war die Sollbruchstelle, die einst im Paradies zum einfachen Pflücken des Apfels vom Baum der Erkenntnis einlud. Hätte die Natur nicht vorgesehen, dass der Apfel irgendwann nicht weit vom Stamm fallen müsse, um als Samenträger auf der Erde zu landen, was wäre geschehen? Hätte Eva den Baum umgerissen? Hätte sie es gelassen? Und: Welche Auswirkungen hätte dies auf den Feminismus im Jahr 2000 und später gehabt?

Sollbruchstellen sind nicht immer positiv. So beklagen sich «Star Trek»-Fans, dass in der Folge 30 der Staffel «The Next Generation» («Weltraumfieber», Stardate 3372.7) die Sollbruchstelle eines Gonges, der von Spock zerschlagen wird, deutlich zu erkennen – und zu hören – ist. So was kann traurig machen, so dass man vielleicht zur Zwanziger-Packung Tempo-Taschentücher greifen muss (Markteinführung 1953) – die mit der Sollbruchstelle in der Mitte.

CONDOR-PUCH

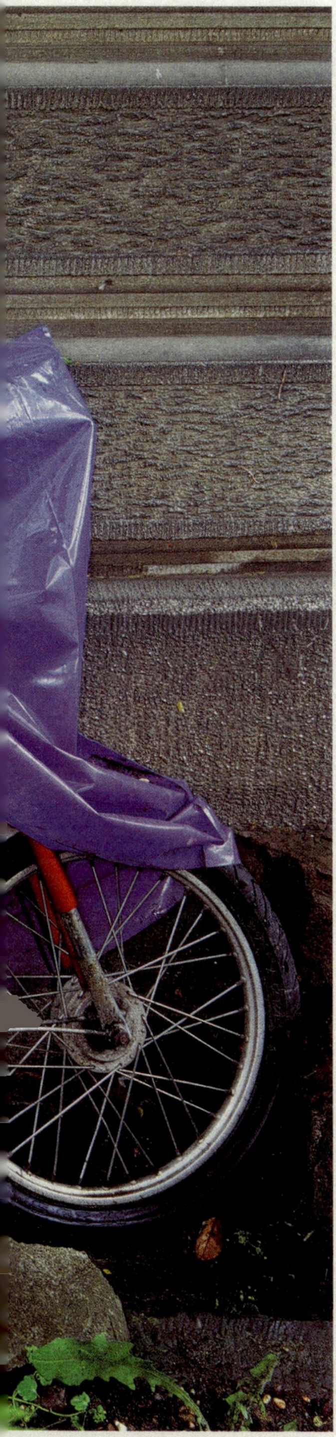

SIE HIESSEN CIAO, BELMONDO, SACHS UND WAREN DIE KULTMARKEN DER SECHZIGER- UND SIEBZIGERJAHRE. DER VOLKSMUND NANNTE SIE LIEBEVOLL HODENKLOPFER ODER EINFACH TÖFFLI.

«Sie sind da», flüsterte es durchs Klassenzimmer. Und dann waren sie da. Im nach Benzin duftenden Mofakeller gingen sie gründlich ans Werk. Die, die zu schnell waren, die kamen auf den Bullenwagen, und der fuhr für sie die letzte Tour. Die, die nicht zu schnell waren, blieben im Keller. Für die wars ein trauriger Tag.

Das Töffli. Moped. Mofa. Stinker. Zwei Räder. Ein Zylinder mit einem Volumen von 49,9 Kubikzentimetern (ab Werk), Leistung: ca. 1 PS. 30 km/h Spitze (gesetzlich verordnet). Tank. Sattel. Tretkurbel.

Damals war ein Töffli noch etwas: nämlich so ziemlich alles, was man hatte. 14 Jahre jung. Das erste Mal Geschwindigkeit. Das erste Mal Freiheit. Handgeschaltet selbstverständlich. Zweigang Sachs. Puch. Mit dem XL-30-Motor. Belmondo. Pony. Später Ciao. Dann kam Geld für Chrombäder von Teilen. Verchromte Gabel. Verchromte Lampe mit Steinschlagschutzgitter. Verchromter Tank. Verchromter Tacho mit Kilometerzähler. Wer sich keinen echten Chrom leisten konnte, behalf sich mit Sprühdosen (kam selten gut) oder geilen Klebern (Adler, FCB-Wappen). Wer wirklich Geld hatte, kaufte heisse Extrateile zu: Delphinsattel. Lange Telegabel, wie die echten Chopper im Easy-Rider-Land. Hohe Rückenlehne. Lederjacke mit Fransen. Die Mädchen kamen dann von alleine. Die hockten hinten drauf, auf den unbequemen Gepäckträger – Destination nächste Polizeistreife.

Die Höchstgeschwindigkeit, die war nichts als Ausgangspunkt für mehr, für den Sport schlechthin: Frisieren. Kolbenfenster aufschlitzen. Düse ausbohren. Luftfiltermanipulation. Andere Ritzel (Manipulationen an der Übersetzung). «Sachstopf» (Auspuff) auf Puch montieren. 60 machten die Dinger dann schon mal. Und wer wirklich böse war (und Geld hatte), beschaffte sich in Frankreich Spezialteile, mit denen 90 Sachen keine Sache waren.

Und so sassen wir schlecht frisiert auf unseren supergut frisierten Töfflis – dahinbrausend zu irgendwelchen Jugendgruppenkeller-Spaghetti-Tanz-Schmuseparties – und dachten an drohend donnernde Ducatis.

Nach Mitte der Siebzigerjahre kamen die Todesstösse; und das Töffli ruckelte und röchelte, so, als ginge ihm das Benzin aus. Zuerst das Verschwinden der Zweigänger. Die Automatikschaltung hielt Einzug (1977), damit man sie nicht mehr so gut frisieren konnte. 1978 die neuen Abgaswerte, die den Katalysator zur Fol-ge hatten und der wiederum eine Kostenexplosion (kostete ein Maxi N 1978 noch 920 Franken, so muss man heute für ein gutes Töffli knapp 3000 Franken auf den Tisch legen). Am 1. 1. 1990 das Helmobligatorium. Nächster Todesstoss: die Rollermania. Mit 16 Jahren darf man heute Roller der Kategorie F fahren. Die machen 45 km/h.

Deshalb gehen die Verkaufszahlen zurück. Verkaufte man in den Achtzigerjahre noch 60 000 bis 80 000 Stück pro Jahr, so sind es heute noch gerade mal 10 Prozent davon. Noch sind 300 000 Töffli im Verkehr (Spitzenzahl: 600 000). Der Tod aber, der ist unaufhaltsam. Museen sollten jetzt ankaufen.

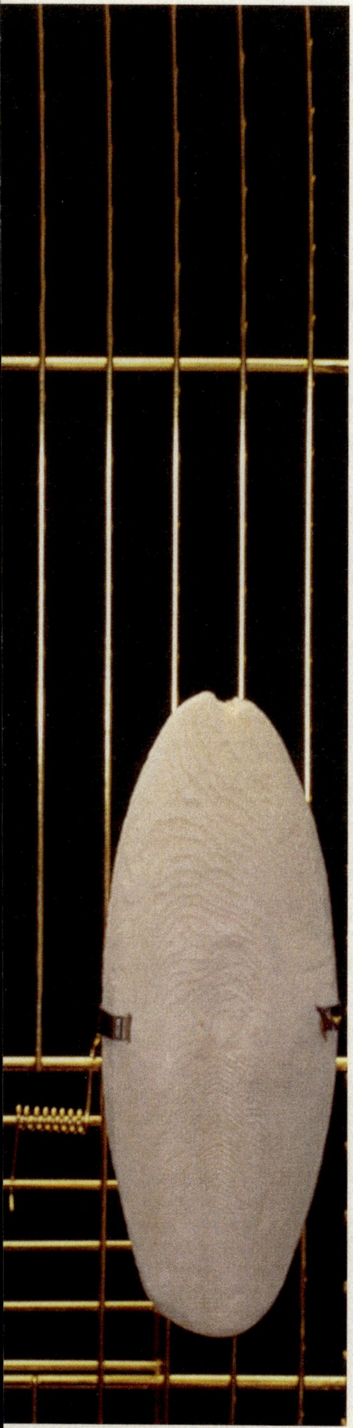

WELLENSITTICHE KAMEN 1840 AUS AUSTRALIEN ZU UNS. SIE SIND HÖHLENBRÜTER, SOZIAL UND TEMPERAMENTVOLL. UND SIE KÖNNEN SPRECHEN.

Aus Australien kamen sie, damals. Heute kommen sie aus dem Zoofachhandel (um 69 Franken pro Stück) und heissen mit wissenschaftlichem Namen Melopsittacus undulatus. Dort, in Australien, leben die als sehr sozial geltenden Wellensittiche (WS) in Eukalyptushainen in grossen Schwärmen in der Strauchsteppe – weshalb man sie bei uns im Käfig (Mindestmasse 50x30x45 cm) gerne als Paar hält, oder als Einzelexemplar mit Spiegel und Glöckchen. Der WS ist ein Höhlenbrüter und als solcher auf Baumlöcher angewiesen. Seine Feinde in der Natur sind Raubvögel und Baumschlangen, in Wohnungen Herdplatten, Menschenfüsse, Kerzen.

Die ersten lebenden Tiere brachte der Forscher J. Gould 1840 nach London. Bald wurde das bunte Ziertier in grossen Mengen über die Meere geschifft, um hier Namen wie Hansi oder Pucki zu erhalten. Jedoch gingen die meisten noch auf der Reise ein, weshalb noch mehr importiert werden mussten. Heute ist die Ausfuhr zum Schutz der Art verboten und auch nicht mehr nötig. Die Vogelzüchter gingen von Anfang an begeistert ans Werk. Man wusste, das nicht alle wildlebenden WS grün sind, dass es, selten zwar, gelbe, zimtgraue und blaue gäbe (bei letzteren spricht man von der Opalinzeichnung). Diese erfreuten sich bald grosser Beliebtheit. Heute gibt es noch ganz andere Mutationen, etwa den an einen Putzwedel gemahnenden Locken-WS (auch Federputzer oder Chrysanthemen genannt). Diese WS-Mutationen können nicht fliegen und sterben jung. Ein normaler WS hat eine Lebenserwartung von 12 bis 14 Jahren.

Ist der WS alleine, dann kann der Mensch sein bester Freund werden. Und sein Geschlechtspartner. So kann es sein, dass ein WS-Männchen mit einem WS-Weibchen, also mit Vögeln, nichts mehr anfangen kann, da es sexuell auf den Menschen fixiert ist. Menschen ihrerseits haben WS gerne, da WS sprechen können. Vor allem ältere Mitmenschen nutzen den temperamentvollen und energiegeladenen Vogel gerne als effektives Mittel gegen die grausame Einsamkeit. Zur Sprechentwicklung gibt es etwa von der Firma Vita spezielle Sprechperlen. Diese stärken die Halsorgane der WS.

Am liebsten isst der WS Kolbenhirse oder Nackthafer, Schokolade verträgt er nicht. Zur Förderung der Sprechfähigkeit gibt es in der Literatur gute Tipps, beispielsweise aus «Wellensittiche richtig pflegen und verstehen», Verlag GU: «Sagen Sie in wiederkehrenden Situationen immer das dazu passende Wort, beispielsweise ‹guten Morgen!›, wenn Sie morgens das Zimmer betreten, ‹gute Nacht!›, bevor sie am Abend das Licht löschen, ‹jetzt gibts was Gutes!›, wenn Sie Nahrung bringen.»

Ein gesunder Wellensittich setzt alle 12 bis 15 Minuten Croissant-förmigen Kot ab. Dünnflüssiger Kot kann ein Krankheitszeichen sein. Nebst Stuhlkontrolle sehr wichtig: Wegflugkontrolle. Von zehn als Heimvögel gehaltenen WS entfliegen ihrem natürlichen Drang entsprechend deren sechs. Er findet niemals den Weg zurück. Australien ist zu weit. In unserer Klimazone hat der WS keinerlei Überlebenschancen.

DASS PFLANZEN SELBST IM DUNKELN UND OHNE ERDE GEDEIHEN, HAT DIE WELT DEM BERNER GERHARD BAUMANN ZU VERDANKEN, DEM ERFINDER DER BLÄHTON-KÜGELCHEN.

Eine Krebsstation ist nichts Lustiges. Das wusste auch der Gärtner des Berner Inselspitals, als er vor 30 Jahren den Auftrag erhielt, eben diese Station mit ein paar Grünpflanzen ein bisschen lebensfroher zu gestalten. Doch er wusste noch mehr: Dass dort nichts wachsen würde, denn es gab kein Tageslicht.

Jedoch war ein Berner namens Baumann Gerhard zur Stelle. Der hatte nämlich eben eine revolutionäre Erfindung gemacht, die er Luwasa nannte. Eine Abkürzung, die für Luft/Wasser/Sand steht – auch Baumanns spätere Innovationen tragen rassige Abkürzungen, etwa Lutewa (Luft/Erde/Wasser) oder Toresa (Torfersatz). Die Revolution: Pflanzen wachsen ohne Erde. Baumanns Ursprungskomponente Sand jedoch wurde bald durch ein noch perfekteres Material ersetzt, das zum Symbol der Hydrokultur werden sollte: das charakteristische kleine Kügelchen, braun, Ø 4 bis 8 mm oder 8 bis 16 mm, das in idealer Weise Feuchtigkeit aufnehmen und abgeben kann. Das Kügelchen heisst Blähton (bei über 1000 Grad gebrannte Tonerde) und ist als Decoton auch in diversen Farben erhältlich. Durch die Kugelform des Blähtons hat die Pflanze genügend Halt sowie Luft, und da Blähton keine organischen Bestandteile enthält, kann nichts faulen. Den Blähton übrigens fand Baumann im väterlichen Baugeschäft, wo er bis dahin als Isoliermaterial Verwendung fand.

«Wir haben den grünen Daumen eingebaut», lautete Baumanns Werbeslogan. Das Geschäft gedieh. Der aus Schweden einmarschierende Trend der Grossraumbüros schrie förmlich – zwecks Raumteilung – nach den braunen Kunststoffkisten (Modell Juri, aus Polystyrol), gefüllt mit Blähton, dem Wasserstands-anzeiger und Grünzeugs mit Namen wie Euphorbia milii gabriela oder Dieffenbachia maculata exotica perfecta. Eine dieser tollen Kisten wurde von Meisterdesigner Luigi Colani entworfen (Modell Colani). Es gibt sie auch aus Keramik (Modell Maya), Rattan (Modell Bali) oder Alu (Modell Orlando).

An besonders dunklen Stellen, wie eben auf der Krebsstation des Berner Inselspitals, helfen Quecksilbedampflampen (Modell Arondo) nach. Das Inselspital wurde zu Baumanns erstem Kunden. Noch heute stehen über 350 Hydrokulturen fassende Gefässe verschiedenster Grösse im Spital verteilt. Von Bern aus ging es um die ganze Welt.

Die Hydrokultur verwandelte Dachwohnungen in grüne Höhlen, Verwaltungsgebäude lächelten fortan, Beton-Wohnblockeingangszonen waren plötzlich freundlich und modern, Bankschalterhallen blühten Dollarnotengrün, und da man die Hydrokulturen nur alle zwei bis vier Wochen giessen muss, war ab sofort gar ein Maledivenurlaub drin, ohne den Nachbarn (denen man nie so recht über den Weg traute) den Wohnungsschlüssel zu übergeben.

Noch immer der beliebteste Bewohner der Plastikgefässe ist der Gummibaum. Der kam einst aus China. Und von dort kommen heute die grossen unnatürlichen Feinde der Hydrokultur: Textilpflanzen. Die sind sogar noch um einiges anspruchsloser.

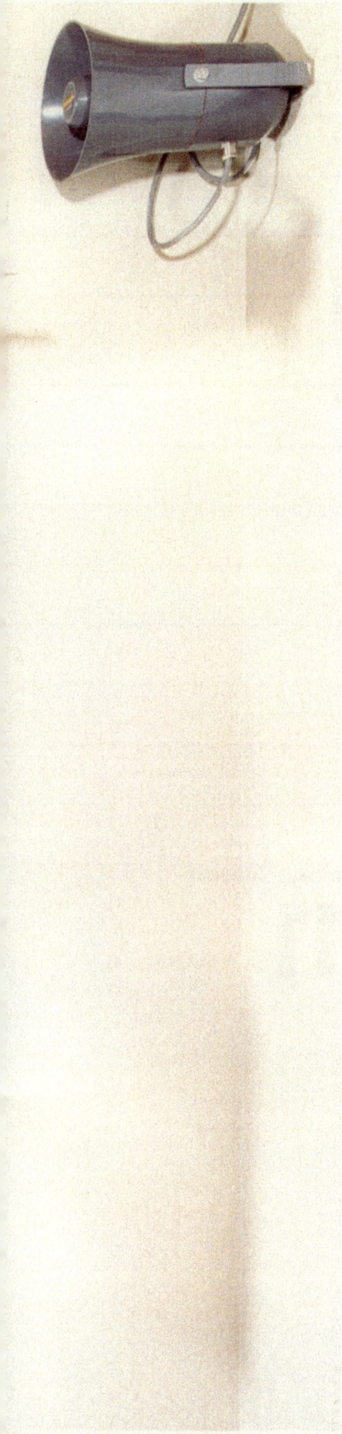

URSPRÜNGLICH ALS SCHUTZSCHILD GEDACHT GEGEN PROJEKTILE ALLER ART, WIRD DIE KUGELSICHERE WESTE VERMEHRT AUCH IM LIFESTYLE- UND MODEBEREICH VERWENDET.

Das Prinzip ist wieder einmal einfach und heisst: Schutz. Alltagsbeispiel: Wer sich in regenmöglicher Zeit (zum Beispiel Herbst) oder/und Ort (zum Beispiel Hamburg) aus dem Haus wagt, der oder die sollte gewappnet sein mit Regenschirm, Pelerine oder Ähnlichem. Es gilt, eine Gefährdung abzuhalten oder einen Schaden abzuwehren. Das wussten unsere Freunde im Pleistozän (die Eiszeit) schon und schützten sich auf ihrer Einfachheit entsprechende Art durch simplen Rückzug in Höhlen vor Gefahren (der Säbelzahntiger).

In den heutigen Zeiten stellt eine Gefahr für Leib und Leben weniger der Säbelzahntiger dar, sondern Schusswaffen. Insbesondere ist dies für Menschen in der Sicherheitsbranche (Militär, Polizei, Bodyguard-Service) der Fall. Eine beliebte Form des Schutzes in diesen Kreisen ist die kugelsichere Weste (frz. veste = ärmelloses Wams < ital. veste < lat. vestis = Kleid, Gewand). Sie garantiert je nach Kategorie gegen das Eindringen von ballistischen Projektilen in den durch die Weste geschützten Körperbereich. Ihr war jedoch ein enormer Nachteil gemein mit etwa der guten alten Ritterrüstung: Das bis dahin effektivste Material Metall machte den Träger steif, schwer und langsam. Zudem war der gebotene Schutz mässig.

Ende des Zweiten Weltkrieges hatte die US Army erste Prototypen entwickelt, die nicht mehr aus Metall, sondern aus einem Material namens Doron (laminiertes Fiberglas, benannt nach Brigadegeneral Georges Doriot) bestanden. Sie wurden zum Standard. 1952 lancierte die Army im Koreakrieg (1950–1953) Tests der ersten kugelsicheren Weste aus reinem Nylonmaterial (Mod. T-52-1). Zum Einsatz aber gelangten noch immer die Doron-Westen. Die eigentliche Revolution brachten erst die so genannten Aramid-Kunstfasern wie etwa Kevlar, Twaron oder Technora, die Ende der Sechzigerjahre entwickelt wurden.

Diese zu Netzen geschichteten Fasern haben die Eigenschaft, auf sie eintreffende Energie mit grossem Effekt zu absorbieren, von Faser zu Faser weiterzuleiten, wobei nicht nur das Eindringen des Projektils in den Körper verhindert, sondern zusätzlich auch die Wucht des Aufpralls (Trauma) gedämpft wird, wel che allein schon tödliche Verletzunger zur Folge haben kann. Zudem sinc Kunstfasern leicht und flexibel.

Die kugelsichere Weste (Preis 1000 bis 10 000 Franken) ist jedoch längst auch abseits des Berufsalltags beliebt. Bei Rap pern etwa gilt sie als chic («phat»), unc auch Modemacher wie Helmut Lang (Österreich) haben sie formal adaptiert.

Doch nicht nur Menschen wollen Wes ten, sondern auch des Menschen beste Freund: der Hund. So stellt die in Hous ton (Texas) ansässige Firma 21st Century Hard Armor Protection Inc. eine Hunde schutzweste her (Modell K-9). Sie garan tiert Schutz gegen ein Geschoss Kaliber .44 Magnum (Aufschlagsgeschwindig keit: 427 m/s). Erhältlich auch mit Kühl system in den Farben Schwarz, Orange und Mischwald.

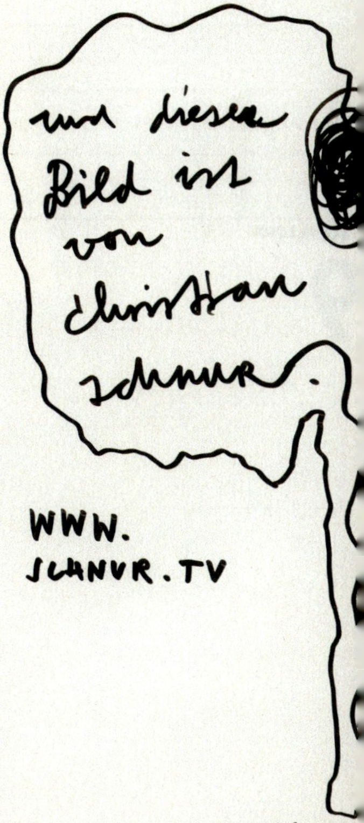
und dieses Bild ist von christian schnur.
WWW. SCHNUR.TV

Woche 50
Bild fehlt!!

DER «POST-IT»-KLEBER, TREUER FREUND DES BÜROLISTEN, IST IN DER KIRCHE ERFUNDEN WORDEN. BEIM GESANG. IM KOPF EINES MANNES AUS IOWA.

Am Anfang war natürlich Gott und die sieben Tage – all dies, und er machte auch, dass die Menschen gerne sangen in zu so genannten Kirchenchören zusammengeballten Mengen, um Dinge zu preisen, beispielsweise die Heilige Dreifaltigkeit.

Es begab sich, dass die Firma 3M (Minnesota Mining Manufactures, Erfinderin unter anderem des Scotch™-Klebebandes) einen Menschen in den Reihen ihrer Entwickler hatte, welcher in seiner Freizeit nicht nur gerne in einem Kirchenchor sang, sondern sich auch ärgerte. Dieser aus Iowa stammende Herr Arthur Fry nämlich hatte das eminente Problem, dass die Zettelchen, mit denen er die tollsten Lieder im Gesangbuch zu markieren pflegte, immer herausfielen, kaum hatte er es aufgeschlagen.

Über dieses Problem dachte er nach, und da kam ihm die Eingebung, dass sein Arbeitskollege Dr. Spencer Silvers 1968 eine magische Erfindung gemacht hatte, nämlich Klebeband, welches sich wieder entfernen lässt, ohne das beklebte Material zu beschädigen oder irgendwelche Spuren zu hinterlassen.

Fry fing in den Siebzigerjahren an, in seiner Freizeit nebst dem Singen in der Kirche in seinem Keller im Namen von 3M zu experimentieren. Nach zwei Jahren war ein wieder entfernbarer Haftnotizzettel geboren, den er «Press & Peel» («drücke & schäle») nannte. Doch auf den Markt kam das Produkt (1980 USA, 1981 Europa) unter dem flotten zweisilbigen Namen mit dem leichten Befehlstouch: Post-it® («klebs») Haftnotizen («Removable self-stick notes»). Und bald ward es zu einem der wichtigsten drei Utensilien aufgestiegen im Bereich der Befehlsempfänger (Büros) – nebst dem Akten-Ordner und dem Kopierpapier. Des Schreibtischstubenhengstes und der Sekretärin Alltag ohne Post-it®? Schlicht undenkbar.

Doch auch abseits der Dienstleistungsbetriebe und Verwaltungen kommt der gelbe Zettel (seit 1985 auch in anderen Farben erhältlich, etwa Pink oder Lila für die pausenlose Powerfrau) rege zum Einsatz. Am Kühlschrank in privaten Küchen beispielsweise («Karotten, UHT-Milch, dunkle Schokolade») oder in Kirchengesangbüchern nicht nur in der Familie Fry, im kollegialen Rahmen (auf den Rücken geklebte Zettelchen mit kumpelhaften Botschaften wie «Bitte tritt mich hart in meinen Allerwertesten!») oder gar in der Welt der bildenden Kunst: Die nordamerikanische Installationskünstlerin Hamilton beklebte einen nicht eben kleinen Raum mit vielen, vielen beschriebenen Post-it®s und liess mittels eines Ventilators diese zittern wie Espenlaub.

Heute gibt es die Post-it®s in allen erdenklichen Varianten und sogar in digitaler Form für den Computer. Denn Notizen werden überall gemacht und gebraucht. Die Vergesslichkeit ist eine treue Freundin eines jeden Menschen.

Eine Packung original Post-it® Classic in der Urfarbe Gelb (100 Blatt, 76x76 mm) kostet im ABM 1.60, in der Epa 1.80 und im Globus 1.90 Franken. Aber vor dem Herrn sind, abgesehen von den Preisen, alle gleich.

et alle Blicke auf sich.

«Beim Autofahren ist heute eindeutig nicht ‹meh›, sondern weniger ‹Dräck› angesagt», meinte Rock-Guru Chris von Rohr.

LEXUS

DIE ZWITTERATTACKE

Text Max Küng Bilder Christian Schnur

Der hohe Ölpreis hat auch sein Gutes: Die Zeit der fahrenden Penisprothesen geht zu Ende. Die Zukunft gehört den Hybridautos. Toyota hat dabei die Nase vorn. Ein sehr emotionaler Testbericht.

Kein Brummen. Kein Grollen. Kein Röcheln. Nichts ist zu hören, und ich frage mich, ob ich etwas falsch gemacht habe oder ob da etwas kaputt ist. Warum der Motor nicht läuft. Aber ich habe nichts falsch gemacht, und kaputt ist schon gar nichts. Und ich bin auch nicht taub geworden. Ich habe den Zündschlüssel gedreht, und der Wagen ist angesprungen. Alles bestens. Es gibt nichts zu hören, denn der Benzinmotor schläft noch. Erst die beiden Elektromotoren sind aktiv. Ich lege den Rückwärtsgang ein. Geräuschlos gleitet das Auto aus der Parkbucht. Schalte die Automatik auf «Drive». Fuss auf das Gaspedal. Sachte. Ohne Motorenlärm gleitet der Wagen davon. Ich lasse die Scheibe hinunter und horche und höre bloss ein leises Summen. Geisterhaft. Ich muss ein bisschen lächeln. So also fährt sich die Zukunft? So fühlt sich das an? Bei 30 Stundenkilometern schaltet sich der Benzinmotor dazu. Dann geht es los Richtung Berge.

Der Wagen heisst Lexus RX400h. Ein Auto der so genannten SUV-Kategorie. SUV ist eine Abkürzung und steht für Sports Utility Vehicle, was eine ziemlich komische Beschreibung ist für ein Auto, das in erster Linie in der Stadt gefahren wird. Das hat sich wohl auch Lexus gedacht, die Automarke, mit der der japanische Toyota-Konzern vor sechzehn Jahren in den USA erfolgreich in die fette Kategorie der gehobenen Mittelklasse eingestiegen ist. Der RX400h ist ein ganz besonderes SUV. Als Erstes seiner Kategorie verfügt der Lexus über einen Hybridantrieb. Hybrid heisst: Der Wagen kombiniert einen Sechszylinder-Benzinmotor mit zwei Elektromotoren. Die Motoren werden von Batterien gespiesen, die nicht geladen werden müssen. Man muss weder eine Stromtankstelle suchen noch eine Steckdose. Die Energie erzeugt der Lexus selbst, respektive: Es wird die Energie genutzt, die jedes Auto generiert, aber im Normalfall verloren geht. Im Leerlauf etwa, oder beim Bremsen wird kinetische Energie in elektronische umgewandelt, und die Batterien werden aufgeladen. Geleert werden sie immer dann, wenn es Sinn macht. Beim Anfahren beispielsweise. Dann benötigt ein Auto mit konventionellem Antrieb besonders viel Energie und stösst dabei am meisten Schadstoffe aus. Im Stillstand wird der Benzinmotor ganz abgeschaltet. Bei langsamer Fahrt verrichten die Elektromotoren die Arbeit alleine. Bei höheren Tempi arbeitet der Benzinmotor solo. Und wenn es verlangt wird, etwa beim Überholen, dann arbeiten die drei Motoren zusammen – wie ein kleines, perfektes Motorenballett.

Als ich den Lexus-Testwagen zu Hause auf den Parkplatz rolle, erwartet mich meine Frau mit besorgtem Blick.

«Was ist denn das?», fragt sie.

«Ein Lexus», sage ich.

«Das ist das hässlichste Auto, das ich je gesehen habe, ein Auto für Leute, die im Zürcher Seefeld-Quartier wohnen. Ich schäme mich.»

«Na, über Geschmack lässt sich streiten. Aber es ist ein sehr fortschrittliches Auto. Hybrid. Und du sitzt ja innen, nicht aussen, oder? Also setz dich rein, und wir testen den Wagen. Wir fahren ein bisschen in der Schweiz herum.»

«Das ist aber nicht gerade gut für die Umwelt, sinnlos herumzufahren.»

«Das ist nicht sinnlos. Wir müssen testen. Und es ist klug von den Japanern, gerade ein solches Auto mit Hybrid auszustatten, denn noch ist es eine ziemlich aufwändige und teure Technologie. Also packt man sie in Wagen der gehobenen Klasse. Man macht also ein unvernünftiges Autos vernünftiger.»

Der Hybridantrieb ist eine alte Idee. Bereits 1900 entwickelte der deutsche Ingenieur Ferdinand Porsche (ja, der Porsche, der für Hitler den Käfer erfand und dessen Sohn die Sportwagenmarke begründen sollte) ein erstes Gefährt mit Elektromotoren in den Radnaben, die den Strom von einem Generator bezogen, der von einem Verbrennungsmotor betrieben wurde. Immer wieder tauchten solche Zwitter auf. Ende des letzten Jahrhunderts intensivierten so ziemlich alle Autokonzerne die Forschung auf diesem Gebiet. BMW experimentierte mit dem Versuchsfahrzeug E1. Volvo hatte den ECC. Audi den Duo. VW den Chico. 1988 betrieb VW in Zürich in Zusammenarbeit mit der ETH gar einen so genannten Flottenversuch mit zwanzig Golf-Modellen, die einen Elektroantrieb mit einem Dieselmotor kombinierten. Der italienische Designer Leonardo Fioravanti stellte 1992 eine Sportwagenstudie namens Sensiva vor, die eine 231-PS-Gasturbine mit vier je 54 PS starken Elektromotoren kombinierte. Zukunftsmusik, damals. Wie auch sollte sich Sportlichkeit und Ökologie vertragen? Ein

Ökoauto, japanisch interpretiert: der Lexus RX400h

Im Uhrzeigersinn:
Wo ist der Elektromotor?
Ölstand o. k.?
Und wo ist eigentlich der Bündner Bär?

Paradox. Und niemand mochte so recht an die Doppelmotorenlösung glauben. Zu gross waren die Probleme mit den Batterien. Zu hoch die Kosten.

Niemand, bis auf die Japaner. Konsequent betrieb Toyota die Forschung und brachte 1997 zur Überraschung aller in Japan das erste Hybridserienmodell namens Prius auf den Markt. Im ersten Jahr verkaufte man davon 17 000 Stück.

Unser erstes Ziel ist der Gotthardpass. Und die erste Erkenntnis: Die Schweiz ist schön. Einen Pass hochzufahren, das ist wunderbar. Wie hat das mal ein Schweizer Künstler gesagt, der selber nicht Auto fährt: Man hat viel mehr von der Natur, wenn man im Auto sitzt und nicht im Zug. Paradoxe Erkenntnisse passen ganz gut, schliesslich ist hybrid lateinisch und heisst so viel wie «von zweierlei Herkunft, zwittrig». Der RX400h ist im Grunde ein ganz normales Auto und fühlt sich an, wie man das von einem Wagen dieser Preiskategorie erwarten darf. Mit Superstereoanlage mit 22 Boxen und elektrischem Dachfenster kostet das Ding satte 90 000 Franken. Die Scheibenwischer gehen automatisch an, wenn es zu regnen beginnt. Das Licht, wenn es dunkel wird. Ausserdem sind die Ledersitze ziemlich bequem. Nun ja, ein bisschen weniger Plastik im Innenraum wäre nicht schlecht gewesen. Die Armlehnen sind auch ein bisschen dünn geraten. Und das Navigationssystem verfügt bloss über eine Stimme, die mir den Weg angibt. «Rechts halten.» «Folgen Sie dieser Strasse.» Ich würde gerne die Stimme ändern. Wäre es nicht wunderbar, man könnte sich von der Stimme Louis de Funès' leiten lassen? Oder der von Pingu?

Auf dem Gotthardpass eine Halluzination, die doch keine ist: Dick und grau stapfen zwei Elefanten durch den Schnee. Ich denke: Hey, das kenn ich, von der Greenpeace-Werbung. Klimaschock durch CO_2-Emissionen. Erderwärmung. Exotische Tiere in unserer Bergwelt. Elefanten auf dem Gotthard. Sind wir schon so weit? Ist es wirklich schon so schlimm? Ich erschrecke. Aber es sind dann doch nur Schauspielertiere für den Film «Auf Hannibals Spuren».

Der Durst der Autos ist das eine. Das andere, was hinten rauskommt. Der Ausstoss von Kohlendioxid (CO_2) beträgt beim Lexus Hybrid 192 Gramm pro Kilometer. Zum Vergleich. Beim nichthybriden Bruder-Modell sind es 288. Beim Porsche Cayenne Turbo 378 Gramm. Am anderen, guten Ende der Toyota Prius: 104 Gramm.

Die Deutschen haben verschlafen

Sinnlos mit seiner Frau über die Berge zu fahren, ist zwar schädlich und dumm und ein Sport für Rentnerpaare, muss in diesem Fall aber sein. Gotthard runter, durch das Tessin, wo wir kurz vor Chiasso auf einem Autobahnparkplatz eine Pinkelpause einlegen. Ich lenke den Wagen im Elektrobetrieb auf das Parkfeld. Nebenan stehen zwei Mercedes. Hätte ich keine Zeugen für das, was nun geschehen sollte, ich würde mich nicht trauen, es zu erzählen, so unglaubwürdig klingt es. An die Wagen lehnen sich sechs Typen. Deutsche. Einer trinkt aus einer halb vollen Flasche Ramazotti. Alle anderen nuckeln an Bierflaschen. Man braucht nicht Polizist zu sein, um sofort zu sehen, dass das Mercedes-Pack alkoholisiert ist. Sofort und ohne Warnung fangen sie an, mein Auto anzupöbeln. Eine Scheisskarre sei das. Eine Scheissschüssel. Eine verdammte Gurke. Ich versuche zu erklären, dass der Hybridantrieb eine gute Sache sei, auch für geistig limitierte Autofreaks, denn immerhin geht es um Technik, und so hoch stehende Technik sei doch einfach faszinierend. «Kauf dir mal ein anständiges Auto, Schweizer Bube!» Als ahnten sie, dass sie die Vergangenheit sind und wir die Zukunft. Die Mercedes-Neandertaler steigen in ihre Wagen, brüllen noch «Idiot» und lassen die Reifen quietschen. Ich muss an den Aufkleber denken, der auf meinem Robbenfell-Schulrucksack klebte: Erst wenn der letzte Baum gefällt ist, der letzte Fluss vergiftet und so weiter, erst dann wird man merken, dass es noch viele, viele Ar......... gibt auf diesen Strassen.

Vielleicht sind die Deutschen einfach sauer, weil sie wissen, dass ihre Automobilindustrie die Hybridtechnologie verschlafen hat. Jahre Vorsprung forschten die Japaner heraus, während die deutschen Marken damit beschäftigt waren, immer stärkere Autos zu bauen. Der VW-Konzern beispielsweise hat eben den Bugatti Veyron mit 1001 PS vorgestellt. Ein Abenteuer, das den Konzern hunderte von Millionen gekostet hat. Der Veyron beschleunigt in weniger als 2,5 Sekunden von null auf 100 km/h. Das grösste Problem der Ingenieure war es, eine Benzinpumpe zu konstruieren, die den Wagen schnell mit genügend Sprit beliefert – bei hohen Tempi soll der Bugatti pro Kilometer einen Liter Benzin verbrennen.

Die deutschen Automobilkonzerne glaubten lange nicht an den Hybridantrieb und führten stattdessen eine billige Antihybrid-Kampagne. VW-Chef Pischetsrieder nannte die Ökobilanz des Hybridantriebs «eine einzige Katastrophe». Auch BMW-Manager und Ex-Mercedes-Chef Hubbert äusserten sich negativ. Man hatte die Entwicklung vertrödelt, also versuchte man, die Leistungen der Japaner schlecht zu reden.

Nun kündigt aber auch die deutsche Automobilindustrie den Hybridantrieb

Die Schweiz ist schön. Einen Pass hochzufahren, das ist wunderbar. Man hat viel mehr von der Natur, wenn man im Auto sitzt und nicht im Zug.

an für 2006 oder 2007 oder 2008 oder auch später. Fest steht: Porsche wird den Cayenne mit dem alternativen Antrieb bringen und prophezeit eine Verbrauchseinsparung von 15 Prozent. Unklar war lange, woher die Technologie stammen wird. Erst munkelte man, Porsche habe sich die Lizenz von Toyota gesichert. Nun hat man sich aber entschlossen, zusammen mit Audi und VW einen serienfähigen Antrieb zu bauen. BMW ist zusammen mit Daimler-Chrysler beim Hybridprogramm von General Motors eingestiegen und wird in zwei Jahren den X5 mit zusätzlichem Elektroschwung anbieten.

Entdeckung der Langsamkeit

Ruhig gleitet der Wagen auf der Autobahn gegen Osten. Auf der linken Spur taucht ein BMW X5 auf. Auch ein SUV, aber ein konventionelles. Der BMW zieht vorbei, und ich sehe, wie der Fahrer den Lexus studiert. Ich weiss, da überholen mich auch Minderwertigkeitskomplexe. Studien aus den USA sagen, SUVs werden von Menschen gefahren, die von Ängsten geplagt werden. Und Menschen mit Ängsten machen sich vielleicht auch Sorgen um die Umwelt und haben insgeheim ihres Autos wegen ein schlechtes Gewissen, das so gross ist, dass es in keinen Kofferraum passt. Und irgendwie habe ich das Gefühl, da zieht auch so etwas wie Neid vorbei auf der Überholspur. Neid auf Vernunft. Neid auf den technischen Vorsprung unter meinem Hintern. (Vorsprung durch Technik, ist das nicht der Leitspruch einer Autofirma, die den Hybrid verschlafen hat?)

Über den Ofenpass schleichen wir ins Münstertal hinunter. Das ist eine Erkenntnis: Mit dem Lexus macht es Spass, möglichst gemütlich zu fahren. Es ist wie damals, als Schulbube, als man Langsamvelorennen veranstaltete. Wer eine gewisse Strecke am langsamsten zurücklegte, der hatte gewonnen. Schnell sein, das ist ja kein Problem. Langsamkeit dagegen braucht Geschick und Cleverness. Ich kontrolliere auf dem Display im Armaturenbrett das harmonische Zusammenspiel der drei Motoren. Am besten fährt es sich im Lexus eh in der Stadt. Wenn man an die Ampel fährt und der Benzinmotor sich sofort schlafen legt und vom Stromaggregat auch nichts zu hören ist, dann kehrt eine sonderbare Ruhe ein, die auch gut für den Blutdruck ist.

Im Münstertal machen wir Rast in einem Hotel, und bald sitzen wir am Kaminfeuer, und der Hotelier fragt, was wir hier täten, mitten unter der Woche. Wir würden den Lexus Hybrid testen, sage ich. Hybrid, sagt der Hotelier, davon habe er schon gehört. «Das ist ein Zaubertreibstoff, oder?» Ich erkläre dem Hotelier, wie Hybrid funktioniert, und vor allem wie wichtig die Batterien sind. «Die grosse Herausforderung für die Ingenieure ist nicht das Getriebe, es sind auch nicht die Elektromotoren, es sind die Batterien.» Im Gegensatz zu einer Batterie in einem Laptop oder einem Handy (lädt sehr langsam, speichert den Strom möglichst lange, gibt ihn sachte ab) müssen die Batterien im Auto superschnell in kurzen Zyklen reagieren. Laden, leeren, laden, leeren. Hinzu kommt das Problem, dass voll geladene Batterien stark Hitze entwickeln und daher nicht so lange leben wie solche, die nur zu einem bestimmten Prozentsatz geladen sind. Also nutzt man nicht das ganze Batteriepotenzial. Eine Software sorgt dafür, das die Batterien bloss zu 60 Prozent gefüllt werden – zu Gunsten einer längeren Lebensdauer von kalkulierten 400 000 Kilometern.

Wir müssten unbedingt den Umbrail hochfahren, sagt der Hotelier schliesslich, denn der Umbrail sei der höchste und steilste Pass weit und breit, auf über 2500 Meter gehe der, und dann rennt er davon und kehrt zurück, ein schweres Buch in der Hand. Das Gästebuch. Er blättert, sucht und findet die Beweise. In den Sechzigerjahren waren die Leute des Automobilkonzerns NSU zu Gast. Sie testeten am Umbrail den Wankelmotor (ein Motorenkonzept, das den Durchbruch nicht schaffen sollte, nicht zuletzt, weil es einfach zu durstig war – wird heute nur noch von Mazda im Sportwagen RX-8 eingesetzt). Und der Sohn des Hoteliers sagt, dass BMW kürzlich hier gewesen sei, um am Umbrail das neue 507 PS starke Monstermodell M5 zu testen, das man mit einem zwei Tonnen schweren Anhänger hintendran den Pass hoch- und runterfahren liess. Nonstop. Tagelang. Und im Winter kommen die Pneuhersteller, um zu testen. Der Umbrail scheint für unsere Zwecke ideal.

Am nächsten Morgen, noch im Grauen, jagen wir den über zwei Tonnen schweren Lexus die schmale Strasse hoch in den Nebel. Vorbei am Schnee und den Jägern, die in ihren Subarus hocken und mit Feldstechern Rehrücken suchen. Nun klingt er ganz und gar nicht mehr nach Elektromobil, sondern keucht und heult. Kein schöner Klang, der da aus der Haube kommt. Und auch der Durst ist nun gross.

Dieses Auto wird wohl nicht die Welt retten. Doch es könnte einen Imagetransfer auslösen. Bis anhin galten die Hybridantriebe als etwas für Spiesser und Weltverbesserer, ein Hybridauto war eigentlich gar kein richtiges Auto. Honda etwa, der andere Konzern, der seit Ende der Neunzigerjahre auf diese Technologie setzt, hat es stets vermieden, das Kind beim Namen zu nennen. Hybrid galt im Konzern als verbotenes Wort. Man hatte Angst, der Begriff könne negativ auf das sonst so auf Sportlichkeit und Leistung ausgerichtete Firmenimage abfärben. Also nannte man die Modelle IMA: Integrated Motor Assist. Ein böser Marketingfehler. Heute bringt kaum jemand Honda in Verbindung mit der Hybridtechnologie.

Vom extremen Medienniederschlag des Lexus werden auch der Toyota Prius und der Hybridantrieb als solcher profitieren. Ein Beispiel: Zurzeit fährt ein Freund einen Maserati, Modell 3200. Nun hat dieser Freund herausgefunden, dass ein Maserati einerseits zwar cool ist, weil es eine ziemliche Rennmaschine ist, eine Erfüllung eines Bubentraumes, andererseits aber auch ziemlich uncool, weil so ein Auto in einer Stadt irgendwie blöd ist. Also überlegt er, sich einen Prius zuzulegen. Das wäre ein radikal cooler Schritt. Radikal chic. Allerdings zögert er noch. Zu klein sei der Kofferraum des Prius, ja, nur unwesentlich grösser als jener des Maserati. Zu langweilig und konventionell das Design. Zu wenig verlockend die Anreize der Behörden. Wenn er zum Beispiel in London leben würde, dann hätte er bestimmt

DIE SPARSTRÜMPFE KOMMEN.
Ich will Prämien sparen.

einen Prius, denn mit ihm würde er von der Congestion Charge befreit, der City-Maut. Eine Erleichterung von 2000 Pfund – jährlich. Aber nicht nur deshalb studiert mein Freund am Kauf eines Hybrids herum, sondern schlicht auch deshalb, weil ihn die Technologie interessiert. Aber bis er sich entschieden hat, beschränkt er sich darauf, den Prius-Fahrern zuzuwinken, wenn er sie im Stadtverkehr sieht, und dann und wann das Okayzeichen zu machen.

Die ETH Zürich hat eine Studie über die Beweggründe von Käufern des Toyota Prius publiziert. Daraus geht hervor, dass in der Schweiz 40 Prozent der Prius-Fahrer den Wagen aus Gründen des Umweltschutzes kauften, 31,7 Prozent aber als Beweggründe «Konzept/Technik» angaben. Weiter hat die ETH auch untersucht, wie sinnvoll die Prius-Käufe aus ökologischer Sicht waren. «Falls die Käufer vorher überwiegend Kleinwagen besassen, wäre der Aufstieg zum grösseren Hybridfahrzeug ein unerwünschter Rückkopplungseffekt.» Dem ist nicht so. Die Studie ergab, dass durch den Wechsel zum Prius sich der CO_2-Ausstoss und Treibstoffverbrauch effektiv halbiert haben, denn überdurchschnittlich wurde ein Wechsel von Wagen der «Premiumhersteller» wie Mercedes, Audi oder BMW hin zum Prius festgestellt.

In den USA haben sich die Verkäufe von Hybridfahrzeugen jährlich nahezu verdoppelt. Im Jahr 2000 wurden gerade mal 9350 solche Autos verkauft, 2004 waren es bereits 88 000, und in diesem Jahr rechnet man damit, dass es über 200 000 sein werden. In der Schweiz sind dieses Jahr per Ende September 762 Hybridautos immatrikuliert und 436 bestellt worden. Und im Autokernland Kalifornien wird am 1. Januar 2006 ein Gesetz in Kraft treten, das für Neuwagen ab dem Jahr 2009 Höchstwerte für den Benzinverbrauch festlegt, die jährlich gesenkt werden sollen. Die Automobilkonzerne sollen verpflichtet werden, den Durchschnittsverbrauch ihrer Wagenflotte auf 8,5 Liter zu senken. Auch Japan und China planen ähnliche Gesetze. Ein Horrorszenario für die auf Leistung!Leistung!Leistung! bedachten Firmen wie Porsche, BMW oder Mercedes.

Äusserlich sieht man dem Lexus nichts an. Bloss das kleine «h» hinter der Typenbezeichnung verrät, dass unter der Haube etwas nicht normal ist. Auch bei geöffneter Motorhaube kann man nichts Aussergewöhnliches erkennen. Kriecht man allerdings unter den Wagen, dann kann man die beiden Elektromotoren sehen. Einen bei der Vorderachse, den anderen bei der Hinterachse. Silbrig glänzende Kübel. Die Batterien, mit denen die Motoren gespiesen werden, sind unter der hinteren Sitzbank untergebracht. Die Menschen aber erkennen den Wagen trotzdem. Mit dem RX400h ist man auf jeden Fall kein einsamer Mensch, sondern eher ein gefragter fahrender Hybrid-Wanderprediger, dessen Ausführungen gerne gelauscht werden.

An der Esso-Tankstelle Fuchsberg Richtung Zürich etwa kommt ein Mann zum Wagen. Der Mann ist aus Belgien, und er schaut sich den Lexus genau an, als der teure Saft in den Tank läuft. Er sagt, er habe sich lange, lange überlegt, ob er den Prius kaufen soll, aber der Prius sei ihm einfach zu hässlich gewesen. Also hat er sich für ein Dieselfahrzeug mit Partikelfilter entschieden, einen Peugeot. Nun schaut er den Lexus an, und er bereut seinen Entscheid ein bisschen. «Wissen Sie, beim Prius, da machte die Form einfach keinen Sinn. Bei diesem Lexus allerdings schon. Er ist schön. Wie viel verbraucht er?»

«Die Werbung sagt 8,1 Liter auf 100 Kilometer.»

«Ha, das sagt die Werbung. Aber Sie testen den Wagen doch. Was sagen Sie?»

«Nun ja, ich bin nicht von einer Autozeitschrift. Wir testen den Wagen eher emotional. Wie es sich anfühlt, damit zu fahren.»

«Ah. Sie sind von einer Frauenzeitschrift?»

«Fast.»

«Wenn die Werbung sagt, er brauche 8,1 Liter, wird es ein wenig mehr sein. Aber für ein solches Auto immer noch beachtlich. Wie viele PS hat er?»

«Wenn die Elektromotoren voll mit dem Benzinmotor wirken, sind es 272 PS. Er braucht etwa ein Drittel weniger Benzin als sein nichthybrider Bruder.»

Der Herr aus Belgien schaut den Lexus lange an. Dann nickt er und geht zu seinem blauen Peugeot, in dem seine Frau wartet. Er wirkt, als habe er jetzt schlechte Laune.

Heute ist der Tag, an dem ich nach einer Woche mein Testfahrzeug wieder zurückgeben muss. Die Frau von Lexus sagte, als ich den Wagen vor einer Woche abholte, ich würde ihn dann nicht mehr hergeben wollen. Das stimmt – aber nicht ganz. SUV ist immer noch SUV. Und ich brauch kein SUV, denn ich bin ja kein Seefeld-Chick und auch kein Tierarzt. Ich werde mir den Lexus RX400h nicht kaufen, und das schon aus dem simplen Grund, da mir dafür die 85 000 Franken fehlen, die der Wagen in der Grundausstattung kostet. Das ist das Blöde daran, wenn man gut zur Umwelt sein will: Es kostet Geld. Aber ich denke über den Toyota Prius nach (obwohl ich die 38 500 Franken auch nicht wirklich habe). Wenn ich den Wagen täglich brauchen würde, dann wäre die Entscheidung wohl schon längst gefallen. Mit dem Prius schont man nicht nur die Umwelt, man kann auch sparen. Steuern etwa (der Kanton Basel-Landschaft hat beschlossen, den Prius bis Ende 2008 von den Motorfahrzeugsteuern zu befreien, das Tessin unterstützt den Kauf mit 2400 Franken Subvention). Und natürlich Benzinkosten. Zurzeit fahre ich eine ziemliche Dreckschleuder, eine alte Karre aus achter Hand, die wohl an die 12,5 Liter auf 100 Kilometer säuft. Der Prius braucht gerade mal 4,3 Liter. Auf eine Lebensdauer eines Wagens, von sagen wir 200 000 Kilometer gerechnet, ergibt sich bei aktuellen Benzinpreisen allein eine Einsparung von 30 000 Franken. Man braucht keinen Wirtschaftsnobelpreis, um das zu begreifen.

Geräuschlos aus der Parklücke davonzurollen. Geräuschlos und klug. Das kommt mir vor wie eine ziemlich gute Idee. Das denke ich, als ich in meinem ganz normalen, altmodischen Auto zurück nach Hause fahre. Zurück in die Vergangenheit. ‹

Max Küng ist «Magazin»-Autor.
Er fährt normalerweise Audi
(max.kueng@dasmagazin.ch).
Christian Schnur arbeitet regelmässig
für «Das Magazin».
Er fährt Saab (schnur@balcab.ch).

HIER KOMMT DIE MAUS

Der Fiat 500 ist wieder da. Ein grosse Testfahrt für ein kleines Auto.

Text Max Küng Bilder Schlegel|Vonarburg

Ein paar Möchtegern- und ein richtiger Italiener

100 Pferdestärken

182 km/h Höchstgeschwindigkeit

Von 0 auf 100 km/h in 10,5 Sekunden

6,3 Liter auf 100 Kilometer

In jedem Mann steckt ein Kind, in dem ein Mann steckt, in dem ein Traum steckt, nämlich der: Autotester zu sein. Und manchmal, ja manchmal werden Träume wahr.

Auf einem Parkplatz nahm ich den Wagen in Empfang. Ich ging einmal um ihn herum, schloss ihn auf, setzte mich, passte den Sitz an, inhalierte den Geruch des Neuen, denn nichts riecht wie ein neues Auto, und startete den Wagen. Er sprang ohne Murren an.

Nun fahre ich ein paar Kilometer und Minuten später am Dinosauriermuseum Aathal vorbei, und ich denke, dass das eine schöne Metapher wäre, um mit diesem Artikel anzufangen, wenn ich Autotester wäre. Das Dinosauriermuseum als Sinnbild für den einstigen Autogiganten Fiat, dessen Abstieg in den 70er-Jahren begann, der vor kurzer Zeit nur noch zu röcheln schien, kurz vor dem Ende, siechend, auf dem direkten Weg ins Museum. Dann stelle ich das Radio an, und was kommt aus den Boxen? «Staying Alive» von den Bee Gees. So ein Zufall. «Ah-ah-ah-ah, staying alive, staying alive.» Das ist zwar kein gutes Lied, aber sehr, sehr passend, um den Anfang dieses Artikels noch passender zu machen.

Denn Fiat lebt. Hat überlebt. Und dank dem neuen Ding, in dem ich sitze, wird es Fiat bald prächtig gehen, und die Firma wird dorthin zurückkehren, wo sie einst stand, und das sein, was sie einst war: der Stolz einer ganzen Nation.

Das Auto, in dem ich sitze, ist ein Fiat 500. Eine Neuinterpretation des legendären Modells mit dem gleichen Namen, der bloss eine Nummer war (lediglich das eckige Modell, welches von 1992 bis 1998 gebaut wurde, nannte man nicht 500, sondern Cinquecento). Und nun bin ich also Autotester. Das Problem ist bloss: Von Autos habe ich keine Ahnung. Ich mag Autos, weil ich ja auch einmal ein Kind war und Autos mir in meiner Kindheit das Leben retteten, aber ich bin kein studierter Autotester. Ich wüsste nicht, wie man einen Beschleunigungstest aufzieht oder die Motorelastizität misst, und schon viele Male habe ich mich gefragt, wie die Autotester das Kofferraumvolumen auf den Liter genau messen können.

Sagen kann ich dies: Es fährt. Es fährt sogar sehr gut. Das liegt unter anderem daran, dass der Fiat 500 gar kein Fiat 500 ist. Früher stand die Zahl für den Hubraum des Motors: 500 Kubikzentimeter – ein Mückenmotor, der anfänglich den Wagen zu einem Topspeed von 85 km/h verhalf. In dem aktuellen Fiat 500 arbeitet jedoch eine Maschine mit 1,2 bis 1,4 Litern. Das beschleunigt die Sache doch einigermassen. Ich kann auch sagen: Es fühlt sich gut an, in dem 500 zu fahren. Man sitzt gerne in dem kleinen Ding, das überhaupt nicht klein wirkt – vor allem nicht, wenn man zufälligerweise einen alten 500 zum Vergleich hat, der lustigerweise Nuova 500 hiess, um sich gegen den von 1936 bis 1957 gebauten Fiat 500 Topolino abzugrenzen. Der Nuova 500, also der alte 500, wirkt im Vergleich zum aktuellen Modell erschreckend klein. Wie etwas Geschrumpftes. Ausserdem hat der Nachfolger auch etwas, was dem Urmodell fehlte: Kopfstützen – dann und wann ein entscheidender Vorteil.

Da ich keine Ahnung von Autos habe, mein Urteil nur von einfacher Qualität ist, beschliesse ich, Leute zu besuchen, die Bescheid wissen. Ich parke den Wagen als Erstes vor dem Haus eines Verlegers, der hochgradig italophil veranlagt ist, Sommerferien in der Toscana macht (Häuschen), seit 35 Jahren immer beim selben aus Lecce eingewanderten Friseur seine Haare schneiden lässt, Toyota-Prius-Fahrer, aber langjähriger Fiat-Seicento-Sporting-Pilot. Der Verleger ist von der ersten Millisekunde an tief beeindruckt von der Leistung der Designer des 500. Besonders der Innenraum hat es ihm angetan. Die Materialien. Die Farben. Details wie das Muster des Sitzbezuges. Alles Zitate und zugleich Neulösungen. Der Verleger gibt 8 von 10 Punkten. Und seine Frau, Kunsthistorikerin, die hinzutritt, setzt sich in den Wagen, schaut sich um, greift das Lenkrad und sagt: «Gekauft.» An dieser Stelle muss ich erwähnen, dass das Lenkrad wirklich besonders gut gelungen ist. Man hat, man kann es nicht anders sagen, die Sache ziemlich gut im Griff.

8 oder 7 von 10 Punkten

Der zweite Besuch gilt einem Künstler, der sich in müssigen Stunden gerne auf dem Sofa ausstreckt und sich gedanklich theoretisch mit Autos beschäftigt. Selbst fährt er einen nicht zu alten Alfa Romeo Kombi. In seinen Adern fliesst halb Stiefellandblut, und Sommer für Sommer fährt er nach Monterosso al Mare, und zudem ist er Besitzer und auch Versteher des als Standardwerk in Sachen Auto-Ästhetik geltenden Buches «Kritik am Auto – Schwierige Verteidigung des Autos gegen seine Anbeter» von Otl Aicher, dem grossen deutschen Gestalter (für den, dies nur nebenbei, der Fiat Uno das schönste und beste Auto aller Zeiten war, bis er 1991 verstarb – an den Folgen eines Verkehrsunfalls). Der Künstler tritt auf den Balkon, als ich klingle, um ihm den Wagen zu zeigen. Auch er zeigt sich begeistert und gibt ihm vom Balkon aus stehend hinunterrufend 8 von 10 möglichen Punkten, allerdings schwindet seine Begeisterung ein bisschen, als wir eine Probefahrt machen. Er korrigiert die Punktevergabe auf 7 von 10. Zu retro, zu aufgeblasen, zu viel Zierrat, so ist sein Urteil. Der Fiat sei nicht gar so schlimm, wie der neue Mini es ist, und schon gar nicht wie das völlig verunglückte VW-Käfer-Remake namens New Beetle, aber trotzdem ist der neue 500 in seinen Augen kein Auto der Jetztzeit, schon gar nicht der Zukunft, sondern ein Instant-Anachronismus. Aber ein doch ziemlich sympathischer.

Erwünschte Pannen

Wo ich mit dem 500 auftauche, ist mir geballte Aufmerksamkeit sicher (was zum einen Teil daran liegen mag, dass der Testwagen mit einem italienischen Kennzeichen ausgestattet war, definitiv ein cooles Accessoire). Mit keiner fetten Karre hätte ich so viele Reaktionen. Im Stau stehend sehe ich, wie einer hinter mir seine Hand aus dem Dachfenster seines Japaners steckt und mit dem Handy ein Bild macht. Dann schaut er das Bild an und lächelt, als betrachte er das Bild seines neugeborenen Sohnes. Mehr als anerkennend nickt auch ein Herr mit dem schönen Vornamen Gaetano, Verkäufer eines Auto-Occasion-Centers. Ein Pfiff entfährt ihm. Applaus gibt es von einem ganzen Trupp Bauarbeiter in orangefarbenen Arbeitskleidern, die kurz mit dem Aufreissen einer Strasse innehalten, um die Erscheinung des Kleinen zu würdigen. Ja, hier kommt nicht bloss ein kleines Auto, hier kommt die totale Erinnerungsmaschine, die auch der materialisierte Tatbeweis dafür ist, dass Italien nicht am Ende ist, sondern sich zurückbesinnt auf alte Werte und wieder aufstehen wird.

Und wo man mit dem 500 hinkommt, da warten schon Geschichten. Der Spitzenkoch, der zufällig vor sein Lokal tritt, als ich meinen Chef zu einem Essen chauffieren muss, taucht beim Anblick des neuen Gefährts ab in die schwelgerische Erinnerung, wie er mit einem Freund und zwei Frauen in einem 500 im Sand am Strand irgendwo an der Küste Italiens stecken blieb, weil die Räder so klein waren und durchdrehten (was dann und wann ja ganz gelegen kommen kann).

Unsere «Magazin»-Kreuzworträtselspezialistin (zurzeit bewegt sie einen Citroën Xantia) sagt, ihr Leben wäre ein anderes ohne den 500, ihr erstes Auto, selbst gekauft, hart erspart, und einmal fanden auch acht Leute und zwei Bongos Platz. «Der 500 war das erste und das letzte Auto, das ich geliebt habe.» Und als sie es verkaufte, kam sogleich Reue auf, und die Augen nässten. Die Besitzerin eines italienischen Spezialitätengeschäftes klatscht in die Hände, als sie den Wagen sieht. Und meine Nachbarin sagt, sie habe ihre halbe Kindheit in einem 500 verbracht. Eine schöne Kindheit. Und sie habe immer wieder einen kaufen wollen, aber wenn sie sich einen ansah, dann packte sie die schiere Angst. Die alten 500 waren nicht eben die sichersten Autos auf dem Planeten. Die neuen aber schon: Zu den bereits erwähnten Kopfstützen gibt es sieben Airbags – damit erreicht er als Erster seiner Klasse die maximale Punktzahl bei den Sicherheitstests (in der Branchensprache: 5 Sterne im NCAP).

Erfolg garantiert

Der 500 ist Teil von vielen Teilen gelebten Lebens. Das wird dem Nachfolger zugute kommen. Der 500 wird ein Erfolg, denn er kommt auf den Markt mit etwas, was sich andere Autos über lange Zeit erfahren müssen und was die wenigsten je besitzen werden, vor allem nicht in der hohen Dosierung des neuen 500ers: Emotionalität. Man muss kein Wahrsager sein, um sagen zu können, dass der 500 ein Erfolg werden wird. Die erste Jahresproduktion von 120 000 Stück ist längst von der Kundschaft geordert worden.

Am Ende des Testtages wird der 500 gefüttert. 50,10 Franken steht auf der Tankuhr. Schöne Erfahrung: Einen Tank füllen, und die Ziffer bleibt vor dem Komma zweistellig. Auch umwelttechnisch sind wir auf der besseren der bösen Seite: 111 bis 149 Gramm CO_2 pro Kilometer.

Als ich das Geld gezahlt hatte und wieder in den 500 einsteigen will, kommt hastig ein Mann herbei und bricht vor Begeisterung ob des kleinen Neuwagens fast zusammen. «Ei, ei, ei», sagt er. «Unglaublich. Das ist er also. Wahnsinn. Wahnsinn.» Er hüpft um den Fiat und bückt sich und beugt sich, und dann schüttelt er den Kopf. An der Zapfsäule nebenan steht der Wagen des Mannes. Ein alter Alfa mit Appenzell Innerrhoder Nummer. Und ich habe das Gefühl, dass der Alfa ein bisschen schmollt. Er weiss: Seine letzte Stunde könnte bald geschlagen haben. Und dann tritt ein neues Auto an seine Stelle. Ich weiss jetzt schon, welches es sein wird.

PS: Gefertigt wird der neue 500 übrigens in einer Ortschaft namens Tichy, gute 18 Autostunden nordöstlich der Turiner Fiat-Zentrale gelegen in Polen.

PPS: Der Fiat 500 wird in der Schweiz ab Januar ausgeliefert. Preis zwischen 16 500 und 23 500 Franken. Wer ihn sich ansehen will: Die 21. «Auto Zürich Car Show» findet bis zum 4. November im Messezentrum Zürich statt. ‹

Max Küng ist redaktioneller Mitarbeiter des «Magazins».
max.kueng@dasmagazin.ch
Schlegel|Vonarburg sind die Fotografen Samuel Schlegel und Reto Vonarburg. *www.schlegelvonarburg.ch*
«Das Magazin» dankt der Crew des «Ristorante Italia», Zürich, für die Mitarbeit.

Aus DIE ZEIT, 2003

Als die Trümpfe fahren lernten

Anfang der fünfziger Jahre erfand ein Schwabe das Auto-Quartett. Seitdem überbieten sich Generationen von Knirpsen mit immer höheren PS- und Hubraumangaben

Von Max Küng

Eine Bank, eine Treppe, der blanke Boden: alles war gut genug, um sich draufzusetzen, schnell, und loszulegen. Hülle auf. Mischen. Verteilen. Dann ging es los. »175 PS.« »90.« Ha! Ich bin an der Reihe. »PS? Hat jemand PS gesagt? 230.« Der Ford Capri und der Saab 850 gehen in meinen Besitz über, geschlagen durch meinen super Datsun 240 Z.

Dann kommt meine Corvette dran. »5675 ccm.« »Was heißt eigentlich ccm?« »Klappe! 5675 hab ich gesagt.« »Glaub ich nicht, zeig!« »Da, iss das!« »Oh. 1285.« »Hm. 1985.«

Magere Beute bloß. Ein Volvo 144, ein Renault R8 Gordini. Aber es läuft. Super, jetzt der Porsche 911 S. Vor Nervosität schnell noch den Finger in die Nase geschoben. Nachdenken. Stärken und Schwächen abwägen. Dann cool: »245 km/h«. »185.« »180.« »Danke, danke, und ccm heißt Kubikzentimeter, es beschreibt die Größe des Motors, das Volumen des Kolbens oder so.« Der Sieg war nur noch eine Frage der Zeit. Das Kartenbündel dick in der Hand, am Ende, komplett, das Herz voll Glück. »Wilde Meute« hieß das Auto-Quartett-Spiel. Und das passte gut zu uns, wie wir waren, junge Knirpse mit nicht nur Flausen im Kopf, sondern auch Träumen. Träumen aus Blech. Träumen, die wir besitzen konnten auf Papier, immerhin. Werner Seitz spielt nicht mit Autos. Er spielt überhaupt nicht. Schon gar nicht Quartett. Dafür ist er ein bisschen zu alt. Überhaupt: Aus Autos hat er sich nie viel gemacht. Gut, er mochte immer Mercedes, weil dort Verwandtschaft tätig ist und wegen des lokalen Bezuges. Herr Seitz ist Ruheständler, 74 Jahre alt, rüstig und vital. Wirkt auf jeden Fall ein paar Jahre jünger. Unauffällige Erscheinung, nicht groß, nicht klein, nicht dick, nicht dünn. Unauffälliger Pulli über unauffälligem Hemd. Unauffällige Hose. Schuhe? Keine Ahnung. Und bescheiden ist er, der Herr Seitz. Er ist Schwabe. »Herr Seitz, spüren Sie nicht ein wenig Stolz, hier neben Ihrer Erfindung zu stehen?« Er lächelt ein bisschen und zuckt mit der Schulter. »Ach«, sagt er. »Stolz?«

Herr Seitz steht im tageslichtlosen Keller eines Kindergartens in Leinfelden, einem Ort außerhalb Stuttgarts, wo dahinter bald der Flughafen kommt und viele Zulieferbetriebe für die Autohersteller den Steuersatz drücken. Im Keller befindet sich das Spielkartenmuseum, welches in einem Teil des Raumes eine kleine Ausstellung zeigt: 50 Jahre Automobil-Quartett. Und wer hat s erfunden? Genau. Dieser Herr Seitz. 1952. Er war ein junger schlecht bezahlter Volontär bei der Firma ASS, was ausgeschrieben Vereinigte Altenburger und Stralsunder Spielkarten-Fabriken A.G. Stuttgart-Leinfelden heißt. Ein Spielkartenhersteller mit Tradition oder, besser gesagt: ein Teil davon, denn schließlich liegt Altenburg ja nicht im Schwabenland, sondern im Osten, bei Leipzig. Nach dem Krieg aber setzte sich ein Teil der Belegschaft aus dem russischen Sektor ab und fing bei Stuttgart unter dem alten Namen nochmals an. Man hatte Angst, die Russen würden die Druckmaschinen verschleppen.

Nun war Seitz also jung und hatte Ideen. Und ihm war es recht, als der Verkaufsleiter mit einem Vorkriegs-Quartett der Firma Hausser zu ihm kam, dem legendären »Rennen-Rennfahrer-Rekorde« aus dem Jahre 1939. Ein klassisches Sammel-Quartett mit dem langschnäuzigen Mercedes-Benz-Silberpfeil vorn drauf, selbstverständlich an einer Hakenkreuzfahne vorbei über den Avus-Rennring zischend. Also heckte der Volontär etwas aus. Beim Nazi-Rennspiel standen die Rennfahrer und ihre Geschichte im Vordergrund, etwa Manfred von Brauchitsch, Rudolf Caracciola oder Hermann Lang, »der viel umjubelte Sieger im Millionenrennen beim Großen Preis von Tripolis in Libyen 1937 und 1938 mit dem 3-Liter-12-Zylinder-Mercedes-Benz-Rennwagen«. Nach dem Krieg war den Leuten nicht so nach Legenden und Heldentaten. Und Seitz dachte sich: Jeder würde gern ein schickes neues Auto in glänzendem Blech besitzen. Aber wer hatte schon das Geld dafür? Ersatzbefriedigung wie etwa die Automobilpresse war damals noch unbekannt. Also warum nicht ein Quartett, bei dem es um nichts anderes ging als um das Automobil und dessen technische Leistung? Das erste richtige Auto-Quartett war geboren. Fast. Denn zuerst galt es noch, den Vorstand der Firma ASS zu überzeugen.

Schließlich hatte man sich einen Namen gemacht mit hoch stehenden und höhere Werte vermittelnden Sammel-Quartetten über Dichter und Komponisten: »Schönste Deutsche Dichtkunst«, solche Sachen hatten Legitimation. Aber so profane Dinge wie Automobile? Man fürchtete um die Seriosität der Spielkarte. Im Februar 1952 aber kam es unter der Bestellnummer 616 in die Läden, zum empfohlenen Ladenpreis von 2,90 Mark, 36 Karten in einer Schachtel aus Karton. Erstauflage: 2500 Stück. »Natürlich durfte die Produktion nichts kosten«, erinnert sich Seitz. Deshalb bestellte man bei den Autofirmen Prospekte. Aus diesen schnitt man die Modelle aus, stellte sie frei, platzierte sie auf einem neutralen

Hintergrund. Kein Mensch. Keine Szene. Kein Alltag. Kein Leben. Nur das pure Automobil und tabellarisch die technischen Eckdaten.

Niemand dachte damals daran, dass man das Quartett anders spielen könnte oder sollte als bis dahin gehandhabt: vier zusammengehörende Karten sammeln, A 1 bis A 4, ablegen, gewinnen. Der knallharte Vergleich der technischen Daten, das Pokern, das Abstechen, die Trumpfkarten, das kam erst später. Und es kam von der Straße, nicht aus dem Betrieb. ASS sollte niemals modifizierte Spielregeln publizieren. Aber mit dem erstmaligen tabellarischen Auflisten der technischen Daten war unwissentlich ein neues Spiel geboren. Das erste »Automobil-Quartett« natürlich mit einem Mercedes auf dem Deckel war trotz des hohen Anschaffungspreises zur Verwunderung aller schnell ausverkauft. Neuauflagen wurden gedruckt. Der Aufstieg des Auto-Quartetts war nun unaufhaltsam. Bald verschwand die plumpe Kartonschachtel und machte einer modernen zweiteiligen Spritzgussschale aus Kunststoff Platz. 1956 kam dann die Farbe ins Spiel. Die Vorlagen waren zwar nach wie vor schwarzweiß, wurden jedoch von Hand koloriert und auf poppige Hintergründe gesetzt, als es noch keine Pop-Art gab. Herr Seitz wählte persönlich die Farbkombinationen aus.

Was ist wohl besser: Hohe oder niedrige Verbrauchszahlen?

Der Erfolg des Quartetts ist auch Seitz persönlicher Erfolg: Vom Volontariat geht es im Betrieb steil bergauf, und bald kann er sich verwirklichen, was er mit den Quartetten erträumte. Er kauft sich sein erstes Auto. Natürlich einen Käfer. »Die Lieferzeit betrug drei Jahre.« Nach sieben Jahren Monopolstellung von ASS meldeten sich die ersten Mitstreiter auf dem Markt: FX Schmid aus München etwa oder später H. Schwarz aus Nürnberg. Der Markt wuchs und wuchs. Nebst reinen Auto-Quartetten generierten die Spiele-Erfinder immer neue Ideen. Anfang der siebziger Jahre warf ASS nicht weniger als 30 verschiedene Typen auf den Markt, von »PS Rennwagen 12« über »U-Boote« bis hin zu einem nicht gerade Sensationen versprechenden »Mofas und Mopeds«. Die Spielregeln hatten die fast ausschließlich männlichen Kartensüchtigen bereits frisiert. Auf die Leistung kam es an: schneller, schwerer, stärker.

Die siebziger Jahre werden die große Zeit der Quartette. Die Super- und Blitz-Trumpf-Dekade. »O ja«, sagt Herr Seitz. »Wir bekamen sogar Anrufe von Schulen, die sich beschwerten, weil die Kinder um Geld gespielt hätten.« Und Frauenverbände liefen Sturm gegen die so genannten Military_Quartette, Quartette also mit Panzern und ähnlichem Kriegsgut. »Ich war nie ein großer Fan davon«, meint Seitz, »aber es waren Verkaufsschlager, vor allem in England. Die Engländer waren verrückt nach Militärzeugs.« Die Auflagenzahlen stiegen in die Hunderttausende.

Die wunderbaren Siebziger. Damals gab es noch keine Diskussionen, ob das Fahrzeug mit dem höheren oder tieferen Verbrauch stach. Und welch wunderbare Vielfalt. Zu Luft, zu Wasser, zu Land und auch im Weltraum: Die Träume waren in der Hand zu halten, passten in eine Schachtel und diese in die Gesäßtasche einer angefetzten Jeans. Mal besaß ich einen Lotus Esprit, und wenn ich seiner müde war, dann wechselte ich zu einem Ferrari. Kein Problem. Und dann noch die Dreingaben. Bei ASS etwa beim Quartett »Spezialfahrzeuge« gab es einen »Feuerwehr-Chef-Ausweis«, dessen Inhaber »jederzeit, wenn er sieht, dass leichtsinnig mit Feuer gespielt wird, Verwarnungen aussprechen darf«. Oder durchaus ernst gemeinte beigelegte Berufstippkarten, zum Beispiel »Astronaut« (Aufstiegsmöglichkeit: Kommandeur eines eigenen Raumfahrzeuges). Oder Spezialistenpässe (»Der Inhaber dieser Karte ist Spezialist für :Wilde Meute-Rallye-Fahrzeuge.«). Mit so einem Spezialistenpass, da war man schon mal jemand auf dem Pausenhof.

Herr Seitz hat mit Quartetten nicht mehr viel am Hut. Ja, er wolle mal rechnen lassen, ob das Wiederauflegen des Urquartetts als Bogen etwas bringen würde. Ja, mit Sammlern treffe er sich dann und wann und lasse sich die ausgefallensten Fragen stellen über Schachteln und Farben und Formen und Zahlen. Untätig ist der Pensionär nicht. O nein. Schließlich ist er Schwabe. »Wissen Sie, mein Schwiegersohn ist Meeresbiologie und hat an der Uni von Galway studiert.« Mit ihm betreibt er eine Austernzucht an der Westküste Irlands. In der Connemara-Bucht. Natürlich mit Erfolg. Heute gibt es zwar immer noch Quartette in den Verkaufsregalen von Spielzeuggeschäften, doch die Artenvielfalt ist verschwunden. Die Konzentration auf dem Spielkartenmarkt zeigt ihr hässliches Gesicht. Schaut man die neuen Quartette an, dann verspürt man einen leisen Schmerz. So dünn ist die Plastikschachtel geworden. So labberig die Spielkarte. So lieblos die grafische Gestaltung. Man hat das Gefühl, die Jetztgeneration wird um etwas betrogen. Ein schlechtes Gefühl. Vielleicht ein bisschen wie damals, wenn man kurz vor dem Gewinnen stand, und dann hatte man plötzlich das Mondauto in der Hand. Mein Güte! Das Mondauto! 20 km/h Spitze. Keine Zylinder. Kein Gewicht. Nichts, bloß 20 km/h Spitze. Mit dem konnte man nicht gewinnen. Und man hatte so eine Ahnung, dass mit der Zukunft vielleicht doch etwas nicht stimmen würde.

8A D

BMW M 1 Procar **Superstecher**

ccm/cylindrée	3497
Zylinder/cylindres	6 R
PS/CV	480
U/min./trs./min.	9800
km/h/vitesse maxim.	320
Gewicht/poids	1080 kg

B Porsche 935 **C** Zakspeed Capri **D** Becker BMW 320

G1 **Chevrolet**

Flugplatz-Feuerwehr

km/h	170
PS	165
kW	121
ccm	5600
Zylinder	8

6c **Ferrari 512 M**

Spitzen-Trumpf

/lotor	Ferrari V 12
:ylinder	12
ıubraum	4993,5 ccm
3ohrung × Hub/calibre	87 × 70 mm
/erdichtung/condensation	11,7:1
ᵓS bei U/min/C.V. à rot/min	600/8600
3ewicht/poids	830 kg
3eschwindigkeit/vitesse	370 km/h

ı Abarth 2000 Tubolare c Ferrari 512 M
ɔ Ferrari 312 PB d Gulf-Mirage

F2 **Excalibur**

SUPER
TOP ASS
TRUMPF

Cabriolet

Baujahr	1981
km/h	210
PS	340
kW	256
ccm	5400
Zylinder	8

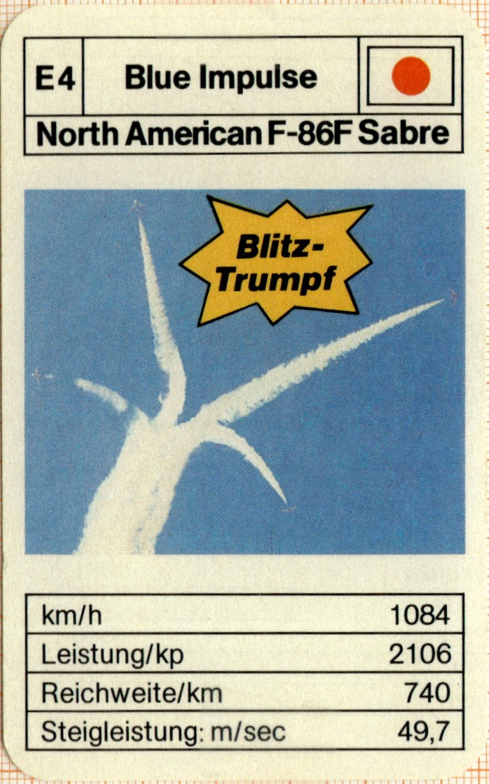
E4
Blue Impulse
North American F-86F Sabre
Blitz-Trumpf
km/h 1084
Leistung/kp 2106
Reichweite/km 740
Steigleistung: m/sec 49,7

OBB-®
ASS 7022
Gewerbe A 4
Magirus Sattelzugmaschine
mit 2 Achssattelaufliegern
PS 250
ccm:14569
km/h : 96
Ges.-Gew.:38000 kg
Milchsammelwagen - Tanksattelauflieger Siloauflieger

A3 Deutsche Sportwagen
SUPER
TOP ASS
TRUMPF
Mercedes 500 SL
km/h 225
PS/kW 240/177
0–100 km/h 7,8 sec.
ccm 4973
Zylinder V 8
kg (leer) 1540

3d
Lufthansa
Super
Mercedes
b + b Studie CW 311
ccm 6332
PS/kW 374/275
Zylinder V 8
0–100 4,9 sec.
km/h ca. 317
3a AMG Mercedes 500SLC 3b Zender Mercedes 280 TE 3c AMG Mercedes 280 E 3d b+b Studie CW 311

B2	BMW	

BMW 520i

km/h	185
PS/kW	125/92
0–100 km/h	11,8 sec.
ccm	1990
Zylinder	6
kg (leer)	1220

1d	BMW
	M 1

Motor/moteur BMW
Zylinder Reihe/cylindres en ligne 6
Hubraum/cylindrée 3500 ccm
PS/kW bei U/min /
CV/kW à trs/min 470/345/8000
Gewicht/poids 880 kg
Geschwindigkeit/vitesse 320 km/h

Spitzen-Trumpf

3 **Luxus-Karossen**

Mercedes 500 SEC

m/h	225
S/kW	231/170
–100 km/h	8,1 sec.
cm	4973
ylinder	8
g (leer)	1610

2 a **Blue Flame**

Weltrekord-Raketenwagen
Gebaut von Reaction-Dynamics
Motor: Gas-Rakete
PS: 58 000
Höchstgeschwindigkeit: 1001 km/h

Spitzen-Trumpf

a Blue Flame
b Lola T 222
c MacLaren M 8 E
d Porsche 917-10

E E Es folgen A A Auszüge
aus einem Büchlein zum Thema
AUTOMOBILE (&MOBILITAET IM
ALLGEMEINEN), welches ich für
meine Frau fertigte, ich glaube
zum Geburtstag.

⑤ tupsetes. Frauenauto

grosse Kloppe

Ballontransporter
mit GFK-Haube

in den Bergen nützt eine North
Face Jacke alleine nichts. →

Traktor

Frau
Mann
Kind (1)

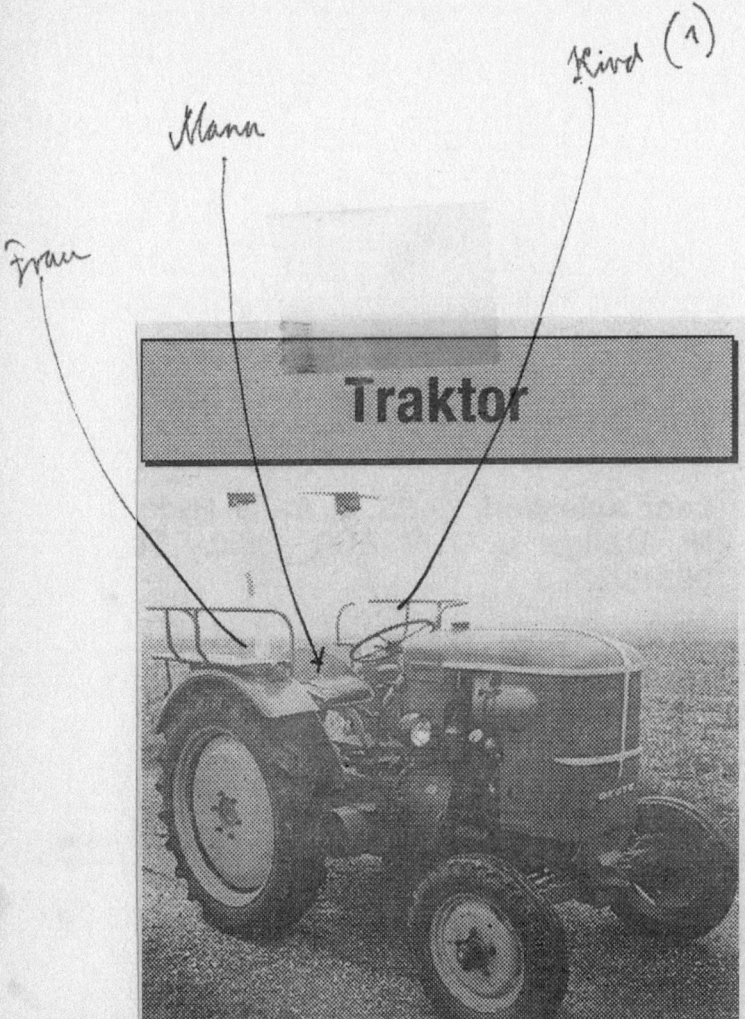

Deutz F1 L 514, grün, Bj. 53, 15 PS, TÜV neu, Vollgutachten 12/02, gt. Zustd., EUR 3.900,- Tel. 07171/76038

(new
The Be

■ **VW New Beetle 1.8T 150 PS,** Jg. 01, 17 000 km, ABS, ESP, 4x Ab., AC, Servo, el. Fenster, NL, SHZ, HP, R/TB, VP Fr. 22 900.–, mtl. Fr. 458.10

Paul

■ **VW New Beetle 20 Highline,** Jg. 99, 41 000 km, ZV, el. FH, SHZ, L, AC, 4x Ab., VP Fr. 21 500.–.

Ringo

Ales

George

John

Kubismus, billig

AWS, Goggo-Basis, Bj. 74, 13.6 PS, 1Hd., fahrber., Orig.brief u. Betr.anleitg., inkl. Neu- u. Gebr.teile, VHB EUR 750,- od. als kostenlose Leihgabe f. Kleinwagenmuseum, Tel. 06747/6068

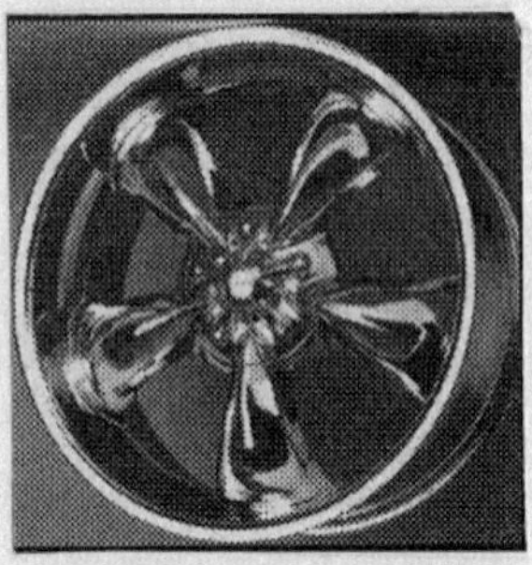

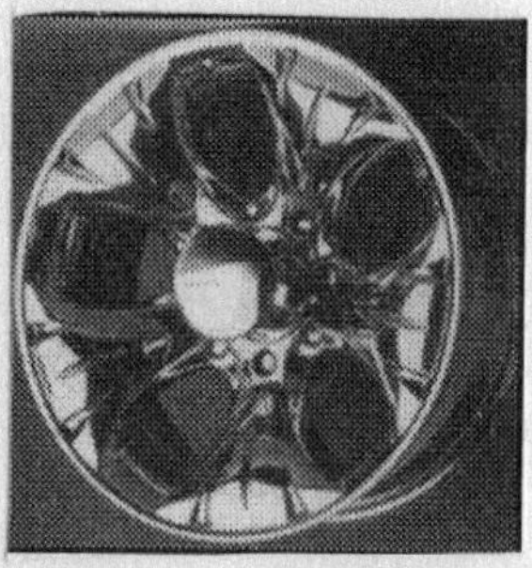

LIMOUSINES. Star Limo USA, home of the worlds longest limos. All kinds of limos. You dream it, we'll build it; you want it, we'll find it. Call for our current inventory list, 1-888-LIMO-KIT. Now. PALOS HILLS, IL. (9689-e)

1993 LINCOLN 180" TOWNCAR LIMOUSINE NEW CO
rior, oak bar. Mirrored ceiling, mirrored bar, J-seating, priva
trols, upgraded wheels and tires. Like new condition. Ready

1985 MERCEDES BENZ 190. Rare, this limo is in excellent condition inside and out. It was purchased directly from Germany by our funeral home in 1985 and shipped to the United States, it was built by Mercedes as a limousine. Asking $35,900. Call (504)818-2262 email: starone1@bellsouth.net. JEFFERSON, LA. (64258-d)

ich stelle mir vor in diesen autos könnte man extrem viele verschiedene sachen machen.

1986 LINCOLN 14 PASSENGER TOWN CAR. With tandom wheels, loaded, rumble seat, outside seating 2 with White leather, outside stereo, largest limo in states, 16 passenger total. $18,000. (701)722-4187. GRAND FORKS, ND. (100503-d)

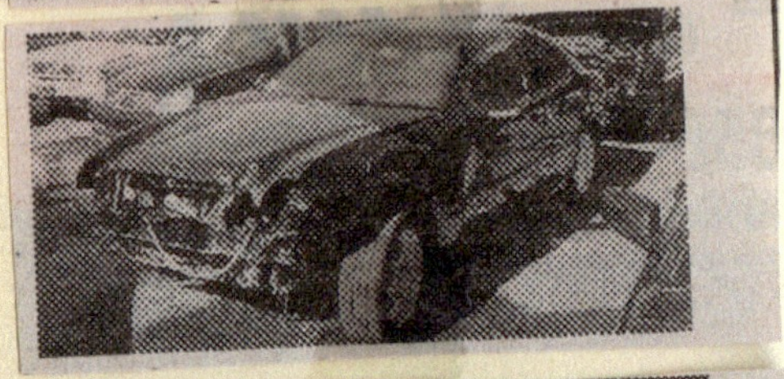

Good Bags

TITLE

JOHN PLAYER SPECIAL-CAR TEST
MÜNCHEN-MONTE CARLO

Haben Sie das Profil, einen exclusiven Sportwagen zu testen?

John Player Special bietet 10 profilierten Frauen und Männern die Chance, 10 der exclusivsten Sportwagen der Welt von München nach Monte Carlo einer eingehenden Prüfung zu unterziehen. Die Testfahrt findet im Juni 1982 statt und dauert 5 Tage. John Player Special sorgt für ein unvergeßliches Rahmenprogramm und trägt die Kosten. Ein einmaliger Test für Kenner und Könner. Machen Sie mit!

Und so bewerben Sie sich:

Vorgedrucktes Profil ausfüllen, auf Postkarte kleben, Adresse nicht vergessen und einsenden an:

John Player Special – Car Test
Postfach 104, 2000 Hamburg 62

Mitmachen kann jeder, der über 18 Jahre alt ist, ausgenommen Mitarbeiter des Herstellers und dessen Angehörige. Eine Jury wird 10 profilierte Teilnehmer aussuchen. Die Teilnehmer werden nach einem persönlichen Gespräch vor Antritt der Fahrt mit den Testautos vertraut gemacht.
Der Rechtsweg ist ausgeschlossen.

Einsendeschluß: 10. 4. 1982 (Poststempel)

Mein persönliches Profil:

Vor- und Zuname:

Alter:

Beruf:

Führerscheinklasse:

Bisher gefahrene km:

Marke/Typ des eigenen Autos:

Hobby:

Größte Abneigung:

Größte Leidenschaft:

Testwagen:

(Wählen Sie unter den 10 abgebildeten Sportwagen denjenigen, den Sie am liebsten testen möchten. Sollte Ihr Testwagen nicht zur Verfügung stehen, halten wir einen gleichwertigen anderen bereit). Falls zur Hand, senden Sie bitte ein Foto von sich mit.

Der Bundesgesundheitsminister: Rauchen gefährdet Ihre Gesundheit. Der Rauch einer Zigarette dieser Marke enthält 0,7 mg Nikotin und 13 mg Kondensat (Teer). (Durchschnittswerte nach DIN).

Mit dem R8 durch die Wüste Nevadas. Vorbei an rot glühenden Felsen. Immer schön die gelbe Markierung entlang

Die Zwei: Testfahrer und Audi R8

420 PS FÜR EIN HALLELUJA

Er und der Sportwagen. In der Wüste Nevadas fuhr Max Küng mit dem Audi R8 in den Sonnenuntergang. Was ihm jetzt noch fehlt zu seinem Glück: 156 000 Franken.

Text und Fotos: MAX KÜNG

Das Auto ist zweifelsohne eine grossartige Erfindung, aber nicht blosse Technik, sondern ein Stück Kultur, Teil unseres Lebens. Es kann ja kein Zufall sein, kümmern sich Kinder (vor allem Buben, aber nicht nur) in erster Linie um Autos. Wir haben emotionale Bindungen mit den Dingern. Zudem: Die zehn grössten Autohersteller erwirtschafteten im letzten Jahr einen Umsatz von über einer Billion Dollar. Das ist doch recht viel Geld. Aber die ganze Autopresse: ein Haufen Schrott.

Nun ja, es gibt schon gute Autozeitschriften*, aber nicht im deutschsprachigen Raum und vor allem nicht an unseren Kiosken, nicht einmal am grossen Kiosk am Flughafen, wo ich stand und mir die Zeit vertreiben wollte, bis mein Flug nach Las Vegas ging. In Las Vegas würde ich eine Testfahrt machen mit einem neuen Auto. Einem sehr speziellen Auto. Einem Auto, das ziemlich schnell aussieht und auch ein bisschen böse. Am Kiosk blätterte ich mich durch die Autozeitschriften – ich wollte mich ein wenig in Stimmung bringen. Aber: überall blosse Zahlenfixation. Es geht um Zehntelsekunden und Millimeter. Wenn ich wollte, dass es um Zehntelsekunden und Millimeter geht, dann würde ich Skirennen schauen.

Daran dachte ich, als plötzlich ein dicker Mann in einem Anzug neben mir stand. Eine richtige Wurst von einem Kerl, rotgesichtig, schnaubend. Er griff sich auch ein Heftli, aber aus dem Regal über den Autozeitschriften, schleckte seinen Zeigfinger ab und fing an zu blättern. Ich musste nicht mal gross rüberschielen, so nah stand der Typ, und schon sah ich entblösste Geschlechtsteile aller Gattung über die Seiten verteilt, verkeilt und vergeilt.

Angeekelt zottelte ich davon und fragte mich, warum Autozeitschriften immer neben den Sexheftli liegen müssen. Immer. Die Antwort fiel mir sofort ein: Weil wir Männer Wesen sind mit sehr einfachen Bedürfnissen.

Ein bisschen traurig ob dieser Erkenntnis bestieg ich das Flugzeug, das bald hoch über dem Atlantik flog. Ich schaute ein paar Filme (und ganz Mann

Las Vegas: Das Casino lockt

«Ein Sportwagen, mit dem man Brötchen holen kann»: Audi über Audi

heulte ich fast ein bisschen am Ende von «Love Actually»), landete, und ein paar Stunden später stand ich am Rand der Stadt Las Vegas, schon fast in der Wüste Nevadas, und lächelte, als ich in ein Auto stieg.

Das Auto. Es stand unter einer Palme im gleissenden Sonnenlicht, und es sah gut aus. Wirklich böse, aber ziemlich schön. Ein Audi. Modellbezeichnung R8. Ein Sportwagen, und zwar ein richtiger Sportwagen. Ich bin in meinem Leben noch nie in einem richtigen Sportwagen gefahren, ausser einmal eine halbe Stunde im Traumauto meiner Kindheit, einem Lotus Esprit aus dem Jahr 1982 – ich träumte nach dieser Fahrt drei Nächte davon. Vom R8 träumte ich auch – und zwar bevor ich ihn fuhr. Ich träumte, ich lenkte ihn in den Strassengraben, und eine vielköpfige Schar von Schaulustigen lachte mich aus, als ich heulend aus dem Wrack kletterte.

Ich hatte Respekt. Aber ich merkte schon nach ein paar Metern: Der R8 fährt sich supereinfach. Ganz so, wie es die Leute von Audi später formulieren würden. «Wir wollten einen Sportwagen bauen, mit dem man auch Brötchen holen gehen kann.» Und das kann man, allerdings sollte man nicht zu viele Brötchen kaufen, denn der Kofferraum des R8 ist sportlich bescheiden klein.

Der Aufstieg von Audi ist erstaunlich. Als ich noch ein Kind war, da war die Marke so ziemlich das Uncoolste, was man mit vier Rädern bekommen konnte. Bieder bis zum Anschlag. Lehrer fuhren Audi. Beamte. Typen, die Hüte trugen und Pfeife rauchten. Dann kam der Rallyewagen Quattro mit Walter Röhrl und Michèle Mouton am Steuer – und alles wurde anders. Der Quattro gewann auf den Pisten und trumpfte in den Autoquartetten auf. Er wurde so etwas wie ein Traumauto, vor allem in ländlichen Gebieten, wo ein Sportwagen nicht nur schnell sein musste, sondern auch ein bisschen Traktorqualitäten besitzen sollte, denn im ruralen Vollrausch bewegte man den Wagen gern auch einmal abseits von befestigten Strassen.

Als ich erwachsen war, ein bisschen, kaufte ich mir diesen Quattro günstig gebraucht. Er war zwar kein richtiger Sportwagen (fünf Menschen konnten darin bequem reisen, das sind drei zu viel), fuhr sich aber grossartig, bis der scharfe Zahn der Zeit zubiss und die Karre langsam vom Renn-Tier zum Rentner mutierte. Auf den Quattro folgte ein Kombi, schon wieder ein Audi, ein alter S6, der seine sportlichen Ambitionen (immerhin 290 PS) unter einer superbescheidenen Hülle einer Familienkutsche versteckte**. Das war Audi: Understatement extrem.

Nun hat sich Audi getraut, einen reinen Sportwagen zu bauen, dessen Aussenhaut dem entspricht, was er in sich birgt. Allerdings wäre Audi nicht Audi, hätte man nicht auf eine gewisse gepflegte Erscheinung Wert gelegt. Den R8 gibt es nur in gedeckten Farben. Wer einen Strassenschreck in Orange métallisé oder Gelb will, der sollte sich weiterhin an Lamborghini halten.

Mit dem R8 ging es gemütlich durch die Wüste. Und natürlich sah das alles bestens aus. Die Sonne. Der blaue Himmel. Die rot glühenden Felsen im Valley of Fire. Wie in einem Werbespot die sich windende Strasse mit der gelben Markierung. Highways. Kakteen. Kurven. Sanfte Steigungen. Im Rücken hinter Glas der Motor, erstaunlich leise. Mainstreamrock aus dem Radio. Einmal rund um Las Vegas. Vorbei am Fuss des Blue Diamond Hill und Schildern, auf denen stand, dass man 25 Meilen*** schnell fahren darf. Zum Hoover Dam, den See entlang in den Sonnenuntergang. Einsam für hundert Meilen und weiter. Bis die Dunkelheit kam und das Ende des Tages und der Fahrt.

Ich muss gestehen, dass es mich etwas Überwindung gekostet hat, am Ende des Tages zu akzeptieren, dass das Auto nicht mir gehört, sondern ich den Schlüssel wieder abgeben musste.

Es traf sich gut, dass ich am nächsten Tag noch ein bisschen Zeit hatte, mir in Las Vegas die Casinos anzusehen. Denn zwischen dem R8 und mir steht (nebst dem Umstand, dass ich ein solches Auto eigentlich nicht brauche) vor allem etwas: Geld. 156 000 Franken kostet er****. Mit ein bisschen Glück sollte es jedoch möglich sein, dieses Hindernis zu überwinden.

Doch mein Glück hatte wohl Jetlag. Auf jeden Fall war mein Geld in einem atemberaubenden Tempo verspielt und verschwunden. Für 60 Dollar brauchte ich etwa am Blackjacktisch handgestoppte 94 Sekunden.

Irgendwann, dachte ich, als ich fast pleite das Casino verliess, kauf ich mir den R8. In zehn Jahren oder so. Oder zwanzig. Dann sah ich ein leuchtendes Schild vor dem Hotel New Frontier: «Cold Beer – Dirty Girls – Mud Wrestling.» Da ging ich hin. Hey, schliesslich bin ich auch nur ein Mann.

** Die guten Autoheftli: «Carl's Cars» aus Nor-wegen (www.carls-cars.com), aus England «Intersection» (www.intersectionmagazine.com) und bedingt auch «Top Gear» (www.topgear.com).*

*** Säuft leider zu viel, wird demnächst ersetzt durch einen sparsamen Diesel oder Hybrid, versprochen.*

**** Das sind 40.23 km/h, das liegt 260.77 km/h unter der Höchstgeschwindigkeit des R8.*

***** Die für 2007 für die Schweiz reservierten 100 Modelle sind aber alle schon verkauft.*

Zürich	00.00
~~[illegible]~~ Landquart	1.04
Davos	1.52
△ Flüela	2.09
Zernez	2.31
△ Ofenpass	2.53
S. Maria	3.11
△ Umbrail	3.30
Poschiavo (1.17)	4.47
△ Bernina	5.06
St. Moritz	5.30
△ Julier	5.46
Bivio	5.54
Tiefencastel	6.34
Zürich	8.00

Steckt ein Vierzyl-
der-Turbo mit 315 PS

Leistungssteigerungen von Abt gibt es künftig in den Stufen Power und Power S, in Einzelfällen auch Power R

Der Zweiventil-TDI im Passat ist laut und schlapp

Durch Ladedruck-Erhöhung kommt der 1.6-Liter auf 225 PS

Jakob Ess
Der Automobilist als Wanderer
30 Vorschläge aus allen Landesteilen

innere werte

~~kofferraumdeckel~~

trunks

trunkz

trunkie

TRUNKS

KOFFERRÄUME

14

~~ein paar~~ verkehrshüte (3x)

1 jacke (1x)

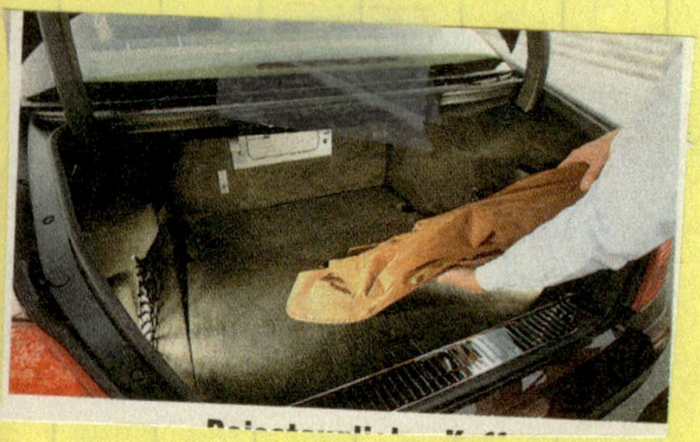

nichts (3x nichts)

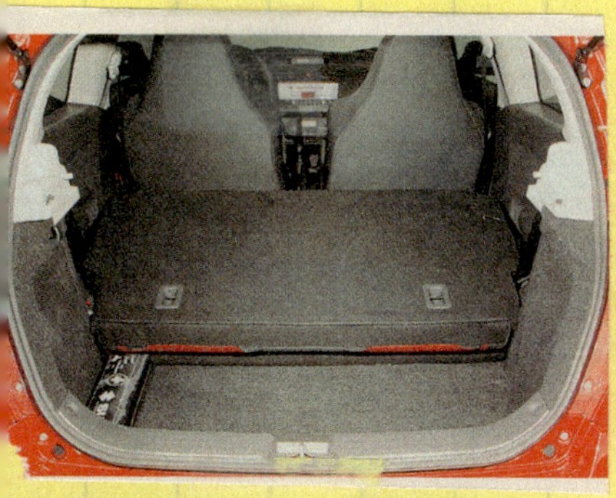

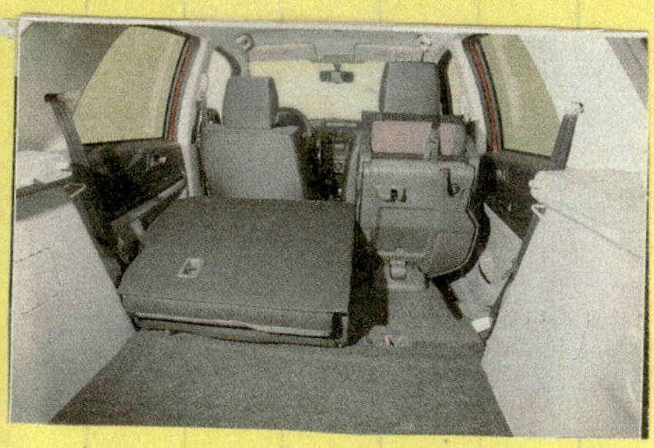

1 golfbag, 1x

1 koffer, 17x

WOB DJ 352

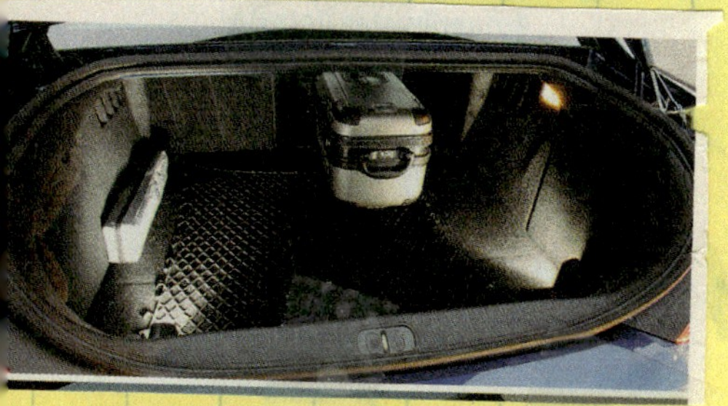

1 tasche + 1 koffer, 2x

3 koffer, 1x

enraum mit umklappbarer Beifahrerlehne und ein

(naja, iss gar kein koffer, das dritte Ding, sondern ein ~~Ku~~ Surfbrett – aber egal)

1 pilotenkoffer (1x)

1 harass (6x)

2 kisten + 1 leiter (1x)

drei harassen

vier harassen

fünf harassen

Louis ~~Trunker~~ Vuitton 1x

Louis Trunker

1 schirm (3x)

1 Tasche (56 x)

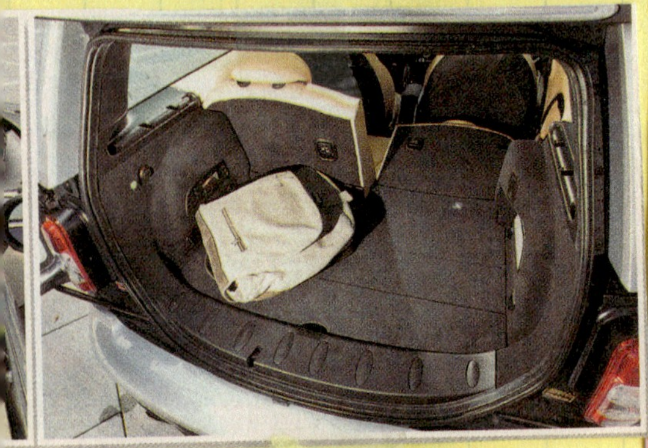

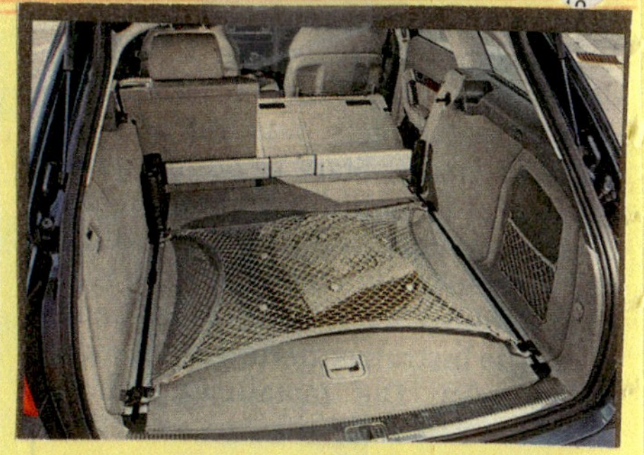

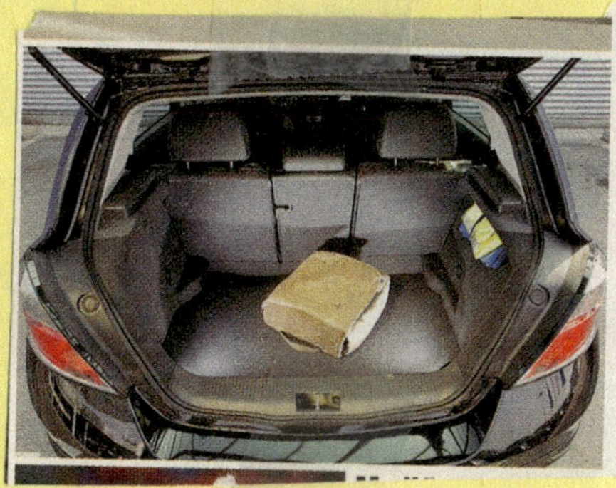

VW POLO

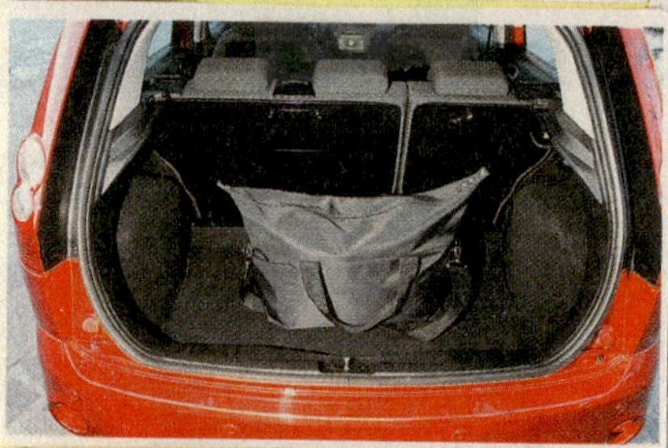

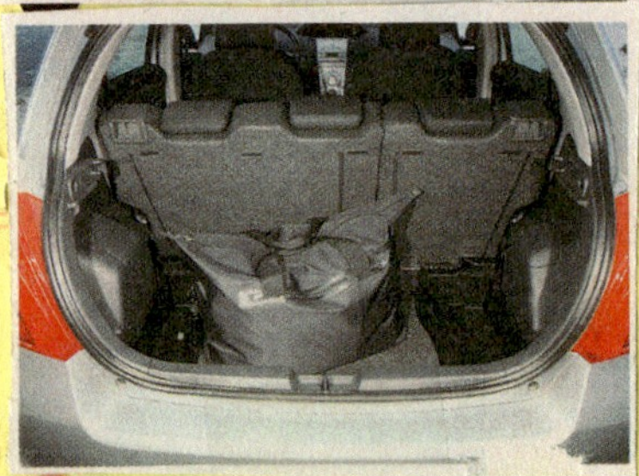

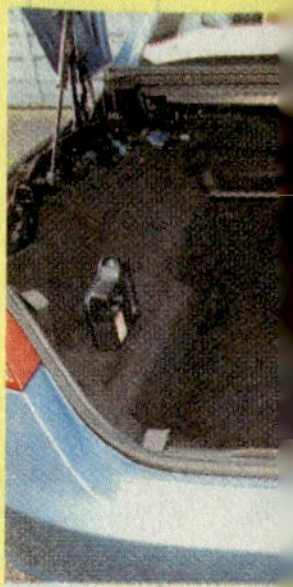

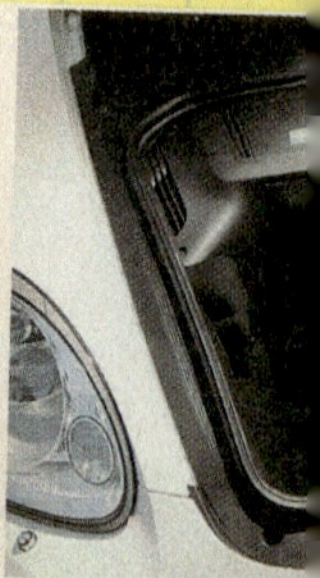
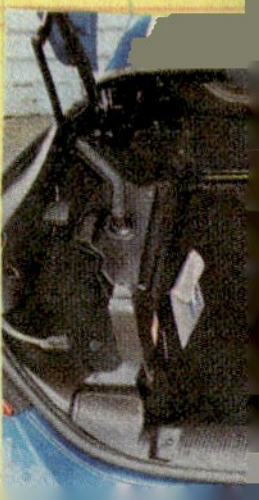

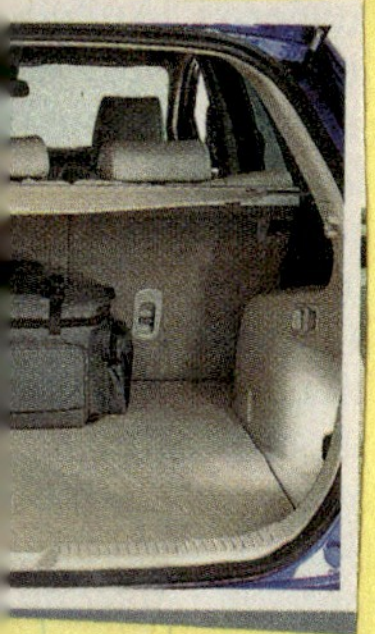
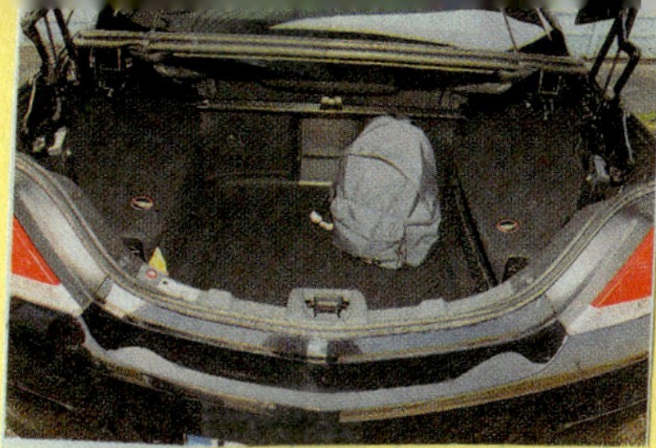

IN TT 169

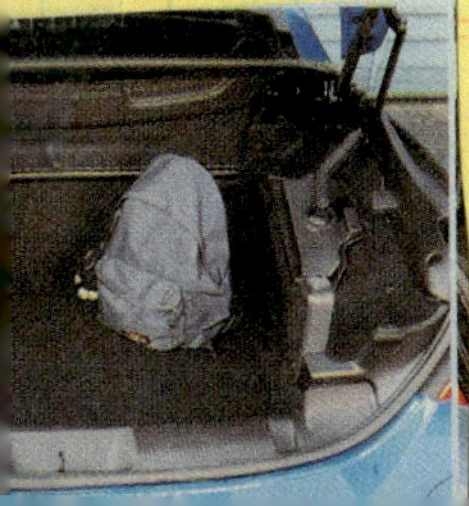

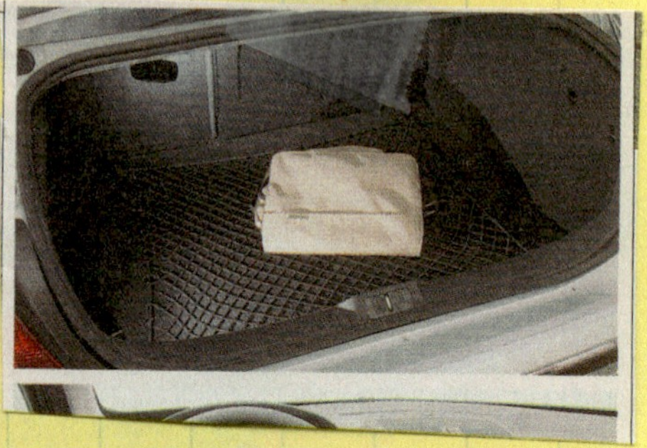

Große Öffnung, vollkommen ebene Ladefläche und eine niedrige Ladekante

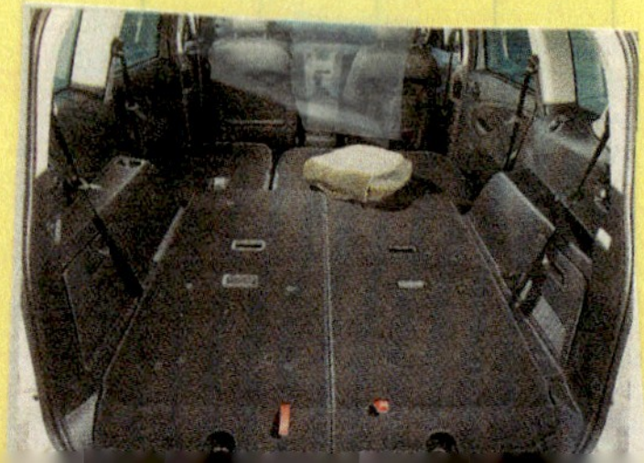

noch einmal nichts (1x

Etwas nüchternes, aber unkompliziertes
e V8-Motor ist ein Sahnestück

Stilsicherer Innenraum mit leichten Anmutungs-
essor-V8 trinkt zu viel und klingt gequält

wie ich
wie ich
manchmal

HOBBY: HUPEN

HOPY : HUBBEN

Kadetten und der Traum vom Meer

Autos brauchen Namen. Denn Namen sind ein Versprechen. Kauf mich! Fahr mich! – und sei schnell wie ein Raubfisch, romantisch wie ein Lebemann auf Capri, angesehen wie ein Admiral

Von Max Küng

MAKO", SAGT MANFRED GOTTA, „IST EIN SCHLECHter Name für ein Auto." Ein ganz schlechter Name. Manfred Gotta muss es wissen, denn Namen sind sein Geschäft, insbesondere die Namen von Automobilen. Der Mako-Hai *(Isurus oxyrinchus)*, nach dem der Autohersteller Chevrolet in den 1960er Jahren eine superdynamische Designstudie benannte, ist zwar ein stolzes Tier mit Ausstrahlung, aber leider, sagt Herr Gotta, bezeichne man auf Trinidad Klatschtanten als „mako", also jene unangenehmen Menschen, die ihre Nase überall hineinstecken. Und will man ein Auto, das so heißt? Nun mag es auf Trinidad nicht gerade viele potenzielle Supersportwagenkäufer geben, aber das Beispiel zeigt: Die Sache mit den Namen, sie ist ein heikles Geschäft. Chevrolet auf jeden Fall ließ den Mako eine Studie bleiben und brachte später die nach einem Schiffstyp benannte CORVETTE auf den Markt (das Lexikon sagt: „schnelles, kleines Kriegsschiff mit geringem Tiefgang").

Manfred Gotta ist der Gründer von Gotta Brands in Baden-Baden, einer Firma, die Namen für die Industrie kreiert. Langwierig und mühevoll ist jener Prozess, der dem Taufakt vorangeht und schnell einmal eine Viertelmillion Euro kostet. Aber die Sache ist es wert. „Schließlich ist ein Auto wie ein Mensch. Es hat eine Seele, einen Hintern, ein Gesicht", sagt Gotta.

Auf der Suche nach dem treffenden Namen fand man im Meer eine unerschöpfliche Quelle der Inspiration. Stehen nicht Schiffe für Eleganz und Schnittigkeit, künden nicht Raubfische von Aggressivität und Agilität, und sind Inseln nicht das ultimative Traumziel, die ideale Projektionsfläche?

Opel begann nach dem Zweiten Weltkrieg zaghaft mit Anleihen beim nautischen Hierarchiesystem. Zwar hatte man eben einen Krieg verloren, das Land lag in Trümmern, und alles Militärische war verhasst, doch der Autobauer vertraute auf die saubere Ausstrahlung der gestärkten weißen Uniformen der Marine, auf Virilität (damals waren die Frauen noch keine Zielgruppe), auf die mitschwingende Ahnung vom Aufbruch in neue Gewässer. Man war zwar ganz unten, doch man strebte nach oben. Man brauchte bloß Willenskraft – und das richtige Gefährt von Opel.

Es gab den KADETT für den kleinen Mann mit Ambitionen, für den Anfänger quasi, der sich hochdient; es gab den Kapitän für den nicht mehr ganz so kleinen Mann und den COMMODORE, der von 1976 bis 1982 gebaut wurde (ein Kommodore ist bei großen Reedereien der dienstälteste Kapitän). Schließlich gab es sogar den Admiral, für jene, die es geschafft hatten.

Bei Ford Deutschland beschränkte man sich nach dem Zweiten Weltkrieg vorerst auf Ziffern und Nummern. Anfang der 1930er Jahre hatte man den Ford-Modellen noch deutsche geografische Bezeichnungen gegeben: Rheinland, Köln, Eifel und Taunus. Namen, die ihre Absicht hatten. Man wollte sich beim neuen Regime anbiedern, denn schließlich war Ford eigentlich eine amerikanische Firma.

Schließlich war es der Name einer Insel, der 1968 als erster Name und silbern glänzender Schriftzug auf dem Kofferraumdeckel eines in Deutschland hergestellten Fords prangte, eines schnittigen Sportcoupés: Capri. Ein Name, der den Nerv der Zeit traf, denn Capri stand für Sonne und die Sehnsucht nach dem Süden. Fast zur selben Zeit bediente sich ein Fruchtsaftgetränk in einem neuartigen Trinkbeutel der Kraft des Namens, der den Sommer in den grauen Alltag holte: die Capri-Sonne.

Der Ford Capri war quasi ein automobiles Echo zu dem Lied „Capri-Fischer". Ein Song, der 1943 von Gerhard Winkler (Musik) und Ralph Maria Siegel (Text; Vater des heute hyperaktiven Schlagerproduzenten Ralph Siegel) komponiert, jedoch sogleich im Rundfunk verboten wurde, denn 1943 war das US-Militär bereits auf Capri gelandet und die Insel somit tabu. Nach dem Zweiten Weltkrieg wurde der Schmachtfetzen („Wenn bei Capri die rote Sonne im Meer versinkt") zum großen Erfolg und stand exemplarisch für die Sehnsucht der Deutschen nach Italien.

Die Popularität hielt an – und in der Wirtschaftswunderära, als die Sehnsucht dank des neuen Wohlstands eingelöst werden konnte und man tatsächlich für die Ferien in das erträumte Italien reiste, wurde der Gassenhauer zum Souvenir. „Capri-Fischer" entwickelte sich zum prototypischen Schema für den deutschen Schlager, Capri selbst wurde zum Sinnbild des süßen, leichten Lebens im Kontrast zum harten Malochen in der grauen, kalten Heimat. Gerade recht für ein sportlich-elegantes Fahrzeug, dachte sich Ford.

Der bedeutungsschwere Name des Wagens bewog übrigens den Künstler Martin Kippenberger zu einer Serie ironischer Gemälde. Er malte den Ford Capri, in einer Nachtstimmung unter Straßenlaternen stehend, und verpasste den Bildern den doppeldeutigen Titel: „Capri bei Nacht".

Man begriff: Der Name ist mehr als nur die technische Bezeichnung, mehr als eine Unterscheidungshilfe, ein Name ist bereits ein Verkaufsargument, denn er transportiert eine Botschaft. Ein Name ist ein Schlüssel.

Zwar gab es damals noch keine Namensagenturen wie jene von Manfred Gotta. Die Entschlüsse wurden im Konzern gefasst – indem man etwa einen Atlas aufschlug und mit dem Finger suchte, bis man eine Stadt fand, die gut klang. Oder eben eine Insel. Italien übrigens, vom Meer umschlungen, huldigte seinem liebsten Element mit dem Fiat MAREA und Fiat Regata und freute sich an seinem „Schiffchen", dem hübschen, entfernt an ein Boot gemahnenden Cabriolet barchetta.

Der Ford Capri war vom Start weg ein Erfolg, und Konkurrent Opel musste sich etwas einfallen lassen. Nun gehörte Opel damals schon zum General-Motors-Konzern, so wie Chevrolet, also schielte man über den großen Teich und ließ sich vom Chevrolet Corvette Stingray inspirieren. Der nach dem Stachelrochen benannte Wagen entsprach ganz und gar dem, was man von einem gefährlichen, giftigen Meeresräuber erwartete. Die deutsche Version war dagegen den Verhältnissen angepasst und erschien neben dem fetten amerikanischen Vetter wie ein kleiner Fisch. Konsequenterweise nannte man ihn nach dem giftstachellosen Teufelsrochen MANTA.

Der deutsche Rochen hatte in seiner anfänglich stärksten Version einen Motor mit 1,9 Liter Hubraum, der 90 PS leistete, der Stingray dagegen entwickelte aus ein bisschen mehr Hubraum 360 PS. Was aus dem Opel Manta wurde, ist bekannt: Er feierte beispiellose Erfolge und wurde ein Teil der populären Kultur. Über eine Million Stück wurden fabriziert, der Kult um den Wagen (Mantawitze, baumelnder Fuchsschwanz an der Antenne, üble Filme) verfolgt uns bis heute, obwohl der Manta seit 18 Jahren nicht mehr gebaut wird.

Die Franzosen dagegen glänzten mit einem intelligenten Tier und einem intelligenten Wortspiel. Zwar hatte der Renault Dauphine, der von 1956 bis 1968 gebaut wurde, ein E zu viel am Heck, denn Delfin schreibt sich im Französischen bloß Dauphin, ebenso wie der Kronprinz. Doch trug die „Kronprinzessin" in ihrem Logo, einer Krone, drei stilisierte Delfine.

Besonders die Amerikaner waren es, die im Zug der Entdeckung des Meeres als Freizeitrevier ein Faible für die Namen gefährlicher Meeresbewohner entwickelten, von denen ein faszinierender Schrecken ausging (welcher sich später auch in Kinohits wie „Der Weiße Hai" niederschlagen sollte). Der Grund ist klar: Die direkte verbale Aggressivität entsprach der maskulinen Autowelt. Plymouth etwa konstruierte den monströsen zweitürigen Barracuda, ein Name, der auch zu einem Waffensystem passen würde (tatsächlich baut ein deutsches Unternehmen am Bodensee einen Torpedo, der nach dem Raubfisch benannt wurde). Der Name, das Design und die Motorisierung des Wagens waren beim Plymouth Barracuda kongenial brutal.

Und dann war da noch ein Schweizer Autobauer namens Monteverdi, der in Birsfelden bei Basel weit weg von jedem Meer einen ebenfalls brutalen Sportwagen konstruierte und ihn Hai nannte, genauer: hai 450 SS. Der Supertrumpf im Autoquartett der 1970er Jahre, der 1992 sogar noch einen Nachfolger erlebte: den Monteverdi Hai 650, der sinnigerweise 650 PS leistete und in acht Sekunden von null auf 200 Kilometer je Stunde beschleunigte. Doch was hat man wohl im englischsprachigen Raum von einem Wagen namens Hai gedacht?

Jeder Name birgt Gefahren. Chevrolet landete einen Flop, als man das Modell Nova in Puerto Rico lancierte. Denn Nova meint zwar eine astronomische Erscheinung, nämlich einen plötzlichen Helligkeitsausbruch eines Sternes, klingt leider aber wie „no va". Und wer will schon einen Wagen, dessen Name durchblicken lässt, dass er „nicht geht"? Ähnlich erging es Ford bei der Lancierung des Pinto in Mexiko. Bei Pinto dachten die Autobauer an hübsche, gescheckte Pferde, die Mexikaner dagegen ans männliche Geschlecht. Toyota machte sich dagegen in Frankreich mit dem Modell MR2 lächerlich, denn französisch ausgesprochen bekam das kryptische Kürzel plötzlich eine unschönen Beigeschmack: „Merdeux" heißt so viel wie „Rotzlöffel". Und auf dem japanischen Markt kann man zwar einen Kleinwagen namens Opa einführen, wie Toyota dies tat, in Deutschland aber wohl besser nicht.

Deshalb also der Trend zu Kunstnamen, die gut klingen, aber nichts bedeuten, viel suggerieren, jedoch keinen Schaden anrichten können. Begriffe, die weder geschichtlich noch kulturell besetzt sind, sondern die Fähigkeit haben, mit eigenem Inhalt gefüllt werden zu können. Mit Emotionen.

Das Meer allerdings hat seine Ausstrahlungskraft für die Automobilindustrie bis heute nicht verloren. In den USA lancierte die zur Ford-Gruppe gehörende Marke Mercury unlängst ihre Version eines umweltfreundlichen Geländewagens mit Hybridantrieb, ein Auto mit grünem Image und blauem Namen. Es heißt MARINER, Seemann.

Max Küng, geboren 1969, arbeitet in Zürich als Reporter von „Das Magazin" Soeben erschien sein erstes Buch „Einfälle kennen keine Tageszeit"

4-WHEEL DRIVE

SORTIE / AUSGANG
P-49
SORTIE / AUSGANG
MACUMBA
STAFF
FIAT

- News
FIAT
Punto

GOODYEAR

SKODA
AUTO
Škoda

Škoda

Škoda

DESIGN

500 WANTS
FIAT

FORMULA 1™
GRAN PREMIO D'ITALIA 2007
MONZA
VIP 2007
VIP
FIA Formula 1™
WORLD CHAMPIONSHIP
FORMULA 1™
GRAN PREMIO D'ITLALIA 2007
MONZA
07-08-09 SETTEMBRE

VIP Programm

My Ass

MONZA 1267

FORMULA 1™ 78° GRAN PREMIO D'ITALIA 2007

Autodromo Nazionale Monza

7-8-9 Settembre

sottopasso pedonale

(abbinato al biglietto)

Sabato 8

QUESTO PERMESSO NON DA DIRITTO ALL'INGRESSO IN AUTODROMO SE NON ABBINATO A BIGLIETTO O PASS

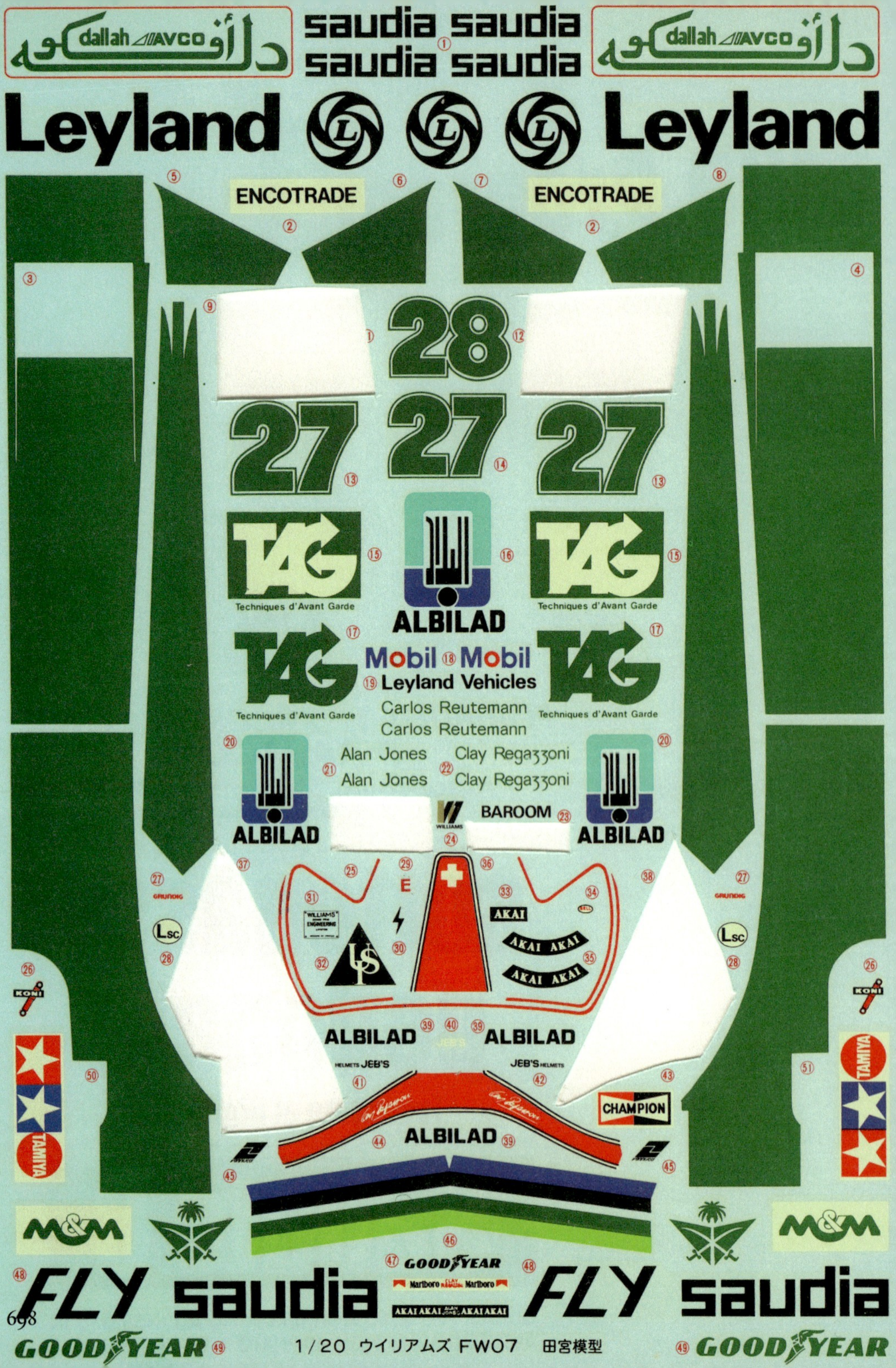
dallah AVCO
saudia saudia
saudia saudia
Leyland
Leyland
ENCOTRADE
ENCOTRADE
28
27 27 27
TAG
Techniques d'Avant Garde
ALBILAD
Mobil Mobil
Leyland Vehicles
Carlos Reutemann
Carlos Reutemann
Alan Jones
Alan Jones
Clay Regazzoni
Clay Regazzoni
BAROOM
ALBILAD
GRUNDIG
Lsc
KONI
AKAI
ALBILAD ALBILAD
JEB'S
HELMETS JEB'S
JEB'S HELMETS
CHAMPION
TAMIYA
M&M
GOODYEAR
Marlboro
FLY saudia
FLY saudia
GOODYEAR
1/20 ウイリアムズ FW07 田宮模型
GOODYEAR

≪Winning Car of the 1979 Holland G.P.≫

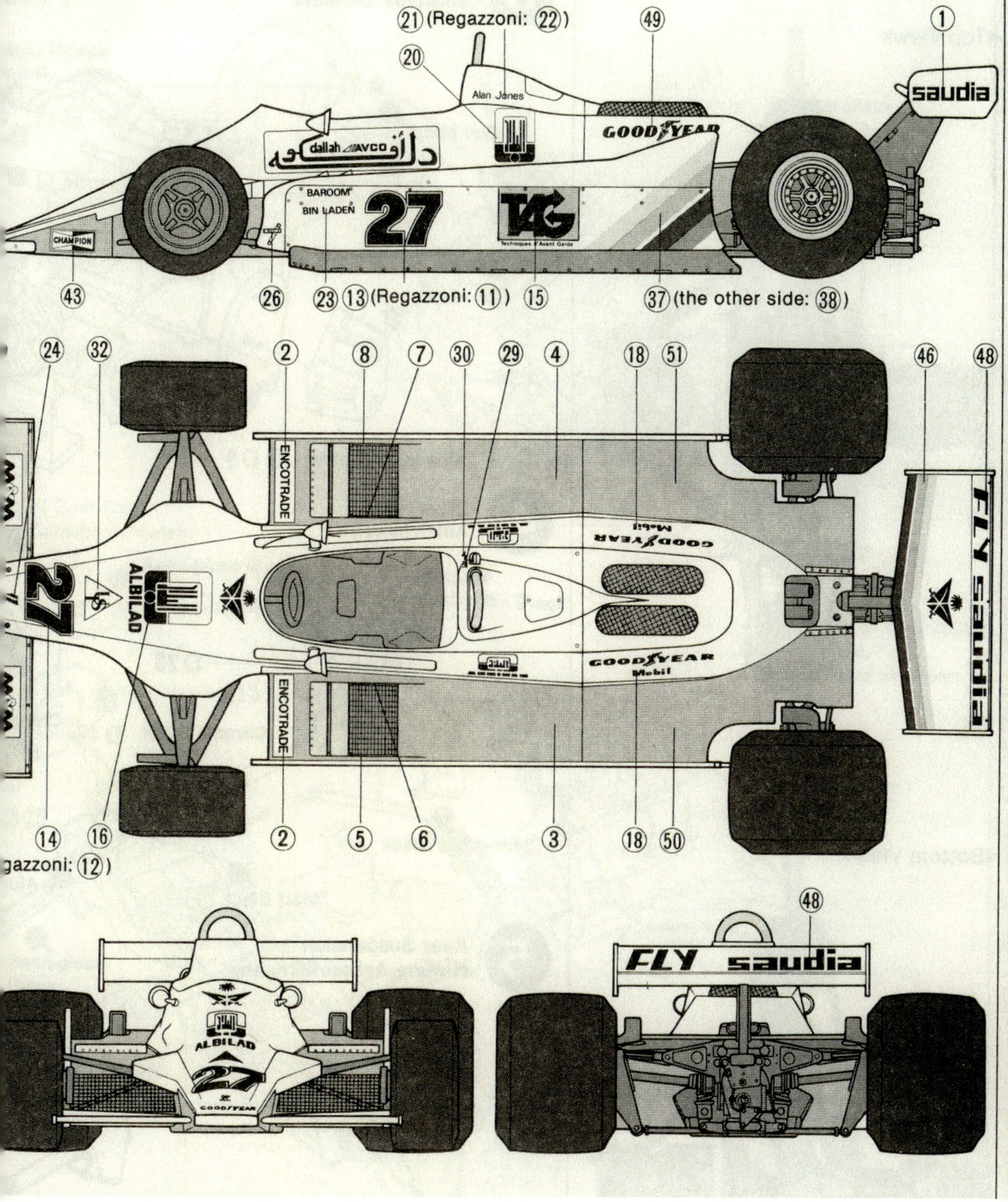

cars are cars

girls are girls

Barbara
Flommersfeld
Captain

Susan M. Smith

Justine Greiner

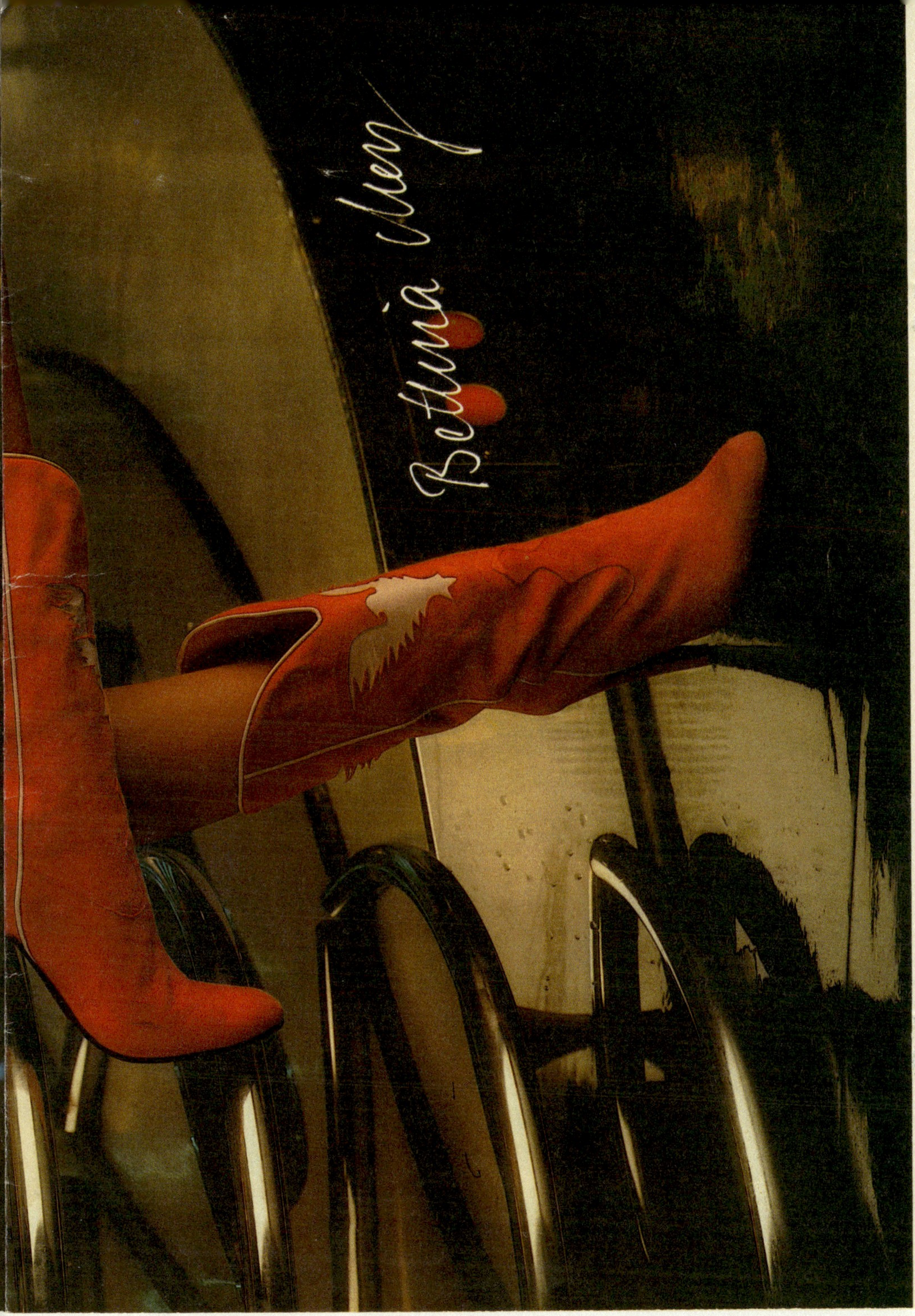
Bettina

Foto: Arny Freytag

Karolina Stefanski

Kimber West

Viktoria Krämer

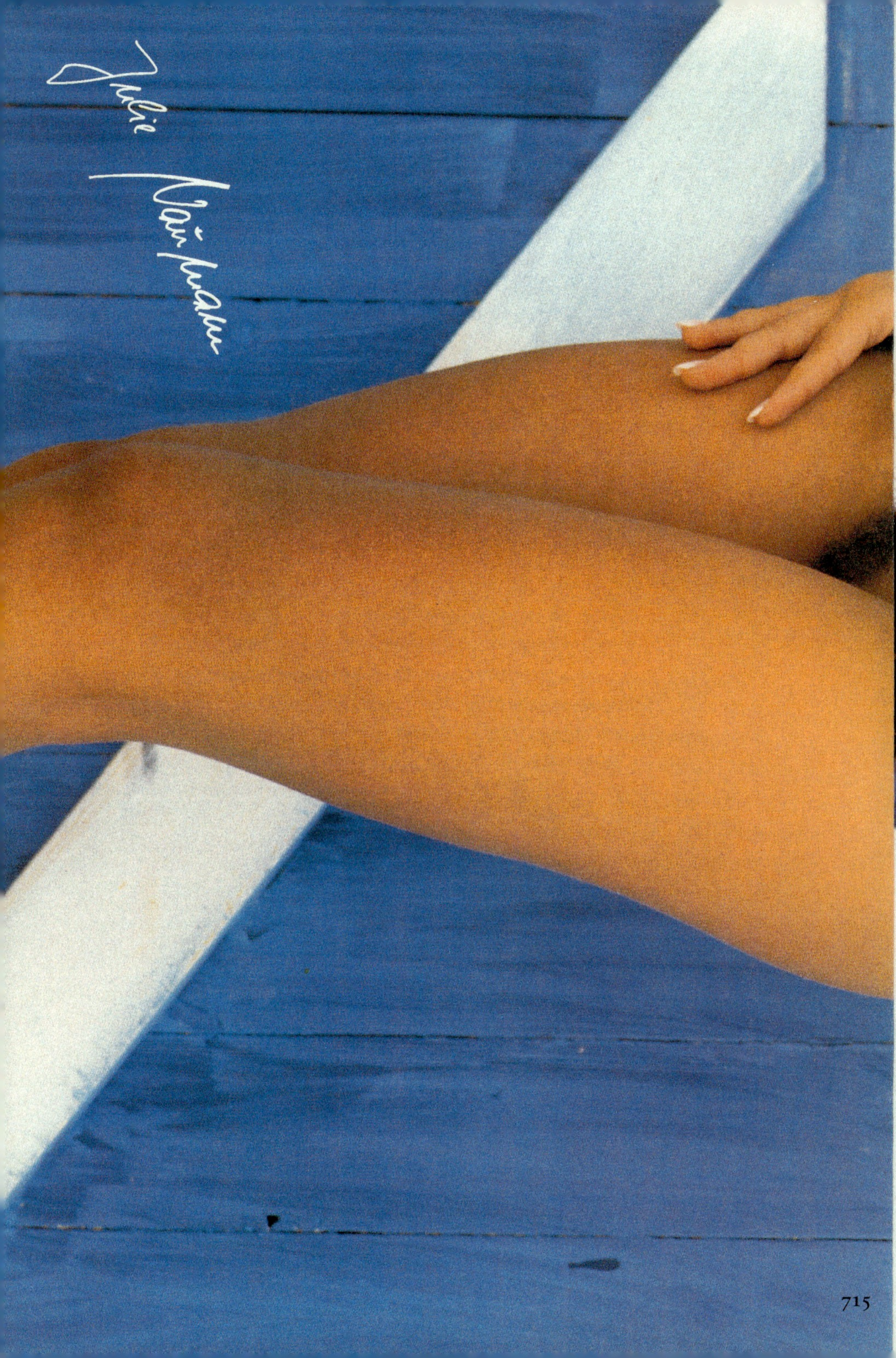

Patty Duffek

"For God's sake, Roderick—not on the Chippendale."

Liebes Publikum

Ich möchte diesen Anlass im trendy urbanen Rahmen ~~mit all seinen freundlichen Menschen denen die Brieftasche so locker sitzt wie Lucky Luke sein Colt~~ nicht verstreichen lassen, ohne Werbung für mein Buch zu machen, welches nächste Woche erscheint.

Das Buch hat 608 Seiten und wiegt genau 1 Kilo, was ein gutes Gewicht ist für ein Buch. In diesem Buch mit dem Titel „Einfälle kennen keine Tageszeit“ finden sie all die Dinge, die sie nicht vermisst haben, Kolumnen, Reportagen, [redacted] und viele, viele Bilder, was nicht nur Kinder freuen wird.

Buchvernissage ist diesen Sonntag ab 19 Uhr im Mascotte in Zürich. Ein Kommen wird sich für sie Lohnen, es gibt gratis alkoholische Getränke und Tanzmusik und mein Verleger Patrick Frey wird eine Hymne singen, welche ist noch unklar, ich tippe auf jene der Ukraine.

Aber nun zu einer Kolumne, welche ich für die Zeitschrift Annabelle geschrieben habe, eine Kolumne, die aber noch nicht publiziert wurde, sie wird also heute Abend zum ersten mal an Menschen getestet. Sie trägt den Titel:

Warum Paare in Möbelläden immer streiten.

Die meisten von uns sind mit Trotteln und Trottelinnen verheiratet oder verlobt oder einfach auch nur liiert. Bloss wissen sie es nicht. Vielleicht ahnen sie es, manchmal. Zum Beispiel, wenn er vor dem Fernseher hockend vor Erregung zuckt als hätte er einen epileptischen Anfall und Bier verschüttet, bloss weil beim Fussball einer einen ~~Seich~~ Blödsinn macht, was ja doch dann und wann vorkommt, eben, dass einer einen ~~Seich~~ Blödsinn macht beim Fussball

Vielleicht wird sie dann denken: Oje, dieses Ding mit der schäumenden Flasche in der Hand, dem die Fäkalwörter aus dem Maul purzeln, deftig und dampfend, das ist mein Mann. Oje.

Oder er kommt ins Hirnen, wenn sie plötzlich «aaahhhhhh» kreischend wie ein Wirbelwind vom Nähtisch aufrauscht und ins Fernsehzimmer fegt, weil sie fast vergessen hätte, dass Bianca anfängt oder sonst eine Sendung, eine Sendung wie Beton, der ins Fundament des Gerüchtes gepumpt wird, dass Frauen einfach anders sind als Männer, so ganz, ganz anders. Vielleicht wird er sie dann betrachten, wie sie versunken verfolgt, wonach Frauen so sehr begehren, und vielleicht wird er sich Gedanken machen. Aber nur ein bisschen. Weil: später kann er ja wieder Fussball gucken, während sie sich an die Nähmaschine hockt und Hosen abändert, die sie im Fox Town Outlet gekauft hat und die zwar billig waren und von Valentino sind, aber wirklich scheisse aussehen. Dann ist alles wieder vergessen und gut und bald muss man ja schlafen gehen und am nächsten Tag darf man glücklicherweise ins Büro.

Es gibt bloss zwei Situationen, die schwärende Beziehungswunden aufplatzen lassen. Die eine Situation heisst Ferien. Ferien ist ein schönes Wort für die Kombination aus Jetlag, Überstrapazierung des Haushaltsbudget, Enttäuschung über das stark von den Prospektfotos abweichende Angebot des All you can eat Barbecue-Buffets und dem Umstand, dass man seit Jahren wieder einmal 24 Stunden mit einem Menschen zusammen ist, 24 Stunden mit einem Menschen, den man gar nicht kennt, wie man dann feststellt. Das Wort Ferien lässt so manches Beziehungsgebäude erzittern. Erzittern und mehr noch. Denn leider sind Beziehungen selten so sicher gebaut wie Atomkraftwerke. Nein, Beziehungen sind eher wie von Tick, Trick und Track gezimmerte Hütten.

Es gibt aber eine Situation, welche für Beziehungen noch viel fataler ist. Die Situation ist ein Ort und dieser Ort heisst Möbelladen. Ein Möbelladen ist für jede Beziehung ein dicht vermintes Gelände, ein echtes Krisengebiet mit multiplen Problemzonen auf verschiedenen

Stockwerken. Eine solche Problemzone kann man mit dem Begriff Sofakauf umschreiben.

Es gibt nicht viele Dinge auf dieser Welt, die schwieriger sind, als die Suche nach einem Sofa. Nur noch schwieriger als die Suche nach einem Sofa ist die suche nach einem Sofa zu zweit. Dabei ist eines der Kernprobleme, dass ein Sofa sehr viel Geld kostet. Sehr, sehr viel Geld. Deshalb will die Entscheidung gut überlegt sein. Und ein Sofa ist wie ein Partner, wie eine Partnerin: Man wird ein paar Jahre damit verbringen, vielleicht – und: es sollte weder zu hart noch zu weich sein.

In Möbelläden lernt man sich wirklich kennen. In Möbelläden kommt man auf die Welt. Ein Pärchen, welches bei einer Möbelladenkundenberaterin am Tisch sitzt und in einem dicken Musterbuch mit Bezugsstoffen für eine sagen wir Chaiselongue blättert, ein solches Paar geht dann von der Möbelberatung schnell mal gleich anschliessend in die Eheberatung.

Es gibt einfach zu viele Möglichkeiten. Zu viel Auswahl. Zu viele Stoffe, Farben, Muster, Qualitätsgruppen, Warengruppen, Höhen, Tiefen. Zu viele falsche Entscheidungen, die man treffen kann. Und wohl auch treffen wird.

Zum Abschluss noch ein Tipp. Sollten sie sich in nächster Zeit einmal niedergeschlagen fühlen oder einfach ein bisschen down, dann besuchen sie doch einen Möbelladen und setzen sie sich auf eines der Ausstellungsstücke. Bald wird ein Pärchen auftauchen, Mann und Frau, die noch trauriger sind, als sie. Lächeln sie ihnen zu und lehnen sie sich zurück.

PO

BIGGER THAN A BREADBASKET

The Manhattan store Think Big! at 390 West Broadway, New York 10012, definitely doesn't think small. It stocks king-sized crayons, 14"-tall martini glasses and now an all-metal Luxo Lamp that will far outshine the dinky one you've got at work. A black or white Luxo adjusts from five to ten feet, has a weighted base and costs $650. Use it any time you'd like to sit and know for a minute what it feels like to be Lily Tomlin playing Edith Ann.

SCH

Lampe mit Erzehla

Die Möbel-krankheit

FURNITURE SICKNESS

Heute bin ich ein bisschen traurig. Eigentlich sollte ich glücklich sein, aber ich bin es nicht. Nicht wirklich. Schuld daran ist ein Mann in Deutschland, der heute nicht in Deutschland sein sollte, sondern hier, in der Schweiz, in Zürich. Er hätte mit seinem Kastenwagen vor meinem Haus halten sollen. Er hätte geklingelt, ich wäre für mein Alter wahnsinnig gelenkig aus dem Haus gesprungen und hätte dem Mann geholfen, einen Stuhl mit Hocker in meine Wohnung zu tragen. Nun ja, was heisst da Stuhl. Einen Sessel. Einen Sessel von absoluter Genialität.

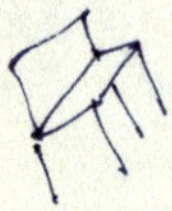

Ich hatte den genialen Sessel in Hamburg gekauft, bei Herrn Fally. Lange hatte ich nach diesem Modell gesucht und fast hätte ich für 10'000 Kröten einen von Stockholm runterbringen lassen, von einem Shop namens Jackson's. In Hamburg fand ich ihn dann endlich. Einen Karuselli Chair von Yrjö Kukkapuro aus der alten Produktion, als er noch bei Haimi gemacht wurde und nicht bei Avarte. Schwarze Fiberglasschale. Schwarzes Leder. Mit Hocker. Perfekter Zustand. Seine Erscheinung erinner ein bisschen an die Aesthetik der Stormtroopers aus Star Wars, aber natürlich ist er viel älter als sie. Viel älter.

FRANKEN (oder "50 TAUSEND KRONEN")

Vieeeeel

AND

Aber der Mann rief gestern an und sagte, er sei krank und er könne erst in 14 Tagen kommen. Geknickt knickte ich mein Motorolahandy zu und seither bin ich traurig. Und vielleicht bin ich auch ein bisschen traurig, weil wieder einmal durchschimmerte, dass ich alt geworden war.

JACKSONS.SE

[redacted] Früher, als ich noch jung war, wirklich jung, da hing ich in Plattenläden rum und quatschte mit den Plattenverkäufern über Neuerscheinungen und Platten, die man einfach haben musste, weil man ohne sie nicht leben konnte, und die, die man nicht haben musste, nicht haben durfte, weil man sich als Idiot entlarvte, wenn man sie zuhause rumliegen oder -stehen hatte, wir quatschten, ob «crooked rain crooked rain» sich als das unwiederholbare Meisterwerk von Pavement herausstellen würde und «Peng!» als jenes von Stereolab, was man von den Young Marble Giants zu halten hatte und ob die Gerüchte stimmten, dass sie vielleicht doch noch eine zweite Platte machen würden, und wann, wann, wann endlich verdammt, verdammt die neue Scheibe der Soup Dragons herauskäme und die neue Single von Pulp.

[redacted] Später dann hing ich in Secondhand-Kleiderläden rum und pflügte mich durch den Geruch des Gestern, der die Kleiderständer umwehte. Die Gespräche gingen etwa so: «Oh. Cooles Shirt, das da von Pierre Cardin, wow, echt alt, äh, also vintage, aber auch total wie neu, alt und neu, das ist das Coolste, also wenn es echt alt ist, also vintage, aber aussieht wie neu, weil heute machen sie ja keine so coolen Shirts mehr, aber Mottenlöcher will ich ja auch nicht drin haben, wirklich cool, echt, und wie teuer soll es sein? Dreihundert? Wow, der Stoff fühlt sich super an! Echte Viskose? Wieviel hast du gesagt? Dreihundert nur? Echt günstig, gopferdammi.»

[redacted] Dass ich wirklich alt geworden bin, das merkte ich, als ich anfing, in Secondhand-Möbelläden der gehobeneren Sorte rumzuhängen und lange Stunden, Stunden über kurzbeinige Sofatischlein von Tapio Wirkkala zu plaudern und die Vorzüge von Highboards gegenüber von Sideboards und ob Holz bald out sei und Metall in und ob man die Replikas von Serge Mouilles Lampen kaufen darf oder nicht und ob Eames aus aktueller Vitraproduktion nichts weiter sei als Hipster-Ikea, und warum schöne Sofas hässlich sind und hässliche Sofas schön und warum bequem unbequem war und umgekehrt.

Dann merkte ich, dass ich nicht nur alt geworden war, sondern regelrecht krank. Und ich bin es noch.

Ja. Ich gestehe. Ich habe die Möbelkrankheit. Ich werde mich deswegen auch wohl bald behandeln lassen müssen. Es gibt dafür spezielle Kliniken. Möbelentzugskliniken. Sie sollen sehr gut sein. Aber auch sehr teuer. Sagt man.

sehr, sehr

Ich denke nämlich den ganzen Tag nur an Möbel. Möbel von vorne. Möbel von der Seite. Möbel von schräg oben. Möbel von hinten. Ein Möbel alleine. Zwei Möbel. Ganze Gruppen von Möbeln, zum Beispiel Polstergruppen. Ich denke an Schirmständer von Embru aus Metall. Ich denke an den Stuhl von Ico Parisi. Ich denke an jenen Stuhl von Augusto Bozzi, der mit dem Loch hinten drin. Ich denke an Lampen, an Lampen von Preben Dal. Ich denke an Nakashima und dabei muss ich fast

MÖBEL. MÖBEL. MÖBEL (3x)

Bigla

ein bisschen wimmern, denn ich weiss, dass ich mir niemals ein Möbel von Nakashima leisten kann. Nicht einmal das kleinste Tischlein. Oh, Nakashima, mon amour.

niemals

So verbringe ich die Tage. Und die Nächte?

Die Nächte verbringe ich im Internet. Bei Quittenbaum. Bei Wright 20. Bei Dorotheum. Oh, verdammt, Dorotheum. Die Erinnerung tut weh, weil ich die letzte Auktion verpasst hatte und mir dort ein Sessel von Augusto Bozzi durch die Lappen ging für läppische 1100 Euro.

Vielleicht hat die Fixiertheit auf Möbel mit dem Schreiben zu tun. Es geht nämlich vielen Leuten so, die im Schreibenden Gewerbe tätig sind.

Heute Morgen etwa erst bekam ich ein Email von einem Schriftsteller, einem bebrillten Mann aus Berlin, Maxim Biller mit Name. Gestern telefonierten wir lange und sahen uns parallel dazu verschiedene Möbel im Internet an. Es war fast ein bisschen unheimlich.

Es war fast ein bisschen ein Gefühl von ……. Etwas verbotenem dabei.

Er interessierte sich für einen Tisch von Wim Rietveld, den er bei einem Händler in Brüssel gesehen hatte.

„Schau mal bei www.city-bindestrich-furniture-punkt.BE," sagte er, „und klick mal durch bis Seite sieben. Das dritte Bild von links in der oberen Reihe. Was findest du?“

Es war ein schöner Tisch, das musste ich zugeben. Dazu gab es zwei nicht minder schöne Stühle.

Ich riet ihm zum Kauf. Heute schrieb er:

lieber max,

ich hab's getan. ich fühle mich gut. manchmal wache ich morgens auf und zweifle. dann denke ich, der tisch und ich werden immer zusammen sein. dann zweifle ich wieder und denke: und was mache ich mit den stühlen? es ist trotzdem ein gutes gefühl, nachwuchs zu haben. und wie geht es dir und deinem sessel? ist er schon eingezogen?

Maxim

Ich schrieb ihm zurück:

lieber maxim. gestern war ich bei einem
grafiker im atelier. ich sass
> an einem tisch von prouve, der war sechs
meter lang. mindestens. der grafiker hat
> nur möbel von prouve. er meinte, am ende,
wenn man alle designer mal
> ausprobiert habe, dann lande man bei prouve
und man bleibe bei prouve.
> ich sagte ihm: der junge rietveld sei auch
nicht schlecht.

> da nickte er. aber er sagte nichts.

> meinen sessel habe ich gekauft. aber er steht noch im laden. ich mache
> ein foto und lass es dir zukommen, so bald ich mich getraue, von dem sessel ein Bild zu machen. wenn du dann nichts dazu sagen
> magst, dann ist das auch okay. der sessel ist wirklich hässlich. er sieht aus wie eine mischung aus einem geschmolzenen erdferkel und ich weiss nicht was. einer krankheit. aber
> hey: hässlichkeit is the new beauty.
Ps: gratulation zum kauf. eine gute tat, eine richtige tat.
Pps: ist es ein zufall, dass man aus dem wort SESSEL das wort ESEL machen kann und man hat noch zwei Buchstaben übrig, nämlich zwei SS wie in ASSHOLE

SESSEL

Worauf er fünf MInuten später antwortete:
lieber max, danke, danke, danke! jetzt erst kann ich mich freuen. ich weiß zwar auch, dass ich irgendwann prouve haben werde, aber offenbar bin ich noch auf dem weg. das foto vom sessel will ich unbedingt sehen. ich schicke dir dann hoffentlich neue fotos von meinen Nikke Stühlen, die ich mir für die Küche gekauft habe. du musst mir helfen. ich glaube nämlich die beine des nikke….die beine……sie sind zu dünn.

maxim

Wie gesagt: Ich werde mich nun bald in einer Spezialklinik behandeln lassen. Einen Möbelentzug machen. Aber ehrlich gesagt habe Angst. Angst vor dem Danach. Denn ich weiss, was nach den Möbelläden kommt. Das ist die Timeline eines Lebens, das sich auf dem Abstieg von der Spitze befindet: Plattenläden, Secondhandkleiderläden, Vintage Möbelläden…..und dann….dann kommt nur noch die Apotheke.

Mit dem Plastiksäcklein mit den grünen Kreuzen drauf durch die Stadt schlurfen. Von Apotheke zu Apotheke. Und zuhause wartet nur noch ein Freund: Ein Sessel namens STRESSLESS, Modell Diplomat. Dann, dann ist alles, alles vorbei. Endgültig.

Vielleicht kauft man sich deswegen alte Möbel. Weil sie älter sind, als man selbst es ist. Und oft auch in einem besseren Zustand. Vielleicht deswegen. Vielleicht aber auch nicht.

FINIS

schon früher

Irene (Barbara Stanwyck) erlebt den reinsten Terror

irgendwann werde ich die Reife ~~zu~~ besitzen, solche Möbel zu schätzen.

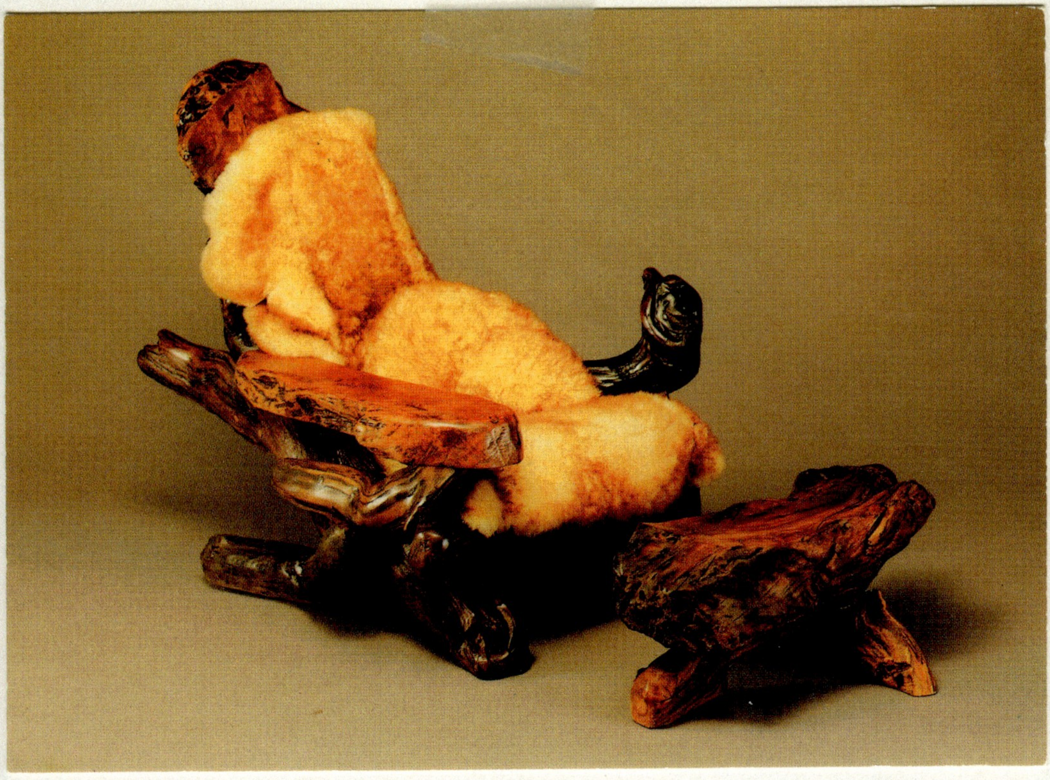

D

Diverse Kreise in div.
Grössen.

WIR SIND HELVETICA

Text Max Küng

Liebe Helvetica-Schrift, Glückwunsch, Grüsse, Händedruck, auf dich einen guten Schluck! Alles Gute zum Geburtstag!

Du wirst dieses Jahr fünfzig Jahre alt. Ich sage dies nicht aus reiner Höflichkeit, der Höflichkeit, die einer hoffentlich stolzen Jubilarin wie dir gebührt: Man sieht sie dir nicht an, die fünfzig Jährchen. Ganz und gar nicht. Frisch siehst du aus. Jugendlich. Modern wie eh. Oder nein: modern wie nie zuvor.

Blicken wir kurz zurück, liebe Helvetica. Vor fünfzig Jahren also kamst du auf die Welt, als serifenlose Linear-Antiqua, wie man so schön sagt, schnörkellos und schlicht. Der Zürcher Grafiker Max Miedinger war dein Vater. Eine Schrift namens Haas Grotesk dein Urahn. Max Miedinger, im März 1980 leider von uns gegangen, hat dich gezeichnet im Dienste der haasschen Schriftgiesserei in Münchenstein bei Basel, die von der deutschen D. Stempel AG übernommen wurde, als du noch in den Kinderschuhen stecktest, und heute zum Konzern Linotype gehört, der wiederum zum Konzern namens Monotype gehört.

Ganz bewusst hat man dich Helvetica getauft. Anfangs wollte man dich ja unoriginellerweise einfach Neue Haas nennen. Doch dann bemerkte man in Deutschland den vermehrten Einfluss der Schweizer Typografie. Dem wollte man Rechnung tragen und dir einen Namen geben, der eindeutig deine Herkunft und unmissverständlich deine Qualitäten zeigen sollte. Helvetia wollte man dich erst taufen. Es kam dann doch noch ein schönes C dazu – Helvetica wurde dein Name, mit dem du auf den Markt kamst.

Aber das sind ja uninteressante Details. Interessant ist, was aus dir geworden ist! Nicht weniger als – unglaublich, aber wahr – ein Weltstar.

Schriftsprache der Welt Liebe Helvetica, wo habe ich dich nicht überall gesehen? Du heisst zwar, übersetzt man deinen Namen aus dem Lateinischen, so viel wie «die Schweizerin», doch bist du alles andere als eine Landpomeranze, als eine Gilberte de Courgenay, Paola oder Nella Martinetti. Du, Helvetica, bist die absolute Kosmopolitin. Die Welt ist dein Heim. Du bist überall. Kein Land, wo du nicht zu Hause bist.

Du wehst auf den Flaggen des UNHCR. Wen nahm man für die Plakate der Olympischen Sommerspiele 1964 in Tokio? Wen für die Winterspiele in Grenoble 1968? Dich. Du bist ein schöner Teil der SBB. So viele Firmen vertrauen deiner seriösen Ausstrahlung. Du bist Lufthansa. Du bist Knoll. Du bist BMW Du bist Fendi. Du bist Tupperware. Du bist Stimorol. Du bist Husqvarna. Du bist BMW Du bist Saab. Du bist Harley-Davidson. Du bist das grosse, orange Migros-M, das seit meiner Kindheit leuchtet. Du bist aber auch Orange. Du bist Comme des Garçons. Du bist Muji. Du bist Self Service. Du bist auf ziemlich teuren Bildern von Künstlern. Ja, Richard Prince treibt seine Witze mit dir. Lawrence Weiner seine spröde Poesie.

Du zierst, ohne zu zieren, mit deinem zeitlosen Charme Briefmarken. Medikamentenverpackungen (und Beipackzettel). Filmplakate. Zeitschriften. Zeitungen (zum Beispiel «The Guardian», aber auch «Hürriyet»). Buchumschläge. Plattencovers (ich sag beispielsweise «This is Hardcore», ich sage aber auch «Remain in Light»). Du bist auf jeder Freitag-Tasche. Auf jeder Jeans von Diesel.

Und was du uns nicht alles sagst. Du sagst «Täglich ofenfrische Brötchen» auf popeligen Schildern vor popeligen Geschäften in popeligen Strassen in Berlin. Du sagst «Ankauf Briefmarken Silber & Gold» auf Tafeln in Basel. Du sagst kühl und klar und unmissverständlich «exit only» auf Türen auf dem Flughafen London Heathrow. Du sagst: «DO NOT ENTER». «DRÜCKEN». «NO LIFEGUARD ON DUTY». «Fire exit keep clear». «DOG WASTE TRANSMITS DISEASE – LEAH-CURB AND CLEAN UP AFTER YOUR DOG – IT'S THE LAW». «Zu verkaufen». «A vendre». «Closed – please come again». «POLICE LINE DO NOT CROSS». «Sale». «Saldi». «Leberkäse 3.50». Du bist auf den U-Bahn-Plänen von New York. Und jenen von Prag. Und Moskau. Und hundert anderer Städte. Wer in Tokio die Yamanote Line oder irgendeine andere Untergrundbahn besteigt, der sieht dich ebenso an wie der, der ein Feuerwehrauto in New York betrachtet.

Und man sieht dich auch hier, in Zürich, am Helvetiaplatz zum Beispiel, der, wie alle anderen Strassen und Plätze, angeschrieben ist mit dir, in weisser Schrift auf blauem Grund* Man muss nur die Augen aufmachen, und man sieht dich: überall. Du bist die schlichte

Immer gleich und immer anders und seit 50 Jahren Schweizer Botschafterin in der Welt der Gestaltung: Die Schrift Helvetica.

Schönheit. Und du bist die schöne Schlichtheit. Es war kein Wunder, als im Internet kürzlich verkündet wurde, wer bei der Wahl der hundert wichtigsten Schriften zuoberst auf dem Treppchen gelandet war: du.

So gut wie Spaghetti Auch warst du von Anfang an dabei, als es mit dem Desktop Publishing losging, jener Sportart, die, du weisst es, wahrlich nicht nur Gutes und Schönes in die Welt gebracht hat. Du gehörtest zu den fixen Schriften, mit denen die Apple Computer ausgeliefert wurden. Und wie du ebenfalls weisst: Dein missratener Konkurrenz-Klon namens Arial wurde fixer Bestandteil des bösen Microsoft-Windows-Imperiums und deine hässliche Gegenspielerin.

Kürzlich sprach ich im Hinterzimmer des Salons des schweizerischen Typografenklubs mit dem Grafiker Cornel Windlin über dich. Er, der dich 1995 auf ein Plakat für die Rote Fabrik setzte, auf dem stand: «Es ist soweit: Die SVP hört Soundgarden». Ich fragte ihn, ob er etwas Nettes über dich sagen könne, weil ich wusste, dass ich diese kurze Rede für dich verfassen würde zu deinem runden Geburtstag und er dich schon lange kennt. Er dachte nach und meinte dann: «Das ist, als ob man was zu Spaghetti sagen soll. Was soll man zu Spaghetti sagen? Spaghetti sind nicht spannend, aber immer gut und oft genau richtig. Man kann sie immer essen, und man hat im Notfall immer welche zur Hand. Man kann fast nichts falsch machen, sie verleiden einem seltsamerweise nie, und mit jeder Sauce schmecken sie auf andere Weise gut. Am liebsten esse ich Helvetica Vongole. Al dente.»

Es soll, so wurde mir zugetragen, sogar vorgekommen sein, dass ein US-amerikanischer Grafik-Designer gesagt habe, als er eine alte Karte sah und dort drauf die Umrisse der Schweiz und «Confoederatio Helvetica» las, dass der also gesagt habe, dass es doch reichlich komisch sei, ein Land nach einer Schrift zu benennen. Nach dir, liebe Helvetica.

Und nun kommen heute Samstag Leute in Zürich zusammen, um dich und deinen Geburtstag zu feiern** Filmstar bist du auch geworden. Nun, es ist kein glamourgespickter Hollywood-Streifen, der über dein Leben gedreht wurde, sondern ein Dokumentarfilm. Nicht Arthur Cohn hat ihn gemacht, sondern Gary Hustwit, der zuvor unter anderem einen Dokumentarfilm über die Band Death Cab For Cutie produziert hat. Ich bin sicher, es ist ein Film, wie du es bist: schön und schlicht und doch überraschend.

Liebe Helvetica, zu deinem 50. Geburtstag wünsche ich dir alles Gute. Und ich möchte dir noch einen guten Ratschlag auf deine nächsten fünfzig Lebensjahre mitgeben: Bleib, wie du bist!

* oder?

** Symposium «Will this typeface last forever?», heute Samstag, 16 Uhr, mit David Carson, Erik Spiekermann, Manuel Krebs, Alfred Hoffmann, Gary Hustwit, Lars Müller
Anschliessend Europapremiere des Dokumentarfilms «Helvetica» von Gary Hustwit
Ort: Museum für Gestaltung, Ausstellungsstrasse 60, Zürich

Max Küng ist redaktioneller Mitarbeiter des «Magazins» (max.kueng@dasmagazin.ch).

Der Fotograf **Hans-Jörg Walter** fotografiert regelmässig für das «Magazin» (fonzi@mac.com).

TAPEHUNTER

by Max Küng—Zurich [CH]—Journalist

I froze in front of the shelf, shopping basket in hand and just stared. There I was in Tokyu Hands in Shibuya, an overcrowded area of Tokyo that can drive you mad within minutes. Tokyu Hands is, how shall I put it, maybe the best shop on earth. Here you can find everything you might ever need – more or less urgently – for your home spread over seven floors. A computer-programmed robot kit for example. Or a knife made of Damascus steel. Or accessories of the JFA, the »Japan Frisbee Dog Assocition«. And adhesive tape. Every type of adhesive tape you can imagine or wish for

So there I stood staring at the display, empty shopping basket in hand, paralysed by the gigantic selection. They had adhesive tape in wood design. Smooth. Rough. Golden. Shocking green. Pink. Broad. Narrow Large rolls. Small rolls. Thick with textile structure. Very, very thin silver foil adhesive tape, which I believe Anselm Reyle would like a lot. They just had too many different types – and what really hindered me from buying one was: I already had them all.

And they had changed my life. At least I think so. It is now nearly seven years since I first came to Japan and walked into the Tokyu Hands temple, stood in the same place and just put one roll of each type into my shopping basket (which severely dented my credit card and caused my luggage to be overweight) This purchase made me extremely nervous since the prey was big and wonderful. I had always collected adhesive tape. The first thing I always did when I arrived in a new city was to go to the shops which offered this artificial material. In a ship accessory shop down at the harbour, in the pretentious city of Deauville on the Normandy coast, I found an approximately eight-centimetre wide special tape for decorating yachts, in four colours (different shades of green which very much reminded me of a »Saint Etienne« LP cover), a real jewel. At »B&H« on 34th street in New York, I bought tape with the inscription »Caution Cable«, which I immediately stuck onto everything near cables. In Milan I found the wonderful chocolate-brown tape from the Italian company Syrom (also worth a visit: www.syrom.it) They were souvenirs. They were trophies. I proudly collected them.

But I had never seen a selection like the one in Tokyu Hands. For example, the super-ultra-tough insulating tape from Yamato (with self-advertising· »Excellent adhesive strength and electrical insulation. Durable, no affect by climate. The colors hardly fade away. High quality vinyl chloride prevents itself from burning easily «) – By the way, Yamato is also the manufacturer of adhesive tapes and other things used in Japanese nuclear power stations; a fact which sometimes reassures me, but sometimes rather disturbs me.

Or the black and yellow stripped adhesive tape from Nitto (self advertising: »They look the same, but they're very different... NITTO tape can be used in any situation.«)

Or the Okamoto tape available in every hip colour (the company also produces condoms on a large scale: www.okamoto-condoms.com) Okamoto, just the sound of the name makes you want to buy it.

Back at home, I stuck the self-imported tapes from the Far East onto pretty much everything. Furniture. Trainers. Hatchbacks. I was on a real customise- your-things with adhesive-tape-trip. I mean it is quick and easy. Individuality made simple. Tear Rip. Stick. I especially stuck strips of the synthetic material onto homemade CD covers for burnt CDs. I then imposed these CDs on women who had not asked for them. Okay, one of these women later fell in love with me and I am pretty damn sure this wasn't because of the music, but because of the extremely cool adhesive tape on the CD cover Not that she ever said so. She never said. I wanted to get to know you better because you collect adhesive tape and this seems to be a very interesting hobby, better than collecting trainers or stamps or some insects. No, she never said that. But that's how it was. I know it. And we have been together ever since, like adhesive tape. Pretty good adhesive tape.

These were my thoughts while standing in Tokyu Hands with the empty basket dangling in my hand and my girlfriend lingering somewhere in the department with the clay beer mugs. I had to smile and in the end didn't buy a single roll, since I already had a whole cupboard full back at home. And anyway, my favourite adhesive tape at the moment is not from Japan, but from the USA. It is the Reflectix aluminium tape from Markleville, a backwater in Indiana with 383 inhabitants and neighbouring communities with names like Sulphur Springs. With Reflectix you can even repair satellites in outer space. I definitely always have a roll of it on me. And one day, I have promised myself, I will travel to Markleville. And then I will shop till I drop.

cobra

lio martinelli, 1968

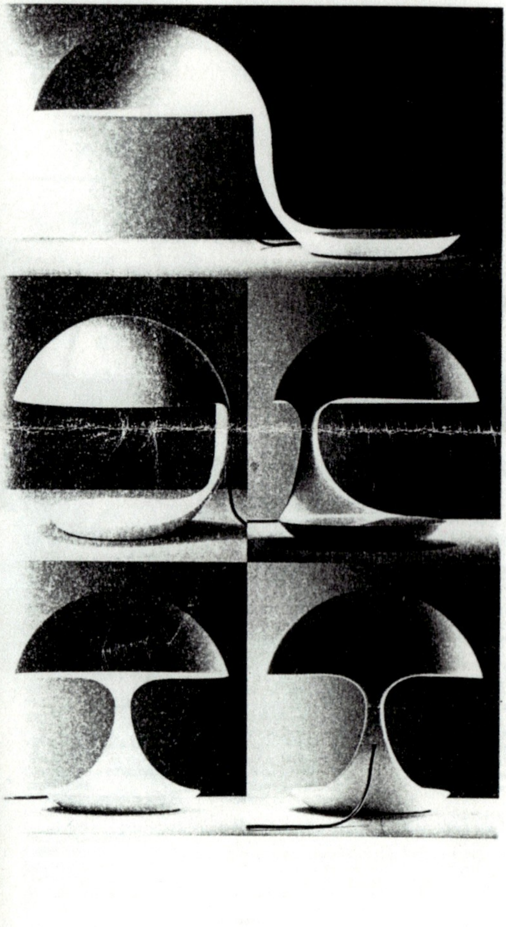

gestern.
gestern lange über
diese lampe nach-
gedacht.

20

188·000 ¥
(250·000 ¥)

heute.
heute lange über diese uhr nachgedacht.

holt

aspirin

[redacted]

HAT IRON SLIP
STALIN IHR PO
ROH IN SPITAL
SLIP OH TIRAN
PARIS HOLT IHN
IRISH PLATON
SPALT IHR ION
ALS HIRN POTI
ALS HIRT IN PO
IHR PO INS TAL
HOLT ASPIRIN

PLAIN
HOT, SIR!

Blau beruhigt. Seide knistert. Karos heben die Stimmung. Stoff genug für einen ganzen Roman.

1) Mercedes-Benz-Prospekt

2) Medikamente gegen Alkoholismus. Antabus und Campral ~~€~~ in Kombination verbessern die Therapie. Mit Campral gegen Campari.

Wie viel stoff braucht es für 1 roman?
" " " brauchte william s. burroughs für 1 roman?

ich nimme no en Campral-sod
füüf unter mir ischs wolkemeer

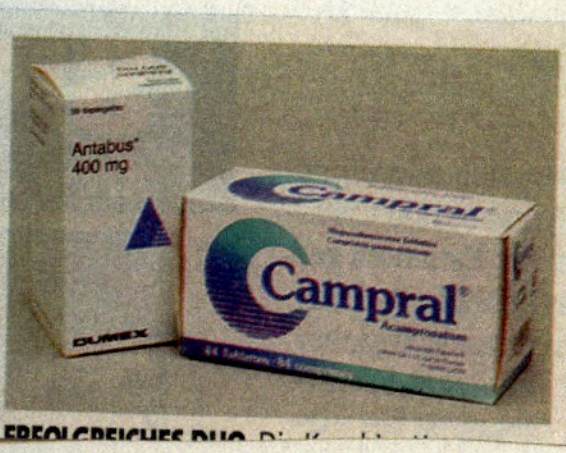

ERFOLGREICHES DUO

Ciao! io volere aiuto con le scarpe per favore.
etzt, da sich der naßkalte Februar-Nebel lichtet, bringt
ie wärmende März-Sonne sie wieder ans Licht: Bezau-
ernde Mädchen mit ihren sportlichen Accessoires
us Italien!
ehen Sie genau hin, meine Herren:
s gilt bildschöne Farben, Formen und Materia-
en in Qualitäts-Verarbeitung zu entdecken!
P SPORT – QUALITALIA
rend und nach der „ispo 82" im Sportfachhandel und den Sport-
eilungen führender Kaufhäuser.
TOPSPORT
qualitalia
squadra corse Jr.
abw · Absatz- und Werbeberatung · München 71

805 **TRIO** SPORTIVAL

lieblingssatz der woche:

"Ein Mann mit
gewagtem Hemd
sitzt gehemmt
im Wagen."

Wie viele Federn hat ein Schwan?

Der Journalist und Kolumnist Max Küng ist bekennender Faulenzer. Für Bolero hat er sich zu ein paar Zeilen aufgerafft.

Ich sollte diesen Text nicht schreiben. Aber ich habe mich dazu überreden lassen. Warum ich es mache? Gute Frage. Nicht wegen des Geldes. Klar, manchmal braucht jeder Geld, zum Beispiel, wenn man gerne im Kaufleuten steht und ruft «so, jetzt eine Runde für alle Ladies». Dann braucht man natürlich sogar viel Geld. Oder wenn man über Mittag schnell Schuhe von Prada kaufen geht, weil man sonst den Nachmittag im Büro nicht mehr aushält. Oder wenn man drogensüchtig ist oder einen Maserati unterhalten muss. Aber ich mache mir nichts daraus, weder aus dem Kaufleuten noch aus Prada noch aus Drogen/Maserati. Ich habe bloss gerne meine Ruhe.

Ich sollte diesen Text wirklich nicht schreiben. Anstatt dessen sollte ich im Bett liegen und ein bisschen schlafen oder dösen. Schlafen, das kann ich sehr gut. Dösen, das kann ich noch viel besser. Dösen und ein bisschen nachdenken, aber nur ein bisschen. Manchmal die Augen aufmachen, und dann gleich wieder zumachen. Die Decke über den Kopf ziehen und den Fernseher anstellen und ein bisschen zuhören. Oder lesen. Lesen ist ja eine der besten Arten überhaupt, wie man Zeit auf angenehme Art vernichten kann. Und schliesslich geht es genau darum im Leben: Dass man Zeit auf angenehme Art hinter sich bringt, ohne viel zu tun.

Lesen sollte ich, mich auf das Sofa legen und ein Buch vom Sofatischchen nehmen, zum Beispiel das neue von Haruki Murakami, das auf den ersten 100 Seiten keinen schlechten Eindruck macht (abgesehen von den sprechenden Katzen). Ja, ich würde jetzt gerne ein bisschen lesen. Oder spazieren gehen. Einfach aus dem Haus gehen und an den See und dort einen Stein hinein werfen, den Kopf zu schütteln über die Bongotrottel, und den Schwänen zunicken und sie fragen, ob sie wissen, dass sie die Vögel mit den meisten Federn überhaupt sind – über 25 261 Federn hat so ein Schwan. Wusste das jemand? Woher ich weiss, dass der Schwan der Vogel mit den meisten Federn ist? Nun, wenn mir das Lesen des Murakami zu schwer wird oder zu anstrengend, dann lege ich ihn weg, döse ein bisschen, oder ich schmökere im Buch «Alles, was man wissen muss». Dort steht das drin. Und dort stehen noch ganz andere Sachen drin. Zum Beispiel, dass die «Musophobie» die Angst vor Mäusen ist. Ja, solche Sachen weiss man, wenn man faul in Büchern blättert. Faule Menschen wissen manchmal erstaunliche Dinge. Die Hauptstadt von Fidschi? Suva. Usbekistan? Taschkent. Burkina Faso? Ouagadougou. Oder ich wälze mich träge wie ein Gletscher durch den grossen Atlas und denke über Länder nach, in denen ich noch nie war – und in die ich wohl auch nie fahren oder fliegen werde.

Spazieren: Eine sehr gute Idee, nichts zu tun und trotzdem an die frische Luft zu kommen. Spazieren ist, das kann man wohl behaupten, eines der billigsten Vergnügen überhaupt.
Ich könnte aus dem Haus gehen und mich auf den Weg machen ins Kunsthaus, um die Hodler-Ausstellung anzusehen und es mir vor dem Kunsthaus ganz anders zu überlegen, und wieder nach Hause zu spazieren, so langsam es geht, schlurfend fast, dann und wann innehaltend und die eingetretenen Kaugummi auf dem Trottoir zu zählen, oder in den Himmel schauen, ob vielleicht irgendwelche Enten irgendwohin fliegen. Oder ich könnte Musik hören. Adam Green. Oder Granddaddy. Oder «When» von Vincent Gallo – das ist ein super Soundtrack zum Nichtstun. Ich könnte meine Schallplatten wieder ein bisschen durch-einander bringen.
Ich könnte am Küchentisch sitzen und ein bisschen mit den nackten Füssen auf den kühlen Boden trommeln. Oder ich könnte Taschenbillard spielen. Oder Yatzee gegen mich selbst. Oder in den Kühlschrank schauen. Oder einfach mal wieder in den Globus gehen und nichts kaufen.

Ich sollte diesen Text nicht schreiben, sondern faul sein und nichts tun, überhaupt nichts. Dann würde es mir viel besser gehen. Oh, wie schön wäre es, jetzt nichts zu tun. Deshalb höre ich sofort auf. Ich lege mich ein bisschen hin. Vielleicht döse ich ein, vielleicht auch nicht, und denke nach, ganz langsam, was ich mit dem hier verdienten Geld machen werde. Sehr wahrscheinlich nicht sehr viel.

II. TRÄGHEIT

Die Sünde der Unterlassung von Werken, von geistigen wie auch körperlichen, Quelle und Wurzel der Apathie, der Gleichgültigkeit und des Schmarotzertums.

gute Vorsaet

Gute Vorsätze sind die ½ Miete

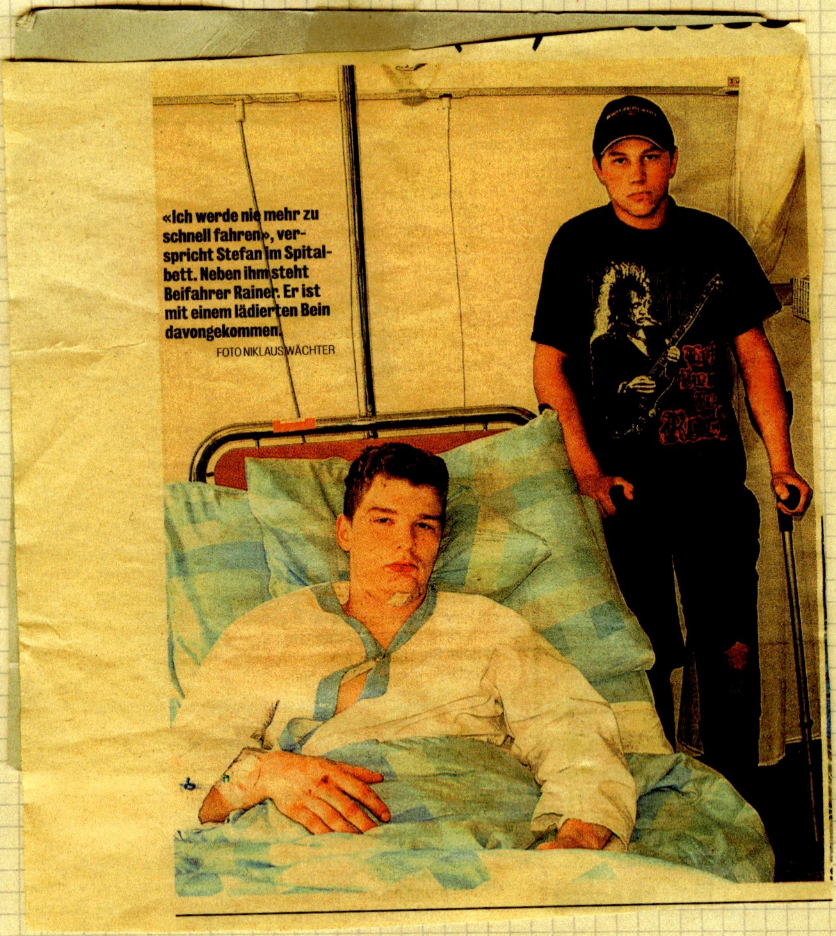

«Ich werde nie mehr zu schnell fahren», verspricht Stefan im Spitalbett. Neben ihm steht Beifahrer Rainer. Er ist mit einem lädierten Bein davongekommen.
FOTO NIKLAUS WÄCHTER

LET
THERE
BE VERNUNFT

LET
THERE
BE
EINSICHT

IDEEN FÜR SMS AN MEINE KÜNSTLER FREUNDE + INNE
(vor allem einen)

Highway to Boheme

LET THERE BE BOHEME

BOHEME'S NOT DEAD

IT'S A LONG WAY TO THE BOHEME

girls just wanna have Boheme

shine on you crazy Boheme

I can't get no boheme

you can get it you really boheme

XIII

Max Küng

—

[1] Lernprozess, Teil 1

Die Dinge sind nicht immer, was sie zu sein scheinen. Das sollte ich bald erfahren. Als ich vom Land in meine erste Wohnung in der Stadt zog, in eine Wohnung, die es heute nicht mehr gibt, da das Gebäude abgerissen wurde, nachdem in einer Nacht mit einem lauten und mich aus dem Bett werfenden Rums ein Teil davon einstürzte, ohne dass allerdings jemand zu Schaden kam, als ich also in meine erste Wohnung zog, musste ich diese Lektion lernen. Die Wohnung lag im Basler Gundeldinger-Quartier, im zweiten Geschoss, hatte zwei Zimmer, war billig und das einzige Problem war, dass man der auf dem selben Stock wohnenden Nachbarin nicht begegnen wollte, einer alten Frau mit mächtig grauer Frisur, denn sie passte einen an der Türe ab und erzählte dann gerne aus ihrem Leben, zwei, drei Stunden lang. Manchmal auch länger. Es war meist dieselbe Geschichte.

Über mir wohnte eine junge Frau. Sie sah recht gut aus, hatte aber einen schweren Gang. Ich hörte sie immerzu in der Wohnung herumstapfen.

Vielleicht trug sie auch Clogs statt Finken, oder Gesundheitsschuhe mit Massagefussbett. Auf jeden Fall: Sie ging von Zimmer zu Zimmer. Ich hörte sie immer. Sie klang wie ein Piratenkapitän mit zwei Holzbeinen. Aber es störte mich nicht. Und manchmal hörte ich auch andere Geräusche. Ein Wimmern? Ein Stöhnen? Leise, aber doch deutlich zu vernehmen. Oft morgens, wenn ich alleine mit einem Kater im Bett lag, das Fenster offen, und draussen begann wieder einer dieser vielversprechenden Sommertage, dann hörte ich es.

Ich war blutjung, neu in der Stadt, einsam und erfahrungshungrig. Sie war vergleichsweise erwachsen. Sie hatte einen Freund (der verrückt war und krankhaft eifersüchtig, wie sich herausstellen sollte, aber das ist eine andere Geschichte). Mit dem lag sie wohl im Bett und machte diese Dinge, von denen ich damals noch so wenig Ahnung hatte. Es gefiel mir. Ich stellte es mir vor. Das leise Stöhnen. Morgens um halb elf.

Dann fiel mir auf, dass meine Nachbarin sehr oft stöhnte. Dann fiel mir auf, dass sie eigentlich immer stöhnte, wenn ich das Schlafzimmerfenster offen hatte. Dann fiel mir auf, dass sie auch nachmittags stöhnte. Dann fiel mir auf, dass sie auch stöhnte, wenn sie laut polternd durch die Wohnung ging. Dann fiel mir auf, dass sie stöhnte, obwohl ich sie zuvor hatte aus dem Haus gehen sehen.

Und dann fiel mir auf, dass es gar nicht meine Nachbarin war, die stöhnte. Es waren bloss gurrende Tauben, die auf dem Balkon nisteten. Eine Weile fühlte ich mich elend. Dann betrogen. Es sollte nie mehr vorkommen, dass ich Geräuschen vertraute.

[2] Lernprozess, Teil 2

Wenig später reiste ich nach London. Ich war noch immer blutjung, einsam und erfahrungshungrig, und ich interessierte mich ein wenig für Kunst (meine Patentante und ihr Mann waren ziemlich grosse Kunstsammler, das färbte ein bisschen ab, aber nur ein bisschen). Also ging ich in die Hayward Gallery, wo eine Ausstellung gezeigt wurde. Sie trug den Titel *Doubletake: Collective Memory and Current Art*. Ich hatte nicht viel Ahnung von Kunst, damals, und musste dann und wann den Kopf schütteln. Für einen Bauernjungen aus einem kleinen Dorf in der Nordwestschweiz aber war die Rieseninstallation von einer Frau Hamilton doch sehr beeindruckend. Frau Hamilton hatte einen nicht eben kleinen Raum ganz mit Schweineschwarten ausgekleidet. Im Raum sass ein Schauspieler an einem gewaltigen Seifenblock und wusch sich die Hände. Er tat das den ganzen Tag. Es schäumte gewaltig.

Auch ausgestellt, ich erinnere mich vage, war eine Arbeit von Peter Fischli und David Weiss. Eine Installation. Durch ein Fenster in einer verschlossenen Tür sah man in einen schlecht beleuchteten, länglichen Raum. Darin allerlei Zeugs. Man schien zu renovieren oder zu streichen. Keine Ahnung, was in diesem Raum vor sich gegangen war. Ich schaute in den Raum und sah dort einen Stuhl stehen, einen Eimer, eine Bohrmaschine liegen. Hastig und stumpf wie ich war, ging ich weiter. Ich dachte, das sind die Dinge, die da sind. Ich dachte: Der Raum ist dieser Raum. Ehrlich gesagt: Ich dachte, die Künstler seien noch mitten in der Arbeit. Ich dachte: Dieser Raum ist die Abstellkammer des Abwarts des Museums. Ich dachte: Dieser Abwart ist ein unordentlicher Mensch. Ich dachte: Aber nicht so unordentlich wie ich es bin. Ich dachte nicht viel, aber ordentlich davon.

[3] Was wirklich ist (realer als real)

Musikkassetten (vier Stück), ein Ofen, ein Holzstuhl mit Herz in der Rückenlehne, ein Plastikstuhl (orange), ein Bürotisch, ein Radio-Kassetten-Player, eine Bohrmaschine (rot, ohne Bohrer), eine Filterkaffeemaschine mit rotem Aufsatz, zwei Sixpack Bier (1 × komplettes Sixpack Pilsner in Flaschen, 1 × angebrochenes Sixpack eines Produkts mit gelben Etiketten), eine Europalette, ein Ledersessel (schwarz), ein Kühlschrank, ein Taschenrechner, eine Zahnbürste, Aspirin, eine Skulptur (ein Souvenir aus Afrika?), ein Rasierer (Gillette), eine Handorgel, eine Hundeleine, ein Hundenapf (darin Futter), ein Dutzend Runkeln, ein Dutzend Kartoffeln, diverse Bretter und Dachlatten, ein Skateboard, ein Plastiklöffel, eine Faserpelzjacke, diverse Werkzeuge in einer Kiste aus Holz, ein Dutzend Eisenteile (rostig), ein Auspuffrohr, eine Fasnachtsmaske aus Gummi, ein Raddeckel, ein kleines Bett, Gummistiefel, ein Kanaldeckel, Plastikeimer, eine Ledermappe, ein Gummischlauch, ein Bunsenbrenner, Halbschuhe, ein Hocker aus Holz, eine Tasse, eine Untertasse, ein Bundesordner (darin Steuerunterlagen?), eine Schachtel, eine Schere mit ergonomischem Plastikgriff, eine Kette, eine Neonröhre mit Fassung, Harass (Holz), Handschuh, ein Telefon (Modell Elm), ein Thermoskrug, Bierdosen (zwei Stück, Pilsner), Pneus, ein leerer Becher (wohl Tam Tam, Geschmack Vanille), ein Hammer, eine Farbbüchse (rot, offen, mit Rührstab), ein blaues

Fass, eine Zange, Klebebandrolle (gelb), Lappen, Becher, ein Tetrapack Milch, ein Handtuch, ein Waschtrog, eine Seifenschale mit Seife, ein Reinigungsschwamm (grün), eine Bettflasche, diverse Kunststoffflaschen mit wohl Reinigungsmitteln (verschlossen und offen), Kanister (zwei, verschlossen), ein Plastikbecken mit Naturschwamm, eine Kette, Fensterreinigungsmittel, ein Rohrstück.

[4] Konklusion

Und nun. Da man weiss, was wirklich ist, in diesem Raum. Nun kann man sich fragen.

[5] Postskriptum

Mein Lieblingskunstwerk ist eine halbe Erdnussschale. Sie ist eine ganze Welt.

Nur durch ein Fenster einer freistehenden Garage einsehbare Installation, grob geschnitzte Gegenstände in Polyurethan, bemalt, etwa Originalgrösse
1991
Anlässlich der Ausstellung *Chamer Räume* in Cham bei Zug entstanden
Spätere, adaptierte Versionen wie 1992 in *Doubletake*, Hayward Gallery, London, und als langfristige Installation an der Hardturmstrasse und im Löwenbräuareal, Zürich

Im Schlafzimmer
Max Küng

Du liegst im Bett und streckst die Glieder, es knackst leise irgendwo unter der Decke. Du denkst: So schön weich, das Kissen. Vorhin lagst Du noch auf dem hochflorigen Teppich vor dem Fernseher, den Kopf auf ein Polster gebettet, und hast auf dem kleinen Kästchen herumgedrückt, bis nichts mehr kam. Was vorher kam: Fussballer, Kommissare, Tiere, Opfer, Mörder, ein paar Explosionen, anrüchig dreinblickende Frauen, Verführerinnen, ein Auto, das fliegen konnte, viel Musik, schnell, langsam, dick, dünn, Doku, Film, Talk, noch mehr Explosionen, Zoom, Totale, Schnitt.

Im Bad hast Du Dir die Zähne geputzt, hocktest auf dem kalten weissen Rand der Badewanne und hast mechanisch die Bürste hin und her geschoben, ein paar Dutzend Mal. Du hast ausgespuckt. Du hast Dich ausgezogen, dann schlüpftest Du ins kühle Bett. Du nahmst das Buch und hast noch ein wenig darin gelesen, ein paar Abschnitte, ein paar Sätze, am Ende noch ein paar Worte. Die Worte wurden zu unverständlichen Zeichen.

Du löschst das Licht. Du streckst die Glieder in der Dunkelheit. Das Knacksen. Das Buch, in dem Du eben noch gelesen hast, es liegt neben dem Bett und schläft den geschlossenen Schlaf. Eine Strassenbahn fährt vorbei, lässt die Welt nochmals erzittern, sanft und harmlos. Du hörst sie nur ganz leise. Du schliesst die Augen und drehst Dich auf die Seite, rollst Dich ein bisschen ein, wirst wieder ein bisschen Kind, ein bisschen Unschuld, ein bisschen damals. Dann stellst Du Dir vor, das Bett sei eine Insel, eine kleine Insel, und rundherum gäbe es nichts als Wasser, eine nasse Wüste, ein Meer, ganz glatt die Oberfläche, kein Glucksen zu hören, kein Schwappen einer Welle. Du stellst Dir vor, Du wärst sicher auf dieser Insel, Deiner Insel. Sicher und geborgen, behütet und be-schützt. Im Meer hat es Getier. Du stellst es Dir vor, ohne es Dir genau vorzustellen. Nicht im Detail. Es hat Haifische. Es hat lange, im dunklen Wasser sich windende Wesen mit leuchtenden Augen. Tierische Gestalten. Meterlange Flossen mit ausgefransten Enden. Wesen mit sich windenden Tentakeln, die tief am Grund umherstreichen. Du fragst Dich, wie tief das Wasser wohl sei. 100 Meter? 1000? 10 000? Ohne Ende gar, grundlos? Dann stellst Du dir vor, das Bett sei ein U-Boot. Eine geschlossene Kugel, ein Ding, das mit absurder Geschwindigkeit durch das Wasser schiesst, geräuschlos, einmal um die blaue Kugel herum, mindestens.

Dann öffnest Du die Augen nochmals. Du siehst ein wanderndes Licht an der Decke. Du hörst ein Auto. Ist es der Nachbar, der nochmals wegfährt? Das Licht wird schneller, verschwindet bald. Du hörst weit weg eine Stimme. Noch eine Stimme. Zwei gehen am Haus vorbei. Du fragst Dich nicht, was sie reden. Ein Motorrad schiesst vorbei, schnell verstummend. Dann ist es wieder ruhig, und schon fast nicht mehr hörst Du, wie jemand im Haus gegen den Heizkörper stösst und die ganze Anlage aus weit verzweigten Rohren im Haus vibrieren lässt mit einem sanften Ton. Er hält nicht lange an.

Du stellst Dir vor, Du liegst in einem Raumschiff, unterwegs aus den Tiefen des Alls nach Hause. Es ginge nicht mehr lange, bloss 1000 Lichtjahre. An Deiner Seite: eine Katze. Sie schnurrt. Du fragst Dich, warum Katzen schnurren. Nochmals eine Strassenbahn. Ein Auto. Wanderndes Licht an der Decke.

Kurz bevor der Schlaf Dich endgültig in sein dunkles Reich holt, kurz bevor der Schlaf seinen Sieg davonträgt, wieder einmal, und Dich zudeckt mit seiner schweren, weichen Decke, hast Du noch einen Gedanken. Du denkst ihn. Dann schläfst Du einen tiefen, traumlosen Schlaf.

The PHANTOM of the OPERA
HB-IZK
crossair
The Official Carrier

BRITISH AIRWAYS

625

= 923

225

DIE SCHÖNHEIT DER IDEE

Text Max Küng

Jonathan Monk ist Konzeptkünstler. Das klingt nach einer Geschichte, die nicht erzählt sein muss. Doch Monk ist lustig. Und aber auch tief. Bald eröffnet seine erste Einzelausstellung in der Schweiz.

Super, denkt man, ein Porträt über einen Künstler schreiben zu dürfen. Man ruft ihn an, verabredet sich in seinem Atelier. Dieses wird in einem alten Lagerhaus sein, oder es war einmal ein Schlachthaus oder eine geschichtsträchtige Stätte. Es wird gross sein. Vielleicht sogar ext-rem gross. Man wird viel zu beschreiben haben. Die gemütliche Sofaecke, wo der Künstler abhängt und Trivialromane liest (aber auch Romane von Thomas Pynchon rumliegen). Ein immerzu laufender Fernseher, der auf den Shopping-Kanal gestellt ist. Es wird nach Farbe riechen oder nach Leim oder nach klebrigem Shit oder wenigstens nach der Katze, die der Künstler in seinem Atelier hält, und die keinen Namen hat und drei Beine bloss.

Ein Porträt über einen Künstler zu schreiben, das wird eine super Sache. Ich konnte es mir schon vorstellen.

In Berlin in diesem Frühling. Noch hielten die unfreundlichen Elemente die Stadt fest in ihrem Griff. Nässe, Kälte, Dunkelheit und Dreck hatten lange Saison in diesem Jahr.

Der Künstler am Telefon: Klar, sagte er, wir können uns treffen, kein Problem.

Im Atelier? Nun ja, eher nicht.

Er komme aber gerne nach Mitte. Um zehn Uhr? Zehn Uhr morgens, ja? Wo? Er schlug vor: im Starbucks an der Rosenthaler Strasse.

Um zehn nach zehn Uhr im Starbucks an der Rosenthaler Strasse entschuldigte sich der Künstler, dass er ein bisschen zu spät gekommen war. Seine Uhr war schuld. Die Rolex* Und während er mit dem dampfenden Kaffee und krümeligem Gebäck in den Händen einen ruhigen Tisch in der Filiale des Kaffeeimperialisten ansteuerte, äusserte er seine Gedanken über den Umstand, dass Rolex-Uhren einen so guten Ruf haben und aber seinen Erfahrungen gemäss auch einen sehr ungenauen Gang. Solche Widersprüche jedoch sind ganz in seinem Sinne. Und dann fragte er sich, warum er sich immer im Starbucks verabredet, wenn er Leute trifft. Es ist nicht so, dass er Starbucks liebt oder den Ort besonders gemütlich oder cool findet, es ist bloss so, sagte er, dass es einer der wenigen Orte in Berlin ist, an denen nicht immerzu geraucht wird. Nach einem kurzen Moment des Reflektierens (in dem ihm – wieder einmal? – klar wird, dass diese Starbucks-Filiale ein hohler Ort ist) sagte er: «Well, at least it's not a smoky portuguese café.»

Schade, sagte ich, dass wir uns nicht im Atelier haben treffen können. Ich sagte: Ein Atelier stelle ich mir ein bisschen interessanter vor als diese Starbucks-Filiale. Wollte er mich nicht in sein Atelier lassen, weil ihm das zu intim ist? Wäre das zu sehr Homestory? Oder hat er gar sensible Arbeiten in Arbeit, die er fremden Augen (noch) nicht aussetzen will?

Nein, sagte der Künstler. Es ist sehr simpel. Er hat kein Atelier.

Wie, ein Künstler ohne Atelier? Das geht doch gar nicht. Das wäre ja wie ein Chauffeur ohne Auto. Wie ein Bäcker ohne Backstube. Wie ein Gefängniswärter ohne Gefängnis. Kein Atelier? Kein Farbenduft? Keine dreibeinige Katze?

Der Künstler ass vom krümeligen Gebäck und lächelte, und dann erklärte er sich.

Der Künstler heisst Jonathan Monk. 1969 wurde er in Leicester geboren, in den Midlands am Fluss Soar, eine Stadt, die ihm auch heute noch viel abverlangt, respektive: seine genetische Liebe zum Fussball und die Treue zum Team seiner Stadt, dem Leicester City FC, auch The Foxes genannt. Die Füchse tummeln sich zurzeit auf Platz 16 der First Division, der zweiten britischen Liga. «Wir gewannen, wir verloren, wir hofften auf ein Zeichen – und am Ende der Saison stiegen wir immer ab.» Aber: «Meine Mannschaft ist nicht sehr gut, hat kein Geld, aber gelegentlich schlägt sie die reichen Teams, deren Fans nur singen, wenn sie gewinnen. Aus diesem Grund liebe ich Fussball.»

Seine Eltern führten zusammen mit seinem Onkel ein Pfannkuchenrestaurant namens The Hungry I. Und sowohl Vater wie auch Onkel waren leidenschaftliche Jazzmusiker (aber nicht verwandt mit Thelonious Monk), traten zusammen auf und spielten Standards. Ein immer wiederkehrendes Sujet in Monks Arbeit: die Biografie. Die Herkunft. Der Vater und der Onkel. So etwa thematisierte er den frühen Tod seines Vaters

* Es ist nicht so, dass Jonathan Monk sich eine Rolex gekauft hat, weil er eine Rolex haben wollte. Es war anders. Nämlich so: Ein Sammler bot ihm an, eine Rolex gegen ein Werk zu tauschen. Als Monk auf seine Uhr schaute, sagte er, halb zu sich: «Er hat wohl den besseren Deal gemacht als ich.»

A Work in Progress (to be completed when the time comes) 1969– (White) 2005

 BILD: GALERIE NICOLAI WALLNER, KOPENHAGEN

My name written in my piss 1994

 BILD: GALERIE NICOLAI WALLNER, KOPENHAGEN

Black Eyes 2003

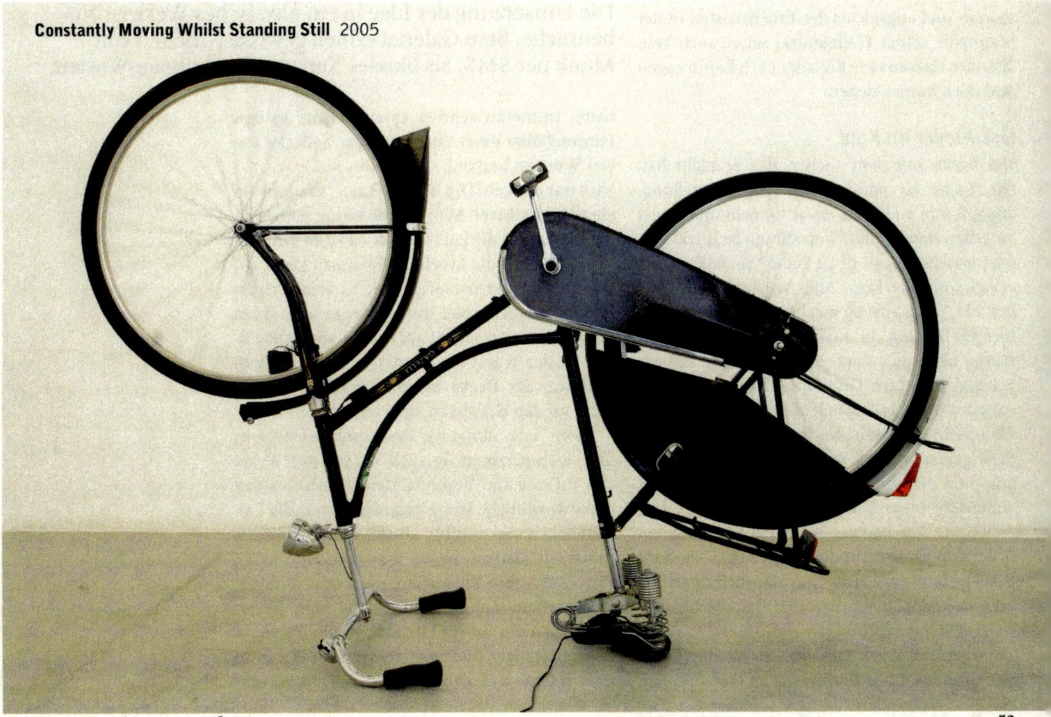

Constantly Moving Whilst Standing Still 2005

1998, den schweren Verlust, in der achtzigteiligen Diaprojektionsarbeit «Replica I». Eine Porträtfotografie seines Vaters liess er als Dia reproduzieren. Nun ist es so, dass die Kopie qualitativ nicht an das Original heranreicht. Die Kopie liess er wieder kopieren. Von der Kopie der Kopie fer tigte er nochmals eine Kopie. Diesen Prozess wiederholte er. Bis das Bild immer unschärfer wurde, kaum mehr etwas und am Ende gar nichts mehr zu erkennen war. Ein Bild wird zu einer Erinnerung. Das Vergessen. Das Verschwinden. Die Reproduktion und ihre Möglichkeiten – ein wichtiges Thema für Monk. Wie auch die Zeit, die Vergänglichkeit.

Jonathan Monk studierte in Schottland Kunst, an der Glasgow School of Arts, jener Schule, von der so viele Shooting-Stars des aktuellen Kunstbetriebs abgingen. 1991 schloss er ab, und schon da beschäftigte er sich kritisch nicht nur mit seiner Umwelt und sich selbst, sondern auch mit seinen Vorbildern und der Kunstgeschichte.

Noch im alten Millennium spülte es ihn wie so viele andere internationale Künstler in letzter Zeit nach Berlin. Er spricht sogar ein bisschen deutsch, auch wenn man nicht behaupten kann, dass es ihm grossen Spass macht. Berlin sei für einen Künstler eine ziemlich ideale Stadt. Günstig. Gross. Gemütlich. Im Sommer könne man mit dem Fahrrad rumfahren. Es sei grün und entspannt, und angesichts der Lebenskosten in der Metropole seiner Heimatinsel sei es auch kein Wunder, dass so viele Künstler nach Berlin zogen und noch immer ziehen.

Das Atelier im Kopf

Die Sache mit dem Atelier, das er nicht hat. Die Sache ist nämlich die: Die Vorstellung, einen Raum zu haben, wo er hingeht und Kunst «machen muss», diese Vorstellung bedrückt ihn, oder anders gesagt: Es ist keine Vorstellung, die er sich vorstellen kann. Alles, was Jonathan Monk braucht, um Kunst zu machen, das ist sein Kopf und ein Telefon. Ja, man könnte sagen: Monks Atelier ist Monks Kopf. Alles passiert in seinem Schädel. Kleinhirn. Grosshirn. Dort kommen die Arbeiten her. Dort entstehen sie. Die Umsetzung der Idee in ein physisches Werk, das ist eine blosse Folgeerscheinung. Die Kunst, sie ist bereits getan. Sein deutscher Galerist Jochen Meyer von der Galerie Meyer Riegger in Karlsruhe sagt, dass er gewisse Arbeiten von Monk per SMS erhalten habe, also eben: nicht die Arbeit selbst, sondern das Konzept dazu. Der Künstler formuliert die Idee in knappen Worten. Der Galerist bemüht sich um die Ausführung.

Jonathan Monk sagt, dass es für ihnen keinen Sinn macht, in Berlin etwa eine Skulptur zu produzieren, diese nach Paris zu spedieren, um sie dort auszustellen. Man könne sie doch genauso gut gleich in Paris produzieren.

Ganz im Geiste Sol LeWitts, der 1967 schrieb: «Wenn ein Künstler eine konzeptuelle Form von Kunst benützt, heisst das, dass alle Pläne und Entscheidungen im Voraus erledigt werden und die Ausführung eine rein mechanische Angelegenheit ist.»

Gedanken zu verkaufen

Monk mag schon ein paar Jahre in Berlin leben, aber er ist Brite geblieben. Das merkt man nicht nur seinen Umgangsformen an (er ist ausgesprochen höflich und nett, ausserdem bescheiden), sondern auch seiner Arbeit. Immer wieder schwingt ein feiner, manchmal auch schwarzer Humor mit, der den Betrachter einem Strudel gleich in den tiefen Grund herunterzieht. «Wenn du fähig bist, etwas Ernstes mit einem Lächeln zu sagen», sagt Monk, «wirst du sicher gewinnen.»

Vor den Toren der Kunstmesse Art Basel stand letzten Frühsommer auf dem grossen Platz inmitten der geschäftig herumwuselnden Leute ein Laser. Er war in den unspektakulären Himmel über der unspektakulären Stadt gerichtet. Fix und starr verrichtete er stetig sein Werk, seine Aufgabe, die ihm Jonathan Monk aufgetragen hatte. Immerzu schrieb er einen Satz in den Himmel über Basel, einen einzigen Satz, der aus vier Wörtern bestand: «To Infinity and Beyond». Nun war das kein Disco-Show-Laser, sondern ein eher kleiner Laser. Man konnte nichts sehen von dem, was er in die Luft schrieb. Aber: Er schrieb.

Das bringt die Arbeit von Jonathan Monk auf den Punkt oder besser gesagt: Es bringt einen Aspekt seiner Arbeit auf so etwas wie einen Punkt. Es kommt nicht auf das an, was schliesslich an der Wand hängt oder in der Ecke steht oder von der Decke baumelt, sondern auf die Idee, auf den Gedanken, die Poesie.

Der Satz übrigens, diese unbescheidenen und doch schönen da auch naiven vier Worte «To Infinity and Beyond», den Jonathan Monk in die unendliche Weite hinauslaserte, in die Unendlichkeit und darüber hinaus, dieser Schlachtruf ist ein Zitat aus einem Film. Der Film heisst «Toy Story». Ein Kinderfilm, mehr oder weniger.

Jonathan Monk sind alle Mittel recht. Er verlässt sich nicht auf ein Medium, sondern bedient sich grosszügig und mit grosser Lust. So kann man in seinem Œuvre auch so ziemlich alle Tech-

Die Umsetzung der Idee in ein physisches Werk ist Nebensache. Sein Galerist erhielt gewisse Arbeiten von Monk per SMS, als blosses Konzept, in knappen Worten.

Me up a tree similar to one painted by Piet Mondriaan in about 1915 1995

Untitled (me naked in the kitchen) 2004

niken finden, die man kennt: Ob Fotografie, Skulptur, Installation, Film, Video, Zeichnung, Performance – der Zweck diktiert das Medium.

Monk orientiert sich stark an der Konzeptkunst** der Sechziger- und Siebzigerjahre, die damals radikal den traditionellen Kunstbetrieb aufmischte. 1968 verkündete Lawrence Weiner die neuen gleichberechtigten Möglichkeiten (zu einem Zeitpunkt also, als Monk noch gar nicht geboren war):

1. Der Künstler kann das Werk selber ausführen.
2. Das Werk kann angefertigt werden.
3. Das Werk braucht nicht ausgeführt zu werden.

Entmaterialisierte Kunst, die reine Idee als Werk: ein Horror für den Kunstmarkt. Wer soll schon Gedanken kaufen, nichts als reine Gedanken?

Pissen als Hommage

Monks ironischer Blick gilt nicht nur seinen eigenen Helden, den Ikonen der Konzeptkunst, sondern auch dem Kunstmarkt. Dieser Blick spiegelt sich auch in der Ausstellung wider, die er in seiner Pariser Galerie im Jahr 2000 gezeigt hat. Bereits zwei Jahre zuvor stellte der Brite in Paris aus. «Tea Party at 136 and other Works» hiess die Ausstellung. Nun aber zog in der Zwischenzeit die Galerie von ihren damals bescheidenen Räumen in grosszügigere, repräsentativere um. Das Wachstum bringt grössere Räume. Um dieses Wachstum zu finanzieren, müssen grössere Kunstwerke her, denn mit grösseren Werken verdient man mehr Geld. So einfach ist das: grössere Rolle im Kunstmarkt = grössere Räume = grössere Bilder. Man kann diese Tendenz auch auf den Kunstmessen beobachten: Size Matters. Nun hat Monk also zwei Jahre später halt einfach seine 1998er-Ausstellung in der Pariser Galerie unter demselben Titel wiederholt, dieselben Arbeiten produzieren lassen, aber einfach umso viel grösser, wie auch die neuen Galerieräume grösser waren. Er hat sich den Verhältnissen angepasst. Ein Schelm ist er. Ein subversiver Spötter, schamlos auch. Etwa in jener Arbeit, die ihn auf einem

** Konzeptkunst (englisch Concept Art, Concept Design oder Conceptual Art) ist eine in den Sechzigerjahren durch den amerikanischen Künstler Sol LeWitt geprägte Bezeichnung für einen Kunststil. Ursprünglich aus der Minimal Art kommend, steht Concept Art letztlich als Sammelbegriff für eine Weiterentwicklung der Tendenzen in der abstrakten Malerei, für unterschiedliche Kunstrichtungen wie Objektkunst oder Happening. Ein künstlerisches Vorbild dieser Bewegung war Marcel Duchamp. Duchamp grenzte sich von «retinaler Kunst» ab, also Kunst, die überwiegend (effekthascherisch) auf das Auge einwirkt, statt als Idee, Vorstellung oder Verknüpfung von Bedeutung im Gehirn zu funktionieren (Denken). Dieser Ansatz lässt allerdings die Konzeptkunst dem Laien oftmals elitär, spröde und schwer zugänglich erscheinen. Um das Konzept-Kunstwerk lesen zu können, ist eine Auseinandersetzung mit dem Künstler und seinem Denken erforderlich.

Sammler über Nacht

Ein Computer, Jagdtrieb, Kunstliebe und ein gutes Auge – und schon kann die Sucht beginnen

VON MAX KÜNG

Eines Abends oder schon fast nachts, hinter einem schwach erleuchteten Fenster eines Hauses am Rande Zürichs, da saß ich an einem Computer. Ich weiß nicht mehr, wann das war, wie lange her nun schon, einen Monat wohl oder länger. Ich weiß auch nicht mehr, warum ich es tat, warum ich die beiden Begriffe in den Computer klapperte, sehr wahrscheinlich war mir einfach ein bißchen langweilig. Ich gab in die Suchmaske von Google: „prince" und „edition" ein. Und dann ging es los mit der Sucht.

Ich bin ein Fan der Kunst von

„Versuch in der Garage", Roman Signer, 245 Euro, Texte zur Kunst

Richard Prince, aber leider nur ein Fan, denn um Besitzer dieser Kunst zu sein, dazu fehlte mir bis anhin das Geld. Deshalb tippte ich ein: „prince" und „edition" Auch weil ein Kumpel mir einen Tip gab. Der Kumpel (ein Galerist aus einem fernen Land, ein guter Galerist gar) sagte: Wenn man Kunst will und aber kein Geld hat, dann soll man Editionen kaufen. Volkskunstwerke. Hohe Auflage, kleiner Preis. Und: Wenn man mit Kunst was sparen will, wenn man also ein bisschen Gewinn machen will, etwas fürs Alter oder auch schon ein bißchen früher, ein Sparbuch für die Wand, dann müsse man auch Editionen kaufen. Denn Editionen hätten gegenüber Originalwerken ein paar Vorteile. Sie seien meist sehr günstig zu bekommen, auch zwar auch von namhaften Künstlern, deren Preise für Originale längst den Raum des Erreichbaren, Zumutbaren, Normalen verlassen hätten. Oft genug hinke die Preissteigerung für Grafik hinterdrein. Das hieß: Man müsse nicht Geld auf Künstler „setzen", die es vielleicht gar nie schaffen würden. Eine Art Garantie also. Kein sicherer, aber ein ein wenig sicherer Tip. So in etwa führte mein Kumpel, der Galerist, das aus. Aber das war nicht der Grund, warum ich die beiden Begriffe in meinen Computer eingab. Ich mache mir nichts aus Geld oder Profit und wenn ich Nervenkitzel will, dann setze ich zehn Euro auf den 1. FC Freiburg. Mich interessiert nur die Kunst, das Werk, das Geschaffene (klingt nobel, oder?).

Schnell landete ich Editionsfrischling bei einer Arbeit von Richard Prince namens „Joke, Girlfriend, Cowboy" Eine Arbeit also, die drei große Themen des großen in der Panama-Kanal-Zone geborenen Meisters vereint: kurze Psychiaterwitze, barbusige Rockerbräute auf Motorrädern, Lasso schwingende Cowboys. Ich

„Key to the Second House", Richard Prince, 200 Euro, courtesy Edition Schellmann

war erfreut und sofort abhängig. Der Preis des Triptychons, der als Vorzugsausgabe mit dem Buch „Paintings – Photographs" vom Verlag Hatje Cantz 2001 herausgegeben wurde: 2450 Euro. Nicht gerade ein Klacks für einen von Buchstaben lebenden Menschen wie mich, dessen Vorfahren es zu nichts gebracht hatten. Aber ich wußte: Die Arbeit ist super. Und groß (Format

„Vom Scheitel bis zur Speiseröhre – Modell Richie", Martin Kippenberger, 1500 Euro, Kunstverein Braunschweig

76 x 102 Zentimeter). Und klein (Auflage 26 Exemplare). Und aber – oje, langes Gesicht – leider auch schon vergriffen.

Ich gab nicht auf. Ich suchte weiter. Jeden Tag bis tief in die Nacht hinein durchforstete ich das Internet, heizte Google ein, legte Suchbegriffsscheite nach. Wie Indiana Jones hob ich meine Machete und kämpfte mich durch den digitalen Dschungel auf der Jagd nach einem dieser Prinzenwerke. Und siehe da, ich fand es. Und nicht nur dies. Ich gelangte in eine wahre Editionsgoldgrube. Hinter dem nach einer Trödelboutique klingenden Namen „mo-artgallery" verbirgt sich ein im schönen Amsterdam ansässiger Händler, der einen grandiosen Editionsschatz hütet. Ein Eldorado. Und dort war diese Arbeit von Prince noch lieferbar. Stand da, im Internet. Meinte ich, in meinem Kopf. Also schrieb ich ein Email mit Kaufabsichten. Sehr nett schrieb mir der Besitzer der Galerie zurück, ein gewisser Frans Oomen, daß die Arbeit zwar noch bei ihm liege, daß aber bereits jemand ein Auge darauf geworfen habe, und zwar ein Museum. Er würde mir innerhalb dreier Tage Bescheid geben. Klar: Das Museum kaufte die Arbeit schließlich. So ein Museum ist ja nicht dumm. Und ich wußte ebenso, daß genau die Arbeit auch vom Museum für Gegenwartskunst in Basel angekauft wurde. Große Sammlungen schrecken vor Editionen nicht zurück, wenn sie gut sind.

Natürlich hätte ich es wunderbar gefunden, wenn ich hätte sagen können: Schau dir meinen neuen Richard Prince an, bei mir oder im Museum. Aber: Weiterhin war ich editionslos. Princelos. Ratlos. Obwohl Frans Oomen, das muß gesagt sein, ein sehr freundlicher Mensch zu sein scheint, und ein kluger, wie wir später sehen werden.

Nur zur Vervollständigung dieser ersten Episode: An den Februarauktionen bei Sotheby's in London, nur wenige Tage nach dem Fastkauf, wurde die „Joke, Girlfriend, Cowboy"-Edition von Richard Prince bei 4800 britischen Pfund gehämmert, das sind 7000 Euro. Mein Kumpel hatte also so was von recht. Und ich war angefixt. Noch einmal fand ich einen bezahlbaren Prince, einen Siebdruck eines Jokes, bei Artistsspace in New York, einem der ersten alternativen Ausstellungsorte der Stadt, 1994 herausgegeben. Auflage: 26. Preis: 2400 Dollar. Gerade noch im Budget. Ich schrieb Emails. Ich rief an. Ich wollte kaufen. Doch niemand ging ran, niemand reagierte. Ein paar Tage später war der Preis auf der Homepage verschwunden. Man solle anrufen, wenn man den Preis zu wissen wünsche, stand da. Also rief ich nochmals an. Eine Frau sagte, die Arbeit koste nun 4500 Dollar. Oha, sagte ich, das sei aber mehr als noch gestern. Ja, sagte die Frau, man habe den Preis den Auktionsresultaten angepaßt. Verständlich, sagte ich. Ja, sagte die Frau. Sie tat mir ein bißchen leid. Ich ihr wohl kaum. Sicherlich dachte sie: Ein Kunsthai. Ein Schnäppchenjäger.
Ein Arsch.

ZU LANGE GEWARTET!

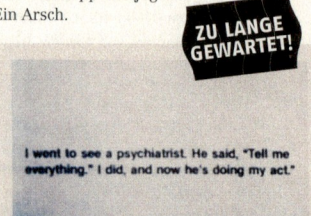

ich wurde fündig. Beim Kunstverein der Stadt Braunschweig. Die Arbeit namens „Vom Scheitel bis zur Speiseröhre – Modell Richie": Eine Holzlatte mit einem Schlüsselanhänger dran mit einem Automatenfoto einer Holzmaske, die Richard von Weizsäcker zeigt. Es war die erste Edition überhaupt der Zeitschrift Texte

WÄRE NICHT SCHLECHT!

„Do As Told Or Suffer" aus der sechsteiligen Edition „Country Cityscapes", Ed Ruscha, je 1500 Dollar, Graphicstudio/TIfRiA

zur Kunst. 1990 kam sie heraus in einer Auflage von 80 plus 20 und war, wie mir eine nette Dame des Kunstvereins am Telefon erklärte, so entstanden: Kippenberger ließ eine Maske von einem Holzschnitzer anfertigen von diesem Richie, schleppte diese in einen Fotoautomaten, machte hundert Paßbilder, zersägte dann die Maske in 80 Stäbe und nagelte die Paßbilder in den Schlüsselanhängern

schließlich gab es noch andere Künstler auf meiner Lieblingskünstlerliste. Blinky Palermo zum Beispiel. Fischli/Weiss. Becher & Becher. Baldessari. Polke. Piller. Niedermayr. Ruscha. Trockel. Emin. Banner. Tillmans. Undsoweiter.

Im Kontakt mit Galerien scheint man sich als Editioneninteressierter verdächtig zu machen als Lidl-Typ, als Aldi-Art-Collector. Ruft man in Galerien an und fragt nach irgendwelchen Preisen, dann fühlt man sich schnell mies. Auf jeden Fall bekam ich dieses Gefühl, als ich einer Galerie in München anklingelte, die laut Google über Editionen von Blinky Palermo verfügen mußte. Das Telefonat mit einer Dame ging so:

„Guten Tag, ich bin auf der Suche nach Grafik von Blinky Palermo."
„Aha. Guten Tag. Ja. An was haben Sie da gedacht?"
„An Grafik. An Editionen. Ich bin nicht so reich, wissen Sie, ha ha."
„Nun, zur Zeit haben wir nur ‚Das Auto' da."
„Das Auto?"
Schweigen in der Leitung, bevor die Dame sagte:
„Ja. ‚Das Auto'"
„Aha. Das Auto."
Kurzes Schweigen. Rauschen. Räuspern. Die Dame, leicht genervt:
„Sie sind nicht vertraut mit dieser Arbeit?"
„Ähm, nein. Das Auto "
„‚Das Auto' ist eine der zentralen Arbeiten von Palermo."
Kurzes Schweigen, ich höre schwaches Computertastengeklimper, dann weiter sie:
„Nun, ich schlage vor, Sie schlagen mal im

„Joke, Girlfriend, Cowboy", Richard Prince, 2450 Euro (vergriffen, bei einer Auktion wurden kürzlich umgerechnet 7000 Euro gezahlt), courtesy Edition Schellmann

Wenn ich Prince nicht kriegen konnte, was dann? Ich zog die Schublade meines Schreibtischs auf und nahm die Liste meiner „100 Lieblingskünstler" hervor. Prince hakte ich ab. Und dann hackte ich in den Computer: „kippenberger edition" Und

dran. Kostenpunkt heute: 1500 Euro. Wohl zehnmal mehr als damals. Aber damals war damals und ich noch viel zu jung, um etwas zu begreifen, und heute ist heute, und heute bin ich nicht dumm, aber arm. Ich fand noch andere Dinge. Denn

Werkverzeichnis nach, das Sie ja sicher besitzen, oder?"
Ich nickte, was natürlich nichts nützt, und sagte: „Oh ja, aber sicher, das Zweibändige."
„Und dann rufen Sie nochmals an. Danke."

Ich wollte noch rufen: „Sind nicht alle Arbeiten von Palermo zentral?“ Aber es war schon zu spät. München hatte aufgelegt.

Ich gab nicht auf. Wie ein Berserker raste ich durch die Editionenwelt. Tag für Tag. Nacht für Nacht. Und ich wurde fündig. Auf der Homepage der Zeitschrift Texte zur Kunst ergatterte ich eine Fotografie von Roman Signer (Auflage: 100, Preis: 245 Euro), die ihn bei einem Selbstversuch in seiner Garage zeigt. Er versucht zu fliegen mit einem auf den Rücken geschnallten Propeller. Das kann Signer sehr gut: Zeugs versuchen. Signer, für mich einer der ganz Großen. Auf der Liste meiner Lieblingskünstler bekam er mit Rotstift ein Herz zu seinem Namen gemalt. Bei Counter Editions kaufte ich einen Druck von

GEKAUFT! FÜR MEINE FRAU!

„Dog Brains“, Tracey Emin, Counter Edition, London, courtesy White Cube

Tracey Emin („Dog Brains“, 76 x 102 Zentimeter, 300er Auflage), den ich meiner Frau schenken würde (weshalb ich hier keine Preisangabe mache). Bei Scalo fand ich einen Druck von Fischli/Weiss (Airportserie, wunderschön, 887,70 Franken, 120er Auflage). Und beim Editionshaus Schellmann (München/New York) doch noch einen Richard Prince (ein Objekt namens „Key to the Second House“, ein Schlüssel mit Anhänger, Auflage 100, Preis: 200 Euro). Irgendwann war mein Bankkonto leer.

Mir fielen Dinge auf. Zum Beispiel: Von Thomas Ruff gibt es viele Editionen, von Andreas Gursky kaum welche. Von Walter Niedermayr gibt es wenige, scheinen aber alle verkauft zu sein (bei Eikon etwa). Richter ist teuer (Onkel Rudi, 96 x 58 Zentimeter, Auflage 80, Preis 20000 Euro). Weiter fällt auch: Die Amis sind teuer. Robert Longo: Ui! Donald Judd: Ui, ui! James Rosenquist: Ui, ui, ui! Aber nicht nur die Amis sind kostspielig, sondern auch Damien Hirst (Beispiel: Siebdruck eines Spiralbildes, 105 x 101 Zentimeter, Auflage 500 Stück, 4500 Euro). Desweiteren stelle ich fest: Trotz ihrer Editionen mag ich auch weiterhin Andrea Zittel nicht.

Nach diesen Tagen, Wochen, die ich mit der Suche nach Editonen verbrachte, allein am Computer, hinter einem schwach erleuchteten Fenster eines Hauses am Rande Zürichs und den paar tausend Euro, die ich verbraten hatte für aber absolut wunderbare Arbeiten, da traf ich eine Freundin (eine Galeristin aus einem gar nicht so fernen Land, eine gute Galeristin). Ich erzählte ihr von meinen Abenteuern und daß ich nun wohl Stellwände kaufen muß für meine kleine Wohnung, um all die Kunst aufzuhängen. Sie war wenig begeistert. Sie sagte, ich sei doch nun bereit für das Originalwerk. Ich solle keine Editionen mehr kaufen, Kunst also von Künstlern, die man gerne hätte, sich aber nicht leisten kann. Das sei ja, als pflastere man sich seine Bude mit Bravo-Postern voll. Warum einen Richard Prince oder Roman Signer oder Axel Hütte in der Hütte haben, den man mit 26, 100, 150 anderen teilen muß? Sie sagte, es müsse ja nicht gleich ein Blinky Palermo sein, den ich mir kaufe, kein großer Name, sondern einfach eine Arbeit, die mir gefällt, die ein Dreieck bildet mit meinem Herz und meinem Kopf oder vielleicht auch nur eine gerade Linie mit der Pumpe. Sie plädierte für junge Kunst. Künstler, die das Geld brauchen, damit sie arbeiten könnten.

Ich dachte darüber nach. Ich denke immer noch darüber nach. Während aus der ganzen Welt Pakete zu mir unterwegs sind mit Editionen drin, klein und groß.

GEKAUFT! WUNDERSCHÖN!

„Airports“ (Vorzugsausgabe), Fischli/Weiss, 887 Schweizer Franken, Scalo Verlag Zürich

PS: Ich hol mir aber trotzdem noch eine Edition von Bernd und Hilla Becher, zwei Fördertürme, ein Hochofen oder ein paar Doppelwassertürme. Und dann vielleicht auch noch eine Lithographie von Dennis Oppenheim? Oder doch den Baldessari? Oder die neuen bei Graphicstudio am Spectrum Boulevard in Tampa gedruckten Ed Ruschas? Und, oh, Raymond Pettibon habe ich ganz vergessen.

PPS: Im Text wird erwähnt, daß Frans Oomen ein kluger Mensch sei, aber nicht aufgeschlüsselt, warum er dies ist. Deshalb: Er riet mir zum Kauf einer bestimmten Edition eines bestimmten Künstlers. Hat mich sehr glücklich gemacht. Mehr sage ich nicht.

PPPS: Ich habe eine neue Liste angefertigt. Sie heißt: „100 Künstler, von denen ich nicht Grafik kaufe, sondern ein Originalwerk, wenn ich soweit bin.“ Bis jetzt stehen drei Namen drauf: Simon Dybbroe Møller. Annelise Coste. Knut Henrik Henriksen.

www.editionschellmann.com
www.mo-artgallery.nl
www.textezurkunst.de
www.scalo.com
www.parkettart.com
www.countereditions.com
www.salon-verlag.de
www.edtionstaeck.de
www.eikon.or.at
www.r212.com
www.graphicstudio.usf.edu

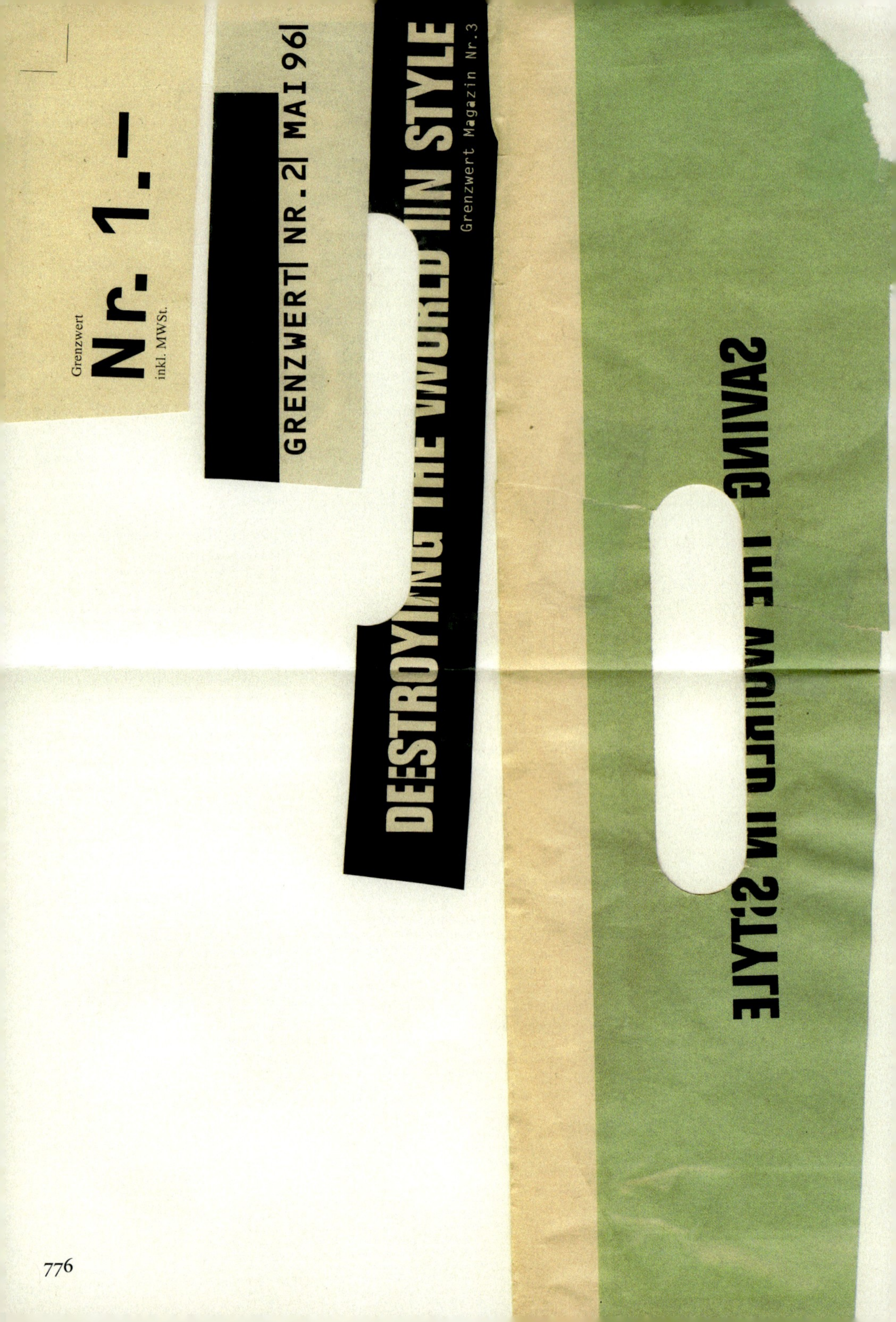
Grenzwert
Nr. 1.–
inkl. MWSt.
GRENZWERT| NR.2| MAI 96|
DESTROYING THE WORLD IN STYLE
Grenzwert Magazin Nr.3
SAVING THE WORLD IN STYLE

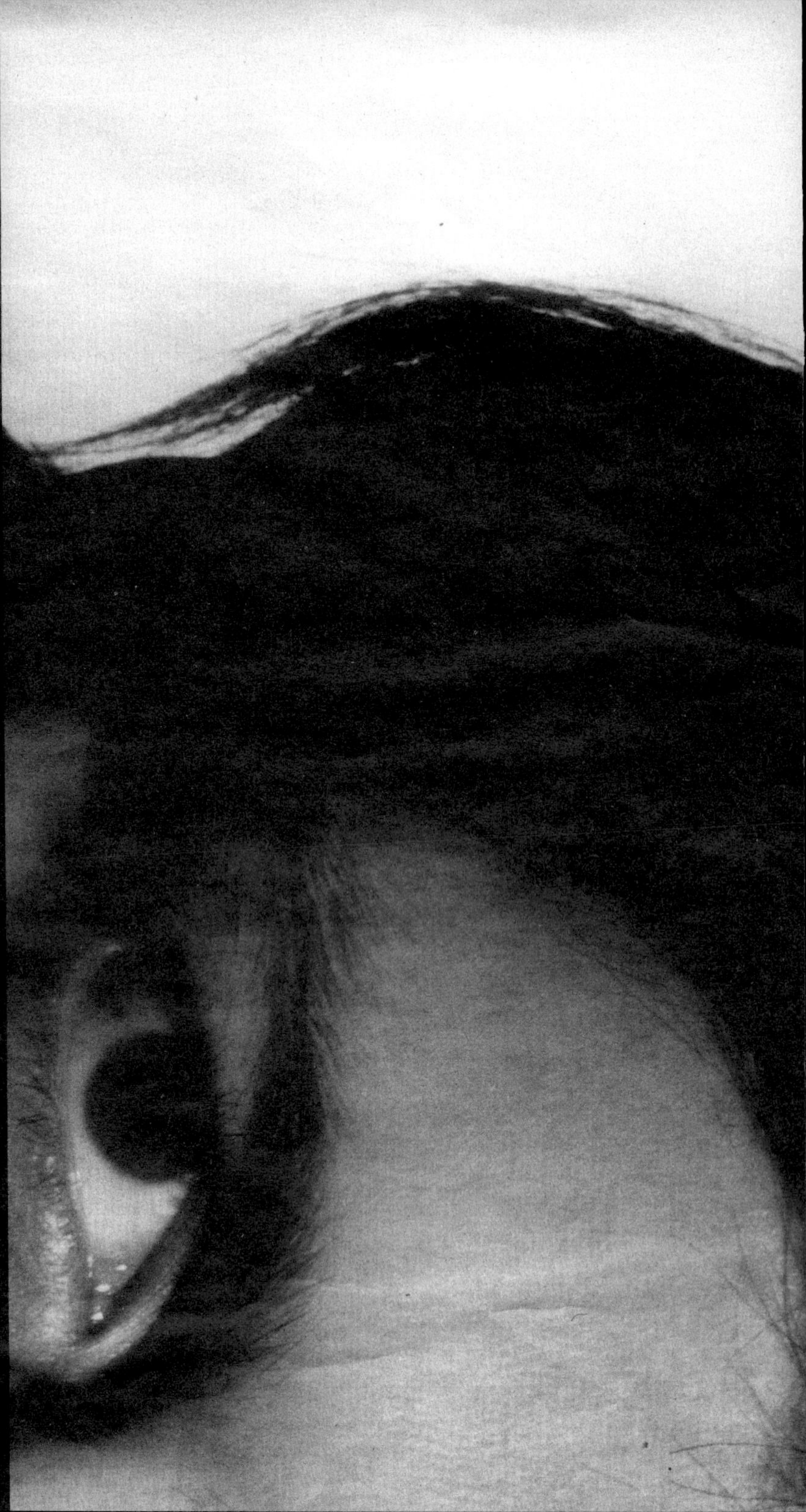

SIE SIND
ERFOLGREICH.
SIE
ARBEITEN
ZUSAMMEN.
SIE MACHEN
KUNST.

HALLO, WIE GEHT'S?
JULIA: Danke, gut. Bin ein bisschen erkältet.
CLAUDIA: Gut.

SIE HEISSEN MÜLLER – CLAUDIA UND JULIA.

ES IST JETZT HALB NEUN. VON WO KOMMT IHR?
J : Ich komme vom Jobben.
C : Ich komme vom Feierabendbier.
J : Ach, stimmt, hab ich vergessen. Ich komm' auch vom Feierabendbier.
WO?
J : Wir waren im Fass.

WAS HABT IHR SONST NOCH SO GETAN, HEUTE SCHON GEMALT?
J : Ich habe gejobbt.
C : Ich habe zermürbende Faxe rausgelassen und zermürbende Telefonate bekommen. Und den ganzen Tag wirklich nur rumtelefoniert.
J : Nötigungen haben wir erhalten.
C : Ja.
WARUM DENN?
J : Ach wegen einer Ausstellung, bei der wir nicht mitmachen können und auch nicht mitmachen wollen.

AUSGESCHLAFEN?
J : Wohin denkst Du! Völlig übernächtigt bin ich.
ABER DEN BEGRIFF KÜNSTLER REIMT MAN DOCH MEIST AUF BEGRIFFE WIE SCHÖNER LEBEN, LAISSER FAIRE, TRUNKENHEIT, AUSSCHLAFEN, ODER?
J : Du bist ein bisschen antiquiert, he.
C : Ich fände es lässig, wenn es noch so wäre.
J : Ja, wenn's noch ein bisschen traditioneller wäre.

JETZT KOMMT DANN FUSSBALL, WALES GEGEN DIE SCHWEIZ, SOLL ICH DEN TV ANMACHEN?
J : Ui, stimmt!
C : Wir haben den Anfang gesehen, also nur die Nationalhymnen. Leider mussten wir dann gehen.
SOLL ICH DEN TV ANMACHEN?
(Beide stimmen zu, also schalte ich mein TV Gerät und S4 ei natürlich ohne Ton, und während des ganzen Interviews flimmern die Fussballer und die roten Männchen machen ein schlechte Figur. Julia interessiert sich für mein TV Gerät. Löwe? fragt sie. Schneider, leider! antworte ich. Hast Du Kabel, fragt Julia. Natürlich habe ich Kabel, sage ich. Der Waliser Coleman macht ein Eigentor. Ich sage: Wales hat ein Eigentor gemacht. Claudia sagt irgendwie echt traurig «oh shit».)
SCHAUT IHR GERNE FUSSBALL?
(Beide nicken eifrig.)
J : Aber nur Spiele der Nationalmannschaft.
SEID IHR PRO SFORZA ODER EHER PRO SUTTE
(Julia weiss es sofort, Claudia greift sich an die Nase und kommt in inneres Ringen.)
J : Ich bin pro Sutter. Ich mag Sutter weil.... warum m. ich Sutter? Ich glaube weil er hübsch ist.

C : Aber Sutter ist so kränklich geworden.
J : Mir ist das egal. Von mir aus kann der alles haben – auch Homöopath sein.
KÖNNT IHR MIR FÜNF NAMEN VON FCB-SPIELE NENNEN?
C : Der kleine Yakin spielt doch da, oder? Und der Go heisst Huber. Dann, lass mich nachdenken: Sufi oder so Okolosi, [redacted] Sind das schon fünf?
GEHT IHR AN MATCHES?
Beide verneinen.
WIE STEHT ES SONST MIT SPORT? FORMEL 1 ETWA?
C : Formel 1? Nein, das Gedröhne geht mir auf den Ke
J : Wenn ein TV Sport, dann Boxen.
C : Ich schaue gerne die Sportzusammenfassungen au dem Schweizer.
J : Boxen gefällt mir wirklich. Sonst sehe ich selten Sp so zufällig eher.
C : Ja, wir haben halt einfach nicht die Zeit dazu. *(Beid lachen.)*
KENNT IHR MICHAEL SCHUHMACHER?
J : Natürlich! *(Claudia gähnt arg.)*
J : Der ist doch berühmt, hat doch einmal ein Intervie gegeben wegen dem Tod seines Freundes.... [redacted]
J : [redacted]
C : Die Hochzeit von ihm, die total abgeschirmt war, d hab' ich mitbekommen.

IHR SEID RECHT JUNG. WIE JUNG?
(Sie sind sich nicht recht einig 24.25.26.27.28.29.30.31. Alle Zahlen fallen.)

HABT IHR DIE AUSSTELLUNG VON MICHEL MAJERUS IN DER KUNSTHALLE GESEHEN? HAT DAS EUCH GEFALLEN?

C: Eine frische Sache, [redacted]. Gross, gut, farbig.

J: Ja, was mir auch gefallen hat, war die Demontage des oberen Raumes. Aber die Bilder selber: Einmal sehen und vergessen.

EIN GUTER START VON PAKESCH, ODER?

C: Ja, so saunormal.

J: Leise, aber ok. Ist aber ja eine Mischung. Beat Klein ist ja nicht Pakesch, der ist noch Kellein. *(Wir plaudern noch über die Fotografen. Araki fanden die beiden super, Clark auch. Über Struth reden wir nicht, denn wir liefen sonst Gefahr, in einen komaartigen Schlaf zu fallen.)*

DER MAJERUS IST AUCH RECHT JUNG. JAHRGANG 67. MAJERUS IST MÜLLER UND MÜLLER IN FARBE...EINE GUTE BEHAUPTUNG?

C: Ich würde eher sagen «*Majerus*» ist Müller & Müller in schwarzweiß. Aber stimmt schon: Er benutzt wie wir Bilder und Räume.

J: Ja, aber wir sind ein wenig subtiler.

ER KOMMENTIERT UND ZITIERT DIE JÜNGSTE POPULÄRKULTUR, WAS IHR JA AUCH IRGENDWIE MACHT, AUCH WENN IHR PERSÖNLICHER,

[redacted]

NTIMER BLEIBT. ICH DENKE DA ETWA AN EUER ITATEHAUS IM MUSEUM FÜR GEGENWARTS-UNST. UND AUCH DIE KUNSTGESCHICHTE WIRD JNVERKRAMPFT UND LOCKER ANGENAGT. ES IST KEIN KRAMPFHAFT NEIDISCHES ZITIEREN, SONDERN EHER EIN RELAXTES ENTBLÖSSENDES.

J: Es ist aber etwas, das in unserer Arbeit nicht überhand nimmt. Ausschlag für eine Arbeit ist nicht der Background der Kunstgeschichte. Der wird benutzt oder nicht benutzt oder bewusst ignoriert. Es ist kein klassisches Anknüpfen an eine Strömung. *(Julia bekommt einen Hustenanfall. Ich biete Vicks MediNight. Sie lehnt ab. Pretuval? Will sie auch nicht.)*

IST DAS DER GROSSE VORTEIL DER JUNGEN KUNSTGENERATION: DASS MAN SO VERDAMMT VIEL WEISS UND DASS MAN NICHT MEHR JEDE SCHEISSE GLAUBT?

C: Ja, ich glaube, man glaubt immer weniger. Man vertraut auch den alten, ausgetrampelten Pfaden nicht mehr so anz. Aber alte, klassische Sachen, die bekommen durch las auch wieder eine Aufwertung.

J: Durch das, dass du so viel weisst, kannst du auch eine Freiheit entwickeln, dir das auszusuchen. Es muss ja nicht die totale Ablehnung sein.

C: Das Terrain ist gemacht, ziemlich alles ist gemacht. Das kann dich blockieren, Hirnfilter und so. Oder aber du kannst alles zusammenklauen.

J: Es ist schon schwierig, es hängt davon ab, wie du's bringst. Wahlloses Klauen kann dann genau so aussagenlos werden.

DIE ZEIT DES ERFINDENS IST ALSO VORBEI?
(Beide bejahen.)

IST DIE KUNST NICHT AUCH HUMORVOLLER GEWORDEN?
J : Sie hat eine Leichtigkeit bekommen.
C : Ja, aber wenn du etwa heute den Spasskunst-Artikel von Hans-Joachim Müller in der BaZ liest, dann kommst du auch nicht mehr nach. Spasskunst ist zwar noch verpönt, irgendwie, und auf der anderen Seite ist sie eine wichtige Sache um zu überleben.
J : Beim Müller spürst du sehr gut seinen Konflikt, den er mit solcher Kunst hat.
C : Ich glaube, dass es auch hier auf die richtige Zusammensetzung ankommt. Wir etwa sind ja nicht nur Humor, unsere Arbeit hat auch sagen wir fatalistische Aspekte.
J : Am Anfang waren wir ironischer. Aber der Witz ist immer noch wichtig in unseren Arbeiten. Ironie aber interessiert mich persönlich nicht mehr wahnsinnig.
C : Das gute am Humor ist, dass du total pushen kannst, dass du an Grenzen gehen kannst. Deshalb verwenden wir das auch.

WIE STEHT ES MIT POLITISCHER KUNST?
C : Die spielt immer rein. Sobald du dich mit Gesellschaftsthemen herumschlägst, mit Populärphänomenen, dann hast du immer schnell einen politischen Aspekt.
WENN WIR SCHON BEI DER POLITIK SIND: INTERESSIERT IHR EUCH FÜR DAFÜR?
C : Ja, ich habe eine Tageszeitung.
(Julia schaut ihre Schwester schräg an, sagt fast ein wenig empört «aber du hast doch nur die BaZ».)
WART IHR AM WOCHENENDE ABSTIMMEN?
J : Dieses Mal nicht. Sonst stimme ich eigentlich immer ab, brieflich. Ich bin nicht wahnsinnig politisch, aber es interessiert mich trotzdem.
C : Ich war. Ich hab's geschafft.
WÄHLT IHR LINKS ODER RECHTS?

(Beide sagen links. Obwohl eine zuerst «*rechts*» sagte; das sagte sie aber nur im Spass. Julia sagt, sie sei schon eher für die Linken.)
HABT IHR VOR EINMAL AKTIV IN DIE POLITIK ZU GEHEN, ZUM BEISPIEL MIT DEM SLOGAN «KULTUR RUND UM DIE UHR» ODER SO.
J : Ich sicher nicht, das weiss ich ganz sicher. In die Kulturpolitik gehen, so à la [redacted] *(Julia verdreht die Augen.)*, schon gar nicht, ...das würd' mich killen, da würde ich mir sicher bald den Kopfschuss geben.
C : Ich würde vielleicht das Verkehrs- und Energiedepartement übernehmen, aber sicher keine Kulturpolitik betreiben.

ZURÜCK ZUR KUNST. NAUMAN FINDE ICH JA TEILWEISE ZIEMLICH GUT, ABER WENN ICH SO AN DIE LEUTE DENKE, DIE SICH ZUHAUSE EINE TIERPYRAMIDE IN DIE STUBE STELLEN UND IHREN GÄSTEN DANN SAGEN, ES SEI EIN MAHNMAL GEGEN FOLTER UND QUÄLEREI, DANN GLAUBEN DIE WIRKLICH DRAN. ABER UNTER UNS: DAS IST DOCH ZIEMLICH ARTIFIZIELLES GEFÜHLSGUT, ODER?
J : Ja, so wie du das beschreibsat schon, wenn du das als Repräsentationskunst zuhause hast, dann wird's klar schief und falsch. Aber Nauman, seine Statements und Arbeiten finde ich toll, auch seine Tierchen. Ich sah bis jetzt auch noch bei niemandem zuhause eine Tierpyramide.
C : Das ist schon in Ordnung. Wenn die das brauchen. Es ist eben ein Unterschied, ob eine solche Arbeit in einem öffentlichen Raum zu sehen ist, oder in einer Designwohnung.
J : Ja, eine gute Arbeit kann so ziemlich tot werden.
C : Ich respektiere das auch ein Stück weit, denn ich selbst brauche ebenfalls Arbeiten um mich.
J : *(Ein wenig höhnisch.)* Du hast aber nicht die Repräsentationsebene, von der wir es haben.

WELCHE INTERNATIONALE KÜNSTLER MÖGT IHR BESONDERS?
J : Oh, da gibt es ganz viele.
C : Jeff Wall, mag ich ganz gut.
J : Bruce Nauman. Wieviele willst du, drei? Pipilotti Rist.
C : Gober. Remo Hobi.

J : Bächli. Ein paar Amerikaner.

UND WELCHE EHER WENIGER?

J : Gar nicht?

C : Jeff Koons. Der hat's nicht geschafft. Der ~~ist verbrannt.~~

J : Ich mag nicht so Schwartenmaler. ~~Und~~ [redacted].

IHR MÖGT KNIE NICHT?

C : Knie ist out of Konkurrenz.

J : Es gibt ein paar Deutsche, die ich nicht ausstehen kann.

C : Ja, Merz, [redacted], Gerhard Merz.

J : *(Macht Schnarchgeräusche, sagt:)* Mario Merz und seine Iglus kannst du auch dazu nehmen. Ach. Mit wem ich total Mühe habe ist Manfred Stumpf.

C : Es gibt auch so Spezialfälle, mit denen du immer fighten musst. Und die unter dem Strich dann doch gut sind. Rémy Zaugg etwa ist meine Hassliebe. Und zwar seit Jahren. Er stürzt mich manchmal in total nervtötende Fragen.

MÖGT IHR DAMIEN HIRST UND DIE JUNGE GENERATION VON BRITISCHEN NEOKONZEPTUALISTEN?

J : Teils gefällt es mir sogar sehr gut. Damien Hirst finde ich interessant, aber manchmal

KÖNNT IHR MIT DEM BEGRIFF NEOKONZEPTUALISMUS IM BEZUG AUF EURE KUNST LEBEN, SAGEN WIR GEPAART MIT ZEICHENKUNST, WAS ZUGEGEBENERMASSEN EIN KOMISCHES WORT IST.

C : Kann ich gut damit leben. Ist eine gute Beobachtung.

(Auch Julia scheint damit leben zu können, auch wenn in diesem Augenblick ihre Aufmerksamkeit einem Mon Cherie gehört.)

IHR GEHT JA ÜBER DAS BILD HINAUS, GESTALTET DEN RAUM, ARRANGIERT, BAUT VIEL AUF. WAS IST DENN MIT DEM GUTEN ALTEN TAFELBILD LOS? DAS LÄSST SICH NEBENBEI DOCH AUCH AM BESTEN TRANSPORTIEREN, LAGERN, VERKAUFEN!

C : Ja, aber wir sind doch schon anachronistisch genug. Wenn wir die Räume einrichten, in zwei Wochen langer Arbeit unsere Dinge auf die Wand zeichnen, dann spielt der klassische Malergestus stark rein. Nur wird die Arbeit dann wieder zerstört...

J : ...was ja gerade auch das Tolle und Interessante ist.

C : Wir machen jetzt aber übrigens auch Tafelbilder.

stört mich die Materialisierung seiner Arbeiten.

C : Ich mag seine Technik, den Emotionsstoss, den er damit geben kann, [redacted]. Er schafft Heftigkeit, indem er das Organische, das Gewachsene seziert und so zu einer Sauberkeit gelangt.

J : Er ist auch ein Künstler, der extrem öffentlich funktionieren muss. Seine Arbeiten sind nicht intim, sie sind dazu da, die Leute anzusprechen.

UND WIE IST DAS MIT SEINER ARBEIT, DIE ER IN DER KUNSTHALLE GEZEIGT HAT MIT DEN ZWEI GLASKUBEN, EINER MIT DEM KUHSCHÄDEL, DER ANDERE MIT DEM FLIEGENTÖTER. DER SCHÄDEL WAR JA NICHT ECHT, DAS BLUT THEATERBLUT. DIE GANZE ARBEIT – DASS NÄMLICH DIE FLIEGEN IM SCHÄDEL HAUSEN, SICH VOM TOTEN KOPF ERNÄHREN, SICH FORTPFLANZEN – HAT GAR NICHT FUNKTIONIERT.

J : Das hab ich gar nicht gewusst.

C : Ich sehe, was ich sehe. Wenn ich durch die Ausstellung gehe, dann funktioniert das. Natürlich: Wenn man solche Geschichten im nachhinhein hört, dann gibt's schon einen Makel in die Biographie.

HABT IHR AUCH EIN HOUSEWARE SORTIMENT? DAMIT MEINE ICH FOLGENDES: FÜR MUSEEN UND ZEITSCHRIFTEN UND ANDERES MACHEN DIE ARTISTEN GROSSE INSTALLATIONEN UND ÄHNLICHES. UM ZU ÜBERLEBEN ABER MACHEN SIE KLEINFORMATE ZU IRGENDWIE VERNÜNFTIGEN PREISEN, DAMIT AUCH XY SICH EINEN LEISTEN KANN. DAS IST EINERSEITS SEHR GUT, IN EINEM ANDEREN SINNE ABER AUCH IRGENDWIE KOMISCH, ODER?

C : Es gibt für öffentliche Orte installative Arbeiten. Wir haben aber Bilderserien entwickelt. Klein sind sie jedoch nicht gerade, es sind ebenfalls Riesenkästen. Es muss einfach für uns stimmen, immer.

J : Eigentlich interessiert uns mehr, was unverkäuflich ist. Das ist eben oft einfach spannender zu machen.

C : Die entzündlichen Bilder....

....DIE WAS?

C : Entzündlichen Bilder, im Sinne von auf dem Peak von gesund und krank. Das sind grosse Zeichnungen auf Papier, die gerahmt werden mussten. Das sind unsere Tafelbilder, auch wenn sie nicht eben handliche sind. Wir wurden auch angefragt, ob wir Editionen machen würden. Da sind wir sehr rigoros: Wenn wir nichts schlaues haben, dann machen wir auch nichts. Wir möchten jedoch schon auch transportable Arbeiten haben, oder, wie du es genannt hast, Houseware.

HABT IHR ANGST VOR KÜNSTLERISCHER INKONTINENZ UND REGIONAL-LIGAALZHEIMER, DASS IHR ENDET ALS BASLER GRÖSSEN, BILDER IM KLEINEN KREISE VERKAUFT, AUSGELUTSCHT UND NUR NOCH ÜBERLEBEND WEGEN EINEM REICHEN MANN UND/ODER DEN ZU ÜBERRISSENEN PREISEN DEM KUNSTKREDIT VERKAUFTEN SCHINKEN? ARRIVIERT IM SINNE VON FESTGEFAHREN, SO WIE DER GASSER ZUM BEISPIEL?

C : Ich habe die Angst nicht mehr.

J : Bei dem Kunstkreditkarsumpelzeugs...

C : ...wir machen auch nicht überall mit, wofür wir angefragt werden. Wir haben zum Beispiel keine Galerie in Basel.

J : ~~Wir haben uns auch noch nie um das Basler Künstlerstipendium beworben, weder alleine noch zu zweit.~~

C : ~~Da soll jetzt nicht als Auszeichnung für uns stehen, aber ich glaube es liegt auch an~~ [redacted] ~~der Arbeit, dass da nie in diese Zone von Regionalität kommst.~~

J : Wir wollen beide auch, dass Basel für uns keine Ankersituation darstellt. Wir wollen nicht bloss durch die Infrastruktur der Stadt als Künstlerinnen erhalten, konserviert werden.

C : Immer wichtiger für uns wurde auch das Echo auf unsere Arbeiten, welches von ausserhalb Basels gekommen ist. Von dort, wo man uns nur von den Arbeiten her kennt, also keine Society-Bezüge reinspielen.

WAS TUT IHR GERADE SO LESEN?

C : *«Fleisch und Stein»* von *Richard Sennett.*

J : Ich hab nur noch Zeitschriften angeschaut... und dieses Schrottbuch habe ich gelesen, von Amy Bloom oder so. Seither habe ich aber nur noch ferngesehen und Zeitschriften angeschaut. Du hast mir doch das Schrottbuch ausgeliehen. Es war wirklich schlecht.

~~IST HALT VON EINER FRAU~~...

(Wir alle lachen.)

KEINE KUNSTBÜCHER AUF DEM NACHTTISCH?

(Beide verneinen, Claudia aber gesteht, dass sie ein Nirvanabuch auf dem Nachttisch habe.)

KENNT IHR DIE SCHWEIZER ILLUSTRIERTE? *(Claudia wird laut: Klar!)*

KAUFT IHR SIE?

C : Hie und da.

J : [redacted]

WAS KAUFT IHR NOCH FÜR ZEITSCHRIFTEN?

J : Das Spex, zum Zugfahren auch Cosmopolitan und all die Modeschrumpelheftchen.

(Claudia bekommt einen heftigen Lachanfall und gesteht, dass sie das Amica gekauft habe.)

FREMDSPRACHIGE?

J : Selten, selten lese ich das Face.

C : Ich auch. Und den NME.

ZURÜCK ZUR SCHWEIZER ILLUSTRIERTEN. IHR KENNT IN DEM FALL JA DAS INDISKRETE INTERVIEW?

(Beide sagen ja, Julia fügt an, dass es wirklich schrecklich sei. [redacted]*.)*

GUT, DANN FANGEN WIR AN. VERSUCHT BITTE, ERNST ZU BLEIBEN UND KEINEN SCHEISS ZU ERZÄHLEN: SIND SIE GLÜCKLICH?

C : Ich kenne alle Fragen auswendig. Glücklich? Ja!

J : Ja.

HABEN SIE EINEN GLÜCKSBRINGER?

J : Nein.

C : Zur Zeit eine geschnitzte hölzerne Madonna mit einem alten Kind, welches die Weltkugel hält.

WIE SCHWER IST DIE?

C : Zwei, drei Kilo.

WAS IST IHRE GRÖSSTE SEHNSUCHT?

C : Die einsame Insel mit Peter Reber.

J : Fünf Kinder und ein Haus auf dem Land.

WAS MACHEN SIE AM LIEBSTEN, WENN SIE ALLEINE SIND?

C : In der Nase grübeln.

J : Ja, in der Nase grübeln. Bibeli ausdrücken, Tee trinken, Wixen.

C : [redacted]

...REICHT SCHON, DANKE. GLAUBEN SIE AN GOTT?

(Beide denken lange nach, Julia isst ein Mon Cherie. Sie hat alle aufgegessen.)

C : Glaub ich an Gott? Ich weiss es nicht.

VERLASSEN WIR KURZ DAS INDISKRETE INTERVIEW UND WERDEN WIR PERSÖNLICH. WEGEN GOTT. IHR SEID PFARRERSTÖCHTER, ODER? EUER VATER IST HOFFENTLICH EIN PROTESTANTISCHER PFARRER.

C : Natürlich.

GEHT IHR NOCH ZUR KIRCHE?

(Beide verneinen.)

FINDET IHR DEN PAPST COOL?

J : *(Trocken.)* Nein.

C : [redacted]

J : *(Sehr trocken.)* [redacted]

UND SEINE KLAMOTTEN?

C : Die sind absolut cool.

HABT IHR GESCHWISTER?

J : Ja.

WIEVIELE?

J : Drei.

UI, DAS SIND ABER NICHT WENIG. IST EINE VON EUCH DIE ÄLTESTE ODER JÜNGSTE? ICH FRAGE DAS WEGEN DEM UMSTAND, DASS DIE JÜNGSTEN KIDS JA IMMER VERWÖHNT SIND BIS ZUM ANSCHLAG UND DIE ÄLTESTEN KINDER IMMER KOMPLEXE HABEN, WEIL SIE ALLES MACHEN MUSSTEN, WAS DIE JÜNGSTEN NICHT MUSSTEN, UND NICHTS DURFTEN, WAS DIE JÜNGSTEN UND SO WEITER?

J : Claudia ist die zweitjüngste, ich bin die jüngste. Ich bin aber überhaupt nicht verwöhnt worden. Wirklich nicht. Für uns trifft das also nicht zu.

SOVIELE GESCHWISTER? WIE STEHT ES MIT PROBLEMEN WIE FUTTERNEID UND/ODER ÄHNLICHEM?

J : Gehabt, ja. Wir haben mit dem Massstab den Kuchen ausgemessen.

C : Auf den Millimeter genau ausgemessen. Die Vanille Glace wurde von meiner Schwester mit dem Massstab auf den Millimeter ausgemessen, dafür durfte sie dann die Kartonverpackung ablecken. Das war unser Futterneid.

HABT IHR EUCH SCHON IMMER GUT VERSTANDEN?

HABT IHR SCHON ALS KINDER ZUSAMMEN GESPIELT?

C : Hm. Ja.

ZURÜCK ZUM INDISKRETEN INTERVIEW. WAS IST IHR SCHLIMMSTES SCHIMPFWORT?

J : Doofe Sau, Arschloch.

C : Mein schlimmstes Schimpfwort ist creep, mittelmässiger creep. Das ist für mich das schlimmste Wort. Arschloch ist ok. Creep aber, das Mittelmässige, das ist für mich auf der äussersten Stufe.

GUT.HABEN SIE SCHON EINMAL GESTOHLEN?

(Beide bejahen, scheinbar ohne Reue.)

WIEVIEL VERDIENEN SIE?

J : [redacted]

C : Genug, dass ich glücklich bin.

J : [redacted]

C : Haben Sie Schulden?

7

UND GLEICH NOCHMALS EINE ABFAHRT VON DEM SCHÖNEN INDISKRETEN INTERVIEW. IHR KÖNNTE JA WOHL KAUM VON DER KUNST LEBEN. WIE HALTET IHR EUCH ÜBER WASSER?

J : Jobben.

C : Jobben, mit der Hoffnung, dass...

J : ...es bald ändert.

IST DAS MANCHMAL NICHT EXTREM STRESSIG?

J : [redacted]

C : [redacted]

UND WIE STEHT ES MIT DER FRUSTRATION. JETZT IST MAN SCHON SO WEIT GEKOMMEN, ABER MATERIELL STIMMT'S NOCH NICHT. UND IHR ARMEN MÜSST JA ALLES NOCH DURCH ZWEI TEILEN?

J : Ich bin nicht verbittert. Bist Du verbittert, Claudia?

C : Nein.

8

WIE TEUER IST DENN EINE ARBEIT VON EUCH?

C : Zeichnungen 500 aufwärts. Grössere Arbeiten ab 3000, etwa.

VERKAUFT IHR GUT?

J : Es geht.

C : Hm, also das ist eigentlich noch irgendwei komisch: all unsere verkaufbaren Arbeiten sind eigentlich verkauft.

J : Was wir halt nicht verkaufen, das sind unsere installativen Arbeiten.

STIMMT ES, DASS SEIDENKÖNIG ANDY STUTZ EIN BILD VON EUCH HAT?

J : Von wo weisst du das?

ALAIN SUTTER HAT NOCH NICHTS GEKAUFT?

J : Nein, leider noch nicht. Ich würde gerne einmal mit ihm reden.

C : Ich würde Alain Sutter gerne ein entzündliches Bild verkaufen.

(Auf dem TV spielen noch immer unsere gegen Wales. Jorge wird gezeigt. Julia sagt: «Schau mal, der Borsche mit seinem Wales-Rossschnauz.» Sie scheint ihn und seinen Schnauz zu mögen.)

ZURÜCK ZUR INDISKRETION. WOFÜR GEBEN SIE GELD AUS?

J : Ich setzte total viel Geld in den Sand. Schuhe, die ich nicht anziehe. Hosen, die ich nicht anziehe. Pullover, die ich nie anziehe.

C : Ich gebe total viel Geld für Geräte aus. Ich habe gerne viele technische Geräte.

WAS HAST DU FÜR 'NE STEREOANLAGE?

C : NAD.

WAS WAR DAS TEUERSTE GESCHENK, DAS SIE JE GEMACHT HABEN?

C : Der Jule einen Walkman für 175 Stutz.

J : Ein Fotoapparat, für 80 Franken.

WANN HABEN SIE DAS ERSTE MAL LIEBE GEMACHT?

J : Mit 18.

C : 17.

J : Nein, ich mit 13.

WARUM HABEN SIE DAS ERSTE MAL LIEBE GEMACHT?

J : [redacted]

WO HABEN SIE DAS ERSTE MAL LIEBE GEMACHT?

J : Im Bett, war aber nicht lustig.

C : Zuhause auf der Matratze.

WIE LANGE HABEN SIE DAS ERSTE MAL LIEBE GEMACHT?

C : Bis morgens um vier.

J : Eine halbe Stunde.

...SCHON GUT. HABT IHR SCHON EINMAL UM DEN GLEICHEN MANN GESTRITTEN?

C : [redacted].

(Sie tuscheln [redacted])

ICH GLAUBE, WIR BRECHEN DAS INDISKRETE INTERVIEW MIT IHNEN AB. NUR NOCH EINE FRAGE, AUF DIE BENI THURNHEER ÜBRIGENS GEANTWORTET HAT «ALLES, ICH MAG SIE SOZUSAGEN ALS GESAMTKUNSTWERK.» DIE FRAGE LAUTET: WAS MÖGEN SIE AN IHRER FRAU BESONDERS?

J : Saugute Antwort von Beni. Ich finde ihn einfach toll. [redacted]

C : Wo werden sie am liebsten berührt? Wo?

J : An den Schulterblättern.

C : An den einschlägigen Orten.

J : Ja, ich bin auch für die einschlägigen Orte.

UND AUCH NICHT VERGESSEN SOLLTEN WIR DIESE FRAGE: WIE WÜRDEN SIE SICH ALS MENÜ BESCHREIBEN?

J : Spaghetti all'arabiata.

C : Sicher nicht, Jule ist Spaghetti pomo, supereinfach, mit Parmesan obendrauf.

J : Claudia ist eine Kürbissuppe. Oder ein Kartoffelgratin.

(Das Gespräch droht auszuufern, die beiden werfen sich nicht materielle Esssachen an den Kopf. Sie unterhalten sich bestens.)

WERDEN WIR WIEDER ERNST UND REDEN WIR ÜBER KUNST. SEIT IHR AUTODIDAKT?

C : In einem gewissen Sinne schon. Ich war in Düsseldorf, habe dort sicherlich einiges mitbekommen. Julia hat die Textilfachklasse gemacht. Aber eigentlich sind wir schon autodidakt.

SCHON LEHRAUFTRÄGE AN LAND GEZOGEN?

C : Noch nicht, wir warten noch.

JURYMITGLIEDER?

J : Wurden wir schon ein paar mal angefragt.

MÖGT IHR PIPILOTTI RIST, RESPEKTIVE DEREN KUNST?

(Beide bejahen knapp und klar – absolut lügendetektorproof.)

UND DIE FRAU MIT DEN WEICHEN RAKETEN À LA OLDENBURG, WIE HEISST SIE NOCH, SILVY FLÖTE ODER SO?

(Beide sind sich unschlüssig, denken nach. teils teils sagen sie. Manches mehr, anderes weniger.)

C : Fleury ist für mich auch verbrennungsgefährdet.

WENN WIR SCHON BEIM THEMA SIND: PIPILOTTI IST JA AB WIE EINE RAKETE. UND NICHT WIE EINE WEICHE RAKETE. HABT IHR ANGST, IRGENDWO AUF EURER FLUGBAHN ZU EXPLODIEREN, ZU VERGLÜHEN, UM BEIM BILD ZU BLEIBEN?

J : Manchmal habe ich schon ein bisschen Horror, ja.

C : Ich je länger je weniger. Wir hätten uns und unsere Arbeit schon weitertreiben können.

MIKE KELLEY HAT EINMAL GESAGT, DASS ER SICH ENTSCHIEDEN HABE KÜNSTLER ZU WERDEN, WEIL ES IN DER NORDAMERIKANISCHEN KULTUR NICHTS TIEFERSTEHENDES GIBT DENN KÜNSTLER. SOGAR MÖRDER WÜRDEN MEHR RESPEKTIERT. WIE IST DAS IN DER SCHWEIZ, IN BASEL?

C : In Deutschland war es folgendermassen: Wenn du gesagt hast, dass du Künstler bist, dann hat das – durch den ganzen Werdegang, wie du in Deutschland Künstler wirst, da studierst du das ja – eine andere Gewichtung. Hier in der Schweiz existiert schon noch mehr das Bild von der Boheme. Da kannst du nur noch durch Intelligenz versuchen, dieses Bild ein wenig auszugleichen.

WAS STEHT BEI EUCH ALS BERUFSBEZEICHNUNG IM PASS?

C : Steht doch gar nicht drin.

AHA. ES GIBT ABER SICHER AUCH MENSCHEN, DIE KÜNSTLERINNEN UND KÜNSTLER A PRIORI AUF EINEN SCHEMEL STELLEN UND MIT EINEM HEILIGENSCHEIN VERSEHEN.

J : Das hat sich abgenützt. Vor allem auch hier in Basel, wo es inflationär viele Kunstschaffende gibt.

C : Auf-den-Schemel-stellen gibt es nicht mehr, wenn du sagst, dass du Künstlerin bist. [redacted]

BEKOMMT IHR EIGENTLICH SCHON FANPOST?

C : Ab und zu eine kurze Meldung auf den Telefonanrufbeantworter. Oder eine kesse Stimme, die etwas sagt. Find' ich ziemlich lässig.

J : Ab und zu eine Karte.

C : [redacted]?

[redacted]. WEITER IM TEXT: NATÜRLICH WERDET IHR WOHL IN JEDEM INTERVIEW IMMER WIEDER ZUM THEMA ZUSAMMENARBEIT BEFRAGT. ICH MÖCHTE DAS AUCH NICHT AUSLASSEN. ARBEITET IHR VON A BIS Z ZUSAMMEN ODER TEILT IHR EUCH DEN ARBEITSKUCHEN AUF?

J : Geistig arbeiten wir von A bis Z zusammen. Wir teilen uns aber die Arbeit auf, je nach Können, nach Lust. Klar: der Zünder für eine Arbeit ist schon bei einer von uns beiden.

GLAUBT DU, JULIA, ODER DU, CLAUDIA, DASS DU ALLEINE AUCH SO WEIT GEKOMMEN WÄRST. ODER IST EUER ERFOLG, UND MAN DARF RUHIG VON ERFOLG SPRECHEN, ODER?, IST ALSO DIESER ERFOLG BIS ZU EINEM GEWISSEN GRADE NICHT AUCH DARUM EINGETRETEN, WEIL EIN WEIBLICHES KÜNSTLERPAAR UND ERST NOCH EIN GESCHWISTERPAAR NICHT SEHR HÄUFIG IST?

J : Es gibt doch viele Geschwister, die zusammenarbeiten. Es ist ein Aspekt, dass wir Frauen sind, Geschwister. Aber es ist eher die Art, wie und was wir thematisieren: vielleicht ist dies manchmal ungewohnt, weil wir Frauen sind. Wir machen keine spezifische Frauenkunst.

GIBT ES DAS DENN?

J : Das gibt's schon

UND WIE SIEHT DIE AUS. WORUM GEHT ES DA. UM BLUMEN?

C : Um Befindlichkeiten.

J : Blumen macht der Buri.

WERDET IHR FÜR EWIG ZUSAMMENARBEITEN?

J : Wäre schon toll. Hoffentlich.

C : Du musst aber schon aufpassen, dass du dich nicht verbrauchst. Aber wir haben eine gute Routine. Ich würde mit der Arbeit sicher nicht an dem Punkt stehen, wenn ich nicht mit der Jule zusammengearbeitet hätte. Du gehst auch eher an Grenzen, wenn du zu zweit bist. Alleine würde ich mich doch eher schützen.

J : Und uns ist nie langweilig, wenn wir zusammenarbeiten. Auch wenn wir schweigen.

WIE SIEHT DIESES JAHR AUS, SCHON VERPLANT?

C : Absolut.

(In der Zwischenzeit haben wir gegen Wales auf zwei zu null erhöht. Claudia springt auf, klatscht in die Hände und ruft BRAVO! Julia nervt sich laut grummelnd, weil wir nicht wissen, welcher der Jungs das Tor geschossen hat.)

WOLLT IHR MAL LÄNGER INS AUSLAND. UND WENN JA: WOHIN?

C : Für nächstes Jahr haben wir ein Stipendium in Paris. Das werden wir auch wahrnehmen....

J : *(Fährt dazwischen.)*... aber das ist ja....

C : ....ja, ja, das wird ein Zweierdasein Basel–Paris sein.

J : Ich würde gerne nach London gehen. [redacted]

ICH HABE GERÜCHTE GEHÖRT, ES SOLL EIN FILM ÜBER EUCH GEDREHT WERDEN?

J : Wer hat dir das gesagt?

C : Dein Bettpartner?

J : Ich möchte dazu nichts sagen.

C : Ich auch nicht.

BEI SO VIEL AUFMERKSAMKEIT GIBT ES SICHERLICH AUCH NEIDER.

J : Sehr wahrscheinlich schon.

(Der Magen knurrt. Wir gehen essen. In den Birseckerhof. Dort kann man bis elf warm essen. Bruno Gassers Bilder schlagen uns nicht auf den Magen. Julia bestellt einen grünen Salat und Lammfilet mit Härdöpfelgratin. Claudia auch. Ich auch. Der nette Kellner dreht uns einen 42-Franken-Roten aus irgendwo in Italien an, und abgesehen davon, dass er ein bisschen zu kühl ist, ist er formidabel. Wir plaudern privat. Wir vergleichen unsere Handschuhe. Mit verkniffenen Gesichtern erstellen die Schwestern Listen von hassenswerten Dingern. Claudia raucht mehr als bloss vier Cigaretten; die täglich Ration, welche sie sich vorgenommen hat. Hinter uns sitzt der neue Theatertorrero Schindhelm aus Geranienburg zusammen mit einem Herrn mit grauem Bart. Wir fragen uns, ob einer der zwei so stark nach so schlechtem Parfüm riecht. Oder doch einer der aufgeblasenen Kerle am Nebentisch. Der im rosa Hemd mit der Bauchtrommel vielleicht? Wir versuchen, den Duft zu erraten. «4711» wird oft genannt, Sandelholz, aber auch jenes anonyme Duftwasser, welches man in der ersten Klasse bei Kenya Airways bekommt. Wir denken halblaut darüber nach, ein Stück für das Theater zu schreiben, Titel «Schindhelms sexy Schergen».
Dann kommt aber das Essen. Es ist gut. Julia ist am schnellsten fertig und schreitet zur Auskratzung des Härdöpfelgratingeschirres. Der Wein wird auch alle, und dann kommt Beat Brogle mit einer an den Tisch und die Gespräche diversifizieren. Es geht natürlich auch um Cunst und Komputer, Hervé Grau oder -mann oder ähnlich. Es wird schnell Mitternacht und die Rechnung bezahlt. Natürlich von mir. Doch das Interview ist lange noch nicht fertig. Wir machen in einer nahgelegenen konspirativen Wohnung weiter.)

HABT IHR IM ATELIER STREIT, WELCHE CASSETTE IM TAPE IST, ODER HÖRT IHR BEI DER ARBEIT GAR KEINE MUSIK?

J : Claudia hört relativ viel Musik, ich eher wenig.

C : Gute ist, dass Jule relativ anspruchslos ist. Ich kann alle meine Cassetten runterlassen. Sie ist nicht so heikel. Wichtig ist Musik beim Aufbau einer Ausstellung. Bei der letzten Ausstellung hörten wir immer «Nightmares on Wax» und eine Cassette von DJ Bungalow, mit dem wir befreundet sind und der ein sehr netter Mensch ist, das nur nebenbei, abge-spielt. So Easy Listening und Strange. Da sind die anderen in der Halle nach ein paar Tagen die Wände hochgeganen.

WAS HÖRT IHR FÜR MUSIK?

J : Ich bin kunterbunt.

C : Bestimmte Richtungen in Pop und Rock. Und ich höre ein paar Sachen, die gewisse Freunde in Rage versetzten.

ZUM BEISPIEL?

C : Crossover etwa.

KAUFT IHR VIELE CDS?

C : Ich kaufe viele.

(Julia ruft von der Toilette, dass sie fast keine CDs kaufe.)

ZUM BEISPIEL?

(Julia ruft von der Toilette, dass sie ihre letzte CD geschenkt bekommen habe: Nick Cave.)

C : Ich hab Nick Cave auch gekauft, auch, weil es ein Bild von Jean-Frederic Schnyder auf dem Cover hat.

WIEVIELE CDS HABT IHR ZUHAUSE – ÜBRIGENS, IHR WOHNT DOCH NICHT ETWA AUCH NOCH ZUSAMMEN, ODER?

J : *(Zurück von der Toilette.)* Nein, machen wir nicht. Ich habe etwa sechs.

C : Ich hab etwa....*(Sie denkt nach und sagt nichts mehr.)*

J : Jetzt muss ich mich schämen. Schreib, ich hätte 100 und Claudia 200.

C : Ich habe 40, 50. Einen Meter.

WIEVIELE PLATTEN:

J : 50 Centimeter.

HAT EUCH DER TOD VON KURT COBAIN BERÜHRT?

J : Mich hat's erstaunt. Aber ich habe keinen hysterischen Zusammenbruch erlitten.

C : Wie das halt so ist mit dem Tod.

IHR SEID VOM LANDE?

(Beide sagen leise ja.)

TREFFT IHR NOCH ALTE LEUTE AUS DER PRIMARSCHULZEIT?

J : Nein!

C : Doch!

J : Wen?

C : Gabi Grossenbacher

J : Ach komm...

DIE DRITTLETZTE FRAGE: KENNT IHR EINEN GUTEN WITZ?

J : Scheisse.

C : Scheisse. Ich vergesse Witze immer sofort.

J : Wir sind die miesesten Witzeerzählerinnen überhaupt.

C : Wir vermasseln alle Pointen.

J : Bei Witzen habe ich eine totale Amnesie.

C : Am ehesten gehen noch Blondinenwitze, Mantawitze.

J : Halt, ich weiss einen: Warum haben Frauen kleinere Füsse? Damit sie, ähm, besser kochen können...ach ich weiss nicht mehr weiter...

IST DER NICHT VON HELGE SCHNEIDER UND GEHT SO RUM, DASS FRAUEN KLEINERE HÄNDE HABEN, DAMIT SIE BEIM PUTZEN BESSER IN DIE ECKEN KOMMEN?

J : Nein, es geht um Schultern, warum Frauen kleinere Schultern haben...

AHA. DIE ZWEITLETZTE FRAGE: WIEVIEL IST PI?

J : 3,142

C : Tönt nicht schlecht.

J : 3,145. Irgendwas so.

C : Ich habe einen Taschenrechner, dort ist's drauf. Das genügt.

WURZEL AUS 10?

(Beide denken heftig nach.)

C : Ist auch auf dem Taschenrechner.

([redacted].)

DIE HAUPTSTADT VON KENIA?

J : Nairobi

WART IHR SCHON MAL AN DER BIENNALE IN VENEDIG?

C : Nein. Aber an der Documenta. Schreib doch bitte Documenta.

ACH, REDEN WIR NOCH VON ETWAS VERNÜNFTIGEM. LASST UNS ÜBER MODE PLAUDERN. WAS TRÄGST DU, JULIA. BESCHREIBE DEINE KLEIDUNG INKLUSIVE MARKENNAMEN UND PREISEN.

J : Brille Mikli, Schuhe sind immer Marken, Trendmarken natürlich. Wannabes. Wie heissen die andern?

C : Julia ist eine Schuhfetischistin.

NUN DU, CLAUDIA.

C : Schal: EPA. Strickjacke: Jigsaw. Rock aus Zürich.

WAS IST EUER LIEBLINGSKLEIDUNGSSTÜCK?

J : Meine rote Daunenjacke, Marke Mongolfier.

C : Eine brauen Weste von Katharine Hamnett.

MACHT EUCH DIE WELT TRAURIG?

J : Immer wieder.

IN EINER DER LETZTEN SCHWEIZER ILLUSTRIERTEN STEHT DER BERÜHMTE CLOWN DIMITRI DOPPELSEITIG AUF EINEM FRIEDHOF IN SARAJEWO. DIE HEADLINE DARUNTER LAUTET «ICH HASSE GEWALT GEGEN KINDER». IST DIE WELT EURER MEINUNG NACH NOCH ZU RETTEN?

J : *(Denkt lange nach.)*

C : *(Auch.)*

J : Jetzt werd ich besinnlich...

C : Das ist eine ins Jenseits katapultierende Frage.

AN DER JOURNALISTENSCHULE LERNTEN WIR NATÜRLICH, WIE MAN EIN INTERVIEW FÜHRT. IMMER WIEDER MUSS ICH DARAN DENKEN, DASS IN UNSEREM MUSTERINTERVIEW FOLGENDE FRAGE STAND UND DIE AUF PROUST ZURÜCKGEHT – UND DESHALB MÖCHTE ICH SIE AUCH EUCH STELLEN: GIBT ES EINE MILITÄRISCHE LEISTUNG, DIE SIE BEWUNDERN?

C : So technische Entwicklungen. Video etwa.

UND ACTION?

J : Nein.

C : Nein. Echt nicht.

VIELEN DANK FÜR DAS INTERVIEW.

C : Gern geschehen.

J : Ja. Wie spät ist jetzt eigentlich?

DIE FRAGEN STELLTE MAX KÜNG.

CLAUDIA UND JULIA MÜLLER STELLEN BIS AM 1. JUNI IN DER GALERIE PETER KILCHMANN AN DER LIMMATSTRASSE 270 IN ZÜRICH AUS.

noch doofer als

U2 : 2U

noch doofer als

U2

BOBO

ترانه های رنی بامن

ترجمه : محمد با فکر پور

سایه‌های شب

Visions

Visions - Can't you see my friend
Visions - Here is my wonderland
Visions - Come and take my hand
Visions - I know you understand

Come into my world, come and take your destiny
- Here is your discovery
Imagine places, where your dreams can come alive
- Knowing you will soon arrive

What you see is not a dream
And not another mystic moovie scene
Your senses scream, a love supreme
Sounds and colours reveal in steam - like

Envision my world, where there is no war or hate
- We will never loose our faith
If you believe then you don't have to justify
- Sometimes there is no wrong or right

So can't you see, what I see

پندارها

پندارها - نمی‌توانی ببینی؟
پندارها - اینجا سرزمین عجائب من است.
پندارها - بیا و دستم را بگیر.
پندارها - می‌دانم که می‌فهمی.

به درون دنیایم بیا، بیا و تقدیر خود را اختیار کن
کشف تو اینجاست
جایی را تصور کن، جایی که رویاهایت می‌توانند به حقیقت بپیوندند
می‌دانم که به زودی می‌آیی.

آنچه می‌بینی یک رویا نیست.
صحنه‌ای سمبلیک از یک فیلم نیست.
احساست عشقی متعالی را فریاد می‌زند
صداها و رنگ در بخار آب آشکار می‌شوند.

دنیای مرا تجسم کن، دنیایی که در آن نبرد و انزجاری نیست
هرگز ایمانمان را از دست نخواهیم داد.
اگر ایمان داشته‌باشی، مجبور به توجیه نخواهی بود
گاه هیچ حق و ناحقی وجود ندارد

نمی‌توانی ببینی آنچه را که من می‌بینم؟

And everybody use your fantasy

A place for you, a place for me

Today we gonna live in harmony - like

و همه از پندار خود بهره ببرید!
جایگاهی برای تو، جایگاهی برای من
امروز می‌خواهیم در هماهنگی زندگی کنیم

DJ DACHBODENFUND

DJ SUPERFUND (niki)

DJ TRIVIAL PURSUIT

DJ FOCKE - WULF

DJ CHINO VO SCHLIERE

DJ BOHEME

DJ SCHLUMPF

DJ SKYLINE

DJ de Flamingo

DJ s Zebra

DJ s Känguruh

DJ KARUSELLI

DJ TOPF MODEL

DJ LUMBER

DJ TWEED

DJ 111

DJ 08/15

DJ REPORTER

DJ OSPELL

DJ SUPERTSCHUMPELI

DJ PRETTY EARS

DJ nivea cashmere moments

DJ GR · 20

DJ BOHEMEXTREM

DJ rolf knie

DJ

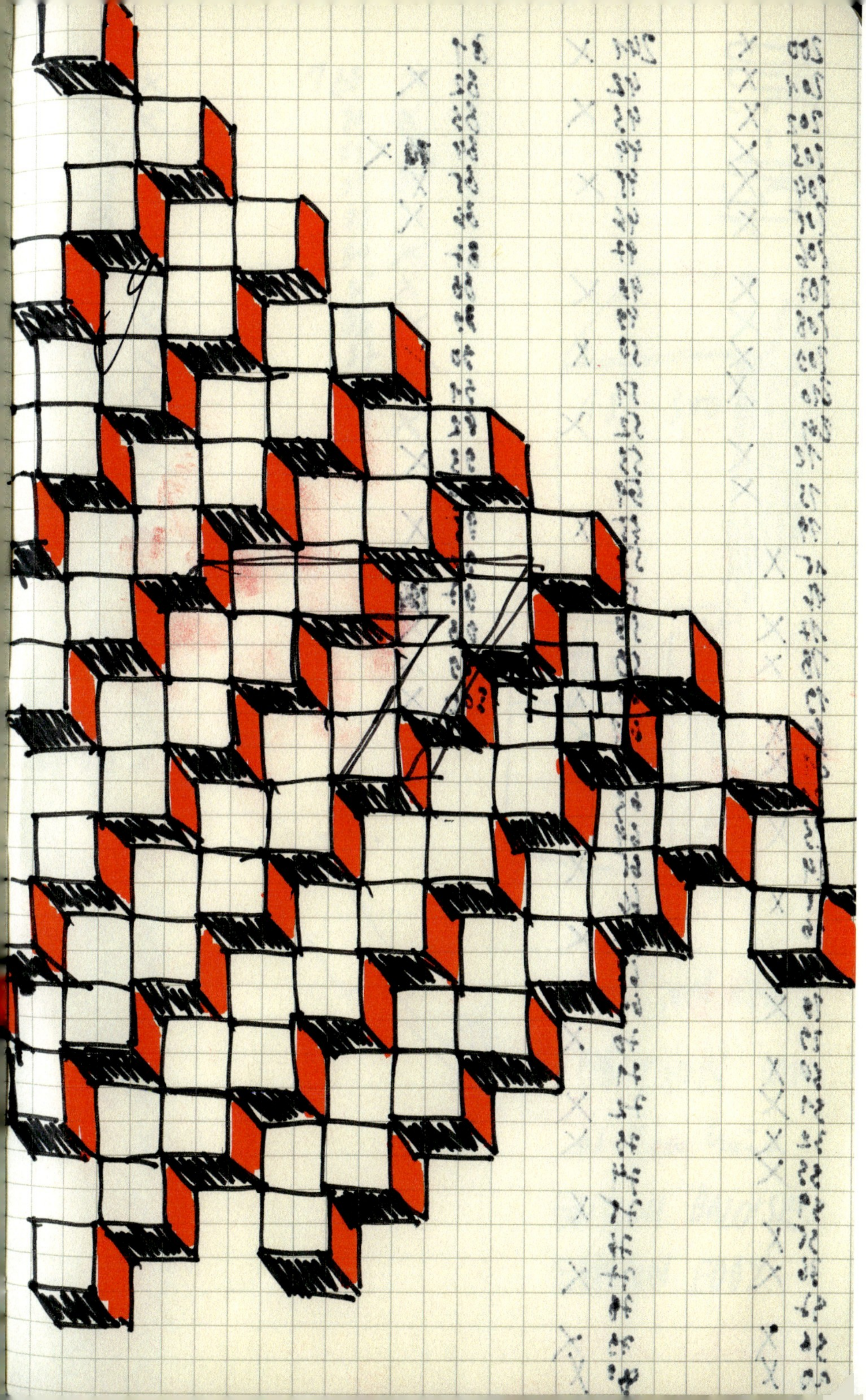

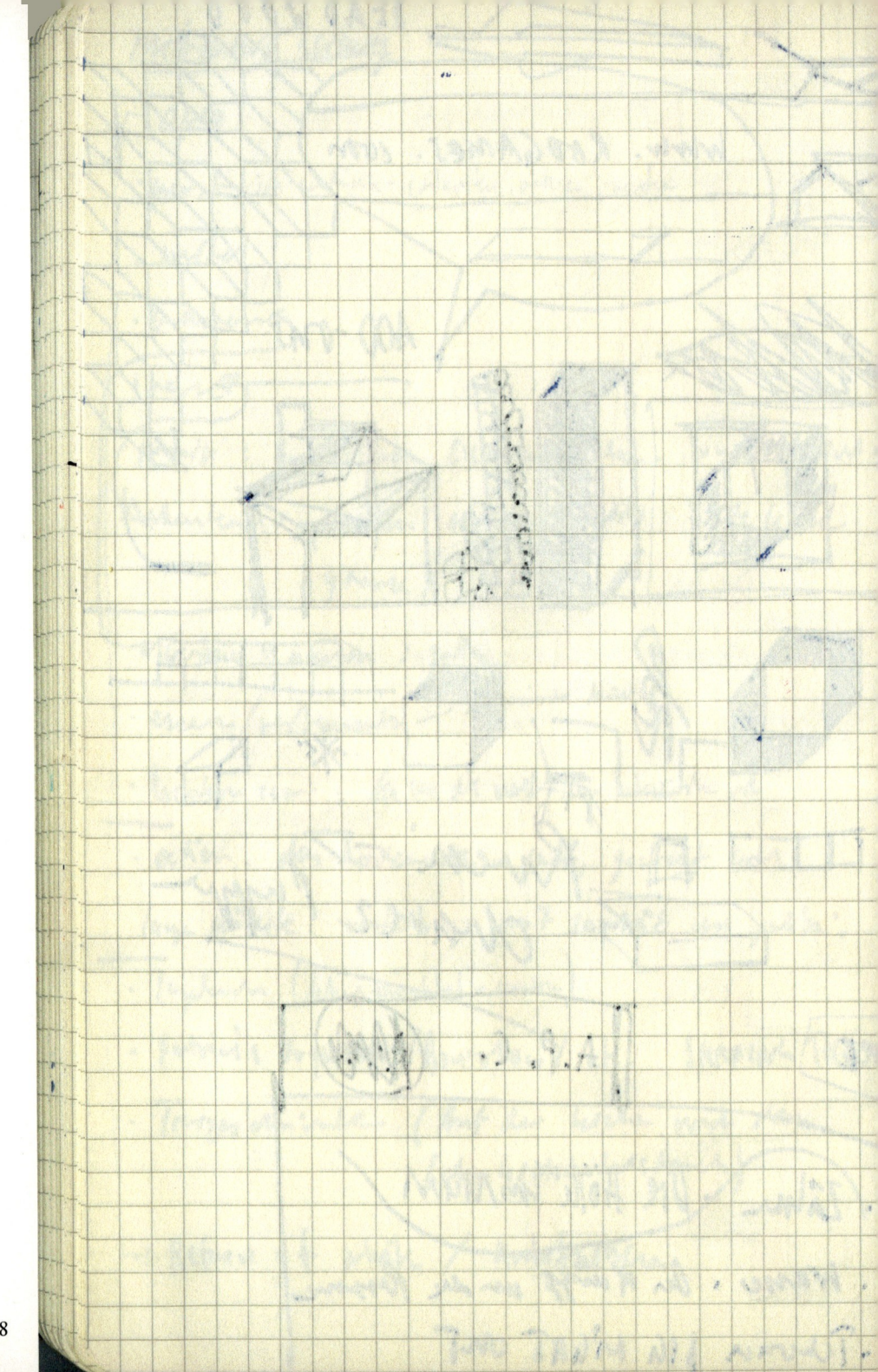

FRAMS OF CHEESES

EINFÄLLE
KENNEN
KEINE
TAGES-ANZEIGER

273
2121
2394
SCRABBLEHOLICS
ANONYMUS

LEUTE DIE AM SELBEN TAG

~~Menschen von heute~~

GEBURTSTAG HABEN WIE ICH

- [illegible] – ARTHUR FICKENSCHER
- VICTORIA SACKVILLE
- ADOLF SCHEIBE
- NIKKI BLOND

ARTHUR VIC

FICKENSCHER

am 9. März gestorben:

- leopold von sacher-masoch
- sri yukteswar
- robert mapplethorpe
- charles bukowski
-

RIA ADOLF NIK
SACKVILLE SCH

meine frau
ist ein krimi-
freak. ich weiss nicht
warum. sehr wahrscheinlich
hat sie dort was. was ich ihr
nicht geben kann. nerven-
kitzel.

ORANGE JUICE | THE GLASGOW SCHOOL
JESUS & MARY CHAIN | 21 SINGLES
PRIMAL SCREAM | SONIC FLOWER GROOVE

TEENAGE FANCLUB | GRAND PRIX

THE VASELINES | THE WAY OF

V/A PROLE LIFE | A SOUVENIR FROM GLASGOW

FRANZ FERDINAND | FRANZ FERDINAND

FUTURE PILOT | TINY WAVES MIGHT SEA

BELLE & SEBASTIAN | IF YOU'RE FEELING SINISTER

ARAB STRAP | MONDAY AT THE HUG & PINT

MOGWAI | GOVERNMENT COMMISSIONS

THE PASTELS | ILLUMINATION

Stephen
Pastel
Glasgow
Sept –
2005

Erwin C. Dietrich präsentiert – Gefangen in Amazonien – Beleidigte Türken
NR. 39 01. BIS 07.10.2005
DAS MAGAZIN
TO LET
DER SCHOTTE ROCKT
Warum die beste Musik aus Glasgow kommt

SCHOTT'N' ROCK

Text Max Küng Bilder Muir Vidler

Ob Franz Ferdinand, Mother and the Addicts oder Belle & Sebastian – der Erfolg von Popbands aus Glasgow ist vorprogrammiert. Warum? Ein Bericht von der Quelle.

Kein Regen. Dabei behaupten alle, es regne immer. Hingegen: Sonne. Und Schatten. Die Menschen in Glasgow sagen, dies sei die Stadt ohne Schatten, weil das Licht immer diffus sei. Aber die Stadt sieht einfach prächtig aus mit ihren steilen Strassen, den Häusern des Architekten Charles Rennie Mackintosh, den engen Gassen und den Horden von selbstbewussten Mädchen, die in ihren Schuluniformen durch die Strasse wackeln und eine Wolke latenter Bedrohlichkeit und den Geruch ihrer Fish and Chips hinter sich herziehen.

Ich bin hier, um hinter das Geheimnis des Schottenrocks zu kommen. Die Band Franz Ferdinand aus Glasgow war die Sensation. Aber sie ist nur eine von vielen, die der Stadt den Ruf einbrachte, die neue Hauptstadt der Rockmusik zu sein. Schuld daran sind Exportschlager wie Belle & Sebastian, Travis, Mogwai oder Teenage Fanclub, aber vor allem die funktionierende Musikszene mit ihren vielen Konzertlokalen und die vielen, vielen kleinen Bands. Nirgendwo auf der Welt gibt es so viel Rockmusik pro Kopf wie hier. Teenager aus Japan reisen an, um hier ihre Platten zu kaufen.

Vic Galloway ist eine schottische Berühmtheit. Er sitzt in einem schweren Bürostuhl im schallgedämpften Raum des Radiostudios der BBC im Westen der Stadt, wo die Villen stehen. Im Studio nebenan probt eine Band namens Hobotalk, die später ein bisschen live am Radio spielen und dann plaudern wird. Vic Galloway ist Radio-DJ und präsentiert wöchentlich auf BBC seine Sendung «Air». Er hockt da, punkige Frisur (aber schon ein paar graue Haare an der Schläfe, immerhin ist er auch bereits 33 rockige Jahre alt), und denkt nach, aber nicht lange. Dann redet er, mit tiefer Radiostimme. «Warum hier so viel Gutes passiert, also rein musikalisch gesehen? Warum schon so lange Zeit so viele gute Bands aus Glasgow kommen? Ob ich da eine Theorie habe?» Schottland habe, sagt er, eine grosse und lange Tradition. «Wir haben schon immer gerne gesungen.» Dazu komme, dass die Schotten hungrige Menschen seien, dass sie eine Working-Class-Mentalität besässen, auch wenn sie nicht mehr zur Working Class gehörten. «Wir denken logisch und realistisch.» Überall, wo es in England funktioniere, sei es auf Regierungsebene oder in grossen Firmen oder in der Verwaltung, seien Schotten in wichtigen Positionen. «Wir mögen kein Bullshitting», sagt Vic und ballt die Faust. «Hey, ich bin kein Nationalist, ich würde nie irgendwo die schottische Flagge schwenken und ‹Schottland! Schottland!› brüllen, aber ich denke, es hat doch etwas mit Stolz zu tun. Der Stolz auf dieses kleine Land hier.»

«Der Sänger Stuart Murdoch hat einmal geschrieben, die Landschaft Schottlands im Sommer sei wie eine Droge. Ist Landschaft ein Grund für Kreativität? High durch die Highlands?»

«Absolut. Das ist sicher auch mit ein Grund für all die wunderbare Musik, die aus Schottland kommt: die Landschaft. Die Schönheit. Der Raum, den man hier hat. Man hat verdammt noch mal Platz zum Atmen und zum Denken. Warst du letzthin mal in London? Nun, ich war eben dort unten, und ich kann dir sagen, es war schrecklich. Dreckig. Laut. Unfreundliche Leute. Hey, nichts gegen London, aber London ist eine Stadt, in der man seine Freunde besuchen, eine Woche ausgehen, Spass haben kann, aber dann nichts wie weg zurück hoch nach Schottland. In London haben alle bloss den Stress, möglichst cool auszusehen, den richtigen Haarschnitt zu haben, die richtigen Klamotten zu tragen. Das ist auch der Grund, warum viele Bands hier geblieben sind, auch wenn sie das Geschäft in London machen.»

Und dann manchmal passiert es, dass eine Band ganz gross rauskommt. Vic Galloway hat als erster Franz Ferdinand am Radio gespielt. Eine Demoversion von «Darts of Pleasure». «Hätte mir jemand gesagt, dass diese Jungs bald Weltstars wären, ich hätte gelächelt. Aber so ist es passiert. Und das ist grossartig, nicht nur für die Jungs von der Band, sondern für alle anderen hier.» Und die solle ich mir anhören. Zum Beispiel My Latest Novel. Die seien heiss. Und vor allem Mother and the Addicts.

Dann wird es langsam Abend und dunkel und Zeit, in ein Pub zu gehen, oben an der Sauchiehall Street, und ein Bier zu trinken. Im Variety-Pub läuft natürlich Musik. The Stranglers. «Always the Sun». Man sagt, in keiner anderen Stadt der Welt gebe es so viele Solarien wie in Glasgow.

Im Pub sitzt Anina. Anina kam vor sechs Jahren aus dem Aargau nach Glasgow, mit zwanzig Jahren. Sie hat in einem Call-Center für IBM gejobbt. Heute macht sie was mit Computern. Sie war ein Fan der Band Belle & Sebastian. Sie dachte: Aus Glasgow kommt gute Musik, also schau ich dort mal vorbei. Dann ist sie hängen geblieben. Schuld daran war die Musik. Der Schottenrock, er hat es ihr angetan. Bloss beim Bier ist sie kontinental geblieben, trinkt Stella aus Belgien statt die lokale Pfütze.

Wir ziehen ein Pub weiter. Im Keller des Barfly ackern sich fünf Männer durch einen Song. Fünf Männer mit zwei Gitarren, einem Bass, Schlagzeug und Mikrofonen. Die alte Geschichte von Energie und Schweiss und Leidenschaft. Das tun die fünf Männer sehr gut. Figure 5 heisst die Band. Nicht besonders bekannt. Eine Band von vielen. Anina hat Figure 5 erst kürzlich gesehen,

Mig im Nice 'n' Sleazy, wo früher Franz Ferdinand spielten. Mig hat in den letzten Jahren 6000 Konzerte veranstaltet.

Der Sänger von Mother and the Addicts (vorn) heisst Mother, weil er sich immer um alles kümmern möchte.

Die Musiker von Cosmos kamen mit dem Zug nach Glasgow ins 13th Note. Sie sind zu jung zum Autofahren.

und sie findet, dass sie heute sehr viel besser seien. So ist das hier. Um Musik zu hören, muss man nicht in den Plattenladen, sondern geht einfach an ein Konzert. Läuft immer irgendwo irgendwas. Auch heute, obwohl Montag ist.

Und Anina hat sich auch gefragt, warum es hier so viele gute Musik gibt und in der Schweiz zum Beispiel einfach überhaupt nichts. Sie denkt, dass es den Leuten einfach zu gut geht in der Schweiz, dass die Leute dort die Musik als Hobby ansehen, dem sie ein bisschen nachgehen, abends, wenn sie ihren gut bezahlten Job erledigt haben. Dann holen wir schnell eine letzte Runde, denn um Mitternacht schliessen alle Pubs. Ausnahmslos. Eine Disziplinierungsmassnahme. Sonst würden die Leute einfach weiter trinken und weiter trinken und weiter trinken.

Vor dem Arches-Café bei der Central Station hängt der Geruch nach Frittiertem in der Luft. Innendrin sitzt Stuart Murdoch und hält in seinen wie zum Gebet gefalteten Händen eine dampfende Tasse Kräutertee, hält die Nase in den Dampf. Murdoch ist der Kopf der Band Belle & Sebastian (nein, kein Duo, sondern ein an- und abschwellendes Kollektiv von zurzeit sieben Köpfen – der Name geht auf ein französisches Kinderbuch zurück), die vor zehn Jahren ihr erstes aus einem Schulprojekt hervorgegangenes Album rausbrachte und nun eben von der Zeitschrift «The List» zur «beliebtesten schottischen Band aller Zeiten» gewählt wurde.

Melancholische Salben

Murdoch entschuldigt sich, er ist leicht angeschlagen, vielleicht eine Grippe. Vielleicht ist er einfach das Wetter hier nicht mehr gewohnt, denn er kam eben aus Kalifornien zurück, wo er und seine Band mit dem Beck-Produzenten Tony Hoffer in Los Angeles die neue Platte aufgenommen hat. Belle-&-Sebastian-Fans müssen nicht erschrecken, die Songs für die Platte wurden in Glasgow geschrieben, im Regen, auf Fahrradtouren auf der Insel Cowal. Im Januar wird das Album erscheinen. Achtzehn neue Tracks. Eigentlich wollte er einen Coverentwurf mitbringen und zeigen, aber er hat ihn vergessen. Davon erzählt Murdoch im netten Plauderton, der Mann, der auf der Homepage der Band in seinem Tagebuch sein Leben ausbreitet. Er listet dort seine hundert Lieblingsfilme auf. Er gesteht, dass er abends Angst hat, ins Bett zu gehen, weil in seinem Haus das Dach neu gedeckt wird und der Regen laut auf die Plastikplane prasselt. Er referiert über seine Vorliebe für Calippo-Glace, Yogi-Tee und Krabben sowie darüber, dass er früher sonntags lieber zum Fussball ging, heute aber den Kirchgang vorziehe.

Warum man allerdings in Glasgow so viel gute Musik macht, mag er nicht sagen. Dazu ist er zu sehr mit seiner eigenen Musik beschäftigt. Und mit sich selbst. Als ich ihn frage, was er den ganzen Tag eigentlich so mache, sagt er «I'm looking at my soul», er betrachte seine Seele. Und er habe kein Leben. «I don't have a life.» Bloss die Musik, die Band, die Tourneen. Und ja, vielleicht sei es immer noch so, dass er Songs schreibe, um sein Leben zu retten. Und wenn er keine Musik mache, dann widme er sich ausschliesslich der Fotografie (die Coverfotos sind alle von ihm). «Das Fotografieren ist eine wunderbare Sache, denn es bringt mit sich, dass man oft hübsche Mädchen zu Gesicht bekommt.»

Zeit für ein kleines Geständnis: Ich bin ein grosser Fan von Belle & Sebastian, und ich bin der Meinung, dass niemand so perfekte Songs schreibt wie Stuart Murdoch dies tut, obwohl «Songs schreiben» eigentlich falsch ist, denn es sind eher Skulpturen, zerbrechliche, gedrechselte, aber immer auch roh, nie zu perfekt. Oder Salben. Ja, vielleicht kann man die heiter-melancholischen Lieder von Belle & Sebastian mit heilenden Salben vergleichen, die man auf Wunden schmieren kann. Ich bin also Fan. Und deswegen war ich einigermassen nervös, meinen Helden zu treffen. Auch weil ich wusste, dass er eigentlich gar keine Interviews gibt. Dass er, so sagt man, einst ein Schaf statt sich selber zum Interview schickte und oft Freunde und Verwandte, die gar nichts mit der Band zu schaffen haben. Deswegen sass ich ihm gegenüber im Arches-Café, und meine Schottischkenntnisse fielen unter den Tisch, und ich vergass die tagelang fermentierten, raffinierten Fragen, stammelte dummes Zeugs zusammen, aber Stuart war extrem nett und freundlich, und er schaute freundlich und hatte Geduld, obwohl er eigentlich überhaupt keine Zeit hatte, weil er mit der Band proben sollte.

Stuart hält die Teetasse in den Händen, als sei sie eine Kerze, und kommt doch noch auf die Frage zurück, warum in Glasgow so erfolgreich musiziert wird. «Die Grösse Glasgows ist einfach perfekt. Nicht zu gross. Nicht zu klein. Wenn ich mir ein Konzert anhören will, bin ich mit dem Fahrrad in zwei Minuten da.»

Dann muss Stuart los, zu den Proben mit der Band. Aber er verrate mir etwas: Müsste er ein Buch schreiben über die Geschichte des Schottenrocks, dann würde er ein Buch über Mig schreiben. Bei Mig, da laufe alles zusammen. Mig, der Mann vom Nice 'n' Sleazy.

Am westlichen Ende der Sauchiehall Street, gleich bei der Kunstschule um die Ecke, wo Franz Ferdinand ihren Übungsraum hatten, dort ist das Nice 'n' Sleazy, benannt nach einem Song der Stranglers, wurde der Schuppen vor 15 Jahren eröffnet. Oben ist ein Pub. Am Billardtisch in der hinteren Ecke spielen drei vollschlanke Frauen, die sich einen Pitcher Bier teilen. Alle zehn Minuten

«Man kann die Glasgower Musikszene als ein grosses Kollektiv ansehen.» Es gebe keinen Hustle, keine übertriebene Hektik.

Stephen Pastel ist Gründer von The Pastels und die Freundlichkeit in Person. Ohne ihn sähe der Schottenrock anders aus.

Im Keller des Barfly, wo sich die Musiker von ihren Auftritten erholen.

My Latest Novel sind so gut, dass sie ihre erste Platte, wie man prophezeit, 50 000-mal verkaufen werden. Mindestens.

Stuart Murdoch sagt, er habe kein Leben mehr, mache nur noch Musik. Und etwas Fotografie, der Mädchen wegen.

rollt eine weisse Kugel durch den Raum und hintendrein Lachen, das klingt, als presche ein Landrover durch eine dichte Hecke. Vorne an der Tür steht die Jukebox. Die berühmte Jukebox, die berühmt ist, weil John Peel sagte, es sei die am besten bestückte Jukebox des Königreichs. John Peel, die leider unlängst verstorbene Radiolegende, der grösste Förderer im vereinten Königreich in Sachen Musik jenseits von Mainstream. Er war ein Fan des Schottenrocks. Die Wände sind mit Konzertplakaten voll gepflastert, und auf einem Plakat steht: «Bands wanted for concerts. Please leave demos behind the bar or contact Mig.»

Mig sitzt im Keller, dem Konzertraum des Nice 'n' Sleazy. Ein blutrot gestrichener Raum. Der grüne Teppichboden mit Hektolitern übergeschwappten und verschüttetem Bier imprägniert. Die Sitzbank aufgeschlitzt. Ein Raum, der 6000 Konzerte gesehen hat in den letzten 15 Jahren. Mig sieht ein bisschen aus wie Che Guevara, wenn der 6000 Konzerte gesehen hätte. Sein Akzent ist ziemlich schottisch, also nahe der absoluten Unverständlichkeit.

«In Glasgow ein Superstar zu sein, bringt dir nichts.» Mit der Superstarattitüde die Sauchiehall Street runter zu stolzieren, man würde nur lachen.

Perlen ehrlichen Schweisses

Seit 15 Jahren ist Mig für das Programm zuständig. Seit 15 Jahren hört er sich Demos der Bands an, die hier spielen wollen. Und ja, manchmal seien die Demos wirklich zum Kotzen schlecht. Aber er bleibe immer freundlich, er sage nie die Wahrheit, denn auch die schlechteste Band bestünde aus Menschen, die an die Sache glauben. Und hey, es bestehe ja immer die Chance auf Besserung. Er hat in den 15 Jahren all die Bands hier gesehen. Franz Ferdinand zum Beispiel. Klar spielten die hier, als sie noch keinen Plattenvertrag hatten. Extra aus London reisten die Leute von Domino Records an, um Franz Ferdinand hier zu sehen. Nach dem Konzert waren alle Zweifel ausgeräumt, die Band wurde unter Vertrag genommen.

Aber das Nice 'n' Sleazy ist immer noch dasselbe Rockloch, auf dessen Bühne allabendlich die Perlen des ehrlichen Schweisses vergossen werden.

Von Mig will ich wissen, warum die Bands im kleinen Glasgow bleiben. Warum sie nicht runterziehen, nach London, wo die Plattenfirmen sitzen und der Durchbruch wartet, der Ruhm, das Geld.

«Warum sollen die Bands nach London gehen?» London sei so unglaublich teuer. Es könne dort keine Independent-Musikindustrie geben. Das schliesse sich von vorneherein aus. «London und Independent, das ist ein Widerspruch in sich.» In Glasgow aber profitierten alle von allen. Es gebe hier beispielsweise keine Szenen. Es gebe nicht die Post-Punk-Szene, die sich von der Art-School-Rock-Szene abgrenze und nicht mit der Neo-Folk-Szene rede. «Man kann die Glasgower Musikszene als ein grosses Kollektiv ansehen.» Man helfe sich, mit Konzerten, mit Wissen, mit Kontakten – und wenn mal ein Musiker fehle, dann auch mit Musikern. Es gebe auch keinen Hustle, keine übertriebene Hektik. «Wenn die Jungs von Franz Ferdinand am Tag zuvor ihren Auftritt in London unten bei der BBC-Chartsendung «Top of the Pops» hatten mit Horden von kreischenden Teens, dann können sie am nächsten Tag hier ins Pub reinschneien, sich an die Theke setzen und in Ruhe ihr Bier trinken. Dass sie berühmt sind, das ist nicht so schlimm. Es gibt viele hier in Glasgow, die berühmt sind, jedoch kein grosses Aufheben darum machen, hier ihr ruhiges Leben leben.» Mig denkt kurz nach und wiegt den schweren Schlüsselbund in den Händen, dann sagt er: «Weisst du, hier in Glasgow ein Superstar zu sein, das bringt dir nichts.» Mit der Superstarattitüde die Sauchiehall Street runter zu stolzieren, man würde nur lachen.

Dann muss er los, ein paar Demos anhören. Vielleicht sind sie gut. Vielleicht sind sie schlecht. Vielleicht die Franz Ferdinand von morgen? Scheissegal. Hauptsache, es ist Musik.

Unten am River Clyde, wo die Innenstadt zu Ende ist und der slummige Teil anfängt, Gorbals genannt, dort, wo unter den Eisenbahnbrückenbögen ein Flohmarkt ist, der Drittweltniveau hat, wo vor dem Gerichtsgebäude die Typen stehen mit ihren von Bierflaschen zernarbten Gesichtern und rauchen und warten, bis ihr Prozess für Totschlag oder grobe Körperverletzung weitergeht, dort ist Mono.

Mono ist vieles. Ein Konzertlokal. Ein veganisches Restaurant, ein Buchladen, und hinten in der Ecke ist der Plattenladen, der sich Monorail nennt. Ein kleiner Laden. Aber sehr sauber aufgeräumt. Hinter der Theke des Plattenladens putzt ein junger Mann die Scheiben. Von einem Stapel Vinyl-Schallplatten nimmt er sich jede einzelne vor, zieht sie aus dem Cover, putzt sie vorsichtig mit einem Tuch, schiebt sie zurück in die Hülle. (In der Schweiz putzt man so bloss Goldbarren.) So stellt man sich einen jungen Mann vor, der in einem Plattenladen arbeitet. Langsame Bewegungen. Brille. Bart. Blick voll freundlicher Schüchternheit.

Ich frage den Mann, ob es möglich sei, mir die zehn wichtigsten Platten von Bands aus Glasgow zu zeigen, ich würde sie gerne kaufen und im Namen einer Schweizer Zeitschrift verlosen (siehe Anhang). Ein kurzer Exkurs in Sachen Geschichte des Schottenrocks für die Schweizer.

«Nun, da hol ich mal Stephen», sagt der junge Mann und schlurft davon. Und heran schlurft Stephen. Er ist der Boss von Monorail und die Freundlichkeit in Person. «Die zehn wichtigsten oder besten Platten von Bands aus Glasgow, okay, gut, gerne, fangen wir hier an.»

→

Stuart Murdoch sagt, er habe kein Leben m

Stephen greift sich eine CD von der Band Orange Juice mit dem schönen Titel «School of Glasgow», einer eben erschienenen Kompilation mit altem Material der Band von Edwyn Collins (der später solo mit «A Girl like you» einen Welthit hatte). «Man kann sagen, damit fing alles an. Orange Juice verkörpern die erste Welle der Glasgower Bands. Sie waren der Anfang und haben alle inspiriert, die danach kamen. Die Jungs gingen auf die gleiche Schule wie ich, aber ein paar Stufen über mir. Natürlich waren sie unser Vorbild. 1980 war das.» Er geht zu einem anderen Regal. «Dann die zweite Welle. Primal Scream. The Vaselines.»

Stephen ist bescheiden. Er sagt nicht: Hey, ich habe dies und das gemacht. Aber man kann das ruhig sagen: Ohne Stephen Pastel wäre die Musikwelt Glasgows nicht die, die sie heute ist. Nicht nur seiner bis heute für viele Bands (etwa für Sonic Youth) als Vorbild geltende Combo The Pastels mit ihrem Anorack-Pop wegen. Sondern auch wegen Stephens Förderarbeit und seinem Label «53rd & 3rd», wo er die Platten von Freunden rausbrachte, Freunden wie den Vaselines, jener Band, die Kurt Cobain so nachhaltig beeinflusste, dass Nirvana mehrere Songs von Vaseline coverte («Molly's Lips», «Son of a Gun») und Cobain gar seine Tochter nach der Sängerin Frances McKee benannte. Cobain gefiel es in Glasgow. Er war ein regelmässiger Gast der Szene und enger Freund von Vaseline-Mann Eugene Kelly.

Zeit für ein zweites Geständnis: The Pastels waren meine Rettung, als ich ein Teenager war und erste schlechte Erfahrungen mit dem Leben und der Liebe machte und ich mich fühlte, als hätte ich Rasierklingen gegessen, als verblute ich innerlich. Die Musik der Pastels hatte mich geheilt. Wenigstens vorübergehend.

Und weiter geht die Geschichtslektion. «Die dritte Welle, um 1990 herum, kam mit Teenage Fanclub. Das war eine ziemlich grosse Welle.» Und so weiter. Die BMX Bandits mit ihren perfekten Hits, die keine Hits waren. Mogwai mit dem Sound zwischen Stille und Attacke. Arab Strap mit ihren rüden Schlafzimmersongs. Bis hin zur Gegenwart mit Sons and Daughters und der möglichen Zukunft. «Record of the month» ist im Mono die Scheibe von einer Band namens Mother and the Addicts.

Musikalischer Sozialismus

Auch Stephen stützt die These, dass ein wichtiger Grund für die Prosperität der Szene der Kollektivgedanke sei, eine Art Musik-Sozialismus. Als Beispiel greift er die CD der Band Future Pilot aka. Hinter dem Bandnamen versteckt sich nämlich gar nicht eine Band, sondern eine Vielzahl von Musikern der Glasgower Szene. Stuart Murdoch von Belle & Sebastian. Das Jazzgenie Bill Wells. Leute von Teenage Fanclub. Insgesamt über dreissig Leute haben am Album gearbeitet. Das grosse Kollektiv. Das Miteinander. Was wie eine Utopie klingt, ist in Glasgow tönende Wirklichkeit. Und dazu komme eine prägende Eigenschaft der Leute hier, dass man nämlich gleichzeitig pessimistisch und optimistisch sei. Wie im Fussball, wenn das Nationalteam von Schottland wieder mal verliert: hat man immerhin einen Grund, ein paar Biere zu trinken.

Ein paar Blocks vom Monorail entfernt, findet sich wieder einer dieser freundlichen Menschen in einer ganz anderen Welt, die so anders aber gar nicht ist. Eine Kunstgalerie mit dem Namen The Modern Institute. Ein Neonröhrenbaum des Künstlers Martin Boyce hängt von der Decke, an den Wänden geometrische Bilder in Öl. Toby Webster führt das Modern Institute seit acht Jahren, und er sagt, er habe nie eine Galerie führen wollen. Das sei einfach so passiert, wie die Dinge in Glasgow so passieren. Damals hätten sie einfach Partys gemacht, die Kunst kam dazu, ein Happening, eine Aktion, die Musik, weil, hey, was ist eine Party ohne Musik, und so sei es dann gekommen. Die beiden Szenen, die Musik und die Kunst, die haben in Glasgow keinerlei Berührungsängste, weil es gar nicht zwei verschiedene Szenen sind. Man sagt, es gebe keine Band hier, die nicht mindestens ein Mitglied mit Art-School-Vergangenheit habe. Und wenn es sich Webster so recht überlegt, dann fällt ihm kaum ein Glasgower Künstler ein, der nicht auch in einer Band spielt. David Shrigley, Jim Lambie, Richard Wright, für alle ist die Musik ein Teil des Ganzen. Und eben, dann sind sie auch noch so verdammt erfolgreich, die Schotten. Webster stellt gleich die Hälfte der für den renommierten Turner Prize nominierten Künstler dieses Jahres.

Roh und tanzbar

Ein anderer Tag, ein anderes Konzert, drei andere Bands. Gestern war es noch das 13th Note, wo die Luft zum Schneiden war und der Konzertkeller keinen Schweizer Feuerpolizisten auch nur eine Nanosekunde ruhig schlafen liesse. Heute stehen wir im Q.M. Nach dem Konzert ist vor dem Konzert. Die vier Jungs und das Mädchen mit der Geige von My Latest Novel hocken in der Garderobe des Q.M., was kein Klub ist, sondern eine Universität. Queen Margaret University im westlichen Teil Glasgows, und das Uni-Gebäude sieht aus wie die Schule von Harry Potter, Hunderte von Jahren auf dem Buckel, dunkel, mit Türmchen und allem dran und sicher auch einem Hausgeist. My Latest Novel spielten im Rahmen der Freshers-Woche, einer Willkommens-Woche für die neuen Studenten. Anina hat die Novels bereits zehnmal gesehen. Fünf Konzerte seien super gewesen, die anderen fünf okay. Das heutige war auch okay. Bloss ihr Manager Tam findet das nicht. Er kippt einen Drink in seine sich unter dem Hemd spannende Wampe und sagt mit schwerer schottischer Zunge: «Wenn ich Noten verteilen müsste, dann bekäme dieses Konzert 4 von 10 Punkten. Es waren ja bloss ein paar besoffene Studenten, da unten, bloss dumme Studenten. Du solltest ein Konzert sehen, wenn die richtigen Novel-Fans kommen. Letzte Woche spielten sie im King Tut's Wah Wah Hut. 300 Novel-Fans. Es war magisch. Ich sag dir was, merk es dir: Diese Band, das werden die neuen Sigur Ros. Die neuen Sigur Ros, verdammt! Und ihre erste Platte, sie ist so gut, ich bin überzeugt, dass sie 50 000 Alben verkaufen können.»

Ein anderer Tag, ein anderes Pub, ein anderes Konzert. Im King Tut's Wah Wah Hut spielte heute eine andere angesagte Band. Eine der Bands, von der man sich viel erhofft. Nun, vielleicht nicht gerade die Welteroberung, wie sie Franz Ferdinand hingelegt haben, aber vielleicht doch viel. Anina kennt den Bassisten. Er arbeitet im selben Betrieb wie sie. Man kennt sich hier. Das ist der andere Grund, warum sie in Glasgow geblieben ist und auch noch eine Weile bleibt: die Freundlichkeit der Leute, dass man sich kennt, dass die Stadt die richtige Grösse habe. Sie fühlt sich zu Hause. In der Stadt, in der die Arroganz nicht lebensfähig ist.

Sänger Mother hockt auf dem runtergesessenen Sofa im kleinen Umkleideraum des King Tut's, wo schon viele sassen, und manche davon kamen wirklich gross raus. Man sagt, dass in diesen Mauern Oasis ihren ersten Plattenvertrag unterschrieben hätten. Mother kann zufrieden sein mit dem Konzert, das er und seine Band auf die Bretter geschmettert haben. Die Leute haben getanzt (nicht alle, aber hey, man ist hier ja nicht in Brasilien – mit Haggis im Bauch hüpft es sich schlecht). Der Applaus war frenetisch. Die neue Platte «Take the Lovers Home Tonight» ist viel versprechend und wird hoch gehandelt. Songs wie «Who Art You Girls?» haben Ohreneinnistqualitäten. Aber dass sie nicht zu eingängig sind, dafür hat Mother schon gesorgt. Der Vater von Mother steht in der Tür und strahlt. Er kann stolz sein auf seinen Sprössling, denn Vater ist auch der Manager von Mother and the Addicts. Warum sein Sohn sich Mother nennt? Weil er sich wie eine Mutter einfach um alles kümmern will. Um zu viel, wie Vater meint. So hat er seinen Kopf auch gegen die Plattenfirma durchgesetzt, dass das Album so klinge, als habe man es innert eines Tages auf einem Klo aufgenommen, dabei habe man Wochen im Studio verbracht. Mother wollte es roh. Roh und verrückt und krank. Und so klingt es auch. Glasgow-Stil. Roh. Mit Ecken und Kanten. Aus dem Bauch – oder wie eine Faust hinein. Aber tanzbar, also auch was für die Mädchen. Und das neue Video ist auch fertig. 20 Pfund hat die Produktion gekostet. 20 Pfund. Die Band könnte das nächste grosse Ding sein. Die Welt kann kommen.

Ich hole mir an der Theke ein Pint Bier, und weil bald Feierabend ist, trinke ich schnell, und ich denke, es wäre cool, eine Band zu gründen. Ein Name wäre schnell gefunden. In einer Band zu spielen, seine Freunde zu treffen, Songs zu schreiben, langsame, schnelle, instrumentale und solche mit hirnrissigen Texten, nach Titeln zu suchen, während man durch die Strassen latscht oder mit dem Fahrrad einen Hügel herunterschiesst, ein Demo aufzunehmen und es Mig vom Nice 'n' Sleazy in die Hand zu drücken, Konzerte zu geben. Die Mädchen würden kreischen, die Jungs würden hüpfen. Eine Band zu haben, das wäre irgendwie verdammt cool. ‹

Die komplette von Stephen Pastel zusammengestellte Palette der wichtigsten 16 Platten der Glasgower Rockgeschichte kann man gewinnen. Einfach einen Brief oder eine Postkarte mit kurzer Begründung, warum man die CDs verdient hat, an «Das Magazin», Stichwort «Schottenrock», Werdstrasse 21, 8021 Zürich.

Max Küng ist redaktioneller Mitarbeiter des «Magazins» (max.kueng@dasmagazin.ch).
Muir Vidler lebt als freier Fotograf in London (muir@muirvidler.com).

Ar

ALLES MUSS EIN ENDE HABEN

Niemand braucht mehr Schallplatten. Niemand braucht mehr Musikkassetten. Heute gibt es Geräte mit Platz für 1000 Songs. Ist das ein Fortschritt?

Text Max Küng Bild Hans-Jörg Walter

Das kleine weisse Ding namens iPod frisst die Musik von all diesen Kassetten. So viel Musik. Wer will das?

Das könnte der Anfang eines Romans sein. Eines Romans für Männer. Eines Romans, wie er schon oft geschrieben wurde. Nick Hornby hat so einen Roman geschrieben: «High Fidelity». Einen Roman, in dem es um Musik geht, um Songs, Schallplatten, Erinnerungen, auf denen fingerdick Staub liegt, und um Typen, um die es nicht anders steht.

Der Roman könnte so anfangen: Der Typ steht verloren in einem Plattenladen. Sein Gesicht ist in seiner Leere das genaue Gegenteil des voll gestopften Kellerlokals, in dem es nach Schallplatten riecht, nach Rock, nach Myriaden von einst genialen Tonstudio-Momenten, gepresst in Vinyl. Hier war schon lange keine Frau mehr, das kann man spüren, davon kann man ausgehen. Schallplattenläden sind keine Orte, wo sich viele weibliche Wesen aufhalten, wenn, dann höchstens als Cover-Illustration. «Du bist mir einer», sagt der Verkäufer im Plattenladen, der damit beschäftigt ist, schwere Schachteln mit alten Schallplatten herumzuhieven und dann und wann eine neue Platte aufzulegen, die selbstverständlich uralt ist. Jetzt liefen die Doors; warum auch nicht. «Du bist schon so lange im Laden und hast noch immer keine Platte gefunden. Was suchst du denn?» Der Typ schaut auf den Boden und sagt eine Weile nichts, und als sich der Verkäufer anschickt, mit seiner Arbeit fortzufahren, da hebt der Typ seinen Kopf und sagt: «Hast du ... äh ... Samantha Fox?»

Der Typ ist ein Fossil. Ein Auslaufmodell. Der Plattenladen (den es wirklich gibt, in Bern) ein Antikenmuseum. Nebst Afghanistan zurzeit wohl einer der uncoolsten Orte, an denen man sich aufhalten kann.

Niemand kauft mehr Schallplatten, abgesehen von den üblichen Verdächtigen: den zwanghaften Anachronisten, den Spinnern, den Freaks. Heute braucht man keine Schallplatte mehr. Heute braucht man nicht mal mehr Compact Discs. Die Musik wurde dematerialisiert. Früher war Musik gekoppelt mit einem Medium, und dieses beinhaltete eine Verpackung, die wiederum nach eigenen Kriterien funktionieren und kommunizieren musste. Heute lädt man die Musik vom Computer herunter, zieht sie direkt aus dem Internet. Musik ist bloss noch eine Anzahl Zahlen, eine Menge Daten. Nullen und Einsen und nichts dazwischen.

Ein bisschen schicker als in Bern ist es in Berlin, am Potsdamer Platz. Auch der japanische Unterhaltungselektronikriese und Walkmanerfinder Sony hat dort ins New Wasteland des Westens einen Komplex aus Glas und Stahl hochgezogen und nebst seinem European Headquarter auch so etwas wie ein zeitgenössisches Museum in eigener Sache darin untergebracht, eine Leistungsschau der Manituarisierung. Ein bisschen grösser als die Sony-Geräte ist der Mann hinter dem Auskunftstresen, der einen nicht an Elektronik erinnert, sondern daran, dass man in Berlin tendenziell ungesund isst. Den kann man etwas fragen. Zum Beispiel: «Entschuldigung, ich hätte da mal eine Frage.» – «Ja?» – «Die Zukunft der Musik, also die Zukunft des Musikhörens, wie sieht die aus?» – «Sie meinen Musik?» – «Ja, was soll ich kaufen, wenn ich in sein will, also hip? Einen Walkman oder diese neuen Dinger, die Digitalen?» – «Digital, ganz klar. Wenn Sie einen Computer haben, dann digital.» – «Aha. Und wie geht das?» – «Wie geht was?» – «Dieses Digital. Wie kommt so viel Musik in so ein kleines Ding?» – «Sie wird komprimiert.» – «Aha. Also so, wie wenn man einen ganzen Haushalt in einen Reisekoffer stopft?» – «Nun, es kommt auf die Frequenzen an. Manche Frequenzen lassen sich leichter komprimieren als andere, weil wir sie nicht hören.» – «Da werden also Dinge weggeschnitten?» – «Auch, ja. Wir Menschen hören ja nicht die ganze Musik. Hunde hören zum Beispiel ja viel höhere Töne.» – «Interessant. Soll ich meinen alten Walkman wegschmeissen?» – «Ja, der sieht ziemlich alt aus gegen die modernen Teile.»

Die gute Idee Das zurzeit begehrteste mobile Abspielgerät für Musik findet man nicht im Sony-Center am protzigen Potsdamer Platz, denn es kommt nicht aus Japan. Das wird den stolzen Sony-Konzern sicherlich ärgern. Es kommt aus Taiwan. Und eigentlich kommt es auch nicht aus Taiwan, dort wurde es nur zusammengebaut. Entwickelt wurde es in den USA, oder wie hinten drauf steht: Designed by Apple in California. Da, wo für die coolen Leute die Sonne nie untergeht, da muss man ja gute Ideen haben. Die gute Idee hat einen Namen: iPod.

Der iPod hat die Masse eines Rennwagenquartetts, aber er wiegt etwas schwerer in der Hand. Die Stiftung Warentest würde schreiben: Im Grunde ist der iPod eine mobile Computerfestplatte in einem eleganten Gehäuse aus Kunststoff und poliertem Edelstahl zwecks Wärmeableitung sowie einer Flüssigkristallanzeige. Gesteuert wird das Gerät über fünf Drucktasten sowie einen Drehregler. Der iPod verfügt über eine Speicherkapazität von 5 Gigabyte. Das hatten vor nicht vielen Jahren noch nicht mal kleinwagenteure Computer. Diese 5 Gigabyte reichen aus, um mit Hilfe eines Apple-Computers maximal 1000 Songs durchschnittlicher Länge in komprimierter Form darauf zu deponieren.

Bibliothek für unterwegs Aber hier testet nicht die Stiftung Warentest, hier teste ich. Und ich habe andere Kriterien als die Stiftung Warentest. Gleich nach Erscheinen habe ich den iPod gekauft, weil ich ihn einfach gleich haben musste, und gleich jetzt kann ich sagen: Ich mag ihn nicht. Natürlich ist das Teil chic und nicht nur aufgeladen mit vielen Songs, sondern auch der Aura von Fortschritt und Genialität. Ich will aber kein kleines Ding, auf dem 1000 Songs drauf sind, denn das ist schrecklich. Stellen Sie sich vor, Sie hätten immer die ganze Bibliothek dabei. Stellen Sie sich vor, Sie sässen im Zug und hätten alle Grass' dabei und alle Manns und alle Clancys und all den Restmüll. Was soll man damit? Ein Buch liest man, dann stellt man es weg, oder verschenkt es oder wirft es in den Müll, wo es vielleicht auch hingehört.

Nicht anders verhält es sich mit Musik. Das Leben ist schon kompliziert genug. Ich will Kriterien. Ich will Hilfen. Ich will Treppengeländer. Ich will in einem Laden eine CD ansehen können, und wenn mir das Cover nicht gefällt, dann wird die CD auch nicht gekauft, denn wenn eine Band kein gutes Cover hinbekommt, dann kann sie auch keine gute Musik machen. Ich will Informationen. Ich will Hinweise. Ich will wissen, wer dahinter steckt. Ich will etwas in die Finger nehmen und berühren. Musik ist grösser, als sie scheint. Der Song ist bloss der Kern eines komplexen Gebildes, das man zum Beispiel Pop nennt oder Rock.

Früher noch, bevor es CD-Brenner gab, mit denen ich für meine Freunde Vinylschallplatten auf ein für sie gängiges Format bringe, da benutzte ich noch Musikkassetten. Erinnert sich jemand an Musikkassetten? Auch ein Ding aus der Kategorie «lost media». Die Dinger, die im Sommer auf dem Armaturenbrett des Autos schmolzen? Die Dinger, die man heute nur noch abgespult an einem Strassenrand oder in einem Baum verfangen sehen kann? 1962 erfunden und heute bereits vergessen (so feiert man eben seinen Vierzigsten). Auf dem Flohmarkt kaufte ich alte Kassetten, weil die gut aussahen, und schraubte sie auf. Dann entfernte ich das alte Bandmaterial und ersetzte es durch Topmaterial aus nigelnagelneuen Maxwell-XLII-Kassetten. Eine knifflige Arbeit, ähnlich einer Operation am offenen Herzen. War die Kassette wieder ganz, bespielte ich sie und hatte einen Musikträger, der aussen alt war und innen neu mit super Sound drauf. Heute brenne ich CDs – aber das grösste Vergnügen ist noch immer die Beschriftung des Covers. Manchmal male ich Sachen drauf, obwohl ich nicht malen kann.

Für den iPod bin ich nicht reif. 1000 Songs. Was soll ich mit einem 1000-Song-Reich? Das sind 3000 Minuten, 50 Stunden, 2,08 Tage. Ich will aber nicht 2,08 Tage Musik nonstop in meiner Tasche. Schon allein der Gedanke daran macht mich nervös. Wann soll man die hören? Eine CD dauert 70 Minuten oder weniger. Und das nicht ohne Grund. Alles hat seine Länge. Alles hat seine Dauer. Alles hat seine Grösse. Alles hat einen Anfang. Und alles hat ein Ende.

Und das könnte das Ende eines Romans sein: Der Typ geht nach Hause. In der Hand hält er eine Tüte. Die Tüte ist ganz steif, denn darin ist eine Schallplatte. Die Schallplatte ist von Samantha Fox. Der Typ hat sie nicht wegen der Musik gekauft. Er wollte bloss etwas kaufen. Zu Hause würde er sich lange das Cover ansehen. Er lächelt.

Max Küng ist redaktioneller Mitarbeiter des «Magazins» und lebt in Basel (max2000@datacomm.ch).

d-d-das p-p-perfekte Pe-Pe-Pe-rsonal f-fu für einen a-a-a-a-albtraum!

(resp: alptraum).

DIE GEBRÜDER GRIMMIG

Text Max Küng

Bilder Jozo Palkovits

Dies ist die kurze Geschichte einer Heavy-Metal-Band. Sie heisst Celtic Frost. Sie stammt aus Zürich. Sie hat Musikgeschichte geschrieben, damals Anfang der Achtzigerjahre. Jetzt ist sie zurück.

Jahre ist es her, und Martin muss fast ein bisschen lachen, wenn er daran zurückdenkt, an damals, wie alles anfing im Übungsraum im Luftschutzkeller unter einem Kindergarten. Das war der Anfang. Dann kam der Erfolg, dann das Ende.

Er war ein Teenager damals. Ein Teenager mit einem Traum. Und der Traum war laut, schnell, dunkel und die totale Rebellion. Anfang der Achtzigerjahre. Zürich hatte den «heissen Sommer» hinter sich, Krawall und Tränengas. Aber Zürich war weit weg, wenn man im Glattal wohnte, im suburbanen Raum, auf dem Land, wo langsam die ersten Blocksiedlungen hochwuchsen. Zürich und die Bewegung, das war für Mar tin «hinter dem Berg», dort, wo er wohnte, dort stand Wallisellen auf dem Ortsschild, und Wallisellen war nichts anderes als ein Begriff für Enge und eine Zone, die von Menschen bewohnt wurde, die einen als heranwachsenden Jüngling nicht akzeptieren wollten. Feindesland.

Martin war damals 13 Jahre alt. Er kommt aus einem bürgerlichen Haushalt. Sein Vater ist ein Büetzer. Seine Mutter Katechetin, katholische Religionslehrerin mit spanischen Wurzeln. Und er, er sollte etwas Rechtes werden, später dann. Da hatte man Pläne. Offizier zum Beispiel. Oder Priester. Oder Doktor. Das waren die Ansprüche.

Martin wusste schon bald, dass er schon gescheitert ist, bevor es überhaupt losging. Bald sollte er denken: Wenn schon scheitern, dann aber richtig. Da kam ihm der gefallene Engel ganz recht. Mit Satan konnte man schocken. Also liess er sich die Haare wachsen, wurde ein «Heavy» und beschäftigte sich eingehend mit den dunklen Seiten der Kultur. Wer damals lange Haare hatte, der stand mit einem Bein ausserhalb der Gesellschaft. Die Jugend war ein Feindbild.

Pilgerreise nach London

Es war die Zeit der tingelnden Dorfdiscos. Dort hing man rum. Sie hatten Namen wie «Quo Vadis» und fanden im Kirchgemeindezentrum statt. Der Soundtrack zum Leben auf dem Land war der harte Rock, etwa jener der Band AC/DC.

In der Dorfdisco hing auch Tom herum. Tom war älter als Martin. Er hatte eine Clique. Sie waren cool und tough und einfach nur Vorbild, und ausserdem hatten sie die geilsten Klamotten: Leder, schwarz natürlich, Patronenhülsengürtel und hinten auf den Jacken Namen von Bands, von denen Martin noch nie gehört hatte. Tom hatte ein Abo der neuen Hardrockzeitschrift «Kerrang!», damit einen extremen Knowhow-Vorsprung. Tom hatte von einer Pilgerreise nach London Singles von Bands mitgebracht, die bisher im Glattal noch niemand gehört hatte. Bands, die den Jungs die Schädel rauchen liessen. Eine hiess «Venom». Sie war härter als alles, was man bisher gehört hatte. So hart, wie man selber gerne werden würde. Und vor allem hatte Tom eines: Er hatte eine Band. Sie hiess Hellhammer. Sich selbst nannte er Tom G. Warrior. Das klang viel besser als sein eigentlicher Name: Fischer.

In einer Band sein, das war alles, was man wollte, damals, im Glattal. Auch Martin gründete eine Formation. Er nannte sie nach einem Song der Band Venom: «Schizo». Und statt Martin Stricker nannte er sich fortan Martin Eric Ain.

Das Schicksal und gegenseitiger Respekt bringen Martin schliesslich als Bassist zu Toms Hellhammer. Man probte im Luftschutzkeller in Birchwil bei Nürensdorf. Dort wurde fortan Musik gemacht, die dunkler nicht hätte sein können. Aber erst ab 16 Uhr. Vorher durfte der Keller wegen des Kindergartens nicht benutzt werden.

Im Herbst 1983 kam ein Brief aus Deutschland. Absender: eine Plattenfirma namens Noise. Noise hatte von Hellhammers Ruf gehört, die extremste Band auf dem Kontinent zu sein. Ob Hellhammer Lust hätten, auf einer Kompilation vertreten zu sein. Der Traum war im Glattal angekommen. Der Traum, den alle träumten, aber von dem niemand jemals dachte, dass er Wirklichkeit werden würde: ein Plattenvertrag.

Martin gurkte mit dem Velo übers Land. Ein Töffli kam nicht in Frage, denn ein Töffli kostete Geld. Und das Geld, das brauchte er für ganz anderes. Für Bassgitarren. Für Verstärker. Für die Bewaffnung, die Munition, um in der Armee des dunkel musizierenden Widerstandes mitzumachen. Und das mit Ernst. In der Band rauchte keiner. Alkohol war kein Thema. Drogen schon gar nicht. «Wir wollten nur Musik machen», sagt Martin, «dafür brauchten wir unsere Energie.» →

Thomas Gabriel Fischer, Gesang und Gitarre

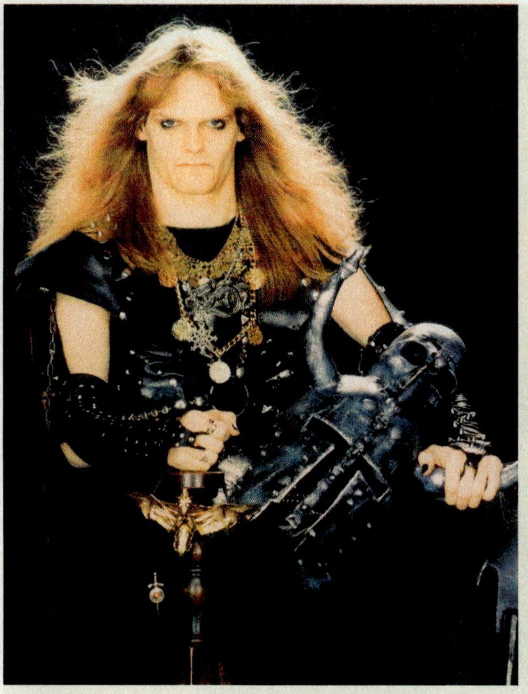

Thomas Gabriel Fischer alias Warrior im August 1985

Erste Fotosession, Frühling 1985, mit Drummer Reed St. Mark

1987 ging es auf die «On In Their Pride»-Tour in die USA.

1984
«Morbid Tales»

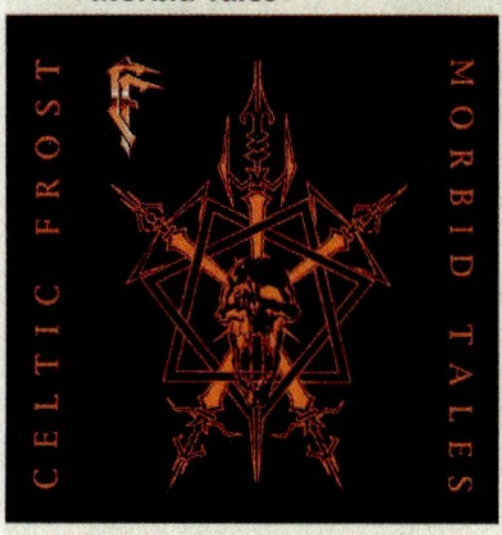

1985
«To Mega Therion»

1987
«Into the Pandemonium»

2006
«Monotheist»

 BILDER: PRIVATARCHIV CELTIC FROST

Martin Eric Ain, Bass

Als alles schon lief, der Plattenvertrag bereits unterzeichnet war, begann Martin trotz allem eine Lehre als Radio-TV-Verkäufer bei Rediffusion in Oerlikon. Natürlich haute das nicht hin, der Lehrmeister verlangte wie im Militär: Haare bis zum Revers, nicht länger. Es kommt zum endgültigen Bruch mit den Eltern. Irgendwann landet Martin bei einem Job in der Bell-Wurstwarenfabrik. «Der Job war sehr Heavy-Metal-kompatibel». Tom hatte seine Lehre als Maschinenmechaniker bereits kurz vor Abschluss geschmissen.

Der Vierjahresplan

Mit Tom erarbeitete Martin ein Konzept für eine neue Band, denn ihnen war bald klar: Hellhammer war nicht das, was sie wirklich wollten. Denn sie wollten mehr. Sie wollten nun nicht mehr nur den Idolen nacheifern, sondern einen eigenen Weg einschlagen. Neuland betreten. Wie auf dem Reissbrett wurde der neue Weg geplant. Ein Outfit wurde entwickelt. Schwarz sollte es sein, schwarz, schwarz und dazu: Leder, Nieten, Patronengurte. Der erste «Conan»-Film war ästhetisch stilbildend, inhaltlich liess man sich von H. P Lovecraft, Robert E. Howard und Aleister Crowley inspirieren, von Okkultem, von versunkenen Reichen der Vergangenheit. Dann musste nur noch ein Name her, und zwar ein guter Name, ein Name, den man nur einmal gehört, so schnell nicht wieder vergessen sollte. Zweiteilig sollte er sein. Poetisch auch. Celtic gefiel ihnen. Tom und Martin sassen zusammen und hirnten darüber nach, als ihnen eine Platte der Band Cirith Ungol in die Hände fiel, sie darauf einen Song mit dem Titel «Frost & Fire» entdeckten. Das war es! Celtic Fire! Bis dann noch klar wurde: nein, nicht Celtic Fire, sondern Celtic Frost. Der Name sollte die Vergänglichkeit des Irdischen symbolisieren, denn sie wollten den Soundtrack machen zu einer Endzeit, der Auflösung der Dinge, dem Anfang der Dunkelheit. Sie legten sogar bereits die Namen ihrer Platten fest. «Morbid Tales». «To Mega Therion». «Into the Pandemonium». Und sie planten bereits, wie ihre vierte und letzte Platte heissen sollte: «Necronomicon». Denn sie wussten: Celtic Frost kann nicht ewig bestehen. Und so kam es dann auch, fast.

Klar war für Martin: «Unsere Musik sollte nie als Background dienen, sondern aufrütteln. Wenn du Celtic Frost hörst, musst du dich entweder damit befassen oder es bleiben lassen.» Zusammen mit dem Schlagzeuger Steven Priestly nehmen sie ihr Debütalbum «Morbid Tales» auf, das 1984 auf den Markt kommt und in der Szene grosse Beachtung hervorruft. Grimmig blicken sie von den Fotos. Die Nummern waren hart. Fünf Jahre später schrieb die für ihren intellektuellen Zugang bekannte Rockzeitschrift «Spex» über den Erstling: «Eine Death/Thrash-Bombe mit, wie man inzwischen weiss, verzögertem Zeitzünder»

Für das Folgewerk wechseln sie den Drummer und verwenden als Cover Bilder des Künstlers H. R. Giger, der ihnen diese schon zu Hellhammers Zeiten kostenlos zur Verfügung stellte. Ein wahrer Mentor. Und Giger auf dem Cover, da konnte nichts mehr schief gehen. Die Fachpresse schreibt Anfang 1986: «Celtic Frost legt mit ‹To Mega Therion› ihr neues Album vor, das sich offenbar vor allem in den USA gut verkauft. Nach Krokus und Vollenweider ist Celtic Frost bereits die dritte Band, die in den Staaten mit den Verkaufszahlen besser abschneidet als Yello.» Auch der «Blick» berichtete: «Verärgert flogen die Zürcher Heavys von Celtic Frost Ende März nach Amerika. Von den Schweizern, die ihre Musik als ‹chaotisch und laut› verrissen haben, hatten sie vorläufig die Nase voll. Mit Wohnmobilen tour ten Celtic Frost durch vierzig Städte, darunter Chicago, New York, Los Angeles und San Francisco. Fast überall waren die Säle ausverkauft, und die Fans rasten vor Begeisterung.»

Später wird Tom sagen: «‹To Mega Therion› war im Grunde ein Ausdruck meiner Unreife und meiner männlichen Triebe. Deshalb hat das Album auch so ein gewisses an ‹Conan› erinnerndes Fantasy-Flair. Die Platte ist ganz klar für Leute in der Pubertät gemacht. Da liegen auf jeden Fall die Wurzeln des Heavy Metal. Dieses ganze Gefühl von Revolution, dieser Wunsch, mächtig zu sein, ist ganz klar ein Pubertätsding. Das muss die Fans nicht kränken. Da muss jeder durch. Deshalb ist Heavy Metal so kraftvoll.»

Nach der USA-Tournee ging man wieder ins Studio. Der dritte Streich zeugte davon, dass die Arbeit von Celtic Frost zunehmend komplexer wurde. Man wollte wegkommen vom überstrapazierten klischeehaften Nieten- und Lederimage des Heavy Metal. Die Ansprüche stiegen. Sie wollten in neue Gebiete vorstossen, experimentierten vermehrt mit orchestralen Tönen, mit Samples, mit Synthesizern. Am Anfang von «Into the Pandemonium» stand eine Coverversion von «Mexican Radio», einem Song der New-Wave-Band Wall of Voodoo. Der vierte Track war ein vertontes Gedicht von Charles Baudelaire: «Tristesses de la lune» Und als Cover-Artwork nahm man einen Ausschnitt des Gemäldes «Garten der Lüste» von Hieronymus Bosch. Die Kritik nahm die Scheibe mit grösster Begeisterung auf. Schnell war das Wort Avantgarde zur Hand.

Die Liste der Bands, die sich später auf Celtic Frost berufen werden, ist lang. Nicht nur Metal-Bands wie Sepultura, der gerne ein bisschen schockierende Massenmanic Marilyn Manson oder

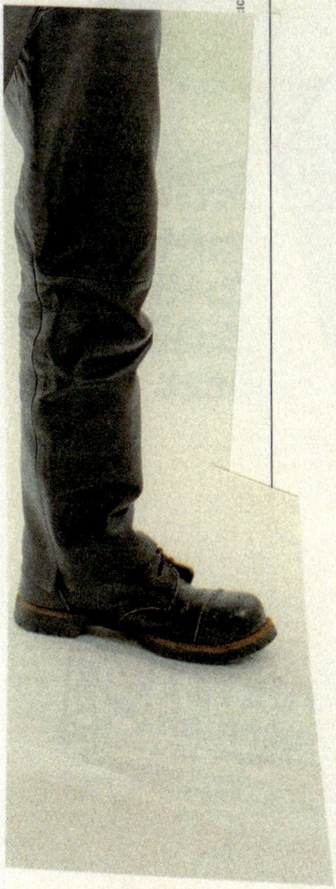

die Hitparadenstürmer Metallica bekannten sich zum Einfluss aus der Schweiz, sondern auch Nirvana waren Celtic-Frost-Fans. Nirvana-Bassist Krist Novoselic sagte in einem Interview mit dem «Rolling Stone»: «Wir hatten eine Kassette im Bus mit den Smithereens auf der einen Seite und der Heavy-Metal-Band Celtic Frost auf der anderen. Die Kassette lief pausenlos.»

1987 schlich sich dann das Ende heran. Spannungen in der Band, finanzielle Probleme, Probleme mit der Plattenfirma, die bereits in die Produktion der letzten Platte hatte eingreifen wollen und der die künstlerischen Ambitionen der Band zu weit gingen. Noch in den USA auf Tournee, trennte man sich. Die Zeit von Celtic Frost war vorbei.

Nach einer kurzen Pause formierte sich die Band zwar neu, ging nochmals ins Studio und brachte schliesslich «Cold Lake» heraus, eine Platte, die niemandem gefallen wollte. Zu sehr verfiel man der Manie, sich ein Glam-Rock-Image aufpfropfen zu wollen, zu weit weg war die Musik von dem, was Celtic Frost einst war. Die Band wurde des Ausverkaufs bezichtigt. Wie es geht mit einer Band: Man löste sich wieder auf. Man raufte sich wieder zusammen. Es folgten noch zwei Alben, «Vanity/Nemesis», das zwar gute Kritiken einbrachte, aber nicht viel mehr, und 1992 das retrospektive «Parched With Thirst Am I and Dying».

Bald zerbrach die Band gänzlich. Tom zog sich in das von ihm gegründete Industrial-Projekt Apollyon Sun zurück, dann verarbeitete er seine Erfahrungen in einer Autobiografie mit dem Titel «Are you morbid?». Martin wurde Unternehmer. Und Celtic Frost gab Ruhe. 15 Jahre lang.

Wie die Typen aus der Anstalt

«Die erste Platte hatten wir in fünf Tagen aufgenommen. Die zweite in zehn Tagen. Inklusive Abmischen. Das neue Werk nun hat ein bisschen mehr Zeit in Anspruch genommen.» Martin sitzt im Café Zino am Stauffacher in Zürich, ein Café, das den Charme des Glattals besitzt. Er hockt an einem Nichtrauchertisch, trinkt ein Mineralwasser ohne Kohlensäure. Neben ihm sitzt Franco Sesa über einem Grüntee. Franco kam vor vier Jahren als Drummer zur Band, nachdem er sich durch diverseste Schweizer Bands getrommelt hatte. Auch er kommt ursprünglich aus dem suburbanen Raum Zürichs: Dielsdorf. Auch er einer mit langen Haaren. Und als er als Kid noch die Typen von Celtic Frost auf den Fotos der Platten sah, die er zu Hause hörte, da dachte er: «Scheisse, die Typen sehen echt brutal aus, so wie die Typen aus der Erziehungsanstalt Burghof.» Jetzt ist Franco selbst dabei, bezeichnet sich aber in erster Linie als «Arbeiter» am Schlagzeug.

Tom ist gerade am Arbeiten. Als Übersetzer. Alle haben sie noch ihre Jobs. Irgendwoher muss das Geld ja kommen, denn sie wollten nicht den Fehler begehen, einen Vertrag mit einer Plattenfirma zu unterschreiben, bevor sie nicht wussten, was sie machen wollten. Sie wollten sich nicht verkaufen, sondern die Kontrolle behalten. Also haben sie die Produktion der neuen Platte aus dem eigenen Sack bestritten. Mit Knebelverträgen hatten sie ihre Erfahrung bereits gemacht.

Als Martin aus dem Metal-Traum zurück ins Leben kam, wechselte er die Fronten. Er veranstaltete Konzerte, stieg ins Unterhaltungsgeschäft ein. Heute ist er Teilhaber am DVD-Laden Laserzone, der Acapulco-Bar und dem Mascotte-Nachtklub am Bellevue. Seinen Lebensstil hat er aber über die Jahre hinweg konsequent weitergelebt. Wie Tom auch. Und der heisst: Celtic Frost.

Celtic Frost sind heute ein Trio. Eben waren sie noch ein Quartett, aber wie das so geht bei Bands: Der Gitarrist Erol Unala sprang vom Wagen. Er habe es seiner Familie nicht antun wollen, all die Zeit auf Tour, weit weg von daheim. Denn dann gibt es nur eine Familie, und das ist die Band. Also hat man nun auf die Schnelle einen Ersatz gesucht. Und nicht gefunden, wenigstens nicht in der Schweiz, denn hier sei man nicht so einfach bereit, die Existenz aufzugeben, um ein Risiko einzugehen. Es war unmöglich, «eine krisenresistente Person zu finden». Denn eine Rockband ist nichts anderes als das: eine permanente Krise. Ein Norweger wird nun Celtic Frost auf der kommenden Tournee am Arbeitsinstrument Gitarre unterstützen.

«Monotheist» heisst die neue Platte, die die Dichte von ausserirdischem Material besitzt, wie ein schwarzer Monolith daherkommt, kraftvoll, dunkel und schwer: die Essenz von fünf Jahren Arbeit, von fünf Jahren Bandfindung, ein Derivat. «Es ging nicht nur darum, Songs zu schreiben, sondern eine Identität zu finden», sagt Martin. Denn Celtic Frost haben eine Vergangenheit, die sie begleitet, ob sie wollen oder nicht. Die Erwartungen sind gewaltig. Sowohl die Erwartungen der Fans wie auch die Erwartungen der Band. Und die Zeit wird zeigen, ob man ihnen genügen kann oder nicht. Denn wie damals gilt bei Celtic Frost: Der Anspruch, er ist gross, übermenschlich gross. Und der Kampf damit hat gerade erst angefangen. <

«Monotheist» von Celtic Frost erscheint am 26. Mai. Danach ist Celtic Frost auf diversen Metal-Festivals in Europa zu hören, dann geht es auf eine ausgedehnte Tournee durch die USA.

Max Küng ist redaktioneller Mitarbeiter des «Magazins» (max.kueng@dasmagazin.ch).

Der Fotograf **Jozo Palkovits** lebt in Zürich (info@palkovits.ch).

WENN WAS ÜBERSTANDEN IST :

AUF
DAS
JETZT
EINEN
DUJARDIN

Die grosse Last

«Die Zusage zu diesem Film kam mir aus dem Bauch heraus, endlich gehört zu werden und darüber zu sprechen, wie es in mir aussieht», sagt Susanne H., Frau eines psychisch kranken Mannes. Den weitaus grössten Teil der Belastung, die von psychisch kranken Menschen ausgeht, tragen deren Angehörige. Stella Tinbergen lässt in ihrer Reportage betroffene Familienmitglieder über ihren Alltag mit psychisch kranken Eltern, Kindern oder anderen Verwandten berichten.

Unerreichbar nah, DI 22.15 ZDF

Lehrstunden der Liebe

Beim 15-jährigen Stig erwacht die Sexualität. Als er eine neue Englischlehrerin bekommt, fühlt sich Stig sofort zu ihr hingezogen und bald beginnt er eine Affäre mit ihr.

Regie: Bo Widerberg, **Darsteller:** Johan Widerberg

22.15 ZDF ★★★☆

Stimme des Todes

Aus Mangel an anderen Gelegenheiten flirtet die 14-jährige Lisa anonym per Telefon. Was als harmloses Flirtspiel beginnt, endet in einem Albtraum, denn das junge Mädchen gerät an einen Frauenmörder ...

Regie: Gary A. Sherman, **Darsteller:** Cheryl Ladd

22.20 Kabel 1 ★★★☆

Was ich dir noch nie erzählt habe

Nach einem missratenen Selbstmordversuch will Ann mittels Videokamera ihr Elend verarbeiten. Doch die Videobriefe landen nicht beim Ex-Freund, sondern beim Nachbarn. Und wieder entwickelt sich eine Romanze.

Regie: Isabel Coixet, **Darsteller:** Lili Taylor

23.25 SF 1 ★★★☆

Ein verräterisches Gesicht

Ein ehemaliger SS-Offizier wird von einer antifaschistischen Organisation enttarnt. Er hofft auf die Hilfe untergetauchter Nazis, doch nach seiner Enttarnung ist er für sie zur Bedrohung geworden. Sie erschiessen ihn.

Regie: P. Condroyer, **Darsteller:** J.-L. Trintignant

23.40 B 3 ★★★☆

Alice's Restaurant

Arlo trampt zu Freunden, die eine Hippie-Kommune führen. Drogen, Eifersucht und Egoismus holen die jungen Leute schon bald wieder in die Realität zurück.

Regie: Arthur Penn, **Darsteller:** Arlo Guthrie

22.25 3sat ★★★☆

ich kenne eine Alice,
sie heisst nicht Cooper,
sondern Cantaluppi.

Das lange Elend

Nicht ein «Englishman in New York», sondern ein Amerikaner in London verliebt sich in die englische Krankenschwester Kate Lemon. Alles lässt sich gut an, bis der nette, aber erfolglose Schauspieler Dexter King einen Seitensprung begeht und seine grosse Liebe verliert. Für Dexter bricht eine Welt zusammen. Er setzt nun alles daran, seine Krankenschwester zurückzuerobern, koste es, was es wolle.

Regie: Mel Smith, **Darsteller:** Jeff Goldblum

19.55 SF 2 ★★☆☆

BASISWISSEN «MIAMI VICE»

Text Max Küng

Die Kultserie läuft jetzt als Remake in den Kinos. Ein Brevier für jeden, der die Achtzigerjahre verschlafen hat.

Die Detektive Sonny Crockett (l) und Ricardo Tubbs mit ihren Lieblingsspielzeugen.

 BILD: UNIVERSAL

An diesem Wochenende läuft «Miami Vice» in unseren Kinos an. Nebst dem Namen der Hauptcharaktere hat Michael Manns aktueller «Miami Vice» nur noch Spurenelemente mit der Serie aus den Achtzigerjahren gemein. Das ist gut so, schliesslich hat sich die Welt verändert, Miami auch und die Mode sowieso. Zudem: Diese besondere Coolness der Achtzigerjahre nochmals zu erzeugen, wäre schwierig gewesen; diese Coolness, die manchmal auch ein bisschen wehtat (weshalb manche auch sagten: «Miami Scheiss»). Wir dürfen uns also noch mal erinnern. Wie war das schon wieder mit dem Alligator? Und den Autos? Und überhaupt? Als kleine Lebenshilfe liefern wir Ihnen hier das Basiswissen, um beim Wochenend-Smalltalk bestehen zu können.

«Miami Vice» startete im September 1984, abends um 10 Uhr, der Sender NBC hatte keine grosse Hoffnung, die Serie könne ein Erfolg werden. Vor allem Don Johnson galt als Anti-Erfolgsgarant, er hatte schon eine stattliche Anzahl von TV-Sendungen hinter sich, die nicht über das Pilot-Stadium hinauskamen. Kam dann aber ganz anders. Der Produzent hiess Michael Mann, der in den Siebzigerjahren die Drehbücher zu ein paar Folgen von «Starsky & Hutch» geschrieben hatte. Über «Miami Vice» sagte er, es sei «impressionistischer Realismus».

Cops, cars, clothes, darum drehte sich «Miami Vice», zwei Bullen, schnelle teure Autos und Mode, so wie sie noch nie in einer Fernsehserie zelebriert wurde (schon gar nicht in einer Bullen-Serie). Die Polizisten hiessen James «Sonny» Crockett (Don Johnson) und Ricardo Tubbs (Philip Michael Thomas). Ihr Vorgesetzter, Lieutenant Martin Castillo (Edward James Olmos), war der ernsthafteste Mensch auf Erden. Ach ja, dann gab es noch die beiden als Nutten getarnten Cops Trudy und Gina. Und die beiden ungeschickten Abhörspezialisten Zito und Switek.

Die Autos Natürlich gehörte es sich für einen Undercover-Cop im Drogenhändler-Milieu, dass er adäquates Arbeitsgerät benutzt. Sonny fuhr einen mitternachtsschwarzen Ferrari 365 GTB/4, der allerdings kein echter Ferrari war, sondern ein Nachbau aus Kunststoff auf der Basis eines Chevrolet Corvette. Die Leute von Ferrari waren über den Auftritt ihrer Marke so begeistert, dass sie Sonny später ihr damaliges Paradepferd spendierten, einen Testarossa, den Michael Mann der Kontraste wegen bei nächtlichen Verfolgungsjagden von schwarz auf weiss umlackieren liess. Tubbs ging es gemächlicher an, er fuhr ein 63er-Cadillac-Deville-Cabriolet.

Die Mode «Miami Vice» bewies, dass ein Anzug keine Rüstung sein muss, sondern pure Lässigkeit. Während Tubbs, aus New York kommend, sich noch ein bisschen formaler, strenger kleidete, liess sich Sonny gehen. Er trug niemals einen Gürtel oder Socken, dafür einen Dreitagebart. Bedeutung: Ich wache selten in meinem eigenen Bett auf. Die italienischen Anzüge von Armani und Versace signalisierten: Mode für den Mann ist unkompliziert und farbig. Ein T-Shirt zum Sakko ist cooler als ein Hemd. Leider setzte sich dies dann auch durch und stürzte die Welt in einen pastellfarbenen Alptraum mit Schulterpolstern.

Der Erfolg Alle Welt liebte «Miami Vice». Es galt bei Prominenten als chic, in Nebenrollen aufzutreten, weshalb sich so manche um einen Gastauftritt bemühten. Viele erfolglos. Der damalige Vize-Präsident George Bush wollte mit einem Gastspiel für seine Anti-Drogenkampagne werben, die Produzenten lehnten ab. Auch Prinzessin Stéphanie von Monacos Wunsch nach «Miami Vice»-Coolness wurde nicht erhört. Mehr Glück hatten die Musiker Frank Zappa («Schuld um Schuld»), Miles Davis («Rosella») und Phil Collins («Phils Tricks«).

Das Beste Die Titelsequenz, unterlegt mit Jan Hammers peitschender synthetischer Musik. Aber wie war das nochmals genau? Ganz genau? Also. 1. Palmen (von unten gefilmt). 2. Meer (überflogen), Einblendung: «Miami Vice». 3. Flamingos. 4. Nochmals Meer, Einblendung: «Starring Don Johnson». 5. Ein Jai-Alai-Spieler (die amerikanisierte Art des baskischen Nationalsports Pelota, weit verbreitet in Florida). 6. Rolls-Royces, von vorne gefilmt, Einblendung: «Philip Michael Thomas». 7. Ein Mann, telefonierend in einem Swimmingpool, Ladies liegen dekorativ rum, daneben Palmen, dahinter das Meer. 8. Rennender Windhund. 9. Meer. 10. Hochhausfassade (in der sich eine Palme spiegelt). 11. Sonnenuntergang. 12. Surferin (die während des Surfens ihren Kopf ins Wasser taucht, schnell). 13. Säulen, Architektur. 14. Ein Jockey (gelber Dress, Startnummer 12). 15. Meer. 16. Eingang eines Restaurants oder Klubs, Nachtstimmung, Rolls-Royce fährt vor. 17. Segelboot. 18. Hochspritzendes Wasser, von einem Wasserskiläufer, den man aber nicht sieht, wohl aber erahnt. Sie dauert 58 Sekunden. Und Miami ist erklärt. Später wurde die Abfolge geändert. Ein sich kratzender Papagei kam dazu und ein paar Paare wackelnde Brüste.

Überhaupt, die Musik. Schliesslich war die Idee, eine Fernsehserie mit der neuen Ästhetik von MTV zu kombinieren. Die Musik wurde zum Miterzähler der Geschichte, zu einem eigenen Charakter. Jan Hammers Titelmelodie setzte sich auf Platz 1 der Single-Charts. Das hatte zuvor noch nie ein TV-Instrumental geschafft.

Nach fünf Jahren und 112 Folgen wurde «Miami Vice» 1989 aus Kostengründen abgesetzt. Die letzte Folge hiess «Freefall». Natürlich wählte man für die deutsche Version eine passende Übersetzung: «Letzter Auftrag».

Das Ende: Tubbs ging zurück nach New York, in die Bronx. Sonny mutierte zum Easy Rider und machte sich auf in die Freiheit, um alles zu vergessen. Denn nach fünf Jahren waren die einst so gut gelaunten Cops müde geworden. Müde und zynisch ob der Tatsache, welche auch die neonglühenden, sich langsam zu Ende neigenden Achtzigerjahre nicht mehr verdecken konnten: Das Leben, es ist ein gemeiner Hund.

Wer Nachholbedarf hat, für den erschienen die ersten beiden Jahre der Serie auf DVD (je eine 6er-Box). Wer nicht die Vollladung will, aber trotzdem einen kleinen Gedenkgottesdienst feiern möchte, für den bringt der TV-Sender Kabel 1 am Sonntagnachmittag, 27. August, vier der besten Folgen.

Nachtrag Der Alligator, den sich Sonny als «Wachhund» auf seinem Wohnboot namens St. Vitus Dance hielt, hiess Elvis.

Max Küng (max.kueng@dasmagazin.ch)

ICH BIN AUCH EIN REGISSEUR

Text Max Küng

Ins Kino gehen? Warum? Fernsehen? Weshalb? Es gibt ja YouTube. Eine Unzahl von Filmen wartet nur auf Zuschauer. Und viele wird man niemals vergessen können.

Ich sah Dinge, die ich schwer vergessen kann. Ich sah Bilder. Filme. Manche Filme kann ich nicht vergessen, weil sie so heftig sind, ja brutal. Andere, weil sie so lustig sind. Oder so schlecht. Oder einfach nur seltsam. Selten sind die Filme gut. Nun ja, eigentlich sind sie nie gut. Denn da ist auch das Problem mit der Bildqualität – aber das ist eine andere Geschichte. Ich sah, wie ein Hubschrauber bei der Landung abschmiert und Menschen unter sich begräbt («Puma Crash»)[1+2]. Ich sah, wie ein junger Mann hinten auf einen ICE-Zug springt, sich mit einem Spezialsaugnapf festmacht und den Hochgeschwindigkeitszug reitet, unterlegt mit Musik von Enya («Extreme Trainrider»)[3]. Ich sah ein japanisches Mädchen, das mir ihr Zuhause zeigt: ihr rosarotes Fahrrad, ihr Kerzenhalter in Form eines gläsernen Schuhs, den Inhalt ihres Badezimmerschrankes im Detail («Private Life»)[4+5]. Ich sah ein amerikanisches Mädchen, das versucht, eine Gallone Milch zu trinken – und dann kotzt, gefilmt von ihrem kichernden Freund, der scherzt: «Würdest du das auflecken, wenn ich dir 1000 Dollar gebe?» («Gallon Challenge»)[6]. Ich sah britische Soldaten, die im Irak stationiert in ihrer Freizeit als Araber verkleidet ihre Spässe treiben («British Army»)[7]. In einem anderen Film sah ich einen Lastwagenfahrer, der für die Ölfirma Halliburton im Irak unterwegs ist und mit seinem Konvoi in einen Hinterhalt gerät und beschossen wird, eingesperrt in seinem defekten Gefährt, nachdem sich die militärischen Geleitfahrzeuge aus dem Staub machten – der Film dauert beklemmende sieben Minuten und sechs Sekunden («KBR Convoy ambushed in Iraq»)[8].

Ich sah extrem viel, zu viel, aber ich sah bloss einen Bruchteil, einen Krümel, ein My von YouTube. Hundert Millionen Clips werden täglich angesehen. Und YouTube wächst jeden Tag um 70 000 Filme (wenn wir annehmen, dass ein Filmchen im Schnitt eine Minute dauert – und oft dauern sie länger –, dann werden pro Tag 1166 Stunden Material neu hinzugestapelt; das sind 48 Tage).

Nur kurz, für die, die das noch nicht wissen, oder zur Auffrischung: das Märchen. Es begann im Silicon Valley, an einer Dinner Party eines Nachts im Jahr 2004. Drei Mitarbeiter des Online-Bezahlsystems PayPal, einer Tochterfirma von Ebay, unterhielten sich über den Umstand, wie kompliziert es sei, seine Heimvideos via Netz mit Freunden zu teilen. Die Jungs hiessen Chad Hurley, Steve Chen und Jawed Karim. Sie beschlossen, dagegen etwas zu unternehmen. Und sie wussten nicht, dass sie schon sehr bald sehr berühmt sein sollten. Und sehr reich. Und dass sie die Welt verändern würden. Sie hatten bloss ein technisches Problem, das sie lösen wollten – keine Vision.

Rumpelkammer Im Frühling 2005 war das Produkt fertig: eine Homepage namens YouTube, auf der auf einfachste Art und Weise jeder Filmmaterial deponieren kann, um es der Allgemeinheit zugänglich zu machen. Es fing an mit einem Video von einem Zoobesuch. Und die Allgemeinheit, sie machte Gebrauch von der neuen Internetplattform, denn das Web begann sich zu verändern: Der Begriff «Web 2.0» machte schnell die Runde – das Netz löste sich aus seinem statischen Dasein und fing an, sich zu einem von jedermann verwendbaren flexiblen Tool zu entwickeln. Bald schoss der Risikokapitalgeber Sequoia Capital ein paar Millionen Dollar ein – Sequoia Capital hatte schon Google finanziell auf den Weg gebracht und ein bisschen früher auch Apple. YouTube wuchs und wuchs – und das vorerst letzte Kapitel des Märchens: Die Zeitschrift «Time» kürte YouTube zur Erfindung des Jahres. Und im Oktober kaufte Google die Firma für die Summe von 1,65 Milliarden Dollar in Aktien.

Auf YouTube bekommt man, was man andernorts vergeblich sucht. YouTube ist nicht nur eine Plattform für junge Menschen, die sich langweilen oder die berühmt werden wollen, sondern auch ein hyperschnelles und -tiefes Archiv der Populärkultur, ein Echoraum, eine Rumpelkammer. Hier findet man den legendären Werbespot von Audi, als sie ihr Allradmodell eine Skischanze hochfahren liessen («Audi Quatro»)[9]. Man findet die Videoclips aus den Anfangszeiten des Genres, die man schon immer wieder einmal sehen wollte, die es aber nirgends zu kaufen gibt. Fragmente von Konzertmitschnitten (zum Beispiel vom Client-Konzert vom 16. Oktober 2006 in der Zürcher Hafenkneipe – sehr süss, die neue Bassistin). Den unvergesslichen

Sven-Hotz-FCZ-Meistertanz («Sven Hotz Meistertanz»)[10]. Den Film «Lauf der Dinge» der Künstler Fischli/Weiss («The Way Thing Go 1»)[11] in ganzer Länge – und den Werbespot von Honda, der von ebendiesem Film «stark inspiriert» wurde («Honda Ad»)[12]. All die Dinge wurden von Privaten ins Netz gestellt – ohne sich um den Begriff Copyright zu kümmern.

Doch die Realität wird YouTube wohl einholen, jetzt, da die Sache kommerzialisiert wurde, da es endlich jemanden mit Geld gibt, den man verklagen kann. Denn YouTube ist noch so etwas wie ein rechtsfreier Raum. Man schätzt, dass neunzig Prozent des Inhalts von YouTube in irgendeiner Form das Urheberrecht verletzen. Grosse Konzerne bereiten Klagen vor. Und grosse Konzerne werden mehr oder weniger gezielt mit mehr oder weniger klarem Absender YouTube als Marketingplattform benutzen.

Jeder ist Regisseur Aber nicht nur das Urheberrecht ist ein Problem, mit dem sich YouTube befassen muss. Ein anderer Punkt: die Inhalte. Zwar steht in den Mitmachbedingungen, dass die Filme weder pornografisch, diskriminierend noch rassistisch sein dürfen – doch wer soll dies bei dieser Masse von Material schon kontrollieren? So steht seit dem Juni dieses Jahres (um nur ein Beispiel zu nennen) das Musikvideo «Waffen für alle» der in Deutschland indizierten Nazi-Rocker Landser bei YouTube, wurde bisher 25724-mal angeschaut und mit 88 (sic!) Kommentaren versehen, die teilweise so rassistisch sind, dass wir sie hier nicht nur aus juristischen Gründen nicht zitieren wollen.

YouTube erwarten also ein paar Probleme, die gelöst werden müssen. Aber sie werden gelöst. Denn die digitale Schlammlawine kann man nicht aufhalten. Manche sagen, YouTube sei die Zukunft des Humors. Andere gar: YouTube sei die Zukunft des Fernsehens. Was das Netz der Musikindustrie zugefügt hat, das stehe nun der Fernsehindustrie bevor, denn bei YouTube ist jeder User nicht nur Zuschauer, sondern auch, wenn er will, Regisseur, Produzent und Programmdirektor. Und was gut ist, was sehenswert, empfehlenswert ist, das wird nicht über eine teure Werbekampagne verbreitet, sondern via Blogs und E-Mails: Kommunikation innerhalb der Kommune. Wie sich die Sache weiterentwickeln wird, das ist relativ simpel vorauszusehen: Wo die Zuschauer sind, dort geht auch die Werbung hin. So ist das Gesetz. Das heisst: Die Fernsehstationen werden ernsthafte Probleme bekommen.

Wie ich mich nun fühle? Nach den Stunden, den Tagen, die ich bei YouTube zu Gast war? Ich weiss es nicht. Nicht wirklich gut. Und ich kann gewisse Dinge nicht vergessen. Vor allem einen Film kann ich nicht vergessen. Er dauerte nur ein paar Sekunden. Ich habe bis anhin nicht darüber geschrieben, weil ich überhaupt nicht darüber schreiben wollte. Es war ein mies gefilmtes Video von einem Mann, der einen auf der Brust sitzenden riesenhaften Pickel ausdrückte, während er wohl auf Spanisch fluchte und stöhnte. Der Pickel spritzte.

Er spritzte in mein Hirn hinein.

Auch das ist YouTube. Noch.

Max Küng ist redaktioneller «Magazin»-Mitarbeiter. Bald zeigt er seine spannenden Tierbeobachtungen aus Sambia auf www.YouTube.com: Elefanten, Warzenschweine, Zebras, Löwen und so weiter (max.kueng@dasmagazin.ch).

poetry in motion

wenn dichtkunst auf
aviatik trifft (und
politik). resp. pop

"DER HEISSESTE PLATZ DER HÖLLE IST FÜR JENE BESTIMMT
DIE IN ZEITEN DER KRISE NEUTRAL BLEIBEN."

"the evil is not in extremes / it's in the aftermath
the middle mass"

" THIS IS FOR ALL THE SWISS IN THE AUDIENCE " – mark e. smith, 12. juni 19
CITYGARDENS, TRENTON, JERSEY

DAS DILEMMA EINES KOLUMNISTEN :

ES IST COOL AUF ALT ZU MACHEN

WENN MAN JUNG IST

ABER UMGEKEHRT NICHT

(und es ist auch nicht cool auf alt zu machen
wenn man alt ist.)

666

13

13

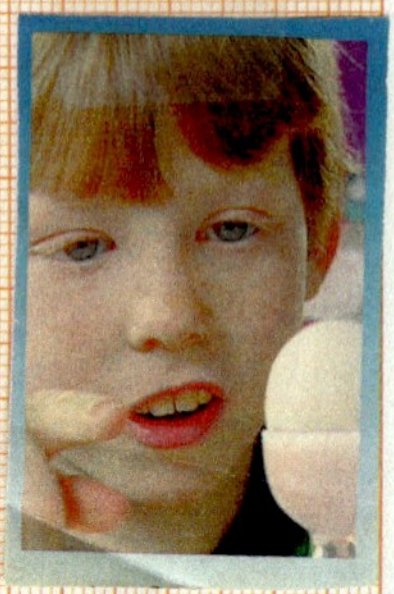

ZEFA

Le Bodybuilding a un goût exquis.

OEUF NEUF QUE LAC DE LA

En Allemagne on sert le Knickebein, dans un verre spécial du même nom.

singing in the rain

vs.

singing in the Brause

Senil? Frank Sinatra hielt Deutschland für Mexiko

MÜNCHEN – Frank Sintra (77): Manchmal vergisst er seine Texte, manchmal verliert er die Orientierung ganz. Konzertveranstalter Marcel Avram aus Deutschland hat aus dem Nähkästchen geplaudert. «Als wir nachts vom Flughafen Köln zum Hotel fuhren, sah er ein Restaurant, das ‹Cantina Mexico› hiess. Da hat er angefangen zu toben. ‹Jetzt spielen wir schon wieder in Mexiko. Ich wollte hier nicht mehr spielen. Mir hat Mexiko immer gestunken.›» Als ihn Avram aufklärte, fluchte Sinatra weiter: «Ich hasse Tacos und Pacos.»

OUT OF THE FRYING PAN
IN TO THE FIRE

1992

ana ana
(FILE UNDEF: [redacted] JUNG)

In den bisherigen Ausgaben unseres Magazins druckten wir Teile aus einem Manuskript mit dem Titel "Depeschen aus Darmstadt". Leider ist deren Autor, Urs A. Sutter, unerwartet gestorben. Wir, die Redaktion Grenzwert, seine Freunde sind schockiert und bestürzt, dass er uns so schnell verlassen hat, ohne was zu sagen. In seinem Gedenken drucken wir den Inhalt der letzten Diskette, die er uns liess, unkorrigiert, unbehandelt.

-œ ‡°±·;˛ˇ
ˇˇˇ
˛ˇˇ
ˇˇˇ
ˇˇˇ
ˇˇˇ
ˇˇˇ
ˇˇˇ
ˇˇˇ
ˇˇˇ
ˇˇˇ
ˇˇˇˇˇˇˇˇˇˇˇˇˇˇˇˇˇˇˇˇˇˇˇˇˇˇˇˇˇˇˇˇˇˇˇ2˛ˇˇˇ3
!"#$%&'()*+,-
./014˛ˇˇˇ˛ˇˇˇ56789:;<˛ˇˇˇˇˇˇˇˇˇˇˇˇˇˇˇˇˇˇˇˇ
ˇˇˇ
ˇˇˇ
ˇˇˇ
ˇˇˇ
ˇˇˇ
ˇˇˇ
ˇˇˇ
ˇˇˇ
ˇˇˇˇˇˇˇˇˇˇˇˇˇˇˇˇˇˇˇˇˇˇˇˇˇRoot Entryˇˇˇˇˇˇˇˇ
¿FÜ"õ DhΩÄCompObj ˇˇˇˇˇˇˇˇˇˇˇˇˇbWordDocument
ˇˇˇˇˇˇˇˇÙlObjectPoolˇˇˇˇÜ`Ø‰DhΩÜ`Ø‰DhΩ˛ˇˇˇ

ˇˇ
˛ˇˇ
ˇˇˇ
ˇˇˇ
ˇˇˇ
ˇˇˇ
ˇˇˇ
ˇˇˇ
ˇˇˇ
ˇˇˇ
ˇˇˇˇˇˇˇˇˇˇ˛ˇˇˇˇˇ ¿FMicrosoft Word 6.0-
DokumentMSWordDocWord.Document.6;˛ˇ˛ˇ
‡ÕüÚˇOh´ë+'≥Ÿ0∞
ò<$H

Depeschen aus Darmstadt, Teil 3: "Tokyo Speedboat/Zombies ate my Playstation/Total Melt-down"

***

Das Philip-Starck-Mädchen lag auf seinem Bett ohne Namen, zündete sich eine Cigarette an, zog tief und nestelte mit der Linken linkisch am Gummibund ihrer Calvin Klein Unterhose. Krankl musste einfach hinsehen. In seiner Hose: Crescendo.

***

Der Sonntag war sein Montag. Er kam um acht Uhr morgens heim. Fixfertig und putzmunter. Legte sich ins Bett und war hellwach. In seinem Kopf noch immer die Musik von den Stunden zuvor. Zwischen den Ohren Rauschen und Rumoren. Nach einer Weile fiel er in einen unruhigen Schlaf.

***

Das war immer so, wenn er Speed genommen hatte. Er nahm selten und dann nicht viel. Aber er nahm gerne Speed, denn das erste Mal war in seinem Hirn positiv eingebrannt, ähnlich wie das erste Hasch, und wie schlecht es auch immer sein mochte, es blieb gut. Shit nahm er erstmals an einer Party, da er war etwa 15, ein Greis, verglichen mit anderen. Er rauchte und musste nicht einmal husten, dafür kicherte er lange, lange. Und dann konnte er seine Kontaktlinsen nicht mehr rausnehmen, so bekifft war er. Und dann war da dieses Mädchen, wegen dem er später noch viel leiden sollte (oder besser: das ihm netterweise Grund gab zu leiden, denn ein junger Kerl tut gut daran zu leiden - unter der Bedingung, dass er das Leiden irgendwann ablegen kann, so wie die jugendliche Kleidung, die man auch nur bis in ein gewisses Alter pflegen sollte, denn sonst wird das pathologisch, beides, die Kleidung und das Leiden, man wird beziehungsunfähig und ein emotional bizarr verformter Zeitgenosse, also durchaus norm, und von den Klamotten her ein krasser Clown). Das Mädchen hatte auch Kontaktlinsen, nur schon länger und war erfahren und es half ihm sie rauszunehmen aus seinen Augen, welche ihm wegen ihr schon viel früher rausgefallen waren, und später gingen ihm die Augen gänzlich über und sie nahm auch seinen Schwanz aus der Hose und in ihren Mund und er dachte, die Schädeldecke fliege ihm davon. Bis es ihm kam. In ihren Mund. Seine Geilheit schlug sofort um in tiefste Peinlichkeit. Er entschuldigte sich so lange, bis das Mächen, in solchen Dingen erfahren und verschlagen, sagte, dass das schon ok sei, sie jetzt einen Schluck Alkohol brauche und er doch bitte endlich seinen Mund halten soll. Ihm war das alles nur noch peinlich. Alles. Das Mädchen - langweilig ob seiner Unerfahrenheit und müde ob seiner Begeisterung für sie! sie! sie! sie! sie! sie!- mochte bald ihn nicht mehr sehen, denn es zog sie hin zu anderen, zu Kerlen, zu richtigen, zu Erfahreneren als Sie es war, zu Verschlageneren.

***

Hinten im Kopf fingen diese speedspezifischen metallernen Kopfschmerzen an, also nahm er zwei Tonopal. Das Rennen war nicht sonderlich spannend und nachdem Schumacher ausgefallen war, stellte er ab, denn nun war erreicht, was zu erreichen war. Hauptsache, Schumacher gewinnt nicht. Da hatte er es wie im Fussball: Der schönste Sieg ist eine Niederlage Deutschlands. Er ging raus, ein

bisschen spazieren. Und wie immer, wenn er Speed genommen hatte, überkam ihn diese Angst vor dem Tod. Der Tod war plötzlich sehr nah, und der Tod war auch nicht mehr kein Problem, eines Tages müssen ja alle mal dran glaube, Löffel abgeben, media in vita morte summus, und noch einen Löffel abgeben für Omi, einen für Opi, ich komme ja wieder, nur Transformation von Energie, Energie geht nie verloren, wird nur umgewandelt, wenn man stirbt dann vermodert man wenn die Würmer was übriglassen basta.
So ist das nun mal.
So ist das nun mal.
So ist das nun mal.
So ist das nun mal.
So ist das nun mal.
So ist das nun mal.
Der Tod war ein Gefühl. Und das Gefühl war schlecht. Er dachte laufend Sachen; Sachen wie "ein Auto könnte heranschiessen, der Fahrer könnte ein Rentner sein, der Rentern könnte seinen dritten und letzten Herzinfarkt haben, es müsste nicht einmal ein Rentner sein, ganz ausgesprochen gar nicht, es könnte eigentlich auch ein im Kollegenkreis als äusserst vital und gesund bezeichneter Prokurist sein,
in einem Mercedes SL oder einem Citroen CX oder einem Toyota Corolla Liftback, einem AMC Pacer, einem Lancia Beta Spider 2.0, er könnte eine Hirnblutung haben, akut, verlöre die Herrschaft über nicht nur sein Leben sondern auch seinen Wagen, der Wagen schösse heran, käme von der Strasse ab, hüpfte aufs Trottoir, überrollte mich kurzerhand, einfach so, und schon war ich, ungefragt, einfach so, tot. Tot. Tot. Tot. Oder ein A-Klasse Merced kippt auf mich drauf in einer engen Kurve. Es passiert soviel. Ich könnte stürzen, über den Trottoirrand, den Kopf ungünstig anschlagen, am Trottoirrand, an der Schläfe, ich könnte sofort tot sein, oder bloss gehirntot, oder geistig behindert bis ans Lebensende, aber dann dieses doch bitte gleich, lieber tot. Gleich tot. Und das Leben. Das Leben. " Solche Sachen dachte er. Solche Gedanken beherrschten ihn. Und er verlor langsam die Beherrschung.
***
Appenzell griff zum Telefon und zu seinem Adressbuch. Bei K wurde er endlich fündig. Krankl konnte er ja anrufen. Immerhin. Hatte schon eine Weile nichts mehr von ihm gehört. Das letzte mal sassen sie zusammen mit zwei halbvollen Gläsern und schon ein paar intus in einer Bar und faselten und schauten herum. Krankl sprach von einem, den er kannte, der den Buchstaben R nicht sagen konnte. Er hiess Roland Rahmen. Es ist schlimm, wenn man einen Buchstaben nicht sagen kann, sagte Krankl. Und beide lachten, als sie darüber nachdachten, wie Roland Rahmen aus dem Fricktal erklärte, wie er hiess und woher er kam. Aber die Tatsache, dass einer aus dem Fricktal kam, sagte Appenzell, das ist ja eigentlich auch mit einem harten Sprachfehler nicht zu übertreffen. Stell dir vor, sagte Krankl, du kannst den K nicht sagen und bist von Beruf Kanalarbeiter. Appenzell musste sich mühe geben, dass er das Gesöff nicht über den Tisch prustete. Das wäre, sagte er, als er sich

wieder ein bisschen einkriegte, eine -atastrophe.
Stell dir vor, du kannst den L nicht sagen und bist Geschäftsleiter. Appenzell hatte nun Tränen in den Augen. Krankl auch.
- Guten Tag, mein Name ist ars Müer, Gaueiter, ich komme aus Poen. Den Abend führten sie fort, indem sie sich gegenseitig einen Buchstaben verboten. Krankl verbot Appenzell den F, Appenzell Krankl den Kanalarbeiter
-erprobten K. Krankl wollte selbstverständlich, dass Appenzell bei der Bedienung Frizzantino bestellte, Appenzell wiederum gab seinem Freund Kirsch und auch Kir Royal in Auftrag. Die Bedienung, eine natursaure Stolze mit der Ausstrahlung eines in Holland gefertigten Serienmöbels, verstand weder Sinn noch Humor noch irgendwas und bat die beiden, doch bitte das Lokal zu wechseln, wenn sie sich weiterhin so dämlich aufzuführen vorhatten.
"Sie will, dass wir das Lo-al wechseln".
"Das ist nicht -air."
"Totale -ac-e, find ich."
"Sie ist -aul."
"Und -rank."
"-icken?"
"Ficher."
***
Da kam ihnen Storchenpaul natürlich gerade recht. Und der kam geradewegs an an ihren Thekenplatz angeschritten. Appenzell verdrehte die Augen und machte mit der Hand eine kleine zwar nur aber eine eindeutige Handbewegung, sagte leise zu Krankl:
"Der -lachswichser." Krankl prustete. "Wir sind definitv betrunken, äh, betrun-en."
Hallo, sagte Storchpaul laut und gedehnt, was durchaus zu seiner Person passte. Die beiden mit zuviel Alkohol und je einem Konsonanten zuwenig klopften sich mittlerweilen tüchtig auf ihre Schenkel. Leise, aber irr kichernd zwischendurch, sagte Krankl in Appenzells Ohr: "Wenn ich Kinky Friedman wäre, und du verzeihst es mir jetzt, dass ich den K ausspreche, oder heisst es das K, egal, also, Scheisse, egal, denn verdammt, Kinky kann man ja nicht sagen ohne K, also, wenn ich Kinky Friedman wäre, dann hätte ich jetzt eine Pointe parat."
"Ja", sagte Appenzell tuschelnd, "und wenn ich James Bond wäre, den man übrigens auch ohne K gut sagen kann, dann würde ich ihn erschiessen".
"Von hinten?"
"Von hinten ist immer gut."
***
Storchenpaul heisst mit richtigen Namen Paul Stromberg. Er ist von einer durch und durch langen, zähen, storchigen Erscheinung. Und wie es so ist, spielt das Leben wieder eine witzige Weise, denn Storchpaul, der dünne dumme Riese, ist von Beruf Feinmechaniker. Allerdings bloss gelernt, denn irgendwann sattelte er um. Jetzt ist er Goldschmied, klopft auf Dingen rum, die Ringe werden und bildet sich etwas darauf ein.
"Ihr habt aber auch schon gut getrunken."
"Ja, ja, wir gehen gleich, wir müssen heim."
Mit Storchenpaul kam nicht nur ein übler Kerl, mit Storchenpaul kam auch die schlechte Laune. Wenigstens für Krankl. Es war ihm ganz und gar nicht so fröhlich zumute. Klar machte er Sprüche, riss das Maul auf, schüttete rein, lachte auf, ganz

gute Laune. Der Autor aber, der machte keine Anstallten innezuhalten oder wenigstens eine Pause einzulegen. Er las und las und las und las als hätte er nie mehr die Gelegenheit zu lesen, was wohl auch der Fall war. Krankl schämte sich, aber er machte es.
"'Tschuldigung" murmelnd stand er auf, er machte natürlich Lärm, mit dem Stuhl, mit sich, "tschuldigung", vorbei an allen Leuten und Krankl war noch nicht zur Türe hinaus, da fiel der Autor aus seinem Rhythmus, stockte in seiner Beschreibung irgendeiner Befindlichkeit, sah Krankl an, und dann sahen alle Krankl an. Er wollte nur noch hinaus und bald stand er draussen an der frischen Luft und erleichtert erleichterte er sich gleich an den Hauseingang.
"Arschgeigenverein", dachte er, als sein Harn laut auf dem
Kopfsteinpflaster aufspritze und seine Schuhe sprenkelt. "Dumme zu Geld gekommene linke Arschgeigentruppe" sagte er halblaut. Er dachte, dass wenn das wirklich geklappt hätte mit dem Kommunismus, dass dann die Linken nicht über soviel Geld verfügen würden, dass sie dann nicht in so geschmacklosen Kleidern herumspazieren würden, weil sie nicht herumspazieren würden, sondern bloss in ihrer Arbeitsuniform entweder auf dem Weg zur oder von der Arbeit wären, dass sie sich keine extravaganten Schmuck um dickgewordene Hälse legen würden, keine lustigen Brillen anfertigen liessen. Die Zeiten sind eben scheisse, dachte Krankl, rüttelte ab, packte ein und zog unverrichteter Dinge davon.
***
London, Besuch bei Juergen
Die Kirche nebenan schlägt elf Uhr genau dann an, als ich am Haus Nummer 49 in Colville
Gardens bei Scott, parterre, auf die Klingel drücke. Das sind Dinge, die passieren gar nicht, ausser man achtet darauf.
***
Als ich aufwache kracht die Sonne in meinen Kopf. Ich liege auf dem Rücken und sehe an die Decke, sehe sie aber nicht, weil ich kurzsichtig bin. In meinem Kopf ist irgendetwas kaputt gegangen. Denke ich. Dann schlafe ich sofort wieder ein.
***
Das erste, was in mir landet, ist ein halbes auf portugiesische Art gegrilltes Hähnchen mit superscharfer Sosse, die Löcher in Magenwände brennen kann, und fries und coleslaw in einem widerlichen Kunststoffbecher. Ich finde ein Hotel für erstaunlich wenige Pfunde mit eigner Dusche und einem TV, klein zwar nur aber immerhin und farbig, Morgenessen (Cornflakes mit Milch, 2 Scheiben Toast mit Jam, Tee oder Kaffee, Frühstücksfernsehen und gratis dazu den Hotelier, der gerne die Gäste ausfragen tut. So fragte er einen, der eine Tour durch Schottland machte, was denn sein Höhepunkt gewesen sein bei dieser Tour durch Schottland. Der Gast erklärte lang und breit von einem wunderbaren Spektakel der Natur, worauf der Hotelier, ein kleiner dicker sympathischer Inder, worauf also dieser sagte: "Well. Mein Höhepunkt war Pamela Anderson." Den Witz macht er mit allen.) zwischen 8 und 10 Uhr inklusive, Tax Fee auch, in der Trebovir Street, gleich bei Earl's Court, wo es scheints drei Sorten von Menschen gibt: Touristen, Australier und Schwule der vor allem Ledersorte. Was ich nicht wusste: Dass tagsüber ein Handwerker in und an und um und über dem Zimmer arbeiten sollte, ein
stämmiger Kerl mit dichtem dunklen Schnauzer wie Tom Selleck, der laut hämmern und sägen und noch lauter singen sollte. Ein munteres working class medley, "You've lost that loving feeling", "It must be love", "The Rose of
irgendwas". Und immer wieder zwischendurch, gesprochen, nicht gesungen, entschuldigend: "I don't wanna disturb you." Ich kann mir ihn durchaus als einen zu einer der drei hier
ansässigen Gruppen zugehörigen Kerl ausmalen, allerdings weiss ich ja nicht, ob er auch hier in der Gegend wohnen tut. Vielleicht wohnt er ja irgendwo ausserhalb, in Lewisham oder
Chislehurst oder Chigwell.
Eigentlich wollte ich erst ein anderes Hotel nehmen, eines mit Lift. Ich hab mir sogar das Zimmer angesehen, nett, sauber. Aber die Vermieterin hatte so eine komische Kette an, also die Kette war ok, es war der Anhänger: Eine Abart eines Kreuzes mit vielen Kreisen drumrum. Und da dachte ich: All die Filme haste doch nicht umsonst gesehen, Rosemary's Baby und so, und in London sowieso, musste aufpassen, London ist das schwarzmagische Zentrum der westlichen Welt oder zumindest von Europa. Darum habe ich dann gesagt, dass ich mich sonst noch ein bisschen umschauen wolle. Die Frau mit dem komischen Anhänger hat aber sicher bescheid gewusst um mich und meinen Abgang. Habe aber dann trotzdem gut geschlafen in meiner ersten Nacht im anderen Hotel, obwohl es nur ein paar Schritt von der Schwarzmagierin entfernt ist und es zu den raren Zimmern dieser Welt gehört, in dem keine Bibel liegt. Vielleicht war sie ja gar keine Schwarzmagierin, sondern eine Weissmagierin. Das wäre nicht weniger schlimm. Im Gegenteil. Ich kannte einst einen sehrsehrsuperklugen Weissmagier, einen Benni aus Schaffhausen, der hat mich gebeten, meine Cigarette
auszumachen, weil sich der Rauch der Cigaretten dieser Welt zu einer extrem grossen negativen Wolke sammeln würde droben im Universum oder in der Hemisphäre oder wo auch immer. Und dann hat er angefangen damit, dass das halt schon ganz falsch sei mit den Dinosauriern und der Geschichte der Entstehung, Wissenschaftlerlügen alles. Die Erde sei ganz anders zustande gekommen, so wie in der Bibel eben beschrieben innert sieben Tage alles inklusive frei Haus.
Dieser Benni: Ein Riesenarschloch alles inklusive.
Die ganze Nacht hat es geregnet und am Morgen auch noch, jetzt scheint die Sonne schön und darum riecht die Erde stark im Holland Park, der nicht wegen dem schönen Land Holland Holland Park heisst, sondern wegen einem Kerl, Lord, namens Holland. Ich sitze auf einer Bank und höre der Raben lautes Klagen und die zu Recht als Ratten der Lüfte gescholtenen Tauben durch das Laub schreiten mit ihrem dummen ägyptischen Gang. Ohne viel Laut zu machen flitzen graue

Hörnchen durch das Unterholz und für ein bisschen Futter kommen sie auch gerne sehr nahe, so nahe, dass das kleine Kind im roten Jäcklein zu weinen anfängt aus Angst und Freude vielleicht auch. Später sollte ein Hörnchen einen Teen in den Zeigefinger beissen, der ihm ein Erdnüsschen hinhielt. Manchmal ist die Natur eben ungerecht, denkt man. Der Junge sagte laut: "Bitch". Ich denke an Juergen Teller, den ich eine halbe Stunde zuvor getroffen habe. Gar nicht wahr: Ich

denke an den alten Schwarzen, der ein riesiges weisses Kreuz auf seiner Schulter die Kensington Park Road hinuntertrug. Ich denke nicht darüber nach, warum einer ein Kreuz durch die Strassen trägt, ob er ein religiöser Spinner, ein sinner oder ein atheistischer

Arbeiter ist, der einfach für ein paar Pfund in der Stunde eine Arbeit verrichtet und das Kreuz von der Malerwerkstatt sagen wir Smith & Sons zur Kirche bei Colville Gardens schleppt. Ich denke an das Bild, das Foto, das ich von ihm gemacht hätte, wäre ich ein Fotograf. Es wäre ein gutes Bild geworden, in Farbe, nicht schwarzweiss. Aber in meiner Tasche habe ich bloss eine Fujicolor Quicksnap Flash 24+3 Exp., also ein Film mit Linse und Karton drumrum, so ein Wegwerfding für sechs Pfund achtundneunzig, was ganz ganz schlecht für die Umwelt ist, und obwohl Juergen sagte, dass das eine gute Kamera sei, machte ich das Bild nicht, denn ich bin ja kein Fotograf. Das Bild hätte so ausgesehen:

ê¥ÿ¸ D h å
˘˘˘˘˘˘˘˘˘˘˘˘˘˘˘˘˘˘˘˘˘˘˘˘˘˘˘˘˘˘˘(C:\MSOFFI-
CE\WINWORD\VORLAGEN\NORMAL.DOTBROSCH<RED
Ta@Ü° ƒ<·e5¿
e
ZÙ1 WfûfûûfûfûfûfûfD®g®g®g®g®g®g g®g¸kkŒgŒgŒ
gŒgŒgŒgŒgŒgÉiÖiÖiÖi!¶i¬jﬁkglTª19¸kûfŒg.0
ŒgŒgŒgŒg¸kŒgûfûfŒgŒgŒgŒgŒgŒgûfŒgûfŒgÉi,fJ,g|û
fûfûfûfŒgÉiŒgµŒgHauptteil

§É.·»A¶äBä®ƒ©ƒ
§É.·»A¶äBä®n§É.·»A¶äBä®n§É.·»A¶äBä®n-œ ‡°±·;
˘˘˘
˘˘˘
˘˘˘
˘˘˘
˘˘˘
˘˘˘
˘˘˘
˘˘˘
˘˘˘
˘˘˘
˘˘˘
˘˘˘˘˘˘˘˘˘˘˘˘˘˘˘˘˘˘˘˘˘˘˘˘˘˘˘˘˘˘˘˘˘˘SummaryInformat
ion(˘˘˘˘˘˘˘˘˘˘˘˘˘‡
˘˘˘˘˘˘˘˘˘˘˘˘˘˘˘˘˘˘˘˘˘˘˘˘˘˘˘˘˘˘˘˘˘˘˘˘˘˘DhΩ
˘˘˘

@@Ü° ƒDhΩòÕG@ Microsoft Word 6.02-œ ‡°±·;¸˘
˘˘˘

˘˘˘

˘˘124E-
å£ / ç®##
####9#˜%&É+ñ+ó+ô+≥+-
1617181Y1u4ä4Å7ñ71<J<K<M<i<1AJAñF™F´F F«FéK·K
ULVL[L\LaLbLeLfLgLâLäLúLùLûLΩLæL-L–
L“LÚLÛLM˙ıÒıÒıÒıÒıÒ˙ÎÒıÒıÒıÒ˙ÊÒıÒıÒ˙ıÒıÒ˙ıÒıÒ
ıÒıÒ˙ıÒıÒıÒ˙ıÒıÒıÒ,Ò¤Ò’Ò–ÀÒ Ò ¬Ò Ò ¬Ò Ò]c(]ch

Jr]cx]cJr]cP
JrUÅ]c(]cx]^cZÅ]^c]c]^cZÅ]^cLM
M MM
M≤P≥P¥PÕPœPÌP?U@UAUWU Z Z Z[Z˙˜Û˜Û˜ÛÌË„Û„Û„Û„
·u]^cZÅ]cZÅ]^c]c]c(]ch 23EŒ

å£ / Q
&9Waã®’!###9#¯%¸p#Z¸p#Zıp#Zıp#%ıp#%Î p#%Îp#%ı
p#%ﬂp#%ﬂp#%⁄ –»»p#%ø p#% p#%–p#%–p#%–
p#%–p#%–p#%–p#%–p#%»p#%»»p#%»p#%– p#% p#%–p#%
‰¸7 é r˘ 7 …˜ 7 …˜7 ‰¸ 7 …˜7fÄÄ 7 …˜7fÄÄ
¯%˘%&w’ı’`*Ç+ó+ò+≥+ø.116171Z1s3s4t4ä4D5 7Ä7ñ7
/<K<L<i<˜</A0AJACïF´F¨F«FåK˜p#%Óp#%˜p#%˜p#%˜
p#%ÈÈÓp#%Óp#%˜p#%˜ p#%˜p#%ÓÓp#%Óp#%„p#%
˜p#%˜p#%⁄ p#%⁄ p#%⁄ p#%⁄ p#%Óp#%˜ÓÓp#%Óp#%˜p#%
˜p#%˜p#%Óp#%–˜˜Óp#%Óp#%˜ p#% 7 …˜n 7 …˜ 7 …˜ 7
…˜ ‰¸7 7 …˜7
%åKçK·KVLWLXL]L^LcLhLiLyLãLûLÆLøL“L,LÙLM MMM
MN≤N≥PÕPŒPÌP?U@UWUVBW Z Z˜p#%Óp#%˜p#%‰ü%‰ü%‰
üì>ü%>ü”>ü≤–ü≤>ü%>ü%>ü%>ü%>ü%>ü%>ü%>ü%>ü%–ü%>
ü%>ü%>ü%–ü%˜p#%˜p#%˜ÓÓp#ZÓp#%˜ p#%˜p#%Óp#%˜˜
p#%˜ p#%œp# Fæ7a
ãµ#7 7 …˜7 ‰¸7 7 …˜7%K@Ò˘Standard]a
,@,
<berschrift 2 <UÅc&A@Ú˘°&Absatz-
Standardschriftart
Ç(ïC W Z˘˘˘˘(Z˘˘˘˘9Z˘˘˘˘JZ˘˘˘˘!˘˘ ˘˘!˘˘!˘˘!˘˘
˘˘!˘˘
!˘˘!˘˘ ˘˘!˘˘!˘˘å
Ç(É(.09ïCñC¥M W
M[Z./¯%åK Z012µDietrich
UrsD:\Depeschen\Forts.<R\HAUPTT3.DOCASutter
UrsD:\Depeschen\Forts.<R\HAUPTT3.DOCASutter
UrsD:\Depeschen\Forts.<R\HAUPTT3.DOCASutter
UrsD:\Depeschen\Forts.<R\HAUPTT3.DOCASutter
UrsD:\undTschüss\BROSCH<R\HAUPTT3.DOCASutter
HAUPTT3.DOC˘@HP LaserJet 4P/4MPLPT1:HPPCL5EHP
LaserJet 4P/4MP D
˜¯¸˘!àÎ”Ÿ.0˘X¯˜!HP LaserJet 4P/4MP D
˜¯¸˘!àÎ”Ÿ.0˘X¯˜!Ä..
..kêêSymbol&êArial &ëCentury GothicêAnimals
2 êMonotype Sorts”åƒ©zfzfòÕG$Éô¸”9
Depp<RESutter UrsASutter URs-œ ‡°±·;¸˘
˘˘
˘˘
˘˘
˘˘
˘˘˘˘˘˘˘˘˘˘

Der Tod ist ein DJ aus Amerika

Chuck Klosterman hat viel gelesen und noch mehr Musik gehört. Sein Problem ist: Er hat die falschen Bücher gelesen und die falschen Platten gehört VON MAX KÜNG

Das Buch fühlte sich gut an, als ich ihm aus dem engen Zellophan half. Nicht zu dick. Vorn drauf ein guter Titel: *Eine zu 85 % wahre Geschichte*. Das klingt nach einer Geschichte, die ich gern lesen würde. Dachte ich. Es sah auch gut aus, das Buch. Trug Schmutzumschlag, schick, vorn drauf kein blödes Bild, sondern nur Typografie, beruhigend. Ich klappte es auf. Las den Klappentext. Und: Auf der Innenseite, dort tauchte das erste Problem auf. Dort nämlich war ein Bild des Autors. Eine Fotografie. Da blickte mich ein Typ an, und ich dachte, oh Scheiße, der sieht ja aus wie eine Mischung aus Roger Willemsen und HP Baxter. (Ersterer sollte ja sattsam bekannt sein, Letzterer ist der »Sänger« der Band Scooter.) Blondierte Strähnen hingen ihm in die Stirn bis hinunter auf den Rand seiner klugen Brille. Und er trug ein Lächeln, das Lächeln sagte: Ich verstehe die Frauen, und ich weiß, wie ich sie ins Bett bekomme, auf sanfte Art, mit Quatschen, ich quatsch sie auf die Pritsche, aber dann, dann gibt's Po-Liebe *all night long* – außerdem bin ich so was von smart. Tja. Und dann stand da auch noch, wer der Mann war, mit wem man es auf 280 Seiten zu tun bekommen würde. Es stand: »Chuck Klosterman ist Musikjournalist und Kultbuchautor.« Kultbuchautor. Okay, wenn die Frauenzeitschriften in ihren fingernagelgroßen Besprechungen jemanden als Kultbuchautor bezeichnen, dann ist das okay. Aber wenn der Verlag das selbst in die Bücher druckt, dann heißt das, man rechnet mit der Zielgruppe »kranke Kuttner-Kinderschar«.

Dabei hatte ich mich auf das Buch gefreut. Und wie. Als die Anfrage für diese Besprechung kam, da saß ich im Auto. Das Auto fuhr auf einem Zug durch einen schnurgeraden Tunnel mit dem schönen Namen Vereina. Es war stockdunkel. Ich staunte, dass man in diesem Tunnel Handy-Empfang hatte, aber: man hatte. Ich saß im Auto und dachte eben darüber nach, wie schön das Bücherlesen doch ist, denn ich hatte in den Ferien endlich wieder einmal ein gutes Buch gelesen. *Der Traum des Jakob Hersch* von Mordecai Richler, das ich nach langem Suchen – es ist natürlich auf Deutsch seit langem vergriffen – in einem Antiquariat fand. Vor ein paar Monaten war ich Vater geworden, und die Leidenschaft für das Lesen erstarb vorübergehend, verständlicherweise, wie die Leidenschaft für manch anderes auch, respektive: Ich besorgte es mir mit Fachliteratur, und deshalb war Richler ein glorioser Empfang bei meiner Rückkehr ins Reich der Romangeschichten, denn Richler ist ein Gott, also: war.

Von Klosterman hatte ich noch nie gehört, außer von einem Kollegen, der, als er das Buch später auf meinem Bürotisch liegen sah, sagte: »He, Klos-

Chuck Klosterman Nachdenken morgens um fünf nach neun

terman, von dem habe ich schon viel gehört!« Allerdings wusste der Kollege nicht mehr, was genau er von ihm gehört hatte. Was ich erfuhr: Klosterman ist Journalist und schrieb bis vor kurzem für die US-amerikanische Musikzeitschrift *Spin*. Ich hatte mir *Spin* mal gekauft, als ich noch im Alter war, in dem man Musikzeitschriften kauft, also sehr jung. Ich fand *Spin* schlecht. Was ich auch noch herausfand: *Spin* wurde von seinem Gründer Bob Guccione junior (der Sohn des Penthouse-Gründers Bob Guccione senior) 1997 an das *Vibe Magazine* verkauft, für 45 Millionen Dollar. Unlängst wurde *Spin* schon wieder verkauft. Für fünf Millionen. So viel zum Thema »Was ist eine Rockmusik-Zeitschrift wert, heute?«

Kultbuchautor. Okay, dachte ich, dafür kann Klosterman ja nichts. Das ist Verlagsbekloppheit. Und sein Aussehen, sein Lächeln: Vielleicht hatte er ja einen Schlaganfall erlitten und konnte nicht anders lächeln. Außerdem sehen viele Autoren behämmert aus und schreiben trotzdem gut. Also stürzte ich mich in das Buch.

Sid Vicious, Kurt Cobain und all die anderen legendären Leichen

Die Geschichte handelt von einem Rockmusikjournalisten namens Chuck Klosterman, der für eine Zeitschrift namens *Spin* schreibt. Von seinem Boss bei *Spin* (»eine attraktive Blondine namens Sia Michael«) erhält er den Auftrag für eine epische Geschichte, in der es um Tod und Rockmusik geht. Chuck soll Orte aufsuchen, an denen Rockberühmtheiten ums Leben kamen, freiwillig, bei Unfällen, wie auch immer, auf jeden Fall frühzeitig, und durch ihren Tod noch viel berühmter wurden, als sie es zu Lebzeiten waren, also unsterblich. Also packt der gute Chuck seine 600 Lieblings-CDs in seinen Ford Taurus (er besitzt zwar einen iPod, kann ihn aber nicht mit der Autoanlage in Verbindung bringen) und fährt los auf eine Reise, die 18 Tage dauern wird. Die 600 CDs bilden den Soundtrack des Roadmovies. Nur muss man wissen: Es sind 600 schlechte Platten, die Chuck sich da ins Auto geladen hat. Chuck hat einen schlechten Geschmack. Oder nein, nicht schlecht, aber mindestens stinklangweilig. Fleetwood Mac. The Eagles. Michael Jackson. Shania Twain. Boston. Kiss. So tönend, geht es durch die USA an die Orte des Todes, ins Chelsea Hotel, wo Sid Vicious erst seine Freundin Nancy Spungen abstoch und sich kurz darauf selbst mit Heroin zum Heroen spritzte, zum Sumpf, wo die Band Lynyrd Skynyrd in einem Flugzeug vom Himmel fiel, quer durchs Land, bis, natürlich, nach Seattle, wo sich Kurt Cobain die Birne wegblies mit einer Flinte. Zwischen den Stationen denkt Chuck über viele Dinge nach. Man hat ja Zeit, so allein unterwegs in einem Auto in einem ach so großen Land. Jugend. Drogen. Liebe. Das Leben als solches. Und natürlich Musik. Am vierzehnten Tag etwa erklärt der gute Chuck lange, das »Rod Stewarts whiskeygetränkte Kehle ergreifender klingt als die von Frank Sinatra«. Das Schlimmste im Buch: eine Langstrecken-Ausführung über Chucks Erkenntnis, dass die Songs der Platte *Kid A* von Radiohead die Ereignisse des 11. Septembers vorwegnahmen. »Je häufiger ich das Album spielte, desto greifbarer wurde der Zusammenhang. Das Album wird immer symbolischer, seine Bilderwelt immer klarer – gleichgültig, wie oft ich es höre.« Und: »Bei *Kid A* gibt es keine Lücken in der Logik, vielleicht, weil es keine Logik gibt; es kommt einem fast vor wie ein musikalisches Storyboard, speziell für diesen Tag.« Chuck ist sich sicher, dass *Kid A* der offizielle Soundtrack des 11. September 2001 ist, obwohl es am 3. Oktober 2000 herauskam.

Auf Seite 191, wir sind mittlerweile in Minneapolis, wirft Klosterman wieder einmal seine Reflexionsmaschine an, morgens um fünf nach neun. »Mir fällt auf, dass ich – seit ich unterwegs bin – nichts gelesen habe, außer

Foto: Christopher McLallen

Menschen bleibt gleich. Damit wir dieab und zu die Zeitung (und da meistens nur den Sportteil). Erstaunlicherweise fehlt mir nichts. Ich bin schon immer neidisch auf Freunde, die behaupten, dass sie ein tiefes, erotisches Verhältnis zur Literatur haben, weil das bei mir nicht so ist.«

Ich bin schon immer neidisch auf Freunde? Oje. Aber Klosterman hat noch nicht zu Ende gedacht. »Meine Wohnung ist gestopft voll mit Büchern, aber insgeheim habe ich den Verdacht, dass ich nicht gern lese; manchmal fühlt es sich an wie etwas, wozu ich mich zwingen muss (und das aus Gründen, die ich nie ganz verstehe).«

Wenn Sie nun finden, diese Buchbesprechung sei geschwätzig, dann haben Sie Recht. Ja, sie ist geschwätzig. Sie ist so was von geschwätzig. Aber wissen Sie was? Das Buch, von dem diese Besprechung handelt, das ist noch vieeeeeeeeeeel geschwätziger. Das Buch ist in etwa so geschwätzig wie meine Tante auf Speed. Aber ehrlich gesagt, ich stelle mir meine Tante auf Speed interessanter und amüsanter vor als Klostermans Werk.

Was ist der Soundtrack von 9/11? Und wie klingt Amerika?

Damit wäre eigentlich auch schon alles gesagt: *Eine zu 85 % wahre Geschichte* ist ein zu mehr als 85 Prozent schlechtes Buch. Es ist langweilig. Es ist unwichtig. Es handelt von beschissener Musik. Und es fühlt sich an wie etwas, wozu ich mich zwingen muss (und das aus Gründen, die ich absolut und ganz verstehe).

PS: Tipp an den Fischer Verlag, Frankfurt: Sie haben doch die Taschenbuchrechte für den Richler, oder? Stampfen Sie Klosterman ein. Bringen Sie das vergriffene *Der Traum des Jakob Hersch* wieder heraus. Bei Amazon werden dafür stolze 84,50 € verlangt. Für ein gebrauchtes Taschenbuch! Und wissen Sie was? Es ist das Geld wert. Klosterman hingegen: Nicht einen Penny, also Cent. Darauf einen (randvoll gefüllten Becher) Klosterfrau Melissengeist.

Chuck Klosterman:
Eine zu 85 % wahre Geschichte
Aus dem Englischen von
Adelheid Zöfel;
Fischer Verlag, Frankfurt a. M. 2006;
280 S., 18,90 €

ALLES NUR AUS LIEBE

Text Max Küng Bilder Edgar Herbst

Maxim Biller, das begabteste Schandmaul der deutschen Literatur, hat ein Buch mit Liebesgeschichten geschrieben. Es ist gut. Und er selber ist eigentlich auch ganz nett.

Zerreissen. Er weiss es. Er weiss es ganz genau. Sie werden sein neues Buch zerreissen. Warum? Weil sie ihn hassen. Und weil es Spiesser sind. Langweilige Spiesser, die auf den Redaktionsstuben der Zeitungen hocken.

Alle Menschen können ihn aber nicht hassen. Sonst hätte er keinen Tisch bekommen im Borchardt, so kurzfristig. Das Borchardt ist für Berlin was die Kronenhalle für Zürich. Er hat also diesen Tisch bekommen, obwohl er erst gestern anrief – und nicht einfach irgendeinen Tisch, sondern einen im inneren Bereich, wo man sitzt, wenn man wer ist.

Sein neues Buch heisst «Liebe heute». Dass das deutsche Feuilleton es zerreissen wird, das ist ihm wurst. «Völlig wurst. Weh tut nur, wenn das Konto leer ist.» Weil sich das Buch der schlechten Kritik wegen schlecht verkauft. «Tut aber auch nicht mehr so weh wie früher.»

Das Buch handelt von der Liebe. Das heisst: vor allem von der Nichtliebe. Von der Unmöglichkeit des Glücklichseins. Vom Verlassen. Von heisskalten Momenten. 27 Kurzgeschichten sind es, melancholische Variationen der klassischen Konstellation, Episoden von kühler Schönheit. Fein gebaute Geschichten, die wunderbar zu lesen sind und Anfänge haben wie diesen: «Es hatte die ganze Nacht und den ganzen Tag geschneit. Aviva stand an der offenen Balkontür und steckte den Kopf hinaus. Es war schon dunkel, aber das Licht der Strassenlaterne brach sich im Schnee, und der Schnee strahlte in einem sanften, tristen Blau. Der Zionskirchplatz lag ruhiger da als sonst, und wenn ein Auto vorbeifuhr, klang es, als würde jemand langsam ein Stück Stoff zerreissen.»

Ein Traumstart. Maxim Biller hat einmal gesagt, warum er kurze Geschichten so mag. «Short Stories sind Gedichte mit Plot.»

Es gibt Gründe, warum manche Biller nicht mögen. Er sagt gerne, was er so denkt. Auch wenn er nicht gefragt wird. Und er denkt manchmal eben, dass es in Deutschland zum Kotzen ist. Dann äussert er sich. Zum Beispiel zur Gegenwartsliteratur. «Es gibt keine Literatur mehr. Das, was heute in Deutschland so heisst, wird von niemandem gekauft und gelesen, ausser von Lektoren und Rezensenten, den Autoren selbst und einigen letzten, versprengten Bildungsbürgern. Die deutsche Literatur dieser Jahre und Tage ist eine Literatur der peinlichen, aber allessagenden Minimalauflagen.»

Na, Biller, immer noch hier?

Als die Zeitschrift «Tempo» wiederbelebt wurde nach zehnjähriger Totenstarre, war Biller natürlich auch dabei. Biller war von Anfang bis Ende «Tempo»-Kolumnist, die ganzen zehn Jahre über, 1986 bis 1996. Seine Kolumne trug den Titel «100 Zeilen Hass» und wurde so etwas wie das Markenzeichen von «Tempo». Er, damals Mitte zwanzig, spritzte seinen zugespitzten Hass monatlich auf alles, was ihm nicht passte. Und davon gab es reichlich. Gibt es noch immer. Deshalb hat er in der «Tempo»-Neuauflage geschrieben, dass er Deutschland bald den Rücken kehren würde, das Land verlassen werde, um nach Israel zu ziehen, «wo Autobusse in die Luft fliegen und Katjuschas vom Himmel regnen. Aber es wird mir trotzdem besser gehen.»

Und jetzt kommen sie, grinsen hämisch und sagen: Na, Biller, immer noch hier? Du wolltest doch abhauen!

«Sie haben es ernst genommen. Dabei war es ja nur eine Pointe.»

Das mit seinen Pointen ist so eine Sache. In Deutschland können sie leicht danebengehen. Kürzlich etwa, als er im Café Einstein sass und einen jüdischen Witz erzählte, da wollte niemand mitlachen. Und dann hat er sich den nächsten Witz gespart. Der nächste Witz, der wäre so gegangen: «Warum hat Hitler Selbstmord begangen? Weil er die Gasrechnung bekommen hat.» Ein Israeli habe ihm den Witz erzählt. Und der habe ihn in den Sechzigerjahren von einem KZ-Überlebenden gehört.

«Herr Biller, wie schlimm ist Deutschland wirklich?»

«Nicht so schlimm, wie die Deutschen es in Wahrheit selbst finden. Denn das Schlimmste an Deutschland ist der deutsche Selbsthass. Der Selbsthass, der sich alle fünfzig Jahre in übertriebener Selbstliebe verkehrt offenbart.»

«Herr Biller, gibt es in diesem Raum jemanden, der Ihnen gerne eine reinhauen würde?» Biller lächelt nicht, sondern sieht sich im Lokal um. Wendet seinen Kopf in diese, dann in jene Richtung. «Ich sehe niemanden», sagt er, «im Moment. Ausser Dietl vielleicht.» Regisseur Helmut Dietl sitzt da und schaut, wie er schaut: ein wenig traurig und müde.

«Ich hab mal was nicht so Nettes über Dietl geschrieben, damals, als ich noch in München lebte und er auch. Obwohl, nein, Dietl hat ja diesen Aufruf mitunterzeichnet. Ich sehe im Moment also niemanden, der mir eine reinhauen würde.»

Der Aufruf. Der Aufruhr. Die Geschichte, die davon handelt, sie ist noch lange nicht zu Ende. Und es ist eine lange Geschichte. Kurz erzählt, geht sie so: Biller hat einen Roman geschrieben, 2003 erschien er. Es ist ein sehr schöner Roman mit dem Titel «Esra». Es geht um eine Frau und einen Mann, die Beziehung und wie sie endet, unvermeidlich. Nun gibt es im echten Leben eine Frau, die fühlte sich von diesem Buch getroffen. Ihre Mutter auch gleich. Die beiden klagten. Das Buch wurde verboten. Es gab noch mehr Prozesse, und es werden noch weitere dazukommen. Es geht jetzt auch um Geld: Die beiden Frauen wollen 100 000 Euro Entschädigung. Sie wollen nicht nur, dass sein Buch verboten bleibt, sie wollen ihn auch ruinieren. Biller mag gar nicht darüber reden. ➔

Keine Psychotherapie, nur ein Nickerchen: Maxim Biller zu Hause in Berlin

Hundert prominente Kulturmenschen wie Helmut Dietl haben also diesen Aufruf unterzeichnet, der Freiheit für die Kunst fordert und eine Aufhebung des Verbotes von Billers «Esra».

Polemiker, Kritiker, Reizfigur

Es gibt den Polemiker Biller, den man gerne «den ätzenden Deutschland-Kritiker» nennt oder «die Reizfigur». Aber es gibt auch den Schriftsteller Biller, der Bücher schreibt, die einfach nur schön sind, aber oft auch traurig, weil das Leben traurig sein kann. Wenn die Schönheit mit der Traurigkeit an einem Tisch sitzt, dann nennt man das Melancholie.

«Sie haben einmal geschrieben: ‹Die Frau, die sich für mich entscheidet, wird kein ruhiges Leben führen. Die Liebe ist schliesslich kein Damensanatorium.› Was ist die Liebe?»

«Die Liebe ist ein ständiges Niederkämpfen der Dämonen, der eigenen und jenen des anderen.»

«Was fällt Ihnen zum Wort ‹Frau› ein?»

«Toll. Das Beste, was es gibt. Ich bin verrückt danach. Immer wenn ich eine Frau sehe, weiss ich, dass es einen Gott gibt. Einen Gott, an den ich nicht glaube.»

Biller ist zehn Jahre alt, als seine aus Russland stammenden Eltern Prag 1970 nach dem gewaltsamen Ende des Prager Frühlings verlassen. Die Aussicht auf Arbeit bringt die jüdische Familie nach Deutschland. «Ich bin sehr traurig, dass meine Eltern damals nicht nach Israel gegangen sind.» Die Emigration war die erste ernsthafte Krise seines Lebens. «Ein echtes Trauma. Meine ersten zehn Jahre in Prag waren glücklich, aber sie wurden durch das Exil ausgelöscht und sind verschwunden.» In Deutschland studiert er Germanistik, Geschichte und Philosophie. Er wird Journalist, dann «Tempo»-Kolumnist, dann Schriftsteller. Sein erstes Buch trägt den Titel «Wenn ich einmal reich und tot bin», ein Erzählband, der ihm den Ruf einbringt, der deutsche Philip Roth zu sein. Er schreibt Theaterstücke, Kinderbücher, Erzählbände und Romane.

«Wissen Sie», sagt Biller, und sägt mit halber Lust an seinem Steak, «ich mag das Lokal hier eigentlich gar nicht besonders. Wir hätten zu meinem Lieblingstürken in Kreuzberg gehen sollen. Dort ist es richtig nett.» Aber dann winkt ihm plötzlich eine entfernte, aber schöne Bekannte. Sie setzt sich zu ihm auf die Sitzbank am Tisch. Und dann kommt der Borchardt-Chef vorbei, beugt sich runter und fragt, ob er was spendieren könne, Schnaps oder so, Grappa, Averna, und bei der Eingangstüre sammeln sich auffallend viele schöne, ein bisschen zu schön angezogene Frauen mit nicht so schönen Männern und warten darauf, dass ein Tisch frei wird, eventuell gar im inneren Bereich. Das Leben des Intellektuellen, es scheint ziemlich attraktiv zu sein. Aber das ist natürlich nur der Schein, denn in Wahrheit heisst das Leben eines Intellektuellen dies: Arbeit.

Er schreibt, weil er nicht anders kann, und wenn man ihn fragt, was das Schwierigste am Schreiben ist, dann sagt er, dass es wehtut, das Schreiben. «Es tut weh, wenn man nicht schreibt. Und es tut weh, wenn man schreibt.»

«Herr Biller, kann man als Schriftsteller überhaupt ein normales, glückliches Leben leben?

«Die landläufige Meinung dazu ist ‹nein›. Ich teile die landläufige Meinung.»

«Und warum ist das so?»

Biller meint, als Schriftsteller sei man viel mit sich alleine. Dabei sehe man Dinge, die andere nicht sehen. «Je mehr man alleine ist, desto mehr Gedanken hat man: gute Gedanken, schlechte Gedanken.» Und das gibt dann, hoffentlich, die guten Geschichten. «Aber ich würde sofort die ganze Scheissliteratur für ein glückliches Leben hergeben. Aber so unglücklich bin ich ja nun auch wieder nicht. Ich hab ja meine Tochter. Und meine Möbel.»

Seine Tochter lebt bei der Mutter in Hamburg. Sie ist neun Jahre alt. Er liebt sie über alles, die Tochter, und dass er getrennt von ihr lebt, das tut ihm sehr, sehr weh. Und die Möbel: ein Thema für sich. Biller sagt, er habe einen Artikel gelesen über Sexsucht im Internet, und da dachte er, es soll mal einer einen Artikel schreiben über Möbelsucht im Internet. Billers grösstes Problem zurzeit: Wo soll er im Wohnzimmer seinen orangefarbenen Wombchair von Eero Saarinen hinstellen? Oder soll er ihn weggeben? An solche Dinge denkt er, wenn er nicht schreibt.

Er schreibt am Morgen, nach dem Aufstehen, bis zum Mittag. Jeden Tag. Nur so geht es. Sein Tagesziel: eine Seite. Eine Seite jeden Tag, das reicht, denn Ende Jahr sind das 365 Seiten. 365 Seiten sind ein Buch.

Das Steak ist gegessen. Das Bier getrunken. Am spendierten Schnaps hat er nur genippt. Er schlüpft in seinen Mantel, den er «meinen Immigrantenmantel» nennt. Draussen vor der Tür ist es kalt. Es regnet. Vielleicht ist es auch Schnee. Ein Winter in Berlin kann aufs Gemüt schlagen. Für einen Schriftsteller nicht unbedingt die schlechtesten Voraussetzungen, um gute Arbeit zu liefern. Morgen wird er früh aufstehen. Wie jeden Tag. Bis zum Mittagessen wird er in seinem Arbeitszimmer sitzen, und am Ende wird er eine Seite geschrieben haben. Wie jeden Tag. Denn das ist das Schwierige. Das ist das Verreckte am Schriftstellerleben: jeden Tag Qualität zu liefern. Jeden Tag Schönheit zu produzieren. Das ist die Kunst.

Und weil wir dem Leser eine langwierige Literaturkritik ersparen wollen, folgt hier eine Leseprobe aus Billers neuem Buch. Eine von 27 Kurzgeschichten. Sie heisst «Ziggy Stardust».

Elke Heidenreich
an:
ZEIT/ Red. „Leben"

Fax: 0221-5105595
030- 59000039
Fax: ~~040-327 111~~

Bitte geben Sie dieses Fax weiter an Max Küng, es betrifft seinen Artikel in der ZEIT Nr. 42, 9.10.03, „Ein Buch! Ein gutes! Bitte!"

Lieber Max Küng,

1. „Das Herz ist ein einsamer Jäger" Carson McCullers, Diogenes
2. „Der Besuch des Leibarztes" Per Olov Enquist, Hanser
3. „Die Wand", Marlen Haushofer, dtv
4. „Es liegt in der Familie" Michael Ondaatje, Hanser
5. „Rausch" Joghn Griesemer, mare
6. „Die Korrekturen" Jonathan Franzen, Rowohlt
7. Leviathan", Julien Green, Hanser
8. „Sei du mir das Messer" David Grossman, Hanser
9. „Der Tänzer" Colum McCann, Rowohlt
10. „Der Himmel unter der Stadt" Colum McCann, Rowohlt
11. „Das Herz der Stadt" Nik Cohn, Hanser
12. „Doppelleben" Tim Parks, Kunstmann
13. „Alles hat seine Zeit" Ennio Flaiano, Ammann
14. „Das Jagdgewehr" Yasushi Inoue, Suhrkamp
15. „Die besten Absichten" Max Aub, Eichborn
16. „Geheimnisse und Lügen" Tim O'Brien, Luchterhand
17. „América" T C Boyle, Hanser
18. „Stadt und Gebirg", José Maria Eca de Queiroz, Manesse
19. „Fluchtstücke" Anne Michaels, Berlin Verl.
20. „Schnee der auf Zedern fällt" David Guterson, Berlin
21. „Jazz" Toni Morrison, Rowohlt
22. „Unterwelt" Don DeLillo, Kiepenheuer
23. „Dieses Licht"! Carlos Saura, Bertelsmann
24. „Lichtjahre" James Salter, Berlin
25. „Erde und Asche" Atiq Rahimi, Claassen
26. „Die Felder der Ehre" Jean Rouaud, Piiper
27. „Zeno Cosini" Italo Svevo, rororo

28. „Erklärt Pereira" Antonio Tabucchi, Hanser
29. „Weinlese" Miguel Torga, Beck&Glückler
30. „Vier Freunde" David Trueba, Frankfurter Verlagsanst.
31 „Gertrude und Claudius" John Updike, Rowohlt
32. „Tante Julia und der Kunstschreiber" Mario Vargas Llosa, Suhrkamp
33. „Gefährliche Geliebte" Haruki Murakami, Dumont
34. „Morituri" Yasmina Khadra, Haymon
35. „Blindfisch" Jim Knipfel, Rowohlt
36. „Unter dem Vulkan" Malcolm Lowry, Rowohlt
37. „Das Muster" Dieter Forte, Fischer
38. „Unabhängigkeitstag" Richard Ford, Berlin
39. „Der Schuß des Jägers" Rafael Chirbes, Kunstmann
40. „Die Stadt der Blinden" José Saramago, Rowohlt
41. „All die schönen Pferde" Cormac McCarthy, Rowohlt

Die Reihenfolg bedeutet nix, so kam es mir in den Kopf. Fangen Sie an mit 38, dann glauben Sie mir schon. Dann 2,5,6,8,10,11,17,19,23,34,35. Wenn Sie alle gelesen haben, bitte melden, es geht weiter.

Gruß,

ES IST ABSOLUT MACHBAR
ABER SEHR SEHR SCHWIERIG

– KÖBI K.

aus der serie "Gute Fragen aus der Vergangenheit (april 1993)".

Köbi Kuhn, können wir Italien schlagen und an die WM fahren?

Stiel «Wir wissen, was möglich ist – praktisch alles»

Der Captain und der Ersatzgoalie: Stiel und Zuberbühler während dem (Kraft-

Dinge, die wir nie, nie vergessen
Dinge, die wir nie, nie vergessen
dürfen! nie! nie!
dürfen! nie! nie!

Donnerstag, 19. September 2002 Fr. 1.50

Blick

UNABHÄNGIGE SCHWEIZER TAGESZEITUNG

INSERAT

FOTO SVEN THOMANN

Milliardärin Gigi Oeri (hier im champagnergetränkten Schwimmdress bei der Meisterfeier) kann den FCB an die europäische Spitze hieven.

FOTO TOTO MARTI

2 neue Lotto-Könige: Je 2,3

anstalt hat sich um satte
) Millionen Franken ver-
hnet. Diesen Betrag ver-
chte der Versicherungs-

schrieben auf die Gewinnsei-
te der Bilanz 2001. Erst nach
sechs Monaten flog der Fehler auf. Jetzt rollt ein Kopf:

Morax (54) geht.

▶ **1500 Rentenanstalt-Angestellte bluten für Manager-Fehler** SEITE 5

zu gewinnen SEITE 3

Goldfisch Gigi

Milliardärin macht den FCB froh – und uns alle ebenso

VON CHRISTOPH GRAF UND MARCEL ROHR

BASEL – Der FC Basel versetzt die Fussball-Schweiz in Euphorie. Erobert er jetzt dank Milliardärin Gigi Oeri (47) Europa?

«Ja», sagt der abtretende FCB-Boss René C. Jäggi (53). **«Mit Gigi Oeri kann Basel zu einem europäischen Grossklub werden.** Dafür braucht es jemanden, der Geld aus dem eigenen Sack nehmen kann. Dazu bin ich nicht in der Lage.»

Gigi Oeri ist es: **Die Gattin des Roche-Erben und Milliardärs Andreas Oeri (53) hält neu 80 Prozent der FCB-Aktien.** Mit dem 2:0-Triumph gegen Spartak Moskau hat der FCB sein Champions-League-Buffet grandios eröffnet. Das macht Appetit auf mehr. **Goldfisch Gigi: «Wenn die Situation eine Investition erfordert, kann man mit mir reden.»** Zurzeit bewegt sich das Budget des FCB um die 30-Mio.-Grenze.

Ex-FCB-Manager Erich Vogel (63) ist überzeugt: «Oeri wird Trainer Christian Gross keinen Wunsch abschlagen.» Bebbi-Legende Karl Odermatt (60): «Gigi ist ein richtiger Fan. Sie garantiert dem FCB eine grosse Zukunft.» Und damit dem gesamten Schweizer Fussball. Denn der kann von einem FCB, der an der europäischen Spitze mitspielt, nur profitieren.

■ **Das sagt Erich Vogel über Gigi Oeris FCB**
■ **So dick ist der Schädel von Hakan Yakin** IM SPORT

2 Mio!

spiel ebenfalls
inner über je
anken freuten,
ı Samstag im
r über zwei

Bon Jovi gegen Irak-Krieg

TO REUTERS

LONDON/WASHINGTON – «Ich bin gegen den Krieg im Irak», sagte US-Superstar Jon Bon Jovi (40) gestern in der englischen Hauptstadt. US-

So sollten die Dresses aussehen, mit denen Christian Schlauri aus dem Team des frischgebackenen U-17 Europameisters Schweiz zur WM 2006 aufläuft. Dann ist mindestens für Schick gesorgt.

DER STOFF, AUS DEM DIE TRÄUME SIND

Nie war ein Fussballtrikot hässlicher als jenes der deutschen Nationalelf an der Weltmeisterschaft 1994 in den USA. Aber mit Mode haben Fussballdresses sowieso nichts zu tun. Auch dieses Jahr nicht. Mit einer Ausnahme.

Wenn ich zurückdenke, dann denke ich an Peru. Ich wusste nichts über Peru, damals. Absolut nichts. Aber ich liebte Peru. Ich wusste nicht, dass es dort damals 13 Millionen Einwohner und 17 Millionen Schafe gab. Ich wusste auch nicht, dass Peru 40 Prozent der weltweiten Fischmehlproduktion abdeckte. Nichts wusste ich. «Peruuuhhh! Peruuuhhh!» rufend, lief ich durch das kleine Dorf, in dem ich aufwuchs und in dem alle anderen Buben viel besser Fussball spielen konnten als ich (ich war so schlecht, dass ich nicht einmal ins Tor durfte).

Ich liebte Peru, weil ich Peru tragen konnte. Es war ein Synthetikleibchen, sündhaft teuer (sagte meine Mutter – ich musste im Sommer versprechen, deswegen auf ein nobles Weihnachtsgeschenk zu verzichten, das Peruleibchen war ein Vorbezug). Schimmernd weiss war es, mit einer eingenähten Schärpe in leuchtendem Rot, die von der linken Schulter zur rechten Flanke quer und fett über das Shirt lief. Auf der Brust das Wappen des Landes. Es war das WM- Fieber des Jahres 1982, als das Turnier in Spanien ausgetragen wurde. Ich war dreizehn.

Schon damals rannten die meisten Kameraden in gelben Leibchen rum, waren für Brasilien, weil sie dem Märchen aufsassen, dass dort alles super sei, der Fussball und die Stimmung und die Sambawackeleien. Natürlich wusste ich als junger Zweifler, dass dem nicht so ist. Manche trugen das Shirt Deutschlands, weil sie dem Team mit den grössten Siegesabsichten und -chancen folgen wollten (Streber! – ha, wie lachten wir nach der schmachvollen Niederlage gegen Algerien, was brüllten wir nach dem Scheingefecht von Gijon gegen Austria). Und dann gab es natürlich noch die Italienfans, weil die dort Wurzeln hatten oder ein Ciao-Töffli fuhren, und die Englandfans, weil sie die simple Taktik der Insulaner («kick and rush») schätzten oder anglophil sein mussten, weil ihre Mutter einen Mini Cooper hatte. Niemandem kam es in den Sinn, ein Shirt von Kamerun oder von El Salvador oder von Peru zu tragen. Ausser mir. Von Fussball verstand ich nicht viel, aber ich konnte erkennen, welches das kapriziöseste Shirt mit dem grössten Individualitätsversprechen war.

Zudem waren die Peruaner Loser. So wie ich. Peru schied bereits in der Vorrunde aus (am Ende schlug Italien die deutsche Nationalelf im Final mit 3:1 – Tore: Rossi, 56., Tardelli, 69., Altobelli, 81., Ehrentreffer von Breitner, 83.). Doch noch

Coole Klassiker: Das WM-Trikot de
wurde 2002 neu aufgelegt. Das sch
bleibt das, mit dem England 1966

lange ertrug ich stolz den Spott meiner hämischen Kameraden und trug das peruanische Nationaltrikot – bis ich irgendwann merkte, dass die Idee, solche Trikots zu tragen, zwar gut war, die Welt aber noch nicht bereit zu sein schien, dies zu erkennen. Vor allem die Mädchenwelt, die zwar hysterisch für einen lockigen Fussballerschädel schwärmen konnte, aber für einen fetten, kleinen Jungen mit einem Peru-Synthetik-Shirt, das sich über dem Bauch spannte, keine Augen hatte. Wenn man ein gewisses Alter erreicht und immer noch Fussballleibchen trägt, dann ist man ein hoffnungsloser Fall und verbreitet Langeweile. Ausser natürlich, man trägt das Shirt auf dem Rasen und hat einen dicken Profivertrag. Dann ist man fein raus. In allen Belangen.

Nostalgie als Strategie

Nostalgie ist nicht nur der billige Zauber des Privaten, es kann auch Strategie sein. Um Geld zu machen etwa. So hat Adidas das Trikot der Sowjetunion aus dem Jahre 1962 in seine Retroreihe aufgenommen (Werbespruch: «The team made it to the quarter finals. The shirt made it to the next century»). Nostalgie kann auch genutzt werden, um schlafende Geister wachzurufen. So hat sich das deutsche Team entschieden, mit einem Dress an die WM 2002 zu fahren, das mit der klassischen Farbgebung (weisses Hemd, schwarze Hose, weisse Socken) und den schwarzen Bündchen an den Ärmeln an die legendären WM-Trikots von 1966 und 1970 erinnert und den Geist von damals beschwören soll. Das Team Kameruns wollte ohne Bündchen und sogar ohne Ärmel spielen. Doch die Fifa verbot das ärmellose Teil. Denn: Ein Shirt hat Ärmel zu haben. Wo sonst soll man den Fifa-Sticker aufnähen?

Das «Fifa-Ausrüstungsreglement 2001 – Reglement zur Sportausrüstung bei Fifa-Wettbewerben», das auch für diese WM gilt, umfasst nicht weniger als 39 Seiten. Es regelt die korrekte Erscheinung nicht nur der Spieler, sondern auch des Trainers und der Betreuer bis hin zu den «weiteren Mannschaftsverantwortlichen in der technischen Zone». Wichtigster Punkt ist Artikel 6, Absatz 2: «Jedes Spielkleidungsstück eines Feldspielers (Hemd, Hose und Socken) darf einschliesslich der für Buchstaben und Zahlen (Spielername, Nummer und so weiter) verwendeten Farbe höchstens vier verschiedene Farben aufweisen. Eine der Farben muss auf dem Hemd, der Hose und den Socken klar als Hauptfarbe erkennbar sein. Bei vertikal oder anders gestreiften Hemden muss eine der Farben auf den anderen Kleidungsstücken dominieren.»

Alles ist geregelt: die Grösse der Nummer (Rücken 25 bis 35 Zentimeter, Brust und Hose 10 bis

15 Zentimeter) und deren Anbringung («Die Zahlen können auf die Kleidungsstücke aufgenäht oder heiss aufgepresst werden. Eine temporäre Befestigung mit Klettverschlüssen oder anderen Mitteln ist nicht erlaubt.»). Die Grösse des Namens über der Nummer auf dem Rücken (maximal 7,5 Zentimeter). Die Grösse des Nationalemblems (Hemd maximal 100 Quadratzentimeter, Hose maximal 50 Quadratzentimeter, Socken maximal 25 Quadratzentimeter). Handelt es sich beim Emblem um eine Nationalflagge, dann kann diese auf der Brust (maximal 25 Quadratzentimeter) oder auf den beiden Ärmeln (je maximal 12 Zentimeter) angebracht werden. Auch dürfen die Mannschaften den Artikel 13, Absatz 1, nicht vergessen: «Jegliche Art der Werbung für Sponsoren oder Dritte sowie Slogans mit politischem, religiösem oder anderem Inhalt sind auf allen Ausrüstungsgegenständen im Stadion untersagt.» Ausgenommen davon sind die Hersteller der Spielerausrüstung, die ihr Logo oder ihren Schriftzug anbringen dürfen. Am meisten Wichtigkeit kommt dabei dem Torhüter zu, denn auf dessen Handschuhe ist die grösste Werbefläche zu finden (25 Quadratzentimeter), zudem darf der Keeper eine Mütze tragen (nochmals 25 Quadratzentimeter), um sich im Land der aufgehenden Sonne gegen diese zu schützen.

Damit nicht genug. Spieler dürfen nach dem Spiel zwar Leibchen tauschen, da dies eine Geste der Freundschaft ist, aber dies nicht auf dem Spielfeld, sondern erst auf den Gängen oder in den Kabinen oder sonstwo – Hauptsache abseits des öffentlichen Auges. Die Fifa verlangt, man müsse bei solch einem weltweiten Medienspektakel auch an die weiblichen Zuschauer in der islamischen Welt denken. Damit die nicht in Ohnmacht fallen. Das Unterverschlusshalten nackter Männeroberkörper wird auch bei uns einige Menschen beruhigen, denn unlängst wurde im grössten Sportblatt des Landes eine grosse Debatte geführt. Dort schrieb ein Herr Anderhub aus der luzernischen Fussballmetropole Horw in einem Leserbrief: «Ich finde es wirklich total kindisch und blöd, wenn die Fussballer nach erzieltem Tor das Trikot über den Kopf stülpen oder gar ganz ausziehen. Sicher soll und darf man die Freude über ein erzieltes Tor zeigen wie etwa die afrikanischen Spieler mit einem Tänzchen. Aber was sich in letzter Zeit auf den Fussballfeldern abspielt, ist Blödsinn in Reinkultur. Diese primitiven Vorführungen können einem die Freude am Zuschauen vermiesen.»

Die WM 2002 ist erst in der Halbzeit, doch am Zürcher Schaffhauserplatz 10 weiss man schon, wer Weltmeister wird: England, gefolgt von Italien und Portugal. Dies nämlich ist die Rangliste

Klassiker schlechthin:
tadelloses Schweizer Triko t von 1938; privater Klassiker,
unten: Der peruanische Dr ess der WM 1982
trug heftig zur Sozialisier ung unseres Autors bei.

Coole Klassiker: Das WM-Trikot der UdSSR von 1966, oben, wurde 2002 neu aufgelegt. Das schönste Trikot aber bleibt das, mit dem England 1966 Weltmeister wurde.

BILDER IM UHRZEIGERSINN **WALTER LUTZ** «DIE SAGA DES WELTFUSSBALLS»/HABEGGER, **KEYSTONE, HARRY VALÉRIEN** «FUSSBALL 74» SÜDWEST-VERLAG, **KEYSTONE**

der verkauften T-Shirts im Sportgeschäft Fussball Corner Oechslin, dem Spezialisten für Fussballtrikots aus aller Welt. Bereits im Vorfeld der WM war die Nachfrage nach den Shirts der Nationen enorm. Neben England, Italien und Portugal schneidet auch Aussenseiter Costa Rica gut ab, weiss der Teufel warum. Überrascht ist man bei Oechslin aber nicht nur über den reissenden Absatz der aktuellen Trikots, sondern auch über die Nachfrage nach Retroshirts. Vor allem jene der DDR und der Sowjetunion sind beliebt. Allerdings werden die nicht von Fussballfans gekauft, eher von Szene-Heinis. Und das Einsatzgebiet ist selbstverständlich nicht der Rasen oder das Stadion, sondern eine megalässe und schuurig hippe Trendbar oder ein Tanzboden der modernen Art oder gar eine von Architekturstudenten cool gestylte WM-Breakfast-Lounge. Nur zwei Nationen sucht man bei Oechslin vergebens: Saudiarabien und Uruguay. Erstere, weil sie von der plötzlichen Qualifikation überrascht wurde, spät erst zum grossen Ausrüster Adidas wechselte, der mit der Produktion nicht hinterherkam. Zweitere, weil sie von einer uruguayischen Firma namens Tenfield ausgerüstet wurde, deren Produkte nach Europa zu importieren selbst Oechslin nicht schaffte.

Mode gegen Fussball

Ein Fussballtrikot ist vieles – nur nicht Mode. Es gibt wohl wenige Dinge, die gegensätzlicher sind als Fussball und Mode. Denn Fussball ist ewig und die Mode nur ein Schrei. Fussball hat sich seit der Einführung der Abseitsregel im Jahre 1904 etwa so stark verändert wie der Petersdom. Die Mode jedoch, dieses immer hechelnde Ding, rennt der Welt voraus und hinterher wie ein wilder Hund. Fussballtrikots sind nicht schön, weil sie nicht schön sein müssen. Und deshalb sieht der Szene-Heini, der es trägt, auch immer ein bisschen dumm aus. Und der Fan trägt es nicht, weil er sich modisch kleiden, sondern weil er sich uniformieren will. Warum genau der Fan im Trikot steckt, erklärt Dirk Schümer in seinem Buch «Gott ist rund»: «Einen konformeren Zeitgenossen als den Fussballfan gibt es nicht. Überall sonst hat sich der Mensch aus dem angestammten Rollenmuster des Ständestaats befreit. Die Verheissung, jeder könne ein Individuum werden, hat soziale Zeichen wie Brauchtum, Tracht, Konfession, Dialekt, Heimatbindung zurückgedrängt. Dabei ist im Prozess der Zivilisation eine semantische Leerstelle entstanden, die die Menschen selbst zu füllen haben. Die letzte Gruppe, die ein streng ritualisiertes Verhalten an den Tag legt, sich in farblich festgelegte Trachten hüllt, Wappen und Hymnen pflegt, einen eigenen Code und typische Gesänge benutzt und einem schlichten, regional differenzierten Brauchtumskanon verpflichtet ist, sind die Fussballfans.»

Das einzige Trikot, das zurzeit optisch gefallen kann und problemlos auch im Alltag getragen werden darf – auch von Frauen –, das ist jenes der italienischen Mannschaft, insbesondere das schwarze Torwartshirt. Doch der Dress der Sportartikelmarke Kappa ist nicht aus modischen Gründen hauteng geschnitten, sondern weil es aus dem superelastischen Material Meryl gemacht ist. Vorteil: Hält ein Gegner den Spieler in Meryl am Dress, dann lässt dieser dem Ergriffenen eine Bewegungsfreiheit von nicht weniger als 50 Zentimetern. Das ist für den Spieler von Vorteil und macht es dem zupfenden Gegner nahezu unmöglich, seine illegale Tätigkeit vor dem Schiedsrichter zu verstecken.

Letztlich gilt allerdings: Shirt bleibt Shirt. Bei der ersten Weltmeisterschaft in Uruguay im Jahre 1930 steckten schon die Leibchen in den kurzen, zumeist weissen Hosen, und vier Jahre später war die einzige modische Neuerscheinung die, dass das Team Deutschlands den Hitlergruss machte. Der grösste Unterschied zu heute: Die Shirts waren geschnürt, und der Torwart spielte in einem Rollkragenpullover und mit einer Schiebermütze auf dem Kopf. Auch waren die Shorts eher Longs, denn «kurz» war damals viel länger und reichte gut und gern bis zum Knie. Doch das Schrumpfen der Hosen war unaufhaltsam, immer kürzer und knapper wurde das Beinkleid, bis schliesslich, an der WM 1978, die Hosenlänge nur noch Hodenlänge war.

Betrachten wir nun die Form der Kragen und Ausschnitte. 1966 gewann England in England mit einem Rundkragen die WM im schönsten Dress aller Zeiten: langärmlig, rot, Wappen mit drei Löwen auf der Brust, fertig. Auch vier Jahre später spielten die Engländer mit Rundkragen, während die Deutschen auf einen dezenten V-Ausschnitt setzten. 1974 aber wurden die Deutschen, trotz runden Kragen und langen Ärmeln, von einem Spieler namens Sparwasser bezwungen, der im extrem tief ausgeschnittenen Shirt der DDR spielte und das einzige Tor zum 1:0-Erfolg des Sozialismus erzielte. Wieder vier Jahre später ereignete sich die grösste Revolution in der Geschichte der Fussballerbekleidung: Die Hersteller waren erstmals mit Schriftzügen und Logos auf den Trikots vertreten. Argentinien holte sich den Cup, gewandet in wunderschöne, blauweiss längs gestreifte Shirts, und Captain Passarella trug ein Adidas-Logo auf der Siegerbrust, das noch elegant und blättchenförmig war und nicht so plump und eckig wie heute. Das Jahr 1982 brachte eine fast alle Mannschaften umfassende Renaissance des Hemdkragens, die aller-

Grauenhafte Trends – Der Anfang, 1978: Argentiniens Hosen hatten nur noch Hodenlänge. Die Vollendung, 1994: Deutschlands Klinsmann im Rautenfarbenrausch, unten

Der Höhepunkt des Grauens, 1994: Mexikos Keeper Jorge Campos wollte mit Inkamuster Penaltyschützen paralysieren. Das misslang. Mexiko schied aus. Im Elfmeterschiessen. Kameruns extravagantes Shirt ohne Ärmel wurde von der Fifa vorsorglich verboten, unten.

UHRZEIGERSINN KEYSTONE, «FIFA WORLD CUP REPORT '94», ANDREAS MEIER, KEYSTONE

dings schon an der WM 1986 vorbei war, als nur noch Mexiko, Frankreich und Italien dieser vornehmen Form die Treue hielten. Damals holten übrigens die Argentinier erneut den Titel – im Rundkragen natürlich, der damit als die sportlich erfolgreichste Kragenvariante zu gelten hat.

Damit waren die Zeiten der schönen, schlichten Dresses vorbei. Bereits 1990 war man in den trostlosen Zeiten des Trikotdesigns angekommen. Vor allem Deutschlands Trikot mit den schwarz-rot-goldenen Zickzackstreifen quer über der Brust war ein Höhepunkt der Hässlichkeit – für den WM-Titel reichte es dennoch. Und 1994 in den USA legten die Deutschen nochmals nach. Nicht was die Leistung betraf, sondern die Scheusslichkeit des Leibchens. Nie hat ein Trikot schlimmer ausgesehen als das 94er-Shirt des Teams von Klinsmann und Co.. schwarz-rot-goldenes Rautenmusterdebakel auf der Brust und auf dem linken Bein, dazu Kordeln an der Hose im Rosenkranzlook. Die Deutschen sahen aus wie Kasperlifiguren. Nein, ein Shirt gab es, das noch schlimmer war, auch wenn es in eine andere Kategorie gehört. Jenes nämlich von Campos, dem Torhüter Mexikos, dessen Dress eine Farborgie war in Grün und Rot und Gelb und Schwarz, denn die Sportpsychologie dachte damals, dass ein auffälliger Torwartdress den angreifenden Stürmer – respektive dessen Schuss oder Konzentration – auf sich ziehen würde. Hat dann leider nicht so gut geklappt im Achtelfinal gegen Bulgarien. Mexiko verlor – im Penaltyschiessen.

Der Dress der Schweizer war immer rot. Deswegen nennt man sie auch die «Rotjacken». Ruft man beim Schweizerischen Fussballverband an, um zu erfragen, wer denn den tollen Dress der Schweizer Nationalmannschaft entworfen habe, dann erhält man die schnöde Antwort: Das hat der Ausrüster gemacht. Und der heisst seit 1998 Puma. Zuvor haben es die Schweizer schon mit den Herstellern Lotto, Blacky und Adidas probiert. Sah trotzdem immer gleich aus. Bei Puma heisst es, das Schweizer Shirt sei ein Shirt aus der King Collection, Standarddesign. Fussballmode von der Stange. Bloss die Farbe würde der Verband bestimmen.

Peru ist dieses Jahr nicht dabei an der WM. Ich bin irgendwie froh darüber. Sonst würde ich mir vielleicht den Dress kaufen, den weissen mit der roten Schärpe, aus Nostalgie. Und sicher würde das doof aussehen bei einem Mann über 30, in einer Stadt, fernab jeden Rasens. ‹

SEITE 37 DAS MAGAZIN 24 2002

Es folgt: Zeugs aus dem Archiv. (Basler Zeitung, Weltwoche, WoZ)) Unter anderem mein erster Artikel überhaupt (wenn ich mich recht erinnere) mit dem Titel "Grossaufmarsch der Musikvereine". Er stammt aus dem September 1991. Das ist verdammt lange her. Aber: Es könnte auch länger her sein.

Samstag 14. September 91

Grossaufmarsch der Musikvereine

Lautstarke Blasmusik auf dem Marktplatz: Zwei von rund 350 Musikanten.
Foto Peter Armbruster

BaZ. Mit Uniformen, Fahnen und klingendem Spiel zogen gestern abend neun Musikvereine des kantonalen Musikverbandes Basel-Stadt durch die Innerstadt. Anlass für den Sternmarsch der Posaunen und Trompeten war das Jubiläum der Eidgenossenschaft. Eigentlich hätten alle zwölf Spiele des Verbandes an der Marschparade teilnehmen sollen, doch leider waren einige verhindert. Taktvoll und beschwingt marschierten der Feldmusikverein, die Polizeimusik, die Knabenmusik und die Brass Band Railstar (ehemals Eisenbahnmusik) auf dem Asphalt. Zusammengeschlossen haben sich für diesen blechlastigen Musikabend zum einen die Basler Jägermusik mit dem Musikverein Kleinhüningen und der Postmusik sowie die Blaukreuzmusik mit dem Musikverein Riehen – man konnte es deutlich hören: Zusammenarbeit macht stark.

Der Gesamtchor – an die 350 Musikantinnen und Musikanten – gab dann zum Abschluss auf dem Marktplatz ein veritables Abschlussbouquet zum besten.

Märtbricht

(mein erster artikel)

Basler Zeitung Mittwoch, 15. November 1995 Nr. 267 Teil V Das

«Erotica»: Der Rest ist Staunen. Oder Scha...audern

«Erotica – Messe und Festival der Erotik» hiess, was am vergangenen Wochenende zum zweiten Mal nach Köln lockte ... 20000 Besucherinnen und Besucher kamen und sahen, und manche kauften auch, was es zu kaufen gab. Kunst, Körper, Kondome und Vibrato...ren in allen Varianten.

Chloe Vernier sitzt auf einem Hocker und lächelt verständnisvoll, als wäre sie eine Kindergärtnerin. Das ist sie aber nicht. Ein schon ein wenig älterer Herr tritt zu ihr, legt das verlangte Fünfmarkstück auf das Tischlein und Chloe macht ihm ein Autogramm auf ein Hochglanzfoto, das sie zeigt mit nicht viel an. Der ein wenig ältere Herr beugt sich zu ihr und sagt: «Ich stehe auf Schwangerensex-Videos.» Chloe Verniers Lächeln ändert sich überhaupt nicht. «Ach ja», sagt sie. «Wissen sie, wo ich sowas bekomme?», fragt er. Chloe lächelt und schreibt eine Adresse von einer Firma in London nieder. «Die haben alles?», fragt der Herr. «Die haben alles», sagt Chloe Vernier, und lächelt wie eine Kindergärtnerin.

Von Max Küng (Text) und Andri Pol (Fotos)

«Erotica – Messe und Festival der Erotik» nennt sich der Anlass, der am letzten Wochenende nach Köln lockte. Und es kamen viele. 20000 zahlten 35 Mark Eintritt um 100 Aussteller zu sehen. «Das Spektrum der diesjährigen Messe reicht von Show-Animation, Aktionskunst und Body-Art (Tattooing, Piercing) über Schmuck, Fashion (Lack & Latex, Dessous), Multimedia (Internet-Café), Literatur, Fotografie und Film bis hin zum Möbel-Design (Wasserbetten, Sessel), moderne Malerei & Sculpturing». So verkündeten die Veranstalter ihre Stossrichtung. Heuer lief die zweite Ausgabe der «Erotica». Und lief nicht so rund, denn im Vorfeld gab es einige Probleme: Eigentlich wollten die Veranstalter ihre Messe in einer grossen Halle abhalten, die sie von einer Immobilientochter der Deutschen Bank anmieteten und «Gundig-Halle» heisst – weil der Elektrokonzern früher darin produzierte. Dieser aber sah seinen sauberen Namen in Verruf und übte so viel Druck aus, bis die Immobilienfirma zwei Wochen vor Messebeginn den «Erotica»-Leuten einfach kündigte. Zwar fanden sich neue Räumlichkeiten, aber anstatt 7500 waren nur noch 4500 Quadratmeter zur Verfügung. 50 Ausstellern musste abgesagt werden, und die Enge verursachte nicht nur Platzprobleme, sondern auch schlechte Stimmung; und das kommt natürlich nicht gut.

Dicht an dicht schieben sich die Besucherinnen und Besucher durch die Etagen. Auf der Bühne tropft der Schweiss vom lachenden Gesicht des Conférenciers. Er schwingt sein Mikrophon und kündigt eine der Live-Darbietungen an, eine Piercing-Show. Und bald stehen zwei Männer und eine Frau auf der Bühne, die sich zu hartem Technobeat allerhand Körperteile durchstechen. Metall wird durch die Haut des Oberarms getrieben, Schenkel, Oberkörper, und schliesslich ist dann auch noch die Vorhaut dran. Manche im Publikum verziehen mehr als nur das Gesicht. Warum sie das denn täten, fragt der schweisstropfende Conférencier. «Ähm», sagt der Oberpiercer, das sei halt ein Lebensstil.

Es gibt nichts, was es nicht gibt

Chloe Vernier sitzt noch immer auf ihrem Hocker und lächelt und gibt für fünf Mark Autogramme. Sie gilt als eine der «greatest all-natural big-bust models» der Dekade, was heisst, dass sie einen grossen silikonfreien Busen ihr eigen nennt und ihn öffentlich zeigt, in Zeitschriften und Videos. Chloe kommt aus Ostberlin. Ja, es sei schon hart, sagt sie, hier zu sitzen von zehn Uhr morgens bis zehn Uhr abends. Aber es mache ihr auch Spass. Ob es sie nicht angurke, immer so angeglotzt zu werden? Nein, sagt sie, sie sei überhaupt überrascht ob der Zahl der attraktiven Menschen, die hier seien. «Ich kucke nicht weniger als die Besucher.»

Den Job als Superbusenmodell macht sie wegen dem Geld, damit finanziert sie sich ihr Studium als Heilpraktikerin. Alternativmedizin, das sei, was sie interessiere. Sie könnte auch mehr verdienen, aber es gebe gewisse Dinge, die sie nicht tue. Aber es sei nicht nur das Geld gewesen, das sie zu einer Modelkarriere getrieben habe. Sie habe einen Angriff gemacht, sei in die Offensive gegangen, habe ihre psychischen Probleme überwunden: sie habe es so satt gehabt, wegen ihres grossen Busens immerzu angemacht zu werden. Beim Messestand nebenan zeigt die Firma «Marquis» ihr Angebot. Auf einem TV-Schirm läuft ein Video. Eine Frau liegt auf einem blauweissen Liegestuhl. Sie ist von oben bis unten in transparenten Plastik gehüllt. Lediglich Mund und Augen sind frei. Sie räkelt sich in der Sonne und ihr scheint nicht besonders wohl zu sein, was aber wohl Kern der Sache ist und andere in Wohlzustand versetzt. Sie liegt einfach da und schwitzt. Hinter dem Stand steht eine Dame in Lack und lässt von Zeit zu Zeit eine Peitsche knallen, die es natürlich zu kaufen gibt («Peitsche aus massivem, braunem Leder geschnitten, 160 cm, DM 695.–»). Bei «Marquis» herrscht Zucht und Ordung – auch wenn nicht unbedingt in dem Sinn, wie es Moralisten gerne sähen. Daneben allerlei Lackkleider und Publikationen, etwa das britische Magazin «Shiny's Rubberist», in dem das Waten im Schlamm in Vollgummianzügen samt Gasmaske gepriesen wird. Die Zeitschrift «Splosh» ist ganz jenen gewid-met, die sich gegenseitig gerne mit Tomatensuppe oder ähnlichem übergiessen. Es gibt nichts, was es nicht gibt. Veranlagungen kennen keine Grenzen. Der Rest ist Staunen. Oder Schaudern. Wie es gefällt. In der Fussfetischisten-Zeitschrift «Footsy» etwa gibt es nichts anderes zu sehen, als Füsse, Fusssohlen, in Socken oder Strümpfen, sauber und dreckig. Seite für Seite nichts als Füsse.

Nichts Neues nach Beate Uhse?

Das Publikum ist erstaunlich jung. Manche haben sich in Schale geworfen, sprich Leder und Lack oder nicht viel an. Die meisten aber könnten auch auf der Herbstmesse sein. Junge Kicherteenies gibt es ebenso wie zurückhaltend neugierig lächelnde Rentnerinnen. Hier ist das Volk versammelt, so wie es ist. Quer durch alle Schichten. Unten wie oben. «Gerade den sexaktiven Menschen, für die der Weg in einen Spezialshop noch immer eine unangenehme Angelegenheit bedeutet, soll hier eine unterhaltsame Atmosphäre zum lockeren und unbefangenen Shopping geboten werden», so die Veranstalter.

Erotische «Kunst» präsentiert auch «Varry» alias Guido Varesi. Sein Stand ist ziemlich gross und präsentiert Bilder und Skulpturen, wie etwa den Stuhl «Frauentraum», was ein bizarrer Hocker ist mit Phalli und Tierschädel, und allem drum und dran. Varry ist als eingeladener Künstler hierher aus dem Baselbiet angereist. Er hat sich einen guten Namen als Tätowierer gemacht. Verkauft hat er so gut wie nichts. «Wenn ich von jedem, der den Hocker fotografiert hat, einen Stutz bekommen hätte, dann wäre ich reich.» Die Messe sei vielleicht der falsche Markt für ihn, es sei mehr ein Rundgang durch verschiedene Sexshops denn eine Kunsterotikmesse. Er habe auch nichts Neues gesehen. «Was du hier findest, das findest du auch bei Beate Uhse.» Aber Presse habe es extrem viel.

An einem Sexutensilienstand, wo es Vibratoren in allen vorstellbaren und unvorstellbaren Varianten gibt (etwa mit Aufsätzen in «lustiger» Mäusekopfform), steht ein alter Mann und hält die Packung mit einem «Oro-Stimulator» für 35 Mark in der Hand. Er schaut die Verpackung genau an, zögert. Dann sagt er leise «ach» und legt die Packung zurück auf das Regal.

Es ist schon spät und Chloe Vernier hat ihr Kleid gewechselt. Sitzt nun in Pailletten auf dem Hocker und gibt Autogramme und lächelt. Und ihr Lächeln ist kurz, ein wenig müder geworden.

Basler Zeitung

Freitag, 31. Oktober 1997
Nr. 254

Aber das Höschen bleibt

Begleitet von viel Boulevard-Mediengetöse traten am Mittwoch vier Damen in der Basler Disco «Barock» auf. Was sie zu bieten haben, lässt sich in zwei Worte fassen: grosse Brüste. Den Männern hat's gefallen.

Eine Stunde vor der grossen Show. Die Erwartungen sind gross. «Mit Sat 1 und Blick» steht am Eingang der Disco «Barock» geschrieben. Das «Barock» ist um elf Uhr noch eine gewöhnliche Disco. Der DJ aus Deutschland spielt Mainstream-Pop und zwischen den Songs redet er schneller als Dieter Thomas Heck. Zum Beispiel über die bald anstehende Travestienacht mit berühmten «Drag Queens» aus Paris. Doch heute abend ist das Publikum wegen etwas anderem gekommen. Nämlich aus dem gleichen Grund, weshalb die Sendung «Blitz» von Sat 1 ein Kamerateam gesandt hat: wegen der US-amerikanischen «Tanz-Wipp-Strip-Show», wie sie der «Blick» nennt, «Big Boobs». Vier junge Frauen mit grossen Brüsten und toll klingenden Namen: Alyssa Alps, Nicole Tyler, Brandi Young und Bonita Bust. Dafür hat der «Blick» auch tüchtig Seitenumfang spendiert und mehrfach berichtet. Am Mittwoch waren die vier sogar auf der Titelseite zu sehen. In der Story dazu verriet eine: «He, wir wollen hier nicht Kühe verführen, sondern Männer.» Wenn Ereignisse keine sind, dann werden sie halt zu solchen gemacht. Und alle haben etwas davon. Der Veranstalter erhält Werbung, die Mädchen Berühmtheit (ein bisschen) und der «Blick» Stoff, denn auch «Blick»-Leser wollen mal was fürs Auge haben, denn es gibt sie noch, die guten Dinger auf dieser Welt.

Und dann wird ausgepackt. Die Männer – natürlich sind nur Männer gekommen – tauen langsam auf. Die Sache ist simpel wie ein Männerhirn, Bonita Bust etwa stakst auf die Bühne in einem Glitzerkleid, macht ein paar schwungvolle Tänzchen, schmeisst ihr Gewand zu Boden, wackelt mit ihrem Riesenbusen, lässt sich ein bisschen berühren. Das Höschen aber bleibt, auch am Ende.

Michi gefällt's. Er mag Frauen mit grosser Oberweite. Ob das etwas mit seiner Mutter zu tun habe, vielleicht habe er zu wenig Liebe als Kind bekommen? Nein, nein. Michi winkt ab. «Blödsinn. Ist doch einfach schön, so Riesendinger. Einfach schön.» «Dann ziehst du privat auch eher grösseren Brustumfang bei Frauen vor?» «Absolut, absolut. Grosse Dinger müssen sein.» – «Könntest du dich in eine Frau verlieben, die keinen grossen Busen hat?» – «Unter 90 läuft nichts.» «Hast du eine Freundin?» – «Nein.»

Die Van-Gogh-Sonnenblumenbildfrage stellt er sich nicht. Die Van- Gogh-Sonnenblumenbildfrage ist die Frage nach der Echtheit. Denn echt sind die auf der Bühne natürlich nicht. Die Brüste von Bonita Bust aus Louisiana etwa sehen sogar ein bisschen so aus, als ob sie bei der IV etwas herausschlagen könnte. Irgendwann muss sie sich das Zeug auch wieder herausnehmen lassen, sonst kriegt sie's im Kreuz. Nach Bonita kommen zwei andere Mädchen auf die Bühne. Bei der Show geht es nur um eine Sache, respektive um zwei. Der Kollege von Michi, der sich als «Scharli» vorstellt, sagt: «Wenn es ein Video wäre, dann würde ich jetzt spulen.»

Das erste Set dauert so zwanzig Minuten. Nach einer Pause gibt's ein zweites Set von nochmals zwanzig Minuten. Dafür haben alle 35 Franken bezahlt. Für manche lohnt sich das absolut. Für jenen älteren Herrn etwa, dessen Kopf Alyssa Alps einfach zwischen ihrem Busen einklemmte. Alyssa aber hatte die Rechnung ohne den alten Mann gemacht. Der nämlich war nicht so inaktiv, wie es schien, Alyssa musste sich dann den Speichel in ihrem Busental wegputzen. Aber das gehört mit zum Beruf einer Tanz-Wipp-Stripperin, aber sie schauen schon, dass die Herren ihnen nicht zu nahe kommen oder sie zu sehr berühren. Zudem sind da ja noch die zwei Herren von einem Sicherheitsdienst. Für alle Fälle.

Am Ende dann der grosse Showdown unten auf der Tanzfläche. Hautnah kann man den Mädchen kommen — für 15 Franken pro Polaroidfoto. Michi macht's. Michi – weniger der Philosoph, eher der Praktiker – wird dann nachher sagen: «Alles Plastik, aber ich mag Plastik.»

Max Küng

"ALYSSA ALPS"

Basler Zeitung
Mittwoch, 21. Februar 1996
Nr. 44

«Kochen Sie Ihrer Tochter die Lieblingsspeise»

Wenn eine Teenieband sich auflöst, dann sind Scharen in Tränen aufgelöst. «Take That» waren nicht einfach Popstars, sondern die Helden für einen Teil von Mädchenteens. Vier Jungs aus einfachen Verhältnissen aus Manchester, früher einst gar fünf, unzählige Schmuselieder und Poster, Poster, Poster! Junge Menschen haben noch Träume. «Take That» sind tot. Aber nicht ganz. Und schon gar nicht ganz unerwartet.

Pop-Superstars «Take That» verabschieden sich von ihren Fans nach der Verleihung des «Brit Awards» in London.

Foto Reuter

«Never forget where you've come here from
Never pretend that it's all real
Someday soon this will be someone elses dream»
«Take That»: «Never forget»

Dahingegangen ist kein geliebter Mensch und kein geliebtes Tier, sondern für pubertierende Mädchen die schönste Erscheinung schlechthin: Eine Schnuckelpop-Teenieband. Und nicht einfach eine. «Take That» gilt es zu beklagen. Mark. Jason. Gary. Howard.

Von Max Küng

Schreiten wir zur Nekropsie, zur Öffnung des verblichenen Körpers. Überraschend kommt das Ende nicht, denn mit ihren sechs Jahren hingen «TT» schon wie eine überreife Pflaume am Baum der Teenieträume. Eine Schmuseidolkuschelpopband wird nie von einer nächsten Teenagergeneration übernommen. Und als im letzen Jahr bereits Robbie, der Verrückte und Coole der Band, aus der Band gekippt wurde, da war vielen klar, dass die Verbliebenen es auch nicht mehr lange machen würden. Robbie räumte nach seinem Rausschmiss dann auch kräftig auf mit dem properen Image von «TT». Ein Drillverein sei das gewesen. «Immer nur Regeln, Verbote und Befehle.» Erst nach seiner Befreiung habe er erfahren, was er alles verpasst habe. Endlich durfte er soviel Bier trinken wie er wollte. Aber wenn man jung ist, dann hat man noch Träume. «Du tust alles für 15 Minuten Berühmtheit. Verdammt recht. Ich würde alles unterschreiben, ich würde alles tun, ich würde den Eiffelturm hochklettern, ‹Scheisst auf mich drauf, Möwen› auf den Rücken geschrieben. Du lebst nach all den Regeln, die für dich aufgestellt sind.»

Eine Teenieband wie «TT» ist nicht etwas organisch Gewachsenes, sondern ein Hors-Sol-Produkt der Plattenindustrie, von denen es – insbesonders Englandexporte – mehr als genug gibt. «TT» aber wurden wirklich erfolgreich (knackten gar in den USA die Top Ten), was weniger mit ihrem musikalischen Vermögen zu tun hatte, denn mit der die Jungs umhüllenden Aureole. Natürlich muss eine Teenieband schon ein gewisses Niveau an Seichtheitspop bringen, die richtigen Wörter wählen («Hanging onto your love, hang onto your love, hang onto your love, hang onto your love, I need it») und natürlich nur Songs über Liebe ohne Triebe singen, entscheidend aber sind die Faktoren Schnuckeligkeit und ein nettes, sauberes Image – damit die Teens sich damit auch identifizieren können. Bezeichnend für das Dilemma einer Jugendgruppe: Gary Barlow ist zwar das musikalische Talent und Songwriter, aber er ist der, hm, unschönste der ehemals fünf.

Schreiten wir nun zu einer würdigen Würdigung: Vor rund sechs Jahren wurde «TT» in Manchester geboren. Der Vater hiess Nigel und war ein strenger, aber gerechter Manager. Eine wunderbare Karriere folgte. Gerade im deutschsprachigen Raum stiessen die grossen Brüder auf heisse Gegenliebe.

«Mädchen, macht keine Dummheiten!»

Was die fünf Sympathos auch machten, es wurde von Erfolg gekrönt. Jahrelang hatten die fünf Freunde ein schönes, glückliches Leben und machten Heerscharen von jungen Mädchen mit Liedern wie «Sure», «Back for good» oder «Never forget» happy bis halbwahnsinnig. 1995 dann nahm der geliebte Robbie «Abschied» von der «TT»-Welt. Ein Mädchen sagte im August des letzten Jahres prophetisch: «Das ist nicht mehr ‹Take That›. Eine Hand hat ja auch fünf und nicht vier Finger.» Und letzte Woche geschah dann das Unfassbare: «Das war's. Ihr wart alle fantastisch. Danke.» Die Worte von Gary. Und: «Mädchen, macht keine Dummheiten! Bitte!»

Die 14jährige Claudia Schönenberger aus Frenkendorf hat eine strenge Zeit. «Momentan geht's mir nicht so gut», sagt sie. Sie ist Mitglied des – wie sie betont «originalen» – «Take That»-Fanclubs in Manchester. Und jetzt hat sie im «SonntagsBlick» – der sich zusammen mit der Restboulevardpresse als grosser Nekrophage auf das «TT»

Kadaver stürzte – gelesen, dass für den «Take That»-Auftritt bei der alles andere als jugendlichen Sendung «Benissimo» am 23. März zwei Tickets zu haben seien. Man kann den Ringierleuten Fahrlässigkeit unterstellen, oder gar Zynismus: Zwei (2) Tickets! Claudia ist auf jeden Fall ziemlich fertig. «Also wenn ich das Ticket nicht bekomme, dann ist fertig bei mir». Einzige andere Hoffnung: Das alleralleralleletzte Konzert von «TT» in Amsterdam am 5. April.

Teenietragödie war Super-Medienereignis

Die Teenietragödie war für die Medien natürlich ein Superfutter. Deutschlands talkende Magenwand, Margarethe Schreinemakers, flog zwecks Analyse Robbie ein – Küsse inklusive –, und zeigte auch die vor der TV-Halle trauernden Fans. Die Jugendsendung «YoYo» von DRS-3 gab sich superverständig und war mit einer supereinfühlsamen Sondersendung für die blutenden Herzen da. In einer Sonntags-Zeitung gab ein Jungseelenklempner von «Bravo» für einmal den Eltern Rat zur guten Tat («Kochen Sie Ihrer Tochter wieder mal die Lieblingsspeise...»). Und auch Sat-1-Satan Harald Schmidt kam am Thema nicht vorbei und demonstrierte mit einem Messer potentiellen «Todesteens», wie man sich fachgerecht die Pulsadern aufschneidet. «Längs, nicht quer, Mädels! Geht viel schneller!»

Die Musik- und Devotionalienindustrie macht zum guten Ende nochmals Druck. Am 26. dieses Monats kommt die neue «TT»-Single. Dann noch ein Greatest Hits Album. Und dann bestimmt Soloalben von Robbie und Gary und wohl auch Mark. Mindestens das Restpopstarmaterial wird in der tiefen anonymen Versenkung verschwinden, wie es seit Dekaden Tradition ist. Manch ein Star von gestern lebt heute in einer Sozialwohnung und ernährt sich vor allem von Billig-Gin.

Lassen wir den Sarg langsam hinab in das feuchte Grab. Jeder eine Schaufel Erde drauf. Ein paar Blumen. Ein paar Teddybären. Eine neue Band wird nicht kommen, sie wird schon da sein. Und viele Teens werden eine wichtige Erfahrung machen. Dass Zeit Wunden heilt. Dass es anderes gibt. Und: Ein schlechtes Gefühl ist immerhin ein Gefühl.

United Trauer und Hysteria: Echte Fans von «Take That» treffen sich heute Mittwoch auf dem Bahnhof SBB Basel zum grossen Gedenken und Wehklagen. Um 14 Uhr.

Basler Zeitung Dienstag, 14. März 1995
Nr. 62

The rules sind: There are keine rules

«Oma Wally und Nina werfen sich für den Disco-Besuch in Schale.» So steht es im «Bravo»-Fotoroman «Verbotene Küsse». Oma Wally wählt ein silberglänzendes Hemd, das sie offen über

Von Max Küng (Text) und Andri Pol (Fotos)

aus ihren Gerontobeständen stammenden (und in der Jetztzeit zum schicken Grungeteil mutierten) mit Perlen bestickten rosafarbenen Strickpulli trägt. Auf dem Kopf trägt Oma Wally eine silberglänzende Schirmmütze. Und dann steigt sie mit Nina in die Techno-Disco und sagt: «Jetzt wird mal so richtig abgetanzt! Hyper! Hyper! Das ist ein total starker Sound.» So weit, so schlecht. Jetzt schwirren also Omis mit irren Klamotten durch Diskotheken und schütteln ihre Schlottergelenke zu Technomusik. Damit wäre also eigentlich auch schon alles gesagt und geschrieben und vorweggenommen: Techno als Phänomen und Oberbegriff diverser Musikstilarten und Moden ist das, was heute «den jungen Menschen» gefällt – und sogar bei Omis und Opas auf Toleranz stösst. Die Wochenendebeschäftigung der Kids heute ist dem Techno-Rave. Rave heisst: eine mehr oder minder grosse Party.

Anything goes. The rules are: There are no rules. Latexhosen, durchsichtige Shirts oder Halsbänder sind nichts Aussergewöhnliches mehr an Körpern von Wochenend-People. Wer es ein bisschen ausgefallener möchte, der oder die kommt mit Utensilien wie Schweisserbrille, klebrigen Elektrikergummihandschuhen (gegen Stromschläge geschützt) oder pur in schlichten Lycraunterhosen, aber auch so wird man kein grosses Aufsehen erregen.

Wo die Jugendkultur einzieht, in dem House ist selbstverständlich Geld zu holen – und nicht zuwenig. Also haben sich Marken gebildet, deren Label dem Lacoste-Krokodil gleich symbolisiert, welcher Gruppe man angehört. Nur: Sind es beim Krokodil die legeren Beamten und Lehrer, so stehen Logos von Daniel Pool, Mecca oder Aspiral für den Raver. Und noch etwas sagen die meist gernegross geschriebenen Markennamen: Ich bin unsicher und unkreativ, greife deshalb zum zwar teuren, aber verlässlichen Marken-Clubfummel. Das ist so spannend, wie einen Golf GTI zu fahren. Und lustig ist es wohl auch nicht, wenn man an einer Technopartie neben einem tanzt, der das genau gleiche 150-Franken-T-Shirt anhat.

Eine eigentliche Technomode aber lässt sich nicht ausmachen, die Technomode kennt kein Fundament. Anything goes wirklich. Pippi-Langstrumpf-Barbarella-Mutationen ebenso wie Buben in Kilts. Das einzige, was uns die Technomode mitteilen kann, ist, dass es den namhaften Designern gleich geht wie dem Jahrhundert: Das Ende ist nah. Denn es hat sich gedreht: Die Designer machen's nicht mehr den Leuten vor, sondern umgekehrt. Sowieso: Ein Trend lässt sich heute nicht mehr ausmachen. Das Abendland wird bestimmt durch Myriaden von Minitrends. Es ist nicht mehr so einfach wie früher, zwischen Gut und Böse zu entscheiden, wo die Trennung der Jugendkultur simpel hiess: solche mit langen Haaren und solche mit kurzen Haaren.

Nicole, 20, Schnuller von Migros 2.20, Adidastop von der Schwester, T-Shirt und Rock von H & M. Ricardo, 18, Pulli von Sabotage 75.–, Hosen von Globus.

Pietro & Decca, Arpeggio Twins (dica no).

Markus, 20, Shirt von Pose 59.–, Hut aus dem E-Shop Zürich 55.–, Maus selbstgeschossen (Schiessbude).

Andrea, 16, T-Shirt von Kitchener, Bern, 50.–, Pants von H&M 40.–. Sigrid, 17, alles von Metro, Thun, 129.–.

Simon, 19, Shirt von Daniel Pool 69.–, Fat Pants 100.–.

Marc, 18, «alles Secondhand». Caro, 19, T-Shirt von Casaluci 130.–.

Martin, 17, Shirt von TNT Köln 40.–, Hut dito 25.–. Serge, 17, Weste aus Arbeiterbedarfsladen 30.–, Handschuhe von Vilan, 7.–.

Roger, 18, Adidastrainer aus dem Fachgeschäft, 149.–.

Reto, 18, Pulli von Absolut 100.–, Red Bull, 8–.

Martin, 18, T-Shirt von Puma 50.–. Baka, 18, Shirt →

Michaela, 18, Kleid von C&A.

Dorota, 17, Goldhose 120.–, Schuhe 170.–, alles von Olmo, Bern. Karin, 17, T-Shirt 49.–, von Rave-Shop Zürich, Rock selbergemacht.

Anja, Superboa von Olmo 160.–, Body von Beate Uhse 80.–.

Chill & Michele, beide 18, beide alle Kleider aus London, Kings Road and so.

DIE WELTWOCHE
Nummer 38/19. September 1996

e Phantom of the Opera»: 430 000 Menschen haben das Musical in Basel bereits gesehen

/o die schweigende Mehrheit klatscht

VON **MAX KÜNG**

Die Leute schwenken die Köpfe und staunen in den Raum, wie man das so macht in prächtigen Hallen mit festlicher Stimmung. Noch ist Licht. Der Herr nebenan auf Platz 18 blättert im Programmheft. «Das ist ein richtiges Buch», sagt er zu seiner Frau und hält das prunkige Ding in den Händen, als wäre es eine Bibel vom Papst direkt. Er blättert langsam, sagt «schön». Ich will es wissen: «Gehen Sie viel ins Theater?» «Nein, nein», sagt der Mann, «wir kommen aus der Nähe von Olten, und da gibt es nicht viel Theater, ausser daheim mit meiner Frau.» Er lacht, und sie schaut böse, ein bisschen. Es wird finster. Eine Stimme ohne Körper verkündet, dass Fotos und Tonbandmitschnitte nicht drinliegen und dass heute die zweite Besetzung spielt. Die Frau flüstert: «Siehst du! Wären wir doch am Wochenende gegangen.»

Fünfundsiebzig Minuten dauert die erste Halbzeit des Musicals «The Phantom of the Opera». Das Vergnügen ist vergleichbar mit dem Essen roher Suppenwürfel. Ein Effekt jagt den anderen, von zwar nicht Gottes, aber doch unsichtbarer Hand werden unzählige Bühnenbilder hervorgezogen, von allen Seiten; und die Musik: Rolf Knie fürs Ohr, Oper kopuliert mit Pop, düster zieht eine dunkle, bedrohliche Musikgewitterwand nach der anderen auf, um sich abzuwechseln mit Schauern der Schwülstigkeit, Regenbogen in den Ohren. Und natürlich donnert das Phantom, welches gar kein so richtiges Phantom ist, denn es turnt, Fleisch und Blut, munter herum. Und vor allem ist es eines: laut. Ein regelrechter Poltergeist. Jagt, in viel, viel Licht getaucht, rot, grün, alles, über die Bühne und singt nicht sonderlich verständliche Sachen. Verständlich: Ein Schmerz plagt das Phantom, die Liebe natürlich.

MISERABEL

senweise in ei
Orten der Wel
eines der schl
der Annäherun
ten Zuschauer
der unbekannt

Annähernd eine halbe Million Menschen werden in der ersten Saison die Klagelieder der Maske in Basel besuchen. The Useful Company, die das Musicaltheater im britischen Kolonialstil führt – sogar die Teebeutel für die Teepausen kommen von Marks & Spencer aus London –, hat sich ein Phantombild angefertigt von der halben Million. Zwar gebe es keine Statistik, aber man wisse dies: «Die Durchschnittsperson ist eine 35jährige Frau, die ihre Familie oder Freunde mitbringt. Mehrheitlich eine deutschsprechende Deutschschweizerin, Mittelklasse.»

Der Managing Director des Basler Phantoms, Kevin Wallace, sitzt, nicht sonderlich relaxed, in seinem Büro. Eben ist er aus Wiesbaden angereist, wo er auch das «Sunset Boulevard» managt. Jetzt verbiegt er eine Büroklammer. Er hat nicht viel Zeit, und mit den Augen ist er schon in einer Mappe mit Korrespondenz. «Where are we now?» fragt er die Dame vom Kommunikationsbüro. 430 000 sagt sie. Herr Wallace verbiegt die stumme Büroklammer noch ein bisschen und führt aus, deutsches Publikum sei viel einfacher. Deshalb wirbt man fürs Phantom besonders stark im German sector hoch bis Mannheim. Mit uns Schweizern hat er seine liebe Mühe, noch. Herr Wallace kennt die 35jährige Durchschnittsfrau und ihr Verhalten genauer. Sie sei «die Entscheidungsmacherin». Und die «Entscheidung» werde zumeist sonntags gefällt, wohlüberlegt, montags, dienstags oder mittwochs werde dann gebucht.

Das könnte so gehen: Samstags sieht Frau Zurzach, 35, ein Inserat. Busreisenbetreiber Plüsch-Diesel fährt zum Phantom nach Basel. In der Nacht zum Sonntag denkt Frau Zurzach nach im Bett. Sie stellt sich vor, wie schön das sein muss, diese Musik und alles so festlich und endlich wieder schön gemacht. Am Sonntag ist der Gedanke ausgetragen, die Frau entscheidet: Wir gehen. Der Mann stöhnt vielleicht leise auf, aber das Phantom ist ja eine zwar nicht billige, aber gute Gelegenheit, dass die Schwiegermutter wieder was geboten bekommt und im Testament die richtige Tochter berücksichtigt. Zudem wird sie für zweieinhalb Stunden still sein. Verlockend.

Thommy, nicht der aus dem Rock-Musical, sondern aus dem Fricktal kommend, ist weder weiblich noch 35 plus, sondern 23 – trotzdem ist er ein Musicalfan. Zwar hat er das Phantom noch nie gesehen, die Karten aber sind seit längerer Zeit via vergünstigende Kanäle bereits fest gebucht – «Cats» hat er achtmal gesehen. «Ich weiss ja schon», sagt Thommy, «dass viele Leute Musicals Scheisse finden.» Ist ihm egal. Er mag sie. Ihm gefällt das: die Musik («obwohl, beim Phantom ist sie wirklich nicht so gut, schlecht sogar, gestohlen und langweilig, ‹Starlight Express› ist da ganz anders»), die tollen Kostüme, die Effekte, die aufwendigen Bühnenbilder. «Ich mache mich gerne schön für einen Musicalabend, putze mich raus.» Thommy ist auch sonst ein ungewöhnlicher Musicalgänger, denn, das sagt Herr Wallace, ein Phantomer geht nicht in die richtige Oper oder ins Ballett. Die Entscheidung, das Musical anzuschauen, die sei vergleichbar mit dem Buchen einer Reise. Das Phantom sei nicht karge Kunst, sondern ein «big sexy event». Also eher so à la Europapark Rust denn «Zerbrochner Krug».

Mitten im «big sexy event»: Die Mehrheit schweigt und schwelgt, folgt dem Rauf und Runter auf Tonleiter, Bühnenbild. Ein bisschen schwelgen darf man auch, denn man hat ja gehörig abgedrückt – obwohl heute Dienstag ist und die Karten darum ein bisschen billiger sind als sonst. Aber für einen guten Platz müssen immer noch 130 Franken hingelegt werden.

Die Pause: Die Saaltüren sind noch nicht richtig offen, und schon wird an den Bars eine Runde Cüpli geordert. Auch die Verkaufsstände mit allerlei Phantomdevotionalien von Manschettenknöpfen bis zum Regenschirm sind schnell umzingelt. So korrekt, wie er gekleidet ist, beantwortet der junge Mann hinter dem Thresen die Fragen. «Was sich am besten verkauft? Jeden Abend ist es etwas anderes. Vielleicht kauft jemand etwas, die anderen sehen das und wollen dann das Gleiche.»

Hamburg war schöner

Das Ehepaar aus Freiburg im Breisgau, Mittdreissiger, ist an der Bar energisch, aber nicht unhöflich. Sie haben sich ziemlich schön gemacht. Er trägt einen lässigen Lumber mit Strickbünden und ein Hemd, das zu Krawatte und allem eigentlich nicht geht. «Mix and match» auf schwäbisch. Sie trägt ein Kostüm und um den Hals eine «Perlen»kette. Es gibt Champagner für 13 Franken das Glas. Rosé kostet 15 Franken, Sekt 9. Das Ehepaar aus Freiburg nimmt den Sekt. Die Frau ist richtig aufgedreht. «Also eine Kollegin hat ja gesagt, dass in Hamburg das alles viel besser sei, das Bühnenbild und so. Wir waren dann auch in Hamburg, und ich muss sagen, dass hier alles genau gleich ist, aber in Hamburg war es doch besser.» Sie nippt. «Was besser war? Das Phantom war grösser.» Der Mann nippt auch und grummelt zustimmend. Die Frau: «Und wie finden Sie's?» Ich gestehe: «Es tönt ein bisschen wie allgemeines Wehklagen bei etwa einem verstauchten Fusse.» Der Mann grummelt zustimmend, einen Verbündeten riechend. Die Frau ist nahe dran, ihm mit dem Absatz ihrer Stöckelschuhe auf seine Sehen-aus-wie-Timbis zu treten. «Gehen Sie auch ins, ähm, richtige Theater?» Der Mann nippt. Die Frau schnell: «Wissen Sie, wir sind keine Kulturbanausen. ‹Starlight Express› haben wir gesehen. Und ‹Cats›». Sie nippt und sagt einen Moment nichts und dann fast ein wenig verliebt oder wenigstens mit Sehnsucht: «Der Webber.»

Andrew Lloyd Webber trägt sicher keine Lumber, und beim Wort «Sekt» wird er wohl mit der von der Queen ritterlich geschlagenen Schulter zucken; er ist ja Engländer und Sir, nicht Mittelstand. Auf 1,1 Milliarden Franken wird der Musical- und Moneymaker von der «Sunday Times» veranschlagt. Allein sein Picasso soll 36 Millionen wert sein.

Aufgerüstet wie ein einsatzbereiter Phantom-Bomber fliegt die Frau um die 40 heran an die Bar, gut bemalt. Goldig klimpert der viele Schmuck, und die silberne Glitzerbluse sieht aus wie nie zuvor getragen und ist ein bisschen zu eng. «Wunderbar, wunderbar», haucht sie, fast ein wenig laut, schaut herum im Foyer. Ihr gefällt, was sie sieht. Gross ist das Foyer, edel bis zum Anschlag und voll von vornehm aussehenden Menschen. Der Mann in ihrem Schlepptau im radieschenroten Veston und der gut gemeinten Krawatte blickt derweilen auf die Karte an der Bar. «Die nehmen es auch von den Lebendigen.» Die Frau, zurück von der kleinen Reise in Gedanken durch den Raum, meint, dass das ja auch kein alltäglicher Abend sei. Der Mann bezahlt mit einem automatenfrischen Hunderter die beiden Cüpli. Als er die Sechzig Rückgeld entgegennimmt, macht er nochmals das Gesicht von vorhin, das Die-nehmen-es-von-den-Lebendigen-Gesicht. Die Frau hat da das halbe Glas schon weggenippt.

Damals, als das Phantom über das Rheinknie kam, da war vielleicht was los. Basel im Blickpunkt, das hätte es lange nicht mehr gegeben. Zur Premiere konnten nebst Sir Webber himself eine Quantität an Promis aufgetrieben werden: Beni Thurnheer, Bettina Walch, Kurt Felix, Bernhard Russi und Thomas Gottschalk und viele andere Mehr-oder-minder-Prominente lachten in die Linsen der Provinzfotografen. Grosszügig und -räumig wurde das Musicalteater in Erwartung der vielen Schaulustigen abgesperrt – es kamen aber nur ein paar Rentner. Webber wurde königlich empfangen und typisch baslerisch reich und originell beschenkt mit einer Fasnachtslarve und der Einladung zur Fasnacht. Der ist er nicht nachgekommen. Wer will es ihm verdenken. Und ob er die Larve neben seinem 36-Millionen-Picasso hängen hat, das ist auch fraglich. Basel machte sich schnell daran, «kreativ» das Phantom zu verwursteln. Das Läckerli-Huus, dessen Pressemitteilungen so naiv sind, dass sie eins zu eins seitengross in der deutschen Satirezeitschrift «Titanic» abgedruckt werden, kreierte eine «lustige» Trommel mit dem Phantom drauf und Läckerli drin. Jedes Schaufenster in Basel war bald bestimmt von a) weissen Masken, b) roten Rosen, c) güldenen Bilderrahmen. Und eine Pizzeria schuf die Phantom-Pizza – viel Mozzarella und schwarze Oliven.

Das Phantom-Musical funktioniert wie McDonald's. Bloss noch strenger. An 13 Orten auf dem Erdenball wird der flotte Reigen zurzeit geboten. Mag sein, dass die Phantomfigur in Hamburg ein bisschen grösser ist – sonst aber ist alles immer gleich, ob Basel oder Tokio. Bei McDonald's in Tokio gibt's wenigstens einen Teriakyburger (und man kommt mit fünf Franken und fünf Minuten durch). Das Phantom also ist ein Klon. Und irgendwie passt das ja supergut zur Chemiestadt Basel.

Nach dem Spielende, nach nochmals gut 60 Minuten Phantomschmerzen wird die schweigende Mehrheit laut, macht nicht die Faust im Sack, sondern klatscht, klatscht, klatscht mit vereinten Handpaaren je 630mal. Das habe ich gezählt. Das stimmt. 630mal Klapp-Klapp-Klapp. Standing Ovations. Ansätze von Ola-Wellen. Das Volk ist begeistert. Aus dem Häuschen. Einer johlt. Hingerissen. Das Publikum hätte noch viel länger geklatscht, viel länger, als ob es eine Zugabe erwarten würde, eine Ehrenrunde aber nach 630mal fährt das Orchester mit einer weichen Weise dazwischen, das Saallicht geht an, der Urinstikt springt an: Schnell raus, damit man an der Garderobe nicht lange warten muss. Schliesslich wartet der Bus, das Tram, die Bahn, das Leben.

Draussen: Das grosse Plakat «Musical Bar. Basels schönste Bar – nur 30 Schritte» lockt zwar, zieht aber nicht. Ein Dienstag ist eben immer noch ein Dienstag. Nur gerade zwei Paare sitzen da, und dann kommt noch ein Paar. Die zwei bestellen Gin Tonic, er raucht, und sie studiert das Programm. Sie sagen nichts. Er raucht. Sie studiert. Dann raucht sie. Er studiert. Eine Weile. Sie trinken aus. Dann gehen sie, und die einzigen Worte der beiden bleiben die drei «zwei Gin Tonic». Ein Dienstag ist eben immer noch ein Dienstag.

Basler Zeitung

Freitag, 1. November 1996
Nr. 256

Wie ich das Skifahren lernte. In Tokio, im Sommer, bei 35 Grad

Winterluft schnuppern im August, in der Weltstadt. Auf Stelzen und unter himmelblauem Hallendach liegen die zwei da: Tokios 490 Meter lange Skipisten.

Da muss Frau Kawasaki vom Tokioter Tourist Office kichern. Sie glaubt an einen Scherz. Ist es aber nicht. «Morgen werde ich Skifahren lernen, hier in Tokio», sagte ich zu Frau Kawasaki. Aber Sie sind doch Schweizer, sagt Frau Kawasaki darauf kichernd. Und in der Schweiz habe es doch nur Berge, weiss. Berge überall. Nein, nein, entgegne ich

Von Max Küng

Frau Kawasaki. Das sei ein gar romantisches Bild. Und: Auch in der Schweiz gebe es Menschen, die der Kunst des Skifahrens nicht mächtig seien. Und einer davon stehe vor ihr. Noch nie sei ich auf Skiern gestanden – ausser auf Langlaufskiern, einmal, und dies kurz und krumm. Morgen würde ich das

Gestelztes Ungetüm: Der Skidome von Tokio.

Skifahren lernen, hier in Tokio, im August, bei 35 Grad Hitze und einer Luftfeuchtigkeit, dass man vom blossen Nichtstun schon schwitzen muss. Frau Kawasaki kichert erneut. In Japan aber lügt man nicht, und auch ich flunkre sie nicht an. Ich will das Skifahren erlernen, hier in Tokio, das will ich, im heissen August ein bisschen Winterluft schnuppern.

In der Nacht träume ich. Ich träume, ich würde mir beim ersten Downhill-Skilauf meines Lebens ein Bein brechen. Knacks. Am Morgen, noch im von der Klimaanlage auf angenehme 23 Grad gekühlten Hotelzimmer auf dem Futon liegend, denke ich darüber nach. Das wäre ein Ding: Ich komme heim mit einem mit japanischen Schriftzeichen verzierten Gips am Bein. «Was ist denn mit deinem Bein passiert?» «Ach, mein Bein, gebrochen, in Tokio, beim Skifahren.»

*

Die Tannenbäume stehen zwar dicht an dicht Spalier, aber um Schatten zu geben, sind sie einfach noch viel zu klein. Dafür machen sie schon mal Stimmung auf kommende Ereignisse. Immerhin sie. Es riecht nicht nach Bergwald, sondern eher nach Smog, und statt Bergen ragen Industriebauten in den Tokioter Himmel – und die Menschen in voller Montur, die Bretter geschultert, die vom Parkplatz die Baumallee herunterschlendern, geben ein durch und durch komisches Bild ab. Und natürlich auch das gewaltige Gebäude: Auf Stelzen gestellt, schräg und dunkel liegt es da, und man fragt sich, wer auf einen solchen Gedanken gekommen ist: Wir bauen eine Skihütte in einem anderen Sinn des Wortes. «SSAWSS» heisst der weltgrösste Bau dieser Art; die Abkürzung für «Spring Summer Autumn Winter Snow Skidome». Hier kann man Skifahren. Immer.

Zuerst einmal dürfen wir abladen. Nicht das Gepäck, sondern 5900 Yen, das sind umgerechnet etwa 70 Franken. Die Eintrittsgebühr pro Nase für drei Stunden freie Fahrt auf weichen weissen Pisten. An Boutiquen mit der neusten Skimode geht es vorbei zum «Wear rental counter», wo auf einer Art Skikreditkarte nochmals 1800 Yen abgebucht werden. Für die bekommt man topmoderne und schicke Skiklamotten: Handschuhe, rosarote Thermounterhosen (lang), ein rosarotes Thermohemd und einen zweiteiligen Skianzug, leuchtgelb/blau. Nach dem Umziehen und ein paar Rolltreppen werden einem nach nochmaligem Abbuchen von 1800 Yen die Skier und die Skischuhe übergeben. Jetzt sind wir perfekte Wintersportler.

Die letzte Schranke – dort wird dann auch die Zeit minutiös vom Computer auf die Kreditkarte gespeichert – und dann ist man nicht mehr im superfeuchten 35-Grad-im-Schatten-Tokio, sondern in einer absolut künstlichen Schneewelt mit 4 Grad minus. Die Kälte beisst an der Nase. Der Atem ist weiss. Das ist ein durch und durch komisches Gefühl. Leise rieselt der Schnee hier nicht, dafür tropft schwer und süss japanischer Pop vom himmelblauen Hallendach. Die Kassette wiederholt sich jede Stunde. 490 Meter lang ragen die zwei Pisten in die Höhe (die Pisten heissen hier übrigens «Gelände»). Eine mit bis zu 20,1 Grad Gefälle, für Profis, die andere mit 14,9 Grad Gefälle, für Durchschnittliche. Imposant. Ach ja, und dann links hat's noch den Idiotenhügel, 4,8 Grad Gefälle. Gerade recht für einen Anfänger wie mich. Die Skier anziehen ist kein Problem, das kenne ich aus den Fernsehübertragungen von Skirennen.

Ich hätte es mir aber sparen können, denn hoch zum Idiotenhügel bringt mich ein Rollband, wie auf einem Flughafen, und dort hält man die Skier in den Händen. Langsam rollt mich das Gummiband den Hügel hoch, der gar keiner ist; neidisch schaue ich zu den Japanern, die im leise ratternden High-Performance-Sessellift in schnellen 120 Sekunden auf schwindelerregende 80 Meter gehoben werden. Zum Glück ist Andri, der Fotograf, an meiner Seite. Er wird heute die Rolle des Skilehrers übernehmen. Ich hätte mich zwar auch hier in eine Skischule einmieten können, aber Skilektionen auf japanisch, das wäre doch zu spanisch. Andri sagt: «Aus den Knien heraus das Gewicht auf den Talski geben». Tal-Ski ist gut. Aber es geht gar nicht mal so übel, meine ersten Schwünge kommen zwar ein bisschen gehemmt und werden selbstverständlich sehr langsam vollzogen, aber ich schaffe die 150 Meter lange Idiotenhügel-Piste ohne auch nur einmal umzufallen oder jemanden über den Haufen zu fahren.

Der Schnee ist von feinster Qualität, lasse ich mir sagen. Ultrafein, mit einem Durchmesser von 80 My pro Kristall, das sei extrem, lasse ich mir auch sagen. Hab ja keine Ahnung. Aber: An manchen Stellen scheint mir «der Belag» ein bisschen hart, schnell.

Die «Bergler», die Einheimischen, sind nicht allesamt Supertechniker auf

Information

Anreise. Die Japan Airlines (JAL) fliegen täglich von Zürich nach Tokio, zweimal pro Woche nonstop. Preise ab 1700 Franken.

Skidome. Den «SSAWS Skidome» erreicht man am besten mit Japan Rail ab Keiyo oder Musashino Station; Aussteigen an der Minami-Funabashi Station. Der Skidome ist täglich von 9 bis 22 Uhr geöffnet.

den schmalen Brettern, aber manche schon. Zum Glück sind die Japaner ein ausgesprochen höfliches und diszipliniertes Volk, denn niemand macht dumme Sprüche oder zeigt mit dem Finger auf den eindeutigen Europäer, der ängstlich und nicht sonderlich geschickt den Idiotenhügel herunterrutscht. Und niemand lacht, als sich

Skilift-Ersatz: Auf dem fahrenden Band wieder auf den «Hügel».

beim Transport meine Skier wegen den dummen Skistoppern ineinander verhaken und ich umfalle und eine durch und durch schlechte Falle mache. Einen hochroten Kopf habe ich, als ich nach minutenlangem Ringen die Bretter wieder separiert habe. Peinlich. Um meinem Selbstwertgefühl – jetzt gross wie ein Bonsaibaum – wieder auf gewisse Höhen zu verhelfen, steige ich gleich wieder aufs komische Förderband und lasse mich ein Level höher befördern. Ich wusste nicht, dass 14,9 Grad Gefälle von oben doppelt so steil wie von unten sind. Das wusste ich wirklich nicht – aber der einzige Weg runter, ist der Weg runter. «Schluck!» Und schon geht es flott und immer flotter hinunter den steilen Hang. Jetzt muss ich schwingen, denke ich langsamer als ich fahre, wie war das doch gleich, Talski, Gewichtsverlagerung, sonst kreuze ich die Profipiste, und dann ist das Bein bestimmt abeinander – Gewichtsverlagerung, ok, ok, ok, und, oh nein, schon gehe ich zu Boden, hart schlage ich auf, das grosse Maul voll ultrafeinem Schnee, ein Ski, natürlich der mit dem kaputten Skistopper, springt vom Schuh und holpert ins Tal, das zum Glück nicht weit ist. Auch im Tal gibt's Stärkung nach dem Sturze im Schnellimbiss mit Pistenblick. Bei einem «SSAWS-Gelände-Burger-Menu» kann man hier Kräfte tanken für erneute Versuche in der Unnötigkeit, auf schmalen Brettern weisse Hänge herunterzufahren.

Bis zu 1200 Skiwütige tummeln sich in der Halle. Dies hat zur Folge, dass das Skierlebnis in der Halle noch authentischer wird: 15 Minuten Wartezeit am Lift für zwei Minuten-Schussfahrt. Wie echt. Ein Biss in den Burger, der besser ist als meine skifahrerischen Qualitäten. Die Füsse brummen müde. Die Schienbeine schmerzen. Was ist der Sinn des Skifahrens? Warum drängeln sich Menschen in komisch bunter Kleidung in der Halle oder auch der Natur? Meister Kung, latinisiert Konfuzius gerufen, was hättest du gesagt? Vielleicht: «Wenn einer nicht zu fragen pflegt: Was hat das zu bedeuten? Was hat das zu bedeuten? Ich wüsste wirklich nicht, was der für mich noch zu bedeuten hätte!» Oder: «Keine Ahnung. Fragen Sie einen Japaner und stehen Sie nicht auf der Piste rum.»

Ein paar Tage später treffe ich Frau Kawasaki wieder. Höflich, wie sie ist als Japanerin und nicht ohne zu kichern, fragt sie mich, ob ich nun Skifahren könne. Nein, sage ich, japanisch ehrlich. Dafür könne ich ziemlich gut mit Stäbchen essen. ●

«Winter» im Sommer: Mit kurzen Hosen zum Skifahren.

Basler Zeitung
Donnerstag, 8. September 1994 Teil III
Nr. 209

Das Nachtleben zu Basel (X) – der Barfi

«Dafür trinke ich keinen Alkohol, versprochen»

Der Barfüsserplatz ist das unbestrittene Zentrum der Stadt Basel. Samstags ist es der Ort zum Treffen, Verweilen oder Davonlaufen. Sehr beliebt ist der Barfi aber auch als Wendepunkt für junge Menschen in Automobilen.

mak. Sie fahren im Kreis und immer im Kreis herum. Aber sie fahren nicht sehr schnell, so wird ihnen wenigstens nicht schlecht. Es sind oft rote Autos, die's tun. Alfa Romeos, an deren Innenrückspiegeln allerlei baumelt, was man gemeinhin geschmacklos nennt, aber sicherlich als Glücksbringer aufgehängt wurde. In den Autos hocken junge Menschen, selten einer alleine, meistens männlich mit glänzenden Haaren und Augen. Sie lassen die Motoren brummen und die Räder quietschen – manchmal –, was doch recht lächerlich wirkt, denn die Autos sind zumeist recht «schwach auf der Brust». Und dann sind da die, die vom Land her eingefallen sind, um sich in die Stadt und schnurstracks an die Oberfläche des Nachtlebens zu begeben und mitzumachen an der motorisierten Pilgerfahrt rund um den Barfi. Und weil sie sowieso keinen legalen Parkplatz finden, fahren sie umher, um den Barfi, in die Steinen, vorbei am Theater – und dann sind sie schon wieder am Barfi.

Nach der Autofahrprüfung finden junge Menschen wieder, auf was sie 18 lange Jahre haben warten müssen: einen Mutterleib. Die Rückeroberung des Uterus. Ein Auto spendet Wärme, nicht nur im Winter, nicht nur physische.

Die Scheiben sind unten und heraus hämmert Musik, die auch in Jeansläden zwecks Verkaufsförderung hämmert und harmlos ist. Weil sie so harmlos ist, muss sie um so lauter hämmern. Das hat aber auch damit zu tun, dass die jungen Menschen in Automobilen zeigen müssen, wie gut der Klirrfaktor ihrer Autoanlage ist. Zeig was du hast! Darum sind die Autos nicht selten aufgerüstet mit Leichtmetallfelgen und anderem unnützen Zeugs wie etwa diesen wirklich lächerlichen Rennsitzgurten, die nach dem gleichen Prinzip funktionieren, wie jene, mit denen man im sogenannten «Buggy» die Kleinkinder festzurrt. Wer so was hat, hat zwar keinen Stil, aber unleugbar hat er dafür Geld ausgegeben – wenn vielleicht auch nicht sein eigenes.

Gesehen werden auch ganz junge Menschen in Limousinen der oberen Mittelklasse. Meist sind das Studenten des Rechtes oder der Wirtschaft, wohnhaft in Frenkendorf, die ihrem Papa, der mit Mama zu Hause die grosse TV-Samstags-Sause ansieht, den Wagen abgebettelt haben («dafür trinke ich keinen Alkohol, versprochen»). Und dann fahren sie herum im Kreis, auf dass sie eine oder einer sehe und denke: «So ein junger strammer dynamischer Kerl mit einem so schnittigen teuren Wagen, ui ui ui.» Und parkieren wollen sie nicht, denn sonst kommt einer und denkt «Arschloch» und macht mit dem Hausschlüssel unschöne Sachen.

Und so fahren sie herum auf ihrer Suche nach Sinn.

Er ist kein schöner seiner Gattung. Er wäre das Zentrum der City, hätte Basel eine solche. Genauer ist er ein Verkehrsknoten- und Begegnungspunkt in der Innerstadt. Der Barfi. Was abgesehen von Individualverkehr noch des nachts auf ihm passiert, ist nicht wenig und doch nichts. Da trifft man sich, um sich Stunden später wieder zu verabschieden. Da lernt man sich kennen, um sich Monate später wieder zu zerstreiten. Da wird telephoniert, um vielleicht Geschäfte abzuwickeln. Das gute am Barfi ist, dass man auch alleine nicht alleine sein kann, ohne aufdringlich zu wirken. Vor dem Casino hocken Scharen in den welthässlichsten Stühlen (diese Gartenplastikdinger – als wäre Helmut Kohl Stuhl geworden), auf der Terrasse des Restaurants hocken die Mittelmässigen und die Mittelalterlichen und geben sich einem Rausch der Originalität hin und ordern Fondue Chinoise à discrétion und Rosé. Die Treppe vor der «Kirche» ist vollbesetzt wie ein Telephondraht kurz vor Winter. Eine Flasche zerbricht, ein Tram bimmelt, einer lässt einen Kracher ab und johlt, die Kakophonie der Nichtigkeiten, hundertfaches «lässig». Einer hat sein batteriebetriebenes Kassettengerät mitgebracht und lässt hiphopperne Klänge klingen, die mit einem Saxophon von irgendwo konkurrenzieren.

Und weiter hinten bei der Kirche haben sich die verkrümelt, die ein wenig privater etwas verkrümeln oder Wasser lassen wollen. Das Tram ladet Menschen um. Vor der Riobar hocken sie und vor dem Mäc stehen sie, weil da der saubere Multi am einzigen Ort, wo man sitzen könnte, Stacheln angebracht hat. Die Steinen zeigt zum Barfi ihren Mund, verschluckt viele und spuckt viele aus.

Ein junger Mann trägt ein T-Shirt auf dem steht: «Save the planet». Mit der Rechten führt er einen Mäc zum Mund, mit der Linken schmeisst er die üppige Verpackung auf den Boden. Wer zuviel von diesem Zeugs isst, der muss innen ja faul werden. Nicht faul ist ein Mittfünfziger mit fleischigem Gesicht. Er steht vor einem Schaufenster, schaut ein wenig hinein – seine wahre Aufmerksamkeit aber hat eine Gruppe von Teeniemädchen, genauer gesagt deren Hinterteile. Er geht ihnen nach. Kommt zurück. Wechselt zu einer anderen Gruppe «jungen Fleisches». Er schaut.

Ein alter geiler Bock, wie der Volksmund dazu sagt. Er wird auf dem Barfi bleiben, solange es etwas zu sehen gibt. Und auch die Jungen werden bleiben, solange es etwas zu sehen gibt. Oder zu rauchen. Oder zu trinken. Vielleicht gibt's ja sogar noch Zoff, ein wenig.

Bisher erschienen: Basels Nachtleben (30. Juni); F&P (7. Juli); Planet E (14. Juli); Bimbotown (21. Juli); Bewilligungen (28. Juli); Bird's Eye (4. August); Downstairs (11. August); Babalabar (18. August); Zisch-Bar (25. August); Joy (1. September).

● Am nächsten Donnerstag: Das Licht der Nacht

Basler Zeitung Freitag, 20. Oktober 1995
Nr. 245

«Es ist cool, hier zu wohnen, an einer Grenze zum Zentrum»

Die Drahtzugstrasse liegt gerade und 466 Bummelschritte lang zwischen dem Claragraben und dem Riehenring. Geschäfte hat es nicht sehr viele, aber recht unterschiedliche. Man bekommt Kerzensäuli, Solexsupport, Larven, Wolle, Potenzstärker. Den Bewohnern und vor allem den Bewohnerinnen macht aber eines schon Sorgen: der Babystrich.

Der Anfang ist lustig.

Zwei rosarote Schweine stehen grinsend nebeneinander. Eins trägt Zylinder, das andre einen weissen Schleier. Hochzeitsschweineglück. Bärchen strahlen. Auch hinter dem grossen Glas Anfang der Drahtzugstrasse rechts, wenn man von unten kommt, steht Hans Heid und pellt Körper aus Parafin aus Silikonformen. Zusammen mit seiner Frau Wilma führt er die «Candle Art Kerzenfabrikation». Seit 13 Jahren. Vorher waren sie am Steinengraben. «Das war schöner.»

Was nicht schön ist, das ist draussen: die Nutten, die Freier, die Szenen. «Eines Tages fing ich an, die Freier ordinär anzumachen. Bis zum Handgemenge.» Er, der 58jährige, habe da keine Angst, habe die RS ja in Losone gemacht; Grenadier. Ein Typ sei draussen immerzu herumgeschlichen, vier, fünf, sechs, sieben Stunden lang. Da sei er zu ihm hinausgegangen und habe ihn angemacht: «In der Zeit, in der du hier herumschleichst, da habe ich zweimal gevögelt und einmal gewichst.» Das alles aber habe nichts gebracht. Die Szenen sind noch immer da. Ein wenig weiter oben. Auf der anderen Strassenseite. Die Mädchen sind jung bis sehr jung. In der Drahtzugstrasse läuft nicht der einfache Strich. Babystrich ist ein Begriff. Tatsache ist, dass es «Junkiegirls» sind, die sich hier anbieten.

Auf der anderen Seite stehen unter Kastanien die halbe Drahtzugstrasse hoch Autos. Ein lauschiger Parkplatz. Oft stehen nicht nur Autos hier vor der Hecke, sondern auch die jungen Mädchen und öfters ältere Herren mit Absichten. Und hinter der Hecke ist die Claramatte. Die dient nicht nur dazu, jedes Jahr darauf ein Fest bis tief in die Nacht zu machen, sondern auch als ein kleiner zwar, aber durchaus netter Ort der Ruhe. Also, Ruhe: Ruhig ist es nicht gerade, denn ringsherum brausen Autos und dergleichen. Aber die Bäume, die da stehen, die sind sehr alt und nett und friedlich. Und Claramatte, also: Matte ist natürlich nicht so zu verstehen, dass hier eine Matte, also eine Wiese ist. Grün ist hier der Boden nur an ein paar Flecken. Früher jedoch, da war hier Matte – und nichts als Matte. Aber den Ausflug ins tiefe Mittelalter heben wir uns noch ein wenig auf.

Andri, der Fotograf, möchte ein paar Herren aufnehmen. An vielen Tagen sitzen sie an einer robusten Tisch-Bank-Kombination aus Holz, wie man sie auch auf Autobahnraststätten findet. Einfach, aber einfach gut. Die Kombination steht auf einem Pavillon, der früher wohl sonntäglichen Blasmusiken zum Teezeitkonzert gedient haben mag. Ein rundes Podest aus Beton mit einer Treppe mit fünf Stufen, ein grünliches Geländer rundherum und ein von acht dünnen blauen Pfosten getragenes Dach. Es könnte auch, wenn man schon einen Schluck getrunken hat etwa oder nach einer spezifischen Pilzerei im Jura, als UFO durchgehen. Untendran hat es auch eine Anzahl von weissen runden Deckeln, Lampen; das sind natürlich veritable Triebwerke.

Wenn man auf dem Rondell sitzt, erhöht an der Kombination, und die Claramatte hinunterguckt, dann könnte man meinen, man sei Chef von etwas. Und wenn dann noch Sonntagmorgen ist, keine Seele hier, dann ist man Chef der Ruhe, der eigenen Ruhe. Bis wieder so ein übermütiger Kerl mit seinem Kadett auf dem Weg zum «SonntagsBlick» vorbeigurkt. Oder man ist Chef der Leere, der eigenen Leere. Es ist aber nicht Sonntag und schon gar nicht Morgen. Jetzt sitzen eben diese Männer an der Kombination und weitere stehen drum herum. Sie spielen Karten, das italienische Spiel Scopa, das mit den bunten Bildchen drauf: Kelch, Blume, Schelle und so. Das gäbe ein gar idyllisches Bild. «Foto?» Nein, nein, sicher nicht. Die italienisch sprechende Herrenrunde ist äusserst mürrisch.

Einer mit «Reebook» auf dem Rücken übt Fussballtricks. Auf Bänken sitzen alte Herren und auch Damen und warten, was da kommt, respektive was kommt, bevor er kommt. Müde fällt das Laub sehr schön, und ein Esel tut iahen. Natürlich: Es ist kein Esel, sondern ein rostiges karussellartiges Ding, das unter der Qual von juchzenden Kindern ächzt. «GELD MACHT SÜCHTIG» ist an die rote Ziegelmauer des Toilettenhäuschens an der Ecke Hammer-/Drahtzugstrasse gesprayt. Geld vielleicht schon. Aber hierherkommen sicherlich nicht. Obwohl es frisch renoviert ist, ist es eben, was es ist: ein WC-Häuschen. Und da bleibt halt keine Romantik zurück. Dennoch scheinen es manche als Treffpunkt zu nutzen. Die Drahtzugstrasse ist eine heimlichfeisse Strasse. Feiss werden könnte man auch vis-à-vis im Restaurant Claramatte, wo der Pizzateig wunderbar und speziell die Pizza «Della Casa» (mit Parmaschinken, 15 Franken) formidabel schmeckt. Hier ist Kleinbasel, das merkt man. Zwar ein wenig renoviert, hell, nicht spuntig, und wohl nicht nach jedermanns Geschmack. Aber von der Decke hängen Wagenradlampen, und um die Bar sitzen Gestalten, die schon lange hier leben und schon lange herkommen, um still etwas oder auch etwas mehr zu trinken. Und hier herrscht noch Vernunft: der Dreier Lambrusco kostet 7.50, ein Kaffee 2.50 Franken.

Die Hammerstrasse will überwunden sein. Quer rüber, und dann steht man auch schon bei Hanni Burkhardt im Laden. Nächstes Jahr im April wird es zehn Jahre, dass sie ihren Kleinmädchentraum wahrgemacht hat. Der heisst «Wulle-Egge» und ist nicht gross, aber schön, mit Stuck an der Decke. Frau Burkhardt ist sehr gut gelaunt und sehr nett, bietet sofort Kaffee an. Aufs Kleinbasel lasse sie also gar nichts kommen, sagt sie. Sie ist eine wahre Kleinbaslerin, hier aufgewachsen. Sie verkauft nicht nur Wolle und anderes Strickmaterial, gibt nicht nur Strickanleitung, ihr Laden ist auch eine Art Quartiertreffpunkt für Frauen. Und dann sitzen sie da, manchmal zu dritt und stricken und reden und stricken sich den Kummer von der Seele. Stricken für die Zeit danach; wenn der Mann etwa weggestorben ist oder die Kinder aus dem Gröbsten raus. Draussen vor dem Schaufenster lässt sich schwer eine alte Dame auf dem Sims nieder. Die sei «Stammkundin», mache hier eine Rast, weil: mit den Krücken schaffe sie es vom Coop nur noch bis hierher. Sitzt man ein wenig bei Frau Burkhardt im Laden, dann bekommt man ein Gefühl dafür, was das Wort «Quartier» bedeutet.

Nun also sind wir gut in der Mitte der Drahtzugstrasse, was eine gute Gelegenheit ist, einen kleinen Ausflug näher zur Mitte unseres Jahrtausends zu machen. Damals floss aus der Wiese in den Rhein ein Kanal, Teich genannt, zwecks Antrieb von Wasserrädern. Ein Teilkanal floss zwischen der heutigen Drahtzug- und Clarastrasse, wo sich im 17. Jahrhundert ein Drahtzug etablierte. «Unter einem Drahtzug versteht man eine Eisenwerkstätte, in welcher die Eisenstangen solange durch ein Ziehloch, dessen Öffnung allmählich verengert wird, hin- und hergezogen werden, bis der gewünschte Querschnitt des Drahtes hergestellt ist. Die Wasserkraft wird zum Rotieren von zwei Trommeln, auf welchen der Draht auf- und abgewunden wird, ausgenützt», schreibt Dr. Eduard Schweizer in seinem Buch «Die Gewerbe am Kleinbasler Teich». Der Drahtzug bestand nur wenige Jahrzehnte – der Name aber blieb bis Ende des 19. Jahrhunderts an den Wasserwerken und bis heute an der anliegenden Strasse haften.

Solexpapst und Sex-Shop

Auch schon eine Weile an der Drahtzugstrasse ist Herr Zächy Hoggenmüller an der Nummer 24. Er ist der Solexpapst von Basel. Seit jeher. Töfflimechaniker getrauen sich nicht an die romantischen Dinger, sagen: «Gehen sie zum Hoggenmüller.» Auch an der Nummer 24 ist der Laden «Classic Bicycle Basel», wo Liebhaber von Oldtimer-Velos der Marken Raleigh, Rudge, BSA, Condor oder Cosmos verkehren.

Läden hat es nicht sehr viele an der Drahtzugstrasse. Aber dafür einen in der Nummer 48 eingelassenen alten Zigarettenautomaten. Geht man davon aus, dass die Marke am meisten geraucht wird, deren Pegel im Automaten am niedrigsten ist, so ist Spitzenreiter «Mary Long Extra», gefolgt von «Mary Long Filter». Weiter oben ist, wo 's um weiter unten geht: Der «New 6 Shop – Basels 1. Sexshop, der abends bis 21 Uhr geöffnet hat! Für sexklusive Artikel.» Im Schaufenster lachen «schöne» Sachen: Für 37 Franken gibt's «China brush with 2-way pleasure ring. Bi-sexual.» Und Mann bekommt auch «Original Inverma Spanische Fliege D5». Videos wie «Das Kanapee aus Taiwa-Neh». Und die Headline der Zeitschrift «okay» verrät: «Gute Gründe: Was Männer zu Dirnen treibt». Wer solche Gründe sein eigen nennt, der muss aber doch in die Brantgasse stechen. Denn das Stundenhotel über dem Restaurant «Locanda» ist arg verstaubt. Neben dem «New 6 Shop» ein ganz anderes Business. Bei «Classic Stores – Fische, Textilien, Lebensmittel» bekommt man allerlei Originalware aus Sri Lanka: «Nestlé Nestomat malted food drink – your family health drink», oder «Jackfruit in Syrup», oder «pure gingelly oil».

Sie will nicht, dass ihr Name in der Zeitung kommt, denn ihr Eintrag im Telefonbuch ist ihr Öffentlichkeit genug. Es komme immer wieder vor, dass sie den Hörer abnehme, und dann käme nichts, ausser vielleicht Gekeuche. Wir sitzen auf dem Balkon ihrer Wohnung. Hinten raus kann sich die Drahtzugstrasse also auch sehen lassen. Sie nimmt einen Schluck Fanta; nennen wir sie doch einfach Fanta. Sie ist knapp über 20. Wohnt noch nicht so lange in der Drahtzugstrasse. Aber von schmierigen Typen angesprochen worden sei sie schon oft. Das sei schon «gruusig». Einen Schock aber habe sie gehabt, als sie eine alte Schulkollegin angetroffen habe, die jetzt den Junkiestrich mache. Und den anderen im Haus sei auch schon einiges passiert. Ihre Mitbewohnerin erzählt, dass es einmal bei ihr geklingelt habe, spätabends. Zwei Typen seien vor der Türe gestanden. «Ist frei?» fragten sie. «Frei?» habe sie verdutzt erwidert, «nein, hier ist keine Wohnung frei.» Aber die Typen meinten nicht eine freie Wohnung, sondern waren einfach ein wenig verkommen. Oder eine Nachbarin. Die sei hochschwanger gewesen und vor der Haustüre gefragt worden, wieviel sie koste. Aber Fanta wohnt gerne hier. «Man ist so an der Grenze zu einem Zentrum, aber es ist trotzdem ein ruhiges Feeling – es ist cool, hier zu wohnen.»

466 Bummelschritte lang ist die Drahtzugstrasse. Und der Schluss ist lustig wie der Anfang. Lustig und lecker. Rechts hat «Plüss-Larve» seinen Laden und links ist das «Erawan Jeffrey's Thai Restaurant». Huhn mit Kachewnüssen und Chili 25 Franken. Oder man bestellt die grillierte Ente (34.50), die auch sehr fein schmeckt. Dann allerdings muss man darauf gefasst sein, dass der Kellner in breitem Elsässisch sagt: «Voilà! Einmal Donald Dück!»

Die BaZ stellt Basler Strassen vor. Wir zeigen darin das Alltägliche, die ganz gewöhnliche Wohnrealität. Gewöhnliche Strassen mit Charakter, die ihre eigenen Schönheiten haben. Das letzte Mal war die Elsässerstrasse an der Reihe (3.5.95), davor Im Langen Loh (21.10.94) und die Feldbergstrasse (25.3.94).

Basler Zeitung
Dienstag, 21. Oktober 1997
Nr. 245

Das Problem hat vier Ecken

Es gibt Dinge auf dieser Welt, die sind unbedingt gut. Es gibt Dinge, die sind unbedingt schlecht. Und dann gibt es noch Dinge, die verboten werden sollten. Unbedingt. Sofort.

Die Geschichte dieser Geschichte beginnt vor gut 100 Jahren mit der Erfindung der Schallplatte, die den Wachszylinder ablöste. Damals bestand sie noch aus Schellack, bald einmal aber aus Vinyl mit einem Karton drum als Verpackung, deren Potential als Botschafts- und Werbeträgerin bald erkannt wurde, genauer gesagt Anfang der 40er Jahre. Die Schallplatte war also geboren und zu dem geworden, was sie auszeichnet: ein gutes Produkt. Die Zeit bringt es mit sich, dass irgendwelche Geister über Dinge nachdenken respektive über die Umstände etwelcher Verbesserungen und Optimierungen nachhirnen. Und also entwickelte man die Revolution, die digitale. Die CD, Compact Disc, klein und fein und silbern glänzend wie die ganze dekadente Dekade der 80er Jahre – und sie war der schnelle Tod für die Scheibe aus Vinyl. Die CD hat abgeräumt. Im wahrsten Sinne des Wortes.

Das Problem hat vier Ecken, obwohl es eigentlich rund ist. Aber da runde Verpackungen nun einmal problematisch sind, hat man sich klugerweise auf ein viereckiges Format geeinigt: die CD-Hülle. Zumeist aus durchsichtigem Plastik. Es gibt noch Menschen, die traurig werden, so sie an die brutale Machtübernahme der kalten Silberscheibe denken. Das dürfen sie auch. Die Vinylscheibe verrichtete doch beste Dienste und war ein schönes Objekt. Und vor allem liess sie sich sehr gut aufbewahren. Die CD hingegen ist eine Lager-Plage. Und weil sie halt so unsympathisch ist, waren schnell Designer und Entwerferinnen da, die sich dem Problem annehmen wollten. Einen CD-Ständer zu machen, das ist eine leichte Sache, denn scheitern kann man gar nicht. Also entwarfen die Designer und Abgängerinnen von Gestaltungsklassen den CDs ein Heim, Regale, bauten Ständer aus Glas und Metall und Holz und Plastik. Und: Die meisten sind schrecklich. Manche sind schlimm. Eine Lösung des Problems gibt es offenbar nicht.

Lokaltermin Mediamarkt in Pratteln, dem neuen Elektro-Zoo an der Autobahn, in dem es alle Spezies der Gattung Unterhaltungselektronik zu bewundern gibt. Ein schöner Ort, auch wenn man nicht kaufen möchte oder kann, weil das Postkärtli schon vor einer Woche auf Nimmerwiedersehen im kalten Schlund eines Null-Design-Postomaten verschwunden ist. Nach dem Gehege mit den Walkmen kommt rechterhand die TV-Anlage mit Geräten aller Grössen und Herkunftsländern. Dann das Gehege mit den Videorecordern. Gleich vis-à-vis im Freilaufgehege dann die unverwechselbare Gattung der CD-Ständer. Die designte Schande. Und hier in Massen.

«Futuristisch – hochwertig – stilgerecht» steht auf der Packung eines CD-Ständers. Aha. Soso. Er heisst «Hama CD-Chromstar». Und auf der Packung steht noch viel mehr: «Supermoderner und überaus stabiler CD-Metallturm aus Chrom und massiver Marmor-Bodenplatte für 50 CD». Und das für nur 49 Franken. Natürlich hat es noch viel schlimmere Ständer im Angebot als den «Chromstar». Manche wackeln und knarzen schon, wenn man sie nur ein bisschen streng anschaut. Die muss man gar nicht heimnehmen, sondern kann sie gleich mit dem Sperrmüllkleber dran vor der Haustüre stehenlassen.

Wenn ich einen Wunsch frei hätte, dann wäre es dieser: Ich würde mit dem Finger schnippen, und alle, alle CD-Türme auf dieser Welt stürzten in sich zusammen.

Also. Kaufen Sie Schallplatten. Die lassen sich lagern, sind erst noch schöner und klingen auch noch besser als diese Silberfische. Ausserdem kann man als Vinylist durch die Strassen laufen im Herbst und denken «ich bin ein Anachronist, ergo ein guter Mensch». Man darf sich durchaus der Zeit entziehen, in gewissen Dingen. Und weil man hier fast keine Schallplatten mehr findet in den Läden (es gibt noch welche im Musiccenter in der Steinenvorstadt), haben Sie auch einen Grund, wieder einmal nach London zu fliegen*, was heute ja nicht viel mehr kostet als ein CD-Ständer (aber weniger wackelt). *Max Küng*

* Und wenn Sie nach London fliegen sollten, dann kaufen Sie vorher «Wallpaper», Ausgabe Oktober (11 Franken), denn in dieser schönen Zeitschrift rund ums Wohnen gibt es einen London Design Guide mit vielen interessanten Adressen drin. Und natürlich noch viel mehr. Zum Beispiel einen Artikel über ein neues Buch mit Schallplattenumschlägen.

Nichts für Schallplatten-Nostalgiker: CD-Türme. *Foto Andri Pol*

Basler Zeitung Dienstag, 16. Mai 1995
Nr. 113 Teil V Das Journal

Evolution 95: Je schneller, desto mehr

«Techno» etabliert sich zur Jugendkultur der 90er Jahre. Dazu gehören auch die Raves, die grossen Tanzparties. Am Samstag stieg ein solches Ding. In Zürich. «Evolution» nannte es sich. Über 10 000 kamen. Stolze Preise wurden nicht nur verlangt, sondern auch vergeben: Die Szene fängt an, sich selber zu feiern. Ein Ausflug ins Reich der von Medien und Industrie umtanzten Tanzscharen.

Jugend-Bewegung heisst heute: TANZEN.

Zürich. «Eine von Hand verlesene erlauchte Schar von Interessenten kann an diesem hippen VIP-Anlass neben vielen wichtigen geladenen Gästen dabeisein», so stand es im «Sputnik», dem selbsternannten «Schweizer Trendmagazin». Damit gemeint waren die ersten schweizerischen «Rave Awards»: Jury und Publikum erkoren in diversen Sparten die besten DJs und dergleichen. Was im «Sputnik» als «hipper VIP-Anlass» angekündigt wurde, das fand am Samstag statt, im Vorfeld der Grossparty «Evolution» im Kongresshaus Zürich – und es war das reinste Spotnik.

Von Max Küng und Andri Pol (Fotos)

Zuerst klappte etwas mit dem Ton nicht, dann kam ein Knall aus den Boxen, dass man wieder einmal richtig stolz auf sein Herz sein konnte, das solche Sachen übersteht. Irgendwie schafften sie es dann doch, und ein affektiertes Mädchen in einem Schnupftuch von Kleid quakte ins Mikrophon: «Hoi!» Das Mädchen heisst Claudine Caviezel und ist Moderatorin von «Sputnik Televison». Zusammen mit Dieter Meier, dem Businessman und Hälfte des eidgenössischen Musikexportschlagers Yello, übergab sie die ersten schweizerischen «Rave Awards», die «Techno-Oscars», wie das Pressebüro der Veranstaltung grossspurig bekanntgab. Was dann von der Bühne kam, waren Pleiten, Pech und Pannen, Platitüden und Palaver-Stumpfsinn; jeder billige Jakob auf dem Jahrmarkt kann da mehr Dampf machen. Und zwischendurch machte Dieter Meier auch immer wieder Werbung für die Uhren aus zerstampften Ölfässern, welche nicht nur die physischen «Awards» darstellen, sondern auch ein wirklich sinnvolles Recycling seien. Er muss da geschäftlich verstrickt sein. Die Szene fängt an, sich selber zu feiern. Das Gute am Schlechten: Es geht vorbei.

Acht Kammern

In einem TV-Gerät drehen sich computeranimiert Zigarettenschachteln. Werbung auch hier. Doch niemand schaut hin. Die Räume füllen sich, obwohl es draussen noch hell ist; es ist 19 Uhr.

«Kammermusiksaal» steht über einer offenen Tür. Was akustisch herauskommt, ist aber bestimmt keine Kammermusik, sondern eher etwas aus einer anderen Zelle: Breakbeat. Acht Kammern im zum Tempel des Tanzes umfunktionierten altehrwürdigen Kongresshaus sind eingerichtet worden. Schliesslich diversifiziert sich Techno in immer mehr. Immer schneller. So gibt es für jeden Oberbegriff der Untergruppen einen Dancefloor. Vom mainstreamigen «Techno» über melodiösen «Trance» bis zum knochenharten und hyperschnellen «Gabber». 50 DJs legen im Akkord Platten auf, neun Live-Acts machen Sound, darunter die Renner aus der Hitparade: «The Prodig». Wer das Angebot des Techno abdecken möchte, muss schon einen wahren Supermarché einrichten. Und folglich zappt sich das Publikum durch die diversen Tanzspartensäle. Bald ist das ganze Kongresszentrum voller tanzender Menschen. Auch auf den Gängen wird getanzt. Die Veranstalter schütteln auf die Anfrage, wie viele Raver hier seien, nur die Köpfe. «Viele», sagen müde Münder. An der «Evolution – ein Shritt in die technologische Zukunft» (wie es orthographisch nicht korrekt, aber vollmundig in einem Prospekt heisst) – nehmen wahrlich viele teil, 10 000 sind es sicher. Und bald sollten manche von ihnen aufstöhnen: «Sie haben zu viele reingelassen. Zu viele Tickets verkauft. Die wollen nur Geld machen.» Das machen sie, und nicht zu knapp.

Was dächte Schopenhauer wohl über die tanzende und tobende Wühlmenge? Nun, er hat ja Aristoteles ausgeführt und geschrieben, was sich wie ein Manifest des Techno liest: «Das Leben besteht in der Bewegung und hat sein Wesen in ihr. Im ganzen Innern des Organismus herrscht unaufhörliche, rasche Bewegung: das Herz, in seiner komplicierten doppelten Systole und Diastole, schlägt heftig und unermüdlich; mit 28 seiner Schläge hat es die gesammte Blutmasse durch den ganzen grossen und kleinen Kreislauf hindurch getrieben; die Lunge pumpt ohne Unterlass wie eine Dampfmaschine; die Gedärme winden sich stets im motus peristalticus (Wurmbewegungen); alle Drüsen saugen und secerniren beständig, selbst das Gehirn hat eine doppelte Bewegung mit jedem Pulsschlag und jedem Athemzug.» Und auch von dem Zitategassenhauerlieferanten: «Je schneller eine Bewegung ist, desto mehr ist sie Bewegung.»

Raverdilemma

In der Eingangshalle kann geshoppt werden, was des Ravers Herz begehrt. Technomodelabels haben ebenso Stände aufgebaut und bieten Ware feil wie etwa ein grosses Musikhaus. Ein Reisebüro verkauft den «Summer of love – the sun – the sea – the spirit», was ein «Ravecamp» in Tortorella, Süditalien, ist. Alles hat seinen Preis, T-Shirts unter 50 Franken? Nein. Dann doch lieber ein Jäcklein für 249. Die Kids von heute stehen gut im ökonomischen Fleisch. Für ein durchgetanztes Wochenende legen sie locker ein paar Blaue hin. Alleine der Eintritt für «Evolution» betrug im Vorverkauf 53 Franken. Mineral fünf. T-Shirt mit dem Evolution-Logo? 69 Franken. CD-Compilation «Evolution»? 34 Franken. Kassette? 29 Franken. Video kommt am 1. Juni raus. 39 Franken. Und es gibt sogar eine «Evolution Watch» – von derselben Marke, die die «Rave-Awards» hergestellt hat, natürlich.

Die langen blonden Haare hat sich das Mädchen mit dem Schriftzug «Don't touch!» auf dem T-Shirt über dem Gewonderbraten mit was auch immer zu zwei wirklich sehr langen Teufelshörnern aufgetürmt. Ihr Rock ist sehr knapp und sehr eng und silbern. Ihr Freund trägt ein Lackteil, und sein Bart sieht aus, wie wenn er ein Kägifret aus dem Munde hängen hätte. Die beiden stehen vor einem Raverdilemma: Draussen kippt's aus Kübeln, drinnen ist's heiss, und sie wollen tanzen: Kleidungsüberschuss. Die Garderobe aber ist total bedrängt von anderen Ravern. Warten wäre angesagt. Langes Warten. «Komm', wir verstecken's», sagt das Mädchen nuschelnd, denn in ihrem Mund steckt ein Schnuller. «Nein, nein, bist blöd, sicher nicht, das wird geklaut», antwortet das Kägifrettchen. Sie wechseln Blicke der zähen Art.

Jugendbewegung: Tanzen

Durch die ein bisschen abgekämpften Tanztruppen in der gebäudeinternen Naherholungszone bahnen sich zwei Frauen in schicken Westen im Strassenarbeiterlook ihren Weg. Sie offerieren, natürlich, Zigaretten. Die beiden Verführdamen haben gute Laune und setzen ihre Werbeware locker ab. Nicht nur das Interesse der Industrie an der Generation XTC ist gewachsen, auch jenes der Medien ist gross; schliesslich wird es klar: Techno ist die Jugendkultur der 90er. Jugendbewegung heisst heute: Tanzen. Ein Mädchen in einem sehr engen Kleid und aufgeklebten Plastiktränen um die Augen formt ihre glänzenden Lippen zum Kussmund. Für einen Fotografen, der sie fotografiert. Sie macht das gerne. Er macht seinen Job. Hinter dem Fotografen hat ein Mann mit einer schweren Videokamera in der Hand die Szene entdeckt. Sogleich schwingt er sein Gerät auf die Schulter und filmt, wie der Fotograf das Mädchen fotografiert. Ein Fotograf hinter dem Mann mit der Videokamera hat die Szene entdeckt und bannt mit grellem Blitz, wie ein Kameramann einen Fotografen filmt, der ein Mädchen fotografiert. Und dahinter knipst ein Fotograf, wie ein Fotograf einen Kameramann knipst, der einen Fotografen filmt, der ein Mädchen knipst. Die Medien sind schnell geworden; fast so schnell wie die Musik.

Basler Zeitung

Freitag, 19. September 1997
Nr. 218

Die Kunst, den schlechten Geschmack zu zelebrieren

ss es schlechten Geschmack gibt, daran erinnert jeder Blick auf die Strassen dieser Stadt, ses Landes. Manchmal auch ein Blick in den Spiegel. Doch: Was heisst überhaupt schlechter Geschmack? Und: Hat er nicht auch etwas Gutes, manchmal, vielleicht? Plus: Di einfach nicht gehen. Alles in diesem sehr geschmackvoll geschriebenen Text.

Dieser Text ist nicht einfach so geschrieben worden. Es geht um schlechten Geschmack. Die Moderedaktorin der BaZ also dachte nach und griff zum Telefon, um mir diesen Auftrag zu erteilen. Das hat sie nicht einfach so getan. Nein. «Ich habe an dich gedacht, weil du immer so schlecht angezogen bist.» Merci. Sehr nett von ihr. Aber irgendwie auch o.k. Stimmt ja auch. Und: Ich gebe mir dabei redlich Mühe.

Von Max Küng

Denn es gibt Unterschiede zwischen schlechtem Geschmack und schlechtem Geschmack. Also habe ich mich eines Morgens wie immer schlecht angezogen: Nike-Air-Deschütz-Sandalen ohne Socken, alte graue feingerippte Cordhosen mit ein bisschen Schlag von Levi-Strauss, ein hellblau schimmerndes Kurzarmhemd von Renato Cavalli, setzte mich in mein schlecht eingerichtetes Büro und schrieb schroff drauflos. Also.

Die Mode ist wohl das launischste Phänomen in der Geschichte der Menschheit. Je länger, desto mehr. Eine Trennung zwischen Geschmack und einem «Ungeschmack» zu ziehen: Daran sollte man sich eigentlich nicht versuchen. Das Hässliche ist vom Begriff des Schönen untrennbar. Das wusste schon Karl Rosenkranz, der 1853 sein umstrittenes Werk «Die Ästhetik des Hässlichen» (neu aufgelegt bei Reclam Leipzig) publizierte und darin diesen Umstand umständlich ausführte. Das sind dann aber 400 Seiten Philosophie, und ein Resümee möchte ich allen ersparen.

Was nicht geht, Nr. 1: Kurze Hosen. Kurze Hosen mit langen Socken. Kurze Hosen mit Tennissocken und Adiletten. Kurze Hosen mit Socken und Mokassins. Abgeschnittene Jeanshosen mit baumelnden Fransen. Ausser man lebt auf Jamaika – aber dann kann einem ja eh alles egal sein.

Ob Kleidung als schön oder nicht schön empfunden wird, hängt weder alleine von ästhetischen Prinzipien noch von der Stilepoche ab, sondern auch vom Kontext. Ein Kleid kann noch so schön sein: Wenn es nicht zum Träger oder zur Trägerin passt, kann es kurz gesagt «schlimm» aussehen. Am allerschlimmsten: Menschen über 40, die auf sportlich-jugendlich machen (siehe «Was nicht geht, Nr. 4»). Mädchen unter 20 können problemlos Miniröcke mit Kniestrümpfen tragen, solange diese nicht wollern sind. Mädchen unter 20 können ja eh so ziemlich alles tragen oder auch nicht. Aber eine Frau irgendwo um 30 oder 40 sollte dies besser nicht tun. Ausser sie hat Gründe, etwa weil der Beruf es mit sich bringt.

In diesen Breitengraden kennen wir keine Kultur des schlechten Geschmacks, denn wir haben Mühe sowohl mit Kultur als auch mit Geschmack: Wir haben keinen Geschmack – was ein grosser Unterschied

Was nicht geht, Nr. 2: Farbige Kittel. Farbige Vestons (mit Schuppen auf den Schultern, den gepolsterten). Zum Beispiel rot. Oder grün. Vestons unter 500 Franken. Dann lieber keinen Veston, dann lieber keine Kleider überhaupt.

darstellt zu «schlechtem Geschmack». In unserer durch Religion, Goethe, Mann und andere lässigen Dinge geprägten Welt geben wir uns immer wieder Mühe, den Alltag und die Kultur zu trennen. Kultur gleich Hochkultur: Spinettkonzert, Theaterblut, Zerbrochner Krug, Handke-Holdrio. Kultur ist ein Ding, wo man hingehen kann, um sich zu langweilen. Kein Wunder also, haben wir von Geschmack keine Ahnung. Kein Wunder, denken wir nicht nach, wenn wir uns anziehen.

16. August. Zürich. Streetparade. Ob es nun eine halbe Million Menschen waren oder zehn Millionen oder noch mehr. Es waren zu viele. Und die meisten dieser zu vielen waren absolut mit schlechtem Geschmack bedient. Man kann eben nicht Clubwear, also Mode, die gemacht wurde für den tänzerischen Ernstfall, Mode die im Stroboskop-Gewitter der Grossraum-Agglomerationsdiskotheken zum Tragen kommt, diese Mode kann man nicht ans Tageslicht zerren. An einem heissen Tag noch dazu. Und dann basteln die Leute auch noch ihre eigenen Kleider. Kein Wunder, bei den Preisen. Es gibt sogar noch welche, die tänzeln in weissen Handschuhen rum. Solche mit Gasmasken sollen gar gesichtet worden sein. In zehn Jahren wird man sich unter Qualen diese Bilder ansehen. Und die eine

Was nicht geht, Nr. 3: T-Shirts mit lustigen Aufschriften. «Bier schuf diesen wunderschönen Körper.» «Bitte helfen Sie mir über die Strasse, ich bin 40.» Am allerschlimmsten: Hard-Rock-Cafe-Shirt. Und solche mit Tieren drauf.

Mama oder der eine Papa wird seinen Kids erklären müssen, weshalb es einmal cool war, mit einem Schnuller im Mund hysterisch durch die Strassen zu tänzeln. Aber: Man sollte den heute jungen Menschen die Freude nicht nehmen.

Basel. Innenstadt. Ein Samstag, und ein Tag wie jeder andere. Kein Geschmack weit und breit. Jean Paul Gaultier meinte ja einst, die am schlechtesten angezogenen Frauen sehe man in Paris. Ordinär und so. Gaultier hatte natürlich keinen Grund, einmal in Basel gewesen zu sein. Er hätte einiges zu sehen gehabt. In Zürich sind die Damen viel besser gekleidet als hier. Das muss einmal gesagt sein. Auch sieht man hier noch viele Hippies mit bunten T-Shirts von Musikspielgruppen, die es glücklichweise nicht mehr gibt. Die Hippiekonzentration hier am Rhein ist irgendwie recht verdächtig und deutet auf arge Rückständigkeit hin. Die Hippiemode war ja einst auch als «Antimode» gedacht gewesen, als gelebter schlechter Geschmack, als Auflehnung gegen das allgemein Gültige – bis hin zum Oben-ohne-Happening als super Provokation. Heute wirkt das alles extrem bieder und brav.

Als Herr hat man's auch nicht leicht hier. In Basel bekommt man ja auch kein Dries Van Noten. Nicht mal Bikkembergs. Dafür Armani und Versace. Man sollte Tote nicht beleidigen, aber es muss an dieser Stelle doch gesagt sein, dass der Versace für die Männermode etwa das war, was Alfred Biolek für die Küche: Nichts Gutes. Und

Was nicht geht, Nr. 4: Menschen über 30, die sich nicht ihrem Alter gemäss aufführen und etwa auf Inline-Skates und mit Knie- und Ellenbogenschonern, Tiefschützen und hochneurotischen Helmen «umherflitzen». Allgemein sportliche Kleidung: Enge Radlerhosen, die Männer wirken lassen, als führten sie Würste zum Grillieren spazieren.

was seine Schwester Donatella an sexy Ledermode in die Welt gesetzt hat, kann ohne schlechtes Gewissen als modischer Auswurf bezeichnet werden.

Basel. Daheim vor dem Fernseher. Da, hinter dieser dünnen Scheibe aus Glas, dahinter steckt die Welt. Meint man. Und dann kommt der Enz, der Nachrichtensprecher, der auch in einer schlechten Tangoband spielt und dann immer einen Hut trägt, den es nicht verträgt. Dieser Enz also ist ein Ambassador des schlechten Geschmacks, denn er trägt immer so eine Fliege, dass man denkt, der komme von einem Flugtag für Galgenvögel. Aber die anderen sind auch nicht besser. Ausser der Clerc. Und auch der Moderatorin von Zebra, der Jugendsendung, die eigentlich ein Samschtigsjass-Prolog ist, sagt man nach, dass sie gut angezogen sei. Fragt man aber nach, was sie denn trage, so mögen sich alle nur noch an einen Satz erinnern: «Ein enges T-Shirt». Zu sexy Mode übrigens ist auch ziemlich schlechter Geschmack – aber das muss ja wohl nicht näher erörtert werden. Umschalten. Thomas Gottschalk. Mein Gott. Der sieht wieder aus. Diese Haa-

Was nicht geht, Nr. 5: Partnerlook. Paare, händchenhaltend, mit den identischen Faserpelzjacken oder anderen «Kleidungsstücken». Oder in diesen identischen labberigen Freizeithosen mit Gummizug, womöglich noch über das T-Shirt gezogen.

re! Diese Kleider! Da fehlen einem die Worte. Umschalten. Oh Verona Feldbusch macht «Peep» und trägt ein eigenes Kleid, dessen Qualität es ist, dass es eigentlich inexistent ist. Umschalten. Aha. Kultursender. Eine Nonne in voller Pracht referiert. Tja, gegen Uniformen kann man schlecht was sagen. Umschalten. Viva. Immerjung. Immerschlecht. Alle Kleider so synthetisch wie das Lachen der Leute. Umschalten. Ein Schweizer Sportmoderator mit Hosenträgern und Gürtel. Ausschalten.

Basel. Brockenhaus der Heilsarmee am Erasmusplatz. Ich kenne Leute, die würden nie in Brockenhäusern Kleider kaufen, und wenn sie sich mit dem Gedanken tragen würden, diese dann auch noch zu tragen, dann wird ihnen

Was nicht geht, Nr. 6: Diese Raverschuhe mit den dicken Sohlen. Gehören verboten. Die Suva sollte einschreiten; strammen Schrittes. Die machen nicht bloss die Menschen lächerlich, die in ihnen herumlatschen, sondern zerstören geschmackstechnisch jede Fussgängerzone.

übel. In Brockenhäusern aber findet man absolut die besten Hemden. Ein perfektes Hemd ist simpel. Eine Farbe. Ein Kragen. Ein paar Knöpfe. Vielleicht eine aufgesetzte Brusttasche. That's it. Mehr ist nicht nötig. Das Brockenhaus als Boutique ist der Prüfstein für das Modebewusstsein, denn hier garantiert nichts, aber auch gar nichts für Geschmack. In Boutiquen kann man kaufen, was man will, hat ja alles einen Namen und einen Preis, also eine Existenzberechtigung.

Der schlechte Geschmack des Punk fing an, wo es heute noch weitergeht, nämlich in der Londoner King's Road, genauer Parterre Haus Nummer 430. Heute verschachert dort Westwood ihre Streetware Kollektion World's End. Im Oktober 1971 nahm alles seinen Lauf, als ein gewisser Malcolm McLaren und eine gewisse Vivienne Westwood in dieses Haus einzogen und eine Boutique eröffneten. Die Gesellschaft war der Feind und das Schlachtfeld. Mode war ihre Waffe. Sie taten ihr Bestes. Der Rest ist Geschichte. Punk und seine Stilelemte tauchen immer wieder als modisches Phänomen in Erscheinung: Schottenkaros. Sicherheitsnadeln. Zerrissene Shirts. In der letzten britischen «Vogue» war zu lesen: «Punk rules», Punk beherrsche die Szene. So ein Skandälchen kann nicht schaden, das weiss auch die Vivienne – sie schickte unlängst minderjährige, aber nicht minder sexy aufgetakelte Models auf den Laufsteg.

Sehr gefragt zurzeit sind Kleidungsstücke in der Farbe des Fleisches. «Flesh is flash» titelte etwa «The Face», und rückte die wohl ekligste, aber auch schönste Farbe ins Zentrum. Und hier sind wir beim Kern des Problems, dem Widerspruch: Hässliche Dinge können schön sein. Doch der Umgang mit ihnen will gelernt sein, ist alles andere als leicht.

Das Nachtleben zu Basel (XIII) – die Steinen

«Tschöss, geiler Film, muss ich nochmals sehen»

Sie ist berüchtigt. Sie ist verrufen. Die Steinen: Magnet für Schläger und Schwerenöter. Das war einmal so. Heute ist's in der Steinen friedlich und fröhlich. Die Steinen, ein Stück Stadt mit Leben.

Die Steinen: auch Vergnügungsmeile genannt, Kino-Mekka, Bummelboulevard. Früher Magnet für Schläger und Schwerenöter. Jugendbanden vertrieben sich ihre Zeit und die gute Laune. Viel wurde darüber diskutiert. Heute ist es ziemlich friedlich in der Steinen – aber noch haftet an ihr der Ruf des Verruchten. Sie ist berüchtigt. Und darum ist sie den jüngeren Menschen vorbehalten. Ältere Mitmenschen kommen ihr nachts oft nur nahe, wenn sie aus dem Theater kommend mit verzerrtem Gesicht den Kopf in Richtung ruchvolle Steinen wenden.
Die Steinen, ein Stück Stadt mit Leben, Realität. Nicht nur am Tag als Meile der Befriedigung der Konsumlust, sondern des Nachts als Zentrum der Unternehmungslustigen. Man könnte vieles machen.

Man könnte zum Beispiel an einem Freitag abend in die Steinen stiefeln. Man könnte ins «Stoffero» gehen und in kühlem modernem Ambiente einen ausgezeichneten Kaffee trinken (3.20) und zuhören, wie am Nebentisch über einen mit einem offenen Kieferbruch geplaudert wird. Man könnte zum Beispiel ins altehrwürdige Küchlin (1912 gebaut, seit ein 1950 Kino) auf den computerdurchnumerierten Balkon (15.–) sitzen. Dort sitzt auch die Jugend im Jugendstil stilsicher. Man darf zwar nicht mehr Zigaretten schmauchen, aber gegen eine hauseigene Jumboladung Popcorn (9.–) hat niemand was. Man könnte den neuen Schwarzenegger-Film gucken. «True Lies». Man könnte das zum Beispiel mit einem «Planet Hollywood»-T-Shirt tun und bei besonders brutalen Szenen klatschen und «tschöss» ausrufen. So wie die anderen. Und nach dem Film sind auch wieder 2,5 Stunden des Lebens geschafft (und wohl nicht die schlechtesten), und man könnte herausentenmarschieren und sagen «tschöss, geiler Film, muss ich nochmals sehen, hab den Schluss nicht so begriffen».

Man könnte dann ins Cindy gehen und sagen: «Kleine Cola, kleine Fritten, Beefy mit Käse» (7.20) und irgendwo hinhocken und sich dies dann einverleiben. Dann könnte man ins «Movie» gleich nebenan gehen und in einem auf Hollywood gemachten Barraum einen Gin Tonic kippen (12.–) und vielleicht jemanden kennenlernen und über den Film reden, den man gerade gesehen hat. Dort kann man auch sein Zippo-Feuerzeug an der Bar auftanken. Gratis und franko wird Musik geliefert, vielleicht mit einem deutsch gesungenen Text über irgendwelche Grenzen, die man überschreiten kann und sollte. Könnte. Man könnte mit dem Glas in der Hand aber auch vor das Lokal treten und die Steinen hochblicken, zwischen den parkierten Aufschneiderautos durch, was wenigstens ein bisschen Perspektive eröffnet.

Danach könnte man in eine Discothek ein bisschen seine Knochen schwingen gehen, zum Beispiel im «La Luna». Da könnte dann aber Mondfinsternis herrschen und eine Türsteherdame mit stockzähnernem Lächeln nicht unhöflich, aber doch bestimmt sagen, dass heute abend ein spezieller Abend sei, für Stammgäste only. Für Männer könnte es solo nicht einfach sein, Einlass in eine Discothek zu finden. Insbesondere für schlechtrasierte.

Man könnte auch Schaufensterschauen. Da gibt es viel zu sehen, es ist gratis, und niemand kann einem was verbieten. Man könnte an der ewigpulsierenden Autoschlagader stehen und den Blöffern in ihren Autos nachschauen. Man könnte ins Café «Bücheli» sitzen und in bureaugepflegter Stimmung jungen Damen und Herren beim Verzehr von Süssspeisen zusehen. Dann könnte man zum Beispiel auf ein Bier (4.–) ins «Hardy's» gehen, wo die Stimmung nicht eben bureaumässig ist und nicht nur die nettesten Kerls herumsitzen. Oder ins «Mr. Pickwick» könnte man, wo man besser nichts über den FCB sagt, denn sonst könnte es vielleicht sein, dass man eine Tätowierung von sehr nahe sehen könnte. Sollte nochmals Hunger aufkommen, so könnte man in den «Club 59» stechen.

Man könnte Ruhe suchen und schnell finden im Steinenbachgässlein. Dort ist es auch dunkel. Die grossstädtisch vollgekrakelten Fassaden ziehen sich anständig hoch – die einzigen paar hundert Meter Grossstadt Basels. Vielleicht. Dort könnte ein Knäuel Jugendlicher vor dem dunklen Schaufenster eines Erotiksupermarktes stehen und ein wenig hysterisch kichern und Sachen sagen, die zwar beweisen, dass sie aufgeklärt wurden, wenn vielleicht auch nicht (nur) im Schulzimmer.

Am Ende der Steinen liegt die Aussicht auf Parkhauseingänge, komische Kunst und einen tramgeleisedurchschnittenen «Platz». Diese Stelle der Steinen wurde das letzte Mal so richtig in der Zeitung erwähnt. Am 20. Juni dieses Jahres hiess es in der BaZ: «Schüsse und Schläge in der Innenstadt». Passiert ist es an einem Samstag. Morgens um halb zehn. *Max Küng*

Bereits erschienen: When the night calls (30.6.), F&P (7.7.), Planet E (14.7.), Bimbotown (21.7.), Bewilligungen (28.7.), Bird's Eye (4.8.), Downstairs (11.8.), Babalabar (18.8.), Zischbar (25.8.), Joy (1.9.), Barfi (8.9.), Campari/des arts (15.9.), Kuppel (22.9.)

● **Nächsten Donnerstag: Light for the night**

Basler Zeitung Samstag, 3. September 1994 Nr. 205 Teil V Das Journal

Kotztüte: Ein Klotzbodenbeutel aus Kirchberg

Begriffe gibt es viele; «Airsickness Bag», «Spuckbeutel» oder Abfallbeutel – im Volksmund heisst das Ding schlicht «Kotztüte». Eine Firma macht Geld damit, dass manches nicht bleibt, wo es sollte. Ihr Motto: «Wir halten dicht.»

Wenn Ihnen in einem Flugzeug der «Uzbekistan Airways» viele tausend Fuss über dem Aralsee schlecht werden sollte, dann seien Sie froh, dass es Kirchberg, Kanton Bern, gibt. Wenn Ihnen hoch über den Andengipfeln in einer Maschine der «LanChile» der Magen noch höher kommen sollte, dann seien Sie froh, dass es Kirchberg, Kanton Bern, gibt. Und sollte Ihnen auf einem noblen Sitz der Swissair auf dem Weg nach New York nicht so wohl sein, so seien Sie ebenfalls froh, dass es Kirchberg, Kanton Bern, gibt. Und mit Ihnen das Putzpersonal der Fluggesellschaften.

Von Max Küng (Text) und Hansjörg Walter (Bild)

Drinnen steht ein langer Konferenztisch. Eine sogenannte Flip-Chart birgt kryptische Filzer-Kritzeleien, die sicherlich eine Strukturänderung von irgendwas bedeuten. Ein Hellraumprojektor. Ein TV/Video-Set. Ein bunter gerahmter Kunstdruck an der weissen Wand. Sonst wenig Raumschmuck. In den Ecken Alibi-Topfpflanzen. Storen dosieren das Tageslicht.

Draussen ist 3422 Kirchberg, Kanton Bern, 1065 Einwohner und mit eigener Autobahnausfahrt ausgestattet. Heuer wurde Kirchberg 1000 Jahre alt, was man auf vielen Tafeln an Ortseinund -ausfahrten gut lesen kann. Kirchberg hiess die erste Platte der Berndeutsch-Rocker «Züri West» – und das wohl nicht ohne Grund. Geht man durch Kirchberg, so schiesst ein Gedanke schnell einmal durch den Kopf: «Wer nicht jung von hier wegkommt, der kommt nie mehr weg» – nicht aber, weil es hier so schön ist. Die Emme fliesst auch nur bis Solothurn, um sich dann in die Aare zu ergeben. Das Reisebüro in Kirchberg heisst «Sundoor».

Tüte für vier Kontinente

Drinnen wie draussen Alltag, kontinuierlich strömt der wirtschaftliche Fluss der mittelständisch-mittelländischen Industrielandschaft. Doch drinnen, in besagtem Sitzungszimmer, gibt es doch etwas, was ein bisschen anders ist. Oder: ziemlich aussergewöhnlich. Es ist nicht das grosse schwarze Repräsentiergestell der Qualitätsmarke USM Haller, es ist der Inhalt dessen. Es sind aber nicht die vielen Verpackungen für Waschmittel, Kaffee, Kartoffeln in Scheiben, Gebäck und so weiter. Nebeneinander stehen sie ganz oben auf dem Regal. Wie Pokale einer grossartigen Kegelmannschaft: «Kotztüten» mit Aufdrucken oft oder nie gehörter Fluggesellschaften aller Erdwinkel. Gemeinsam ist der «Kotztüten» Herkunft: ein Stock tiefer. Denn das Sitzungszimmer mit dem Repräsentiergestell gehört der Firma ELAG Verpackungen AG, die «Kotztütenfabrik» für rund 150 Fluggesellschaften auf vier Kontinenten.

Ein Kurzporträt: 124 Mitarbeiter, ein Standbein in der EG respektive im elsässischen Munster, rund 22 Millionen Franken Umsatz (1990 noch 10 Millionen), Exportanteil 60 Prozent, davon

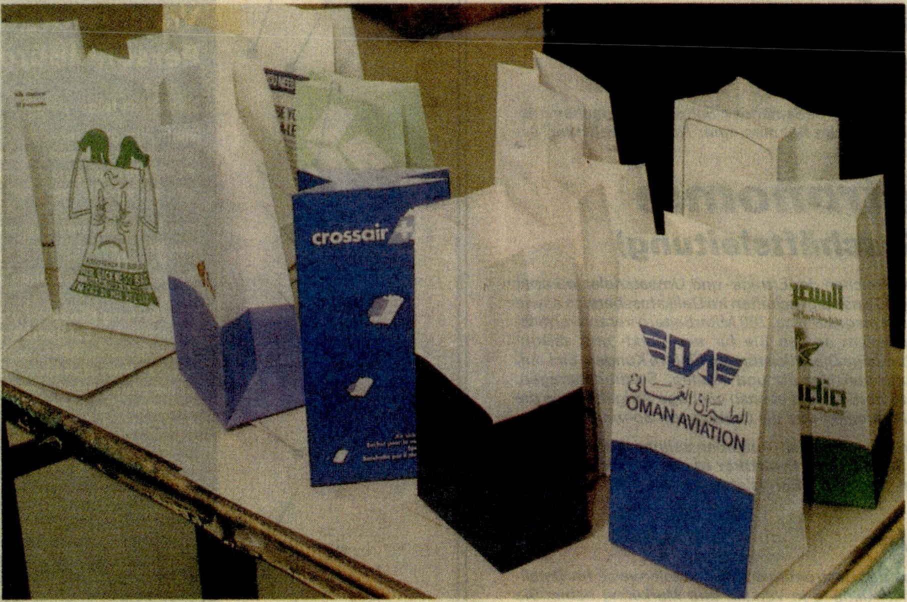

Eine Tüte, viele Namen, verschiedene Logos, ein Zweck.

85 Prozent EG, 18 Prozent des Umsatzes mittels «Waste Disposal Bags», vulgo Kotztüten. Ansonsten produziert die ELAG alles, was dichthält, vom Duschmittelnachfüllbeutel bis hin zur sterilisierfähigen Verpackung für «Kartoffeln in Scheiben, vorgekocht, ohne Fettzugabe, leicht gesalzen», wie man sie in der Migros kauft oder auch nicht. Die ELAG macht «alle Formen und Arten von dichten und versiegelten Beuteln». Dementsprechend lautet das Motto der Firma: «Wir halten dicht.»

Es war der Vater von Robert Elsaesser, der – ebenfalls ein Robert – in den späten 50er Jahren eine Erfindung machte, nämlich die leimlose Verbindung von Polyäthylen und ordinärem Papier.

Das wasserdichte Papier war geboren. Er experimentierte mit dem neuartigen Werkstoff, machte Schrankpapier oder etwa Kleidereinsätze. Der Erfolg aber brachte die Konstruktion eines Beutels, dessen Boden über einem Holzklotz geformt wurde – und deshalb den nicht eben schönen, aber sinnigen Namen «Klotzbodenbeutel» bekam. 5000 Säcke wurden damals pro Tag produziert – von Hand. Erster Abnehmer des Beutels war eine Chemiefabrik in Zofingen, und bald war auch das Militär zur Stelle, das nicht wollte, dass seine Munition nass wird. Noch heute ist der Klotzbodenbeutel ein Renner, insbesondere da er seine Bestimmung als Kotztüte fand, denn der Beutel aus Kirchberg ist nicht nur dicht, sondern hat dank dem Klotzboden auch einen guten Stand – und der Erfolg eines «Kotzgügglis» fällt und steht auch mit seiner Standfestigkeit, garantiert sie doch ein diskretes Unter-den-Sitz-Stellen.

Die Jahresproduktion der ELAG liegt bei 40 Millionen solcher Beutel, für die es viele Begriffe gibt: «Spuckbeutel», «Waste Disposal Bag», «Airsickness Bag», «Wasserdichter Abfallbehälter», «For Motion Sickness». Es ist aber eine «Kotztüte» – und da beschönigt auch Robert Elsaesser nichts. Er ist der 43jährige Delegierte des Verwaltungsrates der ELAG Verpackungen AG. Früher hätten sie schon irgendwie in der Firma ein bisschen Probleme gehabt. Gerne habe man sie einfach nur «die Kotztütenfabrik» genannt, obwohl die Produktion dieser Produkte ja wirklich nur ein Teil des Ganzen sei. Aber man müsse das halt einfach positivieren, denn schliesslich sei es ja etwas Lustiges. Irgendwie.

Beruf: Beutelmaschinenführer/in

Die Produktion ist so einfach wie kompliziert, denn die Arbeit verrichtet eine Maschine. Da rollt eine Rolle weisses polyäthylenbeschichtetes Papier, wird bedruckt, gefalzt, versiegelt, gefalzt, geschnitten, zack, zack, zack, und am Ende der Maschine steht ein Mensch, der die Beutel in Schachteln packt. Der Mensch übrigens hat einen vom Biga geschützten Beruf und heisst deshalb offiziell «Beutelmaschinenführer». Pro Arbeitstag produzieren die Beutelmaschinenführer und -führerinnen an die 220 000 Spuckbeutel.

Manche der Tüten sind schlicht, weiss und nur mit dem Schriftzug oder dem Logo der Fluggesellschaft versehen. Andere sind farbig, so zum Beispiel auch der «Disposal Bag», auf dem ein silberner Falke für die «Gulf Air» die Flügel ausbreitet. Ein wenig unglücklich gewählt ist der Aufdruck der «Alitalia»-Tüte: «durch zusammenrollen schliessen», wie auch der Satz auf der Tüte der «Olympic Airways»: «Falls als Spucktüte benutzt, bitte gut verschliessen und dem Bordpersonal übergeben».

Eine Produktion in der Schweiz schützt auch nicht vor Übersetzungs-Scherzen wie: «Bitte Falzt» oder «Fur die luftkrankheit». Schlicht blau ist jener der Swissair, der Schriftzug versteckt sich im Seitenfalz. «Schon vor 10 Jahren einmal haben wir versucht, Werbung auf den Beuteln zu verkaufen. Damals aber war die Zeit noch nicht reif.»

Heute sieht Elsaesser eine neue Chance für die alte Idee. «Für Non-Food-Produkte, versteht sich.» Etwa für Medikamente, wie dies die «Ansett New Zealand» schon tut. «If you need this bag... maybe you need Sea-Legs. Sea-Legs – New Zealand's most popular travel sickness remedy by far.» Werbung für die Kontinentskultur macht die «Air Afrique» mit Bildern von Masken und Schnitzereien.

Und allerneust ist die Balair-«Kotztüte», in die man nicht nur sich übergeben, sondern auch seine Ferienfilme verstauen kann – denn die Tüte ist gleichzeitig (das heisst: entweder/oder) eine Filmtasche eines Fotolabors.

Elsaesser übrigens, der auch des öftern per Flugzeug durch die Welt jettet, hat noch nie zu seinem Produkt greifen müssen. Jedoch habe er schon solche gesehen, die's taten. In seinem Auto hat er immer eine Tüte dabei – seit seinen letzten automobilen Ferien, als er keine dabei und sein Sohn eine Magenverstimmung hatte.

Sollten Sie dereinst in den Lüften sein, so drehen Sie einmal eine Tüte. Wahrscheinlich kommt sie aus Kirchberg, Kanton Bern. Aber bitte tun Sie's nicht, wenn Sie sie schon gebraucht haben.

Elsässerstrasse: Der Tod ist ein guter Gast hier

Sie ist lange und gerade. Sie hat viele Gesichter und birgt viele Geschichten. Ein grünes Loch hat's und ein schwarzes. Und Autos, viele Autos. Ein Physiker aus Italien spielt eine Rolle und ein Schweizer Multi mit Baulust. Multikulturell ist, was alles verkauft wird. C. G. Jung liess hier verscharren, und Basel schlachten. Die Elsässerstrasse.

Das Muster: Helle «Bollen» auf beigem Grund. Als Rhombus liegt darauf ein zweites, kleineres rosafarbenes Tischtuch. Im Zentrum der Aschenbecher. Das ist die Nummer 1, Hausnummer 1, Restaurant St. Johann. Dort hat der Inhalt des legendären «Grünen Heinrichs» sein neues Asyl gefunden. Auf dem hölzernen Fensterbrett

Von Max Küng (Text) und Andri Pol (Fotos)

steht ein irgendwie geschmiedeter wenig geschmeidiger Ständer mit der Gewürzvierfaltigkeit der proletarischen Küche: Haco-Condimat Helle Würze im Döschen, Pfeffer und Salz im Streuer, Haco-Würze flüssig («Zum Würzen aller Speisen»). Daneben eine Grünpflanze der anspruchsloseren Sorte. Die kleinen strahlendweissen Gardinen zieren Stickereien: friedvolle Szenerie mit Bäumen und Vögeln. Der Blick durch das Fensterglas zeigt die gleiche Szene in natura. Auf der anderen Strassenseite liegt der St.-Johanns-Park. Dort ist der Tod ein guter Gast.

Die Elsässerstrasse ist nur ein Abschnitt einer mehr oder minder geraden Strecke. Blumenrain heisst's zuerst, St.-Johanns-Vorstadt dann. Nach dem St.-Johanns-Tor beginnt die Elsässerstrasse. Linker Hand eben das Restaurant St. Johann, rechter Hand das ehemalige Brausebad, das heute ein Jugendtreff ist. Daneben das grüne Loch mit Durchblick auf den Rhein: der Park. Vor einigen Jahren war hier Schnittstelle zwischen dem Sterben der Alten Stadtgärtnerei und der Geburt von Jugendunruhen. Jetzt wächst Gras drüber; wenige nur sind so unversöhnlich wie das Mädchen, das ganz in der Nähe der Bäckerei Simon wohnt und sagt: «Die Gipfeli von dort sind zwar gut, aber ich steige lieber auf das Velo und fahre zu einer anderen Bäckerei. Bei dem kaufe ich nichts, der war gegen die ASG.»

*

Der Tod war schon vor der Alten Stadtgärtnerei da. Der reinliche Grünpark barg bis in die 80er Jahre den Schlachthof St. Johann. Über 100 Jahre alt wurde das Gebäude zur Befriedigung der baslerischen «Fleischeslust». Auch nicht mehr unter den Lebendigen weilen die Gebrüder Dürrenberger aus Diegten. Sie trieben sich Anfang des Jahrhunderts hier herum. Die Gebrüder Dürrenberger waren die Anführer der «Sunnebrüeder», was eine Horde von Pennern war, die ihre flüssige Nahrungsaufnahme damit finanzierten, indem sie das Vieh vom Bahnhof quer durch die Stadt zum Schlachthof St. Johann trieben. Berühmt waren sie wegen ihren lautstark vorgetragenen Lumpenliedern und ihren Zechprellereien. Lautstark sind heute an der Elsässerstrasse vor allem die Autos, die vielen. Auch ein Spitalfriedhof fand sich auf dem Areal; mit den Überresten von 800 ehemaligen Patienten von Carl Gustav Jung, welcher 1822 als «Professor für Chirurgie, Anatomie und Entbindungskunst» nach Basel berufen wurde. Der Tod ist ein guter Gast hier.

Weiter, weiter, die Strasse ist lang. «Das St. Johann ist das dreckigste Quartier der ganzen Schweiz», rief einst eine alte Frau im Tram aus. Damals war es noch die grüne Linie 11, heute rollt die gelbe 15; und es war just an jenem Tag, als die letzte Gratissperrgutabfuhr angenommen wurde. Noch länger zurück liegt wohl der Zeitpunkt, als im Schaufenster des Coiffeurladens (AHV-IV Schnitt 12 Franken, Kinder bis 16 Uhr, Lehrl. + Stud. 14 Franken) die abgeschossenen Packungen von «Jacky Fix Haarfixativ, Frisiercreme» deponiert wurden. Fraglich ist, ob es diesen Laden noch lange geben wird, das benachbarte Restaurant «Da Vito» wurde schon vor geraumer Zeit hinausgeworfen: Der so rührig um ein umweltgerechtes Image bemühte Multi Migros ist drauf und dran, den ganzen Block aufzukaufen, um den Kosmos des Konsums um ein weiteres Zentrum zu bereichern. Die Menschen im Quartier jedoch wehren sich, ein Verein zur Verhinderung des Grossbauprojektes wird gerade geboren.

*

An der Elsässerstrasse wird die ganze Welt verkauft. Teilweise muten die Läden und Lädchen verträumt angestaubt an. «Korallenkette mit amerikanischem Verschluss» 159 Franken. «Lichtorgel und Computer Chaser ¾-Kanal CC 4000S» 324.70 Franken. Kafferahmdeckeli, «Serie 70 Gastro 30 Stk.» 20 Franken, mit Bildchen von Amsterdam, Istanbul, Mombasa. Staubsauger «AEG Vampyr 791i electronic Black Line Super Power» 449 Franken. Damenschuh «Jenny» (modisch bequem) mit Luftpolstern 98.90 Franken. Die Schaufenster bergen alles. Und manch komische Brücke wird geschlagen, etwa im Schaufenster von «Erotic Dreamland», wo nicht nur schlüpfrige Strapse-Sets angeboten werden, sondern auch homemade Clownfiguren für die Wohnwand. Das Schild unter dem Schaufenster verkündet: «Vorsicht, bei Nässe Rutschgefahr!»

Das Polizeischild hängt noch an der Fassade, an der Tür steht: «In dringenden Fällen Notrufsäule benützen.» Es ist nicht der einzige Ort der Verlassenheit. Doch: Weiter, weiter, die Strasse ist lang. Das Schaufenster der Apotheke ist dekoriert mit Werbung für Voltaren Emulgel, und bald kommt auch schon das schwarze Loch: Das schwarze Loch heisst Voltaplatz, von manchen auch gerne Folterplatz genannt. Der Voltaplatz ist wohl einer der menschenverachtendsten, gefährlichsten, grässlichsten, schweisstreibendsten Orte in Basel. Es riecht schwer nach Abgasen. Ihn bei ausgeschalteter Lichtanlage als Fuss- oder Zweiradvolk zu überqueren, ohne zu erfahren, wie das Hormon im Nebennierenmark heisst, ist eine Unmöglichkeit: Adrenalin! Gnadenlos brettern tonnenschwere Lastkraftwagen und die PWs ungeachtet des Vortrittes von A nach B. Wer unbedingt aus dem Leben scheiden möchte, soll versuchen, auf dem Voltaplatz das Vortrittsrecht durchzusetzen…

Für Schönheit und Schrecken in Basel kann Graf Alessandro Giuseppe Antonio Anastasio Volta (1745–1827) nichts. Der italienische Physiker kam zu Ehren als Erfinder vielerlei Dinge, etwa der Batterie. Es ist also nicht so, dass sich der Name des Platzes auf den westafrikanischen Fluss bezieht, und auch nicht auf «die Volta», was ein aus der Provence stammender höflicher Paartanz in schnellem Dreiertakt ist, der in der zweiten Hälfte des 16. Jahrhunderts bis Anfang des 17. Jahrhunderts sehr verbreitet gewesen sei und dessen heftige Sprünge und Drehungen bei engem Kontakt der Partner charakteristisch seien. Charakteristisch für die Elsässerstrasse ist der heftige Verkehr, die Mehrwegkarawane der Vehikel von und nach Frankreich.

*

Weiter, weiter, die Strasse ist lang. Die Industrie kommt. Chemie, Wurstereien, Weinlager. Und der Kulturkosmos auf dem alten Bell-Areal. Ganz in der Nähe das Ende der Tramlinie 11. Die Tramschlaufe ist nigelnagelneu: Ein Kiosk in rotbraunem Häuschen. Veloständer. Basiliskenbrunnen. BVB-Sandbehälter. Drei eingepflanzte Bäume. Eine vollautomatische Supertoilette, viersprachig und 50 Rappen teuer («Merde» steht drauf, mit Filzer geschrieben). Gedeckte Bänklein. Es riecht säuerlich, nach Erbrochenem. Vielleicht hatte der Betreffende kein 50-Rappen-Stück zur Hand. Drumherum Industriebauten grosser Höhe. Bis zur Grenze noch wenige Häuser. Im Schaufenster von Walter Schnegg steht in goldenen Lettern «Geldwäscherei», an einer Wäscheleine hängen Hunderternoten, davor ein Plastikbecken mit einem Päcklein «Maga Plus»-Waschmittel. Es ist ein Change-Büro. Was dann noch kommt: Eine Bank, ein Laden, zwei Restaurants. In einem bekommt man schon morgens um fünf Uhr «Entrecôtes Café Paris maxi (300g) mit Pommes frites» für 43.50 Fr.. Im anderen Restaurant bekommt man «da Franco», eine sehr gute Pizza.

Dann kommt die Grenze, das Zollhaus. Dahinter geht die Strasse nicht weniger gerade weiter, heissen tut sie logischerweise Rue de Bâle. Und wenig weiter dann Rue de Mulhouse. Aber da ist nicht nur die Grenze, da sind auch zwei Herren mit Schnäuzen und Uniformen. Die kommen schnell und sagen mit autoritärem Timbre: «Wer sind Sie? Wissen Sie nicht, dass Fotografieren von Zollanlagen bewilligungspflichtig ist? Warum wissen Sie das nicht? Können Sie sich nicht anmelden?» Zöllner. Wir sind noch in der Schweiz. In der Elsässerstrasse.

wischen Tram und Auto – Ausblick auf das St.-Johanns-Tor.

Kantinenessen bei Bell.

Grenze – Endstation für den 11er.

Basler Zeitung
Mittwoch, 27. September 1995
Nr. 225

«Revolting Allschwil Posse» – alles bloss ein Jux

Sie läuft im Radio und in den Plattenläden bestens, die CD der Rapgruppe «Revolting Allschwil Posse». Die Texte sind brutal, und manche fühlen sich beleidigt. Andere finden's cool. Aber: Hinter den Basler Stimmen stecken zwei Herren von anderswo. Das Ganze ist nur ein Witz.

Allschwil/Basel. Per Post kam ein Paket. Und es war eine wahre Bombe; denn drin war eine Schallplatte. Darauf deftigst rappte die Band «Revolting Allschwil Posse», kurz R.A.P., ihren Frust zu harten Beats, Hip-Hop-Rhythmen, in verständlichem Agglo-Baseldeutsch ab: Voll brutale Texte über das Leben in Allschwil und in Basel. «DJ Trivial, MC Folio und VR Horny kommen von dort, wo triste Wohnblocks, verwaiste Kinderspielplätze und tausend Verbote das Klima bestimmen», so schrieb die Band in ihrer beigelegten Biographie. Allschwil eben. Ihre gesungenen Texte nehmen sich noch ein wenig expliziter aus. Die Zürcher Zeitung mit den grossen Buchstaben und Busenbildern fand das nicht schön und war um deftige Worte auch nicht verlegen: «Die Kacke der Woche», so das Verdikt. Der Berner «Bund» schrieb im Feuilleton: «Schweizer Hip-Hop-CD sorgt für Aufregung». Und auch in Basel zogen manche ärgerlich eine Schnute, als ihnen die Songs «Summer» («Basel, dä Song isch für dy/du alti Schlampe-Stadt am Rhy», so ein Exzerpt), «Allschwil» oder «Kettesagi» zu Ohren kamen. Andere sagten: «Endlich erhebt jemand die Stimme und sagt, wie's ist. Denn so ist es. Wirklich.» Die BaZ empfahl zum Kauf.

Was auch die BaZ nicht wusste: War alles nur ein Witz. Die drei Rapper sind nicht echt und kommen schon gar nicht aus Allschwil. Die szenetypischen, authentischen Kleidungsstücke auf dem Photo sind nur Staffage wie auch der dritte Mann. Irgendwann im letzten Jahr entstand die Idee in zwei Köpfen. Einer gehört einem Zürcher, Boni Koller, ehemaliger Mastermind der mundartigen Chartsstürmer «Baby Jail» («Tubel Trophy») und geschasster DRS-3-Soundsmoderator. Der andere einem Berner, Bubi Rufener, von der Hardrockgruppe «Bishop's Daughter». Zuerst war der Song «Summer – die schlychendi Gfohr». Das sei eine Antwort gewesen auf die «anständigen» Rapper P-27 aus Basel, (die mit den Hits: «Summer» und «Aids – die schlychendi Gfohr»). Und warum gerade Allschwil? Koller, der sich als Rapper mit dem Pseudonym MC Folio schmückt: «Ach, Allschwil, hm, hätte auch Oberwil sein können. Wir suchten halt einfach so ein Agglokaff. Ich selbst war noch nie in Allschwil – also, hm, nicht wissentlich.»

Bei der Gemeindeverwaltung in Allschwil hat man nie von der Platte gehört. Gemeindeverwalter und Fürsprecher Max Kamber: «Schallplatte? Da weiss ich nichts davon.»

Im Radiostudio DRS in Basel wird die Platte aufgelegt. Musikredakteur Christoph Alispach: «Wir spielen sie, fangen's aber moderatorisch auf; wir winken mit dem Schild ‹Satire›». Und bei Radio Basilisk? Der Chefmusikredakteur: «Nein. Nein.» Doch bevor den Basilisken zu Ohren kam, dass die Band «Revolting Allschwil Posse» nur ein Witz war, kontaktierten sie den vermeintlichen MC Folio alias Koller: «Sie wollten mit uns und der Gemeindepräsidentin von Allschwil eine Podiumsdiskussion veranstalten, von wegen Gespräch suchen und so. Der Mann vom Radio sprach sehr nett und väterlich.» Die Diskussion allerdings fand nie statt.

In den Läden läuft die Scheibe rund. Auf Anfrage der BaZ erklärte das Team des Plattenladens Roxy, dass die R.A.P.-CD «sehr, sehr gut» weggehe, zeigte sich aber sehr erstaunt, als sie von der wahren Identität der vermeintlichen Regiorapper hörten. Vor allem Hip-Hoper würden sie kaufen, und sie seien zeitweilens nachdenklich bis zornig, da niemand diese zugegeben guten Rapper kenne.

Aber nicht nur die Basler bekommen von R.A.P. eins aufs Dach, sondern viele Anspielungen in den Texten richten sich auch an die Berner Mundartrocker wie Patent Ochsner oder Züri West. Sogar einer von «Outland» wird persönlich beleidigt.

Zur Verteidigung des Zürchers Koller gibt es zu sagen, dass er seit Kindheit ein grosser HD-Läppli-Fan ist. «Ich konnte früher alles von ihm auswendig.» Zudem hat er jahrelang im Radiostudio Basel gearbeitet, was ihn für die Problematik der Region Basiliensis sensibilisiert habe.

Zur Verteidigung des Berners Bubi Bruder gibt es nur zu sagen, dass dessen Mutter gebürtige Baslerin ist. Zudem haben die beiden durchaus überlegt, wie weit sie mit ihrer Parodie gehen können. «Ich glaube nicht, dass wir Applaus von der falschen Seite bekommen», so Koller. Aber manche Dinge, die er besinge, die seien für ihn dubios. «Also, Drogen find' ich nicht einfach gut, aber auch nicht einfach schlecht. Bei Gewalt wird's dann noch zwiespältiger.»

Bedenken, dass er in Basel dereinst von bösen Allschwiler Buben niedergemacht werden wird, hat Boni Koller aus Zürich schon; aber: «Ich gehe sowieso nie ohne Schusswaffe aus dem Haus. Seit Jahr und Tag.»

Boni soit qui mal y pense.

Max Küng

Die drei von «Revolting Allschwil Posse», Boni Koller in der Mitte, Bubi Rufener rechts. Der Herr ganz links ist nur Staffage. Die Herrschaften von R.A.P. haben die hiesige Gegend ganz schön «veräppelt». *Foto zVg*

Basler Zeitung Freitag, 21. Oktober 1994 Nr. 246 Teil V

Serie 75

Wohnen heute.

Eine Ruhe, als wäre etwas Unheimliches passiert

Sie ist lang. Sie ist schmal. Sie erinnert an Holland oder England. Die Häuser sind klein und niedrig. Die Vorgärten putzig. Man sieht manche Wappenscheibe und vor den Türen Abstreifteppiche. Früher einmal war hier Wald. Wald hiess einmal Lohn. Darum heisst die Strasse in Basel «Im langen Loh». Ein Besuch.

Eigentlich möchte die alte Frau nichts sagen. Obwohl sie schon lange hier wohne. Aber eben, sie möchte eigentlich nichts sagen. Aber früher sei es doch schöner gewesen. Idyllischer und alles ganz anders als heute. Da habe es noch kein 8er-Tram gegeben, sondern den 18er, und rundherum sei alles Wiese voller Bäume und grün und picobello gewesen. Ja. Der Göschenenweg sei da noch ein Feldweg gewesen. Aber eigentlich möchte sie nichts sagen. Nein.

Von Max Küng (Text) und Hansjörg Walter (Foto)

Es könnte eine Szene von friedvollem Leben auf dem Lande sein. Das komische Postvelo steht aufgebockt vor dem Wirtshaus. Der Sommergarten ist herbstlich verwaist, nur noch Fische harren in einem Aquarium der Dinge die da kommen und wohl Messer heissen, schreien stumm die Worte «ES IST WILDZEIT». Ein Schild verkündet: «Lager 58 cl Fr. 4.20, Spezial-Gross 5/10 Fr. 4.20». Drinnen im Wirtshaus sitzen drei alte Frauen an einem Tisch und spielen Karten, auf deren Rückseite die Werbung einer Lebensversicherung prangt. Manchmal müssen sie sich vorbeugen und genau auf die Karten schauen. «Was isch's? Es Zähni?» Arbeiter drücken scharfen Senf auf ihre Mittagsteller neben den geräucherten Schweinshals und Speck mit Sauerkraut und Salzkartoffeln. Der Bohrerhof ist eine schöne Beiz, hell. Er steht auf Allschwiler Grund. Im langen Loh heisst die Strasse, deren eine Hälfte einer Hälfte – nämlich die Nordwestliche, zwischen Morgartenring und Wanderstrasse – schon Allschwil ist. Hier war einmal Wald. Wald hiess einmal Lohn.

*

Unweit des Restaurantbetriebes steht vor einem Häuschen ein Gerüst aus Holz. Der Mann mit dem weissen Bart, der sich daran macht, das waghalsig aussehende Gerüst zu erklimmen, hat es selbst gebaut. Er verpasst seinem Haus einen neuen Verputz. Nein, seinen Namen möchte er nicht in der Zeitung sehen, das tue nichts zur Sache. Ja, wenn er ein Dichter wäre, dann würde es helfen seine Bücher zu verkaufen, aber er sei nun mal kein Dichter. Seit 1943 wohnt er in dem Häuschen, das 1928 erstellt wurde, vom Baumeister der auch «Quasi-Erfinder» des Schlackebausteins gewesen sei, was sich aber nicht als ein supergutes Baumaterial ausgewiesen habe. Aus dem Rheintal ist der Mann mit dem weissen Bart gekommen und wohnte zuerst auf Basler Grund und Boden, beim Neuweilerplatz. Da aber sein Arbeitsort im Baselbiet gelegen sei, hätten die Basler Behörden ihn nicht in ihrem Kanton wohnen lassen und drohten mit Ausweisung. Dank einer Intervention «seines» Generals Guisan kam dann aber alles gut und er konnte bald ein Haus kaufen. Einst gehörte es einer jüdischen Familie, die aus Angst vor den Nazis nach Genf flüchtete. Und jetzt wohnt er da, alleine seit dem Tod seiner Frau vor drei Jahren. Und er erinnert sich an manche Geschichte. Etwa an Roy, seinen Colliehund. Der sei quartierbekannt gewesen. Sei ein Zug von oder nach St. Johann gefahren, so habe Roy die Vibrationen sogleich gespürt, sei abgeprescht wie der Wind durch das lange Loh hin zum Bahngleis und habe den Zug verfolgt. 300 Franken Busse habe ihn das einmal gekostet. Rechterhand, auf basellandschaftlichem Boden, liegt das Stadtbasler Reich der Freunde der kleinen Blumen- und Gemüsezucht. Schrebergartenhäuschen an Schrebergartenhäuschen. Man nennt dies Familiengartenanlage – es gab einst Pläne, hier ein Gymnasium zu bauen. Die Pläne fruchteten nicht. An einem grünen Anschlagbrett informiert das Veterinäramt Kanton Basel-Stadt über die Tollwutsituation im Kanton Basel-Stadt und die Gemeinde Riehen über den «Dörrbetrieb 1994». Die Gartenanlage birgt auch die weithin bekannte Meteostation des Im Langen Loh wohnenden Pilatus. Linkerhand, auf Boden Basels, steht eine Zeile Häuser. Man kann dahinter kommen. «Privatweg» steht auf einem Schild. Hinter den Häusern ranken in den Gärten Büsche und anderes Grünzeug. Ein Kinderspielplatz ruht wie auch eine Gruppe Holzsitzgelegenheiten, und ein Schild warnt die Herrchen der Hunde vor obligationenrechtswidrigen Haufen. Harken machen herbstlich müde Klänge.

*

Am Platz ohne Namen, wo die Wanderstrasse das lange Loh durchschneidet, da ist Schluss und Anfang für den Bus der Linie 33. Der Chaffeur lässt pfupfend die Türe auf. Leute steigen ein. Dann steht er auf und sagt zu einem Bub: «So, jetzt geh ich schauen, ob noch alle Räder dran sind.» Er steigt aus, marschiert einmal um seinen Bus herum und kommt wieder herein. «Alle noch dran», sagt er zum Bub. Der lacht. Dann fährt der Chauffeur los, macht einen Kreis um einen bei Hunden sicherlich heissbegehrten und verehrten Flecken Matte, auf der ein Grenzstein steht und markiert, auf welchem Boden man hier geht. Hier ist es Stadt, dort ist es Land. Das Tor zur Schrebergartenanlage schützt mit Stacheldraht die dahinterliegenden dornigen Rosen.

Der Platz ohne Namen, wo die Wanderstrasse das lange Loh durchschneidet, ist der einzige Abschnitt, wo die Häuser ein wenig höher sind und es Geschäfte hat. «Zum Spinnredli» heisst ein Laden, der für preiswerte 15 Franken Tücher in diversen Farben feilbietet, auf die das Spalentor und «Gruss aus Basel» gestickt ist. Nebenan ist die «medimprax gmbh», in deren Schaufensterauslage apart Krankentassen (4.–), Sputumbecher (3.–), Nagelzangen aus rostfreiem Edelstahl (55.–) und Splitterpinzetten (12.80) zum Kaufe locken. Und «Moliform Ultra», die «anatomische Einlage, unsere variable Lösung bei allen Formen der Inkontinenz». Die Drogerie Rutishauser hat's noch. Und die Bäckerei-Konditorei Meier, in deren Auslage wunderbare Schwarzwäldertorten auf ihr Verschlingen warten. Und nebenan liegt gleich ein Café, in dem eine andere Dekade winkt. Orange Tischtücher, wandmontierte Lampen und eckiger Wandschmuck – heutzutage schon wieder enorm en vogue. 1956 wurde das Café eingerichtet, so steht es auch geschrieben in einer mondrianschen Fensterdekoration, und strahlt heute, kurz vor dem Ende eines Jahrtausend, eine wohlige Wärme der weiten Zeit aus. Auf den Tischchen stehen geschliffene Glasvasen, 1956, darin hat's rosarote Nelken, frisch. Im Haus nebenan war einmal eine Metzgerei. Das war zu einer Zeit, als man den Platz ohne Namen, wo die Wanderstrasse das lange Loh durchschneidet, zu einem dorfzentrumsartigen Ort aufmöbeln wollte. Bäckerei. Metzger. Drogerie. Lädeli. Aber das hat dann nicht so hingehauen. Nach dem Fleischerladen kam eine Absatzbar in das Lokal. Aber scheinbar hatten die Neubadler nicht genug kaputte Schuhsohlen zu bieten, bald war die Zeit der Absatzbar abgelaufen und darum hat jetzt Felix Maise sein Büro dort. Frisch renoviert ist das Haus, violett gestrichen. Manche der neurenovierten Häuser sind in bunten Farben gehalten. Gelb. Pistaziengrün. Felix Maise hält dies für den Ausdruck eines Generationenwechsels, der stattfinden würde. «Spinnt ihr?» sei er teils gefragt worden, als er und seine Frau das Haus violett haben streichen lassen. Aber es habe auch gegenteilige, positive Reaktionen gegeben. An der Türe prangt der Schriftzug des «Tages-Anzeiger» (eine Zeitung aus Zürich). Maise ist Redaktor für die beiden Basel sowie den Kanton Aargau. Es sei durchaus kein verlegerischer Entscheid gewesen, das Büro gerade hier einzurichten, sondern habe sich für ihn einfach so ergeben. «Es ist ruhig hier, eine angenehme, grüne Gegend; aber auch eine Bünzligegend, kleinbürgerlich.» Er sei jedoch schnell im Elsass, bei seinen Pferden. Und auch schnell im Paradies, dem Einkaufscenter in Allschwil.

*

Dann geht es weiter: Haus an Haus, putzige Vorgärten. Vögel, die in die Ruhe zwitschern und zwatschern. Viele, viele Rosen und anderes Gesträuch. Zwerge, die da lachen. Wappenscheiben. Hie und da ein Schatten hinter einem gehäkelten Vorhang, einen Blick auf die Strasse riskierend. Parkierte Autos. Gerade verläuft die Strasse hoch bis zur Nummer 200. Wer sich dann umdreht und einen Blick zurück wirft, sieht ein mittelklassewagengesäumtes steiles V; ganz hinten grüssen rauchend zwei riesige Kamine. Doch weiter: Die Strasse macht einen kleinen Knick. Haus an Haus, putzige Vorgärten.

Ihr Haus mit dem Anti-AKW-Kleber an der Tür ist gemütlich eingerichtet. Warm. Viel Holz. Herr Scherrer ist kaufmännischer Angestellter. Frau Scherrer ist Hausfrau. Ihre zwei Kinder stehen auf der Kippe vom Teen zum Twen. Als sie das Haus gekauft haben, im Jahre 1976, da sei die Strasse überaltert gewesen. Seit dann habe sie aber eine wahnsinnige Wandlung durchgemacht. Jetzt seien sehr viele Familien mit kleinen Kindern da. Aber ruhig, ja, ruhig sei es noch immer. «Nachts ist draussen natürlich Friedhof.» Das habe aber durchaus auch negative Seiten. Im Sommer etwa, wenn man Gäste habe, dann getraue man sich nach zehn Uhr draussen gar nicht mehr zu schwatzen. Herr Scherrer vermutet, dass die meisten Im Langen Loh bürgerlich seien, obwohl: es würden zwei SP-Grossrätinnen hier wohnen. Frau Scherrer und zwei ihrer Freundinnen übrigens ist eine Im Langen Loh geborene Idee zu verdanken, die bald weitere Kreise zog und sich heute an mancher Strassenecke dieser Stadt in orangen Splitbehältern manifestiert hat. Im Winter nämlich hätten die Leute den Schnee sofort weggeschippt und -gesalzen. Keine Chanchen für Kinder mit Schlitten. Also hätten sie sich eingesetzt für Split statt Salz, Flugblätter verteilt, Aktionen gemacht. «Split statt Salz» ist heute ein Standard.

Wenn es dunkel wird aber, dann werden viel der Fensterläden zugemacht oder runtergerollt. Auf der Strasse sieht man vielleicht einen Hund seine Sache neben einem Robidogkasten verrichten. Es ist ruhig, als wäre etwas Unheimliches passiert. Friedvolle Ruhe.

Eine Basler Strasse im Neubadquartier.

Die Leimenstrasse hat ihren Namen nicht von ungefähr. Zentral ist sie gelegen, aber trotzdem ist der Lebenskomfort sehr gross. Hinterhöfe wie Wälder. Früher gab es gar eine Rollschuhbahn mit dem schönen Namen «Olympia». Heute ist das Gewerbe rückläufig.

Von Max Küng (Text) und Andri Pol (Fotos)

Nein. Es stand nie eine Leimfabrik hier. Kein Leimgrosshändler war hier zu Hause. Der Name der Strasse leitet sich von etwas anderem ab, nämlich dem Dorf Leymen. Dass man nun Leimenstrasse anstatt Leymenstrasse schreibt, ist durchaus verwirrend und inkorrekt. Zwar hiess Leymen einmal Leimen: während der deutschen Besatzungszeit 1871 bis 1914.

Die Zeiten aber sind vorbei. Im Jahr 1962 fand eine kleine Diskussion über diesen Umstand der Falschschreibung statt. Aber es blieb dabei: Leimenstrasse. Ist vielleicht auch ganz gut so, denn sonst wären andere Strassen und Plätze gekommen und hätten auf der politisch korrekten Schreibweise beharrt. Die Schlettstadterstrasse (Sélestat), der Neuweilerplatz (Neuwiller) oder der Wasgenring (denn Wasgen ist nicht der Name eines Fasnachtswaggiswagens und auch nicht der einer Gentechnologie-Infogruppe, sondern ist die «andere» Schreibweise von Vogesen).

*

Mittendrin. Der Spass war gross, damals am 6. April des Jahres 1910, als an der Liegenschaft Hausnummer 72 die Rollschuhbahn Olympia eröffnet wurde. Die Bahn-Betreiber warben mit grossen Worten, auf dass die Leute die 60 Rappen Eintritt zahlten: «Als Lehrer fungiert der rühmlichst bekannte Rollschuhkunstläufer Mr. Hamilton.» Und die Zeitung schrieb: «Damit ist Gelegenheit geschaffen, den vielgeübten Sport, der gesunde, graziöse Bewegungsform auch beim Fehlen der Eisfläche bietet, ebenfalls in Basel zu üben.» Wer hätte damals gedacht, dass man 85 Jahre später immer noch auf den primitiven Rollen rollen wird, sie dann aber Inline-Skates heissen und Leute sie sogar anziehen, wenn sie ins Restaurant gehen, also rollen. Vielleicht hätte man die Bahn damals verboten. Nun, heute steht an der Hausnummer 72 ein für die Strasse typischer Hinterhofbau.

*

Der Anfang ist nicht schön. Wirklich nicht. Den Steinengraben entlang brausen auf zwei Spuren Autos gen Viadukt, Bahnhof, Autobahn, Zürich, irgendwohin. In der Gegenrichtung brausen auf zwei Spuren Autos gen Spital. Manchmal unterbricht die Ampel den 4-Takt-Fluss, um Wagen Einfahrt zu gewähren, die aus der Leimenstrasse kommen. Viele sind es nicht. Und deshalb unterbricht die Ampel selten. Einer wartet in einem hellen Opel Vectra, führt Selbstgespräche, die Scheibe unten, sagt «Gopferdammi». Als es endlich grün wird, lässt er schnell, schnell die Reifen und sich selbst durchdrehen und quietscht in seinem Opel davon.

Der Anfang ist nicht schön. Links ein Block, rechts ein Block. Beide aus etwa derselben Zeit, als die Architekten ihren Sadismus auslebten, mit braunen Fensterprofilen aus Aluminium und Waschbetonorgien. Danzas ist hier zu Hause. Hausbesitzerverein. Und dann geht man ein paar Schritte die Strasse hoch. Und alles wird anders.

*

Alles anders. Eben noch der Lärm, jetzt zwitschern die Vögel. Die Häuser werden schön und schöner, und bei manchen kann man denken, dass man selber gerne hier wohnen möchte. Nummer 67 vielleicht. Oder eine andere. Die Häuser sind stattlich. Und manche gestatten einen Blick in den Hinterhof, der teilweise ein richtig kleiner Wald zu sein scheint.

*

Irgendwann nach acht Uhr morgens. Leimenstrasse, Ecke Färberstrasse. Die Polizei macht Jagd. Mit blinkenden gelben Lichtern stoppt sie einen Velofahrer in einem weissen T-Shirt, wie es Krankenpfleger zu tragen pflegen. Zwei Polizisten steigen aus. Einer bleibt im Wagen. Gelernt ist gelernt. Dem Mann auf dem Velo ist das sehr peinlich. Leute schauen neugierig. Er muss seinen Ausweis zeigen. Das Velo wird einer Prüfung unterzogen. Dann darf er weiterfahren. Und die Polizisten steigen wieder in ihren weissen Opel und machen ihren Job, der sicherlich kein leichter ist.

*

Zuerst war das Geschäft am Oberen Heuberg 2, doch Ende der 50er Jahre zügelte es an die Leimenstrasse. Marcel Hess führt die Metzgerei, die er von seinem Vater Hermann Hess übernommen hat. Und mit ihr auch deren Ruf. Es habe sich nicht viel verändert mit der Zeit, sagt Marcel Hess. Nie und nimmer würde er daran denken, seine Metzgerei von hier wegzuzügeln. Zwar sei die Aufhebung der Tramhaltestelle ein schwerer Schlag für das Detailgewerbe in der Strasse gewesen, aber er führe ein Spezialitätengeschäft, welches die Leute bewusst aufsuchen würden. «Für mich ist die Lage gut.» Hess schätzt die Beständigkeit und Familiarität der Strasse. «Mehr als 50 Prozent wohnen länger als zehn, ja zwanzig Jahre hier. Und man kennt sich.» Vorne im Ladenteil kommen die ersten Kunden des Tages, um die preisgekrönten koscheren Wurstkreationen zu erstehen. 34 Auszeichnungen hat die Metzgerei bisher erhalten. Sie hängen an der Wand. Gold für «Geflügelpastete Paté» 1985. Bronze für «Knoblauchwurst» 1985, Bronze für «Rindfleischwurst Krakauer Art» 1985.

Deshalb hat Hess es sich auch aufs Auto geschrieben: «Kosher Sausage King».

*

Da kommt mir Herr P. in den Sinn. Herr P. wohnt an dieser Strasse, unweit der Synagoge, deren goldene Spitzen auf den Kuppeln in der Sonne immer so schön leuchten. Jetzt leuchten sie aber nicht, denn es ist Sonntag, und dem Namen ganz und gar nicht entsprechend giesst es aus Kübeln. Der Herbst zieht heran, derzeit in seiner hässlichsten Uniform. Der Garten von Herrn P. ist in Wirklichkeit ein privater Kleinwald. Bei gutem Wetter wunderbar, wenn das Licht sanft gefiltert durch die Bäume scheint. Bei Regen hätte man mehr davon, wenn's ein überdachter Autoabstellplatz wäre. Ausser man steht gerne am Fenster und hört zu, wie schwere Tropfen in das Blattwerk fallen und später im Jahr die Blätter leise raschelnd auch.

*

Der Laden. Nummer 44. Er schaut nicht aus, als sei er der Super-In-Store in dieser City. Nicht mal offen ist er an diesem Samstag. Auch am Montag wird er nicht offen haben. Bald wird er wohl gar nie mehr offen haben. Ein Schild, von Hand geschrieben, sagt traurig, aber wahr: «Restverkauf, jels Dienstag und Donnerstag 16–17.30». Im aufenster liegt die Ware kunterbunt und seltsam l herabgeschrieben im Preis. Wein (etwa ein St-ɔhorin Rec noir 1993 zu 16.90 die Flasche) neben fenschalen mit «Miss Petticoat» oben drauf (2.–). baltblaue Plüschfinken Modell Sandra («Com-t Modelle mit Fussbett», 10.–) neben Spraydosen dem sprödcharmanten Design der 70er Jahre: epolis – Kunststoff- und Instrumentenreiniger» 50 anstatt 9.90 – ach, die Magie der Zahlen), Deo-ay von 4711 mit dem schönen Namen «Deocolo-: Tobacco». Und Packungen mit «Sporty quick ıdage, 60mm, hautfarben». Dinge eben.

*

Während die Dinge dort stehen und liegen und Zeit an ihnen nagen lassen, wird ein paar Haus-mmern weiter unten (23 sind es, um genau zu n) gegen die Gesetze der Gravitation an-ämpft respektive diese und jene und noch ganz lere Kräfte ausgenutzt. Vor 20 Jahren genau hat rr Sifu Peter Prezmecky hier die in der Schweiz te Wing-Chun-Kung-Fu-Schule eröffnet, in der n für 80 Franken im Monat lernt, andere aufs uz zu legen. In China kennt man die Sportart : 400 Jahren. So steht es geschrieben. «Ent-kelt wurde sie von einer chinesischen Kloster-ı, die nach einem Prinzip suchte, welches ihr er-ben würde, ihre mangelnde Körperkraft durch as anderes wettzumachen, um auch gegen ihre ·keren Trainingsgegner anzukommen.»

*

Ein anderer Laden. Nummer 78. In den Schau-stern lagern Dinge der Begierde für Automobil-ınde. Denn bei Technomag gibt es alles fürs :o. Reifen mit «hervorragender Traktion auf nee». Reifen, die 295 Millimeter breit sind. Spe-stossdämpfer Sachs Sporting («ganz schön pro-ssiv») für etwa Ihren Opel Kadett 16V für Fr. 4.– oder «Tieferlegungsfedern», damit der Kar-dem Erdkern 60 Millimeter näher ist, «für eine npromisslose sportliche Optik» (440.–) oder xste Auspuffrohre, in denen man notfalls auch rnachten könnte. Im Hinterhaus-Laden ist man h dem kleinen Pfupf der Glasschiebetüre. Es ht nach dem, was es ist. Solch ein Laden quasi en in der Stadt – komisch. Aber nicht mehr lan-«Bald ziehen wir um, nach Birsfelden raus», sagt junge Mann im Overall, der Verkäufer, der hin-einer langen Theke und vor noch längeren Re-n mit allem Drum und Dran steht.

«Aha. Ist es Ihnen hier zu eng geworden?»

«Ja. Und Birsfelden ist doch gut. Etwas ande-Etwas Neues.»

Ausserdem kommt man hier mit 295er Pneus ja m um die Ecke.

*

Oben wie unten. Am Ende wird die Leimen-e von einem Ring abgeschlossen, auch einer dem Steinenring. Und zum Bahnhof SBB sind dem Tram Nummer 1 oder 8 gerade mal zwei nen, was wirklich nicht schlecht ist, zum Bei-wenn man nach Zürich pendeln muss.

*

Fast am Ende. Ein langer, weisser alter Bau, cheinlich war das mal ein Stall, für Kühe und enn schliesslich gab es in der Stadt einst auch ge Viecher. Heute liegen sie ja nur noch rum a) ·wöhnte Haustiere b) als degenerierte Zootie-n Metzgereien.

Das Haus, das weisse lange, verströmt Idylle. Fenster innen ein grosser Verstärker. Daran eine Gitarre. Vielleicht ist es auch ein Bass. So schaut man nicht in Fenster hier. Auf jeden lektrisch. Und potentiell laut. Und das ist gut

Auch hier.

Z stellt Basler Strassen vor. Wir zeigen darin das Alltägli-e ganz gewöhnliche Wohnrealität. Das letzte Mal war der an-Rheinweg an der Reihe (5.5.97), davor die Bruderholz-1.10.96), die Steinenvorstadt (24.4.96), die Drahtzug-(20.10.95), die Elsässerstrasse (3.5.95), Im langen Loh 94) und die Feldbergstrasse (25.3.94).

«Wirklich alles. Und noch mehr. Ehrenwort.»

Nach Programmschluss sendet bei privaten TV-Kanälen der «Quantum Channel» die ganze Nacht hindurch. Er wirbt für «revolutionäre» Produkte wie Superzahnweissmacher oder Superöfen, Superautopolish oder Superfitnessge
Und per Telefon kann man sie gleich bestellen.

Niemand kann sich beklagen, es gäbe im Fernsehen zu wenig Werbung. Bei privaten TV-Stationen wird im Viertelstundenrhythmus Inhaltlichem ein Stück Werbung untergeschoben –

schliesslich ist die Bereitschaft, auf einem Kanal zu bleiben, nicht sehr hoch. Und in den weiten virtuellen Welten der wunderbaren bis wundersamen Kabeltelevison gibt es auch kein Manko an Schwachsinn zu beklagen, weder bei Filmen, Berichten noch bei Werbesendungen. Bei letzteren wird archaische Psychologie verwendet, um tief in uns den Wunsch zu regen, ein bestimmtes Produkt zu erstehen. Und da wird gelogen, dass sich die Balken der Realität biegen, als wären sie aus Gummi. Ist dann das offizielle Programm beendet, der TV-Normalkonsument im Bett mit Bildern anderer Art beschäftigt, dann kommt die Geisterstunde: «The Quantum Channel».

Von Max Küng (Text) und Andri Pol (Fotos)

12 Geräte in einem. Man kann damit rösten, backen, grillieren, dünsten – einfach alles. Brot in 14 Minuten. Tiefkühlpizza in fünf Minuten. Sechs Kilo schwere Truten in anderthalb Stunden – alles dreimal schneller als im Backofen. Der «TTi Cyclojet Jet Stream Oven Delux» von «American Harvest» basiert auf dem Prinzip «Cyclonic Cooking»: Heisse Luft wirbelt, darum sei der Ofen, der aussieht wie ein kleiner Luftbefeuchter, gleich schnell wie eine Mikrowelle. Dies erzählt uns Dave Dornbush, Absolvent der University of Minnesota (so wird

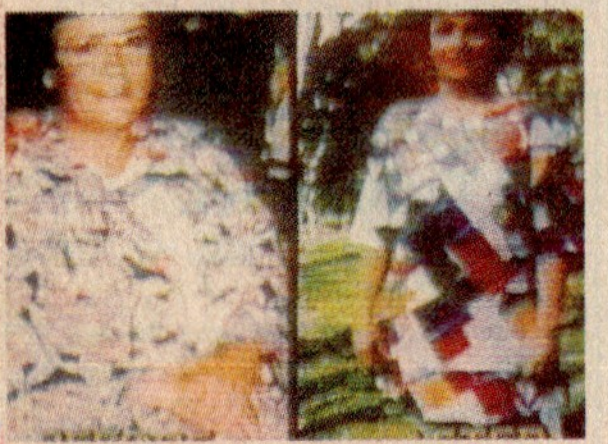

betont) und beleibter Boss von «American Harvest». In einer blauen Schürze steht er in einer netten Küche und demonstriert sein Gerät. Er plaudert, erklärt, kocht Schnitzel, Eier, Kekse – «na, sieht das nicht lecker aus, hmm». Schildert Dramen aus der Küchenwelt, fettverspritzte Herdoberflächen – alles vorbei, dank dem «TTi Cyclojet Jet Stream Oven Delux» von «American Harvest» mit Bestandteilen, so Dave Dornbush, mit denen sonst die Spitzen der Weltraumraketen geschützt würden. «Rufen Sie an und bestellen Sie noch heute, Sie haben ja die 30-Tage-Geld-zurück-Garantie.» Und dann kommt Harold Cole ins Bild, Commander der U.S. Navy aus Palos Verdes, CA, ein durchschnittlicher aufrechter Amerikaner mit Schnauz und Brille. «Was uns besonders imponiert bei die-

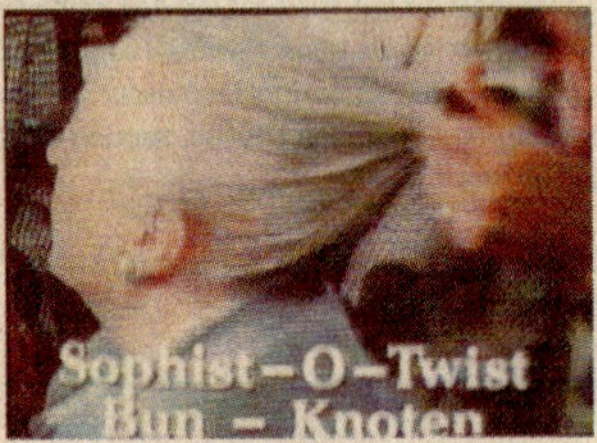
Sophist – O – Twist
Bun – Knoten

sem Produkt, ist, dass es ohne Ausnahme alles kann, was der Mensch im Fernsehen behauptet, wirklich alles. Und noch mehr. Ehrenwort. Ich würde ihn an meine Mutter verkaufen, ganz ungelogen.» Und nebendran sitzend, nickt seine Frau eifrig mit dem Kopf.

*

645 Franken plus Porto und Verpackung kostet der Tischheissluftofen, den man gleich per Telefon bei der in St. Gallen beheimateten Firma Skymag bestellen kann. Skymag macht seit 1989 den Vertrieb für den «Quantum Channel» in der Schweiz. Nachts sendet der «Quantum Channel» auf allen privaten TV-Stationen. Infomercials nennt man diese Form der Werbung, denn sie kommt daher wie eine flockige Informationssendung: Irgendwie bekannte Menschen empfehlen das Produkt von ganzem Herzen, vor dem Kamin sitzende Ladies plaudern wie bei einem Teekränzchen über ihre Erlebnisse mit dem Produkt – bis zu 30 Minuten lang.

Die Bildqualität ist nicht sehr gut, aus den 80er Jahren scheinen die Dinge zu kommen, und die Synchronisation der durchwegs amerikanischen Original-Dauerwerbesendungen ist so schlecht, dass es schon wieder lustig ist. Aber wer soll das eigentlich sehen, denn schliesslich sind die Werbezeiten nach Sendeschluss – nach ein Uhr morgens oder später also – nicht eben verlockend, oder? Wolfgang Simon von Skymag: «Wir erhalten bis zu 1000

Bestellungen pro Nacht. Der Erfolg von einzelnen Produkten variiert vom totalen Misserfolg bis zum sehr guten Umsatz.» Doch Skymag investiere vor allem in einen Zukunftsmarkt. «Wir haben hier einen noch jungfräulichen Markt.» Die Rechnung soll ab 1996 aufgehen. Die Werbekosten für den «Quantum Channel» sind enorm. «Natürlich sind in der Nacht die Kosten günstiger, von ein paar hundert bis xtausend Mark pro Minute.» Das komme auch auf die genaue Zeit an, auf den Wochentag, und was gerade vor Sendeschluss laufe. Spielt etwa Steffi Graf, so wird's teurer. Mit manchen Privat-TVs hat Skymag auch Profitsharing-Verträge – der TV-Kanal verdient also einen gewissen Prozentsatz an den verkauften Produkten.

*

«Der Erfolg war erstaunlich. Ich sah mich selbst im Spiegel am Morgen, und

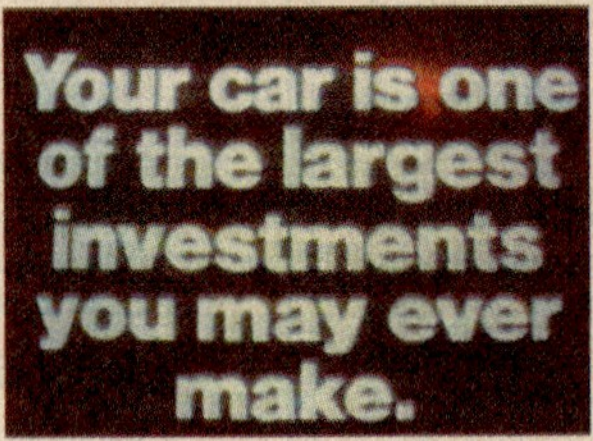
Your car is one of the largest investments you may ever make.

ich konnt's nicht glauben, was geschehen war.» Der Mann, der das sagt, sitzt in Anzug und Krawatte in einem gemütlichen Wohnzimmer. Was er nicht glauben konnte, war der Umstand, dass seine Zähne über Nacht weiss wurden. Dank «Perfect Smile», dem «revolutionären» Zahnweisssystem. Und dann kommt auch schon die strahlende Susan Botsford, Miss America 1978, ins Bild: «Ein dramatischer Erfolg. Sehr schnell, wirklich sehr schnell. Und ich finde ich habe ein bes-

res Lächeln als damals als Miss
merica.»

*

e nächste, die ins Bild kommt, ist
ana White, «Wheel of Fortune Host
nerica's Top Game Show». Eine
erliche Dame in einem funkelnden
leid. Sie geleitet die Betrachterinnen
d Betrachter eine halbe Stunde lang
rchs Land des Lächelns, denn so
ge dauert der Spot für «Perfect
nile», ein Gel, das über Nacht die
hne blendend weiss machen soll.
s stimmt wirklich», sagt Vaana Whi-
und zeigt lachend ihre wahnsinnig
issen Zähne. Sie empfängt in einem
mütlichen Wohnzimmer eine ganze
ihe von glücklichen immerlachen-
Kunden mit wirklich weissen Ge-
sen, um mit ihnen zu plaudern. Und
mer wieder betont Vaana White:

e sehen: Einfach durch ein schönes
heln verändern wir Ihr Leben.»
r das 30 Minuten lang sieht, der
r die kann schon in Stimmung kom-
oder sein, ein Produkt flugs per
efon zu bestellen.

Aber wer sind die nächtlichen
nden? «Das geht quer durch das
k, wir haben verhältnismässig
ch viele Akademiker wie Hilfsar-
er.» So Simon. Laut ihm verkaufen
Kosmetik- und Küchen- und Fit-
produkte am besten. Der «Health
r DeLuxe» ist ein Fitnessgerät, für
mit solchen Sprüchen geworben
: «Experten prophezeien, dass über
000 Menschen dieses Jahr sterben
den, einfach an Bewegungsmangel.
anderen Worten: zuwenig Körper-
ing. Das ist schrecklich.»

Das ist wirklich schrecklich.

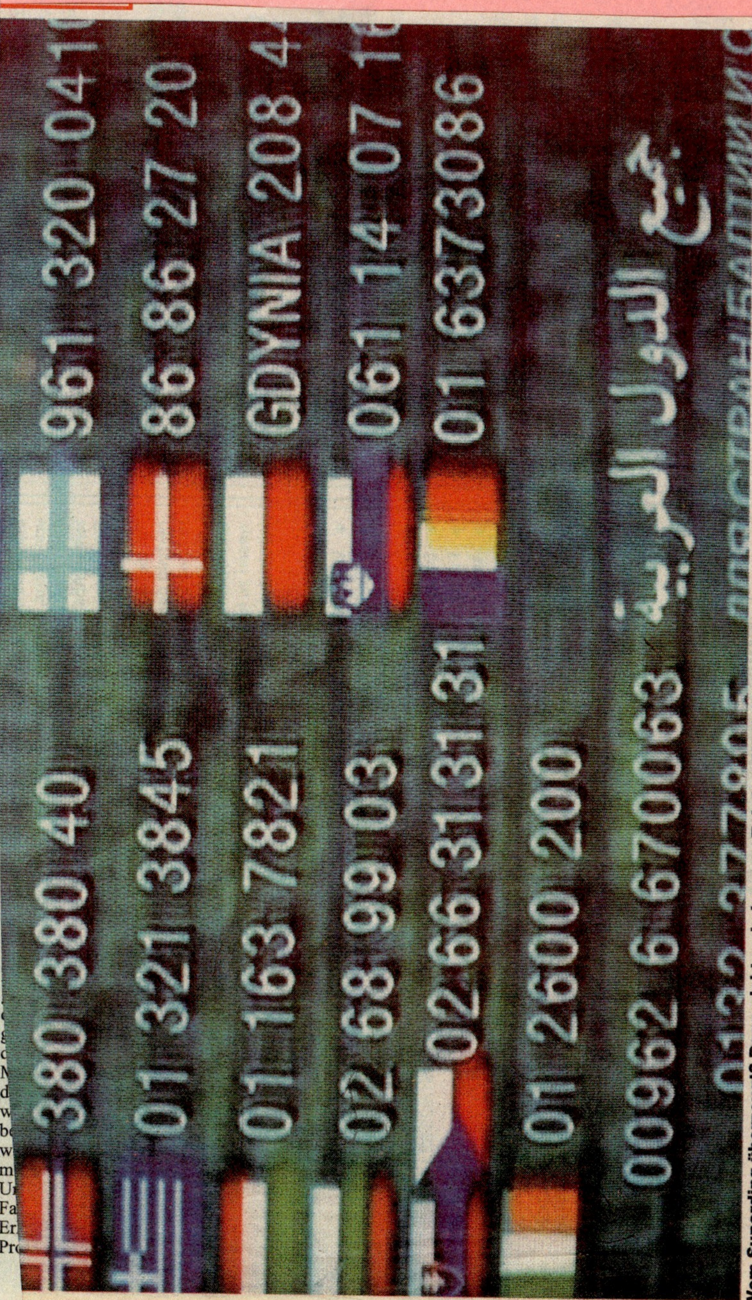

Vom Superding überzeugt? Dann nichts wie los zum Telefon. Noch heute nacht

Die Bruderholzallee ist die Hauptschlagader des [illegible]derholz-Quartiers. Das Tram verbindet das Luxusquartier mit den vielen Villen mit der Stadt unten. Ein eigentliches Dorf ist dort auf dem Hügel oben, mit allem, was der Mensch braucht oder auch nicht braucht.

Von Max Küng (Text) und Andri Pol (Fotos)

Kein Anfang und kein Ende. Dazwischen ein langer Bogen. Erst ist da noch der Untere Batterieweg, dann heisst der plötzlich Bruderholzallee. Hoch geht sie, in einem Bogen, Auto, Tram, Trottoir, Bäume, alles sauber, und dann geht sie wieder runter, immer noch in einem Bogen. Geht grenzenlos über in den Hechtliacker. Kein Anfang, kein Ende. Die Hauptschlagader des Bruderholzes.

Mittendrin: Ein Lokal. In den 20ern erbaut. Ein Restaurantbetrieb. Nicht irgendeiner, keine Knille, keine Finkenbeiz, sondern Stucki: Weitherum Synonym für gutes und nicht ganz billiges Essen. Der Stucki tut Basel gut, egal, dass er auf Platz zwei hinter dem Girardet landet. Mitten auf dem Teller liegt eine Scheibe Foie gras. Das ist zwar «politically» nicht «correct», aber dem Gaumen passt's gut. Und ausserdem: Es ist ja kein Kilo, sondern eine dünne Scheibe. Die Gänseleberterrine mit Würfelchen von Portweinsülze und Toast ist die Vorspeise. Am Nebentisch raucht ein Herr im Ruhestand mit Rauschebart Zigarre und hält einen mittellangen Monolog über Tafelspitz, den es morgen geben soll. Eine Frau, allein an einem Tisch, bestellt die Suppe mit Froschschenkeln, aber ohne «Fröschebei». Der Hauptgang: ein Teller mit schön getürmtem Spinat, pochiertem Ei, weissen Trüffelhobelspänchen obendrauf. Ein Mittagessen bei Stucki eben, das ist auch nicht so teuer wie ein Abendessen. Einheitspreis: 65 Franken.

***

Frau X: Sie möchte nicht. Natürlich hat Frau X einen Namen, einen Vornamen, ein Leben, eine Geschichte; aber sie hat keine Geschichte zu erzählen. Ganz und gar nicht. Sie möchte nicht plaudern über die Allee, das Leben darin, Freunde, Freude, Beklagenswertes. Aber Frau X, warum möchten Sie nichts sagen? Und dann sagt es Frau X. Es hat etwas zu tun mit den Eisenstangen, die vor vielen Fenstern zu sehen sind. Sie hat Angst vor Einbrechern, Einsteigern in der Nacht, die kommen und klauen oder schlimmer. Man hat es ja eben erst in den Nachrichten gehört, es wird immer schlimmer, immer schlimmer. Frau X denkt, ich könnte einer sein, einer, der sich als Journalist ausgibt, mit dem Block in der Hand und mit ganz, ganz anderen Gedanken im Kopf zu ihr kommt, aus den Augenwinkeln heraus während des Interviews die Lage ausspioniere. Denn es gibt keine Polizeistation auf dem Bruderholz, nicht mehr. Die wurde im Januar '87 zugemacht, wegen «geringer Frequenz». Sparmassnahmen – sogar auf dem Bruderholz. Und darum will Frau X nicht. Das ist ihr gutes Recht.

Radiostudio: So heisst eine Tramstation. Zwar liegt das Studio Basel, wo etwa Sendungen wie Vitamin 3 (die DRS-3-Morgensendung) gemacht werden, nicht direkt an der Bruderholzallee, sondern an der Novarastrasse, aber das ist nur einen klitzekleinen Katzensprung entfernt – und wenn man schon so was wie ein Radiostudio hat, dann benennt man gerne doch eine Tramstation danach. Ab Station Radiostudio lädt ein Weglein zum Spazieren. Erst ist es geteert, bald wird es grienig. Ein Stromverteilerkasten steht da in einem Feld, wo der Umgebung gerechte Pflanzen gepflanzt werden, wie ein Schild ungefragte Auskunft gibt. «Achtung Hochspannung» steht auf dem Kasten drauf. Es ist ruhig, dann und wann fährt ein Auto vorbei, aber nicht schnell, denn die Menschen, die hier vorbeifahren, die haben nicht Blei in den Füssen. Sauber ist das Weglein, abgesehen von hie und da einem schwierig auszumachenden Hundehaufen, klein und gemein. Erste Blätter sind gefallen. Und ein anderes Blatt liegt da, ein Blatt Papier, herausgefallen vielleicht aus einem Schulheft. Nur ein Wort steht darauf, in Schönschrift, Tinte, von Feuchtigkeit ganz ausgefranst: «FUCK».

**

Mittendrin: Weiss leuchtet das Haus neuerstellt im Sonnenlicht. Hier wohnt niemand. Noch. Am 1. Oktober des Jahres 1924 eröffnete an dieser Stelle der «Tea Room – Grill Room Guggenbühl-Sollberger». Bis zum Abriss im Jahre 1994, wo ein Bergahorn, eine Platane und eine grosse Eiche weichen mussten, da die Parzelle gerade wieder einmal nicht mehr in die Baumschutzzone gehörte, war die gemütliche Quartierknille Restaurant Bellevue zu finden. Jetzt verkündet eine Tafel, dass hier vermietet wird. «Luxuriöse Wohnungen». Bellevue heisst das Mehrfamilienhaus. Und «belle» ist nicht nur die «Vue», sondern auch der «Prix».

Schliesslich ist man hier auf dem Bruderholz, nicht im Kleinbasel drunten, und alles hat seinen Preis, vor allem hier oben, wo Luxus kein Luxuswort ist, sondern zum normalen Sprachgebrauch gehört, Selbstverständlichkeit ist. Darum müssen für eine Dreieinhalbzimmerwohnung im Dachgeschoss mit doch immerhin 131 Quadratmetern 3790 Franken inklusive hingeblättert werden. Die 154 Quadratmeter Viereinhalbzimmer schlagen mit monatlich vier «Ameisen» zu Buche. Rechnet man Handgelenk mal Pi, dass man nämlich dreimal mehr verdienen sollte, als dass man für die Miete ausgeben darf, dann muss man wohl seine 12 «Tonnen» monatlich abholen, wollte man hier oben wohnen. Bellevue.

Vis-à-vis: Fünf Behälter aus Metall stehen da. Eine Sammelstelle für Altglas, Blech und das alles. Jemand hat auf jeden der fünf Behälter einen Buchstaben gesprayt. Ein L. Ein O. Ein S. Ein E. Ein R.

***

5.7.1898: In den «Basler Nachrichten» erschien diese Meldung: «Wir machen Landeigentümer und Interessenten auf das heute im Inserateteil erschienene Kaufgesuch für 1 000 000 Quadratmeter Bauterrain auf dem Bruderholz im Stadtbezirk Base[illegible] aufmerksam. Es wäre zu begrüssen, wenn das Bruderholz der Bautätigkeit erschlossen würde; nur ist zu hoffen, die staatlichen Organe werden die Erstellung von Mietskasernen und Mietshütten, wie solche in einigen Aussenquartieren, so auch im äusseren Gundeldingerquartier, erstellt wurden, verhindern; denn die Bruderholzhöhe eignet sich speciell für villenartige Einfamilienhä[illegible]ser.» Und so kam es dann auch.

***

Was man nicht denkt: Das Bruderho[illegible] ist ein eigentliches Dorf. Autonom. Ma[illegible] muss nicht runter in die Stadt, um sich etw[illegible] zu besorgen, hier oben bekommt man fa[illegible] alles. Einen Blumenladen hat's, zwei Bäck[illegible]reien-Conditoreien, eine davon mit leck[illegible] rem Magenbrot und einer Süssigkeit, die [illegible] joner heisst und nicht zu verwechseln ist [illegible] dem Lyoner, den man gleich nebenan in d[illegible] Metzgerei bekommt, zwei Lädeli mit alle[illegible] für den Magen und auch die Leber u[illegible] Grillanzünder et cetera, ein Kiosk, ei[illegible] Apotheke, eine Drogerie, ein Mercerie[illegible]schäft, eine Kirche, einen Damenfrisör u[illegible] einen für den Herrn. Letzterer hat eben w[illegible] der aufgemacht, denn Coiffeur Brüderli w[illegible] mit seiner Frau in den Ferien. Von Konst[illegible] nach Basel sind sie gefahren mit dem Sch[illegible] Wunderbar sei es gewesen. Jetzt läutet da[illegible] immer wieder das Telefon; Herren wo[illegible] Haare lassen, sich voranmelden. Er sei ü[illegible] gens der erste Herrencoiffeur in Basel ge[illegible] sen, der auf Voranmeldung gearbeitet ha[illegible] Das war am 5.5.1958, seither ist Herr B[illegible] derli an der Bruderholzallee. Bald 40 Ja[illegible] Klein ist sein Salon, winzig, die Stühle, [illegible] Becken, alles noch so wie damals und sau[illegible] und bezaubernd. Herr Brüderli ist ein s[illegible] miger Berner mit Humor und Esprit. [illegible] Schnitt kostet 23 Franken, und wenn [illegible] möchte, dann macht er auch eine Rasur [illegible] einfach mit der Rasur ist das heutzu[illegible] nicht mehr, denn das Rasierpulver [illegible] nicht mehr produziert, man muss den [illegible] dernen Schaum nehmen. Müsste: Herr [illegible] derli hat ein paar Pfund Pulver auf der S[illegible] Ja, das Quartier habe sich schon verän[illegible]

sei halt völlig überaltert. Und als Herr
üderli mit dem Rasiermesser den Nacken
ıbermacht, sagt er: «Die Kundschaft stirbt
.gsam weg.»

***

Als hätten sie es abgesprochen: Eben-
ls am 5.5. zog ein anderer Geschäftsmann
die Bruderholzallee. Gleich nebenan, im
ben Hause, aber ein paar Jahre später.
it anderthalb Jahren ist Martin Sutter mit
ıner Firma «M & W Musik und Wein» auf
m Bruderholz. Im Laden stehen die Ste-
ɔanlagen, die er verkauft. Eher teurere
ılagen von Edelmarken wie «Thule». Ne-
nan lagert in Holzgestellen der Wein. So
rbindet er zwei Leidenschaften. Einst hat-
Sutter im Gundeli drunten ein Tonstudio
mens «Disco-Hi-Fi-Sound», dann kam
n ein «Chambertin Clos de Bèze» auf den
ıumen, und seither ist er ein Wein-Freak,
ırt Degustationen und will sogar einen
einführer herausbringen. Bald wird er
ıstellen: Der Stereoteil kommt in den
eller – schon wegen der Nachbarn über
n, die von den Demonstrationen der lei-
ıngsstarken Geräte nicht in Applaus aus-
echen –, der Weinteil wird ausgeweitet.
ɔwohl: So, wie er es sich gedacht hat, so
m es nicht. Eigentlich wollte er einen
ıartierladen aufmachen, mit Spezialitä-
n. Die Passantenlage aber sei doch eher
tastrophal, die Schwellenangst hoch.

***

Kommt der Mittag, kommen die Kin-
r: Auf dem Weg nach Hause liegt der
osk – seit jeher für die Goofen wirkend
e ein Honigpott auf Bienen –, also schwir-
n die Kleinen heran und schauen, was sie
r ihre wenigen Batzen so alles zu kauen
d lutschen bekommen. Die Kioskfrau
haut ganz genau auf die Händchen,
ngerchen, denn manche sind länger als an-
re und vor allem als sie sollten.

***

Der Berg ruft «Nein!»: Verständlicher-
eise sieht man wenig Velofahrer hier oben.
cht eben, weil sich die Menschen zu nobel
ren, oder dass das die Knochen nicht
ehr mitmachen würden, nein, es ist einfach
rklich zu steil. Trotzdem: Ein Velokurier
mpelt hoch, das Tempo nicht gerade ge-
g und mit einem Kopf so rot wie schön-
s Herbstlaub. Ein anstrengender Beruf.
ı haben es die beiden Trämler schon ein-
cher, die an der Station Bruderholz vor
en «Maschinen» stehen und Kaffee trin-
n. Bei der Station hat es ein kleines Häu-
ıen mit einer Türe, wo es dahinter einen
ıffeeautomaten gibt. Für BVBler exklusive
rsteht sich.

***

Im Kaffeehaus Hummel: Die Zeit hum-
lt. Drinnen sitzend weiss man nicht mehr,
ıss es nur noch wenige Jahre geht bis zum
llennium. Das Café ist klein und der
ıarme ein eigener. Auf der Toilette aber
die Neuzeit eingezogen, denn die Schüs-
n sind mit einem super System ausgerü-
t, welches nach dem Spülen die Sitzbrille
tomatisch desinfiziert. Und im Gang, ne-
n einer etwas traurigen Pflanze, steht eine
rühdose auf einer Kommode. «d-stop.
ıdikal Spray.»

***

Rechts: Die Wasserturm-Promenade führt hoch zum beliebten Ausflugsziel. Am Morgen sieht man hier nichts ausser Laub, Bäumen, Häusern. Das einzige Zeichen für die wahrscheinliche Existenz menschlichen Lebens ist das Brummen eines Laubbläsers.

***

Ein Rat: Ein Spaziergang durch das Bruderholz lohnt sich. Man sollte eh mehr spazieren durch die Quartiere, die Stadt nicht kampflos jenen mit den Hunden überlassen.

Die BaZ stellt Basler Strassen vor. Wir zeigen darin das Alltägliche, die ganz gewöhnliche Wohnrealität. Basler Strassen mit Charakter, die ihre eigenen Schönheiten haben. Das letzte Mal war die Steinenvorstadt an der Reihe (24.4.96), davor die Drahtzugstrasse (20.10.95), die Elsässerstrasse (3.5.95), Im Langen Loh (21.10.94) und die Feldbergstrasse (25.3.94.).

Freitag, 11. Oktober 1996
Nr. 238

Offenbar bleibt man auf dem Hügel gerne unter sich.

Tramstation Radiostudio. Im Hintergrund das Restaurant Bruderholz.

Hunde haben keinen Zutritt.

Jedes Ding an seinen Ort...

Es lebt sich ruhig hier oben.

SonntagsZeitung, 13. Juni 1993

Jean-Frédéric Schnyder: Fahrt in den Süden mit 119 Autobahn-Teilstücken

VON MAX KÜNG

Der Maler Jean-Frédéric Schnyder vertritt auf der diesjährigen Biennale von Venedig die Schweiz. Das Bild, das er von unserm Land präsentiert: 119 mal ein Blick von einer Autobahnbrücke. Der wandernde Landschaftsmaler hat – von St. Margrethen bis Genf – N 1, N 1a, N 9, N 12 und N 20 in Öl festgehalten. Listig sagt er: «Ich habe nichts gegen Autobahnen.»

Fünf Rugeli aus dunkel gebeiztem Holz und ein Tisch stehen unter einer gewaltigen Platane; daneben zwei Bänke aus halben Baumstämmen. Die urchigen Sitzgelegenheiten hat Jean-Frédéric Schnyder, Jahrgang 1945, extra aus der Schweiz nach Venedig gebracht, um den Hof des Schweizer Pavillons ein wenig gemütlicher zu machen. «Gartengestaltung» nennt er das; obwohl sich ein gewisser Zusammenhang zu seinen neuen Arbeiten nicht leugnen lässt. Denn was Schnyder an der Biennale in Venedig zeigt, das sind nichts als Autobahnen. 119 Bilder des Schweizer Autobahnnetzes. Und da erinnern die 50jährigen hölzernen Sitzgelegenheiten natürlich an einen Autobahnrastplatz. «Aber an einen gemütlichen Rastplatz», fügt er hinzu. Zuerst habe er ja eigentlich einen Kinderspielplatz einrichten wollen. Aber so wie es jetzt sei, gefalle es ihm ganz gut.

Jean-Frédéric Schnyder ist nicht der mondäne Artist, nicht ein verschrobenes Pinselgenie, sondern einfach ein Mensch in einem karierten Hemd, der in Venedig ohne weiteres als gewöhnlicher Tourist durchgehen würde – abgesehen von einem weissen Farbspritzer auf der Hand. Kurz sind seine Haare geschnitten, «ich bin ein Hooligan», sagt er, fährt mit der Hand über den Kopf und lacht, «früher war ich ein Hippie».

Schnyder verströmt die Aura eines gesunden Menschen, eines Menschen, der auf dem Feld arbeitet. Und auch seine Offenheit und Herzlichkeit lassen denken, dass er ebensogut ein Älpler sein könnte. Er sagt Sachen wie: «Kunstzeitschriften? Das sind doch Pornoheftli, Wichsvorlagen.» Er malt, macht seine Arbeit – und damit hat sich's. Noch so gerne wäre er zum Beispiel Schlosser. «Aber ich kann halt nichts anderes als Kunst machen.»

«Er hat sich gemacht», sagt Margret, seine Frau. Früher sei er ein komischer Kerl gewesen, sei in seiner Mansarde gesessen und habe sich mit Lego beschäftigt. «Nicht Lego», korrigiert er sie, «Revell-Modellbausätze waren das.» Er habe selten ein Wort gesagt. Heute redet er gerne über vieles – auch über seine Arbeit. Und die bestand für ein Jahr lang nur aus Autobahnen. Vom Januar bis zum Dezember des vergangenen Jahres machte er sich an jedem zweiten Werktag frühmorgens auf die Socken. Mit öffentlichen Verkehrsmitteln reiste er so nah wie möglich an sein Ziel, den Rest legte er wandernd zurück. Seine Ziele waren jeweils Autobahnbrükken, von denen aus er die Nationalstrasse malte. «Ich bin der Reinhold Messner der Malerei», sagt er.

Bei Wind und jedem Wetter – ob Regen, Schnee oder brütende Hitze – war er auf den Brücken. «Das macht dich kaputt, das Wetter; und dann noch der innere und der äussere Druck.» Denn unbemerkt bleibt er, der Landschaftsmaler, natürlich nicht. «Als ich das erste Mal, vor über zehn Jahren, vom Pleinairmalen nach Hause kam, da hatte ich eine mächtige Migräne, eine solche Paranoia hatte ich.» Denn die Passanten geben halt gerne ihren Senf dazu, wie «Tschau Mister Picasso». Wenn er jemanden schon von weitem kommen sah, da seien seine Knie gleich weich geworden. Und dann erst die Hunde. Heute kann er damit umgehen, schafft sich seinen Raum. Wenn er nach fünfstündiger Arbeit – «bei schlechtem Wetter eher weniger» – mit einem Bild fertig ist, dann wisse er manchmal gar nicht mehr, wo er sei, wie er hergekommen sei – und wie er wieder heimkomme. «Das erfordert einen enormen Aufwand, lange Studien von Kursbüchern und Landkarten.»

Seine technischen Hilfsmittel – Stativ, Leinwand usw. – hat Schnyder soweit perfektioniert, dass alles locker in einer kleinen Tasche Platz hat, er also inkognito, als normaler Mensch zum Tatort hin und vom Tatort weg reisen kann. Exaltiertheit ist nicht sein Anliegen, ihm liegt das Gewöhnliche, das Normale. Während des letzten Jahres lernte er besonders die Brummis schätzen; deshalb hat er im Katalog, der zur Biennale erscheint, auch 1499 Namen von Truckern aufgelistet. «Trucker, ich danke Euch für die treue Begleitung auf meiner Wanderung von St. Margrethen nach Genf», steht da, und es folgen Namen wie «Fonsi», «Coco», «Big Moustache» oder «René Rabbit». «Wenn sie mich auf der Brücke sahen, dann haben sie schon von weitem getutet.»

Aber was ist denn das für ein Bild, das er da von der Schweiz präsentiert? Autobahnen, Autobahnen, Autobahnen und die Berge, die schöne Schweiz, höchstens als Hintergrund. «Nun, das ist doch ein viel besseres Bild von der Schweiz als jenes, das der Werni an der Olympiade abgegeben hat. In den Boden hinein hat er die Kugel – die Weltkugel – gestossen.»

Jean-Frédéric Schnyder ist kein Zyni-

nicht, das steht mir nicht zu. Ein Bild ist ein Bild.» Er habe nichts gegen Autobahnen, sehe deren Bedarf durchaus ein, und sie hätten ja auch ihren Liebreiz. Selber hat er kein Automobil. Seine Frau Margret sagt: «Wir sind Grüne, Alternative.» «Ich mach' sogar Kompost», sagt er. «Ja, aber nicht so ernsthaft», sagt seine Frau trocken. Er grinst. Seit Hodler hat sich die Landschaft der Schweiz halt doch ein wenig verändert. Jetzt sind die kunterbunten Autos die Blumenbeete.

Keine Freude am Vergleich mit Hodler

Mit Hodler wird Schnyder gerne verglichen, und der Vergleich geht ihm ein wenig auf die Nerven. «Neben Hodler fühle ich mich als Kleingeist. Wenn man mich mit ihm vergleicht, dann tut man ihm unrecht.» Aber die Wolken, die erinnern doch schon an Hodler? Brot im Munde kauend, sagt Schnyder: «Mein Gott, vielleicht sehen Wolken halt einfach so aus.» Da hat er wohl recht.

Jean-Frédéric Schnyder wollte schon immer Künstler werden, konnte aber weder zeichnen noch malen. Daher kam ihm, dem Untalentierten, die Pop- und Concept-Art gerade recht. 1967 fing der gelernte Fotograf mit Kunst an – und hatte raschen Erfolg. Doch: «Ich hatte einen Minderwertigkeitskomplex.» Er wollte malen, so wie der holländische Maler im weissen Kittel, den er als Bub in den Strassen Zugs gesehen hatte. Diesen Maler hatte er bestaunt und auch beneidet. Das erste Bild allerdings, ein Stilleben, liess er von seiner Frau Margret auf die Leinwand vorzeichnen. «Nur die Ananas, die ist ganz von mir allein.»

Doch Schnyder malte nicht nur: Schnitzereien, Salzteigfiguren, Keramikarbeiten, Patchworkwerke entstanden. 1982 kaufte er sich ein Rennvelo und eine Staffelei, die er auf seinen Rücken schnallen konnte. So radelte er herum und malte Berner Landschaften – sein Beginn als Pleinairmaler, als Landschaftsmaler.

Aber Schnyder, der Vielseitige, malte nicht ausschliesslich Schweizer Landschaften, er malte auch seinen Hund Dritchi, die Madonna mit Kind und Schäfchen als Wolken – oder ein Jahr lang 45 Bahnhofwartesäle, die er mit dem Generalabonnement bereiste. Es erstaunt fast ein wenig, wenn er sagt: «Ich hätte Lust, von der Schweiz ins Ausland zu ziehen.» Aber solange die Tochter übers Wochenende noch so gerne zu Besuch komme, bleibe man in Uttigen im Kanton Bern.

Und, kann er heute, nach eintausend Werken, endlich malen? «Malen kannst du nie – du bleibst immer ein Stümper.»

Kunst macht Durst (vor allem im Süden)

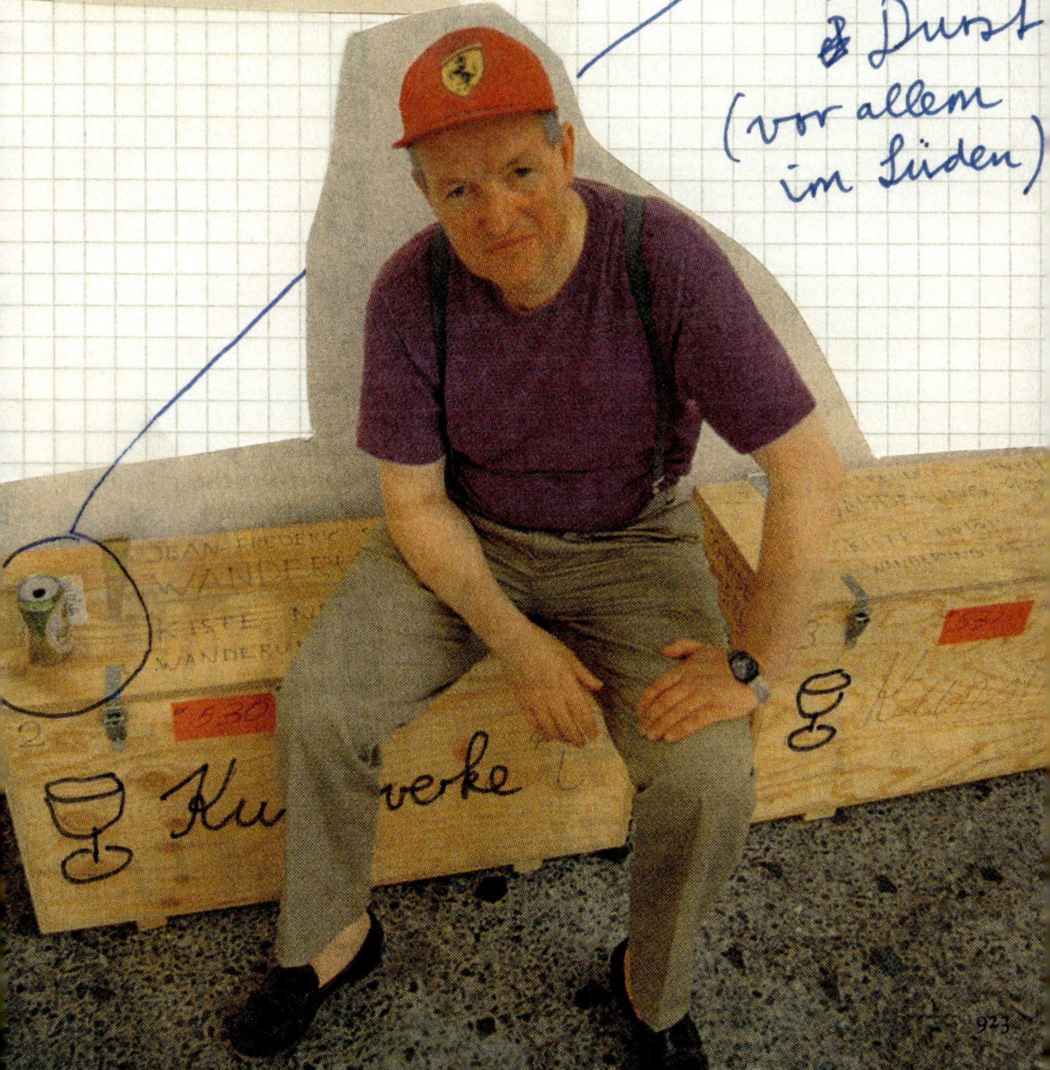

Das Grauen im Alltag – und in der Illustrierten

Von Max Küng • *Gequälte Tierbabys, grausame Schicksale und Sex in allen (Ab-)Arten: Aus der Welt der haarsträubenden Zeitschrift «Coupé» – des heimlichen Renners an den Schweizer Kiosken*

Die Hefte gleichen einander Monat für Monat. Immerzu ziert ein barbusiges Mädchen die Frontseite, dazu eine lüsterne Titelstory. Einmal «Die 13 intimsten Sex-Spiele junger Frauen!», ein anderes Mal gesteht eine gewisse Carmen S. (19) aus Duisburg: «Ich bin süchtig nach scharfem Gummi-Sex!» Ein ordinäres Sexheft, könnte man denken, vergleichbar mit «Das pfiff! Magazin» oder «keck! – Das freche Magazin» oder «Piep! – Die freche Illustrierte».

Doch «Coupé – Die junge Illustrierte» ist anders. Erstaunlich hoch ist bereits die Auflage – mit stolzen 600000 Exemplaren. Zwar gibt es Gerüchte, dass immer ein paar Lastwagen gleich die Müllhalde ansteuern. Sicher ist aber: Auch an Schweizer Kiosken ist «Coupé» ein heimlicher Renner: Laut Kiosk AG werden monatlich rund 25000 Exemplare verkauft – dagegen bringt es «Playboy» gerade einmal auf 5000 Exemplare.

Grund genug, die ominöse Zeitschrift unter die Lupe zu nehmen, die so viel gelesen wird und die trotzdem niemand kennt. Auffällig ist zunächst, dass sich die Stories oft frappant gleichen: So lautete die Titelstory im September 1995: «13 verbotene Sex-Spiele bi-sexueller Frauen!» – und im Januar 1997 ebenfalls: «13 verbotene Sex-Spiele bi-sexueller Frauen!»

Aber nicht nur Titel sind identisch, sondern in diesem Fall auch mehrere Fotos. Bloss heisst ein Saunaswinger 1995 noch «Clemens (32)» und ist Polizist in Stuttgart («In der Polizeischule fand ich das Duschen nach dem Sport mit den anderen immer am schönsten. Der Geruch nach Schweiss macht mich total an, und ich bewarb mich bei der Motorradstaffel»), 1997 ist derselbe Mann auf dem Bild «Masseur Mirko (28)» aus München, der gerne blonde Kerle anspricht.

Sex-Reporte sind nur eine Komponente von «Coupé». Eine andere sind an den Haaren herbeigezogene Geschichten, etwa aus deutschen Kliniken: «In OP-Sälen sind drogensüchtige Pfusch-Chirurgen am Werk! Uwe B. (17), 9× der Schädel aufgebohrt, weil Arzt im Sucht-Rausch operierte! Das Gehirn wurde angebohrt. Der junge Kfz-Mechaniker sabbert seitdem und lacht irre wie ein 7jähriger. Sein linkes Auge hängt nach unten.» Überhaupt scheint «Coupé» eine Vorliebe für «wahnsinnige» Ärzte zu haben, die sich gleich mehrfach über ihre «wehrlosen Opfer» hermachen: «Skandal in Krankenhäusern: Patientin (20) fand abgesägten Arm in Klinik-Mülltonne!» Doch damit nicht genug: «Er war mit Aids-Viren infiziert!»

Immer wieder bringt das Blatt ein anderes Lieblingsthema: missbrauchte Tiere. «Friedliche Zebra-Herden mit Maschinenpistolen gnadenlos abgemetzelt!», heisst es. Oder: «Süsse Elefanten-Babys mit Gewehren blutig abgeknallt! Ihre Schmerzensschreie hallen kilometerweit durch die Steppe!» Schonungslos und nach dem immer gleichen Strickmuster wird an die Tierliebe appelliert: «Hilflose Kamel-Babys mit Knüppeln erschlagen!» – «Kleine Koala-Bärchen lebendig gehäutet!» – «Süsse Kätzchen für Touristen-Andenken lebendig geköpft!»

Wer nun denkt, das seien frei erfundene Geschichten, sieht sich getäuscht. Die «Coupé»-Redaktion legt Wert auf die Feststellung, alles sei echt. Sandra Musiol, Redaktionsassistentin und Betreuerin des Leserservice (Chefredaktor Olsienkiewicz ist über Monate nicht zu erreichen, denn er ist entweder «gerade nicht an seinem Platz» oder «in einer dringlichen Besprechung»), sagt ohne ironischen Unterton, alles was in «Coupé» stehe, sei «authentisch», sowohl Texte, Zitate, Personen und Fotografien. «Wozu ich sagen muss, dass wir manchmal Bilder nachstellen, um die Anonymität der Opfer zu gewährleisten. Aber in 99 Prozent der Fälle sind auch die authentisch.»

Kaum zu glauben! Da ist zum Beispiel dieses augenfällig auf krank geschminkte Mädchen. «Weil ich verseuchten Tiefkühl-Fisch ass, muss ich heute Windeln tragen! Denise S. (19) hat für immer eine heimtückische Durchfall-Erkrankung.»

Das Grauen im Alltag ist ein beliebter Schockeffekt: «Der Tod lauert im Küchenschrank! Herd, Mixer, Wasserkocher – billige Küchengeräte, die plötzlich zu Horror-Maschinen werden! Gitta T. (17), von der elektrischen Brotmaschine für immer verkrüppelt!» Oder «Döner-Buden sind Todesfallen! Es geht um kleine Hakenwürmer, die zuerst nur aus dem After kriechen. Plötzlich kommt Blut aus der Harnröhre und dann die Diagnose: Bald sterben Sie!» Oder das Schicksal des Jörg S. (20): «Weil der junge Versicherungs-Kaufmann manchmal mit seiner Freundin telefonierte: unheilbarer Gehirntumor durch Todes-Strahlen aus Billig-Handy!»

Bitte umblättern, und schon wird es heiter. Auf der Witzseite der «absolute Sex-Brüller»: «‹Ich leide an Gedächtnisschwund. Spätestens nach ½ Stunde habe ich alles, was war, vergessen!› sagt die sexy Patientin zum Arzt. Grinst der: ‹Prima! Dann ziehen Sie sich aus und legen sich auf die Couch!›»

Für Leserinnen und Leser, die in aller Öffentlichkeit zu ihrem Leibblatt stehen wollen, gibt es

Abziehbildchen fürs Autoheck: die «mega-starken Flirt- & Spass-Sticker» mit Bonmots von «Ich bin extrem geil» bis «Sumsen ist buper, Schicken ist föhn». Oder: «Ich bin eine Sex-Rakete» oder (in Anlehnung an die Kampagne «Keine Macht den Drogen») «Keiner lacht ohne Hoden».

Als Tatsachen versucht «Coupé» selbst die abgeschmacktesten modernen Mythen zu verkaufen: «An deutschen Lebensmittel- & Obstständen lauert eine todbringende Gefahr! Biss von Bananen-Spinne: Benny (5) kämpfte tagelang mit dem Tod! Sie steckte im Bananenbündel vom Supermarkt und kroch ins Kinderbettchen.» Eine Fotomontage zeigt eine Vogelspinne, die über Bananen krabbelt. «In tausend deutschen Wohnungen lauern hochgiftige Bananen-Spinnen auf ihre ahnungslosen Opfer.»

Und weiter flunkert «Coupé»: «Noch ein Fall, der genaustens geprüft wurde, um Panik zu vermeiden, ehe er zur Veröffentlichung vom Chefredakteur freigegeben wurde. Am 7. August kam – auch in Berlin – eine Hausfrau (24) voller Panik in die städtischen Kliniken. Sie war fast wahnsinnig vor Angst. Tagelang hatte sie ein heftiges Jucken in beiden Nasenlöchern verspürt. Die Haut war dort geschwollen... Als sie die Wunde aufkratzte, krochen lauter winzige Spinnen heraus und über das Gesicht. Die Ärzte stellten fest, dass – vermutlich im Schlaf – eine Giftspinne die Frau gebissen und ihre Eier in der Nasenhaut abgelegt hatte. Dieser Fall klingt sicher etwas abwegig, aber unsere Reporter haben sich mit dem Opfer und den Ärzten persönlich unterhalten. Sie bestätigen einhellig den Vorfall.»

«Als sie die Wunde aufkratzte, krochen winzige Spinnen heraus. Die Ärzte stellten fest, dass eine Giftspinne die Frau gebissen und Eier in der Nasenhaut abgelegt hatte.» (Zitat «Coupé»)

Man kann ja nie wissen – ist vielleicht doch etwas Wahres dran? Ein sicherheitshalber angefragter Spezialist des Basler Zoologischen Gartens kennt keine solchen Spinnen. «Ein modernes Märchen», sagt er kopfschüttelnd.

Selbst Regierungen kommen hin und wieder an die Kasse, in der aktuellen Ausgabe die japanische. Einen Talon soll man ausfüllen und einschicken an Herrn Tatsuo Arima (63), den Botschafter Japans in Deutschland. «Ich protestiere gegen die brutalen Beton-Schlitten-Rennen in Ihrem Land und fordere Sie auf, Ihre Regierung zum sofortigen Stopp dieser Pferde-Schinderei zu veranlassen. Solange es diese Rennen gibt, werde ich kein Produkt aus Ihrem Land mehr kaufen!»

Bei der japanischen Botschaft ist man überrascht und vor allem empört über den rassistisch gefärbten Text («Ein Teil der 50000 Japaner stöhnt entsetzt auf (...), weil sie ihren Wetteinsatz verloren haben. Nicht aus Mitleid über den Tod des Tieres. Dieses Gefühl scheint hier völlig unbekannt zu sein...» und überlegt sich rechtliche Schritte.

Dieser rassistische Ausrutscher: alles andere als ein Einzelfall. In Afrika, behauptet das Blatt, habe man «einen Neger mit einem Hammer zwischen den Beinen» ausfindig gemacht, «dass jeder Frau die Spucke wegbleibt»: «Kan-Bum (23)». Worauf später in der Leserbriefecke Heiko, Paul und Werner aus Bielefeld verärgert reagieren: «Euer Bericht über die Neger in Mosambik war totale Scheisse. Als ob die alle die längsten Hämmer haben, die besten Stecher sind und wir Deutschen gar nix draufhätten.»

Über die Macher von «Coupé» ist nichts zu erfahren. Als «berühmt-berüchtigt» wird der Klaus Helbert Verlag, in dem das Blatt erscheint, in deutschen Medienkreisen bezeichnet. Ein IG-Medien-Mann, der nicht mit Namen genannt sein will, spricht von «unmenschlichen Arbeitsbedingungen» und von «mittelalterlichen Zuständen», die «an Leibeigenschaft erinnern». 80-Stunden-Wochen ohne Lohn- oder Freizeitausgleich seien für die schlechtbezahlten Mitarbeiter Norm, doch niemand wolle öffentlich darüber reden, denn «sie sind alle eingeschüchtert». Einmal sei der Zusammenbruch eines Journalisten am Arbeitsplatz nach einem 14- bis 15-Stunden-Tag auf Anweisung des Verlegers als «Realität-Foto-Serie» verwertet worden.

Auch über die Leser und Leserinnen von «Coupé» kann lediglich spekuliert werden, denn, so Frau Musiol, es gebe keinerlei Erhebung. «Die Zielgruppe liegt altersmässig zwischen 17 und 27», sagt sie. 60 Prozent der Leserschaft, so schätzt Musiol, seien männlich. Über Sozialstellung oder Einkommensklasse wisse man nichts.

Deshalb kann man sich bloss anhand der Inserate ein Bild machen. Abgesehen von zwei Inseraten für Zigaretten (West Rollies und Marlboro) besteht die Werbung aus knappen zehn Seiten Sexphone-Nummern; plus drei Inseraten für Kleinkredite sowie einem für Haarersatzteile.

Der harten Logik folgend sind «Coupé»-Leser: glatzköpfige, telefonsexsüchtige Kettenraucher mit akuten Geldproblemen.

Alles unglaublich, aber «zu 99 Prozent authentisch»

DIE WELTWOCHE
Nummer 11/13. März 1997

Die Hydrokultur feiert ihr 30jähriges Bestehen: Wie Luwasa-Erfinder Baumann die Natur zu Dekorationszwecken umfunktionierte

Grün wie die Hoffnung auf einer Intensivstation

VON MAX KÜNG

Gerhard Baumann steuert seinen BMW Automat auf der Autobahn flott aus Bern heraus in Richtung Alpen. Er lobt das Panorama, in dem er so gerne herumwandert, auch wenn sein Herz nicht mehr das jüngste sei. Er muss husten. Keine Angst, sagt er, es sei keine ansteckende Grippe, bloss eine Reizung im Halse, sehr wahrscheinlich von den Antagonisten. Dies seien Pilzhemmer, mit denen er zur Zeit im Erdreich herumtüftelt.

Die Fahrt ist kurz. In Allmendingen ist die Interhydro heute zu Hause. Vor 30 Jahren hat er die Firma gegründet – und mit ihr eine weltweite Innenbepflanzungs-Revolution; so nennt Baumann die Hydrokultur. Plastiktöpfli an Plastiktöpfli stehen im Showroom. Die «Luwasa»-Pflanzen locken saftig grün und mit Namen wie Euphorbia milii Gabriela oder Dieffenbachia maculata Exotica Perfecta. Der Name Luwasa ist übrigens eine Wortschöpfung Baumanns und die Abkürzung für «Luft Wasser Sand» – die Urkomponenten der Hydrokultur (bald aber sollte der Sand durch Kügelchen ersetzt werden, Blähton genannt).

In anderen Gestellen steht allerlei aus dem Luwasa-Kosmos: Wasserstandanzeiger, Absaugpumpen, die berühmten Quecksilberdampflampen – die das Grün an den dunkelsten Orten spriessen lassen –, Blattglanz-Spraydosen, Makramee-Pflanzenhänger und eine Unzahl von Behältern. Darunter diese grosse braune Kiste mit den runden Ecken, einer der grossen anonymen Klassiker des späteren 20. Jahrhunderts.

Eine halbe Milliarde Franken Umsatz wird allein in Europa mit Hydrokultur gemacht. Ein Superreicher müsste er folglich sein, Gerhard Baumann. Doch der Revolutionär hat seine Firma schon vor Jahren verkauft, heute ist er bei Interhydro nur noch ein Gast. Mit dem Verkaufserlös wollte er andere Erfindungen im Gartenreich vorantreiben. Denn nicht das Geld habe ihn motiviert, sondern nur die Innovation, immer schon.

Von den Neuentwicklungen jedoch hat die eine oder andere nicht die erwarteten Blüten getrieben. Mit «Lutewa» (Luft, Erde, Wasser), Gartensystemelementen aus Eternit mit eingebautem Schneckenschutz, sei er zu früh auf dem Markt gewesen. Auch mit «Toresa» (Torfersatz), einer aus Holz gewonnenen Alternative, schaffte Baumann den erhofften Durchbruch nicht. Heute stehe er finanziell dort, wo er vor 30 Jahren gestanden sei. Und er fügt hinzu: «Das ist halt das Schicksal des Innovators.»

Angefangen hat er klein. Sein Grossvater schon und auch der Vater hatten ein Baugeschäft, also war es logisch, dass auch er einmal ein Baugeschäft haben würde. Das Leben des jungen Baumann schien vorbestimmt, hätte er sich nicht Gedanken gemacht bei einer der vielen Fassadenrenovationen. Die Blumenkisten nämlich, mit denen die Berner Hausfrauen seit je prächtig ihre Häuser zu schmücken pflegen, hatten einen nicht geringen Nachteil: Giess- und Regenwasser spülten die Erde aus, hässliche Algenspuren blieben an den Hauswänden zurück.

Man muss dieses Problem an der Wurzel packen, dachte er. 1959 sei das gewesen, und nach vielen Versuchen habe er es gewagt, auch wenn damals niemand an einen Erfolg glaubte. Der Topf ohne Erde erblickte das Licht der Welt, denn Erde braucht die Pflanze gar nicht, bloss Wasser, Mineralien und einen festen Stand. Drei Jahre Garantie gab Baumann auf die Pflanzen, ein Novum auch dies. Er kutschierte in der Schweiz herum in seinem Topolino. Ein paar Jahre später stieg Grossverteiler Migros ein, und der hierzulande aus Schweden importierte Trend der Grossraumbüros schrie förmlich nach Luwasa-Begrünung.

Der erste Grosskunde Baumanns aber war das Berner Inselspital. Dort wollte man vor nahezu 30 Jahren auf der tageslichtlosen Krebsstation mit ein paar Pflanzen eine etwas hoffnungsvollere Atmosphäre schaffen. Der Gärtner aber, wissend, dass dort nichts wachsen würde, habe sich geweigert. Ein Fall für Luwasa.

Grüner Daumen serienmässig

Herr Gerber ist Topfpflanzengärtner und als solcher seit über 13 Jahren im Berner Inselspital Herrscher über das Heer der Hydrokulturpflanzen. Insgesamt 356 Posten in öffentlichen Zonen. Ein Posten ist ein Gefäss von undefinierter Grösse, mal steht eine Pflanze drin, mal ist es ein komplexes Arrangement. Gerber kennt den Vorteil der Hydrokultur aus eigener Erfahrung: Eine Erdpflanze braucht alle zwei oder drei Tage Wasser, die Hydropflanze nur alle drei Wochen im Schnitt. Zudem sei die Hydro halt einfach auch viel hygienischer, was an einem Ort wie einem Spital von einer gewissen Relevanz sei.

Topfpflanzengärtner Gerber führt mich durchs Inselspital, zeigt den mächtigen Ficus elastica in einem hübschen Topf aus Eternit gleich neben dem Nierentischlein im Entree der Abteilung für Endokrinologie und Diabetologie. Als Gerber seine Stelle antrat, stand der Ficus schon dort. An der «Gefäss-Sprechstunde» geht es vorbei zur «Schädel-, Kiefer- und Gesichtschirurgie». Dort packt Gerber sein Instrument aus der Tasche, ein elektronisches Lichtmessgerät, und belegt mit ein paar Handgriffen, dass hier bei normal 80 Lux niemals etwas wachsen würde, ausser eben Hydro mit einer bis zu 300 Franken teuren Speziallampe obendran. Rund 400 Lux braucht das Grünzeug, will der Mensch es wachsen sehen. «Wir haben den grünen Daumen eingebaut», lautete einst der Luwasa-Werbespruch.

Einmal kam Luwasa-Erfinder Gerhard Baumann persönlich bei Gerber vorbei, zwecks Instruktionen nämlich. Da habe er Baumanns Hydrokulturbuch mit einer persönlichen Widmung bekommen. Das halte er noch heute in Ehren hoch. Das Büchlein wurde schon 170000mal verkauft, es ist des Berner Hallwag-Verlags grösster Verkaufsschlager.

Ein weiterer Vorteil an Hydrokulturen in Spitälern: Sollte einmal ein Kind eine Blähtonkugel verschlucken, ist man gleich am richtigen Ort für einen Luftröhrenschnitt. Das sei aber noch nie vorgekommen, weiss Gärtner Gerber. Doch oft würden die Leute die Hydrokästen als Abfallkübel missbrauchen, hier auch ihre Zigaretten ausdrücken, was für die Pflanze schlimme Vergiftungserscheinungen zur Folge haben kann. Und einmal, erinnert er sich, habe ein Topf immerzu recht arg gestunken, und als er ihn genauer untersuchte, stellte er fest, dass einer einfach reingekotzt habe.

Dann gibt es natürlich noch die natürlichen Feinde: Schädlinge, allen voran die Schmierläuse, der Thrips und die Roten Spinnen, denen es im trockenen Klima des Inselspitals bestens gefällt. Früher habe man gespritzt, was aber hygienisch bedenklich gewesen sei, heute habe man Tabletten.

Am Schluss des Rundgangs zeigt er noch eine Opferpflanze, ebenfalls aus der Ficus Family, auf dem 5. Stock der Urologie stehend, die sich von einer heimtückischen Ast-Abreissattacke schon ein wenig erholt hat. Warum jemand Hydrokulturpflanzen randalisiert, liegt für Gerber im dunklen Dickicht der menschlichen Psyche. Wer es aber tut, das weiss er. Keine Patienten seien es, sondern Besucher und – er senkt ein wenig seine Stimme und kratzt sich am Schnauzer – ausländische Mitarbeiter.

Gerhard Baumann sitzt in einem schmucklosen Sitzungszimmer des Berner Bahnhofs, um in zwei Stunden über 30 Jahre Hydrokultur zu referieren. Hier drinnen keine Hydrokultur weit und breit, draussen vor der Türe bloss ein totschlaffes Erdpflänzchen, welches Baumann im Vorbeigehen mit einem traurigen «lieber nichts als das» quittiert hat. In zwei Pilotenkoffern und zwei Aktentaschen hat er den Blätterwald mitgebracht: die ersten Schritte in Bildern. Am Anfang noch schwarzweiss: Er selbst, stramm, jung, mit Koteletten und einer Hydropflanze namens Hedera in der Hand. Dann farbig: andere Pionierpflanzen in formschönen Kunststeintrögen mit spritzverzinktem Ziergitter. Weiter ein paar Videokassetten, Luwasa-Werbetonbildschauen und zwei Folgen von «De grüen Tuume».

«Es gibt so viel zu zeigen», sagt Baumann und sucht in den Tiefen seiner Koffern. Etwa die Bilder von Graf Bernadotte oder das Buch der verstorbenen Pflanzenliteraturpäpstin Margot Schubert («Das vollkommene Blumenfenster»). Oder die vielen Studien, die Titel tragen wie «Verbrauchereinstellungen und -wünsche zur Hydrokultur und absatzpolitische Konsequenzen für ein Angebot im Freistaat Bayern».

Konkurrenz aus China

Nach wie vor Star in der Welt der Hydrokulturpflanzen ist der Ficus. Etwa der Ficus elastica Decora aus Südostasien, auch Einfacher Gummibaum genannt. Oder der Kletterfiskus (Ficus pumila), einst aus China kommend.

Ebenfalls aus China kommt die neue grosse Konkurrenz der Hydrokultur, und die braucht nicht nur wenig Licht und Wasser, sondern gar nichts: die Textilpflanzen. Gerade etwa Beizer würden die täuschend echt wirkenden Dinger wegen ihres Nullanspruches in Unterhalt oder Pflege schätzen. Egal, wieviel Friteusenöldampf oder Nikotinschwaden sie abbekommen: Sie gehen nicht ein.

Und eigentlich ist es ja eben das, was man von der Natur will, nicht viel nämlich: dass sie ruhig ist, keine Arbeit, sondern eine gute Falle macht und nicht gleich bei jedem Luftzug wegstirbt.

Hat den Pflanzen ein Leben ohne Erde beigebracht: Gerhard Baumann

Fühlt sich wohl, wo andere die Blätter hängen lassen: Ficus in lebensfeindlicher Umgebung

DIE WOCHENZEITUNG NR. 48 / 26. NOVEMBER 1998
Schlicht sexy vs.
Super Sound
(optimized
Audio-Rama LU-7000

Skurril: Männer auf der lebenslänglichen Suche nach dem perfekten Klang.

TEXT & FOTO: MAX KÜNG

Ich habe sie endlich gefunden, das Paar meiner Träume. Gross sind sie und rund. Kugelrund. Traurig standen sie eben noch im Fenster eines Trödlerladens, und sogleich bin ich hineingestürmt und habe sie gekauft, für 200 Franken. Lumpig. Schwer waren sie, das fiel mit zuerst auf (nebst ihrer strahlenden Schönheit), sackschwer.

Meine Grundig-Kugellautsprecher Audio-Rama LU-7000*! Die weissen, die grossen, die auf chromernen Stativen. Ein wirklich wunderbarer Anblick. Zuhause flitzte ich aufgeregt in meiner Attikawohnung umher auf der Suche nach einem idealen Platz zwischen Azaleen und Kakteen, hatte keine Augen mehr für meine weissen Regallautsprecher aus England, die in allen Tests aller Hi-Fi-Zeitschriften in der Klasse «unter 500 Mark» als beste abschnitten, seit Jahren. **Wo sollten die Kugellautsprecher hin? Wo nur?** Ich erwog die Möglichkeit, den richtigen Ort auszupendeln, jedoch verwarf ich diesen Gedanken wieder und beschloss, doch einfach meinen Augen zu folgen. Boxen müssen dorthin, wo sie am besten aussehen.

*Die wurden Anfang der siebziger Jahre entwickelt. Das Modell LU-7000 besteht aus 12 kugelförmig angeordneten Boxen (4 Bässe, 4 Mitteltöner, 4 Hochtöner). Das Nachfolgemodell LU-8000 besteht aus nur noch ebenfalls kugelförmig angeordneten Lautsprechern (2 Bässe, 2 Hochtönerkalotten). Die Idee der Audio-Rama-Serie von Grundig war, dass die Lautsprecher frei im Raum platziert werden konnten (ja, die geilen Seventies-Ideen). In den achtziger Jahren wurde nochmals eine Serie produziert. Heute sind die Audio-Ramas begehrte Sammelobjekte.

Ja, ja. Echte HiFi-Freaks lächeln jetzt und denken gemeine Sachen über einen, der Boxen hat, die nicht mal 500 Mark gekostet haben. «Audio-Penner», denken sie. «Stereo-Schmuddler». Ich kenne diese Leute: die High-Endler (zur Erklärung: das gemeinhin bekannte Kürzel Hi-Fi heisst High-Fidelity, was soviel heisst wie «hohe Wiedergabstreue», was nicht so gut ist, nennt man Low-Fi, was aber supergut ist High-End). **Eine verschworene Gemeinde von Klangfetischisten, die ihr Leben der Suche nach dem perfekten Klang verschrieben haben.** Einmal habe ich einen besucht, aus beruflichen Gründen. Im Aargau. Er wohnte in einem ganz normalen Einfamilienhaus, und als Erstes mussten wir das türkisfarbene Ledersofa umdrehen («geht ganz schnell»), denn zum Musikhören sitze man, so sagte mir der Mann, andersrum einfach besser, aber seine Frau sitze eben nicht wirklich gerne mit dem Gesicht zur Wand. Deshalb wird das Sofa dann und wann gedreht. Position follows function.

Die Anlage des Mannes ist imposant und geschmackvoll untergebracht in einem alten Bauernschrank, der aussen wunderbar bemalt ist mit Blumenmotiven. Die Anlage kostet über den Daumen gepeilt so etwa 200 000 Franken. Inklusive der eigenen Stromleitung, die der Mann zu seinem Haus hat legen lassen, denn die Anlage kann nur gut klingen, wenn sie an einem separaten Anschluss hängt. Lediglich so kann eine Stabilität des Stromes garantiert werden. Und Stabilität des Stromes ist einfach die Grundlage für guten Sound. Der Mann erklärte mir die Anlage. Vor dem Musikhören kommt bei Freaks immer das Sich-in-Gedanken-am-Geräte-Reiben. Der Fetisch. Ja. So eine Stereoanlage von 200 000 Franken ist natürlich eine ziemlich sexuelle Sache – aber nicht auf eine angenehme Art und Weise, denn schliesslich geht es um Pingeligkeit, um Perfektion, um das Mass der Dinge. «Analfixation», sagt meine innere Stimme. Der Mann sagt: «...ein Hochgeschwindigkeitsausgang mit einem gänzlich neuen Senderbaustein von AT&T mit optischem ST-Anschluss sowie zwei Toshiba Toslink-Outputs». Das sind schöne Sätze, die perlen.

Nachdem er mir lange die Anlage erklärt hatte, ging es dann ans Musikhören. Doch zuerst musste ich mal die Ohren zuhalten. Das hat der Mann mir befohlen, denn der «Exorcist» kam zur Anwendung. Der «Exorcist» ist kein menschlicher Teufelsaustreiber, sondern eine Maschine, ein unscheinbares schwarzes Kästchen genauer gesagt, welches für dreissig Sekunden grellste Sinustöne durch die Anlage des Mannes jagt, um ihr allerlei auszutreiben. Das gehört zum High-End-Standard und bringe viel. Sagt der Mann. Während er die CD zwecks besseren Klanges zuerst mit einem «Perfect Sound Spray» reinigt und dann noch auf ein Gerätlein namens «Bedini» klemmt, auf dem sie tumblerartig geschleudert wird, um befreit zu werden von für den Klang schlechter statischer Aufladung, erklärt der Mann mit ernster Miene: **«Ein Wecker macht einen Ton, eine billige Stereoanlage macht Klang, eine bessere macht schon Musik, High-End ist die Überklasse – sie erzeugt Emotionen.»** Solchen Emotionen wohne durchaus etwas Spirituelles inne. Kürzlich habe er acht Stunden nonstop Musik gehört, mit einer Augenbinde auf dem Sofa liegend. «Ich kam auf Alphawellenniveau.»

Die CD wird in das kupferfarbene Laufwerk gelegt. Das ist dreieckig – und dies nicht ohne Grund, denn im High-Endismus ist grundsätzlich nichts grundlos. Dreieckig ist das Teil wegen «der stehenden Wellen», die zu erklären eine Weile dauern würde. Vom Laufwerk geht die Reise für die Daten durch allerlei essenzielle und optimierende Geräte los. Ich sitze da, die Augen wie empfohlen geschlossen, um besser hören zu können. Ich höre ein Orchester, eine Stimme, klar, rein und bekannt. Der Sound stammt aus dem Webber-Musical «The Phantom Of The Opera». Das ist die absolute Lieblingsplatte von dem Mann.

Später wird er eine Super-Jazz-Live-Aufnahme spielen und sagen: «Jetzt! Jetzt! Gleich hören Sie, wie im Publikum jemand die Kaffeetasse auf das Tellerchen stellt. Ein Klirren, leise, aber klar. Das hören Sie nur mit einer Superanlage.» Bei einer anderen Aufnahme soll man das Rumpeln der Londoner Tube hören, irgendwo hinter den Mauern eines legendären Aufnahmestudios.

Bevor der Mann zum High-Endisten wurde, lebte er zwanzig Jahre mit einer «normalen» Revox-Anlage. Dann beschloss er zuzuschlagen, sich das audiophile Paradies auf Erden zu schaffen. Drei Jahre dauerte seine Suche. Vierzehn High-End-Händler suchte er auf, Messen in allerlei Städten **– und dann, als er sich bereit fühlte für die Prüfung, schickte er seine Frau und sein Kind für eine Woche nach London in die Ferien, um daheim mit Männern seines Vertrauens, komplizierten Mehrfachzufallsverfahren und einer Augenbinde aus 91 Geräten seine Kombination zusammenzustellen.**

Diesen Vertrauenspersonen (immer männlich, es gibt keine High-Endistinnen – ein Umstand, über den man ruhig ein bisschen nachdenken sollte) kommt im High-Endismus höchste Bedeutung zu, denn wie es sich für eine religiöse Gemeinschaft gehört, ist das Feld voller Sektierer, Scharlatane, Besserwisser und Abzocker. Eingeführt ist man schnell einmal, nicht minder schnell ist man auch über das Ohr gehauen worden. Was für die einen das A und O, ist für die anderen nur Schrott und Müll.

Ich bin nicht einer, der ultra Low-Fi predigt und prinzipiell nur Radios besitzt, die kaputt sind. Mein Verstärker ist zwar schon alt, aber von NAD, jene Marke aus England also, welche als sehr gut und aber auch als sehr günstig gilt. Mein Plattenspieler ist ein SL1200 (meinen lieben alten Lenco habe ich in den Keller verbannt). Das Tapedeck ist ein modernes von Sony. Über die Boxen haben wir ja schon geplaudert, ein wenig. Aber ich denke, dass alles eine Grenze hat. **Und so habe ich die Boxen, diese tollen Kugellautsprecher links und rechts von meinem Futon platziert, weil ich denke, das sieht gut aus, irgendwie sexy und aber auch cool.**

Selbstverständlich weiss ich, dass es Schallplatten und mittlerweilen auch CDs gibt, mit denen man die Boxen und die Anlage auschecken kann. Etwa «Explosion – 44 Unique Music- & Signal-Tracks To Test And Optimize Your Sound System». Damit kann man dann bis zum Abwinken Bass-Resonanzen und -Impulsverhalten und -Bandbreite auschecken, die Seiten- und Phasenrichtigkeit sowieso. Natürlich ist die Musik auf einer solchen CD ziemlich mies (als Musik betrachtet), aber um das geht es dabei auch nicht. Ich werde demnächst ein paar Freunde einladen. Augenbinden verteilen. Meine Freunde müssen dann auf meinem Sofa sitzen, und ich werde an der Anlage herummanipulieren, die Boxen durch den Raum schleppen, bis alles ultrasupergut klingt. Vielleicht aber lade ich doch besser ein paar Freundinnen ein. Sounds perfect.

Die Test-CDs
«The High End Test Record 1 – Impressions – Swiss High End Audio Society CD 20071941»
«The High End Test Record 2 – Explosions – Swiss High End Audio Society CD 20071198»

Wie das Horn eines vorbeibrausenden Zuges

Von Max Küng • *Bei einer Wallfahrtskapelle oberhalb des Fricktaler Dorfes Wittnau geschehen Wunder. Nun hat ein Parapsychologe aus Basel geheimnisvolle Klänge aus dem Erdreich aufgezeichnet*

AKW im Bauch: Lucius Werthmüller in energieschwangerem Zustand

Lucius Werthmüller ist Antiquar. Aber nicht nur das. Er ist auch Parapsychologe. Und er sagt: «Wenn mir das jemand einfach so erzählt hätte, es wäre mir sehr suspekt vorgekommen.» Er aber hat das Wunder persönlich erlebt. Wir fahren an den Ort des Geschehens. Von Wittnau bei Frick schlängelt sich die Strasse hoch durch den Wald. Der Buschberg. Beim Parkplatz ein Sonnenblumenfeld zum Selberpflücken. Hier fliegt einiges durch die Luft. Kleine weisse Bälle etwa. Golfspieler arbeiten hier auf dem Driving Range «Paradise» an ihrem Abschlag. Und weiter oben Flugzeuge mit und ohne Motor. Der Flugplatz von Schupfart ist nicht weit. Hier steht die Wallfahrtskapelle Buschberg. Denn hier passierte es vor 330 Jahren: das Wunder.

Der Müller Benedikt Martin hatte im badischen Degerfeld einen 23 Zentner schweren Mühlstein gekauft. Die Spedition erledigte man mit einem Fuhrwerk mit 14 vorgespannten Pferden. Nach der grossen Anstrengung auf den Buschberg hoch seien die Pferde, so steht es geschrieben auf der Gedenktafel bei der Kapelle, auf der erreichten Hochebene übermütig geworden.

Der unvorsichtige Müller fiel vom Fuhrwerk geradewegs unter ein Rad. Fuhrmann Jakob Rim beobachtete den Sturz, sah gerade, wie ein Rad gegen die Beine des Müllers fuhr. Jakob Rim spürte schon, wie das Rad das Mark aus den Knochen des Müllers pressen werde. Da entsinnt er sich, dass die Mutter von Stein, also Mariastein, im Jahre 1663 seinem Kinde in einer ähnlichen Situation geholfen hatte. Er rief mit lauter Stimme: «Jesus und Maria, kemmet ihm zu Hilf!» Was die beiden prompt auch taten.

Der schwere Wagen rollte über den Müller, ohne diesen zu verletzen. Das ist das Wunder des Buschberges, und seither ist der Ort ein Pilgerort. Die Wallfahrtskapelle neben dem Kreuz ist eine offene Metallkonstruktion, flankiert von Hecken, wegen ihrer Romantik auch bei Hochzeitsgesellschaften sehr beliebt.

Hierher kommen Pilger. Deponieren Blumen von «Orchideen Gunzenhauser Gelterkinden». In ein offen hingelegtes Schulbüchlein schreiben sie auf, was sie möchten, wünschen, wollen: «Maria Maria Maria schütze Riccardo. Mamma.» – «Herr, hilf unserer Ehe, hilf Ruth und Ernst F.» – «Bitte Herr, mache meinen Sohn wieder gesund, gib ihm eine neue Niere und mache das sie sein Körper nicht abstösst.» – «Ich brauche deine hilfe ich bin verloren ich will mich ermorden marianne rotzinger ist meine einzige Hoffnung (Rettung).» Leiden haben immer Saison. Aber die Einträge werden immer mehr. Pilgern ist in.

Es war im Jahr 1992, als Lucius Werthmüller als Mitorganisator der Basler Psi-Tage auf einen Geoffrey Boltwood aufmerksam wurde. Der Brite, Heiler von Beruf, hatte einen Ruf, denn er konnte in seinen Händen Samen keimen lassen, und zwar innert Minuten. Grund genug, diesen Boltwood in die Schweiz einzuladen. Man freundete sich an, stellte eine Gruppe von Menschen mit ähnlichen Schwingungen zusammen und begab sich, von Boltwood angeführt, an den Ort auf dem Buschberg. Immerhin hatte Boltwood

Abrupt schiesst der Klang aus den Lautsprechern. Er klingt synthetisch, ein metallisches Schwingen. Nach einer Minute bricht er ab, und ma hört nur noch den Regen, wie er vom Blattwerk auf den Boden tropft.

bereits zuvor in England ein «versiegeltes Erdenergiezentrum» geöffnet. Damals seien acht Klänge aus dem Boden gekommen. Davon allerdings existiert nur eine sehr schlechte Tonbandaufnahme.

Es war der 21. November 1994, nachts gegen zehn Uhr. Der Nebel hing dick im Geäst. Der Boden war klatschnass vom Regen, der eben noch niederprasselte. Zehn Personen seien sie gewesen, die zum Meditieren hergekommen waren. Beim «Spot» deponierte Lucius Werthmüller seinen Sony-Professional-Aufnahme-Walkman sowie zwei Kristalle, mit denen der Ton klarer auf den Punkt gebracht werden sollte. «Und dann bin ich sehr schnell abgeflogen.» Nach fünf Minuten seien dann die Klänge gekommen. Und wie!

Die Luft im Antiquariat ist nicht erfüllt vom staubigen Duft der alten Bücher, sondern von scharfer Würze. Ein Räucherstäbchen brennt. Und dann kommen die Töne.

Lucius Werthmüller legt eine Kassette in seinen Hitachi 3D Superwoofer. Abrupt schiesst der erste Klang aus den drei Lautsprechern, kurz sind es zwei Töne, dann nur einer. Er klingt nicht eben so, wie man das von einem Ton erwarten würde, der aus der Erde schiesst (falls man solche Dinge überhaupt für möglich hält). Er klingt synthetisch, ein metallisches Schwingen, irgendwie klingt er nach einem Riesenmoskito. Nach ungefähr einer Minute bricht er ab, und man hört nur noch den Regen, wie er vom Blattwerk auf den Boden tropft.

Der zweite Klang folgt nach 30 Sekunden der Stille. Er klingt ähnlich wie der erste, höher, bricht aber zweimal ab, schwillt dann wieder an. Der dritte Klang erinnert an das Horn eines vorbeibrausenden Zuges, doch das Horn bläst ununterbrochen. Der vierte Klang ist der eindringlichste, der unheimlichste. Man hört nicht alles, was man hört.

Lucius Werthmüller schaltet den Superwoofer aus. Es bleibt nur noch das Summen des Ventilators seines PCs. Und die Frage nach der Echtheit. Natürlich kämen sie auf ihn zu, sagten, er habe das an seinem Computer gemacht. Habe er aber nicht. Und auch der Wissenschaftsjournalist einer grossen Tageszeitung habe sich nicht mehr gemeldet, nachdem er die Klänge erhalten habe, die er doch schnell, schnell als Fälschung entlarven wollte. Lucius Werthmüller schliesst auch heute einen Betrug nicht aus, allerdings: «Ich sass an dem Ort, ich hörte hin, die Klänge kamen spiralförmig aus dem Boden.»

Ein Gutachten des Oldenburger Experten für experimentelle Musik, Wolfgang Martin Stroh, hält fest, dass «diese Töne aus akustischer Perspektive sehr ungewöhnlich sind». Er mochte sich nicht festlegen, ob solche Klänge natürlich oder elektronisch erzeugt werden können.

Das Gefühl beim Ertönen der Klänge empfanden alle unterschiedlich. «Eine starke Vibration des Körpers von unten her, die auch nach dieser Nacht über Tage anhielt und sich zu einem durch den Körper wandernden Energieball formte.» So empfand es Werthmüller. Eine Teilnehmerin habe ihren Zustand als «energieschwanger» beschrieben. Eine andere habe gesagt, sie hätte ein AKW im Bauch. Manchen sei einfach schwindelig geworden. Andere hätten körperlich nichts gespürt. Eine Erklärung? Eine Vermutung: Werthmüller glaubt, die entstandenen Energien seien so stark gewesen, dass sie in einen hörbaren Bereich gekommen seien.

Der Ort ist der Wald, unweit des Waldrandes. Jemand hat ihn markiert mit einem durchbohrten Stein. Ein Stecken steckt im Loch. Lucius Werthmüller war schon eine Weile nicht mehr da. Früher sei der Ort von Farn überwachsen gewesen. Heute ist er braungetrampelt. Zeugnis davon, wie viele schon hierhergekommen sind, aus welchen Gründen auch immer.

Gerade kommt ein Mann vorbei. Allein. Ein grosses Amulett baumelt vor seiner Brust. Aber niemand will bleiben, weil wir hier sind. Es scheint ein privater Ort zu sein, ein Ort, den man nicht mit Fremden teilen kann, mag oder will. Lucius Werthmüller ist der Ort nicht heilig. Es stört ihn nicht, wenn man hier Zigaretten raucht. Aber er ist überzeugt von der Kraft, die von hier ausgeht. Sogar sein Sohn, der die spirituelle Richtung seines Vaters grundsätzlich gugus findet («Er hätte lieber, ich würd' was Lässiges mit Computern machen»), habe hier «etwas gespürt».

Später kommt eine Familie: Kind, Mutter, Vater, Grossmutter, Pudel. «Hier ist es», sagt der Mann. Es hat sich herumgesprochen, und Lucius Werthmüller hat auf Einladung des Dorfpfarrers schon darüber referiert – und hat von den Wittnauern selbst viele Geschichten gehört über den geheimnisvollen Ort. Die Familie steht kurz dort, der gutgeschorene Pudel schnüffelt im modrigen Waldboden.

«Gehen wir wieder», sagt der Mann, und dann gehen sie wieder in den normalen Sonntagsspaziergang über. Der Vater ruft zum Kind, es soll verdammt noch mal auf der Strasse bleiben, wegen der dreckigen Schuhe, das Kind schreit, weil der Vater zugelangt hat, die Mutter sagt nichts, die Grossmutter betet in der Kapelle, und der gutgeschorene Pudel hebt sein Bein und pisst an den Grenzstein, der seit 1955 hier steht und die Grenze zwischen Aargau und Baselland markiert.

Der Ort ist jetzt allein. Doch bald werden wieder Menschen kommen, um an ihm Kraft zu tanken. Ich fahre weg. In der Wolkendecke am Himmel hat es ein Loch, nicht gross. Es schimmert in den Farben des Prismas, wie ein Regenbogen, bloss hat es keinen Regen, und ein Bogen ist's schon gar nicht. Es sieht sehr schön aus. Und irgendwie habe ich ein komisches Gefühl.

Lucius Werthmüller aber hat überhaupt kein komisches Gefühl.

DIE WELTWOCHE NR. 31 • 31. JULI 1997

DJ-Namen

Land der Fruchtzwerge

Früher waren DJs noch Diskjockeys. Doch dann begnügten sie sich nicht mehr damit, eine Platte nach der anderen aufzulegen, nein, sie begannen Songs ineinander zu verweben und dem Publikum einen nimmerendenden Tanzteppich unter die Füsse zu schieben. Klingende Künstlernamen mussten her. Und weil es immer mehr DJs gibt, sind originelle Namen nicht mehr einfach zu finden. Zum Beispiel gibt es in jedem Land dieser Welt einen, der sich «DJ Petit Prince» nennt.

Das zwanghafte Bemühen um Unverwechselbarkeit treibt Blüten. So sprühen manche Kreationen nur so vor Fantasie (DJ Fantasia), Energie (DJ Energy), Harmonie (DJ Harmony) und Mystik (DJ Mystery). Manche geben sich hart (DJ Hell, DJ Skull), dunkel (DJ Darkness, Shadowland Terrorists) und andere von blumig (DJ Miss Flower) über natürlich (DJ Natural) bis sonnig (DJ Juan Sunshine). Es gibt die Lauten (DJ Noise, DJ Ear Terror) und Schnellen (DJ Hi Speed), die Obsessiven (DJ Obsession) und Andersartigen (DJ Differenz), die Zukunftsgläubigen (DJ Futuro) und Esoterischen (DJ Aura, DJ Dream, DJ Full Moon, DJ Mental-X). Und natürlich gibt es noch viele mehr mit Namen von der Fantasiehalde: DJ Fliwatüt, DJ Fliegenpilz, DJ Plastiko Pazzo, DJ Aston Martinez, DJ Ken F. Johnnedy, DJ Lichtzwang oder DJ Fruchtzwerg.

Ohne Künstlernamen kam der erste DJ der Geschichte aus: Reginald A. Fessenden aus Brant Rock, Massachusetts. Er hatte – im Jahr 1906 – in einer Radiosendung die allererste Platte aufgelegt: Händels «Largo»…

• *Max Küng*

DIE WELTWOCHE
Nummer 6/6. Februar 1997

Mit Vollspeed gegen die Fliehkräfte des Alltags

Hobbypiloten in der Garderobe: Hockenheim und Monte Carlo mit Whiskey

Foto: Andri Pol

Tief bin ich gesunken. Hart ist mein Sitz. Um mich ein bisschen Metall, ein bisschen Kunststoff, Motorengestotter. Und schon geht es los. Rechts das Gas. Links die Bremse. Rechts die erste Kurve, noch mit viel Vorsicht genommen. Wieder rechts, 180 Grad. Und immer weiter im Kreis herum. Schneller und schneller. 10 Minuten lang. Dann gleich nochmals fünfundzwanzig Franken auf die Theke für die nächsten zehn Minuten: Sausen, Brausen, Rasen, rassig Rollen in Roggwil, Kanton Bern.

Rechts das Gas. Links die Bremse. Für Autoraser mehr als nur eine politische Metapher. Die Lenkung ist sehr direkt, und schon nach wenigen Runden spürt man Muskeln in den Händen ziehen, die man äusserst selten braucht, vielleicht zum Harken im Herbst. Mit Vollgas auf die Kurve zu. Kräftig bremsen. Einlenken. Über die Curbs räubern – die Curbs sind die rotweissgestrichenen flachen Randsteine. Sofort wieder beschleunigen. Ein bisschen Gegensteuer, denn der Kart kommt hinten schräg. Ich drifte. Drifte um die Kurve, aus dem Alltag auch ein bisschen, wenigstens für die nächsten Minuten.

Das Gute am Karting: Immer weiss ich, wohin ich muss – nämlich im Kreis herum. Der Start ist das Ziel, der Anfang das Ende, der Weg eine Schlaufe. Die einzige Alternative wäre die Himmelfahrt. Aber die Chancen, es hier im Kart zu schaffen, sind verschwindend klein. Bisher gab es erst einen Unfall, einer hat sich die Hand gebrochen. Für ernstere Fälle stehen immer zwei Sanitäter und im Keller ein Rettungswagen bereit.

Hansruedi Knöpflis Büro ist nicht gross für ein Direktorenbüro. Eine Vitrine steht darin, mit nichts als funkelnden Pokalen. Silber und Gold glänzen in zwei Reihen auf Tablaren aus Glas. Es sind seine Pokale, doch er hat sie nie gewonnen. Die Pokale stehen bloss in der Vitrine, um bald einmal einem in die Hand gedrückt zu werden, der von irgendwoher kommend, auf dem Treppchen landet, weil er schneller war als alle anderen.

Hansruedi Knöpfli – «Knöpfli geschrieben wie auf der Knorr-Packung» – sitzt an seinem Besprechungstisch auf nicht sonderlich modernem Gebein aus Chromgeröhr. Direktor Knöpfli macht einen bescheidenen Eindruck. Trägt zwar eine Krawatte, aber seine Hände zeigen, dass er nicht Geld wäscht oder zählt, sondern mit anderen Schmiermitteln hantiert. Er erzählt, während er eine Pall Mall nach der anderen aus der blauen Packung klaubt, wie kürzlich, als er eben die Getränkeautomaten auffüllte, einer fragte, wo denn der Direktor Knöpfli sei. Er sei's, sagte Knöpfli, worauf der andere erwiderte, er solle ihm keinen Seich erzählen.

Hinter ihm braust eine rote Lok der SBB von Olten nach Bern: seine Vergangenheit. Er habe die typische SBB-Karriere gemacht, bis zum Bahnhofsvorstand, dann habe er für «Bud» gearbeitet, die Bierfirma. Und jetzt ist er Direktor der grössten Indoor-Kartbahn Europas. Auf dem ganzen Erdball gibt's nur eine grössere, und zwar in Brasilien, wo das Flitzerfieber schon länger grassiert als hier.

Sonntag: Dicht stehen die Menschen an der Strecke. In den ersten zehn Tagen nach der Eröffnung Mitte Januar sind zwanzigtausend gekommen, um die Attraktion zu beschnuppern. Dreitausend von ihnen haben einen Kart gemietet. Die meisten Besucher sind männlich, und wer schon so männlich ist, dass ihm ein Schnauz wächst, der lässt diesen auch spriessen.

Doch im blauen Kart Nummer 9 lugt langes Lockenhaar unter dem Helm hervor und wallt im Fahrtwind. Bruno steht auf der Terrasse, denn von dort hat man den besten Überblick. Er trägt eine Jacke, wo hinten und vorne «KTM» draufsteht, was eine Motorradmarke ist. Er sei Mech, sagt er, hergekommen mit seiner Töffclique, um sich das mal anzusehen. Geil findet er es. Gefahren ist er noch nicht, zu viele Leute heute, aber bald wird er es tun. Und zwar besser als die blaue Nummer 9, das Mädchen, das in der engen Kurve dreht, was Bruno und seine Kollegen mit hämischen Sprüchen kommentieren.

nkt,
meist
den-
toren.
as
-
Hölle

Es gibt aber auch reiferes Publikum. Otto etwa, der Bauer mit den bescheidenen Augen, geht auf die Sechzig zu. Seine Frau habe ihn im Auto hergefahren, er selbst fahre nur Traktor. Er mag nicht viel sagen, aber es gefällt ihm, auch wenn es ihm ein wenig angst mache, wie die Jungen unter ihm durchheizen. Bereut er, dass er nicht mit Kart aufgewachsen ist? Wenn sie es haben wissen wollen, damals, dann seien sie mit dem Velo den Berg heruntergerast. Das habe auch Mut gebraucht. Und zudem Kraft, denn zuerst habe man ja hochstrampeln müssen.

Längstes Kinn der Welt

Indoor-Karting ist eine Explosion, eine Erfolgsstory sondergleichen. Die Gründe liegen, unter anderem, bei Michael Schumacher. 1993 wurde in Sinsheim die erste Indoor-Kartbahn Deutschlands eröffnet. Ende 1995 gab es deren 120. 1996 verdoppelte sich diese Zahl nochmals. Doch nun ist der Markt gesättigt, meint Daniel Fikuart, Chefredaktor des Kartmagazins «Warm Up». Hundertfünfzig gute grosse Bahnen würden in Deutschland genügen. Immer wichtiger dagegen werde das Ambiente um die Bahn, originelle Pistenlayouts, Steilkurven etwa.

Steil ist auch der Umsatz. Laut Fikuart werden mit reinen Mietfahrten pro Jahr nahezu 400 Millionen Mark eingenommen, dazu kommen Konsumationen und Zubehör. Und Bücher zum Thema wie «Kartfahren – Die Schule der Weltmeister», auf dessen Umschlag die Overall-Ikone Michael Schumacher prangt, für die einen die Lichtgestalt, für die andern das längste Kinn der Welt. Herausgegeben hat das Werk der Privatsender RTL, der mit dem Motorsport Quote und Kohle scheffelt. In diesem Buch gibt es auch ein Bild, das Schumis erste Autogrammkarte zeigt. Schumi als blutjunger Kart-Juniorenmeister. Sofort wird klar: Wenn man so aussieht, dann kann man nur noch Gas geben.

Blaue Flecken

Links die Bremse. Rechts das Gas. Ich bin soweit, dass ich nicht mehr denke, sondern nur noch lenke. Driftend geht es um die engen Kurven, mit Vollspeed nehme ich die leichteren. In der Kurve macht sich die Fliehkraft an mir zu schaffen, und am nächsten Tag werde ich ihretwegen und wegen des harten Sitzes an der linken Hüfte eine schmerzhafte Prellung haben und den Grund meiner Freundin beim Morgenkaffee detailliert erläutern.

Hansruedi Knöpfli trinkt Kaffee im Restaurant der Bahn, das den geschützten Namen «Rock 'n' Race» trägt und nicht nur mit zehn Biersorten an den Start geht, sondern auch mit Longdrinks mit sinnigen Namen wie «Monte Carlo» (Rum, Whiskey, Lemon, Pepsi) oder «Hockenheim» (Brandy, Apricot, Plum, Lemon, Orangenjus). Es würde aber erstaunlich wenig Alkohol getrunken. Die Hälfte des Umsatzes mache man mit Kaffee, dicht gefolgt von Mineralwasser.

Auf den Fernsehschirmen in der Beiz wechseln Hypermechaniker in Zeitlupe dem Sauber-Formel-1-Wagen die Pneus. Und dann steht Kurt Waltisperg da, der hinter, über, neben Rolf Biland mit dem Renntöffgespann schon sechsfacher Weltmeister (und siebenfacher Vize) geworden ist, und antwortet auf die Frage, was ihn hierherführe, mit dem unwiderstehlichen Satz: «Alles, was surret, isch gut.» Doch es ist nicht nur das Surren verantwortlich für Waltispergs Erscheinen im «Motodrom». Er ist nämlich Vertreter für Sturzhelme.

Roggwil hat 3800 Einwohner, einen Bahnhof, liegt verkehrstechnisch ideal im Nichtspassiertland und ist vor allem durch die auf dem ehemaligen Gugelmann-Areal stattfindenden Grosstechnoparties zu so etwas wie Bekanntheit gelangt. Gemeindeschreiber Gugger, der auch schon auf der Bahn gefahren ist und dem das gut gefallen hat («obwohl es ein bisschen mehr geradeaus gehen könnte nach meinem Geschmack»), sagt, dass die Gemeinde voll dahinter stehe, jede Wiederbelebung des Areals sei wünschenswert. Jeden Arbeitsplatz würde die Gemeinde begrüssen. Die Kartbahn bringt es auf deren zwölf.

Nicht denken, lenken

Rund zwei Millionen Franken werden insgesamt in das «Motodrom» investiert. Und es wird weiter ausgebaut. Konferenzräume sind geplant, und im Keller möchte Knöpfli am liebsten noch ein bisschen Erlebnisgastronomie machen: Eine Strasse wie in Memphis, mit Blues- und Jazzlokalen links und rechts. «Ein Unterhaltungszentrum total.» Pläne für weitere Kartbahnen sind bereits vorhanden. In Basel etwa sollen im Mai auf dem Dreispitz-Areal die Motoren gestartet werden.

Nicht denken, lenken. Mein Sitz hat vier Räder und gut 5 PS, auf der Geraden schafft er über 60 Kilometer in der Stunde. Der Transponder funkt meine Befehle an den Computer, der druckt sie später aus: 48,69 Sekunden für die 730 Meter lange Runde. Nur fünf Sekunden verliere ich, der Nichtautofahrer, auf den Streckenrekord. Und nochmals um die Kurven, um die Ecken, geradeaus…

Doch dann: Die zehn Minuten sind vorbei. Eine rote Flagge winkt mich von der Piste auf den Wagenpark und holt mich auf den Boden runter. Rechts das Gas. Links die Bremse. Auf den Schultern der Kopf. Der Kart stoppt. Ich stehe auf und spüre auf einmal die Schwerkraft. Es ist, wie aus der Badewanne zu steigen: schwer.

In der Nacht habe ich einen Traum. Ich fahre ohne Kleidung auf einem Ding ziemlich schnell geradeaus. Immer schneller, Und schneller. Und schneller. Bis ich aufschrecke, weil da vielleicht eine Wand kommt oder auch nicht. Doch ich sehe nichts als die wie von einem kranken Künstler gekrakelte Silhouette des nicht minder kranken Baumes vor meinem Fenster und höre nichts als ein Tuckern im metallenen Gedärm der Sanitäranlage. Ich werde sie schaffen, die 47 Sekunden.

FOTOS: ANDRI POL

DIE WELTWOCHE
Nummer 46/14. November 1996

Das Universum: Ausstellung zum grössten Begriff

Immer, alles, überall

Wie gross ist das Universum?» Die meisten zögern nicht mit der Antwort. «Unendlich, unvorstellbar gross», sagen die Ernsteren, «ziemlich gross», die mit ein bisschen Ironie. Eine Frau sagt: «Das Universum ist wie eine Orange.» Und ein junger Mann, einer, der mit Computern arbeitet den ganzen lieben Tag lang und manchmal auch in die Nacht hinein, denn 0 + 1 ist sein Universum, der sagt: «Das Universum, tja, das ist, wie wenn ich einen Befehl eingebe im Computer, und dann rechnet er und macht und macht und hört nie mehr auf, weil er abgestürzt ist.» Eine sagt auch, dass vielleicht das ganze Universum, so gross es auch sein möge, bloss ein Staubkorn auf dem Boden einer unaufgeräumten Küche sein könnte. Alles ist denkbar. Sache ist: Das Universum ist die Gesamtheit von Raum, Materie und Antimaterie. Und: Es wird immer grösser.

Denn das Universum wird täglich immer noch grösser, er dehnt sich aus. Das entdeckte in den 20er Jahren ein gewisser Edwin Hubble – und deshalb heisst das nun Hubble-Expansion; und weil seine Entdeckung so grossartig war, hat man gleich noch das auch ein Weltraum-Teleskop nach ihm benannt.

Angefangen hat dieses Auseinandergehen vor 15 Millionen Jahren mit dem Urknall. Nach dem Knall war zwar schon die ganze Materie von heute da, nur war sie mit weniger Nichts verdünnt, wie der dänische Autor Tor Nørretranders das hübsch in seinem Buch «Spüre die Welt» umschreibt. Die Forscher haben sich in ihren Köpfen bis auf 10^{-43} Sekunden (das ist eine Null mit 42 Nullen nach dem Komma, dann kommt die eins) an den Urknall herangerechnet. Damals, so sagen sie, sei das ganze Universum von einem Durchmesser von weniger als einem hundertstel Zentimeter gewesen. Man hätte sich also alles, die ganzen Galaxien und alle Autos dieser Welt, bequem in die Hosentasche stecken können. Schwer denkbar. Da kann man studieren, bis man innere Blutungen bekommt.

Allmachtsphantasie

Anflug von Grössenwahn

Viele Aspekte dieses Universums sind versammelt in der Ausstellung «Universal» im Zürcher Museum für Gestaltung. Vom Computerspiel, mit dem sich das Universum selbst kreieren lässt, bis zu den grenzenlosen Systemen von Lego und USM Haller. Gerade Firmen haben schon immer gerne auf den Begriff «universal» zurückgegriffen, als Name für sich oder für die Produkte: Universal Film Anstalt, kurz UFA, Universal Pictures, um nur zwei berühmte Beispiel zu nennen.

Viele haben – in einem Anflug von Grössenwahn – den blauen Erdball als Symbol vereinnahmt. Motto: Alles, immer, überall. Für Alleskleber, Herrensocken und Geruchsfresser-Sohlen lässt sich etwa das Prädikat «universell» verwenden, aber auch für den omnipotenten «Original Waschelmax» («reinigt schonend universell»). Gezeigt wird in der Ausstellung sogar das

Gruppenfoto der Kandidatinnen zur Miss-Universe-Wahl dieses Jahres, und es fehlen nicht authentische Aufnahmen vom Hubble-Teleskop: diese zeigen das All, leuchtend, das Universum.

Vieles aber ist nicht zu sehen. Man kann ja schlecht alles zum Thema «universal» ausstellen, denn da könnte man ja auch sagen: Geh hinaus in die Welt und mach die Augen auf. Jeder hat seine eigene Vorstellung von alledem, kein Wunder, reisst uns der grösste Begriff der Welt manchmal zu grossen Gefühlen hin. Es ist uns allen schon passiert: Wir sind unter dem nächtlichen Himmelszelt gestanden, den Kopf in den Nacken geworfen, haben wir hochgeblickt in das grosse Dunkel mit den Glitzersternen, haben vielleicht einen kalten Schauer auf dem Rücken verspürt, weil wir versucht haben, uns das Unvorstellbare vorzustellen. Und dann haben wir es gesagt: etwas Peinliches.

Jedenfalls nichts Korrektes wie: «Die exakte Interpretation der Rotverschiebung von Quasaren in Form von Distanzen krankt an der Unsicherheit in der genauen Kenntnis der Hubble-Konstanten und anderer kosmologischer Parameter; den Rotverschiebungsrekord hält der Quasar PC 1247 + 3406 mit 4,897. Dieser Wert wurde im Mai 1991 von Donald P. Schneider, Maarten Schmidt und James E. Gunn bekanntgegeben. Unter verschiedenen Annahmen ergibt sich eine Entfernung von 13,2 Milliarden Lichtjahren.» Nein, man ist schliesslich nur ein Mensch und begnügt sich – bestenfalls – mit Universalaussagen wie: «Wenn man so unter dem Sternenzelt steht, dann sind die Probleme des Alltags nur noch µ-grosse Dinge der Unwichtigkeit.»

Nicht ganz dicht

Dichter Wiglaf Droste hat einst auf den Punkt gebracht, was so alles Universelles in einem vorgehen kann: «Am Himmel stehen die Sterne / Sie leuchten nur für mich / Sie haben mich auch noch gerne / Ich glaube, die sind nicht ganz dicht.»

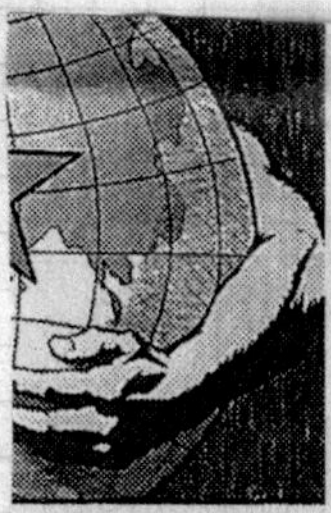

…n, global

Weil wir das Universum nicht begreifen können, versuchen wir es in unsere Taschen zu packen. Wir suchen das Ultimative. Ich kenne einen Rolex-Träger, der nicht müde wird zu erzählen, wo immer er auch sei auf dem Globus, gerate er in eine bargeldlose Situation, könne er einfach seine Rolex vom Handgelenk nehmen, und jeder auf diesem Erdenball würde dies als Sicherheit akzeptieren. Ein universelles Zahlungsmittel; ein manchmal abendfüllender Wortwahn. Andere hingegen schwören auf das Schweizer Armeemesser, das ihnen ein gutes Gefühl gibt im Hosensack, denn mit einem «Swiss Army Knife» liessen sich alle Probleme in Sekundenschnelle lösen.

Es gab da einen wichtigen Bruch in der Mensch-Universum-Beziehung. Als ob wir Erdlinge zum erstenmal in den Spiegel blickten, so war es damals, als das Kommando Apollo 11 im Juli 1969 dieses Bild der Menschheit überbrachte: die Erde, über dem Horizont des Mondes gesehen. Dieser Eindruck hat die Menschheit entscheidend geprägt, insbesondere was Belange wie Umweltschutz angeht oder die Existenz von Ausserirdischen. Es war nun nicht mehr das Nichts da draussen, sondern plötzlich waren wir ein blauer Ball inmitten des Alls.

Wie gross das Universum wirklich ist, habe ich heute morgen erfahren. Ich wollte aus dem Haus, aber irgendwo im Mikrokosmos meines Zimmers war der Schlüssel verschollen, mit dem ich ebendiesen Mikrokosmos hätte absichern können vor Eindringlingen allerlei Art, die dort nichts zu suchen haben. Unverhältnismässig lange habe ich gesucht nach dem kleinen Schlüssel, der für nichts anderes taugt als für ebendieses kleine Schloss.

Und doch: Der Schlüssel ist eben auch ein Schlüssel zum ganzen All dort draussen. So ist es mit den kleinen Dingen dieser Welt: Hat man sie nicht, ist man noch kleiner als sie selbst.

Die Ausstellung «Universal – Bilder, Produkte und Kommentare zwischen Alltag und Weltall» ist bis am 5. Januar im Museum für Gestaltung Zürich zu sehen. Ein von Cornel Windlin gestalteter Katalog ist für 32 Franken zu beziehen.

"holt mich hier raus,

ich bin ein Star!"

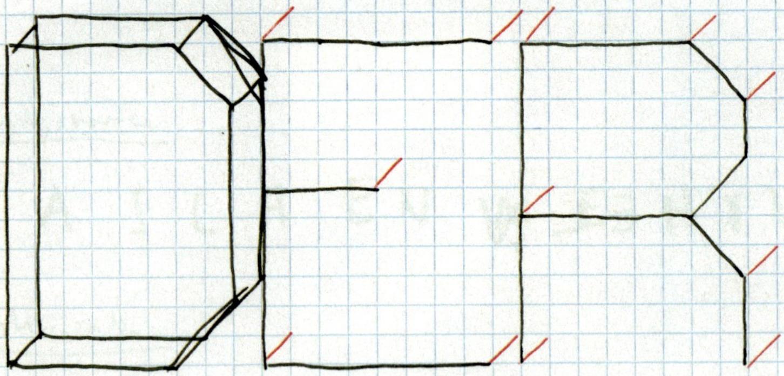
DER

Büchner wurde auch ~~b~~ nur 24.

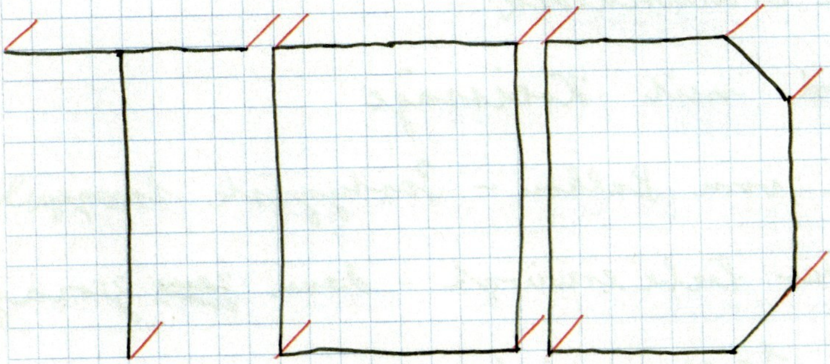

- von der Frau verlassen – TÜV-Ingenieur baute sich
- Zum 1. Mal: Roboter tötet Auto-Arbeiter
- Tödlicher Streit ums Essen
- Gruppenlooping in den Tod
- Netter kleiner ~~Jun~~ Junge totgeprügelt – er hatte
- Tod durch Trachtenrock
-
- Selbstmord mit Kreissäge
- Todessturz vom Balkon – Partygäste sangen Ha.
- Frau bei der Liebe erwürgt – dann ~~zers~~ zersägt
- Dackel biss Jäger – tot

eine Todesmaschine.

Limonade verschüttet

elluja!

this is

KILLER-VIRUS! SCHON 100 TOTE, GROSSSTADT ABGERIEGELT.

Von Carl Just, Isidore Raposo, Bernhard Weissberg. Kikwit/Genf – Höchste Alarmstufe in Zaire: Das Killer-Virus wütet! Über 200 Angesteckte, über 100 Tote. Eine Stadt wird abgeriegelt. Die Angst: Eine Epidemie schlimmer als Aids! Menschen im Fieber, Schmerzen im ganzen Körper, aus allen Öffnungen strömt Blut: Der Mensch wird von innen zerfressen, zerfliesst - das Werk des Ebola-Virus. Hilfe, Gegenmittel? Keine. Fiktion? Nein, Realität in Kikwit. Die Stadt in Zaire wird vom Fieber geschüttelt: seit Anfang Jahr offiziell über 200 Angesteckte, mindestens 100 sind gestorben. Noch ist nicht hundertprozentig sicher, dass es das Ebola-Virus ist. Doch alles spricht dafür. Zaire hat nach den vielen Toten, darunter zwei Ordensschwestern aus Italien (im Blick), letzten Sonntag Alarm ausgelöst. Die Weltgesundheitsorganisation WHO reagierte schnell: Ein Spezialistenteam ist unterwegs. Die Profis kommen aus aller Welt, von den renommiertesten Instituten. Aus Atlanta vom Center of Disease Control and Prevention, vom Pasteur-Institut in Paris, vom Nationalen Institut für Virologie in Johannesburg. Das Ziel: Schlimmeres verhindern! Das Ebola-Virus ist schlimmer als Aids: Es tötet innert kürzester Zeit, die Überlebenschancen sind weniger als 50 Prozent. *(Blick: Datum unbekannt)*

BLUTBAD IM GEFÄNGNIS. 99 TOTE.

sda. Mindestens 99 Häftlinge sind bei der Niederschlagung einer Meuterei fundamentalistischer Häftlinge im Serkadji-Hochsicherheitsgefängnis in Algier getötet worden. *(Quelle und Datum unbekannt)*

GRAUENHAFT: BOHRSCHIFF IN TAIFUN GEKENTERT: 97 TOTE?

Bankok – In einem Taifun ist das Bohrschiff «Seacrest» gekentert. Das Wrack wurde gestern gefunden. Von den 97 Besatzungsmitgliedern wurde bis gestern niemand geborgen. Beim seit Jahrzehnten stärksten Taifun im Golf von Thailand sind wahrscheinlich 200 Menschen ums Leben gekommen. Ausser der «Seacrest» kenterten mehrere Fischerboote, die zum Teil noch vermisst werden. Grauenhaft wütet der Wirbelsturm «Gay» seit Donnerstag im Golf von Thailand. Das 120 Meter lange amerikanische Bohrschiff war vorgestern nachmittag nahe der Insel Koh Samui, rund 650 Kilometer südlich von Bangkok, verschwunden. Nachdem der Funkkontakt abgebrochen war, starteten in einer Suchaktion Schiffe und Helikopter. 64 Thailänder und 30 Ausländer, darunter sieben Amerikaner, ein Deutscher und ein Italiener, befanden sich auf dem Schiff. *(Sonntagsblick: 5. November 1989)*

95 TOTE! MEUTEREI IN GEFÄNGNIS.

Algier – Pulverfass Algerien: 95 Tote bei Gefängnismeuterei! Inhaftierte islamistische Extremisten nahmen gestern früh sieben Wärter des Serkadji-Gefängnisses in Algier als Geiseln. Vieren von ihnen schnitten sie die Kehle auf. Dann versuchten die mit Messern und anderen selbstgefertigten Waffen ausgerüsteten Häftlinge, die 1000 Insassen zu befreien. Sicherheitskräfte stürmten die Anstalt und töteten mindestens 95 Menschen, darunter zwei Anführer der «Bewaffneten Islamischen Gruppe» GIA. *(Blick: Datum unbekannt)*

FREIBURGER STAATSBANK ERBT DIE ASCHE VON 93 TOTEN.

Freiburg – Die Freiburger Staatsbank steht vor einer makaberen Erbschaft: Aus einem Konkurs wird sie 93 Hektaren Alplandschaft erhalten. Doch in diesem Boden lagert die Asche von 93 Toten. *(Sonntags-Zeitung: 23. Oktober 1994)*

WAHNSINN! SCHON 90 TOTE. DAVISCUP TROTZ NEUER BOMBEN.
Zürich – Verunsicherung total im Schweizer Daviscup-Team. Nach dem erneuten Bombenterror mit vier Todesopfern gestern in Kalkutta liefen die Telefondrähte unter unseren Tennis-Stars heiss. Aber der Internationale Verband in London entschied: *«Es wird gespielt.»* Ein Wahnsinn! *(Blick: 20. März 1993)*

TOURISTEN-JET ABGESTÜRZT: 88 TOTE!
Guatemala City – Die Serie von Flugzeugkatastrophen reisst nicht ab: Eine vorwiegend mit ausländischen Touristen besetzte Verkehrsmaschine ist gestern beim Landeanflug auf den Flughafen von Santa Elena im Norden des mittelamerikanischen Staates Guatemala abgestürzt! *(Sonntagsblick: 19. Januar 1986)*

87 TOTE: EX-FREUNDIN LIESS IHN AUS DER DISCO WERFEN – DA WURDE ER ZUM FEUERTEUFEL.
New York – Er wollte seine Liebe unbedingt zurückhaben. Doch sie erteilte ihm eine Abfuhr: *«Lass mich in Ruhe.»* 40 Minuten später kehrte der Exil-Kubaner Julio Gonzales (36) zur New Yorker Disco zurück, in der seine Ex-Freundin arbeitete. Er öffnete die Tür des Lokals, zog einen Brandsatz hervor und warf diesen in die Disco – 87 Tote! Feuerwehrmann Frank Curtin: *«Auf der Tanzfläche lagen die Leichen wie auf einem Scheiterhaufen übereinander.»* Viele Besucher des illegalen Clubs «Happy Land» im Stadtteil Bronx waren an Rauchvergiftung gestorben. Einige wurden von Fliehenden totgetrampelt. Um aus der Feuerhölle zu kommen, hatten Disco-Besucher auch versucht, mit Stühlen Löcher in die Wand zu schlagen. *«Aber ehe sie durch die Mauer waren, erstickten sie»*, berichtet die Sanitäterin Margaret Glugover. Die 87 Samba- und Lambadatänzer mussten sterben, weil eine Garderobenfrau nichts mehr von ihrem Liebhaber hatte wissen wollen. Der arbeitslose Kuba-Flüchtling Julio Gonzales hatte am Sonntagmorgen um 3 Uhr nochmals versucht, seine Ex-Freundin für sich zu gewinnen. Doch diese liess Gonzales durch einen Rausschmeisser aus dem «Happy Land» entfernen. Der abgewiesene Liebhaber sann auf Rache – und kehrte mit der tödlichen Brandbombe zurück. *(Blick: 27. März 1990)*

AUF DEN SCHIENEN LAGEN 84 TOTE.
Johannesburg – Zwei schwere Zusammenstösse auf Bahnübergängen am Samstag in Südafrika: In der Nähe der Stadt Empageni raste ein Schnellzug mit 120 km/h in einen vollbesetzten Bus. Der Bus wurde dabei buchstäblich in zwei Teile zerschnitten. 67 Insassen wurden getötet, 23 schwer verletzt. Beim Zusammenstoss zwischen einem mit Arbeitern besetzten Lastwagen und einem Zug in Transwaal wurden 17 Arbeiter getötet und 40 verletzt. *(Blick: Datum unbekannt)*

BOLOGNA-ATTENTAT: JETZT 82 TOTE!
Bologna – Die Zahl der Toten des Terroranschlags von Bologna hat sich auf 82 erhöht. In einer Spezialklinik erlag Marina Trolese (16) ihren Brandverletzungen. Die Mutter des Mädchens war sofort getötet worden. Der Bruder überlebte, sein Gesicht ist jedoch völlig entstellt. *(Blick: Datum unbekannt)*

81 TOTE BEI GROSSBRAND.
Hongkong – 81 Tote und 36 Schwerverletzte forderte ein Grossbrand in einer Spielwarenfabrik nahe Hongkong. Bei den Opfern handelt es sich vor allem um Arbeiterinnen. Sie konnten sich nach Brandausbruch nicht retten, weil verschlossene Türen und vergitterte Fenster die Flucht unmöglich machten. Die meisten Opfer erstickten. *(Blick: Datum unbekannt)*

BOMBENTERROR IN AMERIKA – MINDESTENS 80 TOTE!
(Blick: Donnerstag, 20. April 1995)

KOHLENMINE EXPLODIERT – 79 TOTE!
Malangas (Philippinen) – Ratlos stehen und sitzen Kumpel beim Eingang einer Kohlenmine bei Malangas im Süden der Philippinen. Stunden zuvor hatte es in der Mine eine schwere Explosion gegeben. Bisher wurden 79 Leichen und mehrere Verletzte geborgen. Mindestens 20 Grubenarbeiter werden noch vermisst. *(Blick: Datum unbekannt)*

ERDBEBEN AUF SUMATRA: MINDESTENS 78 TOTE UND 2000 VERLETZTE.
Mindestens 78 Menschen sind bei einem schweren Erdbeben auf der indonesischen Insel Sumatra getötet und rund 2000 verletzt worden. Das Erdbeben der Stärke 7,0 auf der Richter-Skala hatte die Bevölkerung Sumatras am Samstag im Schlaf überrascht. *(LNN: Datum unbekannt)*

AEROFLOT-AIRBUS STÜRZTE ÜBER SIBIRIEN AB: 76 TOTE.
Beim Absturz eines Airbus A310-300 der russischen Fluggesellschaft Aeroflot sind am Dienstagabend in Westsibirien 76 Menschen ums Leben gekommen. Spekulationen um einen möglichen Terroranschlag wurden nicht bestätigt. *(Tages-Anzeiger: 24. März 1994)*

NEUES BLUTBAD IM LIBANON: AUTOBOMBE FEGTE ALLES WEG – 75 TOTE, 150 VERLETZTE.
Beirut – Eine Autobombe, die gestern in der nordlibanesischen Hafenstadt Tripoli vor einer Konditorei voller Kunden explodierte, richtete ein Blutbad an: 75 Menschen starben auf der Stelle, 150 wurden verletzt. Viele der Opfer sind Frauen und Kinder. *(Blick: Datum unbekannt)*

FLUGZEUG-ABSTURZ IN DEN SUMPF – 74 TOTE.
Buenos Aires – Die DC-9 sollte am Freitag in der argentinischen Hauptstadt landen. Aber dort kam das Flugzeug nie an. Die zweistrahlige Maschine stürzte bei schwerem Unwetter in den Nähe der uruguayischen Grenzstadt Nuevo Berlin in einen Sumpf ab. 74 Insassen, unter ihnen drei Babys und fünf Besatzungsmitglieder, wurden in den Tod gerissen. Entgegen ersten Meldungen der Fluggesellschaft Austral befanden sich keine Schweizer an Bord der Unglücksmaschine.
(Blick: 13. Oktober 1997)

73 TOTE BEI ABSTURZ EINER B-737: NUR FÜNF ÜBERLEBENDE.
sda/dpa. Beim Absturz einer Linienmaschine in Kamerun sind nach offiziellen Angaben 73 Menschen getötet woren. Es überlebten nur fünf Insassen, darunter der Pilot und Copilot. An Bord des Flugzeuges, das aus Cotonou im westafrikanischen Benin gekommen war, befanden sich 73 Passagiere und fünf Besatzungsmitglieder.
(Quelle und Datum unbekannt)

AIDS: SCHON 72 TOTE IN DER SCHWEIZ. WIR SIND DAS AIDS-LAND NR. 1 IN EUROPA.
Von Helmut Ograjenschek. AIDS, die tödliche «Sex-Seuche», ist unheimlicher als die Pest und rätselhafter als Krebs: Über 150 Schweizer sind erkrankt, 72 Patienten – darunter auch Viktor Latscha, «schönster Mann der Schweiz» – wurden vom Todes-Virus bereits dahingerafft.
(Blick: 17. September 1986)

FLUGZEUG VOLLER GLÜCKSSPIELER ABGESTÜRZT – 71 TOTE.
Reno (USA) – 66 Spieler, die in Reno ihr Glück gesucht hatten, und fünf Besatzungsmitglieder kamen beim Absturz einer Chartermaschine in der Nähe der Spielerstadt ums Leben. Kurz nach dem Start meldete der Pilot durch das Funkgerät, seine Maschine sei ins Flattern geraten, er kehre um. Wenig später stürzte das viermotorige Propellerflugzeug knapp fünf Kilometer hinter dem Flughafen auf einen Parkplatz. Nach dem Aufprall stand alles in Flammen. Über Hunderte von Metern ver-

streut lagen Flugzeugteile. Vier Personen wurden von herumfliegen[den Wr]ackteilen verletzt. Lichterloh brennend und laut schreiend rannte der [P]ilot aus den Trümmern des Flugzeugs. Er erlitt schwerste Verbrennungen. Neben ihm überlebten noch ein 17jähriger und ein 54jähriger Passagier das Unglück. *(Blick: Datum unbekannt)*

ÜBERSCHWEMMUNGEN: MEHR ALS 70 TOTE.
Rom/Turin – Nicht nur Norditalien versank in sintflutartigen Regenfällen (50 Tote). Auch in Südfrankreich goss es tagelang in Strömen. Dabei starben bis jetzt mindestens 5 Menschen. In Marokko starben bis zum Wochenende 15 Menschen in Unwettern. *(Blick: Datum unbekannt)*

MINDESTENS 68 TOTE BEI SANDSTÜRMEN IN CHINA.
Peking, 11. Mai. (dpa) – Bei Sandstürmen in vier Provinzen im Nordwesten Chinas sind mindestens 68 Personnen ums Leben gekommen, davon 47 in der Provinz Gansu. Mindestens 44 Personen wurden nach Presseberichten vom Dienstag noch vermisst. In der Provinz Xinjiang begrub ein Sandsturm mit orkanartigen Winden rund 100 Kilometer Schienenstrecke, rund 10'000 Zugspassagiere seien davon betroffen gewesen, berichtete die chinesische Nachrichtenagentur Xinhua. 34 Passagierzüge und 14 Frachtzüge blieben zwischen Liaodun und Shanshan liegen. Rettungstrupps mussten den Zugreisenden Wasser und Nahrungsmittel bringen. Bis zur Nacht zum Dienstag konnte die Strecke bei anhaltendem Sturm aber wieder freigeschaufelt werden, berichtete die Bahnbehörde in Urumqi. *(NZZ: 12. Mai 1993)*

FLAMMENHÖLLE IM KINO: 66 TOTE.
Mindestens 66 Menschenleben forderte gestern abend ein Brand in einem Kino in Turin. Der französische Film «Die Ziege» hatte kaum begonnen, als sich im Kino «Statuto» Brandgeruch bemerkbar machte. Innert weniger Sekunden brannte es lichterloh. Unter den rund 500 Zuschauern brach Panik aus. Schreiend stürzten sie zu den Notausgängen. Einige der Opfer wurden zu Tode getrampelt, andere erstickten im dichten, beissenden Rauch. Später fanden die Feuerwehrleute in den Trümmern völlig verkohlte Leichen. Kinodirektor Capello: *«Mit einigen Angestellten versuchte ich das Feuer mit Brandlöschern einzudämmen. Aber wir waren völlig hilflos. So öffneten wir rasch die Türen der Notausgänge und riefen 'alles hinaus, alles hinaus'!»* Aber die Panik war unvermeidbar. *(Blick: Datum unbekannt)*

FLUGZEUG IN DER LUFT EXPLODIERT: 65 TOTE!
San Salvador – Ein schreckliches Bild: Die Retter bergen ein totes Kind, gestorben beim Absturz eines Flugzeugs der guatemaltekischen Fluggesellschaft Aviateca in El Salvador. Alle 65 Menschen an Bord kamen ums Leben. Augenzeugen berichten, sie hätten einen Blitz und mehrere Explosionen gesehen. Ein Sprecher der Fluggesellschaft: *«Wir glauben, dass das schlechte Wetter in der Region zum Unfall führte.»* *(Blick: 12. August 1995)*

GROSSBRAND: 64 TOTE AUF TAIWAN.
sda/dpa/Reuter. Bei einem Grossfeuer auf Taiwan sind gestern abend mindestens 64 Menschen getötet worden. Die Polizei teilte mit, der Brand sei in der Stadt Taichung in einem Gebäudekomplex mit Restaurants und Karaoke-Lokalen ausgebrochen. *(Quelle und Datum unbekannt)*

TANSANIAS KRIEGSVERLUSTE: 63 TOTE.
Daressalam (AP) – Bei dem siebenmonatigen Krieg gegen das ugandische Regime Amins sind auf tansanischer Seite nur 63 Soldaten ums Leben gekommen. Wie die tansanische Nachrichtenagentur weiter berichtete, starben ausserdem 31 an der Seite der Armee kämpfende Ugander. Über die Verluste auf Seiten der Armee Amins gibt es keine Angaben. Informierte tansanische Militärkreise schätzen jedoch, dass rund 1000 Ugander und 300 bis 400 Libyer ums Leben gekommen sind, die zur Unterstützung nach Uganda geschickt worden waren. *(Süddeutsche Zeitung: Datum unbekannt)*

1993: 62 TOTE BEI BEZIEHUNGSDRAMEN.
Familien- und Beziehungsdramen mit tödlichem Ausgang sind in der Schweiz drastisch angestiegen. *(BaZ: 14. Januar 1994)*

61 TOTE NACH SCHNEESTÜRMEN IN DEN USA.
Die schweren Schneestürme, die über weite Teile der Vereinigten Staaten hinwegfegten, haben nach behördlichen Angaben von gestern mindestens 61 Menschenleben gekostet. *(LNN: 17. Dezember 1987)*

USA: KILLER-KÄLTE FORDERTE SCHON MINDESTENS 60 TOTE!
R.C. New York – Schneestürme und arktische Kälte bis minus 38 Grad stürzen die USA in ein Chaos und haben bis gestern mindestens 60 Tote gefordert. Schnee von der kanadischen Grenze bis zum Golf von Mexiko: Ungewöhnlich ist der Wintereinbruch in den Südstaaten. Autobahnen mussten aus Sicherheitsgründen geschlossen werden, weil die meisten Autofahrer gar nie auf Schnee gefahren waren. In South Carolina lagen 45 Zentimeter Schnee. In Birmingham und Augusta (Alabama) blieben die städtischen Busse gleich in den Garagen. *«Wir haben weder Ketten noch Winterpneus, da bleiben wir lieber zu Hause»*, meint Bille Revelle, Manager der Busbetriebe von Augusta. In sechs Staaten hatten die Schüler kältefrei. In Washington lagen 20 Zentimeter Schnee, und 340'000 Regierungsbeamte hatten arbeitsfrei. General Winter brummte selbst Präsident Reagan einen Tag Stubenarrest auf. In New York wird es noch mehr Kälteopfer geben: Trotz bereitgestellter Notunterkünfte müssen noch 50'000 Obdachlose die Nacht auf der Strasse verbringen. Mit drei Kindern und seiner schwangeren Frau fuhr William Barr nach St. Louis. Er blieb im Schneechaos stecken. Als er ankam, hatte er vier Kinder: Seine Frau (33) hatte im Auto – eine Woche zu früh – die Tochter Anna Rose geboren. *(Sonntagsblick: 10. Januar 1988)*

58 LUXOR-TOURISTEN WURDEN NIEDERGEMETZELT.
Kairo – Nun steht fest, woher die Opfer stammen. 35 Schweizer, eine Französin, die in der Schweiz lebte, 10 Japaner, 5 Briten, 4 Deutsche, 2 Kolumbianer und ein Bulgare – die Ägypten-Ferien wurden für sie zur Reise in den Tod! Allerdings: Die Bestätigung des ägyptischen Innenministeriums steht weiterhin aus. Ein Japaner liegt derzeit noch in kritischem Zustand, auf der Intensivstation eines Militärspitals in Kairo. Beim Massaker starben auch 4 Ägypter und 6 Attentäter. Augenzeugen sprechen allerdings davon, dass die Zahl der ägyptischen Opfer höher sein soll. *(Blick: 21. November 1997)*

EXPLOSION VERHEERT EINE STADT: 56 TOTE.
Seoul, 13. November (AP) – Eine Dynamit-Explosion hat in der südkoreanischen Stadt Iri ein unvorstellbares Chaos hinterlassen. 700 Kisten Dynamit waren in der Nacht zum Sonnabend auf dem Bahnhof explodiert. Bis zum Sonntag wurden 56 Todesopfer geborgen. Mehr als tausend Personen sind verletzt. Der Sachschaden wird auf 50 Millionen Mark geschätzt. Der Geheimdienst wurde in die Untersuchung eingeschaltet. Unter dem Verdacht, die Explosion durch Fahrlässigkeit verursacht zu haben, ist am Sonntag ein 36 Jahre alter Wachmann festgenommen worden. Er gehörte zur Begleitung eines mit 30 Tonnen Dynamit beladenen Eisenbahnwaggons, und er hat angeblich gestanden, sich aus Verärgerung über die Bahnhofsverwaltung in Iri, die den mit Sprengstoff beladenen Wagen von dem nach Kwangjung weiterfahrenden Güterzug abgekoppelt und abgestellt hatte, betrunken zu haben und in dem Waggon neben einer brennenden Kerze eingeschlafen zu sein. Beim Erwachen will er entdeckt haben, dass die Kerze seinen mit Federn gefüllten Schlafsack entzündet hatte. Er stürzte aus dem Waggon und schrie; *«Feuer!»*, doch konnte er die Katastrophe nicht mehr verhindern. *(Quelle und Datum unbekannt)*

54 TOTE BEI MASSAKER IN EINER MOSCHEE IN HEBRON.

Hebron – Der schwarze Freitag: In der Geburtsstätte Abrahams (Ibrahim-Moschee in Hebron) erschoss ein jüdischer Siedler 40 Moslems. Danach brannte der nahe Osten. Bei Unruhen in den besetzten Gebieten und in Jerusalem starben weitere 14 Menschen.
(Blick: Datum unbekannt)

ZWEI VOLLE ZÜGE KNALLTEN INEINANDER: 53 TOTE – "METALLTEILE IN IHREN KÖRPERN".

London – England trauert. Gestern morgen starben beim schlimmsten Zugunglück seit 35 Jahren mindestens 53 Menschen. Über 200 wurden verletzt, zum Teil schwer. In der Nähe des Bahnhofs von Waterloo waren kurz nach acht Uhr zwei vollbesetzte Personenzüge ineinandergeprallt. Kurze Zeit später donnerte ein dritter, leerer Zug in den verkeilten Blechhaufen. Einige Waggons wurden wie Handorgeln zusammengefaltet. *«Unter mir lagen Menschen mit Metallteilen in ihren Körpern. Es war grauenhaft»*, beschreibt Keith Larner (36) schockiert die Szene. Feuerwehrmänner, Notärzte und Helfer waren unablässig an der Arbeit. Sie befreiten die Überlebenden, bargen verstümmelte Leichen aus den zertrümmerten Zugwaggons. Die Unfallstelle war übersät von zerbrochenen Fensterscheiben, die Eisenbahntüren hingen zum Teil noch an den Abteilen oder lagen zerquetscht am Boden. Der Zugverkehr war für 24 Stunden lahmgelegt. *(Blick: 13. Dezember 1988)*

ABSTURZ: 52 TOTE – KIND LEBT.

Bogota – Ein Heer von Schutzengeln hatte die 9jährige Erika Delgado. Sie überlebte als einzige einen Flugzeugabsturz in Nordkolumbien. Eine DC-9 mit 53 Insassen war am Mittwoch abend kurz vor der Landung in Cartagena auf einem Feld zerschellt, als der Pilot eine Notlandung versuchte. Das Mädchen wurde beim Aufprall herausgeschleudert und landete in einem Sumpf. Mit gebrochenem Arm und schwer geschockt wurde es ins Spital von Cartagena gebracht.
(Quelle und Datum unbekannt)

FÄHRE SANK IM ORKAN: 50 TOTE.

Bergen/Rügen (Deutschland) – Ein mörderischer Orkan tobt mit 150km/h über die Ostsee. Fünf Meter hohe Wellen schleudern die polnische Fähre hin und her. Im Frachtraum löst sich die Vertäuung, Lastwagen verschieben sich, das Schiff bekommt Schlagseite. Die Katastrophe ist da.
(Blick: 15. Januar 1993)

FLAMMENHÖLLE – 49 TOTE IN DER DISCOTHEK.

(Blick: 16. Februar 1981)

SEKTEN-WAHNSINN: 48 TOTE.

Cheiry FR/Les Granges VS – Zwei kleine Westschweizer Dörfer haben gestern weltweit traurige Berühmtheit erlangt – als Schauplatz des grössten Massen-Selbstmordes, den es in Europa je gegeben hat! Mindestens 48 Mitglieder der kanadisch-schweizerischen Sekte «Orden des Sonnentempels» – Männer, Frauen und Kinder – gingen gemeinsam in den Tod.
(Blick: 6. Oktober 1994)

EXPLOSION MINDESTENS 47 TOTE AUF AMERIKANISCHEM SCHLACHTSCHIFF "IOWA".

Mind. 47 Soldaten sind gestern bei einer gewaltigen Explosion auf dem amerikanischen Schlachtschiff «USS Iowa» ums Leben gekommen.
(Blick: 20. April 1989)

IM ANFLUG AUF KLOTEN DC-9 ZERSCHELLTE IM WALD: 46 TOTE.

Stadel ZH – Grauenhafter Flugzeugabsturz gestern abend beim Flughafen Kloten: Eine DC-9 der Alitalia stürzte um 20.13 Uhr in die Flanke des 637 Meter hohen Stadler Berges – nur zehn Kilometer von der Landepiste 14 in Zürich Kloten entfernt. Bis gegen Mitternacht sprach alles dafür, dass niemand unter den 46 Insassen den Absturz überlebt hat.
(Blick: 15. November 1990)

DISCO-BRAND: BIS JETZT 45 TOTE.
Dublin – Die Zahl der Todesopfer nach der Brandkatastrophe in einer Discothek von Dublin (Irland) ist auf 45 angestiegen. Ein Mädchen erlag gestern seinen Verletzungen. *(Quelle und Datum unbekannt)*

HELI KNALLTE AUF AUTOBAHN: 44 TOT.
Mannheim – Beim Absturz eines amerikanischen Militärhelikopters in der Nähe von Mannheim sind gestern 44 Menschen ums Leben gekommen. *(Quelle und Datum unbekannt)*

HIMALAJA LAWINEN: MINDESTENS 43 TOTE.
sda/Reuter/dpa/afp. – Beim Niedergang von Lawinen und Erdrutschen sind in Nepal am Wochenende mehr als 50 Menschen verschüttet worden. Das Innenministerium in Kathmandu erklärte am Sonntag, mindestens 43 Menschen, darunter 17 Ausländer, seien umgekommen. *(Quelle und Datum unbekannt)*

CORYS BLUTIGER SIEG: 42 TOTE, 136 VERLETZTE.
H.R. Manila/Zürich – Fast 24 Stunden dauerte die Schlacht auf den Philippinen. Am frühen Samstagmorgen Lokalzeit war die Machtprobe im fernöstlichen Inselstaat dann entschieden: Präsidentin Corazon «Cory» Aquino (54) hatte den fünften und blutigsten Coup in ihrer 18-monatigen Amtszeit als Siegerin überstanden. *(Sonntagsblick: 30. August 1987)*

41 TOTE BEI ÜBERFALL AUF ALGERISCHE KASERNE.
Algier, 30. März. (ap) – Bei einem Angriff auf eine Kaserne der algerischen Armee am Montag sind laut Angaben der Polizei vom Dienstag 41 Personen ums Leben gekommen. Laut den Angaben ging der Überfall in dem 170 Kilometer südlich von Algier gelegenen Ort Ksar al-Buchari vermutlich auf das Konto militanter Islamisten. 18 der Opfer seien Soldaten gewesen, bei den übrigen 23 habe es sich um Angreifer gehandelt. Es war der blutigste von den Behörden bekanntgegebene Zwischenfall, seit die Regierung im Februar 1992 den Ausnahmezustand über das Land verhängte. *(NZZ: 1. April 1993)*

FLUGZEUG EXPLODIERTE AUF AUTOBAHN: ÜBER 40 TOTE.
Mexico City – Feuerhölle auf einer Autobahn bei Mexico City: Eine alte Boeing 377 stürzte mitten im Feierabendverkehr auf die Fahrbahn, knallte in ein Restaurant und explodierte. Mindestens 42 Menschen kamen ums leben, ebensoviele wurden verletzt. Wie durch ein Wunder überlebten die 8 Insassen des Flugzeugs. *(Blick: 1. August 1987)*

39 FLOGEN IN DEN TOD.
Bern – Tödliches Flugjahr: 39 Menschen wurden 1995 bei Flugunfällen in der Schweiz getötet. So viele wie seit Jahren nicht mehr. *(Blick: Datum unbekannt)*

IN DER NACHT NACH DEN TODESURTEILEN GEGEN INDIRAS MÖRDER BRANNTE IN INDIEN LUXUS-HOTEL: 38 TOTE.
Neu-Delhi – Nur wenige Stunden nachdem ein Gericht in Neu-Delhi die Mörder von Ministerpräsidentin Indira Ghandhi zum Tode verurteilt hatte, starben gestern in der indischen Hauptstadt bei einem Grossbrand im Hotel Siddharth Continental 38 Menschen. *(Blick: 24. Januar 1986)*

FLUGZEUG-DRAMA IN NORWEGEN: 36 MENSCHEN TOT.
Oslo – 36 Todesopfer hat am Freitag abend ein Flugzeugabsturz in Norwegen gekostet. Eine Turboprop-Maschine zerschellte kurz vor der Landung auf einer felsigen Insel. *(Blick: Sonntag 8. Mai 1988)*

DER AUSHILFSVORSTAND...: 35 TOTE BEI ZUGS-KATASTROPHE.
Flaujac (F) – Menschliches Versagen eines Aushilfsbeamten verursachte am Samstag nachmittag ein Zugsunglück, das bei dem Dorf Flaujac in Südwestfrankreich mindestens 35 Todesopfer forderte. *(Quelle und Datum unbekannt)*

FLUGZEUG ZERSCHELLTE IN DEN BERGEN: 34 TOTE.
Athen – An einem Berg auf der Insel Samos ist ein griechisches Verkehrsflugzeug zerschellt – alle 34 Insassen tot. *(Blick: 5. August 1989)*

33 TOTE BEI BUSUNGLÜCK.
Diyarbakir.AFP. – Bei einem Verkehrsunfall im Süden der Türkei sind am Donnerstag mindestens 33 Menschen getötet worden. Nach Angaben des Innenministeriums kollidierte der Bus mit einem Tankwagen. Der Tankwagen sei explodiert und in Flammen aufgegangen, die auf den Bus übergriffen. In dem Bus befanden sich Gläubige auf der Pilgerfahrt nach Mekka. Mindestens 32 von ihnen verbrannten. Unter den Opfern war auch der Fahrer des Tanklastwagens. 13 Businsassen wurden zum Teil schwer verletzt, anderen Angaben zufolge waren es neun. Der Unfall ereignete sich in Birecik nahe der Grenze zu Syrien, als beide Fahrzeuge aus einem Tunnel herausfuhren und der Tankwagen von hinten auf den Bus prallte. *(BaZ: 3. April 1998)*

BLUTIGE GEFÄNGNIS-MEUTEREI: 32 TOTE.
Santa Fe (USA) – «Es ist schlimmer als alles, was ich in den Kriegsjahren in Vietnam gesehen habe», berichtet erschüttert ein Feuerwehrmann. Er hatte geholfen, den Brand im Gefängnis von Santa Fe zu löschen, nachdem sich die Meuterer den anstürmenden Polizisten und Wächtern ergeben hatten. Mindestens 32 Tote hat die Schlächterei unter den Gefangenen gefordert. *(Quelle und Datum unbekannt)*

BUS ÜBERFÜLLT, REIFEN PLATZTE: 31 TOTE.
Danzig – Der polnische Bus war übervoll. 80 Passagiere statt der erlaubten 51 hatten sich am Montag abend hineingequetscht auf der Rückfahrt aus dem verlängerten Wochenende. Da platzte ein Reifen – und der Bus knallte in einen Baum. Er wurde von der Wucht des Aufpralls aufgeschlitzt, zweigeteilt. Bilanz: 31 Menschen starben, 45 wurden verletzt, 16 davon kämpfen mit dem Tod. *(Quelle und Datum unbekannt)*

UNWETTER AUCH IN ITALIEN – 30 TOTE GEBORGEN.
Sondrio – Unwetter auch in den italienischen Alpen: 30 Tote wurden aus den Schlammmassen geborgen. tausende Obdachlose hausen in Notquartieren. *(Blick: 20. Juli 1987)*

SCHWERES BEBEN IN CHINA: 29 TOTE.
Kumming – Ein Erdbeben der Stärke 6,5 erschütterte gestern die chinesische Provinz Yunnan: mindestens 29 Tote. Nicht in Gefahr war eine Delegation des Zürcher Stadtperlaments. *(Quelle und Datum unbekannt)*

28 TOTE – UND ANGST VOR NOCH MEHR OPFERN.
Mindestens 28 Tote bargen die Rettungsmanschaften bis gestern in Buenos Aires aus den Trümmern der zerstörten Zentrale jüdischer Organisationen in Argentinien. *(Quelle und Datum unbekannt)*

SCHNEESTURM FEGTE FLUGZEUG VON DER PISTE: 27 TOTE.
New York – Bei einem Flugzeugunglück auf dem New Yorker Flughafen «La Guardie» sind am Sonntagabend mindestens 27 Menschen getötet und 24 verletzt worden. *(Blick: 24. März 1992)*

DIE 4000ER FORDERN IHREN BLUTZOLL: 26 TOTE IN DEN WALLISER ALPEN..
Seit Anfang Juli sind allein im Wallis 26 Alpinisten in den Tod gestürzt. Solche Zahlen lassen selbst abgebrühte Rettungsprofis erschaudern. Bruno Jelk aus Zermatt: *«Ein derartiges Massensterben habe ich noch nie erlebt»*. *(Blick: 17. August 1987)*

25 TOTE IM WALLIS: HAT'S NOCH... *(Schluss fehlt)*
Les Granges VS – Sektenwahnsinn auch im Weiler Les Granges oberhalb von Martigny! Drei Chalets gingen in Flammen auf. In den Ruinen wurden bis jetzt 25 Leichen gefunden – Männer, Frauen, Kinder.
(Quelle und Datum unbekannt)

MASSAKER: 24 TOTE.
Rio de Janeiro – Wenn die Nacht kommt, zittern die Armen von Rio. Nachts herrscht Terror: Am Montag wurden 24 Menschen umgebracht, Kinder, Frauen, Männer. Ohne Grund, einfach so. *(Blick: 1. Sept. 1993)*

23 TOTE IN DER SYNAGOGE.
Spuren des blutigen Anschlags auf die Synagoge von Istanbul, bei dem 21 Juden während ihres Morgengebets und zwei Terroristen von explodierenden Handgranaten zerfetzt wurden, führen in die Schweiz! *(Blick: 8. September 1986)*

AUTOBOMBE SPRENGTE MUFTI IN DIE LUFT: 22 TOTE.
Beirut – 22 Menschen tötete gestern eine 150kg-Autobombe in der libanesischen Hauptstadt Beirut. Unter den Opfern der höchste Repräsentant der sunnitischen Moslems des Libanon, Mufti Hassan Khaled (68). *(Blick: 17. Mai 1989)*

BUS-KATASTROPHE IM SCHWARZWALD: 21 TOTE.
Villingen Schwenningen (D) – Schwarzer Sonntag im Südschwarzwald bei einem Busunglück sind 21 Menschen gestorben 32 wurden teils lebensgefährlich verletzt. *(Blick: 7. September 1992)*

TIBET GEGEN CHINA: 20 TOTE.
Lhasa – Unter den Gipfeln des Himalaja wird blutig um die Unabhängigkeit des Tibets gekämpf. Bei Strassenschlachten in der Hauptstadt Lhasa wurden mindestens 20 Menschen getötet. *(Blick: 5. Oktober 1987)*

HALB EUROPA UNTER WASSER: SCHON 19 TOTE.
Koblenz (D) – Die Hochwassergefahr verschärft sich: der Pegelstand des Rheins steigt und steigt. Die Unwetter haben in den betroffenen Gebieten schon 19 Tote gefordert. *(Quelle und Datum unbekannt)*

SCHWARZE FESTTAGE: 18 TOTE AUF CH-STRASSEN.
Zürich – Mindestens 18 Menschen verloren über die Festtage bei Verkehrsunfällen in der Schweiz ihr Leben. Besonders dramatisch gestaltete sich die Rettung eines Autofahrers der am Freitag 100 Meter in einen Tobel bei Uznach SG gestürzt war. *(Blick: 27. Dezember 1989)*

UNFALLFLUT AN OSTERN: MINDESTENS 17 TOTE.
Beim bisher schwersten Lawinenunglück dieses Winters sind im Wallis vier Skifahrer getötet worden. Insgesamt kamen bei den Unfällen über die Osterfeiertage mindestens 17 Menschen ums Leben. *(Blick: 21. April 1987)*

BEI 200 KM/H REIFEN GEPLATZT – 16 TOTE.
33 Jahre nach Le Mans (82 Tote) erlebte der Automobilsport am Sonntag im argentinischen Necochea (540 km südlich von Buenos Aires) seine zweitgrösste Katastrophe. Bisher 16 Tote und 30 Schwerverletzte (mehrere in Lebensgefahr). Bei einem Tourenwagenrennen raste Eduardo Cap'parros nach einem Reifenschaden mit 200 km/h in die Zuscha.. m..assen. Sein Dodge überschlug sich mehrmals. Der Fahrer blieb un vuverletzt, Co-Pilot Belioli starb. Unter den Opfern befinden sich mehrere KiKinder. In Necoches hatte einst Juan-Manuel Fangio (fünfmal Champioion) seine Karriere begonnen. Berger (Ferrari): *«Dieses Drama hat un geraade noch gefehlt»*. *(Blick: 8. März 1988)*

15 TOTE BEI GOMERA-WALDBRAND.
Madrid – Der Waldbrand auf der kanarischen Insel Gomera hat tragische Ausmasse angenommen, bei den Lösch- und Inspektionsarbeiten starben 15 Personen, darunter der Zivilgouverneur von Teneriffa. *(Tages-Anzeiger: 13. September 1984)*

FEHLSTART! DDR-FLUGZEUG AUSGEBRANNT: 14 TOTE.
Berlin (Ost)/Frankfurt – 14 Menschenleben forderte der Fehlstart einer Passagiermaschine der DDR-Gesellschaft «Interflug» auf dem Ostberliner Flughafen Schönefeld. Die «Iljuschin» brach auseinander und brannte total aus. *(Blick: Sonntag, 18. Juni 1989)*

HORRORUNFALL IN DER PO-EBENE: 13 TOTE.
Verona – Horror im Nebel! Auf der «Serenissima»-Autobahn krachten gestern zwischen Vicenza und Verona mehr als 300 Autos, Busse und Lastwagen ineinander. *(Quelle und Datum unbekannt)*

JAHRHUNDERT-STURM: SCHON 12 TOTE!
R. C. Washington – Ein Jahrhundert-Sturm zieht über die USA: An der Ostküste starben gestern mindestens zwölf Menschen!
(Blick: Sonntag, 14. März 1993)

GEISTERTRAM RASTE IN MENSCHENMENGE: 11 TOTE.
Göteborg (Schweden) – Der tonnenschwere Stahlkoloss donnerte samt Anhänger die abschüssige Strasse hinab, sprang an einer Weiche aus den Schienen – und walzte mit furchtbarer Gewalt alles nieder was ihm in den Weg kam. *(Blick: 13. März 1992)*

TODESFLUG IM FERNEN SIBIRIEN: 10 TOTE BEI HELI-ABSTURZ.
Im Schneesturm stürzte gestern ein Helikopter der von der Uhrenfirma Longines finanzierten Völkerkunde-Expedition mit 23 Personen an Bord ab. Dabei kamen vermutlich zehn Menschen ums Leben. Ob sich auch Schweizer unter den Opfern befinden, steht noch nicht fest.
(Blick: 16. Mai 1993)

BLUTBAD IM WOLKENKRATZER: 09 TOTE, 7 VERLETZTE.
San Francisco – Einen Patronengurt über der einen Schulter, einen Rucksack über der anderen, eine Uzi-Maschinenpistole in der rechten und einen 9mm-Revolver in der linken Hand – so stürmte der Mann die Anwaltskanzlei und ballerte los: Acht Tote, sieben Schwerverletzte. Dann richtete er sich selber. *(Blick: 3. Juli 1993)*

BLUTIGES WEEKEND: 08 TOTE AUF CH-STRASSEN.
Pruntrut JU – Wieder ein blutiges Wochenende auf Schweizer Strassen: Mindestens sieben Menschen mussten bei Unfällen ihr Leben lassen. Drei Tote gab es bei Pruntrut, als gestern kurz nach Mittag ein junger Autofahrer die Kontrolle über seinen Audi 80 Coupé verlor und in einen entgegenkommenden Wagen prallte. Er und sein Mitfahrer starben, im anderen Auto die Lenkerin. In Lausanne stürzte ein Auto von einer Brücke zehn Meter in die Tiefe – direkt auf den Pannenstreifen der Umfahrungsautobahn! Ein 35jähriger Jugoslawe starb. Bei Mels SG rammte ein Autofahrer eine Mauer und zog sich beim Sturz über einen Abhang tödliche Verletzungen zu. Ein 20jähriger Töffahrer raste bei Kaltbrunn SG in einen Traktoranhänger – tot! Der siebte Tote ist ein 27jähriger Solothurner, der mit seinem Auto in Sion heftig mit einem anderen Wagen zusammenprallte. *(Blick: 16. März 1992)*

AMOK-SCHÜTZE: 07 TOTE.
Besançone (F) – Er war wütend über den Verlust seiner Arbeitsstelle und rächte sich blindwütig – an Menschen, die nichts mit seiner Entlassung zu tun hatten. Der 26jährige Frank Zorich hat gestern nachmittag in Besançon sechs Angestellte erschossen und fünf weitere schwer verletzt. Nach der blutigen Wahnsinnstat richtete er sich selbst.
(Blick: 2. Juli 1992)

ISRAEL: ANSCHLAG AUF BUS – 06 TOTE.
Jerusalem – Der Bombenterror der Hamas in Israel geht weiter. Sechs Menschen starben gestern bei der Explosion eines Sprengsatzes in Hadera bei Tel Aviv. Die Bombe war in einem Gepäckstück in einem Bus versteckt gewesen und ging in die Luft, als dieser in den Busbahnhof einfuhr. *(Quelle und Datum unbekannt)*

HORRORUNFALL: 05 TOTE.
Valserino TI – Es war schon dunkel im Bleniotal, als der weisse Porsche am Samstag abend auf der Kantonsstrasse Richtung Valserino talwärts schoss. In einer leichten Rechtskurve verlor der Lenker die Herrschaft über seinen Sportwagen und donnerte frontal in einen Mitsubishi. Fünf Menschen und ein ungeborenes Kind mussten ihr Leben lassen. *(Blick: 11. Dezember 1989)*

HANDY-STREIT: 04 TOTE.
Huntsville (USA) – Vier Tote wegen Streit um ein Handy! Ein 22jähriger hatte in Alabama einen Freund wegen Diebstahl des Funktelefons angezeigt. Der Beschuldigte (19) ging darauf mit drei Komplizen in die Wohnung des Klägers und erschoss vier Besucher. Der 22jährige überlebte leicht verletzt. *(Blick: Datum unbekannt)*

BOMBE STATT PIZZA: 03 TOTE.
Sofia – Brutal! Schutzgelderpresser liessen vor einer Pizzeria in Bulgariens Hauptstadt eine Bombe hochgehen: 3 Tote, 2 Schwerverletzte. *(Blick: Datum unbekannt)*

FRAU (69) WENDETE AUF DER AUTOBAHN – 02 TOTE.
Landquart GR – Warum nur, warum wendete die 69jährige ihren roten Opel auf der N13? Keiner wird es je erfahren. Die Geisterfahrerin starb, ebenso wie der ihr korrekt entgegenkommende Deutsche. Samstagvormittag, 11 Uhr. Beim Autobahnanschluss Landquart fährt die 69jährige Bündnerin mit ihrem roten Opel auf der N13 Richtung Zürich. Kurz nach der Einfahrt wendet sie aber ihren Wagen – und fährt auf der Überholspur Richtung Chur. Nach wenigen hundert Metern – zwischen Anschluss Landquart und Parkplatz Apfelwuhr – kommt der Geisterfahrerin ein korrekt überholender Kleinwagen entgegen. Der Fahrer erkennt die Gefahr, bremst, prallt frontal mit dem Opel der Geisterfahrerin zusammen. Durch die Wucht des Zusammenstosses wird das Auto der Bündnerin auf die Mittelleitplanke geschleudert. Der korrekt fahrende Autolenker, ein 55jähriger Deutscher, stirbt eingeklemmt im Wrack seines Autos. Seine Mitfahrerin wird schwer verletzt.
(Blick: Montag, 4. September 1995)

TAMILEN SCHOSSEN UM SICH: 01 TOTER.
Dagmarsellen LU – Wildes Geschrei, dann Schüsse! Am Ende lagen ein Toter und ein Schwerverletzter auf der Strasse. Mit der Sonntagsruhe war es gestern um 15 Uhr im luzernischen Dagmarsellen jäh vorbei. Kurz nachdem 15 Tamilen in einem schwarzen Golf mit Basler Nummer und einem weissen VW-Bus mit Berner Nummer aufgetaucht waren, kam es zur Schiesserei. Augenzeuge Rainer Kumschick (32): *«Sie trugen farbige Stirnbänder, suchten etwas im Dorf und fuchtelten herum».* Sein Vater Willy Kumschick (54): *«Meine Frau hörte zwei Schüsse. Vor dem Haus war eine Ansammlung von Tamilen. Einer trug eine Pistole. Plötzlich knallten weitere Schüsse. Die Tamilen rannten los. Dann stiegen alle in die Autos und fuhren davon.»* Zurück blieben ein toter und ein schwerverletzter Tamile. *(Blick: Datum unbekannt)*

Hennessy
the civilized way
to call it a day
The world's most civilized spirit
COGNAC
Hennessy
VERY SPECIAL
Imported by Schieffelin & Co., New York, NY 80 Proof. © 1984

obligates architektenbild.
(seite 560)

titel: arbeiten bis tief
in die nacht (siehe
uhr an der wand).

3

ein paar
mögliche enden

Sie kamen im gleichen Augenblick; sanfte Wogen der Wonne spülten über sie, die übermächtige Lust trieb sie durch die stillen, dunklen Minuten der Nacht.

Später lagen sie still nebeneinander auf dem Bett. Nicks Blick haftete an der Decke, zu der Rauch aus seiner Zigarette langsam hochstieg.

Catherine hatte sich zur anderen Seite eingerollt, ihr Gesicht war versteckt.

»Was machen wir jetzt, Nick?«

Nach einer Pause antwortete er: »Wir rammeln wie die Kaninchen. Wir ziehen eine Rattenbrut groß. Wir leben glücklich und zufrieden weiter.«

»Ich hasse Ratten«, sagte sie.

»Wir rammeln wie die Kaninchen. Wir vergessen die Ratten. Wir leben glücklich und zufrieden weiter.«

Catherine glitt weiter nach ihrer Seite, ihr Haar fiel über den Bettrand, ihre Arme baumelten hinunter, die Hände berührten den Boden. Ihr Gesicht war plötzlich ausdruckslos. Sie drehte sich und sah ihm direkt in die Augen.

»Ich liebe dich«, flüsterte sie und küßte ihn leidenschaftlich, gierig.

Sie drückte ihn hinab auf seinen Rücken, setzte sich mit gespreizten Beinen auf ihn, ihre Brüste hoch und fest. Sie beugte sich hinab und küßte ihn wieder, ihr Haar wie ein goldener Vorhang vor ihren Gesichtern. Sie küßte ihn bohrend, feucht und heiß. Nick schob Catherine hinüber auf ihren Rücken und drang mit einer glatten, starken Bewegung in sie.

Nick dachte nur an die Lust dieses Augenblicks, das dringende Bedürfnis seines Körpers. In seinem Glück hatte er keine Ahnung von dem dünnen Eispfriem mit dem Stahlgriff, der versteckt unter dem Bett lag.

ENDE

Höhen. Hinauf in einen Himmel, der nur ihnen gehörte und den sie eine ganze Ewigkeit besitzen würden...

ENDE

schenmenge um einen Körper, der auf den Granitplatten des Gehsteiges lag.

Da begriff sie die Zusammenhänge, und ein erleichterter Ausdruck lag auf ihrem Gesicht, als sie sich von Sam zu ihrem Wagen begleiten ließ.

ENDE

die ganze Horde wieder über uns her. Am liebsten würde ich die Tür abschließen."

„Kannst du meinetwegen", entgegnete Joanna spitzbübisch. „Der Tee steht noch da, also verdursten wir wenigstens nicht. Moment, Simon! Nicht! So habe ich das nicht gemeint!"

ENDE

seufzte: »Lieber Mann, das gefällt mir außerordentlich, dir nicht? Denn ich muß sagen, saß ich instinktiv eine tiefe Abneigung gegen jenen Herrn gefaßt habe. Und ist es so nicht viel romantischer?«

Er tätschelte ihre Hand und drehte sich dann zu den jungen Leuten um, die augenscheinlich völlig vergessen hatten, daß sie nicht allein waren. »Ahem!«

Jeweline und der Marquis fuhren auseinander und erröteten. Der Pfarrer sah sie stirnrunzelnd an. »Ich habe den Eindruck, daß es Zeit wird für Sie beide! Außerdem ist die Trauung bereits im voraus bezahlt ... die Sondergenehmigung liegt vor ... nun, ich meine ...«

»... daß der Hochzeit nichts mehr im Wege steht!« vervollständigte der eifrige Bräutigam seinen Satz und nahm den Arm seiner Braut. »Fangen Sie an, Sir!«

*

Und wie ging es weiter? Diese Frage wird nur allzu oft offengelassen. Lightning gewann das Rennen tatsächlich. Im Herbst zog Sir James mit seinem Freund Arthur Salford nach Cambridge und überließ den edlen Zuchthengst Jonas' fürsorglichen Händen. Elizabeth vermählte sich mit Ben Clay; ihre Mutter brach darob zwar nicht gerade in Jubel aus, schickte sich jedoch in das Unvermeidliche. Und Jeweline und ihr rotblonder Marquis? Wenn man behaupten wollte, daß sie glücklich und zufrieden miteinander bis ans Ende ihrer Tage lebten, wäre das eine romantische Übertreibung. Aber es kommt der Wahrheit nahe – sehr nahe sogar.

– ENDE –

Empfang, und die Leute von Cadgwith jubelten ihnen zu.

Kevandra House wurde von da an zum Mittelpunkt eines regen, gesellschaftlichen Lebens. Seine Bewohner warem im Dorf hochgeachtet. Die Schatten der Finsternis hatten keine Macht mehr über sie.

ENDE

schlagen und gleichzeitig mit dem Fuß in den Solarplexus getreten hat.

Die neuen Gäste waren neun schwarzgekleidete Nonnen. In einer Gruppe zusammengeschlossen kamen sie näher und lächelten Talbot schüchtern an...

Die Nonnen hatten ihre Zimmer für eine volle Woche vorbestellt.

Sie blieben die volle Woche.

Und so kam es, daß aus einem ‚Monat der Orgien' die respektierlichsten, züchtigsten und wohlbewachtesten Flitterwochen wurden, von denen man in Portofino je gehört hat.

ENDE

Vielleicht würde Archie etwas ahnen, dachte ich. Er mochte ahnen, was er wollte, aber er konnte nicht sprechen. Ich hatte ihn auch wegen eines Mordfalles in der Hand, wegen einer Tötung in Notwehr, von der nur er und ich etwas wußten.

Ich sah die Scheinwerfer meines Wagens vom anderen Ende der Brücke herangleiten, und ich schritt über die stählerne Gehplanke darauf zu.

Es schneite jetzt stärker. Die dunkle Masse dort drüben würde bald nur ein flacher, weißer Hügel sein. Und wenn die Sonne wieder schien, würde das Tauwetter jene Sintflut schaffen, die alles in die Abwasserkanäle spülte, wo es hingehörte.

Es war einsam, wo ich stand. Aber ich würde nicht mehr lange hier sein. Der Wagen hatte fast den Scheitelpunkt der Brücke erreicht. Ich sah Archie hinter dem Lenkrad und schaute mich noch einmal um.

Nein, keiner ging je zu Fuß über diese Brücke – besonders nicht in einer solchen Nacht.

Jedenfalls kaum einer . . .

ENDE

„Zum letzten Mal, halten Sie an!“

Roc schaltete den Lautsprecher aus. Dann schaltete er den kleinen Bildschirm über dem Pult ein. Die Erde war schon sehr nahe gerückt, aber er fühlte die Hitze fast gar nicht. Er sah nur eine weiße Fläche auf sich zukommen. Eine Fläche hell und klar und rein, in einem bläulich grünlichen Schimmer. Und mitten in diesem Schimmer erkannte er die Umrisse eines Gesichts, zwei große Augen, die ihn voller Sehnsucht anstarrten, und zwei Lippen, die sich leise bewegten.

„Du kommst?“ hörte er eine Stimme, ganz ferne und ganz leise.

„Ja!“ stöhnte er. „Ja, ich komme zu dir, ich komme!“

ENDE

ist nicht meine Sache, die Initiative zu ergreifen. Das Universum kann seinen eigenen Weg gehen. Es ist nicht so, daß ich mich nicht hineinziehen lassen will. Ich habe es nur einfach die Qualifikation nicht, Gott zu spielen.

Ich scheine diese Welt gut zu kennen. Ich habe sonst nicht sehr viel gesehen und auch von seinen Erfahrungen mit anderen Wirten nicht viel verstanden. Es sind hauptsächlich Erinnerungen zurückgeblieben, die ihm ganz allein gehörten.

Hin und wieder – aber nur, wenn ich schlafe – träume ich, daß ich eines Tages die Welt besuche, von der er kam, und lande, wie der Gallacellaner vor vielen Jahrhunderten gelandet ist. Ich öffne die Schleuse und steige aus, um die Luft zu atmen. Ich stehe mit meinen Füßen auf dem Gras, räuspere mich höflich und frage: »Ist da jemand?«

Wenn ich träume, wache ich immer schweißgebadet auf. Ich weiß nicht, warum ich mich so fürchte.

Vielleicht aus lauter falschen Gründen.

ENDE

Das wars.
Danke.
Und Licht aus.

Türe zu!

Titelbild

Das Titelbild wurde von Françoise Caraco fotografiert (siehe auch Kolumne „Kaufen mit Küng“, Seite 529, respektive www.francoise.caraco.ch).

Zum Titel des Buches: Ich hatte viele Ideen, wie ich dieses Buch nennen wollte. „Zufälle kennen keine Tageszeit“. Oder „Einfälle kennen keinen Tages-Anzeiger“. Oder „Die Einsamkeit des Zufalls“. Oder „Tausend Seiten Einsamkeit“. Oder „Koketterie mit Charcuterie“. Am Ende fand ich dann, dass eh alle vom zweiten Buch reden würden (mit „alle“ meine ich im Falle nicht - nicht dass jemand auf die Idee kommt, ich sei nicht ganz bei Trost, grössenwahnsinnig oder noch schlimmer - die ganze Menschheit auf Erden, sondern einfach alle, die von diesem Buch reden). Also nannte ich es „Buch N° 2“. Lange Minuten oder Stunden gar überlegte ich, ob ich es „Buch Nummer 2“ oder „Buch Nummer Zwei“ oder „Buch Nr. 2“ titeln sollte – ach, man kann an so vielen Dingen herumstudieren. Viele, viele Sitzungen machte ich mit mir selbst, bis ich mich mit mir selbst auf „Buch N° 2“ einigen konnte. Es waren zähe, zermürbende Sitzungen, aber sie haben sich gelohnt.

„Buch N° 2“ ist, so finde ich, ein ehrlicher und logischer Titel. Aber er ist auch ein bisschen knapp. Deshalb kam dann noch (nach einer Sondersitzung mit mir selbst) der Doppelpathoszusatz „Das Ende der Dinge / Der Anfang von allem“ dazu. Dass ein Buch des mit mir in keinster Weise verwandten oder verschwägerten (siehe auch „Aus der Serie ‚weder verwandt noch verschwägert‘, Seite 175) Theologen Hans Küng einen ähnlichen Titel trägt, nämlich „Der Anfang aller Dinge“, das ist purer Zufall.

2

Vorwort. Erneut verfasst auf Wunsch des Verlegers. Ich persönlich finde nach wie vor, dass ein Buch kein Vorwort benötigt.

Deshalb also hier ein Vorwort, verfasst am Karfreitag 2008 in einer Küche in Lavin. Draussen hatte es am frühen Morgen zu schneien begonnen und der Schnee blieb liegen, so dass ich voller Hoffnung bin, am Nachmittag mit meinem Sohn Oscar endlich einen Schneemann zu bauen, und zwar einen richtig dicken Schneemann (wir hatten dies bereits vor zwei Tagen in Zuoz versucht, waren aber gescheitert, weil der Schnee zu hart und eisig war, was mich doch sehr beschäftigte, denn seinem Sohn einen selbstgebauten Schneemann inklusive Rüeblinase, Kohleaugen und Schal zu versprechen und dann an dieser Aufgabe zu scheitern, das ist eine harte Erfahrung – siehe auch Seite 334). Drinnen gibt der Ofen schön warm. Das heisse Holz knistert und knackst. Der Kaffeekocher röchelt auf dem Herd. Alles in allem: Ein Idyll.

Das Vorwort: Nach dem Erscheinen von „Einfälle kennen keine Tageszeit“ im Jahr 2005 (ich glaube, es kam im Dezember auf den Markt, also in die Läden), liess ich erst einmal ein bisschen Zeit verstreichen, bis ich mir Gedanken über ein neues Buch machte. Dass ich ein neues Buch machen wollte, das stand ausser Frage, denn es war einfach zu grossartig, das erste Buch zusammenzuschustern. Ein Buch zu machen, ist ein grosser Spass. Es ist auch viel Arbeit. Aber schöne Arbeit. Und – das kann wohl jede und jeder bestätigen – wie oft gibt es schon viel Arbeit, die auch noch schön ist? Eine wahrlich seltene Kombination.

Die wirkliche Arbeit an diesem Buch begann im Oktober 2007. Ich mietete mir ein kleines Büro und fing an, Material zusammenzutragen. Zuerst wollte ich ein Buch machen, welches sich gänzlich vom Erstling „Einfälle kennen keine Tageszeit“ unterscheiden würde. Es sollte so ziemlich das Gegenteil werden: Eher grossformatig, dafür dünn, edel aufgemacht mit Leineneinband und Lesebändel und eventuell Schuber sogar, dickes Papier, stringentes Grafikkonzept. Also fing ich mit der Arbeit an, und kurze Zeit später hatte ich einen Dummy, der 1200 Seiten dick war. 1200 Seiten waren sehr viel mehr, als ich eigentlich haben wollte. Also ging ich in mich und fragte mich: Was ist es, was ich wirklich will? Ein dünnes Buch? Nein. Ich wollte ein dickes Buch. Ich wollte ein Buch, das ein Freund sein kann. Ein Buch, das einen über längere Zeit begleitet. Ein Buch, das neben dem Bett auf dem Nachttisch auf einen wartet (oder auf der Toilette, denn, das wurde mir von einigen Leserinnen und Lesern berichtet, der Erstling „Einfälle kennen keine Tageszeiten“ wurde oft dort deponiert, was ich durchaus als Kompliment auffasse, denn auf den Toiletten überleben über eine längere Zeit nur die besten Bücher, oder anders ausgedrückt: Lieber ein Toilettenbuch als ein Coffee Table Book). Ich wollte einen richtig dicken Kumpel von einem Buch.

Wie „Einfälle kennen keine Tageszeit“ bestehend aus drei Teilen.

Teil 1: Faksimilierte Seiten aus Notizbüchern sowie Reportagen, die in allerlei Magazinen erschienen sind. Es gibt auch in diesem Buch keine wirklichen Kapitel, jedoch unausgesprochene Themen. Zum Beispiel: Die Zeit; das Haus; das Rad; die Farbe; der Zirkus; der Planet; das Universum; der Okzident; der Schatten; der Kreis; das Auto; das Telefon, das Brät... Ach, ich sehe gerade, dass diese Beispiele für unausgesprochene Themen ja gar nicht die Themen dieses Buches sind. Da ist mir doch glatt die geheime Liste mit den Titelthemen der Zeitschrift „Du“ in die Finger geraten. Entschuldigung. Also hier nun die Liste der unausgesprochenen Themen dieses Buches: Reisen; Hotels; Japan; Kochen; wir Eltern; Automobile; Frauen; Männer; Kunst; Kommerz; Geschichte; kurz vor dem Tod; der Tod; das Ende.

Dieser Teil 1 ist unterteilt in zwei Stücke, dazwischen findet man der Füllung eines Sandwiches gleich (gekochte Pouletbrust, scharfer Senf, vielleicht etwas nicht zu kross gebratener Speck, ein bisschen Grünzeugs, Käse) den Teil 2.

Teil 2 besteht aus einem Komplex von drei Kolumnen. Erstens die Kolumne „Tausend Dinge“, welche im Jahr 2007 in Das Magazin erschien, respektive die ersten 151 Teile davon. Die Kolumne wird noch immer fortgesetzt, allerdings nicht in gedruckter, sondern digitaler Form, auf www.dasmagazin.ch. Die wunderschönen Illustrationen zu dieser Kolumne hat Franziska Burkhardt gezeichnet, deren Arbeit ich sehr, sehr schätze, und bei der ich mich nochmals bedanken möchte, dass sie für dieses Buch neue Arbeiten realisierte. Zweitens folgt die Kolumne „Kaufen mit Küng“, welche anfänglich noch „Kauf der Woche hiess“ und ebenfalls in Das Magazin erschien. Die Fotos zu dieser Kolumne sind von Hans-Jörg Walter und Françoise Caraco (siehe Titelbild).

Drittens Teil 3: Der Index. Hier sind wir zurzeit.

Nun wünsche ich Ihnen, was ich bereits im Vorwort zu „Einfälle kennen keine Tageszeit“ gewünscht habe: Viel Vergnügen. Falls Sie gerne Musik hören, so finden Sie als Anregung auf Seite 994 eine neue Liste von 100 ziemlich guten Lieblingsliedern, die allesamt bestens zu diesem Buch passen. Zu diesem Buch ebenfalls passend:

- ein kaltes Bun Tschlin Bier
- eine kleine Rennvelotour (Klausenpass)
- ein grosses Stück Käse von Jürg Wirth (www.uschlaingias.ch)
- der Karuselli Chair von Yrjö Kukkapuro
- Orangen (die sich gut schälen lassen)
- ein Autogramm von Clay Regazzoni
- der Schuhschnabel (Balaeniceps rex), oder die Tannenzapfenechse (Tiliqua rugosa)
- der Film „The Conversation“ (die Szene am Ende, als Mister Harry Caul seine Wohnung etwas genauer unter die Lupe nimmt, während im Hintergrund, draussen, man sieht es durch das Fenster, ein Haus demoliert wird).
- ein hochfloriger Teppich, auf dem dieses Buch liegt

Max Küng, Lavin, im März 2008

6
Das Bild mit den vier Fallschirmen, an denen eine Plattform mit einem Geländewagen drauf gen Erden gleitet, das stammt aus einem Prospekt des französischen Militärfahrzeugherstellers Panhard. Ich erhielt den Prospekt an der internationalen Waffenmesse EUROSATORY in Paris (siehe Reportage Seite 22). Ich erhielt dort noch sehr viel mehr Prospekte. Unter anderem für Handgranaten aus Schweizer Qualitätsproduktion, schwere Us-amerikanische Maschinengewehre für Hubschrauber, britische Panzer und israelische Langstreckenraketen. Es ist erstaunlich, dass es für alles, alles, aber auch wirklich alles einen Prospekt gibt.

11
Keine Ahnung, woher das Bild stammt. Aber es ist ein schönes Bild voller Symbolgehalt. Und der Mann sieht aus wie Michael Caine, auch wenn er es bestimmt nicht ist.

19
1. Es Dörfli zwüschet Aaren und Geissbärg zellt sich zum Bruggerbiet. Mit Acherland und Rääben am Hang, e Landgmeind voll zfredni Lüüt.. Refrain: Und iich be doo deheimen und gschpüüre d' Wärmi wo dinne liit. Und doo ben iich deheime und gschpüüre d' Wärmi, wo dinne liit. 2. I breite, starche Hüüser mit höche Firscht wohnt e gsunde Schlag, wo treu im Tagwärch iistoht mit Fliiss und Uusduur und ohni Chlag. Refrain: Und iich be doo deheimen und gschpüüre d' Wärmi wo dinne liit. Und doo ben iich deheime und gschpüüre d' Wärmi, wo dinne liit. 3. Der Stross noo singe d'Brünne-n-am alte Lied, wo vell Strophe hett. Zum Feschttag rüschtet s Dörfli, wenn's uf der Burg obe d Fahne gseht. Refrain: Und iich be doo deheimen und gschpüüre d' Wärmi wo dinne liit. Und doo ben iich deheime und gschpüüre d' Wärmi, wo dinne liit. 4. Göhnd, suechet i der Rundi es gfreuters Plätzli, ihr findet keis; s wiit Fäld und d Egg und d Erschti, en Kometbach, das gitts nur bi eus. Refrain: Und iich be doo deheimen und gschpüüre d'Wärmi wo dinne liit. Und doo ben iich deheime und gschpüüre d Wärmi, wo dinne liit.
(Text und Musik: Walter Hegnauer)

20
Der Zufall will es (ja, der Zufall will es oft, solches, anderes), dass ich just heute, da ich diese Zeilen schreibe, vom Flugplatz Samedan komme. Ich war mit meiner Familie in St. Moritz in der Garage Mathys, wo ich den Schaden an meinem Auto begutachten liess, welcher eine Kollision mit einem VW Passat mit österreichischem Nummernschild hinterlassen hat. Zur Kollison kam es auf einem Zug in einem Tunnel (siehe www.vereina.ch). Der Österreicher (er ist im Kiesgeschäft tätig, so steht es auf der Visitenkarte, die er mir später überreichte) hatte vergessen, die Handbremse zu ziehen, als wir uns daran schickten, auf Wagen verladen durch den Berg zu fahren. Und er rollte rückwärts, respektive sein Automobil. Und es rumpelte in mich rein. Nach der Schadensbegutachtung bei der Garge Mathys spazierten meine Familie und ich noch kurz durch St. Moritz, aber nur kurz. Dann fuhren wir zum Flugplatz Samedan, wo mein kleiner Sohn beobachten durfte, wie der sehr alter Rolls-Royce vom Palace Hotel zwei nicht so alte (aber schon alte) Leutchen ablud, die in einen zweistrahligen Jet stiegen (er trug die Registrierung CS-DXG) und bald abhoben. Wir sahen auch einen Helikopter landen und ein einmotoriges Kleinflugzeug. In der kleinen Flughafenbeiz, die Kerosin-Stübli heisst, gab es als Mittagsmenü Pouletschnitzel mit Currysosse und Kokosreis (15 Franken), aber wir zogen es vor, später im Hotel etwas zu essen. Ich nahm einen Wurst-Bergkäse-Salat, meine Frau Penne all'arrabiata und unser Sohn ass mir die Wurst aus dem Salat, was mir ganz recht war, während er Flugzeuge zeichnete die aussahen, als seien sie eben aus höchster Höhe auf dem Boden aufgeschlagen.

32
Diese Visitenkarte gab mir Herr Paul E. Stefens, einer der Protagonisten in der Reportage „Shoppen und Killen" (siehe Seite 22). Ich habe sie aufbewahrt. Schlichtweg wegen der schlichten Erkenntnis, dass auch Waffenhändler schlichte Visitenkarten haben. Nun ja, so schlicht ist sie nicht. Fünf Nummern auf einer Karte, das ist nicht übel. Herr Stefens ist übrigens Belgier.

33
Titelblatt eines vierseitigen Prospekts der Firma Lockheed Martin für ihr Produkt Hellfire II. Irgendwie ziemlich abgefahren, eine Rakete so zu benennen: Hellfire.

34
Alles Produkte der Firma FN Herstal, dem Hersteller von Militär- und Polizeiwaffen der Herstal-Gruppe (zu der auch die Marken Browning und Winchester gehören). Herstal ist ein Ort in Belgien, im Grossraum Lüttich. Dort wurde die Firma 1889 gegründet. Belgien ist, den Eindruck hatte ich schon immer, ein komisches Land mit komischen Leuten. Weiterführende Literatur zu diesem Thema: „Schatten über dem Kongo" von Adam Hochschild, Rowohlt Taschenbuch, 544 Seiten.

36
Noch ein Produkt aus dem Hause FN Herstal. Für den Einsatz in Helikoptern.

38
Ausschnitt aus der New York Times vom 10. April 2003. Das ist der Tag vor dem Geburtstag meiner Frau. Damit aber hat das Bild nichts zu tun. Interessant ist, wer das Bild gemacht hat. Laura Rauch. Und die Frage, ob jeder Name einmal im Leben Sinn macht (siehe auch Kolumne „Tausend Dinge", Abschnitt 029.5).

54
Eine Karte, die ich eigentlich einem Freund senden wollte, der den Sommer in Griechenland verbrachte, auf einer Insel, auf der es einen einzigen Baum gab und nichts als Weiss, gleissendes Licht und Esel, die mit Knebeln die Hänge hochgetrieben werden. Ich kann mir nicht vorstellen, warum man nach Griechenland in die Ferien fährt. Beim besten Willen kann ich es mir nicht vorstellen.

56
Ein Fund aus dem Brockenhaus Glubos in Basel: Ein altes Fotoalbum voller Bilder von Ferien einer mir unbekannten Person. Zuerst wollte ich das ganze Fotoalbum integral in dieses Buch einbauen. Denn einerseits erzählt dieses Fotoalbum viel darüber, warum man reist, welche Hoffnungen man mit auf Reisen nimmt (respektive wieder zurückbringt). Andererseits ist es einfach auch sehr traurig, dass solche Andenken und Erinnerungen einfach im Brockenhaus landen. Dass sie unnütz werden. Dass niemand sie mehr will. Dass sie dem Vergessen übergeben werden. Dann dachte ich wieder: Eine Doppelseite genügt auch. Weil: Dieses Buch war einmal viel dicker (siehe Vorwort). Aber: ein Buch mit mehr als 1000 Seiten ist einfach zu dick. Also unterzog ich es einer harten Diät. Und deshalb flog das Fotoalbum, welches ich im Brockenhaus fand, heraus. Und somit auch die schönen Bilder von Haifa, den Pyramiden, dem Ausflug mit den Kamelen, der Lebensrettungsübung und dem Aufenthalt in Ostafrika. Schade, schade, schade.

58
Erst kürzlich traf ich die Fotografin Lena Maria Thüring, die bei dieser Reise als Assistentin von Noe Flum dabei war. Wir waren uns beide einig, dass es eine ziemlich gelungen Reise gewesen war. Sehr lustig und sehr schön war es. Wir sagten, dass man dort einfach mal wieder hinreisen sollte. Doch leider ist der Weg nach San Sebastian auch sehr weit. Oder vielleicht auch: Zum Glück ist er so weit.

Pablo übrigens, der argentinische Koch, der im Artikel vorkommt und den spanischen Wettbewerb für das beste Pincho gewonnen hatte, der sollte diesen Preis nochmals holen. Die Washington Post schrieb am 6. Oktober 2006:

MADRID, Spain -- Tapas _ the Spanish finger-food that is delighting palates around the world _ have a complex new champion: a delicacy of roast peppers, pickled eggplant, horse mackerel and dried leeks. The award was announced Wednesday night at Spain's only nationwide tapas contest, held in the northern city of Valladolid. Pablo Vicari, a 31-year-old Argentine who cooks at a restaurant in the Basque city of San Sebastian _ known around Spain for its excellent cuisine _ beat out 73 other chefs to take the top honor, worth $7,600. His pride and joy is a glazed, multilayer cube of fish and vegetables, seasoned with mustard leaf and a sprinkle of salmon eggs and edible flower petals. He calls it a Sea Toboggan. „It tastes like heaven," Vicari told Spanish National Radio on Friday.

The runner-up honors went to a sandwich-like morsel featuring fresh sardines cured in rock salt, peeled and sauteed grapes and diced tomato. Third place went to a caramelized version of a black, mushy sausage made from pig's blood and onions. Last year's winner was lamb's tail stewed with goat's milk and a tough thistle-like vegetable called borage. Sound like you're in the wrong country?

Indeed, elaborate dishes like these are a far cry from the humble chorizo sausage or potato omelets that average Spaniards snack on with a pre-meal beer or wine and which have been exported across Europe, to America and as far as Japan. But Valladolid is among Spanish regions known for taking great pride in their tapas, and it has held a regional competition for years. Last year it launched the National Tapas Contest, with chefs from all over the country, said Ana Mediavilla, a spokeswoman for the contest. It is sponsored by the town hall in Valladolid, where the surrounding region is also known for producing some of Spain's best wines. The contest is not open to public tastings, but all the competing appetizers are later cooked up in local bars and restaurants and people can sample them at $1.90 a pop, Mediavilla said. Last year the eatery offering the stewed lamb's tail had lines pouring out the door. "You simply cannot imagine what the sales were like," she said from Valladolid. So this year eight restaurants rather than just one will be offering the winning delicacy dreamed up by Vicari, who has been cooking since he was 23. One of the conditions for taking part in the contest is that recipes later become part of the public domain rather than guarded as culinary secrets.

88

Erklärungsbedürftig sind hier die mit feinem Filzer rot umkreisten Wörter. Alle „ich" in diesem Artikel tragen ein rotes Kleid. Nicht ich habe diese Kreise gemacht, sondern ein besorgter Zeitgenosse, persönlich und von Hand. Ein Werber, dessen Name mir gerade entfallen ist, der aber einen dicken Jaguar fährt und gerne eine CD hört, auf der die Internationale in verschiedenen Variationen gegeben wird, der machte sich Sorgen darum, dass im Magazin zu oft das Wort „ich" vorkommt. Also umrandete er alle ichs mit seinem roten Filzer und schickte das Heft meinem Chef.

94

Noch nie gegessen. Aber: 16 mal „ich".

124

Ich weiss nicht mehr, wohin ich flog, woher ich kam. Ich weiss auch nicht mehr, was es zu essen gab. Grossartig kann es nicht gewesen sein.

125

Titel des Bildes: Statt im Flugzeug essen: Flugzeugs essen.

126

Nachwort zum Buch „Metro. Tbilisi" (Christoph Merian Verlag, 2001) des Fotografen Julian Salinas. Es findet sich in diesem Buch (also in dem Buch, welches sie in den Händen halten) auch ein Bild, welches in Tiflis gemacht wurde. Siehe Seite: 226.

128

Die Reise mit dem Frachtschiff Pacific Senator als Passagier von La Spezia nach New York war so lang, dass ich viel Zeit zum Schreiben hatte. Es entstand dabei ein Manuskript, welches eine halbe Million Zeichen umfasst. Leider war ich zu faul, um das Manuskript aufzubereiten. Ach, es gäbe so viel zu tun.

Damit man trotzdem einen Eindruck bekommt, folgt hier nun ein kleiner Ausschnitt. Manchmal reichen kleine Ausschnitte (Song zu diesem Gedanken: „Kleiner Ausschnitt" von Barbara Morgenstern). Bitte beachten Sie, dass dieses Manuskript nicht lektoriert oder redigiert ist. Es ist bloss ein Manuskript.

Man wird wortkarg auf dem Meer. Gestern lief ich auf meinem täglichen Kontrollgang über das Schiff einem Matrosen in die Arme. Er stand in einer offenen Tür und rauchte. Ich erschrak und wir beide mussten kurz lachen. Dann machte ich eine knappe Bemerkung zum Wetter, das hier so wichtig ist für das tägliche Gespräch wie bei alten Leuten im Altenheim, und er sagte „yes" und dann sagte er nichts mehr und ich auch nicht und ich stand noch eine Weile bei ihm und dann nickte ich kurz und sagte: „see you", und er sagte „see you" und schnippte die herunter gerauchte Zigarette ins Meer.

Lese in Rüdiger Nehbergs „Mit dem Baum über den Atlantik". Nachdem er diesen schon mit einem Tretboot und einem Floss überquert hatte, zimmerte er sich aus einer Schweizer Rottanne und ausgeschäumten Bambusrohren ein Segelboot, mit welchem er anlässlich des 500 Jahr-Feierlichkeiten Brasiliens zur Errettung bedrohter Völker von Mauretanien nach Brasilien übersetzte. Sehr lustig, dieses Buch, auch wenn Rüdiger Nehberg das sicherlich nicht immer so gemeint hat. Ich denke darüber nach, einen Artikel zu schreiben über die unfreiwillig lustigsten Bücher. Das würde ein langer Artikel werden. Und Rüdiger wär da sicher mit dabei. Schon der erste Satz: „'Mit einem massiven Baumstamm über den Atlantik? Bist du durchgeknallt? Oder willst du Selbstmord verüben?'" Klingt nach dem Film „Die Bettwurst" von Rosa von Praunheim: „neeeeiiiin! Tussss nichhhh." 40 Tage sass er auf seinem Baumstamm, harpunierte Doraden und ass sie mit mitgebrachter Fertigsosse Bernaise, kackte ins Meer und liess sich vom Wind rüber blasen. Super Idee.

Ich mache meinen Spaziergang über das Schiff, getraue mich aber nicht nach vorne in den Bug zu gehen, da der Wind doch ziemlich pfeift. Ich habe eine Horrorangst davor, wie der Wind mir meine Brille vom Kopf reisst und sie wirbelnd zu einem schwarzen verschwindenden Punkt machend hinaus trägt. Und ich stünde dort, der kleine Maulwurf, heulend, die Götter verfluchend auf einem mächtig wankenden Kahn, mich festkrallend an der Reling, während die auf einem Helikopter montierte Kamera sich immer mehr von mir entfernte und schliesslich der Abspann des Filmes kommt. Also gehe ich auf die Brücke. Dort wird gearbeitet. Der Praktikant schreibt etwas in ein Buch. Der Kapitän lässt seinen Zeigefinger auf die Computertastatur niedersausen wie ein Specht seinen Schnabel. Tak. Tak. Tak. Tak. Tak. Dazu rattert die hochgezogene Folie vor den Fenstern. Klap. Klap. Klap. Klap. Klap. Leise zittern auch die Lampenfassungen. Schepper. Schepper. Schepper. Schepper. Schepper. Der Motor dröhnt von unten und der Kahn, diese riesige Wanne aus Stahl, ächzt. Und dann setzt zu dieser Hochseefahrtsmusik ein helles, metallisches Geräusch ein. Klick. Klick. Klick. Klick. Klick. Ich sehe mich um, und da steht der Erste Offizier, breitbeinig wegen des Seegangs, den Kopf gebeugt, und schneidet sich mit einem Clipper die Fingernägel. Klick.

Die Sonne ist durchgebrochen. Das Thermometer zeigt über 20 Grad im Windschatten, dort wo die Sonne draufdrückt 26 Grad. Die Wassertemperatur soll 21 Grad betragen. Ich lege mich beim Pool auf den einzigen Plastikliegestuhl und ziehe in Erwägung, die Badhose anzuziehen und hinein zu springen. Aber irgendwie sieht das Wasser doch ein wenig dreckig aus. Der Chief soll neues hinein pumpen. Ich würde ihm das beim Mittagessen sagen. Dann mache ich die Augen zu und singe still für mich einen Song von Kylie und sehe dazu auch den Videoclip: „...come down and dance with...yeah....slow...". Tak, tak. Klap, klap. Klick, klick.

Mittagessen: Ein Hühnerbein frisch frittiert, Reis, Gemüse. Zwei kleine Bananen. Danach inspiziere ich mit dem Praktikanten die Offiziersmesse, in der noch nie jemand war. „Wir könnten mal ein Spiel spielen. Auf der Aida hab ich mich immer mit einem Spanier getroffen, der konnte ganz gut Schach spielen und brachte es mir bei." Wir sehen die Schränke. Tatsächlich finden wir eine Schachtel. „300 Spiele" steht drauf. Aber die Schachtel ist alles andere als vollständig. Offiziersmessepiraten haben die Karten entführt, die Würfel auch, was noch bleibt: Halma, Eile mit Weile, Mikado. Natürlich eine super Idee für ein Schiff: Mikado. Mikado auf einem Schiff. Genial. Mikado Beaufort 12. Das Spiel für wirklich harte Nerven.

Die Offiziersmesse: Ein Raum, ich schätze ihn mal 6 mal 9 Meter. Rundherum mit fest eingebauten Sofas versehen. Es sind acht Sofas. Vier am Boden fest verschraubte Tische. Vier Stühle, alle in einer Reihe an einer Längswand hingestellt, wo auch das Panel mit den Alarmkontrolllampen sich befindet und ein Bild, oder besser gesagt eine Reproduktion, ein Druck eines Ölgemäldes, welches eine liebliche Wiesenlandschaft zeigt mit hinten zwei spitzen aber nicht zu hohen Bergen. An der Stirnwand drei Reproduktionen alter Schifffahrtsreklamebilder. Eines für den Doppelschraubendampfer Peer Gynt der Reederei Viktor Schuppe, welche Reisen anbot im Mittelmeer und Orient. Ein anderes für „Rundreisen nach Rio de Janeiro in der 1. Klasse des Schnelldampfers CAP ARCONA. Fahrpreis: RM 1'275.–". Das dritte zeigt den Schiffs-Fahrplan vom Bahnhof Dagebüll „nach den Nordsee-Bädern Wyk auf Föhr und Amrum" auf dem schnellstmöglichen Seeweg. Ich habe nie jemanden in diesem Raum gesehen (abgesehen vom Besuch mit dem Praktikanten und dessen Drohung, hier mit zu spielen, was auch immer). Auch bis ans Ende der Reise sollte ich nie jemanden in diesem Raum sehen, ausser mich dann und wann, gespiegelt in einem der Bullaugen oder dem immerschwarzen Bildschirm eines grossen Sony-Fernsehers, der auch dort steht, neben einem HiFi-Turm mit Equalizer.

Ich denke, es wäre ein super Ort um eine Schülerfete zu machen. Luftballons. Spaghettitanz. Donovan. (kleine Anmerkung an mich selber: Luftballons, Spaghettitanz und Donovan unbedingt so lassen, denn L S D!)

Ich inspiziere die niedrigen Schränke, Kommoden eher, Sideboards. Sie sind leer, bis auf: eine Bibel, eine Stromsparlampe, ein Buch, Titel „für jeden Tag – mit dem neuen Testament durch das Jahr". Innen drin steht von Hand geschrieben mit Kugelschreiber: Deutsche Seemannsmission Singapur. Eine DVD: Bruce Almighty. Die leere Videohülle zum Film „Turbo Time – der Tod fährt mit", von Alessandro Fracasci (Produzent) und James Davis (Regie). Hinten auf der Hülle unter Bildern von Motorrädern und Rennautos: „Filme über Auto- und Motorradrennen gibt es viele... brav gefilmt von der Kamera-Tribüne. TURBO TIME ist anders. TURBO TIME ist eine Weltsensation, ein schwindelerregendes Erlebnis...gefilmt von der preisgekrönten Meister-Kamera Antonio Climatis. Die Kamera ist direkt hinter dem Racing-Piloten auf das stählerne, brüllende Geschoss montiert. Sie ist dabei bei 300 km/h...dabei bei den letzten Sekunden im Leben GILLES VILLENEUVE...in Zeitlupe...dabei, wenn die Knie der Zweirad-Champions die Asphalt-Pisten rauchend berühren...dabei bei dem Zeitlupen-Ballett der sich endlos überschlagenden metallischen und menschlichen ‚Projektile'. Turbo Time ist tatsächlich einzigartig, der absolute Wahnsinn. Wenn Sie je etwas stärkeres auf Zelluloid gesehen haben, dann schreiben sie uns."
Und eben. Der Karton mit „300 Spielen", Mikado und so.

Ich schnappe mein Buch und gehe zum Pool. Die Badehose ist montiert. Das Badetuch dabei. Es windet, aber ich finde einen Ort, an dem ich mit beiden Händen das Buch so halten kann, dass die Ecken der Seiten nicht flattern. Der Pool scheint zu kochen und dann und wann klatscht das Wasser hart gegen die eiserne Wand und zerstäubt hoch in den Wind, der mir ins Gesicht bläst. Ich muss meine Brille alle zehn Minuten wegen den Salzablagerungen putzen. Nach einer Stunde springe ich in den Pool. Der Pool ist nur halb voll, weil der Pool sich selber entleert, durch das hin und herschwappen. Zum Glück sprang ich nicht Kopf voran, wobei: Warum hätte ich das tun sollen. Ich sprang in meinem ganzen Leben noch nie Kopf voran in einen Pool oder auch ein anderes Gewässer. Schliesslich kann ich nicht nur nicht schwimmen, sondern beherrsche zum Einstieg ins fröhlich Nass nur den grossväterlichen Zugang über eine Treppe. Das Wasser ist nicht warm aber auch nicht kalt. Kalt ist der Wind. Ich dusche mich ab mit der Brause, aus der nun wirklich angenehm warmes Wasser kommt. Und weil es so angenehm war kam, dusche ich mich nochmals ab. Ich trockne mich, ziehe mein T-Shirt an und setzte mich wieder in den Liegestuhl und lese weiter. Die Wellen draussen sind sicher drei Meter hoch. Mindestens. Weisse Schaumkronen bis ans Ende der Dinge. Bevor ich einnicke, merke ich, dass bald drei Uhr sein würde. Ich will nicht, dass der Steward mit einem schweren Tablett vor meiner Tür steht, klopft und nichts geschieht. Wenig später steht der Steward mit einem schweren Tablett vor meiner Tür und klopft. Ich mache auf. Der Tee. Wieder die grosse Blechdose mit den Keksen. Ich gestatte mir heute vier kleine Kekse. Das wären, so überschlage ich grob, etwa 1200 Kalorien. Ich lese. Ich nicke fast ein. Ich mache mir noch eine Tasse Tee und noch eine aber der Deckel bleibt auf der Dose. Ich stelle mir vor, dass er verlötet ist. Eh nicht aufzukriegen. Ausserdem weiss ich, dass mir von Butterkeksen schlecht wird. Andererseits weiss ich auch, dass mir sehr wahrscheinlich von den Wellen auch schlecht werden würde, also wo läge da der Unterschied? Ich überlege hin und her und dann klopft es. Der Steward. Er will die Bettwäsche wechseln. Ich versuche ihn in ein Gespräch zu zerren, aber es ist zäh. Während er das Bett abzieht frage ihn aus. Ich frage ob es ein guter Job ist, hier auf dem Schiff (er zuckt mit den Schultern). Ob er gut bezahlt werde (er sagt: es gehe so). Ich frage ihn Dinge über Kiribati, ob es dort Touristen gebe (ja, aber nicht viele), wie lange der Staat schon unabhängig sei (oh ja, er sei sehr jung) und ob er Kokosnüsse möge (er lacht). Ob er Kinder habe (obwohl ich nicht weiss, ob ich ihn das nicht schon einmal gefragt habe, und er sagt: nein, nur eine Frau, seit 1997, und noch kein Kind, und er frage sich auch, warum er noch keine Kinder habe). Ober nach dem Jahr auf See nochmals zur See fahren wird (ja, sagt er, nach einer Pause von zwei Monaten werde er es nochmals tun, aber wohl bei einer anderen Gesellschaft, wo man sich nur für neun Monate verdingen muss). Am Ende geht er und das Bett ist neu bezogen, straff das Leintuch, die zwei Kissen gestapelt, das Deckbett und die Wolldecke säuberlich zusammengelegt. Aber bevor er zur

Tür hinaus ging, das sagte er, dass er mir heute Abend ein Video geben würde, ein Video über die Kiribati Island. Dann senkte er den Kopf und nahm das Tablett und die alte Bettwäsche und den Müll mit und ging.

Ich nehme meine Videokamera und das Manfrotto-Tischstativ und gehe auf die Brücke, um den Sonnenuntergang zu filmen, damit meine Liebsten auch etwas von dieser Reise haben (ich würde noch viele Sonnenuntergänge und Meeresstudien mehr filmen, das habe ich wenigstens vor – sie würden stunden vor dem Fernseher zubringen müssen, während ich, mit der Fernbedienung in Hand alles unter Kontrolle halten, sage: „Moment, jetzt kommt's dann gleich. Moment. Aehm. Noch ein paar Pommes-Chips?") Was sich am Himmel abspielt, ist wirklich beeindruckend. So viele verschiedene Wolken. Wie im Wolkenmuseum. Ich bin so aufgewühlt von dem Naturspektakel, welches leise summend meine Kamera aufzeichnet, dass ich mich dem Kapitän mitteilen muss.

„Unglaublich, was da los ist!"

„Wo?"

„Am Himmel!"

„Wo?" er schaut auf, blickt hinaus.

„Am Himmel. Diese Wolken. Dieses Licht. Diese Stimmungen. Also ich finde das einfach gewaltig."

Er schaut wieder nieder. Als wäre er enttäuscht. Als hätte ich ihm eine Windhose versprochen und dann das: Nichts. Er sagt: „Na ja."

„Auf dem Festland ist der Himmel ja schrecklich langweilig, aber hier, dieser Sonnenuntergang, und wie sich dann diese dunkle Schlechtwetterfront davor schob und aber Löcher hatte wo das Sonnenlicht irre rot durchjagte."

„Hm."

„Natürlich. Sie haben natürlich schon ganz andere Dinge gesehen. Sie sind sich natürlich noch viel spektakulärere Sonnenuntergänge gewohnt. Aber für mich als Neo-Seemann..."

„Hm."

Und dann merke ich, dass ich meinen Wortvorrat für heute verbraucht habe und ich schaute auf meine Uhr: viertel vor 6. Höchste Zeit zum Essen zu gehen. Ich lege meine Videokamera in meine Kabine, sichere die Kassette (ich beschrifte sie mit „top sunset!!!") und gehe in die Messe. Dort sitzt der Praktikant. Es gibt Beef Stroganoff und Reis. Dazu nehme ich mir vom kleinen kalten Buffet zwei Radieschen und zwei Stück Möhre. Dann kommt der Chief. Er nimmt die Brille ab, als er sich setzt (er hat nur die Gemüsebeilage bestellt, gedämpften Broccoli, ich vermute, er will abnehmen, oder besser gesagt seine Frau oder sein Arzt oder beide zusammen haben es ihm gesagt, aber dann schlägt er am kalten Buffet zu und nimmt Knäckebrot und Käse und Wurst und ich bin kurz versucht ihm zu sagen, dass Wurst mit Abstand! mit Abstand! das Schlimmste ist, was er in einer solchen Situation essen kann, er nimmt also seine Brille ab und dann sehe ich, dass sein Kopf so dick ist, dass die Bügel der Brille richtige Gräben gemacht haben, sein Gesicht hat wie dünne Kanäle, wo der Bügel der Brille fest arretiert werden kann) fange ich ein Gespräch an über das Blaue Band und wie lange wohl das schnellste Schiff hatte, um den Atlantik zu überqueren (obwohl ich es natürlich weiss: es war die SS UNITED STATES, welche am 7. Juli 1952 nach nur drei Tagen, zehn Stunden und 40 Minuten beim westlichsten Leuchtpunkt, Bishop's Rock, dem Ziel, eintraf) und er sagt, das sei die UNITED STATES gewesen, „dreieinhalb Tage, aber die hatte auch 200'000 PS. Der Rekord wird nicht mehr geholt. Lohnt sich ja gar nicht, so was zu bauen, heute." „Und unser Schiff hat 20'000 PS, oder?" Er nickt. „Ja. Und sechs Zylinder. Aber das ist ein Zylinder zu wenig. Wir machen ja kaum noch Fahrt. Bloss noch 16 Knoten." Der Praktikant gluckst. „Wie ein Mofa!"Ich lächle höflich und erwähne nicht, dass ich es war, der dem Praktikanten erst vor wenigen Tagen, wenn ich mich recht entsinne, gesagt habe, dass es doch witzig sei, wenn man sich vorstelle, dass man so schnell wie mit einem Mofa nach Amerika fahre.

„Ja", sagt der Chief, „das ist die Geschwindigkeit für alte Herren."

130

Die Fotos zeigen, was im letzten Buch auf der Seite 7 als Zeichnung zu sehen war: Das Zimmer Nummer 2310 des Hotel Forum in Berlin, das heute nicht mehr Forum heisst, sondern Park Inn. Damals aber hiess es Forum. Und für mich wird es immer Forum heissen. Das Bild auf Seite 130 zeigt das Zimmer von aussen. Das Bild auf Seite 131 von innen.

132

Das Hotel Trebovir in London gibt es heute nicht mehr. Das ist kein grosser Verlust. Sowieso: Hotels und London: A very sad Kapitel. Das schlimmste Hotel, in dem ich in meinem ganzen Leben war, das gibt es leider noch immer. Es heisst „The International Hotel". Was für ein Name für ein Hotel! Und steht wo? Natürlich in London. Ich schrieb nach dem Besuch des „The International Hotel":

London. Tolle Stadt. Themse, Bobbies und Doppeldeckerbusse, halbe Pints in tollen Pubs und vielleicht noch die Jack-the-Ripper-Tour. So denkt man. Aber oft denkt man falsch. London ist, in erster Linie und abgesehen davon, dass es einfach gross ist und immer schlecht bewettert, abgesehen davon also einfach eines: teuer. London ist so teuer, dass es wehtut und man denkt: Es ist unglaublich, dass es einen Ort gibt auf der Welt, der teurer ist als Zürich. Aber darum geht es hier nicht. Hier geht es nämlich um ein Hotel. Nicht irgendein Hotel, sondern um das schlechteste Hotel der Welt. Und das steht in London. Genauer in den Docklands. Noch genauer: Marsh Wall, London E14. Es heisst grossspurig und breitbeinig THE INTERNATIONAL HOTEL. 442 Zimmer hat das THE INTERNATIONAL HOTEL, und in Zimmer Nummer 219 wohnte ich, und um es gleich zu sagen: Der Preis pro Nacht in Franken war höher als die Zimmernummer. Das Zimmer sah, Sie entschuldigen, scheisse aus. In England sehen Zimmer zwar meist so aus, aber es war schon eine neue Dimension der Fürchterlichkeit. Angeschrammte Möbel, abblätternde Tapeten, keine Mini-Bar, kein Pay-TV, keinen Haartrockner. Und die Aussicht! Als ich die dicken beblumten Vorhänge zurückschob, da sah ich: eine Wand. In einem Meter Entfernung. Jetzt wusste ich auch, warum der Réceptionist gelächelt hatte, als ich fragte, ob das Zimmer «a view» hätte. Ich ging gleich wieder an die Réception, und die Worte fielen mir wie Bauklötze aus dem Mund: ROOM, SCARY und HORROR. Der Réceptionist sagte nur: «But we are full.»

Sollten Sie mal in London sein, was ich nur bedingt empfehlen kann, dann übernachten Sie nie, ich wiederhole: NIE im THE INTERNATIONAL HOTEL. Ausser Sie stehen auf komisches Zeugs, was gut sein kann, wenn es Sie nach England zieht. Für alle anderen gilt: Übernachten Sie im Savoy!

133

Stimmt gar nicht. Ich spiele extrem gern Minigolf. Vor allem in Gedanken. Vor allem dann, wenn ich nicht Minigolf spiele. Dann denke ich daran, wie es wäre, Minigolf zu spielen. Wenn ich dann wirklich spiele, und merke, dass ich uh schlecht bin, dann vergeht mir die Lust meist etwa bei Loch Nummer 9. Ähnlich verhält es sich bei Monopoly, Raclette und Theater.

136

Ein Artikel, den ich für die Zeitschrift „Salz & Pfeffer" schrieb. Ich habe, glaube ich, bis heute keine Rechnung für den Artikel geschrieben. Das passiert mir oft: Dass ich vergesse, die Rechnung zu stellen. Das hat sicherlich damit zu tun, dass man denkt, man habe nun genug geschrieben, wenn man den Artikel fertig hat. Dann will man nicht noch eine Rechnung schreiben. Nun sehen sie mal, wie hart das Schreiben ist!

145

Im Hotel Reichshof in Hamburg war ich, um für die „Zeit" einen Artikel über eine Bootsmesse zu schreiben. Der Artikel wurde leider nicht sehr gut. Er trug den Titel „Göttin der Yacht" und ging so:

So liegt sie da. Als sei sie vom Himmel gefallen und in die Messehalle 10 der Hanseboot. Aufgebockt, auf Hochglanz poliert, alles widerspiegelnd, über eine Treppe zugänglich gemacht: die Venegy 37. Ein Motorboot. Aber was heißt hier Motorboot? Ein Mahagoni-Traum im Retrostil! Geschwungene Linien, blitzendes Metall, elf Meter lang, mannshoch. Man denkt nicht an das eigene Leben, wenn man dieses Boot sieht, sondern an das von Howard Hughes.

Gebaut wird die Venegy in Holland. Obwohl das nicht wirklich stimmt. Sie wird zwar von der Firma Prins van Oranje hergestellt, aber wer könnte es sich schon noch leisten, in Holland zu produzieren? Also wird die Venegy in Belgrad gefertigt, in der Infinity-Craft-Werft, und zum Finish nach Holland geschafft.

Und weil die Venegy so atemberaubend aussieht, so elegant und kraftvoll, wollen sie alle sehen. Es herrscht ein wahrer Sturm, und mittendrin steht Dirk-Jan Coljee, Sales-Manager. Ein junges Pärchen, kaum älter als 30 die beiden, klettert auf das Boot. Das darf man hier, die Dinge von nahem anschauen – man muss bloß so komische Säcke über die Schuhe stülpen. Er zeigt auf die Cupholder aus poliertem Stahl. Sie zeigt auf die kleine Küche mit Zwei-Flammen-Gaskocher. Das Innere des Bootes birgt eine Spielwiese, wo man schlafen kann oder auch nicht, aus weißem Nappaleder. Dirk-Jan Coljee kümmert sich nicht weiter um das Paar, er scheint zu wissen, dass sich die beiden das Boot wohl nicht leisten können. Obwohl: Man weiß ja nie.

»Dafür muss man den Blick haben. Und noch wichtiger ist, dass die richtigen Fragen kommen. Zum Beispiel: ›Wie lange beträgt die Lieferfrist?‹ Das fragen nur Leute, die wirklich interessiert sind.«

»Und wie lange beträgt die Lieferfrist?«

»Lassen Sie mich rechnen. Das nächste Boot liefern wir im April aus, April 2004.«

»Das geht aber schnell.«

»Nun, wir warten halt nicht, bis ein Auftrag da ist, und fangen dann erst mit dem Bauen an. Und wissen Sie, wenn jemand so viel ausgibt für ein Spielzeug, dann will er nicht lange warten, bis er das Spielzeug erhält. Verständlich, oder?«

Ohne Mehrwertsteuer kostet die Venegy 275000 Euro, eine hat Herr Coljee bereits verkauft. An einen Deutschen. Aber eigentlich sagt man hier nicht »verkaufen«, sondern: »Ich hab einen Vertrag gemacht.« Den faxt man an den Kunden, und wenn der genug Mumm in den Knochen hat und das nötige Geld, dann setzt er seine Unterschrift darunter und faxt zurück. So geht das. Natürlich hat Herr Coljee gehört, dass die Zeiten nicht die besten seien. Aber für seine Venegy sei das kein Nachteil. Denn in diesen Zeiten entschieden sich die Leute lieber für ein so hoch individuelles und spezielles Ding denn für ein mittelmäßiges Massenprodukt. Die Venegy sei eine wertstabile Anlage. Und erst noch eine ziemlich schöne. Es sei wie in der Autobranche. Da leiden die Hersteller der superteuren Autos auch nicht so. »Wissen Sie, Leute, die das Spezielle suchen, die haben immer Geld. Und sie geben es aus.« Zu seinen besten Kunden gehören zwei Holländer. Der eine verkauft Ferraris, der andere Bentleys. Ein sicheres Geschäft, auch in Krisenzeiten.

Wer noch ein bisschen mehr ausgeben möchte und Gemütlichkeit der Sportlichkeit vorzieht, der bekommt zum Beispiel beim französischen Marktführer Jeanneau die brandneue 14,55 Meter lange Motoryacht mit dem Namen Prestige 46, die vom Verkäufer so vorgestellt wird: »Die Prestige 46 entspricht der gehobenen Mittelklasse. Ich würde sagen, sie entspricht – wäre sie ein Auto – dem Mercedes. Der Jaguar wäre wieder ein anderes Boot.« Und ja, er habe schon einen Vertrag aufgesetzt für die Yacht. Es fehle bloß noch die Unterschrift, doch die sei nur eine Frage der Zeit. Der Kunde habe vor drei Jahren schon ein Boot gehabt. Dann sei Nachwuchs gekommen. Und nun, nun jucke es ihn halt wieder, er wolle wieder raus aufs Wasser. Und jetzt mit Familie sei die Prestige 46 natürlich ideal. 454088 Euro. Gut, man kann sich jetzt fragen, warum die Prestige nicht einfach 454000 Euro kostet, warum man auf dem Ungeraden besteht. Aber wir sind hier in einem Geschäft, in dem auch die Krumen zählen. Und dann erst die Preisliste des Zubehörs! Eine Klimaanlage für den Salon? Nochmals 5935 Euro. Eine Waschmaschine? Plus 1909 Euro. Teppich im Salon? Plus 1998 Euro. Ein 160-Liter-Fäkalientank mit Drei-Wege-Ventil? 2488 Euro zusätzlich.

Doch mit der großen Jeanneau ist das Ende der Fahnenstange noch lange nicht erreicht. Und was heißt schon groß? Das teuerste Exponat der Hanseboot steht nicht in einer der Hallen aufgebockt, sondern findet sich im Yacht-Hafen liegend, ganz hinten, da wo das Wasserflugzeug Modell Beaver für etwas über 80 Euro Touristen die Attraktionen der Stadt aus der Luft zeigt. Dort liegt die Grand Soleil 70. Eine extrem schnittige Segelyacht, 22 Meter lang, gebaut von der italienischen Werft Cantiere del Pardo in Zusammenarbeit mit dem Konstruktionsbüro Felci und dem Besitzer.

Wer die Segelyacht bestaunen will, der kann das von außen tun. Wenn man aber an Bord will, dann muss man die Handynummer anrufen, die jemand von Hand auf ein Stück Papier gekritzelt hat, das außen am Schiff hängt. Das hat sich der Besitzer so ausgedacht, sonst läuft ihm hier halb Hamburg über das Boot. »Wenn Sie mal sagen: Kommen Sie in zwei Stunden wieder, dann sehen Sie, ob sich jemand wirklich für die Yacht interessiert oder nicht.« Reinhold Riel sitzt am Navigationsplatz im Decksalon und blättert in einer Segelzeitschrift. Er ist der Besitzer der Yacht, aber auch Vermittler, falls jemand eine Grand Soleil 70 möchte. Der 57-Jährige macht sein Geld mit Ferienimmobilien auf Sylt. »Dort haben wir den Umschwung geschafft. Der Sommer war sehr gut.« In Deutschland gehe ihm diese Miesmacherstimmung gehörig auf den Keks. Und der Neid. Deshalb liegt das Boot auch nicht im Hafen seines Wohnortes. Schließlich kostet seine Grand Soleil schlappe 2,6 Millionen Euro zuzüglich Mehrwertsteuer. »Na ja. Andere kaufen sich eine Zweitwohnung oder so. Ich sehe das Boot als Luxuszweitwohnung.« Und Herr Riel verbringt viel Zeit auf seiner Yacht. Monate. Vor allem in den Gewässern der Ost- und Nordsee. »Das ist schön wie nirgendwo sonst. Und die Ruhe!« Natürlich segelte er auch schon im Mittelmeer, aber: »In La Spezia bezahlte ich pro Tag 250 Euro für den Anlegeplatz, Strom extra. Die haben sie doch nicht mehr alle.«

Wer nun noch ein bisschen tiefer in seine Brieftasche greifen will, der muss auf der Hanseboot das Physische verlassen. Teurere Boote gibt es hier nur auf dem Papier und aus zweiter Hand. Bei Arne Schmidt Yachts International etwa, wo das teuerste Gebrauchtboot zurzeit eine Bill Dixon Sloop 80 Segelyacht ist, für 4500000 Euro exklusive Mehrwertsteuer.

Aber natürlich ist auch da noch lange nicht Schluss. Das Segment der Megayachten ähnelt einem Schwarzen Loch. Und folglich sind auch die Anbieter solcher Produkte nicht besonders um Öffentlichkeit bemüht, denn schließlich ist die Kundschaft sehr beschränkt und: Man kennt sich. Andere Kreise eben. Also schaut man sich Magazine an, Yachtpornografie quasi, und dort sehen wir etwa im Heft Boote Exclusiv – Die Welt der großen Yachten den

Neubau des Golfprofis Greg Norman. Eine Motoryacht von 70 Meter Länge, die auf den Namen Aussie Rules hört und übrigens gechartert werden kann. Wenn Sie mit der Aussie Rules in See stechen wollen, so kostet Sie das pro Woche allerdings 287000 amerikanische Dollar. Dafür haben Sie ein Marmorbad und ein ziemlich puffiges Kino und so ziemlich alles, was man auf einer kleinen Privatkreuzfahrt so braucht.

Aber auch die Aussie Rules ist ein Flaschenschiff, wenn man eine echte Megayacht sieht. Wie zum Beispiel eben in Hamburg, zwar nicht an der Hanseboot, aber auf einer Hafenrundfahrt für 8 Euro 50 Cent mit der Barkassen-Centrale Ueberseebrücke Günter Ehlers. Dabei passiert man die Docks der Reederei Blohm & Voss, und in einem dieser Trockendocks liegt (oder lag letzte Woche noch) groß und riesig zur Überholung die 1991 gebaute Lady Moura, die Privatyacht von Nasser al-Raschid, der angeblich Leibarzt des Saudi-Königs ist (ja, Ärzte können sich so was noch leisten). 200 Millionen Mark hat sie damals gekostet, und sie gilt noch immer als die teuerste Privatyacht der Welt. Man kann sicher sein, dass die laufenden Kosten um einiges höher liegen als bei einem VW Golf (schon wegen der 63-köpfigen Mannschaft). Wenn Greg Norman die Lady sehen könnte, dann müsste er seinen Golfschläger fressen vor Wut, schließlich hat sie einen Hubschrauberlandeplatz. Und einen ausfahrbaren Sandstrand. Und eine Diskothek natürlich auch. Daneben sieht die Aussie aus wie ein Tretboot.

Wer da nicht mehr mitspielen kann, der hat noch nicht ausgeträumt. Für gerade mal 37 Euro und 62 Cent ist man dabei. Natürlich nicht auf rauer See, nicht in Wind und Wetter, dafür aber bequem zu Hause, mit Trockene-Füße-Garantie, am Computer. Das Computerspiel Virtual Skipper 2 ist eben auf den Markt gekommen. Natürlich ist das nur Simulation. Aber immerhin. Hauptsache, Kapitän. In diesen Zeiten.

146
Aus der Serie „arme Arme“.

148
Aus der Serie „beide Beine“.

Eines dieser drei Bilder diente auch schon als Vorlage für einen total crazy und aber auch verrückten Art-Party-Flyer (siehe „Einfälle kennen keine Tageszeit“, Seite 169).

150
Aus der Serie „oral fixation“

158
Aus der Serie „swiss smile“.

166
Ein paar Anagramme. Schöner wäre natürlich: Ein Kilo Anagramme. Oder noch schöner: Tausend Gramm Anagramme.

168
Ohne Worte

176
Das sind Fragen, die man sich stellt. Die beiden Illustrationen übrigens stammen aus den „Wie geht das?“-Heften. Ich sammelte sie als Kind. Das war meine Bildung. Aber: So ruinierte ich meine Familie finanziell. Mit „Wie geht das?“, „Rally Racing“ und den Comics aus der Serie „Phantom“.

182
Zettel gefunden an einem Anschlagbrett im Coop, Filiale Hüningerstrasse, Basel.

184
Meine damalige Freundin - mit der ich vier Jahre zusammen war, bevor sie mich während ihrer Sommerferien an der Algarve zugunsten eines Surfers aus England verliess - und ich, vor dem Hühnergehege des Hofes meiner Eltern in Maisprach, Baselland (siehe auch Kolumne „Tausen Dinge“, Absatz 038.2). Tja, was soll ich dazu sagen. Herziges Büsi. Schöne Farben. Und einmal musste ich eines der Hühner im Hintergrund essen, weil ich es erschoss. Ich erschoss es nicht bewusst. Es war ein Unfall. Ein Querschläger aus dem Luftgewehr, mit dem mein Bruder und ich Fliegen erlegten. Wir schossen friedlich auf die Fliegen, die sich auf dem Tisch tummelten, auf dem wir den ganzen Tag Kirschen sortiert hatten, einem sehr klebrigen Tisch, als plötzlich ein Huhn wie irr umherrannte. Dann fiel es um. Dann war es tot. Dann musste ich es essen. Es schmeckte furchtbar. Zäh. Bald darauf wurde ich Vegetarier. Das hielt aber nicht lange. Vieles im Leben hält nicht lange.

201
DJ Mein-Computer-half-mir-mein-Hemd-zu-designen
DJ Computerliebe
DJ Hand-unterm-Tisch
DJ Hand-under-the-table
DJ If-Y-then-go-to-Z
DJ Cobol II

202
Aus der Serie „Hände - und wo sie hin gehören (oder auch nicht)“.

203
Kolumne aus der Zeitschrift Annabelle. Eine Zeitschrift, welche sich vor allem an eine weibliche Leserschaft richtet, aber auch von erstaunlich vielen Männern gelesen wird („...he, ich hab deine Kolumne gelesen...“ „...ach, ich wusste nicht, dass du Frauenheftli liest...“ „...äh, als ich beim Arzt im Wartezimmer sass, da lag sie herum, und, äh...“). Eben erst erschien im Verlag Antje Kunstmann ein Sammelband dieser Kolumnen, welche von namhaften und richtigen Autoren verfasst wurden, etwa Martin Suter oder Axel Hacke oder Harald Martenstein. Die, die von mir ausgewählt wurde, ist leider die schlechtere der beiden.

205
DJ Ich-glaube-nicht-dass-ich-das-entscheiden-kann
DJ Pumuckl
DJ Gestocktes Hirn
DJ Verhinderter Tennisprofi
DJ Mission Majonäse
DJ Writing-with-broken-Hands
DJ Berühmt in Deutschland
DJ ....

206
Aus der Serie „Zwei Kreise, ein Gedanke (do not disturb)“. Oder aus der Serie „Zwei Löcher, ein Gedanke (do not disturb)“?

208
Ein Bild aus meiner Lieblingsrubrik der NZZ am Sonntag: Die Seite mit den Frischvermählten.

210
Es ist so: Ich bin zwar verheiratet. Aber der Polterabend, der steht noch aus. Irgendwann wird er noch über die Bühne gehen. Da bin ich mir sicher. Irgendwann. Ach, welch schönes Wort: Irgendwann. Auf jeden Fall bin ich schon fleissig beim Entwerfen von Einladungskarten zu diesem Polterabend. Der für den 7. Mai 2008 im Helsinki angekündigte Polterabend wird leider nicht stattfinden, denn an diesem Tag findet die Buchvernissage zu diesem Buch an eben diesem Ort statt.

214
Eine der ältesten Geschichten, die ich nie schrieb. Ach, die Liste der Geschichten, die ich schreiben wollte, aber nie schrieb, sie ist sehr, sehr lang. Evil Knievel wollte ich portraitieren, als Roger Köppel noch Chefredakteur von Das Magazin war. Das ist verdammt lange her. Köppel fand die Idee super. Ich glaube, es gab keine Idee von mir, die Köppel so gut fand wie jene, ein Portrait von Evil Knievel zu schreiben. Als er (Evil Knievel) schliesslich starb, erschien ein Nachruf in der Weltwoche. Er war nicht von mir geschrieben und für ein so langes Leben recht kurz gehalten.

216

In meinem Freundes- und Bekanntenkreis tummeln sich relativ viele Fotografinnen und Fotografen. Ihnen gemein ist eine recht ausgeprägte Vorliebe für die Produkte der Firma Manfrotto. Weitere Ausführungen wären für alle Nichtfotografinnen und -fotografen langweilig.

220

Eine Stihlblüte. Eine ziemlich grosse und eine ziemlich schöne Stihlblüte.

222

Aus der Serie „Lange Dinger".

225

Autogrammkarte von Laurent Fignon. Gekauft auf eBay. Für 3 Euro. Laurent Fignon ist einer der wenigen Radrennfahrer, der eine Brille trug. Man nannte ihn deshalb auch „Professor" (siehe auch „Einfälle kennen keine Tageszeit", Seite 57, letzter Abschnitt). Er gewann zwei Mal die Tour de France (1983, 1984) und einmal den Giro d'Italia (1989).

228

Wer zählen kann, der zählt natürlich nur elf Katzen mit Gebrill. Eine versteckt sich. Aus der Serie „Ästhetik versus Ästhetik".

242

Ich übe diesen Blick jeden Tag vor dem Spiegel. Ich habe das Gefühl, ich bekomme ihn schon ganz gut hin. Aber leider weiss ich auch, dass Gefühle einen täuschen können. Man kann übrigens auch so cool schauen, ohne dass man Zigaretten der Marke Barclay raucht.

246

Degen steht nicht nur auf unkomplizierte Kleidung. Degen steht auch auf unkomplizierte Gedanken. Für ein weiterführendes Studium: www.degendegen.com.

Ich weiss, dass David Degen (DJ Degen-eriert) am liebsten Robbie Williams hört (sein Zwillingsbruder Phillip hat keine spezielle Lieblingsmusik, und auch nach seinem Lieblingsbuch befragt antwortete er: „kein Spezielles", er hat aber ein Lieblingsessen, Schnitzel mit Pommes frites, und drei Lieblingsfilme: „Gladiator", „Armageddon" und „The Last Samurai" – die Lieblingsfilme von Bruder David sind, Achtung, Achtung: „Gladiator", „Armageddon" und „The Last Samurai"), ich weiss jedoch nicht, ob David auf den Song „Ha! Ha! said the clown" steht oder eventuell total darauf abfährt. Als ich noch ein Kind war, da liebte ich diesen Song, der nicht von Thomas, sondern von Manfred Mann ist:

Ha ha said the clown
as the king lost the crown
he's the knight being tight on romance
ha ha said the clown
is it bringing you down
that you've lost your chance

Feeling low got to go
see a show in town
hear the jokes have a smoke
and a laugh at the clown
in a whirl see a girl
with a smile in her eyes
never thought I'd be brought
right down by her lies

In a trance watch her dance
to the beat of the drums
faster now sweating brow
and all my fingers are thumbs
wonder why I hit the sky
when she blows me a kiss
in a while run a mile
I'm regretting all this

Ha ha said the clown
as the king lost his crown
he's the knight being tight on romance
ha ha said the clown
is it bringing you down
that you've lost your chance

Time to go close the show
wave the people good-bye
grab my coat grab my hat look that
girl in the eye
where's your home what's your phone
number stop fooling around
could have died she replied
„I'm the wife of the clown"

Ha ha said the clown
as the king lost his crown
he's the knight being tight on romance
ha ha said the clown
is it bringing you down
that you've lost your chance

Ha ha said the clown
as the king lost his crown
he's the knight being tight on romance
ha ha said the clown
is it bringing you down
that you've lost your chance

262

Souvenirtüte des Zoos von Ueno, Tokio, Japan, wo ich Pandbären sah (siehe „Einfälle kennen keine Tageszeit", Seite 334, Kolumne „Ich war verwirrt. Ich irren?").

263

Nachdruck des Artikels „Heisse Sachen" in einer japanischen Zeitschrift namens Courrier Japon. Ich habe keine Ahnung, wie die dazu kamen, diesen Artikel auf Japanisch zu übersetzen und nochmals zu drucken. Aber ich fand's okay. Gab sogar Geld dafür. Aber das Geld, das es dafür gab, es würde nicht für eine Nacht im Gora Kadan Ryokan reichen, nicht mal für eine Person (siehe auch www.gorakadan.com).

270

Notizen aus dem Hotel Park Hyatt in Tokio. Siehe auch Kolumne „Kaufen mit Küng", Seite 534.

Apropos Japan, also Tokio: Drei Restaurants, die ich empfehlen kann:

Yanmo. 5-5-25 Minami. Aoyama. Minato-ku. Sonntags geschlossen. Telefon: (81-3) 5466 0636. www.yanmo.co.jp Mittags offen von 11.30 bis 12.30 Uhr. Abends von 18.00 bis 22.30 Uhr. Empfehlenswert: Das achtgängige Menü namens „omakase" (etwa 80 Franken), bei dem es dem Küchenchef überlassen ist, was man serviert bekommt: Ein Menue Surprise quasi. Reservation unerlässlich. Wie man den Ort findet: Aussteigen bei U-Bahn-Station Omotesando. Ausgang B3 nehmen, dann links gehen, dann wieder links, die enge Gasse bis ans Ende gehen. Dann wieder links abbiegen, nach zehn Metern sieht man rechterhand die Treppe, die zum Yanmo hinunter führt.

Chinya. Ausnahmsweise gibt es sogar einen Strassennamen: Kaminarimon-Dori Avenue, Ecke Nakamise-Dori Avenue, gleich beim Tempeleingang. 1-3-4 Asakusa, Taito-ku. Telefon: (81-3) 3841 0010. www.chinya.co.jp Offen von 12 bis 21 Uhr. Sonntags: 11.30 bis 21 Uhr. Dienstags geschlossen. Das Lokal gibt es seit 1880. Serviert wird Sukiyaki und das verwandte Gericht Shabu-Shabu mit drei Fleischqualitäten (35 bis 85 Franken). Komplette Menüs kosten 60 bis 130 Franken. Ein Bier 9 Franken. Wie man hin kommt: Zu Fuss von der U-Bahnstation Asakusa Tobu in einer Minute (Ginza Line, Ausgang Nummer 1 nehmen). Von der Asakusa Toei-Station (Asakusa Line, Ausgang A4 nehmen) dauert der Gang drei Minuten.

Daiwa. Das winzige Restaurant befindet sich im Tsukiji Fischmarkt (Building 6) im Quartier Chuo-ku, den man auch als Tourist besuchen kann. Zum Markt kommt man frühmorgens mit einem (vorbestellten) Taxi. Ab fünf Uhr fahren auch die ersten U-Bahnen: Die Oedo Line oder die Hibiya Line. Fischauktionen finden von 5 bis 7 Uhr statt. Das Daiwa ist offen von 5.30 bis 12.30 Uhr. Sonntags geschlossen. Schlange stehen obligatorisch. Reservation unmöglich. Menü 35 Franken. Mit Spezialitäten (etwa toro, dem fettesten und begehrtesten Thunfischstück, siehe dazu auch „Einfälle kennen keine Tageszeit“, Seite 178, zweitletzter Abschnitt) kann es schnell auch etwas teurer werden. Ziemlich viel teurer sogar. Sie werden schon sehen.

304
Lieblingsbilder aus diversen Kochbüchern. Die härtesten Bilder stammen übrigens aus einem belgischen Kochbuch, welches ich in einem Antiquariat in Antwerpen fand: „Terrines, Pâtés en Galantines“ aus der Reihe „Praktisch Koken“ von Time Life Boeken. Unter einem Bild steht: „De kop inpakken. Rol de oren in de lengte op, bind ze in kaasdoek vast. Leg een diagonaal gevouwen kaaasdoek op de speklaag. Maak het achter de oren vast. Wikkel de kop in kaasdoek; naai de einden vast.“

310
Kolumnen aus der Zeitschrift „Saison Küche“, welche ich zwischen den Jahren 2005 bis 2007 verfasste.

326
7 Seiten für Väter: Farben und Zahlen.

412
Die Ferien in Sestri Levante waren in Tat und Warheit nicht besonders super. Oscar fiel vom Bett und holte sich eine dicke Beule und blaue Flecken und wir hauten dann früher als geplant ab und fuhren in den Norden zurück, wo wir uns im Misox noch für ein paar Tage einnisteten und den Kinderarzt des Tales kennen lernten. Ein sehr netter Mann.

Für Ferien in Hotels gilt: Nach drei Tagen hab ich begriffen wie es läuft. Dann will ich weiter. Oder heim.

413
Es steht immer noch auf der Liste der Dinge, die ich einmal machen möchte, bevor ich sterbe: Im Restaurant Riesbächli das „Doppelte Toggenburger Kalbskotelett“ für zwei Personen und 115 Franken probieren. Wir wohl bald ein Selbstversuch werden. Und ich bin gespannt, wie viel es heute kostet.

414
Heute ist der 24. März 2008. Was habe ich gekauft? Ich muss nachdenken. Benzin und eine Flasche Vittel für 115 Franken bei einer Tankstelle in Chur. Das Ticket für den Autoverlad Vereina (das waren, so glaube ich, 35 Franken). Sonst habe ich heute nichts gekauft. Auch gestern habe ich nichts gekauft. Was ich morgen kaufen werde? Wir werden es sehen. Hoffentlich keine Schuhe.

Ach ja: Der in dieser Kolumne erwähnte Hinweis auf einen Artikel auf Seite 14 bezieht sich NICHT auf dieses Buch, sondern auf die Ausgabe von Das Magazin, in welchem die Kolumne erschien, damals. Es handelte sich dabei um den Artikel, den man in „Einfälle kennen keine Tageszeit“ auf Seite 220 findet.

417
Dieses Feuerzeug in Kochtopfform ist noch immer in meinem Besitz. Ich kann es sehen, jetzt, in diesem Moment, da ich diese Zeilen schreibe, in meinem Wohnzimmer hockend. Es liegt auf einem Regal. Es wurde schon lange nicht mehr benutzt. Es kommt aus China. Ich boykottiere es. Fuck Feuerzeug in Kochtopfform! Damit wird auf jeden Fall nicht das olympische Feuer entzündet, respektive: Nicht in meinem Namen.

421
Da kommt mir in den Sinn, dass ich einst für die Kulturzeitschrift „DU“ (nicht zu verwechseln mit „SIE & ER“) einen Artikel schrieb, der mit dieser Sache zu tun hat und den komischen Titel „Was man aus Luft alles machen kann“ trug. Er geht so:

Sommer, vor drei Jahren, fast noch Frühling, als noch niemand über die Sonne stöhnte, als die Dinge noch leicht waren. Sommer, vor drei Jahren, in Berlin, auf einer Wiese nahe dem Alexanderplatz, Unter den Linden. Punks spielten mit ihren Hunden. Typen mit langen Haaren warfen sich Frisbees zu. Wie bekloppte Ritter der Moderne verkleidete Freizeitmenschen machten auf Inlineskates ihre Gelenke kaputt. Wir lagen auf der Wiese und rissen büschelweise Gras aus. Sie war das Mädchen, deretwegen ich nach Berlin geflogen war. Wir redeten, wie man im Sommer redet, der fast noch Frühling ist.

«Basel», sagte sie unbestimmt. Ich lebe in Basel. Bis dahin dachte ich nie, dass sich das als Standortvorteil auswirken könnte. «Ich war auch einmal in Basel», sagte das Mädchen. «Ich war klein, ein Kind noch oder nahe dran. Wir lebten kurz in Basel. Ich kann mich nicht an viele Dinge erinnern. Eigentlich erinnere ich mich bloss an den Zoo. Ich ging wahnsinnig gerne in den Zoo. Nicht der Tiere wegen. Ich meine, hey, wer sperrt schon Tiere hinter Gitter und Glas? Aber bei den Elefanten war ein Mann, mit einem Karren, einem weissen, eckigen Karren, aus dem er Glace verkaufte. Cornets. Es waren die besten Cornets, die ich jemals gegessen hatte. Vanille, mit einem dünnen Mantel aus Schokolade. Auch später kamen mir keine besseren in die Finger. Ich liebte dieses Eis, ich hab's förmlich zerrissen, so wie ein Eisbär, dem zufälligerweise ein kleines Kind in den Käfig fällt.»

Ich erzählte ihr dann alles, über dieses Glace, das Cornet, das sie im Zoo gegessen hatte. Denn zufällig wusste ich alles darüber, oder so gut wie alles.

«Dieses Cornet heisst Zollicornet. Das gibt es seit den fünfziger Jahren. Es wird in Handarbeit in einer kleinen Firma an der Allschwilerstrasse in Basel hergestellt, einer Strasse, an der nichts an den Sommer erinnert. Die Firma heisst Gelati Gasparini. Das klingt natürlich extrem nach Italien, hat aber viel mehr mit Basel zu tun, als man denkt, denn nicht immer hiess die Firma so. Doch dazu später. Du musst sie dir mal ansehen, diese Firma. Zur Strasse hin ein kleiner, unscheinbarer Laden mit Tiefkühltruhen drin, prall gefüllt mit Gelati: den Cornets, klassisch in Silberpapier gewickelt, mit dem charakteristischen Zipfel. Dann die rechteckigen Lutscher in all ihren Aromen, die nicht grundlos wie kleine Ankenballen aussehen. Die machen da ziemlich komische Kombinationen, aber alle lecker. Bananen-Schokolade - nebst dem Zollicornet der Verkaufsschlager und natürlich wunderbar, wirklich wunderbar. Hast du mal Bananen-Schokolade versucht? Nicht? Ich sage dir, dann hast du nicht gelebt. Oder Zitrone-Orange. Oder Schokolade-Kokosnuss. Und Eistorten machen sie. Meine Güte, und was für Eistorten die machen. Natürlich auch alles in Handarbeit und Kleinserie. Früher waren die Eistorten das Wintergeschäft, denn wer ausser mandelkranken Kindern im Spital isst denn schon im Winter Glace? Damals gehörte zu Weihnachten einfach eine Eistorte. Die Leute, sagt man, seien in einer Schlange um den ganzen Block herum gestanden, um ihre lang im voraus bestellte Eistorte abzuholen. Heute ist das alles ein bisschen anders, aber ich sag' dir, die Parfait-Japonais-Eistorte muss man einfach mal gegessen haben. Der Witz aber des kleinen Ladens, in dem die Kinder für einen Franken Riesenbeutel mit misslungenen Glaces bekommen und sich die Zunge wund schlecken, der Witz und das Wunder beginnen eine Türe weiter hinten. Im Hinterhof nämlich. Da ist die Fabrik. Ein kleines, zweistöckiges Hinterhofgebäude. Was dort gemacht wird, ist ein bisschen geheim. Herr Gasparini meint, es sei wie bei der Geheimrezeptur von Coca-Cola, top secret, Schlüssel zum Erfolg. Deshalb konnte und wollte er nicht zu genau werden, als er mir erklärte, wie er Gelato macht. Alchemie. Ein sehr netter Mann übrigens, dieser Herr Gasparini, Mitte vierzig, lächelt oft. Nun ja, ich denke, wenn man Glace herstellt, hat man auch Grund zum Lachen. Ein Glacefabrikant muss ein glücklicher Mensch sein.

Also, sicher ist nur, dass man Milch braucht, Magermilch, Wasser, Zucker und Kokosfett. Kokosfett ist wichtig für einen schönen Schmelz auf der Zunge, später dann. Billige Fette hinterlassen ein pelziges Gefühl im Mund.

Die Zutaten werden bei 90 Grad gekocht, gefiltert und homogenisiert in einem Becken aus Edelstahl. Was homogenisieren bedeutet? Nun ja, mit vielen Messern werden die Moleküle zertrümmert. Genauer weiss ich das auch nicht. Zack, zack, zack. Danach wird die Ur-Eis-Suppe von 90 Grad auf 4 Grad gekühlt, also pasteurisiert. Dann lässt man das Ganze einen Tag reifen. Ist wie beim Käse. Es schmeckt wie süsse Milch und sieht auch so aus. Nach diesem Reifungstag wird aromatisiert. Herr Gasparini nimmt dazu nur natürliche Aromen. Die sind zwar teurer als synthetische Aromen, aber die machen da wirklich Qualität. Kommt also das Aroma dazu und dann ab in eine Maschine, die der Mischung Luft zufügt. Das grosse Geheimnis, eine Sache des Gefühls: Wie viel Luft dazukommt. Ist doch komisch, oder: Was man aus Luft alles machen kann. Nach der Luft kommt das Herzstück ins Spiel, eine Maschine mit Baujahr 1960. Ein kleines Monster, sieht aus wie aus dem Film Time Machine in den Hinterhof an der Allschwilerstrasse in Basel gefallen, sag' ich dir. Benhil heisst sie, ein Kürzel für Benz & Hilgers, eine umgebaute Buttermaschine. Die Glacemasse wird ins Papier gefüllt, dieses wird gefaltet, und am Ende wird ein Holzstäbchen reingesteckt. Das gibt dann die eckigen Lutscher.

Das Cornet übrigens ist reine Handarbeit. Die Waffel wird von Hand gerollt, mit Schokolade ausgespritzt, mit Vanilleglace gefüllt und erst mal runtergefroren, bevor es dann in Schokolade getaucht wird. Auch das Verpacken ist reine Handarbeit. Von allein wird es nicht das beste Cornet der Welt.

Warum Gelati Gasparini mehr mit Basel zu tun hat als mit Italien? Ach ja. Bis in die achtziger Jahre hiess die Firma gar nicht Gasparini, sondern Glace Müller. Dieser Müller war ein richtiger Pionier und füllte anfangs die Cornets noch mit dem Dressiersack. Die Geschäfte liefen und liefen und liefen immer besser für den Müller. Er machte sich einen Namen mit dem Zollicornet und den Lutschern, den Eistorten und den Bechern. Bis 1975. Dann wurde dem Müller sein Hobby zum Verhängnis: Tauchunfall in Kenya. Mit der Firma ging es folglich steil bergab und endete Ende im Konkurs.

Nun kam Herr Gasparini senior zum Zuge, Sohn von Einwanderern aus Varese. Der war nämlich Liegenschaftshändler und bekam das Haus an der Allschwilerstrasse aus der Müllerschen Konkursmasse in die Hände. Dann dachte er: Tja, was machen wir denn mit diesem Glacefabriklein im Hinterhof? Er fragte seine Kinder, Tochter und Sohn, ob sie Lust hätten, die Fabrik weiterzuführen. Sie hatten. Aus Glace Müller wurde Gelati Gasparini, und das Eismärchen ging weiter. Um die Zukunft zu sichern, hat Herr Gasparini kürzlich das Unternehmen an die Gesellschaft für Arbeit und Wohnen verkauft, eine Wiedereingliederungsstätte. Aber natürlich bleibt er selbst im Betrieb. Kannst du dich erinnern? Dieser schöne Schriftzug «Gelati Gasparini»? Das silbern glänzende Papier? Das ist alles so geblieben. Ich meine, das ist pure Nostalgie. Jeder Schleck eine kleine Zeitreise.

Aber viel wichtiger ist, was Herr Gasparini zum Glaceessen sagt. Er vergleicht es mit dem Weintrinken. Wieder spielt die Luft eine Rolle, und die Temperatur. Die Glace muss nämlich zu laufen beginnen, damit sie ihr ganzes Aroma entfalten kann, meint er, verluften, anlaufen müsse sie. Beisser seien Ignoranten.»

Als ich mit meinen Ausführungen fertig war, sagte das Mädchen: «Woher weisst du denn das alles?» Ich zuckte mit den Schultern: «Das weiss man eben. Das gehört zum allgemeinen Sommerwissen.» Ich riss noch ein Büschel Gras aus und liess es regnen. Wir haben am Ende nicht geheiratet, aber gemeinsam nach Basel gefahren sind wir schon.

422
Siehe auch Seite 791.

423
Ich bekam auf diese Kolumne diverse böse Briefe von Kirschenliebhabern. Aber es ist so: Ich kann Kirschen nicht ausstehen. Kirschen sind doof.

424
Siehe auch Seite 860.

429
Palmer = Obama.

431
R.I.P.

433
Colman's heisst der Senf, nicht Coleman's. 50 Franken in die Klubkasse (siehe Kolumne „Tausend Dinge", Abschnitt 050.3).

434
Siehe „Einfälle kennen keine Tageszeit", Seite 202.

442
Wandern rules! Aber immer gemütlich, bitte.

443
Heute kostet der Happy Drinking Bird am selben Ort das Doppelte. Aber auch so ist er noch immer ein günstiger Spass. Und wunderbar anzusehen, wie er arbeitet. (Siehe auch Seite 210).

446
Die zweite Hälfte von Twin Peaks auf DVD ist in der Zwischenzeit erschienen, in zwei Teilen. Und nun kam auch die „Gold Box", auf der alle 29 Episoden zu finden sind, bei Laserzone 139 Franken (Laufzeit der zehn DVDs: 1582 Minuten). Und noch besser: „The Locations" von Margot Zanni gibt es seit 2007 als Buch (erschienen in der sowieso immer empfehlenswerten Edition Fink, Zürich). 120 Seiten. 135 Abbildungen. 28 Franken.

449
Siehe auch: Jede beliebige Seite dieses Buches.

453
Heute nicht mehr in Betrieb. Versehentlich landete das Teil im Geschirrspüler und das Gold blätterte ab. Später bekam ich einen solchen Sparschäler in gold als Hochzeitsgeschenk. Dieser jedoch funktionierte nie richtig.

456
Immer noch ein grosser Spass, Spiel für Spiel. Leider verliere ich beim Hausturnier konsequent gegen meinen Nachbarn Niggi. Irgendwann werde ich gewinnen. Ich weiss es. Siehe auch Seite 311 und Kolumne „Tausend Dinge", Abschnitt 074.

457
Picknickdecke siehe Seite 509. Krocket siehe Seite 456und Seite 311.

458
Da zappelt die Kopfhaut. Da jucken die Füsse.

461
In Basel war ich jetzt auch schon eine Weile nicht mehr. Ich sollte wieder einmal hinfahren. Oder zu Fuss gehen (siehe auch Seite 12, „Ein kleiner Osterspaziergang").

462
Lamy Safari, gelb, liegt jetzt neben dem Computer auf dem Tisch. Ist einfach der beste Fülli für wenig Geld. Ist immer noch so.

463
Siehe auch „Einfälle kennen keine Tageszeit", Seite 577, Liste „Zu diesem Buch ebenfalls passend". So weit ich weiss,

haben sich die beiden Käser Diriwächter und Schmid getrennt und käsen nun solo weiter. Details kenne ich nicht. Ich bin nun übrigens Käseabonnent. Jeden Monat bekomme ich ein Kilo oder auch mehr super Käse aus dem Engadin, genauer aus Lavin, von Jürg Wirth (siehe auch www.www.uschlaingias.ch). Ich hätte nie gedacht, dass ich mir irgendwann ein Käseabo zulege (ich hatte einmal ein Gemüseabo…), aber nun, da ich es habe, finde ich das Käseabo super. Weil der Käse super ist.

464
Siehe auch Kolumne „Tausend Dinge“, Abschnitt 133, 151.

465
Verkauft an meine Kollegin Anuschka Roshani. Ich habe nämlich meiner Frau einen Akkuschrauber respektive -bohrer von Hitachi geschenkt (Modell DS 13DV2, Made in Ireland, gekauft bei Blaser, Basel, einer meiner Lieblingsläden), mit allen Aufsätzen, die man sich vorstellen kann (von Technocraft Industries). Den Hitachi darf ich auch benutzen.

466
Zu keinem in dieser Kolumne vorgestellten Produkte gab es so viele Briefe und Emails wie zu diesem. Bei mir zuhause ist noch immer der first generation schwupp di wupp im Einsatz. Apropos Papiersack: Siehe auch Seite 906.

468
Nicht ohne meinen Duden. Siehe auch Kolumne „Tausend Dinge“, Abschnitt 033, 026.3, 062.7. Zum Thema „gute Bücher“ siehe auch Seite 864 und „Einfälle kennen keine Tageszeit“, Seite 548.

470
Siehe „Einfälle kennen keine Tageszeit“, Seite 223, unten links.

472
Siehe „Einfälle kennen keine Tageszeit“, Seite 78.

474
Ein sehr schöner Text. Geschrieben von meinem Chef. Danke nochmals, Chef!

475
Da fällt mir ein: Mein Verleger hat noch immer meinen Koran. Ich lieh ihn ihm aus. Und wie es so ist, wenn man etwas jemandem ausleiht: Man bekommt es nie, nie mehr zurück. Ich muss sofort ein Post-it (das Wort ist übrigens im Duden drin) beschreiben: „PATRICK KORAN!!!“

476
Siehe Portrait auf Seite 766.

477
Ja, ich gestehe: Ich bin süchtig. Siehe auch Seite 801.

478
Siehe auch Seite 698.

483
Eines meiner Lieblingsbilder in diesem Buch.

484
Heute lebt der Putzroboter in einer Schachtel im Keller. Bei Freunden aber ist er immer noch im Einsatz. Sie schwören auf den Robomop.

491
Siehe auch „Einfälle kennen keine Tageszeit“, Seite 146.

494
Die Tasche auf diesem Bild ist von Porter. Siehe auch Seite 88.

496
Siehe auch Seite 836.

497
Heute besitze ich eine Digitalkamera der Marke Samsung, die ich sehr selten benutze. Das letzte Mal verwendete ich sie am Automobilsalon Genf (siehe Seite 678). Die Minox verwendet meine Frau. Sie liebt sie. Und es ist eine Liebe, die auf Gegenseitigkeit beruht. Ich mache kaum Fotos. Ich denke, es gibt bereits genug davon.

498
Der hier erwähnte Hinweis auf Seite 54 bezieht sich nicht auf dieses Buch, sondern auf die Ausgabe des Magazins, in der auch diese Folge der Kauf-Kolumne erschient. Auf Seite 54 fand man eine Folge von „Ein Tag im Leben“. Genau diese Folge findet man auch im schönsten Buch der Welt, dem Sammelband der „Ein Tag im Leben“-Kolumne, welches im Salis Verlag erschien, gestaltet von Elektrosmog (an dieser Stelle nochmals Gratulation!).

499
Aesop gibt es nun auch in der Parfümerie Oswald am Paradeplatz, Zürich.

500
Glugg, glugg, glugg.

501
Lieber Franz. Diese Bauklötze bekommst Du dieses Jahr als Geschenk zu Weihnachten. 55 Klötze aus Ahorn und Buche. Solltest Du, lieber Franz, später meinetwegen (respektive des Geschenkes wegen) Architekt werden wollen, dann tut es mir leid. Sorry. Denk einfach daran, an was ich dachte, als ich sie Dir schenkte: Sie kommen von Herzen.

504
Siehe auch Kolumne „Tausend Dinge“, Abschnitt 128.

506
Die hier abgebildete Pflanze ist, so wurde mir mehrfach berichtet, kein Kaktus, sondern ein Mitglied der grossen und weitverzweigten Familie der Wolfsmilchgewächse (240 Gattungen, 6000 Arten). Auch heisst der in der Kolumne vorkommende Besitzer des Ladens mit dem namen Vibe nicht Johannes. Johannes heisst sein Bruder.

507
Aktueller Preis einer Flasche Krug beim Onlinehändler Riegger (nicht zu verwechseln mit Meyer Riegger): 185.90 Franken. Ich bin nun auf Bollinger umgestiegen (51.60 Franken).

508
An dieser Stelle möchte ich auf das empfehlenswerte Buch „False Colors: Art, Design and Modern Camouflage“ von Roy R. Behrens hinweisen. Es erschien bei Bobolink Books. Der perfekte Soundtrack, um dieses Buch zu lesen: „Dazzle Ships“ von Orchestral Manoeuvres in the Dark (erschienen 1983), mit dem Cover von Peter Saville (nach einem Bild von Edward Wadsworth). Das war eine Platte, die ich etwa zu der Zeit hörte, als ich sehr komische Kleidung trug (siehe Seite 184), die aber wiederum (das wusste ich damals noch nicht so richtig) ziemlich gut zum Thema passte.

510
Das perfekte Parfüm zum 1. Mai.

511
Diese Schuhe findet man auch auf Seite 653. Ich war in der Zwischenzeit noch nicht beim Psychiater, denn das Ende der Kauf-Kolumne habe ich ganz gut verkraftet. Erst einmal übrigens war ich in meinem Leben bei einem Psychiater. Es ist lange, sehr lange her. Es ging um meinen Militärdienst, respektive um den Umstand, dass ich nicht mehr in der Lage war, diesen zu leisten (ich leistete die Rekrutenschule in Moudon als Spitalsoldat, wo ich drei Tage im Gefängnis sass, weil mein Leutnant mich beim Einrücken auf dem Bahnhof Bern mit einer Baseballmütze

mit Hammer und Sichel sah; danach trat ich die Vollendung der Rekrutenschule dreimal an, immer mit langen Haaren, die der Grund waren, warum ich jeweils nach Hause geschickt wurde und schliesslich vor dem Divisionsgericht landete, welches mich aber freisprach – ach, es ist eine lange Geschichte). Es ist möglich, dass es sich bei diesem Psychiater um den Vater der Fotografin handelte, die dieses Bild machte. Wir haben das nie aussortiert. Aber es könnte sein. Ja: Es könnte durchaus so gewesen sein.

513

Das war eine gute Sache, dieses Konzert. Die Band „Mein kleines Poni an der Sonne" gibt es heute leider nicht mehr (so far I know). So far I know macht Luzi Grafik und Filme (unter anderem hat er an einem Clip für Bus Driver mitgearbeitet). Und Rahel ist glaubs bei der Band Land Covered With Briar (höre: www.myspace.com/landcoveredwithbriar).

514

Dieses Messer ist noch immer in meiner Küche zuhause und arbeitet dort Tag für Tag, ohne zu meckern oder Grund zu Klagen zu geben. Es ist ein sehr gutes Messer. Ich habe es ein bisschen stumpfer werden lassen, als es einmal war, denn es war einfach zu scharf. Jetzt ist es weniger scharf, aber immer noch scharf genug.

515

Die Playstation 3 habe ich mir noch nicht angeschafft. Die Spielzeit ist vorbei. Obwohl ich ein bisschen schwach werden könnte, wenn Gran Turismo 5 auf den Markt kommt. Aber ich bleib mal einfach entspannt.

516

Mit dieser Hose war ich ziemlich viel unterwegs. Und erst vor kurzer Zeit hat sie ihren Dienst quittiert (sie wurde mit einem Orden ausgezeichnet) und hat ihren Ruhestand angetreten. Von Seal Kay kaufte ich mir noch zwei andere Paar Jeans. Eines trug auf der Gesässtasche einen Affen. Das andere Paar einen Haifisch. Später erstand ich im Ausverkauf eine Jeans von Rogan, welche aber nichts taugte und im Gesässbereich bald riss. Noch später kaufte ich zwei Paar von Acne. Eines davon trage ich heute, jetzt, in diesem Moment. Ich bin sehr damit zufrieden.

Etwas anderes: Georg Christoph Lichtenberg sagte: „Whoever owns two pairs of trousers ought to sell one and buy this book instead". Er bezog diesen Satz auf das Buch, welches in der Bemerkung zu Seite 508 vorkommt.

517

Kaum getragen. Zu klein gekauft.

518

Dieses Lebensmittelthermometer schenkte ich meinem Schwiegervater zu Weihnachten 2004. Mit einer fadenscheinigen Begründung lieh ich es mir von ihm später wieder aus. Heute liegt es in meiner Küche in der obersten Schublade und oft und gerne setze ich es ein, etwa wenn ich Pommes frites mache (in der Bratpfanne, nicht in der Friteuse, Friteusen braucht kein Mensch, siehe dazu auch Jeffrey Steingarten, „Der Mann, der alles isst", Verlag Rogner & Bernhard, Seite 179, Kapitel „Heisse Kartoffeln".

Temperaturen heute, jetzt (Dienstag, 25. März 2008, 8.36 Uhr, Zürich, in meiner Küche am Tisch hockend gemessen): Die Handinnenfläche: 36 Grad. Jeans: 30,8 Grad. Computertastatur: 33,7 Grad. Computerbildschirm: 24,1 Grad. Fussboden: 18,3 Grad. Wand: 17,8 Grad. Espresso (frisch aus der Turmix Maschine, Modell TX 150): 50,2 Grad. Rachen: 37 Grad. Oberfläche Handy (Motorola): 21,9 Grad. Im Radio wird „I don't like Mondays" von den Boomtown Rats angespielt. Ui, ich muss schnell aufspringen und abschalten.

519

Zehn Punkte. Super Teil. In dieser Pfanne bereite ich zum Beispiel die Bolognese nach Hazan zu, die gar nicht Bolognese heisst. Apropos Bolognese: Ein kurzer Artikel aus der Annabelle vom 26.10.2001:

Ruhe liegt in der Mitte der Stadt, über der Piazza Maggiore, auf der nichts steht, kein Denkmal, kein Würstchenstand, kein Brunnen - gar nichts, nicht mal ein Stand, an dem Gelati verkauft werden. Nur Menschen, die sie überschreiten, an ihren Rändern in den Cafés sitzen oder auf den Stufen der ewiglangen Steintreppe der Basilika S. Petronio. Ein paar Tiere hat es selbstverständlich auch auf dem Platz, jene Tiere, die überall sind, unvermeidbar: die Tauben, die ruckelnden. Dumpf hört es sich an, als habe man eine riesengrosse Käseglocke aus Glas über den Platz gestülpt. Das hundertfache Stimmengewirr wird durch die Weite zwischen den Fassaden zu einem Nichts verdünnt. Ein feines Rauschen höchstens. Ein flauschiger, weicher Teppich aus Klang. Ein kleines Kind fällt, einem roten Ball nachrennend, platt auf die Nase und erhebt sich weinend. Ein Diavolo-Spieler jagt sein Spielzeug in die Höhe. Eine alte Frau im Mini fährt auf einem Minivelo. Alles geschieht wie in einem Stummfilm.

An einem der kleinen runden Tische vor dem Palast, in dem einst König Enzo gefangen gehalten wurde, lässt es sich wunderbar sitzen und beobachten und ein selbstverständlich unverschämt teures Chinotto trinken (7000 Lire; die italienische Krankheit: kaum haben sie einen öffentlichen Platz, platzen die Preise, und schnell ist man ruiniert, nobel zwar, aber immerhin, und zwar noch bevor man zu den alkoholischen Getränken zu kommen die Gelegenheit hat).

Und dann plötzlich, kaum hat die Glocke im Turm des Stadthauses langsam zwölf geschlagen, bricht das Inferno los. Dutzende von Edelsportkarossen quellen laut brummend auf den Platz. Lamborghinis und Ferraris von Haltern aus Italien, England, der Schweiz, von überallher. Was für ein Glück, gerade heute in Bologna zu sein, finden die Einheimischen. Ein paar Mal im Jahr pilgern Autoclubs an die Geburtsstätten ihrer Fetische und machen hier einen Halt. Obwohl die Piazza eigentlich verkehrsfrei ist, mögen die Bologneser diese Shows. Denn Ferraris und Lamborghinis werden unweit von Bologna gefertigt (wie auch die Motorräder aus dem Hause Ducati) und sind Teil lokalpatriotischen Stolzes.

Aber für gewöhnlich liegt die Ruhe über der Piazza Maggiore. Ganz anders als in den engen Gassen des nervösen und geschäftigen Marktviertels, wie etwa der Via Caprarie, die nur ein paar Schritte östlich beginnt. Kleine Spezialitätenläden locken mit prall gefüllten Schaufenstern, in denen die Leckereien der Stadt liegen. Die Stände quellen auf die engen Gässchen, bieten Frisches aus dem Meer. Gemüsehändler rufen laut, dass bei ihnen die besten Bohnen der Stadt zu haben seien, was bei der Vehemenz niemand zu bezweifeln wagen würde.

Und hier sind wir schon beim Hauptproblem, das die Stadt bietet. Ein Riesenproblem. Ein Besuch Bolognas ist nämlich konsequent eine Kriegserklärung an den eigenen Körper. Oder besser gesagt: an die Figur. Wer nicht bereit ist, bei diesem Besuch ein paar Tausend Kalorien zusätzlich mit dem Reisegepäck nach Hause zu nehmen, soll doch an einen Ort verreisen, an dem man nicht so wunderbar essen kann wie in Bologna. Essen zum Beispiel. In Essen kann man supergut schlank werden. In Bologna aber nicht. Da bucht man für die Zeit danach am besten gleich noch Aktivferien. «Al Cantunzein» soll ein Lokal geheissen haben, in dem der Brauch gepflegt wurde, dass der Gast immer wieder ein neues Pastagericht vorgesetzt bekam, bis dieser laut und deutlich «Stopp!» rief. Leider (oder glücklicherweise) wurde das Lokal während der Studentenunruhen in den Siebzigerjahren zerstört. Aber selbstverständlich gibt es andere Lokale genug, in denen man etwa die grosse Spezialität der Stadt serviert bekommt: die Tortellini, die gefüllte Nudel, die nach dem Nabel der Venus geformt worden sein soll. Und das ist erst der erste Gang. Nicht umsonst nennt man Bologna auch «die Dicke».

Was es auch noch hat in der dicken Stadt: Wissenshungrige. Schliesslich ist in Bologna im Jahre 1088 die älteste Universität des Abendlandes gegründet worden - deshalb nennt man sie auch «die Kluge». Und seither strömen die jungen Leute in die kleine Stadt (400000 Einwohner), um dort allerlei zu studieren. Zurzeit besteht fast ein Viertel der Bevölkerung aus Studenten. Und diese prägen auch nachhaltig das Strassenbild des Universitätsviertels an der Via Zamboni im Nordosten der Stadt. Insbesondere nachts, wenn sie in den Osterien sitzen und debattieren.

Den Studenten hat Bologna sein spezielles Stadtbild zu verdanken, denn Bologna ist geprägt durch die vielen Arkaden, unter denen man flanieren kann. Vierzig Kilometer davon soll es geben. Das kam so: Die schon vor Jahrhunderten in die Stadt strömenden Studierenden benötigten Unterkünfte. Also bauten die Familien ihren Häusern über den Strassen einfach Zimmer an. Dies veränderte nicht nur das Stadtbild, sondern die Zimmervermietung bescherte den Einwohnern auch finanzielle Mehreinkünfte, weshalb Bologna eine traditionell teure Stadt ist - nicht nur auf öffentlichen Plätzen.

Wunderbar viel Geld ausgeben kann man an der Via L. Farini. Dort liegen all die Läden, die bestätigen, dass Bologna der Ruf einer Modestadt zu Recht anhaftet. Cavalli, Gucci, Prada steht auf den Tüten, die gut gekleidete Menschen durch die Strasse tragen oder erschöpft neben die Parkbänke auf der Piazza Cavour stellen. Auf diesem Minipark mit gepflegten Weglein steht selbstverständlich eine Statue, die einen Mann mit Bart zeigt, der selbstverständlich Herr Cavour ist, Camillo mit Vornamen. Auf seinem Kopf sitzt eine Taube. Ruhiger Betrieb auch hier. Zwei gross gewachsene Blondinen (nicht echt, sieht man von mille Kilometern), die vom Powershopping müde und matt eine Zigarette qualmen. Ein paar Junge, die sich verstohlen einen Joint teilen. Zwei Inder mit Picknick. Oma und Opa, die in einem Wagen ein gut gefüttertes Baby schieben. In der Mitte der Piazza ein kleiner Teich mit Goldfischen drin, aus dessen Mitte ein Springbrunnen in die Höhe steigt.

Auf einer Bank daneben sitzt ein alter Mann, superfein herausgeputzt, wie die meisten alten Männer hier, was ihnen eine wunderbare Würde verleiht. Taubenblauer Anzug. Dreiteilig. Seine Hände ruhen auf einem Stock. Er schüttelt den Kopf. Nein, nein, sagt er, mit der heutigen Zeit, da komme er nicht mehr mit. Er erzählt es niemandem Bestimmten. Die jungen Leute. Das dumme Fernsehen. Dieser Lärm. Nein, nein, da komme er nicht mehr mit. Und wie bestellt braust ein Motorrad vorbei, das für kurz alles begräbt unter seinem schrecklich schrillen Klang.

Aber auch viele Junge sehnen sich nach alten Zeiten, nach damals, vor zwei Jahren, als Bologna noch eine linksregierte Stadt war. Heute sind Italiens konservative Kräfte auch hier am Ruder, was viele der jungen Leute ziemlich wütend macht und sie die Worte «repressive Politik» in den Mund nehmen lässt, ja früher, da sei man mit einer Flasche Vino rosso auf einen Platz gesessen und habe es sich gemütlich gemacht, heute würde man sofort von der Polizei vertrieben. Aber nicht wegen dieser Vergangenheit nennt man Bologna auch «die Rote», sondern weil immer schon mit schlichtem, rotem Stein statt mit Marmor gebaut wurde. Auf die Farbe ihrer Stadt sind die Bologneser ziemlich stolz, und alle Fenster aller öffentlichen Gebäude müssen per Gesetz mit Vorhängen und Rollos ausgestattet sein, die in «rosso bolognese» gehalten sind.

Besonders rot ist Bologna am Abend. Die Farbe der untergehenden Sonne mengt sich ins schwindende Licht, so dass die Gebäude noch roter wirken. Auf der so stillen Piazza Maggiore trifft sich die halbe Stadt, doch der riesige Platz bleibt die Ruhe selbst. Und ist die Ruhe immer noch zu laut, taucht man zwischen den Cafés hindurch unter den Palast. Dort liegt exakt die Mitte der Stadt. Die Bögen, die dieses Gebäude tragen, haben eine ganz spezielle Akustik. Spricht man leise, mit dem Kopf in eine Ecke gewandt, hört jemand, der mit dem Kopf in der entgegengesetzten Ecke steht, die Worte klar und deutlich - so leise sie auch gesprochen sein mögen, was extrem verblüfft. Dort kann man sich die Dinge sagen, die man schon immer sagen wollte, die sich laut aber nicht so schön anhören wie leise. Am besten vor dem Essen. Dann hören sich solche Dinge viel leichter an; vielleicht.

520
Tja, drei dicke Bücher mehr, die in meinem Bücherregal stehen (insgesamt sind es übrigens, ich habe schnell nachgezählt, 848 Bücher, die in meinem vom Schwiegervater gezimmerten Bücherregal auf ihren Einsatz warten – mehr haben nicht Platz, respektive: Die sind im Keller, in Kisten, und fristen ihr tristes Dasein). Wenn man es sich recht überlegt, dann ist dieses Design-Kompendium eine Katastrophe. Zu viel Form. Zu wenig Inhalt. Wie so oft im Design.

521
Leider ist dieser schöne Wasserwerfer verschollen. Keine Ahnung, wo er hingekommen ist (oder wer ihn gestohlen hat).

522
Siehe auch Seite 820. DJ Widersprüche-machen-sexy.

523
Siehe auch Kolumne „Tausend Dinge“, Abschnitt 117.1.

525
Aktuelles Handy: Motorola. Auch ein doofes Handy. Alle hatten mich gewarnt, ich solle ja kein Motorola kaufen. Aber ich hörte nicht hin. Das habe ich nun davon.

530
Nie mehr getragen. Nie mehr gebraucht. Ist mir auch recht so. Wer einen Smoking braucht, der verkehrt in den falschen Kreisen.

531
Siehe auch Seite 512. Auch hier gilt: Zur Zeit würde ich den Kopfhörer von Audio Technica kaufen, Modell ATH-ANC7, etwa bei Promusig, Sihlfeldstrasse 138, Zürich, 259 Franken.

534
Siehe auch Seite 270.

535
Siehe auch Seite 802.

536
Hier also nun die 100 Lieder, die zurzeit meine Lieblingslieder sind, respektive jene Lieblingslieder sind, die auf meinem iPod wohnen.

Add N to Fü(x)a_Add N to (X)
Summer Stay_All Smiles
Sovay_Andrew Bird
Mould_Aphex Twin
Cheap Like Sebastien_Apostle of Hustle
The Language In Things_Appendix Out
Headlights Look Like Diamonds_Arcade Fire
Ping Pong_Armando Trovaioli
The Lucky One_Au Revoir Simone
JUNK SHOP CLOTHES_THE AUTEURS
Kleiner Ausschnitt_Barbara Morgenstern
Not In Kansas_Basehead
Master of None_Beach House
une femme n'est pas un homme_the beatniks AFX REMIX
For Agent 13_The Besnard Lakes
Time Takes Me So Back_Bill Wells & Maher

Shalal Hash Baz
Banned Announcements_Bill Wells & Maher Shalal Hash Baz
Atomic_Blondie
Bo Diddley Put The Rock In Rock'n'roll_Bo Diddley
Credi A Me_Bobby Solo
Kabelfreaks_Bodenständig 2000
Smells Like Content_The Books
Friend Of Time_Brightblack Morning Light
Brian Rix_The Brilliant Corners
The Book Lovers_Broadcast
Lover's Spit_Broken Social Scene
Let's Get Out Of This Country_Camera Obscura
I Love You (Me Either)_Cat Power & Karen Elson
Tutto nero (Paint it black)_Caterina Caselli
Mes Amis Mes Copains_Catherine Spaak
Exposition_Charles De Goal
GRN Aventurine_Chateau Flight
Taking Leave Of Our Senses_Chris & Carla
By This River_Console
Because Our Lie Breathes Differently_Dakota Suite
Like a Monkey In the Zoo_Daniel Johnston
Qu'est-ce que j'ai dansé_David Alexandre
ragazzo solo_david bowie Hot Mint Air Balloon_Deerhoof
On My Shoulders_The Do
What Does T.S. Eliot Know About You?_East River Pipe
Muted Thunderstorms_EDISON WOODS
guarda come dondolo_edoardo vianello
This Loneliness_El Perro Del Mar
The Greater Times_Electrelane
The Last Page_Emily Haines & The Soft Skeleton
sauna_ennio morricone
Der Himmel Weint_Fehlfarben
Don't These Windows Open? (True Interval Offering)_Fovea Hex
Teenie Weenie Boppie_France Gall
Thème Des Voitures (Le Passager de la Pluie: Bande Originale de Film)_Francis Lai
Amusement_Franco Micalizzi
Comment te dire adieu ?_Françoise Hardy
Kites Are Fun_The Free Design Fuzzy Duck_Go Kart Mozart
We Listen Every Day_The Go! Team
Anfang_Hanno Leichtmann
Abspann_Hanno Leichtmann
Peppy_The High Llamas get carter_human league
It's Hard To Kill A Bad Thing_Isobel Campbell & Mark Lanegan
Black Organ_Jackie Mittoo
Let My Shoes Lead Me Forward_Jenny Wilson
If You Could Read My Mind_Johnny Cash
Egyptian Reggae_Jonathan Richman & The Modern Lovers
Old Dances_Kate Nash
Phantom of My Organ_Kristín Anna Valtysdóttir (Mum) & Slowblow
Land covered with briar_briar
New York, I Love You But You're Bringing Me Down_LCD Soundsystem
My Autumn's Done Come_Lee Hazlewood
Why Don't They Understand_Lem Winchester
One Life Away_M. Ward
Papa Was a Rodeo_The Magnetic Fields
Smokebelch II (Original By Sabres Of Paradise)_Maxence Cyrin
Endlessly_Mercury Rev
Flipper Queen - Du Kannt's Am Besten_Die Moulinettes
Boys Don't Cry_Norman Palm
John Brown_Papercuts
Summer Babe (Winter Version)_Pavement
Young Folks_Peter Bjorn and John
Alte Pizza_Der Plan
Only Love Can Break Your Heart_Psychic TV
Chewbacca On Crack_Push Button Objects
Jogging Beat (Roman Flügels Tender Feet Mix)_Rework
RIVERS AND BRIDGES_scanner
Cargo culte_Serge Gainsbourg
Vaka (Live)_Sigur Rós
Random Rules_Silver Jews
The Hustler_Sketches For Albinos
Tunic (Song For Karen)_Sonic Youth
Where are you now?_Sophia
Love Will Tear Us Apart_Squarepusher
Chicago (Multiple Personality Disorder Version)_Sufjan Stevens
It's A Long Way To The Top_Susanna And The Magical Orchestra
Stormtrooper In Drag_Terre Thaemlitz
Elvis_These New Puritans
Gamera_Tortoise
Jesus Wants Me For A Sunbeam_The Vaselines
We're Gonna Have a Real Good Time Together_The Velvet Underground
Sometimes I Don't Get You_Yo La Tengo

(Wer diese 100 Lieblingslieder auf CD möchte – hier sind nur 99 aufgelistet, denn eines dieser Lieder ist mir einfach zu peinlich –, die oder der schickt einen lieb geschriebenen Brief inklusive einem lustigen oder schönen oder wichtigen Bild an die Adresse des Verlages Edition Patrick Frey, Stichwort „FREUNDE DER MUSIK“, Motorenstrasse 14, 8005 Zürich, – es wird anlässlich des ersten Geburtstages dieses Buches am 7. Mai 2009 ein Exemplar eines exklusiven CD-Sets mit meinen 100 Lieblingsliedern verlost, der Rechtsweg ist ausgeschlossen, es wird keine Korrespondenz geführt).

538
Zähne. Ach, die Zähne. Siehe auch Kolumne „Tausend Dinge“, Abschnitt 151.

542
Siehe auch „Einfälle kennen keine Tageszeit“, Seite 94. In der Zwischenzeit kam noch ein Print aus der Airport-Serie von Fischli Weiss dazu. Er zeigt den Flughafen Frankfurt (gekauft bei Artax, Düsseldorf – es ist möglich, dass Artax immer noch einen solchen Print anbietet, zum äusserst fairen Preis von 880 Euro) und hängt ebenfalls in der Küche. In der Küche hängt auch ein Druck von Claudia und Julia Müller (siehe auch Seite 776) aus der Listenserie (www.grazerkunstverein.org/cms/?q=node/583). Diese Liste wiederum wurde von einer Person verfasst, die ich gut kenne und ging einer Reise voraus, die auch in diesem Buch vorkommt (siehe Seite 128).

544
Noch immer eine der besten Anschaffungen, die ich je machte. Ohne diese Anschaffung wäre ich jetzt immer noch in München auf der Suche nach einer bestimmten Strasse. Eine Suche, auf die ich mich vor rund einem Jahr begab.

545
Ich habe dieses Zelt nie gekauft. Aber Freunde von mir haben es getan. Jo und Anna (und Franz). Jo und Anna (und Franz) sind Zeltfreaks. Spatzfreaks. Ich persönlich ziehe ein bequemes Hotelbett vor. Aber schön ist es (auch wenn Zeltprofis meinen, das auf dem Foto abgebildete Zelt sei lausig aufgestellt, was durchaus sein kann).

546
Zum Glück, zum grossen Glück konnte ich im letzten Moment doch noch davon Abstand nehmen, dieses Rudergerät zu kaufen. Es würde nämlich in irgendeiner Ecke verstauben, aufrecht stehend, kaum benützt, ein Mahnmal der eigenen Faul- und Dummheit eben.

547
Habe ich meiner Frau geschenkt. Es war mir irgendwie doch zu...wie soll ich sagen...zu schön? Zu weiss? Vielleicht wollte ich es auch einfach nicht mehr haben, damit ich mir wieder neue Gedanken über neue Velos machen kann.

548
Das Flugi habe ich in der Zwischenzeit gegen eine Lampe eingetauscht (siehe Seite 722).

549
Siehe auch „Einfälle kennen keine Tageszeit“, Seite 12. Aktuelles Auto: Audi S6, Jahrgang 2001, 105'000 Kilometer. Ich weiss: ich muss mir ein vernünftigeres Auto zulegen. Ich werde es auch tun.

550
Ich liebe dieses Sofa. Es ist unglaublich bequem. Und es ist schön. Ich brauchte eine Weile, bis ich es schön finden konnte. Jetzt finde ich es wunderschön.

551
Und dann endlich habe ich ihn gefunden. Bei Herrn Fally in Hamburg. Schwarzes Leder, schwarze Schale, inklusive Hocker, aus alter Produktion (Haimi, nicht Avarte). Ich liebe diesen Sessel. Er ist unglaublich bequem. Und er hat viel weniger gekostet. Nun ja: nicht sehr viel weniger, ein bisschen aber schon.

552
Ein Jahr lang war dieser Lotus noch auf Autoscout zu finden. Erst dann wurde er verkauft (in der Zeit stieg sein Preis auf 40'000 Franken). Ich glaube, es ist gut, dass man sich nicht alle Träume erfüllt. Gerade wenn es solche Träume sind: Alte Autos. Denn alte Autos sind alte Autos. (Siehe auch Seite 649).

610
Siehe auch „Tausend Dinge", Abschnitt 061.

612
Es gibt keine Woche in meinem Haushalt, in der nicht über das Thema Automobil diskutiert wird. Respektive: Welches wäre das sinnvollste und vernünftigste Gefährt. Die Situation ist absolut verzwickt. Es ist so einfach, ein unvernünftiges Auto zu kaufen. Aber so schwierig, ein sinnvolles zu evaluieren. Siehe auch Kolumne „Kaufen mit Küng", Seite 524.

624
Artikel über die Erfindung des Auto-Quartetts, respektive über Herrn Seitz, der es erfunden hat. Der Artikel erschien in „Die Zeit".

628
Kleiner Ausschnitt aus meiner Quartett-Sammlung, die ich seit meiner Kindheit hüte. Superstecher, Blitztrumpf, Top-Ass-Super-Trumpf und all die anderen.

649
Diese Anzeige ist mir sehr vertraut. Ich fand sie in einem Heftchen namens Playboy. Den Playboy kaufte ich einer alten Frau ab. Nun ja, ich kaufte der Frau eine ganze und komplette Playboysammlung ab: 20 Jahre. Ich bezahlte dafür 200 Franken. Ihr Mann habe die Heftchen gesammelt, sagte die Frau, und nun sei er gestorben und die Heftchen brauche sie nicht. Diese Anzeige also fand ich in einem Playboy, aber ich kannte sie sehr gut. Als Kind lief mir diese Anzeige bereits einmal über den Weg. Sehr wahrscheinlich im gleichen Playboy, den ich später mit gänzlich anderem Blick begutachtete, mit dem Blick des Kuriositätensammlers. Als Kinder kamen wir im Dorf zu Playboys, weil wir während der Papiersammlung sehr gut organisiert waren. Damals sammelte die Dorfschule das ganze Altpapier im Dorf und schleppte es gebündelt zu einem von einem grossen Lastwagen auf dem Dorfplatz abgeladenen oben offenen Container. Die zum Container angelieferten Papierbündel wurden auf interessante Ware durchgesehen und diese wurde dann über die Containerwand herausgeschmuggelt, dann versteckt, später abtransportiert und an einem sicheren Ort aufgeteilt. Die Beute war nicht sonderlich reich. Sexheftli etwa wurden auf dem Land nur von den wenigsten in die offizielle Papierabfuhr gegeben. Man zog private Verbrennung vor. Nun wusste ich aber, dass einer im Dorf, der Müller Hans, ein Jahresabo vom Playboy hatte. Und ich kümmerte mich im Vorfeld der Papiersammlung um diese Bündel, die wertvolle Fracht. So kam ich als kleiner Knirps zu einer stattlichen Zahl von Playboy-Heftli und zu Macht, denn zwar behielt ich die besten Ausgaben (etwa jene mit Bo Derek) und versteckte sie unter meinem Bett. Den anderen Teil jedoch benutzte ich für ein reges Tauschgeschäft. So kam ich zu einer schönen Sammlung von Auto- und Töffheftli.

Diese Anzeige also, in der es Fahrten mit Superautos zu gewinnen gab, alle in den Farben der Zigarettenmarke John Player Special gehalten, jener Marke, die ich als Kind schon rauchte, weil es auch die Marke war, die auf den Wagen des Rennstalls Lotus warb, sie war für mich der Inbegriff eines Traumes. All die Autos, kreisförmig arrangierte Sehnsüchte eines Knaben. Sich mehr vorzustellen, war nicht möglich. Damals. Heute natürlich schon.

652
Routenplan für eine Ausfahrt mit dem Audi R8. Leider wurde nichts daraus. Ich bekam zwar einen R8 ausgeliehen, doch leider hatte es tief hinunter geschneit, just an jenem Wochenende, und alle Pässe waren geschlossen. Also fuhr ich bloss über die Hulftegg, wo ich aber eine schöne Entdeckung machte. Auf der Hulftegg gibt es nämlich einen Witzwanderweg mit 44 Witzen. Ich hielt und schrieb in mein Notizbuch: „Sobald der Schnee sich verzogen hat: Witzwanderweg auf der Hulftegg begehen." Zuhause schaute ich im Internet nach unter www.hulftegg.ch - und dort erfuhr ich, dass es auf dem Witzwanderweg nicht nur Witze gab, sondern auch Tiere. „Tiere auf dem Witzwanderweg: Auf dem Rundweg begegnen Sie auch verschiedenen Waldtieren wie Fuchs,Reh,Frösche,R aben,Waschbär,Eichhörnchen,Eule,Schi ldkröte,usw. Immer etwas Neues für Sie. Viel Spass."

653
Bild des Fussraums des Audi R8, Beifahrerseite. Hose von APC. Schuhe von Martin Margiela.

654
Aus der Serie „Motorensalat".

657
Aus der Serie „Innere Werte". Diverse Variationen.

676
Artikel, den ich für die Zeitschrift „Mare" schrieb, eine Zeitschrift, die sich gänzlich dem Thema Meer verschrieben hat. War irgendwie eine zähe Sache, diesen Artikel zu schreiben. Am Anfang klang die Idee super: Automodelle, deren Name sich auf das Meer bezieht. Begeistert nahm ich den Auftrag an. Doch bald merkte ich, dass es gar nicht so viele Autos gab, die Namen mit einem Bezug zum Meer besassen. Aus einem einfachen Grund: Das Meer ist ein grosses, tiefes, dunkles, lebensfeindliches nasses Loch (siehe auch Seite 128).

678
Eine Fotoserie, die durch Zufall entstand. Ich war am Genfer Automobilsalon. Es war sehr wahrscheinlich im Jahr 2007. Irgendwie hatte ich mir diesen Besuch lustiger und vor allem spannender vorgestellt. Das ist vielleicht das Problem, wenn man Dinge als Erwachsener tut, die man als Kind gerne tat: Dass es sich anders anfühlt, als man es in Erinnerung hat. Auf jeden Fall wurde mir schnell langweilig und ich begann, das eine oder andere Auto zu fotografieren. Dann stellte ich fest, dass die Hostessen, die Frauen, die vor oder hinter oder neben den Autos standen oder sogar auf ihnen drauf sassen, dass diese Frauen automatisch in die Kamera schauten und lächelten. Also machte ich das eine oder andere Bild.

Nach ein paar Stunden ging ich nach Hause. Und ich fühlte mich fix und fertig. Die Luft in den Hallen war schrecklich. Das Licht brutal. Und als ich im Zug sass und mir die Bilder durchsah, die ich machte, ohne Absicht, ohne Sinn, da taten mir die Frauen sehr leid.

696
VIP-Ausweis, den ich erhielt, um Jean Todt zu treffen. Siehe Kolumne „Tausend Dinge", Abschnitt 097.

697
Sottopasso pedonale: Ausweis, den ich erhielt, um durch einen speziellen Tunnel unter der Rennstrecke in Monza hindurch auf die andere Seite zu gelangen, wo die Tribünen waren. Nicht die VIP-Tribünen, sondern jene, auf denen sich das gemeine Volk tummelte. Von dort konnte ich noch die letzten zehn Minuten des Qualifyings sehen. Es war ein Qäulifying.

698
Kleber für Bausatz Williams Rennauto. Es fehlen die Kleber, die auf dem Modell appliziert wurden. Siehe Kolumne „Kaufen mit Küng", Seite 478.

702
Aus der Serie „Signaturen".

719
Kolumne, welche ich für die Zeitschrift Annabelle schrieb. Sie befasst sich mit der Frage „Warum Ehepaare in Möbelläden immer streiten". Diese Version der Kolumne las ich im Rahmen einer Abendveranstaltung der Möbelmesse „Neue Räume". Ich glaube, es handelte sich um „Neue Räume". Nebst mir lasen auch mein Verleger Patrick Frey sowie Philipp Tingler und Mark van Huisseling. Danach gab es Champagner und eine Suppe. Hätte ich gewusst, wer die Suppe gekocht hatte, ich wäre dem Anlass fern geblieben. Es war Peter Brunner.

722
Diese Lampe steht bei mir zuhause. Ich habe sie bei meinem Lieblingsmöbelhändler gegen das recht grosse Modell eines Flugzeugs getauscht (siehe Kolumne „Kaufen mit Küng", Seite 548). Allerdings ist das bei mir leuchtende Modell schwarz. Die Frau auf diesem Bild ist mir nicht bekannt.

723
Ein Text, den ich im Rahmenprogramm der Messe „Design & Design" in Zürich las.

736
Text für das Buch „T A P E — An Excursion Through The World of Adhesive Tapes" von Kerstin Finger, erschienen im Verlag Die Gestalten, Berlin, 2005. Mein Verhältnis zu Klebebändern hat sich normalisiert. Ich sammle seit einer Weile keine Klebebänder mehr. Die aus Japan importierten Dinger musste ich alle wegschmeissen. Leim ist eben nicht für die Ewigkeit gemacht. Das werden auch alle Besitzer und Besitzerinnen von Kunstwerken von zum Beispiel Thomas Hirschhorn irgendwann merken.

738
Lampe noch nicht in meinem Besitz. Doch angesichts der schwer zu schlagenden Schönheit dieser Lampe ist es wohl nur noch eine Frage der Zeit.

739
Über diese Uhr habe ich wirklich sehr lange nachgedacht. Zurzeit ziert mein Handgelenk eine Heuer Autavia GMT aus dem Jahre 1968. Die Uhr ist ein Jahr älter als ich es bin. Und sie funktioniert noch immer. Nun ja, manchmal funktioniert sie auch nicht. Manchmal bleibt sie um Viertel nach sechs Uhr stehen. Obwohl ich die Heuer Autavia als perfekte Uhr betrachte, machte ich mir viele Gedanken über eine Zweituhr (siehe auch Kolumne „Tausend Dinge", Abschnitt 131). Ich unterschlage nun einfach mal, dass ich noch eine alte Rolex besitze, denn die Rolex ist einfach zu fein für mein ausgeprägtes Handgelenk.

Schliesslich kaufte ich dann wirklich noch eine Uhr, allerdings nicht die Seiko, die es nur in Japan zu kaufen gibt. Jetzt habe ich zwei Uhren. Gerne trage ich sie gleichzeitig. Am Fussgelenk.

740
Ich dachte, ich könne ja kein Buch machen im Jahr 2008, ohne dass darin das Mädchen Paris Hilton vorkommt. Ein Buch ohne die Paris Hilton, das wäre wie...wie.... wie....wie ein Zoobesuch ohne das in der Sado-Masoala-Halle auf dem Absperrseil balancierende Chamäleon und danach Pommes frites mit Ketchup. Ich fand das Bild von Paris Hilton, als ich in einer Ferienresidenz im Misox (im Fall, nur damit es gesagt ist: die Salametti von der Salumeria Fagetti in Roveredo, die sind grossartig, einfach grossartig – ein Aufenthalt im Misox ohne die Salametti von Fagetti, das ist wie ein Buch ohne Paris Hilton drin) gerade daran war, das Buch im Rohstadium zu ordnen, in einer Broschüre, die ich als Schneidunterlage für mein NT Cutter A-400GR verwendete. Die Broschüre hiess „Zürcher Bahnhofstrasse" und war eine dicke Werbebroschüre für die Strasse mit diesem Namen, respektive die Geschäfte, die dort zu finden sind, wo man die Dinge des täglichen Bedarfs findet (Uhren, Foulards, Reitsättel). Ich wusste nicht, wie alt die Broschüre war. Neu war sie nicht, denn es fand sich auch ein Artikel darin, der sich begeistert ob der neuen Weihnachtsbeleuchtung für die Bahnhofstrasse zeigte. Ausserdem findet sich darin ein Bild von Matthias Hartmann (inkl. Cordhose, Rolex, hartem Blick), unter dem dieses Zitat stand (respektive steht, denn unter diesem Bild wird es immer stehen – das ist oft das Problem von Zitaten, die unter Bildern stehen: dass sie stehen bleiben, obwohl die Zeit weiter geht, und mit der Zeit die Dinge): „Ich fühle mich da wohl, wo ich gute Bedingungen für meine künstlerische Arbeit finde. Darum bin ich nach Zürich gekommen, und ich habe ein gutes Gefühl." Nun ja, man kann sich ja auch mal täuschen. He, ich meine, ich hab mich auch schon getäuscht, respektive mein Gefühl hat mich getäuscht. Kann ganz schön ein fieser Kollege sein, dieses Gefühl. Auf jeden Fall fand ich in dem Ding (der Broschüre) ein Bild von Paris Hilton (ich glaube, sie machte dort drin Werbung für Chopard, was ein Juwelier ist, kein Komponist) und ein paar Seiten weiter hinten ein Bild vom Böögg, und ich fand, dass die beiden irgendwie gut zusammen passen, die Paris und der Böögg. Und was passt auch zu Paris Hilton? Genau: Anagramme.

744
Aus einem Prospekt von Mercedes-Benz. Ich denke manchmal, in der Prospekt-Industrie wäre auch ein Platz für mich.

747
Aus der Serie „Strickmode, die verrückt macht".

752
Boheme
In the Boheme
Heart of Boheme
Living next door to Boheme
It never rains in southern Boheme
Samba Pa Boheme
Yes Sir, I can Boheme
El Condor Boheme
Boheme is Boheme
Bridge over troubled Boheme
Voulez vous coucher avec moi ce soir (Lady Boheme)
Boheme's Delight vs. Rapper's Boheme

759
Die Künstler auf dem Weg zur Arbeit.

760
Text geschrieben für den Ausstellungskatalog „Wichtiger Besuch" von Zilla Leutenegger, erschienen im Verlag Hatje Cantz, 2006.

764
Variation eines Bildes von Tschumi, Küng und Schnur. Siehe auch „Einfälle kennen keine Tageszeit", Seite 384, respektive Eintrag im Index, respektive Publikation „Photo Graphics" aus der Reihe „Poster Collections", Museum für Gestaltung Zürich, erschienen im Verlag Lars Müller Publishers, 2008.

773
Erschienen in der Zeitschrift Monopol. In der Zwischenzeit kam noch die eine oder andere Edition dazu.

776
Ein Interview, welches ich mit den Basler Künstlerinnen Claudia und Julia Müller führte. Es erschien in der Zeitschrift Grenzwert, welche drei Mal erschien. Irgendwie war die Zeitschrift an die gleichnamige Bar in der Basler Rheingasse gekoppelt. Die Details jedoch habe ich vergessen. Die Zeitschrift wurde von Müller und Hess konzipiert und gestaltet. Da die Zeitschrift in einem Riesenformat erschien, welches nicht auf meinen Scanner passt, musste ich für die Reproduktion des Interviews in diesem Buch mit der Hilfe einer Schere das Layout leicht anpassen.

791
Sie auch Kolumne „Kaufen mit Küng", Seite 422.

802
Falls man nun aus dieser kurzen Liste schliesst, dass nur Leute mit komischen Namen am selben Tag Geburtstag haben wie ich, dann liegt man natürlich falsch. Auch Menschen mit ganz gewöhnlichen Namen haben am selben Tag Geburtstag: Ashikaga Yoshikatsu; Amerigo Vespucci; Gabriel de Riqueti, comte de Mirabeau, Johann Friedrich August Tischbein, Ludwig Gumplowicz, Wjatscheslaw Michailowitsch Molotow, Josef Weinheber, Mickey Spillane, Peter Scholl-Latour, etcetera, etcetera.

804
Krimi heisst im dem Fall: TV-Krimi. Vor allem Tatort. Obwohl sich das in letzter Zeit auch wieder gelegt hat. Die Tatorte sind einfach auch schlecht geworden, findet sogar meine Frau. Apropos Krimi. Ich habe einmal einen geschrieben. Nun ja, es ist kein wirklicher Krimi. Keine Ahnung, wie ich dazu kam, aber für die Zeitschrift Annabelle schrieb ich im Jahr 2001 einen Kurzkrimi mit dem Titel „Tod mit schöner Aussicht".

Warum nur, dachte sich Micalizzi, musste er unbedingt diesen Beruf wählen. Privatdetektiv. Wie das nur schon klang. Natürlich, in den Filmen im Fernsehen und im Kino, in den tollen Romanen, da waren Privatdetektive tolle Hechte, deren Leben erfüllt ist: Spannung und Drinks und schöne Frauen, schnelle Schlitten und schicke Anzüge. Micalizzi sah aus dem Fenster eines dunklen Lochs, das sein Büro war. Er dachte nach. Dafür hatte er auch genug Zeit. Der letzte Job, den er erledigt hatte, war auch schon wieder eine Woche her. Micalizzi dachte über sich selber nach. Er war vierzig, mitten in der Krise. Er war dick. Er schwitzte, weil er sich keine Klimaanlage leisten konnte. Er trug einen Bart. Er war geschieden. Er war Micalizzi. Den Kopf schüttelnd schaute er auf seine billige Uhr. Fast fünf Uhr. Nun, dachte er, Zeit für einen ersten Schluck.

Er erschrak so heftig, dass er sich den billigen Scotch über die Hand goss. Er wirbelte herum und verschüttete noch ein bisschen Scotch. Im Raum stand ein Mann. Micalizzi starrte ihn an.

«Entschuldigen Sie, wenn ich Sie erschreckt habe», sagte der Mann und nahm seinen Hut vom Kopf, «ich habe geklopft, aber Sie haben mich wohl nicht gehört. Und als ich sah, dass die Tür nicht verschlossen war, war ich so frei, einfach einzutreten.»

Der Fremde schaute auf die Flasche und das Glas in Micalizzis Händen, was dem sofort peinlich wurde. Schnell stellte er beides ab, und während er zum Waschbecken ging, ein wenig erholt vom Schreck, murmelte er eine Begrüssung in seinen Bart.

Der Fremde fuhr fort: «Sie sind doch Micalizzi, oder? Franco Micalizzi, private Ermittlungen?»

Micalizzi drehte den Wasserhahn auf und nickte.

«Kommen wir also gleich zur Sache. Es geht um ...» Der Fremde brach ab. «Entschuldigen Sie, ich habe mich ja noch gar nicht vorgestellt. Mein Name ist Sanchez. Es geht um meine Schwester.» «Ihre Schwester?» Micalizzi hatte sich wieder gefasst und akzeptierte es nun, dass jemand in sein ödes Leben getreten war, um ihm einen Auftrag zu erteilen. Er musterte diesen Sanchez und witterte Geld. Sanchez war elegant gekleidet. Massanzug. Eckiges Gesicht. Schlanke Figur. Mitte dreissig. Er hätte als Banker durchgehen können, wäre da nicht dieser Hut gewesen. Wer trug denn schon noch Hut, in diesen Zeiten.

«Ja, meine Schwester. Sie ist tot.»

«Oh, mein Beileid», sagte Micalizzi. Er sagte es so, als habe er es schon oft gesagt, was auch stimmte.

«Sie hat sich in ihrer Wohnung erhängt. Das allerdings ist die Version der Polizei. Ich persönlich glaube nicht, dass sich meine Schwester erhängt hat. Sie hatte keinen Grund dazu.»

Ohne gross über seine Worte nachzudenken, sagte Micalizzi, dass es immer einen Grund gebe. Sanchez überhörte dies. «Finden Sie heraus, wer meine Schwester umgebracht hat. Und vor allem: warum.» Er warf ein schweres Couvert auf den Schreibtisch. «Hier, dreitausend, das sollte für den Anfang mal reichen. Lösen Sie den Fall, gibt es nochmals so viel. Im Couvert finden Sie auch alle nötigen Angaben zu meiner Schwester. Fotos, Schlüssel zu ihrer Wohnung und all den Kram.»

Micalizzi nahm das Couvert ohne hineinzublicken und legte es in eine Schublade. Dreitausend. Ja, das sollte für den Anfang mal reichen, dachte er. Er sagte: «Und wer könnte Ihre Schwester auf dem Gewissen haben?»

«Viele könnten es gewesen sein. Sie hatte einen delikaten Beruf.» «Wie darf ich das verstehen?» «Sie war eine Putzfrau.» «Eine Putzfrau?» «Ja, aber nicht irgendeine Putzfrau. Sie hatte einen sehr ausgewählten Kundenkreis. Sie putzte nur für Prominente und Reiche. «Und wie heisst Ihre Schwester, oder besser: Wie hiess sie?» «Katharina Sanchez.» «Katharina Sanchez, ein ziemlich komischer Name», sagte Micalizzi halb für sich. «Es ist auch eine ziemlich komische Welt», entgegnete Sanchez im Aufstehen, setzte den Hut auf und ging grusslos durch die Tür.

Micalizzi goss sich den Scotch ein bisschen grosszügiger als sonst ein und leerte ihn in einem Zug. Er nahm das Couvert aus der Schublade, und mit einem breiten Grinsen öffnete er es.

Am nächsten Tag machte er sich richtig gut. Er telefonierte gleich mit einem alten Kumpel vom Polizeirevier, der ihm noch etliche Gefallen schuldig war. Und noch vor der Mittagszeit fuhr er in seiner alten, ächzenden Karre durch erstaunlich flüssigen Verkehr die Stadt hoch zur Wohnung der Toten. Eine hübsche Wohnung, drei kleine Zimmer. Ihr Bruder hatte alles so gelassen, wie es war, als er seine Schwester fand. Mit Ausnahme seiner Schwester natürlich. Ein Putzeimer stand noch da. Sie hatte wohl eben noch die Scheiben des Flügelfensters gereinigt. Denn die linke Seite war blitzblank. Die rechte Seite noch ziemlich schmutzig. Und noch immer stand der Schemel vor dem Fenster, wo sie sich laut Polizeibericht den Vorhang um den Hals geschlungen und den kleinen Sprung gemacht hatte. Er setzte sich auf das Sofa und blickte durch das Fenster. Eine schöne Aussicht, dachte er, immerhin dies. Ein Baum vor dem Fenster, ein bisschen Grün. Es muss komisch sein, dachte er, einen Baum zu betrachten, bevor man sich umbringt.

Später studierte er das Büchlein mit den Kunden der Toten. Da war ein Schauspieler, ein ziemlich bekannter Schauspieler sogar. Eine Sängerin. Ein Modedesigner. Ein Künstler. Hinter den Namen standen fein säuberlich notiert Adresse und Telefonnummer sowie spezielle Wünsche wie etwa «will Hemden gebügelt haben» oder «das grüne Zimmer nicht betreten!!!». Er griff zum Telefon und wählte die erste Nummer. Er war erstaunt, dass nach dreimal Klingeln jemand antwortete.

Eine halbe Stunde später machte er seinen ersten Besuch. Er klingelte, und der ziemlich bekannte Schauspieler machte persönlich die Tür auf.

«Tschuldigung die Störung, ich habe angerufen, vorhin, Micalizzi mein Name, Privatdetektiv, es geht um Frau Sanchez.» «Mia casa è tua casa», sagte der Schauspieler gleichgültig und hielt Micalizzi die Tür auf. Die Wohnung sah ziemlich teuer aus, und Micalizzi kam sich in seinem schlecht sitzenden Anzug im grosszügigen Entree noch ein bisschen schäbiger vor als sonst. «Hey», sagte er zum Schauspieler, «ich fand Sie übrigens ganz grossartig in diesem Film, in dem Sie diesen Juwelendieb spielten.» Der Schauspieler schaute ihn ein bisschen mitleidig an. «Ich habe niemals einen Juwelendieb gespielt.» «Ah, äh, nicht?» Der Schauspieler, der ziemlich berühmte, schüttelte den Kopf. «Liebhaber, Psychopathen und einmal sogar mich selbst, das habe ich gespielt. Einmal habe ich fast den Präsidenten erschossen.» Es entstand eine peinliche Pause. Das folgende Gespräch wurde sehr kurz.

Am Abend konnte Micalizzi auf einen erfolgreichen Arbeitstag zurückblicken. Er hatte den Schauspieler, den ziemlich berühmten, getroffen. Der hatte für den fraglichen Zeitpunkt ein Alibi. Und er liess es sich nicht nehmen, sich ein Autogramm geben zu lassen. Mit Widmung. «Für Franco, den besten Privatdetektiv in ganz Manhattan.» Die Sängerin war seit Wochen ausser Landes, da sie in Europa ihre grosse Tournee anfing. In Spanien. Barcelona. Den Künstler hatte er nicht erreicht, aber scheinbar, so hörte er, lebte dieser seit Jahren in Europa, wo seine Werke nach einer langjährigen Flaute seit den späten Achtzigerjahren wieder stark im Kommen seien. Und er hatte diesen Modedesigner getroffen, der auch Brillen macht und Parfum und den ganzen Kram. Obwohl schon sicher alt, sah der Designer noch irgendwie jung aus. Sportlich. Schlank. Aber er hatte einen schrecklichen Akzent. Micalizzi musste an Zweiter-Weltkrieg-Filme denken oder Actionstreifen mit blondierten Schurken. Er habe Frau Sanchez selten gesehen, sagte der Designer, denn er sei selten zu Hause. Arbeit, wissen Sie, Arbeit, die Mode schreit nach News!

Der folgende Tag hätte schwerer nicht beginnen können. Mit dickem Kopf steckte er in dichtestem Verkehr, und auch mit viel Gehupe und Gefluche benötigte er für die Strecke zur Wohnung der Toten über eine Stunde. Dort angekommen, setzte er sich wieder auf das Sofa, das tiefe, liess sich hineinfallen. Er hatte einen üblen Kater. Das hielt ihn jedoch nicht vom Denken ab. Er dachte dies: Da putzt eine Putzfrau ihr eigenes Fenster. Wenig später baumelt sie tot am Vorhang. Er blickte aus dem Fenster auf den Baum. Und dann sah er es. Für seine Körperfülle erstaunlich schnell schoss er vom Sofa hoch und hüpfte auf den Schemel. Da, genau, da sah er es. Im dreckigen Teil des Glases konnte man es deutlich sehen. Da waren zwei Buchstaben hingeschrieben, mit einem Finger wohl, eines Fingers letzte Tat. Zwei zitterige, krakelige, aber deutlich lesbare Buchstaben: Ka.

Auf dem Weg zum Büro machte er, was er in seinem ganzen Leben noch nie gemacht hatte: Er ging in eine Buchhandlung und kaufte sich ein Wörterbuch, das sogar zum Sonderpreis von 19.99 zu haben war. Bis tief in die Nacht hinein notierte er alle Wörter, die mit Ka anfingen und im Zusammenhang mit dem Tod der Putzfrau irgendeinen Sinn zu machen schienen. Kadmium. Kalaschnikow. Kalokagathie. Kamerun. Kamikaze. Kapernsauce. Karfunkel. Kascholong. Katheder. Und noch viele mehr. Micalizzi grübelte und grübelte. Strich Wörter durch. Fügte neue hinzu. Und dann liess er den billigen Kugelschreiber fallen. Das musste es sein, dachte er. Er rannte ohne erst den Veston anzuziehen aus dem Loch, das sein Büro war, und fuhr in die Wohnung der Toten. Dort angekommen, ging er gleich darauf zu und nahm ihn unter die Lupe: den Kamin. Nach fünf Minuten wurde er fündig. Ein Koffer, ein erstaunlich kleiner Koffer, der im Kamin versteckt war. Er zog ihn heraus, legte ihn auf den Tisch und fegte mit seiner Rechten den Staub und Dreck von der ledernen Oberfläche. Es war ein sehr teuer aussehender Koffer mit abschliessbaren Schnappschlössern, aber ohne Zahlenkombination. Er liess beide Schlösser mit einem «Flupp» aufspringen und hob den Deckel. Seine Augen weiteten sich. «Jetzt verstehe ich», sagte er leise.

«Ich glaube nicht», sagte eine Stimme hinter seinem Rücken. Micalizzi wendete erschrocken seinen Kopf, und er sah in der Tür einen Mann. Aber er sah ihn nicht wirklich, denn seine Aufmerksamkeit galt dem gewaltig langen Lauf einer Pistole, in den er blickte. Er erkannte einen Schalldämpfer und dahinter einen Mann mit Hut. Sanchez.

«Sie haben da etwas», sagte Sanchez, «was mir gehört. Ich habe es kurzzeitig verloren. Besser gesagt: Fräulein Sanchez hat es veruntreut. Sie musste es bei einem ihrer Kunden für mich stehlen. Und dann gefiel es ihr dummerweise so gut, dass sie es für sich behalten wollte. Wie dumm von ihr. Nun, ich möchte mich herzlich bei Ihnen bedanken. Im Kamin versteckt. Wie lächerlich einfach.» «Ich nehme an», sagte Micalizzi bitter, «dass die Tote nicht Ihre Schwester und Ihr Name nicht Sanchez ist.» «Mein Name ist selbstverständlich nicht Sanchez. Wer heisst schon Sanchez! Gerne aber stelle ich mich noch vor, auch wenn es das Letzte sein wird, was Sie in diesem Leben hören werden. Mein Name ist Kessler.» «Guten Tag, Herr Kessler.» «Guten Tag ist nicht ganz passend», sagte dieser mit einem Lächeln. «Au revoir wäre wohl besser.»

Die beiden schnell hintereinander abgefeuerten Kugeln machten kaum Geräusche. Und auch das Aufschlagen von Micalizzis massigem Körper war nur ein dumpfes Rumpeln.

806

Liste, verfasst von Stephen Pastel, nachdem ich ihn gefragt hatte, ob er eine Liste verfassen könne von den wichtigsten Alben der wichtigsten Bands aus Glasgow.

822

Alptraum in Stereo! Alptraum in Quadrophonie!

831

Wikipedia schreibt: Dujardin ist ein Branntwein, der in Uerdingen am Rhein produziert wird. Inhaber der Weinbrennerei ist derzeit die Racke-Dujardin GmbH & Co. KG. Nach Presseberichten will Racke die Marken Dujardin und Uerdinger und die Produktionsstätte an der Hohenbudberger Straße verkaufen.

Nach dem 2. Weltkrieg war die Uerdinger Weinbrennerei, die damals der Familie Melcher gehörte, eine Zeit lang die zweitgrößte in Deutschland. Durch die Fusion mit Pott und Racke 1983 wurden die Verwaltung zentralisiert und die Abfüllung verlagert.

Derzeit produzieren in Uerdingen noch 11 Mitarbeiter in 12.000 300-Liter-Eichenfässern Branntwein.

Die Familie Melcher ist 2006 aus der Firma ausgeschieden. Damit hat der Name „Dujardin“ auch keinen Bezug mehr zu dieser alten Krefelder Unternehmerfamilie. Verschiedenes: Der Werbeslogan für Dujardin lautete: „Darauf einen Dujardin“. Der Firmenstandort bildete die Kulisse einer Szene des Films Das Wunder von Bern.

833

Aus der Serie „Abstract, aber nicht abstrakt“.

840

Flugboot versus Dante Alighieri versus Mark E. Smith versus Switzerland.

842
Aus der Serie „Böses Gemüse".

844
Aus der Serie „Unglückliche Zeit".

846
Aus der Serie „Eier".

852
Manuskript aus der Zeitschrift Grenzwert (siehe auch Seite 776). Ich habe keine Ahnung, wer sich hinter dem Pseudonym verbirgt. Keine Ahnung.

856
Warum dieses Foto an dieser Stelle in diesem Buch zu finden ist, das weiss ich nicht. Aber ich weiss, wer es gemacht hat. Ich habe es gemacht. Und ich weiss, wo ich es gemacht habe. In Las Vegas.

864
Ein Fax von Elke Heidenreich. Eine Reaktion auf einen Artikel, in dem ich mich über den Umstand beklagte, dass es keine guten Bücher gäbe (siehe auch „Einfälle kennen keine Tageszeit", Seite 548). Von den von Elke Heidenreich empfohlenen 41 Büchern habe ich gelesen...ich muss schnell nachzählen...genau neun Stück. Wobei ich sagen muss, dass ich mindesten vier von diesen neun Büchern nicht zu Ende gelesen habe. Bei „Unterwelt" von Don DeLillo etwa stieg ich auf Seite 237 aus. Und ich möchte auch noch anmerken, dass „Blindfisch" von Jim Knipfel KEIN gutes Buch ist.

An dieser Stelle möchte ich Elke Heidenreich noch für diese ausführliche Liste danken. Es gibt noch viel zu tun. Und ich denke: Nicht nur für mich.

878
Archiv: Ein paar Texte aus der nicht eben unmittelbaren Vergangenheit. Der hier als Ur-Text vorgeführte Artikel auf Seite 879 vom 14. September 1991 ist in Tat und Wahrheit nicht der erste Artikel, den ich verfasste. Den allerallerersten Artikel verfasste ich nämlich für eine Zeitung, die es heute nicht mehr gibt. Sie hiess „Dementi" und im Artikel ging es um das Nachtarbeitsverbot für Frauen. Es war ein sehr ernster Artikel. Leider ist er unauffindbar. Ich habe kein Archiv im Sinne eines Archivs geführt, sondern wahllos Belegexemplare in eine Kiste geschmissen oder auch nicht. Deshalb ist auch dieses Miniarchiv nicht wie es sein sollte chronologisch, sondern nach dem Gefühl geordnet. Denn: Im Zweifelsfall Gefühle über alles stellen.

Anfang der 1990er Jahre arbeitete ich als freier Journalist. Ich kam eben von der Ringier Journalistenschule und dachte, die Welt habe auf mich gewartet. Dem war aber nicht so. Niemand hatte auf mich gewartet. Keiner bot mir einen Job an. Ich rechnete eigentlich fest damit, nach der Ringier Journalistenschule bald in einem warmen Büro auf einer Redaktion zu sitzen. Doch es kam anders. Ich arbeitete von zuhause aus, später mietete ich mir eine kleines Büro in der ehemaligen Wurstfabrik Bell nahe der französischen Grenze. Die Jobs waren selten und sehr schlecht bezahlt. Ich jobbte für alle, die mich haben wollten. Für den Beobachter, die Schweizer Familie, die Basler Zeitung und auch die Basellandschaftliche Zeitung. Es war, was es war: Hartes Brot.

Besonders erwähnen möchte ich in diesem Archivteil die Serie von Strassenportraits der Stadt Basel, welche ich für die Basler Zeitung schrieb. Dafür gewann ich anno Tubak den zweiten Platz des von der Berner Zeitung verliehenen Preises für Lokaljournalismus. Es ist dies der einzige Preis, den ich je gewonnen habe, abgesehen von einem Preis für Reisejournalismus (siehe „Einfälle kennen keine Tageszeit", Seite 412) und dem Hansel Mieth-Preis (als mich ein Jurymitglied des Hansel Mieth-Preises anrief, da begriff ich lange nicht, worum es wirklich ging – ich dachte nämlich, es gehe um den Mietpreis meiner Wohnung).

Es gibt ein paar Abschnitte, die mir ziemlich gut gelungen sind, finde ich. Zum Beispiel der drittletzte Abschnitt auf Seite 934 im Artikel über den Mann, der Töne hörte, die aus der Erde kamen.

944
Eine Sammlung von schönen Kleininseraten.

950
Final Countdown. Eine Sammlung von Zeitungsmeldungen mit Berichten zu Todesfällen. Erschienen ist diese Sammlung in umgekehrter Reihenfolge in der Zeitschrift Grenzwert (siehe Indexbemerkung zu Seite 776). Diese Serie könnte auch heissen: DJ Lakonik vs DJ Addition.

964
Letzte Seiten aus Trivialromanen.

1000
Das Impressum. Gerne hätte ich hier noch ein paar Zeilen geschrieben. Doch leider muss ich jetzt wirklich mit meinem Sohn Oscar hinaus in die Kälte des unteren Engadins und einen Schneemann bauen. Inklusive Rüeblinase, Kohleaugen, Schal und sogar wohl noch Pfeife im Mund. Vielleicht machen wir auch einen abstrakten Schneeman. Oder einen kubistischen Schneemann. Wir entscheiden das am besten, nachdem wir den Schneemann fertig gebaut haben. Auf jeden Fall wird er sehr, sehr gross werden.

Ich danke Ihnen nochmals für den Kauf dieses Buches (und sollten Sie es nicht selbst gekauft haben, sondern geschenkt bekommen haben, so leiten Sie bitte meinen Dank an die Beschenkerin oder den Beschenker weiter – sie oder er ist mit einem begnadeten Geschenke-Geschmack gesegnet). Ich hoffe, dieses Buch hat ihnen ein bisschen die Zeit verkürzt. Ich hoffe auch, es hat ihnen ein bisschen gefallen. Und falls nicht, so tut es mir leid.

Ich danke an dieser Stelle auch nochmals sehr kräftig meinem Verleger Patrick Frey, der mir viel Vertrauen schenkte und dank dem ich dieses Buch so machen konnte, wie ich es machen wollte. Als Zeichen meiner Demut werde ich ihn dafür einmal im Scrabble gewinnen lassen. Ich werde mir Mühe geben, dass meine Niederlage nicht zu auffällig ausschaut.

Mit freundlichen Grüssen und bis bald
Ihr Max Küng.

Impressum

Titelbild: Françoise Caraco
Gestaltung: Max Küng und Emanuel Tschumi, Zürich
Produktion: Druckerei Grammlich, Pliezhausen
Korrektorat (so weit es die komplexen Produktionsbedingungen zugelassen haben):
Marion Ross-Felix, Zürich

Edition Patrick Frey
Motorenstrasse 14, 8005 Zürich
mail@editionpatrickfrey.ch, www.editionpatrickfrey.ch

Alle Rechte vorbehalten, insbesondere das der Übersetzung, des öffentlichen Vortrags, des Nachdrucks, auch einzelner Teile in Zeitschriften oder Zeitungen, der Übertragung durch Rundfunk oder Fernsehen. Kein Teil des Werkes darf in irgendeiner Form ohne ausdrückliche Genehmigung reproduziert, verarbeitet, vervielfältigt oder verbreitet werden.

© 2008 Die Autoren für den Inhalt
© 2008 Edition Patrick Frey für diese Ausgabe

1. Auflage
ISBN 978-3-905509-67-0

Max Küng (*1969 in Maisprach, BL), lebt in Zürich und arbeitet als Reporter für *Das Magazin*.

Dank an: Die Crew von *Das Magazin*, Christian Ammann, Franziska Burkhardt, Finn Canonica, Françoise Caraco, Jo Dunkel, Rea Eggli, Mirjam Fischer, Peter Fischli, Noe Flum, Patrick Frey, Anna Geering, Anina of Glasgow, Regine Grammlich, André Gstettenhofer, Edgar Herbst, Fridolin Holdener, Stefan Jäggi, Richard Kägi, Christoph Keller, Dieter Kessler, Barbara Klingbacher, Jörg Koopmann, Manuel Krebs, Christine Kunovits, Zilla Leutenegger, Anoushka Matus, Ruggero Maramotti, Jochen Meyer, Claudia Müller, Julia Müller, Jozo Palkovits, Madlaina Peer, Andri Pol, Oliver Reichenstein, Sigrid Reinichs, Schaub/Stierli, Schlegel/Vonarburg, Christian Schnur, Shirana Shahbazi, Daniel Spehr, Emanuel Tschumi, Pius Tschumi, Muir Vidler, Raffael Waldner, Hans-Jörg Walter.

Allerletzte Notiz: